中國古典文學基本叢書

# 蘇過詩文編年箋注（增訂本）

上册

舒大剛　蔣宗許　注
舒星　校補

中華書局

圖書在版編目(CIP)數據

蘇過詩文編年箋注/舒大剛,蔣宗許注;舒星校補.—2版,增訂本.—北京:中華書局,2025.4.—(中國古典文學基本叢書).—ISBN 978-7-101-17056-6

Ⅰ.I214.412

中國國家版本館 CIP 數據核字第 2025RN7328 號

責任編輯:田苑菲
封面設計:毛　淳
責任印製:韓馨雨

中國古典文學基本叢書
蘇過詩文編年箋注(增訂本)
(全三册)
舒大剛　蔣宗許 注
舒　星 校補
*
中華書局出版發行
(北京市豐臺區太平橋西里 38 號　100073)
http://www.zhbc.com.cn
E-mail:zhbc@zhbc.com.cn
大廠回族自治縣彩虹印刷有限公司印刷
*
850×1168 毫米 1/32・35 印張・7 插頁・750 千字
2012 年 12 月第 1 版　2025 年 4 月第 2 版
2025 年 4 月第 2 次印刷
印數:3001-5000 册　定價:198.00 元

ISBN 978-7-101-17056-6

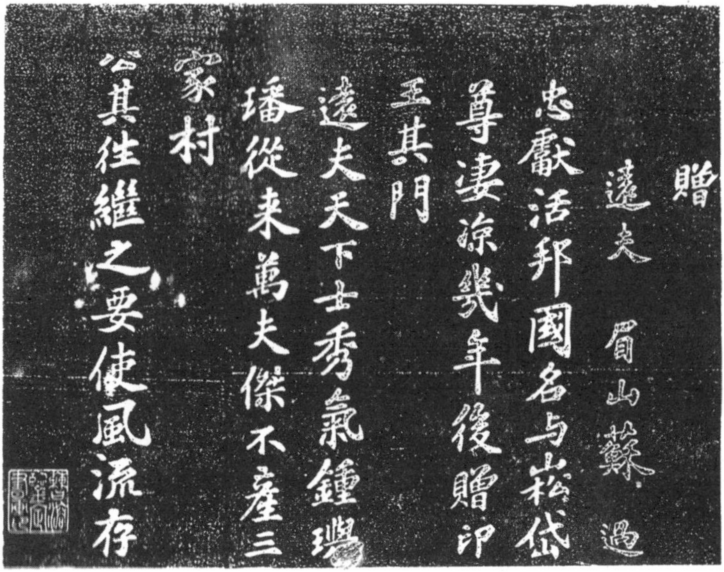
贈
遠夫　眉山蘇過
忠獻活邦國名与嵩岱
尊妻涼幾年後贈印
王其門
遠夫天下士秀氣鍾璵
璠從来萬夫傑不產三
家村
公其往繼之要使風流存

《三希堂法帖》刻蘇過手迹(一)

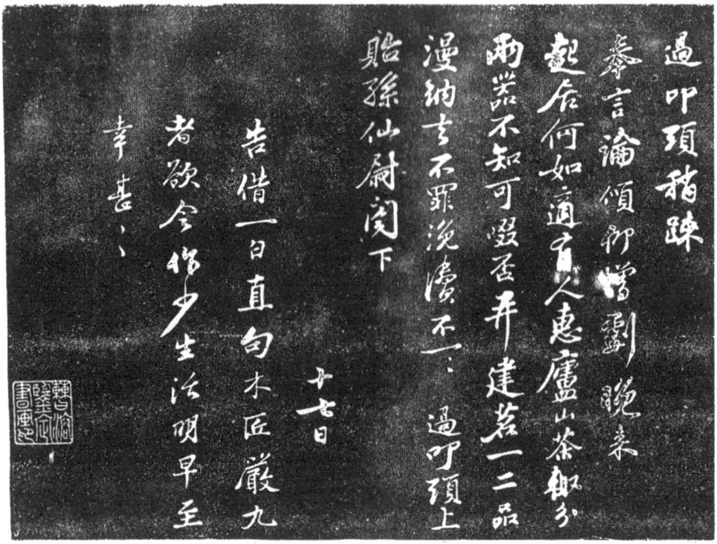
過叩頭稍疎
奉言論傾[illegible][illegible]劉晚來
起居何如適有人惠廬山茶敢分
兩器不知可啜否并建茗一二品
漫納去不罪從[illegible]不一一　過叩頭上
貽孫仙尉閣下
十七日
告借一日直句木匠嚴九
者欲令修少生活明早至
幸甚幸甚

《三希堂法帖》刻蘇過手迹(二)

# 前言

《蘇過詩文編年箋注》是我們對宋人蘇過著作的全新整理。

蘇過其人其文，恐怕即或是專門從事宋代文學研究或教學者，十之五六未必有多少瞭解，更不要説是一般讀者了。然而，蘇過的感人孝行及其著作的自身價值卻決定了它們應該不至于湮没。清吴長元有詩云「人誦高名瓊海外，天留遺稿玉函中」（《校録〈斜川集〉寄鮑以文》），是有道理的。大凡認真審視過蘇過作品者，想來都會有這樣的感慨：如不對其進行整理研究，讓更多的人瞭解蘇過其人其文其詩，從大處論，是中國文學研究的遺憾；從小處説，則是宋代文學研究的遺憾，三蘇研究的遺憾。我們整理研究的主要動機，也就是試圖通過我們的努力最大限度地彌補這種遺憾。如果套用近年來比較時髦的説法，也許可以説是希望填補宋代文學研究的一塊空白吧。

本課題有幸列入四川省建國以來資助力度最大的社科項目、國家社科基金重大委托項目《巴蜀全書》之中，且《蘇過詩文編年箋注》又定爲這一大型項目第一批推出的成果，這對我們的研究整理可謂是莫大的動力。

蘇過，字叔黨，蘇軾幼子。蘇軾凡三子（在黄州朝雲所生遯兒夭折，通常不計），長蘇邁，原配王弗所生，次蘇迨、幼子過，爲繼室王閏之所生。蘇軾諸子生長在這個「一門三大家」（祖父蘇洵、父親蘇軾與叔父蘇轍佔「唐宋八大家」三家）的環境裏，幸運和不幸一胎孿生。幸運的是，良冶良弓，勢所必然，家庭的文化氛圍，祖父的遺風，父親、叔父的過庭之訓，哺育着他們成長，也就無怪乎弟兄三人「俱善爲文」（《宋史·蘇軾傳》）。不幸的是，儘管蘇過弟兄都有頗高的文學成就，然而父祖輩日月般的奪目光輝蔭蔽了他們的才華，人們的視覺很難瞥見幾束爝火的光亮。緣此，他們的著作在時空的隧道裏漸次散佚模糊，「俱善爲文」的評價也只是默默地寢息在塵封的史册中了。

比較起來，蘇過比兩位兄長相對幸運一些，其原因是蘇過長期隨侍於蘇軾左右，得父親薰陶爲多，其文學成就也就高于兩位兄長。再加上蘇過感人的孝行稱譽于當時，流芳于後世。所以，慳吝的史筆單獨給他的兩位哥哥只有「軾三子，邁、迨、過，俱善爲文，邁，駕部員外郎；迨，承務郎」關于仕履的兩句話，而蘇過則獨享一篇首尾完整附傳的殊榮。傳雖然簡約，但到底還是給我們留下了既有粗略行蹤，也涉及其文學成就以及其品行的一段文字：

過字叔黨。軾知杭州，過年十九，以詩賦解兩浙路，禮部試下。及軾爲兵部尚書，任右承務郎。軾帥定武，謫知英州，貶惠州，遷儋耳，漸徙廉、永，獨過侍之。凡生理晝夜寒暑所須者，一身百爲，不知其難。初至海上，爲文曰《志隱》，軾覽之曰：「吾可以安於島夷矣。」因命作《孔子弟子别傳》。軾卒于常州，過葬軾汝州郟城小峨眉山，遂家潁昌，營湖陰水竹數畝，名曰小斜川，自號斜川居士，卒年五十二。初監太原府税，次知潁昌府郾城縣，皆以法令罷。晚權通判中山府。有《斜川集》二十卷，其《思子臺賦》、《颶風賦》早行於世，時稱爲小坡，蓋以軾爲大坡也。其叔轍每稱過孝以訓宗族，且言：「吾兄遠居海上，惟成就此兒能文也。」（《宋史·蘇軾傳》附）

寒暑代謝，時過境遷，後人在研索三蘇之餘，愛屋及烏，三蘇的後代自然引起了人們的注意。如上所説，蘇過本身成就高過乃兄，其孝行又感人至深，當然更多地吸引了學人的眼球，于是有筆記雜著的零珪斷璧、方志逸史掇拾的軼聞趣事，其作品自宋後雖或存或亡，但依然若隱若現地在人間傳誦着。再加如上史臣的褒揚，文士的題咏，終至于使醉心風雅的四庫館臣對蘇過的著作産生了濃厚的興趣，《斜川集》的輯佚成帙也就應運而生了。上述種種，使我們對他文集的整理因之而成爲可能，蘇過的人生經歷、文學成就也才透過歷史的霧障終而逐漸清晰起來。

## 一　蘇過的人生軌跡

蘇過的前半生，與蘇軾的命運息息相關。我們知道，蘇軾一生懷才抱志，大有致君堯舜、平治天下的宏願，然而時運多舛，命與仇謀，雖有短暫的得意輝煌，但長期伴隨着他的則是貶謫飄零。多次似也有「死灰復然」的契機，但轉瞬之間即被「溺之」。（《史記·韓長孺列傳》：「其後安國坐法抵罪，蒙獄吏田甲辱安國。安國曰：『死灰獨不復然乎？』田甲曰：『然即溺之。』」）蘇過的人生不幸繫在蘇軾百孔千瘡的政治航船上，顛簸于宦海的驚濤駭浪之中。

蘇過的生命旅程，大致可以分爲如下的三個階段：二十二歲之前，隨蘇軾宦游南北。蘇軾一步入仕途，很快就陷入了朝廷大臣間的爾虞我詐、新舊兩黨此起彼落的泥淖中，很少有消停寧帖的時候，蘇軾《定州謝到任表》悽楚地傾訴了這種無奈和尷尬：

伏念臣一去闕庭，三换符竹。坐席未暖，召節已行。筋力疲於往來，日月逝於道路。未經周歲，復典兩曹。朝廷非不用臣，愚蠢自不安位。

不難想見，一個企圖致君于堯舜，救民于倒懸的直臣還可能有什麼作爲！而蘇過正是在如此險惡的政治背景下長大成人的。熙寧五年（一〇七二），蘇過生于杭州，八歲之前，分别在杭州、徐州、湖州度過。元豐二年（一〇七九），蘇過八歲時，蘇軾險遭滅頂之災，這就是歷史上有名的烏臺詩案。蘇軾的政敵們必欲置蘇軾于死地，一時朝野駭然。蘇轍手足情深，上書願以己之官職爲兄抵罪；大臣吴充、王安禮等紛紛爲蘇軾説情，蘇軾總算保住了性命。試想，童年經歷「余在湖州坐作詩，追赴詔獄，妻子送余出門，皆哭」（《東坡志林·隱逸》）的場景，該是何等的刻骨銘心！也正因爲這樣的經歷，對于蘇過的世界觀産生了極大的影響，使得蘇過對功名利禄有自己不同的解讀，的確如晚年所寫的「一從畏軒冕，意遂甘泥塗」（《次韻趙承之留别》）。父祖輩年輕時那種積極用世、鳳舉鵬飛的昂揚，在蘇過的詩文中了無蹤影，代之而反映折射出的是恬淡謙沖，甚至可以説是超越了年齡的消極頹唐：「丘壑從兹逝，軒裳豈足留。終當思范蠡，歸泛五湖舟。」（《題鬱孤臺》）「是身如傳舍，富貴同過客。」（《用韋蘇州寄全椒道士韻贈羅浮鄧道士》）「人生一飯飽，安用家萬石。百年過隙爾，朝不及謀夕。」（同上）馬援族弟馬少游「乘下澤車，御款段馬」的人生坐標時時爲蘇過津津樂道，其詩文中明引暗用這個故實竟有十餘次之多。我們或許可以這樣説，蘇過隨父仕宦南北的二十多年基本上奠定了蘇過的人生價值取向和詩文的藝術風格。

蘇過人生的第二個階段，是二十三歲到三十歲期間，隨蘇軾貶遷嶺南、海南直到蘇軾遇赦北歸而病逝于常州。

紹聖元年（一〇九四）四月，吕惠卿等攻擊蘇軾爲翰林學士掌制命時譏訕神宗，于是落職知英州（治所在今廣東英德）。六月，來之邵等疏論蘇軾詆斥先朝，詔謫惠州。制書措辭之嚴峻，令人不寒而栗：

元豐間有司奏軾罪惡甚衆，論法當死，先皇帝特赦而不誅，於軾恩德厚矣。朕初嗣位，政出權臣，引軾兄弟，以爲己助。自謂得計，罔有悛心，忘國大恩，敢以怨報。若譏朕過失，何所不容？仍代予言，誣詆聖考。乖父子之恩，害君臣之義，在於行路，猶不戴天；顧視士民，復何面目。乃至交通閹寺，矜詫倖恩。市井不爲，縉紳所耻。尚屈典章，但從降黜。今言者謂軾指斥宗廟，罪大罰輕。國有常刑，非朕可赦。宥爾萬死，竄之遠方。雖軾辯足以飾非，言足以惑衆，自絶君親，又將奚憝？保爾餘息，毋重後愆。可責授寧遠軍節度副使、惠州安置。

而今，廣東是「孔雀南飛」的所在，但至少在宋元以前，那可是讓人談之色變的死地，因而也就成了罪臣的流放瘴鄉。大凡遠貶嶺南的人，誰能不爲之傷心欲絶？宋之問《題大庾嶺北驛》：「陽月南飛雁，傳聞至此回。我行殊未已，何日復歸來。江靜潮初落，林昏瘴不開。明朝望鄉處，應見隴頭梅。」悽惶之至。韓愈能入亂軍宣慰而氣不少衰，貶潮陽，輒不免傷心悲戚：「知汝遠來應有意，好收吾骨瘴江邊。」（《左遷至藍關示侄孫湘》）南宋的趙鼎，立朝嚴正，巍然一丈夫，死前自題銘旌曰：「身騎箕尾歸天上，氣作山河壯本朝。」而在其過嶺時亦不免「悲憂出涕」（陸游《跋李莊簡公家書》）。人同此心，心同此理，縱然曠達如蘇軾，詔書初下，便已作了最壞的打算，「獨與幼子過及老雲並二老婢共吾過嶺」（《與陳季常第十六簡》）。那生離死別的場景，我們可以從蘇過《將至五羊先寄伯達仲豫二兄》詩中情景可見一斑：「人皆有離別，我別不忍道。惟應付夢幻，事已共一笑。憶昔與仲別，秦淮匯秋潦。相望一葉舟，目斷飛鴻杳。伯兄陽羨來，萬里踰煙嶠。未温白鶴席，已餞羅浮曉。江邊空忍淚，我亦肝腸繞。」蘇軾明知是「死地」，卻將蘇過單獨帶往，這恐怕不能簡單地照傳統的説法「皇帝愛長子，百姓愛幺兒」去理解。遠貶嶺外，精神上的巨大打擊，瘴癘蠻荒的惡劣環境，已届花甲的年齡，這使得蘇軾内心之淒苦與他人並無二致，「七千里外二毛人，十八灘頭一葉身。山憶喜歡勞遠夢，地名惶恐泣孤臣」（《八月七日初入贛過惶恐灘》）。這時蘇軾需要的是精神的拐杖，心靈的契合。雖然，我們無法推知貶謫惠州之前蘇軾與幼子過的情感，但是，從他獨攜朝雲過嶺便可窺見端倪：「東坡一日退朝，食罷捫腹，徐行顧謂侍兒曰：『汝輩且道是中有何物？』一婢遽曰：『都是文章。』坡不以爲然。又一人曰：『滿腹都是識見。』坡亦未以爲當。至朝雲乃曰：『學士一肚皮不入時宜。』坡捧腹大笑。」（《梁谿漫志》卷四《侍兒對東坡語》）朝雲如是，蘇過想亦如此。當然，也不排除蘇軾覺得蘇過更可堪造就的成份在内。

在惠州，父子相濡以沫，遠離了朝廷的爾虞我詐，朋友親眷的送往勞來，除了生活初始時頗爲艱難些外，精神上則相對閑適寧静。因而，蘇軾有的是時間和蘇過一起游山玩水，唱和賦詩。耳提面命，磨礱砥礪，點鐵成金，促使蘇過的創作産生了質的飛躍。其享譽當時，膾炙後世的《颶風賦》、《思子臺賦》都是在這一段時間内完成的。而這些作品，往往是蘇軾「命過繼作」的（《思子臺賦》蘇軾序）。

在惠州，本來生性曠達的蘇軾很快融入了嶺南的氛圍，「公以侍從齒嶺南編户，獨以少子過自隨。瘴癘所侵，蠻蜑所侮，胸中泊然無所蔕芥。人無賢愚，皆得其歡心。疾苦者畀之藥，殞斃者納之竁。又率衆爲二橋以濟病涉者，惠人愛敬之」（《東坡先生墓誌銘》）。除少數政敵的鷹犬外，周邊的官吏大多仰慕蘇軾的才華人品，總是給予儘可能的寬容優待，朋友饋贈或食品或藥物絡繹不絶，土人親愛，時時奉獻當地特産，親戚門生弟子遠來存問。于是蘇軾的心境豁然開朗，寫下了不少恬淡愜意的詩歌，如人們耳熟能詳的絶句：

「羅浮山下四時春，盧橘楊梅次第新。日啖荔枝三百顆，不辭長作嶺南人。」如《縱筆》：「白頭蕭散滿霜風，小閣藤牀寄病容。報道先生春睡美，道人輕打五更鐘。」既而在白鶴峰下築室闢場，打算終老于惠。

然而，好景不長，稱得上蘇軾紅顔知己的侍妾朝雲不久病逝于惠州，蘇軾的老境更覺單孑；而當蘇軾那些看似超然的歌詩傳到京都的執政那裏，竟然引起了政敵的强烈反感。于是乎，惡毒而戲謔似的貶謫接踵而來，蘇子瞻貶「儋州」，蘇子由貶「雷州」，黄魯直貶「宜州」（取其末字之形，《鶴林玉露》丙集卷五《蘇黄遷謫》）。

紹聖四年（一〇九七）四月十七日，蘇軾得瓊州别駕、昌化軍安置告命。蘇軾時年已六十二歲，蘇過二十六歲。到海南，第一道生死關便是渡海的行程，那可謂九死一生。我們可以通過蘇過《送人泛海北歸兼寄諸兄弟》以見其可怖：「冥冥天水吞爲一，夜依北斗占南北。危樓時吐蛟蜃氣，半山忽隱長鯨脊。起看檣頭雉尾轉，一帆千里日未足。此身何止輕鴻毛，到家始覺是真肉。怪君胡爲冒此險，象犀珠玉非所役。」蘇軾《到昌化軍謝表》更可見當時生離死别情狀：「臣孤老無託，瘴癘交攻，子孫慟哭于江邊，已爲死别；魑魅往迎于海上，寧許生還？」至于當時海南的生活狀况，我們且看蘇軾《與程秀才第一簡》：「此間食無肉，病無藥，居無室，出無友，冬無炭，夏無寒泉，然亦未易悉數，大率皆無爾。惟有一幸，無甚瘴也。近與兒子結茅屋數椽居之，僅庇風雨。」「大率皆無」，也就是需要什麽没有什麽。此時的蘇軾，比起惠州更是苦不堪言，客觀條件惡劣如此，身邊又没有了朝雲的奉侍，只有蘇過一人周旋左右，蘇過「介隱惟偕母，龐團獨侍公」（《己卯冬至儋人攜具見飲既罷有懷惠許兄弟》）的悽惋令人酸鼻，而「凡生理晝夜寒暑所須者，一身百爲，不知其難」，這需要何等的堅韌和勇氣！我們知道，蘇軾是美食家，在飲食方面一向考究，「大率皆無」的條件真是難壞了蘇過。爲了老父能多吃一點東西，此時的蘇過簡直絞盡腦汁，化身爲一個富有創意的廚師，有蘇軾詩爲證：《過子忽出新意以山芋作玉糝羹色香味皆奇絶天上酥陀則不可知人間決無此味也》：「香似龍涎仍醲白，味如牛乳更全清。莫將北海金虀鱠，輕比東坡玉糝羹。」透過詩句，東坡先生鼓腹掀髯而吟哦之狀呼之欲出。類似的如釀酒、種藥時見于父子的詩文中，不便一一覼縷。

當然，這些只是蘇過爲父親生活起居而恪盡人子之孝的感人情景，研究者多有人言及。在這裏我們特别要提到的也是人們容易忽略的，是蘇過在詩文中表現出的對父親的那份摯愛，那煞費苦心的孝行。古人所謂孝養，有兩種，一是通常的庶民百姓的「養口體」，一是孝的最高境界即「養志」。養口體是讓父母飲食上得到滿足，養志則是當子女的順適父母之意，不負父母的期望，使父母精神上覺得愉悦。而二者往往難以得兼。蘇過拋妻別子，孤身一人奉侍父親左右，從蘇過的詩文中，我們可以看出蘇過不管是在惠州還是在海南，總是千方百計去寬慰父親，排解父親心中的壘塊。我們前邊説過，蘇軾的政治欲望是很强的，無辜而遭貶謫，其内心的苦楚自非筆墨所能形容。蘇過爲了安慰精神受到巨大打擊的父親，除間或説一點自己不相信、蘇軾也心知肚明不可能的如「香案仍歸侍玉皇」（《大人生日・疇昔東華典秘藏》）、「不願宴西瑶，東華返舊都」（《五色雀和大人韻》），更多則是利用蘇軾自來信佛信道喜歡長生術的意念去讓老人開心，强調「世間出世」不可得兼的道理，説蘇軾長壽的徵兆已一望可見，成仙得道只是半步之遥。如初到惠州的《和大人游羅浮山》：

我公陰德誰與京？學道豈厭遲蜚鳴。世間出世無兩得，先使此路荒承明。謫官羅浮定天意，不涉憂患那長生。海涯莫驚萬里遠，山下幸足五畝耕。人生露電非虚語，大椿固已悲老彭。蓬萊方丈今咫尺，富貴敝屣孰重輕。結茅願爲麋鹿友，無心坐伏豺虎獰。況公方瞳已照座，奕奕神光在天庭。出青入玄二氣换，妙理默契《黄庭經》。但願他時仇池主，不願更勒燕然銘。稚川刀圭儻可得，簪組永謝漢公卿。腹中梨棗晚自成，本無荆棘何所平。

什麽「蓬萊方丈」、「方瞳照座」、「出青入元」、「腹中梨棗」等，全是道家行話。又如《次大人生日》等詩中，「導引」、「兩儀入腹」、「丹砂」、「道力」、「壽骨」之類頻頻出現，甚而至于身體力行道家養氣吐納之法，「小兒少年有奇志，中宵起坐存黄庭」（蘇軾《游羅浮山一首示兒子過》）。表面看來，蘇過也似乎如蘇軾一樣對道家學説篤信不疑，但如果我們仔細盤點蘇過的全部詩文，則發現在蘇軾去世之後，蘇過的詩文不管是窮居獨詠還是友朋間的應酬唱和，再也看不到類似的術語，當然更不説「中宵起坐」的行徑。即或是做官時祈雨禱晴的祭祀文章，一看便是「祭神如神在」的例行套話。原來，奉獻與老父的那些祝詞不過是「善意的謊言」，「中宵起坐」恐怕也是變通的讓父親高興的權宜。其實，知子莫如父，聰明至極的蘇軾豈看不出蘇過的從權？但是，兒子的這番孝心又豈不是孤寂晚年的最大安慰？尤其是在海南所作《志隱》，其自序云：「昔余侍先君子居儋耳，丁年而往，二毛而歸。蓋嘗築室，有終焉之志，遂賦《志隱》一篇，效昔人《解嘲》、《賓戲》之類。將以混得喪，忘羈旅。非特以自廣，且以爲老人之娱。先君子覽之，欣然嘉焉。」蘇過猶如老萊娱親的良苦用心于是乎昭然，而蘇軾也的確因之而享受着精神的快悦：「然幼子過文益奇，在海外孤寂無聊，過時出一篇見娱，則爲數日喜，寢食有味。以此知文章如金玉珠貝，未易鄙棄也。」（蘇軾《與劉沔都曹》）

在海南，父子相依爲命，蘇過「凡生理晝夜寒暑之所須者，一身百爲，而不知其難。翁板則兒築之，翁樵則兒薪之，翁賦詩著書則兒更端起拜之，爲能須臾樂乎先生者也」（晁説之《宋故通直郎眉山蘇叔黨墓誌銘》）。而蘇軾則在蘇過的成長上不遺餘力，蘇轍所謂「吾兄遠居海上，惟成就此兒能文也」自是有爲而發，蘇軾元符元年《與程全父推官書》則更能窺見底裏：「兒子比鈔得《唐書》一部，又借得《前漢》欲鈔。若了此二書，便是窮兒暴富也。」不用説，這自然是在蘇軾的安排指點下的「功課」。我們前邊説，蘇過隨父親南北宦游奠定了蘇過的世界觀，在惠州流寓時詩文産生了質的飛躍，而蘇轍則認爲海南的飄泊成就了蘇過「能文」，這豈不矛盾？我們覺得，作爲集政治家、文學家、經學家、史學家于一身的蘇轍，其着眼點更在於蘇過政治上的「成熟」，也就是説，對于世事的認知有否過人的見解，各類文體的把握是否都恰到好處。知道了這一點，我們再反觀蘇過在海南以及後來的一些文章，就會理解蘇轍「能文」的内涵，同時也不得不油然産生「庾信文章老更成」的感嘆。這方面的内容，我們在下文細論。

我們從蘇過作品的幾可與蘇軾亂真，不禁深深服膺歐陽修所謂「詩欲窮而後工」（《梅聖俞墓誌銘》），趙翼所謂「國家不幸詩家幸，賦到滄桑句便工」（《題遺山詩》）的精辟深刻。的確，貶惠州，再貶海南，是蘇過父子人生的低谷，但在他們詩文的創作上則是黄金季節，蘇過最有代表性的作品，蘇軾幾臻化境的《和陶詩》都是在這一時段完成的。

建中靖國元年（一一〇一），蘇軾得赦，過侍父北歸；七月，蘇軾卒于常州。次年閏六月，蘇過兄弟葬父于河南郟城小峨眉山。爾後，蘇過守喪期滿後依叔父蘇轍閑居潁昌十年至政和二年（一一一二）。

蘇過目睹了父輩官場的升沉否泰，早已敝屣冠冕，愉悦于躬耕田園的生活，何以在政和二年已四十一歲時出監太原酒税？莫非晚節不保？非也，孔子曾説：「吾豈瓠瓜也哉，焉能繫而不食？」（《論語·陽貨》）孟子也曾説：「仕非爲貧也，而有時乎爲貧。」（《孟子·萬章下》）蘇過的出仕，我們從晁説之的墓誌銘便會找到便捷的答案。蘇過有七個兒子，還有四個女兒。我們不難推想，這該是多大一個家庭？説白了，也就是一家生活的負擔何其沉重，怎能不爲吃飯問題而違心出仕？蘇過的詩文中，頗可窺見他當時的艱難貧窘和内心深處隨時充滿的矛盾：「念我丘壑人，老矣事簪組。端如赴縲囚，坐受獄吏侮。」（《送張倅彦政赴闕》）「我如支離人，自負百鈞軀。……嗟哉妻孥累，口腹亦見驅。」（《餞任況之》）「身作三年客，愁隨萬點鴉。」（《次韻楊良卿秋雨有感》）「一廛未有歸耘處，五斗聊爲束帶人。」（《樗隱堂》）據晁説之所撰蘇過墓誌銘，我們得知他初監太原府酒税，繼知潁昌府郾城縣，皆因法令罷，晚權判中山府。宣和五年（一一二三，時年五十二歲），以暴疾卒于鎮陽行道中（一説遇盗賊而死）。十年之内，折腰五斗，辱身下吏，其間之痛楚詩文中觸處可見。好在先後也遇上了如葉少藴、張幾仲這樣亦上司亦朋友的長官，任況之、韓君表、趙伯充、范信中這些情趣諧和的同僚或詩友，相與登臨酬唱，多少也尋得了一些解脱。

蘇過的一生，是辛勞悽苦的一生，雖才華出衆，而命途多舛，父在時承歡浴苦，父没後十年閑居躬耕。饑驅小仕，數被罷黜。短爲縣令，前二年差可，後二年風既不調，雨亦不順。四十九歲時罷任閑居，五十二歲時再作馮婦，權判中山府，天不假年，當年十二月竟横死道途。古往今來，多少人爲他一灑同情之淚！劉克莊《跋小米畫》云：「叔黨之才，百倍元暉。元暉至侍從，叔黨死小官，命也乎！」趙懷玉《校刻〈斜川集〉序》云：「今觀其詩文，具有家法，東坡好和陶而叔黨有《小斜川》之作；東坡善言兵而叔黨有《論黎事》之書。出處進退，未忘家國。使天假以年，名或不在其父下。惜乎身處末流，仕又再黜，轗軻道死，不獲措其藴於天下。是則才人之不幸夫！」

## 二　蘇過文學評價

蘇軾是全才，詩文詞書冠絶當時，畫亦自成一家。雖然其三子皆能文，但比較全面地繼承了蘇軾的則爲蘇過，故當時即有「蘇氏三虎，叔黨最怒」的讚譽。蘇過的書法，酷似蘇軾，金元好問《跋叔黨帖》：「蘇氏父子昆仲，文派若不相遠，俗子乃疑《黄樓賦》，坡亦嘗辯之。《颶風賦》亦謂非坡不能作；不然，亦嘗增入點竄之也。風俗薄惡如此。文賦且不論，至如叔黨此帖，其得意處豈坡代書耶？可以發一笑也。」又《跋蘇氏父子墨帖》：「次公字畫，端愿而靖深，類其爲人；小坡筆意稍縱放，然終不能改家法。」至今臺北「故宫博物院」尚存數帖，我們特附影印於書前。蘇過的畫，蘇軾嘗屢屢讚賞，如：「老可能爲竹寫真，小坡今與石傳神。山僧自覺菩提長，心境都將付卧輪。」（《題過所畫枯木竹石》）舐犢情深，躍然紙上。元袁桷亦云：「小坡竹石，綽有父風。」可惜的是，關於蘇過書畫的具體材料和文獻今存寥寥，不免令人徒生神龍首尾之慨。因如上文所説瞭解蘇過者甚少，故附贅數語於此。

蘇過詩文的價值，我們且不説它可以從文獻的角度進一步印證徽宗朝的政局，因爲蘇過大部分詩文都作於這一歷史時期；它可以折射出徽宗朝豺狼當道而賢人遭殃的混沌情狀，而又特别是對「元祐黨人」的殘酷迫害；也不説它對於蘇軾、蘇轍（尤其是蘇軾）晚年的詩文創作及學術研究的解讀存在參稽印證的作用。因爲這些，讀者可以通過我們的箋注細細品味。我們嘗試通過蘇過一些具體作品的分析研尋，希望能够展現蘇過詩文的藝術魅力，從而爲人們進一步研究蘇學起到抛磚引玉的作用。

蘇過的文學成就是多方面的，首先就體裁上來説，詩中五言、六言、七言、雜言，古體、近體、騷體皆備，文則賦、論、表、啟、碑誌、祭文、序、跋等應有盡有。而且每一種體裁都寫得靈動飛走，無不給人以恰到好處的感覺。就這一點而言，即或是古代很多的名家都難以做到。之所以如此，是因爲蘇過成長的條件幾乎是絕無僅有的。從古至今，讀書人津津樂道讀萬卷書，行萬里路，以爲此二者是成功的前提。蘇過在此二者的基礎上，再加上一個全才的父親以及那傳奇般的經歷，這才「成就此兒能文」。

對于蘇過的詩文，我們需要認真去一一品味，才會明白蘇軾爲什麼有如上文所引及的「過時出一篇見娱，則爲數日喜，寢食有味」，會有「小兒少年有奇志，中宵起坐存黄庭。近者戲作淩雲賦，筆勢髣髴離騷經。負書從我盍歸去，群仙正草新宫銘。汝應奴隸蔡少霞，我亦季孟山玄卿」的極高褒獎。爲免鑿空之嫌，我們試作一些分析。

從蘇過現存的作品看，我們覺得其風格與蘇軾有相同的一面，也有不同的一面。相同的一面是行文自然，不由蹊徑，即蘇軾所謂「大略如行雲流水，初無定質，但常行於所當行，常止於不可不止。文理自然，姿態横生」。不同的一面是蘇軾嘻笑怒駡，皆成文章，既有杜甫的沉鬱，也有李白的飄逸。而蘇過的詩文，則顯然更似杜甫，很難得從詩文中看到作者放懷一笑的身影，集中如《戲贈吴子野》、《李方叔治潁川水磨作詩戲之》、

《戲題姚美叔睡軒》以及與張幾仲等人唱和的詩文，略見詩人愁眉稍展的篇什是不多的。這一方面是個性使然，而更主要的是如上我們已經論到蘇過一出生便與愁苦結了緣，是後來所謂「元祐黨人」在政治的重壓下如臨深淵、如履薄冰的險惡現實所造成的。「憑君爲語諸季孟，耐事忍慚真子職。面唾勿嫌解自乾，盜金卻償安用詰。杜門只作田舍子，來往江鄉乘下澤」（《送人泛海北歸兼寄諸兄弟》）。小心翼翼竟然到了如此地步，可悲可憫。

蘇過的詩文，體現出深厚的文化修養，對于經書，《論語》、《孟子》自不必説，《詩經》、《周易》、《左傳》更是隨時熔鑄筆下；于史書，宋前諸史無不精熟。信手拈來，便成佳構。于子書，特好《莊子》。唐詩，蘇過固然是爛熟於心，但可能是遭際的緣故，在唐詩中蘇過似特別喜歡杜詩，其次則是韓愈；詩中化用杜甫詩句的地方比比皆是。這或許也是形成其沉鬱風格的原因之一。

蘇過詩歌各種體裁之中，都不乏可以伯仲唐人的上乘之作。但如果要選擇其中瑜亮，我們更欣賞他的古風。試以《次韻謝民師》爲例：

老鶴過海仍將雛，澹然若將没齒疏。人生如寄何足道，富貴貧賤隙白駒。飄流僅似虞夫子，飢坐弦歌古儋耳。不堪秦嶺望家山，敢有玉關生入理？廣文才名三十年，困窮直到寒無氈。將軍夜行遭醉尉，曲逆解衣嘗刺船。豈知雷雨來新渥，歸路江山宛如昨。飢人但覺粃糠美，憂患始知田舍樂。夢中猶記魚相濡，莊叟屢困監河枯。聊因競病歌歸歟，寧復燦爛悲窮途？知君篤學真爲己，不從世好惟耽此。作詩頗似建安風，取友更同鮑叔義。我聞得士朝廷尊，搢紳所寄惟斯文。象犀珠玉本安用？猶使四海爭趨奔。高人處世誠難矣，絶俗驚愚空目眯。坐令瑚璉爲清廟，澗毛何由薦天子？我羨平生馬少游，不願溝瀆容吞舟。夜光明月請自閟，按劍或恐疑輕投。

全詩幾乎一句一典，唯一兩句不用古典的也是用的「今典」其父蘇軾和叔蘇轍的話。「不堪老鶴」用杜詩；「没齒」用《論語》；「人生」二句用《莊子》；「飄流」二句用《三國志》；「不句用韓愈詩；「敢有」句用《後漢書》；「廣文」二句用杜詩；「將軍」二句用《史記》；「新渥」用杜詩；「飢人」用《漢書》；「夢中」二句用《莊子》；「競病」用《南史》；「窮途」用《三國志》；「爲己」用《論語》；「建安風」用《文心雕龍》；「取友」用《史記》；「得士」用東方朔《答客難》、《新唐書》；「斯文」用《論語》；「象犀」句用蘇軾《李氏山房藏書記》語；「高人」用蘇轍《和子瞻東陽水樂亭歌》語；「瑚璉」用《論語》；「澗毛」用《左傳》；「我羨」用《後漢書》；「溝瀆」用賈誼《弔屈原賦》；「夜光」二句用《史記》。

從來爲人們稱道的，説杜甫的詩無一字無來處，從上述的解析看，蘇過也博引廣徵，錦心繡口。當然，用典能使詩歌含蓄凝煉，但如果用得不好，則可能累贅呆板，缺乏生氣。此詩雖然如上説句句是典，但是我們讀起來即或是不全懂，但流暢鏗鏘之感爽然齒頰之間，歷陳掌故，譬喻自己父子的不幸遭遇，古今賢達之坎坷艱難，同時對謝民師的才華充分讚賞。全詩寓意之深沉凝重，規勸謝民師韜光隱晦的良苦用心昭昭明矣。

我們知道，蘇軾的歌行有宋無人可及，細讀蘇過的這類作品，恐怕也躍入了宋代詩人的前列吧。

蘇過的文，當世已聲名鵲起，特别是居惠期間所作之《颶風賦》、《思子臺賦》竟然誤入東坡集内（至今很多書的徵引仍相沿成誤——如《漢語大詞典》引書證時一概將這兩篇文章標作蘇軾）。昔陶淵明有曰：「奇文共欣賞，疑義相與析。」我們且試作探討，奉獻讀者以觀氣色。爲便分析，不嫌辭費全引。

先説《颶風賦》。

仲秋之夕，客有叩門指雲物而告予曰：「海氛甚惡，非祲非祥。斷霓飲海而北指，赤雲夾日而南翔。此颶之漸也。子盍備之？」語未卒，庭户肅然，槁葉蔌蔌，驚鳥疾呼，怖獸辟易。忽野馬之決驟，矯退飛之六鷁。襲土囊之暴怒，持衆竅之叱吸。予乃入室而坐，斂衽變色。客曰：「未也，此颶之先驅爾。」

少焉，排户破牖，隕瓦擗屋。礧擊巨石，揉拔喬木。勢翻渤澥，響振坤軸。疑屏翳之赫怒，執陽侯而將戮。鼓千尺之濤瀾，襄百仞之陵谷。吞泥沙於一卷，落崩崖於再觸，列萬馬而並騖，潰千車而爭逐。虎豹懾駭，鯨鯢奔蹙。類鉅鹿之戰，殷聲呼而動地；似昆陽之役，舉百萬於一覆。予亦爲之股慄毛聳，索氣側足。夜拊榻而九徙，晝命龜而三卜。蓋三日而後息也。

父老來唁，酒漿羅列。勞來僮僕，懼定而説。理草木之既偃，葺軒檻之已折。補茅屋之罅漏，塞牆垣之頹缺。已而山林寂然，水波不興。動者自止，鳴者自停。湛天宇之蒼蒼，流孤月之熒熒。忽悟且歎，莫知所營。

嗚呼！小大出於相形，憂喜因於所遇。昔之飄然者，若爲巨邪？吹萬不同，果足怖邪？蟻之緣也，嘘則墜；蚋之集也，呵則舉。夫嘘呵曾不能以振物，而施之二蟲則甚懼。鵬水擊而三千，摶扶摇而九萬。彼視吾之惴慄，亦爾汝之相莞。均大塊之噫氣，奚巨細之足辨？陋耳目之不廣，爲外物之所戀。且夫萬象起滅，衆怪耀炫，求髣髴於過耳，視空中之飛電。則向之所謂可懼者，實邪？虛邪？惜吾知之晚也。

《文心雕龍·詮賦》曰：「賦者，鋪也，鋪采摛文，體物寫志也。」這是對賦體的最爲精煉而準確的詮釋，其意是説，賦這種文體，要有文采，辭藻要美。所謂體物，即描摹事物，也就是説，要形象地刻畫出賦寫對象的特徵；所謂寫志，是説通過賦寫對象，升華出其中的個人感悟，提煉出其間的哲理。按照劉勰的定義，我們來看這篇賦，暮夜扣門，已堪驚心；颶風之告，令人悚然。寥寥數語，先聲奪人。寫颶風之烈，始則驚鳥怖獸，繼則倒海翻江，其烈其暴，如臨如見。風定寂然，忽焉頓悟：巨細同理，虚實何殊？于是陶然自解，驚懼了無。前者如萬騎馳於平川，勢撼天地；後者如簫聲漾於靜夜，餘韻悠悠。一張一弛，相映成趣。這是體物；那麽，寫志又是怎樣體現的呢？東坡曠達坦蕩，莫不因遇而安；窮達得失，常能隨緣自適。叔黨侍親彌年，自得其中三昧。處變不驚，臨危不懼，外物於我何有哉？夫天地造化，萬物齊一，吹萬不同，颶風噓呵何異？物象如電，變共不變一理。物理如彼，人情亦然，升沉否泰，生死禍福，而又何須芥蒂於胸中耶？這些，都在最末一段得到了精彩的演繹。昔人嘗稱爲文之妙云：「狀難寫之境，如在目前；含不盡之意，見於言外。」或許，《颶風賦》可以當之。

我們再看《思子臺賦》。

> 客有自蜀游梁，傃關而東。覽河華之形勝兮，訪秦漢之遺宫。得巋然之頹基兮，並湖城之西墉。弔漢武之暴怒兮，悼戾園之憫凶。聞父老之哀歎兮，猶有歸來望思

之遺恫。吁犬臺之讒頰兮，實咀毒而銜鋒。敗趙國於俛仰兮，又將覆劉氏之宗。聞漢武之多忌兮，謂左右之皆戎。殺陽石而未厭兮，又瘞禍於宫中。忸君王之好殺兮，視人命猶昆蟲。死者幾何人兮，豈問骨肉與王公？惑狂傅之淺謀兮，不忍忿忿而殺充。上曾不鑒予之無聊兮，實有豕心。負此名而欲亡兮，天下其孰吾容？苟逭死於泉鳩兮，冀稍久而自理。遘大患於倉猝兮，憤孤憤於永已。念君老而孰圖兮，嗟肉食其多鄙。獨三老與千秋兮，懷愛君之拳拳。犯雷霆之方怒兮，消積禍於一言。洗沉冤之無告兮，戮讒人其已晚。幸曾孫之無恙兮，亦足以慰乎九原。雖築臺其何救兮，固知已往之不諫。魂煢煢其歸來兮，蓋庶幾於復見也。

昔秦之亡也，禍始於扶蘇。眇斯高之羸豕兮，視其君如乳虎。曾纘息之未定兮，乃敢探其穴而啗其雛。在晉四世，有君不惠。孽婦晨雊，强王定制。惟愍懷之遭罹兮，實追縱於漢戾。顧孱后之何知兮，亦號呼於既逝。寫餘哀於江陵兮，發故臣之幽契。仍築臺以望思兮，蓋援武以自例。嗚呼噫嘻！可弔而不可哂兮，亦各言其子也。彼茂陵之雄傑兮，係九戎而鞭百蠻。笑堯禹而陋湯武兮，蓋將與黄帝俱仙。及其失道於幾微兮，狐鬼生於左臂。如嬰兒之未孩兮，易耳目而不知。甘泉咫尺而不通兮，與式乾其何異？既上配於秦皇兮，又下比於晉惠。君子是以知聖狂之本同，而聽明之不可恃也。覽觀古初，孰哲孰愚？皆知指笑乎前人，而莫知後之視予。方漢武之盛也，肯自比於驪山之朽骨，而況於金墉之獨夫乎？自今觀之，三后一律，皆以信讒而殺子，暱姦而敗國。各築臺以寄哀，信同名而齊實。彼昏庸者固不足告也，吾將以爲明主之龜策。

自建元以來，張湯、主父偃之流，與兩丞相、三長史之徒，皆以無罪而夷滅，一言以就誅。曾無興哀於既往，一洗其無辜。獨於據也，悲歌慷慨，泣涕躊躇。嗚呼哀哉！莫有以楚靈王之言告者曰：「人之愛其子也，亦如予乎？」天道好還，以德爲符。惟孟德之鷙忍兮，亦嗜殺以爲娱。彼楊公之愛修兮，豈減吾之倉舒。恨元化之不可作兮，然後知鼠輩之果無。同舐犢於晚歲兮，又何怨於老瞞。吾將以嗜殺爲戒也，故於末而並書。

賦前有東坡《序》云：「予先君宫師之友史君，諱經臣，字彦輔，眉山人，與其弟沆子凝皆奇士。博學能文，慕李文饒之爲人，而舉其議論。彦輔舉賢良不中第，子凝以進士得官，止著作佐郎，皆蚤死，且無子。有文數百篇，皆亡之。予少時嘗見彦輔所作《思子臺賦》，上援秦皇，下逮晉惠，反復哀切，有補於世。蓋記其意而亡其辭，乃命過作補亡之篇，庶幾君子猶得見斯人胸懷髣髴也。」東坡之所謂「上援秦皇，下逮晉惠，反復哀切，有補於世」，實爲此文寫照，點睛之處則是「有補于世」，也就是此賦的寫作動機。史經臣之文，憾不可見，甚而至于有否其文也值得懷疑，或許，不過是東坡先生恐觸忌諱所玩的猶如「人道是三國周郎赤壁」似的「狡獪」亦未可知。彼時東坡遠貶惠州，悽愴憂憤，悵恨難平，命過繼作，蓋借他人酒杯以澆胸中之壘塊。東坡才高識遠，夙志致君堯舜，平治天下。然運交華蓋，命與仇謀。熙寧年間，斥新法而身竄外郡；烏臺詩案，罪莫須而陷擲囹圄。哲宗既立，稍見親幸，旋爲當軸所忌，擠排出朝。至後一蹶不振，屢遭貶斥。竟至投畀嶺表，再逐蠻荒。新黨難容，舊黨不安，是皆佞臣小人所讒，「哲王又不寤」之故。命過繼作，實欲君王遥鑒既往，親賢臣而遠佞人。叔黨玉樹早慧，偏得過庭，生逢黨爭之世，長伴慈父之謫。於是欣然會意，妙契親心，鋪文摛藻，力抨「三后」（秦皇、漢武、晉惠）之昏聵；援古證今，笞撻曹操之忌才。他如楚靈王搶地之號，楊文先舐犢之哀，無不恰到好處，摇曳生輝。全文渾然一氣，不蔓不枝，將主題演繹得淋漓盡致。父子間心靈上的通貫，藝術上的契合臻乎化境。

我們覺得，從這兩篇賦看，雖不敢説青甚于藍，差可謂之駿骨鳳毛。其他如《論海南黎事書》洞幽發微，見解之精到，分析之透辟令人擊節稱妙；若干史論的文章如《書田布傳後》、《書周亞夫傳後》等如老吏斷獄，文峻綱密，不容置喙，與東坡《賈誼論》之類異曲同工;墓銘碑誌則清通簡要,全無繁辭。至于《記交趾進異獸》、《東交門箴》等則春秋筆法,隱露適中。他如章奏表啟,頌揚得體,謙抑適度,已堪稱名筆。吴長元誤收秦觀表奏歸屬蘇過,這也間接説明水平與秦觀在伯仲之間矣(見後「附録」《代人謝啟·竊以三省之興》爲秦觀作考辨)。

總之,蘇過的文學成就是相當高的,誠如清人弓翊清言:「長言則字字華星,開卷則行寶唾。」(道光本《斜川集序》)無怪乎東坡詩文中頗以蘇過爲自得,竟至于因之「挑戰」陶淵明:「過子詩似翁,我唱而輒酬。未知陶彭澤,頗有此樂不。問點爾何如,不與聖同憂。問翁何所笑,不爲由與求。」(《和游斜川正月五日與兒子過出游作》)當然更不必詑異陸游「焚香細讀《斜川集》」(《齋中弄筆偶書示子聿》)了。清人偶得蘇過殘楮遺墨,視爲拱璧,是亦情理使然。

## 三　蘇過詩文的流播和整理

關于蘇過詩文的卷帙和流播,一直是個糾纏不清的問題,《宋史》本傳云蘇過有《斜川集》二十卷,然《宋史·藝文志》則云「蘇過《斜川集》十卷」,晁説之爲蘇過所作《墓誌銘》云二十卷,南宋陳振孫《直齋書録解題》、馬端臨《文獻通考》均作十卷。而後的有關著録,或持二十卷説，或持十卷説，莫衷一是。仔細審度如上的差異，似可作如是觀：晁説之與蘇過年輩相若，過從亦復不少，其所言卷帙自不會有差，本傳從晁説則反映時況；而《藝文志》屬書目，是根據現存著作的面貌著録，其所反映的是南宋經過離亂之後《中興書目》等著録《斜川集》的實況。也就是説，原本二十卷的《斜川集》經歷戰亂之後已頗多散佚，損失過半，只存十卷。至于後來各持一説，乃書目家取舍異途而然。

我們上文曾論到，由于蘇過弟兄祖父、父親、叔父的名聲太大，因而他們的著作在當時即措意者不多，傳播也就不廣，散佚勢所必然。至元明時，蘇過《斜川集》基本失傳，緣士人有佞宋之癖，于是書商竟以劉過《龍舟集》、謝薖《竹友集》而李代射利。當然，飽學之士固不至被欺，而附庸風雅的葉公們則家藏户求，不知其僞。至康熙時，曾下詔徵求《斜川集》，未得，四朝詩中只録得一首，聊爲豹斑。兹後學人刻意留心于是，時有所得。至乾隆時修《四庫全書》，館臣周永年從《永樂大典》中輯得若干篇首，因《四庫提要》已將贋本《斜川集》駁去，「乃留笥不辦」，當時孫溶、翁方綱俱有鈔本。仁和吴長元偶得孫溶稿本，驚喜過望，再從《東坡全集》、《播芳大全》、《宋文鑑》諸書中爬羅剔抉，拾遺補闕，釐爲六卷；乾隆五十三年，趙懷玉據吴鈔本刻於杭州亦有生齋，此乃《斜川集》輯本之最早刻行，是爲乾隆刻本。該本將詩與文分編，共三百五十二篇，末有附録二卷、訂誤一卷。嘉慶十三年，清廷纂修《全唐文》，復檢《永樂大典》，總纂法式善又從中得過詩五十三首、文十五篇，遂勒爲補遺二卷、續鈔一卷；十六年，唐仲冕將補遺二卷、續鈔一卷及宋人賦詠涉及斜川者四則，附于趙刻之後，依舊版式再次印行，是爲嘉慶刻本（此本近年《續修四庫全書》、《宋集珍本叢刊》有影印）。同時，阮元又將初輯本《斜川集》鈔入《宛委别藏》之中，其篇次與乾隆趙刻本同。後來，鮑廷博將唐刻補遺二卷、續鈔一卷按詩文各體分别附于各編之後，仍編六卷，刻入《知不足齋叢書》。此本流傳最廣，影響很大，後之《叢書集成》等即據此排印。關于以上過程，請讀者參看本書附録各篇序跋。

而今所見蘇過《斜川集》刻本有兩個系統：一爲乾隆時趙懷玉校刻三百五十二篇本（校記稱「趙本」），後阮元《宛委别藏》（稱「宛本」）所收一與趙同，當屬同一系統。二爲嘉慶時唐刻的四百二十篇本（本書作爲底本，下稱「原本」），《知不足齋叢書》本（下稱「知本」）據之，後道光間三蘇祠刻《三蘇全集》本（稱「祠本」）、民國時排印《四部備要》本（稱「備要本」）、《叢書集成》本、《國學基本叢書》本又據《知不足齋叢書》本入排。此外，大陸和臺灣都各存兩種清鈔本：大陸國家圖書館所存，一本題爲「清鈔乙本」（稱「清鈔本」），一同於鮑氏《知不足齋叢書》本。一本題爲「清舊鈔本」（稱「舊本」），此本編次零亂，篇數只有一百四十八篇，但卻有八題十二篇詩爲乾隆趙刻、嘉慶唐刻以及知不足齋鮑刻所無，是爲希罕。看來此鈔與衆本不是一個系統，或即趙懷玉《校刊斜川集序》所謂在翁方綱蘇齋所見翁氏從《永樂大典》所輯。臺北「中央圖書館」亦收藏有兩種清鈔：一本題「周氏林汲山房鈔本」，一本題「朱氏椒花吟舫鈔本」。林汲山房是周永年早年讀書處，地址在今濟南佛峪山中，可見此本爲周永年輯原本。二本篇數相同，但周本分六卷，朱本不分卷，兩本都有八題十二篇詩爲各刻本所無，這與大陸藏「清舊鈔本」同。

從我們以上的介紹可知，今存的《斜川集》不過是一個散亂的詩文匯集册子，如果不力加考辨董理，若要討論蘇過詩文價值不免源流不清。所以，我們此次整理，目的不是還其舊觀，而是要向世人推出一個時間順序較爲清晰的蘇過詩文集。以已有各本《斜川集》爲基礎，進行編年、校勘、標點、箋注、輯佚等。其工作略次于下。

編年，據蘇過本事，參以蘇軾、蘇轍著述所及，同時代人唱酬，筆記雜著中的蛛絲馬跡等，將零散的篇什縷析條分，按年繫聯。詩分六卷，文分三卷。其中尚難確定者爲最末一卷附後。

標點，一律用新式標點。

校勘，以嘉慶唐仲冕刻本爲底本，會校衆本，校記附于當篇之下。校記力求簡明扼要。凡有異文而可通者列出異文，底本有誤需改正者説明原委及版本依據。如底本文字屬筆畫小誤者徑正，不出校。避諱字改本字，首見出校。

箋注，古籍整理的目的是爲了繼承我們優秀的傳統文化，繼承的方式和對象千差萬别，所以必須考慮普及與提高並重。我們的箋注包括以下幾個方面：解題，即大略説明該篇主旨及背景。點評，爲了幫助讀者領略詩文的藝術魅力，我們根據不同情況酌加分析；注釋，串講句意，解釋詞語。如果注解是針對某幾句進行解釋，則引起始詞句加引號云「某某幾句」，而後按需要或先概括大意，繼而次第注釋；如果只是針對某一單句作注，則徑行解釋，不以「某句」或某一詞語提示。如需要對某句中的某一詞語作注，則以詞語提頭。如果爲了印證某些詞語的意義流變，我們適時引録一些書證以佐證解釋。在注釋典故詞語時，第一次出現出注，後則以見某詩某文某注標明。如已多次出現則不再重複出注。又，蘇過的詩文受其父、叔影響甚大，不少作品是蘇軾的「命題作文」不説，就是詩文的立意和詞藻，有很多也取自其父其叔的作品，我們儘可能溯其出處，或附上唱和之作，或列出沿襲的詞語，讀者可以藉此窺見家學淵源。這既對進一步研究蘇過提供了資料，同時對于「蘇學」的研究或也有考鏡源流的參考價值。其他與人相關的唱和亦附原篇之後。凡引證材料，一律注明作者、書名、篇名。文字的處理，異體字注「同某」，古今字注

「後來寫作某」，通假字注「通某」。

輯佚，蘇過《斜川集》南宋時即已無完帙，至元明則湮没失傳。雖經清人輯佚補苴，但終非全豹。今人從《永樂大典》殘卷中「敀」字韻下輯出蘇過《代人賀敀》八條，四庫館臣即漏收一條，可以想見《永樂大典》全本中定有遺文尚多，但這已無法彌補了。我們在校勘整理的過程中遍查今存相關資料，亦間有發現，如「清舊鈔本」中有八題十二篇爲各本俱無，《播芳大全》中有二篇吴長元漏輯等等，此次已補入之。復據高似孫《硯箋》卷一「二蘇賢良硯」條，輯得蘇叔黨題硯詩二首。其他兹不一一贅説，詳見書後附録。

總之，揆之情理，蘇過詩文佚失尚多，還望學界同仁共同關注，有所發現，使我們日後有機會再作臻補。

書後附録六種，分别是：年表、傳記、軼事、集評、序跋、真僞考。

本書定名爲《蘇過詩文編年箋注》，出于兩個原因，一是《斜川集》本身原編幾無次第，且知者不多，而蘇過則中學生都知道一點，因爲中學教材即選有蘇軾《游白水書付過》，其中有「紹聖元年十月十二日，與幼子過游白水佛跡院」語；二是通過書名揭示體例，一目瞭然。

《蘇過詩文編年箋注》是目前較爲完整的蘇過全集。我們雖耗時久長，孜孜以求，但囿于水平，恐連差强人意都還説不上。如果多少能對宋代文學、宋代文化的研究有些作用，那我們也就會心一笑了。

蔣宗許　舒大剛

二〇二四年十月

# 目録

蘇過詩文編年箋注卷一　詩
湖口人李正臣蓄異石廣袤尺餘而九峰玲瓏老人名之曰壺中九華且以詩紀之命過繼作……一
題鬱孤臺……七
游英州碧落洞……九
和大人游羅浮山……一一
白水巖湯泉……一七
地鑪歌寄伯仲……二〇
大人生日……二五
用韋蘇州寄全椒道士韻贈羅浮鄧道士三首……二七
正月二十四日侍親游羅浮道院棲禪山寺……三三
贈王子直……三五
次韻大人五更山吐月……三九
次大人生日……四五
人蔆……四九
枸杞……五二
次陶淵明正月五日游斜川韻……五五
次韻叔父所居六首……五八
戲贈吴子野……六五
聞潮陽吴子野出家……六七
雨後見月……七一
九日詩……七三
松風亭詞……七六

不睡……八一
大人生日……八四
愛人堂爲李幾仲賦……八七
寄題幾仲所居二詩次定國王父舊韻……九〇
送曇秀……九三

## 蘇過詩文編年箋注卷二　詩

椰子冠……九五
東亭……九七
次韻叔父月季再生……九八
次韻叔父浴罷……一〇一
次韻伯達仲豫二兄和參寥子……一〇五
大人生日……一〇六
冬夜懷諸兄弟……一〇八
借書……一一三
大人生日……一一五
歲暮見懷……一二三
五色雀和大人韻……一二五
送人泛海北歸兼寄諸兄弟……一二九
夜獵行……一三一
己卯冬至儋人攜具見飲既罷有懷惠許兄弟……一三五
大人生日……一三九
次韻大人與藤守游東山……一四一
將至五羊先寄伯達仲豫二兄……一四五
次韻謝民師……一四七
大人生日……一五三
用伯充韻贈孫志舉……一五四
送參寥師歸錢塘……一五九
北山雜詩十首……一六三

山居苦寒……一七七
小雪……一八〇
李方叔治潁川水磨作詩戲之……一八二
和叔寬田園六首……一八六
和叔寬贈李方叔……一九四
與王子敏相别十年今在汝見招以書將往從之聞其齋素卧病以詩勸之肉食……一九七

## 蘇過詩文編年箋注卷三　詩

次韻叔父上巳二首……二〇一
和叔父移居東齋……二〇四
次韻叔父詠竹二首……二〇六
和母仲山雨後……二〇九
和新葺南園……二一四
大隱堂爲范氏西田題……二一六
送李植秀才歸盱眙……二二〇
叔父生日……二二一
送在庭姪領漕歸蜀……二二八
送伯達兄赴嘉禾……二三三
送八弟赴官汝南……二三五
和吕居仁宿盤溪……二三八
次韻韓華國相約游嵩少……二四一
後旬日雨止遂行至大成岡初見嵩少……二四三
登峻極頂……二四三
贈知命劉居士卜居……二四六
歸途次吕居仁韻……二四八
李方叔挽詞二首……二四九
次韻叔父黄門己丑歲除二首……二五三
送吕知止……二五五

寄題岑彦明猗蘭軒詩……二五七
三月十九日同仲豫兄長率崔遐紹
　趙漢英游朱園放魚……二六〇
次韻叔父小雪二首……二六三
送仲南兄赴水南倉……二六四
次韻叔父題畫木石屏風……二六八
次韻答徐翼之畫木石……二七〇
贈詩僧從信信學詩於參寥……二七四
叔父生日……二七六
顔樂堂……二八八
謝公定以所藏文與可詩示其孫驥
　驥有詩次韻……二八九
先君與叔父試制策各攜一端硯
　外孫文驥得其一過藏其一名
　賢良硯……二九三

横山道中……二九六
題王進之緑蔭軒……二九七
送王晉之還朝……二九九
訪江令德脩置酒泛舟……三〇二
次韻曲水泛舟四首曲水賈文元公園……三〇四
題劉均國所藏燕公山水圖……三一〇
送鄉僧世鵬游嵩少……三一三
送李文儒赴漢東教授……三一四
題岑氏心遠亭……三一五

## 蘇過詩文編年箋注卷四　詩

次韻承之紫巖長句……三一九
次韻任況之見贈……三二四
和趙承之竹隱軒詩……三二七
次韻孫海若見贈用子美詩「蘇侯得數
　過，歡喜每傾倒」……三三二

予寓洛陽寶壇有僧悟超類有道者
與語論事能援古證今蓋未祝髮
時讀孔氏之史書涉獵大義爲浮
屠猶不廢今老矣不復讀也形骸
枯槁真能遺世故而玩死生者送
予至龍門陪予遊東西兩山作此
詩別之……三四〇
山行……三四三
自潁昌歸任況之有詩次其韻……三四四
次韻任況之……三四五
子莊約況之游西溪不至任有詩次
其韻……三四七
寄題任況之樗翁軒詩……三四九
雨中游柳溪呈志康諸公……三五一
志康得魚或勸捨之諸公有詩議未
判吾誰適從亦賦一篇……三五三
次韻孫志康牡丹……三五五
送張倅彦政赴闕……三五八
次韻承之重九……三六一
次韻承之乞魚於保德……三六五
次韻趙承之寄保德倅王粹公……三六六
次韻趙承之數詩……三六八
大雪日趙承之梁與可訪賈子莊飲
爽亭孫志康不得預故有詩怨之
亦次韻和一首……三七〇
送梁與可赴中山倉……三七二
和清源陳觀性喜雪……三七五
次韻張子先喜雪……三七六
和吴子駿食波稜粥……三七七
苦寒行……三八〇

劉晦叔挽詞二首……三八二
和任況之詩……三八六
送粹公保德通守還朝……三八九
張幾仲召還朝其幕府趙承之送行至漳水用杜子美詩爲韻作詩十篇既還孫志康亦取其韻追送過方官并門因幾仲之來遂得諸公相遇今幕府例罷不能無離索之意故亦用此韻以見意……三九二
送趙承之官滿還朝……四〇一
次韻孫志康書事……四〇六
次韻孫志康喜賈子莊還任……四〇七
送孫志康……四〇八
餞任況之……四一二
和楊良卿……四一四
和良卿病目在告……四一五
次韻楊良卿秋雨有感二首……四一六
山行次韻楊良卿見寄二首……四一七
王謹常再和前詩復次其韻……四一八
田家書事……四二〇
清源大夫吴人到官之數月鑿池引泉植芙蕖大變晉俗遂忘江湖之想作詩寄題芙蓉亭……四二二
秋思……四二四
樗隱堂……四二五
寄題撫松堂……四二六
寄題折嗣益襲慶閣……四二八
政和甲午孟冬中休後一日蘇過叔黨彦明自開化甘泉至明仙時念老禪師復出世矣因題詩壁間……四三〇

蘇過詩文編年箋注卷五　詩


卜居城南二首酬兄弟甥姪……四三三
湖陰有隱君子作軒曰獨樂鄉人常希古爲賦詩屬予同作寄之……四三五
和王仲弓雪中懷友之什……四三九
次韻王仲弓贈史得之……四四一
和趙朝議追詠其亡友園亭三首……四四三
送叔寬弟通判瀘南……四四六
僕以事至洛言還過龍門少留一宿自藥寮度廣化潛溪入寶應翼日過水東謁白傅祠游皇龕看經兩寺登八節尤愛之復至奉先作此詩以示同行僧超暉……四四八
次韻趙承之留別……四五〇
贈遠夫……四五三
小子籥與其友作灊亭置酒泛舟唱酬之什予亦戲用其韻……四五五
次韻趙伯充雪中見招……四五六
同趙伯充游曲水趙氏莊分韻得抱字……四五七
送普融老……四五九
次韻和韓君表讀淵明詩醜曾存之置酒唱酬之什……四六一
次韻韓文若展江六詠……四六三
次韻程秀才求作其先人埋銘……四六七
次韻少蘊二首……四六八
葉守奉詔祠神霄二首……四七一
次韻岑彥高史强本春日書懷二首……四七四
陪郡守游西湖泛舟曲水分韻得會字……四七九

次韻少蘊移竹於賈文元園二首
時倅車乃文元裔孫 …… 四八一
次韻葉守端午西湖曲水 …… 四八四
次韻葉守端陽日湖上宴集 …… 四八八
訟風伯 …… 四八九
送趙儀之丞汝陰 …… 四九二
郡守禱雨獲應 …… 四九四
再和 …… 四九六
范季遠作止齋求詩以此寄之 …… 四九八
次韻晁無斁與葉少蘊重開西湖唱
酬之詩 …… 五〇一
送葉少蘊歸縉雲 …… 五〇四

## 蘇過詩文編年箋注卷六　詩

蜀人宋衍蚤孤母去力學取科第遂
獲見母蓋自蜀至許六千餘里聲
跡不至逾二十年感歎茲事作此
詩以送其歸 …… 五〇九
小斜川并引 …… 五一一
從范信中覓竹 …… 五一四
信中見和復以前韻答之 …… 五一五
信中惠竹以詩謝之 …… 五一六
次韻姚美叔約尋春之什 …… 五一八
次韻王幼安哭韓君表 …… 五一九
和范信中雪詩二首 …… 五二〇
次韻范信中 …… 五二三
次韻信中郎官庵 …… 五二五
次信中韻 …… 五二八
賀李行父遷居盤溪 …… 五二九
和伯充兄唱酬二首一贈伯充一寄
高仲貽 …… 五三〇

與范箕叟避暑西湖……五三三
次韻張次應見寄……五三五
聞郭太尉出師大捷奚人擒契丹酋領四軍者來獻作長句古調一首……五三六
行軍城道中……五四二
道中買得草屨……五四三
陪中山帥登城口號……五四三
再次韻答陳帥和詩……五四四
叢臺……五四六
秋蠅篇……五四六
次韻徐正夫見贈……五四八
次韻歐陽誠發牡丹……五四八
寄題北海文舉堂……五五〇
題郭熙平遠……五五三
題歐陽晦叔竹癖軒……五五五
張庭實得石名小括蒼……五五六
次韻伯元詠牡丹二首……五五七
題李微叔所藏戴嵩暮雨圖……五五九
戲題姚美叔睡軒……五六〇
賦鼠鬚筆……五六一
詠三瘦……五六三

## 蘇過詩文編年箋注卷七　文

颶風賦……五六五
思子臺賦……五七三
伏波將軍廟碑……五八八
元符改元奉敕告祭文……五九九
元符改元奉敕告祭文……六〇一
志隱……六〇二
論海南黎事書……六一七
書田布傳後……六二七

書周亞夫傳後　六三四
蕭何論　六三九
題東漢宦者傳　六四四
跋魏世家　六五〇
記交趾進異獸　六五四
書二李傳後　六五五
讀楚語　六六〇

## 蘇過詩文編年箋注卷八　文

江天上梁文　六六九
送參寥道人南歸叙　六七四
題唐馬　六八〇
書張騫傳後　六八二
東交門箴　六八九
題陽關圖後　六九四
書先公字後　六九七
送仲豫兄赴官武昌叙　七〇一
祭常子然文　七〇五
祭叔父黄門文　七〇九
送孫海若赴官河朔叙　七一五
代滿憲謝换官表　七二一
河東提刑徙治太原題名記　七二四
代人賀啟　七二六
代人謝啟　七四一
跋南安巖主頌　七四九
跋折太尉碑陰　七五三
孫團練墓誌　七五六
謝薦舉狀　七六五
代崔憲謝降官表　七七〇
謝張帥啟　七七三
河東提刑崔公行狀　七七七

孟縣新遷獄舍記……七八八

## 蘇過詩文編年箋注卷九　文

志隱跋……七九三
襄城程先生美中墓誌銘……七九五
郾城縣遷土地祭文……八〇一
祭岑彦休文……八〇五
祈禱祝文五首……八〇九
禱雨孚濟龍潭祝文……八一五
送聖水還孚濟龍潭祝文……八一八
禱雨懺文……八二〇
送范元禮序……八二三
代席帥謝除徽猷閣待制知成都表……八二七
代成都帥到任謝上表……八三一
孫志康墓銘……八三六
王元直墓碑……八四六
跋李防禦遺文……八五五
書漳南李安正防禦碑陰……八五七
跋山谷道人家書……八五九
天寧寺鐘銘……八六一
普融老真贊……八六四
請平老開堂疏……八六五
臮灢亭上梁文……八六八
夷門蔡氏藏書目叙……八七三
賀王憲拜水衡啟……八七八
安邑縣壽聖寺第一代住持海印塔銘……八八一
士變論……八八五
回單靖州啟……八九一
代人謝啟……八九四

蘇過詩文編年箋注卷一〇　文不繫年文章

代人上北京留守書……八九九
宋景輝二子字説……九〇四
芝堂記……九〇六
謝提舉玉龍萬壽宫表……九一〇
代人賀啟……九一三
代人賀啟……九二〇
代人謝啟……九二四
文登帖……九三〇
上貽孫尉……九三一

附　録

一、蘇過年表……九三五
二、蘇過傳記……九九二
三、蘇過軼事……九九八
四、評論資料……一〇〇七
五、目録序跋……一〇一七
六、斜川詩文真僞考……一〇二七
參考書目……一〇四一
後　記……一〇六一
再版後記……一〇六七

# 蘇過詩文編年箋注卷一　詩

紹聖元年（一〇九四）七月侍父南遷途中至紹聖四年（一〇九七）隨父貶居惠州期間作

## 湖口人李正臣蓄異石廣袤尺餘而九峰玲瓏老人名之曰壺中九華且以詩紀之命過繼作〔一〕

至人寓跡塵凡中，杖頭掛壺來何從？長房俗眼偶澄澈，一笑市井得此翁。試窺壺中了無物①，何處著此千柱宮〔二〕？毗②耶華藏皆已有〔三〕，不獨海上棲瀛蓬〔四〕。我聞須彌納芥子〔五〕，況此空洞孰不容？何人誤持一嶂出，恍是九華巉絶峰。令人卻信劉郎語，當年霹靂化九龍〔六〕。誰將真形寫此石〔七〕，太華女几分清雄〔八〕。終當作亭號秋浦，刻公妙句傳無窮〔九〕。

【校記】

①無：趙本作「何」，按下句有「何處」語，「了無」爲六朝下常語，則作「無」字是。②毗：祠本作「昆」，「昆」（同毗）之形誤。

【箋注】

〔一〕作於紹聖元年（一〇九四）。本年四月三日，蘇軾以前掌制命，有譏訕神宗之嫌，自定州落職知英州（治今廣東英德），蘇過與兄邁、迨隨行南遷。十四日抵滑州（今河南滑縣），決定讓蘇邁往近地就食；又過汝州，蘇轍分俸七千，使蘇邁就食宜興。六月，同至金陵，邁與父分別，率家人赴宜興。二十五日，過侍父抵當塗，告下，又以詆斥神宗罪，詔謫蘇軾居惠州。蘇軾令次子迨亦歸宜興，獨與侍妾朝雲、幼子過赴貶所，過妻小亦隨迨歸陽羨。七月過湖口，湖口人李正臣蓄奇石，軾命名「壺中九華」，父子皆賦詩。蘇軾詩《引》：「湖口人李正臣蓄異石九峰，玲瓏宛轉，若窗櫺然。予欲以百金買之，與仇池石爲偶，方南遷未暇也。名之曰『壺中九華』，且以詩紀之。」過即繼之而作。湖口：《太平寰宇記·江州·湖口縣》：「本湖口戍，是南朝舊鎮，上據大鐘石，傍臨大江，唐武德五年，安撫使李大亮以爲要衝，遂置鎮，在彭蠡湖口。僞唐保大年中昇爲縣。」李正臣：字端彦，内臣，爲文思院使，寫花竹禽鳥，各盡其態。作叢棘疏梅，有水邊籬落幽絶之趣。又世收怪石，至數十百仞。參見《宣和畫譜》卷一九。「壺中九華」，取意《神仙傳》壺公故事，謂異石中别有天地山川。方勺《泊宅編》卷中亦載此石：「湖口李正臣所蓄石，東坡名以『壺中九華』者，予不及見之，但嘗詢正臣所刻碑本，雖九峰排列如雁齒，不甚崷崒，而石腰有白脈，若束以絲帶，此石之病，不知坡何酷愛之如此，欲買之百金，豈好事之過乎？」九華：指九華山，原名九子，唐李白以有九峰，如蓮花削成，改爲九華山，因有詩云「天河溢緑水，秀出九芙蓉」，在安徽青陽、貴池之間。此詩前六句先從壺中着筆，次四句謂怪石無所不容，神、佛、仙之勝地盡納「壺中」，尺幅千里，包攬無餘。而後四句「一嶂」突起，帶出「九華」，間以劉郎之詩相襯。結尾四句盛贊父詩，照應詩題。全詩錯落有致，舒捲自如。

〔二〕「至人」六句：此六句言費長房之遇壺公。《後漢書·方術列傳》：「費長房，汝南人也，曾爲市掾，市中有老翁賣藥，懸一壺於肆頭，及市罷，輒跳入壺中。市人莫之見，唯長房於樓上睹之，異焉，因往再拜奉酒脯。翁知長房之意其神也，謂之曰：『子明日可更來。』長房旦日復詣翁，翁乃與俱入壺中。唯見玉堂嚴麗，旨酒甘肴，盈衍其中，共飲畢而出。」至人：道家稱超凡脱俗，達到無我境界之人。《莊子·逍遥游》：「至人無己，神人無功，聖人無名。」又《田子方》：「得至美而游乎至樂，謂之至人。」得：發現。千柱宫：極言其富麗堂皇。梁元帝《玄覽賦》：「日殿月宫，金池珠叢。七重迢遞，千柱玲瓏。」以上寫「壺中」。蘇軾《予前後守倅餘杭凡五年》：「忠孝王家千柱宫，東坡作吏五年中。」

〔三〕此句以佛教勝地喻奇石。毗耶：梵語，亦譯作「維耶離」、「毗舍離」等；意譯平整莊嚴。古印度大城名，一説國名。相傳爲釋迦牟尼逝世地。釋迦逝後百年，印度名僧七百人嘗集於此整理佛教經典。唐玄應《一切經音義》卷八《維摩詰所説經》上《毗耶離》：「在恒河南中天竺界，七百賢聖於中結集處也。」華藏：梵語，華藏世界之簡稱，佛教中淨土之名，據云是釋迦如來真身毗盧舍那佛淨土。

〔四〕此句以道家仙境喻奇石。瀛蓬：瀛洲、蓬萊，傳説中之神山名。《史記·秦始皇本紀》：「海中有三神山，名曰蓬萊、方丈、瀛洲，仙人居之。」

〔五〕須彌納芥子：佛家語，謂諸相皆非真，鉅細可以相容。《維摩經·不可議品》：「若菩薩往是解脱者，以須彌之高廣，内（納）芥子中，無所增減，須彌山王本相如故。」須彌：佛語中之山名，據云其大無朋，爲一小世界之中心。相傳山高八萬四千由旬，山頂上爲帝釋天，四面山腰爲四天王天，周圍有七香海、七金山。第七金山外有鐵圍山所圍鹹海，鹹海四周有四大部洲。

〔六〕「令人」二句：劉禹錫《九華山歌》：「疑是九龍夭矯欲攀天，忽逢霹靂一聲化爲石。」（《劉賓客文集》卷二六）劉郎：劉禹錫（七七二—八四二），唐彭城（治今徐州）人，字夢得，貞元九年（七九三）進士，官至集賢殿直學士、太子賓客。永貞元年（八〇五），參與王叔文集團改革，事敗後貶司馬。新、舊《唐書》有傳。其《游玄都觀》諸詩嘗自稱劉郎：「玄都觀裏桃千樹，盡是劉郎去後栽。」「種桃道士歸何去？前度劉郎今又來。」

〔七〕真形：蘇軾《予昔作壺中九華詩》詩曰：「尤物已隨清夢斷，真形猶在畫圖中。」自注云：「道藏有《五嶽真形圖》。」（《施注蘇詩》卷三九）

〔八〕太華：山名，即西嶽華山，在陝西渭南市西南，因遠望其形如華（花），故稱華山，以其西有少華山，故又名太華。女几：山名。在河南宜陽縣治西南三十四里。劉禹錫《九華山歌·引》曰：「九華山在池州清陽縣西南，九峰競秀，神采奇異。昔予仰太華，以爲此外無奇；愛女几荆山，以爲此外無秀。及今年見九華，始悼前言之容易也。」

〔九〕「終當」二句：謂此奇石猶如池州之九華山，真當作亭紀念。宋陳舜俞《題秋浦亭》：「牢落真秋浦，江山滯客舟。身同雁南去，心似水東流。鷗鳥荒煙裏，漁人古渡頭。只因山色好，來上九華樓。」（《都官集》卷一三）宋陳炳《泛秋浦詞》：「九華北兮瀨東，石畏魄兮屈盤。誰此遊兮萬頃，初禹鑿兮何年？」（《敬鄉録》卷一〇）秋浦：湖名，在安徽池州貴池區西南八十里，隋於其地置縣亦名秋浦，五代時改名貴池。《明一統志·池州府》：秋浦湖「在（池州）府城西南八十里，長八十餘里，闊三十里，四時景物宛如瀟湘洞庭。唐李白詩：「愁作秋浦曲，强看秋浦花。山川如剡縣，風日似長沙。」（《秋浦歌》之六）唐杜牧詩：「秋浦倚吴江，去檝飛青鶻。溪山好畫圖，洞壑深閨闥。」（《池州送孟遲先輩》）妙句：謂蘇軾《壺中九華》詩。

【附】

蘇軾《壺中九華詩》并《引》

湖口人李正臣蓄異石九峰，玲瓏宛轉，若窗櫺然。予欲以百金買之，與仇池石爲偶，方南遷未暇也。名之曰「壺中九華」，且以詩紀之。

清溪電轉失雲峰，夢裏猶驚翠掃空。五嶺莫愁千嶂外，九華今在一壺中。天池水落層層見，玉女窗虚處處通。念我仇池太孤絶，百金歸買碧玲瓏。（《施注蘇詩》卷三五）

又《予昔作壺中九華詩其後八年復過湖口則石已爲好事者取去乃和前韻以自解云》

江邊陣馬走千峰，問訊方知冀北空。尤物已隨清夢斷，劉夢得以九華爲造物尤物。真形猶在畫圖中。道藏有《五嶽真形圖》。歸來晚歲同元亮，卻掃何人伴敬通。賴有銅盆修石供，仇池玉色自璁

瓏。家有銅盆，貯仇池石，正緑色，有洞穴達背。予又嘗以怪石供佛印師，作《怪石供》篇。（《施注蘇詩》卷三九）

黄庭堅《湖口人李正臣蓄異石九峰東坡先生名曰壺中九華并爲作詩後八年自海外歸過湖口石已爲好事者所取乃和前篇以爲笑實建中靖國元年四月十六日明年當崇寧之元五月二十日庭堅繫舟湖口李正臣持此詩來石既不可復見東坡亦下世矣感歎不足因次前韻》

有人夜半持山去，頓覺浮嵐暖翠空。試問安排華屋處，何如零落亂雲中？能迴趙璧人安在，已入南柯夢不通。賴有霜鐘難席卷，袖椎來聽響玲瓏。（《山谷集》卷一一）

晁補之《書李正臣怪石詩後》

湖口李正臣世收怪石，至數十百仞。初正臣蓄一石高五尺（按與小坡「尺餘」之説異），而狀異甚，東坡先生謫惠，過而題之云「壺中九華」，謂其一山九峰也。元符己卯九月貶上饒，艤鐘山寺下，寺僧言「壺中九華」奇怪，而正臣不來，余不暇往。庚辰七月遇赦北歸至寺下首問之，則爲當塗郭祥正以八十千取去累月矣。然東坡先生將復過此，李氏室中嵚崒森聳、殊影詭觀者尚多，公一題之，皆重於九華矣。（《鷄肋集》卷三三）

杜綰《雲林石譜》卷上「江州石」

江州湖口石有數種，或在水中，或産水際。一種青色，混然成峰巒岩壑，或類諸物狀；一種匾薄嵌空，穿眼通透，幾若木板，似利刀剜刻之狀，石理如刷，絲色亦微潤，扣之有聲。土人李正臣蓄此石，大爲東坡稱賞，目之爲壺中九華，有「百金歸買小玲瓏」之語。然石之諸峰間，有外來奇巧相粘綴，以增玲瓏，惟此種在李氏家頗多，適偶爲大賢一顧彰名，今歸尚方久矣。又有一種，挺然成一兩峰，或三四峰，高下峻峭，無拽腳，有向背，首尾一律；或大或小，土人多綴以石座，及以細碎諸石，膠漆粘綴，取巧爲盆山求售，政如僧人排設供佛者，其兩兩相對，殊無意味。（陶宗儀《說郛》卷九六下）

## 題鬱孤臺[一]

澤國風煙惡，平居念少游[二]。三冬霜樹少，八月火雲流[三]。旅館那堪暑[四]，危臺獨覺秋[五]。遠林藏小寺，虛市隔孤洲[六]。日落山銜碧，江昏蜃吐樓[七]。雲峰連北斗，鳥道絶南州[八]。丘壑從茲逝[九]，軒裳豈足留[一〇]？終當思范蠡，歸泛五湖舟[一一]。

**【箋注】**

[一]作於紹聖元年（一〇九四）八月。按蘇軾八月再貶寧遠軍節度副使、惠州安置，八月七日初入贛。過侍父過虔州（今江西贛州），同游鬱孤臺，蘇軾作《鬱孤臺》、《廉泉》、《塵外亭》、《天竺寺》諸詩，自注云皆虔州作。其中《天竺寺》詩云：「四十七年真一夢，天涯流落涙橫斜。」指軾十二歲時，其父洵南游虔州，至紹聖元年軾謫南遷，已經四十有七年矣。過詩亦用東坡《鬱孤臺》韻。鬱孤臺：《輿地紀勝・虔州》曰：「鬱孤臺，在（虔州）郡治（即今江西贛縣西南）。隆阜鬱然，孤起平地

數丈，冠冕一郡之形勝，而襟帶千里之山川。登其上者，若跨鼇背而升方壺。」本詩語極自然而對仗工穩，感遷謫之苦，思仕途之艱，全從肺腑流出，不假雕琢而楚楚動人。

〔二〕「澤國」二句：用馬援故事。《後漢書·馬援列傳》：援南征，嘗「從容謂官屬曰：『吾從弟少游常哀吾慷慨多大志，曰：「士生一世，但取衣食裁足，乘下澤車，御款段馬，爲郡掾吏，守墳墓，鄉里稱善人，斯可矣。致求盈餘，但自苦耳。」當吾在浪泊、西里間，虜未滅之時，下潦上霧，毒氣重蒸，仰視飛鳶跕跕墮水中，卧念少游平生時語，何可得也！』」

〔三〕「三冬」二句：以冬夏氣候迥異，喻世事滄桑、榮枯無常。《詩紀歷樞》：「箕爲天口，主出氣；尾爲逃臣，賢者叛。十二諸侯列於庭，夫霜樹落葉，而鴻雁南飛。」（《説郛》卷五上）楊方《五經鉤深》：「夫霜樹落葉，而鴻雁南飛；桃林披華，而玄鳥入宇。」（《太平御覽》卷五七）霜樹少：霜天葉落樹稀。火雲：夏季赤雲若火。梁蕭統《蕤賓五月》：「炎風以之扇户，暑氣於是盈樓。涷雨洗梅樹之中，火雲燒桂林之上。」流：《詩·豳風·七月》「七月流火」，毛傳：「流，下也。」

〔四〕旅館：古代泛指供旅人住宿的房屋。與近、現代專指營業性的供旅客住宿的地方不同。南朝宋謝靈運《游南亭》詩：「久痗昏墊苦，旅館眺郊歧。」

〔五〕危臺：高臺。指鬱孤臺，臺築於鬱孤山巔。宋趙抃《鬱孤臺》詩曰：「群峰鬱然起，惟此山獨孤。築臺山之巔，鬱孤名以呼。」秋：涼爽。

〔六〕虚市：集市。虚，後來寫作「墟」。

〔七〕蜃：大蛤。古人以爲海邊之奇妙幻景乃蜃吐氣而成。《史記·天官書》：「海旁蜄（蜃）氣象樓臺，廣野氣成宮闕然。」

〔八〕「雲峰」二句：謂山勢高峻，欲接北斗；路途遥遠，飛鳥所不到。鳥道絶南州：《文選·謝朓〈暫使下都夜發新林至京邑贈西府同僚〉》：「風雲有鳥路，江漢限無梁。」唐李善注引《南中八志》：「交阯郡治龍編縣，自興古鳥道四百里。」唐杜甫《鄭典設自施州歸》詩：「翩翩入鳥道，庶脱蹉跌厄。」宋郭知達《九家集注杜詩》引趙彦材曰：「《南中八志》曰：『交趾郡治龍編縣，自興古鳥道四百里。』蓋以其險絶，獸猶無蹊，人所莫由，特上有飛鳥之道耳。」南州：泛指南方地區。屈原《遠游》：「嘉南州之炎德兮，麗桂樹之冬榮。」

〔九〕謂將謝世事而歸老。蘇軾《臨江仙》：「小舟從此逝，江海寄餘生。」

〔一〇〕軒裳：指車服，代指官爵。晉陶淵明《雜詩》之十：「閑居執蕩志，時駛不可稽。驅役無停息，軒裳逝東崖。」唐王勃《上許左丞啟》：「願聞者道，敢披江海之心。祈進者榮，非慕軒裳之重。」

〔一一〕「終當」二句：范蠡：春秋楚人，字少伯，事越王勾踐二十餘年，苦身勠力，卒以滅吴，尊爲上將軍。蠡以勾踐難與共安樂，「遂乘輕舟以浮於五湖，莫知其所終極」（見《國語·越語下》）。五湖：即五里湖，在太湖。此指歸隱之江湖。

## 游英州碧落洞〔一〕

千尺琅玕翠入雲〔二〕，神仙已去洞仍存〔三〕。寒崖但見懸鐘乳〔四〕，流水無窮瀉石門〔五〕。未到朱明真洞府〔六〕，先看峽口小崑崙〔七〕。捨舟欲問桃源路，安得漁人與共論〔八〕。

【箋注】

〔一〕蘇過紹聖元年（一〇九四）隨父南遷赴惠州，九月過英州作。按：趙懷玉以爲：「紹聖元年，坡自江西赴惠州有《碧落洞》詩，紹聖二年又有《與程正輔游碧落洞》詩。叔黨此詩未知作於何時。」王文誥《蘇詩總案》繫於本年。今考詩云：「未到朱明真洞府，先看峽口小崑崙。」朱明洞在惠州羅浮山，作此詩時既云「未到」，即知尚在赴惠途中。英州：治所在今廣東英德。碧落洞：蘇軾《碧落洞》詩自注曰：「在英州下（南）十五里。」《輿地紀勝·英德府》曰：「碧落洞，在州南十五里。縣石如霓旌羽蓋狀。」《方輿勝覽》卷三十五同。王文誥《蘇文忠公詩編注集成》案曰：「下十五里，謂江口也。自此沿小溪盤繞二十里，至碧落洞。其源至山後來，折入後洞，而達於前，下注爲溪，碧落之義，似即因此名也。」

〔二〕琅玕：似珠玉的美石。《書·禹貢》：「厥貢惟球、琳、琅玕。」孔傳：「琅玕，石而似玉。」唐孔穎達疏：「琅玕，石而似珠者。」按此指翠竹。唐杜甫《鄭駙馬宅宴洞中》詩：「主家陰洞細煙霧，留客夏簟青琅玕。」清仇兆鰲注：「青琅玕，比竹簟之蒼翠。」

〔三〕神仙已去：《方輿勝覽》卷三十五：「洞中有蛻骨，皆勾連，因號爲蛻仙臺。《南越志》有沈侍郎，隱于碧落洞旁之雲華堂。唐元和六年，真陽令侯著來游。」清《廣東通志·英德縣》：「碧落洞在城南一十五里，前高三十餘丈，後高二十餘丈，石乳如霓旌羽蓋，下通溪流，旁有小洞，號爲雲華，深不可測。上爲蜕仙臺，又二里爲通天巖，横岡峻嶺，石乳聳峙。」

〔四〕懸鐘乳：清查慎行《蘇詩補注·碧落洞》引程之才次韻東坡詩曰：「懸崖攢滴乳。」

〔五〕石門：蘇軾《碧落洞》詩：「果然石門開，中有銀河傾。」程之才次韻詩：「我來洞門開，山意如相迎。」

〔六〕朱明真洞府：《東坡志林·異事》：「朱明洞，在沖虚觀後，云是蓬萊第一洞天。」《藝文類聚·羅浮山》：「《茅君内傳》曰：太天之内，有地中之洞天三十六所。羅浮山之洞，周迴五百里，名曰朱明曜真之天。」

〔七〕崑崙：山名，在今新疆西藏之間，西接帕米爾高原，東延入青海省境内。崑崙古代多神仙傳説。此以崑崙喻峽口碧落洞。按碧落洞位龍頭水與瀧水會合處，兩崖卷束，勢合如屋。

〔八〕「捨舟」二句：晉陶淵明《桃花源記》云武陵漁人迷路，循桃林而至一世外樂園，其地人人衣食豐足，怡然自樂，不知世間禍亂憂患。漁人歸家，人或按其所示往尋，而終不可得。後世多以「桃源」代指理想之人間仙境。

## 和大人游羅浮山〔一〕

我公陰德誰與京〔二〕？學道豈厭遲蜚鳴〔三〕。世間出世無兩得〔四〕，先使此路荒承明〔五〕。謫官羅浮定天意，不涉憂患那長生〔六〕。海涯莫驚萬里遠，山下幸足五畝耕〔七〕。人生露電非虛語〔八〕，大椿固已悲老彭〔九〕。蓬萊方丈今咫尺〔一〇〕，富貴敝屣孰重輕〔一一〕。結茅願爲麋鹿友〔一二〕，無心坐伏豺虎獰〔一三〕。況公方瞳已照座〔一四〕，奕奕神光在天庭〔一五〕。出青入玄①二氣換，妙理默契《黄庭經》〔一六〕。但願他時仇池主〔一七〕，不願更勒燕然銘〔一八〕。稚川刀圭儻可得〔一九〕，簪組永謝漢公卿〔二〇〕。腹中梨棗晚自成，本無荆棘何所平〔二一〕。

**【校記】**

①玄：原作「元」，據《黄庭經》當作「玄」。蓋清人避諱改。

**【箋注】**

〔一〕作於紹聖元年（一〇九四）九月。蘇軾《游羅浮記》曰：「紹聖元年九月二十七日，東坡公遷於惠州，艤舟泊頭鎮，明晨肩輿十五里，至羅浮山……同游者幼子過。」軾有《游羅浮山一首示兒子過》詩，本詩即和其韻。羅浮山：《輿地紀勝・廣州》引徐道覆《羅浮山記》：「羅浮者，蓋總稱羅山、浮山，二山合體謂之羅浮。在增城、博羅二縣（在今廣東）之境。」傳説羅浮山本名蓬萊山。一峰在海中，與羅山合，因名山。有洞通句曲，又有璇房、瑶室七十二所（《太平寰宇記》卷一五七）。東坡游羅浮山詩李注引鄒師正《羅浮指掌圖》：「山高三千六百丈，袤直五百里，峰巒四百三十二，嶺十五，石室七十二，瀑布九百八十，有大小石樓相去五里，皆高出雲表，重簷四柱如樓，登之可望滄海，夜半見日初出。」

〔二〕陰德：暗中所做有德于人的事。《淮南子・人間》：「有陰德者必有陽報，有陰行者必有昭名。」

《隋書·隱逸傳·李士謙》：「或謂士謙曰：『子多陰德。』士謙曰：『所謂陰德者何？猶耳鳴，己獨聞之，人無知者。今吾所作，吾子皆知，何陰德之有！』」京：《左傳·莊公二十二年》：「八世之後，莫之與京。」晉杜預注：「京，大也。」唐孔穎達疏：「莫之與京，謂無與之比大。」按蘇軾爲官多有惠政，故過作是語。

〔三〕學道：謂晚而得道，亦可喜也。遲蜚鳴：《史記·滑稽列傳》：「齊威王之時，喜隱，好爲淫樂長夜之飲，沉湎不治……淳于髡説之以隱，曰：國中有大鳥，止王之庭，三年不蜚又不鳴。王知此鳥何也？王曰：此鳥不飛則已，一飛沖天；不鳴則已，一鳴驚人。」蜚：同「飛」。

〔四〕世間：佛教名詞，與出世間相對，指世俗間。出世：即出世間，指超出「三界」、「六道輪回」之境界。

〔五〕荒承明：猶言遠離朝廷。荒，遠。承明，漢殿名，在未央宫中，後以指朝廷。按：此二句蓋用蘇軾《書事不能兩立》意：「樂天作廬山草堂，蓋亦燒丹也，欲成而爐鼎敗，明日忠州刺史除書到，乃知世間出世間事不兩立也。僕有此志久矣，而終無成者，亦以世間事未敗故也，今日真敗矣。《書》曰：『民之所欲，天必從之。』信而有徵。」

〔六〕憂患：《孟子·告子下》：「然後知生於憂患，死於安樂。」

〔七〕五畝：《孟子·梁惠王上》：「五畝之宅，樹之以桑，五十者可以衣帛矣。」後常以五畝指置民之産。蘇軾《表弟程德孺生日》：「曾活萬人寧望報，只求五畝却歸耕。」

〔八〕露電：《金剛經》：「一切有爲法，如夢幻泡影，如露亦如電，應作如是觀。」

〔九〕大椿：《莊子·逍遥游》：「上古有大椿者，以八千歲爲春，八千歲爲秋，而彭祖乃今以久特聞，衆人匹之，不亦悲乎！」老彭：即彭祖。《神仙傳》云：「彭祖者，姓錢名鏗，帝顓頊之玄孫也。殷末已七百六十七歲，而不衰老。」

〔一〇〕蓬萊方丈：見前《壺中九華》詩注〔四〕。蘇軾《寓居合江樓》詩亦云：「三山咫尺不歸去，一杯付與羅浮春。」

〔一一〕敝屣：破草鞋。《孟子·盡心上》：「舜視棄天下猶棄敝屣也。」南朝陳徐陵《梁禪陳策文》：「居之如馭朽索，去之如脱敝屣。」

〔一二〕結茅：編茅爲屋。謂建造簡陋的屋舍。南朝宋鮑照《觀圃人藝植》詩：「抱鍤壠上餐，結茅野中宿。」蘇軾《新居》詩：「結茅得兹地，翳翳村巷永。」麋鹿友：蘇軾《前赤壁賦》：「况吾與子漁樵於江渚之上，侶魚鰕而友麋鹿。」

〔一三〕豺虎獰：謂内無機心，可坐而降伏猙獰之豺虎。《續高僧傳》卷十六：「（僧稠）聞兩虎交鬥，咆響震谷，乃以錫杖中解，各散而去。」

〔一四〕方瞳：方形的瞳孔。古人以爲長壽之相。晉王嘉《拾遺記·周靈王》：「老聃在周之末，居反景日室之山，與世人絶跡，惟有黄髮老叟五人……瞳子皆方，面色玉潔，手握青筇之杖，與聃共談天地之數。」唐李白《游太山》詩之二：「山際逢羽人，方瞳好容顔。」清王琦注：「按仙經云：八百歲人瞳子方也。」蘇軾《子玉以詩見邀同刁丈游金山》詩：「更有方瞳八十一，奮衣矍鑠走山中。」

〔一五〕天庭：相術指人兩眉之間。亦指前額中央。《三國志·魏書·管輅傳》：「此二人天庭及口耳之間同有凶氣。」《黄庭内景經·黄庭》：「天庭地關列斧斤。」梁丘子注：「兩眉間爲天庭。」

〔一六〕「出青入玄」二句：《雲笈七籤》卷十一載《黄庭經》：「舌下玄膺死生岸，出青入玄二氣焕，子若遇之升天漢。」《黄庭經》：道教經名，分爲兩篇，全稱《太上黄庭内景經》、《太上黄庭外景經》，内容以歌訣形式講説道家養生之道。默契：暗合。

〔一七〕仇池：山名，在甘肅成縣西。一名瞿堆，又名萬頃山。《後漢書·西南夷列傳》：仇池，「方百頃，四面斗絶。」唐李賢注引辛氏《三秦記》：「本名仇維，山上有池，故曰仇池。山在倉、洛二谷之間，常爲水所衝激，故下石而上土，形似覆壺。」仇池主：指其父軾。蘇軾《雙石引》：「忽憶在潁州日，夢人請住一官府，榜曰『仇池』。」又蘇軾有怪石，亦命名曰仇池（見《壺中九華詩》）。

〔一八〕此謂勿須功成勒名。勒：刻。燕然：燕然山，即今蒙古杭愛山。《後漢書·竇憲列傳》，東漢竇憲大破匈奴，「遂登燕然山，去塞三千餘里，刻石勒功，紀漢功德」。

〔一九〕稚川：即葛洪（二八四—三六四）。《晉書》本傳曰：洪字稚川，號抱朴子，丹陽句容人。少好學，性寡欲，尤好神仙導養之法。咸和中爲散騎常侍、領大著作，固辭不就。以年老，欲以煉丹而求遐壽，聞交阯出丹，求爲句扇令。遂將子姪俱行。至廣州，刺史鄧嶽留不聽去，乃止羅浮山煉丹。在山數年，優游閒養，著述不輟。其死，顔色如生，世以爲尸解得仙。案葛洪羅浮煉丹竈，至宋猶存。東坡《游羅浮記》云羅浮山之沖虚觀，有葛稚川丹灶。刀圭：中藥量器名。晉葛洪《抱朴子·金丹》：「服之三刀圭，三尸九蟲皆即消壞，百病皆愈也。」王明校釋：「刀圭，量藥具。武威漢墓出土醫藥木簡中有刀圭之稱。」又以稱藥物，指金丹。唐韓愈《寄隨州周員外》詩：「金丹别後知傳得，乞取刀圭救病身。」

〔二〇〕謂永不作官。此用漢疏廣、疏受叔侄故事。疏廣爲太子太傅，疏受爲太子少傅，深得恩寵。自以知足不辱，知止不殆。功遂身退，天之道也。于是辭官歸里。公卿大夫、故人邑子設祖道供張東都門外。事見《漢書·疏廣傳》。簪組：冠簪和冠帶。唐王維《留别丘爲》詩：「親勞簪組送，欲趁鶯花還。」用以借指官宦。蘇軾《寄劉孝叔》詩：「高蹤已自雜漁釣，大隱何曾棄簪組。」

〔二一〕「腹中」二句：《神仙傳》：晉許穆爲撫軍長史，入華陽洞得道，王母第二十七女紫微夫人常降教之，後有書與穆生曰：「玉醴金漿，交梨火棗，飛騰之藥也，以君心猶有荆棘相雜，是以二樹不生。」蘇軾《次韻子由清汶老龍珠丹》：「黄門寡好心易足，荆棘不生梨棗熟。」《和陶歲暮作和張常侍》：「但使荆棘除，不憂梨棗愆。」《與劉宜翁書》：「杜門屏居，寢飯之外更無一事，胸中廓然，實無荆棘……或有外丹已成，可助成梨棗者，亦望不惜分惠。」

【附】

蘇軾《游羅浮山一首示兒子過》

人間有此白玉京，羅浮見日鷄一鳴。南樓未必齊日觀，鬱儀自欲朝朱明。劉夢得有詩，記羅浮夜半見日事。山不甚高，而夜見日，此可異也。山有二石樓。今延祥寺在南樓下，朱明洞在沖虛觀後，云是蓬萊第七洞天。東坡之師抱朴老，真契久已交前生。玉堂金馬久流落，寸田尺宅今誰耕？道華亦嘗啖一棗，唐永樂道士侯道華，竊食鄧天師藥，仙去。永樂有無核棗，人不可得，道華獨得之。予在岐下，亦嘗得食一枚。契虛正欲仇三彭。唐僧契虛，遇人導遊稚川仙府。真人問曰：「汝絶三彭之仇乎？」契虛不能答。鐵橋石柱連空横，山有鐵橋石柱，人罕至者。杖藜欲趁飛猱輕。雲溪夜逢瘖虎伏，山有啞虎巡山。斗壇晝出銅龍獰。沖虛觀後有朱真人朝斗壇，近於壇上，獲銅龍六、銅魚一。小兒少年有奇志，中宵起坐存《黄庭》。近者戲作凌雲賦，筆勢彷彿《離騷經》。負書從我盍歸去，羣仙正草《新宫銘》。汝應奴隸蔡少霞，我亦季孟山玄卿。唐有夢書《新宫銘》者云，紫陽真人山玄卿撰。又有蔡少霞者，夢人遺書碑，其末題云，五雲書閣吏蔡少霞書。還須略報老同叔，贏糧萬里尋初平。

## 白水巖湯泉〔一〕

世間詭異那可詰，地中火出連岡脈〔二〕。只知驪山天子浴〔三〕，未信窮海湯泉出〔四〕。方池不須緣①石甃，小沸自與澄沙白〔五〕。涓涓微溜架巖谷〔六〕，郁郁佳氣烝石室〔七〕。滿山松柏香自送，何用椒蘭熏四壁〔八〕。從來佳境與人遠，野老山僧那解説〔九〕。雖云得地古招提〔一〇〕，未遇賞音同汨没〔一一〕。一篇今得謫仙詩，當與繡嶺爭雄雌〔一二〕。

【校記】

①緣：知本作「緑」。

【箋注】

〔一〕作於紹聖元年（一〇九四）十月。蘇軾《游白水書付過》：「紹聖元年十月十二日，與幼子過游白水佛跡院，浴於湯池，熱甚，其源殆可熟物。」同時作有《白水佛跡巖》、《詠湯泉》等詩。過詩蓋作於同時。趙懷玉亦云：「叔黨此篇應是同時作。」白水巖：東坡《白水佛跡巖》詩自注：「羅浮之東麓也，在惠州東北二十里。」唐庚《湯泉記》：「佛跡院中，湧出二泉，其東所謂湯泉，其西雪如也，二泉相去步武間，而東泉熱甚，殆不可以觸指，以西泉解之，然後調適可浴。」本詩感湯泉不爲人知，恨知音之難遇，意在言外。與東坡歎湯泉「雖無傾城浴，倖免亡國污」，可相互發明。

〔二〕「世間」二句：古人謂温泉乃地火蒸水而成。明熊三拔《泰西水法》卷五：「蜀中火井，若遇石氣滋液發生，則成硫黃；泉源經之，即爲温泉；火道所經，鎮壓不出，則爲火石，故地中有火也。」詭異：怪異；奇特。《文子・符言》：「老子曰：聖人無屈奇之服，詭異之行。」詰：追問；詢問。

〔三〕驪山：在今陝西臨潼西南。驪山有温泉，開元十一年建温泉宮於驪山，天寶六年改名華清宮，温泉池改名華清池（《唐會要・華清宮》）。唐明皇及楊貴妃常浴於此。

〔四〕窮海：僻遠的海邊；僻遠處。古人認爲陸地四周皆爲海，故用以指僻遠之地。《爾雅・釋地》：「九夷、八狄、七戎、六蠻，謂之四海。」《左傳・僖公四年》：「君處北海，寡人處南海，唯是風馬牛不相及也。」楊伯峻注：「則此所謂北海、南海者，猶言極北、極南，不必以實地證之。」《後漢書·耿恭傳論》：「余初讀《蘇武傳》，感其茹毛窮海，不爲大漢羞。」按此以窮海指惠州。

〔五〕「方池」二句：白居易《官舍内新鑿小池》詩：「中底鋪白沙，四隅甃青石。」兹二句謂「窮海湯泉」勿須整治，自然而有白家小池之情趣。甃：《易·井》：「井甃無咎。」唐孔穎達疏引《子夏傳》：「甃亦治也。以塼壘井，脩井之壞，謂之爲甃。」

〔六〕微溜：細瀑。唐釋玄應《一切經音義》卷五引《蒼頡》曰：「溜，謂水垂下也。」

〔七〕此謂温泉熱氣蒸騰，充盈漫衍于巖壁石室之間。

〔八〕椒蘭：俱爲香料。古時富貴之家多用以熏塗房屋。《文選·謝靈運〈擬魏太子鄴中集·徐幹〉》詩：「已免負薪苦，仍游椒蘭室。」唐李周翰注：「椒蘭室，貴人之居也。」

〔九〕此謂温泉無人認識，無人宣傳，亦「百姓日用而不知」之意。解：能也。

〔一〇〕招提：梵語。音譯爲「拓鬥提奢」，省作「拓提」，後誤爲「招提」。其義爲「四方」。四方之僧稱招提僧，四方僧之住處稱爲招提僧坊。北魏太武帝造伽藍，創招提之名，後遂爲寺院的别稱。南朝宋謝靈運《答范光禄書》：「即時經始招提，在所住山南。」

〔一一〕賞音：即知音。《吕氏春秋·本味》記春秋時楚人伯牙善鼓琴，鍾子期善聽琴，鍾子期死，伯牙破琴絶弦，終生不復鼓琴。後世因謂知己爲知音。汩没：埋没；湮滅。唐杜甫《寄李十二白二十韻》：「聲名從此大，汩没一朝伸。」

〔二三〕「一篇今得」二句：謂湯泉今得蘇軾稱揚於詩篇，定當與驪山湯池爭雄於世。謫仙：即李白。此指蘇軾，其詩爲《詠湯泉》。繡嶺：在驪山。此指代驪山湯池。

## 地爐歌寄伯仲〔一〕

野人勸我鑿地爐〔二〕，纔能容膝便有餘〔三〕。土牀屈曲方六尺，墐塗何必髹丹朱〔四〕。廣文無氈與客設〔五〕，蒲團但學僧跏趺〔六〕。破鐺折腳自烹煮，中有至樂人所無〔七〕。我游東南古佛刹〔八〕，潭潭大屋千浮屠〔九〕。環牀接席如坐井〔一〇〕，白灰蓋火深模糊。貴人盡卧紅氍毹〔一一〕，春風習習生四隅。牽衣留客長夜飲，一石屢醉狂淳于〔一二〕。我家環堵真癯儒〔一三〕，鷃鵬無羨安枋榆〔一四〕。勞生養此夢幻軀，誰能華睆慕大夫〔一五〕？時從村叟交蹠語〔一六〕，炔焰爬搔味醍醐〔一七〕。牀頭一榼自取飲〔一八〕，醉後耳熱時歌呼〔一九〕。坐想潁川十日雨〔二〇〕，尺薪如桂求里閭〔二一〕。此時無人知我樂，惜哉不與二仲俱〔二二〕。我兄何時結茅廬〔二三〕，小窗請試新規模。

**【箋注】**

〔一〕作於紹聖元年（一〇九四）冬居嘉祐寺時。蘇軾《遷居》詩《引》：「吾紹聖元年十月二日至惠州，寓居合江樓。是月十八日遷於嘉祐寺。二年三月十九日復遷於合江樓。三年四月二十日復歸於嘉祐寺。」是曾兩居合江樓和嘉祐寺。其始學作地爐，當在初居嘉祐寺時。伯仲：長兄，次兄，此指蘇轍子遲、适。蘇軾被貶，蘇轍亦南遷，軾二子（過之二兄）邁、迨歸宜興，轍二子遲、适則留居潁昌。蘇遲（？—一一五五），字伯充，蘇轍長子。後於建炎二年以右朝散大夫直秘閣。歷知婺州、泉州、處州。其知婺州時，奏減民税，父老爲立生祠，因家焉。後贈少傅。見明鄭柏《金華賢達傳》。蘇适（一〇六八—一一二二），字仲南，轍次子。河南郟縣出土蘇遲作《蘇仲南墓誌銘》：初以郊恩授承奉郎，任郊社局令。蘇轍貶嶺南，「仲南移疾而歸，求田問舍，縮衣節口，以備南北養生之具」。後歷官太常寺太祝，通判廣信軍，官至承議郎。宣和四年卒。

〔二〕野人：本地土著之人。地鑪：就地挖砌的火爐。蘇轍《和柳子玉地鑪》詩有曰：「鑿地泥牀不費力，山深炭賤火長紅。」

〔三〕容膝：極言其小。晉陶潛《歸去來兮辭》：「倚南窗以寄傲，審容膝之易安。」《韓詩外傳》卷九北郭先生妻曰：「今如結駟連騎，所安不過容膝。」

〔四〕墐塗：以泥塗壁。墐：黏土。髹：以漆塗物。丹朱：紅顏料，此處泛指彩繪。

〔五〕廣文：指鄭虔（六九一—七五九），唐畫家，字弱齋，鄭州滎陽（今屬河南）人，開元二十五年（七三七）官廣文館博士，人稱廣文先生。愛彈琴，與李白、杜甫爲詩酒交，時有「鄭虔三絶（詩、書、畫）」之譽。安禄山陷長安，迫授官職，事平，貶台州司户參軍，未幾卒。新、舊《唐書》有傳。無氈：杜甫《戲贈鄭廣文虔兼呈蘇司業源明》詩：「才名四十年，坐客寒無氈。」

〔六〕蒲團：蒲編圓墊，爲僧人坐禪及跪拜時所用。跏趺：「結跏趺坐」之略稱。佛家禪宗傳之。慧琳《一切經音義》卷八：「結跏趺坐，略有二種：一曰吉祥，二曰降魔。凡坐者皆先以右趾押左股，後以左趾押右股。此即左押右，手亦左在上。名曰降魔坐。……其吉祥坐，先以左趾押右股，後以右趾押左股，令二足掌仰於二股之上，手亦右押左。名爲吉祥坐。」《嘉祥法華義疏》卷二曰：「結跏趺坐，是諸佛常坐之法。作此坐法者，身端而心正也。」也泛指靜坐，端坐。蘇軾《又次韻二守同訪新居》之一：「也知卜築非真宅，聊欲跏趺看此心。」

〔七〕「破鐺」二句：謂己安貧樂道。破鐺折腳：斷腳鍋。唐段成式《酉陽雜俎·雷》：「騞然墜地，變成熨斗、折刀、小折腳鐺焉。」《景德傳燈録·汾州大達無業國師》：「茅茨石室，向折腳鐺子裹煮飯喫過三十二十年，名利不干懷，財寶不爲念，大忘人世，隱跡巖叢。」蘇軾《贈月長老》詩：「子有折足鐺，中容五合陳。」鐺，漢服虔《通俗文》曰：「鬴（釜）有足曰鐺。」（《太平御覽》卷七五七引）

〔八〕佛刹：佛寺。刹即寺也。《南齊書·東昏侯紀》：「縶役工匠，自夜達曉，猶不副速，乃剔取諸寺佛刹殿藻井仙人騎獸以充足之。」

〔九〕潭潭：深廣貌。《韓詩外傳》卷一：「吾北鄙之人也，將南之楚。逢天之暑，思心潭潭。」唐唐彦謙《拜越公墓因游定水寺有懷源老》詩：「越公已作飛仙去，猶得潭潭好墓田。」浮屠：亦作浮圖、休屠，佛陀之異譯。佛教爲佛所創，古人因稱佛教徒爲浮屠。參後《送鄉僧世鵬游嵩少》注〔七〕。

〔一〇〕「環牀」二句：牀：即上文所言「土牀」。因每人周遭有土圍以爲距離，遠觀則如坐井中。蘇軾

《贈月長老》：「延我地爐坐，語軟意甚真。白灰如積雪，中有紅麒麟。」

〔一一〕氍毹：用毛織或毛與其他材料混織的毯子。可用作地毯、壁毯、床毯、簾幕等。《樂府詩集·相和歌辭十二·隴西行》：「請客北堂上，坐客氈氍毹。」《梁書·諸夷傳·高昌國》：「大同中，子堅遣使獻鳴鹽枕、蒲陶、良馬、氍毹等物。」唐岑參《玉門關蓋將軍歌》：「暖屋繡簾紅地爐，織成壁衣花氍毹。」

〔一二〕「牽衣」二句：謂留客作長夜飲。狂淳于：指淳于髡，戰國齊稷下人。以博學、滑稽、善辯稱。齊威王於稷下招徠學士，任之爲大夫。數使諸侯，未嘗屈辱。嘗諫齊威王罷長夜之飲。「（威王）置酒後宮，召髡賜之酒。問曰：『先生飲幾何而醉？』對曰：『臣飲一斗亦醉，一石亦醉。』又曰：『若日暮酒闌，主人留髡而送客，男女同席，燭滅帶解，節澤暗通，則髡最歡，能飲一石。故曰酒極則生亂。』威王稱善，遂罷長夜之飲。」（見《史記》本傳）

〔一三〕環堵：《禮記·儒行》：「儒有一畝之宫，環堵之室。」唐孔穎達疏：「環堵，面一堵也，五版爲堵。」環堵，以言簡陋。癯儒：《漢書·司馬相如傳》：「相如以爲列僊之儒居山澤間，形容甚臞。」臞，唐顔師古注曰：「臞，瘠也。」臞，同「癯」。

〔一四〕謂鷃雀不羡鵬鳥之翱翔天池，而安於榆枋之間。《莊子·逍遥游》：「鵬之徙於南冥也，水擊三千里，摶扶摇而上者九萬里……蜩與學鳩笑之曰：『我決起而飛，搶榆枋，時則不至，而控於地而已矣，奚以九萬里而南爲？』……斥鴳笑之曰：『彼且奚適也？我騰躍而上，不過數仞而下，翱翔蓬蒿之間，此飛之至也。而彼且奚適也？』」鷃：即鴳鶉類小鳥。鵬：《莊子·逍遥游》：「北冥有魚，其名爲鵾，鵾之大，不知其幾千里也。化而爲鳥，其名爲鵬，鵬之背，不知其幾千里也。怒而飛，其翼若垂天之雲。」

〔一五〕「勞生」二句：謂人間若夢，勞生廝養而已。至其大夫之富貴，又何羨焉。勞生：勞碌之生。《莊子·大宗師》：「夫大塊載我以形，勞我以生，佚我以老，息我以死。」夢幻軀：晉陶淵明《飲酒》詩之八：「吾生夢幻間，何事紲塵羈。」華晥：《禮記·檀弓上》：「曾子寢疾，病。樂正子春坐於牀下，曾元、曾申坐於足，童子隅坐而執燭。童子曰：『華而晥，大夫之簀與？』」漢鄭玄注：「華，畫也。」唐陸德明《釋文》：「晥，明貌。」蘇軾《再過常山和昔年留别詩》：「那知夢幻軀，念念非昔人。」

〔一六〕交蹠語：猶促膝談。蹠，同「跖」，腳掌。韓愈《祭河南張署員外文》：「守隸防夫，觝頂交跖。」

〔一七〕「時從」二句：謂與村叟促膝長談，快心而有趣。炔焰：小火。醍醐：本指從酥酪中提制出的油。《大般涅槃經·聖行品》：「譬如從牛出乳，從乳出酪，從酪出生穌，從生穌出熟穌，從熟穌出醍醐。醍醐最上。」因以之比喻美酒。唐白居易《將歸一絶》：「更憐家醖迎春熟，一甕醍醐待我歸。」蘇軾《蜜酒歌》：「百錢一斗濃無聲，甘露微濁醍醐清。」

〔一八〕榼：酒具、量器。劉伶《酒德頌》：「止則操巵執觚，動則挈榼提壺，惟酒是務，焉知其餘？」《孔叢子·儒服》：「平原君與子高飲，强子高酒曰：昔有遺諺：堯舜千鍾，孔子百觚，子路嗑嗑，尚飲十榼。古之聖賢，無不能飲也。」

〔一九〕《漢書・楊惲傳》載惲《報孫會宗書》：「家本秦也，能爲秦聲；婦，趙女也，雅善鼓瑟。奴婢歌者數人，酒後耳熱，仰天拊缶，而呼烏烏。」

〔二〇〕潁川：即許州。秦滅韓，以其地置潁川郡，治陽翟，晉移治許昌（在今河南），唐爲許州，宋因之（見《元和郡縣志》卷八《許州》）。

〔二一〕尺薪如桂：長一尺的煮飯木柴比桂木還珍貴。《戰國策・楚策》：「楚國之食貴於玉，薪貴於桂。」蘇軾《次韻鄭介夫》之一：「一落泥塗跡愈深，尺薪如桂米如金。」里閈：猶言鄰里。

〔二二〕二仲：指蘇遲、蘇适。

〔二三〕結茅廬：築室。陶淵明《飲酒》之五：「結廬在人境，而無車馬喧。問君何能爾，心遠地自偏。采菊東籬下，悠然見南山。」時遲、适擬築室於許。蘇轍《同子瞻次過遠重字韻一首》：「潁川築室久未成，夜來忽作西湖夢。」唐白居易《自題小草亭》：「新結一茅茨，規模儉且卑。」

## 大人生日〔一〕

一封已責被敷天〔二〕，十萬飢民粥與饘〔三〕。不待丹砂錫難老〔四〕，自憑陰德享長年。壽條①固已占黃髮〔五〕，珠火還應養寸田〔六〕。況是玉皇香案吏〔七〕，御風騎氣本泠然〔八〕。

【校記】

①條，備要本作「絛」，誤。

【箋注】

〔一〕作於紹聖元年（一〇九四）十二月十九日，蘇軾貶到惠州第一個生日時。

〔二〕元祐七年，蘇軾知揚州，民多積欠，且饑疫大作。軾數上書執政，求免積欠。七月詔允。蘇軾《和陶飲酒》詩十一：「詔書寬積欠，父老顔色好。再拜賀吾君，懷此不貪寶。」責：後來寫作「債」。

〔三〕敷天：猶言普天。《詩·周頌·般》：「敷天之下，裒時之對，時周之命。」高亨注：「敷，讀爲普。」

〔四〕《宋史·蘇軾傳》：「（軾）既至杭，大旱，饑疫並作。軾請於朝，免本路上供米三分之一，復得賜度僧牒，易米以救飢者。明年春，又減價糶常平米，多作饘粥藥劑，遣使挾醫分坊治病，活者甚衆。」詳見《續資治通鑑長編·哲宗元祐七年》五月所載蘇軾奏章。

〔五〕丹砂：即朱砂。礦物名。色深紅，古代道教徒用以化汞煉丹，中醫作藥用，也可製作顔料。晉葛洪《抱朴子·金丹》：「凡草木燒之即燼，而丹砂燒之成水銀，積變又還成丹砂。」

〔六〕壽條：猶言壽紋。宋吴曾《能改齋漫録》卷七：「顔之推云：眉毫不如耳毫，耳毫不如項條，項條不如老饕。此言老人雖有壽相，不如善飲食也。故東坡《老饕賦》蓋本諸此。」條：紋路。按此句與下句皆言蘇軾已極具長壽之相。黄髮：《詩·魯頌·閟宫》：「黄髮台背。」鄭箋：「皆壽徵也。」占：徵兆。

〔六〕珠火：《瓔珞經》有曰：「佛眉象珠火。」又曰：「阿難以偈歎曰：『白毫眉間生，美澤猶真珠。』」是則謂白眉如珠之光焰也，亦壽眉之像。寸田：《黄庭經》曰：「寸田尺宅可治生。」《雲笈七籤》卷十一「寸田尺宅可治生」注：「謂三丹田之宅各方一寸，故曰寸田……經云寸田尺宅，彼尺宅謂面也。」按道家稱人體有三丹田：在兩眉間爲上丹田，在心下者爲中丹田，在臍下者爲下丹田。此處指上丹田，與「珠火」正相匹配。

〔七〕香案吏：指起居舍人。《新唐書・百官志》：「若仗在紫宸内閤，則（起居舍人）夾香案分立殿下。」蘇軾於哲宗朝曾官起居舍人。其《舟行至清遠縣》詩云：「到處聚觀香案吏，此邦宜著玉堂仙。」

〔八〕泠然：《莊子・逍遥游》：「夫列子御風而行，泠然善也。」又曰：「若夫乘天地之正，而御六氣之辯，以游無窮者，彼且惡乎待哉！」晉郭象注：「泠然，輕妙之貌。」唐王勃《游廟山賦》：「王子馭風而游，泠然而善。蓋懷霄漢之舉，而忘城闕之戀矣。」

## 用韋蘇州寄全椒道士韻贈羅浮鄧道士三首〔一〕

一

是身如傳舍〔二〕，富貴同過客〔三〕。齒髮日夜衰①〔四〕，悲哉卵投石〔五〕。幽人卧林下〔六〕，沆瀣餐竟夕〔七〕。應笑蘭亭游，回頭已陳跡〔八〕。

【校記】

①衰：原本作「游」，據諸本改。

【箋注】

〔一〕作於紹聖二年（一〇九五）正月。蘇軾《寄鄧道士》詩《引》曰：「紹聖二年正月一日，予偶讀韋蘇州《寄全椒山中道士》詩云：『今朝郡齋冷，忽念山中客。澗底束荊薪，歸來煮白石。遥持一樽酒，遠慰風雨夕。落葉滿空山，何處尋行跡。』乃以酒一壺，依蘇州韻，作詩寄之。」蘇過此組詩亦當作於同時。韋蘇州，即韋應物（七三七—七九一），唐京兆人。少年時以三衛郎事玄宗，亂後失官，遂折節讀書。嘗爲滁州、江州、蘇州刺史，有惠政，故有韋江州、韋蘇州之稱。其性行高潔，詩如其人，閒澹簡遠似陶潛，世稱陶韋。全椒：縣名，屬滁州（治今安徽滁州市）。應物以唐德宗建中二年（七八一）知滁州。全椒道士：《輿地紀勝・滁州》「全椒道士，世莫知其姓名。唐韋應物爲郡太守，有詩寄之」云云，所録即蘇軾詩《引》所録之詩。鄧道士：名守安，字道立，居羅浮山，「山野拙訥，然道行過人，廣、惠間敬愛之」（蘇軾《與王仲敏八首》之三）。本組詩反復申説功名富貴之不可戀，人生之虚無。文辭清遠恬淡，自然超脱。

〔二〕傳舍：古時供行人休息住宿的處所。《戰國策・魏策四》：「今鼻之入秦之傳舍，舍不足以舍之。」唐劉禹錫《宿誠禪師山房》詩：「視身如傳舍，閲世似東流。」蘇軾《與徐得之》：「僕亦衰老，强顔少留如傳舍耳。」

〔三〕《漢書·蓋寬饒傳》：「富貴無常，忽則易人，此如傳舍，所閲多矣。」

〔四〕齒髮：牙齒頭髮，蘇軾《到潁未幾公帑已竭齋廚索然戲作》詩：「歲月今幾何，齒髮日向疏。」因齒髮乃年齡之表徵，古常以「齒髮」衰頽喻衰老。

〔五〕卵投石：《墨子·貴義》：「以其言非吾之言，是猶以卵投石也；盡天下之卵，其石猶是也，不可毁也。」

〔六〕幽人：幽隱之人；隱士。《易·履》：「履道坦坦，幽人貞吉。」唐孔潁達疏：「幽人貞吉者，既無險難，故在幽隱之人守正得吉。」《後漢書·逸民傳序》：「光武側席幽人，求之若不及。」按此指隱居羅浮山之鄧道士。

〔七〕沆瀣：屈原《遠游》：「飡六氣而飲沆瀣兮，漱正陽而含朝霞。」漢王逸《章句》引《陵陽子明經》曰：「春食朝霞，朝霞者，日始出赤黄氣；秋食淪陰，淪陰者，日没以後赤黄氣也；冬飲沆瀣，沆瀣者，北方夜半氣也；夏食正陽，正陽者，南方日中之氣是也。並天地玄黄之氣，是爲六合氣也。」

〔八〕「應笑」二句：蘭亭：地在會稽山陰（今浙江紹興），東晉穆帝永和九年（三五三）上巳日，王羲之偕親朋聚會於此以修禊事，羲之作《蘭亭集序》，有「向之所欣，俛仰之間，已爲陳跡」語。

## 二

神仙豈無路，試訪武陵客〔一〕。天河尚可到，歸驗支機石〔二〕。世人耳目隘，露槿那知夕〔三〕。同趨桃李蹊〔四〕，肯踐商顔跡〔五〕？

【箋注】

〔一〕武陵客：謂陶淵明《桃花源記》中之漁父。武陵：郡名，治今湖南常德。參前《游英州碧落洞》注〔八〕。

〔二〕「天河」二句：《太平御覽》卷八引《博物志》曰：「舊説云：『天河與海通，近世有居海者，年年八月有浮槎，去來不失期。人有多齎糧乘槎而去，芒芒忽忽不覺晝夜。奄至一處，有城郭屋舍甚嚴，遥望，多織婦。見一丈夫牽牛渚次飲之，牽牛人乃驚問曰：「何由至此？」此人具道來意，即問爲何處。答曰：「君還至蜀訪嚴君平，則知之。」乃與一石而歸。後至蜀問嚴君平，君平曰：「此織女支機石也。」』某年月日有客星犯牽牛宿，正此人到天河時也。」

〔三〕「世人」二句：謂世間人目光短淺，如露槿不知朝夕。蘇軾《詠湯泉》：「自憐耳目隘，未測陰陽故。」露槿：即木槿。《爾雅·釋草》：「木槿，似李樹，華（花）朝生夕隕。」因其花朝開暮落，如朝露易乾，故稱露槿。蘇軾《問淵明》詩：「八百要有終，彭祖非永年。皇皇謀一醉，發此露槿妍。」

〔四〕桃李蹊：《史記·李將軍列傳贊》：「諺曰：桃李無言，下自成蹊。此言雖小，可以諭大也。」後用以喻吸引衆人奔趨的地方。唐盧照鄰《長安古意》詩：「俱邀俠客芙蓉劍，共宿娼家桃李蹊。」唐杜甫《水宿遣興奉呈郡公》詩：「嶷嶷瑚璉器，陰陰桃李蹊。」

〔五〕商顔：即商山。《漢書·溝洫志》：「自徵引洛水至商顔下。」唐顔師古注：「商顔，商山之顔。」商山在陝西商州區。商顔跡：商山四皓之跡。商山四皓：漢初商山四高年隱者東園公、綺里季、夏黄公，甪里先生。

三

異時公子貴，珠履三千客〔一〕。人生一飯飽〔二〕，安用家萬石〔三〕？百年過隙爾〔四〕，朝不及謀夕〔五〕。吾駕當早回〔六〕，覆車豈無跡〔七〕。

【箋注】

〔一〕「異時」二句：《史記·春申君列傳》：「春申君客三千餘人，其上客皆躡珠履以見趙使，趙使大慚。」

〔二〕一飯：一餐飯。唐白居易《狂言示諸侄》：「一裘煖過冬，一飯飽終日。」

〔三〕萬石：《史記·萬石君列傳》：「(石)奮長子建、次子甲、次子乙、次子慶……官皆至二千石。於是景帝曰：『石君及四子皆二千石，人臣尊寵乃集其門。』號奮爲萬石君。」

〔四〕《莊子·知北游》：「人生天地之間，若白駒之過隙，忽然而已。」唐白居易《詠懷》：「人生百年内，疾速如過隙。」

〔五〕《三國志·蜀書·楊戲傳》裴松之注引李密《陳情事表》：「人命危淺，朝不慮夕。」

〔六〕屈原《離騷》：「回朕車以復路兮，及行迷之未遠。」駕，車也。

〔七〕覆車：翻車，車顛覆。《漢書·賈誼傳》載誼《陳政事疏》：「前車覆，後車誡。」

## 正月二十四日侍親游羅浮道院棲禪山寺〔一〕

淡雲曉葱蘢〔二〕，野水清可揭〔三〕。山明草木秀，百里見瑣細〔四〕。人間境愈靜，地暖春先逝。桃李已青枝，落花空覆砌〔五〕。涼風稍可愛〔六〕，習習來衣袂〔七〕。赤日雖未苦，炎炎逼裘毳〔八〕。道人疑有道〔九〕，羽服襟裳弊①〔一〇〕。晨齋爨無煙〔一一〕，含糗聊卒歲〔一二〕。空階指葦撥②，破屋緣薜荔〔一三〕。拄杖挑筍蕨，折柳樊蘭蕙〔一四〕。居夷信何陋〔一五〕，即此可遁世〔一六〕。敢師浴乎沂〔一七〕，不數山陰禊〔一八〕。人生行樂耳〔一九〕，四海皆兄弟〔二〇〕。何必懷故鄉〔二一〕，吾駕隨所税〔二二〕。

【校記】

①弊：祠本作「敝」。　②撥：祠本作「芨」。

【箋注】

〔一〕作於紹聖二年（一〇九五）正月。按蘇軾是年有《正月二十四日與兒子過賴仙芝王原秀才僧曇穎行全道士何宗一同游羅浮道院及棲禪精舍過作詩和其韻寄邁迨一首》：「寄書陽羨兒，並語長頭弟。門户各努力，先期畢租税。」棲禪山寺：又名棲禪精舍，舊題王狀元《集注蘇詩》曰：「棲禪寺，在惠州豐湖上。」本詩狀南國初春景物，歷歷在目；叙道人安貧樂道，栩栩如生。淡泊閒遠，了無纖塵，天涯何妨？此心安處是吾鄉也。

〔二〕葱蘢：猶朦朧。唐韋應物《登高望洛城作一首》：「葱蘢瑶臺榭，窈窱雙闕門。」

〔三〕揭（qì）：提衣涉水。《詩·邶風·匏有苦葉》：「深則厲，淺則揭。」毛傳：「揭，褰衣也。」蘇軾《正月二十四與兒子過》詩曰：「斷橋隔勝踐，脱屨欣小揭。」是知父子等人實涉水而渡。

〔四〕「山明」二句：言春晴山明，視野開闊，雖遠處瑣細之物亦清晰可見。瑣細：極言其微小。唐杜甫《北征》詩：「山果多瑣細，羅生雜橡栗。」蘇軾《東坡志林·爾朱道士煉朱砂丹》：「客於涪州，愛其所産丹砂，雖瑣細而皆矢鏃狀。」

〔五〕覆砌：覆蓋臺階。蘇軾《次韻王覿正言喜雪》：「聖人與天通，有詔寬獄市。好語夜喧街，濕雲朝覆砌。」

〔六〕稍：甚；極。《舊唐書·王叔文傳》：「而叔文頗任氣自許，粗知書，好言事，順宗稍敬之，不得如伾出入無間。」

〔七〕習習：微風和煦貌。《詩·邶風·谷風》：「習習谷風，以陰以雨。」毛傳：「習習，和舒貌。」袂：衣袖。

〔八〕裘：皮衣。毳：毛類衣服。

〔九〕道人：修道之人，此兼指羅浮道院道士暨棲禪精舍僧侶。疑：似，好像。南朝梁庾肩吾《奉和春夜應令》：「月皎疑非夜，林疏似更秋。」

〔一〇〕羽服：仙人或道士的衣服。《黄庭内景經·隱影》：「羽服一整八風驅，控駕三素乘晨霞。」梁丘子注：「上清寶文仙人有五色羽衣。」襟裳弊：亦道家風采。《太平御覽·道部·服餌上》：「董威輦，不知何許人，晉武帝時在洛陽白社中，藍縷不蔽，恒吞一石子，終日不食。」蘇軾和韻亦有曰：「黄冠常苦飢，迎客羞破襪。」

〔一一〕爨（cuàn）：燒火做飯。

〔一二〕含糗（qiǔ）：食寒粥。此極言其貧寒。糗：冷粥。《國語·楚語下》：「每朝設脯一束、糗一筐以羞子文。」三國吴韋昭注：「糗，寒粥也。」《文選·王褒〈聖主得賢臣頌〉》：「羹藜唅糗者，不足與論太牢之滋味。」唐李周翰注：「藜，野菜；唅，食也。」卒歲：度過歲月。漢郭泰《答友勸仕進者》：「未若巖岫頤神，娱心彭老，優哉游哉，聊以卒歲。」

〔一三〕「空階」二句：謂野花、青藤爬滿了道院和僧舍的階和牆。蕐撥、薜荔：均屬藤類植物。

〔一四〕《詩·齊風·東方未明》：「折柳樊圃，狂夫瞿瞿。」樊：築籬圍繞。蘭：蘭花。蕙：香草名。

〔一五〕《論語·子罕》：「子欲居九夷。或曰：『陋，如之何？』子曰：『君子居之，何陋之有？』」信：誠，的確。該句謂誠如夫子所云，居夷之地何必嫌其簡陋呢？

〔一六〕遁世：避世隱居。遁又作遯。《周易·乾文言》：「子曰：龍德而隱者也，不易乎世，不成乎名，遯世無悶。」《孔叢子·記義》：「孔子讀《詩》及《小雅》，喟然而歎曰：『……於《考槃》，見遁世之士而不悶也。』」

〔一七〕《論語·先進》：孔子令弟子「各言爾志」，曾皙曰：「莫（暮）春者，春服既成，冠者五六人，童子六七人，浴乎沂，風乎舞雩，詠而歸。」孔子曰：「吾與點（曾皙名點）也。」師：效法。

〔一八〕禊：古代民俗，三月上巳日於水濱洗滌，袚除不祥，洗去宿垢。《晉書·王羲之傳》載羲之《蘭亭序》：「永和九年，歲在癸丑，暮春之初，會於會稽山陰之蘭亭，修禊事也。」數：稱數，效法。

〔一九〕《漢書·楊惲傳》載惲《報孫會宗書》：「人生行樂耳，須富貴何時？」蘇軾《送江公著知吉州》詩：「簿書期會得餘閒，亦念人生行樂耳。」

〔二〇〕《論語·顔淵》：「四海之内皆兄弟也。」

〔二一〕杜甫《赤谷》：「貧病轉零落，故鄉不可思。常恐死道路，永爲高人嗤。」此反用杜意。唐陳子昂《感遇》之廿七：「朝發宜都渚，浩然思故鄉。故鄉不可見，路隔巫山陽。」

〔二二〕《史記·李斯列傳》：「吾未知所税駕也。」唐司馬貞《索隱》：「税駕，猶解駕，言休息也。」税，讀如脱。

## 贈王子直〔一〕

南行幾萬里，親舊書亦缺。誰知傾蓋交，乃勝白頭節〔二〕。去國日已遠〔三〕，淒涼瘴煙窟〔四〕。未著《絶交書》〔五〕，已歎交游絶〔六〕。門前空雀羅〔七〕，巷語紛鴂舌〔八〕。怪君一事無〔九〕，訪我此窮髮〔一〇〕。自憐甑生塵〔一一〕，每愧羹屢頡〔一二〕。何以爲子娱？江水清可啜〔一三〕。男兒重志氣，勿使變窮達〔一四〕。寧甘一瓢樂〔一五〕，恥爲五斗折〔一六〕。火急數相聚，回頭君欲別〔一七〕。一榻當再懸，重來爲君設〔一八〕。

【箋注】

〔一〕作於紹聖二年（一〇九五）。王子直，即前詩之「王原秀才」。是年王原訪蘇氏父子於惠州，蘇軾亦有《贈王子直秀才》詩。王子直：名原，字子直，虔州人，號鶴田山人，與蘇軾弟兄父子交誼甚厚。軾屢贈以詩。蘇軾謫惠，原不遠千里見訪，留七十日而去（見宋王㝢稷《東坡先生年譜》）。士窮乃見節操，勢衰而知交誼，如王子直者，交友以義，盛衰如一，窮髮萬里，高情彌篤，庶幾可謂古之遺直也。

〔二〕「誰知」二句：贊王子直遠勝故交。《史記·鄒陽列傳》載陽《獄中上梁王書》：「諺曰：『有白頭如新，傾蓋如故。』何則？知與不知也？」傾蓋：路上相逢兩車緊靠以致車蓋傾側，謂新交的朋友。

〔三〕國：國都，都城。此處指北宋都城開封。唐白居易《寄微之三首》之三：「去國日已遠，喜逢物似人。」

〔四〕瘴煙：即瘴氣。指南部、西南部地區山林間濕熱蒸發能致病之氣。《後漢書·南蠻傳》：「南州水土温暑，加有瘴氣，致死者十必四五。」唐劉恂《嶺表録異》卷上曰：「嶺表山川，盤鬱結聚，不易疏泄，故多嵐霧作瘴，人感之多病。」

〔五〕《絶交書》：《晉書·嵇康傳》載，嵇康與山濤爲友，後山出仕，欲薦嵇康，康作《與山巨源絶交書》以責之。

〔六〕唐杜甫《遣意二首》之一：「漸喜交遊絶，幽居不用名。」此反用杜意。

〔七〕雀羅：《史記·汲鄭列傳》：「始翟公爲廷尉，賓客闐門；及廢，門外可設雀羅。」

〔八〕本句謂自南遷後，無人來訪，久違北地鄉音，唯聞南方土語。鴂舌：《孟子·滕文公上》：「今也南蠻鴂舌之人，非先王之道。」漢趙岐《章句》：「鴂，博勞鳥也。」伯勞弄舌啼聒。按此以「鴂舌」喻當地土人語言。

〔九〕蘇軾《次前韻送劉景文》：「怪君西行八百里，清坐十日一事無。」

〔一〇〕窮髮：猶言不毛之地。《莊子·逍遥游》：「窮髮之北，有溟海者，天池也。」晉郭象注：「髮，猶毛也，北極之下，無毛之地也。」唐陸德明《釋文》：「案，毛，草也。《地理書》云：『山以草木爲髮。』」

〔一一〕《後漢書·范冉列傳》：冉字史雲，遭黨錮之禍，四處流落，後乃結草室而居。「所止單陋，有時糧粒盡……閭里歌之曰：『甑中生塵范史雲，釜中生魚范萊蕪（冉曾作萊蕪長）。』」甑：瓦製炊具。

〔一二〕謂友至而無以爲炊。羹㕓頡：劉邦微時，不治生業，依食嫂氏，嘗攜友往食，嫂故作戛釜之聲以示食盡。後得天下，「封其子信爲羹頡侯」。唐顔師古注：「頡音戛。言其母戛羹釜也。」（事見《漢書·楚元王傳》）

〔一三〕啜（chuò）：飲。蘇軾《與王郎昆仲及兒子邁繞城觀荷花》之一：「蕭然欲秋意，溪水清可啜。」《禮記·表記》：「君子之接如水，小人之接如醴。」

〔一四〕「男兒」二句：《玉臺新詠·白頭吟》：「男兒重意氣，何用錢刀爲？」北周王褒《從軍行二首》之一：「男兒重意氣，無爲羞貧賤。」

〔一五〕《論語·顔淵》：「賢哉，回也！一簞食，一瓢飲，在陋巷，人不堪其憂，回也不改其樂。」

〔一六〕《晉書·陶潛傳》：陶爲彭城令，有督郵者至，或勸束帶見之。「潛歎曰：吾不能爲五斗米折腰，拳拳事鄉里小人邪！」王文誥《蘇文忠公詩編注集成總案》（以下簡稱《總案》）曰：「王原爲吕大防薦於朝，而未及用，後送子由回許，與公重遇虔州。」王又曰：「據此詩（《贈王子直秀才》）似已放歸矣。」

〔一七〕「火急」二句：謂二人剛見面便要分别。火急：形容極其緊急。蘇軾《常潤道中有懷錢塘寄述古五首》之四：「應須火急回征棹，一片辭枝可得黏。」回頭：回頭之間，喻時間短促。猶言一會兒。蘇軾《至濟南李公擇以詩相迎次其韻二首》之二：「夜擁笙歌霅水濱，回頭樂事總成塵。」

〔一八〕「一榻」二句：《後漢書·徐穉傳》：「（陳蕃）在郡不接待賓客，唯穉來特設一榻，去則縣（懸）之。」後因以「懸榻」表示等待貴客。北周庾信《園亭》詩：「風竹解寒苞，古槐時變火。枯楓乍落膠，倒屣迎懸榻。」唐杜甫《舟中出江陵南浦奉寄鄭少尹審》詩：「南征問懸榻，東逝想乘桴。」

## 次韻大人五更山吐月〔一〕

### 一

一更山吐月，鑑影揺空瀾〔二〕。懸知今夕游〔三〕，不減蓬瀛看〔四〕。淨霧掃餘瘴，清飆戒初寒〔五〕。行樂不可遲，及此桂未殘〔六〕。

**【箋注】**

〔一〕紹聖二年（一〇九五）。蘇軾是年有《江月五首》詩，其《引》曰：「今歲九月，殘暑方退，既望之後，月出愈遲。予嘗夜起登合江樓，或與客游豐湖，登逍遥堂，逮曉乃歸。杜子美云：『四更山吐月，殘夜水明樓。』此殆古今絶唱也。因其句作五首，仍以『殘夜水明樓』爲韻。」過次其韻，蓋作於同時。詩寫五更之月，各具情態，或如鑑、或如杯、或如璧、或如燭；五更之景，變幻莫測，或涼風習習、或扁舟獨釣、或錦鱗戲浪、或霜露漫山。夜火犬號，清味自永；寒砧漁謳，油然成韻。信可以遥窺老杜，近逼東坡。

〔二〕「一更」二句：古人多以鏡喻月。如梁簡文帝《望月詩》：「形同七子鏡，影類九秋霜。」空瀾：形容清澈渺茫的江水。

〔三〕懸知：預知，推想。《金樓子》卷四：「古語云：不鑒於鏡而鑒於人。鑒鏡則辨形，鑒人則懸知善惡，是知鑒於人勝鑒乎鏡矣。」

〔四〕蓬瀛：仙山。詳《湖口人李正臣蓄異石》詩注〔四〕。

〔五〕「淨霧」二句：此二句爲互文。謂秋末初冬天氣清風可掃清瘴氣，而霧氣也告誡人們初寒將至。蘇轍《次韻子瞻夜坐》：「清風巧爲吹餘瘴，疏雨時來報斷雲。」清飆：猶清風。晉成公綏《嘯賦》：「南箕動於穹蒼，清飆振乎喬木。」

〔六〕「行樂」二句：謂趁此新月皎潔可愛，當及時賞月行樂。桂：指月。傳説月中有桂樹。《樂府詩集・東飛伯勞歌》：「南牕北牖桂月光，羅帷綺帳脂粉香。」《古詩十九首・生年不滿百》：「爲樂當及時，何能待來兹？」

## 二

二更山吐月，玉杯側清夜。誰知蜑子船〔一〕，獨釣澄潭下。幽人酌桂醑〔二〕，冰碗白玉藉〔三〕。他時羅浮録〔四〕，父老成佳話。

【箋注】

〔一〕蜑（dàn）子：《輿地紀勝・瓊州》「蜑家」引《圖經》曰：「蜑户以船爲生，居無室廬，專以捕魚自贍。」

〔二〕幽人：處士。《周易・履卦》：「九二，履道坦坦，幽人貞吉。」幽，隱也。桂醑：桂花酒。亦泛指美酒。南朝梁沈約《郊居賦》：「席布騂駒，堂流桂醑。」唐魏徵《五郊樂章·雍和》：「苾苾蘭羞，芬芬桂醑。」按此句乃寫實，蘇軾有《新釀桂酒》詩，云：「爛煮葵羹斟桂醑，風流可惜在蠻村。」

〔三〕冰碗：言酒碗瑩潔如冰。白玉藉：此言借月中仙子玉腕以奉酒。藉，即借也。

〔四〕羅浮：見前《和大人游羅浮山》注〔一〕。

三

三更山吐月，半璧沈沈起〔一〕。無言三友歡〔二〕，夜夜仍會此。羽毛見秋蟲，鮮甲動沙水〔三〕。此味世莫知，勿言驚俗耳〔四〕。

【箋注】

〔一〕半璧：半塊玉璧，蓋指弦月。北周庾信《舟中望月》之二：「蓂新半璧上，桂滿獨輪斜。」沈沈起：猶言冉冉升起。唐張若虛《春江花月夜》：「斜月沈沈藏海霧，碣石瀟湘無限路。」

〔二〕三友歡：謂賞月飲酒。唐李白《月下獨酌》之一：「花間一壺酒，獨酌無相親。舉杯邀明月，對影成三人。」蘇軾《次韻毛滂法曹感雨》：「空庭月與影，强結三友歡。我豈不足歟，要此清團團。」

〔三〕鮮甲：魚鱗，此指魚。《禮記·内則》：「冬宜鮮羽。」漢鄭玄注：「鮮，生魚也。」

〔四〕「此味」二句：謂月夜之趣未可與俗人道。味：旨趣；意味。俗耳：聽慣塵世之聲的耳朵。唐韓愈《縣齋讀書》詩：「哀狖醒俗耳，清泉潔塵襟。」

## 四

四更山吐月，紙帳驚虛明〔一〕。披衣訪黄冠〔二〕，野渡孤舟横〔三〕。束緼旋乞火〔四〕，犬號驚夜行。歸休勿久娱〔五〕，霜露滿山城〔六〕。

**【箋注】**

〔一〕紙帳：宋趙希鵠《調燮類編》卷二《衣服》：「紙帳，藤紙纏於木上，以索纏緊，勒作皺紋，以綫拆縫縫之，稀布爲頂，取其透風。」虛明：恍惚之月色。

〔二〕黄冠：指道士。《新唐書·李淳風傳》：「父播，仕隋高唐尉，棄官爲道士，號黄冠子。」後遂稱道士爲黄冠。或曰：道士冠，其色尚黄，故曰黄冠。

〔三〕唐韋應物《滁州西澗》詩：「春潮帶雨晚來急，野渡無人舟自横。」

〔四〕「束緼」二句：謂以亂麻做成火把，向鄉鄰求火點燃以照歸途。語出《漢書·蒯通傳》：「臣之里婦，與里之諸母相善也。里婦夜亡肉，姑以爲盜，怒而逐之。婦晨去，過所善諸母，語以事而謝之。里母曰：『女安行，我今令而家追女矣。』即束緼請火於亡肉家，曰：『昨暮夜，犬得肉，争鬭相殺，請火治之。』亡肉家遽追呼其婦。」唐顔師古注：「緼，亂麻。」

〔五〕歸休：回歸休息。

〔六〕唐姚合《秋夕遣懷》：「昨宵白露下，秋氣滿山城。」

五

五更山吐月，纖纖猶燭幽〔一〕。寸陰惟此夜〔二〕，敢辭數登樓〔三〕。寒砧遠隨風〔四〕，鳴蛩亦悲秋〔五〕。憑欄獨搔首，微吟和漁謳〔六〕。

【箋注】

〔一〕纖纖：細微貌。燭幽：照明幽暗之處。燭，照明。

〔二〕寸陰：短暫的光陰。語出《淮南子·原道》：「聖人不貴尺之璧，而重寸之陰，時難得而易失也。」

〔三〕謂登樓遠眺，憑欄賦詩，蓋用王粲《登樓賦》意：「登兹樓以四望兮，聊暇日以銷憂……雖信美而非吾土兮，曾何足以少留。遭紛濁而遷逝兮，漫踰紀以迄今。情眷眷而懷歸兮，孰憂思之可任。憑軒檻以遥望兮，向北風而開襟。」數：屢次。唐白居易《見敏中初到邠寧秋日登城樓詩詩中頗多鄉思因以寄和》：「望鄉心若苦，不用數登樓。」

〔四〕寒砧：指寒秋的搗衣聲。本句謂搗衣之聲自遠而至。砧：搗衣石。唐沈佺期《古意呈補闕喬知之》詩：「九月寒砧催木葉，十年征戍憶遼陽。」按古常以寒砧以形容深秋的悽涼蕭瑟。

〔五〕鳴蛩：鳴叫的蟋蟀。此言蟋蟀的叫聲凄涼撩人。

〔六〕漁謳：漁歌。林逋《秋日西湖閒泛》：「吾廬在何處，歸興起漁謳。」

【附】

蘇軾《江月五首》並引

嶺南氣候不常。吾嘗曰：菊花開時乃重陽，涼天佳月即中秋，不須以日月爲斷也。今歲九月，殘暑方退，既望之後，月出愈遲。予嘗夜起登合江樓，或與客游豐湖，入棲禪寺，叩羅浮道院，登逍遥堂，逮曉乃歸。杜子美云：四更山吐月，殘夜水明樓。此殆古今絶唱也。因其句作五首，仍以「殘夜水明樓」爲韻。

一更山吐月，玉塔臥微瀾。正似西湖上，湧金門外看。冰輪橫海闊，香霧入樓寒。停鞭且莫上，照我一杯殘。

二更山吐月，幽人方獨夜。可憐人與月，夜夜江樓下。風枝夕未停，露草不可籍。歸來掩關臥，唧唧蟲夜話。

三更山吐月，棲鳥亦驚起。起尋夢中游，清絶正如此。驅雲掃眾宿，俯仰迷空水。幸可飲我牛，不須違洗耳。

四更山吐月，皎皎爲誰明。幽人赴我約，坐待玉繩橫。野橋多斷板，山寺有微行。今夕定何夕，夢中游化城。

五更山吐月，窗迥室幽幽。玉鉤還掛户，江練却明樓。星河澹欲曉，鼓角冷知秋。不眠翻五詠，清切變蠻謳。

## 次大人生日〔一〕

陰功若以物假人，酬而不酢非所聞〔二〕。丙吉于公德在民〔三〕，皇天有善初無親〔四〕。自我高曾逮公身〔五〕，奕世載德一於仁〔六〕。遇苦即救志劬辛〔七〕，豈擇富貴與賤貧。久推是心誠而均，可貫白日照蒼旻〔八〕。譬如農夫耘耔勤〔九〕，自有豐年穫千囷〔一〇〕。公何屢困蠅與蚊〔一一〕，身雖厄窮道益信〔一二〕。天不俾之爵禄新〔一三〕，琢磨功行真人鄰〔一四〕。直言便觸天子嗔，萬里遠謫南海濱〔一五〕。朝夕導引存吾神〔一六〕，兩儀入腹如車輪〔一七〕。羅浮至今餘怪珍〔一八〕，稚川藥竈隱荆榛〔一九〕。飛騰澗谷不可馴，有道或肯①來相賓〔二〇〕。區區功名安足云，幸此不爲世俗醺〔二一〕。丹砂儻結道力純〔二二〕，泠然御風歸峨岷〔二三〕。

【校記】

①肯：原本作「宜」，趙本作「肎」，乃「肯」之本字，據改。

【箋注】

〔一〕坡翁相應之生日詩集中未見，本詩趙懷玉以爲：「蓋紹聖元年在惠州時作」，而王氏《總案》乃繫於二年。按：過另有《大人生日》（一封已責被敷天）詩，有云「況是玉皇香案吏」，而軾元年有《舟行至清遠縣見顧秀才極談惠州風物之美》詩，亦云「到處聚觀香案吏」，似作於同年，則過元年

（一〇九四）已有生日詩，王説庶幾不誤。本詩快語如珠，一吐爲暢。少年意氣，充溢其間。憤激之情，躍然紙上。

〔二〕酬而不酢：敬酒而不回敬。按「酬酢」指主客相互敬酒，主敬客稱酬，客還敬稱酢。《淮南子·主術》：「觴酌俎豆酬酢之禮，所以效善也。」《新唐書·卓行傳·陽城》：「彊飲客，客辭，即自引滿，客不得已，與酬酢，或醉仆席上。」按：此以飲酒喻陰功陽報之理。

〔三〕丙吉（前？—前五五）：亦作邴吉，字少卿。漢魯國人。宣帝出生不久，因衛太子遭巫蠱之禍入獄，時吉任廷尉監，多方保護。昭帝死，吉説大將軍霍光迎立宣帝。封博陽侯，任丞相。「吉爲人深厚，不伐善」。「及居相位，上寬大，好禮讓」。「於官屬掾史，務掩過揚善。」其事跡見《史記》、《漢書》本傳。于公：漢東海郯人，爲縣獄吏，決獄持平。東海有孝婦爲太守冤殺，公爭之不得，辭疾去，孝婦死，東海旱三年。公閭門壞，父老方共治之，公謂曰：「少高大閭門，令容駟馬高蓋車，我治獄多陰德，未嘗有所冤，子孫必有興者。」後其子定國爲丞相，孫永爲御史大夫，皆封侯。事見《漢書·于定國傳》。

〔四〕《書·蔡仲之命》：「皇天無親，惟德是輔。」

〔五〕高曾：高祖、曾祖，概指祖先。據蘇洵《蘇氏族譜》記，過之高祖爲蘇杲，曾祖爲蘇序，事跡見曾鞏《贈職方員外郎蘇君墓誌銘》。

〔六〕奕世：代代相接。《國語·周語上》：「奕世載德，不忝前人。」此言代代以仁德相傳。蘇洵《蘇氏族譜後録》：「杲最好善，事父母極於孝，與兄弟篤於愛，與朋友篤於信，鄉閭之人無親疏皆敬愛之。」又言蘇序：「性簡易，無威儀，薄於爲己而厚於爲人。與人交，無貴賤，皆得其歡心。」蘇氏自杲序以下，世有明德聞人，曾鞏《贈職方員外郎蘇君墓誌銘》：「余之同年友趙郡蘇軾自蜀以書至京師謂余曰：軾之大父行甚高，而不爲世用，故不能自見於天下……君諱序字仲先……曾大父釿，大父祐，父杲，三世皆不仕，而行義聞於鄉里。祐生於唐季，而卒於周顯德之間，嘗以事至成都，遇道士異之，屏人謂曰：『吾術能變化百物，將以授子。』祐辭不願。道士笑曰：『是果有以過人矣。』而杲始以好施顯名。君讀書務知大義，爲詩務達其志而已，詩多至千餘篇。爲人疎達自信，持之以謙。輕財好施，急人之病，孜孜若不及。歲凶，賣田以賑其鄰里鄉黨，至熟，人將償之，君辭不受。以是至數破其業，厄於飢寒，然未嘗以爲悔，而好施益甚……蜀自五代之亂，學者衰少，又安其鄉里，皆不願出仕。君獨教其子渙受學，所以成就之者甚備。至渙以進士起家，蜀人榮之，意始大變，皆喜受學，及其後，眉之學者至千餘人，蓋自蘇氏始。而君之季子洵……與其子軾、轍皆以文學名天下，爲學者所宗。蓋雖不用於世，而見於家，稱於鄉里者如此。」（《元豐類稿》卷四二）

〔七〕劬辛：勞苦；辛勞。「劬」、「辛」同義連文。

〔八〕蒼旻：《爾雅·釋天》：「穹蒼，蒼天也。春爲蒼天，夏爲昊天，秋爲旻天，冬爲上天。」後或以「蒼昊」、「蒼旻」指天。晉陶潛《感士不遇賦》：「蒼旻遐緬，人事無已。」蘇軾《和王斿》之一：「白髮故交空掩卷，淚河東注問蒼旻。」此謂善心昭然可見。

〔九〕《詩·小雅·甫田》：「或耘或耔。」毛傳：「耘，除草也。耔，壅本（根）也。」

〔一〇〕困：穀倉。

〔一一〕《詩·小雅·青蠅》：「營營青蠅，止於樊，豈弟君子，無信讒言。」後多以蠅、蚊喻讒人。

〔一二〕信：通「伸」，伸張。《禮記·儒行》：「有比黨而危之者，身可危也，而志不可奪也。雖危，起居竟信其志。」鄭玄注：「信，讀如屈伸之伸，假借字也。」

〔一三〕爵禄新：猶言官運亨通。

〔一四〕功行：功績，德行。真人：道家稱「修真得道」或「成仙」之人。《莊子·天下》：「關尹老聃乎，古之博大真人哉！」按「天不」二句，猶言「天絶仕途，欲使成仙」。

〔一五〕「直言」二句：據《宋史·蘇軾傳》載，「紹聖初，御史論軾掌内外制日，所作詞命，以爲譏斥先朝（按即反對神宗任用王安石變法）。遂以本官知英州，尋降一官，未至，貶寧遠軍節度副使、惠州安置。」

〔一六〕導引：古代養生術。《莊子·刻意》：「吹呴呼吸，吐故納新，熊經鳥申，爲壽而已矣；此道（導）引之士、養形之人，彭祖壽考者之所好也。」

〔一七〕兩儀：天地。此謂陰陽。《易·繫辭上》：「是故易有太極，是生兩儀。」《吕氏春秋·大樂》：「太一出兩儀，兩儀出陰陽……天地車輪，終則復始。」此謂吐納陰陽二氣。《黄庭内景經》：「出日入月呼吸存。」

〔一八〕羅浮：見前《和大人游羅浮山》注〔一〕。怪珍：猶珍怪。珍貴奇異之物。

〔一九〕稚川藥竈：見《和大人游羅浮山》注〔一九〕。荆榛：灌木、荆棘。

〔二〇〕「飛騰」二句：謂珍怪飛騰澗谷不可馴服，只肯與有道者爲友。三國魏嵇康《幽憤詩》：「恃愛肆姐，不訓不師。」

〔二一〕醺：漸染。蘇軾《子由生日以檀香觀音像及新合印香銀篆盤爲壽》詩：「國恩當報敢不勤，但願不爲世所醺。」

〔二二〕蘇軾崇信道家養生之説，身體力行，至老不衰，在黄州、惠州都曾煉丹。至於服食藥餌祛病延年、吐納胎息，在其詩文書牘中更是屢見不鮮，如詩中之《小圃五詠》（詠人參、地黄、枸杞、甘菊、薏苡），賦中之《後杞菊賦》、《服胡麻賦》、《中山松醪賦》、《天慶觀乳泉賦》，書牘中之《答范純夫》之十、《與王定國》之三、之八、《答秦太虚》之四、《答龐安常》之三、《與程正輔》之二十八、五十五、七十一，等等。

〔二三〕御風：見《大人生日》（一封已責被敷天）注〔八〕。峨：峨眉山；岷：岷山。都在四川。此代四川故里。

## 人薓〔一〕

草木異所禀〔二〕，甘苦分炎涼〔三〕。人薓獨中和〔四〕，群藥敢雁行〔五〕？雖微瞑眩力〔六〕，頗著難老方〔七〕。譬之古循吏，有益初無傷〔八〕。安神補五臟，自使精魄强〔九〕。羅浮仙者居，靈質不自藏。移根植膏壤，椏葉粲以長〔一〇〕。東南雖異産，遼海誰能航〔一一〕？誓將北歸日，從我涉①漢湘〔一二〕。種之眉山陰，得與伯仲嘗〔一三〕。

【校記】

①涉：宛本作「入」。

【箋注】

〔一〕「蔆」：即「參」。蘇軾紹聖二年（一〇九五）在惠州有《小圃五詠》詩，趙懷玉以爲「此首及《枸杞》一首，蓋是時同作，而佚《地黄》、《甘菊》、《薏苡》三首」。馮應榴《蘇文忠公詩合注》亦云，「《斜川集》有《人參》、《枸杞》二首，雖不同韻，而亦是五古體，必同時所作」。趙馮二氏之説甚是。人參：草本植物，名貴中藥。宋唐慎微《證類本草》卷六：「人參味甘，微寒微温，無毒，主補五藏、安精神、定魂魄、止驚悸、除邪氣、明目、開心益智，療腸胃中冷、心痛鼓痛，胸脇逆滿、霍亂吐逆、調中止消渴、通血脉、破堅積、令人不忘。久服輕身延年……生上黨山谷及遼東，二月、四月、八月上旬採根，竹刀刮暴乾，無令見風。」蘇軾《人參》云：「上黨天下脊，遼東真井底。玄泉傾海腴，白露灑天醴。靈苗此孕毓，肩肢或具體。移根到羅浮，越水灌清泚。」蘇過詩亦云：「移根植膏壤，椏葉粲以長。」知蘇軾父子所植當是移植而來，而非本地所産。而蘇軾詩又云「青椏綴紫萼，圓實墮紅米」，與黨參形狀正相吻合，故可知此人參或爲黨參。

〔二〕禀：禀性。

〔三〕甘苦：指味道。炎涼：中藥常分熱性、涼性。甘屬熱性，苦屬涼性。

〔四〕人薓：《神農本草》卷一：「人參，味甘微寒。」而《桐君》、《雷公》曰：人參味「苦」，晉陶弘景《名醫別録》以爲性微「温」，金張元素《潔古珍珠囊》謂其「微温，味甘微苦」。是「中和」之謂也。

〔五〕雁行：同列；同等。《梁書・侯景傳》：「但尊王平昔見與，比肩共奬帝室，雖形勢參差，寒暑小異，丞相司徒，雁行而已。」此言人參非群藥之可及。

〔六〕微：無。瞑眩力：謂攻疾愈病之功。《孟子・滕文公上》：「《書》曰：『若藥不瞑眩，厥疾不瘳。』」漢趙岐《章句》：「瞑眩，藥攻人疾，先使瞑眩憒亂，乃得瘳愈也。」

〔七〕難老：猶長壽。多用作祝壽之詞。《詩・魯頌・泮水》：「既飲旨酒，永錫難老。」《鄭箋》：「已飲美酒，而長賜其難使老。難使老者，最壽考也。」蘇軾《賜正議大夫守門下侍郎孫固生日詔》：「難老之祥，神人攸相。」《神農本草》卷一曰：人參「久服輕身延年」。

〔八〕「譬之」二句：循吏：《史記・太史公自序》曰：循吏乃「奉法循理之吏，不伐功矜能，百姓無稱，亦無過行」。初無：魏晉而後常語，猶言全無，簡直没有。《世説新語・規箴》：「謝中郎在壽春敗，臨奔走，猶求玉帖鐙。太傅在軍，前後初無損益之言，爾日猶云：『當今豈須煩此。』」

〔九〕「安神」二句：《神農本草》卷一：人參「主補五藏（臟），安精神，定魂魄，止驚悸。除邪氣，開心益智」。

〔一〇〕宋蘇頌《圖經本草》：人參「初生，小者三四寸許，一椏五葉，四五年後，生兩椏五葉……至十年後，生三椏；年深者，生四椏，各五葉。」椏，同丫。粲：茂盛貌。

〔一一〕「東南」二句：謂遼東人參雖好，而大海難越。爲下文將欲帶惠州人參回故鄉種植張本。陶弘景《名醫別録》曰：「人參生上黨山谷及遼東。」遼海：即今渤海灣。

〔一二〕漢湘：漢水、湘江。

〔一三〕伯仲：弟兄。按，是時過之二兄皆居常州毗陵，而此云「種之眉山陰，得與伯仲嘗」者，蓋有仕不得志，不如歸去之意也。

## 枸杞〔一〕

春槃擷新芽，秋篚得紅實〔二〕。霜根釀我醪〔三〕，色味兩奇絶。老人鬢已絲，處子何由得〔四〕？早佩斯人言，百歲真瞬息〔五〕。今我幸未衰，妙藥況咫尺。食前得珍蔬〔六〕，新釀掃故疾。瘴海風土惡〔七〕，地氣侵腰膝。玄鬢或傴僂，襁褓顔已墨①〔八〕。西河安可冀〔九〕？北歸願如昔。區區摘蒼耳，麤陋非所敵〔一〇〕。

【校記】

①墨：原本作「黑」，據知本改。

【箋注】

〔一〕枸杞：《羅浮山志會編》卷七《品物》：「枸杞，隨地有之，羅浮爲佳，葉初生可作菜；服食，方春取芽，夏取花，秋取子，冬取根皮，合食，卻病延年。」

〔二〕「春槃」二句：春槃：即春盤。「槃」同「盤」。古代風俗，立春日以韭黄、果品、餅餌等簇盤爲食，或餽贈親友，稱春盤。枸杞嫩葉可食，故採摘以爲春盤。篚：盛物竹器。紅實：指枸杞子。晉陸璣《毛詩草木鳥獸蟲魚疏》卷上：枸杞「子秋熟，正赤」。晉陶弘景《名醫别録》：枸杞「冬采根，春夏采葉，秋采莖實，陰乾」。

〔三〕霜根：指枸杞根，名地骨。宋蘇頌《圖經本草》：「枸杞，其根名地骨。」南朝宋雷斆《雷公炮炙論》：「枸杞，凡使根，掘得以東流水浸，刷去土，捶去心，以熟甘草酒浸一宿，焙乾。」此謂以枸杞泡酒。

〔四〕處子：處女。處女顔色鮮潤，故言「何由得」。《莊子·逍遥游》：「藐姑射之山，有神人居焉，肌膚若冰雪，綽約若處子。」

〔五〕「早佩」二句：《莊子·知北游》：「人生天地之間，若白駒之過隙，忽然而已。」蘇轍《遊景仁東園》：「人生瞬息間，幸此休暇時。」

〔六〕明毛晉《陸氏詩疏廣要》引《圖經》曰：「枸杞，春生苗葉，如石榴葉而軟薄，堪食，俗呼爲甜菜。」

〔七〕「瘴海」：見前《贈王子直》注〔四〕。

〔八〕「玄鬢」二句：謂嶺南地氣令人多病。玄鬢：謂鬢髮尚黑，年輕。傴僂：駝背。襁褓：背負嬰兒之布兜，此代指嬰兒。顏墨：謂臉色暗黑而無光澤。語出《左傳·哀公三十年》：「肉食者無墨。今吴王有墨，國勝乎？」晉杜預注：「黑，氣色下。」

〔九〕西河：戰國魏地，在今陝西東部黄河西岸。《太平廣記》卷七《伯山甫》條引《神仙傳》：「伯山甫者，雍州人也。入華山中，精思服食，時時歸鄉里省親，如此二百年不老。到人家即數人先世以來善惡功過，有如臨見，又知方來吉凶，言無不效。其外甥女年老多病，乃以藥與之。女時年已八十，轉還少，色如桃花。漢武遣使者行河東，忽見城西有一女子笞一老翁，俛首跪受杖。使者怪問之，女曰：『此翁乃妾子也，昔吾舅氏伯山甫以神藥教妾，妾教子服之，不肯。今遂衰老，行不及妾，故杖之。』使者問女及子年幾，答曰：『妾已二百三十歲。兒八十矣。』後入華山去。」按蘇軾《後杞菊賦》云：「吾方以杞爲糧，以菊爲糗，春食苗，夏食葉，秋食花實而冬食根，庶幾乎西河南陽之壽。」蘇過「西河」即因此而言。參蔣宗許《「庶幾乎西河南陽之壽」考辨》，《文學遺産》二〇〇六年五期。

〔一〇〕「區區」二句：謂枸杞非蒼耳陋質可比。唐杜甫《驅豎子摘蒼耳》記荒年采蒼耳以爲食，有云：「卷耳況療風，童兒且時摘」；「登牀半生熟，下箸還小益。」蘇軾《用過韻冬至與諸生飲酒》：「黄虀收土芋，蒼耳斫霜叢。」蒼耳：即卷耳。明李時珍《本草綱目·草四·枲耳》「釋名」引蘇頌曰：「詩人謂之卷耳，《爾雅》謂之蒼耳，《廣雅》謂之枲耳。」陸璣《毛詩草木鳥獸蟲魚疏·采采卷耳》：

「卷耳，一名枲耳，一名胡枲，一名苓耳。葉青白色，似胡荽，白華細莖，蔓生，可煮爲茹，滑而少味。四月中生子，正如婦人耳中璫，今或謂之耳璫草。鄭康成謂是白胡荽，幽州人呼爲爵耳。」

## 次陶淵明正月五日游斜川韻〔一〕

歲豐田野歡，客子亦少休〔二〕。糟牀有新注〔三〕，何事不出游。春雲翳薄日，磻石俯清流〔四〕。心目兩自閒，醉眠不驚鷗〔五〕。茅茨誰氏居〔六〕？鷄鳴隔林丘。曳杖叩其門，恐是沮溺儔〔七〕。但苦缺舌談〔八〕，爾汝不相酬〔九〕。築室當爲鄰，往來無憚不〔一〇〕？澄江可寓目〔一一〕，長嘯忘千憂〔一二〕。儻遂北海志〔一三〕，餘事復何求。

【箋注】

〔一〕紹聖三年（一〇九六）在惠州作。按：蘇軾有《和陶游斜川》詩，其《引》曰：「正月五日，與兒子過出游作。」王文誥繫此詩於元符二年在海南作，然以詩中所言情事考之，王説不當。其云「歲豐田野歡」與「海南連歲不熟」（元符二年軾《與姪孫元老書》）、「今歲米皆不熟」（元符二年軾海南《記藷米》）不合，而與紹聖二年惠州「今秋大熟」（軾《與程正輔書》）相符。其「糟牀」等語，屢見於居惠間詩文（過父子在惠常釀酒）；至於「清流」、「澄江」，亦是惠州景致，故知作於惠州無疑。且二年正月初程之才按臨廣州，四年正月初曇秀來訪，是皆無父子獨游之理，故當作於三年。陶淵明（三六五—四二七）：東晉人，一名潛，字元亮，潯陽柴桑（今江西九江）人，歷任江州祭酒，鎮軍參軍，彭澤令。時士族執政，朝綱壞弛，潛遂去官歸隱，詩酒自娛。潛長於詩文，有《陶淵明集》。詩多抒寫自然風物及田園旨趣，平淡爽朗，間有慷慨悲歌之音。其語言質樸凝煉，深爲後人稱道。《晉書》、《南史》有傳。蘇氏父子亦篤愛陶詩，軾曾撰《和陶集》，過亦有多首和陶詩。過此詩托意高遠，樸拙可愛，已入淵明之室。「春雲翳薄日，磻石俯清流」、「心目兩自閒，醉眠不驚鷗」諸語，置之陶集可也。

〔二〕客子：客居他鄉之人。《藝文類聚·水部上·海水》引北齊祖孝徵《望海詩》：「登高臨巨壑，不知千萬里。……無待送將歸，自然傷客子。」

〔三〕糟牀：榨酒器。新注：新釀之酒。杜甫《羌村三首》之二：「賴知禾黍收，已覺糟牀注。」

〔四〕「春雲」二句：言仰視浮雲、俯瞰清流。翳：遮蔽。磻石：磐石；大石。唐錢起《天門谷題孫逸人石壁》：「崖石亂流處，竹深斜照歸。主人臥磻石，心耳滌清暉。」

〔五〕鷗：又作「漚」。《列子·黃帝篇》：「海上之人有好漚者，每旦之海上從漚鳥游，漚鳥之至者百往而不止。」漚：唐殷敬順《列子釋文》曰：「漚音鷗。漚鳥，水鴞也，今江湖畔形色似白鴿而群飛者是也。」蘇軾《次韻趙景貺督兩歐陽詩破陳酒戒》：「酒中那有失，醉則不驚鷗。」

〔六〕茅茨：茅草蓋的屋頂。亦指茅屋。《墨子·三辯》：「昔者堯舜有茅茨者，且以爲禮，且以爲樂。」《史記·太史公自序》：「茅茨不剪，采椽不刮。」唐張守節《正義》：「屈蓋曰茨，以茅覆屋。」

〔七〕沮溺：長沮、桀溺。與孔子同時的兩位隱士。《論語·微子》：「長沮桀溺耦而耕。」後常以沮溺泛指隱者。

〔八〕缺舌：見《贈王子直》注〔八〕。

〔九〕此言語言不通，難以親近。爾汝：自秦漢而下古代尊長對卑幼者的稱呼。引申爲輕賤之稱。蘇軾《墨君堂記》：「凡人相與號呼者，貴之則曰公，賢之則曰君，自其下則爾汝之。雖王公之貴，天下貌畏而心不服，則進而君公，退而爾汝者多矣。」參宋洪邁《容齋隨筆》卷十五「呼君爲爾汝」。引申而爲彼此親昵的稱呼，表示不拘形跡，親密無間。唐韓愈《聽潁師彈琴》詩：「昵昵兒女語，恩怨相爾汝。」酬：應對。

〔一〇〕不：通「否」。

〔一一〕澄江：江水清澈。南朝宋謝朓《晚登三山還望京邑》詩：「餘霞散成綺，澄江静如練。」寓：寄。

〔一二〕長嘯：撮口發出悠長清越的聲音。古人常以此明志。三國魏曹植《美女篇》：「顧盼遺光采，長嘯氣若蘭。」《世説新語·棲逸》：「阮步兵（籍）嘯聞數百步。」蘇軾《和林子中待制》：「早晚淵明賦《歸去》，浩歌長嘯老斜川。」參孫機《魏晉時代的「嘯」》，《文史知識》一九八三年七期；許志修《魏晉文人的「嘯」的源與流》，《廣州師范學院學報》一九八四年二期。

〔一三〕北海：指東漢孔融（一五三—二〇八），字文舉，魯（在今山東境内）人，獻帝時爲北海相，故後世稱孔北海，後入朝，官至太中大夫。融好士，善文章，爲建安七子之一。然性狂放，恃才傲物。屢忤曹操，竟爲操所殺。《後漢書》有傳。北海志：《後漢書·孔融列傳》：「（融）及退閒職，賓客日盈其門，常歎曰：『座上客恒滿，尊中酒不空，吾無憂矣。』」唐白居易《適意二首》之一：「人心不過適，適外復何求。」

【附】

蘇軾《和陶游斜川》并序

正月五日，與兒子過出游作。

謫居澹無事，何異老且休。雖過靖節年，未失斜川游。春江淥未波，人臥船自流。我本無所適，泛泛隨鳴鷗。中流遇洑洄，捨舟步層丘。有口可與飲，何必逢我儔。過子詩似翁，我唱而輒酬。未知陶彭澤，頗有此樂不。問點爾何如，不與聖同憂。問翁何所笑，不爲由與求。

## 次韻叔父所居六首〔一〕

### 一

旅寓仍艱歲〔二〕，貉毛入饋盤〔三〕。泥芹洗秋白〔四〕，露菊擷朝寒〔五〕。未覺江湖遠，空驚歲月闌〔六〕。諸兒還自喜，頗亦試艱難。

【箋注】

〔一〕作於紹聖三年（一〇九六）。蘇轍《欒城後集》有《寓居六詠》，紹聖三年貶居筠州時作。時東坡公亦有次韻之作。按：原本《斜川集》《次韻叔父寓居六詠》下載四首，而又有《和叔父所居六首之一》詩，今依轍詩正其篇第，曰《秋菊》、曰《山丹》、曰《新竹》、曰《榴花》、曰《鷄冠》。其中《甘井》一詩《斜川集》已佚。過詩較之軾轍《六詠》，老健不如，而雋永逼之。「月落寒梢靜」之類，已臻唐人境界。

〔二〕仍：頻仍。艱歲：艱難的歲月，往往指天災欠收之年。蘇軾《謝賜曆日表二首》之一：「恭惟太皇太后陛下視民如子，以國爲家。振廪勸分，人自忘於艱歲；消兵去殺，天必報之豐年。」

〔三〕谿毛：谿澗中的水草。語出《左傳·隱公元年》：「苟有明信，澗谿沼沚之毛，蘋蘩薀藻之菜，筐筥錡釜之器，潢汙行潦之水，可薦於鬼神，可羞於王公。」晉杜預注：「毛，草也。」饋：指飲食之事。饋盤即餐盤。

〔四〕芹：菜名。此謂秋天的芹菜有如芝草之美。《古今注》：「章帝元和二年，芝生沛，如人冠。建初五年，芝出潁川，常以六月中生一葉，五歲五重。春青、夏紫、秋白、冬黑。」（《藝文類聚》卷九八）

〔五〕露菊：晉陶潛《飲酒》詩之五：「秋菊有佳色，裛露掇其英。汎此忘憂物，遠我遺世情。」

〔六〕「未覺」二句：謂自己未覺貶謫之遠，但卻驚歎歲月流逝。唐駱賓王《詠懷》：「太息關山險，吁嗟歲月闌。」闌：將盡；將完。

## 二

野卉非千葉〔一〕，妖紅媿兩京〔二〕。依然守舊態，誰與製新名〔三〕？琥珀綴圓石〔四〕，燕脂染落英〔五〕。顧因少陵句，草木亦鮮明〔六〕。

【箋注】

〔一〕野卉：指本詩所詠的山丹。千葉：謂牡丹。唐蘇鶚《杜陽雜編》卷中：「穆宗皇帝殿前種千葉牡丹，花始開香氣襲人，一朵千葉，大而且紅，上每睹芳盛，歎曰人間未有。」

〔二〕妖紅：豔紅。蘇軾《和述古冬日牡丹四首》之一：「一朵妖紅翠欲流，春光回照雪霜羞。」媿：同「愧」。兩京：宋代東京開封、西京洛陽。唐宋特崇牡丹，京都更勝。此句謂山丹之紅豔使兩京的牡丹自愧弗如。

〔三〕「依然」二句：謂山丹質樸，不似牡丹「變態」以獵新名。按牡丹名目繁多，或以色名，或以葉名，或以花名，或以種植者姓氏名，不可勝道。

〔四〕琥珀：古代松柏樹脂的化石。色淡黄、褐或紅褐。中醫用爲通淋化瘀、寧心安神的藥。晉張華《博物志》卷四：「《神仙傳》云『松柏脂入地千年化爲茯苓，茯苓化琥珀』，琥珀一名江珠。」蘇軾《南歌子·楚守周豫出舞鬟因作之》詞：「琥珀裝腰佩，龍香入領巾。」此以琥珀、圓石以喻其子實。

〔五〕燕脂：亦作胭脂，紅色染料。落英：始開之花。屈原《離騷》：「朝飲木蘭之墜露兮，夕餐秋菊之落英。」落，始也。《爾雅·釋詁》：「初、哉、首、基、肇、祖、元、胎、俶、落、權輿，始也。」

〔六〕少陵：謂杜甫，甫常自稱杜陵野老，後人因呼爲杜少陵。新、舊《唐書》有傳。杜甫《春望》詩有「國破山河在，城春草木深。感時花濺淚，恨別鳥驚心」語。按蘇過詩暗用此，寓山河依舊而人事全非之意。

三

湫隘黄門宅〔一〕，喧囂半雉牆〔二〕。此君時掩苒〔三〕，小屋自清涼。月落寒梢静〔四〕，春回穉筍猖〔五〕。兒童護鷄犬，更看引鞭長〔六〕。

【箋注】

〔一〕本詩詠竹。湫隘：低下狹小。《左傳·昭公三年》：「（晏）子之宅近市，湫隘囂塵，不可以居。」黄門：漢設黄門官，晉爲門下省，唐宋皆因之。此謂蘇轍，轍元祐六年進門下侍郎，世稱蘇黄門。

〔二〕雉：量詞。《左傳·隱公元年》「都城過百雉」晉杜預《注》：「一雉之牆，長三丈，高一丈。」半雉，極言其矮狹。

〔三〕此君：指竹。《世説新語·任誕》：「王子猷嘗暫寄人空宅住，便令種竹，或問暫住何煩爾。王嘯詠良久，直指竹曰：『何可一日無此君！』」掩苒：掩映貌。

〔四〕寒梢：指竹。蘇軾有詩題云《文與可有詩見寄云待將一段鵝谿絹掃取寒梢萬尺長次韻答之》。宋釋道潛《次韻劉伯昌長官見贈》：「静依北牖開樽俎，醉掃寒梢雜雨烟。」

〔五〕穉筍猖：嫩竹勁拔。猖：長勢猛。

〔六〕「兒童」二句：謂儻使兒童看管好鷄犬，勿使煩擾，稚筍當速速引節而長矣。鞭：竹根，竹的地下莖。《筍譜》：「筍者竹之篛也，竹根曰鞭，鞭節之間乳贅而生者。」蘇軾《東坡八首》之一：「好竹不難栽，但恐鞭橫逸。」

## 四

榴實江南少〔一〕，依稀綴樹叉。稍存後彫質〔二〕，能吐欲然花〔三〕。西蜀雖吾里〔四〕，東軒似故家〔五〕。田園隨處是，何必買生涯。

【箋注】

〔一〕本詩詠石榴。榴實：即石榴果。石榴，原名「安石榴」，花多呈橙紅色，種子可供食用及作飲料。花供觀賞，果皮可入藥。原産於中亞地區，晉張華《博物志》「張騫使西域還得安石榴以歸」（《初學記》卷二引）。清汪灝《廣群芳譜》卷二八：「本出塗林安石國，漢張騫使西域，得其種以歸，故名安石榴。今處處有之。」安石國即現伊朗、阿富汗等中亞一帶。

〔二〕《論語·子罕》：「歲寒，然後知松柏之後彫也。」按石榴花期在五六月間，群花皆過始開，故云「後彫」。

〔三〕能吐欲然花：石榴花極紅艷，故詩人多以火喻之。如梁元帝《咏石榴》：「塗林未應發，春暮轉相催。燃燈疑夜火，連珠勝早梅。」唐孔紹安《石榴》詩：「可惜庭中樹，移根逐漢臣。只爲來時晚，開花不及春。」欲然：花色濃烈貌。

〔四〕西蜀：即今四川省，因古爲蜀地，地處西邊，故稱西蜀。唐杜甫《諸將》詩之五：「西蜀地形天下險，安危須仗出群材。」因蘇過祖籍四川眉山，故云。里：家鄉。

〔五〕東軒：蘇轍是時謫監筠州鹽酒税，「闢聽事堂之東爲軒，種杉二本，竹百个，以爲宴休之所」，轍又號東軒長老。參《欒城集》卷二十四《東軒記》。

## 五

户外從羅雀〔一〕，空階放草長。大鷄俄獨立〔二〕，衆卉已難藏。意氣矜全盛，萎蕤憫欲僵〔三〕。伶俜蜂與蝶〔四〕，未免歎唇亡〔五〕。

【箋注】

〔一〕本詩詠雞冠花。從：任。羅雀：見《贈王子直》注〔七〕。

〔二〕大鷄：高聳的鷄冠花。鷄冠，草本植物名。一年生，花狀如鷄首之肉冠。明李時珍《本草綱目·草四·鷄冠》：「鷄冠，處處有之。三月生苗。入夏高者五六尺，矬者纔數寸……六七月梢間開花，有紅白黄三色。其穗圓長而尖者，儼如青葙之穗；扁卷而平者，儼如雄鷄之冠。」蘇轍《寓居六詠》之五：「大鷄如人立，小鷄三寸長。」俄：頃刻。

〔三〕「意氣」二句：謂大鷄全盛時何等矜張，而於彫零之秋又何其可憫也。萎蕤：枯萎下垂之花葉。

〔四〕伶俜：孤零貌。《玉臺新詠·古詩爲焦仲卿妻作》：「晝夜勤作息，伶俜縈苦辛。」唐杜甫《新安吏》詩：「肥男有母送，瘦男獨伶俜。」蘇軾《次韻周長官壽星院同餞魯少卿》：「寂歷疏松欹晚照，伶俜寒蝶抱秋花。」

〔五〕脣亡：《左傳·僖公五年》：「諺所謂輔車相依，脣亡齒寒者。」按此詩頗有諷喻之意，與唐白居易《有木》詩之類異曲同工。

【附】

蘇轍《寓居六詠》

手植天隨菊，晨添苜蓿盤。叢長憐夏苦，花晚怯秋寒。素食舊所愧，長齋今未闌。殷勤拾落蕊，眼暗讀書難。

山丹炫南土，盈尺愧西京。所至曾無比，知非浪得名。未須求别種，尚欠剥繁英。行復春風度，天涯眼暫明。

鄰家三畝竹，蕭散倚東牆。誰謂非我有，時能惠我涼。雪深聞毁折，風作任披猖。事過還依舊，相看意愈長。

弱榴生掩苒，插竹强支叉。旋疊封根石，能開著子花。扶持物遂性，綴緝我成家。故國田園少，何須恨海涯。

大鷄如人立，小鷄三寸長。造物均付予，危冠兩昂藏。出欄風易倒，依草枯不殭。後庭花草盛，憐汝計興亡。

西鄰分半井，十口無渴憂。歲旱百泉竭，日供八家求。艱難念生理，沾足愧寒流。比聞山田婦，出汲争群牛。山中澗谷枯竭，汲者每苦牛奪其水。一人出汲，輒數人持杖護之。

蘇軾《次韻子由所居六詠》

堂前種山丹，錯落馬腦盤。堂後種秋菊，碎金收辟寒。草木如有情，慰此芳歲闌。幽人正獨樂，不知行路難。

詩人故多感，花發憶兩京。石榴有正色，玉樹真虛名。粲粲秋菊花，卓爲霜中英。萸槃照重九，纈蕋兩鮮明。

幽居有古意，義井分西牆。誰言三伏熱，止須一盃涼。先生坐忍渴，羣嚚自披猖。衆散徐酌飲，逡巡味尤長。

先生飯土熘，無物與劉叉。何以娱醉客，時鼰砌下花。井水分西鄰，竹陰借東家。蕭然行脚僧，一身寄天涯。

東齋手種柏，今復幾尺長。知有桓司馬，榛茆爲遮藏。近聞南臺松，新枝出餘僵。年來此懷抱，豈復驚凡亡。

新居已覆瓦，無復風雨憂。榿栽與籠竹，小詩亦可求。尚欲煩貳師，刺山出飛流。應須鑿百尺，兩綆載一牛。

## 戲贈吴子野〔一〕

從來非佛亦非仙〔二〕，直以虛心謝世緣〔三〕。饑火盡時無内熱〔四〕，睡蛇死後得安眠〔五〕。飢腸自飽無非藥，定性難摇始是禪〔六〕。麥飯葱羹俱不設〔七〕，館君清坐不論年。子野絶食不睡。

【箋注】

〔一〕作於紹聖三年（一〇九六）。按東坡紹聖三年有詩曰《吴子野絶粒不睡過作詩戲之芝上人陸道士皆和予亦次其韻》，所次即此篇。吴子野：隆慶《潮陽縣志》卷一二《鄉賢》云：「吴復古，字子野，本揭陽（今廣東揭陽）人，初以父蔭當及，讓於庶兄，去揭入潮（治今廣東潮安）之麻田山中，作遠游庵以居。間出，遍歷名山大川，所與游皆名士。其時學士蘇軾安置循州，又移昌化軍，復古咸往訪之。嘗論養生出世法，以安和爲主本，以服食爲土苴，且曰：『邯鄲之夢，猶足以破妄歸其真，矧身履而目擊之者？』軾爲感悟。及軾遇赦還，復古又與黄洞輩追送至清遠峽。會道病，問以後事，笑而不言，遂卒。歸葬麻田。初軾在翰林，嘗及見復古之父，至謫居嶺外，因與復古游，又得其子芘仲所爲《歸鳳賦》寄之，遂爲忘年交，（略）後芘仲竟歸揭陽。」子野絶食不睡，有趣之極；叔黨「館君」戲語，令人噴飯。

〔二〕和尚期於成佛，道士期於成仙。此謂吴子野非通常之求佛升仙。

〔三〕直：但、特。虚心：空無之心境。世緣：俗緣，謂人世間事。唐錢起《過桐柏山》詩：「投策謝歸途，世緣從此遣。」蘇軾《次韻絶句各述所懷》之四：「定似香山老居士，世緣終淺道根深。」

〔四〕饑火：謂腹中飢餓如火中燒。唐白居易《旱熱》詩之二：「壯者不耐飢，飢火燒其腸。」蘇軾《和李邦直沂山祈雨有應》：「饑火燒腸作牛吼，不知待得秋成否。」内熱：《莊子·人間世》：「今吾朝受命而夕飲冰，吾其内熱與？」唐陸德明《釋文》引向秀曰：「食美食者必内熱。」

〔五〕睡蛇：喻煩惱。喻煩惱困擾、心緒不寧的精神狀態。《遺教經論》：「煩惱毒蛇，睡在汝心。譬如黑蚖，在汝室睡，當以持戒之鉤，早摒除之。睡蛇既出，乃可安眠。」蘇軾《午窗坐睡》詩：「睡蛇本亦無，何用鉤與手。」又《子由作二頌頌石台長老問公手寫蓮經字如黑蟻且誦萬遍脅不至席二十餘年予亦作二首》：「誰信吾師非不睡，睡蛇已死得安眠。」

〔六〕定性：佛家語，謂精神專一不散亂。唐劉商《題道濟上人房》詩：「何處營求出世間，心中無事即身閒。門外水流風葉落，唯將定性對前山。」禪：佛教語，梵語「禪那」之略。原指靜坐默念，引申爲禪理、禪法、禪學。唐杜甫《宿贊公房》詩：「放逐寧違性，虛空不離禪。」按此指禪定。

〔七〕「麥飯」二句：言不設食饌，請君長坐而已。蓋戲之也。館君：爲君備房。按子野絶食，猶道家辟穀，即摒除火食，不進米穀之修煉方法。

## 聞潮陽吴子野出家〔一〕

子昔少年日，氣蓋閭里①俠。自言似劇孟〔二〕，扣門知緩急〔三〕。千金已散盡〔四〕，白首空四壁〔五〕。烈士歎暮年，老驥悲伏櫪〔六〕。富貴比浮雲②〔七〕，妻孥真敝屣③〔八〕。四大猶幻座〔九〕，衣冠矧外物〔一〇〕。一朝發無上〔一一〕，願老靈山宅④〔一二〕。世事如余何⑤？禪心久空寂〔一三〕。世間出世間，此道無兩得〔一四〕。故應入枯槁〔一五〕，習氣要除拂〔一六〕。丈夫生死易，趨舍志匪石〔一七〕。當爲師子吼〔一八〕，佛法無南北〔一九〕。

【校記】

①閭里：《蘇軾詩集》作「里閭」。　②「富貴」至「敝屣」：《蘇軾詩集》作「妻孥真敝屣，脱棄何足惜」。　③敝屣：原校曰：「屣無入聲，疑當作屐。」　④「四大」至「山宅」：原本無，據《東坡續集》補。　⑤「世事」句：《蘇軾詩集》作「世事子如何」。

【箋注】

〔一〕本詩亦載於《東坡續集》，作東坡詩，非是。考舊題王十朋《集注分類東坡先生詩》、施元之等《注東坡先生詩》諸南宋蘇詩注本均不載此篇，是當時有識者已不目爲東坡之作。《永樂大典》録爲小坡詩，王文誥將其從《蘇詩編注集成》中删除，是爲得之。本詩作年不詳，當是在《戲贈吴子野》後。按：東坡有《吴子野將出家贈以扇山枕屏》詩。潮陽：縣名，即今廣東潮安。

〔二〕劇孟：《漢書·劇孟傳》：「劇孟者，洛陽人也。周人以商賈爲資，劇孟以俠顯。」「劇孟行大類朱家，而好博，多少年之戲。」

〔三〕《史記·袁盎列傳》：「雒陽劇孟嘗過袁盎，盎善待之。安陵富人有謂盎曰：『吾聞劇孟博徒，將軍何自通之？』盎曰：『劇孟雖博徒，然母死，客送葬車千餘乘，此亦有過人者。且緩急人所有，夫一旦有急叩門，不以親爲解，不以存亡爲辭，天下所望者，獨季心、劇孟耳。今公常從數騎，一旦有緩急，寧足恃乎？』罵富人，弗與通。」

〔四〕《漢書·劇孟傳》曰：孟好俠仗義，「及孟死，家無十金之財」。

〔五〕空四壁：居室空空，一無所有。《漢書·司馬相如傳》載，相如貧甚，與文君歸成都，「家徒四壁立」。

〔六〕「烈士」二句：曹操《龜雖壽》詩：「老驥伏櫪，志在千里。烈士暮年，壯心不已。」烈士：剛烈有志之士。驥：千里馬。

〔七〕《論語·述而》：「不義而富且貴，於我如浮雲。」

〔八〕參《和大人游羅浮山》注〔一一〕。

〔九〕四大：佛教以地、水、火、風爲四大。認爲四者分别包含堅、濕、暖、動四種性能，人身即由此構成。因亦用作人身的代稱。晉慧遠《明報應論》：「夫四大之體，即地、水、火、風耳，結而成身，以爲神宅。」《圓覺經》：「我今此身，四大和合。所謂髮毛爪齒、皮肉筋骨、髓腦垢色，皆歸於地；唾涕膿血、津液涎沫、痰淚精氣、大小便利，皆歸於水；暖氣歸火；動轉歸風。四大各離，今者妄身，當在何處？」

〔一〇〕矧：況且。外物：身外之物。多指利欲功名之類。《莊子·外物》：「外物不可必，故龍逄誅，比干戮，箕子狂，惡來死，桀紂亡。」

〔一一〕發無上：謂皈依佛門。無上：佛家語，無上正等正覺之簡稱，謂佛之悟無有過之者故云無上，偏離邪故云正，悟真理故云覺。亦即梵語阿耨多羅三藐三菩提。《無量壽經》上：「時國王聞佛説法，心懷悦豫，尋發無上正真道意。」

舍之一。」

〔一二〕靈山：即靈鷲山之簡稱。《法華經·壽量品》曰：「靈鷲山爲釋迦如來報身之淨土，爲佛國五精

〔一三〕空寂：佛教語，謂事物了無自性，本無生滅。《楞嚴經》卷五：「我曠劫來，心得無礙；自憶受生如恒河沙，初在母胎，即知空寂。」唐劉長卿《題虎丘寺》詩：「久迷空寂理，多爲繁華故。」蘇軾《應夢觀音贊》：「稽首觀音，宴坐寶石。忽忽夢中，應我空寂。」蘇轍《祭永嘉郡夫人馬氏文》：「晚通至道，游心空寂。啟手即化，容如平生。登證妙果，古人是似。」

〔一四〕見《和大人游羅浮山》注〔四〕。

〔一五〕枯槁：消瘦，憔悴。謂出家後當苦行。《佛所行贊》：「自枯槁其形，修行諸苦行。」

〔一六〕習氣：佛教語，謂煩惱的殘餘成分。佛教認爲一切煩惱皆分現行、種子、習氣三者，既伏煩惱之現行，且斷煩惱之種子，尚有煩惱之餘氣，現煩惱相，名爲「習氣」。《華嚴經·普賢行願品》：「摧伏衆魔及諸外道，滅除一切煩惱習氣，入菩薩地，近如來地。」《大智度論·釋初品》：「汝三毒習氣未盡，以是故，汝影覆時，恐怖不除。」蘇軾《再和潛師》：「東坡習氣除未盡，時復長篇書小草。」

〔一七〕謂不隨時俯仰。趨：謀求。舍：後來寫作「捨」，放棄。匪石：《詩·邶風·柏舟》：「我心匪石，不可轉也。」

〔一八〕師子吼：佛教語，即獅子吼。謂佛祖在大衆中講決定之説而無所畏懼，如獅子大吼。《維摩經·佛國品》：「演法無畏，猶如師子吼。」蘇軾《水陸法相贊·一切阿修羅》：「是真作家，當師子吼。」

〔一九〕《宋高僧傳》卷八《唐韶州今南華寺慧能傳》：「忍師睹能氣貌不揚，試之曰：『汝從何至？』對曰：『嶺表來參禮，唯求作佛。』忍曰：『嶺南人無佛性。』能曰：『人有南北，佛性無南北。』」

## 雨後見月〔一〕

薰風轉亭午〔二〕，流汗浹疎絡〔三〕。隆隆空山雷，跨海飛雨黑〔四〕。芭蕉集亂響，風竹瀉暗滴。懸知歲有待〔五〕，已喜瘴先滌〔六〕。沈沈璧月上，稍稍星河出〔七〕。枕簟延青光〔八〕，草木沍寒碧〔九〕。幽人夢未回，良夜誰與惜〔一〇〕？隔籬唤西家，倒榼共餘瀝〔一一〕。西家長苦貧，而有好顏色。終年飯半菽〔一二〕，愛酒無從得。嗟余不解飲〔一三〕，看爾時舉白〔一四〕。豈不賢老兵〔一五〕，聊慰羈旅夕。

【箋注】

〔一〕據詩意，知作於隨父貶居嶺南時。詩曰「西家常苦貧」、「愛酒無由得」，與紹聖三年《九日詩》所謂「西鄰有書生，破帽衣百結。勿憚往來頻，杯中猶有物」相似，疑謂翟逢亨。本篇亦當作於同時。

〔二〕薰風：和風，初夏之東南風。《吕氏春秋・有始》：「東南曰熏風。」亭午：正午。晉孫綽《游天台山賦》：「爾乃羲和亭午，游氣高褰。」蘇軾《慈湖夾阻風五首》之四：「日輪亭午汗珠融，誰識南訛長養功。」

〔三〕浹：濕透。疎絡：知本作「絺綌」：葛布。《詩・周南・葛覃》「爲絺爲綌」毛傳：「精曰絺，粗曰絺。」多作夏裝。《論語·鄉黨》：「當暑，袗絺綌，必表而出之。」

〔四〕雨黑：即黑雨，謂暴雨。唐韓偓《江行》詩：「浪蹙青山江北岸，雲含黑雨日西邊。」

〔五〕懸知：料想。歲：年景，一年的農業收成。《左傳·昭公三十二年》：「閔閔焉如農夫之望歲。」唐韓愈《南海神廟碑》：「明年，其時公又固往不懈，益虔，歲仍大和。」

〔六〕瘴先滌：謂瘴氣已爲暴雨所滌蕩。

〔七〕稍稍：漸漸。星河：銀河，南朝齊張融《海賦》：「湍轉則日月似驚，浪動而星河如覆。」按此指星星。蘇軾《東坡志林·紀游》：「是日六月晦，無月，碇宿大海中。天水相接，星河滿天。起坐四顧太息：吾何數乘此險也！」

〔八〕簟：竹席。青光：月光。

〔九〕沍：凝也。唐杜甫《春草》：「楚草經寒碧，逢春入眼濃。」

〔一〇〕「幽人」二句：唐齊己《月下作》：「良夜如清晝，幽人在小庭。」蘇軾《定惠院寓居月夜偶出》：「幽人無事不出門，偶逐東風轉良夜。」

〔一一〕「隔籬」二句：唐杜甫《客至》詩：「肯與鄰翁相對飲，隔籬呼取盡餘杯。」又《夏日李公見訪》：「隔屋喚西家，借問有酒不？」榼：盛酒器。西家：似指翟逢亨。參後《九日詩》注〔一五〕。

〔一二〕半菽：謂半菜半糧，指粗劣的飯食。《漢書·項籍傳》：「今歲飢民貧，卒食半菽。」唐顏師古注：「孟康曰：『半，五升器名也。』臣瓚曰：『士卒食蔬菜以菽雜半之。』瓚說是也。菽謂豆也。」唐元稹《竹部》詩：「歸來不買食，父子分半菽。」蘇軾《送黄師是赴兩浙憲》：「願君五袴手，招此半菽魂。」蘇轍《次遲韻對雪》：「今年惡蝗旱，流民鬻妻子。一食方半菽，三日已于耜。」

〔一三〕唐李白《月下獨酌》：「月既不解飲，影徒隨我身。」

〔一四〕舉白：《漢書·叙傳上》：「及趙、李諸侍中皆引滿舉白，談笑大噱。」顔師古注引孟康曰：「舉白，見驗飲酒盡不也。」

〔一五〕老兵：《晉書·謝奕傳》：「奕每飲酒，無復朝廷禮，嘗逼温飲，温走入南康主門避之。……奕遂攜酒就聽事，引温一兵帥共飲，曰：『失一老兵，得一老兵，亦何所怪。』」按此言有鄰人對飲亦不失爲樂趣。

## 九日詩①〔一〕

火雲收初旦〔二〕，淒露淨中夕〔三〕。良辰非虛名〔四〕，菊秀萸更實〔五〕。世間孰真樂？心境遇相適〔六〕。華屋與茅茨，何足繫欣戚。勿云瘴海惡〔七〕，山水侶吴浙〔八〕。我有環堵居〔九〕，危臺俯清絶〔一〇〕。及時要行樂〔一一〕，鷄黍隨豐乏〔一二〕。真一撥新釀〔一三〕，九華襲前哲〔一四〕。西鄰有書生〔一五〕，破帽衣百結〔一六〕。勿憚往來頻，杯中猶有物〔一七〕。

**【校記】**

①本詩諸刻本不載，茲據舊本補録。

【箋注】

〔一〕作於紹聖三年（一〇九六）重九。詩曰「我有環堵居」，按蘇氏父子紹聖三年始買惠州白鶴峰築室，越年而成，於四年二月遷入。六月父子即離惠州之海南，是知必作於三年重九，時新居垂成，故云。餘詳注中。

〔二〕火雲：紅雲。指炎夏。唐杜甫《貽華陽柳少府》：「火雲洗月露，絶壁上朝暾。」初旦：天始明。

〔三〕中夕：半夜。晉劉伶《北芒客舍》詩：「長笛響中夕，聞此消胸襟。」唐白居易《新制布裘》詩：「中夕忽有念，撫裘起逡巡。」

〔四〕良辰：美好時光。此謂重九日。南朝宋謝靈運《九日從宋公戲馬臺集送孔令》詩曰：「良辰感聖心，雲旗興暮節。」

〔五〕秀：開花。萸：即茱萸。古俗於重九日佩茱萸、飲菊花酒去災邪、祈長壽。舊題葛洪《西京雜記》卷三云：「戚夫人侍兒賈佩蘭後出爲扶風人段儒妻，説在宮内時……九月九日佩茱萸，食蓬餌，飲菊花酒令人長壽。」後即相沿成習。

〔六〕謂隨遇而安，心情與境地相合。宋周必大《初寮先生前後集序》：「時方諱言蘇學，而公已潛啟其祕鑰……大篇短章，更唱迭和……益以江山之助，心與境會，意隨辭達。」適：合。

〔七〕瘴：瘴氣。見前《贈王子直》注〔四〕。

〔八〕侶：猶匹敵。吴：今江蘇一帶，古屬吴國。浙：宋有兩浙路，在今浙江省。吴、浙兩地，俱以山水秀麗爲人稱道。

〔九〕環堵居：見前《地鑪歌寄伯仲》注〔一三〕。此指築於惠州歸善縣白鶴峰之新居。蘇軾《和陶移居》詩《引》曰：「去歲（即紹聖二年）三月，自水東嘉祐寺遷居合江樓。迨今一年，多病鮮歡，頗懷水東之樂。得歸善縣後隙地數畝。父老云：『此古白鶴觀也。』意欣然，欲居之。」又《和陶時運四首・引》曰：「丁丑（一〇九七）二月十四日，白鶴峰新居成，自嘉祐寺遷入。」

〔一〇〕危：高。清絶：謂水。東西二江於白鶴峰下會合。詳下詩《松風亭詞》注〔九〕「二江」。

〔一一〕《古詩十九首》：「爲樂當及時，何能待來茲。」

〔一二〕鷄黍：《論語・微子》：「止子路宿，殺鷄爲黍而食之。」此以「鷄黍」指食物。豐乏：即豐欠。

〔一三〕真一：此指真一酒，按真一本道教名詞，指保持本性，自然無爲，後多用以指養生之法。《鬼谷子・本經陰符》：「信心術，守真一而不化。」晉葛洪《抱朴子・地真》：「割嗜慾所以固血氣，然後真一存焉，三七守焉，百害卻焉，年命延矣。」蘇軾真一酒即因此而釀，蘇軾《真一酒》詩《引》曰：「米麥水，三一而已，此東坡先生真一酒也。」又其《寄建安徐得之真一酒法》亦詳載其法。撥：通醱，酒再釀。白居易《贈皇甫庶子》：「妻如年老添衣絮，婢報天寒撥酒醅。」

〔一四〕九華：指菊花，即重九之花。晉陶淵明《九日閑居・序》：「余閑居，愛重九之名。秋菊盈園，而持醪靡由。空服九華，寄懷於言。」前哲：此謂淵明。

〔一五〕西鄰書生：指惠州秀才翟逢亨。蘇軾《白鶴新居欲成夜遇西鄰翟秀才》詩：「林行婆家初閉户，翟夫子舍尚留關。」清查慎行《蘇詩補注》引《名勝志》：翟夫子舍，在白鶴峰側，宋邑人翟逢亨也。天性至孝，博洽群書。

〔一六〕衣百結：謂貧困也。百結：用碎布綴成的衣服。《藝文類聚》卷六七引晉王隱《晉書》：「董威輦每得殘碎繒，輒結以爲衣，號曰百結。」後多形容衣多補綴。《南史·到溉傳》：「余衣本百結，閩中徒八蠶。」唐杜甫《北征》詩：「經年至茅屋，妻子衣百結。」

〔一七〕「勿憚」二句：蘇軾《和錢穆父送別並求頓遞酒》：「九子羨君門户壯，八州憐我往來頻。」陶淵明《責子》詩：「天運苟如此，且進杯中物。」杯中物指酒。

## 松風亭詞〔一〕

亂一水兮清泠〔二〕，絶塵市兮郊坰〔三〕。鬱松風之參差，忽飛構兮危亭〔四〕。悲風來兮號滄溟〔五〕，寒月出兮款户庭〔六〕。聽萬籟兮發無形〔七〕，感窮歲兮物彫零。簾舒卷兮度飛螢，白露下兮靄疏星〔八〕。二江東來兮勢建瓴〔九〕，千山右繞兮環翠屏。彼柴門兮晝常扃〔一〇〕，屏外物兮返視聽〔一一〕。嗟世故之迫隘兮〔一二〕，夫何異於囹圄〔一三〕。幸此身之日遠兮〔一四〕，□①可逃於天刑〔一五〕。望神仙其咫尺兮，想羽人於杳冥〔一六〕。或命駕以遨游兮，兹弭節而少停〔一七〕。友群仙兮役萬靈，驂鸞鶴兮駕鳳軿〔一八〕。願執鞭兮展軨〔一九〕，愧凡骨兮羶腥〔二〇〕。余師首陽之清德兮〔二一〕，超千古而猶馨〔二二〕，偉三閭之諒直兮〔二三〕，高衆人而獨醒〔二四〕。慕子房之明哲兮〔二五〕，學辟穀以引齡〔二六〕。嗚呼！雖九原之不可作兮〔二七〕，庶斯人以發硎〔二八〕。

**【校記】**

①□：各本皆缺，疑爲「庶」字。

**【箋注】**

〔一〕王文誥《總案》繫此篇於紹聖二年（一〇九五），按松風亭在惠州嘉祐寺，蘇過侍親嘗兩度居焉。考詩云：「寒月出兮款户庭」，「簾舒卷兮度飛螢」，知當作於寓居松風亭時。蘇軾《遷居》詩《引》云：「吾紹聖元年十月二日至惠州，寓居合江樓，是月十八日，遷於嘉祐寺，二年三月十九日，復遷於合江樓。三年四月二十日，復歸於嘉祐寺，時方卜築於白鶴峰之上。」又《和陶時運・引》曰：「丁丑二月十四日，白鶴峰新居成，自嘉祐寺遷入。」是知父子之兩居松風亭，一在元年十月十八日至二年三月十八日，一在三年四月二十日至四年二月十四日。是必不作於二年也。今姑繫之於紹聖三年冬，庶幾不誤。松風亭：《明一統志・南雄府》：「在歸善縣東，宋紹聖間建，四面有松三十餘株，多風涼，因名之。東坡至惠州嘗寓于此。」本詩爲騷體，可謂深得《楚辭》神髓，飄逸處翩翩欲仙，沉鬱時令人垂涕。

〔二〕亂：横渡。《詩・大雅・公劉》「涉渭爲亂」孔疏：「水以流爲順，横渡則絶其流，故謂亂。」

〔三〕郊坰：遠郊。《詩・魯頌・駉》「駉駉牡馬，在坰之野」毛傳：「坰，遠野也。邑外曰郊，郊外曰野，野外曰林，林外曰坰。」

〔四〕危：高。《莊子·盜跖》：「使子路去其危冠。」《國語·晉語》：「拱木不生危。」

〔五〕號：哭。狀風之悲。滄溟：高空。

〔六〕款：徘徊留連。宋宋庠《過列子觀》詩：「款户殊無屨，乘衣尚有風。」（《元憲集》卷五）

〔七〕萬籟：各種聲響，此指自然成韻之聲。《莊子·齊物論》：「汝聞人籟而未聞地籟，汝聞地籟而未聞天籟……夫大塊噫氣，其名爲風，是唯無作，作則萬竅怒號，而獨不聞之翏翏乎？」南朝齊謝朓《答王世子》詩：「蒼雲暗九重，北風吹萬籟。」無形：道家語，以爲凡有形者皆起於無形。《淮南子·原道》：「夫無形者，物之大祖也；無音者，聲之大宗也。」

〔八〕「簾舒」二句：唐孟浩然《秋宵月下有懷》：「驚鵲棲未定，飛螢捲簾入。」靄：霧遮。唐儲光羲《泊舟貽潘少府》：「蒼蒼水霧起，落落疏星没。」

〔九〕二江：指東江、西江。《明一統志·南雄府》：東江出贛州安遠縣南，流過龍川河源，至府東西流過博羅入廣州界即爲龍川。西江出府西南，流至淡水場東，抵府城與龍川合。建瓴：語本《史記·高祖本紀》：「譬猶居高屋之上建瓴水也。」建瓴，即「建瓴水」之省，謂傾倒瓶中之水，形容居高臨下，其勢難以阻擋。建：傾倒。瓴：盛水瓶。

〔一〇〕扃：關。晉陶淵明《歸去來兮辭》：「園日涉以成趣，門雖設而常關。」

〔一一〕屏：同摒，排開。反視聽：回歸道本，與物相遺。宋張方平《賀杭州范資政啟》：「反視聽於希夷，收精神於蹇淺。」（《樂全集》卷三二）此句謂不爲物相所左右，回歸虛靜乃得道真。

〔一二〕漢司馬相如《大人賦》：「悲世俗之迫隘兮，揭輕舉而遠游。」

〔一三〕囹圄：即囹圄，監獄。

〔一四〕日遠：謂日益遠離故都。屈原《哀郢》：「背夏浦而西思兮，哀故都之日遠。」

〔一五〕天刑：天降的刑罰。《莊子·德充符》：「無趾曰：天刑之安可解？」唐韓愈《答劉秀才論史書》：「夫爲史者，不有人禍，則有天刑。」按天刑語指朝廷降罪。蘇軾《中山松醪賦》：「曾日飲之幾何，覺天刑之可逃。」《范景仁墓誌銘》：「公獨堅卧，三詔不起。遂解天刑，竟以樂死。」

〔一六〕羽人：仙人。屈原《遠游》：「仍羽人於丹丘兮，留不死之舊鄉。」漢王逸《章句》：「或曰：人得道身生毛羽也。」宋洪興祖《補注》：「羽人，飛仙也。」

〔一七〕弭節：駐車。弭：止。節：行車進退之節。屈原《離騷》：「吾令羲和弭節兮，望崦嵫而勿迫。」

〔一八〕驂：本指同拉一車的三匹馬，此指駕馭。《文選·江淹〈别賦〉》：「駕鶴上漢，驂鸞騰天。」傳説中之神仙多乘鸞鶴、駕鳳鳥。《列仙傳》：周靈王太子晉爲道士浮丘公接至嵩山，修煉三十餘年，七月七日乘白鶴回别家人，成仙而去。軿：有帷蓋之車。

〔一九〕展軨：《禮記·曲禮下》：「已駕，僕展軨效駕。」展軨，謂駕車既畢，御者從車軨左右四周看視然後啟行。此猶言駕車。軨：唐陸德明《經典釋文》引盧植云：「車轄軸也。」

〔二〇〕凡骨：凡人。或指凡人的軀體、氣質。羶腥：喻世俗之味。蘇轍《和王適寒夜讀書》：「一從慕羶腥，中棄如弊屣。」

〔二一〕首陽：本山名，在今山西永濟南，此指嘗隱居於此之伯夷、叔齊。伯夷、叔齊：商周之際人，孤竹君之子。孤竹君死，伯夷叔齊均遜位而逃，後隱於首陽山，「武王已平殷亂，天下宗周，而伯夷叔齊恥之，義不食周粟，隱於首陽山，采薇而食之。……遂餓死於首陽山。」事見《史記·伯夷列傳》。

〔二二〕超：過。馨：香。

〔二三〕三閭：即屈原（前三四〇—前二七八），名平，戰國時楚人，博聞强記，明於治亂，嫻於辭令。懷王時爲三閭大夫，王甚任之，上官大夫害其能，因讒之，王怒而疏原，原憤愁幽思而作《離騷》。頃襄王立，原復因讒而遷於江濱，作《漁父》諸篇以見志，後於五月五日懷石自投汨羅死。事見《史記》本傳。諒直：誠實正直。宋玉《九辯》：「私自憐兮何極，心怦怦兮諒直。」

〔二四〕屈原《漁父》：「舉世皆濁我獨清，衆人皆醉我獨醒。」

〔二五〕子房：漢張良（？—前一八五）字。其先韓人，秦滅韓，良悉以家財求客刺秦王，爲韓報仇，得力士狙擊始皇於博浪沙，中副車。秦求賊甚急，良更姓名亡匿下邳，受《太公兵法》於圯上老人。劉邦起兵，良常爲畫策，滅項羽，定天下，劉邦即位，封留侯。晚好黄老，學神仙辟穀之術，以功名終，謚文成。《史記》《漢書》有傳。

〔二六〕辟穀：謂不食五穀。道教的一種修煉術。辟穀時，仍食藥物，並須兼做導引等功夫。《史記·留侯世家》：張良既爲帝者師，封萬户，位列侯，乃稱曰：「此布衣之極，於良足矣。願棄人間事，欲從赤松子游耳」，「乃學辟穀，道引輕身」。

〔二七〕九原：山名，在山西新絳縣北。春秋時晉卿大夫墓地。作：起，指死而復生。《禮記·檀弓下》：「趙文子與叔譽觀乎九原，文子曰：『死者如可作也，吾誰與歸？』」

〔二八〕斯人：指伯夷、叔齊、屈原、張良諸人。硎：磨刀石。《莊子·養生主》：「今臣之刀十九年矣，所解數千牛矣，而刀刃若新發於硎。」按此謂將師法數君子而立身行事。

## 不睡〔一〕

四鄰悄悄鼾殷牀〔二〕，惟有客夢不得長。柴門獨掩燈有暈〔三〕，敧枕未熟背已芒〔四〕。四更山月來洞房〔五〕，炯炯孤影射屋梁〔六〕。茅簷窸窣鼠自齧〔七〕，煙樹蒼莽梟爲祥〔八〕。海風蕭蕭振槁葉〔九〕，谽聲湁湁決廢塘〔一〇〕。二三黄冠真可憫〔一一〕，空祠夜禱寒欲僵。步虚聲斷翠微遠〔一二〕，鐘磬時款幽人堂〔一三〕。山城寂寞消殘漏〔一四〕，鼓角淒悲吟曉霜。懸知此時我獨覺，胡爲百想懸肺腸。鷄鳴世務紛如織，曷此頃刻聊坐忘〔一五〕。

【箋注】

〔一〕似作於居嘉祐寺時。詩有「海風」、「黄冠」、「空祠夜禱」、「步虚聲」、「鐘磬」等景物，俱隨軾謫居惠州嘉祐寺時情形。據前引蘇軾《遷居》詩知父子曾兩居松風亭，一在元年十月十八日至二年三月十八日，一在三年四月二十日至四年二月十四日。詩中「曉霜」、「寒欲僵」等節令，又知此詩當作於元年（一〇九四）或三年（一〇九六）的冬天。天涯淪落，深夜輾轉。四顧淒然，夜聲寂寥。故感而爲詩。其詩動靜相間，虛實交映，冷峭悲愴，寒可徹骨。

〔二〕鼾殷牀：即鼾聲震牀。杜甫《宿贊公房》詩有云：「梵放時出寺，鐘殘仍殷牀。」殷：聲猶雷震。《詩經·殷其雷》毛傳：「殷，雷聲也。」蘇軾《感舊詩》：「車轂鳴枕中，客夢安得長。」

〔三〕柴門：用柴荆編織之門。又謂之篳門：《禮記·儒行》：「儒有一畝之宫，環堵之室，篳門圭窬，蓬户甕牖。」漢鄭玄注：「篳門，荆竹織門也。」唐孔穎達疏：「篳門，柴門。」燈有暈：猶言燈暗。暈：光影四周之暗色。唐韓愈《宿龍宫灘》：「夢覺燈生暈，宵殘雨送涼。」

〔四〕欹：斜倚。背已芒：謂惶恐也。《漢書·霍光傳》：「宣帝始立，謁見高廟，大將軍光從驂乘，上内憚之，若有芒刺在背。」按此極言遷謫中坐卧不寧之狀。

〔五〕洞房：深房。宋玉《招魂》：「姱容修態，絙洞房些。」宋洪興祖《楚辭補注》引五臣注曰：「洞，深也。」

〔六〕烱烱：明亮貌。

〔七〕窸窣：象聲詞。形容輕微細碎之聲。唐杜甫《自京赴奉先縣詠懷五百字》：「河梁幸未拆，枝撑聲窸窣。」齧：噬。

〔八〕煙樹：雲煙繚繞的樹木、叢林。南朝宋鮑照《從登香爐峰》詩：「青冥摇煙樹，穹跨負天石。」蒼茫：曠遠迷茫貌。梟：即貓頭鷹，古以爲不祥之鳥。祥：徵兆。《左傳·僖公十六年》：「是何祥也，吉凶焉在？」晉杜預注：「祥，吉凶之先見者。」

〔九〕蕭蕭：象聲詞。形容風聲。《史記·刺客列傳·荆軻》：「又前而歌曰：風蕭蕭兮易水寒，壯士一去兮不復還。」

〔一〇〕湱湱：象聲詞，形容水聲。《文選·司馬相如〈上林賦〉》：「踰波趨浥，湱湱下瀨。」李善注引司馬彪曰：「湱湱，水聲也。」

〔一一〕黄冠：即道士。見《次韻大人五更山吐月》之四注〔一一〕。蘇軾《十月十六日記所見》：「雲收霧卷已亭午，有風北來寒欲僵。」

〔一二〕步虚聲：道士誦經聲。南朝宋劉敬叔《異苑》卷五：「陳思王游山，忽聞空裏誦經聲，清遠遒亮，解音者則而寫之，爲神仙聲；道士效之，作步虚聲。」翠微：本指山腰青葱者，此指青山。

〔一三〕謂道士所擊之鐘磬聲時而傳來。幽人：自謂也。

〔一四〕殘漏：猶殘夜。唐獨孤申叔《終南精舍月中聞磬》詩：「斷絶如殘漏，淒清不隔雲。」漏：即漏壺，古之記時器。《説文解字·水部》曰：「漏，以銅受水，刻節，晝夜百刻。」

〔一五〕坐忘：道家謂物我兩忘、與道合一的精神境界。《莊子·大宗師》：「墮肢體，黜聰明，離形去知，同於大通，此謂坐忘。」晉郭象注：「夫坐忘者，奚所不忘哉！既忘其跡，又忘其所以跡者，內不覺其一身，外不識有天地，然後曠然與變化爲體而無不通也。」曷：「何不」的合音。

## 大人生日〔一〕

### 一

疇昔東華典秘藏〔二〕，於今晻曖水雲鄉〔三〕。欲知萬里雷霆譴〔四〕，要與三山咫尺望〔五〕。世上功名那復記，洞中仙籍已難量〔六〕。仇池何用追仙馭〔七〕，香案仍歸侍玉皇〔八〕。

【箋注】

〔一〕本詩王文誥繫於紹聖三年（一〇九六），翁方綱《蘇詩補注》以爲是「海南祝公生日作」。今從王説。

〔二〕疇昔：猶昔日。東華：指汴京大内東門，宋代秘閣三館在焉。據《宋史·蘇軾傳》，治平三年，蘇軾嘗直史館。

〔三〕晻曖：昏暗貌。《文選·王延壽〈魯靈光殿賦〉》：「遂排金扉而北入，宵藹藹而晻曖。」唐張銑注：「晻曖，暝色。」唐温庭筠《苦楝花》詩：「晻曖迷青瑣，氤氳向畫圖。」按此指水天相接，一望無際。水雲鄉：水雲鄉多指江南水鄉。如蘇軾《和章七出守湖州二首》之一：「方丈仙人出渺茫，高情猶愛水雲鄉。」《城南縣尉水亭得長字》：「兩尉鬱相望，東南百步場。揮旗蒲柳市，伐鼓水雲鄉。」按海南水天相接，故過亦戲稱之爲水雲鄉。

〔四〕雷霆譴：指皇帝發怒而被貶事。雷霆：指君王。《左傳・襄公十四年》：「民奉其君，愛之如父母，仰之如日月，敬之如神明，畏之如雷霆。」

〔五〕三山：即海上三神山。蘇軾《寓居合江樓》詩亦云：「三山咫尺不歸去，一杯付與羅浮春。」參見《湖口人李正臣蓄異石》注〔四〕。

〔六〕洞中：即道家之洞天福地。仙籍：仙人的名籍。唐李商隱《重過聖女祠》詩：「玉郎會此通仙籍，憶向天階問紫芝。」

〔七〕仇池：見《和大人游羅浮山》注〔一七〕。仙馭：仙駕，指仙人騎的鶴。唐薛能《答賈支使寄鶴》詩：「瑞羽奇姿踉蹌形，稱爲仙馭過青冥。」

〔八〕見《大人生日》（一封已責被敷天）注〔七〕。

## 二

窮寓三年瘴海濱〔一〕，箪瓢陋巷與誰鄰〔二〕？維摩示病原非疾〔三〕，原憲雖貧豈是貧〔四〕？紡嫗固嘗占異夢〔五〕，肉芝還已獻畸人〔六〕。世間出世何由並〔七〕？一笑榮枯等幻塵〔八〕。

【箋注】

〔一〕蘇軾紹聖元年（一〇九四）謫惠州，至此已三年。

〔二〕箪瓢陋巷：見《贈王子直》注〔一五〕。

〔三〕維摩：維摩詰略稱，佛教菩薩名。《維摩詰經》載，維摩爲毗耶離神通廣大之大乘居士，嘗以稱病爲由，與釋迦牟尼所遣問病之文殊師利（智慧第一之菩薩）等反復論説佛法。此蓋以維摩喻蘇軾，按蘇軾同年先有《縱筆》詩云：「白頭蕭散滿霜風，小閣藤牀寄病容。」

〔四〕原憲：字子思，春秋魯人，一曰宋人，孔子弟子，性狷介。《史記・仲尼弟子列傳》云：「孔子卒，原憲遂亡在草澤中。子貢相衛，而結駟連騎，排藜藿，入窮閻，過謝原憲。憲攝敝衣冠見子貢。子貢恥之，曰：『夫子豈病乎？』原憲曰：『吾聞之，無財者謂之貧，學道而不能行者謂之病。若憲，貧也，非病也。』」

〔五〕異夢：宋趙德麟《侯鯖録》卷七：「東坡老人在昌化，嘗負大瓢行歌於田間。有老婦年七十，謂坡云：『内翰昔日富貴，一場春夢。』坡然之，里人呼此媪爲春夢婆。坡……作詩云：『符老風情奈老何，朱顔減盡鬢絲多。投梭每困東鄰女，换扇唯逢春夢婆。』」「紡嫗」或指此事。

〔六〕肉芝：道家稱千歲蟾蜍、蝙蝠、靈龜、燕之屬爲肉芝，謂食者可長壽。見葛洪《抱朴子・仙藥》。也指形類人參的靈芝草之屬。蘇軾《石芝引》曰：「予頃在京師，有鑿井得如小兒手以獻者。臂指皆具，膚理若生。予聞之隱者，此肉芝也。與子由烹而食之。」畸人：不合時俗之異人。《莊子・大宗師》：「畸人者，畸於人，而侔於天。」按東坡嘗自謂畸人，《和陶讀山海經》：「東坡信畸人，涉世真散才。」

〔七〕見《和大人游羅浮山》注〔四〕

〔八〕榮枯：原謂草木盛衰，多藉言仕途得意失意。曹植《贈丁廙》詩：「積善有餘慶，榮枯立可須。」幻塵：佛家語，佛家以人間爲虛幻塵世。《圓覺經》：「幻身滅故，幻心亦滅。幻心滅故，幻塵亦滅。」

## 愛人堂爲李幾仲賦〔一〕

讀書當讀孔孟書〔二〕，我飽尚可推其餘〔三〕。莫求捷徑拾青紫〔四〕，口但瀾翻腹空虛〔五〕。孔孟之功如藥石〔六〕，洗濯肝胃充肌膚。如農去莠植嘉穀〔七〕，如行九折遇坦途。我憐赤子在遠域〔八〕，疾痛不聞其叫呼。何當攘臂問民瘼〔九〕，古之循吏誰爲儒〔一〇〕？我觀李侯少英特〔一一〕，閉門不曳侯王裾〔一二〕。詩書已誤半世事〔一三〕，一割未信鷄牛殊〔一四〕。彈冠小縣何所爲〔一五〕？長養善類惡者誅〔一六〕。作堂之名固有在，要使膏澤流海隅〔一七〕。不願力田頻賜爵〔一八〕，不願校讎歸石渠〔一九〕。使我三年飯脱粟〔二〇〕，活此千人爲親娛〔二一〕。

**【箋注】**

〔一〕紹聖三年（一〇九六）在惠州作，「要使膏澤流海隅」、「使我三年飯脱粟」即其證。按李幾仲乃李安正之子，蘇過《書漳南李安正防禦碑陰》、《跋李防禦遺文》記載，蒼梧太守李安正受代還漳江，過羅浮，相訪留十日。其時李幾仲已爲惠州某縣縣令，安正之訪，蓋亦視子之便道也。愛人堂：蓋取「仁者愛人」之義。

〔二〕孔孟書：孔子孟子之書，泛指儒家經典。

〔三〕「我飽」句：《論語・雍也》：「夫仁者，己欲立而立人，己欲達而達人。」是即「我飽推餘」之謂也。

〔四〕拾青紫：指謀求高官厚禄。《漢書・夏侯勝傳》：「經術苟明，其取青紫如俛拾地芥耳。」按漢制公侯紫綬，九卿青綬。

〔五〕瀾翻：本指水勢翻騰，借以比喻言辭滔滔不絶。唐韓愈《記夢》詩：「絜攜陬維口瀾翻，百二十刻須臾間。」蘇軾《戲用晁補之韻》：「知君忍飢空誦詩，口頰瀾翻如布穀。」

〔六〕藥石：治病的藥劑和砭石。泛指藥物。《列子・楊朱》：「及其病也，無藥石之儲；及其死也，無瘞埋之資。」蘇軾《答子由頌》詩：「病根何處容他住，日夜還將藥石攻。」

〔七〕莠：即今俗稱狗尾草者，有害於穀物。《孟子・盡心下》：「惡似而非者，惡莠，恐其亂苗也。」

〔八〕赤子：百姓。

〔九〕攘臂：捋衣出臂，表示振奮。民瘼：民間疾苦。《後漢書・循吏傳序》：「廣求民瘼，觀納民謡。」

〔一〇〕循吏：見前《人蔆》注〔八〕。

〔一一〕英特：才智超群。《晉書・宣帝紀》：「君弟聰亮明允，剛斷英特，非子所及也。」

〔一二〕「閉門」句：謂不攀附達官貴人。《漢書・鄒陽傳》載陽《上吴王書》：「飾固陋之心，則何王之門不可曳長裾乎？」後以「曳裾」指奔走權門。曳：拉。裾：衣之大襟。

〔一三〕詩書：本指《詩經》和《尚書》，爲儒家六經要籍。此代指儒業。唐杜甫《奉贈韋左丞丈二十二韻》：「紈綺不餓死，儒冠多誤身。」

〔一四〕一割：《後漢書·班超列傳》：「況臣奉大漢之威，而無鉛刀一割之用乎？」鶏牛殊：《論語·陽貨》：（孔）子之武城，聞弦歌之聲。夫子莞爾而笑曰：「割鶏焉用牛刀？」

〔一五〕彈冠：《漢書·王吉傳》：「吉與貢禹爲友，世稱『王陽在位，貢禹彈冠』，言其取捨同也。」後以彈冠爲出仕之稱。參後《送吕知止》注〔一四〕。

〔一六〕善類：善良之人，有德之士。《子華子·孔子贈》：「明旌善類而誅鋤醜厲者，法之正也。」

〔一七〕膏澤：膏雨，喻恩澤。《孟子·離婁下》：「諫行言聽，膏澤下於民。」清焦循《正義》：「爲臣之時，諫行言從，德澤加民。」唐吕温《白雲》詩：「無心已出岫，有勢欲凌風。儻遣成膏澤，從兹遍大空。」

〔一八〕力田：漢時舉薦科名有孝悌力田。力田，取其田耕尤工之義，有力於田者，可舉以賜爵。

〔一九〕校讎：劉向《别録》：「讎校，一人讀書，校其上下得繆誤爲校；一人持本，一人讀書，若怨家相對爲讎。」（《文選·左思〈魏都賦〉》李善注引應劭《風俗通》）石渠：即石渠閣，漢朝宫廷藏書之處，又爲漢室崇道禮賢、安置學者之所。

〔二〇〕脱粟：《史記·平津侯（叔孫通）列傳》：「食一肉，脱粟之飯。」唐司馬貞《索隱》：「脱粟，纔脱穀而已，言不精鑿也。」

〔二一〕《漢書·元后傳》：王賀爲繡衣御史捕盜魏郡，政寬不肆殺，旁郡濫殺至萬餘人，而賀竟以不力免，因歎曰：「吾聞活千人有封子孫，吾所活者萬餘人，後世其興乎！」《漢書·雋不疑傳》：「（不疑）每行縣録囚徒還，其母輒問不疑：『有所平反，活幾何人？』即不疑多有所平反，母喜笑，爲飲食語言異於他時；或亡所出，母怒，爲之不食。故不疑爲吏，嚴而不殘。」

## 寄題幾仲所居二詩次定國王父舊韻①〔一〕

### 一

菽水奉甘旨〔二〕，親安吾不貧。平反一笑喜〔三〕，公子情何真。想見齋容膝〔四〕，端居郭無鄰〔五〕。蕭然千室間〔六〕，吾力尚可陳〔七〕。

【校記】

①本組詩諸刻本不載，茲據舊本補録。

【箋注】

〔一〕本組詩亦作於隨父南遷之後。幾仲即李幾仲。詩曰「菽水奉甘旨，親安吾不貧。平反一笑喜，公子情何真」，前二句夫子自道，後二句蓋贊幾仲，亦《愛人堂》詩「活此千人爲親娱」之謂也。且「菽水」之奉正其南遷情狀。王定國：名鞏，自號清虚居士。宋大名府莘縣（今山東莘縣）人，有雋才，長於詩，從蘇軾游，軾得罪，鞏亦竄賓州。《宋史》有傳。

〔二〕謂以粗茶淡飯爲奉養之資。《禮記・檀弓下》：「子路曰：『傷哉貧也，生無以爲養，死無以爲禮也。』孔子曰：『啜菽飲水，盡其歡，斯謂之孝……』」甘旨：美味。後多用作奉養父母之詞。南朝梁任昉《啟蕭太傅固辭奪禮》：「飢寒無甘旨之資，限役廢晨昏之半。」

〔三〕平反：見《愛人堂爲李幾仲賦》注〔二一〕。

〔四〕容膝：見《地鑪歌寄伯仲》注〔三〕。

〔五〕端居：深居。唐王維《登裴迪秀才小臺作》詩：「端居不出户，滿目望雲山。」按《漢語大詞典》釋「端居」爲「平常居處」。誤。參王鍈先生《〈漢語大詞典〉商補》，黄山書社二〇〇六年。

〔六〕蕭然：淒清貌。千室：指幾仲所在縣邑。《論語・公冶長》：子曰：「求也，千室之邑，百乘之家，可使爲之宰也。」

〔七〕謂能勝任其職。語本《論語・季氏》：「周任有言曰：『陳力就列，不能者止。』」

## 二

涉世誰如子〔一〕？凜然霜中筠〔二〕。獨能退藏密〔三〕，恐污元規塵〔四〕。阮籍廢臧否〔五〕，曹參惟飲醇〔六〕。誰爲晤語者〔七〕，黄卷對古人〔八〕。

**【箋注】**

〔一〕涉世：經歷世事。

〔二〕凛然：嚴肅，令人敬畏貌。筠：竹皮之堅韌者爲筠，引申而指竹。

〔三〕退藏：《易·繫辭上》：「聖人以此洗心，退藏於密。」三國魏王弼注：「言其道深微，萬物日用而不能知其原，故曰『退藏於密』，猶藏諸用也。」

〔四〕元規塵：《世説新語·輕詆》：「庾公（亮）權重，足傾王公（導）。庾在石頭，王在冶城坐，大風揚塵。王以扇拂塵曰：『元規塵污人。』」後多以「元規塵」、「庾亮塵」、「西風塵」或「庾塵」喻高官勢焰之鄙俗。元規：晉庾亮（二八九—三四〇）字。亮，潁川鄢陵（今河南鄢陵）人，明帝穆皇后兄，風格嚴整，動由禮節。性坦率，善談詠。官至都督江荆豫益梁雍六州諸軍事、征西將軍，鎮武昌。《晉書》有傳。

〔五〕阮籍（二一〇—二六三）：字嗣宗，魏陳留尉氏（今屬河南）人，容貌瓌傑，志氣宏放，博覽群籍，尤好老莊。嗜酒，能詩善琴。嘗爲步兵校尉，故後世呼爲阮步兵。籍能爲青白眼，見禮俗之士，輒以白眼對之。《三國志·魏志》、《晉書》有傳。廢臧否：《晉書·阮籍傳》：「籍雖不拘禮教，然發言玄遠，口不臧否人物。」

〔六〕曹參（？—前一九〇）：漢沛（今屬江蘇）人。秦時爲獄掾，與蕭何同佐高祖定天下，封平陽侯。蕭何死，參代爲相國，壹遵何之法紀。「日夜飲醇酒。卿大夫以下吏及賓客見參不事事，來者皆欲有言。至者，參輒飲以醇酒，閒之，欲有所言，復飲之，醉而後去，終莫得開説，以爲常。」見《史記·曹相國世家》及《漢書》本傳。

〔七〕晤語：見面交談。《詩·陳風·東門之池》：「彼美淑姬，可與晤語。」唐韓愈《答張徹》詩：「勤來得晤語，勿憚宿寒廳。」

〔八〕黄卷：書籍，古時以黄蘗染紙以防蠹，故名。《新唐書·狄仁傑傳》：「（仁傑）爲兒時，門人有被害者，吏就詰，衆爭辨對，仁傑誦書不置，吏讓之，答曰：『黄卷中方與聖賢對，何暇偶俗吏語耶？』」

## 送曇秀〔一〕

三年避地少經過〔二〕，十日論詩喜琢磨〔三〕。自欲灰心老南岳〔四〕，猶能繭足慰東坡〔五〕。來時野寺無魚鼓〔六〕，去後閒門有雀羅〔七〕。從此期師真似月〔八〕，斷雲時復掛星河〔九〕。

【箋注】

〔一〕吴長元曰：「此紹聖三年（一〇九六）作，《永樂大典》缺載，從《東坡題跋》補録。」按《東坡題跋》明文款爲「紹聖丁丑（四年）正月二十一日」，吴氏之説蓋偶誤也。曇秀：即芝上人。蘇軾守揚州，與之唱和（見查慎行《蘇詩補注》）。又王文誥《總案》曰：「本集《與曇秀山光寺送客》詩《跋》云：『後五年，秀來惠州見予。』蘇軾以元祐壬申帥揚，計至紹聖乙亥，僅四年。蓋曇秀到在丙子（三年）也……凡留十日而去。是冬復至惠度歲，時方往游隱静，故别去也。」此詩爲曇再次别去時作。蘇軾《書過送曇秀詩後》曰：「僕在廣陵作詩《送曇秀》云：『老芝如雲月，炯炯時一出。』今曇秀復來惠州見余，余病，已絶不作詩。兒子過粗能搜句，時有可觀，此篇殆咄咄逼老人矣。特爲書之，以滿行槖。丁丑正月二十一日。」

〔二〕避地：《論語·憲問》：子曰：「賢者辟（避）世，其次辟地，其次辟色，其次辟言。」

〔三〕曇秀紹聖三年初來惠訪東坡，以游隱静。凡留十日而去。蘇軾有詩《贈曇秀》云：「胡爲只作十日歡，杖策復尋歸路難。」又《和郭功甫韻送芝道人游隱静》云：「芝師訪東坡，寧辭萬里步。」

〔四〕灰心：《莊子·齊物論》：「形固可使如槁木，而心固可使如死灰乎！」南岳：南方山岳，指羅浮山。按蘇氏父子北歸無望，已作終老嶺南計，蘇軾惠州《與王定國書》有云：「南北去住，定有命，此心亦不念歸，明年買田築室，作惠州人矣。」

〔五〕繭足：極言跋涉之苦，足爲之生繭。《戰國策·宋衛》：「（墨子）百舍重繭，往見公輸般。」

〔六〕野寺：指惠州嘉祐寺，時軾父子寓居於此。魚鼓：即木魚，以木爲之，中空，魚形。舊時佛寺所用。有二種，一種小而圓，僧衆誦經時擊之以成節奏，一種大而長，空懸，擊之以報時，亦稱魚梆。「無魚鼓」者，極言居地之冷落。

〔七〕見前《贈王子直》注〔七〕。

〔八〕真似月：蘇軾《送芝上人游廬山》詩：「老芝如雲月，炯炯時一出。」又《次韻法芝舉舊詩一首》：「但願老師真似月，誰家甕裏不相逢。」

〔九〕斷雲：一片雲彩。按此句言望見天上的雲彩即思念起遠方的曇秀。

# 蘇過詩文編年箋注卷二　詩

紹聖四年（一〇九七）九月侍父再遷海南至崇寧二年（一一〇三）北歸後居父喪於郟城期間作

## 椰子冠〔一〕

玉珮犀簪暗網絲〔二〕，黄冠今習野人儀〔三〕。著書豈獨窮周①叟〔四〕，説偈還應見祖師〔五〕。椶子偶從遺物得〔六〕，竹皮同使後人知〔七〕。平生冠冕非吾意，不爲飛鳶跕墮時〔八〕。

【校記】

①周：原校曰：「一作莊。」

【箋注】

〔一〕作於紹聖四（一〇九七）年九月。紹聖四年《欒城集》有詩，題云：《過姪寄椰子冠詩》，是年蘇軾有《次韻子由》三首，其一爲《椰子冠》。趙懷玉以爲：「是此詩蓋倡於叔黨，而坡潁俯同其韻也。」甚是。椰子：晉嵇含《南方草木狀》卷下曰：「椰樹，葉如栟櫚，高六七丈，無枝條，其實大如寒瓜，外有粗皮，次有殼，圓而且堅，剖之有白膚，厚半寸，味似胡桃，而極肥美。有漿，飲之得醉。」當地土人以椰子殼爲冠，蘇氏父子效之，且爲詩焉。

〔二〕犀簪：用犀角制的髮簪。或謂婦人用之，塵不著髮。舊題漢伶玄《飛燕外傳》：「後歌舞《歸風送遠》之曲，帝以文犀簪擊玉甌，令後所愛侍郎馮無方吹笙以倚。」唐吴融《和韓致光侍郎無題三首十四韻》之一：「珠佩元消暑，犀簪自辟塵。」

〔三〕黄冠：《禮記·郊特牲》：「野夫黄冠。黄冠，草服也。」野人：當地土著之人。

〔四〕周叟：指莊周（前三六九—前二八六）：戰國宋蒙人，嘗爲蒙漆園吏。相傳楚威王聞其名，厚幣以迎，許以爲相，辭不就。著《莊子》十餘萬言，多出以寓言。主張清静無爲，獨尊老子而屏斥儒墨。《史記》有傳。按過寄此詩與轍，蓋贊轍之文汪洋恣肆可比肩莊周。下句亦同此意。

〔五〕偈：佛經中之唱詞。祖師：釋、道家均稱其創立宗派之人曰祖師。按禪宗六祖慧能曾以「菩提本無樹，明鏡亦非臺。本來無一物，何處惹塵埃」一偈得五祖弘忍賞識。蓋用此事。按轍亦頗諳佛理，晚年曾以佛義解《老子》。

〔六〕椶子：唐劉恂《嶺表録異》卷中：「椰子樹，亦類海椶。」蘇轍詩直謂椰子爲海棕（與椶同）：曰「垂空旋取海棕子（自注：蜀中海棕即嶺南椰木，但不結子耳）。」嵇含《南方草木狀》卷下：「椰子俗謂之越王頭，云昔林邑王與越王有故怨，遣俠客刺得其首，懸之於樹，俄化爲椰子。」是豈「偶從遺物得」之謂邪？

〔七〕竹皮：即竹皮冠。《漢書·高帝紀》：「高祖爲亭長，乃以竹皮爲冠，令求盜之薛治，時時冠之，及貴常冠，所謂『劉氏冠』也。」

〔八〕「平生」二句：蓋用漢馬援、馬少游故事。見《題鬱孤臺》注〔一二〕。跕：墮貌。鳶：鷙鳥名，俗稱鷂鷹。

【附】

蘇轍《過侄寄椰冠》

衰髮秋來半是絲，幅巾緇撮强爲儀。垂空旋取海棕子，蜀中海棕，即嶺南椰木，但不結子耳。束髮裝成老法師。變化密移人不悟，壞成相續我心知。茅檐竹屋南溟上，亦似當年廊廟時。

## 東亭〔一〕

閉眼黄庭萬想歸〔二〕，此心久已息紛馳〔三〕。幽居正喜門羅雀〔四〕，晨起何妨笏拄頤〔五〕。自信丹田足梨棗〔六〕，不憂瘴雨滯茅茨〔七〕。三山咫尺承明遠〔八〕，世路榛蕪誰與披〔九〕。

【箋注】

〔一〕紹聖四年（一〇九七）在海南作。《欒城後集》紹聖四年有《寓居二詠》，題下《東亭》、《東樓》二首。此乃和其《東亭》詩，趙懷玉以爲「似佚《東樓》一首」。按坡集亦有和詩兩首。

〔二〕黄庭：《雲笈七籤·釋題·黄庭内景》：「黄者中央之色也，庭者四方之中也。外指事即天中、人中、地中；内指事即腦中、心中、脾中。故曰黄庭。」

〔三〕紛馳：奔競馳騖。此言對名利的追逐。

〔四〕門羅雀：見《贈王子直》注〔七〕。

〔五〕《世説新語·簡傲》：「王子猷作桓車騎參軍，桓謂王曰：『卿在府久，比當相料理。』初不答，直高視，以手版拄頰云：『西山朝來致有爽氣！』」笏：古時朝會所執手版，有事則書於上，以備遺忘。

〔六〕丹田：道家指男子精室、女子胞宫，内藏精氣。在臍下三寸。參見前《和大人游羅浮山》注〔二一〕。梨棗：指交梨火棗。道家所説的仙果。蘇軾《次韻子由病酒肺疾發》：「真源結梨棗，世味等糠莝。」王文誥輯注引施元之曰：「《真誥》：右英王夫人，授許長史曰：『火棗交梨之樹，已生君心中。猶有荆棘相雜，是以二樹不見。可剪荆棘，出此樹單生。』」

〔七〕茅茨：茅屋。

〔八〕承明：見《和大人游羅浮山》注〔五〕。

〔九〕榛蕪：梗塞，阻礙。唐杜甫《哭台州鄭司户蘇少監》詩：「飄零迷哭處，天地日榛蕪。」清仇兆鰲注：「榛蕪，言道路梗塞。」披：開闢。按此句顯然化用上引杜詩。

【附】

蘇轍《寓居二詠·東亭》

十口南遷粗有歸，一軒臨路閲奔馳。市人不慣頻回首，坐客相諳便解頤。慚愧天涯善知識，增添城外小茅茨。華嚴未讀河沙偈，閲仰明窗手自披。

## 次韻叔父月季再生①〔一〕

瘴海不知秋，幽人忘歲月。只記庭中花，幾度開還枿〔二〕。憶昔移居時〔三〕，始且青荑茁〔四〕。殷勤主人惠，浸灌寒泉洌〔五〕。顔色日鮮好，條枝爭秀拔〔六〕。意無後人翦，喜託先生茇〔七〕。海康接儋耳〔八〕，雲水何由躡。俯楹獨四顧，悵此波濤匝〔九〕。聞道海門松〔一〇〕，僵枝出繁葉。困窮不足道，喜有千人活〔一一〕。不似玄都花，蔌蔌那容折〔一二〕。

【校記】

①本詩諸刻本不載，茲據舊本補録。

【箋注】

〔一〕蘇轍紹聖四年（一〇九七）有《所寓堂後月季再生與遜同賦一首》，蘇過此詩即次其韻，爲同時之作。

〔二〕枿：《詩·商頌·長發》：「苞有三蘖。」唐陸德明《釋文》下引《韓詩》曰：「蘖，絶也。」按：蘖與枿通，是枿亦可訓絶，謂凋謝也。

〔三〕謂蘇轍方移居雷州時。按：紹聖四年二月，蘇轍被命自筠州再貶雷州。四月，蘇軾亦復遷海南。蘇過侍父與蘇轍相遇於赴貶所途中，六月同行至雷州。

〔四〕荑：《詩·邶風·靜女》：「自牧歸荑。」毛傳：「茅之始生者也。」引申爲凡初生之植物。

〔五〕《易·井》：「九五，井洌寒泉，食。」三國魏王弼注：「洌，絜（潔）也。」

〔六〕秀拔：秀麗挺拔。

〔七〕「意無」二句：《詩·召南·甘棠》：「蔽芾甘棠，勿翦勿伐，召伯所茇。」鄭箋：「茇，草舍也。召伯聽男女之訟，不重煩勞百姓，止舍小棠之下而聽斷焉。國人被其德，説其化，思其人，敬其樹。」此以召伯喻蘇轍。

〔八〕海康：縣名，雷州治所。今屬廣東省。蘇轍貶化州别駕、雷州安置，即居海康。儋耳：本古郡名，漢武帝元鼎六年置。宋熙寧六年改昌化軍，治宜倫（在今海南島儋州境内），蘇軾貶瓊州别駕、昌化軍安置居之。

〔九〕匝：環繞。

〔一〇〕海門：猶海口，此指雷州。

〔一一〕千人活：見《愛人堂爲李幾仲賦》注〔一一〕。

〔一二〕「不似」二句：玄都花：唐劉禹錫《再游玄都觀》詩《引》曰：「余貞元二十一年爲屯田員外郎時，此觀未有花，是歲出牧連州，尋貶朗州司馬。居十年，召至京師，人人皆言有道士手植仙桃，滿觀如紅霞。遂有前篇（即《元和十一年自朗州召至京戲贈看花諸君子》詩，有云「玄都觀裏桃千樹，盡是劉郎去後栽。」）……旋又出牧，今十有四年，復爲主客郎中，重游玄都觀，蕩然無復一樹，唯兔葵燕麥摇動於春風耳。」蔌蔌：零落貌。玄都：隋唐觀名，原名通道觀，在長安縣（在今西安市）崇寧坊，後廢。見宋宋敏求《長安志》。

【附】

蘇轍《所寓堂後月季再生與遜同賦一首》

客背有芳蘗，開花不遺月。何人縱尋斧，害意肯留枿？偶乘秋雨滋，冒土見微茁。猗猗抽條穎，頗欲傲寒冽。勢窮雖云病，根大未容拔。我行天涯遠，幸此城南茇。小堂劣容臥，幽閣粗可躡。中無一尋空，外有四鄰匝，窺牆數柚實，隔屋看椰葉。葱蒨獨兹苗，悠悠待其活。及春見開敷，三嗅何忍折！

## 次韻叔父浴罷〔一〕

黄門昔萬機〔二〕，下士勤握沐〔三〕。今已與世疏〔四〕，雅志追沂浴〔五〕。丹田有宿火〔六〕，如比陽來復〔七〕。轆轤自轉水，離坎俱實腹〔八〕。謫居百事乏，惟喜薪水足。時濯西風塵〔九〕，一寓歸鴻目〔一〇〕。勿驚髀肉少〔一一〕，衣褐真懷玉〔一二〕。明鏡雖無垢〔一三〕，新苗良待沃。雨餘餐巖岫，露重膏松竹，更觀雲入山，心與境同熟。珍重耆城①言，妙解何須讀〔一四〕。潔香非外求，清淨常返矚〔一五〕。物初信可游〔一六〕，儻來非所卜〔一七〕。益師莊叟言，養生貴緣督〔一八〕。

【校記】

①耆誠：疑當作「老成」。

【箋注】

〔一〕紹聖五年（一〇九八）初在海南作。《欒城後集》紹聖四年有《浴罷》一首，東坡亦有《次韻子由浴罷》詩，施、王繫之於紹聖五年初，而趙懷玉以爲蘇氏父子詩與子由詩當作於同時。今姑從施、王之説。

〔二〕黄門：見《次韻叔父所居六首》之三注〔一〕。萬機：《漢書・百官公卿表上》：「相國、丞相……掌丞天子助理萬機。」門下侍郎時稱副相，故云。

〔三〕下士：屈身交接賢士。《史記・魏公子列傳》：「公子爲人仁而下士，士無賢不肖皆謙而禮交之，不敢以其富貴驕士。」握沐：停止洗沐握住頭髮。《史記・魯周公世家》：「周公戒伯禽曰：『然我一沐三捉髮，一飯三吐哺，起以待士，猶恐失天下之賢人。』」《新唐書・張玄素傳》：「周公資聖人，而握沐吐飧，下白屋，況下周公之人哉！」按此言蘇轍禮賢下士，爲政辛勞。

〔四〕疏：疏遠。《宋史・蘇轍傳》：蘇轍以譏先朝罪自門下侍郎「落職知汝州，居數日……再責知袁州。未至降朝議大夫，試少府監，分司南京，筠州居住。三年，又責化州别駕、雷州安置」。

〔五〕謂欲悠游於山水間。參見《正月二十四日侍親游羅浮道院棲禪山寺》注〔一七〕。

〔六〕蘇軾《地黄》詩：「丹田自宿火，渴肺還生津。」參前《東亭》注〔六〕。

〔七〕來復：謂如有陽氣復歸。《周易》復卦☷，上坤下震，辟卦説該卦爲十一月之卦，下卦初九陽爻，象徵「一陽來復」。

〔八〕「轆轤」二句：謂當注意飲食養攝。《易・需》：「九五，需于酒食，貞吉。」唐李鼎祚《集解》引荀爽曰：「五互離坎，水在火上，酒食之象。需者，飲食之道，故坎在需家爲酒食也。」

〔九〕謂不爲世俗所污。參見《寄題幾仲所居二詩》之二注〔四〕。

〔一〇〕蘇軾《次韻法芝舉舊詩一首》：「春來何處不歸鴻，非復羸牛踏舊蹤。」過詩謂叔父因目睹春鴻北去而生北歸之心。

〔一一〕《三國志·蜀書·先主傳》裴松之注引《九州春秋》曰：「備住荆州數年，嘗於表坐起至厠，見髀裏肉生，慨然流涕。還坐，表怪備，備曰：『吾常身不離鞍，髀肉皆消，今不復騎，髀裏肉生。日月若馳，老將至矣，功業不建，是以悲耳。』」按蘇轍貶雷，實瘦，其《子瞻聞瘦以詩見寄次韻一首》詩云：「經旬輒瘦駭鄰父，未信腦滿添黄玉。」過詩反用劉備歎功名不就事以寬勉之。

〔一二〕謂身窮而道深也。《老子》：「夫唯無知，是以不我知。知我者希，則我者貴。是以聖人被褐懷玉。」

〔一三〕明鏡：指心。《莊子·德充符》：「鑑明則塵垢不止，止則不明也。」《宋高僧傳》卷八云弘忍選嗣法弟子，命寺僧各作一偈。上座神秀説偈曰：「身是菩提樹，心如明鏡臺。時時勤拂拭，勿使惹塵埃。」

〔一四〕妙解：精妙的解釋。唐梁肅《天台法門議》：「贊龍樹之遺論，從南嶽之妙解。」蘇軾《和雜詩十一首》之九：「餘齡難把玩，妙解寄筆端。常恐抱永歎，不及丘明遷。」

〔一五〕返矚：回頭看。矚：注視，看。

〔一六〕物初：《莊子·田子方》：老聃曰：「吾游心於物之初。」唐成玄英疏：「初，本也。夫道通生萬物，故名道爲物之初也。」

〔一七〕儻來：《莊子·繕性》：「今之所謂得志者，軒冕之謂也。軒冕在身，非性命也，物之儻來，寄者也。」成玄英疏：「儻者，意外忽來者耳。」

〔一八〕緣督：《莊子·養生主》：「爲善無近名，爲惡無近刑，緣督以爲經，可以保身，可以全生，可以養親。」唐陸德明《釋文》引李頤云：「緣，順也；督，中也；經，常也。」

【附】

蘇轍《浴罷》

逐客例幽憂，多年不洗沐。予髮櫛無垢，身垢要須浴。顛隮本天運，憒恨當誰復。茅簷容病軀，稻飯飽枵腹。形骸但癯瘁，氣血尚豐足。微陽閲九地，浮彩見雙目。枯槁如束薪，堅緻比温玉。長齋雖云淨，閲月聊一沃。石泉瀚巾帨，土釜煮桃竹。南窗日未移，困卧久彌熟。華嚴有餘帙，默坐心自讀。諸塵忽消盡，法界了無矚。恍如仰山翁，欲就潙叟卜。猶恐墮聲聞，大願勤自督。

蘇軾《次韻子由浴罷》

理髮千梳淨，風晞勝湯沐。閉息萬竅通，霧散名乾浴。頹然語默喪，静見天地復。時令具薪水，漫欲濯腰腹。陶匠不可求，盆斛何由足海南無浴器故常乾浴而已。老鷄卧糞土，振羽雙瞑目。倦馬驟風沙，奮鬣一噴玉。垢淨各殊性，快愜聊自沃。雲母透蜀紗，琉璃瑩蘄竹。稍能夢中覺，漸使生處熟。楞嚴在牀頭，妙偈時仰讀。返流歸照性，獨立遺所矚。未知仰山禪，已就季主卜。安心會自得，助長毋相督。

## 次韻伯達仲豫二兄和參寥子〔一〕

羅浮插天猿晝號〔二〕，飛步絶頂觀雲濤。庶幾神藥兩童賜，日暮空歎西山高〔三〕。道人航海曾何勞〔四〕？久將身世輕鴻毛〔五〕。只恐西湖六橋月〔六〕，無人主此詩與騷〔七〕。

**【箋注】**

〔一〕作於元符元年（一〇九八）秋，時蘇邁（伯達）居惠州，蘇迨（仲豫）仍居陽羨。蘇軾貶昌化軍，參寥欲攜潁沙彌自杭浮海赴儋，軾曾作書與參寥固止之。蘇過此詩，亦因是而發。按元符初年，朝廷復追究元祐黨人，吕温卿爲兩浙轉運使，構陷參寥，編管兖州。又據東坡《書贈游浙僧》，知元符二年參寥子已被編管（見《墨莊漫録》）。此詩當在事前。王文誥《總案》附於元年末，良有以也。又《參寥子詩集》有《重居夜坐懷蘇伯達昆仲》詩，有云「隔垣洶洶如秋濤」，「星斗掛簷霜月高」語，知爲秋天作，過詩即和其韻。伯達：過長兄蘇邁字，軾前妻王弗所生，文章政事，綽有父風，以考最遷雄州防禦推官，終駕部員外郎（黄宗羲《宋元學案》卷九九引《姓譜》）。仲豫：過仲兄蘇迨字，官承務郎，與弟過俱善爲文（同上引）。參寥子：名道潛，參寥其號也，於潛何氏子，受業於治平寺，後住杭州智果寺。於内外典無不窺，能文章，尤喜爲詩，與蘇軾、秦觀深相契，唱酬頗多。軾甚推重。賜號妙總師。元符間，以黨事編管兖州，建中靖國時復落髮，政和間還俗以死（參閲《咸淳臨安志》卷七〇）。

〔二〕羅浮：見《和大人游羅浮山》注〔一〕。

〔三〕「庶幾」二句：三國魏曹丕《游仙詩》：「西山一何高，高高殊無極。上有兩仙童，不飲亦不食。與我一丸藥，光曜有五色。」

〔四〕蘇軾《與參寥書》：「轉海相訪，一段奇事，但海舶遇風如在高山上墮深谷中，非愚無知與至人皆不可處。胥靡遺生，恐吾輩不可學。若是至人，無一事冒此險做甚麽？」

〔五〕輕鴻毛：《漢書·司馬遷傳》載遷《報任安書》：「人固有一死，或重於泰山，或輕於鴻毛，用之所趨異也。」

〔六〕西湖六橋：西湖六橋爲蘇軾所建，名映波、鎖瀾、望山、壓堤、東浦、跨虹。《參寥子集·東坡先生挽詞》：「它日西湖吊陳跡，斷橋堤柳不勝悲。」自注：「西湖新堤六橋，皆公所創。」

〔七〕詩：《詩經》。騷：《離騷》。此以《詩》、《騷》代指詩文。主詩騷：猶言爲詩文領袖。

【附】

參寥子《重居夜坐懷蘇伯達昆仲》

狂風吹林聲怒號，隔垣洶洶如秋濤。夜闌稍覺群動息，星斗掛簷霜月高。東鄰書生勤且勞，粲然文采真鳳毛。遥想下帷應未寢，短檠相對課《離騷》。

## 大人生日〔一〕

勿驚髀減帶圍寬〔二〕，壽骨巉然正隱顴〔三〕。不待期頤祝難老〔四〕，固知穮蓘自豐年〔五〕。僵松再蔚千齡葉，眢井新飛百尺泉〔六〕。坐想山神無伎倆〔七〕，卻應造物報其天〔八〕。

【箋注】

〔一〕詩曰「勿驚髀減帶圍寬」，蘇軾紹聖四年在海南有《聞子由瘦》詩，曰「海康別駕復何爲（時蘇轍貶化州別駕，雷州安置）？帽寬頻落驚童僕。」繼而子由有和作（見《欒城後集》卷二）云「經旬輒瘦驚鄰父」、「海南老兄行尤苦」。情形與此詩正同，是此詩當作於同年蘇軾生日。

〔二〕髀減：見《次韻叔父浴罷》注〔一一〕。帶圍寬：《梁書·沈約傳》載約《與徐勉書》：「百日數旬，革帶常應移孔；以手握臂，率計月小半分。」後成爲消瘦的典故，所謂「沈腰」、「沈郎腰」是也。按此句反用劉備歎髀肉復生之典。

〔三〕壽骨：古相者以爲額骨顯則長壽。《三國志·魏志·管輅傳》：輅曰：「吾額上無生骨，眼中無守精，鼻無梁柱，脚無天根，背無三甲，腹無三壬，此皆不壽之驗。」巉然：高聳貌。隱顴：謂額骨突出而顴骨不顯也。按蘇軾「壽骨」頗著，其《表弟程德儒生日》詩云：「長身自昔傳甥舅，壽骨遥知是弟兄。」自注云：「予與君皆壽骨貫耳。」

〔四〕期頤：《禮記·曲禮上》：「百年曰期，頤。」按，「期」謂人生的極限，「頤」指「頤養」，後誤將「期、頤」合爲一詞，表示百年長壽。祝：禱求。難老：猶長壽。多用作祝壽之辭。《詩·魯頌·泮水》：「既飲旨酒，永錫難老。」鄭箋：「已飲美酒，而長賜其難使老；難使老者，最壽考也。」蘇軾《賜正議大夫守門下侍郎孫固生日詔》：「難老之祥，神人攸相。」

〔五〕穮蔉：《左傳·昭公元年》：「譬如農夫，是穮是蔉，雖有饑饉，必有豐年。」晉杜預注：「穮，耘也。壅苗爲蔉。」

〔六〕「僵松」二句：贊蘇軾老當益壯，壯心不已。蔚：茂盛貌。智井：廢井；枯井。《左傳·宣公十二年》：「目於眢井而拯之。」唐陸德明釋文：「廢井也。《字林》云：『井無水也。』」

〔七〕伎倆：手段；花招。《宋高僧傳·唐壽春三峰山道樹傳》：「居常有野人，服色樸素，言談異常，於言之外化作佛形、仙形、菩薩、羅漢，或放神光，或呈聲響，如是涉一十年，學侶睹之，不測端緒，後皆寂爾。樹告衆曰：『野人作多色伎倆眩惑於人，只消老僧不見不聞，伊伎倆有窮，吾不見不聞無盡，所謂作僞心勞而日拙，其自知之，卷羞懷拙而去，追無朕跡矣。』」蘇軾《十一月九日夜夢與人論神仙道術》：「寄與山神停伎倆，不聞不見我何窮。」

〔八〕造物：創造萬物者，即自然。《莊子·列禦寇》：「夫造物者之報人也，不報其人，而報其人之天。」

## 冬夜懷諸兄弟〔一〕

霜風連日惡，霜月連夜苦。青燈寒無光，翳翳昏復吐〔二〕。念我手足愛〔三〕，相望若秦楚〔四〕。兩兄寄陽羨〔五〕，耕稼事農圃〔六〕。簞瓢有餘樂〔七〕，菽水未爲窶〔八〕。兩兄客潁川〔九〕，耿耿懷去魯〔一〇〕。近聞營菟裘〔一一〕，稍亦葺環堵〔一二〕。有弟雖咫尺〔一三〕，相逢猶齟齬〔一四〕。黄灣隔小海〔一五〕，孤嶺度大庾〔一六〕。今年厄陳蔡〔一七〕，夫子嗟兕虎〔一八〕。惟我二兄弟〔一九〕，頗亦嘗險阻〔二〇〕。憶昔居大梁〔二一〕，共結慈明侶〔二二〕。晨窗惟六人〔二三〕，夜榻到三鼓〔二四〕。豈知聚散事，翻手如雲雨〔二五〕。我今處海南，日與漁樵伍。黄茅蔽澗谷〔二六〕，白霧昏庭宇。風高翔鵩梟〔二七〕，月黑號鼯鼠〔二八〕。舟居雜蠻蜑〔二九〕，卉服半夷虜〔三〇〕。下牀但藥餌，遣瘴煩樽俎。何須鳶墮時，方念平生語〔三一〕。

【箋注】

〔一〕本詩趙懷玉曰「在儋耳作」，而未詳其年。今案本詩云「有弟雖咫尺」，係指侍親於雷之從弟蘇遜。蘇轍父子居雷在紹聖四年與元符元年六月之間，故知此詩作於紹聖四年（一〇九七）冬。時過伴父儋耳，艱辛備嘗。厭宦海之坎坷，憶友于之情篤。傷離散於寒夜，憤操觚而疾書。

〔二〕翳翳：昏暗不明貌。晉陶淵明《自祭文》：「翳翳柴門，事我宵晨。」

〔三〕手足：喻兄弟。漢焦贛《易林·益之蒙》：「飲酒醉酣，跳起爭鬭，手足紛拏，伯傷仲僵。」《梁書·邵陵王綸傳》載梁元帝蕭繹圍攻侄蕭譽於長沙，綸《與世祖書》曰：「豈可手足肱支，自相屠害。」

〔四〕秦楚相距極遠，此借喻弟兄路遥。唐王昌齡《送李十五》：「怨别秦楚深，江中秋雲起。」

〔五〕兩兄：此指邁、迨。參見《次韻伯達仲豫二兄和參寥子》注〔一〕。陽羨：蘇軾《正月二十四日與兒子過》詩曰：「寄語陽羨兒（謂邁），並語長頭弟（謂迨）：門户各努力，先期畢租税。」即宋常州府宜興縣（在今江蘇）。按：紹聖三年蘇軾自定州貶英州，蘇邁隨行至金陵，率家歸於陽羨。蘇迨陪行至當塗，以蘇軾再貶惠州，軾遂復遣迨歸於邁，獨蘇過侍行。

〔六〕稼圃：耕稼；農耕。《論語·子路》：「樊遲請學稼，子曰：『吾不如老農。』請學爲圃，子曰：『吾不如老圃。』」馬融曰：「樹五穀曰稼，樹菜蔬曰圃。」

〔七〕簞瓢：見《贈王子直》注〔一五〕。

〔八〕菽水：見《寄題幾仲所居二詩》之一注〔二〕。窶：窘困。

〔九〕兩兄：謂從兄遲、适。蘇轍貶筠州，遷雷州，留遲、适居潁，唯攜幼子遜隨行。故蘇軾詩曰：「蕭然兩别駕，各攜一稺子。」蘇遲、蘇适、潁川：見《地鑪歌寄伯仲》注〔一〕、〔二〕。

〔一〇〕耿耿：《詩·邶風·柏舟》：「耿耿不寐，如有隱憂。」毛傳：「耿耿，猶儆儆也。」去魯：《孟子·盡心下》：「孔子之去魯，曰：『遲遲吾行也，去父母國之道也。』」此謂二兄在潁欲居不能，欲去不忍。

〔一一〕菟裘：《左傳·隱公十一年》：魯隱公曰：「爲其（桓公）少故也，吾將授之矣。使營菟裘，吾將老焉。」晉杜預注：「菟裘，魯邑，在泰山梁父縣南（今山東泰安南）。不欲復居魯朝，故别營外邑。」後遂以「菟裘」指隱居之所。

〔一二〕葺：修建房屋。環堵：見《地鑪歌寄伯仲》注〔一三〕。

〔一三〕指蘇遜（一〇七四—？）：遜，初名遠，乳名虎兒，字叔寬。蘇轍貶筠，改遷雷、徙循，唯遜侍之。是時遜與父轍正居雷州。儋耳、雷州僅一海峽相隔。

〔一四〕齟齬：齒不齊貌。此謂相參差，難以會面。

〔一五〕黄灣：宋王十朋《東坡詩集注·浴日亭》引趙次公曰：「黄灣，海口也。」小海：即今瓊州海峽。

〔一六〕大庾：《輿地紀勝·南雄州》引劉嗣之《南康記》云：「漢兵擊吕嘉，衆潰，有裨將成是嶺，以其姓庾，故稱庾嶺；以其多梅，亦曰梅嶺。」今大庾嶺，在江西廣東交界處。古稱塞上、東嶠（見《元和郡縣圖志》卷三四）。

〔一七〕今年：按是年蘇軾貶儋耳，蘇轍貶雷州。陳：古國，嬀姓，都宛丘（在今河南宛丘）。蔡：古國，都上蔡（在今河南上蔡西南）。《莊子·山木》：「孔子圍於陳蔡之間，七日不火食。」

〔一八〕《史記·孔子世家》：「孔子知弟子有愠心，乃召子路而問曰：『《詩》云：「匪兕匪虎，率彼曠野。」吾道非邪？吾何爲於此？』」後借用爲道衰不遇之典實。蘇軾《見子由與孔常父唱和詩輒次其韻》：「吾道其非耶？野處豈兕虎。」

〔一九〕二兄弟：謂己與遜。

〔二〇〕嘗：後來寫作「嚐」。

〔二一〕大梁：即開封，北宋都城（在今河南）。戰國時魏都於此，名大梁。後因稱焉。元祐間軾轍均仕於京師，故過弟兄隨居開封。

〔二二〕慈明：東漢荀爽（一二八—一九〇）字。爽通經學，官至司空，《後漢書》有傳。其弟兄八人均有才，時譽之爲「荀氏八龍」。此借喻自己弟兄。

〔二三〕六人：邁、迨、過、遲、适、遜。

〔二四〕三鼓：三更。北齊顔之推《顔氏家訓·書證》：「漢魏以來，謂爲甲夜、乙夜、丙夜、丁夜、戊夜；又云鼓，一鼓、二鼓、三鼓、四鼓、五鼓；亦云一更、二更、三更、四更、五更：皆以五爲節。」

〔二五〕翻手：翻轉手掌。形容時光迅速或事情輕易。唐杜甫《貧交行》：「翻手作雲覆手雨，紛紛輕薄何須數。」言多變也。

〔二六〕黄茅：指黄茅瘴。晉嵇含《南方草木狀》卷上：「黄茅枯時瘴疫大作，交廣皆爾也。土人呼曰黄茅瘴，又曰黄芒瘴。」宋范成大《桂海虞衡志》：「邕州兩江水土尤惡，一歲無時無瘴。春曰青草瘴，夏曰黄梅瘴，六七月曰新禾瘴，八九月曰黄茅瘴，土人以黄茅瘴爲尤毒。」蘇軾《贈清涼寺和長老》詩：「會須一洗黄茅瘴，未用深藏白氎巾。」

〔二七〕鵋鶀：俗謂之貓頭鷹。

〔二八〕鼯鼠：《爾雅·釋鳥》：「鼯鼠，夷由。」晉郭璞注：「狀如小狐，似蝙蝠，肉翅，翅尾項脅毛紫赤色，背上蒼艾色，腹下黄，喙頷雜白，腳短爪長，尾三尺許，飛且乳，亦謂之飛生。聲如人呼，食火煙，能從高赴下，不能從下上高。」

〔二九〕見《次韻大人五更山吐月》之二注〔一〕。

〔三〇〕卉服：《書·禹貢》：「島夷卉服。」僞孔傳：「卉服，草服葛越。」按葛越爲南方布名。

〔三一〕用漢馬援、馬少游故事。見《題鬱孤臺》注〔二〕。

# 借書①〔一〕

妙年不可再，白日誰能繫〔二〕。空慚粱肉索〔三〕，不悟齒髮逝〔四〕。季子頗亦困〔五〕，還家笑奴隸。經年得揣摩，尚可資游説。良田初不耕，拱手那望歲。誰令困不學〔六〕，斯與草木弊。海南寡書籍，蠹簡僅編綴〔七〕。《詩》亡不見《雅》〔八〕，《易》絶空餘《繫》〔九〕。借書如假田，主以歲月計。常恐遺地力，敢有不斂穧〔一〇〕？便便五經腹〔一一〕，三冬良可繼〔一二〕。儻有愧寸陰〔一三〕，得無譏没世〔一四〕。

【校記】

①本詩諸刻本不載，茲據舊本補録。

【箋注】

〔一〕在海南作。蘇氏父子在海南嘗借書以讀。軾海南《與程秀才書》曰：「兒子到此鈔得《唐書》一部，又借得《前漢》欲鈔，若了此二書，便是窮兒暴富也。」即其證。

〔二〕白日：謂太陽。晉傅玄《九曲歌》：「歲莫景邁群光絶，安得長繩繫白日。」

〔三〕粱肉：《韓非子·五蠹》：「故糟糠不飽者不務粱肉，短褐不完者不待文繡。」粱爲粟之優者。粱肉：蓋謂佳餚。索：盡也。猶「無」。

〔四〕齒髮逝：猶言歲月流逝。齒髮：蓋指年齒。

〔五〕「季子」以下六句：季子，蘇秦字。蘇秦（？—前三一七），戰國時東周洛陽（今河南洛陽）人，初以連横説秦，不用，後游説燕、趙、韓、魏、齊、楚，合縱抗秦，佩六國相印，爲縱約長。後死於齊。《史記·蘇秦列傳》：「（秦）出游數歲，大困而歸，兄弟嫂妹妻妾竊皆笑之，曰：『周人之俗，治産業，力工商，逐什二以爲務，今子釋本而事口舌，困，不亦宜乎？』蘇秦聞之而慚，自傷，乃閉室不出，出其書徧觀之。……於是得周書《陰符》，伏而讀之，期年，以出揣摩，曰：『此可以説當世之君矣。』」

〔六〕《論語·季氏》：「困而不學，民斯爲下矣。」

〔七〕謂簡爲蟲所蠹，而僅存編綴簡册之繩索也。蠹：蛀蟲。

〔八〕《詩》有《風》、《雅》、《頌》。按此與下句均言海南書缺簡脱，得書不易。

〔九〕繫：即《繫辭》，《易》十翼之一。

〔一〇〕「借書」四句：謂因書不易得，故更應勤勉研讀。《詩·小雅·大田》：「彼有不獲穉，此有不斂穧。」唐孔穎達疏：「穧者，禾之鋪而未束者。」

〔一一〕便便五經腹：形容學問廣博深湛。語出《後漢書·邊韶列傳》：「韶口辯，曾晝卧，弟子私嘲之曰：『邊孝先，腹便便。嬾讀書，但欲眠。』韶潛聞之，應時對曰：『邊爲姓，孝爲字。腹便便，五經笥。但欲夢，思經事。寐與周公通夢，静與孔子同意。』」

〔一二〕三冬：代指三年。《漢書·東方朔傳》：「臣朔少失父母，長養兄嫂。年十二學書，三冬文史足用。」

〔一三〕寸陰：短暫的光陰。語出《淮南子·原道》：「故聖人不貴尺之璧，而重寸之陰，時難得而易失也。」

〔一四〕没世：死。《論語·衛靈公》：「君子疾没世而名不稱焉。」

## 大人生日①〔一〕

### 一

天爵名高實〔二〕，□□□自分②。云何困積毁〔三〕，抑未泯斯文〔四〕。欲救微言絶〔五〕，先懲百氏紛〔六〕。韋編收斷簡〔七〕，魯壁出餘焚〔八〕。論斥諸儒陋〔九〕，功逾絳帳勤〔一〇〕。吾庸亦多矣〔一一〕，奚恤彼狺狺〔一二〕。

**【校記】**

①此組詩據舊本補録。

②□□□自分：舊本此句連上讀，作「天爵名高實自分」，語義不倫。今斷爲兩句。並加「□□□」以示其奪。蓋以「分」爲韻。

**【箋注】**

〔一〕該組詩於内容各發一端，意相連屬，而構成一篇讚頌蘇軾學術成就、八郡政績、功感鬼神之優美壽詞。詩曰「大士來淮泗，神交寤寐中。應緣濟物意，豈爲寫經功」，蓋指紹聖四年蘇軾再貶海南，得臨淮大士相送之事（詳注中）。「勿歎乘桴遠，當知出世尊」，即謂蘇軾渡海往海南。據記載：「軾初與弟轍相别渡海，既登舟，笑曰：『豈所謂道不行，乘桴浮於海者邪？』」（《輿地紀勝・昌化軍》）「勿歎」之勸以此。至其「欲救微言絶，先懲百氏紛。韋編收斷簡，魯壁出餘焚。論斥諸儒陋，功逾絳帳勤」，亦與蘇軾在海南「獨與幼子過處，著書以爲樂」，撰《志林》、「草得《書傳》十三卷」事相契。是則此三篇俱作於海南。事見《宋史・蘇軾傳》及軾離海南《與鄭靖老書》。

〔二〕天爵：《孟子・告子上》：「仁義忠信，樂善不倦，此天爵也。公卿大夫，此人爵也。古之人，脩其天爵而人爵從之。」漢趙岐《章句》：「天爵以德，人爵以禄。」名實：名稱與實際。《管子・九守》：「名實當則治，不當則亂。」

〔三〕積毁：衆口不斷毁謗。《史記・張儀列傳》：「臣聞之，積羽沉舟，群輕折軸，衆口鑠金，積毁銷骨。」按蘇軾一生，因政敵構陷，累遭貶逐。元豐年間，因作詩譏刺新政，繫御史獄，是爲「烏臺詩案」，出獄後貶官黄州。紹聖初又以所作制詞「譏斥先朝（神宗）」罪，貶竄惠州。居三年，復以「罪重責輕」遠投海南。即所謂「困積毁」者也。

〔四〕斯文：《論語・子罕》：「（孔）子畏於匡，曰：『文王既没，文不在兹乎？天之將喪斯文也，後死者不得與於斯文也。天之未喪斯文也，匡人其如予何？』」文：謂禮樂制度。

〔五〕微言：精微之言。漢劉歆《移太常博士書》：「及夫子没而微言絶，七十子終而大義乖。」

〔六〕百氏：謂解經之諸儒。《宋史·道學一》曰：「孔子没，曾子獨得其傳，傳之子思，以及孟子，孟子没而無傳。兩漢而下，儒者之論大道，察焉而弗精，語焉而弗詳，異端邪説起而乘之，幾至大壞。」至宋，程氏之「洛學」、王氏之「新學」，或言「心傳」，或言「道統」，或託言「改制」，異説歧出，此所謂「百氏紛」也。

〔七〕韋編：編簡策之熟牛革。《史記·孔子世家》：「孔子晚而喜《易》，序《彖》、《繫》、《象》、《説卦》、《文言》，讀《易》，韋編三絶。」蘇軾在黄州曾草成《易傳》九卷，在海南，又進行修改。軾有詩《夜夢》曰：「自視爾與丘孰賢？《易》韋三絶丘猶然，如我當以犀革編。」

〔八〕魯壁：秦始皇焚書坑儒，孔子後人藏書壁間，及漢「魯恭王壞孔子宅，欲以爲宫，而得古文於壞壁之中，《逸禮》有三十九篇，《書》十六篇。」餘焚：謂始皇焚書之餘。參見劉歆《移太常博士書》。

〔九〕蘇軾有《易傳》、《書傳》、《論語説》諸經解。旨在發千古之幽隱，斥百氏之異説。宋晁公武《郡齋讀書志》卷一評《東坡書傳》曰：「（宋）熙寧以後，專用王氏之説，進退多士，此書駁異其説爲多。又以《胤征》爲羿篡位時事，《康王之誥》爲失禮，引《左傳》爲證，與諸儒之説不同。」

〔一〇〕功逾：謂蘇軾治經之功超邁東漢大儒馬融。絳帳：代指馬融。《後漢書·馬融列傳》：「融才高博洽，爲世通儒，教養諸生，常有千數」，「常坐高堂，施絳紗帳，前授生徒，後列女樂，弟子以次相傳，鮮有人入其室者。」融主要著作有：《三傳異同説》、《孝經注》、《論語注》、《詩注》、《易注》、《三禮注》、《尚書注》等，頗爲鄭玄等稱引。

〔一一〕《左傳·成公十八年》：「吾庸多矣，非吾憂也。」庸：功也。

〔一二〕狺狺：犬吠聲。《楚辭·九辯》：「猛犬狺狺而迎吠兮，關梁閉而不通。」朱熹《集注》：「狺，犬爭吠聲。」此謂議論中傷之聲喧嚷。《後漢書·文苑傳下·趙壹》：「雖欲竭誠而盡忠，路絶嶮而靡緣。九重既不可啓，又群吠之狺狺。」

二

天定人勝難，誠哉申子言〔一〕。不須占倚伏〔二〕，久已恃乾坤〔三〕。八郡袴襦德〔四〕，三吴肉骨恩〔五〕。少卿真不病〔六〕，廷尉自高門〔七〕。勿歎乘桴遠〔八〕，當知出世尊。無邪有妙理，一悟可長存〔九〕。

【箋注】

〔一〕「天定」二句：申子，即申包胥，春秋楚大夫。姓公孫，封於申，故號申包胥。與伍子胥友善，後子胥以吴師克楚都郢，包胥入秦乞師，楚得以復，昭王行賞，包胥逃而不受。「天定」語見《史記·伍子胥列傳》，楚王誅子胥父兄，子胥入吴，舉吴兵伐楚復仇，入郢，鞭平王尸，「申包胥亡於山中，使人謂子胥曰：『子之報讎，其以甚乎！吾聞之，人衆者勝天，天定亦能破人。』」

〔二〕倚伏：謂禍福之機。《老子》：「禍兮福之所倚，福兮禍之所伏。」

〔三〕乾坤：《易·説卦》：「乾，天也」，「坤，地也。」

〔四〕八郡：蘇軾《借前韻賀子由生第四孫斗老》：「早謀二頃田，莫待八州督。」自注曰：「吾前後典八州。」八州即密（治今山東諸城）、徐（治今江蘇徐州市）、湖（治今江蘇吴興）、登（治今山東蓬萊）、杭、潁（治今安徽阜陽）、揚、定（治今河北定州）。袴襦德：東漢廉範任蜀郡太守，有政績，百姓歌之曰：「廉叔度（範字叔度），來何暮？不禁火，民安作。平生無襦今五袴。」（詳《後漢書·廉範列傳》）袴：套褲。襦：短衣。

〔五〕三吴：古地域名，説法不一。北魏酈道元《水經注·漸江水》以吴興（在今浙江）、吴郡（治今蘇州）、會稽（治今浙江紹興）爲三吴。唐杜佑《通典·州郡》、李吉甫《元和郡縣圖志》又以吴郡、吴興、丹陽（治今南京）爲三吴。要皆在今江浙境内。蘇軾嘗爲杭州、湖州知州，有恩於民。肉骨：《左傳·襄公二十二年》：「吾見申叔夫子，所謂生死而肉骨也。」晉杜預注：「已死復生，白骨更肉。」

〔六〕少卿：漢丙吉字。見《次大人生日》（陰功若以物假人）注〔三〕。《漢書》本傳言，宣帝封丙吉爲博陽侯，「臨當封，吉疾病，上將使人加紼而封之。及其生存也。上憂吉疾不起，太子太傅夏侯勝曰：『此未死也。臣聞有陰德者，必饗其樂，以及子孫。今吉未獲報而疾甚，非其死疾也。』後病果瘉。」

〔七〕廷尉：謂漢于定國。定國父于公爲獄吏，而斷獄多陰德，嘗治高門以俟子孫之興，後定國果致高位，爲廷尉十八年，後遷御史大夫。甘露中，進爲丞相，封西平侯。參見《次大人生日》注〔三〕。

〔八〕乘桴：《論語·公冶長》：「子曰：『道不行，乘桴浮於海。』」桴，木筏。

〔九〕「無邪」二句：《論語·爲政》：「《詩》三百，一言以蔽之，曰『思無邪』。」《詩·魯頌·駉》「思無邪」鄭箋曰：「專心無復邪意。」按蘇軾在惠州有「思無邪齋」，嘗爲之《銘》曰：「金丹自成，曰思無邪。」是蘇軾父子俱視「思無邪」爲修養之座右銘。

三

大士來淮泗〔一〕，神交寤寐中。應緣濟物意〔二〕，豈爲寫經功〔三〕。惻隱仁之本〔四〕，慈悲佛所同〔五〕。雖無逮焚溺〔六〕，尚欲起疲癃〔七〕。五鼎榮何有〔八〕？三光路已通〔九〕。回看種桃處，葵麥卷春風〔一〇〕。

【箋注】

〔一〕「大士」二句：宋吴曾《能改齋漫録》卷十八：「泗州大聖送東坡過海」條曰：「鄒志完言，在嶺外見惠州太守方君（子容），謂其家人素奉佛，一旦夢泗州大聖來别曰：『將送蘇子瞻過海。』遂詰之曰：『幾時當去？』曰：『八日去。』果如所言。故參寥有詩志之曰：『臨淮大士本無私，應物常於險處施。親護舟航渡南海，知公盛德未全衰。』」又宋王鞏《隨手雜録》、蘇軾《志林》亦有類似記載。大士：《法華文句記》卷二：「大士者，《大論》稱菩薩爲大士，亦曰開士。」淮泗：淮河、泗水。淮河源自河南，經安徽，於江蘇入洪澤湖。泗水，源於山東，於江蘇入淮。王文誥《總案》卷四十一曰：「公（軾）過淮甸，必致敬於普照王塔，又嘗以山木一峰爲供。」故有是異。

〔二〕濟物：猶言濟人，助人。晉嵇康《與山巨源絶交書》：「子文無欲卿相，而三登令尹，是乃君子思濟物之意也。」按蘇軾《沁園春·赴密州早行馬上寄子由》詞述其早年之志曰：「當時共客長安，似二陸初來俱少年。有筆頭千字，胸中萬卷，致君堯舜，此事何難。」蓋「濟物意」之謂也。

〔三〕寫經：佛教以爲手寫佛經可以祈福。按蘇軾在黄州、惠州都曾手書《金剛經》（見《咸淳臨安志》、《清河書畫舫》卷八等）。

〔四〕惻隱：同情，憐憫。《孟子·公孫丑上》：「惻隱之心，仁之端也。」本：根本。即發端之意。

〔五〕慈悲：即慈愛與悲憫。《大智度論·釋初品·大慈大悲義》：「大慈與一切衆生樂，大悲拔一切衆生苦。」

〔六〕焚溺：本指焚燒淹没。晉葛洪《抱朴子·酒誡》：「然節而宣之，則以養生立功，用之失適，則焚溺而死。」喻人受虐如同陷身水火之中。唐白居易《寓言題僧》詩：「力小無因救焚溺，清涼山下且安禪。」

〔七〕疲癃：曲腰高背之疾。借以指苦難或苦難之人。宋曾鞏《洪州諸寺觀祈晴文》：「蓋兹疲癃之民，已出旱菑之後，室家凋弊，閭里愁嗟。」按此句與上句，謂蘇軾欲拯民於水火，徒有其志而無法實現。

〔八〕五鼎榮：《漢書·主父偃傳》：「丈夫生不五鼎食，死則五鼎烹耳。」唐顔師古注引三國魏張揖注曰：「五鼎食，牛、羊、豕、魚、麋也。諸侯五、卿大夫三。」

〔九〕三光：佛教色界之第二禪有少光天、無量光天、光音天之三天，亦名「三光」。

〔一〇〕「回首」二句：蓋借玄都桃故事以抒憤懣。詳見《次韻叔父月季再生》注〔一一〕。

# 歲暮見懷〔一〕

## 一

所願非富貴，甘苦同友于〔二〕。長衾與大枕，共寢從懸弧〔三〕。爾來萬里别，南北如囚拘〔四〕。一夫苟不獲，仁聖惟予辜〔五〕。而我三兄弟，飄泊海與湖。

【箋注】

〔一〕此詩乃元符元年（一〇九八）在海南寄邁、迨二兄之作。按過伴父海南，計歷三冬，考諸本集，紹聖四年冬有《冬夜懷諸兄弟》詩，元符二年冬有《己卯冬至儋人攜具見飲既罷有懷惠許兄弟》詩。是篇當即元年歲末作。又趙懷玉云此詩「題下疑有闕文」，而《永樂大典》實作「歲暮見懷」，唯祠本下有「二首」兩字，蓋刻者所添，不足爲據。詩歎世事多乖，傷弟兄離索。盼赦歸有日，享躬耕之樂。

〔二〕「所願」二句：謂希望弟兄同甘共苦而不分離。晉陶潛《歸去來兮辭》：「富貴非吾願，帝鄉不可期。」唐李白《短歌行》：「富貴非所願，與人駐顔光。」友于：《書·君陳》：「惟孝友于兄弟。」《論語·爲政》：「《書》曰：孝乎惟孝，友于兄弟。」後即以「友于」代弟兄。曹植《求通親親表》：「今之否隔，友于同憂。」按此種構詞法屬于割裂式的代稱，雖不合規範，但約定俗成，以後則進入漢語詞彙。

〔三〕《長衾》二句：《新唐書·讓皇帝傳》：「玄宗爲太子，嘗製大衾長枕，將與諸王共之。」懸弧：古代風俗，家生男於門左掛弓一張。《禮記·内則》：「子生，男子設弧於門左，女子設帨於門右。」

〔四〕時過居海南，而邁迨居陽羨。南北遠隔不能往來，故云。

〔五〕「一夫」二句：《書·説命》：「一夫不獲，則曰時是予之辜。」孔傳：「伊尹見一夫不得其所，則以爲己罪。」仁聖：仁德聖明。亦指仁德聖明者。古代多用作稱頌帝王的套詞。《禮記·經解》：「其在朝廷，則道仁聖禮義之序，燕處則聽雅頌之音。」按此指伊尹。

## 二

紛紛月掛樹，征人念行路〔一〕。行路何茫茫，誰爲供屝屨〔二〕？努力治蕪穢〔三〕，公歸定非暮〔四〕。東門會祖道，歎昔兩疏傳〔五〕。滌器當自今〔六〕，歸歟不愆素〔七〕。

**【箋注】**

〔一〕「紛紛」二句：感念親人離散。蘇軾《再用前韻》：「紛紛初疑月掛樹，耿耿獨與參横昏。」《文選》

蘇子卿(武)詩其一曰:「四海皆兄弟,誰爲行路人?況我連枝樹,與子同一身。昔爲鴛與鴦,今爲參與辰。」又其四曰:「燭燭晨明月,馥馥我蘭芳。……征夫懷遠路,游子戀故鄉。」過即用蘇武詩意以抒親人離散之愁懷。

〔二〕扉屨:草鞋。《左傳·僖公四年》:「若出於陳鄭之間,共其資糧扉屨,其可也。」晉杜預注:「扉,草屨。」

〔三〕蕪穢:謂田地不整治而雜草叢生。《楚辭·九辯》:「農夫輟耕而容與兮,恐田野之蕪穢。」過反其意而勸二兄力農。

〔四〕言父親不久將赦歸。

〔五〕「東門」二句:謂當如二疏急流勇退。兩疏傳:即漢疏廣、疏受。廣字仲翁,東海蘭陵人,少好學,明《春秋》,家居教授,學者自遠方至。宣帝地節中爲太子太傅。廣兄子受字公子,亦以賢良舉,拜爲少傅。廣以「知足不辱」,與侄受俱稱病請退。「公卿大夫故人邑子設祖道,供張東門外」。《漢書》有傳。東門:蘇林曰:「長安東郭門也。」祖道:古代爲出行者祭祀路神,並飲宴送行。《漢書·劉屈氂傳》:「貳師將軍李廣利將出擊匈奴,丞相爲祖道,送至渭橋。」唐顏師古注:「祖者,送行之祭,因設宴飲焉。」

〔六〕滌器:洗滌酒器。藉言隱居也。《漢書·司馬相如傳》:「乃令文君當盧。相如身自著犢鼻褌,與庸保雜作,滌器於市中。」

〔七〕歸歟：猶言歸去吧。語出《論語·公冶長》：「子在陳，曰：歸與！歸與！吾黨之小子狂簡，斐然成章，不知所以裁之。」愆素：謂越過原來計劃。語本《左傳·宣公十一年》：「事三旬而成，不愆於素。」晉杜預注：「不過素所慮之期也。」楊伯峻注：「素謂原來計劃。」「不愆素」即不違初心。

## 五色雀和大人韻〔一〕

神雀來何從？飛鳴自爲徒〔二〕。尊卑有定分，衆色敢亂朱〔三〕？與公作新年，襘襀陋桃符〔四〕。南遷不見鵬〔五〕，屢集升平烏柳仲郢每遷官必烏集升平第，五日乃散〔六〕。翩然自靈物，豈惟眷庭梧〔七〕。年來翟公門，寂寞誰與娱〔八〕？瓜田豈故侯〔九〕，環堵真前儒〔一〇〕。雖知非天窮〔一一〕，嶮阻殆切膚〔一二〕。海南夷獠窟〔一三〕，安得此異雛。似爲三足使，仙子儻見呼〔一四〕。定知隱几人，嗒焉非昔吾〔一五〕。不願宴西瑶〔一六〕，東華返舊都〔一七〕。

【箋注】

〔一〕元符二年（一〇九九）正月作於儋耳。坡翁有《五色雀》詩，《引》曰：「吾卜居儋耳城南，（五色雀）嘗一至庭下，今日又見之進士黎子雲及其弟威家。」按蘇氏父子卜居城南在元符元年夏，而過詩云「年來翟公門，寂寞誰與娱」，又曰「與公作新年，襘襀陋桃符」，蘇氏父子於紹聖四年七月到儋耳，至元符二年（一〇九九）正月，正一年有奇。趙懷玉以爲元符元年作，而王文誥又繫之庚辰（三年）正月作，俱爲失考。五色雀：東坡《五色雀》詩《引》曰：「海南有五色雀，常以兩絳者爲長，進止必隨焉。俗謂之鳳凰云。久旱而見輒雨，潦則反是。」時東坡老且病，歸思日切，見五色雀至，以爲歸兆焉，遂感而爲詩。叔黨和詩，發明父意，排解得體。孝子苦心，充盈其間。宜乎謂叔黨之爲孝也。

〔二〕徒：衆。《書·仲虺之誥》：「簡賢附勢，寔繁有徒。」

〔三〕《論語·陽貨》：「惡紫之奪朱也，惡鄭聲之亂雅樂也。」按《羅浮山志會編》卷七《品物志》：「（五色雀）飛則數十爲群，不雜他鳥，進退以一雙導之。」東坡以爲「以兩絳羽者爲長」，是「朱」者之謂也。

〔四〕作新年：猶言過新年。蘇軾《和周正孺墜馬傷手》：「賣却老驄爲酒直，大呼鄉友作新年。」禬禳：均祭名，用以祈福除殃。《周禮·天官·女祝》：「掌以時招、梗、禬、禳之事。」漢鄭玄注：「除災害曰禬。禬，猶刮去也。卻變異曰禳。禳，攘也。」桃符：相傳東海度朔山有大桃樹，其下有神荼、鬱櫑二神，能食百鬼。故俗於農曆元旦以桃木板畫二神於其上，懸於門户，以驅鬼辟邪。參閱梁宗懔《荆楚歲時記》。此言五色雀來賀，勝似桃符之設。

〔五〕鵩：鳥名。似鴞。《文選·賈誼〈鵩鳥賦〉序》：「鵩似鴞，不祥鳥也。」唐李善注引《巴蜀異物志》：「有鳥小如鷄，體有文色，士俗因形名之曰鵩。不能遠飛，行不出域。」《史記·賈誼列傳》記載，「誼爲長沙傅三年，有服（鵩）飛入誼舍，止於坐隅。服似鴞，不祥鳥也。誼既以謫居長沙，長沙卑溼，誼自傷悼，以爲壽不得長。」

〔六〕柳仲郢：字喻蒙，元和進士，授校書郎，遷諫議大夫，累官至刑部尚書。仲郢尚氣義、事親孝，爲官寬嚴得體。「升平烏」事，見《新唐書·柳仲郢傳》，云：「初，仲郢爲諫議大夫，後每遷，必烏集升平第，庭樹戟架皆滿，五日乃散。」

〔七〕「翩然」二句：《莊子·秋水》：「夫鵷雛，發於南海而飛於北海，非梧桐不止，非練實不食，非醴泉不飲。」唐成玄英疏：「鵷雛，鸞鳳之屬。」按五色雀俗亦謂之鳳凰，故云。

〔八〕「年來」二句：謂親舊皆疏遠不來往。見《贈王子直》注〔七〕。

〔九〕《史記·蕭相國世家》：「召平者，故秦東陵侯，秦破，爲布衣，貧，種瓜於長安城東，瓜美，故世俗謂之『東陵瓜』。」

〔一〇〕環堵：見《地鑪歌寄伯仲》注〔一三〕。

〔一一〕天窮：上天使之厄困。蘇軾《海市》詩：「率然有請不我拒，信我人厄非天窮。」

〔一二〕嶮：高險。

〔一三〕獠：即僚。中國古族名。從三國至清，史籍屢見不鮮。分佈在今廣東、廣西、湖南、四川、雲南、貴州等地區。近代壯侗語族各族及仡佬族與其有淵源關係。亦以泛指南方各少數民族。

〔一四〕「似爲」二句：三足使：即三足烏，亦謂之青鳥。《史記·司馬相如列傳》載相如《大人賦》：「低回陰山，翔以紆曲兮，吾乃今目睹西王母。暠然白首，戴勝而穴處兮，亦幸有三足烏爲之使。」唐張守節《正義》：「張揖云：三足烏，青鳥也。主爲西王母取食，在昆墟之北。」仙子：仙人。

〔一五〕「定知」二句：《莊子·齊物論》：「南郭子綦隱机而坐，仰天而嘘，荅焉似喪其耦，顔成子游立侍乎前，曰：『何居乎？形固可使如槁木，而心固可使如死灰乎？今之隱机者，非昔之隱机者也？』」

〔一六〕西瑶：即瑶池，傳説中西王母所居，《穆天子傳》卷三：「乙丑天子觴西王母於瑶池之上，西王母爲天子謡。」

〔一七〕東華：見《大人生日（疇昔東華典秘藏）》注〔一一〕。

【附】

蘇軾《五色雀》並引

海南有五色雀，常以兩絳者爲長，進止必隨焉，俗謂之鳳凰云。久旱而見輒雨，潦則反是。吾卜居儋城南，嘗一至庭下，今日又見之進士黎子雲及其弟威家。既去，吾舉酒祝曰：「若爲吾來者，當再集也。」已而果然，乃爲賦詩。

粲粲五色雀，炎方鳳之徒。青黄縞玄服，翼衛兩緋朱。仁心知憫農，常告雨霽符。我窮惟四壁，破屋無瞻烏。惠然此粲者，來集竹與梧。鏘鳴如玉佩，意欲相嬉娱。寂寞兩黎生，食菜真臞儒。小圃散春物，野桃陳雪膚。舉杯得一笑，見此紅鸞雛。高情如飛仙，未易握粟呼。胡爲去復來，眷眷豈屬吾。回翔天壤間，何必懷此都。

## 送人泛海北歸兼寄諸兄弟〔一〕

冥冥天水吞爲一〔二〕，夜依北斗占南北〔三〕。危樓時吐蛟蜃氣〔四〕，半山忽隱長鯨脊〔五〕。起看檣頭雉尾轉〔六〕，一帆千里日未足〔七〕。此身何止輕鴻毛，到家始覺是真肉〔八〕。怪君胡爲冒此險，象犀珠玉非所役〔九〕。凜然風義照古人，尺書爲我通消息〔一〇〕。我似當時常校尉，掘鼠餐氈從屬國〔一一〕。茫茫海闊雁不到，長欲繫書空惘默〔一二〕。憑君爲語諸季孟〔一三〕，耐事忍慚真子職。面唾勿嫌解自乾〔一四〕，盜金卻償安用詰〔一五〕。杜門只作田舍子〔一六〕，來往江鄉乘下澤〔一七〕。三吴想見稻如雲〔一八〕，舶還時救陳蔡厄〔一九〕。

**【箋注】**

〔一〕當作於元符二年（一〇九九）夏秋間。按蘇軾貶海南，友人渡海存問者無多。考之諸人，唯葛延之之行略是。葛立方《韻語陽秋》卷三云：「東坡在儋耳時，余之從兄諱延之，自江陰擔簦，萬里絶海往見，留一月，坡嘗誨以作文之法。……吾兄拜其言而書諸紳。」江陰近宜興，宜興又爲南往海南所經，蘇過自可「兼寄諸兄弟」也。又詩云「三吴稻如雲」，是知必作於夏秋之際。故姑繫於此。其云「送人」者，時黨禁甚嚴，蓋恐明言而見累耳。

〔二〕冥冥：晦暗不明貌。

〔三〕夜憑北斗以辨方向。

〔四〕蛟蜃氣：見《題鬱孤臺》注〔七〕。

〔五〕「半山」句：謂長鯨之脊隱現海中如半山。唐劉恂《嶺表録異》卷上：「海鰌即海上最偉者也，……或見十餘山或出或没。篙工曰：『非山島，鰌魚背也。』」

〔六〕謂察看候風之儀。《文選·郭璞〈江賦〉》「覘五兩之動静」唐李善注：「凡候風法，以鷄羽重八兩，建五丈旗，取羽繫其巔立軍營中。」

〔七〕唐李白《朝發白帝城》詩：「朝辭白帝彩雲間，千里江陵一日還。」

〔八〕按此句極言海上出生入死，回到家中才覺得還活著。

〔九〕象犀：《爾雅·釋地》：「南方之美者，有梁山之犀象焉。」宋邢昺疏：「犀象二獸，皮、角、牙、骨，材料之美者也。」又《漢書·武帝紀》唐顔師古注引應劭曰：「（儋耳）出珍珠，故名珠崖。」

〔一〇〕尺書：信札、書信。《漢書·韓信傳》：「然後發一乘之使，奉咫尺之書。」唐顔師古注：「八寸曰咫，咫尺者，言其簡牘或長咫，或長尺，喻輕率也。今俗言尺書，或言尺牘，蓋其遺語耳。」

〔一一〕「我似」二句：常校尉：即常惠，西漢太原（在今山西）人，武帝時隨蘇武使匈奴，被拘十餘年始還，昭帝時拜光禄大夫，本始間爲校尉，因擊匈奴功封長羅侯，後代蘇武爲典屬國，勤勞數有功，甘露中官至右將軍。《漢書》有傳。屬國：指蘇武（？——前六〇），字子卿，京兆（今陝西西安東南）人，天漢中以中郎將使匈奴，單于欲降之。武不屈，「乃幽武置大窖中，絶不飲食。天雨雪，武卧齧雪與旃（通氈）毛並咽之」；後徙武海上，「廩食不至，掘野鼠去中實而食之。」終不屈。昭帝時得還，拜典屬國，宣帝立，賜爵關内侯。事見《漢書》本傳。

〔一二〕「茫茫」二句：古人有雁足傳書之説。《漢書·蘇武傳》：「（常惠）教使者謂單于，言天子射上林中，得雁，足有繫帛書，言武等在某澤中。」憫默：因憂傷而沉默。南朝梁江淹《哀千里賦》：「既而悄愴成憂，憫默自憐。」唐白居易《琵琶引》序：「遂命酒，使快彈數曲，曲罷憫默。」按舊傳雁飛不過衡陽。清同治《衡陽縣志》「回雁峰」條曰「自唐以前，皆云南雁飛宿，不度衡陽」，而海南爲極南地，雁自難達。

〔一三〕季孟：弟兄。古人以孟仲叔季爲排行。

〔一四〕面唾：别人唾沫吐在臉上。語出《新唐書·婁師德傳》：「其弟守代州，辭之官，教之耐事。弟曰：『人有唾面，絜之乃已。』師德曰：『未也，絜之，是違其怒，正使自乾耳。』」

〔一五〕《史記·直不疑列傳》：「（不疑）爲郎，事文帝，其同舍有告歸，誤持同舍郎金去，已而金主覺，妄意不疑，不疑謝有之，買金償。而告歸者來而歸金，而前郎亡金者大慚，以此稱爲長者。」按過於此進而言曰：不待别人責問即償還失金。

〔一六〕杜門：閉門，堵門。《史記·陳丞相世家》：「陵怒，謝疾免，杜門竟不朝請。」按此謂絶交游也。田舍子：猶言莊稼漢。有時含有輕蔑意。《新唐書·婁師德傳》：「（師德）嘗與李昭德偕行。師德素豐碩，不能遽步，昭德遲之，恚曰：『爲田舍子所留！』」

〔一七〕下澤：下澤車。《後漢書·馬援列傳》李賢注引《周禮·冬官·考工記》曰：「車人爲車……行澤者欲短轂，行山者欲長轂，短轂則利，長轂則安。」參見《題鬱孤臺》注〔一一〕。

〔一八〕三吳：宋代以蘇、常、湖三州爲三吳。見宋稅安禮《歷代地理指掌圖》。參見《大人生日（天定人勝難）》注〔五〕。蘇軾《梅聖俞詩中有毛長官者》：「羨君封境稻如雲，蝗自識人人不識。」

〔一九〕謂二兄輸財救海南父子之困。舶：海船、大船。陳蔡厄：見《冬夜懷諸兄弟》注〔一七〕。

## 夜獵行〔一〕

海南多鹿豨〔二〕，土人捕取，率以夜分月出〔三〕，度其要寢，則合圍而周阹之〔四〕，獸無軼者。余寓城南〔五〕，户外即山林，夜聞獵聲，旦有饋肉者，作《夜獵行》以紀之。

霜風肅肅陵寒柯，海月灩灩翻秋河〔六〕。空山無人柴徑熟，豨肥鹿飽眠長坡。山夷野獠喜射獵，腰下長鋏森相摩〔七〕。平沙髣髴見遺跡，踴躍不待張虞羅〔八〕。均呼夜起山谷應，披抉草木窮株窠〔九〕。何人得雋喜叫絶〔一〇〕，脟割未羨青丘多〔一一〕。今年歲惡不可度〔一二〕，竹間有米田無禾〔一三〕。耕牛日欲登鼎俎〔一四〕，野獸脱命理則那〔一五〕。朝來剥啄誰有饋〔一六〕，愧爾父老勤弓戈。一言願子不我忽，暴殄天物神所呵〔一七〕。

【箋注】

〔一〕此詩當作於元符元年（一〇九八）或元符二年（一〇九九）秋冬之交。蘇氏父子紹聖四年到海南，初賃官舍居之。次年四月廣西察訪使董必使人逐之，遂買地築屋於城南南汙之側、茂林之下（見軾《與鄭嘉會書》)。元符三年六月渡海北歸，是知該詩當在元年(一〇九八)或二年間。按原詩題即今之小序，撰其情理，其正題當即《夜獵行》，兹據補之。行：古詩的一種體裁。宋王灼《碧鷄漫志》卷一：「古詩或名曰樂府，謂詩之可歌也。故樂府中有歌有謡，有吟有引，有行有曲。」宋姜夔《白石詩話》：「體如行書曰行，放情曰歌，兼之曰歌行。」

〔二〕豨：漢揚雄《方言》卷八：「豬……南楚謂之豨。」蓋謂野豬也。

〔三〕夜分：夜半。《韓非子·十過》：「昔者衛靈公將之晉，至濮水之上，税車而放馬，設舍以宿，夜分而聞鼓新聲者而説之，使人問左右，盡報弗聞。」《後漢書·光武帝紀下》：「數引公、卿、郎、將講論經理，夜分乃寐。」唐李賢注：「分猶半也。」

〔四〕阹：《漢書·揚雄傳》：「以罔爲周阹，縱禽獸其中。」唐顔師古注引李奇曰：「阹，遮禽獸圍陣也。」

〔五〕城南：指昌化軍宜倫縣(今儋州新英一帶)城南。

〔六〕灩灩：水光。

〔七〕長鋏：屈原《涉江》「帶長鋏之陸離兮」漢王逸《章句》：「長鋏，劍名也。其所握長劍，楚人名曰長鋏。」

〔八〕虞羅：原指掌山澤之虞人所張設的網羅。泛指漁獵者設置的網羅。唐陳子昂《感遇詩》之二三：「豈不在遐遠，虞羅忽見尋。多材信爲累，歎息此珍禽。」

〔九〕披抉：猶言撥開。蘇軾《復次放魚韻答趙承議陳教授》：「東坡也是可憐人，披抉泥沙收細碎。」

〔一〇〕得雋：亦作「得儁」，謂喜獲獵物。《説文·隹部》：「雋，肥肉也。」唐韓愈《叉魚》：「競多心轉細，得雋語時囂。」蘇軾《江西》：「何人得雋窺魚矼，舉叉絶叫尺鯉雙。」

〔一一〕胹割：碎割，分割。青丘：《史記·司馬相如列傳》載相如《子虛賦》：「秋田乎青丘，彷徨乎海外。」唐張守節《正義》引服虔曰：「青丘國在海東三百里。」是句蓋誇張海南狩獵有勝於齊王之獵。

〔一二〕歲惡：謂一年無收成。《漢書·食貨志上》：「失時不雨，民且狼顧；歲惡不入，請賣爵、子。」《漢書·卜式傳》：「往年西河歲惡，率齊人入粟。」顔師古注：「歲惡，猶凶歲也。《禮記》曰：『歲凶，年穀不登。』」蘇軾《與侄孫元老書》：「海南連歲不熟，飲食百物艱難。」

〔一三〕此言儋民但射獵爲生。蘇軾《和陶勸農·引》：「海南多荒田，俗以貿香爲業。所産秔稌，不足於食。」

〔一四〕蘇軾《書柳子厚牛賦後》：「嶺外俗皆恬殺牛，而海南爲甚，客自高化載牛渡海，百尾一舟，遇風不順，渴飢相倚以死者無數，牛登舟皆哀鳴出涕，既至海南，耕者與屠者常相半。」

〔一五〕則那：《左傳·宣公二年》：「牛則有皮，犀兕尚多，棄甲則那。」晉杜預注：「那，猶何也。」連上句意爲：耕牛尚時被宰殺，野獸喪命自在情理之中。

〔一六〕剥啄：叩門聲。唐韓愈《剥啄行》：「剥剥啄啄，有客至門。」蘇軾《次韻趙令鑠惠酒》：「門前聽剥啄，烹魚得尺素。」

〔一七〕暴殄天物：《書·武成》：「暴殄天物，害虐烝民。」僞孔傳：「暴絶天物，言逆天也。」殄：即滅絶。呵：斥責。

## 己卯冬至儋人攜具見飲既罷有懷惠許兄弟〔一〕

寂寞三冬至〔二〕，飄然瘴海中，不嫌羈寓遠，屢感歲華窮〔三〕。父老憐匏繫〔四〕，肴蔬盛篋饛〔五〕。一歡爲子壽〔六〕，百福與君同。已慣鳶飛墮，真忘馬首東〔七〕。南音行自變〔八〕，重譯不須通〔九〕。椰酒醍醐白〔一〇〕，銀皮琥珀紅〔一一〕。傖獰醉野獠〔一二〕，絶倒共鄰翁〔一三〕。藷芋人人送〔一四〕，困庖日日豐。瘴收黎母谷〔一五〕，露入菊花叢。海蜑羞蚶蛤〔一六〕，園奴饋韭菘〔一七〕。檳榔代茗飲〔一八〕，吉貝禦霜風〔一九〕。悵望懷諸阮〔二〇〕，遥知憶小馮〔二一〕。客身雖嶺嶠〔二二〕，逸想在瀛蓬。介隱惟偕母〔二三〕，龐團獨侍公〔二四〕。故山千萬里，此意託飛鴻。

【箋注】

〔一〕己卯即元符二年（一〇九九）。按坡集有《用過韻冬至與諸生飲酒》詩。惠：惠州，治今廣東惠陽。許：即許州，宋元豐二年升爲潁昌府。惠許兄弟：時蘇邁舉家居惠州，轍諸子居潁。

〔二〕三冬：即冬天，因冬季共三月，故稱。

〔三〕歲華：時光，年華。南朝梁沈約《卻東西門行》：「歲華委徂貌，年霜移暮髮。」

〔四〕匏繫：《論語·陽貨》：「吾豈匏瓜也哉？焉能繫而不食。」三國魏何晏《集解》：「匏，瓠也。言瓠瓜得繫一處者不食故也，吾自食物，當東西南北，不得如不食之物繫滯一處。」此借言窘困無食狀。

〔五〕簋饛：《詩·小雅·大東》：「有饛簋飧。」毛傳：「饛，滿簋貌。」簋：古代食器。

〔六〕壽：祝福。

〔七〕「已慣」二句：言漸忘故土，安於土俗。鳶飛墮：見《題鬱孤臺》注〔二〕。馬首東：《左傳·襄公十四年》：「欒黶曰：『晉國之命，未是有也，余馬首欲東。』乃歸。」

〔八〕南音：鄉音。《左傳·成公九年》：「晉侯觀於軍府，見鍾儀，問之曰：『南冠而縶者誰也？』有司對曰：『鄭人所獻楚囚也。』使税之，召而弔之……使與之琴，操南音。」按此言鄉音漸隨俗而改。

〔九〕即「不須重譯通」也。重譯：輾轉翻譯。《史記·太史公自序》：「海外殊俗，重譯款塞。」唐張守節《正義》云：「重譯，更譯其言也。」

〔一〇〕椰酒：晉嵇含《南方草木狀》卷下：「（椰樹）其實大如寒瓜……有漿，飲之得醉，俗謂之越王頭。……故其漿如酒云。」又唐劉恂《嶺表録異》卷中：「殼中有液數合，如乳，亦可飲之。」醍醐：精製之乳酪。

〔一一〕銀皮：知本句下注：「海南有銀皮酒。」其酒以山蘭糯米爲原料，釀熟後密封埋於地下，時間越長味越醇美。因其色白，稱爲銀皮酒。地下窖藏時久，則呈紅色或黑色。故此詩云「琥珀紅」。今人美稱玉液。

〔一二〕傖獰：粗俗而醜陋。蘇軾《三月二十日開園三首》之一：「雪髯霜鬢語傖獰，淡蕩園林取次行。」獠：見《五色雀和大人韻》注〔一三〕。

〔一三〕絶倒：大笑不能自持。蘇軾《游博羅香積寺》詩：「詩成捧腹便絶倒，書生説食真膏肓。」

〔一四〕藷芋：即甘藷。晉嵇含《南方草木狀》卷上：「甘藷，蓋藷蕷之類，或曰芋之類，根葉亦如芋，實如拳，有大如甌者。皮紫而肉白，蒸鬻食之，味如薯蕷。性不甚冷。舊珠崖之地，海中之人，皆不業耕稼，惟掘地種甘藷，秋熟收之。蒸曬切如米粒，倉圖貯之，以充糧糗，是名藷糧。北方人至者，或盛具牛豕膾炙，而末以甘藷薦之，若粳粟然。」

〔一五〕黎母：宋王象之《輿地紀勝・瓊州》「黎母山」引宋李昉《圖經》：「島上四州以黎母山爲主山，特高。」

〔一六〕海蜑：漁户。見《次韻大人五更山吐月》之二注〔一〕。羞：饋贈。蚶：貝類，肉味鮮美，與蛤均産於海，古爲朝廷貢品（見《舊唐書・孔戣傳》）。

〔一七〕菘：即青菜。《南齊書・周顒傳》曰：顒隱於鍾山，文惠太子問周顒菜食何者最佳？曰：「春初早韭，秋末晚菘。」（見《政和證類本草》卷二七）

〔一八〕檳榔：《南方草木狀》卷下：「檳榔樹高十餘丈……葉下繫數房，房綴數十實，實大如桃李……味苦澀，剖其皮，鬻其膚……以扶留藤古賁灰並食，則滑美，下氣消穀。出林邑。彼人以爲貴，婚族客必先進…… 一名賓門藥餞。」茗：茶，以檳榔「味苦澀」，故可代茗。

〔一九〕吉貝：《梁書·林邑國傳》：「吉貝者，樹名也，其花成時如鵝毳，抽其緒，紡之以作布，潔白與紵布不殊。」

〔二〇〕懷諸阮：謂自己思念諸兄弟。諸阮：《世説新語·任誕》：「諸阮皆能飲酒，仲容至宗人閒共集，不復用常杯斟酌，以大甕盛酒，圍坐相向大酌。」後以諸阮代指弟兄。宋黄庭堅《次韻張仲謀過酺池寺齋》：「諸阮有二妙，能詩定自嘉。何時來煮餅，蟹眼試官茶。」

〔二一〕此言諸兄亦想念自己。小馮：即漢馮立，馮奉世子，字聖卿，通《春秋》，繼兄野王爲上郡太守，「居職公廉，治行略與野王相似」。「吏民嘉美野王、立相代爲太守，歌之曰：『大馮君、小馮君，兄弟繼踵相因循，聰明賢知惠吏民，政如魯衛德化鈞，周公、康叔猶二君。』」（見《漢書·馮立傳》）

〔二二〕嶺嶠：指五嶺。《南史·陳武帝紀》：「長驅嶺嶠，夢想京畿。」《水經注》卷三十八以大庾、騎田、都龐、萌渚、越城五嶺爲五嶠。

〔二三〕介隱：謂介子推（又作介之推）隱居事。春秋時，介子推隨晉公子重耳出亡，後重耳歸國即位（爲文公），遍賞從亡臣屬，介子推不言禄，禄亦不及，遂偕母隱居綿上山中而死，「晉侯求之不得，以綿上爲之田」。事見《左傳·僖公二十四年》。

〔二四〕龐團：指漢末龐公闔家隱居事。《後漢書·龐公列傳》云：「龐公者，南郡襄陽人也。居峴山之南，未嘗入城府。夫妻相敬如賓。荆州刺史劉表數延請，不能屈……後遂攜其妻子登鹿門山，因采藥不反。」獨侍公：此與上句謂自己如介之推獨自侍奉母親，不能如龐公之闔家團聚也。

## 大人生日〔一〕

一

未試陵雲白日仙，此聲固已速郵傳公在海南，四方傳有白日上昇事〔二〕。陰功何止千人活〔三〕，法眼要求一大緣〔四〕。枕上軒裳真昨夢〔五〕，腹中梨棗是歸田〔六〕。他時漢殿觀遺鼎，猶記曾陳柏寢年〔七〕。

【箋注】

〔一〕在海南作。詩云「枕上軒裳真昨夢」、「塞馬未還非叟病」，知未起用，而「白日仙」之傳又在元符二年。按蘇軾謫居海南，元符二年京中盛傳其得道乘小舟入海不復返（從王文誥說）。是知此二篇當作於是年十二月。

〔二〕「未試」二句：陵雲：指司馬相如賦《大人賦》之事。《史記・司馬相如列傳》：「相如既奏《大人》之賦，天子大説，飄飄然有陵雲之氣。」白日仙：《東坡志林》卷二：「吾昔謫黄州，曾子固居憂臨川，死焉。人有妄傳吾與子固同日化去，且云如李長吉時事，以上帝召。他時先帝亦聞其語，以問蜀人蒲宗孟，且有歎息語。今謫海南，又有傳吾得道，乘小舟入海不復返者，京師皆云，兒子書來言之。今日有從黄州來者云，太守何述言吾在儋耳，一日忽失所在，獨道服在耳，蓋上賓也。」

速郵傳：《孟子·公孫丑上》：「孔子曰：德之流行，速於置郵而傳命。」

〔三〕見《愛人堂爲李幾仲賦》注〔二一〕。

〔四〕法眼：佛教語。「五眼」之一。謂菩薩爲度脱衆生而照見一切法門之眼。《無量壽經》卷下：「法眼觀察，究竟諸道。慧眼見真，能渡彼岸。」慧遠《義疏》：「智能照法，故名法眼。」蘇軾《十八大阿羅漢贊·阿氏多尊》詩：「各妍於心，得法眼正。」大緣：「大事因緣」之省稱，佛家語，一大事之因緣也。《法華經方便品》：「諸佛世尊，唯以一大事因緣故出現於世。」

〔五〕枕上軒裳：事見唐李泌《枕中記》，云盧生於邯鄲客邸遇道士吕翁，自歎窮困，翁與一枕，言枕之則可萬事如意。盧生枕之入夢，夢中備享榮華富貴，待醒時，店主黄粱飯猶未熟。

〔六〕梨棗：見《和大人游羅浮山》注〔二一〕。

〔七〕「他時」二句：《東觀漢記·鄭衆傳》：「廬江獻鼎，詔召鄭衆，問：『齊桓公之鼎在柏寢臺見何書？《春秋左氏》有鼎事幾？』衆對狀，除郎中。」此安慰父親終將爲朝廷重用。

二

昔將直道破群纖〔一〕，出走寧逃此日讒〔二〕？塞馬未還非叟病〔三〕，莫邪偶棄豈鉛銛〔四〕？長生有道因辭寵，造物無私獨與謙〔五〕。從此軒裳真敝屣，世間出世固難兼。

【箋注】

〔一〕直道：正道。《論語·衛靈公》：「斯民也，三代之所以直道而行也。」群纖：猶言「群小」。

〔二〕謂昔蘇軾任職京師，雖屢乞外任，亦不免讒逐。《宋史·蘇軾傳》：「（元祐）四年，積以論事，爲當軸者所恨。軾恐不見容，請外拜龍圖閣學士，知杭州。」「六年，召爲吏部尚書……改翰林承旨。……軾在翰林數月，復以讒請外，乃以龍圖閣學士出知潁州。」「紹聖初，御史論軾掌内外制日，所作詞命，以爲譏斥先朝。遂以本官知英州，尋降一官，未至，貶寧遠軍節度副使、惠州安置。」紹聖四年，復貶海南。

〔三〕「塞馬」句：《淮南子·人間》：「近塞上之人，有善術者，馬無故亡而入胡，人皆弔之。其父曰：此何遽不爲福乎？」

〔四〕漢賈誼《弔屈原賦》：「莫邪爲鈍兮，鉛刀爲銛。」莫邪：《吴越春秋·闔閭内傳》載：吴王闔閭令干將鑄劍，鐵汁不下，其妻莫邪自投鑪中，鐵汁乃出，遂成二劍，雄劍名干將，雌劍名莫邪。銛：鋒利。

〔五〕「長生」二句：謂屈躬下物者必得自然福祐。《易·謙卦》：「天道虧盈而益謙，地道變盈而流謙，鬼神害盈而福謙，人道惡盈而好謙。」

## 次韻大人與藤守游東山〔一〕

灘聲已悲秋〔二〕，潤色猶藏春。駕言東山游〔三〕，緬彼千載人〔四〕。使君平陽意，客至但飲醇〔五〕。風松作鼓吹〔六〕，迎送長江濱。爾來乘桴翁，歸路物色新〔七〕。高情寓箕潁〔八〕，絶意登麒麟〔九〕。三吴有負郭〔一〇〕，穲稏秋盈囷〔一一〕。瘴茅喜欲脱〔一二〕，下澤還當巾〔一三〕。縹緲九疑行〔一四〕，此生定知津〔一五〕。故人儻見思，尺書憑素鱗〔一六〕。

【箋注】

〔一〕元符三年（一一〇〇）九月中旬作。按元符三年五月告下，蘇軾量移汝、廉州，六月渡海，七月抵貶所，八月遷舒州團練副使、永州安置，九月中旬到藤州。坡翁有《徐元用使君與其子端常邀僕與小兒過同游東山浮金堂戲作此詩》，過詩即次其韻。又蘇軾有《藤州江上夜起對月贈鄧道士》詩，曰「月滿江不湍」。知在月中。藤守：指藤州（治今廣西藤縣）知州徐元用。宋施元之曰「疇字元用」，清查慎行曰「東坡倅杭時，疇爲仁和令」。參見施、查注蘇詩《徐元用使君與其子端》注及《咸淳臨安志》。東山：明曹學佺《輿地名勝志・藤州》：東山在藤縣東一里。

〔二〕灘聲：水激灘石發出的聲音。白居易《陰雨》：「灘聲秋更急，峽氣曉多陰。」宋玉《九辯》：「悲哉秋之爲氣也，蕭瑟兮草木摇落而變衰。」

〔三〕駕言：乘車。《詩・邶風・泉水》：「駕言出游，以寫我憂。」言，動詞後綴。

〔四〕緬：懷想；思念。

〔五〕「使君」二句：使君：指徐疇元用。漢時稱刺史爲使君，漢後稱州郡長官爲使君。平陽、飲醇：見《寄題幾仲所居二詩》之二注〔六〕。

〔六〕鼓吹：《宋史·樂志一五》：「鼓吹者，軍樂也。昔黄帝涿鹿有功，命岐伯作凱歌以建威武，揚德風，厲士諷敵。」漢魏而下，莫不相沿，自天子、皇太子，以及一品至三品大臣，皆有本品鼓吹。按此化用孔稚珪故事，《南齊書·孔稚珪傳》：「門庭之内，草萊不剪，中有蛙鳴。或問之曰：『欲爲陳蕃乎？』稚珪笑曰：『我以此當兩部鼓吹，何必期效仲舉。』」

〔七〕「爾來」二句：謂遇赦渡海後遊覽東山之愉悦。爾來：先前那個。來，後綴。蘇軾《同柳子玉游鶴林招隱醉歸呈景純》：「花時臘酒照人光，歸路春風灑面涼。」乘桴翁：見《大人生日》（天定人勝難）注〔八〕。

〔八〕言將歸隱。箕潁：晉皇甫謐《高士傳·許由》：「堯將讓天下於許由，由不受，遁耕於中嶽，潁水之陽，箕山之下。」箕山，在今河南登封東。潁水：出嵩山，經許昌，於安徽注入淮。

〔九〕謂絶意功名。麒麟：指麒麟閣，在漢長安未央宫内，漢武帝時建。宣帝甘露三年，畫功臣霍光、張安世等十一人圖像於閣（見《三輔黄圖》卷六）。後遂以「登麒麟」謂立功朝廷。

〔一〇〕蘇軾《答王定國書》：「近在常置一小莊子（蓋指元豐七年買田陽羡事），歲可得百石，似可足食。」負郭：即負郭田。指近郊良田。《史記·蘇秦列傳》：「蘇秦喟然歎曰：『此一人之身，富貴則親戚畏懼之，貧賤則輕易之，況衆人乎！且使我有雒陽負郭田二頃，吾豈能佩六國相印乎！』」唐司馬貞《索隱》：「負者，背也，枕也。近城之地，沃潤流澤，最爲膏腴，故曰『負郭』也。」

〔一一〕䆉稏：亦作「罷亞」，稻搖擺狀，因以代稻。

〔一二〕瘴茅：見《冬夜懷諸兄弟》注〔二六〕。

〔一三〕下澤：即下澤車。詳見《題鬱孤臺》詩注〔一二〕及《送人泛海北歸兼寄諸兄弟》注〔一七〕。巾：着幅巾也。高逸之士多着幅巾。明于慎行《谷口筆塵》卷一三：「魏晉以來，王公卿士以幅巾爲雅。用全幅帛向後襆髮謂之頭巾，又謂之襆頭。」

〔一四〕九疑：即九嶷山，在湖南寧遠南。酈道元《水經注·湘水》：「蟠基蒼梧之野，峰秀數郡之間；羅巖九舉，各導一溪，岫壑負岨，異嶺同勢，游者疑焉，故曰九疑山。」

〔一五〕知津：猶言識途。《論語·微子》：「長沮桀溺耦而耕，孔子過之，使子路問津焉。長沮曰：『夫執輿者爲誰？』子路曰：『爲孔丘。』……曰：『是知津矣。』」三國魏何晏《集解》引漢馬融曰：「數周流，是知津處」。按蘇軾外任貶逐，足跡遍及全國，故過以周流列國之孔子擬之。津：渡口。

〔一六〕「故人」二句：謂寄書存問。故人：指徐元用。尺書素鱗：《玉臺新詠》漢蔡邕《飲馬長城窟行》：「客從遠方來，遺我雙鯉魚。呼兒烹鯉魚，中有尺素書。」又元伊世珍《瑯嬛記》卷上曰：「試鶯以朝鮮厚繭紙作鯉魚函，兩面俱畫鱗甲，腹下令可以藏書。此古人尺素結魚之遺制也。」蘇軾《答任師中次韻》：「世事久已謝，故人猶見思。」

【附】

蘇軾《徐元用使君與其子端常邀僕與小兒過同游東山浮金堂戲作此詩》

昔與徐使君，共賞錢塘春。愛此小天竺，時來中聖人。松如遷客老，酒似使君醇。繫舟藤城下，弄月鐔江濱。江月夜夜好，雲山朝朝新。使君有令子，真是石麒麟。我子乃散材，有如木輪囷。二老白接䍦，兩郎烏角巾。醉臣松下石，扶歸江上津。浮橋半没水，揭此碧鱗鱗。

## 將至五羊先寄伯達仲豫二兄〔一〕

人皆有離别，我别不忍道。惟應付夢幻，事已共一笑。憶昔與仲别〔二〕，秦淮漲秋潦〔三〕。相望一葉舟，目斷飛鴻杳〔四〕。伯兄陽羡來〔五〕，萬里踰煙嶠。未温白鶴席，已餞羅浮曉〔六〕。江邊空忍淚，我亦肝腸繞〔七〕。崎嶇七年中，雲海同浩渺〔八〕。豈知羌村晚，驚拜杜陵老〔九〕。干戈雖事異〔一〇〕，歡喜動夷獠。山川舊淒慘，雲物今清好。不似玄都桃，秋風不堪掃〔一一〕。

【箋注】

〔一〕元符三年（一一〇〇）九月侍父舟赴廣州途中作。蘇軾父子自廉州聞命遷永州，與蘇邁約於梧州相會北歸。九月既至梧州，邁等不至，復浮西江赴廣州，九月底方到廣州。坡翁亦有《將至廣州用過韻寄邁迨二子》詩。五羊：廣州的别名。相傳古代有五仙人乘五色羊執六穗秬而至此，故稱。見《太平寰宇記·嶺南道一·廣州》引《續南越志》。宋錢易《南部新書》庚卷：「吴脩爲廣州刺史，未至州，有五仙人騎五色羊，負五穀而來。今州廳梁上，畫五仙人騎五色羊爲瑞，故廣南謂之五羊城。」宋朱彧《萍洲可談》卷二：「紹聖初貶惠州，再竄儋耳。元符末放還，與子過乘月自瓊州渡海而北，風静波平，東坡叩舷而歌，過困不得寢。甚苦之，率爾曰：『大人賞此不已，寧當再過一巡？』東坡矍然就寢。」伯達、仲豫見《次韻伯達仲豫二兄和參寥子》注〔一〕。

〔二〕仲：即蘇迨。過與蘇迨别於紹聖元年。蘇軾《書六賦後》：「予中子迨相從英州，舟行已至姑蘇，而予道貶建昌軍司馬、惠州安置，不可復以家行，獨與少子過往，而使迨以家歸陽羡，從長子邁居。」

〔三〕秦淮：在今南京市。《宋史·河渠志》載張孝祥奏言曰：「秦淮之水流入府城，别爲兩派：正河自鎮淮新橋直注大江；其爲青溪，自天津橋出栅砦門，亦入於江。」又曰：「秦淮水三源：一自華山由句容，一自廬山由溧水，一自溧水由赤山湖，至府城東南，合而爲一，縈迴綿亘三百餘里。」秋潦：秋水。

〔四〕晉嵇康《贈秀才入軍十九首》之十四：「目送歸鴻，手揮五弦。」

〔五〕伯兄：即蘇邁，於紹聖四年（一〇九七）自宜興來。

〔六〕「未温」二句：按蘇邁閏二月到惠，旋與軾訣别。蘇軾《到昌化軍謝表》：「今年四月十七日奉被告命，責授臣瓊州别駕、昌化軍安置，臣尋於當月十九日離惠州。」温席：謂安住。亦作煖席。

《淮南子·修務》：「孔子無黔突，墨子無煖席。」白鶴：指白鶴峰。在惠州，蘇軾時築舍其上。

〔七〕「江邊」二句：蘇軾《到昌化軍謝表》云：「臣孤老無託，瘴癘交攻，子孫慟哭於江邊，已爲死別；魑魅逢迎於海上，寧許生還？」

〔八〕「崎嶇」二句：軾紹聖元年貶知英州，至此已七年。

〔九〕「豈知」二句：言老父將意外回歸，其情大類杜甫回羌村之狀。杜陵老：杜甫家杜陵，故常以「杜陵野老」自稱。甫有《羌村三首》，叙戰亂中探家，妻孥鄰舍驚其生還情景。

〔一〇〕杜甫流離，時值安史之亂，而蘇軾飄零卻是太平盛世。

〔一一〕「不似」二句：見《次韻叔父月季再生》注〔一二〕。

## 次韻謝民師〔一〕

老鶴過海仍將雛〔二〕，澹然如將没齒疏〔三〕。人生如寄何足道〔四〕，富貴貧賤隙白駒〔五〕。飄流僅似虞夫子，飢坐弦歌古儋耳〔六〕。不堪秦嶺望家山〔七〕，敢有玉關生入理〔八〕？廣文才名三十年，困窮直到寒無氈〔九〕。將軍夜行遭醉尉〔一〇〕，曲逆解衣嘗刺船〔一一〕。豈知雷雨來新渥〔一二〕，歸路江山宛如昨。飢人但覺粃糠美〔一三〕，憂患始知田舍樂。夢中猶記魚相濡〔一四〕，莊叟屢困監河枯〔一五〕。聊因競病歌歸歟〔一六〕，寧復燦爛悲窮途〔一七〕？知君篤學真爲己〔一八〕，不從世好惟耽此〔一九〕。作詩頗似建安風〔二〇〕，取友更同鮑叔義〔二一〕。我聞得士朝廷尊〔二二〕，搢紳所寄惟斯文〔二三〕。象犀珠玉本安用？猶使四海爭趨奔〔二四〕。高人處世誠難矣〔二五〕，絶俗驚愚空目眯〔二六〕。坐令瑚璉廢清廟〔二七〕，澗毛何由薦天子〔二八〕？我羨平生馬少游〔二九〕，不願溝瀆容吞舟〔三〇〕。夜光明月請自閟，按劍或恐疑輕投〔三一〕。

【箋注】

〔一〕建中靖國元年（一一〇一）在廣州作。謝民師：名舉廉，民師其字，新淦（今江西新干）人，元豐進士，工詩，曾任廣州推官，後知南康，有《藍溪集》（參閱清厲鶚《宋詩紀事》卷三九）。是年蘇軾自海南赦歸，九月底至廣州，十日留焉，謝袖所業受知於東坡。東坡稱其文曰：「大略如行雲流水，初無定質，但常行於所當行，常止於所不可不止，文理自然，姿態橫生。」（東坡《與謝民師書》）據詩題，謝曾有詩，惜乎今不得見也。

〔二〕老鶴：以喻父軾。唐杜甫《遣興》詩：「蟄龍三冬卧，老鶴萬里心。」按「老鶴」之喻猶「老驥」也。

〔三〕澹然：淡泊，樂天知命。没齒疏：終生飯疏食，謂清貧也。《論語·憲問》：「飯疏食，没齒無怨言。」宋邢昺疏：「没齒，謂終没齒年也。」

〔四〕《文選·曹丕〈善哉行〉》：「人生如寄，多憂何爲？」唐李善注引《尸子》曰：「老萊子曰：『人生天地之間，寄也。』」

〔五〕隙白駒：即白駒過隙。詳見《用韋蘇州寄全椒道士韻贈羅浮鄧道士三首》之三注〔四〕。

〔六〕「飄流」二句：虞夫子：指三國時吴虞翻（一六四—二三二）：餘姚人。字仲翔，初爲會稽守王朗功曹，後歷事孫策、孫權。博學有口辯，性不協俗，數犯顔諫爭，屢忤孫權。「權積怒非一，遂徙翻交州（轄今越南部分及廣西欽州、廣東雷州）。雖處罪放，而講學不倦，門徒常數百人」，竟以貶逐死。《三國志·吴書》有傳。弦歌：謂教化。《論語·陽貨》：「子之武城，聞弦歌之聲。」按蘇軾亦嘗以虞翻自況，其《庚辰歲人日作》之一云：「三策已應思賈讓，孤忠終未赦虞翻。」

〔七〕韓愈以諫迎佛骨觸怒唐憲宗貶潮州（地在今廣東境内）刺史，有《左遷至藍關示姪孫湘》詩云：「雲横秦嶺家何在？雪擁藍關馬不前。」秦嶺：此指終南山，在陜西。

〔八〕東漢班超久在西域，年老思歸，建初十二年上疏有云：「臣不敢望到酒泉郡，但願生入玉門關。」玉關：即玉門關，在今甘肅敦煌西北。

〔九〕「廣文」二句：見《地鑪歌寄伯仲》注〔五〕。

〔一〇〕將軍：指漢李廣（前？—前一一九）：漢隴西成紀人（今甘肅秦安北），善騎射，武帝時爲右北平太守，匈奴不敢犯境，號爲「飛將軍」。與匈奴前後七十餘戰。後屬衛青擊匈奴，失道當罰，自殺。《史記》、《漢書》有傳。遭醉尉：《史記·李將軍列傳》云：廣以出雁門與匈奴戰失利，免官家居。「嘗夜從一騎出，從人田間飲，還至霸陵亭，霸陵尉醉，呵止廣，廣騎曰：『故李將軍。』尉曰：『今將軍尚不得夜行，何乃故也！』止廣宿亭下。」

〔一一〕曲逆：謂漢曲逆侯陳平（前？—前一七八）：漢陽武人。少時家貧，好讀書，多謀略。從劉邦定天下，積功任護軍中尉，封曲逆侯。惠帝時爲相，後與周勃合力，誅諸吕，迎立文帝。《史記》、

《漢書》有傳。解衣刺船：《史記》本傳云：平於項羽處亡去，「渡河，船人見其美丈夫獨行，疑其亡將，要（腰）中當有金玉寶器，目之，欲殺平。平恐，乃解衣臝而佐刺船。船人知其無有，乃止。」刺船：撑船。以上爲第一層，歷述古之賢達亦有窮厄之時。

〔一二〕新渥：新的恩惠。此謂遇赦北歸之恩。杜甫《覽柏中丞兼子侄數人除官制詞因述父子兄弟四美載歌絲綸》：「高名入竹帛，新渥照乾坤。」

〔一三〕粃糠：猶言糟糠。《漢書・朱邑傳》載張敞與邑書曰：「猶飢者甘糟糠，穰歲餘粱肉。」

〔一四〕魚相濡：謂相依爲命。《莊子・田子方》：「泉涸，魚相與處於陸，相呴以濕，相濡以沫。」

〔一五〕莊叟：指莊子。《莊子・外物》：「莊周家貧，故往貸粟於監河侯。監河侯曰：『我將得邑金，將貸子三百金，可乎？』莊子忿然作色曰：『周昨來，有中道而呼者。周顧視，車轍中有鮒魚焉。周問之曰：「鮒魚來！子何爲者邪？」對曰：「我東海之波臣也。君豈有斗升之水而活我哉？」周曰：「諾，我且南游吴越之王，激西江之水而迎子，可乎？」鮒魚忿然作色曰：「吾失我常與，我無所處，吾得斗升之水然活耳，君乃言此，曾不如早索我於枯魚之肆。」』」

〔一六〕謂勉力爲詩。競病：《南史・曹景宗傳》：「景宗振旅凱入，（梁武）帝於華光殿宴飲連句，令左僕射沈約賦韻，景宗不得韻，意色不平，啟求賦詩。……詔令約賦韻。時韻已盡，唯餘『競』、『病』二字。景宗便操筆，斯須而成，其辭曰：『去時兒女悲，歸來笳鼓競。借問行路人，何如霍去病？』」蘇軾《再游徑山》詩：「騷人未要逃競病，禪老但喜聞剥啄。」《論語・公冶長》：「子在陳曰：『歸與，歸與！』」唐白居易《和除夜作》：「所以自知分，欲先歌歸歟。」

〔一七〕燦爛：文章美好貌。《後漢書·班固列傳》：「備哉燦爛，真神明之式也。」此指文章。悲窮途：《三國志·魏書·阮籍傳》裴松之注引《魏氏春秋》曰：「（籍）時率意獨駕，不由徑路，車跡所窮，輒痛哭而返。」庾信《擬詠懷詩》之四：「唯彼窮途慟，知余行路難。」以上爲第二層，極言赦歸之喜。

〔一八〕篤學：勤學。《論語·憲問》：「子曰：古之學者爲己，今之學者爲人。」

〔一九〕耽：沉溺，酷嗜。

〔二〇〕建安：東漢獻帝劉協年號。建安風：又謂「建安風骨」，指建安時曹操父子與建安七子劉楨、徐幹之屬詩文之風骨。劉勰《文心雕龍·時序》譽之爲「志深而筆長」、「梗概而多氣」。

〔二一〕鮑叔：即鮑叔牙。春秋時齊大夫，善知人，少與管仲善，桓公即位，薦管仲，齊因以大治。事見《左傳·莊公九年》及《史記·管仲列傳》。鮑叔義：謂心相知也。據《史記·管仲列傳》載，鮑叔友管仲，深悉管仲心曲，管仲嘗歎之曰：「生我者父母，知我者鮑子也。」

〔二二〕朝廷尊：《新唐書·李勉傳》載：勉彈劾武臣不守法度，於上不恭。肅宗因歎曰：「吾有勉，乃知朝廷之尊。」

〔二三〕搢紳：《莊子·天下》：「其在於《詩》、《書》、《禮》、《樂》者，鄒魯之士，搢紳先生多能明之。」唐成玄英疏：「搢，笏也，亦插也。紳，大帶。」古之執搢垂紳者，士大夫也。斯文：見《大人生日》（天爵名高實）注〔四〕。

〔二四〕「象犀」二句：蘇軾《李氏山房藏書記》：「象犀珠玉，怪珍之物，有悦於人之耳目，而不適於用。金石草木，絲麻五穀六材有適於用，而用之則敝，取之則竭。」

〔二五〕蘇轍《和子瞻東陽水樂亭歌》：「高人處世心淡泊，衆聲過耳皆爲樂。」

〔二六〕絶俗：超越世俗。目眯：語出《莊子·天運》：「孔子見老聃而語仁義。老聃曰：『夫播穅眯目，則天地四方易位矣；蚊虻噆膚，則通昔不寐矣。夫仁義憯然乃憤吾心，亂莫大焉。』」按此言高潔之士不爲俗人所理解。

〔二七〕《論語·公冶長》：「子貢問曰：『賜也何如？』子曰：『汝，器也。』曰：『何器也？』曰：『瑚璉也。』」三國魏何晏《集解》引包咸曰：「瑚璉，黍稷之器，夏曰瑚，殷曰璉，周曰簠簋。宗廟之器，貴者。」清廟：《詩·周頌》有《清廟》之篇，鄭玄以爲祀文王之宫，後以清廟泛稱宗廟。

〔二八〕澗毛：見《次韻叔父所居六首》之一注〔三〕。

〔二九〕馬少游：見《題鬱孤臺》注〔二〕。

〔三〇〕瀆：賈誼《弔屈原賦》：「彼尋常之汙瀆兮，豈能容夫吞舟之巨魚。」唐司馬貞《索隱》曰：「小渠也。」

〔三一〕「夜光明月」二句：《史記·鄒陽列傳》載陽《獄中上梁王書》：「臣聞明月之珠、夜光之璧，以闇投人於道路，人無不按劍相眄者。何則？無因而至前也。」蘇軾《次韻秦觀秀才見贈秦與孫莘老李公擇甚熟將入京應舉》：「夜光明月非所投，逢年遇合百無憂。」以上爲第三層，規勸謝民師當淡於功名。

## 大人生日〔一〕

七年野鶴困鷄群〔二〕，匪虎真同子在陳〔三〕。四海澄清待今日〔四〕，五朝光輔屬何人〔五〕？從來令尹元無愠〔六〕，豈獨原生不病貧〔七〕。天欲斯民躋仁壽〔八〕，卧龍寧許久謀身〔九〕？

【箋注】

〔一〕據「七年野鶴困鷄群」，知作於元符三年（一一〇〇）。王文誥云，蘇過隨父北歸，十月留廣州，十一月至湞陽，得邸報，復朝奉郎提舉成都玉局觀，在外州軍任便居住，專使赴永清告，遂罷行。十二月，抵韶州，至南雄道中度歲。是則蘇過兄弟元符三年十二月十九日侍父北歸至南雄道中所作。

〔二〕《世説新語·容止》：「有人語王戎曰：『嵇延祖（紹）卓卓如野鶴之在鷄群。』」按蘇軾紹聖元年貶惠州至此已七年，此以謂貶海南蠻荒之地。

〔三〕見《冬夜懷諸兄弟》注〔一七〕。

〔四〕《後漢書·范滂列傳》：「（滂）少厲清節，爲州里所服，舉孝廉、光禄四行。時冀州饑荒，盜賊群起，乃以滂爲清詔使案察之。滂登車攬轡，慨然有澄清天下之志。」唐朱慶餘《中秋月》：「一宵當皎潔，四海盡澄清。」

〔五〕蘇軾仁宗朝入仕，歷英宗、神宗、哲宗、徽宗五朝。光輔：多方面輔佐。《左傳·昭公二十年》：「神人無怨，宜夫子之光輔五君，以爲諸侯主也。」

〔六〕《論語·公冶長》：「令尹子文三仕爲令尹，無喜色；三已之，無愠色。」此言父軾不以貶謫爲意。

〔七〕見《大人生日》（窮寓三年瘴海濱）注〔四〕。

〔八〕仁壽：謂有仁德而長壽。語出《論語·雍也》：「知者樂，仁者壽。」《漢書·王吉傳》：「毆（驅）一世之民躋之仁壽之域，則俗何以不若成康，壽何以不若高宗。」躋：登。

〔九〕卧龍：謂諸葛亮。「寧許久謀身」：蓋諸葛亮嘗欲「苟全性命」、「不求聞達」，而時勢終使亮出仕也。按此祝其父健康長壽，言將有大用之日。

## 用伯充韻贈孫志舉〔一〕

朱顔染黄茅〔二〕，自意嶺表人〔三〕。長恬服世俗，敢愧歡菽貧〔四〕？送車反自崖，異獠紛來賓〔五〕。蛙蝝與蚳醢〔六〕，敬我如族姻南夷風俗，非姻家不得與蛙蛤蟻醬之會。海風吹余舟，夜渡徐聞垠〔七〕。往來一漚間〔八〕，勞生竟非真。重尋江南游，再款空同闉〔九〕。山中有異士〔一〇〕，束書來卜鄰〔一一〕。胸中出虹霓〔一二〕，奮袂勇且仁〔一三〕。索居□①枯槁，賴此意少春。當年老于公，硬語本爲民〔一四〕。終身雖坎壈〔一五〕，誰得疏而親？臧孫固有後〔一六〕，仲子先離倫〔一七〕。不憂廊廟遲〔一八〕，緑髪未肯銀。季子又一奇，武庫戈矛新〔一九〕。片言折鹿角，不許枝詞諄〔二〇〕。近聞獲麟書，還許登成均〔二一〕。歸歟汶上兄〔二二〕，器新人惟陳志康兄以《春秋》第一人登第〔二三〕。

【校記】

①□：諸本闕，疑爲「形」字。與下「意」相對，且與《莊子・齊物論》「形如槁木，心如死灰」相符。

【箋注】

〔一〕作於建中靖國元年（一一〇一）正月，蘇過與邁、迨二兄及家人侍父北歸，正月過大庾嶺到虔州，志舉自感化來見。坡集亦有《和猶子遲贈孫志舉》、《用前韻再和孫志舉》等詩，有云：「我從海外歸，喜及崆峒春。新年得異書，西郭有逸民。」伯充：即蘇遲，參見前《地鑪歌寄伯仲》注〔一〕。孫志舉：名勴，寧都（在今江西）人，孫立節介夫次子，涉獵經史，尤工詩，蘇軾贊其「清詩五百言，句句皆絶倫」（《和猶子遲贈孫志舉》）。志舉偕兄志康從蘇軾游。節義凛然，弗肯從仕，臺府舉遺，不應，卜居延春谷，軾榜其舍曰「竹林隱居」，年七十，無疾而逝。平生著作甚富（參見嘉靖《贛州府志》卷十）。

〔二〕黄茅：見《冬夜懷諸兄弟》注〔一六〕。

〔三〕嶺表：嶺外、嶺南。

〔四〕歠：同「啜」。《禮記・檀弓下》：「啜菽飲水。」參《寄題幾仲所居二詩》之一注〔二〕。

〔五〕「送車」二句：《莊子・山木》：「君其涉於江而浮於海，望之而不見其崖，愈往而不知其所窮，君者皆自崖而反，君自此遠矣。」宋范正敏《遯齋閒覽》載：東坡自海外歸，過潤州，州牧，故人也，問海南故土人情如何，坡曰：「風土極善，人情不惡。其離昌化時，十數父老攜酒饌至舟次相送，執手泣涕而去，且曰：『此回與内翰相別後，不知甚時再得相見？』」厓：後來寫作「涯」，水邊。反：後來寫作「返」。異獠：異族僚人。

〔六〕蝝：未生翅之蝗。蚳：蟻卵，古以爲食。醢：肉醬。《周禮·天官·醢人》：「饋食之豆，其實葵菹……蜃，蚳醢。」宋陸游《老學庵筆記》卷六：「《北户録》云：『廣人於山間掘取大蟻卵爲醬，名蟻子醬。』按此即《禮》所謂『蚳醢』也，三代以前固以爲食矣。然則漢人以蛙祭宗廟，何足怪哉！」

〔七〕徐聞垠：渡口名。在今廣東徐聞。地當瓊州海峽北岸。

〔八〕漚：水中氣泡。《楞嚴經·指掌疏》卷六：「空生大覺中，如海一漚發。」佛教以一漚喻生命之空幻。

〔九〕空同：即崆峒，山名。清《江西通志·贛州府》云：「崆峒山在府城南六十里，古名仁空山，自南康縣蜿蜒而來，章貢二水夾以北馳，蓋贛之望山也。山麓周迴幾百里，最高者爲寶蓋峰。」按隋唐時爲虔州，宋紹興時改爲贛州。按此以空同代虔州。款：叩也。闉：外城、曲城。按蘇軾父子南遷時嘗過虔州，今北歸復歷其境，故云「再款」。

〔一〇〕山中異士：謂孫志舉，以其卜居延春谷中。

〔一一〕卜鄰：擇鄰。《左傳·昭公三年》：「非宅是卜，惟鄰是卜，二三子先卜鄰矣。」

〔一二〕虹蜺：亦作「虹蜺」，此謂其氣概豪邁。

〔一三〕奮袂：踴躍貌。勇且仁：《論語·憲問》：「仁者必有勇，勇者不必有仁。」

〔一四〕「當年」二句：此以于公況志舉父立節。初，王安石行新法，立節剛直不附，後爲判官，法活多人，蘇軾曾爲之作《剛説》。參見《次大人生日》注〔三〕。硬語：剛勁的語言。韓愈《薦士》：「横空盤硬語，妥帖力排奡。」

〔一五〕坎壈：又作「坎廩」。宋玉《九辯》：「坎廩兮貧士失職而志不平。」漢王逸《章句》注「坎廩」云：「數遭患難，身困極也。」

〔一六〕臧孫：指春秋時魯國大夫臧孫達。《左傳·桓公二年》：「臧孫達其有後於魯乎！君違，不忘諫之以德。」晉杜預注：「積善之家，必有餘慶。故曰『其有後於魯』。」按此以臧孫喻介夫。

〔一七〕仲子：謂孫勰志康。詳見本集《孫志康墓銘》。離倫：超越同輩。志康以元祐年間中進士。

〔一八〕廊廟：猶言「廟堂」，指朝廷。

〔一九〕「季子」二句：謂孫志舉。武庫：武器庫；軍械庫。《晉書·杜預傳》：「預在内七年，損益萬機，不可勝數，朝野稱美，號曰『杜武庫』，言其無所不有也。」

〔二〇〕「片言」二句：《漢書·朱雲傳》：「是時，少府五鹿充宗貴幸，爲《梁丘易》。自宣帝時善梁丘氏説，元帝好之，欲考其異同，令充宗與諸《易》家論。充宗乘貴辯口，諸儒莫能與抗，皆稱疾不敢會，有薦雲者，召入，攝齋登堂，抗首而請，音動左右。既論難，連拄五鹿君。故諸儒爲之語：『五鹿嶽嶽，朱雲折其角。』」枝詞：浮漫之詞。《易·繫辭下》：「中心疑者其辭枝。」

〔二一〕「近聞」二句：麟書：本指孔子所修《春秋》，蓋絶筆於魯哀公西狩獲麟時也。後用爲對别人文字的敬稱。成均：古之太學名。《周禮·春官·大司樂》：「掌成鈞之法，以治建國之學政。」時孫志康任鄆州（治今山東東平）州學教授。

〔二二〕汶上：即今山東汶水流域。《論語·雍也》：「季氏使閔子騫爲費宰，閔子騫曰：『善爲我辭焉，如有復我者，則吾必在汶上矣。』」鄆州在汶水之北。故云。

〔二三〕「人惟」句：《書·盤庚上》：「遲任有言曰：『人惟求舊，器非求舊，惟新。』」陳：舊。按此言舊誼可貴。

**【附】**

蘇軾《和猶子遲贈孫志舉》

軒裳大爐鞲，陶冶一世人。從衡落模範，誰復甘饑貧。可憐方回癡，初不疑嘉賓。頗念懷祖黠，瞋兒與兵姻。失身墮浩渺，投老無涯垠。回看十年舊，誰似數子真。孫郎表獨立，霜戟交重闉。深居不汝覯，豈問親與鄰。連枝皆秀傑，英氣推伯仁。我從海外歸，喜及崆峒春。新年得異書，西郭有逸民。陽行先以《登真隱訣》見借。小孫又過我，歡若平生親。清詩五百言，句句皆絶倫。養火雖未伏，要是丹砂銀。我家六男子，朴學非時新。詩詞各璀璨，老語徒周諄。願言敦夙好，永與竹林均。六子豈可忘，從我屢厄陳。

## 送參寥師歸錢塘〔一〕

我先大夫東南游，六年雲水窮抉搜〔二〕。吹噓人物到方外〔三〕，伯樂未忍輕驊騮〔四〕。老師一見心相投，氣味要是同薰蕕〔五〕。塵埃豈解埋珠玉〔六〕？自有寶氣干斗牛〔七〕。作詩爲文盡餘事〔八〕，勁節凜凜横九秋。俗子欲交輒掉頭，我友天下第一流〔九〕。雖遭謗罵不少避〔一〇〕，年世久已同浮漚〔一一〕。我昨南來自炎州，師亦方解鍾儀囚〔一二〕。握手流涕古汴溝，生死骨肉我未瘳〔一三〕。衆人見棄誰相休〔一四〕？纍然獨處空山幽〔一五〕。忽聞剥啄師唤我〔一六〕，灑掃茅堂三日留。行行吴越有舊隱，明年當泛西湖舟。贈言乃是朋友義〔一七〕，敢效兒女空綢繆〔一八〕。夜光明月宜自收〔一九〕，虎文豹纈非身謀〔二〇〕。

【箋注】

〔一〕崇寧元年（一一〇二）居喪於汝州郟城時作。蘇軾父子三月下旬離虔，五月抵金陵，蘇轍切邀同居於許；移儀真，以政局有變，北歸不得，遂決計居常州。六月蘇軾染病，急趨常，請以本官致仕。七月二十八日卒。次年五月過兄弟營葬於汝州郟城縣小峨眉山，邁迨歸許依轍居，過獨與姪子符居郟守喪。參寥子：見《次韻伯達仲豫二兄和參寥子》注〔一〕。錢塘：縣名，爲杭州治所所在地。即今杭州。

〔二〕「我先大夫」二句：先大夫：謂已故之蘇軾。軾熙寧四年（一〇七一）六月至熙寧七年（一〇七四）九月通判杭州，又元祐四年（一〇八九）三月被命知杭州，迄元祐六年（一〇九一）。蘇軾前後兩官於杭州，計六載有餘。抉搜：尋找，謂搜羅人材。

〔三〕吹噓：語出《後漢書·鄭太列傳》：「孔公緒，清談高論，噓枯吹生。」唐李賢注：「枯者噓之使生，生者吹之使枯。」後引申爲獎掖提攜後進。方外：世俗之外。《莊子·大宗師》：「孔子曰：彼游方之外者也，而丘游方之内者也。」方：即四方，指人間。古稱僧道爲方外之士，蘇軾於僧道多有交往。

〔四〕伯樂：春秋時秦穆公時人，相傳姓孫名陽，以善相馬著稱。事見《莊子·馬蹄》及《列子·説符》等。驊騮：《荀子·性惡》：「驊騮……此皆古之良馬也。」唐楊倞注：「皆周穆王八駿名。」後多以驊騮喻名馬、人傑。此言軾器重參寥子。

〔五〕薰蕕：《左傳·僖公四年》：「一薰一蕕，十年尚猶有臭。」晉杜預注：「薰，香草；蕕，臭草。」此言軾與參寥子志趣相投。

〔六〕解：能。珠玉：喻俊傑英才。《晉書·王衍傳》云：衍，字夷甫，神清明秀，風姿詳雅，王敦過江，嘗稱之曰：「夷甫處衆中，如珠玉在瓦石間。」

〔七〕《晉書·張華傳》記曰：張華觀天象，見斗牛之間有異氣，詢於妙達緯象之雷煥，煥曰：「寶劍之精，上徹於天耳！」華問曰：「在何郡？」焕曰：「在豐城。」華遂使焕爲豐城令密訪之，後果於豐城縣獄屋基掘得一石匣，中有「龍泉」、「太阿」二劍焉。

〔八〕「作詩」二句：謂參寥子德行俊邁，詩文相對而言只是多餘之事。《莊子·讓王》：「帝王之功，聖人之餘事也，非所以完身養生也。」餘事：多餘的事，不重要的事。

〔九〕「俗子」二句：謂參寥子潔身自好，不與俗人交接。俗子：指見識淺陋或鄙俗的人。唐牟融《題朱慶餘閒居》之一：「白丁門外遠，俗子眼前無。」掉頭：轉過頭。多表示不顧而去。唐杜甫《送孔巢父謝病歸游江東》：「巢父掉頭不肯住，東將入海隨煙霧。」第一流：猶言第一等（人）。《世説新語·品藻》：「桓大司馬下都，問劉真長曰：『聞會稽王語奇進，爾耶？』對曰：『極進，然故是第二流中人耳。』桓曰：『第一流復是誰？』劉曰：『正是我輩耳。』」

〔一〇〕本集蘇過《送參寥道人南歸叙》曰：「浮屠中有參寥子者，年六十，性剛狷，不能容物；又善觸忌諱，取憎於世。然亦未嘗以一毫自挫也。」

〔一一〕浮漚：水面泡沫，喻變化無常之世態。蘇軾《龜山辯才師》詩曰：「羨師游戲浮漚間，笑我榮枯彈指内。」參見《用伯充韻贈孫志舉》注〔八〕。

〔一二〕「我昨」二句：宋張邦基《墨莊漫録》卷一：「吕温卿爲浙曹，既起錢濟明獄，復發廖明略事，二人皆廢斥。復欲網羅參寥。會有僧與參寥有隙，言參寥度牒冒名。蓋參寥本名曇潛，因子瞻改曰道潛。温卿索牒驗之，信然。竟坐刑之，歸俗編管兖州。」《咸淳臨安志》卷七十亦曰：「軾南遷，道潛欲轉海訪之，軾以書戒止。當路亦據其詩語，謂有刺譏，得罪反初服。建中靖國初，曾肇在翰苑，言其非辜，詔復祝髮。」鍾儀囚：《左傳·成公九年》：晉侯召楚囚鍾儀，使彈琴，操南音，晉大夫范文子以爲「楚囚，君子也」，諫晉君釋鍾儀「以和晉楚之成」。晉侯從之。參見《己卯冬至儋人攜具見飲》注〔八〕。

〔一三〕「握手」二句：蘇轍《再祭亡嫂同安郡君文》曰：「天禍我家，兄歸自南，没於毗陵。諸孤護喪，行於淮汴，望之拊膺。」據辭意，蘇過兄弟扶父喪航於汴渠，亦嘗與參寥相見也。古汴溝：汴渠有二：一曰古汴，自河北舊鄭州、開封、歸德北境，流經江蘇省舊徐州，會泗水入於淮，此即《水經注》所言之汴獲二水河道，而今之廢黄河是也。一曰新汴，自開封東南行，經陳留、商丘，歷安徽宿縣、靈璧，於泗縣入淮，此即隋朝所開之通濟渠，唐改稱廣濟渠，宋仍爲南北交通要樞。據蘇軾北歸住儀真時《與程德儒書》所言將往許昌之路徑云「泝汴至陳留出陸也」，是則欲航者新汴。後蘇過兄弟亦當行由此水，未知何故與參寥「握手古汴」也。「古」云者，誤耶？瘳：病癒，痛定。

〔一四〕休：通「咻」。《左傳·昭公三年》：「民人痛疾，而或燠休之。」晉杜預注：「燠休，痛念之聲。」

〔一五〕纍然：猶「纍纍」，通「羸羸」。《禮記·玉藻》：「喪容纍纍。」漢鄭玄注：「羸，憊貌也。」

〔一六〕剥啄：叩門聲。

〔一七〕贈言：用良言相勸勉。多用於臨别之時。《晏子春秋·雜上》：「曾子將行，晏子送之曰：『君子贈人以軒，不若以言。』」《史記·孔子世家》：「（孔子）辭去，而老子送之曰：『吾聞富貴者送人以財，仁人者送人以言。』」

〔一八〕綢繆：《詩·唐風·綢繆》：「綢繆束薪，三星在天。」毛傳：「綢繆，猶纏綿也。」

〔一九〕見《次韻謝民師》注〔三一〕。

〔二〇〕《論語·顔淵》：「文猶質也，質猶文也，虎豹之鞟（去毛之皮），猶犬羊之鞟。」過此言虎豹因其皮美而喪身，人亦當不露鋒芒於外。纈：紋也。

## 北山雜詩十首〔一〕

### 一

慟哭悲素秋〔二〕，言登北山腳。昏埃迷滬嶺〔三〕，疲馬戰犖确〔四〕。歲月苦易得，俯仰成今昨〔五〕。山雨壞古道，春①淙變谿壑〔六〕。飛妖雖已息〔七〕，空穟那堪穫〔八〕？農夫抱耒歎〔九〕，四顧淚雨落。

**【校記】**

①春：原本作「舂」，從知本改。

**【箋注】**

〔一〕此組詩爲崇寧元年、二年（一一〇二、一一〇三）居喪郟縣時作，其「西南望平原，汝水稻千頃」，

「歸來逢歲惡」並其證。按原編十首次第紊亂，今按季節重新次第之。蘇過以元符元年六月始居郟縣，元符二年七月除服歸潁。故知該組詩作於元年秋冬及次年初。北山：汝州郟城縣（河南郟縣）西北之小峨眉山。嚮時蘇軾過汝，愛其山似蜀之峨眉，遂遺命身後葬此。軾之墓在山麓，即今之「蘇墳」是也。過與慈父，七載淪落，形影相弔。一旦赦書天降，自是詩書漫卷，歸途電疾，歡悦之情，豈可勝道也哉！豈料天與才明，不假年壽，一代哲人，隕身驛路。叔黨肝腸寸斷，孤魂無依。廬墓席苫，藴淚吟血，情淒淒而哀婉，辭鬱鬱而愁絶。陸放翁見而和之，蓋感其情、美其辭，非徒憫其人而悲其事也。

〔二〕素秋：秋季，古代五行之説以金配秋，其色白，故稱素秋。《文選·張華〈勵志詩〉》「忽焉素秋」，唐李善注曰：「《爾雅·釋天》『秋爲白藏』，故曰素秋。」

〔三〕滍嶺：正德《汝州志》卷二《郟縣》條曰：「扈陽山在縣北四十里，其西出水，名扈澗溪。」未知滍嶺即扈陽山否，若然，該句即寫登北山時所見之扈陽山也。

〔四〕犖确：山多大石貌。唐韓愈《山石》詩：「山石犖确行徑微，黄昏到寺蝙蝠飛。」

〔五〕王羲之《蘭亭集序》：「向之所欣，俛仰之間，已爲陳跡，猶不能不以之興懷。」俛：同「俯」。參《用韋蘇州寄全椒道士韻贈羅浮鄧道士三首》之一注〔八〕。

〔六〕淙：水流。

〔七〕飛妖：此指大風，俗有狂風必有妖怪經行之説。

〔八〕穟：同「穗」。

〔九〕耒：即耜之曲柄，此泛指農器。

## 二

山月半輪出，寒光射天明〔一〕。微雲掃何處，萬籟沉無聲〔二〕。褰衣步東嶺〔三〕，彷彿游化城〔四〕。下視寰宇間，醯鷄等營營〔五〕。余幼好奇服〔六〕，簪組鴻毛輕〔七〕。羽人儻招我〔八〕，攜手雲間行。

【箋注】

〔一〕「山月」二句：蘇軾《送張嘉州》：「峨眉山月半輪秋，影入平羌江水流。」又《送陳睦知潭州》：「白鹿泉頭山月出，寒光潑眼如流汞。」

〔二〕「微雲」二句：蘇軾《台頭寺步月得人字》：「風吹河漢掃微雲，步屧中庭月趁人。」萬籟：見《松風亭詞》注〔七〕。

〔三〕褰：撩衣。

〔四〕化城：佛家語。一時幻化之城。比喻小乘教能達到之境界。《妙法蓮華經》卷三《化城喻品》：「（道師）化作一城。告衆人言：『汝等勿怖，莫得退還。今此大城，可於中止。』……於是衆人，前入化城。」

〔五〕醯鷄：《莊子·田子方》：「丘之於道也，其猶醯鷄與？」晉郭象注：「醯鷄，甕中之蠛蠓也。」營營：《詩·小雅·青蠅》：「營營青蠅，止於樊。」毛傳：「營營，往來貌。」

〔六〕屈原《涉江》：「余幼好此奇服兮，年既老而不衰。」

〔七〕簪組：見《和大人游羅浮山》注〔二〇〕。

〔八〕羽人：屈原《遠游》：「仍羽人於丹丘兮，留不死之舊鄉。」漢王逸《章句》：「或曰人得道身生毛羽也。」宋洪興祖《補注》：「羽人，飛仙也。」

## 三

霜餘木葉脱〔一〕，浩蕩風千里〔二〕。簸摇茅屋下，布被冷如水〔三〕。吾儕貧亦巧〔四〕，紙帳陋紈綺〔五〕。柴門任軒吼〔六〕，曉夢方清美〔七〕。牆東新鑿牖〔八〕，朝陽催我起。安眠愧耕者，隴月射牛耳〔九〕。

【箋注】

〔一〕《楚辭·湘夫人》：「嫋嫋兮秋風，洞庭波兮木葉下。」

〔二〕唐杜甫《兩當縣吴十侍御江上宅》詩：「寒城朝煙淡，山谷落葉赤。陰風千里來，吹汝江上宅。」

〔三〕「簸摇」二句：杜甫《茅屋爲秋風所破歌》：「布衾多年冷似鐵，嬌兒惡卧踏裹裂。」蘇軾《送顔復兼寄王鞏》：「彭城官居冷如水，誰從我游顔氏子。」

〔四〕吾儕：猶言我輩。
〔五〕紙帳：見《次韻大人五更山吐月》之四注〔一〕。
〔六〕柴門：以柴爲門，謂貧也。軒吼：車鳴。按此亦陶淵明《讀山海經》「窮巷隔深轍，頗迴故人車」遺意，蓋言無心世事也。
〔七〕清美：清新美妙。蘇軾《贈鄭清叟秀才》詩：「霜風掃瘴毒，冬日稍清美。」
〔八〕「牆東」二句：謂陽光從新開窗户照入，催人起床。牖：窗。
〔九〕謂農人早起耕作，月光還照在田隴之上。

## 四

午枕不能寐，牀頭井百尺。轆轤下長綆〔一〕，鏗響鳴山骨〔二〕。分甘徧鄰社〔三〕，甚旱猶湍碧。烹茶沸小鼎〔四〕，自撥寒灰白〔五〕。默默誰與語，扣門惟木客〔六〕。坐念魯兩生〔七〕，壁間有陳跡〔八〕。

**【箋注】**

〔一〕綆：汲水器上之繩索。
〔二〕鳴山骨：猶言山鳴谷應。山骨，山中巖石。韓愈《石鼎聯句》：「巧匠斲山骨，刳中事煎烹。」
〔三〕分甘：甘美的食物與他人共用。《三國志·吴書·陸瑁傳》：「瑁少好學篤義」，與陳融等「割少分甘，與同豐約。」

〔四〕唐李商隱《即目》：「小鼎煎茶面曲池，白鬚道士竹間棋。」

〔五〕蘇軾《侄安節遠來夜坐三首》之一：「南來不覺歲崢嶸，坐撥寒灰聽雨聲。」

〔六〕木客：伐木者。蘇軾《虔州八境圖八首》之八：「誰向空山弄明月，山中木客解吟詩。」

〔七〕《史記·叔孫通列傳》：漢高祖欲制禮，「於是叔孫通使徵魯諸生三十餘人，魯有兩生不肯行，曰：『公所事者且十主，皆面諛以得親貴。今天下初定，死者未葬，傷者未起，又欲起禮樂。禮樂所由起，積德百年而後可興也，吾不忍爲公所爲。公所爲不合古，吾不行，公往矣，無汙我。』」按此當是有感于徽宗窮奢極欲而發。

〔八〕《漢書·劉歆傳》載歆《移太常博士書》云：魯恭王壞孔子宅欲以廣其宫，於壁閒得《古文尚書》十六篇、《逸禮》若干。

## 五

西南望平原，汝水稻千頃〔一〕。黄雲卷穲稏〔二〕，懷我江湖境。扁舟五月時，潑眼菱荷淨〔三〕。歸來逢歲惡，半臂换湯餅〔四〕。悵望雲子白〔五〕，悲辛殘炙冷〔六〕。采薇聊卒歲〔七〕，雅志在箕潁〔八〕。

【箋注】

〔一〕汝水：此即今河南汝河，源於嵩縣，流經郟城，宋時南入淮，元時改入於潁。參見清顧祖禹《讀史方輿紀要・歸德府》「汝水」條。

〔二〕黄雲：喻成熟的稻麥。王安石《同陳和叔遊齊安院》：「繰成白雪桑重緑，割盡黄雲稻正青。」穲稏：見《次韻大人與藤守游東山》注〔一一〕。

〔三〕潑眼：猶滿眼。蘇軾《春日》詩：「鳴鳩乳燕寂無聲，日射西窗潑眼明。」

〔四〕半臂：短袖或無袖上衣。《新唐書・后妃傳・玄宗王皇后》：「始后以愛弛不自安，承間泣曰：『陛下獨不念阿忠脱紫半臂易斗麪爲生日湯餅邪？』帝憫然動容。阿忠，后呼其父仁皎云。繇是久乃廢。」湯餅：即今之水煮面條。《初學記》卷二六引晉束皙《餅賦》：「玄冬猛寒，清晨之會，涕凍鼻中，霜凝口外，充虚解戰，湯餅爲最。」

〔五〕雲子：本謂神仙服食之物。舊題漢班固《漢武帝内傳》：「北陵緑阜太上之藥，風實雲子，玉津金漿。」因唐杜甫《鄠縣源大少府宴美陂得寒字》詩有「飯抄雲子白，瓜嚼水精寒」語，故後人多以「雲子」代飯（參見宋袁文《甕牖閒評》卷六）。

〔六〕唐杜甫《奉贈韋左丞二十二韻》：「殘杯與冷炙，到處潛悲辛。」

〔七〕采薇：指伯夷叔齊采薇首陽事。參見《松風亭詞》注〔二一〕。薇：晉陸璣《毛詩草木鳥獸蟲魚疏》曰：薇，山菜也。莖葉皆似小豆，蔓生。其味亦如小豆藿，可作羹，亦可生食。即今所謂「野豌豆」。

〔八〕雅志：素志，向來的志向。箕潁：見《次韻大人與藤守游東山》注〔八〕。

## 六

濛澒山頂雲〔一〕，欲雨晝昏黑。似聞田父喜，茅舍有點滴。水①年秋有蜚〔二〕，不敢藝兩麥〔三〕。天公猶見憐，一犂應不惜〔四〕。我雖厭泥濘，與爾同休戚。詵詵有遺種，更望雪三尺〔五〕。

【校記】

①水：知本作「今」。

【箋注】

〔一〕濛澒：混沌貌。又作澒濛，本指宇宙未成、元氣未分時混沌之氣。《淮南子·精神》：「古未有天地之時，惟象無形，窈窈冥冥，芒芠漠閔，澒濛鴻洞，莫知其門。」按此言天地昏暗。

〔二〕《左傳·莊公二十九年》：「秋，有蜚，爲災也。」蜚：飛蟲名，體小而橢圓，發惡臭，生草中，食稻花。今俗稱之爲放屁蟲。

〔三〕藝：種植。兩麥：大麥和小麥。

〔四〕一犂：指一犂雨，雨水透一犁深。宋蘇舜卿《田家詞》：「山邊夜半一犂雨，田父高歌待收穫。」

《鳳臺縣志・食貨志》：「雨以入土深淺爲量，不及寸謂之一鋤雨；寸以上謂之一犂雨；雨過此謂之雙犂雨。」

〔五〕「詵詵」二句：祈求天降大雪將害蟲滅絶。詵詵：《詩・周南・螽斯》：「螽斯羽詵詵兮。」毛傳：「詵詵，衆多貌。」遺種：指蜚。蘇轍《十一月十三日雪》：「飛蝗昨過野，遺種遍陂濼。」

## 七

空山寂無聞，獨擁寒鑪火。時時黄犬吠，知有行人過。扣門但樵叟〔一〕，束薪求售我〔二〕。辛勤易一飯，空腹安能果〔三〕？我困亦無幾，僮僕行憂餓〔四〕。明朝且食粥，彈鋏悲楚些〔五〕。

**【箋注】**

〔一〕樵叟：打柴的老漢。

〔二〕束薪：捆扎好的柴薪。

〔三〕果：飽。

〔四〕行：將。

〔五〕彈鋏：《戰國策・齊策四》：「齊人有馮諼者，貧乏不能自存」，爲孟嘗君門客：「居有頃，倚柱彈其劍，歌曰：『長鋏歸來乎！食無魚。』」楚些：《楚辭・招魂》句尾多有「些」字，因以爲《招魂》之代稱；亦泛指楚音或楚辭。又「楚辭」多悽婉，因以代低沉淒涼之歌詩。蘇軾《次韻杭人裴維甫》：「悽涼楚些緣吾發，邂逅秦淮爲子留。」參閱沈括《夢溪筆談・辨證》。

## 八

氈裘禦霜風，從人笑胡服〔一〕。長齋似浮屠〔二〕，逾月不知肉。東鄰有病媪，髮白垂鸛鵠〔三〕。擁竈坐無衣〔四〕，何曾飽脱粟〔五〕。哀哉天民窮〔六〕，壽考非其福〔七〕。同此覆載間〔八〕，我生良已足。

**【箋注】**

〔一〕胡服：指古代西方和北方各族的服裝。後亦泛稱外族的服裝。《後漢書・五行志一》：「靈帝好胡服、胡帳、胡牀、胡坐、胡飯、胡空侯、胡笛、胡舞，京都貴戚皆競爲之。」按此謂因禦寒皮衣氈帽打扮如北方異族。

〔二〕長齋：本謂佛教徒長期堅持過午不食。此謂因貧困而無肉可食。浮屠：和尚。參見《地罏歌寄伯仲》注〔九〕。

〔三〕「東鄰」二句：病媪：參閱後《山居苦寒》之四自注。鸛鵠：謂瘦長之狀。蘇軾《贈上天竺辯才師》：「中有老法師，瘦長如鸛鵠。」

〔四〕擁竈：即抱爐，爐，取暖之器。清劉書年《劉貴陽説經殘稿・室中有灶説》：「炊爨之竈，爲上穿以置釜，爲旁穿以納火。無釜之竈，則穴其上以置火，而不爲旁穿。形卑於竈。以炤室，則四壁皆明；以煖身，則四旁皆可坐人。」無衣：没有寒衣。

〔五〕脱粟：見《愛人堂爲李幾仲賦》注〔二〇〕。

〔六〕天民窮：《禮記·王制》：孤獨矜寡，「此四者，天民之窮而無告者也」。

〔七〕此言老嫗窮病可憐，高壽並非常人所謂福分。語出《書·洪範》：「五福：一曰壽，二曰富，三曰康寧，四曰攸好德，五曰考終命。」

〔八〕「覆載間」二句：《禮記·中庸》有「天之所覆，地之所載」語，故後世以「覆載」代天地。按此言較之貧病之人，亦已知足了。

## 九

默李吾所畏〔一〕，文字班馬流〔二〕。空齋鎖長夜，尺瀆横吞舟〔三〕。誰令效方朔，顧盼侏儒羞〔四〕。不如談天李〔五〕，高論隘九州〔六〕。能爲齊諧語〔七〕，自許監河侯〔八〕。浮沉閭里間〔九〕，與世真無求。

【箋注】

〔一〕默李：按：篇中「默李」及「談天李」，史書俱無明文記載，然據今存之部分材料考之，似與李廌方叔及李佐有關。蘇過居喪郟城，李廌已定居潁昌，嘗爲蘇軾喪事奔走。其營潁川水磨，過有詩戲之。據史載：方叔「中年絶進取意，謂潁爲人物淵藪，始定居長社（在今河南長葛，屬潁昌府轄）。縣令李佐及里人買宅處之」（《宋史·李廌傳》）。李佐、李廌當是詩人所詠之人。詩所謂「尺瀆橫吞舟」、「效方朔」、「羞侏儒」之「默李」，當即長社縣令李佐；而「高論隘九州」、「能爲齊諧語」、「浮沉閭里間」之「談天李」，當即「喜論古今治亂，條暢曲折，辯而中理」，「絶進取意」之李廌（見《宋史》本傳）。謹記以存疑焉。

〔二〕班馬：漢司馬遷、班固。

〔三〕「空齋」二句：謂長社小縣有屈李佐之材。參見《次韻謝民師》注〔三〇〕。

〔四〕「誰令」二句：《漢書·東方朔傳》記方朔對武帝曰：「朱（侏）儒長三尺餘，奉一囊粟，錢二百四十。臣朔長九尺餘，亦奉一囊粟，錢二百四十。朱儒飽欲死，臣朔飢欲死。臣言用，幸異其禮；不可用，罷之，無令但索長安米。」

〔五〕談天李：疑即李廌（一〇五九—一一〇九），字方叔，華州（治今陝西華州）人。少以文章謁蘇軾，「謂其筆墨瀾翻，有飛沙走石之勢」。爲「蘇門六君子」之一，屢試不第。終老閭里，有《濟南集》。《宋史·文苑傳》有傳。談天：《史記·荀卿列傳》：「故齊人頌曰：談天衍，雕龍奭。」南朝宋裴駰《集解》引劉向《别録》曰：「騶衍之所言五德終始，天地廣大，盡言天事，故曰『談天』。」

〔六〕九州：騶衍之説，「以爲儒者所謂中國者，於天下乃八十一分居其一分耳。中國名赤縣神州。赤縣神州内自有九州，禹之序九州是也，不得爲州數。中國外如赤縣神州者九，乃所謂九州也。

於是有裨海環之，人民禽獸莫能相通者，如一區中者，乃爲一州。如此者九，乃有大瀛海環其外，天地之際焉。」此以騶衍之説喻方叔也。

〔七〕齊諧：《莊子·逍遥游》：「齊諧者，志怪者也。」唐成玄英疏：「姓齊名諧，人姓名也。亦言書名也，齊國有此俳諧之書也。」

〔八〕監河侯：《莊子·外物》説莊子因貧告貸於監河侯，後以爲借貸用語。參見《次韻謝民師》注〔一五〕。

〔九〕《史記·袁盎列傳》：「袁盎病免居家，與閭里浮沉相隨行，鬬鷄走狗。」浮沉：謂隨波逐流也。

## 十

居閒本可樂，閒久復難度。此心苟無著，永日未易暮〔一〕。平生有習氣〔二〕，但對黄卷語〔三〕。詩書與博弈，等是忘閒具。不如觀此心〔四〕，安用徒勞苦。湛然返靈源〔五〕，當求無所住〔六〕。

**【箋注】**

〔一〕永日：長日，漫長的白天。《梁書·王規傳》：「玄冬脩夜，朱明永日。」

〔二〕習氣：習慣；習性。蘇軾《次韻劉景文見寄》：「烈士家風安用此，書生習氣未能無。」

〔三〕黄卷：見《寄題幾仲所居二詩》之二注〔八〕。

〔四〕觀此心：即「觀心」。觀察心性。佛教以心爲萬法的主體，無一事在心外，故觀心即能究明一切事(現象)理(本體)。《十不二門指要鈔》上:「蓋一切教行,皆以觀心爲要。」唐施肩吾《題景上人山門》詩:「水有青蓮沙有金,老僧於此獨觀心。」蘇轍《諸子將築室以畫圖相示》詩之三:「久爾觀心終未悟,偶然見道了無疑。」

〔五〕湛然:淡泊貌。靈源:心靈。晉陸雲《夏府君誄》:「淪心衆妙,洞志靈源。」蘇轍《遺老齋絶句》之二:「衆音入我耳,諸色過吾目。聞見長歷然,靈源不受觸。」

〔六〕無所住:謂心游物外。《金剛經》:「應無所住而生其心。」

**【附】**

陸游《讀蘇叔黨汝州北山雜詩次其韻》

暑耘日炙背,寒耕泥没脚。衆人占膏腴,我獨治磽确。力盡功未見,厥土但如昨。豈惟窘糠籺,直恐轉溝壑。今年雨暘時,天如相耕穫。屋傾未暇扶,且復補籬落。

舊絮補破襦,生薪續微火。惸孤有凍死,自視亦已過。鄰翁冒風雪,斗酒持飲我。尖團擘霜蟹,丹漆飣山果。欣然共笑語,何止寬寒餓。布被擁更闌,招魂不須些。

三山鏡湖上,出郭無十里。結廬非所擇,但取便薪水。間亦出從官,安能慕園綺。地主卜林塘,亦復異子美。蘧蒢方丈室,僅足容卧起。吾意本扁舟,陸居聊爾耳。

祠官粟一囊,不贍軀七尺。前年蒙寬恩,例許乞骸骨。聯翩三兒子,俱作鸖雀碧。賦禄雖尚遠,亦足慰衰白。幅巾茅簷下,稱病謝來客。從今門前路,永掃車馬跡。

舍北有漁磯，下臨清溪流。柳陰出朱橋，蓮浦横蘭舟。蓴絲二三畝，采掇供晨羞。魚蝦雖瑣細，亦足贍吾州。人生常如此，安用萬户侯。緑蓑幸可買，金印非所求。

寓形百年中，如臂屈伸頃。少壯幾何時，已復墮衰境。老人喜自潔，臨澗漱緑淨。佛龕香事已，僧鉢供煮餅。山茶試芳嫩，野果薦甘冷。不學萬錢廚，長魚取淮潁。

岩石著幼輿，風月思玄度。老子放浪心，常恐迫遲莫。安得世外人，握手相與語。吾宗甫里公，奇辭賦漁具。高風邈不嗣，徒有吟諷苦。霜風吹短衣，何山不堪住。

久病卧江村，髮白面黧黑。艱難念温飽，日夜積涓滴。聚壤糞園桑，荷鋤耘壠麥。苟失一日勤，農事深可惜。小兒念乃翁，卒歲共欣戚。跂望明年春，社雨泥一尺。

德孫秀眉宇，慨然修初服。枯腸貯詩書，十飯九不肉。成童將覓舉，想見袍立鵠。先澤儻未衰，豈無五秉粟。汝能記吾言，併以告阿福。閉門勿雜交，一經萬事足。

吾幼從父師，所患經不明。何嘗效侯喜，欲取能詩聲。亦豈劉隨州，五字矜長城。秋雨短檠夜，掉頭費經營。區區宇宙間，捨重取所輕。此身儻未死，仁義尚力行。

## 山居苦寒〔一〕

一

十里山行步步高，陰風怪穴亂呼號〔二〕。孤燈獨掩柴門夜〔三〕，骨冷誰分范叔袍〔四〕。汝有風穴，故常多大風。

【箋注】

〔一〕本組詩亦作於崇寧元年（一一〇二）居喪郟縣期間。

〔二〕陰風怪穴：謂風穴。正德《汝州志》卷二：「風穴山，在州治東北二十里，上有風穴，世傳風將發，其穴中先有聲，而知來日之風大作也。」

〔三〕唐杜牧《秋感》：「獨掩柴門明月下，淚流香袂倚闌干。」

〔四〕范叔：名雎，叔其字也。戰國魏人，初事魏中大夫須賈，從賈使齊，以有通齊之嫌，魏相魏齊使舍人笞擊雎，佯死得免。因入秦，説昭王遠交近攻之策，加强王權。昭王納焉，以雎爲相，封於應，號應侯。後失寵，從蔡澤言，謝病歸相印。《史記》有傳。分袍事，見《史記》本傳：須賈使秦，范雎佯流離而見之。「須賈意哀之，留與坐飲食，曰：『范叔一寒如此哉！』乃取一綈袍而贈之。」後多以「范叔袍」指故人饋贈。

## 二

牆東鑿牖納朝光，掘地爲爐土作牀。快焰生薪聊禦臘〔一〕，茅茨未必愧華堂〔二〕。

【箋注】

〔一〕快焰：大火。蘇軾《夜燒松明火》詩：「快焰初煌煌，碧煙稍團團。」生薪：即生柴。

〔二〕茅茨：茅草屋。華堂：豪華的廳堂。《晉書·郭文傳》：「（王）導嘗衆賓共集，絲竹並奏，試使呼之，文瞪眸不轉。跨躡華堂，如行林野。」

三

自掃空山勃落柴〔一〕，夜深猶復撥殘灰。更招野叟談傖語〔二〕，旋劚蔓菁手自煨〔三〕。

【箋注】

〔一〕勃落：槲樹葉。陸游《贈道友》：「凡骨已蜕身自輕，勃落葉上行無聲。」

〔二〕傖語：鄙俚的土話。蘇軾《過嶺寄子由三首》詩之三：「蠻音慣習疑傖語，脾病縈纏帶嶺嵐。」

〔三〕劚：掘取。蔓菁：蔬菜名，俗稱大頭菜，根塊肉質，可供蔬食。

四

傍舍孤嫠八十餘〔一〕，背無完絮况裙襦。分衣愧乏莊公惠〔二〕，紙被聊將慰老臞〔三〕。草堂之東南有梁嫗，八十餘歲，形貌瘠傴，耳目皆廢，余偶見而哀之，默謂猶子符〔四〕：天寒甚，是且凍死，當製紙被與之。既而忘之。一日，忽遣其子來索紙被，其子亦不知安授此意。余卒與之。然聾瞶老病如此，豈其神完而外游，得吾之心耶？抑寒苦之極而發於夢寐也？事稍異，故記之。

【箋注】

〔一〕嫠：寡婦。

〔二〕《左傳·莊公十年》：「（魯莊）公曰：『衣食所安，弗敢專也，必以分人。』」莊公：魯莊公。春秋桓公子，名同。初築臺臨黨氏，見孟任，説而愛之，許立爲夫人。生子般。又取齊女爲夫人，曰哀姜，無子。其娣叔姜生子啟。公病，問嗣於弟叔牙，曰：「慶父在，可爲嗣。」公患之。問其弟季友，曰：「臣以死奉般。」乃使鍼季鴆叔牙。在位三十一年卒。謚莊。季友遂立子般爲君。參《史記·魯周公世家》。

〔三〕紙被：用藤纖維紙製成的一種被子。蘇軾《物類相感志·衣服》：「紙被舊而毛起者將破，用黄蜀葵梗五七根，捶碎水浸涎刷之則如新。或用木槿針葉搗水刷之亦妙。」老臞：衰瘦的老人。

〔四〕猶子：指侄子。《禮記·檀弓上》：「喪服，兄弟之子，猶子也，蓋引而進之也。」本指喪服而言，謂爲己之子期，兄弟之子亦爲期。後因稱兄弟之子爲猶子。按，「猶子」爲侄子亦屬割裂式的代稱。蘇符（？——一一五六）：字仲虎，過長兄蘇邁子。自選人改右宣教郎擢國子監丞。紹興初爲夔州路提刑，五年賜同進士出身。歷遷給事中，知遂寧，終敷文閣直學士提舉崇道觀。年六十餘卒（事跡俱見《敬鄉録》卷七、舒大剛著《三蘇後代研究》附録宋蘇山撰《先公行狀》）。

## 小雪〔一〕

小雪不盈寸，陰風何凛冽。那堪平地尺，奈此衣百結〔二〕。天公固念民，已兆豐年悦。不知貧與富，苦樂相懸絶。沈沈五侯居〔三〕，碧瓦映華棁〔四〕。獸炭麒麟紅〔五〕，銀瓶黃封揭〔六〕。春風遶幄帳，醉面生綺纈〔七〕。賜宴明光宫〔八〕，玉色迷金闕。誰憐蓽門士〔九〕，破壁穿飛屑。捉襟肘常見，納屨指屢決〔一〇〕。夜長不可度，薪濕何由爇〔一一〕。飢吟數更鼓，坐歎生理拙〔一二〕？寒暑有代謝，何須怨窮達。猶勝卧穹廬，破氈空自齧〔一三〕。

**【箋注】**

〔一〕是詩疑崇寧元年（一一〇二）冬居喪郏城作，蓋其詩中情事絶類《北山雜詩》。

〔二〕「那堪」二句：《左傳·隱公九年》：「凡雨，自三日以往爲霖，平地尺爲大雪。」衣百結：見《九日詩》注〔一六〕。

〔三〕沈沈：深邃貌。五侯：指漢成帝母舅王譚、王商、王立、王根、王逢時，五人同日封侯，見《漢書·元后傳》。故後世常以「五侯」泛稱貴族。

〔四〕棁：梁上短柱。

〔五〕獸炭：制炭爲獸形。《晉書·羊琇傳》：「琇性豪侈，費用無復齊限，而屑炭和作獸形以温酒，洛下豪貴咸競效之。」按此言作炭爲麒麟形。蘇軾《贈月長老》：「白灰如積雪，中有紅麒麟。勿觸紅麒麟，作灰維那嗔。」

〔六〕黃封：宋代官釀酒名。蘇軾《岐亭》詩之三：「爲我取黃封，親拆官泥赤。」宋施元之注：「京師官法酒以黃紙或黃羅絹封冪缾口，名黃封酒。」

〔七〕綺纈：本指絲紋，此借言醉面光彩動人。

〔八〕明光宫：漢宫名，漢武帝置（見《漢書·武帝本紀》），後泛指宫殿。

〔九〕篳門士：猶言寒士。篳門：同箄門。《禮記·儒行》：「篳門圭窬。」漢鄭玄注：「篳門，荆竹織門也。」

〔一〇〕「捉襟」二句：《莊子·讓王》：「曾子居衛，緼袍無表，顔色腫噲，手足胼胝，三日不舉火，十年不製衣，正冠而纓絶，捉襟而肘見，納屨而踵決。」

〔一一〕唐林寬《窮冬太學》：「雪深鳶嘯急，薪濕鼎吟遲。」爇：燃燒。

〔一二〕唐杜甫《登舟將過漢陽》：「生理飄蕩拙，有心遲暮違。」生理：生計。

〔一三〕「猶勝」二句：蓋謂漢蘇武留滯匈奴事也。參見《送人泛海北歸兼寄諸兄弟》注〔一一〕。穹廬：《史記·匈奴列傳》：「匈奴父子乃同穹廬而卧。」南朝宋裴駰《集解》引《漢書音義》曰：「穹廬：旃帳。」

## 李方叔治潁川水磨作詩戲之〔一〕

君不見相如昔隱臨邛市，文君當壚身滌器〔二〕。未逢給札賦陵雲〔三〕，豈免辛勤穿犢鼻〔四〕。又不見，蘇秦大困還家時，失計頗遭妻子詈。誰令奔走事口舌，不學周人營什二〔五〕。李侯平生無一廛〔六〕，只有便便五經笥〔七〕。儒冠半世已誤身〔八〕，老欲歸耕無耒耜〔九〕。近聞潁川有瀑布，碓磨能窮谿谷利。釃渠鑿石激清流〔一〇〕。機動輪旋人力易。今年麥熟春雨足，車載斗量應有備〔一一〕。勿嫌巾袂縞紛紛〔一二〕，飽看谿渠鳴湁湁〔一三〕。堆盤坐想雪如山〔一四〕，夢中已覺錢流地〔一五〕。待君結廬秋風初〔一六〕，我欲叩門來上瑞〔一七〕。起搜湯餅掃飛羅〔一八〕，轢釜操刀定中饋〔一九〕。千金何必羨鴟夷〔二〇〕，少有屬饜而已矣〔二一〕。嵇康好鍛季主卜〔二二〕，達人未免兹游戲。

**【箋注】**

〔一〕作於崇寧二年（一一〇三）春居喪期間。詩云「待君結茅秋風初，我欲叩門來上瑞」，與該年蘇過服闋自上瑞里歸於潁昌事合。李方叔：即李廌，見《北山雜詩》之九注〔一〕、〔五〕。潁川：見《地鑪歌寄伯仲》注〔二〇〕。

〔二〕「相如」二句：司馬相如（？—前一一七），字長卿，西漢蜀郡成都人，景帝時爲武騎常侍，病免，歸蜀，過臨邛（今四川邛崍）納卓文君爲妻，後以賦受知於武帝。又因通西南夷有功，拜孝文園令。《史記》、《漢書》有傳。文君：即卓文君，漢臨邛大富商卓王孫之女，寡居在家，慕相如之才，因相如琴心之挑而夜奔之。壚：《史記》作「鑪」。南朝宋裴駰《集解》引韋昭曰：「鑪，酒肆也。以土爲墮，邊高似鑪。」身：猶躬、自也。

〔三〕《史記·司馬相如列傳》載相如居窮時，「上（武帝）讀《子虛賦》而善之，曰：『朕獨不得與此人同時哉！』（楊）得意曰：『臣邑人司馬相如自言爲此賦。』上驚，乃召問相如。相如曰：『有是。然此乃諸侯之事，未足觀也。請爲天子游獵賦，賦成奏之。』上許，令尚書給筆札。」賦陵雲：見《大人生日》（未試陵雲白日仙）注〔一一〕。

〔四〕犢鼻：即犢鼻褌。裴駰《集解》引韋昭曰：「三尺布作，形如犢鼻。」即及膝之短褌。

〔五〕「蘇秦」四句：《史記·蘇秦列傳》云：「（蘇秦）出游數歲，大困而歸。兄弟嫂妹妻妾竊皆笑之，曰：『周人之俗，治產業，力工商，逐什二以爲務。今子釋本而事口舌，困，不亦宜乎！』」參見《借書》注〔五〕。

〔六〕李侯：指李廌。侯：古時士大夫間之美稱，猶言「君」。按《宋史·李廌傳》曰：廌「家素貧」。一廛：《孟子·滕文公上》：「願受一廛而爲氓。」廛：漢許慎《説文解字·广部》卷九：「一畝半，一家之居。」

〔七〕五經笥：言其腹中裝滿經學，有如藏五經的竹箱。語出《後漢書·邊韶列傳》：「腹便便，《五經》笥。」參見前《借書》注〔一一〕。《宋史·李廌傳》謂「廌六歲而孤，能自奮立，稍長，以學問稱鄉里」。蘇軾嘗贊之曰：「子之才，萬人敵也，抗之以高節，莫之能禦也。」

〔八〕唐杜甫《奉贈韋左丞丈》詩：「紈袴不餓死，儒冠多誤身。」按李廌嘗舉進士第，蘇軾知貢舉，遺之。中年遂絶進取意，終身不第。見《宋史》本傳。

〔九〕耒耜：古之農具，其鏟爲耜，其柄爲耒。

〔一〇〕釃：分流，疏導。《漢書·溝洫志》：「廼釃二渠以引其河。」

〔一一〕《三國志·吴書·吴主傳》「遣都尉趙咨使魏」裴松之注引韋昭《吴書》：「（魏文帝）又曰：『吴如大夫者幾人？』咨曰：『聰明特達者八九十人，如臣之比，車載斗量，不可勝數。』」備：富足。《荀子·禮論》：「故雖備家，必踰日然後能殯，三日而成服。」唐楊倞注：「備，豐足也。」

〔一二〕縞：白色。言衣袂爲麵所染而盡白。紛紛：形容麵粉飛揚之狀。

〔一三〕湓湓：水流聲。

〔一四〕晉束皙《餅賦》：「爾乃重羅之麵，塵飛白雪。」雪：指麥麵。

〔一五〕《新唐書·劉晏傳》：「（晏）是能權萬貨重輕，使天下無甚貴賤而物常平，自言如見錢流地上。」

〔一六〕蘇軾《谷林堂詩》：「美哉新堂成，及此秋風初。」

〔一七〕過時在郟城上瑞里守父喪。

〔一八〕起溲：猶云發酵。溲：通作「溲」。宋袁文《甕牖閒評》卷六：「束皙《餅賦》云：『春饅頭，夏薄持，秋起溲，冬湯餅，四時皆宜，惟牢九乎？』初不知牢九是何物，後讀蘇東坡詩云：『豈惟牢九薦古味，要使真一流天漿。』雖東坡殆亦未知牢九果何物耳。」《初學記·服食部·餅第十七》引晉束皙《餅賦》：「商風既厲，大火西移。鳥獸毨毛，樹木疏枝。肴饌尚温，則起溲可施。」清厲荃《事物異名録·飲食·餅》：「徐暢《祭記》：『五月麥熟，薦新作起溲白餅。』」飛羅：加工麵粉時的細篩子。最精細的麵粉會附著在篩孔之上，故言掃飛羅。《藝文類聚·食物部·餅》引晉束皙《餅賦》：「爾乃重羅之面，塵飛白雪。」《韻會》「溲」：「水調粉麵也。」

〔一九〕轢釜：《史記・楚元王世家》：「始高祖微時，嘗辟事，時時與賓客過巨嫂食。嫂厭叔，叔與客來，嫂詳（佯）爲羹盡，櫟釜，賓客以故去。」唐司馬貞《索隱》：「櫟音歷。謂以杓歷釜旁，使爲聲。《漢書》作『轢』。」按「轢」與「櫟」通。參見《贈王子直》注〔一二〕。中饋：《易・家人》有「無攸遂，在中饋」語，蓋謂婦女在家主食之事。後以指妻子。

〔二〇〕鴟夷：指范蠡。參見《題鬱孤臺》注〔一一〕。《史記・越王勾踐世家》云：「范蠡浮海出齊，變姓名，自謂鴟夷子皮，耕於海畔，苦身戮力，父子治産，居無幾何，至産數千萬。」

〔二一〕屬饜：亦作「屬厭」，飽足也。《左傳・昭公二十八年》：「願以小人之腹，爲君子之心，屬厭而已。」

〔二二〕嵇康（二二三—二八四）：三國魏譙郡（今安徽宿州西南）人，字叔夜，多才藝，好老莊，與魏宗室婚，拜中散大夫。康曠達不拘，與山濤、阮籍、阮咸、王戎、向秀、劉伶爲竹林之游，世號竹林七賢。嘗隱而鍛，適新貴鍾會造訪，康不禮焉，後以他事陷獄，爲會所讒誅。《晉書》有傳。季主：指司馬季主，「楚人也，卜於長安東市」。嘗面折中大夫宋忠、博士賈誼。其事見《史記・日者列傳》。

## 和叔寬田園六首〔一〕

一

早歲厭華屋，曲肱慕飲水〔二〕。躬耕二頃田〔三〕，僅可畢祭祀。長懷饘粥憂〔四〕，每抱瓶罍恥〔五〕。雖知學稼拙〔六〕，豈不賢乎已？衰才謝嚴徐，吐吻上插齒〔七〕。各從我爾好，勿問誰愠喜。

**【箋注】**

〔一〕崇寧二年（一一〇三）夏在郟城作。其「近聞河湟復」係指崇寧二年六月宋攻西夏收復湟州事；「十年資章甫」蓋謂紹聖元年（一〇九四）隨父南遷，迄此已十年矣。叔寬：蘇遜字。參見《冬夜懷諸兄弟》注〔一三〕。

〔二〕曲肱：彎着胳膊。語出《論語·述而》：「子曰：『飯疏食，飲水，曲肱而枕之，樂亦在其中矣。』」三國魏何晏《集解》引孔安國曰：「肱，臂也。」

〔三〕蘇軾《和王晉卿》：「躬耕二頃田，自種十年木。」

〔四〕饘粥：《禮記·檀弓上》：「饘粥之食。」唐孔穎達疏：「厚曰饘，稀曰粥。」

〔五〕瓶罍恥：《詩·小雅·蓼莪》：「缾之罄矣，維罍之恥。」鄭箋：「缾小而罍大，罄：盡也。缾小而盡，罍大而盈。言爲罍恥者，刺王不使富分貧，衆恤寡。」

〔六〕學稼：學種莊稼，務農。語出《論語·子路》：「樊遲請學稼，子曰：『吾不如老農。』請學爲圃，曰：『吾不如老圃。』樊遲出，子曰：『小人哉！樊須也。』」

〔七〕「衰才」二句：《漢書·東方朔傳》：「是時朝廷多賢材，上（武帝）復問朔：『方今公孫丞相（弘）、兒大夫（寬）、董仲舒……嚴安、徐樂、司馬遷之倫，皆辯知閎達，溢於文辭，先生自視，何與比哉？』

朔對曰：『臣觀其舌(通插)齒牙，樹頰胲，吐唇吻……臣朔雖不肖，尚兼此數子者。』」謝：辭謝。嚴徐：即嚴安、徐樂。嚴安，齊臨菑(今山東淄博)人；徐樂，燕無終(今天津薊州)人。二人與主父偃「俱上書言世務。書奏，上(武帝)召見三人，謂曰：『公皆安在？何相見之晚也！』乃拜偃、樂、安皆爲郎中。」《漢書》皆有傳。

## 二

平生粗知田，疆理南復東〔一〕。常祈五日雨，未厭十日風〔二〕。紛紛秀莨莠〔三〕，恐害嘉穀叢。芟薙絶根本〔四〕，肅殺先秋冬。坐穫霜筥①收〔五〕，庶幾粢盛供〔六〕。一飯食我力〔七〕，願與農夫同。

【校記】

①筥：原本作「莒」，據祠本改。

【箋注】

〔一〕疆理：《詩·小雅·信南山》：「我疆我理，南東其畝。」毛傳：「疆，畫經界也。理，分地理也。」按此謂致力耕作，整治田畝。

〔二〕「常祈」二句：漢王充《論衡·是應》：「風不鳴條，雨不破塊。五日一風，十日一雨。」

〔三〕秀：抽穗揚花。莨莠：當作「稂莠」。《詩·小雅·大田》「不稂不莠」毛傳：「稂，童粱。莠，似苗也。」清段玉裁曰：「不成謂之童蓈（通「粱」），已成謂之莠。」莠，狗尾草（見《説文解字注·艸部》蓈、莠注）。稂莠皆害禾之草，漢王符《潛夫論·述赦》有云：「養稂莠者傷禾稼，惠奸宄者賊良民。」

〔四〕芟夷：割除。《左傳·隱公六年》：「爲國家者，見惡如農夫之務去草焉，芟夷蘊崇之，絶其本根，勿使能殖。」

〔五〕筥：《儀禮·聘禮》：「四秉同筥。」鄭玄注：「此秉，謂刈禾盈手之秉也。筥，穧名也。若今萊陽之間刈稻聚把有名筥者。」

〔六〕粢盛：亦作「齍盛」。《周禮·地官·舂人》：「祭祀共其齍盛之米。」鄭玄注：「齍盛，謂黍稷稻粱之屬，可盛以爲簠簋實。」

〔七〕謂靠自己的勞動生活。《國語·晉語四》：「庶人食力。」蘇軾《糴米》詩：「知非笑昨夢，食力免自愧。」

三

芃芃稼連雲〔一〕，老少紛在場。禾麻①已困雨，秔稌亦没秧〔二〕。計窮走群望〔三〕，敢愛牛與羊〔四〕？可憐拾麥人，不憚道路長。號呼泥水中，滯穗收殘黄〔五〕。對之懷抱惡〔六〕，寧忍自舉觴。

【校記】

①禾麻：知本作「禾稼」，備要本作「未稼」。

【箋注】

〔一〕芃芃：植物茂密叢雜貌。《詩・鄘風・載馳》：「我行其野，芃芃其麥。」蘇軾《雪後書北臺壁二首》之二：「遺蝗入地應千尺，宿麥連雲有幾家。」

〔二〕秔稌：即粳稻（見《周禮・天官・食醫》「牛宜稌」鄭玄注引鄭司農説）。秔：同「粳」。

〔三〕謂禱於山川以求雨止。走群望：《左傳・昭公七年》：「寡君寢疾，於今三月矣，竝走群望。」晉杜預注：「晉所望祀山川皆走往祈禱。」

〔四〕《論語・八佾》：「子貢欲去告朔之餼羊。子曰：『賜也！爾愛其羊，我愛其禮。』」《孟子・梁惠王》：「齊國雖褊小，吾何愛一牛？」愛：猶吝惜。

〔五〕《詩・小雅・大田》：「彼有遺秉，此有滯穗。」滯穗：即遺穗也。殘黄：亦滯穗也。

〔六〕懷抱惡：心緒不好。唐杜甫《送長孫九侍御赴武威判官》：「使我不能餐，令我惡懷抱。」蘇軾《送文與可出守陵州》：「君知遠别懷抱惡，時遣墨君消我愁。」

四

重陰自凝結，雨腳方四羅〔一〕。懸知茅屋下，寧有襦袴歌〔二〕。終年望一麥〔三〕，此志今蹉跎〔四〕。平疇亂蛙蛤，原隰長薜莎〔五〕。哀哉南畝人〔六〕，休戚均爾多〔七〕。朝陽何時出？赫赫敢滯疴〔八〕？

【箋注】

〔一〕雨腳：猶雨綫。密集落地的雨點。北魏賈思勰《齊民要術·種麻》原注：「截雨腳即種者，地濕，麻生瘦，待白背者，麻生肥。」唐杜甫《茅屋爲秋風所破歌》：「牀頭屋漏無乾處，雨腳如麻未斷絶。」

〔二〕襦袴歌：謂飽暖之民頌揚德政之聲。參見《大人生日》（天定人勝難）注〔四〕。

〔三〕蘇軾《東坡八首》之五：「桑柘未及成，一麥庶可望。」

〔四〕蹉跎：失志也。《魏書·李彪傳》：「逮於直繩在手，厲氣明目。持堅無術，末路蹉跎。行百里者半於九十，豈彪之謂也。」

〔五〕原隰：廣平低濕之地。《書·禹貢》：「原隰厎績，至於豬野。」薜：薜荔。莎：香附。薜莎皆生濕地或沼澤中。

〔六〕南畝人：指農夫。《詩·豳風·七月》：「同我婦子，饁彼南畝。」

〔七〕休戚：憂樂。此處偏指憂。

〔八〕赫赫：炎熱貌。《莊子·田子方》：「至陰肅肅，至陽赫赫。」唐成玄英疏：「赫赫，陽氣熱也。」滯疴：久病。本句言若天晴，則當抱病以從農事。

五

縣官真愛民〔一〕，使者交農徑。課吏有殿最〔二〕，期使田野淨。蒼蒼豈遠人〔三〕，禍福依民聽〔四〕。欲知豐年報，常鑒德業盛〔五〕。近聞河湟復〔六〕，羽書獲萬姓〔七〕。吾無矢石功，甘此夏畦病〔八〕。

【箋注】

〔一〕縣官：謂皇帝。《史記·絳侯世家》：「庸知其盜賣縣官器。」唐司馬貞《索隱》：「縣官謂天子也，所以謂國家爲縣官者，《夏官》王畿内縣即國都也。王者官天下，故曰縣官也。」

〔二〕課吏：考察官吏。殿最：古代考核官吏之等級。《文選·班固〈答賓戲〉》：「猶無益於殿最也。」唐李善注引《漢書音義》：「上功曰最，下功曰殿。」

〔三〕蒼蒼：《莊子·逍遥游》有「天之蒼蒼」語，引申而指天。漢蔡琰《胡笳十八拍》：「泣血仰頭兮訴蒼蒼，胡爲生兮獨罹此殃。」唐李白《酬殷明佐見贈五雲裘歌》：「爲君持此淩蒼蒼，上朝三十六玉皇。」

〔四〕謂天聽於民而降禍福。《書·泰誓》：「天視自我民視，天聽自我民聽。」

〔五〕「欲知」二句：謂蒼天視執政之德否而降豐歉。蓋用《書·蔡仲之命》「皇天無親，惟德是輔」之意。

〔六〕河湟：即河州（治今甘肅臨夏東北）、湟州（治今青海樂都）。湟州，據《宋史・地理志三》曰：「舊邈川城，元符二年收復，建爲湟州，建中靖國元年棄之，崇寧二年又復。……宣和元年改爲樂州。」過所指即崇寧二年之事。又據《宋史・徽宗紀一》，知「復湟州」在六月。河州，《宋史・地理志三》云：「熙寧六年收復。」然其所轄循化城（舊一公城）、大通城（舊達南城）、安疆砦（舊當標城）、溝朱城俱於崇寧二年收復，故過得稱「河湟復」。

〔七〕羽書：《後漢書・西羌傳・論》「羽書日聞」唐李賢注：「羽書即檄書也。魏武《奏事》曰：邊有警急，即插羽以示急也。」萬姓：猶言萬户、萬家。此知俘獲甚衆。

〔八〕夏畦病：《孟子・滕文公下》：「脅肩諂笑，病於夏畦。」漢趙岐《章句》：「言其意苦勞極，甚於仲夏之月治畦灌園之勤也。」

## 六

十年資章甫〔一〕，人棄我亦閑〔二〕。得從長沮游〔三〕，時把嚴陵竿〔四〕。本非厭作吏，未忍違故山〔五〕。朝來行西疇〔六〕，果腹惟三餐。信哉負郭美〔七〕，五斗何足干〔八〕。長爲田舍翁〔九〕，所樂非所歎〔一〇〕。

【箋注】

〔一〕資章甫：《莊子・逍遥游》：「宋人資章甫而適諸越，越人斷髮文身，無所用之。」唐陸德明《釋文》

引李云：「資，貨也。章甫，殷冠也。以冠爲貨。」

〔二〕蘇軾《袁公濟和劉景文登介亭詩復次韻答之》：「衆馳君不爭，人棄我所欲。」

〔三〕長沮：謂隱者，見《次陶淵明正月五日游斜川韻》注〔七〕。

〔四〕嚴陵：即嚴光，字子陵，漢東江（在今江蘇吴江東南）人，少與光武同游學，光武即位，「除爲諫議大夫，不屈，乃耕於富春山，後人名其釣處爲嚴陵瀨焉」。《後漢書》有傳。

〔五〕故山：猶云故鄉。謝靈運《初發石城》詩：「故山日已遠，風波豈還時。」

〔六〕西疇：田間。晉陶淵明《歸去來兮辭》：「農人告余以春及，將有事於西疇。」

〔七〕負郭：見《次韻大人與藤守游東山》注〔一〇〕。

〔八〕五斗：見《贈王子直》注〔一六〕。干：求。

〔九〕蘇軾《歸宜興留題竹西寺》：「十年歸夢寄西風，此去真爲田舍翁。」

〔一〇〕陶潛《庚戌歲九月中于西田獲早稻》：「但願長如此，躬耕非所歎。」

## 和叔寬贈李方叔〔一〕

管鮑死已久，交情雲雨翻〔二〕。平生我知子，窺見牆及肩〔三〕。老驥歎伏櫪，壯士悲暮年〔四〕。百金空鬻技〔五〕，未分齒髮殫〔六〕。哀哉免絲蔓，生理寄所纏。君看秋風至，掃蕩何時安〔七〕？誰令三徑荒〔八〕，投老食屢艱〔九〕。短綆謾自持，欲引百尺泉〔一〇〕。造物不我私，同彼草木繁。不求桑榆暖，乃慕松桂寒〔一一〕。學稼雖可賤〔一二〕，樂志良獨難〔一三〕。當觀五鼎食〔一四〕，不異瓢與簞〔一五〕。卜築願俱棲，勿學鷄相連〔一六〕。作詩置坐右〔一七〕，勉視後者鞭〔一八〕。

**【箋注】**

〔一〕亦當作於崇寧初（一一〇二年左右）。詩有曰「卜築願俱棲，勿學鷄相連」，與《李方叔治潁川水磨……》詩所謂「待君結茅秋風初，我欲扣門來上瑞」之語正合。叔寬：見《冬夜懷諸兄弟》注〔一三〕。李方叔：見《北山雜詩》之九注〔一〕、〔五〕。

〔二〕「管鮑」二句：唐杜甫《貧交行》：「翻手作雲覆手雨，紛紛輕薄何須數。君不見管鮑貧時交，此道今人棄如土。」管鮑：參見《次韻謝民師》注〔二一〕。

〔三〕「平生」二句：《論語·子張》：「子貢曰：『譬之宫牆，賜之牆也及肩，窺見室家之好。夫子之牆數仞，不得其門而入，不見宗廟之美，百官之富。』」按此借言彼此心無城府，相知甚深。

〔四〕「老驥」二句，見《聞潮陽吴子野出家》注〔六〕。

〔五〕《莊子·逍遥游》：「宋人有善爲不龜手之藥者，世世以洴澼絖爲事，客聞之，請買其方百金。……客得之，以説吴王。越有難，吴王使之將，冬與越人水戰，大敗越人，裂其地而封之。能不龜手，一也；或以封，或不免於洴澼絖，則所用之異也。」按此言方叔懷才抱藝，不遇時也。

〔六〕蘇軾《到潁未幾公帑已竭齋廚索然戲作數句》：「歲月今幾何，齒髮日向疏。」殫：盡。

〔七〕「哀哉」四句：謂方叔雖受知於蘇軾，卻因軾身自貶逐，未獲薦用。按《宋史·李廌傳》記曰：

「(薦)鄉舉試禮部,軾典貢舉,遺之。」蘇軾又嘗謀於范祖禹,「將同薦諸朝,未幾,相繼去國,未果。」兔絲:亦作菟絲,蔓生,莖細長,常纏附他物以生。宋掌禹錫《嘉祐補注本草》曰:「《吕氏春秋》云:『或謂菟絲無根也。其根不屬地。』」(見李時珍《本草綱目》卷十八引)

〔八〕《文選·陶淵明〈歸去來兮辭〉》:「三徑就荒,松菊猶存。」唐李善注引《三輔決録》曰:「蔣詡,字元卿,舍中三徑,唯羊仲求仲從之游,皆挫廉逃名不出。」後以「三徑」指家園。

〔九〕投老:垂老,臨老。《後漢書·循吏傳·仇覽》:「母守寡養孤,苦身投老,奈何肆忿於一朝,欲致子以不義乎?」晉陶潛《感士不遇賦》:「夷投老以長饑,回早夭而又貧。」

〔一〇〕「短綆」二句:《莊子·至樂》:「褚小者不可以懷大,綆短者不可以汲深。」謾:空也、徒也。引,垂綆而汲也。

〔一一〕「不求」二句:宋王讜《唐語林·補遺》:「薛令之,閩之長溪人。神龍二年,趙彦昭下進士及第,後爲左補闕兼太子侍講。時東宫官冷落,之次難進,令之有詩曰:『明月夜團團,照見先生盤。盤中何所有?苜蓿長闌干。飯澀匙難綰,羹稀箸易寬。只可謀朝夕,那能度歲寒?』明皇幸東宫,見之不悦,以爲諷上。援筆酬曰:『啄木觜距長,鳳凰毛羽短;若嫌松桂寒,任逐桑榆暖。』令之遂謝病歸。及肅宗即位,召之。詔下,而令之已卒。」按此乃反用其意,言縱爲薄宦可也。

〔一二〕見《和叔寬田園六首》之一注〔五〕。

〔一三〕《後漢書·仲長統列傳》:「欲卜居清曠,以樂其志。」

〔一四〕見《大人生日》（大士來淮泗）注〔八〕。

〔一五〕見《贈王子直》注〔一五〕。

〔一六〕「卜築」二句：謂誠願與方叔爲鄰，而決無勉强之意。鷄相連：《戰國策・秦一》：「諸侯不可一，猶連鷄不能俱止於棲亦明矣。」漢高誘注：「連，謂繩繫之。」

〔一七〕謂將詩置於座右，用以自勉自戒。《新唐書・劉子玄傳》：「徐堅讀之，歎曰：『爲史氏者宜置此坐右也。』」

〔一八〕《世説新語・賞譽》「劉琨稱祖車騎爲朗詣」劉孝標注引晉虞預《晉書》：「劉琨與親舊書曰：『吾枕戈待旦，志梟逆虜，常恐祖生先吾著鞭耳。』」

## 與王子敏相別十年今在汝見招以書將往從之聞其齋素卧病以詩勸之肉食〔一〕

已矣君休問十年，相逢定怪兩華顛〔二〕。長卿猶作文園令〔三〕，蘇晉長齋繡佛前〔四〕。隱几不堪居士病〔五〕，在家空學小乘禪〔六〕。隙駒安用徒勞苦〔七〕，爲我西來數擊鮮〔八〕。

**【箋注】**

〔一〕作於崇寧二年（一一〇三）。按蘇轍有《祭王子敏奉議文》，其曰王子敏「失官居潁」，則「在汝見招」、「爲我西來」俱當是蘇過居喪於汝州時。又詩云「已矣君休問十年」，當指紹聖元年自己隨父南遷事，後十年即在崇寧二年。王子敏：即王適，子敏字也。趙郡臨城（在今河北）人，與兄王適皆從蘇軾於吴興，學道日盛，東南之士稱之，軾蒙烏臺詩案之冤，親舊多遠之，惟子敏兄弟相好如故。參見蘇轍《祭王子敏奉議文》。汝：即汝州，治梁縣（即今河南臨汝）。按蘇過居喪之地郟縣，原隸汝州，崇寧四年方改屬潁昌府（見《宋史·地理志》）。

〔二〕華顛：《後漢書·崔駰列傳》「唐且華顛以悟秦」。唐李賢注曰：「《爾雅》曰：顛，頂也。華顛，謂白首也。」

〔三〕長卿：即司馬相如。《史記》本傳稱：「相如拜爲孝文園令。」司馬貞《索隱》：「《百官志》云『陵園令，六百石，掌案行掃除』也。」

〔四〕唐杜甫《飲中八仙歌》：「蘇晉長齋繡佛前，醉中往往愛逃禪。」此但取蘇晉雖長齋卻亦飲酒意，齋可飲酒，肉當亦可食，故勸之。蘇晉（六八六—七三四）：唐藍田（今屬西安市）人，少聰穎，數歲知爲文，被譽爲「後來之王粲」。舉進士及大禮科，皆上第。歷官户部、吏部侍郎，典選事，有時譽，終太子左庶子。新舊《唐書》有傳。

〔五〕隱几：亦作「隱机」。《莊子·齊物論》曰：南郭子綦隱机而坐，仰天而嘘，荅焉似喪其耦，形如槁木，心若死灰。參見《送曇秀》注〔四〕。後遂以「隱几」喻修持之功。隱：憑。几：几案。居士，隋慧遠《維摩義記》：「在家修道，居家道士，名爲居士。」

〔六〕小乘禪：佛教分大小乘，小乘原爲大乘佛教外原始佛教及部派佛教之貶稱。大小乘佛教教義各有異同，大乘主普度衆生，小乘重自我解脱。在修習上，大乘主「三十七道品」之修養，小乘則重「六度」修行。六度之一爲「持戒」，王子敏之齋不食肉正其法也（見《大品般若經》卷一）。

〔七〕隙駒：即白駒過隙。參見《用韋蘇州寄全椒道士韻……》之三注〔四〕。

〔八〕擊鮮：宰殺活的牲畜禽魚，充作美食。《漢書·陸賈傳》：「數擊鮮，毋久溷女爲也。」唐顔師古注：「鮮謂新殺之肉也。」《陳書·始興王叔陵傳》：「未及十日，乃令庖廚擊鮮，日進甘膳。」蘇軾《次韻許遵》：「供帳已應煩百兩，擊鮮無久溷諸郎。」

# 蘇過詩文編年箋注卷三　詩

崇寧三年（一一〇四）閒居潁昌至政和二年（一一一二）初出仕前期間作

## 次韻叔父上巳二首〔一〕

一

日晏幽人未下牀，春風暗度百花香〔二〕。掩關頗得禪家味〔三〕，卻掃從教世路荒〔四〕。絶口誰能論夢幻〔五〕，逢人聊祇話耕桑〔六〕。翟公門外常羅雀〔七〕，要放空階草木長〔八〕。

【箋注】

〔一〕崇寧三年（一一〇四）上巳日作。按崇寧元年焚元祐法，繼續加害元祐黨人，蘇轍爲避禍，於崇寧二年只身遷居汝南，越年歸潁，而有疾。《欒城後集》甲申年（崇寧三年）有《上巳日久病不出示兒侄三首》，過次其韻。上巳：三月上旬之巳日，古時節日。漢前，上巳必取巳日；魏以後，習用三月初三，不管巳日與否（詳見《宋書·樂志》）。

〔二〕「日晏」二句：蘇轍原詩云：「春氣侵脾久在牀，開門桃李著泥香。」又《陪毛君夜游北園》詩：「春風暗度人不知，滿園紅白已離披。」蘇軾《續麗人行》：「深宮無人春日長，沉香亭北百花香。」

〔三〕掩關：閉關。即閉門。南朝梁江淹《恨賦》：「閉關卻掃，塞門不仕。」禪家味：禪，佛語，意譯爲「靜慮」。蓋謂心注一境，正審思慮，以達頓悟。

〔四〕卻掃：不再掃路迎客，猶言「謝客」。世路：指宦途。《後漢書・崔駰傳》：「子苟欲勉我以世路，不知其跌而失吾之度也。」

〔五〕《金剛經》曰：「一切有爲法，如夢幻泡影，如露亦如電，應作如是觀。」此謂仕宦事也。

〔六〕晉陶淵明《歸園田居》詩之二：「相見無雜言，但道桑麻長。」過詩化用其意。按蘇轍原詩云：「欲出老人無伴侶，退耕諸子解農桑。」

〔七〕見《贈王子直》注〔七〕。

〔八〕此亦用孔稚珪故事，謂隱居不仕。參《次韻大人與藤守游東山》注〔六〕。

## 二

幾年零落卧江湖〔一〕，樂事何人與我俱。上巳偶尋流水禊①〔二〕，泛觴聊爲小兒娱〔三〕。殘杯冷炙慚佳節〔四〕，草服黄冠慕野夫〔五〕。永謝輕肥追世好〔六〕，窺園已愧下帷儒〔七〕。

**【校記】**

①流水禊：原校曰：「流水，一云脩竹。」

【箋注】

〔一〕唐劉長卿《送李七之荏水謁張相公》詩：「梁園舊相識，誰憶卧江湖。」蘇轍《神木館寄子瞻兄四首》之三：「莫把文章動蠻貊，恐妨談笑卧江湖。」

〔二〕流水禊：《後漢書》附司馬彪《禮儀志上》：「是月（三月）上巳，官民皆絜於東流水上，曰洗濯祓除去宿垢疢爲大絜。」南朝梁劉昭注曰：「謂之禊也。」參見《正月二十四日侍親游羅浮道院》注〔一八〕。

〔三〕泛觴：《宋書·禮書》：上巳日，「分流行觴，遂成曲水」。即所謂流杯。其法：衆會曲水旁，於上游置杯，任其下流，杯駐於前者則飲酒。

〔四〕見《北山雜詩》之五注〔六〕。

〔五〕見《椰子冠》注〔三〕。草服：即草黄色之冠服。《禮記·郊特牲》：「野夫黄冠。黄冠，草服也。」

〔六〕輕肥：即輕裘肥馬。《論語·雍也》：「（公西）赤之適齊也，乘肥馬，衣輕裘。」

〔七〕下帷：放下室内懸掛的帷幕。《史記·董仲舒列傳》：「董仲舒，廣川人也，以治《春秋》，孝景時爲博士。下帷講誦，弟子傳以久次相受業，或莫見其面，蓋三年董仲舒不觀於舍園，其精如此。」此反用其意，謂轍迫於生計，草服黄冠，躬自勞作。

【附】

蘇轍《上巳日久病不出示兒侄二首》

春風侵脾久在牀，閉門桃李著泥香。牛鳴頗覺西湖近，鳳去長憐北榭荒。欲出老人無伴侶，退耕諸子解農桑。南鄰約賣千竿竹，拄杖穿林看筍長。

卧聞諸子到西湖，鵠鷺翩翩衆客俱。紈扇藤鞵試輕快，隻鷄斗酒助歡娛。行歌久已饒渠輩，睡美猶應屬老夫。春服既成沂可浴，孔門世不乏迂儒。

## 和叔父移居東齋〔一〕

去鄉三十年〔二〕，夢寐猶西土。阨窮未能歸，諒亦君子固〔三〕。結廬箕潁間〔四〕，絶意爲霖雨〔五〕。聊清一室地，僅作跏趺處〔六〕。邇來又謝客〔七〕，不待羹轢釜〔八〕。西齋舊翳密，日晏窗先暮〔九〕。東軒得爽塏〔一〇〕，真作禪侶住。公舊自謂東軒長老〔一一〕。陶潛採菊時〔一二〕，尚復有真趣。公今觀此心〔一三〕，湛然忘客主〔一四〕。坐了一大緣，固已遺能所〔一五〕。

【箋注】

〔一〕作於崇寧三年（一一〇四）三月。《欒城後集》甲申三月十八日有《葺東齋》詩，過因和之。

〔二〕蘇轍最後離鄉爲熙寧元年（一〇六八），至此已逾三十載，此蓋舉其成數，且用晉陶淵明《歸園田居》詩「誤落塵網中，一去三十年」意。

〔三〕君子固：《論語·衛靈公》：「君子固窮，小人窮斯濫矣。」

〔四〕箕潁間：箕山潁水之間。參見《次韻大人與藤守游東山》注〔八〕。

〔五〕霖雨：猶言甘霖、恩澤。《書・説命上》：「若歲大旱，用汝作霖雨。」此意不再存仕宦之想。

〔六〕跏趺：見《地鑪歌寄伯仲》注〔六〕。

〔七〕邇來：猶近來。謝客：推辭客人造訪。宋徐度《却掃編》卷中云：「蘇黄門子由南遷既還，居許下，多杜門不通賓客。」蘇轍《遺老齋絶句十二首》：「避事已謝客，養性不看書。」

〔八〕羹轢釜：見《贈王子直》注〔一二〕及《李方叔治潁川水磨》注〔一七〕。

〔九〕「西齋」二句：宋洪邁《容齋隨筆》卷十五：「蘇子由《南窗》詩云：『京城三日雪，雪盡泥方深。閉門謝還往，不聞車馬音。西齋書帙亂，南窗朝日升。輾轉守床榻，欲起復不能。開户失瓊玉，滿階松竹陰。故人遠方來，疑我何苦心。疏拙自當爾，有酒聊共斟。』此其少年時所作也。東坡好書之，以爲人間當有數百本，蓋閒淡簡遠得味外之味云。」

〔一〇〕爽塏：高朗乾燥。《左傳・昭公三年》：「請更諸爽塏者。」晉杜預注：「爽，明。塏，燥。」

〔一一〕蘇軾有詩，題曰：「子由在筠作《東軒記》，或戲呼之爲東軒長老……」

〔一二〕陶淵明《飲酒》詩之五：「採菊東籬下，悠然見南山。山氣日夕佳，飛鳥相與還。此中有真意，欲辯已忘言。」

〔一三〕觀此心：見《北山雜詩》之十注〔四〕。

〔一四〕謂心境恬然，物我兩忘。湛然：淡泊清静貌。客主：佛家語，猶道家之所謂「物我」。

〔一五〕遺能所：即「亡能所」。《金剛經新注》一曰：「般若妙理亡能所。」能所：能猶主動，所猶被動。

「能所」猶言「物我」。

【附】

蘇轍《葺東齋》三月十八日

弊屋如燕巢，歲歲添泥土。泥多暫完潔，屋老終難固。况復非吾廬，聊爾避風雨。圖書易新幌，几杖移故處。宵眠不擇安，鼻息若炊釜。兒孫喜相告，定省便早莫。我生溪山間，弱冠衡茅住。生來乏華屋，所至輒成趣。苦恨無囊金，莫克償地主。投老付天公，著身豈無所？

## 次韻叔父詠竹二首〔一〕

一

江湖猶在眼〔二〕，水竹負幽尋〔三〕。故買比鄰宅〔四〕，期分數畝陰。影侵書帙亂〔五〕，色映綠苔侵〔六〕。肅殺秋將至，霜餘出茂林。

【箋注】

〔一〕作於崇寧三年（一一〇四）。《欒城後集》甲申有《詠竹二首》，過即次其韻。

〔二〕蘇軾《送程七表弟知泗州》：「江湖不在眼，塵土坐滿顔。」

〔三〕水竹：即淡竹。明李時珍《本草綱目·木部》竹類「發明」曰：「淡竹，今人呼爲水竹。」亦稱「煙竹」，多生於水畔或山坡。幽尋：景色秀麗而清靜的地方。南朝宋謝朓《和何議曹郊游二首》之一：「江垂得清賞，山際果幽尋。」唐杜甫《西枝村尋置草堂地夜宿贊公土室二首》之一：「幽尋豈一路，遠色有諸嶺。」蘇軾《懷西湖寄晁美叔同年》：「三百六十寺，幽尋遂窮年。」

〔四〕比鄰：鄰居。蘇轍《上巳日久病不出示兒姪》云：「南鄰約賣千竿竹，拄杖穿林看筍長。」其《詠竹》亦有「南鄰竹甚茂」之句。

〔五〕書帙：猶言書卷。蘇轍《南窗》詩：「西齋書帙亂，南窗初日升。」

〔六〕唐虞世南《怨歌行》：「鏡前紅粉歇，階上緑苔侵。」

## 二

此君非草木〔一〕，勁節凛佳賓。相對山陰禊〔二〕，曾伴南阮貧〔三〕。琳琅風葉響，水墨月窗匀〔四〕。何必籃輿出〔五〕，敲門問主人。

**【箋注】**

〔一〕此君：見《次韻叔父所居六首》之三注〔三〕。

〔二〕山陰禊：王羲之《蘭亭集序》云與友朋禊於山陰，其地「有崇山峻嶺，茂林修竹」。參見《正月二十四日侍親游羅浮道院》注〔一八〕。

〔三〕《世説新語·任誕》：「阮仲容步兵（籍）居道南，諸阮居道北，北阮皆富，南阮貧。七月七日，北阮盛曬衣，皆紗羅錦綺，仲容以竿掛大布犢鼻幝於中庭。人或怪之，答曰：『未能免俗，聊復爾耳。』」

〔四〕「琳琅」二句：謂風吹竹葉響動，月色竹影交映窗口，酷似水墨畫圖。琳琅：清脆美妙的聲音。此處謂風吹竹葉聲。宋沈遼《宴集》：「尤愛簷間竹，風來響琳琊。」蘇軾《次韻吴傳正枯木歌》：「天公水墨自奇絶，瘦竹枯松寫殘月。」

〔五〕「何必」二句：《世説新語·簡傲》：「王子猷嘗行過吴中，見一士大夫家極有好竹，主已知子猷當往，乃灑掃施設，在聽事坐相待。王肩輿徑造竹下，諷嘯良久。主已失望，猶冀還當通，遂直欲出門。主人大不堪，便令左右閉門不聽出。王更以此賞主人，乃留坐盡歡而去。」籃輿（按《晉書·王徽之傳》「肩輿」作「籃輿」）：古代供人乘坐的交通工具，形制不一，一般以人力抬著行走，類似後世的轎子。《晉書·孝友傳·孫晷》：「富春車道既少，動經江川，父難於風波，每行乘籃輿，晷躬自扶持。」

【附】

蘇轍《詠竹二首》

湖濱宜草木，脩竹可三尋。廛居多野思，移種近牆陰。及爾迷未醒，方予熱正侵。無兼不逮本，地薄肯成林。

南鄰竹甚茂，門巷不容賓。縣印君當往，囊金我患貧。翠旌稍亂起，犀角筍初勻。不惜圖書賣，端來作主人。

## 和母仲山雨後〔一〕

### 一

柴門似郊居，煙草碧萋蒨〔二〕。君能慰幽獨〔三〕，數面情已眷〔四〕。山雨洗茅屋，耳目清如浣〔五〕。憑君發妙語〔六〕，筆有書萬卷〔七〕。

【箋注】

〔一〕該組詩作於崇寧三年（一一〇四）。蘇轍《欒城後集》甲申年有《見兒姪唱酬次韻五首》，與茲同韻，蓋同時作也。母仲山：未詳。

〔二〕萋蒨：《齊民要術·竹》：「曹毗《湘中賦》曰：竹則篔簹白烏，實中紺族。濱榮幽渚，繁宗隈曲。萋蒨陵丘，薆逮重谷。」石聲漢注：「萋蒨：蔭蔽，深密。」

〔三〕幽獨：靜寂孤獨。亦指靜寂孤獨的人。《楚辭·九章·涉江》：「哀吾生之無樂兮，幽獨處乎山中。」唐杜甫《久雨期王將軍不至》詩：「天雨蕭蕭滯茅屋，空山無以慰幽獨。」

〔四〕面：會面。眷：依戀難舍。按此句暗寓傾蓋如故之意。漢鄒陽《獄中上梁王書》：「諺曰：有白頭如新，傾蓋如故。何則，知與不知也。」蘇軾《和王鞏六首並次韻》之四：「殊方君莫厭，數面自成親。」

〔五〕浣：洗。

〔六〕蘇軾《送陳伯修察院赴闕》：「聞君射策日，妙語發疇咨。」

〔七〕此謂其思敏而才高。語出杜甫《奉贈韋左丞丈二十二韻》「讀書破萬卷，下筆如有神」。

## 二

杜陵有佳句，「久旱雨亦好」〔一〕。從教怨行旅，頗①覺慰父老〔二〕。我似廣文貧〔三〕，飽食平生少。忍飢山澤儒〔四〕，未易窺三島〔五〕。

【校記】

①頗：原校曰：「一作頓。」

【箋注】

〔一〕「杜陵」二句：杜陵：即杜甫。見《將至五羊先寄伯達仲豫二兄》注〔九〕。杜甫《雨過蘇端》詩：「鷄鳴風雨交，久旱雨亦好。」

〔二〕「從教」二句：謂縱然霖雨爲行旅之人所怨，但卻爲農夫所樂。從教：聽任；任憑。唐李中《贈王道者》詩：「混俗從教鬢似銀，世人無分得相親。」

〔三〕「我似」二句：杜甫《醉時歌》：「甲第紛紛厭粱肉，廣文先生飯不足。」參見《地鑪歌寄伯仲》注

〔五〕。

〔四〕山澤儒：山野間的儒生。《史記·司馬相如列傳》：「相如以爲列仙之傳（儒）居山澤間，形容甚臞。」

〔五〕按此言神仙事渺茫難期。三島：蓬萊、方丈、瀛洲。

三

西湖跬可至〔一〕，不畏城闉阻〔二〕。芒鞵與竹杖〔三〕，穿泥未爲苦。清波暗萍藻，中有芙蕖吐〔四〕。驟雨真可人〔五〕，新荷亦掀舞。

【箋注】

〔一〕西湖：許州西湖。宋葉夢得《石林詩話》：許昌西湖與子城相密附。云是東漢曲環作鎮時，取土築城，因以其地導潩水瀦之。廣百餘畝，中爲横堤，分爲東西二湖。蘇轍蘇過即卜居於此，今已辟爲西湖公園。其地尚有蘇氏讀書亭、聽水亭、鼓琴臺等遺址。

〔二〕城闉：《詩·鄭風·出其東門》：「出其闉闍。」毛傳：「闉，曲城也。闍，城臺也。」

〔三〕芒鞵：即草鞋。蘇軾《定風波詞》云：「竹杖芒鞵輕勝馬，誰怕，一蓑煙雨任平生。」

〔四〕「清波」二句：蘇軾《贈袁陟》：「薰風暗楊柳，秋水淨芙蓉。」

〔五〕可人：稱人心意。唐韓翃《送客之江陵》詩：「從來此地誇羊酪，自有蓴羹味可人。」

## 四

能琴何必弦，但曉琴中趣〔一〕。學道何所得，知迷即真悟〔二〕。嘗觀指非月〔三〕，要似足忘屨〔四〕。歸吾無所歸，兹焉定歸處〔五〕。

【箋注】

〔一〕「能琴」二句：《晉書·陶潛傳》：「（潛）性不解音，而畜素琴一張，弦徽不具，每朋酒之會，則撫而和之，曰：『但識琴中趣，何勞弦上聲。』」

〔二〕迷、悟：迷惑與覺悟，乃佛教哲學之對立範疇，迷爲此岸，悟爲彼岸。《景德傳燈録·富那夜奢》：「迷悟如隱顯，明闇不相離。」

〔三〕《楞嚴經》卷二：「如人以手指月示人，彼人因指當應看月，若復觀指以爲月體，此人豈亡失月體，亦亡其指，何以故，以所標指爲明月故。」

〔四〕《莊子·達生》：「忘足，履之適也；忘腰，帶之適也；知忘是非，心之適也。」屨：即履，鞋。

〔五〕「歸吾」二句：《莊子·人間世》「民其無如矣」晉郭象注：「無所依歸。」唐白居易《首夏》：「何必歸故鄉，兹焉可終老。」

## 五

吾廬不知暑，心閒自清涼〔一〕。醉鄉豈難入〔二〕，不假陶令觴〔三〕。白髮我摧朽，青雲子軒昂〔四〕。溪山會先往〔五〕，簪組未汝忘。

【箋注】

〔一〕「吾廬」二句：蘇軾《贈上天竺辯才師》詩：「碧眼照山谷，見之自清涼。」蘇轍《八功德水》詩：「君言山上泉，定有何功德。熱盡自清涼，苦除即甘滑。」陳師道《次韻夏日》：「江上雙峰一草堂，門閑心静自清涼。」

〔二〕醉鄉：醉中境界。唐王績《醉鄉記》備載其趣，其略云：醉鄉之去中國不知幾千里也，其地超曠無涯，其俗大同，其氣候温和，其人精明無仇怨，寢則于于，行則徐徐。

〔三〕陶令：指陶潛。潛嘗爲彭澤令，其《五柳先生傳》云：「性嗜酒，家貧不能常得。」

〔四〕「白髮」二句：謂我乃髮白垂老矣，而君（指母仲山）則氣宇軒昂而干青云也。

〔五〕「溪山」二句：言自己將先棄絶仕途而尋山水之樂，言母仲山還將大有可爲。簪組：謂官宦。見《和大人游羅浮山》注〔二〇〕。未汝忘：即未忘汝。

【附】

蘇轍《見兒侄唱酬次韻五首》

芝蘭生吾廬，一雨一增蒨。本亦何預人，懷抱終眷眷。老傳時已迫，塵垢日須浣。永慚舊文書，展讀不終卷。

讀書雖不惡，不讀亦自好。根牙就區别，花實隨時老。耘鋤不可無，雨露勿憂少。我釣不在魚，一竿寄洲島。

宇宙非不寬，閉門自爲阻。心知外塵惡，且忍閑居苦。跏趺默非睡，龕燈翳復吐。道士爲我言，嬰兒出歌舞。

身病要須閑，閑極自成趣。空虚雖近道，懶拙初非悟。偶將今生脚，遠著古人履。大小適相同，本來無别處。

西湖雖不到，甘井竊餘涼。三伏罷飲酒，桂漿攜一觴。冠者五六人，起舞互低昂。人生有離合，此歡未易忘。

## 和新葺南園〔一〕

道眼年來等色空〔二〕，塊蘇不羨化人宫〔三〕。敢嫌仲蔚蓬蒿陋〔四〕，久誤邯鄲夢幻中〔五〕。甕牖繩樞知達觀〔六〕，兔葵燕麥任春風〔七〕。箕山咫尺行當隱〔八〕，巢許高蹤躡二公〔九〕。

【箋注】

〔一〕作於崇寧三年（一一〇四）。蘇轍《欒城後集》有《初得南園》一首，過乃和其韻。

〔二〕道眼：指抉擇真妄之能力。《楞嚴經》卷一：「發妙明心，開我道眼。」等色空：謂一切色法俱空幻不實，猶所謂「色即是空」。《般若波羅蜜多心經》：「色不異空，空不異色。色即是空，空即是色。」

〔三〕《列子・周穆王》：「化人之宮構以金銀，絡以珠玉，出雲雨之上，而不知下之據，望之若屯雲焉。……（穆）王俯而視之（指穆王宮室），其宮榭若累塊積蘇焉。（穆）王自以居數十年而不思其國也。」化人：晉張湛注曰：「幻化之人。」按即今之魔術師。塊蘇：土塊、草堆。蘇軾《石芝》詩：「我家韋布三百年，衹有陰功不知數。跪陳八簋加六瑚，化人視之真塊蘇。」

〔四〕仲蔚：指張仲蔚，晉皇甫謐《高士傳・張仲蔚》：「張仲蔚者，平陵人也。與同郡魏景卿俱修道德，隱身不仕。明天官博物，善屬文，好詩賦。常居窮素，所處蓬蒿没人。閉門養性，不治榮名。」

〔五〕邯鄲夢：見《大人生日》（未試陵雲白日仙）注〔五〕。

〔六〕甕牖繩樞：謂窮人。《史記・秦始皇本紀》引賈誼《過秦論》：「陳涉，甕牖繩樞之子，甿隸之人。」南朝宋裴駰《集解》引服虔曰：「以繩繫户樞也。」又引孟康曰：「瓦甕爲窗也。」

〔七〕蓋用玄都桃故事。參見《次韻叔父月季再生》注〔一二〕。

〔八〕箕山：在今河南登封縣東。參見《次韻大人與藤守游東山》注〔八〕。

〔九〕巢許：巢父、許由。相傳均爲堯時高士，堯欲讓位於二人，皆不受，隱於箕山。見晉皇甫謐《高士傳》卷上。

**【附】**

蘇轍《初得南園》

倒囊僅得千竿竹，掃地初開一畝宮。千里故園魂夢裏，百年生事寂寥中。晏家不願諸侯賜，顏氏終成陋巷風。洗竹移花吾事了，子孫他日記衰翁。

## 大隱堂爲范氏西田題〔一〕

范侯作園湖之隅〔二〕，繚以脩竹千芙蕖〔三〕。鴨陂下浸波浪①闊〔四〕，箕山西指峰巒孤〔五〕。有堂翼然照通衢〔六〕，路人尚憶華嚴居〔七〕。華嚴初來理荒廢，布衣小艇披茭蒲。蛙鳴不知官與私〔八〕，莫來亂我夜讀書。人懷忠宣及其子〔九〕，遺愛何止屋上烏〔一〇〕。小范更無膏粱氣〔一一〕，閉門一味如蠹魚〔一二〕。肯爲山林獨往計，且隱市朝行坦途〔一三〕。嗟我與君涉世疏，短綆汲深爾自愚〔一四〕。行歌道上慚妻孥〔一五〕，坐令家無甔石儲〔一六〕。欲將大隱欺誰歟？人不吾以曷早圖〔一七〕。未須直學西山夫〔一八〕，槁項終爲山澤臞〔一九〕。

【校記】

①浪：知本作「瀾」。

【箋注】

〔一〕此詩當作於叔黨初居潁時。其「坐令家無甔石儲」，「人不吾以曷早圖」，正是崇寧中黨禁時情事。大隱堂：大隱，謂心隱身不隱。《史記·滑稽列傳》東方朔曰：「若朔等，所謂避世於朝廷之間者。古之人，乃避世於深山中。」晉王康琚《反招隱》詩：「小隱隱林藪，大隱隱朝市。」范氏：本篇原有趙懷玉案語：「坡集《藥師琉璃光佛贊》《序》云『佛弟子蘇籥與其妹德孫病，久不愈，其父過，母范氏供養祈禱藥師琉璃佛，遂獲痊損』云云，知叔黨配爲范氏。此范侯爲忠宣之裔，詩中有『行歌道上慚妻孥』之語，其言頗親切，豈即叔黨妻兄弟邪。」其説未確。據《宋史》與本詩推之，此「范氏」當指范正平兄弟。正平，字子夷，仲淹孫，純仁長子，蘇州吴縣（在今江蘇）人，紹聖中爲開封尉，後去官，讀書著述。《宋史》有傳。據《永樂大典》卷二四〇一所載《蘇叔黨墓誌銘》云：「娶范氏，蜀忠文公之孫，承事郎百嘉之女。」蜀忠文公即范鎮，過妻即爲范鎮孫女；忠宣即范仲淹，與蜀忠文公並非一人。

〔二〕范侯：《宋史·范正平傳》記曰：崇寧黨禁，正平羈管象州，會赦，得歸潁昌，閑居至終。湖：即許州西湖，見《和母仲山雨後》之三注〔一〕。

〔三〕繚：圍繞。

〔四〕宋胡宿《流杯亭記》：「許昌之右，其水曰西湖。自東北導潩水一支納于湖中，淼漫奫淪，浸可數里。精氣利澤，秋冬不涸。蓋璧田所依之川也，一名緑鴨陂。唐薛能增廣其沚作亭，其上所謂緑鴨亭者，名今在焉。」

〔五〕箕山：見《次韻大人與藤守游東山》注〔八〕。

〔六〕翼然：本指鳥展翅的樣子，常用以形容自然飄逸之狀。《管子·心術下》：「形不正者德不來，中不精者心不治。正形飾德，萬物畢得，翼然自來，神莫知其極。」多用以形容山石或亭臺等建築物高聳開張之狀。宋歐陽修《醉翁亭記》：「峰回路轉，有亭翼然臨于泉上者，醉翁亭也。」衢：《爾雅·釋宮》：「四達謂之衢。」按四達即四通八達的大道。

〔七〕華嚴居：據下文揆之，似當指范純祐。純佑字天成，仲淹長子，「性英悟自得，尚節行」，善將兵。「事父母孝，未嘗違左右，不應科第」，後「蔭守將作監主簿，又爲司竹監，以非所好，即解去。從仲淹之鄧，得疾昏廢，卧許昌。富弼守淮西，過省之，猶能感慨道忠義，問弼之來公耶私耶，弼曰『公』，純祐曰『公則可』。」《宋史》有傳。

〔八〕《晉書·惠帝紀》：晉惠帝昏憒，「嘗在華林園，聞蝦蟆聲，謂左右曰：『此鳴者爲官乎？私乎？』」此言純祐唯書是務，不涉其餘。

〔九〕忠宣：范純仁（一〇二七—一一〇一）謚號。純仁字堯夫，仲淹次子，皇祐進士。嘗從胡瑗、孫復學。父歿始出仕，官至侍御史，知諫院。以言王安石新法不便，出知河中府。哲宗時累官尚書僕射、中書侍郎，以忤章惇，貶永州。徽宗立，詔爲觀文殿大學士，以目疾乞歸。謚忠宣，《宋史》有傳。

〔一〇〕舊題漢伏勝《書大傳·牧誓·大戰》：「愛人者，兼其屋上之烏。」

〔一一〕膏粱：美食。《孟子·告子上》：「《詩》云：『既醉以酒，既飽以德。』言飽乎仁義也，所以不願人之膏粱之味也。」後以「膏粱子弟」喻富家子但知美食，不諳世務。

〔一二〕蠹魚：書中蛀蟲謂之蠹魚。唐李白《感興八首》之三：「委之在深篋，蠹魚壞其題。」古人習用「蠹魚」喻苦讀書者。宋文同《閱史感事》詩：「世間諸味已全疎，惟愛縑緗似蠹魚。」按范正平本傳謂其閑居久，「益工詩，尤善五言」。

〔一三〕「肯爲」二句：《晉書·鄧粲傳》：「隱之爲道，朝亦可隱，市亦可隱。」唐白居易《中隱》詩：「大隱住朝市，小隱入丘樊。」

〔一四〕短綆汲深：見《和叔寬贈李方叔》注〔一〇〕。

〔一五〕《漢書·朱買臣傳》：「（買臣）家貧，好讀書，不治産業，常艾薪樵，賣以給食，擔束薪，行且誦書。其妻亦負戴相隨，數止買臣毋歌嘔道中。買臣愈益疾歌，妻羞之，求去。」行歌：一邊走一邊唱歌。

〔一六〕甔石儲：指少量的糧食。甔：甖也，容量一石，故名。《漢書·揚雄傳上》：「（雄）家産不過十金，乏無儋（甔）石之儲，晏如也。」

〔一七〕謂不爲他人所知，當早自謀畫。不吾以：《論語·先進》：「子路、曾皙、冉有、公西華侍坐。子曰：『以吾一日長乎爾，毋吾以也。居則曰：不吾知也。如或知爾，則何以哉？』」

〔一八〕西山夫：指伯夷、叔齊。西山：即首陽山。參見《松風亭詞》注〔二一〕。

〔一九〕槁項：《莊子·列禦寇》：「夫處窮閻阨巷、困窘織屨、槁項黄馘者，商之所短也。」成玄英疏：槁項，「頸項枯槁而顑頷」。山澤臞：見《地鑪歌寄伯仲》注〔一三〕。

## 送李植秀才歸盱眙〔一〕

濁流盡處見淮山〔二〕，水作清羅擁髻鬟〔三〕。頓覺山川無與並，固知人物亦相關〔四〕。妙年肯作小坡客，先君以硯付八舍弟，有詩曰：「吾衰此無用，寄與小東坡。」〔五〕瓢飲來同陋巷顏〔六〕。不爲蓴鱸起鄉思〔七〕，重親方在白雲間〔八〕。

**【箋注】**

〔一〕本詩作於初居潁時。宋王明清《揮麈後録》卷八云：「蘇叔黨以黨禁屏處潁昌，極無憀，有泗州招信（《宋史》作臨淮）人李植元秀者，鄉風慕義，歲一過之，必遲回以師資焉，且致餽饟甚腆。」李植：又作李植，字元秀，又作元直。宣和末，向伯恭出爲淮曹，蘇過以李植薦，靖康初補迪功郎。高宗朝累官户部員外郎，秦檜當國，植反對與金人議和，乞宫祠，十九年不仕。謚忠襄。《宋史》有傳。盱眙：縣名，在今江蘇。建炎三年（一一二九），升爲招信軍。見《宋史・地理志》。

〔二〕濁流：指淮河。淮山：指都梁山。蘇軾《泗州南山監倉蕭淵東軒二首》之二查慎行注：「按盱眙隸泗州，州在淮北，縣治其陰，故都梁號淮南第一山，景物清曠。」

〔三〕清羅：又作「青羅」。唐韓愈《送桂州嚴大夫》詩：「江作青羅帶，山如碧玉簪。」髻鬟：喻青山如美人髮髻。

〔四〕此二句美言山川奇美，鍾靈毓秀，才誕生了李植這樣的人才。

〔五〕八舍弟：即蘇遜。見《冬夜懷諸兄弟》注〔一三〕。蘇軾詩見《龍尾石硯寄猶子遠》。按：時人亦稱蘇過爲「小坡」。宋王明清《揮麈後録》卷八曰：「蘇過字叔黨，東坡先生季子也，翰墨文章能世其家。士大夫以『小坡』目之。」

〔六〕見《贈王子直》注〔一五〕。顏：即顏回，字子淵，春秋魯人，孔子弟子，好學，安貧樂道，不遷怒，不貳過，爲孔門德行科第一。見《史記·仲尼弟子列傳》。

〔七〕蓴鱸：《晉書·張翰傳》：「翰因見秋風起，乃思吴中菰菜蓴羹、鱸魚膾，曰：『人生貴得適志，何能羈宦數千里以要名爵乎？』遂命駕而歸。」

〔八〕重親：謂祖輩、父輩兩代親人。《金石萃編》載漢《郃陽令曹全碑》：「收養季祖母，供事繼母，先意承志，存亡之敬，禮無遺闕。是以鄉人爲之諺曰：『重親致歡。』」白雲間：《新唐書·狄仁傑傳》：仁傑爲并州法曹參軍，其「親在河陽，仁傑登太行山，反顧，見白雲孤飛，謂左右曰：『吾親舍其下。』瞻悵久之，雲移乃得去」。

## 叔父生日〔一〕

### 一

重耳飄流十九年〔二〕，我公涉世屢艱難〔三〕。笑看禮至爭銘鼎〔四〕，便學陶宏欲掛冠〔五〕。枕上軒裳何足夢〔六〕？壺中天地本來寬〔七〕。幅巾從此追巢許〔八〕，永愧蒼生起謝安〔九〕。

【箋注】

〔一〕此組詩當作於崇寧五年（一一〇六）二月二十日。詩云「退藏欲遂箕山志，談笑歸來潁水濱」，是蘇轍居潁未久。又云「爾來卜築安懸罄」，考蘇轍買宅、築室事在崇寧四年春秋間。二者相勘，正謂蘇轍崇寧四年自汝南歸潁、築室安居之事，則此篇五年所作必矣。

〔二〕重耳（？—前六二八）：晉獻公子。獻公寵驪姬，殺太子申生。重耳奔翟，流亡在外十九年，因秦穆公力歸國爲君，是爲晉文公。尊周室，破楚救宋，遂霸諸侯。爲春秋五霸之一。詳見《史記·晉世家》。

〔三〕蘇轍，嘉祐間第進士，再中制科，授商州軍事推官，以政見不合爲王安石所沮，不爲草制。熙寧間，轍在三司條例司，以非議青苗法貶，出爲河南推官。繼坐兄軾以詩得罪，謫監筠州酒税。哲宗立，宣仁后聽政，稍復親用，逮哲宗親政，以引漢武方神宗罪名出知汝州。居數月，再責知袁州，未至，降朝議大夫，試少府監，分司南京，筠州居住。又責化州别駕，雷州安置，移循州。徽宗即位，徙永州、岳州。崇寧中蔡京當國，降職罷任，閒居潁昌（見《宋史》本傳）。

〔四〕《禮記·樂記》：「禮至則不爭。」漢鄭玄注：「至，猶達也，猶行也。」銘鼎：古人銘鼎以記功。此言「禮至爭銘鼎」者，蓋反語以譏欺世盜名之徒也。

〔五〕陶宏：即陶弘景（四五六—五三六），南朝丹陽秣陵（治今南京市）人，字通明。「未弱冠，齊高帝作相，引爲諸王侍讀，除奉朝請。……永明十年，脱朝服掛神武門，上表辭禄。」後隱居句曲山，自號華陽隱居。因佐蕭衍奪齊帝位，建梁王朝，參與機密，時號山中宰相。晚好養生之術，著述甚夥。卒謚貞白。《梁書》、《南史》有傳。

〔六〕枕上軒裳：見《大人生日》（未試陵雲白日仙）注〔五〕。

〔七〕壺中天地：見《湖口人李正臣》注〔二〕。

〔八〕幅巾：見《次韻大人與藤守游東山》詩注〔一三〕。巢許：見《和新葺南園》注〔九〕。

〔九〕謝安（三二〇—三八五）：晉陽夏（治今河南太康）人，字安石，官至尚書僕射，領吏部，拜太保，卒贈太傅。《晉書·謝安傳》云：安少有重名，累辟皆不就，「征西大將軍桓温請爲司馬，將發新亭，朝士咸送，中丞高崧戲之曰：『卿累違朝旨，高卧東山，諸人每相與言，安石不肯出，將如蒼生何！蒼生今亦將如卿何！』安甚有愧色。」按此言當如巢許高隱，不必再出仕而引人非議。

二

山澤癯仙事渺茫〔一〕，武陵之説亦荒唐〔二〕。老聃及見東周晚〔三〕，季子幾同魯史長〔四〕。直以至仁符靜壽，固非吉卜予康强〔五〕。漢庭已致商顔叟〔六〕，寧似初平老牧羊〔七〕？

【箋注】

〔一〕山澤癯仙：見《地鑪歌寄伯仲》注〔一三〕。

〔二〕武陵之説：見《用韋蘇州寄全椒道士韻贈羅浮鄧道士三首》之二注〔一〕。

〔三〕老聃：即老子，《史記·老子列傳》云：「姓李氏，名耳，字聃。……老子脩道德，其學以自隱無名爲務。居周久之，見周之衰，乃遂去」；「蓋老子百有六十餘歲，或言二百餘歲，以其脩道而養壽也。」東周：前七七〇年周平王避犬戎之禍，自鎬京（今陝西長安西南）遷都洛邑（今河南洛陽市），是爲東周。前二五六年爲秦所滅。按《史記·孔子世家》記云，孔子三十四歲時（前五一七年）曾問禮於老子，是則老子生活下至於春秋末年。此即「及見東周晚」之謂也。

〔四〕季子：謂吴季札，春秋時吴公子，吴王壽夢之季子。壽夢欲傳以位，辭不受。封於延陵，故稱延陵季子，魯襄公二十九年，歷聘魯齊鄭衛晉等國，當時以多聞著稱。司馬遷《史記·吴太伯世家》嘗贊之云：「延陵季子之仁心，慕義無窮，見微而知清濁。嗚呼，又何其閎覽博物君子也。」魯史：謂《春秋》，相傳爲孔子據魯史刪削而成，以年繫事，爲儒家經典之一。按季子以能仁講讓事跡見於《春秋》、《左傳》，是名與《春秋》相始終也。

〔五〕「直以」二句：謂數子均因至仁而得寧靜長壽，並非祈卜兆之吉而冀康强。語出《論語·雍也》：「智者動，仁者靜；智者樂，仁者壽。」

〔六〕商顔叟：謂商山四皓，始高祖召，不應。後高祖欲廢太子，吕后用留侯計，迎四皓，使輔太子，高祖遂輟廢立之議。事見《史記·留侯世家》。參見《用韋蘇州寄全椒道士韻贈羅浮鄧道士三首》之二注〔五〕。按此謂朝廷將如禮請四皓迎蘇轍回京。

〔七〕晉葛洪《神仙傳》卷二：「黄初平者，丹溪人也，年十五，家使牧羊。有道士見其良謹，便將至金華山石室中，四十餘年，不復念家。後其兄尋至，就初平學，共服松脂茯苓，至五百歲。」

三

平生種德在斯民〔一〕，物理循環付大鈞〔二〕。今日里閭驚萬石〔三〕，異時廊廟活千人〔四〕。退藏欲遂箕山志〔五〕，談笑歸來潁水濱〔六〕。謾效兒童祝難老〔七〕，楚南靈木不知春〔八〕。

【箋注】

〔一〕種德：《書·大禹謨》：「臯陶邁種德，德乃降，黎民懷之。」僞孔傳：「種德，謂臯陶布行其德。」

〔二〕大鈞：指天、大自然。《漢書·賈誼傳》載誼《鵩鳥賦》：「大鈞播物，坱圠無垠。」唐顔師古注引如淳曰：「陶者作器於鈞上，此以造化爲大鈞也。」

〔三〕萬石：即石奮。《史記·萬石君列傳》曰：「萬石家以孝謹聞乎郡國，雖齊魯諸儒質行，皆自以爲不及也。」參見《用韋蘇州寄全椒道士韻贈羅浮鄧道士三首》之三注〔三〕。

〔四〕廊廟：朝廷也。蓋廊爲殿四周之廊，廟乃太廟，俱爲君臣議政之處。活千人：見《愛人堂爲李幾仲賦》注〔二一〕。

〔五〕退藏：引退。見《寄題幾仲所居二詩次定國王父舊韻》之二注〔三〕。

〔六〕蘇轍於元符三年遇赦，還居潁昌。

〔七〕難老：猶長壽。多用作祝壽之辭。《詩·魯頌·泮水》：「既飲旨酒，永錫難老。」《鄭箋》：「已飲美酒，而長賜其難使老；難使老者，最壽考也。」蘇軾《賜正議大夫守門下侍郎孫固生日詔》：「難老之祥，神人攸相。」

〔八〕《莊子·逍遥游》：「楚之南有冥靈者，以五百歲爲春，五百歲爲秋。」唐陸德明《釋文》引李頤注：「冥靈，木名也，江南生；以葉生爲春，葉落爲秋。此木以二千歲爲一年。」

## 四

圖形未肯上陵煙〔一〕，欲了人間一大緣。心法已傳黄蘗要〔二〕，形神自契赤松仙〔三〕。爾來卜築安懸罄〔四〕，空使蒼生望濟川〔五〕。不用丹砂留齒髮，見恒河性本依然〔六〕。

【箋注】

〔一〕陵煙：閣名。古時爲褒獎功臣而築高閣，繪功臣圖形於其上。《封氏聞見記》卷五「圖畫」：「貞觀十七年，又使（閻）立本圖太原幕府功臣長孫無忌等二十四人于陵煙閣，太宗自爲贊。」又作「凌煙閣」。北周庾信《周柱國大將軍紇干弘神道碑》云：「天子畫凌煙之閣，言念舊臣。」唐太宗貞觀十七年，代宗廣德元年均有繪功臣像於陵煙閣事。清倪璠謂「陵煙」之名起於介子推（見《庾子山集》卷十四注）。

〔二〕心法：佛教語。指經典以外傳受之法。以心相印證，故名。唐李華《潤州天鄉寺故大德雲禪師碑》：「自菩提達摩降及大照禪師，七葉相乘，謂之七祖，心法傳示，爲最上乘。」黄蘗：謂黄檗宗，佛教禪宗派别，因黄檗山得名，山在福建福清。唐貞元五年，正幹禪師傳六祖弘忍之法，開創此山，爾後斷際禪師希運，大振宗法，是宗得昌。唐裴休集有《黄檗山斷際禪師傳心法要》一書，即本詩所謂「黄蘗要」者是也。

〔三〕赤松仙：即赤松子。傳説中的神仙。神農時爲雨師，服水玉以教神農，能入火不燒。見舊題劉向《神仙傳》卷上。

〔四〕懸罄：《左傳・僖公二十六年》：「室如縣（懸）罄，野無青草。」程瑶田《通藝録》云：「室如懸罄，字從缶，與從石同意，罄有房室中空之象，室無資糧，故曰如縣罄也。」

〔五〕《書・説命上》殷高宗武丁命相傅説曰：「若濟巨川，用汝作舟楫。」空：徒然。按此言民衆希望蘇轍復出，而事與願違。

〔六〕「不用」二句：言不必以藥物延年，關鍵在一切有好的心態。此亦東坡所謂「自其不變者而觀之，則物與我皆無盡也」。蘇軾《在彭城日……感之作詩》：「對玉山人今老矣，見恒河性故依然。」宋施元之注：《楞嚴經》：「佛告波斯國王言：『我今示汝不生滅性，汝年幾時見恒河水？』王言：『我生三歲經過此流，爾時即知是恒河水。』佛言：『如汝所説日月歲時念念變遷，則汝三歲見此河時，王年十三，其水云何？』王言：『如三歲時，宛然無異；乃至於今年六十二，亦無有異。』」

## 送在庭姪領漕歸蜀〔一〕

伯祖昔爲郎，出乘使者轓〔二〕。德星照東蜀，遺愛及後昆〔三〕。登車問民瘼〔四〕，手拊創痍痕〔五〕。遂使吾蜀人，不知獄吏尊〔六〕。迢迢六十年，乃復見曾孫〔七〕。曾孫早讀書，待詔金馬門〔八〕。一選文昌省〔九〕，駸駸西掖垣〔一〇〕。凜然七尺軀，雲夢不足吞〔一一〕。乃居嚴徐間，齒吐吻脣〔一二〕。青雲豈不願〔一三〕，局促畏短轅〔一四〕。收拾五車書〔一五〕，歸掃西山墳〔一六〕。平生有家學〔一七〕，舍魚取熊蹯〔一八〕。況兹甘棠俗〔一九〕，尚懷挾纊恩〔二〇〕。上以慰慈母，一笑請平反〔二一〕。下以慰父老，俯不怍九原〔二二〕。更酌老翁水〔二三〕，我爲歃此言〔二四〕。

【箋注】

〔一〕作於崇寧五年（一一〇六）。蘇轍《欒城後集》是年秋有《次遲韻示陳天倪秀才姪孫元老主簿》、《再次韻示元老》及《送元老西歸》詩，有云「晝錦西歸及早秋」。過篇即作於同時。蘇在庭，名元老，又字子庭，過族侄。幼孤力學，長於《春秋》，善屬文。舉進士，歷太常少卿，外和內勁，不妄與人交。梁師成欲因緣見且求其文，拒不答，言者遂論元老蘇軾從孫，且爲元祐邪説，罷爲提點明道宫，後累官太常少卿。《宋史》有傳。領漕：《宋史·蘇元老傳》言元老「尋除成都路轉運副使」。轉運之官「掌經度一路財賦」，又稱「漕臣」，故云「領漕」。參見《宋史·職官志七》。

〔二〕「伯祖」二句：伯祖：指蘇涣。涣（一〇〇一——一〇六二），蘇洵兄，始字公群，晚字文父，天聖二年進士，嘗官鳳翔寶鷄主簿、鳳州司法、通判閬州、提點利州路刑獄、都官郎中等（事見蘇轍《伯父墓表》）。使者轓：謂提點利州路刑獄事。轓：有障蔽之車。

〔三〕「德星」二句：謂蘇渙通判閬州時，流譽於民。德星：《史記·今上本紀》「天其報德星」司馬貞《索隱》：「德星：歲星也，歲星所在有福，故曰德星也。」後用德星指賢士。遺愛：《左傳·昭公十二年》：「及子産卒，仲尼聞之，出涕曰：『古之遺愛也。』」晉杜預注：「子産見愛，有古人遺風。」後昆：后嗣；子孫。《書·仲虺之誥》：「垂裕後昆。」蘇軾《吊徐德占》詩：「死者不可悔，吾將遺後昆。」

〔四〕登車：猶言「到任」。《後漢書·范滂列傳》：滂爲清詔使，「登車攬轡，慨然有澄清天下之志。」後以「登車」爲帝使稱。民瘼：民衆的疾苦。語本《詩·大雅·皇矣》：「監觀四方，求民之莫。」清馬瑞辰《毛詩傳箋通釋》：「《漢書》、《潛夫論》及《文選》注，並引作『求民之瘼』。」《後漢書·循吏傳序》：「廣求民瘼，觀納風謡。」蘇軾《揚州到任謝執政啟》：「軾敢不益求民瘼，勉盡鄙才。但未歸田之須臾，猶思報國之萬一。」

〔五〕創痍：創傷。喻疾苦。《漢書·淮南厲王劉長傳》：「高帝蒙霜露，沫風雨，赴矢石，野戰攻城，身被創痍，以爲子孫成萬世之業，艱難危苦甚矣。」蘇軾《和陶飲酒詩》之二十：「當時劉項罷，四海創痍新。三杯洗戰國，一斗銷彊秦。」

〔六〕「遂使」二句：《史記·絳侯世家》：「絳侯既出，曰：『吾嘗將百萬軍，然安知獄吏之貴乎。』」按蘇轍《伯父墓表》云，蘇渙爲利州路提點刑獄，「至逾年，劾城固縣令一人妄殺人者，一道震恐，遂以無事」。蘇軾《送黄師是赴兩浙憲》詩：「一見刺史天，稍忘獄吏尊。」

〔七〕「迢迢」二句：蘇轍《伯父墓表》言蘇渙於鳳州司法任丁母憂去官，起爲開封士曹，離任後通判閬州。據蘇洵《族譜後録》推之，其母當逝於一〇三二年，則通判閬州當在一〇四一年左右，距此詩之作已六十餘年，言六十，舉其成數耳。曾孫：即指元老。

〔八〕金馬門：宦者署門。門旁有銅馬，故名。武帝時，相馬者東門京作銅馬法獻之，立馬於魯班門外，更名魯班門爲金馬門。東方朔、主父偃、嚴安、徐樂皆待詔金馬門。見《漢書·東方朔傳》及《後漢書·馬援列傳》。此以況元老求學太學事。蘇轍《送元老西歸》詩：「晝錦西歸及早秋，十年太學爲親留。」

〔九〕文昌省：即尚書省。《新唐書·百官志》「尚書省」注曰：「光宅元年曰文昌臺，俄曰文昌都臺。」尚書省下轄吏户禮兵刑工六部，禮部掌選舉。此蓋謂元老應尚書省之禮部試，以進士登第也。

〔一〇〕騤騤：馬速行貌。《詩·小雅·四牡》「載驟騤騤」毛傳：「騤騤，驟貌。」西掖垣：即中書省。《漢官儀》：「前世文士，以中書在右，因之謂中書爲右曹，又稱西掖。」元老嘗爲秘書正字（見本傳）。秘書省，南朝梁武帝始置，掌秘籍。唐因之，隸中書省。後廢，宋神宗時復置，爲寄禄之官，無職掌。以其曾隸於中書省（見《舊唐書·職官二》「秘書省」注），故得稱「西掖」。

〔一一〕司馬相如《子虚賦》：「秋田乎青丘，徬徨乎海外，吞若雲夢者八九，其於胸中曾不蔕芥。」雲夢：

本澤名，在漢南郡華容縣（今湖北潛江）南（見《漢書·地理志》）。又泛指楚王游獵區，地包江漢平原及周圍部分丘陵與江南部分地區。

〔一二〕「乃居」二句：嚴徐：西漢嚴安、徐樂。參見《和叔寬田園六首》之一注〔六〕。

〔一三〕青雲：喻高位。《史記·范雎列傳》：雎既爲秦相，須賈見之，「頓首言死罪曰：『賈不意君能自致於青雲之上。』」

〔一四〕言仕途艱險，進退維谷。局促：聯綿詞，同「局趣」，猶豫貌。《史記·魏其武安侯列傳》：「上怒内史曰：『公平生數言魏其武安長短，今日廷論，局趣效轅下駒。』」

〔一五〕五車：極言其多。語出《莊子·天下》：「惠施多方，其書五車。」

〔一六〕西山墳：即葬於四川眉山之祖墳。

〔一七〕蘇轍《送元老西歸》詩云：「家有吏師遺躅在，當令耆舊識風流。」轍自注云：「伯父仕宦四十年，當時號爲吏師。」

〔一八〕謂在庭淡於升遷而回原籍爲官以盡孝道。《孟子·告子上》：「孟子曰：『魚我所欲也，熊掌亦我所欲也，二者不可得兼，捨魚而取熊掌者也；生亦我所欲也，義亦我所欲也。二者不可得兼，捨生而取義者也。』」

〔一九〕甘棠俗：《詩·召南·甘棠》鄭箋：召公南巡，嘗憩於甘棠樹下，後人思其德，相戒勿伐此樹，並爲詩以頌之。參見《次韻叔父月季再生》注〔七〕。

〔二〇〕挾纊：《左傳·宣公十二年》：「申公巫臣曰：『師人多寒。』王巡三軍，拊而勉之，三軍之士，皆如挾纊。」晉杜預注：「纊，綿也。言說（悦）以忘寒也。」

〔二一〕「上以」二句：見《愛人堂爲李幾仲賦》注〔二一〕。

〔二二〕言不愧對于地下的祖先。怍：慚也，愧也。九原：謂泉下人也。參見《松風亭詞》注〔一七〕。

〔二三〕老翁水：即老翁井。宋時在眉州彭山縣境内（今改屬眉山柳溝）。每當「山空月明，天地開霽，則常有老人蒼顔白髮，偃息於泉上，就之則隱而入於泉，莫可見」。（蘇洵《老翁泉銘》序）蘇洵及夫人程氏皆卜葬於兹。

〔二四〕歃：猶歃血爲誓也。古常微啜牲血以設誓。按此言自己發誓也將回歸故里。

## 送伯達兄赴嘉禾〔一〕

我生三十餘〔二〕，憂患恰半生。飄零萬里外，偶存三弟兄。去去復遠别，朔風催客征。相看各華髮〔三〕，豈免兒女情。五載卧箕潁〔四〕，分甘一廛氓〔五〕。嗟哉生理拙，口腹不解營。各逐升斗仕〔六〕，彈冠愧淵明〔七〕。誰知三徑荒〔八〕，聊代十畝耕〔九〕。我政牛馬走〔一〇〕，君乃簿書嬰〔一一〕。壯心已灰槁〔一二〕，焦芽不復萌〔一三〕。莊舄偶懷越〔一四〕，嗣宗求步兵〔一五〕。行藏本無意〔一六〕，簪組鴻毛輕〔一七〕。脱去西風塵〔一八〕，江山照人清。扁舟五湖月〔一九〕，千里爲蒪羹〔二〇〕。行著下下考〔二一〕，願辭赫赫名。青衫道旁吏〔二二〕，時哉那可爭〔二三〕。

【箋注】

〔一〕作於大觀元年（一一〇七）。王文誥《蘇詩總案》卷四五《蘇邁傳》曰：「（邁）大觀元年，起知嘉禾。」驗之蘇轍《欒城三集》政和二年（一一一二）春《喜姪邁還家》所謂「一別匆匆歲五除」者，若合符節。趙懷玉以爲本詩作於崇寧二三年間，誤。伯達：蘇邁。見《次韻伯達仲豫二兄和參寥子》注〔一〕。嘉禾即南豐縣（在今江西）。以唐時曾移治嘉禾驛（在今縣治東一里）故，又有嘉禾別稱。

〔二〕蘇過生於熙寧壬子五年（一〇七二），至此已三十有六。參見後《小斜川·引》。

〔三〕華髮：頭髮花白。蘇軾《與莫同年雨中飲湖上》詩：「到處相逢是偶然，夢中相對各華顛。」

〔四〕蘇過崇寧二年（一一〇三）秋服除，自汝州郟城縣歸於潁昌，與兄居，至此亦已五載。

〔五〕一廛氓：見《李方叔治潁川水磨》注〔六〕。

〔六〕升斗仕：謂官卑禄薄。《漢書·梅福傳》載福上書曰：「言可采者，秩以升斗之禄，賜以一束之帛。」

〔七〕彈冠：謂從仕。參見《愛人堂爲李幾仲賦》注〔一五〕。

〔八〕三徑荒：見《和叔寬贈李方叔》注〔八〕。

〔九〕謂作小吏不過是稻粱之謀。十畝：《詩·魏風·十畝之間》：「十畝之間兮，桑者閑閑兮。」鄭箋：「古者一夫百畝，今十畝……削小之甚。」

〔一〇〕牛馬走：《文選・司馬遷〈報任少卿書〉》：「太史公牛馬走司馬遷再拜言」唐李善注：「走，猶僕也。言已爲太史公（司馬談）掌牛馬之僕。自謙之詞也。」

〔一一〕簿書：官署文書。嚮時蘇邁嘗爲德興縣尉、河間知縣等官。嬰：纏繞。

〔一二〕見《送曇秀》注〔四〕、《與王子敏相別十年》注〔五〕。

〔一三〕焦芽：枯焦的幼芽。佛教喻不能萌生無上道心的人。南朝梁蕭統《講席將畢賦三十韻》：「八水潤焦芽，三明啟群目。」按此言已無大志可言，不過爲貧而仕。

〔一四〕懷越：懷念故鄉。語出《史記・陳軫列傳》：「越莊舄仕楚執珪，有頃而病。楚王曰：『舄故越之鄙細人也，今仕楚執珪，貴富矣，亦思越不？』中謝對曰：『凡人之思故，在其病也。彼思越則越聲，不思越則楚聲。』使人往聽之，猶尚越聲也。」

〔一五〕嗣宗：即阮籍，見《寄題幾仲所居二詩》之二注〔五〕。《三國志・魏書・阮籍傳》云：「籍以世多故，禄仕而已，聞步兵校尉缺，廚多美酒，營人善釀酒，求爲校尉，遂縱酒昏酣，遺落世事。」

〔一六〕行藏：指出處或行止。語本《論語・述而》：「子謂顏淵曰：『用之則行，捨之則藏，唯我與爾有是夫。』」

〔一七〕簪組：見《和大人游羅浮山》注〔二〇〕。

〔一八〕西風塵：見《寄題幾仲所居二詩》之二注〔四〕。

〔一九〕見《題鬱孤臺》注〔一一〕。

〔二〇〕見《送李植秀才歸盱眙》注〔七〕。

〔二一〕下下考：《新唐書·陽城傳》：「州當上考功第，（城）自署曰：『撫字心勞，追科政拙，考下下。』」

〔二二〕唐制，文官八品九品服以青色，故後多以「青衫」代指小官。又下層官吏每值上司按臨，均需道左相迎，故謂「道旁吏」。

〔二三〕時哉：《論語·鄉黨》：「色斯舉矣，翔而後集。曰：『山梁雌雉，時哉時哉！』」三國魏何晏《集解》云：「曰山梁雌雉得其時而人不得其時，故歎之。」

## 送八弟赴官①汝南〔一〕

丈夫志四方，彈冠苦不早〔二〕。終童來請纓〔三〕，賈誼試三表〔四〕。二子俱弱冠〔五〕，功名滿懷抱。要非江湖士，未易語枯槁〔六〕。君年逾三十〔七〕，閉門事幽討〔八〕。父兄逼從仕，攬轡方稍稍〔九〕。久安田舍樂，寧坐元龍笑〔一〇〕。白髮始爲郎，定似馮唐老〔一一〕。效官麴蘖間〔一二〕，區區營一飽〔一三〕。雖知漿饋薄，要使人無保〔一四〕。淮蔡山川美，民淳足魚稻。作詩慰所思，夢繞池塘草〔一五〕。

**【校記】**

①赴官：舊本作「官赴」。

**【箋注】**

〔一〕《欒城三集》大觀元年（一一〇七）秋冬之交有《送遜監淮西酒並示諸任》詩。八弟，即蘇遜，見《冬夜懷諸兄弟》注〔一三〕。過此篇即同時作。汝南：即蔡州，治在今河南汝南。漢嘗於其地置汝南郡，故稱。又因唐方鎮淮西道曾治於此，故又稱淮西。在宋爲蔡州，汝南郡，淮康軍節度（見《宋史·地理志》）。

〔二〕彈冠：謂從仕。參見《愛人堂爲李幾仲賦》注〔一五〕。

〔三〕終童：即終軍（？—前一一二），西漢濟南人，字子雲，博辯能文，武帝朝年十八，至長安上書言事，拜謁者給事中，累擢諫大夫，後使南越，死事。「軍死年二十餘，故世謂之終童」。《漢書》有傳。請纓：終軍本傳云：南越與漢和親，乃遣（終）軍使南越，説其王，欲令入朝，比内諸侯。軍自請曰：「願受長纓，必羈南越王而致之闕下。」軍遂往説越王，越王聽許，請舉國内屬。

〔四〕賈誼（前二〇一—前一六九）：西漢洛陽（今洛陽）人，年十八，以能誦詩書屬文稱於郡中。文帝召爲博士，時年二十餘，歲中超遷至太中大夫，力倡改革朝政。旋爲大臣絳灌等所讒，出爲長沙王太傅，後改拜梁王太傅，上《治安策》。梁王墮馬死，誼自傷爲傅無狀，哭泣歲餘亦死。《史記》、《漢書》有傳。試三表：《漢書·賈誼傳贊》：「及欲試屬國，施五餌三表以係單于，其術固已疏矣。」唐顏師古注：「賈誼書謂愛人之狀，好人之技，仁道也；信爲大操，常義也；愛好有實，已諾可期，十死一生，彼將必至。此三表也。」此以「三表」指賈誼所獻之策。

〔五〕弱冠：《儀禮·曲禮》：「二十曰弱，冠。」按後誤以「弱冠」連文指少年。

〔六〕「要非」二句：言非真絶意功名，則難以與言隱者之趣。枯槁：見《聞潮陽吴子野出家》注〔一五〕。

〔七〕蘇遜生於熙寧甲寅七年（一〇七四），至此已三十有四歲（參蘇轍甲寅年《和子瞻喜虎兒（遜）生》「寅年生虎慰爺娘」）。

〔八〕唐杜甫《贈李白》詩：「李侯金閨彦，脱身事幽討。」事幽討：謂致力於學，探幽發微也。亦即蘇轍《送遜監淮西酒並示諸任》詩所謂「相與閉門尋舊學」。

〔九〕攬轡：猶走馬上任。《後漢書·范滂列傳》：滂爲清詔使，「登車攬轡，慨然有澄清天下之志。」

〔一〇〕元龍：陳登字。登，東漢下邳（治今江蘇睢寧西北）人。忠亮高爽，深沉有大略，少有扶世濟民之志。歷任廣陵、東城太守。後以擒吕布有功，封伏波將軍。登嘗居下邳，許汜過訪，登以汜徒有國士之名而不問世事，求田問舍，言無可采，遂不禮焉。後因以陳登爲憂國憂民之範式。見《三國志·魏書》本傳及裴注。

〔一一〕「白髮」二句：馮唐：西漢安陵（治今陝西咸陽東北）人。年已老，尚爲郎趨走，文帝嘗怪而「問唐曰：『父老，何自爲郎？』」唐直言敢諫，力爲雲中守魏尚辯冤，文帝悦，復用魏尚，因任唐爲車騎都尉。景帝時，爲楚相。參閲《史記》、《漢書》本傳。郎：帝王之侍從官，每以少年爲之。

〔一二〕指遜出監酒税事。

〔一三〕晉陶淵明《飲酒詩》之十：「傾身營一飽，少許便有餘。」

〔一四〕「雖知」二句：《莊子·列禦寇》曰：列禦寇方適齊，道飲於十漿之家，其中五家敬奉漿水。列子懼而返，言於伯昏瞀人曰：「夫饕人特爲食羹之貨，無多餘之贏，其爲利也薄，其爲權也輕，而猶若是，而況萬乘之主乎！身旁於國而知盡於事，彼將任我以事而效我以功。吾是以驚。」伯昏瞀人戒其隱身弢光，冥混忘我，否則「人將附依於汝」。無幾何而往，列子之門歸依者甚衆。伯昏瞀人責之曰：「已矣！吾固告汝曰人將保汝，果保汝矣。非汝能使人保汝，而汝不能使人無保汝也。」保：陸德明《釋文》引司馬彪曰「附也」。按此以「漿饋」指爵禄。蓋謂雖求薄俸，要非希世盜名者也。

〔一五〕「作詩」二句：謝靈運極賞從弟惠連，云：「每有篇章，對惠連輒得佳語。」嘗於永嘉西堂思詩，竟日不就，忽夢惠連，即得「池塘生春草」佳句。見南朝梁鍾嶸《詩品》卷中引《謝氏家傳》。

## 和吕居仁宿盤溪〔一〕

君詩如芝蘭〔二〕，君操如松竹〔三〕。寧當食舍魚，坐待熊蹯熟〔四〕。中商掩仁義，已作高閣束〔五〕。長吟失憔悴，短綴謝煩促〔六〕。自然四壁空，惟有三冬足〔七〕。我懷嵩少游〔八〕，已辦巾一幅〔九〕。願言山中友〔一〇〕，先登惟子獨。須煩懸河辯〔一一〕，令我千兔禿〔一二〕。歸來詩滿囊〔一三〕，大勝富潤屋〔一四〕。窮通有定分〔一五〕，臲卼悲所續〔一六〕。一醉盤溪堂，自取君詩讀。

【箋注】

〔一〕作於大觀二年（一一〇八）。吕本中居仁《東萊集》有《宿潁昌范氏水閣》詩（趙懷玉曰「宿盤溪詩，《東萊集》不載」，蓋失考）。按吕詩有云「賢哉五年別，有此一室獨」，又本中大觀二年在真州與吕知止詩有「五年卻走各南北」，「五年坐此如囚拘」句，是俱爲本中離潁昌五年後的大觀二年。吕居仁：即吕本中，壽州（治今安徽壽縣）人。元祐宰相吕公著曾孫、好問子。從楊時等人受學。以蔭授承務郎，紹聖黨禍起，本中坐焉。紹興六年特賜進士。累遷中書舍人兼直學士院。《宋史》有傳。盤溪：即吕氏所謂范氏水閣，范氏，疑即范正平。

〔二〕《宋史》本傳謂本中「有詩二十卷，得黄庭堅、陳師道句法」。

〔三〕《宋史》本傳《論》謂本中「其才猷可以經邦，其風節可以勵世」。

〔四〕「寧當」二句：見《送在庭姪領漕歸蜀》注〔一八〕。按此與下二句皆言吕居仁不屈己以從流俗。

〔五〕「申商」二句：謂吕居仁篤行仁義，不爲其他學説所動。申商：即申不害、商鞅。申不害（前三八五—前三三七）：戰國時鄭國京（今屬河南）人。爲學重術，韓昭侯用爲相，内修政教，外應諸侯，國治兵强。《史記》有傳。商鞅（約前三九〇—前三三八）：戰國衛人。姓公孫名鞅，以封於商，亦稱商鞅、商君。其學重法。爲秦相，助孝公變法，秦因富强。孝公死，鞅被誣，車裂死。《史記》有傳。按申商爲法家代表，皆主刑名，《漢書・藝文志》云：「法家者流……則無教化，去仁愛，專任刑法，而欲以致治；至於殘害至親，傷恩薄厚。」高閣束：《晉書・庾翼傳》：「京兆杜乂、陳郡殷浩並才名冠世，而翼弗之重也，每語人曰：『此輩宜束之高閣，俟天下太平，然後議其任耳。』」

〔六〕「長吟」二句：謂吕作詩無論長篇還是短製都精雕細刻。失憔悴：唐李白《戲贈杜甫》詩：「飯顆山頭逢杜甫，頭戴笠子日卓午。借問别來太瘦生，總爲從前作詩苦。」煩促：《文選·張華〈答何劭〉詩之一》：「恬曠苦不足，煩促每有餘。」唐張銑注：「煩促，急迫也。」蘇轍《同李倅鈞訪趙嗣恭留飲南園晚衙先歸》詩：「琳宫仙伯自閒暇，幕府麄官苦煩促。」

〔七〕三冬足：見《借書》注〔一二〕。

〔八〕嵩少：即中嶽嵩山，亦名嵩高，五嶽之一，在今河南登封北。其山由主山太室、少室組成，故亦稱「嵩少」。見《太平寰宇記》卷四《西京》。

〔九〕見《次韻大人與藤守游東山》注〔一三〕。

〔一〇〕言：語辭。

〔一一〕懸河：形容論辯滔滔不絶。語出《世説新語·賞譽》：「郭子玄（象）語議如懸河瀉水，注而不竭。」

〔一二〕唐太宗《書王羲之傳後》：「雖禿千兔之翰，聚無一毫之筋。」唐李白《醉後贈王歷陽》：「書禿千兔毫，詩裁兩牛腰。」兔：毛筆多以兔毛爲之，故常代指筆。

〔一三〕詩囊：詩稿袋。《新唐書·李賀傳》：「每旦日出，騎弱馬，從小奚奴，背古錦囊，遇所得，書投囊中。」

〔一四〕《禮記·大學》：「富潤屋，德潤身，心廣體胖。」

〔一五〕窮通：困厄與顯達。語出《莊子·秋水》：「孔子曰：『我諱窮久矣，而不免，命也；求通久矣，而不得，時也。』」

〔一六〕謂凡事當順其自然，不可任性而爲。《莊子·駢拇》：「是故鳧脛雖短，續之則憂；鶴脛雖長，斷之則悲。故性長非所斷，性短非所續。」

**【附】**

呂本中《宿潁昌范氏水閣》

溪流淺無聲，月色初到竹。主人中夜歸，客子睡已熟。嚮來湖海興，歲事方窘束。云何蟋蟀歌，更自傷局促。相尋覓舊約，見子故未足。翛然解衣卧，高枕被數幅。賢哉五年別，有此一室獨。我鬢日已白，子髮良未禿。尚懷平生歎，歌呼聲徹屋。何須豕腹脹，更伴狗尾續。明朝尋故人，戲語公一讀。

## 次韻韓華國相約游嵩少〔一〕

春糧已辦登山計〔二〕，積潦車輪四角生〔三〕。勇健無人先接淅〔四〕，滯留愧我説重盟。風回遠壑雲歸岫〔五〕，雨洗蒼苔屐有聲〔六〕。刻石題名須絶巘〔七〕，蓬萊頂上記曾行〔八〕。

【箋注】

〔一〕蘇過游嵩少諸詩，俱作於一一〇八年。按是年呂本中自真州來潁昌，與韓華國、蘇過等六人相與游嵩少，《東萊集》記此游之詩甚多。是篇蓋相約時作也。韓華國：未詳。

〔二〕舂糧：擣米備糧。《莊子·逍遥游》：「適百里者宿舂糧，適千里者三月聚糧。」指隔宿擣米備糧。蘇軾《王鄭州挽詞》：「那知聚散舂糧外，便有悲歡過隙中。」

〔三〕積潦：路上低窪處的積水。四角生：謂車行艱難。唐陸龜蒙《古意》詩：「君心莫淡薄，妾意正棲託。願得雙車輪，一夜生四角。」

〔四〕接淅：《孟子·萬章下》：「孔子之去齊，接淅而行。」漢趙岐《章句》：「淅，漬米也，不及炊，避惡亟也。」按後世以「接淅」指行色匆忙。蘇軾《歸朝歡》詞：「此生長接淅，與君同是江南客。」

〔五〕岫：有洞穴的山。

〔六〕唐姚合《萬年縣中雨夜會宿寄皇甫甸》詩：「縣齋還寂寞，夕雨洗蒼苔。」屐：木屐。底有二齒，以行泥路（劉熙《釋名·釋衣服》）。

〔七〕絶巘：極高的山峰。晉張協《七命》：「於是登絶巘，溯長風。」北魏酈道元《水經注·江水二》：「絶巘多生怪柏。」

〔八〕唐李白《懷仙歌》：「巨鼇莫載三山去，我欲蓬萊頂上行。」

# 後旬日雨止遂行至大成岡初見嵩少〔一〕

青山真似有情人，百里相迎列萬屯〔二〕。積翠已堪供爽氣，群趨如欲避雄尊〔三〕。少寬眼界塵埃外〔四〕，卻視醯鷄井陌喧〔五〕。方信胸中有餘地，青丘雲夢不勞吞〔六〕。

【箋注】

〔一〕作於大觀二年（一一〇八）。

〔二〕萬屯：猶言萬峰。《莊子·至樂》：「生於陵屯，則爲陵舃。」唐成玄英疏：「屯，阜也。」

〔三〕雄尊：雄偉莊嚴。此指嵩山。

〔四〕嵩山：古名外方，蓋其有脱俗之勢也。

〔五〕醯鷄：見《北山雜詩》之二注〔四〕。井陌：謂田疇。蓋古行井田之制，井即指田。陌，乃田間小道，東西曰陌，南北曰阡（見《史記·秦本紀》「爲田開阡陌」司馬貞《索隱》引《風俗通》）。

〔六〕青丘、雲夢：見《夜獵行》注〔一一〕及《送在庭姪領漕歸蜀》注〔一一〕。

# 登峻極頂〔一〕

言登嵩高峰，結束兩芒屩〔二〕。攝衣上天梯〔三〕，股栗戰犖确〔四〕。不知幾流汗，躍出萬仞壑。剛風被太虛〔五〕，塵世俯下濁。依稀兩仙童，遺我一丸藥〔六〕。平生井底蛙，未見宇宙廓〔七〕。四維忽騫舉〔八〕，小知爲磅礴〔九〕。得窮恢譎眼〔一〇〕，賴有騰趠腳〔一一〕。東觀扶桑升〔一二〕，北瞰天河落〔一三〕。不須議雄尊，培塿眇廬霍〔一四〕。

**【箋注】**

〔一〕作於大觀二年（一一〇八）。峻極頂：《禮記·孔子閒居》：「其在《詩》：嵩高維嶽，峻極於天。』」後遂以峻極名嵩高之最高峰。

〔二〕結束：紮縛，捆紮。《後漢書·東夷傳·倭》：「其男衣皆横幅結束相連。」芒屩：即芒鞋。俗謂之草鞋。《晉書·劉惔傳》：「惔少清遠，有標奇，與母任氏寓居京口，家貧，織芒屩爲養。」

〔三〕唐李白《蜀道難》詩：「地崩山摧壯士死，然後天梯石棧相鉤連。」

〔四〕股栗：《史記·郅都列傳》：「（郅都）至則族滅瞯氏首惡，餘皆股栗。」南朝宋裴駰《集解》引徐廣曰：「髀腳戰摇也。」犖确：唐韓愈《山石》詩：「山石犖确行徑微，黄昏到寺蝙蝠飛。」宋孫覿曰：「犖确，山不平貌。」

〔五〕剛風：罡風。高天强勁的風。《抱朴子·雜應》：「去地四千里，風力猛壯，有剛風世界。」唐顧況《曲龍山歌》之二：「願逐剛風騎吏旋，起居按摩參寥天。」《朱子語類》卷二：「高山無霜露，卻有雪……道家有『高處有萬里剛風』之説，便是那裏。」太虚：指天，天空。《文選·孫綽〈游天台山賦〉》：「太虚遼廓而無閡，運自然之妙有。」唐李善注：「太虚，謂天也。」

〔六〕「依稀」二句：見《次韻伯達仲豫二兄和參寥子》注〔三〕。

〔七〕「平生」二句：《莊子·秋水》：「井鼃（同蛙）不可以語於海者，拘於虚（所居之地）也。」廓：廣大。

〔八〕四維：指四方。唐歐陽詹《早秋登慈恩寺塔》詩：「寶塔過千仞，登臨盡四維。」蘇轍《祭亡兄端明文》：「兄敏我愚，賴以有聞；寒暑相從，逮壯而分……如鴻風飛，流落四維。」騫舉：飛動貌。唐張彦遠《法書要録》卷八《妙品》：「（梁蕭子雲）刱（創）造小篆飛白，意趣飄然，點畫之際，若有騫舉。」按此謂四方風起。

〔九〕小知：指智慧狹劣之人。《莊子·齊物論》：「大知閑閑，小知間間。」

〔一〇〕恢譎：通恢恑。《莊子·齊物論》：「恢恑憰怪，道通爲一。」唐成玄英疏：「恢者，寬大之名。恑者，奇變之稱。憰者，矯詐之心。怪者，妖異之物。」按此言離奇神異也。

〔一一〕騰踔：跳起；凌空。晉左思《吴都賦》：「狖鼯猓然，騰趠飛超。」韓愈《岳陽樓别竇司直》詩：「巍峨拔嵩華，騰踔較健壯。」

〔一二〕扶桑：傳説日出於扶桑之下，拂其樹杪而升，因謂爲日出處。亦代指太陽。《楚辭·九歌·東君》：「暾將出兮東方，照吾檻兮扶桑。」漢王逸《章句》：「日出，下浴於湯谷，上拂其扶桑，爰始而登，照曜四方。」晉陶潛《閒情賦》：「悲扶桑之舒光，奄滅景而藏明。」逯欽立校注：「扶桑，傳説日出的地方。這裏代指太陽。」

〔一三〕天河：即銀河。《詩·大雅·雲漢》「倬彼雲漢」鄭箋：「雲漢，謂天河也。」北周庾信《鏡賦》：「天河漸没，日輪將起。」唐韋應物《擬古》詩之六：「天河横未落，斗柄當西南。」

〔一四〕「不須」二句：謂登臨絶頂，視廬霍但如土丘耳。雄尊：指嵩高。培塿：小土丘。廬霍：廬山與霍山。廬山：亦名匡廬。在今江西九江市南。北臨大江，東傍鄱陽，有飛峙之雄。見宋陳舜俞《廬山記·總叙·山》。霍山：亦名太岳、霍太山，在今山西霍州東南，其山高百丈，綿延三百里，見《嘉慶一統志·霍山》。

## 贈知命劉居士卜居①〔一〕

言乘下澤車〔二〕，來赴嵩高約。青山多雨露，咫尺負丘壑。眷餘實畸人〔三〕，雅與世緣薄〔四〕。問途忽我顧，扣户煩剥啄〔五〕。君才少不羈〔六〕，屢散千金索〔七〕。胸中横詩書，帳下餘猿鶴〔八〕。何妨門如市〔九〕，心若虚舟泊〔一〇〕。聊師季主卜〔一一〕，玩世甘寂寞〔一二〕。箕山宛在目，潁水清帶郭〔一三〕。何年定卜居，伴我采薇霍〔一四〕。

【校記】

①本詩諸刻本不載，茲據舊本補録。

【箋注】

〔一〕大觀二年（一一〇八）游嵩少時作。劉知命居士：事跡不詳。

〔二〕下澤車：見《題鬱孤臺》注〔一二〕、《送人泛海北歸兼寄諸兄弟》注〔一七〕。

〔三〕畸人：見《大人生日》（窮寓三年瘴海濱）注〔六〕。

〔四〕雅：素來；一向。世緣：俗緣。蘇軾《次韻絶句各述所懷》之四：「定似香山老居士，世緣終淺道根深。」

〔五〕剥啄：扣門聲。

〔六〕不羈：《漢書·司馬遷傳》：「僕少負不羈之才，長無鄉曲之譽。」唐顔師古注：「不羈，言其才質高遠，不可羈繫也。」

〔七〕見《聞潮陽吴子野出家》注〔四〕。

〔八〕《藝文類聚》卷九〇引《抱朴子》：「周穆王南征，一軍盡化，君子爲猿爲鶴，小人爲蟲爲沙。」此謂劉知命所與交者，皆君子之儔。

〔九〕《戰國策·齊策一》：「令初下，群臣進諫，門庭若市。」此喻過訪者衆。

〔一〇〕虚舟：語本《莊子·山木》：「方舟而濟於河，有虚船來觸舟，雖有惼心之人不怒。」謂其胸懷坦蕩。《晉書·謝安傳贊》：「太保沉浮，曠若虚舟。任高百辟，情惟一丘。」

〔一一〕季主卜：見《李方叔治潁川水磨》注〔一〇〕。

〔一二〕玩世：《漢書·東方朔傳》：「依隱玩世，詭時不逢。」唐顔師古注：「依違朝隱，樂玩其身於一世也。」

〔一三〕「箕山」二句：箕山、潁水：見《次韻大人與藤守游東山》注〔八〕。帶郭：謂水遶外城如帶。郭：外城。

〔一四〕采薇藿：見《北山雜詩》之五注〔七〕。藿：通藿，豆葉。薇藿：指隱者貧居之食。

## 歸途次呂居仁韻①〔一〕

勝游喜得六人閒〔二〕，說有談空許肆言〔三〕。欲學顰眉追世好〔四〕，自知捩手觸羹翻〔五〕。雄夸頗快平生願，笑語欣陪十日溫。卻返邯鄲尋故步〔六〕，兒童意態覺卑喧。

【校記】

①韻：清鈔本無。

【箋注】

〔一〕作於大觀二年（一一〇八）游嵩山回歸時。呂本中詩已佚。

〔二〕勝游：快意之游。唐司空圖《寄永嘉崔道融》詩：「旅寓雖難定，乘閑是勝游。」

〔三〕說有談空：佛教大乘二派別曰「有宗」、「空宗」。有宗，即瑜伽行派，謂世界除心識之外，別無獨立之客體，主張相分（所見）真實有體，見分（能見）自相分而生認識，亦稱「有相唯識說」，故稱「有宗」。空宗，即中觀學派，宣揚一切皆空，故名「空宗。」此「說有談空」，猶所謂「談玄」。蘇軾《寄吳德仁兼簡陳季常》詩：「龍丘居士亦可憐，談空說有夜不眠。」

〔四〕顰眉：皺眉。《莊子·天運》：「故西施病心而矉其里，其里之醜人見而美之，歸亦捧心而矉其里。其里之富人見之，堅閉門而不出；貧人見之，挈妻子而去之走。彼知美矉而不知矉之所以美。」按此與下幾句言同行者皆爲不苟合于流俗之人，能結伴同游，其快何以如之。

〔五〕捩手：扭轉手。唐韓愈《送窮文》：「捩手覆羹，轉喉觸諱。」言動輒得咎。

〔六〕《莊子·秋水》：「且子獨不聞壽陵餘子之學行於邯鄲與？未得國能，又失其故行矣，直匍匐而歸耳。」

## 李方叔挽詞二首〔一〕

### 一

廣文流落坐才名〔二〕，世爲長沙惜賈生〔三〕。明主愛才非忍棄〔四〕，大鈞播物豈能爭〔五〕。空嗟抱藝頻三黜〔六〕，不待驚人試一鳴〔七〕。賴有遺編照千古〔八〕，賢於萬户寫銘旌〔九〕。

**【箋注】**

〔一〕作於大觀三年（一一〇九）。據《永樂大典》卷二二五三七「集」韻頁二七上引李之儀《濟南月巖集序》：「方叔死後八年，其子潁秀才，集其文爲若干卷，號月巖，以書抵余曰：願有以序之。……政和六年八月十一日趙郡李之儀序。」政和六年爲一一一六年，上溯八年，在一一〇九年，即大觀三年。李方叔：見《北山雜詩》之九注〔一〕、〔五〕。方叔才高不遇，沉淪謝世，過之挽詞深爲惜焉。悼友傷己，悲人亦自悲也。

〔二〕廣文：即鄭虔。參見《地鑪歌寄伯仲》注〔五〕。坐：因。

〔三〕賈生：即賈誼。參見《送八弟赴官汝南》注〔四〕。

〔四〕《新唐書·孟浩然傳》：「（王維）私邀（浩然）入内署，俄而玄宗至，浩然匿牀下，維以實對。帝喜曰：『朕聞其人而未見也，何懼而匿？』詔浩然出，帝問其詩，浩然再拜，自誦所爲，至『不才明主棄』之句，帝曰：『卿不求仕，而朕未嘗棄卿，奈何誣我。』因放還。」

〔五〕大鈞：指天。參見《叔父生日》（平生種德在斯民）注〔二〕。

〔六〕三黜：《論語·微子》：「柳下惠爲士師，三黜。人曰：『子未可以去乎？』曰：『直道而事人，焉往而不三黜？枉道而事人，何必去父母之邦？』」

〔七〕一鳴：見《和大人游羅浮山》注〔三〕。

〔八〕李方叔有《濟南集》留世。按此與下句言李方叔有遺編傳世，勝過達官貴人死時銘旌上的題銜。

〔九〕銘旌：豎在靈柩前標志死者官職和姓名的旗幡。多用絳帛粉書。品官則借銜題寫曰某官某公之柩，士或平民則稱顯考顯妣。另紙書題者姓名粘於旌下。大斂後，以竹杠懸之依靈右。葬時取下加於柩上。《周禮·春官·司常》：「大喪，共銘旌。」萬户：食邑萬户之侯。

二

豪氣崢嶸老不除〔一〕，求田未分賦歸歟〔二〕。功名日暮空彈鋏〔三〕，鬢髮霜彫爲著書。想象柴門延履舄〔四〕，凄涼灉水但丘墟〔五〕。從今忍過西州路〔六〕，莫樹悲風擁素車〔七〕。

【箋注】

〔一〕「豪氣」二句：《宋史·李廌傳》云：「廌喜論古今治亂，條暢曲折，辯而中理。當喧溷倉卒間如不經意，睥睨而起，落筆如飛馳。」參見《北山雜詩》之九注〔一〕。

〔二〕歸歟：見《歲暮見懷》之二注〔七〕。

〔三〕彈鋏：見《北山雜詩》之七注〔五〕。

〔四〕該句憶昔日交游，方叔嘗踵門訪焉。履舄：謂鞋也。《隋書·禮儀志》：「複下（底）曰舄，單下曰履。」故以「履舄」泛稱鞋。

〔五〕其本傳云「（廌）即走許、汝間，相地卜兆授其子」。按其葬地臨滍水，故云。滍水：即今河南魯山、葉縣境内之沙河。丘墟：指李廌之墓。

〔六〕東晉謝安還朝，嘗扶病經西州門，安卒，其甥羊曇「輟樂彌年，行不由西州路」。見《晉書·謝安傳》。

〔七〕《後漢書·范式列傳》：張元伯與范式友，張元伯死，「（范）式未及到，而喪已發引，既至壙，將窆，而柩不肯進。其母撫之曰：『元伯，豈有望邪？』遂停柩移時，乃見素車白馬，號哭而來。其母望之曰：『是必范巨卿也。』巨卿既至，叩喪言曰：『行矣元伯，死生路異，永從此辭。』會葬者千人，咸爲揮涕。式因執紼而引，柩於是乃前。式遂留止塚次，爲脩墳樹，然後乃去。」按此句與上句均謂死生異路，悲不自勝。

# 次韻叔父黄門己丑歲除二首〔一〕

## 一

坐閲星周幾變遷〔二〕，恒河見性但依然〔三〕。求田問舍追三徑〔四〕，面壁灰心過九年。公自庚辰歲歸潁昌，杜門不出今十年矣〔五〕。早退得閒真玩歲〔六〕，跏趺數息是安眠〔七〕。從今甲子當須記，異日應無史趙賢〔八〕。

【箋注】

〔一〕作於大觀三年（一一〇九）。《欒城三集》有《己丑除日》二首。己丑爲大觀三年。黄門：見《次韻叔父浴罷》注〔二〕。

〔二〕星周：星辰視運動歷一周天爲一星周，即一年。

〔三〕見《叔父生日》（圖形未肯上陵煙）注〔六〕。本詩多以禪家風味以喻蘇轍閒處之枯寂。

〔四〕三徑：見《和叔寬贈李方叔》注〔八〕。

〔五〕轍詩云：「甲子重來又十年。」《神僧傳》：初祖菩提達摩大師自天竺泛海至金陵，潛回洛陽，止嵩山少林寺，終日面壁而坐，九年，形入石中，拭之益顯，人謂其精誠貫金石也。灰心：見《送曇秀》注〔四〕。庚辰：指元符三年（一一〇〇）。按：是年宋徽宗即位，蘇轍遇赦自循州歸潁。

〔六〕玩歲：《左傳·昭公元年》：「后子出而告人曰：『趙孟將死矣，主民翫歲而愒日，其與幾何？』」晉杜預注：「翫、愒，皆貪也。」按「玩」同「翫」。此憤激之詞，言退老無事，耽玩歲月而已。

〔七〕跏趺：見《地鑪歌寄伯仲》注〔六〕。數息：靜修方法之一。數鼻息的出入，使心恬靜專一。晉葛洪《抱朴子·論仙》：「安得掩翳聰明，歷藏數息，長齋久潔，躬親爐火，夙興夜寐，以飛八石哉？」北魏楊衒之《洛陽伽藍記·景林寺》：「淨行之僧，繩坐其內，飡風服道，結跏數息。」

〔八〕「從今」二句：《左傳·襄公三十年》：「三月癸未（二十二日），晉悼夫人食輿人之城杞者，絳縣人或年長矣，無子而往，與於食。有與疑年，使之年。曰：『臣小人也，不知紀年。臣生之歲，正月甲子朔，四百有四十五甲子矣，其季（最後一甲子）於今三之一也。』吏走問諸朝。師曠曰：『魯叔仲惠伯會郤成子於承匡之歲也。……七十三年矣。』史趙曰：『亥有二首六身，下二如身，是其日數也。』士文伯曰：『然則二萬六千六百有六旬也。』」史趙：晉太史。其事跡多見《左傳》。

## 二

卒歲優哉樂事全〔一〕，家庭瑞氣鬱葱然。椒花頌酒祈新福〔二〕，臘雪飛空作有年〔三〕。塞馬未歸人勿歎〔四〕，黄粱已熟客猶眠〔五〕。潁濱遺老非虚語，萬古巢由不獨賢〔六〕。公自號潁濱遺老。

【箋注】

〔一〕卒歲優哉：《左傳·襄公二十一年》：「《詩》曰：『優哉游哉，聊以卒歲。』知（智）也。」晉杜預注：

「《詩·小雅》言君子優游於衰世，所以辟（避）害，卒其壽，是亦知（智）也。」

〔二〕椒花：《晉書·列女傳》記曰：「劉臻妻陳氏嘗在正月初一獻《椒花頌》，後遂以「椒花」爲新年祝詞之典。祈新福：《夢粱録·除夜》記宋世風俗云：「十二月盡，俗云『月窮歲盡之日』，謂之『除夜』，士庶家不論大小家……遇夜則備迎神香花供物，以祈新歲之安。」

〔三〕有年：猶云「瑞雪兆豐年」。《詩·小雅·甫田》：「我取其陳，食我農人，自古有年。」鄭箋：「倉廩有餘，民得賒貰取食之，所以紓官之蓄滯，亦使民愛存新穀。自古者，豐年之法如此。」

〔四〕見《大人生日》（昔將直道破群纖）注〔三〕。

〔五〕見《大人生日》（未試陵雲白日仙）注〔五〕。

〔六〕「潁濱」二句：謂蘇轍可追跡古之隱者巢父許由也。巢父、許由，蓋嘗隱居於箕山，洗耳於潁水。今轍避居於箕潁之間，亦承先賢之遺意也。故自號「潁濱遺老」，並爲之傳（見《欒城後集》）。巢、由事參見《次韻大人與藤守游東山》注〔八〕、《和新葺南園》注〔九〕。

【附】

蘇轍《己丑除日二首》

閲遍時人身亦老，卷殘舊曆意茫然。髭鬚白盡無添處，甲子重來又十年。酒儉不容時一醉，堂成且喜夜安眠。《春秋》似是平生事，屋壁深藏付後賢。

橘紅安穩近誰傳，予舊有腹疾，或教服橘皮煎丸，經月良愈。鬢雪蕭騷久已然。梅柳任教修故事，蠶絲聊與祝新年。鄉人以餳蜜和麵象梅枝柳葉，又以肉雜物爲羹，名之曰蠶絲。敲門賀客辭多病，守歲諸孫聽不眠。粗有官酤供夜飲，一瓶渾濁且稱賢。

## 送吕知止〔一〕

王謝風流要有種〔二〕，誰比君家俱得鳳〔三〕。慈明兄弟稱八龍〔四〕，未易賢愚推伯仲〔五〕。應機短小精吏治〔六〕，千里名駒方試鞚〔七〕。皎然若谷冰雪姿〔八〕，彫瑑肺肝嫌未痛〔九〕。英標颯爽吾知止，割鷄今欲牛刀用〔一〇〕。胡爲從事筦庫役〔一一〕，無乃漢陰工抱甕〔一二〕。嗟余飄泊同閭里，一味窮愁惟子共。詔恩雖脱鍾儀囚〔一三〕，未敢彈冠效王貢〔一四〕。平生世味似嚼蠟〔一五〕，丘壑莫年尤自縱〔一六〕。爲君懸榻待歸來〔一七〕，故人蚤破邯鄲夢〔一八〕。

【箋注】

〔一〕叔黨初居潁時作。考吕本中《東萊詩集》，大觀二年吕知止尚居潁作歗傲軒，因知知止出仕亦在大觀二年（一一〇八）以後。吕知止：名欽問，元祐宰相吕公著之孫，曾官於潁州，有奇志，善爲文，與吕本中、蘇過頗多唱和，吕本中稱之爲「奇士」。張耒詩贊之曰：「吕郎與談驚未識，鳳雛驥子未宜輕。」（見《張右史集・蘇叔黨吕知止許下見訪》詩，參陸心源《宋詩紀事小傳補正》卷二）

〔二〕王謝：王導、謝安俱爲東晉名相，其族六朝時多爲望族，且多名士，故後世常以「王謝」譽門第高華。吕知止祖嘗爲相，故云。

〔三〕得鳳：謂如父祖輩一樣優秀。語出《世説新語·容止》：「王敬倫風姿似父，作侍中，加授桓公，公服從大門入，桓公望之曰：『大奴固自有鳳毛。』」後遂以「得鳳」稱贊優秀子弟。

〔四〕八龍：《後漢書·荀淑列傳》：「（淑）有子八人：儉、緄、靖、燾、汪、爽、肅、專，並有名稱，時人謂之『八龍』。」慈明：即荀爽。參見《冬夜懷諸兄弟》注〔一二〕。

〔五〕伯仲：謂難兄難弟。《世説新語·德行》：陳紀、陳諶之子「各論其父功德，爭之不能決。咨於太丘（陳寔），太丘曰：元方（紀）難爲兄，季方（諶）難爲弟」。

〔六〕應機：隨機應變。《世説新語·排調》「未若諸庾之翼翼」南朝梁劉孝標注：「放應機制勝，時人仰焉。」短小：指知止身材短小。古者謂短小之人皆精悍。郭解、龔遂、王粲諸人皆然。本句蓋謂吕欽問爲人短小，而頗知機變，精於吏治也。

〔七〕千里名駒：即千里馬。試鞚：謂（千里馬）初佩勒驅馳。鞚：馬勒。

〔八〕謂吕欽問心胸曠達，性行高潔。若谷：《老子》：「敦兮其若樸，曠兮其若谷。」冰雪姿：《莊子·逍遥游》：「藐姑射之山，有神人居焉，肌膚若冰雪，綽約如處子。」按此以冰雪姿喻欽問之操行。

〔九〕彫瑑：謂着意修身。語出唐韓愈《贈崔立之評事》詩：「勸君韜養待徵招，不用雕琢愁肝腎。」

〔一〇〕謂大才小用。參見《愛人堂爲李幾仲賦》注〔一四〕。

〔一一〕筦庫役：管理倉庫的小官。筦庫亦作「管庫」。《禮記·檀弓下》：「（文子）所舉於晉國管庫之士，七十有餘家。」漢鄭玄注：「管庫之士，府史以下官長所置也，舉之於君，以爲大夫士也。」據陸心源《宋詩紀事小傳補正》，吕欽問嘗監酒税。宋陳與義有《送吕欽問監酒受代歸》詩。

〔一二〕《莊子・天地》：「（子貢）過漢陰，見一丈人方將爲圃畦，鑿隧而入井，抱甕而出灌，搰搰然用力甚多而見功寡。」漢陰：漢水之南。

〔一三〕大觀年間，嘗有詔弛元祐黨人禁錮。鍾儀囚：見《送參寥師歸錢塘》注〔一二〕。

〔一四〕彈冠：見《愛人堂爲李幾仲賦》注〔一五〕。王貢：即王吉、貢禹。王吉，字子陽，漢皋虞（在今山東即墨市）人。初爲昌邑王中尉，王廢，吉以諫得免。宣帝時爲博士、諫大夫。貢禹，字子羽，漢琅玡（故地在今山東臨沂）人，以明經爲博士。元帝時爲諫大夫。《漢書》皆有傳。

〔一五〕嚼蠟：喻無味。《楞嚴經》八：「我無欲心，應汝行事，於横陳時，味如嚼蠟。」宋王安石《示董伯懿》：「嚼蠟已能忘世味，畫脂那更惜時名。」蘇轍《次韻子瞻和淵明飲酒二十首》之十四：「白首六卿中，嚼蠟那復味。」

〔一六〕莫：後來寫作「暮」。

〔一七〕見《贈王子直》注〔一八〕。

〔一八〕邯鄲夢：見《大人生日》（未試陵雲白日仙）注〔五〕。

## 寄題岑彦明猗蘭軒詩〔一〕

群芳爭春風，百態工嫵媚。毛嬙與西施〔二〕，未易笑倚市〔三〕。豈如空山蘭，静默羞自致〔四〕。幽香不可尋，獨秀繁露墜〔五〕。高情謝簪組〔六〕，遁世漢綺季〔七〕。端來從子游，定覺同臭味〔八〕。岑子少絶俗，厭貧聊試吏。官曹冷如水〔九〕，終日學奇字〔一〇〕。未能三徑歸〔一一〕，故作九畹藝〔一二〕。後來當勿翦〔一三〕，伴我司庾氏〔一四〕。彦明爲洛司倉，代者乃吾兄仲南是也。

【箋注】

〔一〕作於大觀年間（一一〇七—一一一〇）。按之本詩，岑彦明方初從宦，且司洛倉。過自注又云：「代者乃吾兄仲南」，而仲南赴任在政和元年（一一一一），是知其作必於政和元年前。岑彦明：事蹟不詳。唯知嘗爲洛司倉，政和四年與叔黨有太原開化明仙諸寺之游。又過集中有《祭岑彦休文》，謂曰「嗟余通家，三世鄉閭。臭味既同，婚姻與俱」。彦明、彦休，其爲兄弟輩耶？若然，彦明亦眉山人，移居於許，且爲蘇氏姻親也。猗蘭：《樂府詩集·琴曲歌辭·猗蘭操》引《琴操》：「《猗蘭操》，孔子所作，孔子……自衛反魯，隱谷之中，見香蘭獨茂，喟然歎曰：『蘭當爲王者香，今乃獨茂，與衆草爲伍。』乃止車援琴鼓之。自傷不逢時，託辭於香蘭云。」按岑彦明猗蘭軒即取意於此。猗：歎美詞。

〔二〕毛嬙：古美人名。《莊子·齊物論》：「毛嬙麗姬，人之所美也。」唐陸德明《釋文》引司馬彪云：「毛嬙，古美人，一云越王美姬也。」西施：春秋越苧羅人，相傳越人敗於會稽，命范蠡求得美女西施，進於吴王夫差，吴王許和。越王生聚教訓，終得滅吴，西施歸范蠡，從游五湖而去。見《吴越春秋·勾踐陰謀外傳》。

〔三〕倚市：謂娼妓倚門賣笑。《史記·貨殖列傳》：「夫用貧求富，農不如工，工不如商，刺繡文不如倚市門。」蘇軾《次韻僧潛見贈》：「公侯欲識不可得，故知倚市無傾城。」

〔四〕「豈如」二句：蘇軾《題楊次公春蘭》詩：「春蘭如美人，不採羞自獻。」

〔五〕「幽香」二句：屈原《離騷》：「朝飲木蘭之墜露兮，夕餐秋菊之落英。」

〔六〕見《和大人游羅浮山》注〔二〇〕。

〔七〕綺季：即綺里季。漢初隱士商山四皓之一。參見《用韋蘇州寄全椒道士韻……》之二注〔五〕。

〔八〕「端來」二句：《易·繫辭上》：「同心之言，其臭如蘭。」

〔九〕官曹：官吏辦事處所。按此語出唐白居易《司馬廳獨宿》：「官曹冷似冰，誰肯來同宿？」

〔一〇〕奇字：《漢書·揚雄傳下》：「劉棻嘗從雄學作奇字。」唐顏師古注：「古文之異者。」

〔一一〕據陸心源《宋詩紀事小傳補正》，吕欽問嘗監酒稅。

〔一二〕九畹藝：謂育蘭。屈原《離騷》：「余既滋蘭之九畹兮，又樹蕙之百畝。」漢王逸《章句》曰：「十二畝曰畹。」

〔一三〕謂後之人當懷彦明之德而不妄翦幽蘭也。參見《次韻叔父月季再生》注〔七〕。

〔一四〕司庾：《唐會要》卷五九「倉部郎中」：「隋爲倉部郎，武德三年加中字，龍朔二年改爲司庾大夫。」宋有司倉參軍。《史記·文帝紀》「發倉庾」南朝宋裴駰《集解》引胡廣曰：「在邑曰倉，在野曰庾。」此泛稱也。司倉：即倉曹參軍。

## 三月十九日同仲豫兄長率崔遐紹趙漢英游朱園放魚〔一〕

何人潰溪流，忽作瓴建屋〔二〕。不知幾魚蝦，生斃此枯瀆〔三〕。纖纖躍泥沙，濡沫曾不足〔四〕。雖求升斗活〔五〕，終困螻蟻毒。眷余二三子，行春訪修竹〔六〕。危橋得小憩，涸鮒哀窮蹙〔七〕。汲井叩鄰里，捐金勸僮僕。好生人所欣〔八〕，稚子助擎掬〔九〕。要令徙窟宅，終免愧口腹。瓶罌得千尾，不滿百錢贖。勿輕其微細，有知異草木〔一〇〕。蟻蜂雜君臣〔一一〕，蝸角戴蠻觸〔一二〕。君看長平戰，一舉百萬覆〔一三〕。擾擾大塊中〔一四〕，鉅細同倚伏〔一五〕。達人齊萬物〔一六〕，愚士蔽一曲〔一七〕。慎勿廢此言，小惠何足録。

**【箋注】**

〔一〕作於居許期間，今姑繫之於政和元年（一一一一）送蘇迨赴官武昌前。仲豫：即蘇迨。見《次韻伯達仲豫二兄和參寥子》注〔一〕。崔遐紹、趙漢英：事跡俱未詳。叔黨艱難備嘗，屢如涸轍之鮒。見窮魚而觸感，慨解囊以爲贖。推赤心及螻蟻，寄妙理於倚伏。

〔二〕《史記·高祖本紀》：「譬猶居高屋之上建瓴水也。」南朝宋裴駰《集解》引如淳曰：「瓴，盛水瓶也。居高屋之上而幡（翻）瓴水，言其向下之勢易也。」

〔三〕瀆：水溝。

〔四〕見《次韻謝民師》注〔一四〕。

〔五〕《莊子·外物》：鮒魚曰：「君豈有斗升之水而活我哉？」參見《次韻謝民師》注〔一五〕。
〔六〕行春：本謂官吏春日出巡。《後漢書·鄭弘傳》：「弘少爲鄉嗇夫，太守第五倫行春，見而深奇之，召署督郵，舉孝廉。」唐李賢注：「太守常以春行所主縣，勸人農桑，振救乏絶。」後泛指游春。唐孟浩然《陪盧明府泛舟回峴山作》詩：「百里行春返，清流逸興多。鷁舟隨雁泊，江火共星羅。」
〔七〕涸鮒：即涸轍之鮒。參見前《次韻謝民師》注〔一五〕。
〔八〕好生：愛惜生靈，不嗜殺。語出《書·大禹謨》：「好生之德，洽於民心。」
〔九〕擥：同「攬」。掬：捧取。
〔一〇〕南朝梁范縝《神滅論》：「人之質所以異木質者，以其有知耳。」
〔一一〕蟻蜂蓋亦有君臣之分。《太平廣記》卷四七五《淳于棼》：「中有小臺，其色若丹，二大蟻處之，素翼朱首，長可三寸，左右大蟻數十輔之，諸蟻不敢近，此其王矣。」宋羅願《爾雅翼》卷二六《蜜蜂》：「至今人家所養蜂或群逸以千百數，中有大者爲王，群蜂舁之，從其所往。」
〔一二〕《莊子·則陽》：「有國於蝸之左角曰觸氏，有國於蝸之右角曰蠻氏，時相與爭地而戰，逐北旬有五日而後反。」此及上句蓋謂大小有君，巨細理同。
〔一三〕「君看」二句：《史記·秦本紀》：「秦使武安君白起擊，大破趙於長平，四十餘萬盡殺之。」長平：故城在今山西高平西北。
〔一四〕擾擾：紛亂貌。大塊：《莊子·齊物論》：「夫大塊噫氣，其名爲風。」唐成玄英疏：「大塊者，造物之名，亦自然之稱也。」

〔一五〕倚伏：倚，倚托；伏，隱藏。意謂禍福相因，互相依存，互相轉化。語本《老子》：「禍兮福之所倚，福兮禍之所伏。」

〔一六〕《莊子・齊物論》：「天地與我並生，而萬物與我爲一。」

〔一七〕《莊子・天下》：「不該不徧，一曲之士也。」《荀子・解蔽》：「凡人之患，蔽於一曲，而闇於大理。」一曲：猶一隅。

## 次韻叔父小雪二首〔一〕

### 一

屏帷夜久灰殘獸〔二〕，紙帳寒驚月在窗〔三〕。似聽竹聲知有雪〔四〕，便添酒興欲傾缸〔五〕。西鄰正想蒲團穩〔六〕，古殿遥瞻老柏雙。自笑窮愁拙生理，不謀升斗待西江〔七〕。

【箋注】

〔一〕作於政和元年（一一一一）十月。蘇轍《欒城三集》政和辛卯（元）年有《十月二十九日雪》四首，此組詩爲和轍前二首韻。

〔二〕獸：指獸形香爐。唐杜牧《春思》詩：「獸爐凝冷豔，羅幕蔽晴煙。」

〔三〕紙帳：見《次韻大人五更山吐月》之四注〔一〕。

〔四〕蘇軾《雪夜獨宿柏山庵》：「夢驚忽有穿窗片，夜静惟聞瀉竹聲。」

〔五〕蘇軾《記夢回文二首》詩之二：「空花落盡酒傾缸，日上山融雪漲江。」

〔六〕蒲團：見《地鑪歌寄伯仲》注〔六〕。

〔七〕見《次韻謝民師》注〔一五〕。

## 二

夜來小雪猶凝地〔一〕，睡起扶桑已著窗〔二〕。卻喜少陵時炙背〔三〕，不憂北海屢空缸〔四〕。豐年何待豚蹄祝〔五〕，薄淖聊煩蠟屐雙〔六〕。試走湖邊望嵩少，殆如疊嶂在煙江。

【箋注】

〔一〕夜來：昨夜。凝地：落地。唐李治《守歲》：「花餘凝地雪，條含暖吹分。」

〔二〕扶桑：謂太陽。參見《登峻極頂》注〔一二〕。

〔三〕炙背：曝曬背脊。典出《列子·楊朱》：「宋國有田夫，常衣緼黂，僅以過冬，暨春東作，自曝於日，不知天下之有廣廈隩室、綿纊狐狢，顧謂其妻曰：『負日之暄，人莫知者，以獻吾君，將有重賞。』」唐杜甫詩中時有「炙背」之語，其《憶幼子》：「憶渠愁只睡，炙背俯晴軒。」《赤甲》：「炙背可以獻天子，美芹由來知野人。」《晚》：「杖藜尋晚巷，炙背近牆暄。」

〔四〕北海：謂孔融。融常歎曰：「坐上客恒滿，尊中酒不空，吾無憂矣。」參見《次陶淵明正月五日游斜川韻》注〔一三〕。

〔五〕豚蹄：豬蹄子。《史記·滑稽列傳》：「今者臣從東方來，見道旁有穰田者，操一豚蹄，酒一盂，祝曰：『甌窶滿篝，汙邪滿車，五穀蕃熟，穰穰滿家。』」

〔六〕薄淖：積水之淺者。蠟屐：屐以木制，蠟以防腐。參見後《送仲南兄赴水南倉》注〔一五〕。

【附】

蘇轍《十月二十九日雪》四首之一、二

牀頭唧唧糟鳴甕，夜半蕭蕭雪打窗。擁褐旋驚花著樹，潑醅初喜酒盈缸。鄰翁晨乞米三斗，釣户暮留魚一雙。自笑有無今粗足，遥憐逐客過重江。

龕燈照室久妨睡，雪氣侵人不隔窗。枕上詩成那起草，槽頭酒滴暗鳴缸。遠來狂客應回去，高卧幽人未有雙。猶憶新灘泊船處，堆蓬積玉撼長江。

## 送仲南兄赴水南倉〔一〕

憶君結髮讀書日〔二〕，肯學呻吟事刀筆〔三〕。功名直欲高古人，議論從來氣横臆。咄嗟歲晚事大繆〔四〕，翻然自許林泉役〔五〕。躬耕二頃羞甘旨，櫛風沐雨忘晨夕〔六〕。十年不知簪組味〔七〕，萬里能舒陳蔡厄〔八〕。丈夫升沉何足道〔九〕，竭身養志真奇特〔一〇〕。閉門卻求文史樂，勁氣豈爲窮居屈〔一一〕。信哉自有絶人處〔一二〕，坐使懦夫聞有立〔一三〕。邇來彈冠非所好〔一四〕，黽俛聊從父兄迫〔一五〕。區區試吏倉庾間〔一六〕，定知蠟屐何曾得〔一七〕？嗟余白髮亦自笑，眷眷一官乃鷄肋〔一八〕。明年驅車走太行〔一九〕，政坐相如空四壁〔二〇〕。秋風瀍水各相送〔二一〕，未覺軒裳勝蓬蓽〔二二〕。鷦鷯儻獲一枝安〔二三〕，此外所憂非我力〔二四〕。

**【箋注】**

〔一〕作於政和元年（一一一一）。詩云「明年驅車走太行」，謂政和二年六月出仕太原事，因知作於元年。仲南：即蘇适，見《地鑪歌寄伯仲》注〔一〕。水南倉：蘇遲《蘇适墓誌銘》「适起監西京河南倉（在今洛陽市東）」，即前《寄題岑彦明猗蘭軒》之「洛倉」，以在洛水之南，故稱水南倉。蘇适自崇寧元年（一一〇二）罷太常太祝，十年後至政和元年，方得授司洛倉。時過亦小仕太原府監税。

〔二〕結髮：古代男子自成童開始束髮，因以指初成年。《史記·李將軍列傳》：「且臣結髮而與匈奴戰，今乃一得當單于，臣願居前，先死單于。」唐陳子昂《感遇詩》之三四：「自言幽燕客，結髮事遠游。」

〔三〕刀筆：指掌文案的官吏。《戰國策·秦策五》：「臣少爲秦刀筆，以官長而守小官，未嘗爲兵首。」《史記·蕭相國世家》：「蕭相國何於秦時爲刀筆吏，録録未有奇節。」按古者紀事書於簡册，謬誤者以刀削而除之，故曰刀筆。

〔四〕咄嗟：歎辭。大繆：大乖，不合素心。漢司馬遷《報任安書》：「務壹心營職，以求親媚於主上，而事乃有大謬不然者。」

〔五〕翻然：迅速轉變貌。漢陳琳《檄吴將校部曲文》：「若能翻然大舉，建立元勳，以應顯禄，福之上也。」唐杜甫《諸將五首》之二：「韓公本意築三城，擬絶天驕拔漢旌。豈謂盡煩回紇馬，翻然遠救朔方兵。」林泉：山林泉石，謂隱居之所。

〔六〕「躬耕」二句：謂仲南辛勤力作，生活艱苦。躬耕：親身勞作。三國蜀諸葛亮《出師表》：「臣本布衣，躬耕於南陽。」櫛風沐雨：《莊子·天下》：「禹沐甚雨，櫛疾風，置萬國。」唐成玄英疏：「賴驟雨而洒髮，假疾風而梳頭。」

〔七〕簪組：見《和大人游羅浮山》注〔二〇〕。按适自崇寧八年罷太常太祝後，閒居潁昌十年。

〔八〕蘇轍《欒城後集·引》云：「中竄嶺南，諸子不能盡從，留之潁川，買田築室，賒飢寒之患。」蘇遲《蘇适墓誌銘》曰：「先人（蘇轍）謫嶺表，不能盡室以行，則分寓潁昌……仲南移疾而歸，求田問舍，縮衣節口，以備南北養生之具，而往來於其間。……逮先人蒙恩而歸，則有宅以居，有田以耕，中外各得其所，仲南之力爲多矣！」陳蔡厄：見《冬夜懷諸兄弟》注〔一七〕。

〔九〕蘇軾《袁公濟和劉景文登介亭詩復次韻答之》：「升沉何足道，等是蠻與觸。」

〔一〇〕養志：保攝志氣。指培養、保持不慕榮利的志向。多指隱居。《莊子·讓王》：「故養志者忘形，養形者忘利。」《後漢書·逸民傳·逢萌》：「及光武即位，乃之琅邪勞山，養志脩道，人皆化其德。」

〔一一〕窮居：謂隱居不仕。《孟子·盡心上》：「君子所性，雖大行不加焉，雖窮居不損焉。」唐韓愈《復志賦》：「進既不獲其志願兮，退將遁而窮居。」

〔一二〕絶人處：超絶衆人之處。

〔一三〕《孟子·萬章下》：「故聞伯夷之風者，頑夫廉，懦夫有立志。」

〔一四〕彈冠：謂從仕。參見《愛人堂爲李幾仲賦》注〔一五〕。

〔一五〕黽俛：盡力、努力。按此言蘇适本不欲仕，父兄敦促不得已而爲。

〔一六〕倉庾：見《寄題岑彦明猗蘭軒詩》注〔一四〕。

〔一七〕蠟屐：以蠟涂木屐。《世説新語·雅量》：「阮遥集（孚）好屐，……或有詣阮，見自吹火蠟屐，因歎曰：『未知一生當著幾量屐。』神色閑暢。」按此言試吏倉廩，當不能如阮孚之自適其樂也。

〔一八〕鷄肋：《三國志·魏書·武帝紀》南朝宋裴松之注引《九州春秋》：「時王（曹操）欲還，出令曰『鷄肋』，官屬不知所謂，主簿楊脩便自嚴裝，人驚問脩：『何以知之？』脩曰：『夫鷄肋，棄之可惜，食之無所得，以比漢中，知王欲還也。』」

〔一九〕次年過將赴太原監税，途必經太行山。

〔二〇〕見《聞潮陽吴子野出家》注〔五〕。

〔二一〕溵水：又名惠民河。宋四大漕運河流之一。起新鄭，道洧、溱，經開封，復東南注入潁川。

〔二二〕軒裳：謂仕宦，見《題鬱孤臺》注〔一〇〕。蓬蓽：晉傅咸《贈何劭王濟》詩：「歸身蓬蓽廬，樂道以忘飢。」蓬、蓽俱草名，此指蓬門蓽户之隱者居。

〔二三〕鷦鷯：鳥名。形小，體長約三寸。羽毛赤褐色，略有黑褐色斑點。尾羽短，略向上翹。以昆蟲爲主要食物。常取茅葦毛毳爲巢，大如鷄卵，繫以麻髮，於一側開孔出入，甚精巧，故俗稱巧婦鳥。又名黄脰鳥、桃雀、桑飛等。《莊子・逍遥游》：「鷦鷯巢於深林，不過一枝；偃鼠飲河，不過滿腹。」

〔二四〕韓愈《夜歌》：「樂哉何所憂，所憂非我力。」

## 次韻叔父題畫木石屏風〔一〕

老人萬事無心雲〔二〕，年來道眼等卧輪〔三〕。西軒坐閲車馬奔，垂天不展空鵬蹲〔四〕。屏間怪石千年根，端爲先生來結鄰。豪端雖愧蜀兩孫〔五〕，要非丹青閲世人。空山老幹不效珍，荆人異璞埋埃塵〔六〕。幸此不遭世俗昏，棟梁圭瓚徒勞神〔七〕。

【箋注】

〔一〕作於政和元年（一一一一）。蘇轍《欒城三集》有《西軒畫枯木怪石》詩，過正次其韻。

〔二〕謂蘇轍靜心無慾，視萬事如過眼煙雲。晉陶潛《歸去來兮辭》：「雲無心以出岫，鳥倦飛而知還。」

〔三〕道眼：見《和新葺南園》注〔一二〕。卧輪：放倒之車輪，謂無用。《五燈會元》卷二：「嘗有僧舉卧輪禪師偈曰：卧輪有伎倆，能斷百思想。對境心不起，菩提日日長。」蘇軾《題過所畫枯木竹石三首》之一：「老可能爲竹寫真，小坡今與石傳神。山僧自覺菩提長，心境都將付卧輪。」

〔四〕《莊子・逍遥游》：「鵬之背，不知其幾千里也；怒而飛，其翼若垂天之雲。」蘇軾《白水山佛跡岩》：「浮山若鵬蹲，忽展垂天羽。」

〔五〕豪端：猶言筆下。豪：通「毫」。蜀兩孫：據蘇軾《雪浪齋銘引》，當指孫位、孫知微。孫位：本唐會稽人，又名遇。隨僖宗入蜀，擅長人物山水，畫龍水尤精。今有《高逸圖》傳世。見《宣和畫譜》卷二。孫知微：字太古，北宋眉陽（一作彭山）人。世本田家，天機穎悟，善畫，喜畫釋道題材。用筆放逸，不蹈人故態。見《宣和畫譜》卷四。

〔六〕「空山」二句：言老幹不自炫耀，如玉璧之埋埃塵。荆人異璞：《韓非子・和氏》：「楚人和氏得玉璞楚山中，奉而獻之厲王，厲王使玉人相之，玉人曰：『石也。』王以和爲誑而刖其左足。及厲王薨，武王即位，和又奉其璞而獻之武王，武王使玉人相之，又曰：『石也。』王又以和爲誑而刖其右足。武王薨，文王即位，和乃抱其璞而哭於楚山之下，三日三夜，淚盡而繼之以血。……王乃使玉人理其璞而得寶焉，遂命曰『和氏之璧』。」荆人：即楚人。

〔七〕「幸此」二句：謂畫中枯木異璞幸而不遭世俗所污，故能葆其真。不然，雖爲棟梁之材，得負廟堂之祭，亦何可貴？圭瓚：祭祀盛鬯酒之器。《周禮・春官・典瑞》：「裸圭有瓚，以肆（祭名）先王，以裸鬯（灌）賓客。」鄭玄注引鄭司農（衆）云：「於圭頭爲器，可以挹鬯裸祭，謂之瓚。」

【附】

蘇轍《西軒畫枯木怪石》

西軒素屏開白雲，婆娑老桂依霜輪。顧兔出走蟾蜍奔，河漢卷海機石蹲。牽牛自載倚桂根，清風颯然吹西鄰。東坡妙思傳子孫，作詩仿佛追前人。筆墨墮地稱奇珍，閉藏不聽落泥塵。老人讀書眼病昏，一看落筆生精神。

## 次韻答徐翼之畫木石①〔一〕

### 一

軒裳定浮雲〔二〕，於人意何得？不如飽詩書，頗似勤播植。豐凶縱有時，穮蔉無勦色〔三〕。會須酬高廩〔四〕，何用遽枉尺〔五〕。我觀徐夫子，六藝自警飭〔六〕。肯回少年駕，閉户志匪石〔七〕。彈冠豈不好〔八〕，恐遂林泉隔。一朝墮世網，頓判雲間翮〔九〕。曲高和自寡〔一〇〕，得喪什相伯〔一一〕。願子得歲寒〔一二〕，功名當遠索。俛首簿書間，聊將逃譴謫〔一三〕。

【校記】

①本組詩諸刻本不載，兹據舊本補録。

【箋注】

〔一〕作於政和二年（一一一二）出監太原府稅之前。據題意，當是蘇過爲木石之畫，徐翼之作詩贊之，蘇過次韻相答。蘇轍政和元年春有《西軒畫枯木怪石一首》，有云：「東坡妙思傳子孫，作詩仿佛《離騷》經。筆墨墮地稱奇珍，閉藏不聽落泥塵。」蘇過有《次韻叔父題畫木石屏風》詩。三篇所詠似即一事。又本詩曰：「彈冠豈不好，恐遂林泉隔。一朝墮世網，頓判雲間翮。……俛首簿書間，聊將逃譴謫。」正爲蘇過將出任太原府監稅時之心情。蓋蘇過年前已得監太原府稅之告命，於次年（政和二年）六月成行。故是詩當作於二年之春。徐翼之：事跡未詳。據本詩知徐亦閑居於許。

〔二〕軒裳：猶言富貴。參見《題鬱孤臺》注〔一〇〕及《聞潮陽吴子野出家》注〔七〕。

〔三〕「頗似」三句：穮穰：即「是穮是蔉，必有豐年」。參見《大人生日》（勿驚髀減帶圍寬）注〔五〕。

〔四〕高廩：《詩·周頌·豐年》：「豐年多黍多稌，亦有高廩，萬億及秭。」毛傳：「廩，所以藏齍（粢）盛之穗也。」此「高廩」即指粢盛，祭米也。

〔五〕枉尺：《孟子·滕文公下》：「且志曰：『枉尺直尋，宜若可爲也。』」漢趙岐《章句》：「枉尺直尋，欲使孟子屈己信（伸）道。」枉：屈也。尋：八尺爲尋。按此言忍小以求大也。

〔六〕六藝：《周禮·地官·保氏》：「保氏掌……教國子以道，乃教之六藝：一曰五禮，二曰六樂，三曰五射，四曰五馭，五曰六書，六曰九數。」漢後多以「六藝」指《詩》、《書》、《易》、《禮》、《樂》、《春秋》六經。警飭：誡之，警之。

〔七〕「肯回」二句：贊徐氏閉門矢志於學。參《聞潮陽吴子野出家》注〔一七〕。

〔八〕彈冠：見《愛人堂爲李幾仲賦》注〔一五〕。

〔九〕判：別也。雲間翮：高飛于雲間之雙翅。宋張耒《自海至楚途次寄馬全玉八首》之一：「子方奮迅雲間翮，我厭追隨世上兒。」翮：鳥羽之莖。按此謂如飛鳥之被羈而不得縱意雲霄。

〔一〇〕楚宋玉《對楚王問》：「客有歌於郢中者，其始曰《下里》、《巴人》，國中屬而和者數千人。其爲《陽阿》、《薤露》，國中屬而和者數百人。其爲《陽春》、《白雪》，國中屬而和者不過數人而已。是其曲彌高其和彌寡。」

〔一一〕謂得喪各異。什相伯：《孟子·滕文公上》：「夫物之不齊，物之情也。或相倍蓰，或相什百，或相千萬。」伯：通百。

〔一二〕《論語·子罕》：「子曰：『歲寒然後知松柏之後凋也。』」

〔一三〕「俛首」二句：自謂將赴太原府監稅，當謹慎供職，庶幾免於謫譴。

## 二

士貴貧時交〔一〕，菽水清而真〔二〕。我爾兩相從，良是茅茨鄰。太息屢書空〔三〕，氣横戈戟新〔四〕。蹁躚定笑我〔五〕，曳踵隨車輪〔六〕。壯志早摧折，羈縲易傷神。放懷筆硯間，聊欲出怪珍〔七〕。老木卧千歲，不才得終身〔八〕。持此壽君子。勿愁脱粟貧〔九〕。相將老潩水〔一〇〕，煙雨共垂綸〔一一〕。

**【箋注】**

〔一〕《後漢書·宋弘列傳》：「臣聞貧賤之知（朋友）不可忘，糟糠之妻不下堂。」

〔二〕菽水：謂貧賤之食。參見《寄題幾仲所居二詩》之一注〔二〕。

〔三〕書空：謂不得志。《世説新語·黜免》：「殷中軍（浩）被廢，在信安，終日恒書空作字。揚州吏民尋義逐之，竊視，唯作『咄咄怪事』四字而已。」

〔四〕見《用伯充韻贈孫志舉》注〔一九〕。

〔五〕跰跚：聯綿詞，跛行貌。此猶言疲於奔命。

〔六〕曳踵：《禮記·曲禮下》：「行不舉足，車輪曳踵。」唐孔穎達疏：「曳，拽也。踵，腳後也。……不得舉足，但起前拽後，如車輪曳地而行。」

〔七〕怪珍：珍奇瑰怪的事物。此指奇異美妙的畫卷。蘇軾《送陳傳道》詩：「五君從我游，傾瀉出怪珍。」

〔八〕「老木」二句：《莊子·人間世》：「弟子厭觀之，走及匠石，曰：『自吾執斧斤以隨夫子，未嘗見材如此其美也。先生不肯視，行不輟，何邪？』曰：『已矣，勿言之矣。散木也，以爲舟則沉，以爲棺槨則速腐，以爲器則速毁，以爲門户則液樠，以爲柱則蠹，是不材之木也，無所可用，故能若是之壽。』」

〔九〕脱粟：謂粗食。參見《愛人堂爲李幾仲賦》注〔二〇〕。

〔一〇〕相將：相偕；相共；一起。漢王符《潛夫論·救邊》：「相將詣闕，諧辭禮謝。」三國魏曹植《鷂雀賦》：「二雀相逢，似是公嫗。相將入草，共上一樹。仍叙本末，辛苦相語。」溪水：見《送仲南兄赴水南倉》注〔一九〕。

〔一一〕垂綸：垂釣。晉嵇康《兄秀才公穆入軍贈詩》之十五：「流磻平皋，垂綸長川。」唐杜甫《渡江》詩：「戲問垂綸客，悠悠見汝曹。」

## 贈詩僧從信 信學詩於參寥〔一〕

吴山翠如藍，越水碧如銅。山川吐奇秀，儒釋俱爭鋒。接跡有禪老〔二〕，提綱古宗風。其餘將詩律，島可不足攻〔三〕。我久客塵土，雖窮詩未工〔四〕。要知筆硯廢，似缺山水供〔五〕。上人三吴來，句法乃有從〔六〕。老潛已黄壤〔七〕，弟子傳清雄。益復訪雲水，高情謝樊籠〔八〕。試草①《北山移》〔九〕，爲我招琴聰〔一〇〕。錢塘琴僧思聰亦妙於詩文，久游京師不歸。

【校記】

①草：陸游《老學庵筆記》引作「誦」。

【箋注】

〔一〕本詩當作於政和年間（一一一一——一一一七）。詩曰「老潛已黄壤」，「老潛」，謂道潛。據陸游《老學庵筆記》曰：「參寥，政和中老矣，亦還俗而死。」詩之作當在道潛死後。詩注又曰：思聰「久游京師不歸」，叔黨爲詩招之，據陸游曰亦大觀政和間，綜合二者，則是篇當作於政和初年也。從信：事蹟未詳。參寥：即道潛，參見《次韻伯達仲豫二兄和參寥子》注〔一〕。

〔二〕禪老：釋中之老者，蘇軾《再游徑山》詩：「騷人未要逃競病，禪老但喜聞剥啄。」按此處指參寥子。

〔三〕島可：指唐詩人賈島與詩僧無可。賈島（七七九—八四三）：唐范陽（治今河北涿州）人，字閬仙，初爲僧，名無本，後得韓愈賞識，因返俗。舉進士，久不第。文宗時坐誹謗謫長江縣主簿，會昌初終普州司户參軍。有《長江集》。《新唐書》有傳。無可：賈島從弟，居天仙寺，詩與島齊名。事見《唐才子傳》卷六。

〔四〕宋歐陽修《梅聖俞詩集序》：「予聞世謂詩人少達而多窮，夫豈然哉……蓋愈窮則愈工，然則非詩之能窮人，殆窮者而後工也。」按此句反其意而用。

〔五〕「要知」二句：謂我久不作詩，是乏於山水之游也。蘇軾《和晁同年九日見寄》詩云：「遣子窮愁天有意，吴中山水要清詩。」此蓋用其意。

〔六〕謂從信詩文得法於參寥子。

〔七〕老潛：即道潛，參寥子。黄壤：黄泉。按陸游《老學庵筆記》卷七：「參寥，政和中老矣，亦還俗而死。然不知其故。」

〔八〕樊籠：比喻羈束不得自由的官場。晉陶淵明《歸園田居》詩之一：「久在樊籠裏，復得返自然。」

〔九〕《北山移》：指《北山移文》，南齊孔稚圭所作，人以爲游戲之文。該文假託山神之意，斥責假隱士周顒。

〔一〇〕琴聰：即思聰。東坡嘗謂其七歲善彈琴，十二捨琴而學書，書既工，十五捨書而學詩，詩有奇語（《送思聰歸孤山》）。又《東坡志林》卷二曰：「孤山思聰聞復師，作詩清遠如畫，工而雅逸可愛，放而不流，其爲人稱其詩。」思聰游京師事，陸游《老學庵筆記》卷七：「思聰字聞復，杭州孤山僧，東坡倅杭，令和參寥子昏字韻，大加稱賞。大觀、政和間，挾琴游梁（開封），日登中貴人之門，久之遂還俗，爲御前使臣。方其將冠巾也，叔黨因浙僧入都，送之詩云：『試誦《北山移》，爲我招琴聰。』詩至已無及矣。」

## 叔父生日〔一〕

### 一

百川赴東海，如走萬國朝〔二〕。橫岫列嵩岱〔三〕，衆山失岧嶢〔四〕。吾道豈不尊〔五〕，凜然干雲霄〔六〕。斯文有盟主〔七〕，坐制狂瀾漂〔八〕。天實相我公〔九〕，高卧不知招。手持文章柄〔一〇〕，燦若北斗標〔一一〕。末學病多岐〔一二〕，寖令世俗澆〔一三〕。申商日充塞〔一四〕，仁義愈寂寥。造物真有意，俾公以後凋〔一五〕。群邪終放鄭〔一六〕，正始會聞韶〔一七〕。過也匪私祝，彼蒼自昭昭〔一八〕。後生方有託，未用憂簞瓢〔一九〕。

【箋注】

〔一〕《欒城三集》政和二年（一一一二）二月有《壬辰生日，兒姪諸孫皆有詩，所言皆過，記胸中所懷，亦自作詩》之語，且轍又卒於是年十月，叔黨之詩或即本年作，姑繫於此。

〔二〕「百川」二句：《詩·小雅·沔水》：「沔彼流水，朝宗于海。」蘇轍《示資福諭老》：「百川入滄溟，衆水皆一味。」

〔三〕嵩岱：嵩山及泰山。泰山位於今山東中部，古稱東嶽，爲五嶽之一，以其爲四嶽所宗，又名岱宗（見《書·舜典》僞孔傳）。

〔四〕岧嶢：高峻貌。

〔五〕吾道：指儒家之道。《史記·孔子世家》：「吾道非耶？吾何爲至此？」

〔六〕南齊孔稚珪《北山移文》：「度白雪以方絜，干青雲而直上。」

〔七〕謂轍爲文壇領袖也。斯文：見《大人生日》（天爵名高實）注〔五〕。盟主：春秋戰國之世，諸侯會盟之主盟者謂之盟主。此謂領袖。

〔八〕狂瀾：洶湧的波浪。唐韓愈《進學解》：「障百川而東之，迴狂瀾於既倒。」漂：衝擊，泛濫。

〔九〕《左傳·昭公四年》：「晉楚唯天所相。」晉杜預注：「相，助也。」

〔一〇〕文章柄：評騭文章之威權。唐劉禹錫《祭韓吏部（愈）文》：「手持文柄，高視寰海。權衡低昂，瞻我所在。」

〔一一〕北斗：《新唐書·韓愈傳·贊》：「唐興，愈以六經之文爲諸儒倡，自愈没，其學盛行，學者仰之若泰山北斗。」按：古以北斗爲衆星所宗，故爲比。見張衡《靈憲議》。標：古指北斗七星的第五至第七星。《史記·天官書》「北斗七星」唐司馬貞《索隱》：「第一至第四爲魁，第五至第七爲標，合而爲斗。」按，詩爲韻脚故以「標」押韻，其實即用「北斗」義。

〔一二〕末學：無根之學。《文選·張衡〈東京賦〉》：「若客所謂末學膚受，貴耳而賤目者也。」唐李善注：「末學，謂不經根本。」多歧：《列子·説符》：鄰人亡羊，率衆追之，楊子曰：「亡一羊，何追者之衆？」鄰人曰：「多歧路。」羊卒亡。楊子問何以亡之，曰：「歧路之中，又有歧焉，吾不知所之。」該句謂諸無根之學而害衆，此蓋指王安石之「新學」也。

〔一三〕寖：漸漸。澆：浮薄。

〔一四〕申商：見《和吕居仁宿盤溪》注〔五〕。

〔一五〕「造物」二句：謂轍守正不苟晚節凛然立朝。《論語·子罕》：「歲寒然後知松柏之後彫也。」三國魏何晏集解：「喻凡人處治世，亦能自脩整，與君子同在濁世，然後知君子之正不苟容也。」按，轍時年七十有四。

〔一六〕放鄭：語出《論語·衛靈公》：「放鄭聲，遠佞人，鄭聲淫，佞人殆。」後以「放鄭」謂棄絶淫靡不正之音或異端邪説。按蘇轍作有《詩集傳》、《春秋集傳》、《論語拾遺》、《孟子説》諸書，以斥王氏之「新學」。

〔一七〕正始：正其始。《詩・序》：「《周南》、《召南》，正始之道，王化之基。」唐孔穎達疏：「文王正其家而後及其國，是正其始也。」聞韶：《論語・述而》：「（孔）子在齊聞韶，三月不知肉味。」韶：舜時樂曲名，盛美之至。吴季札嘗歎爲觀止，謂曰：「德至矣哉！大矣，如天之無不幬（覆）也，如地之無不載也。雖甚盛德，其蔑以加於此矣。」（見《左傳・襄公二十九年》）

〔一八〕猶言上天明鑒。

〔一九〕簞瓢：見《贈王子直》注〔一五〕。

## 二

溝瀆嗟尋常，固爲吞舟戹〔一〕。風無九萬里，焉載垂天翼〔二〕。老人卧箕潁，初非厭簪紱〔三〕。時哉莫吾容，道大俗隘迫〔四〕。虎兕歌曠野〔五〕，鸞鳳棲枳棘〔六〕。蒼生謾悵望〔七〕，吾道何欣戚。卜築殆將隱，門無翟公客〔八〕。高蹤躡巢由〔九〕，援手謝禼稷〔一〇〕。我觀造物意，申甫爲時出〔一一〕。未應茲偉人，獨不裨袞職〔一二〕。功名世所趨，富貴亦過隙〔一三〕。豈知難老福，天以壽有德。亭亭南澗松，不羨棟梁索。方茲閲寒暑，寧欲顧匠石〔一四〕。世間出世間，此得①無兩得〔一五〕。回首承明廬〔一六〕，摩挲看銅狄〔一七〕。

【校記】

①得：知本作「道」。

【箋注】

〔一〕「溝瀆」二句：見《北山雜詩》之九注〔三〕。

〔二〕「風無」二句：《莊子·逍遥游》：「鵬之背，不知其幾千里也。怒而飛，其翼若垂天之雲。……鵬之徙於南冥也，水擊三千里，摶扶摇而上者九萬里。」

〔三〕簪紱：簪爲固冠冕之笄；紱乃繫印之組。此皆代指官宦。

〔四〕「時哉」二句：《史記·孔子世家》：「顔回曰：『夫子之道至大，故天下莫能容。』」

〔五〕見《冬夜懷諸兄弟》注〔一八〕。

〔六〕《後漢書·仇覽列傳》：「枳棘非鸞鳳所棲，百里豈大賢之路。」

〔七〕《世説新語·排調》：「諸人每相與言：『安石不肯出，將如蒼生何？』」

〔八〕翟公：漢翟方進。參《贈王子直》注〔七〕。

〔九〕高縱：高尚的德行。巢由：巢父、許由。參見《和新葺南園》注〔九〕。

〔一〇〕謂遜謝朝中顯要之援救。援手：援之以手，伸手拉人一把以解救其困厄。語出《孟子·離婁上》：「天下溺，援之以道；嫂溺，援之以手。」蘇軾《洗玉池銘》：「援手之勞，終睨莫拾。」卨：同契。殷之先，佐禹治水有功，爲舜司徒。見《史記·殷本紀》。稷：指爲稷官（農官）之棄也。

棄：周之先，爲舜農官。見《史記·周本紀》。

〔一一〕申甫：《詩·大雅·崧高》：「維嶽降神，生甫及申。維申及甫，維周之翰。」鄭箋：「申，申伯也；甫，甫侯也。皆以賢知入爲周之楨榦。」爲時出：應時而出。唐杜甫《洗兵馬》詩：「二三豪傑爲時出，整頓乾坤濟時了。」

〔一二〕衮職：《詩·大雅·烝民》：「衮職有闕，仲山甫補之。」毛傳：「有衮冕者，君之上服也。仲山甫補之，善補過也。」鄭箋：「衮職者，不敢斥先王之言也。王之職有闕輒能補之者，仲山甫也。」唐孔穎達疏：「衮職，實王職也。」

〔一三〕謂富貴榮華，皆瞬息事也。過隙：見《用韋蘇州寄全椒道士韻》之三注〔四〕。

〔一四〕「亭亭」四句：亭亭：直立貌；獨立貌。漢劉楨《贈從弟》之二：「亭亭山上松，瑟瑟谷中風。」唐劉希夷《孤松篇》：「獨有南澗松，不歎東流水。」《莊子·人間世》：「匠石之齊，至於曲轅，見櫟社樹，其大蔽數千牛，絜之百圍，其高臨山十仞而後有枝，其可以爲舟者旁十數。觀者如市，匠伯不顧，遂行不輟。……匠石歸，櫟社見夢曰：『……且予求無所可用久矣，幾死，乃今得之，爲予大用。使予也而有用，且得有此大也邪？』」

〔一五〕見《和大人游羅浮山》注〔四〕。

〔一六〕承明廬：見《和大人游羅浮山》注〔五〕。

〔一七〕該句謂隱退以延年也。《後漢書·薊子訓傳》：「（薊子訓）後因遁去，遂不知所止。……時有百歲翁，自説童兒時見子訓賣藥於會稽市，顏色不異於今。後人復於長安東霸城見之，與一老翁共摩挲銅人，相謂曰：『適見鑄此，已近五百歲矣。』顧視見人而去，猶駕夕所乘驢車也。」摩挲：同摩娑。《釋名·釋姿容》：「摩娑，猶末殺也，手上下之言也。」銅狄：唐李賢注引酈道元《水經注》曰：「魏文帝黄初元年，徙長安金狄，重不可致，因留霸城南。」

## 三

鬱鬱澗底松〔一〕，千年養奇幹。盤根入窈窕〔二〕，翠蓋摩霄漢〔三〕。巖深飽霜雪，路絶窺輪奂〔四〕。空回牛刀手〔五〕，屢發匠石歎〔六〕。物生非不逢，得天地所贊〔七〕。雖微棟梁求，幸免斤斧難〔八〕。我公廟堂人〔九〕，端委四夷憚〔一〇〕。豈惟福蒼生，高風激貪懦〔一一〕。云何卧箕潁，當宁方宵旰〔一二〕。吾道久寂寥，賢愚良未判。汗顏與血指，袖手寧坐看〔一三〕。卷懷霖雨心〔一四〕，警策露電觀〔一五〕。形神妙自契〔一六〕，眉目光璀璨〔一七〕。長松信可依，柯葉四時貫〔一八〕。東風漫滋榮，寒雨徒零亂。何異楚靈椿，春秋安可筭〔一九〕。

【箋注】

〔一〕左思《詠史》之二：「鬱鬱澗底松，離離山上苗。」

〔二〕窈窕：深遠貌。《文選·陶潛〈歸去來兮辭〉》：「既窈窕以尋壑，亦崎嶇而經丘。」唐李周翰注：「窈窕：長深貌。」

〔三〕翠蓋：謂松樹枝葉青翠而樹冠如車蓋。

〔四〕輪奐：《禮記·檀弓下》：「晉獻文子成室，晉大夫發焉。張老曰：『美哉，輪焉；美哉，奐焉。』」唐孔穎達疏：「輪，輪囷，言高大。奐，言衆多。」

〔五〕牛刀：見《愛人堂爲李幾仲賦》注〔一四〕。

〔六〕匠石：名石的木匠。《莊子·人間世》：匠石不顧櫟社樹，而「弟子厭觀之，走及匠石，曰：『自吾執斧斤以隨夫子，未嘗見材如此其美也。先生不肯視，行不輟，何邪？』曰：『已矣，勿言之矣！散木也。以爲舟則沉，以爲棺槨則速腐，以爲器則速毀，以爲門户則液樠，以爲柱則蠹。是不材之木也，無所可用，故能若是之壽。』」。

〔七〕贊：助也。

〔八〕「雖微」二句：《莊子·人間世》：「南伯子綦游於商之丘，見大木焉有異……仰而視其細枝，則拳曲而不可以爲棟梁……子綦曰：『此果不材之木也，以至如此其大也。』」微：無也。

〔九〕廟堂：宋代特指宰執辦公之地。蘇轍曾作副相，故云。《東都事略·吕晦傳》：「誤天下蒼生必斯人矣。如久居廟堂，必無安靜之理。」《東都事略·張商英傳》：「時蔡京爲相，商英與京在神宗朝爲檢正，雅有契好。及是同在廟堂，議事多不合。」《宋史·劉述傳》：「姦詐專權之人，豈宜處之廟堂以亂國紀。願早罷逐，以慰安天下元元之心。」參蔣宗許《説「廟堂」》，《古漢語研究》一九九二年二期。

〔一〇〕端委：《左傳》昭公元年：「吾與子弁冕端委，以治民臨諸侯。」晉杜預注：「端委：禮衣。」孔穎達疏引服虔曰：「禮衣端正無殺，故曰端；文德之衣尚褒長，故曰委。」四夷：古代華夏族對四方少數民族的統稱。含有輕蔑之意。《書・畢命》：「四夷左衽，罔不咸賴。」《孔傳》：「言東夷、西戎、南蠻、北狄，被髮左衽之人，無不皆恃賴三君之德。」《後漢書・東夷傳》：「凡蠻、夷、戎、狄總名四夷者，猶公、侯、伯、子、男皆號諸侯云。」

〔一一〕見《送仲南兄赴水南倉》注〔一一〕。

〔一二〕當宁：《禮記・曲禮下》：「天子當宁而立。」孔穎達疏引李巡曰：「正門内兩塾間謂之宁。」按後以「當宁」代稱皇帝。唐白居易《畫元始天尊贊序》：「〔皇帝〕命設繪素，展儀形，五彩彰施，七寶嚴飾：所以表當宁之瞻仰，感在天之聖神。」宵旰：「宵衣旰食」之省稱。天不亮就穿衣起身，天黑了才吃飯。形容非常勤勞，多用以稱頌帝王勤於政事。唐陸贄《論兩河及淮西利害狀》：「今師興三年，可謂久矣；税及百物，可謂繁矣，陛下爲之宵衣旰食，可謂憂勤矣。」

〔一三〕「汗顔」二句：唐韓愈《祭柳子厚文》：「不善爲斲，血指汗顔。巧匠旁觀，縮手袖間。」

〔一四〕卷懷：《論語・衛靈公》：「邦無道，則可卷而懷。」三國魏何晏《集解》曰：「卷而懷：謂不與時政，柔順不忤於人。」霖雨：見《和叔父移居東齋》注〔五〕。

〔一五〕警策：三國魏曹植《應詔詩》：「僕夫警策，平路是由。」警策者，馬受策而悚動也。此指因督教而儆戒奮發進取。露電觀：見《和大人游羅浮山》注〔八〕。

〔一六〕形神：古人以爲形神合則壽，形神離則夭。《史記·太史公自序》：「凡人所生者神也，所託者形也。神大用則竭，形大勞則蔽，形神離則死。」

〔一七〕眉目有光，皆壽徵也。參見《大人生日》（一封已責被敷天）注〔六〕。

〔一八〕「長松」二句：謂蘇轍壽如長松，四時不凋，誠可蔭蔽後人。《禮記·禮器》：「其在人也，如竹箭之有筠也，如松柏之有心也。二者居天下之大端矣，故貫四時而不改柯易葉。」

〔一九〕「何異」二句：楚靈椿：即楚南冥靈、大椿。見《和大人游羅浮山》注〔九〕及《叔父生日》（平生種德在斯民）注〔八〕。

## 四

物居覆載間〔一〕，陰陽爲盛衰〔二〕。我觀衆草木，春風不相遺。春風蹔能榮〔三〕，還有摇落時〔四〕。區區諉消長，歲月胡能支〔五〕。世人如草木，世態豈異兹。擾擾方寸中，坐受寵辱移〔六〕。晝錦方自眩〔七〕，飲水誰汝知〔八〕？可憐千金軀，坐困毫與氂。大哉孔孟志，夫子真能師〔九〕。浩然剛大氣，直養充四維〔一〇〕。貧富未易動〔一一〕，寒暑何從窺？塞馬無倚伏〔一二〕，昭琴謝成虧〔一三〕。還觀儻來物，造物戲小兒〔一四〕。臞仙事吐納〔一五〕，閲世猶有之〔一六〕。至人不導引〔一七〕，眉壽何復疑〔一八〕。惟應廣成子，當與此心期〔一九〕。

【箋注】

〔一〕覆載：指天地，見《北山雜詩》之八注〔八〕。

〔二〕陰陽：猶言天地。《易·繫辭上》：「陰陽不測之謂神。」唐孔穎達疏：「天下萬物，皆由陰陽，或生或成。」

〔三〕蹔：同「暫」。

〔四〕摇落：猶言凋落。宋玉《九辯》：「悲哉秋之爲氣也，蕭瑟兮草木摇落而變衰。」

〔五〕「區區」二句：謂草木盛衰，於歲月時令何干？蓋因人之不達，區區注意於消長之間也。自達者觀之，則卒莫有消長也。區區：猶言慤慤，愚貌。消長：盛衰。

〔六〕「擾擾」二句：《列子·周穆王》：「存亡得失，哀樂好惡，擾擾萬緒起矣。」擾擾：紛亂貌。方寸：謂心。《三國志·蜀書·諸葛亮傳》：「（徐）庶辭先主（劉備）而指其心曰：『本欲與將軍共圖王霸之業者，以此方寸之地也。今失老母，方寸亂矣。』」

〔七〕《史記·項羽本紀》：「（羽）曰：『富貴不歸故鄉，如衣繡夜行，誰知之者？』」

〔八〕謂清廉。語本《晉書·良吏傳·鄧攸》：「時吴郡闕守，人多欲之，帝以授攸。攸載米之郡，俸禄無所受，唯飲吴水而已。」唐杜甫《贈裴南部》詩：「塵滿萊蕪甑，堂横單父琴。人皆知飲水，公輩不偷金。」

〔九〕「大哉」二句：謂孔孟皆輕於言利，忘於得失，是可爲師也。孔子曰：「不義而富且貴，於我如浮

雲。」（《論語·述而》）孟子曰：「何必曰利，亦有仁義而已矣。」（《孟子·梁惠王上》）

〔一〇〕「浩然」二句：《孟子·公孫丑上》：「（孟子）曰：『我知言，我善養吾浩然之氣。……其爲氣也，至大至剛，以直養而無害，則塞乎天地之間。』」四維：東西南北爲四方，四方之隅爲四維。此以「四維」代指天地。

〔一一〕《孟子·滕文公下》：「得志與民由之，不得志獨行其道。富貴不能淫，貧賤不能移，威武不能屈。」

〔一二〕塞馬：見《大人生日》（昔將直道破群纖）注〔三〕。

〔一三〕成虧：成功與欠缺；不足。《莊子·齊物論》：「果且有成與虧乎哉？果且無成與虧乎哉，有成與虧，故昭氏之鼓琴也；無成與虧，故昭氏之不鼓琴也。」

〔一四〕「還觀」二句：功名利禄，皆造物者戲弄人類也。儻來物。《莊子·繕性》：「軒冕在身，非性命也，物之儻來，寄者也。」唐成玄英疏：「儻者，意外忽來者耳。」《新唐書·杜審言傳》：「初審言病甚，宋之問、武平一等省候何如，答曰：『甚爲造化小兒相苦，尚何言？然吾在，久壓公等，今且死，固大慰，但恨不見替人云。』」

〔一五〕臞仙：見《地罏歌寄伯仲》注〔一三〕。吐納：即導引。見《次大人生日》注〔一六〕。

〔一六〕閱世：歷世。

〔一七〕導引：導氣引體。古醫家、道家的養生術。實爲呼吸和軀體運動相結合的體育療法。唐慧琳

《一切經音義》卷十八：「凡人自摩自捏，申縮手足，除勞去煩，名爲導引。若使別人握搦身體，或摩或捏，即名按摩也。」《莊子・刻意》：「不道引而壽，無不忘也，無不有也，澹然無極，而衆美從之。此天地之道，聖人之德也。」

〔一八〕眉壽：長壽。《詩・豳風・七月》：「爲此春酒，以介眉壽。」毛傳：「眉壽，豪眉也。」孔穎達疏：「人年老者必有豪眉秀出者。」

〔一九〕「惟應」二句：廣成子：傳説黄帝時人，居崆峒山中。年千二百歲。以「窈窕冥冥」、「昏昏默默」而致長壽。見《莊子・在宥》。

## 顔樂堂〔一〕

恨無阿堵君〔二〕，一區今尚欠〔三〕。且謀蔽風雨，拔草聊自苫〔四〕。低深人易安〔五〕，儉陋鬼不瞰〔六〕。寧辭力少勞，還視家無甔〔七〕。從來生理拙，況此歲屢歉。故將簞瓢心〔八〕，聊作粱肉砭〔九〕。堂前有甘井，汲取良未厭。堂後有藥苗，一飽亦可塹〔一〇〕。胡爲不歡樂，何事貧憂諂〔一一〕。作詩置座右，勿使斯言玷。

**【箋注】**

〔一〕似初次居潁時作。按蘇過居潁凡三：初爲崇寧二年七月服闋自郟城縣移潁，直至政和二年六月出監太原稅，計十年；次爲政和四年罷太原監稅任歸，至政和六年出知郾城縣；末爲宣和二年罷知縣，迄宣和三年六月以前。顔樂：蓋取《論語·顔淵》「一簞食，一瓢飲，在陋巷，人不堪其憂，回也不改其樂」意。

〔二〕阿堵君：謂錢。《世説新語·規箴》：「王夷甫（衍）雅尚玄遠，常嫉其婦貪濁，口未嘗言錢字。婦欲試之，令婢以錢遶牀不得行。夷甫晨起，見錢閡行，呼婢曰：『舉卻阿堵物。』」

〔三〕一區：即「宅一區」。《漢書·揚雄傳》：「（雄）有田一壥，有宅一區。」此謂比揚雄更貧。

〔四〕苫：編茅蓋物。

〔五〕晉陶潛《歸去來兮辭》：「倚南窗以寄傲，審容膝之易安。」

〔六〕揚雄《解嘲》：「高明之家，鬼瞰其室。」按此反揚雄意而用之。黄庭堅《次韻吉老十小詩》：「蕭條鬼不瞰，聊可與同歸。」

〔七〕家無甔：謂家無甔石之儲。參見《大隱堂爲范氏西田題》注〔一五〕。

〔八〕簞瓢心：謂安貧樂道之志。

〔九〕粱肉：見《借書》注〔三〕。砭：石針，用以刺穴治病。按此言以「簞瓢」之心以治榮華之疢。

〔一〇〕蹔：同「暫」。

〔一一〕《論語·學而》：「貧而無諂，富而無驕。」何事：爲何；何故。

## 謝公定以所藏文與可詩示其孫驥驥有詩次韻〔一〕

骨冷能詩庾開府〔二〕，妙句天成醉翁許〔三〕。醉翁已作神清游〔四〕，伯牙絶弦空千古〔五〕。謝翁家無甑石儲〔六〕，獨富牙籤收繭楮〔七〕。詩豪遺墨宛在世〔八〕，不與①□□俱化土。後生無復見老師，句法凜然猶可度。幼孫風流自一種，疑是江東王謝伍〔九〕。君不見西京柱下太史公〔一〇〕，留滯周南歎無補。傳家有子能續業，執手潸然只虚語〔一一〕。子孫他日繼文翁，太史家風爾乎取〔一二〕。

【校記】

①「不與」上，清鈔本有「牙」字，復於□□處注「缺二字」。則該句爲八字矣，不倫。

【箋注】

〔一〕似作於初居潁時。據黄庭堅《謝公定和二范秋懷五首邀予同作》詩，謝公定，名悰；二范：蓋指范正平、正思兄弟。是則公定亦居於潁邪？若然，蘇過是篇亦當作於潁昌。謝公定：事跡略見於《續通鑑長編》卷四一四、《宋會要輯稿》卷三八九四、四四二〇、四四二二。文與可（一〇一八—一〇七九）：名同，自號笑笑先生，梓州梓潼（今四川鹽亭）人，蘇軾從表兄，善詩，書畫尤精，所畫竹枝山水冠絶當時。皇祐進士，歷職太常博士，集賢校理，知陵州、洋州、湖州。《宋史》有傳。文驥：文與可孫、蘇轍外孫（見《硯箋》）。蘇軾有《文驥字説》。事跡未詳。

〔二〕庾開府：即庾信（五一三—五八一），北周南陽新野（在今河南）人。字子山，善詩文。初仕南朝梁，奉使西魏，被留不還。西魏亡，事北周，官至驃騎大將軍、開府儀同三司。故後世稱「庾開府」。《北史》、《周書》有傳。骨冷：庾信《昭君辭應詔》詩有云：「胡風入骨冷，夜月照心明。」悽愴悲涼，爲世所稱。

〔三〕蘇軾《書曇秀詩》：「予昔對歐陽文忠公誦文與可詩云：『美人卻扇坐，羞落庭下花。』公云：『此非與可詩，世間元有此句，與可拾得耳。』」醉翁：即歐陽修（一〇〇七—一〇七二）：宋廬陵吉水（今江西吉水）人。字永叔，自號醉翁、六一居士。舉天聖八年進士甲科，官至樞密副使，參知政事。因議新法，與王安石不合，致仕。退居潁昌，卒謚文忠。修博覽群書，以文章名世。《宋史》有傳。

〔四〕神清游：謂已作古。宋葉夢得《避暑録話》：「公（指歐陽修）爲西京留守推官時，嘗與尹師魯（洙）諸人游嵩山，見蘇香成文有『神清之洞』四字，他人莫見。」

〔五〕按此以子期喻歐公，伯牙喻與可。參見《白水巖湯泉》注〔一一〕。

〔六〕甑石儲：見《大隱堂爲范氏西田題》注〔一五〕。

〔七〕牙籤：象牙所製圖書標籤。唐韓愈《送諸葛覺往隨州讀書》詩：「鄴侯家多書，插架三萬軸。一一懸牙籤，新若手未觸。」繭：指以繭絲織成之帛，古以之書，即帛書。楮：木名，其皮可造紙，此亦指書。

〔八〕詩豪：詩人中之出類拔萃者。此指黄庭堅。

〔九〕「幼孫」二句：謂文驥之風采可上追古人。江東：古稱長江下游以南地區爲江東，此指東晉南朝。

〔一〇〕西京：此指長安，西漢都焉。以東漢都洛陽，故又稱長安爲西京。在今西安西北。柱下：即柱下史，御史。《史記·張丞相列傳》：「（蒼）秦時爲御史，主柱下方書。」唐司馬貞《索隱》：「周秦皆有柱下史，謂御史也。所掌及侍立恒在殿柱之下。……方書者：……或曰主四方文書也。」太史：三代爲史官曆官之長，位爲上公，故稱太史公。秦漢爲太史令，其職轉卑。」（見《史記·孝武本紀》司馬貞《索隱》引虞喜《志林》）蘇過以柱下史與太史職掌相類，因混稱之。太史公：指司馬談（？—前一一〇），漢夏陽人，遷父。武帝時任太史令，嘗論陰陽、儒、墨、名、法、道六家要旨，特崇道家，以爲道家「立俗施事，無所不宜」。

〔一一〕「留滯」三句：《史記·太史公自序》：「是歲天子（漢武帝）始建漢家之封（封禪），而太史公（司馬談）留滯周南，不得與從事，故發憤且卒。……太史公執遷手而泣曰：『……今天子接千歲之統，封泰山，而予不得從行，是命也夫，命也夫！余死，汝必爲太史；爲太史，無忘吾所論著矣。』……卒三歲而遷爲太史令，紬史記石室金匱之書。」周南：南朝宋裴駰《集解》引徐廣曰：「摯虞曰古之周南，今之洛陽。」

〔一二〕「子孫」二句：文翁（前一五六——前一〇一）：名黨，字仲翁。安徽舒城（今安徽廬江）人。漢景帝末年爲蜀郡守，興教育、舉賢能、修水利，政績卓著。《漢書》本傳云：「繇是大化，蜀地學于京師者比齊魯焉。至武帝時，乃令天下郡國皆立學校官，自文翁爲之始云。文翁終於蜀，吏民爲立祠堂，歲時祭祀不絕。至今巴蜀好文雅，文翁之化也。」

【附】

蘇轍《次韻文氏外孫驥以其祖父與可學士書卷還謝悰學士》

西南自是賢俊府，衰老思歸謾留許。春禾磨麥非平生，子孫便推我作古。賢哉與可詩中傑，筆墨餘功散繒楮。南陽諸謝世有人，此邦亦自非其土。一時與我俱作客，白髮蒼顔愧非伍。儒術真傳漢太翁，風流未減晉諸庾。兩家尚有往還帖，舊集脱遺應可補。明窗展卷清淚滴，恍然似與故人語。欲鎖空廚付長康，恐君譏我不與取。

## 先君與叔父試制策各攜一端硯外孫文驥得其一過藏其一名賢良硯①〔一〕

其一

兩翁出蜀時，不攜一束書。揭來奉大對〔二〕，昧死排姦諛。諫官與御史，鉗口慙青蒲〔三〕。

【校記】

①録自高似孫《硯箋》卷一《二蘇賢良硯》。

【箋注】

〔一〕賢良：歷代制舉（即「制科」），臨時設置之考試科目）均設「賢良科」。始自漢文帝，後兩漢屢有詔舉之令，多稱「賢良方正」或「賢良文學」，以爲朝廷選拔舉薦通經達變之士。漢武帝《賢良詔》：

「賢良明於古今王事之體，受策察問，咸以書對，著之於篇，朕親覽焉。」宋高承《事物紀原·學校貢舉·賢良》：「漢唐逮宋，取士之制，有賢良方正、茂才異等六科，謂之制舉，亦曰大科，通謂之賢良。其制蓋自漢文帝始。」據蘇過所言可推知，此硯蓋爲嘉祐六年（辛丑，一〇六一年），東坡、潁濱應試直言極諫科制策時所用，因是得名。東坡由此獲授大理評事簽鳳翔府判官，有《應制科上兩制書》及《上富丞相書》，又有《謝應中制科啟》、《鳳翔八觀》及《鳳鳴驛記》。其《感舊》詩序云：「嘉祐中，予與子由奉制策，寓居懷遠驛，時年二十六，子由年二十三耳。」賢良硯：清《御定韻府拾遺》卷七六、清陳元龍撰《格致鏡原》卷三八、清厲鶚撰《宋詩紀事》卷三二均見載。前二書均從《硯箋》之説，《宋詩紀事》「趙鼎臣」條亦從中引其《賢良硯詩》，亦作「《二蘇賢良硯》」。此外尚未見著録者。

〔二〕朅：句首助詞，無實義。晉張協《雜詩》之六：「朅來戒不虞，挺轡越飛岑。」唐陳子昂《感遇》詩之三十：「朅來豪游子，勢利禍之門。」大對：對答天子之詢問或策問。漢董仲舒《春秋繁露·郊事對》：「陛下乃幸使九卿，問以朝廷之事，臣愚陋曾不足以承明詔，奉大對。」《漢書·公孫弘傳》：「臣弘愚戇，不足以奉大對。」唐顏師古注：「大對，大問之對也。」

〔三〕青蒲：原指蒲草，莖葉可供編織蒲席等物，因亦指稱蒲席，後以是借指天子内庭。《漢書·史丹傳》：「（史）丹以親密臣得侍視疾，候上間，獨寢時，丹直入卧内，頓首伏青蒲上，涕泣言曰云云。」顏師古注引應劭曰：「以青規地曰青蒲，自非皇后不得至此。」《文選·任昉〈天監三年策秀才文〉

三》：「比雖輻湊闕下，多非政要；日伏青蒲，罕能切直。」唐李周翰注：「青蒲，天子内庭也，以青色規之，而諫者伏其上。」唐杜甫《壯游》詩：「斯時伏青蒲，廷諍守御牀。」因有「伏蒲」之語，以謂佐君忠諫也。

## 其二

翁登鑾臺上玉堂〔一〕，論思獻納在帝旁〔二〕。居夷渡海不汝置〔三〕，險阻艱難曾備嘗。

【箋注】

〔一〕鑾臺：原爲宮殿高臺之美稱。《文選·曹植〈應詔〉詩》：「朝發鑾臺，夕宿蘭渚。」李善注：「鑾臺、蘭渚，以美言之。」後武則天改門下省爲「鑾臺」，自此以爲門下省別稱，後借指朝廷高級政務機構。《新唐書·百官志二》：「垂拱元年改門下省曰鑾臺。」宋梅堯臣《永叔寄澄心堂紙二幅》詩：「幅狹不堪作詔命，聊備鸁使供鑾臺。」玉堂：漢侍中有玉堂署，宋以降翰林院亦稱玉堂。《漢書·李尋傳》：「過隨衆賢待詔，食太官，衣御府，久汙玉堂之署。」顔師古注：「玉堂殿在未央宮。」王先謙補注引何焯曰：「漢時待詔於玉堂殿，唐時待詔於翰林院，至宋以後，翰林遂並蒙玉堂之號。」《宋史·蘇易簡傳》：「帝嘗以輕綃飛白大書『玉堂之署』四字，令易簡牓於廳額。」

〔二〕論思獻納：議論思考，進忠言以供皇帝採納。漢班固《兩都賦序》：「朝夕論思，日月獻納。」

〔三〕居夷、渡海：皆用夫子之典。居夷，亦作「居彝」，本指居於東方九夷之地，後泛指居住在少數民族地區。典見《正月二十四日侍親游羅浮道院棲禪山寺》注〔一五〕。渡海：又謂「浮海」，典出《論語·公冶長》：「子曰：『道不行，乘桴浮於海。』」既述父親見謫渡海、夷居海南之實，又借典暗發夫子道之不行、居夷浮海之歎。

【附】

趙鼎臣《東坡兄弟應制舉日各攜硯一入對廷中而黄門之硯爲其甥文驥所寶好事者往往有詩文以請余故亦同賦》

不見東坡老弟昆，文章浩蕩夫淵源。眉山當日人何在？曲阜他年履尚存。試想研磨雖有處，欲尋斧鑿見無痕。計功何必慚周鼎，會使詞林百怪奔。（《竹隱畸士集》卷六）

## 横山道中〔一〕

物外閒人日月長〔二〕，意行無復有重岡〔三〕。林深步步衣裳①濕，麥熟村村餅餌香〔四〕。遥想雲間下雙舄〔五〕，空懷仙子望三鄉〔六〕。欲尋好句供詩眼〔七〕，旋逐東風墮眇茫。

【校記】

①裳：趙懷玉校本作「裘」。

【箋注】

〔一〕作於初居潁時。横山：在宜興縣。乾隆《重刊宜興縣志》卷一云：「横山，一名大盧山，在薔薇塢南，君山之西麓，上有禪寺。」又云：「少子過後亦來居，過孫峴，乾道中爲大府寺丞，尚居宜興。」按東坡置産業於宜興，子孫共食焉。據蘇過生平行跡，其往宜興就食，當以初居潁時可能性最大，姑繫於此。

〔二〕物外：世外。謂超脱於塵世之外。漢張衡《歸田賦》：「苟縱心於物外，安知榮辱之所如！」日月長：謂時光悠然愜意。唐白居易《奉和裴令公新成午橋莊緑野堂即事》：「遠處塵埃少，閑中日月長。」

〔三〕意行：率意而行。《晉書·阮籍傳》：「時率意獨駕，不由徑路。」唐劉禹錫《蠻子歌》：「腰斧上高山，意行無舊路。」蘇軾《簡亭小酌懷歐陽叔弼季默呈趙景貺陳履常》：「地坐略少長，意行無澗岡。」

〔四〕蘇軾《南園》詩：「春疇雨過羅紈膩，夏隴風來餅餌香。」

〔五〕《後漢書·方術列傳·王喬》：「喬有神術，每月朔望，常自縣詣臺朝。帝怪其來數而不見車騎，密令太史伺望之，言其臨至，輒有雙鳧從東南飛來。於是候鳧至舉羅張之，但得一隻舄焉。」

〔六〕三鄉：謂蓬萊、方丈、瀛洲三神山。唐劉禹錫《三鄉驛樓伏睹玄宗望女几山詩小臣斐然有感》：「三鄉陌上望仙山，歸作霓裳羽衣曲。」

〔七〕詩眼：此指精彩的詩句。蘇軾《次韻吴傳正〈枯木歌〉》：「君雖不作丹青手，詩眼亦自工識拔。」

## 題王進之緑蔭軒〔一〕

主人愛竹真成癖，門階户席俱寒碧〔二〕。小軒故爲翦重闌〔三〕，舍下重教筍穿壁。欣然遠致數君子〔四〕，相對青青好顔色。公庭無事白日長〔五〕，寒影參差亂書帙〔六〕。君家將相山西種〔七〕，世世剖符門列戟〔八〕。圖形未肯上陵煙〔九〕，卻掃何爲清一室〔一〇〕。胸中定有不凡處，對客何妨仍蠟屐〔一一〕。明年新笥拂雲長，夏簟琅玕足留客〔一二〕。

【箋注】

〔一〕作於初居潁時。王進之：似與後之王晉之爲一人。進，古亦通「晉」。《易·晉》：「晉，進也。」孔潁達疏：「古之晉字，即以進長爲義。」是以「進昇」、「進級」亦作「晉」。又考此詩曰：「君家將相山西種，世世剖符門列戟」，後詩曰：「君侯褒鄂裔，汗血餘光輝」，皆高門將種之謂也，其爲一人也固明。復考後詩所謂「我卜潁水居，里社得所依」諸語，是知王進之乃潁昌武官。蓋此詩爲王在任時作，而後詩乃王離任時所爲作也。又按宋陳傅良《止齋文集》有《朝散大夫王進之知德慶府制》（《樓鑰《攻媿集》亦有制），未知即此王進之否。若是，則進之爲名，晉之其字也。

〔二〕謂門階户席皆爲緑竹所染而碧也。

〔三〕謂竹枝交舞於小軒之上，重闌似爲所翦。

〔四〕數君子：亦用王徽之呼竹爲「此君」意。參見《次韻叔父所居六首》之三注〔三〕。

〔五〕宋黄庭堅《次韻喜陳吉老還家二絶》之一：「公庭無事吏人休，垂箔寒廳對弈秋。」唐杜甫《城上》詩：「草滿巴西緑，空城白日長。」

〔六〕蘇軾《少年遊》：「秀色亂侵書帙晚。簾卷。清陰微過酒尊涼。」

〔七〕《漢書・趙充國傳・贊》曰：「秦漢以來，山東出相，山西出將。」

〔八〕謂王進之家世充方伯之任。《史記・孝文本紀》：「與郡國守相爲銅虎符、竹使符。」南朝宋裴駰《集解》引應劭曰：「銅虎符第一至第五，國家當發兵，遣使者至郡合符，符合乃聽受之。竹使符皆以竹箭五枚，長五寸，鐫刻篆書，第一至第五。」又《漢書・文帝紀》唐顏師古注：「與郡守爲符者，謂各分其半，右留京師，左以與之。」門列戟：《宋史・輿服志二》：「木戟，木爲之而無刃，門設架而列之，謂之棨戟。天子宫殿門左右各十二，應天數也。……臣下則諸州公門設焉，私門則府第恩賜者許之。」

〔九〕見《叔父生日》（圖形未肯上陵煙）注〔一一〕。

〔一〇〕《後漢書・陳蕃列傳》：「蕃曰：大丈夫處世當掃除天下，安事一室乎！」按蘇過反用此典言王晉之有志難伸。

〔一一〕見《送仲南兄赴水南倉》注〔一五〕。

〔一二〕夏簟：夏天用的竹席。杜甫《鄭駙馬宅宴洞中》詩：「主家陰洞細煙霧，留客夏簟青琅玕。」

## 送王晉之還朝〔一〕

承平絶羽書〔二〕，盛德戢武威〔三〕。將臣歸宿衛〔四〕，禮樂班王畿〔五〕。君侯褒鄂裔〔六〕，汗血餘光輝〔七〕。馬上談詩書，笑學孫吴非〔八〕。往年綴内朝，緩帶臨戎機〔九〕。駕言樽俎閒，已覺枹鼓稀〔一〇〕。我卜潁水居，里社得所依。方懲赤丸俗〔一一〕，遽賦《杕杜》歸〔一二〕。歸朝事玉輦〔一三〕，絡馬黄金羈〔一四〕。封侯自有骨〔一五〕，坐看擇肉飛〔一六〕。

【箋注】

〔一〕作於初居潁時。王晉之：見《題王進之緑蔭軒》注〔一〕。

〔二〕承平：太平相承。《漢書·食貨志上》：「今累世承平。」羽書：見《和叔寬田園六首》之五注〔七〕。

〔三〕戢：止息。

〔四〕宿衛：值宿宫中，擔任警衛。《宋史·劉平傳》：「太祖定天下，懲唐末藩鎮之盛，削其兵柄，收其賦入，自節度以下第坐給奉禄。或方面有警，則總師出討；事已則兵歸宿衛，將還本鎮。」

〔五〕班：通「頒」。王畿：《周禮·夏官·職方氏》：「乃辨九服之邦國，方千里曰王畿。」

〔六〕褒鄂：指段志玄、尉遲恭，皆唐初開國功臣。段志玄，臨淄（在今山東淄博市）人，從李世民定天下，官至驍騎大將軍，封褒國公，謚壯肅。新、舊《唐書》有傳。尉遲恭（五八五—六五八）：字敬德，朔州善陽（治今山西朔州）人，佐李世民定天下，奪帝位，功封鄂國公。新、舊《唐書》有傳。

〔七〕汗血：猶言「汗馬功勞」。《後漢書·崔駰列傳》：「汗血競時，利合而友。」唐李賢注：「汗血謂勞力也。」按此句説王晉之乃功臣之後，尚蒙先人餘蔭。

〔八〕孫吴：孫武、吴起。孫武：春秋齊人，以兵法求見吴王闔廬，用爲將，西破强楚，北威齊晉。有兵法十三篇。吴起：戰國衛人，魏文侯用爲將，攻秦，拔五城，爲西河守以拒秦。後爲魏相公叔所忌，奔楚，楚悼王用爲令尹。起多行新政，貴戚大臣怨之，悼王死，爲宗室大臣攻殺。按孫吳均善用兵，故後世常以「孫吳」代指武事。

〔九〕「往年」二句：謂王晉之出京任武職。綴：通「輟」，停廢、罷止。緩帶：《晉書・羊祜傳》：「在軍中常輕裘緩帶，身不被甲。」

〔一〇〕「駕言」二句：贊王晉之折衝樽俎之能也。《晏子春秋・雜上》：「夫不出尊（同樽）俎之間，而折衝於千里之外。」樽俎：酒食具。樽以盛酒，俎以盛肉。枹鼓：鼓槌與鼓。古時作戰，擊鼓以示進軍。

〔一一〕《漢書・尹賞傳》：「長安中姦滑浸多，閭里少年群輩殺吏，受賕報仇，相與探丸爲彈，得赤丸者斫武吏，得黑者斫文吏，白者主治喪。城中薄暮塵起，剽劫行者，死傷橫道，枹鼓不絕。……賞視事數月，盜賊止，郡國亡命散走，各歸其處，不敢窺長安。」按此言王晉之治理地方有能。

〔一二〕杕杜：《詩・小雅》篇名。其序云：「勞（慰勞）還役也。」按此言凱旋。

〔一三〕玉輦：天子所乘之車，以玉爲飾。因常以之指皇帝。晉潘岳《籍田賦》：「天子乃御玉輦，蔭華蓋。」唐杜牧《洛陽長句》詩之二：「連昌繡嶺行宮在，玉輦何時父老迎？」蘇軾《上元夜》詩：「前年侍玉輦，端門萬枝燈。」

〔一四〕《漢樂府・陌上桑》：「青絲繫馬尾，黄金絡馬頭。」

〔一五〕《漢書・翟方進傳》：「蔡父大奇其形貌，謂曰：『小史有封侯骨。』」

〔一六〕《後漢書・班超列傳》：「相者指曰：『生燕頷虎頸，飛而食肉，此萬里侯相也。』」擇肉：本謂選取禽獸爲射獵的對象。司馬相如《上林賦》：「射游梟，櫟蜚遽；擇肉而後發，先中而命處。」後亦謂選取吞噬對象。張衡《東京賦》：「嬴氏搏翼，擇肉西邑。」按此言王晉之還有大用之時。

## 訪江令德脩置酒泛舟〔一〕

微雨止復作〔二〕，柴門蓬蒿積。城隅得幽徑，違淖試躡屐〔三〕。吾邑有君子，官居似禪寂〔四〕。惟聞弦歌聲〔五〕，不見愠喜色〔六〕。公庭絶笞箠〔七〕，東閣亂書帙〔八〕。蕭然拂塵榻〔九〕，容我不速客〔一〇〕。清風掃煩溽〔一一〕，淺沼弄寒碧。小飲起縱棹，荷翻珠的皪〔一二〕。我本江湖人，久負雲水役〔一三〕。釣竿未入手〔一四〕，越吟同莊舄〔一五〕。君行賦《杕杜》〔一六〕，我分安蓬蓽。他時剡溪船，永謝言游室〔一七〕。

**【箋注】**

〔一〕作於初居潁時。江德脩：時任長社縣令。事跡不詳。

〔二〕蘇軾《端午遍遊諸寺得禪字》：「微雨止還作，小窗幽更妍。」

〔三〕違淖：《左傳》成公十六年：「有淖於前，乃皆左右相違於淖。」晉杜預注：「淖，泥也。違，避也。」躡屐：著屐而行。屐有齒，以行泥路。

〔四〕謂江令政尚無爲，如禪之寂靜。

〔五〕弦歌聲：見《次韻謝民師》注〔六〕。

〔六〕見《大人生日》（七年野鶴困鷄群）注〔六〕。

〔七〕笞箠：以箠笞背臀，謂之笞箠，爲古之五刑之一。《漢書·刑法志》：「笞者，箠長五尺，其本大一寸，其竹也，末薄半寸，皆平其節。當笞者笞臀。」唐顏師古注引如淳曰：「然則先時笞背也。」箠：顏師古注：「箠，策也，所以擊者也。」

〔八〕東閤：又作東閣。《漢書·公孫弘傳》：「於是起客館，開東閤，以延賢人，與參謀議。」顏師古注：「閤，小門也，東向開之，避當庭門而引賓客，以別於掾史官屬也。」（按閤、閣相通，《嚴助傳》正作閣）此喻江德脩招賢之舉也。蘇軾《用定國韻贈二十姪震》：「清風舉吹籟，散亂書帙翻。」

〔九〕拂塵榻：謂掃榻相迎也。語出漢陳蕃設專榻以待徐穉事。參見《贈王子直》注〔一八〕。

〔一〇〕不速客：不請而自來的客人。語出《易·需》：「有不速之客三人來。」唐孔穎達疏：「速，招也。」

〔一一〕煩溽：悶熱。隋盧思道《納涼賦》：「積歊蒸於簾櫳，流煩溽於園籞。」

〔一二〕的皪：光亮、鮮明貌。漢司馬相如《上林賦》：「明月珠子，的皪江靡。」

〔一三〕雲水役：謂漫游。漫游如行雲流水的飄泊無定，故稱。唐黄滔《寄湘中鄭明府》詩：「莫耽雲水興，疲俗待君痊。」

〔一四〕謂命途多舛，尚無緣一得漁釣之樂。

〔一五〕見《送伯達兄赴嘉禾》注〔一四〕。

〔一六〕杕杜：見《送王晉之還朝》注〔一一〕。

〔一七〕「他時」二句：蓋謂江令異日歸隱，則彼此更爲忘形之交，從此告别官場。剡溪船：《世説新語·任誕》：「王子猷居山陰，夜大雪，眠覺，開室，命酌酒。……忽憶戴安道，時戴在剡，即便夜乘小船就之。經宿方至，造門不前而返。人問其故，王曰：『吾本乘興而行，興盡而返，何必見戴？』」剡溪：水名，在今浙江嵊州南。《論語·雍也》：「子游爲武城宰。子曰：『女得人焉耳乎？』曰：『有澹臺滅明者，行不由徑，非公事未嘗至於偃之室也。』」言游：即言偃，本字子游。春秋時吴人。孔子弟子，後爲武城宰，邑稱治，日夜絃歌（見《史記·仲尼弟子列傳》）。

## 次韻曲水泛舟四首 曲水賈文元公園〔一〕

一

節物自催迫〔二〕，意閑歡有餘。駕言二三子〔三〕，往尋隱者居。城隅有喬木，人言于公閭〔四〕。當時乞身歸，買田將結廬〔五〕。悲哉絲竹地，今爲狐兔墟〔六〕。野色映修竹，清溪數游魚〔七〕。驚風下木葉〔八〕，策策紛填渠〔九〕。俯仰成今昔〔一〇〕，歎此卜築初〔一一〕。

【箋注】

〔一〕此組詩當作於蘇過初居潁昌時。詩所謂「予一廛氓」，「不事軒冕」是其證也。曲水賈文元公園：

宋葉夢得《石林詩話》：「賈文元曲水園，在許昌北，有大竹三十畝，潩河灌其間。初本州民所有，文潞公爲守，買得之，潞公移鎮北門，文元爲代，題詩壁間云：『畫船載酒及荒辰，丞相園亭潩水濱。虎節鱗符抛不得，卻將清景付閒人。』遂使持詩寄北門，潞公大喜，即以地券歸賈氏，文元亦不辭。」賈文元：即賈昌朝，宋獲鹿（在今河北）人，字子明，謚文元，嘉祐元年，進封許國公，嘉祐三年，以鎮安軍節度使、右僕射、檢校太師，侍中兼充景靈宫使，出判許州。《宋史》有傳。

〔二〕節物：反映季節變化的風光景物。晉陸機《擬明月何皎皎》詩：「踟躕感節物，我行永已久。」蘇軾《癸丑春分後雪》詩：「不分東君專節物，故將新巧發陰機。」

〔三〕駕言：駕車。言：動詞後綴。《詩·邶風·泉水》：「駕言出游，以寫我憂。」鄭箋：「云既不得歸寧，且欲乘車出游以除我憂。」

〔四〕于公：見《次大人生日》注〔三〕。此以于公喻賈昌朝。

〔五〕「當時」二句：《宋史·賈昌朝傳》：「（昌朝）母喪去位，服除，判許州。」乞身歸：蓋昌朝以母喪乞歸之謂也。

〔六〕「悲哉」二句：據葉夢得《石林詩話》：曲水園，「文元（昌朝）居京師後，亦不復再至。園今荒穢，竹以殘毀過半」。絲竹地：謂歌舞繁華之地。

〔七〕唐柳宗元《小石潭記》：「潭中魚可百許頭，皆若空游無所依。」蘇軾《游孤山訪惠勤惠思二僧》詩：「水清石出魚可數，林深無人鳥相呼。」

〔八〕木葉：樹葉。《楚辭·湘夫人》：「嫋嫋兮秋風，洞庭波兮木葉下。」
〔九〕蘇軾《谷林堂詩》：「老槐苦無賴，風花吹填渠。」策策：象聲詞。唐韓愈《秋懷》詩：「秋風一披拂，策策鳴不已。」
〔一〇〕見《北山雜詩》之一注〔五〕。
〔一一〕卜築：擇地建築住宅，即定居之意。《梁書·處士傳·劉訏》：「曾與族兄劉歊聽講於鍾山諸寺，因共卜築宋熙寺東澗，有終焉之志。」蘇軾《次韻韶倅李通直二首》之二：「青山祇在古城隅，萬里歸來卜築初。」

二

謫仙來人間〔一〕，風流占名城。時將琬琰句〔二〕，自和鈞天聲〔三〕。好語一題拂〔四〕，群趨耳爭傾。溶溶此溪水，似契高人情。未許五湖去〔五〕，聊爲一舟橫〔六〕。我意正浩渺，酒觴且徐行〔七〕。仍呼明月來〔八〕，孤光與簷平〔九〕。邈焉想塵寰，萬類方營營〔一〇〕。

【箋注】

〔一〕謫仙：見《白水巖湯泉》注〔一二〕。此蓋指詩中之太守也。
〔二〕琬琰：美玉。屈原《遠游》：「吸飛泉之微液兮，懷琬琰之華英。」宋洪興祖《楚辭補注》：「（琬琰）皆玉名。」

〔三〕鈞天聲：謂天樂。《史記・趙世家》：「簡子寤，語其大夫曰：『我之帝所甚樂，與百神游於鈞天，廣樂九奏萬舞，不類三代之樂，其聲動人心。』」鈞天：爲九天之一。《吕氏春秋・有始》：「中央曰鈞天。」又蘇軾《次韻程正輔游碧落洞》：「何時謫仙人，來作鈞天聲。」

〔四〕題拂：品評，褒揚。《後漢書・黨錮列傳序》：「遂乃激揚名聲，互相題拂。品覈公卿，裁量執政。」

〔五〕五湖去：謂歸隱而去。參見《題鬱孤臺》注〔一一〕。

〔六〕唐韋應物《滁州西澗》詩：「獨憐幽草澗邊生，上有黄鸝深樹鳴。春潮帶雨晚來急，野渡無人舟自横。」

〔七〕酒觴：謂泛觴飲酒。參見《次韻叔父上巳二首》之二注〔三〕。

〔八〕唐李白《月下獨酌》詩之一：「舉杯邀明月，對影成三人。」蘇軾《新釀桂酒》：「收拾小山藏社甕，招呼明月到芳樽。」

〔九〕謂邀月同飲，直至明月西垂，與簷相平。喻夜久時深。

〔一〇〕營營：往來貌。參見《北山雜詩》之二注〔四〕。蘇軾《送程七表弟知泗州》：「赤子視萬類，流萍閲人寰。」

## 三

歲晚得膏澤〔一〕，蕎花香滿邨〔二〕。稍令催科帖，迤邐不到門〔三〕。我有賢太守，手撫瘡痍痕〔四〕。未遽捨我去，壽公福祉繁〔五〕。一飽誠難得，敢忘肉骨恩〔六〕？爭看刺史天〔七〕，扶攜上牆垣。忽驚麋鹿姿〔八〕，中有誠意存。顧予一廛氓〔九〕，聊誦野老言〔一〇〕。

【箋注】

〔一〕膏澤：及時雨。曹植《贈徐幹詩》：「良田無晚歲，膏澤多豐年。」葛洪《抱朴子·博喻》：「甘雨膏澤，嘉生所以繁榮也，而枯木得之以速朽。」韋應物《觀田家》詩：「飢劬不自苦，膏澤且爲喜。」

〔二〕邨：同「村」。

〔三〕「稍令」二句：謂豐收在望，農人有繳納租税之力，勿需官府催討。催科帖：催收租税之通知。唐宋時，賦税之徵，多由當地官府承辦，届時里胥持載有數額、限交日期之帖催交。參宋鄭文寶《江南餘載》卷上。迤邐：一路曲折行去謂之迤邐。

〔四〕瘡痍：謂疾苦。杜甫《雷》詩：「故老仰面啼，瘡痍向誰數。暴尫或前聞，鞭巫非稽古。」蘇軾《次韻章傳道喜雨》：「應憐郡守老且愚，欲把瘡痍手摩撫。」

〔五〕壽公：猶言「祝公長壽」。福祉：幸福；福澤。《韓詩外傳》卷三：「是以德澤洋乎海内，福祉歸乎王公。」李翺《祭獨孤中丞文》：「豐盈角犀，氣茂神全，當臻上壽，福祉昌延。」

〔六〕肉骨恩：見《大人生日》（天定人勝難）注〔五〕。

〔七〕刺史天：《後漢書·蘇章列傳》：蘇章「順帝時，遷冀州刺史。故人爲清河太守，章行部案其姦臧。乃請太守，爲設酒肴，陳平生之好甚歡。太守喜曰：『人皆有一天，我獨有二天。』章曰：『今夕蘇孺文與故人飲者，私恩也；明日冀州刺史案事者，公法也。』遂舉正其罪」。後遂以「刺史天」頌官吏之清廉。蘇軾《送黄師是赴兩浙憲》詩：「一見刺史天，稍忘獄吏尊。」

〔八〕麋鹿姿：謂隱者資質。蓋古人多稱隱居爲與麋鹿爲友。蘇軾《次韻錢穆父會飲》詩：「逝將江海去，安此麋鹿姿。」麋鹿：獸名，俗稱四不象。

〔九〕一廛氓：猶言編户齊民。參見《李方叔治潁川水磨作詩戲之》注〔六〕。

〔一〇〕謂本篇稱揚，非僅私意，是亦父老之言。野老：民間之耆老。

## 四

性不事軒冕，敢從公卿游。田歌扣牛角〔一〕，誰意樂府求〔二〕。公有三島客〔三〕，凜然氣横秋〔四〕。賦詩兩未厭，卒歲當優悠〔五〕。越吟何太早〔六〕，言尋丘壑幽〔七〕。但恐元龍笑，汲汲謀田疇〔八〕。寄語玉澗友〔九〕，達人貴乘流〔一〇〕。拄笏看西山〔一一〕，不妨兹唱酬。

【箋注】

〔一〕扣牛角：《淮南子·道應》：「桓公郊迎客，寧越飯牛車下，望見桓公而悲，擊牛角而疾商歌。桓公聞之，撫其僕之手曰：『異哉！歌者非常人也。』命後車載之。」

〔二〕樂府：主管音樂之官署。《漢書·禮樂志二》：「至武帝定郊祀之禮……乃立樂府，采詩夜誦。」唐顔師古注：「采詩，依古遒人徇路，采取百姓謳謡，以知政教得失也。」按此美言太守虚心下士。

〔三〕三島客：謂超凡脱俗之人。參見《湖口人李正臣蓄異石》注〔四〕。
〔四〕《文選·孔稚珪〈北山移文〉》：「風情張日，霜氣横秋。」唐劉良注：「横，蓋也。」
〔五〕見《次韻叔父黄門己丑歲除二首》之二注〔一〕。
〔六〕越吟：見《送伯達兄赴嘉禾》注〔一四〕。
〔七〕言尋：尋覓，尋找。言，動詞詞頭。
〔八〕「但恐」二句：見《送八弟赴官汝南》注〔一〇〕。
〔九〕玉澗：在河南閿鄉西南五十里。《水經注》：「玉澗水南出玉溪，北流經閿鄉城西，又北入於河。」
〔一〇〕乘流：謂順應時勢，聽天由命。賈誼《鵩鳥賦》：「真人淡漠兮，獨與道息。……乘流則逝兮，得坻則止；縱軀委命兮，不私與己。」
〔一一〕見《東亭》注〔五〕。

## 題劉均國所藏燕公山水圖〔一〕

江湖半此生，老去徒見畫。看山眼已足，涉險夢猶怕〔二〕。老燕久黄壤〔三〕，遺墨獨未化〔四〕。胸中有丘壑〔五〕，故遺意匠寫〔六〕。會逢知音人〔七〕，契此筆端話〔八〕。故山當早歸〔九〕，誰是知津者〔一〇〕。

【箋注】

〔一〕當作於北歸不久時。詩中「江湖半此生，老去獨見畫。看山眼已足，涉險夢猶怕」四句，似是夫子自道。建中靖國元年蘇過伴父歸自炎荒，正三十歲，是「半此生」之指也。劉均國：潁昌人，曾官朝奉郎，能詩文。著作多佚，今存者惟《梅花引》一篇。其事亦略見《春渚紀聞》卷十，《全蜀藝文志》卷六四。揆詩意，均國是時亦當閑居潁昌。燕公：即燕肅。《宣和畫譜》卷十一云：「文臣燕肅，字穆之，「文學治行，縉紳推之。其胸次瀟灑，每寄心繪事，尤喜畫山水寒林，與王維相上下，獨不喜爲設色」。「歷官至龍圖閣直學士，以尚書禮部侍郎致仕。子孫既顯，贈太師，天下止稱燕公。」

〔二〕「看山」二句：極言畫之逼真。

〔三〕謂燕公已作古。黄壤：《後漢書·趙咨列傳》：「使薄斂素棺，籍以黄壤，欲令速朽，早歸后土。」唐李賢注：「棺中置土，以籍其尸也。」

〔四〕遺墨：指《山水圖》。

〔五〕《世説新語·品藻》：「明帝問謝鯤：『君自謂何如庾亮？』答曰：『端委廟堂，使百僚準則，臣不如亮。一丘一壑，自謂過之。』」宋黄庭堅《題子瞻枯木》詩：「胸中元自有丘壑，故作老木蟠風霜。」

〔六〕意匠：謂作文、繪畫、設計等事的精心構思。晉陸機《文賦》：「辭程才以效伎，意司契而爲匠。」唐楊炯《〈王勃集〉序》：「六合殊材，並推心於意匠；八方好事，咸受氣於文樞。」唐杜甫《丹青引贈曹將軍霸》詩：「詔謂將軍拂絹素，意匠慘澹經營中。」
〔七〕知音：見《白水巖湯泉》注〔一一〕。
〔八〕契：投合。
〔九〕故山：故鄉。
〔一〇〕知津：見《次韻大人與藤守游東山》注〔一五〕。

## 送鄉僧世鵬游嵩少〔一〕

吾蜀士尚氣，憑陵以相高〔二〕。儻無勝己友，便絶平生交〔三〕。詩書將吾軍，道藝恃所操〔四〕。寧甘斃百戰，詎肯挫一毫〔五〕。氣俗未易改，波瀾到方袍〔六〕。世鵬此其流，何止事《風》、《騷》。我觀浮屠法，成佛須我曹〔七〕。榮枯寄夢幻，生死真鴻毛〔八〕。恨子太孤直，嶄然出蓬蒿〔九〕。須防斤斧厄〔一〇〕，且爲聲名逃〔一一〕。空山人跡少，晏坐狐狸嘷〔一二〕。三年再見子，庶其免風濤。

【箋注】

〔一〕作於潁昌。世鵬：事跡未詳。
〔二〕憑陵：侵淩、進逼。按此言爭强好勝。
〔三〕「儻無」二句：《論語·學而》：「主忠信，無友不如己者，過則勿憚改。」

〔四〕「詩書」二句：謂世鵬飽讀詩書，多才多藝。將吾軍：語出《左傳》僖公二十七年：「作三軍，謀元帥。趙衰曰：『郤縠可。臣亟聞其言矣。説《禮》、《樂》而敦《詩》、《書》。《詩》、《書》，義之府也；《禮》、《樂》，德之則也；德義，利之本也。《夏書》曰：「賦納以言，明試以功，車服以庸。」君其試之。』乃使郤縠將中軍。」道藝：《周禮·天官·宫正》：「會其什伍而教之道藝。」漢鄭玄注引鄭司農曰：「道謂先生所以教道民者，藝謂禮樂射御書數。」

〔五〕《孟子·公孫丑上》：「（北宫黝）思以一豪（毫）挫於人，若撻之於市朝。」

〔六〕方袍：僧人所穿的袈裟。因平攤爲方形，故稱。唐劉禹錫《觀棋歌送儇師西游》詩：「今年訪余來小桂，方袍袖中貯新勢。」因借指僧人。南朝梁釋慧皎《高僧傳·晉長安釋僧肇》：「時廬山隱士劉遺民見肇此論，乃歎曰：『不意方袍，復有平叔。』」唐司空曙《題凌雲寺》詩：「不與方袍同結社，下歸塵世竟如何？」

〔七〕「我觀」二句：浮屠，即佛。梵語音譯。《後漢書·楚英王列傳》：「晚節更喜黄老，學爲浮屠齋戒祭祀。」唐李賢注：「浮屠，佛也，西域天竺國有佛道焉。佛者，漢言覺也，將以覺悟衆生也。」參見《地鑪歌寄伯仲》注〔九〕。

〔八〕漢司馬遷《報任安書》：「人固有一死，死有重於太山，或輕於鴻毛，用之所趨異也。」

〔九〕「恨子」二句：謂世鵬如美木高聳於蓬蒿之上。恨：遺憾。

〔一〇〕參見《次韻答徐翼之畫木石》之二注〔八〕及《叔父生日》（溝瀆嗟尋常）注〔一四〕。

〔二〕《後漢書·法真列傳》：法真「辟公府，舉賢良，皆不就。……友人郭正稱之曰：『……逃名而名我隨，避名而名我追，可謂百世之師者矣！』」。

〔三〕《左傳·襄公十四年》：「狐狸所居，豺狼所嗥。」

## 送李文儒赴漢東教授〔一〕

自欲擔簦拾紫朱〔二〕，誰能録録守吾廬〔三〕。割鮮固已誇多獲〔四〕，賈勇今將試有餘〔五〕。環堵未成三徑業〔六〕，束裝惟載五車書〔七〕。要令洙泗行江漢〔八〕，歸伴諸儒校石渠〔九〕。

**【箋注】**

〔一〕初居潁時作。李文儒：事跡未詳。漢東：隋以隨州置漢東郡，唐復爲隨州，宋爲隨州漢東郡。見《宋史·地理志》。按其治在今湖北隨縣。教授：「慶曆四年（一〇四四），詔諸路州、軍、監各令立學……自是州郡無不有學。始置教授，以經術行義訓導諸生，掌其課試之事，而糾正不如規者。」（見《宋史·職官志七》）

〔二〕《史記·虞卿列傳》：「虞卿者，游説之士也。躡蹻檐簦説趙孝成王。一見，賜黃金百鎰，白璧一雙；再見，爲趙上卿，故號爲虞卿。」南朝裴駰《集解》引徐廣注：「簦，長柄笠，音登。笠有柄者謂之簦。」（檐、擔相通）。紫朱：古高官服色。宋時亦然：「宋因唐制，三品以上服紫，五品以上服朱。」見《宋史·輿服志七》。

〔三〕晉陶淵明《讀山海經》詩之一：「孟夏草木長，遶屋樹扶疏。衆鳥欣有託，吾亦愛吾廬。」此蓋反其意而用之。

〔四〕漢司馬相如《羽獵賦》：「鶩於鹽浦，割鮮染輪。射中獲多，矜而自功。」

〔五〕賈勇：《左傳·成公二年》：「齊高固入晉師，桀石以投人，禽之。而乘其車，繫桑本焉，以徇齊壘。曰：『欲勇者，賈余餘勇。』」晉杜預注：「賈，賣也，言己勇有餘，欲賣之。」

〔六〕環堵：見《地爐歌寄伯仲》注〔一三〕。三徑：見《和叔寬贈李方叔》注〔八〕。

〔七〕五車書：見《送在庭姪領漕歸蜀》注〔一五〕。

〔八〕洙泗：即洙泗二水。在今山東境，春秋時孔子嘗居洙泗之間教授弟子，後人因以「洙泗」代稱儒家教化。

〔九〕校石渠：見《愛人堂爲李幾仲賦》注〔一九〕。

## 題岑氏心遠亭〔一〕

君不見鄭崇門前鬧如市，此心不礙如秋水〔二〕。又不見翟公之門空設羅，翻爲交情生慍喜〔三〕。豈知靖節棄官歸，五斗難堪折腰恥〔四〕。結廬何必在山澤，方寸湛然遺遠邇〔五〕。君家小園纔數畝，竹柏蕭森間桃李。幽亭容膝審易安〔六〕，不羡華堂收梓杞〔七〕。平生少游真吾師〔八〕，自欲浮沉老閭里〔九〕。故應從事三徑樂〔一〇〕，更效子綦今隱几〔一一〕。君看六鑿無天游，婦姑攘奪無窮已〔一二〕。達人無累超物表〔一三〕，雲夢胸中吞芥子〔一四〕。紛紛朝市我無與，轂擊肩摩同一軌〔一五〕。高情縹緲謝塵寰，悵望雲山友黄綺〔一六〕。

【箋注】

〔一〕初居潁時所作。岑氏：疑即過之姻親岑彦休，眉山人，時亦居潁，過與岑氏兄弟多所唱和。參見後《祭岑彦休文》。心遠亭：蓋取晉陶淵明《飲酒詩》之五「心遠地自偏」意。

〔二〕「鄭崇」二句：鄭崇：西漢高密（在今山東）人，字子游，官郡文學史、丞相大車屬，哀帝時擢尚書僕射，以直諫得罪，死獄中。《漢書》有傳。其本傳曰：崇既以直諫見疏，趙昌復讒之，「因奏崇與宗族通，疑有姦，請治。上責崇曰：『君門如市人，何以欲禁切主上？』崇對曰：『臣門如市，臣心如水。願得考覆。』上怒，下崇獄，窮治，死獄中。」不礙：謂心胸坦蕩無瑕。

〔三〕「翟公」二句：《史記·汲鄭列傳》：「始翟公爲廷尉，賓客闐門，及廢，門外可設雀羅。翟公復爲廷尉，賓客欲往，翟公乃大署其門曰：『一死一生，乃知交情；一貧一富，乃知交態；一貴一賤，交情乃見。』」參見《贈王子直》注〔七〕。

〔四〕「豈知」二句：參見《贈王子直》注〔一六〕。

〔五〕「結廬」二句：陶淵明《飲酒》之五：「結廬在人境，而無車馬喧。問君何能爾，心遠地自偏。」方寸：指心。

〔六〕審：誠然。參見《地鑪歌寄伯仲》注〔三〕。

〔七〕謂不希官府以良材見招。南齊陸厥《奉答内兄希叔》詩之三：「離宫收杞梓，華屋宿徐陳。」唐儲光羲《貽王侍御出臺掾丹陽》詩：「章臺收梓杞，太液滿鴛鴦。」梓杞：皆山木優質，古用比良材。《左傳·襄公二十六年》：「晉卿不如楚，其大夫則賢，如杞梓皮革，自楚往也。」

〔八〕少游：即後漢馬少游。參見《題鬱孤臺》注〔二〕。

〔九〕浮沉：見《北山雜詩》之九注〔九〕。

〔一〇〕三徑：見《和叔寬贈李方叔》注〔八〕。

〔一一〕《莊子·齊物論》：「南郭子綦隱机而坐，仰天而嘘，荅焉似喪其偶，顔成子游立侍乎前，曰：『何居乎？形固可使如槁木，而心固可使如死灰乎？今之隱机者，非昔之隱机者也。』」唐成玄英疏：「楚昭王之庶弟，楚莊王之司馬，字子綦。……居於南郭，故號南郭。……隱，憑也。」南郭子綦，机：通「几」。參見《送曇秀》注〔四〕。

〔一二〕「君看」二句：謂心不曠達則煩惱自生。《莊子·外物》：「胞有重閬，心有天游。室無空虚，則婦姑勃谿；心無天游，則六鑿相攘。」六鑿：唐陸德明《釋文》引司馬彪説爲「喜怒哀樂憂思」六情。蘇轍《次遠韻齒痛》：「元明散諸根，外與六塵合。流中積緣氣，虚妄無可託。弊陋少空明，婦姑相攘奪。」

〔一三〕無累：漢賈誼《鵩鳥賦》曰：「德人無累兮，知命不憂。」物表：即物外。《晉書·宗室列傳》史臣曰：「棲情塵外，希蹤物表。」

〔一四〕見《送在庭姪領漕歸蜀》注〔一一〕。芥子：芥菜之子。唐白居易《三教論衡·問僧》：「維摩經不可思議品中云：芥子納須彌。須彌至大至高，芥子至微至小，豈可芥子之内入得須彌山乎。」

〔一五〕「紛紛」二句：《史記·貨殖列傳》：「天下熙熙，皆爲利來；天下攘攘，皆爲利往。」此「一軌」之謂也。轂擊肩摩：《史記·蘇秦列傳》：「臨菑之塗，車轂擊，人肩摩，連衽成帷，舉袂成幕，揮汗成雨。」喻人之衆。

〔一六〕黄綺：即夏黄公、綺里季。見《叔父生日》（山澤癯仙事渺茫）注〔六〕。

中國古典文學基本叢書

# 蘇過詩文編年箋注

（增訂本）

中册

舒大剛
蔣宗許　注
舒　星　校補

中華書局

# 蘇過詩文編年箋注卷四　詩

政和二年(一一一二)六月出任太原府監税至政和四年(一一一四)冬罷任期間作

## 次韻承之紫巖長句〔一〕

亂山窮處聞魚鼓〔二〕,梵宇潭潭不知暑〔三〕。當時麻衣此卜居〔四〕,自啟山林著藍縷〔五〕。飛空棲觀驚造化,縹渺雲間如帝所〔六〕。道人疑是有道者,已不求人人自許。富兒爭致千金多,貧者不辭筋力苦。若非足指按大地〔七〕,荒山坐變琉璃宇〔八〕。南陽持節奉詔歸〔九〕,夜上崢嶸攜幕府〔一〇〕。是時六月火令熾〔一一〕,千騎解鞍人按堵〔一二〕。登臨豈爲謝公賞〔一三〕,七子賦《詩》歌趙武〔一四〕。長廊月出清風生,古殿無人鈴獨語。公留三日看溪漲,白晝魚鰕落飛雨〔一五〕。我昔千里上太行,身世飄零悲逆旅〔一六〕。莫投紫巖稍自慰〔一七〕,欲扣僧房無可侶〔一八〕。有來野餉苜蓿飯,主人對客羞貧窶〔一九〕。何似元戎從掾吏〔二〇〕,落日紅旗照洲渚〔二一〕。椎牛釃酒勞還役〔二二〕,號令三更傳部伍。君能筆力記其事,句法更如山峻阻。一時豪放豈易得,況有幻怪供詩取〔二三〕。歸來尚可詫朋友,雲夢青丘俱不數〔二四〕。山川雖是風物殊〔二五〕,樂哉信美非吾土〔二六〕。

【箋注】

〔一〕作於政和二年（一一一二）初到太原。據《初寮集·河間詔書記》云張近以崇寧四年鎮高陽，八年後（即在政和二年）乃移帥太原。趙承之、孫志康等人以幕僚從焉（參見本集《孫志康墓銘》）。是知蘇過方到，而張攜幕府亦至，故叔黨詩有「歸來詫朋友」之句。按今存趙氏《竹隱畸士集》，不見《紫巖長句》。參見《蘇過年表》政和二年條。承之：即趙承之，名鼎臣（一〇七〇—？），衛城（今河南輝縣）人，自號葦溪翁。元祐六年進士，紹聖二年復登弘詞科，宣和中，以右文殿修撰知鄧州，官至太府卿。嘗與蘇軾、王安石相唱和。參見清厲鶚《宋詩紀事》卷三十二。紫巖：紫巖山，在潞州（今屬山西省）。《潞安府志》（明嘉靖八年改潞州爲潞安府）卷四云：「紫巖在縣（壺關縣）東南十三里，高三里，周三十五里，巖石紫，土人名石巖頭。」

〔二〕魚鼓：即木魚。參見《送曇秀》注〔六〕。

〔三〕梵宇：佛寺。

〔四〕《潞安府志》卷二十四：「周麻衣僧，綿上人，雲游襄垣紫巖山洞，建寶峰寺，善相人，窮通壽夭胥驗，著相書《金鎖賦》、《銀匙歌》行於世。」

〔五〕藍縷：《左傳·宣公十二年》：「訓之以若敖蚡冒，篳路藍縷，以啟山林。」晉杜預注：「篳路，柴車。藍縷，敝衣，言此二君勤儉以啟土。」

〔六〕「飛空」二句：極言佛寺之精美、壯觀。帝所：天帝之居。《列子·周穆王》：「化人之宮構以金銀，絡以珠玉；出雲雨之上，而不知下之據，望之若屯雲焉。……（穆）王實以爲清都、紫微、鈞天、廣樂，帝之所居。」參見《和新葺南園》注〔三〕。

〔七〕指麻衣僧募化修院之事。足指按大地：佛家語，言佛神通廣大，其足觸處化爲黄金珍寶。《維摩經·佛國品》曰：「於是佛以足指按地，即時三千大千世界，若干百千珍寶嚴飾，譬如寶莊嚴佛無量功德寶莊嚴土。」

〔八〕琉璃：梵文 vaidurya 的省譯。一種有色半透明的礦石。此指以琉璃等原料燒制的建築材料。參閲清趙翼《陔餘叢考》卷三十三「琉璃」。蔣玄怡《古代的琉璃》，《文物》一九五九年六期。羅學正《琉璃稱謂考辨》，《求索》一九九二年一期。以上爲第一段，寫麻衣僧拓建佛寺。

〔九〕《後漢書·郭丹列傳》：「郭丹字少卿，南陽穰人也。……後從師長安，買符入函谷關，乃慨然歎曰：『丹不乘使者車，終不出關……』更始二年，三公舉丹賢能，徵爲諫議大夫，持節使歸南陽，安集受降。」按此借指政和二年六月張幾仲移鎮太原事。張幾仲：名近，南陽人（《宋史》本傳謂爲開封人。此從本集《孫志康墓誌銘》），第進士。歷官大理正、發運使、知州知府、顯謨閣待制、直學士。初與蘇軾有交，知太原府時，嘗薦蘇過於朝。

〔一〇〕崢嶸：高峻貌。此指太行山。幕府：《史記·李牧列傳》：「市租皆入莫府。」南朝裴駰《集解》引如淳曰：「將軍征行無常處，所在爲治，故言莫府。」按：莫，通「幕」。此「幕府」，指入幕府爲僚佐者，即幕僚。《宋史·職官志七》：「幕職官：掌裨贊郡政，總理諸案文移，斟酌可否，以白於其長而罷行之。」

〔一一〕火令：用火之政令。《周禮·夏官·司爟》：「季春出火，民咸從之；季秋内火，民亦如之，時則施火令。」然則六月季夏，火令正熾也。此以人事譬天時。

〔一二〕按堵：《漢書·高帝紀》：「吏民皆按堵如故。」唐顔師古注：「言不遷動也。」《舊唐書·代宗紀》：「既收京城，令行禁止。民庶按堵，秋毫不犯。」

〔一三〕謝公：謂謝靈運（三八五—四三三）。南朝宋陽夏（治今河南太康）人，謝玄孫，襲封康樂公，博學，工書畫，歷官太尉參軍，太子左衛率，秘書監，臨川内史。後以謀反罪被殺。靈運性好山水，《宋書》本傳稱其「尋山陟嶺，必造幽峻。巖嶂千重，莫不備盡」。

〔一四〕《左傳·襄公二十七年》：「鄭伯享趙孟於垂隴，子展、伯有、子西、子産、子大叔、二子石（印段、公孫段）從。趙孟曰：『七子從君，以寵武也。請皆賦以卒君貺。武亦以觀七子之志。』」七子遂各賦《詩》以頌趙武。子展賦《草蟲》、伯有賦《鶉之賁賁》、子西賦《黍苗》之四章、子産賦《隰桑》、子大叔賦《野有蔓草》、印段賦《蟋蟀》、公孫段賦《桑扈》（所賦皆見於《詩》）。趙武：即趙孟，晉卿，趙盾後。相晉悼公，薄諸侯之幣而重其禮，諸侯以是睦於晉。

〔一五〕「公留」二句：蘇軾《連雨江漲》：「龍卷魚蝦並雨落，人隨鷄犬上牆眠。」

〔一六〕「我昔」二句：按本年稍前，過監太原稅亦途由太行。過《送張倅彦政赴闕》云：「信馬來并州，并州在何許？太行如登天，憔悴欲誰語？」逆旅：《左傳·僖公二年》：「今虢爲不道，保於逆旅，以侵敝邑之南鄙。」杜預注：「逆旅，客舍也。」

〔一七〕莫：後來寫作「暮」。

〔一八〕侶：伴。

〔一九〕「有來」二句：苜蓿飯：謂清貧之食。宋計有功《宋詩紀事》卷二十：「開元中，東宫官僚清淡，（薛）令之題詩自悼曰：『朝日上團團，照見先生盤。盤中何所有？苜蓿長闌干。飯澀匙難綰，羹稀筯易寬。無以謀朝夕，何由保歲寒？』」苜宿：明李時珍《本草綱目》卷二十七「苜蓿」《集解》：「雜記言：苜蓿原出大宛，漢使張騫帶歸中國。然今處處田野有之，……年年春自生，刈苗作蔬。……入夏及秋，開細黄花，結小莢圓扁……内有米如穄米，可爲飯。」貧窶：《詩·邶風·北門》：「終窶且貧，莫知我艱。」毛傳：「窶者，無禮也；貧者，困於財。」

〔二〇〕元戎：主將，統帥。南朝陳徐陵《移齊王》：「我之元戎上將，協力同心，承稟朝謨，致行明罰。」柳宗元《故連州員外司馬淩君權厝志》：「以謀畫佐元戎，常有大功。」按此指張近。掾吏：佐治之吏。此指幕府僚屬。

〔二一〕唐杜甫《後出塞》五首之二：「落日照大旗，馬鳴風蕭蕭。」洲渚：江中沙洲。

〔二二〕椎牛：殺牛。《史記·馮唐列傳》：「（魏尚）五日一椎牛，饗賓客軍吏舍人。」釃酒：釃當爲「釃」。《後漢書·馬援列傳》：「援乃擊牛釃酒，勞饗軍士。」勞還役：《詩·小雅·杕杜》：「杕杜，勞還役也。」本指犒勞役歸之人，此指犒從役之人。

〔二三〕幻怪：怪異。或指異人。《莊子·德充符》：「彼且蘄以諔詭幻怪之名聞，不知至人之以是爲己桎梏邪。」清王先謙集解：「言彼期以異人之名聞於天下。」
〔二四〕見《夜獵行》注〔一一〕及《送在庭姪領漕歸蜀》注〔一一〕。
〔二五〕《世説新語·言語》：「周侯中坐而歎曰：『風景不殊，正自有山河之異！』」過反用其意。
〔二六〕三國魏王粲《登樓賦》：「雖信美而非吾土兮，曾何足以少留。」信美：真美。以上爲第二段，羡承之之得時，傷自身之不遇，薄宦無聊，鄉思切切。

## 次韻任況之見贈〔一〕

### 一

强辭南畝服儒冠，敢意青雲便可干〔二〕。似是馬曹宜嬾病〔三〕，卻慚鷄肋眷微官〔四〕。眼前簿領成何用〔五〕，夢裏雲山得暫歡。爲問崎嶇緣底事〔六〕，鬢毛蕭颯帶圍寬〔七〕。

【箋注】

〔一〕作於政和二年（一一一二）初到太原。任況之：蘇過太原時僚友，與趙鼎臣、蘇過頗多唱酬。據蘇過與況之應酬篇什，任況之似爲太原府户曹參軍。
〔二〕「强辭」二句：謂出仕本非夙願，並無顯達之望。南畝：見《和叔寬田園六首》之四注〔五〕。敢：

豈敢。干：求也。

〔三〕《世説新語・簡傲》：「王子猷作桓車騎騎兵參軍，桓問曰：『卿何署？』答曰：『不知何署，時見牽馬來，似是馬曹。』桓又問：『官有幾馬？』答曰：『不問馬，何由知其數。』又問：『馬比死多少？』答曰：『未知生，焉知死。』」

〔四〕鷄肋：見《送仲南兄赴水南倉》注〔一六〕。

〔五〕簿領：《文選・劉楨〈雜詩〉》：「沉迷簿領書，回回自昏亂。」唐李善注：「簿領謂文簿而記録之。」

〔六〕蘇軾《杜介熙熙堂》詩：「崎嶇世路最先回，窈窕華堂手自開。」緣底事：因何事。

〔七〕蕭颯：同蕭瑟，凋零貌。唐李白《塞下曲六首》之四：「摧殘梧桐葉，蕭颯沙棠枝。無時獨不見，淚流空自知。」蘇轍《文與可學士墨君堂》詩：「中堂開素壁，蕭颯起霜榦。」帶圍寬：見《大人生日》（勿驚髀減帶圍寬）注〔二〕。

## 二

知君幼好切雲冠〔一〕，肯爲浮名俛首干〔二〕。應笑嚴徐吐脣吻〔三〕，欲呼屈宋作衙官〔四〕。地偏心遠人知少〔五〕，酒熟詩成我自歡〔六〕。時誦髯劉枯槁句〔七〕，粃糠萬事百憂寬〔八〕。

**【箋注】**

〔一〕屈原《九章・涉江》：「余幼好此奇服兮，年既老而不衰。帶長鋏之陸離兮，冠切雲之崔嵬。」漢王逸《章句》：「戴崔嵬之冠，其高切青雲也。」

〔二〕浮名：虚名。

〔三〕見《和叔寬田園六首》之一注〔六〕。

〔四〕《舊唐書・杜審言傳》：「又嘗謂人曰：『吾之文章，合得屈宋作衙官；吾之書跡，合得王羲之北面。』」屈宋：屈原、宋玉。屈原：見《松風亭詞》注〔一三〕。宋玉：戰國楚鄢人，文學家，或云屈原弟子，嘗爲楚頃襄王大夫（見《史記・屈原列傳》及王逸《楚辭章句・九辯》解題）。衙官：州鎮之屬吏，見《舊唐書・職官志四》。

〔五〕晉陶淵明《飲酒詩》之五：「問君何能爾？心遠地自偏。」

〔六〕唐韓愈《縣齋讀書》詩：「詩成有共賦，酒熟無孤斟。」

〔七〕髯劉：指劉景文，景文名季孫，開封祥符（在今開封市西南）人。少篤學，能詩文，仕至文思副使。蘇軾《喜劉景文至》詩云：「天明小兒更傳呼，髯劉已到城南隅。」小兒謂迨與過，故知過嘗見劉景文且呼其爲「髯劉」矣。景文集今不存，故「枯槁」句不詳。

〔八〕《莊子・逍遥游》：「之人也，物莫之傷。大浸稽天而不溺，大旱金石流土山焦而不熱，是其塵垢粃糠，將猶陶鑄堯舜者也，孰肯以物爲事。」唐杜甫《飲水》詩：「人生留滯生理難，斗水何直百憂寬。」

# 和趙承之竹隱軒詩〔一〕

莫將不貲身〔二〕，玩此有限年〔三〕。必待三徑足〔四〕，何時賦歸田〔五〕？陶令甑無粟〔六〕，阮公不言錢〔七〕。可憐六尺軀，坐受衆目憐〔八〕。我正犯此戒，隱憂浩無邊〔九〕。幽懷祇自知〔一〇〕，攬佩悲芳荃〔一一〕。聞君昔種竹，妙意誠超然。欲伴歲寒老〔一二〕，此計將終焉〔一三〕。鬱鬱環堵中〔一四〕，清風自招延。林泉有餘樂，簪組未易牽〔一五〕。早知文章累，不願銘燕然〔一六〕。一爲世所羈〔一七〕，遂與昔志捐。富貴豈不欲〔一八〕，孤高易隮顛〔一九〕。翻然回吾駕〔二〇〕，造物報爾天〔二一〕。辛苦自纏縛，老蠶迷再眠〔二二〕。邯鄲一夢破〔二三〕，懷抱良蹁躚〔二四〕。寄語山中友，信歸在言前〔二五〕。耘治秋水淨，掃灑春風妍。君言誠起余〔二六〕，肺腑不待鐫〔二七〕。强顔爲升斗〔二八〕，情態等市廛。投紱亦從此〔二九〕，過君請擊鮮〔三〇〕。雖微鹿門隱〔三一〕，不愧竹林賢〔三二〕。放懷繩墨外〔三三〕，俱作平地仙〔三四〕。

**【箋注】**

〔一〕政和二年（一一一二）在太原作。趙承之《竹隱畸士集》本年亦有詩，題曰：「《余少時嘗種竹於所居之南，號竹隱，今二十年矣，而隱之志蓋未遂也。孫志康善篆，嘗欲得竹隱二字題其上，因叙所以，爲詩以乞之，且呈好事諸君子，各乞一詩以爲歸隱光華》。趙承之：見《次韻承之紫巖長句》注〔一〕。本章雖爲諷友，實亦夫子自道。微官薄禄，口腹是勞，何若拋卻利鎖名繮，逍遥乎天地之間耶！

〔二〕不訾身：《漢書・蓋寬饒傳》：「用不訾之軀，臨不測之險。」唐顔師古注：「訾與貲同。不貲者，言無貲量可以比之，貴重之極也。」

〔三〕蘇軾《和歸園田居六首》之一：「以彼無盡景，寓我有限年。」

〔四〕三徑：見《和叔寬贈李方叔》注〔八〕。

〔五〕賦歸田：漢張衡厭於仕途，嘗作《歸田賦》以明歸隱之志；晉陶淵明棄彭澤令歸，而賦《歸園田居》五章。其一曰：「少無適俗韻，性本愛丘山。誤落塵網中，一去三十年。羈鳥戀舊林，池魚思故淵。開荒南野際，守拙歸園田。」

〔六〕陶淵明《五柳先生傳》：「環堵蕭然，不蔽風日。短褐穿結，簞瓢屢空。」

〔七〕陶淵明《詠貧士》之五：「阮公見錢入，即日棄其官。」其事不詳。宋劉克莊《後村詩話》卷五云「余亦不能解」。

〔八〕衆目憐：大衆的憐憫、同情。唐杜甫《送李十五文》詩：「不聞八尺軀，常受衆目憐。」蘇軾《次韻孔毅甫》：「腐儒粗糲支百年，力耕不受衆目憐。」

〔九〕隱憂：《詩・邶風・柏舟》「耿耿不寐，如有隱憂」毛傳：「隱，痛也。」鄭箋：「仁人既不遇，憂在見侵害。」

〔一〇〕幽懷：隱藏在内心的情感。《水經注·廬江水》引晉吴猛詩：「曠載暢幽懷，傾蓋付三益。」唐王勃《别盧主簿序》：「王事靡盬，良時易失。盍陳雅志，各叙幽懷。人賦一言，同疏四韻云爾。」

〔一一〕屈原《離騷》：「蘭芷變而不芳兮，荃蕙化而爲茅。」漢王逸《章句》：「以言君子更爲小人，忠信更爲佞僞也。」

〔一二〕歲寒：指竹。蓋松、竹、梅爲歲寒三友。松、竹經冬不凋，梅則迎寒開花，故稱。蘇轍《轍遺老齋絶句十二首》之四：「老檜真百尺，疏竹疑千畝。紛紛霰雪中，見此歲寒友。」宋葛立方《滿庭芳·和催梅》詞：「梅花，君自看，丁香已白，桃臉將紅。結歲寒三友，久遲筠松。」

〔一三〕終焉：謂作終老計。《詩·鄘風·定之方中》：「卜云其吉，終焉允臧。」蘇軾《答孫志康書》：「今者北歸無日，因遂自謂惠人，漸作久居計。正使終焉，亦何所不可。」

〔一四〕環堵：見《地鑪歌寄伯仲》注〔一三〕。

〔一五〕簪組：見《和大人游羅浮山》注〔二〇〕。

〔一六〕「早知」二句：唐岑參《西蜀旅舍春歎寄朝中故人呈狄評事》：「却爲文章累，幸有開濟策。」銘燕然：見《和大人游羅浮山》注〔一八〕。

〔一七〕世所羈：謂入於仕途，爲世網所縶。

〔一八〕《論語·里仁》：「富與貴，是人之所欲也。不以其道，得之不處也。」

〔一九〕隮顛：隕墮。《書·微子》：「王子弗出，我乃顛隮。」

〔二〇〕屈原《離騷》：「回朕車以復路兮，及行迷之未遠。」

〔二一〕見《大人生日》（勿驚髀減帶圍寬）注〔八〕。

〔二二〕「辛勤」二句：謂人猶老蠶，作繭自縛也。再眠：初眠又七日再眠，如初；又七日三眠，如再；又七日謂之大眠。眠，即其蜕皮，不食如眠之狀。參秦觀《蠶書·食時》。蘇軾《王晉卿作烟波疊嶂圖》：「人間何有春一夢，此身將老蠶三眠。」

〔二三〕見《大人生日》（未試淩雲白日仙）注〔五〕。

〔二四〕蹁躚：本義爲行不正貌。此言心神恍惚。

〔二五〕《後漢書·王良列傳》：「語曰：『同言而信，則信在言前。同令而行，則誠在令外。』不其然乎？」唐李賢注：「同言而信，謂體仁與利仁，二人同出言而人信服其真者，不信其僞者，則知信不由言，故言信在言前也。同令而行，意亦同也。此皆《子思子·累德篇》之言，故稱語曰。」

〔二六〕起余：《論語·八佾》「子曰：『起予者商也。始可與言詩已矣。』」三國魏何晏《集解》引苞氏曰：「予，我也。孔子言子夏能發明我意，可與共言詩已矣。」

〔二七〕謂受趙詩啟發，和詩自然流出，不假雕琢。蘇軾《送蜀僧去塵》詩：「十年讀《易》費膏火，盡日吟詩愁肺肝。」

〔二八〕强顔：猶言厚顔。漢司馬遷《報任少卿書》：「及以至是，言不辱者，所謂强顔耳，曷足貴乎？」升斗：謂薄俸也。

〔二九〕投紱：喻棄官。「紱」通「韍」，士大夫服飾，即祭禮所服之蔽膝也。《晉書·王獻之傳》頌謝安疏：「功勳既融，投韍高讓。」宋庠《寄題職方周員外廬山笑臺》詩：「雖云未投紱，良足紓煩疲。」蘇軾《和致仕張郎中春書》：「投紱歸來萬事輕，消磨未盡秖風情。」

〔三〇〕參見《與王子敏相别十年》注〔八〕。

〔三一〕鹿門隱：指龐德公。參見《己卯冬至有懷惠許兄弟》注〔二四〕。

〔三二〕竹林賢：《世説新語·任誕》：「陳留阮籍、譙國嵇康、河内山濤，三人年皆相比，康年少亞之。預此契者，沛國劉伶、陳留阮咸、河内向秀、琅邪王戎，七人常集於竹林之下，肆意酣暢，故世謂竹林七賢。」

〔三三〕繩墨：喻禮法。《禮記·經解》：「禮之於正國也，猶衡之於輕重也，繩墨之於曲直也。」

〔三四〕平地仙：即地行仙。原爲佛典中所記的一種長壽的神仙。《楞嚴經》卷八：「人不及處有十種仙：阿難，彼諸衆生，堅固服餌，而不休息，食道圓成，名地行仙……阿難，是等皆於人中鍊心，不修正覺，别得生理，壽千萬歲，休止深山或大海島，絶於人境。」後因以喻高壽或隱逸閒適的人。蘇軾《樂全先生生日以鐵拄杖爲壽》詩之一：「先生真是地行仙，住世因循五百年。」

【附】

趙承之《竹隱軒詩》

余少時嘗種竹於所居之南，號竹隱，今二十年矣，而隱之志蓋未遂也。孫志康善篆，嘗欲得竹隱之字題其上，因叙所以，爲詩以乞之，且呈好事諸君子，各乞一詩以爲歸隱光華。

先君昔謝事，勇退不待年。區中五畝宅，郭外二頃田。歸裝無一金，買書費萬錢。余時老萊衣，方冠絶可憐。賜第殿東廂，棄官天北邊。余元祐六年賜進士第，調真定府曹參軍，以親老不赴。耕耘具甘旨，采掇求蘭荃。積竹南牆下，清蔭頗蕭然。謂此可隱矣，曰余其老焉。人事喜齟齬，壯志誠邅延。身遭患難餘，仕爲飢凍牽。浮舟客江湖，仗劍臨幽燕。兒女道路長，歲月鞍馬捐。一與故隱別，逮此成華顛。傳聞籜龍兒，一一長刺天。出處令人悲，太息夜不眠。同舍有孫楚，筆勢何翩蹮。未甘丞相後，不許中郎前。何以慰此君？勺子翰墨妍。持歸榜君隱，不翅青玉鐫。異時儻過我，物色揚雄廛。貧家何所有？滿林玉碧鮮。渭川已太廣，淇澳空自賢。君看青琅玕，知我非臞仙。

## 次韻孫海若見贈用子美詩「蘇侯得數過，歡喜每傾倒」〔一〕

一

碌碌抱關好〔二〕，孰爲賢與愚。休歌《紫芝曲》〔三〕，且和南郭竽〔四〕。達人齊萬物〔五〕，軒冕等塊蘇〔六〕。

【箋注】

〔一〕政和二年（一一一二）九月作。詩曰「仕宦纔百日」，按蘇過以政和二年六月赴太原，百日後，當在九月間。孫海若：魏（治今河南衛輝）人，博學多才，「温文深厚，不見喜愠，貫穿六藝，而尤長於《春秋》」，先以儒術佐忠武軍幕府，是時幕府官滿，改中山安喜令。參見本集《送孫海若赴官河朔叙》。子美：謂杜甫。其詩句見《雨過蘇端》。

〔二〕碌碌：平庸。抱關：守門。謂小吏。《孟子·萬章下》：「惡乎宜乎？抱關擊柝。」漢趙岐《章句》：「抱關擊柝，監門之職也。」

〔三〕紫芝曲：即《採芝操》。宋郭茂倩《樂府詩集·琴曲歌辭·採芝操》解題曰：「《採芝操》，四皓所作也。《古今樂録》曰：『南山四皓隱居，高祖聘之，四皓不甘，仰天歎而作歌。』」參見《用韋蘇州寄全椒道士韻……》之二注〔五〕。後人多以歌《紫芝曲》代指隱居。杜甫《洗兵馬》詩云：「隱士休歌《紫芝曲》，詞人解撰《河清頌》。」

〔四〕南郭竽：《韓非子·内儲説上·七術》：「齊宣王使人吹竽，必三百人。南郭處士請爲王吹竽，宣王説之，廩食以數百人。宣王死，湣王立，好一一聽之，處士逃。」

〔五〕見《三月十九日同仲豫兄長》注〔一五〕。

〔六〕塊蘇：見《和新葺南園》注〔三〕。

二

神仙何渺茫，羽人想丹丘〔一〕。讀書悼無成，賣劍行買牛〔二〕。眷此三萬軸，傳家無鄴侯〔三〕。

【箋注】

〔一〕丹丘：屈原《遠游》：「仍羽人於丹丘兮，留不死之舊鄉。」漢王逸《章句》：「丹丘，晝夜常明也。」

〔二〕賣劍買牛：謂戒鬬毆而勸農耕。《漢書·龔遂傳》：「民有帶刀劍者，使賣劍買犢，曰：『何爲帶牛佩犢？』」

〔三〕「眷此」二句：唐韓愈《送諸葛覺往隨州讀書》詩：「鄴侯家多書，插架三萬軸。一一懸牙籤，新若手未觸。」鄴侯：唐李泌（七二二—七八九）：字長源。先世遼東襄平人，徙居京兆。天寶中以翰林供奉東宮，歷仕玄肅代德四朝，以謀略見重，位至宰相，封鄴侯。新、舊《唐書》有傳。

三

折腰爲五斗，强言筦庫職。譬如彈隨珠，徒喪竟何得〔一〕。坐詠淵明篇〔二〕，令人有愧色。

【箋注】

〔一〕「譬如」二句：《莊子·讓王》：「今且有人於此，以隨侯之珠彈千仞之雀，世必笑之。是何也？則其所用者重而所要者輕也。」隨珠：亦作「隋珠」。《淮南子·覽冥》「譬如隋侯之珠」漢許慎注：「隋侯，漢東之國，姬姓諸侯也。隋侯見大蛇傷斷，以藥傅之，後蛇於江中銜大珠以報之，因曰隋侯之珠。」

〔二〕「坐詠」二句：謂讀陶淵明《歸去來兮辭》等詩文，慚愧自己不能如淵明棄官歸隱。

四

論交逮蓬蓽〔一〕，此道久寥邈。君侯廊廟人〔二〕，顧我何數數〔三〕。夜光忽暗投，按劍驚卓犖〔四〕。

【箋注】

〔一〕蓬蓽：謂貧賤之家。見《送仲南兄赴水南倉》注〔一二〇〕。

〔二〕謂海若乃朝廷大器之材。

〔三〕數數：屢次。

〔四〕「夜光」二句：見《次韻謝民師》注〔三一〕。卓犖：超絶出衆。《後漢書·班固傳》：「卓犖乎方州，羨溢乎要荒。」唐李賢注：「卓犖，殊絶也。」晉左思《詠史》之一：「弱冠弄柔翰，卓犖觀群書。」

五

自分麋鹿姿〔一〕，食薇山之阿〔二〕。不意設羅門〔三〕，屢辱結駟過〔四〕。清談脱麈尾〔五〕，奈此落月何〔六〕？

【箋注】

〔一〕見《次韻曲水泛舟》之三注〔八〕。

〔二〕見《松風亭詞》注〔二一〕。阿：曲隅。

〔三〕設羅門：即門可羅雀。參見《贈王子直》注〔七〕。

〔四〕結駟：謂四馬所駕車前後相接。《史記·仲尼弟子列傳》：「孔子卒，原憲遂亡在草澤中。子貢相衛，而結駟連騎，排藜藿入窮閻，過謝原憲。」按此爲富貴者所乘。

〔五〕《世説新語·文學》：「孫安國往殷中軍許共論，往反精苦，客主無間。左右進食，冷而復煖者數四，彼我奮擲麈尾，悉脱落滿餐飯中。賓主遂至莫忘食。」

〔六〕謂不覺時光之逝，月落而談興猶酣。

六

仕宦纔百日，邴公有餘懽〔一〕。君今吏一邑，蕭然懷抱安〔二〕。回翔雲間翮〔三〕，退學鴻在磐〔四〕。

【箋注】

〔一〕謂官小而自得其樂。《漢書·王貢兩龔鮑傳》附《邴曼容傳》：「漢兄子曼容亦養志自修，爲官不肯過六百石，輒自免去，其名過出於漢。」

〔二〕蕭然：清靜貌。

〔三〕翮：羽莖。此處代指鳥。

〔四〕《易·漸》六二：「鴻漸於磐，飲食衎衎。」三國魏王弼注：「磐，山石之安者，少進而得位，居中而應，本無禄養，進而得之，其爲歡樂，願莫先焉。」按此言知足常樂，安於職守。

七

簪組實外物，去來無愠喜〔一〕。君看失馬翁，倚伏寄妙理〔二〕。顧我不亡存，斯言定非綺〔三〕。

【箋注】

〔一〕「簪組」二句：見《大人生日》（七年野鶴困鷄群）注〔六〕。

〔二〕「君看」二句：見《大人生日》（昔將直道破群纖）注〔三〕。

〔三〕綺：綺語。藻飾或不實之詞。《四十二章經·善惡並明》以「綺語」爲十惡之一。

八

嗟余幼好奇，乘桴蹈南海〔一〕。遠游信雖美〔二〕，驚夢今猶每〔三〕。一飽類邯鄲〔四〕，苦樂何足駭。

【箋注】

〔一〕「嗟余」二句：蘇過紹聖元年(年二十三)，侍父貶官嶺南，四年，蘇軾復貶海南，過亦渡海侍行。乘桴：見《大人生日》(天定人勝難)注〔八〕。

〔二〕見《次韻承之紫巖長句》注〔二六〕。

〔三〕每：每每、常常。此言貶謫海南，九死一生，夢寐猶驚恐害怕。

〔四〕一飽：謂爲果腹而仕宦。晉陶淵明《飲酒》之十：「此行誰使然，似爲飢所驅。傾身營一飽，少許便有餘。」邯鄲：謂邯鄲夢。見《大人生日》(未試陵雲白日仙)注〔五〕。

## 九

居閒得三益〔一〕，詩社畢此生〔二〕。君才浩無際，可畏銀河傾〔三〕。孤軍犯大敵，半夜壁屢驚〔四〕。

【箋注】

〔一〕三益：謂良友。《論語·季氏》：「益者三友，損者三友。友直、友諒、友多聞，益矣。」

〔二〕詩社：詩人定期聚會作詩吟詠而結成的社團。宋馬令《南唐書·儒者傳上·孫魴》：「及吴武王據有江淮，文雅之士駢集，遂與沈彬、李建勳爲詩社。」宋范仲淹《次韻和劉夔判官對雪》：「含毫看不足，詩社好生涯。」

〔三〕謂孫海若詩思如懸河。蘇軾《碧落洞》詩：「果然石門開，中有銀河傾。」

〔四〕「孤軍」二句：《漢書·周亞夫傳》：吴楚七國反，亞夫率兵擊之，會於下邑，亞夫壁，不與戰。夜，軍中驚，相攻至於帳下，亞夫堅卧不起，頃之，復定。吴糧絶，數挑戰，遂夜奔亞夫壁，驚東南，亞夫使備西北，果從西北，不得入，吴大敗。按此謂孫海若之詩文，可力敵千軍，而穩操勝券。

## 十

君有中山行〔一〕，嚴風彫塞草。日月遽如許，相從恨不早。當呼伯雅君〔二〕，看子玉山倒〔三〕。

**【箋注】**

〔一〕中山：宋定州（治今河北定州），古屬中山國，政和三年升州爲中山府（見《宋史·地理志二》）。

〔二〕伯雅：酒杯名。三國魏曹丕《典論》曰：「劉表有酒爵三，大曰伯雅、次曰仲雅、小曰季雅。伯雅容七升，仲雅六升，季雅五升。」（《太平御覽·器用部·杯》引）

〔三〕《世説新語·容止》：「山公（濤）曰：『嵇叔夜（康）之爲人也，巖巖如孤松之獨立也；其醉也，傀俄若玉山之將崩。』」

## 予寓洛陽寶壇有僧悟超①類有道者與語論事能援古證今蓋未祝髮時讀孔氏之史書涉獵大義爲浮屠猶不廢今老矣不復讀也形骸枯槁真能遺世故而玩死生者送予至龍門陪予游東西兩山作此詩別之〔一〕

我生江海上，性與魚鳥逸。端來入世網〔二〕，竟坐形骸役〔三〕。此心本洞然，六月遭怵迫〔四〕。常恐忘跡熟，主人不勝客〔五〕。道人偶相逢，宿契類疇昔〔六〕。巉巖秀眉目，灰槁心木石〔七〕。語我學道難，吾徒猶不力。紛華久風靡，外慕失閫域〔八〕。卑之毋②高論，遺去身外物〔九〕。未能忘飢寒，衣布飯疏糲〔一〇〕。此語君自味，至道在咫尺〔一一〕。閲人吾雖多，子獨無荆棘〔一二〕。送行聊過谿〔一三〕，共躡登山屐〔一四〕。有爲超作紫方袍授之〔一五〕，輒藏而不服。曰：「吾教有壞色衣〔一六〕，無是服也。」予益高之。

**【校記】**

①悟超：宛本作「悟起」，作「超」是。　②毋：宛本作「無」。

**【箋注】**

〔一〕作於出監太原稅後。詩云「端來入世網」、「六月遭怵迫」並其證。據本詩，參以後之《自潁昌歸》、

《次韻任況之》「我作汝潁行，蹉跎春事老」，過之行蹤當是從太原南來，經洛陽、龍門，而返於汝潁也。是其奔蘇轍喪時乎？若然，則在政和二年十月底矣。龍門：在河南洛陽市南，即所謂伊闕。兩山對峙，伊水流其間，山多石窟、廟宇，爲佛教勝地。所謂「東西兩山，即伊闕之龍門山、香山也，又稱東山、西山」（參清顧祖禹《讀史方輿紀要》卷四十八「闕塞山」注）。

〔二〕端：猶卻也。世網：指世間事務。晉嵇康《答向子期難養生論》：「奉法循理，不絓世網。」

〔三〕形骸役：爲生計所牽累。晉陶淵明《歸去來兮辭》：「既自以心爲形役，奚惆悵而獨悲。」坐：因爲。蘇過因家累太重，七子四女，不得已而出仕。

〔四〕怵迫：被利誘、驅迫。《管子・心術上》：「是以君子不怵乎好，不迫乎惡。」此蓋謂政和二年六月初監太原稅事。

〔五〕「常恐」二句：謂恐路熟過頻，主人有不勝叨擾之煩。忘跡：即忘形，謂好友相處不拘形跡。唐白居易《效陶潛體詩》之七：「我有忘形友，迢迢李與元。」

〔六〕「道人」二句：謂雙方一見如故。契：投合。

〔七〕《莊子・齊物論》：「形固可使如槁木，而心固可使如死灰乎？」參見《送曇秀》注〔四〕。

〔八〕「紛華」二句：言世風浮華，非心靜難以自持。紛華：繁華盛麗。《史記・禮書》：「出見紛華盛麗而説，入聞夫子之道而樂。」風靡：隨風而從。閫域：範圍、境界。

〔九〕「卑之」二句：《漢書・張釋之傳》：「釋之既朝畢，因前言便宜事。文帝曰：『卑之，毋甚高論，令今可行也。』」謂要多談當前可行的事，不要妄發過高的空論。宋王楙《野客叢書・卑之無甚高論》：「所謂『卑之無甚高論』者，文帝懼釋之陳五帝三王上古久遠之事，無益於時，故令陳今可行之説，釋之遂言秦漢之事，文帝所以稱善。則『卑之，無甚高論』，自是兩句，今人作一句讀之，所以失當時之意也。」身外物：謂功名利禄。唐白居易《閒居自題戲招宿客》詩：「屏除身外物，擺落世間緣。」蘇軾《魚枕冠頌》：「而況身外物，露電亦無有。」

〔一〇〕疏糲：粗食。唐韓愈《山石》詩：「鋪牀拂席置羹飯，疏糲亦足飽我飢。」

〔一一〕至道：佛、道謂極精深微妙的道理或道術。《莊子・在宥》：「來！吾語女至道。至道之精，窈窈冥冥；至道之極，昏昏默默。」

〔一二〕荆棘：見《和大人游羅浮山》注〔二一〕。

〔一三〕谿：指伊水。

〔一四〕登山屐：《宋書・謝靈運傳》：「尋山陟嶺，必造幽峻，巖嶂千里，莫不備盡。登躡常著木履，上山則去前齒，下山去其後齒。」

〔一五〕方袍：見《送鄉僧世鵬游嵩少》注〔六〕。按紫方袍爲僧中之高德者所服，多爲朝廷頒賜。參《高僧傳》及《五燈會元》之類禪籍。

〔一六〕壞色衣：梵語袈裟之意譯。袈裟避青黄赤白黑五方正色，以他之不正色染壞之，故曰壞色衣（見《翻譯名義集》）。

## 山行〔一〕

肩輿歷盡黄茆岡〔二〕，青山壁立聳太行。忽驚雷轉山石裂，濤頭千尺分錢塘〔三〕。飛空雨雹寒崖碧，倒影垂虹射晴日。高巖俯瞰先目眩，杖策縱觀森股慄〔四〕。只疑天河瀉地上〔五〕，又恐灩澦飛山脊〔六〕。猿猱悲鳴霜樹折〔七〕，虎豹震動山月黑。千年水石自成竇〔八〕，下有蛟龍深莫測。明年歲旱當汝求，暴雨一聲飛霹靂〔九〕。

**【箋注】**

〔一〕作於政和三年（一一一三）。蘇過太原之行，一在政和二年六月出監太原府税，一在政和三年初春自潁昌歸。考之本詩物事，「霜樹」、「寒崖」之疇，決非夏日景象，唯可繫於三年初春耳。

〔二〕肩輿：即籃輿。俗謂之「滑竿」。茆：同「茅」。蘇軾《登雲龍山》：「醉中走上黄茅岡，滿岡亂石如羣羊。」查注曰「《徐州志》：『雲龍山在徐州城東，山之陰曰黄茅岡。』」

〔三〕錢塘：錢塘江。在浙江杭州。錢塘以江潮著名，宋吴自牧《夢粱録》：「初一至初三，十五至十八，六日之潮最大，銀濤沃日，雪浪吞天，聲若雷霆，勢不可禦。」按此句云瀑布如錢塘之潮。

〔四〕股慄：大腿發抖。形容恐懼之甚。亦作「股栗」。《史記・酷吏列傳・郅都》：「至則族滅瞯氏首惡，餘皆股栗。」南朝宋裴駰《集解》引徐廣曰：「髀腳戰揺也。」《後漢書・竇融傳》：「畔臣見之，當股慄慙愧。」蘇軾《答王定國》詩：「人言魏勃勇，股栗向小兒。」

〔五〕唐李白《望廬山瀑布》：「飛流直下三千尺，疑是銀河落九天。」天河即銀河。

〔六〕灩澦：礁石名，横亘於長江三峽瞿塘峽中，水漲則没，水枯而顯，自古爲三峽奇險。唐李肇《國史補》卷下云：「(三峽)四月五月爲尤險時，故曰：『灩澦大如馬，瞿塘不可下；灩澦大如牛，瞿塘不可留；灩澦大如襆，瞿塘不可觸。』」按今已炸而除之。

〔七〕唐韓愈《岣嶁山》詩：「千搜萬索何處有，森森緑樹猿猱悲。」

〔八〕竇：孔穴。

〔九〕杜甫《韋諷録事宅觀曹將軍畫馬圖》：「曾貌先帝照夜白，龍池十日飛霹靂。」蘇軾《次韻吴傳正枯木歌》：「龍眠居士本詩人，能使龍池飛霹靂。」

## 自潁昌歸任況之有詩次其韻〔一〕

蹔抛彭澤故園歸〔二〕，趁見春山筍蕨齊〔三〕。不謂簡書誠可畏〔四〕，便尋漁釣欲重攜〔五〕。故人念我勤車馬，走筆題詩寄象犀〔六〕。欲遺長鬚無以報〔七〕，太牢滋味愧羹藜〔八〕。

**【箋注】**

〔一〕作於政和三年(一一一三)春。按政和二年十月蘇轍卒，過以奔喪歸潁，於次年方返太原，故有此數篇唱酬。任況之：見《次韻任況之見贈》注〔一〕。

〔二〕蹔：同「暫」。彭澤：在今江西。晉陶淵明嘗爲彭澤令，棄之而歸故園。此以自喻。

〔三〕趁：趕。蘇軾《山村五絶》之三：「老翁七十自腰鐮，慚愧春山筍蕨甜。」又《與參寥師》詩：「蕭然放筯東南去，又入春山筍蕨甜。」

〔四〕簡書：《詩·小雅·出車》：「豈不懷歸，畏此簡書。」毛傳：「簡書，戒命也。」

〔五〕漁釣：釣魚爲生，指隱居生活。三國魏曹植《豫章行二首》之一：「太公未遭文，漁釣終渭川。」蘇軾《寄劉孝叔》詩：「高蹤已自雜漁釣，大隱何曾棄簪組。」

〔六〕象犀：《爾雅·釋地》：「南方之美者，有梁山之犀象焉。」宋邢昺疏：「犀象二獸，皮、角、牙、骨，材料之美者也。」此以「犀象」喻況之詩篇之珍好。

〔七〕長鬚：漢王褒《僮約》有髯奴便了，後遂以「長鬚」代男僕。唐韓愈《寄盧仝》詩：「先生有意許降臨，更遣長鬚致雙鯉。」宋黄庭堅《宣九家賦雪》詩：「故遣長須（按，須、鬚爲古今字）屢送來，猶得王孫嘲飯顆。」

〔八〕太牢：《吕氏春秋·仲春紀》：「以太牢祀於高禖。」漢高誘注：「三牲（牛、羊、豕）具曰太牢。」羹藜：即藜羹。以嫩藜煮成之羹，謂粗劣食物。《莊子·讓王》：「孔子窮於陳蔡之間，七日不火食，藜羹不糝，顔色甚憊。」按此言以「太牢」喻況之詩，以「羹藜」喻己作，故「無以報」。

## 次韻任況之〔一〕

谿山豈遠人，吏縛苦難到〔二〕。豈惟畏簡書〔三〕，誰與同嗜好。我作汝潁行〔四〕，蹉跎春事老。況逢懷抱惡〔五〕，千里風霜冒。故人知我歸，尺書遠見勞〔六〕。似尋西溪約〔七〕，故遣一介報〔八〕。何時脱韁鎖〔九〕，著我林泉帽？願言絶臧否〔一〇〕，安用分瞭眊〔一一〕。世故定可憎，覆車寧復蹈〔一二〕。且共醉山翁，同看接羅倒〔一三〕。

【箋注】

〔一〕政和三年春作於太原。詩云「我作汝潁行，蹉跎春事老」，蓋指上年冬奔轍喪，本年方歸事。

〔二〕吏縛：爲吏事所束縛。

〔三〕簡書：見《自潁昌歸》注〔四〕。

〔四〕汝潁行：指先年發太原，經洛陽，泛汝水、潁水，達於潁昌之行也。

〔五〕蘇軾《送文與可出守陵州》詩：「知君遠別懷抱惡，時遣墨君消我愁。」

〔六〕尺書：見《送人泛海北歸》注〔一〇〕。

〔七〕西溪：似指晉水。嘉靖《太原縣志》卷一曰：「晉水：源出縣西南一十里懸甕山下。」按晉水之源有晉祠，爲游覽勝地。故任況之、賈子莊、蘇過相約游焉。見後詩。

〔八〕一介：猶言一使。《後漢書·鄭衆傳贊》：「衆馳一介，爭禮氈幄。」唐李賢注：「一介，單使也。」

〔九〕韁鎖：漢班固《報桓譚書》：「今吾子已貫仁誼之羈絆，繫聲名之韁鎖。」按此與下句言掛冠歸田。

〔一〇〕見《寄題幾仲所居二詩》之二注〔五〕。

〔一一〕瞭眊：《孟子·離婁上》：「胸中正，則眸子瞭焉；胸中不正，則眸子眊焉。」漢趙岐《章句》：「瞭眊，明也。眊者，蒙蒙，目不明之貌。」按此言不品評人物，自不必辨人忠奸。

〔一二〕見《用韋蘇州寄全椒道士韻》之三注〔七〕。

〔一三〕「且共」二句：山翁：指山簡（二五三—三一二），晉河内懷縣（治今河南武陟西）人，字季倫，山濤幼子。永嘉中，累官尚書左僕射、領吏部，尋任鎮南將軍，住襄陽。劉聰陷洛陽，簡居夏口，爲流民所困，卒於鎮。《晉書》有傳。簡性嗜酒，《世説新語·任誕》曰：「山季倫爲荆州，時出酣暢，人爲之歌曰：『山公時一醉，徑造高陽池。日暮倒載歸，茗艼無所知。復能乘駿馬，倒著白接籬。』」唐李白《襄陽歌》：「落日欲没峴山西，倒著接籬花下迷。襄陽小兒齊拍手，攔街爭唱白銅鞮。傍人借問笑何事，笑殺山公醉似泥。」接籬：一種用白鷺羽毛裝飾的便帽。參聞宥《銅鼓上幾種花紋的試釋》，《思想戰綫》一九七八年六期。參王云路、曹海花《説「接籬」》，《文獻》二〇一〇年二期。

## 子莊約況之游西溪不至任有詩次其韻〔一〕

邊城無一娱，孰云從軍樂〔二〕。惟有退食閒〔三〕，柴門可羅雀〔四〕。念我江湖人，久①負漁樵約。安得漫浪游，時解冠帶縛。令尹我輩人〔五〕，孤標寡然諾〔六〕。晚逢任參軍〔七〕，詩思湧泉落〔八〕。裹飯從子來〔九〕，隱几訪南郭〔一〇〕。庶結三友懽，一笑忘杯酌〔一一〕。西溪渌已漲，渚柳風交錯。目斷君不來，孤鴻没山腳〔一二〕。

【校記】

①久：原作「又」，據知本改。

【箋注】

〔一〕當作於政和三年（一一一三）春。子莊：賈子莊，似爲太原府陽曲縣縣令，與蘇過、趙鼎臣皆有唱和。況之：任況之。

〔二〕「邊城」二句：唐杜甫《送高三十五書記十五韻》：「邊城有餘力，早寄從軍詩。」從軍樂：三國魏王粲《從軍詩》：「從軍有苦樂，但問所從誰。」

〔三〕退食：《詩·召南·羔羊》：「退食自公，委蛇委蛇。」言退自公堂而進食，悠閒自得。

〔四〕見《贈王子直》注〔七〕。

〔五〕令尹：指賈子莊。令尹之稱，始於楚，爲群僚之首。秦漢而下亦稱縣令爲令尹。

〔六〕孤標：形容人品行高潔。唐杜甫《醉歌行》：「神仙中人不易得，顏氏之子才孤標。」《舊唐書·杜審權傳》：「沖粹孕靈嶽之秀，精明涵列宿之光，塵外孤標，雲間獨步。」蘇轍《觀試進士呈試官》詩：「逸足誰先到，孤標想暗空。」

〔七〕任參軍：任況之爲太原府户曹參軍。

〔八〕湧泉：唐徐夤《送劉常侍》詩：「言端信義如明月，筆下篇章似湧泉。」

〔九〕裹飯：用荷葉蕉葉之類或布囊包裹著熟食。語出《莊子·大宗師》：「子輿與子桑友，而霖雨十日。子輿曰：『子桑殆病矣！』裹飯而往食之。」後遂用作稱頌友情的典故。唐韓愈《贈崔立之》：「褰裳觸泥水，裹飯往食之。」

〔一〇〕隱几：見《五色雀和大人韻》注〔一五〕。

〔一一〕「庶結」二句：《莊子·大宗師》：「子桑户、孟子反、子琴張三人相與友……三人相視而笑，莫逆於心，遂相與爲友。」按此言將與賈子莊、任況之結爲莫逆之交。

〔一二〕「目斷」二句：目斷：猶望斷。蘇軾《郭熙秋山平遠二首》之一：「目盡孤鴻落照邊，遥知風雨不同川。」

## 寄題任況之樗翁軒詩〔一〕

豫章生而奇〔二〕，蔚有千尋志〔三〕。柯爲直見伐〔四〕，根中萬乘器〔五〕。自貽斧斤厄，信坐文章累。不如樗與櫟〔六〕，生理默自遂。榮枯同蒿艾，老死徒棄置。我願處不材〔七〕，一官隱闤市〔八〕。豈知夏畦勞〔九〕，乃負淵明愧。卻羡任公子，瀟然居畏壘〔一〇〕。彈冠聊爾爾〔一一〕，頗似漆園吏〔一二〕。官居接農舍，稼穡雲靡靡〔一三〕。放衙日亭午〔一四〕，吏散飽春睡。此語慎勿出，請爲倉庚氏〔一五〕。

【箋注】

〔一〕政和三年（一一一三）在太原作。樗翁軒：蓋取意《莊子·逍遥游》，云：「吾有大樹，人謂之樗。

其大本擁腫而不中繩墨，其小枝卷曲而不中規矩。立之塗，匠者不顧。」以故能免於斤斧之阨。

〔二〕豫章：亦作「豫樟」。木名。枕木與樟木的並稱。《左傳·哀公十六年》：「子期曰：『昔者吾以力事君，不可以弗終。』抉豫章以殺人而後死。」《史記·司馬相如列傳》：「其北則有陰林巨樹，楩枏豫章。」南朝宋裴駰《集解》引郭璞曰：「楩，杞也，似梓。枏，葉似桑。豫章，大木也，生七年乃可知也。」唐張守節《正義》引温活人云：「豫，今之枕木也。章，今之樟木也。二木生至七年枕樟乃可分别。」因其爲名貴樹木，故比喻棟梁之材，有才能的人。《南史·王儉傳》：「丹陽尹袁粲聞其名，及見之曰：『宰相之門也。栝柏豫章雖小，已有棟梁氣矣，終當任人家國事。』」

〔三〕千尋：古以八尺爲尋，千尋極言其高。

〔四〕柯：樹幹。《莊子·至樂》：「直木先伐，甘井先竭。」

〔五〕萬乘器：《漢書·鄒陽傳》：「蟠木根柢，輪囷離奇，而爲萬乘器者，以左右先爲之容也。」唐顔師古注：「萬乘器，天子車輿之屬也。」

〔六〕櫟：見《叔父生日》（鬱鬱澗底松）注〔六〕。

〔七〕不材：不可以作材料用。《莊子·山木》：「莊子行於山中，見大木枝葉繁茂，伐木者止其傍而不取也。問其故，曰：『無所可用。』莊子曰：『此木以不材得終其天年。』」

〔八〕謂任太原府監税。《周禮·天官·大宰》：「七曰關市之賦。」唐孔穎達疏：「七曰關市之賦者，王畿四面皆有關門及王之市廛二處，其民之賦、口税所得之泉也。」按：蘇過監太原府税，正主其關市之税。

〔九〕夏畦：《孟子·滕文公下》「脅肩諂笑，病於夏畦」漢趙岐《章句》：「脅肩，竦體也。諂笑，强笑也。病，極也。言其意苦勞極甚於仲夏之月治畦灌園之勤也。」

〔一〇〕畏壘：《莊子·庚桑楚》：「老聃之役有庚桑楚者，偏得老聃之道，以北居畏壘之山。……居之三年，畏壘大壤（通穰）。」唐陸德明《釋文》引李頤云：「畏壘，山名也。或云在魯，又云在梁州。」

〔一一〕彈冠：見《愛人堂爲李幾仲賦》注〔一五〕。

〔一二〕漆園吏：指莊周。《史記·莊周列傳》：「（莊）周嘗爲蒙漆園吏。」唐張守節《正義》引《括地志》云：「漆園故城在曹州冤句縣（在今山東曹縣地）北十七里。」

〔一三〕靡靡：《文選·宋玉〈高唐賦〉》：「薄草靡靡，聯延夭夭。」唐李善注：「靡靡：相依倚貌。」

〔一四〕放衙：屬吏早晚參謁主司聽候差遣謂之衙參。退衙謂之「放衙」。蘇軾《入峽》詩：「放衙鳴晚鼓，留客薦霜柑。」亭午：正午。《水經注·江水》：「自三峽七百里中，兩岸連山，略無闕處。重巖疊嶂，隱蔽天日。自非亭午夜分，不見曦月。」

〔一五〕倉庚氏：見《寄題岑彦明猗蘭軒詩》注〔一四〕。《宋史·職官志七》：「户曹參軍，掌户籍賦税，倉庫受納。」任況之職爲户曹參軍，其掌有類司倉。

## 雨中游柳溪呈志康諸公〔一〕

脱我芒鞋與杖藜〔二〕，强隨車蓋著荷衣〔三〕。青山緑水苦相唤，細雨斜風不忍歸〔四〕。幸有琉璃傾琥珀〔五〕，何妨粉黛濕珠璣〔六〕。瀟湘起我江湖①興〔七〕，只恐扁舟明日非。

**【校記】**

①江湖：原校：「一作煙波。」

**【箋注】**

〔一〕作於政和三年（一一一三）春。柳溪：在太原。按嘉靖《太原縣志》卷一有「柳子谷，縣西南一十五里」，恐即柳溪所在。志康：孫勰字。事跡詳後《孫志康墓銘》。

〔二〕芒鞋：草鞋。杖藜：即藜杖。藜莖堅牢，可爲手杖。按此句蓋謂脱卻舊時隱居草服。

〔三〕車蓋：本爲古時車中遮日蔽雨之具，此以代官長儀衛。荷衣：以荷爲遮雨之衣。此指雨衣。唐錢起《送鄔三落第還鄉》詩：「荷衣垂釣且安命，金馬招賢會有時。」唐秦系《山中贈耿拾遺湋兼兩省故人》詩：「數片荷衣不蔽身，青山白鳥豈知貧。」

〔四〕「青山」二句：唐張志和《漁歌子》：「青箬笠，緑蓑衣，斜風細雨不須歸。」

〔五〕琉璃：指酒杯。琥珀：謂酒色如琥珀。唐李賀《將進酒》：「琉璃鍾，琥珀濃，小槽酒滴珍珠紅。」

〔六〕謂痛飲狂歡，歌妓佩飾亦爲酒所濕。

〔七〕「瀟湘」二句：宋晁補之《滿庭芳》詞云「堪與瀟湘暮雨，圖上畫扁舟」，爲言歸隱之絶唱，後遂將《滿庭芳》詞名之爲「瀟湘夜雨」。按此言樂聲引動歸隱之思。

## 志康得魚或勸捨之諸公有詩議未判吾誰適從亦賦一篇〔一〕

谿魚有如緣木求〔二〕，縱有瑣細不受鉤〔三〕。我居恨不如江頭，長江巨浪一葦游〔四〕。得魚滿船魴鯉鯈〔五〕，莫歸獻俘烹魁酋〔六〕。邇來越吟思命騶〔七〕，齋廚空無萍藻羞〔八〕。披抉泥沙窮澗陬〔九〕，掇拾小鮮饌糗餱〔一〇〕。三嘸井上或可侔〔一一〕，先生道眼無全牛〔一二〕。虚心觸物如虚舟〔一三〕，獨未辟穀師留侯〔一四〕。手持巨餌安所投〔一五〕，彈鋏時有馮驩憂〔一六〕。南音不變鍾儀囚〔一七〕，朝虀暮鹽意則悠〔一八〕。渠肯嗜殺對血流〔一九〕？欲引西江蓋無由〔二〇〕。升斗小惠不知賙〔二一〕，吾言非誇亦非媮〔二二〕。一飽等是充飢喉，暴殄天物神所不，杜陵有詩請君謳〔二三〕。

【箋注】

〔一〕作於太原監税時。志康：即孫志康。吾誰適從：《左傳·僖公五年》：「一國三公，吾誰適從。」

〔二〕《孟子·梁惠王上》：「以若所爲，求若所欲，猶緣木而求魚也。」

〔三〕瑣細：指小魚。不受鈎：唐杜甫《即事》詩：「一雙白魚不受鈎，三寸黄甘猶自青。」因押韻易「鈎」爲「鉤」。

〔四〕「我居」二句：唐韓愈《感春四首》之四：「我恨不如江頭人，長網横江遮紫鱗。」《詩·衛風·河廣》：「誰謂河廣，一葦杭之。」蘇軾《游武昌寒溪西山寺》：「今朝横江來，一葦寄衰朽。高談破巨浪，飛屨輕重阜。」一葦：一片蘆葦。此代指小船。《詩·衛風·河廣》：「誰謂河廣，一葦杭之。」

〔五〕魴、鯉、鰷：皆魚之味美者。

〔六〕莫：後來寫作「暮」。魁酋：指魚之大而美者。

〔七〕越吟：見《送伯達兄赴嘉禾》注〔一四〕。命騶：猶「命駕」，命駕車之人啟乘也。騶：《左傳·成公十八年》：「使馴群騶知禮。」唐孔穎達疏：「騶爲主駕之官，駕車以共御者。」

〔八〕萍藻羞：《左傳·隱公三年》：「苟有明信，澗谿沼沚之毛，蘋蘩薀藻之菜……可薦於鬼神，可羞於王公。」晉杜預注：「蘋，大萍也。……藻，聚藻也」；「羞：進也。」

〔九〕蘇軾《復次放魚前韻答趙承議陳教授》：「東坡也是可憐人，披抉泥沙收細碎。」陬：角落。

〔一〇〕糗餱：乾糧。

〔一一〕《孟子·滕文公下》：「陳仲子豈不誠廉士哉！居於陵，三日不食，耳無聞，目無見也。井上有李，螬食實者過半矣，匍匐往將食之。三咽，然後耳有聞，目有見。」嚥：同「咽」。侔：比。

〔一二〕道眼：見《和新葺南園》注〔二〕。無全牛：《莊子·養生主》：「始臣之解牛之時，所見無非牛者。三年之後，未嘗見全牛也。」

〔一三〕見《贈知命劉居士卜居》注〔一〇〕。

〔一四〕留侯：張良封號。見《松風亭詞》注〔二五〕。

〔一五〕《莊子·外物》：「任公子爲大鉤巨緇，五十犗以爲餌，蹲乎會稽，投竿東海，旦旦而釣，期年不得魚。」

〔一六〕見《北山雜詩》之七注〔五〕。

〔一七〕南音：見《己卯冬至……》注〔八〕。鍾儀囚：見《送參寥師歸錢塘》注〔一一〕。

〔一八〕唐韓愈《送窮文》：「太學四年，朝虀暮鹽。」此極言清苦。虀：切碎之醃菜。

〔一九〕渠：通「詎」。豈。

〔二〇〕見《次韻謝民師》注〔一五〕。

〔二一〕賙：救濟。

〔二二〕媮：同「偷」。苟且也。

〔二三〕「暴殄」二句：杜甫《又觀打魚》詩：「吾徒胡爲縱此樂，暴殄天物聖所哀。」參見《夜獵行》注〔一七〕。

## 次韻孫志康牡丹〔一〕

### 一

春事依稀見一班〔二〕，山花灼灼强施丹〔三〕。能容丞掾歌呼處，信是平陽度量寬〔四〕。溪上有人歸獨晚，夜闌秉燭若爲懽〔五〕。但知草檄催詩債〔六〕，何必重尋落蘂看〔七〕。

**【箋注】**

〔一〕作於政和三年（一一一三）暮春。

〔二〕班：通「斑」。《世説新語・方正》：「門生輩輕其小兒，乃曰：此郎亦管中窺豹，時見一斑。」

〔三〕灼灼：《詩・召南・桃夭》：「桃之夭夭，灼灼其華。」毛傳：「灼灼，華之盛也。」

〔四〕「能容」二句：平陽：平陽侯曹參。《史記・曹相國世家》：「相舍後園近吏舍，吏舍日飲歌呼。從吏惡之，無如之何，乃請參游園中，聞吏醉歌呼，從吏幸相國召按之。乃反取酒張坐飲，亦歌呼與相應和。」參見《寄題幾仲所居二詩……》之二注〔六〕。此處謂張近能容幕僚醉歌狂歡。

〔五〕《古詩十九首》：「晝短苦夜長，何不秉燭游。爲樂當及時，何能待來兹。」夜闌：猶夜深。

〔六〕此句似謂孫邀過同賦。草檄：起草檄文。詩債：他人求詩或索和，未曾酬答，有如負債。唐白居易《齋戒》詩：「酒魔降伏終須盡，詩債填還意欲平。」宋黄庭堅《道中寄景珍兼簡庾元鎮》詩：「傳語濠州賢刺史，隔年詩債幾時還。」

〔七〕落蘂：落花。屈原《離騷》：「擥木根以結茝兮，貫薜荔之落蘂。」蘇軾《再用前韻》：「酒醒人散山寂寂，惟有落蘂粘空樽。」

二

罇餘舊壓蒲萄緑〔一〕，盤有南珍荔子丹〔二〕。草草春光雖未稱〔三〕，人人酒令暫須寬〔四〕。興來勿廢無何飲〔五〕，老去難尋特地歡〔六〕。慰我窮愁真待子，憑詩寄與故人看。

【箋注】

〔一〕舊壓：猶言舊釀。蓋米酒釀製將熟時，須榨而取酒。蒲萄緑：似蒲萄的緑色。唐李白《襄陽歌》：「遥看漢水鴨頭緑，恰似葡萄初醱醅。」蘇軾《出都來陳所乘船上有題小詩八首不知何人有感於余心者聊爲和之》：「潁水非漢水，亦作蒲萄緑。恨無襄陽兒，令唱銅鞮曲。」

〔二〕南珍：南方之珍。茘支：亦作「茘枝」。晉嵇含《南方草木狀》卷下：「茘枝樹，高五六丈餘，如桂樹，緑葉蓬蓬，冬夏榮茂，青華朱實，實大如鷄子，核黄黑似熟蓮，實白如脂，甘而多汁，似安石榴。」參唐白居易《茘枝圖序》。

〔三〕謂春色寥寥，未能盡稱人意。草草：苟簡貌。

〔四〕酒令：宴會中助酒興的一種游戲。推一人爲令官，違令或依令該飲的都要飲酒。明焦竑《焦氏筆乘續集·觴政》：「魏文侯與諸大夫飲，使公乘不仁爲觴政，殆即今之酒令耳。唐時文士，或以經史爲令，如退之詩『令徵前事爲』，樂天詩『閒徵雅令窮經史』是也。或以呼盧爲令，樂天詩『醉翻衫袖抛小令，笑擲骰盆呼大采』是也。」

〔五〕無何飲：謂無事唯飲酒。《漢書·爰盎傳》：「南方卑濕，絲能日飲。亡何，説王毋反而已，如此幸得脱。」唐顔師古注：「無何，言更無餘事。」蘇軾《王鞏屢約重九見訪……》詩：「老守無何惟日飲，將軍競病自詩鳴。」

〔六〕唐杜甫《九日藍田崔氏莊》詩：「老去悲秋强自寬，興來今日盡君歡。」特地：特别，尤其。唐時口語。韓愈《夕次壽陽驛題吳郎中詩後》:「風光欲動別長安,春半城邊特地寒。」陸龜蒙《庭前》詩:「合歡能解恚,萱草信忘憂。盡向庭前種,萋萋特地愁。」

## 送張倅彥政赴闕〔一〕

信馬來并州〔二〕,并州在何許〔三〕?太行如登天,憔悴欲誰語?青衫百僚底〔四〕,屏氣不敢吐。謂當哭途窮〔五〕,何但折腰膂〔六〕?忽逢元紫芝,仰視得眉宇〔七〕。敢論通家舊,竊欲比文舉〔八〕。先君與叔父嘗得交於公之王父,蓋有一日之雅。使君況不凡〔九〕,高論傾肺腑。能容丞掾醉〔一〇〕,不問車茵污〔一一〕。念我丘壑人,老矣事簪組〔一二〕。端如赴縲囚,坐受獄吏侮。感公懷抱開〔一三〕,一笑忘羈旅。雖知抱關惡〔一四〕,未忍賦歸去〔一五〕。相從僅滿歲,公已歌《杕杜》〔一六〕。秋風忽零亂,吹盡西山雨。定應催行色,不遺車輪阻。天街早飛鞚〔一七〕,鵷鷺看接武〔一八〕。青雲豈難到〔一九〕,少展垂天羽〔二〇〕。區區亦自憐〔二一〕,從此歸農圃。

**【箋注】**

〔一〕作於政和三年(一一一三)秋。過以三年六月赴太原,「相從僅滿歲」,即在此時。倅:副也,此指通判。宋初鑒於五代藩鎮將帥專權之弊,置諸州通判。《宋史·職官志七》曰:「職掌倅貳郡政,凡兵民、錢穀、户口、賦役、獄訟聽斷之事,可否裁決,與守臣通簽書施行。」張彥政:名仲綱。嘗官宣德郎開封府參軍、兵曹參軍、太原府通判。參宋慕容彦達《摛文堂集》卷五。按：張仲綱之離太原，趙鼎臣亦有《送張彦政（仲綱）歸京師》詩，詩曰：「府中别駕名公孫，往時閥閲推其門。諸郎往往皆汗血，超然别駕尤奇絶。」又蘇過本詩自注曰「先君與叔父嘗得交於公之王父」云，仲綱其爲張方平之後耶？

〔二〕并州：漢於太原置并州，中幾經廢置，宋太平興國時復州。元豐升爲太原府。治今山西太原市（參《宋史·地理志二》）。

〔三〕何許：何處。

〔四〕青衫：見《送伯達兄赴嘉禾》注〔二二〕。百僚：百官。唐杜甫《狄明府》詩：「有才無命百寮底，今者兄弟一百人。」蘇軾《送程六表弟》詩：「青衫莫厭百僚底，白首上有千薪積。」

〔五〕見《次韻謝民師》注〔一七〕。

〔六〕折腰膂：見《贈王子直》注〔一六〕。膂：脊骨。

〔七〕「忽逢」二句：元紫芝：名德秀，唐河南人，少孤，事母至孝，舉進士，後爲魯山令，任滿去職，愛陸渾佳山水，乃居之，陶然彈琴以自娱。天下高其行，稱曰元魯山。《新唐書》本傳云：「房琯每見德秀，歎息曰：『見紫芝眉宇，使人名利之心都盡。』」按此以元紫芝方張彦政。

〔八〕「敢論」二句：文舉：孔融字。參見《次陶淵明正月五日游斜川韻》注〔一三〕。《後漢書·孔融列傳》：「時河南尹李膺以簡重自居，不妄接士賓客，敕外自非當世名人及與通家，皆不得白。融欲觀其人，故造膺門。語門者曰：『我是李君通家子弟。』門者言之。膺請融，問曰：『高明祖父嘗與僕有恩舊乎？』融曰：『然。先君孔子與君先人李老君同德比義，而相師友，則融與君累世通家。』」

〔九〕使君：見《次韻大人與藤守游東山》注〔五〕。

〔一〇〕見《次韻孫志康牡丹》之一注〔四〕。

〔一一〕車茵污：《漢書·丙吉傳》：「（吉）於官屬掾史，務掩過揚善。吉馭吏耆（嗜）酒，數逋蕩，嘗從吉出，醉歐（嘔）丞相車上。西曹主吏白欲斥之，吉曰：『以醉飽之失去士，使此人將復何所容？西曹地忍之，此不過汙丞相車茵耳。』遂不去也。」唐顏師古注：「茵，蓐也。」

〔一二〕「念我」二句：謂本無意于出仕，年齡老大卻作了小吏。

〔一三〕唐杜甫《奉待嚴大夫》詩：「身老時危思會面，一生襟抱向誰開？」

〔一四〕抱關：見《次韻孫海若見贈》之一注〔二〕。

〔一五〕賦歸去：晉陶淵明既辭彭澤令，乃賦《歸去來兮辭》。

〔一六〕《杕杜》：見《送王晉之還朝》注〔一二〕。

〔一七〕天街：京城街道。唐高適《酬裴員外》：「自從拜郎官，列宿焕天街。」飛鞚：駕快馬飛馳。鞚：馬絡頭。此謂張仲綱將歸京城飛馬赴早朝。

〔一八〕鵷鷺：鵷：傳説爲鳳類之鳥。鷺：鷺鷥。二鳥飛行有序，因以喻朝官班行。唐錢起《陪南省諸公宴殿中李監宅》：「壺觴開雅宴，鴛鷺眷相隨。」接武：《禮記·曲禮上》：「堂上接武，堂下布武。」漢鄭玄注：「武，跡也。跡相接，謂每移足，半躡之。」此謂朝班之進退。

〔一九〕青雲：謂高位。參見《送在庭姪領漕歸蜀》注〔一三〕。

〔二〇〕少：稍。垂天羽：見《叔父生日》（溝瀆嗟尋常）注〔二〕。

〔二一〕區區：自稱的謙詞。唐元稹《楚歌十首》之一：「縱有明在下，區區何足云。」

## 次韻承之重九〔一〕

庾郎自誑誇重九〔二〕，北海常憂客無酒〔三〕。肯教白髮負黃花〔四〕，不爲虛名留峴首〔五〕。人生能換幾星霜〔六〕，我非石心與木腸〔七〕。乾愁漫解祗自慰〔八〕，消長只繫吾行藏〔九〕。棄書學劍猶有得〔一〇〕，西斬樓蘭北疏勒〔一一〕。從軍直到單于臺〔一二〕，封侯萬户何人哉〔一三〕？圖形未許淩煙上〔一四〕，草檄觀君試豪放〔一五〕。山陰回時跡已陳〔一六〕，高陽大醉情何暢〔一七〕。爲君悲歌和哀箏〔一八〕，請君更草《麗人行》〔一九〕。吴姬趙女兩愁絶〔二〇〕，一笑當時空目成〔二一〕。行行且作歸裝束〔二二〕，子雲校書入天禄〔二三〕。一杯且復中聖賢〔二四〕，周南留滯誰我憐〔二五〕？買田早約鴟夷子〔二六〕，相與躬耕不計年〔二七〕。

**【箋注】**

〔一〕政和三年（一一一三）重九在太原作。《竹隱畸士集》有詩，題曰「重陽前數日夜坐不寐，偶思江南塞北舊游，作詩呈志康諸友」。

〔二〕庾郎：指庾杲之。南齊新野（在今河南）人，幼有孝行，甚得時望，《南史》本傳：「稍遷尚書駕部郎，清貧自業，食唯有韭葅瀹韭生韭雜菜。任昉嘗戲之曰：『誰謂庾郎貧，食鮭嘗有二十七種。』」三九二十七，蓋音諧三韭也。累官至尚書吏部郎、參大選事，太子右衛率，加通直常侍。《南齊書》、《南史》有傳。重九：蓋戲稱其「三九」之食。按杲之未自詩，叔黨蓋誤記也。

〔三〕見《次陶淵明正月五日游斜川韻》注〔一三〕。

〔四〕唐杜甫《九日》詩：「苦逢白髮不相放，羞見黄花無數新。」黄花：指菊花。唐李嶠《菊》詩：「黄花今日晚，無復白衣來。」

〔五〕峴首：峴山頭也。峴山：在湖北襄陽。《晉書·羊祜傳》：「祜樂山水，每風景，必造峴山，置酒言詠，終日不倦。嘗慨然歎息，顧謂從事中郎鄒湛等曰：『自有宇宙，便有此山。由來賢達勝士，登此遠望，如我與卿者多矣！皆湮滅無聞，使人悲傷。……』湛曰：『公德冠四海，道嗣前哲，令聞令望，必與此山俱傳。至若湛輩，乃當如公言耳。』」

〔六〕星霜：星辰一年一周轉，霜每年遇寒而降，因以星霜指年歲。唐張九齡《與弟游家園》詩：「星霜屢爾别，蘭麝爲誰幽。」

〔七〕《晉書·夏統傳》：「又使妓女之徒服袿襹，炫金翠，繞其船三匝。統危坐如故，若無所聞。（賈）充等各散曰：『此吴兒是木人石心也。』」蘇軾《次韻滕大夫三首》之三《沉香石》：「欲隨楚客紉蘭佩，誰信吴兒是木腸。」

〔八〕乾愁：猶言空愁。唐韓愈《感春》詩：「乾愁漫解坐自累，與衆異趣誰相親。」宋王安石《即席次韻微之泛舟》：「悠悠興廢皆如此，賴付乾愁酒一罇。」祇：僅。

〔九〕消長：謂歲月之流逝。行藏：見《送伯達兄赴嘉禾》注〔一六〕。按此句謂己但視時機以定進退之節。蘇軾《沁園春·赴密州早行馬上寄子由》：「用捨由時，行藏在我。」

〔一〇〕棄書學劍：《史記·項羽本紀》：「項籍少時，學書不成，去，學劍。」

〔一一〕樓蘭：漢西域國名。在今新疆羅布泊西，地處西域通道。漢元鳳四年傅介子殺樓蘭王安歸，立尉屠耆爲主，改名爲鄯善。見《史記·西域列傳》。疏勒：漢西域國名。西當大月氏大宛康居孔道，故地在今新疆喀什噶爾一帶。漢班超嘗立功疏勒，使疏勒内附。見《後漢書·班超列傳》。

〔一二〕此亦謂立功於保家衛國之役。單于臺：古地名。《漢書·武帝紀》云：「出長城，北登單于臺。」《資治通鑑》注引杜佑云單于臺在雲州雲中縣（地在今山西大同市境内）西北百餘里。

〔一三〕封侯萬户：食邑萬户之侯爵。唐李賀《南園》詩之五：「請君暫上淩煙閣，若個書生萬户侯？」《史記·秦始皇本紀》附《二世》：「二世曰：『吾願得一郡爲王。』弗許；又曰：『願爲萬户侯。』弗許。」《史記·李將軍列傳》：「而文帝曰：惜乎！子不遇時，如令子當高帝時，萬户侯豈足道哉！」

〔一四〕見《叔父生日》（圖形未肯上淩煙）注〔一〕。

〔一五〕草檄：起草檄文。參見後《秋思》注〔一一〕。
〔一六〕見《用韋蘇州寄全椒道士韻贈羅浮道士三首》之一注〔八〕。
〔一七〕謂仕宦不如居隱縱酒也。高陽：指酈食其。漢陳留高陽人。家貧落魄，爲里監門吏。劉邦兵過陳留，食其求見，邦以儒者拒之，「酈生（食其）瞋目案劍叱使者曰：『走！復入言沛公，吾高陽酒徒也，非儒人也。』」遂歸劉邦，計下陳留，封廣武君，後説齊王田廣歸漢，未果被烹。見《史記》本傳。
〔一八〕箏：《説文解字·竹部》：「箏，五弦筑身樂也。」（從段玉裁校）又《隋書·樂志》：「爭，十三弦，所謂秦聲，蒙恬所作者也。」
〔一九〕唐杜甫《麗人行》：「三月三日天氣新，長安水邊多麗人。」全詩蓋寫上巳日楊貴妃姊妹之游樂情景。
〔二〇〕古人以吴趙多美人，故云。按趙詩有「美人低按小秦箏，坐中勸酒一再行」句，過蓋戲之。
〔二一〕目成：屈原《九歌·少司命》：「滿堂兮美人，忽獨與余兮目成。」漢王逸《章句》：「獨與我睨而相視，成爲親親也。」
〔二二〕《古詩十九首》：「行行重行行，與君生别離。」
〔二三〕子雲：揚雄字。《漢書·揚雄傳》：「時雄校書天禄閣上。」天禄：漢殿閣名。《三輔黄圖》卷六云：「天禄閣藏典籍之所，《漢宫殿疏》云：『天禄騏麟閣，蕭何造，以藏秘書，處賢才也。』」

〔二四〕《三國志·魏書·徐邈傳》：「時科禁酒，而邈私飲至於沉醉。校事趙達問以曹事，邈曰：『中聖人。』達白之太祖，太祖甚怒。度遼將軍鮮于輔進曰：『平日醉客謂清者爲聖人，濁者爲賢人，邈性修慎，偶醉言耳。』」按此謂一醉方休。

〔二五〕見《謝公定以所藏文與可詩示其孫驥驥有詩次韻》注〔一一〕。

〔二六〕鴟夷子：見《李方叔治潁川水磨作詩戲之》注〔一八〕。

〔二七〕不計年：《左傳·襄公三十年》：「臣小人也，不知紀年。」參《次韻叔父黄門己丑歲除》之一注〔八〕。

【附】

趙承之《重陽前數日夜坐不寐偶思江南塞北舊游作詩呈志康諸友》

昔在江東作重九，斬新涼風生杯酒。右軍有宅山最高，歲歲與客登其首。菊花異蕊天未霜，吴兒琵琶能斷腸。半天語笑中夜裏，山下人家驚走藏。禹穴探書無所得，笑指燕然疑可勒。燕南新築黄金臺，乃復招我何爲哉！五百年倒南樓上，樓上黄花無處放。將軍喜氣自生春，盡釋風霜作和暢。美人低按小秦箏，坐中勸酒一再行。風前孟嘉帽欲落，席上孫郎句已成。一生散誕無羈束，到處容容尸斗禄。況復今年值衆賢，珠玉在側真可憐。重陽更欲登高去，莫遣風流减去年。

## 次韻承之乞魚於保德〔一〕

尊鱸一別信音疎〔二〕，食指令人盡信書〔三〕。不是分甘慰秋思，臨淵空羡計無如〔四〕。

【箋注】

〔一〕在太原作。保德：即保德軍，治在今山西保德縣。此指後《次韻趙承之寄保德倅王粹公》中之王粹公，詳後。

〔二〕蓴鱸：蓴羹鱸膾。謂棄官歸鄉。參見《送李植秀才歸盱眙》注〔七〕。

〔三〕《左傳》宣公四年：「楚人獻黿於鄭靈公，公子宋（子公）與子家將見，子公之食指動，以示子家，曰：『他日我如此，必嘗異味。』」《孟子·盡心下》：「盡信書不如無書，吾於《武成》，取二三策而已矣。」

〔四〕《漢書·董仲舒傳》：「古人有言曰：臨淵羡魚，不如退而結網。」

## 次韻趙承之寄保德倅王粹公〔一〕

王謝風流不愧前〔二〕，碧梧翠竹總森然〔三〕。好歸禁瑣持簪橐〔四〕，卻卧關河閱歲年〔五〕。目送秋鴻陵絶漠〔六〕，坐傳烽火到甘泉〔七〕。笑君坐嘯空齋冷〔八〕，庭下蒲鞭無可鞭〔九〕。

【箋注】

〔一〕在太原作。倅：通判。見《送張倅彦政赴闕》注〔一〕。王粹公：嘗與趙鼎臣、蘇過同年舉進士科。爲保德軍通判，被召還朝。與蘇過、趙鼎臣皆多唱和之作。趙承之詩今不見於《竹隱畸士集》。本詩歎王粹公大材小用。

〔二〕謂王粹公能繼家風祖業。王謝風流：見《送吕知止》注〔二〕。

〔三〕碧梧翠竹：唐韓愈《馬少監墓誌銘》：「翠竹碧梧，鸞鵠停峙，能守其業者也。」

〔四〕此句言趙承之本該在朝廷供職。好：適宜。禁瑣：指宫中。簪橐：《漢書·趙充國傳》：「（趙）卬家將軍以爲安世本持橐簪筆事孝武帝數十年，見謂忠謹，宜全度之。」唐顔師古注引張晏曰：「橐，契囊也。近臣負橐簪筆，從備顧問，或有所記也。」又曰：「橐，所以盛書也。有底曰囊，無底曰橐。簪筆者，插筆於首。」

〔五〕謂王粹公閒置於邊鎮，亦有年矣。關河：《史記·蘇秦列傳》：「秦四塞之國，被山帶渭，東有關河，西有漢中。」關河：唐張守節《正義》：「東有黄河，有函谷、蒲津、龍門、合河等關。」唐許渾《長安歲暮》詩：「獨望天門倚劍歌，干時無計老關河。」按此以關河指邊塞保德。蘇軾《郭綸》詩：「河西猛士無人識，日暮津亭閲過船。」爲此句所本。

〔六〕絶漠：沙漠絶遠處。唐盧照鄰《紫騮馬》詩：「不辭横絶漠，流血幾時乾。」唐釋皎然《從軍行五首》之三：「兵屯絶漠暗，馬飲濁河乾。」

〔七〕《史記·匈奴列傳》：「胡騎入代句注邊，烽火通於甘泉、長安。」烽火：又作熢火。古邊防報警之信號。韋昭曰：「熢，束草置之長木之端，如挈皋，見敵則燒舉之。」（見《史記·司馬相如列傳》司馬貞《索隱》引）甘泉：宫名，秦始皇、漢武帝相繼修建，在今陝西淳化縣甘泉山上（參見《三輔黄圖》卷二、卷四）。

〔八〕坐嘯：《後漢書・黨錮列傳・叙》曰：「後漢成瑨任南陽太守，以岑晊（公孝）爲功曹，政事一委岑，民謳之曰：『南陽太守岑公孝，弘農成瑨但坐嘯。』」此言有職而無爲也。

〔九〕《後漢書・劉寬列傳》：「吏人有過，但用蒲鞭罰之，示辱而已，終不加苦。」按：古者鞭以生牛革，而劉以蒲草爲之，故輕。按此言政簡而不擾民。

## 次韻趙承之數詩〔一〕

一生拙自謀，老去復誰諫〔二〕。二年此流落，汝豈宜仕宦？三黜固不辭〔三〕，難堪妻妾訕〔四〕。四海將安歸？面詬風裂骭〔五〕。五鼎不願食〔六〕，誠言豈容贋〔七〕。六韜素無奇〔八〕，破敵未有間。七十古所稀〔九〕，田園當早辦。八駿方並驅，瑶池朝與宴〔一〇〕。九年亡一毛〔一一〕，安用蓬蒿鷃〔一二〕。十室請老焉〔一三〕，佩弦吾敢慢〔一四〕。

**【箋注】**

〔一〕政和三年（一一一三）在太原作。詩云「二年此流落」，過在政和二年來太原，是在三年作也。以一至十之數而述歸焉之志，徐徐道來而無「算博士」之跡，妙甚。

〔二〕晉陶淵明《歸去來兮辭》：「悟以往之不諫，知來者之可追。」

〔三〕三黜：見《李方叔挽詞二首》之一注〔六〕。

〔四〕《孟子・離婁下》：「其妻歸告其妾曰：『良人者，所仰望而終身也。今若此。』與其妾訕其良人，而相泣於中庭。」按此言爲謀食而仕。

〔五〕詬：當是「垢」之誤。風裂骭：蘇軾《石炭》詩：「君不見，前年雨雪行人斷，城中居民風裂骭。」骭：小腿。

〔六〕見《大人生日》（大士來淮泗）注〔八〕。

〔七〕贗：僞。

〔八〕六韜：《莊子·徐無鬼》：「女商曰：『横説之則以《詩》、《書》、《禮》、《樂》，從説之則以《金板》、《六弢》。』」成玄英疏：「本有作韜字者，隨字讀之，云是太公兵法，謂文武虎豹龍犬《六弢》也。」

〔九〕唐杜甫《曲江》二首之二：「酒債尋常行處有，人生七十古來稀。」

〔一〇〕「八駿」二句：相傳爲周穆王的八匹名馬。八駿之名，説法不一。《穆天子傳》卷一：「天子之駿，赤驥、盗驪、白義、踰輪、山子、渠黄、華騮、緑耳。」晉郭璞注：「八駿，皆因其毛色以爲名號耳。」晉王嘉《拾遺記·周穆王》：「王馭八龍之駿：一名絶地，足不踐土；二名翻羽，行越飛禽；三名奔霄，夜行萬里；四名越影，逐日而行；五名踰輝，毛色炳耀；六名超光，一形十影；七名騰霧，乘雲而奔；八名挾翼，身有肉翅。」明胡應麟則認爲王嘉所載，皆一時私意詭撰，不足爲據，見《少室山房筆叢》卷三十四。後亦用以泛指駿馬。杜甫《驄馬行》：「豈有四蹄疾於鳥，不與八駿俱先鳴。」瑶池：見《五色雀和大人韻》注〔一六〕。

〔一一〕漢司馬遷《報任安書》：「假令僕伏法受誅，若九牛亡一毛，與螻蟻何異？」按此極言己身之微不足道。

〔一二〕蓬蒿鷃：見《地鑪歌寄伯仲》注〔一四〕。

〔一三〕《穀梁傳》莊公九年：「十室之邑，可以逃難；百室之邑，可以隱死。」請老：猶言告老，退休也。

〔一四〕《韓非子・觀行》：「西門豹之性急，故佩韋以自緩；董安于之心緩，故佩弦以自急。」

## 大雪日趙承之梁與可訪賈子莊飲爽亭孫志康不得預故有詩怨之亦次韻和一首〔一〕

三十高談常絶席〔二〕，不數漢庭人九尺〔三〕。雪中忽到剡溪行〔四〕，狂飲學髡俱一石〔五〕。不教彭宣到後堂〔六〕，只供爽氣干陵岡。忍寒排闥計大誤〔七〕，夫子莫悔不得將〔八〕。夜歸過我天正黑，燈影照坐如僧房。峨冠切雲服亦奇〔九〕，勝游何不蚤遺知〔一〇〕。風花瞥眼同一霎〔一一〕，欲追此歡將奈若。人間何往不自適，陵生且復爲陵舄〔一二〕。

**【箋注】**

〔一〕政和三年（一一一三）冬十一月作於太原。按孫志康、趙承之、蘇叔黨在太原共歷兩冬，二年冬叔黨在潁，知本詩當在三年。梁與可：事跡未詳。按：趙承之《竹隱畸士集》亦有同題詩《十一月十七日大雪晝夜不止平地盈數尺十九日雪中與時可載酒相率出郊謁子莊因登爽亭臨軒縱飲四望浩然澒洞一色真奇勝也孫志康畏寒不出已而有詩因次其韻》。按：《竹隱畸士集》中之時可，乃楊時可也，而過曰梁與可，未知孰是。賈子莊：見《子莊約況之游西溪不至任有詩次其韻》注〔一〕。

〔二〕三士：指趙承之、梁與可、賈子莊。絶席：《後漢書·王常列傳》：「七年，使使者持璽書即拜常爲橫野大將軍，位次與諸將絶席。」唐李賢注：「絶席謂尊顯也。」此指絶出倫類。

〔三〕此言東方朔不足數。東方朔以能言善辯、狂言詭諧著稱，嘗自言曰：「臣朔年二十二，長九尺三寸。」見《漢書》本傳。

〔四〕見《訪江令德脩置酒泛舟》注〔一六〕。

〔五〕髡：淳于髡。見《地鑪歌寄伯仲》注〔一二〕。

〔六〕彭宣：漢陽夏（今河南太康）人，字子佩，師事張禹，禹傳宣施氏《易》，宣又傳禹之學，宣以禹力，入爲右扶風，遷廷尉。哀帝時官至大司空，後以忤王莽罷歸里。《漢書》有傳。《漢書·張禹傳》曰：禹有高徒彭宣、戴崇，而「禹心親愛崇，敬宣而疏之。崇每候禹，常責師宜置酒設樂與弟子相娱。禹將崇入後堂飲食，婦女相對，優人管弦鏗鏘極樂，昏夜乃罷。而宣之來也，禹見之於便座，講論經義，日晏賜食，不過一肉，巵酒相對，宣未嘗得至後堂」。

〔七〕排闥：推開門。《史記·樊噲列傳》：「群臣絳灌等莫敢入。十餘日，噲乃排闥直入，大臣隨之。」宋王安石《書湖陰先生壁二首》之一：「一水護田將緑遶，兩山排闥送青來。」

〔八〕將：從也。

〔九〕屈原《九章·涉江》：「余幼好此奇服兮，年既老而不衰。帶長鋏之陸離兮，冠切雲之崔嵬。」

〔一〇〕勝游：快意暢游。唐劉禹錫《奉和裴侍中將赴漢南留別座上諸公》：「管弦席上留高韻，山水途中入勝游。」蘇軾《游惠山》詩之二：「勝游豈殊昔，清句仍絶塵。弔古泣舊史，疾讒歌小旻。」

〔一一〕風花：風花雪月，指四時景色變遷。

〔一二〕《莊子・至樂》：「生於陵屯則爲陵舄。」唐成玄英疏：「陵舄，車前草也。既生於陵阜高陸，即變爲車前也。」按此言隨遇而安。

## 送梁與可赴中山倉〔一〕

達人無畛畦〔二〕，從仕聊爾耳〔三〕。言辭將軍幕〔四〕，去作倉庾氏〔五〕。君懷著雲夢，尚有恢恢地〔六〕。眷此亦鴻毛，何足爲軒輊〔七〕。相君澤未遠〔八〕，風流王謝比〔九〕。滿牀簪笏間〔一〇〕，乃見山林士〔一一〕。嗟余南畝人，投老坐闤市〔一二〕。蕭然見眉宇，真足忘漿餽〔一三〕。平生南陽館〔一四〕，市駿得千里〔一五〕。帳中三千客，不數曳珠履〔一六〕。要知磊落人，臭味同蘭茝〔一七〕。翻然若鴻鵠，飛去今無幾。我行抽手板〔一八〕，亦復還耒耜。安能久俛首，自困刀筆吏〔一九〕。

【箋注】

〔一〕政和三年（一一一三）在太原作。梁與可：張幾仲幕僚，事跡不詳。中山：中山府。見《次韻孫海若見贈》之十注〔一〕。

〔二〕畛畦：田間小路。引申爲界限，隔閡。宋梅堯臣《依韻酬永叔再示》：「貴賤交情古未有，胸中不欲置畛畦。」

〔三〕此言隨俗而爲，有調侃意。《世説新語·任誕》：「七月七日，北阮盛曬衣，皆紗羅錦綺。仲容以竿挂大布犢鼻幝於中庭。人或怪之，答曰：『未能免俗，聊復爾耳。』」蘇軾《觀棋》詩：「勝固欣然，敗亦可喜。優哉游哉，聊復爾耳。」

〔四〕將軍：指張幾仲。時知太原府事。宋制，太原府知府「兼經略安撫使、馬步軍都總管」（見《宋史·職官志》），故稱將軍。參《次韻承之紫巖長句》注〔一〇〕。

〔五〕倉庾氏：見《寄題岑彦明猗蘭軒詩》注〔一四〕。

〔六〕「君懷」二句：見《送在庭姪領漕歸蜀》注〔一一〕。恢恢：寬廣貌。《老子》：「天網恢恢，疏而不失。」《史記·滑稽列傳序》：「天道恢恢，豈不大哉！」

〔七〕軒輊：語本《詩·小雅·六月》「如輊如軒」，謂車輿前後之高低。此言輕重。《後漢書·馬援列傳》：「夫居前不能令人輊，居後不能令人軒。」唐李賢注：「言爲人無所輕重也。」引申爲輕重高低之意。此言無須介意也。

〔八〕相君：宰相。未知確指。然考諸《宋史·宰輔表》，政和四年前梁氏爲相者蓋有三人，曰梁適，曰梁子美，曰梁燾。子美爲適之孫，燾爲元祐黨人。兩相權衡，與可似爲梁燾之子。燾（一〇三四—一〇九七）：字況之，鄆州須城（治今山東東平）人，中進士科，編校秘閣書籍，官至尚書右丞，轉左丞，是爲副宰相，以司馬光黨落職。紹聖四年蘇轍貶化州別駕雷州安置，軾貶瓊州別駕、昌化軍安置；壽貶雷州別駕、化州安置，死焉。《宋史》有傳。

〔九〕見《送吕知止》注〔二〕。

〔一〇〕《新唐書·崔琳傳》：「每歲時宴於家，以一榻置笏，猶重積其上。」

〔一一〕山林士：謂隱者。宋劉攽《作假山》詩：「嘗聞山林士，既往又不復。」

〔一二〕投老：臨老。闤市：見《寄題任況之樗翁軒詩》注〔八〕。

〔一三〕「蕭然」二句：《新唐書·元德修傳》：「見紫芝（德修）眉宇，令人名利之心都盡。」參見《送張倅彦政赴闕》注〔七〕。漿餽：見《送八弟赴官汝南》注〔一四〕。

〔一四〕南陽：指張幾仲。見《次韻承之紫巖長句》注〔九〕。

〔一五〕千里：謂千里馬。

〔一六〕「帳中」二句：見《用韋蘇州寄全椒道士韻贈羅浮鄧道士三首》之三注〔一〕。

〔一七〕「要知」二句：唐韓愈《讀皇甫湜公安園池詩書其後二首》之一：「爾雅注蟲魚，定非磊落人。」蘇軾《頃年楊康功使高麗》：「移書竟不從，信非磊落人。」《易·繫辭上》：「同心之言，其臭如蘭。」茝：亦蘭類香草。

〔一八〕行：將。手板：《宋書·禮志五》：「手板，則古笏矣。」唐韓愈《送盤谷子》詩：「行抽手版付丞相，不待彈劾還耕桑。」

〔一九〕刀筆吏：見《送仲南兄赴水南倉》注〔三〕。

## 和清源陳觀性喜雪〔一〕

斗酒豚蹄語未終，飛花弄態作沖融〔二〕。寒威尚帶嘉平臘，和氣爭先養物風〔三〕。爽入西山千仞色〔四〕，潤添南畝一犂工〔五〕。先生休道催科拙〔六〕，趁著河東歲屢豐〔七〕。

**【箋注】**

〔一〕政和三年（一一一三）冬太原作。清源：縣名，宋屬河東路太原府。地在今山西省清徐縣。陳觀性：事跡不詳。據「先生休道催科拙，趁著河東歲屢豐」，知陳似亦爲太原府户曹參軍。

〔二〕「斗酒」二句：謂天從人願，大雪普降。斗酒豚蹄：謂祈豐年也。見《次韻叔父小雪二首》之二注〔四〕。飛花：喻飄飛的雪花。蘇轍《上元前雪三絕句》之一：「不管上元燈火夜，飛花處處作春寒。」沖融：瀰漫散布之貌。

〔三〕「寒威」二句：謂雖寒意料峭而春光已露。寒威：嚴寒的威力。唐方干《歲晚言事寄鄉中親友》詩：「寒威半入龍蛇窟，暖氣全歸草樹根。」蘇軾《病中大雪數日未嘗起觀號令趙薦以詩相屬戲用其韻答之》：「西鄰歌吹發，促席寒威挫。」嘉平：臘月之別稱。《史記·秦始皇本紀》：「三十一年十二月，更名臘曰嘉平。」蘇軾《雷州八首》之八：「苦笑荆楚人，嘉平臘雲夢。」蘇轍《臘月九日雪三絕句》之一：「天公留雪待嘉平，飛霰來時曉未明。」和氣：本指天地間陰陽交合而生之氣，引申指能導致吉利的祥瑞之氣。漢王充《論衡·講瑞》：「瑞物皆起和氣而生。」蘇軾《上皇帝書》：

「故臣以爲消讒慝以召和氣，復人心而安國本，則莫若罷制置三司條例司。」

〔四〕西山：太原西面多山，嬰山、石室、風谷、懸甕、蒙山、龍山是其著者（見嘉靖《太原縣志》卷一）。

〔五〕一犁：雨水或雪水浸潤一犁深。即犁鏵所及皆已浸透。蘇轍《同外孫文九新春五絶句》之五：「雪覆西山三頃麥，一犁春雨祝天工。」見《北山雜詩》之六注〔四〕。

〔六〕催科：見《次韻曲水泛舟四首》之三注〔三〕。按宋制，户曹參軍掌户籍賦稅，正當催科之任。

〔七〕河東：黄河流經山西境，自北而南，古稱黄河以東之地爲河東。宋於其地置河東路。

## 次韻張子先喜雪〔一〕

信道東君有化工〔二〕，翦裁花雨落春風。忽驚區脱無餘地〔三〕，變作瑶池第一宫〔四〕。南畝麥秋先作瑞〔五〕，西山玉粒未教融〔六〕。旅人共助田夫喜〔七〕，一飽遥知餅餌豐〔八〕。

**【箋注】**

〔一〕政和三年（一一一三）冬太原作。張子先：事跡未詳。

〔二〕東君：司春之神。唐王初《立春後作》詩：「東君珂佩響珊珊，青馭多時下九關。方信玉霄千萬里，春風猶未到人間。」化工：自然之創造偉力。指自然的造化者。語本賈誼《鵩鳥賦》：「且夫天地爲鑪兮，造化爲工。」唐元稹《春蟬》詩：「作詩憐化工，不遣春蟬生。」蘇軾《和述古冬日牡丹》：「一朵妖紅翠欲流，春光回照雪霜羞。化工只欲呈新巧，不放閒花得少休。」

〔三〕區脱：匈奴謂邊境候所爲區脱。《漢書·蘇武傳》：「區脱捕得雲中生口。」唐顔師古注引服虔曰：「區脱，土室，胡兒所作以候漢者也。」按當時太原已爲邊境，故以「區脱」稱之。

〔四〕瑶池：見《五色雀和大人韻》注〔一六〕。

〔五〕古人亦以瑞雪爲豐年之兆。南朝宋謝惠連《雪賦》：「盈尺則呈瑞於豐年，袤丈則表沴於陰德。」

〔六〕西山：見《和清源陳觀性喜雪》注〔四〕。玉粒：指米、粟。南朝梁簡文帝《〈昭明太子集〉序》：「發私藏之銅鳧，散垣下之玉粒……受惠之家、飡恩之士咸謂櫟陽之金自空而墜，南陽之粟自野而生。」唐杜甫《茅堂檢校收稻》詩之一：「紅鮮終日有，玉粒未吾慳。」蘇軾《清遠舟中寄耘老》詩：「今年玉粒賤如水，青銅欲買囊已空。」融：銷融。未教融者，預言米粟將獲豐收，農夫不會失望。

〔七〕旅人：猶云羈客。

〔八〕一飽：見《送八弟赴官汝南》注〔一三〕。

## 和吴子駿食波稜粥〔一〕

朔風吹雪填廬屋，一味飢寒尋范叔〔二〕。綈袍安敢望故人〔三〕，藜莧從來誑空腹〔四〕。近聞陶令餅無儲〔五〕，不獨魯公新食粥〔六〕。波稜登俎稱八珍〔七〕，公子未應譏世禄〔八〕。山僧一食不過午〔九〕，忍飢學道忘辛苦。書生事業乃爾勤，夜然膏火窮今古〔一〇〕。要將五鼎同釜鐺〔一一〕，簞瓢未可輕原生〔一二〕。肉食紛紛固多鄙〔一三〕，吾寧且啜小人羹〔一四〕。

【箋注】

〔一〕在太原作。按叔黨於太原共歷三冬，二年冬在潁，三年冬多與孫、趙、任諸人唱和，而了不及吴，是其當在四年（一一一四）冬乎？姑繫於此。吴坰《五總志》云：「余昔在晉，與蘇叔黨自太原之河外，避暴水於□廣道，行李隔絶而腹中枵然。詢諸驛吏，唯有波稜與米耳，即取以爲糜。余有詩戲叔黨曰：『誰知吾子波稜粥，壓倒東坡玉糝羹。』叔黨和云：『肉食紛紛固多鄙，吾寧且食小人羹。』」吴子駿：名坰，興國軍永興（治今湖北陽興）人。嘗官太原，紹興十三年累官樞密院編修官，提舉浙西茶鹽，次年改除兩浙運判。二十三年，由成都轉運知荆南，未幾卒（見清陸心源《宋詩紀事補遺》卷四十二）。波稜：即菠菜。《新唐書·西域傳上·泥婆羅》：「遣使入獻波稜、酢菜、渾提葱。」宋高承《事物紀原·草木花果·波棱》：「《劉公嘉話録》曰：波棱菜，西國有僧將其子來。韋絢云：豈非頗陵國來。語訛爲波棱也。」

〔二〕見《山居苦寒》之一注〔三〕。

〔三〕《史記·范雎列傳》：「然公之所以得無死者，以綈袍戀戀有故人之意，故釋公。」綈袍：唐張守節《正義》云：「今之麤袍。」

〔四〕藜莧：藜和莧。貧者所食的粗劣食物。唐韓愈《崔十六少府攝伊陽以詩及書見投因酬三十韻》：「三年國子師，腸肚習藜莧。」蘇軾《王晉卿示詩欲奪海石》：「平生錦繡腸，早歲藜莧腹。」

〔五〕晉陶淵明《五柳先生傳》：「短褐穿結，簞瓢屢空。」

〔六〕魯公：指顔真卿（七〇九—七八五）：唐京兆萬年（治今西安）人，字清臣。開元進士，累官至監察御史，以忤楊國忠出爲平原太守。安禄山反，與從兄杲卿共起兵。亂平入官京師，旋連連遭讒貶黜。後爲刑部尚書，封魯郡公，世稱顔魯公。德宗建中三年，以受命勸喻謀叛鎮將李希烈被害。新、舊《唐書》有傳。新食粥：顔真卿《乞米帖》云：「拙於生事，舉家食粥。」

〔七〕八珍：《周禮・天官・膳夫》：「珍用八物。」漢鄭玄注：「珍謂淳熬、淳母、炮豚、炮牂、擣珍、漬熬、肝膋也。」

〔八〕世禄：《書・畢命》：「世禄之家，鮮克由禮。」孔傳：「世有禄位。」

〔九〕《沙彌十戒・儀則經》曰：「若受齋食，不得過中午。日出至午前可許受齋食。」

〔一〇〕然：後來寫作「燃」。窮今古：窮今考古也。謂探索古今之變。

〔一一〕五鼎：見《大人生日》（大士來淮泗）注〔八〕。釜鐺：見《地鑪歌寄伯仲》注〔七〕。

〔一二〕簞瓢：見《贈王子直》注〔一五〕。原生：指原憲。見《大人生日》（窮寓三年瘴海濱）注〔四〕。

〔一三〕《左傳・莊公十年》：「肉食者鄙，未能遠謀。」

〔一四〕蘇軾《三月二十日開園三首》之一：「要識將軍不凡意，從來只啜小人羹。」宋吴聿《觀林詩話》：「東坡詩有『饜小人羹』者，蓋用潁考叔之語，『小人有母，皆嘗小人之食矣。未嘗君之羹。』然初不云小人羹也。」

## 苦寒行〔一〕

句芒司春懦不職〔二〕，縱使玄冥氣淩轢〔三〕。三冬肅殺歸爾時〔四〕，長物豈容長凜慄〔五〕。北風吹水冰成梁〔六〕，急雷蓋地雲翻墨〔七〕。坐令貧士高掩扃〔八〕，安得重裘代絺綌〔九〕。春泥漫漫薪不屬〔一〇〕，破竈無煙愁四壁。飢吟擁鼻涕流澌〔一一〕，皸指結衣僵欲直〔一二〕。水南水北多高士，去作達官金馬客〔一三〕。朱門碧瓦照通都，恥著麻衣羨狐白〔一四〕。問余何爲不録録〔一五〕，反老抱關守甌石〔一六〕。十日春寒何所覬〔一七〕，坐想朝陽生屋隙。願將挾纊同斯人〔一八〕，杜陵大廈無由得〔一九〕。南榮炙背直萬錢〔二〇〕，燠燠此衣安且吉〔二一〕。

**【箋注】**

〔一〕政和四年（一一一四）初春在太原作。

〔二〕句芒：春神。《禮記·月令》：「孟春之月……其帝大皞，其神句芒。」

〔三〕玄冥：冬神。《禮記·月令》：「孟冬之月……其帝顓頊，其神玄冥。」淩轢：欺壓、干犯。

〔四〕三冬：冬季三月，即冬季。

〔五〕長物：猶「生物」。

〔六〕梁：橋。唐柳宗元《行路難三首》之三：「飛雪斷道冰成梁，侯家熾炭雕玉房。」

〔七〕蘇軾《六月二十七日望湖樓醉書》詩：「黑雲翻墨未遮山，白雨跳珠亂入船。」

〔八〕《後漢書・袁安傳》唐李賢注引《汝南先賢傳》：「時大雪，積地丈餘，洛陽令自出案行，見人家皆除雪出，有乞食者。至袁安門，無有行路，謂安已死，令人除雪。入户，見安僵卧，問：『何以不出？』安曰：『大雪人皆餓，不宜干人。』令以爲賢，舉爲孝廉也。」扃：門户。

〔九〕重裘：皮衣之厚者。絺綌：葛麻之衣。參見《雨後見月》注〔三〕。

〔一〇〕「春風」二句：屬：連，繼。漢武帝《瓠子歌》：「搴長筊兮湛美玉，河伯許兮薪不屬。薪不屬兮衛人罪，燒蕭條兮噫乎何以禦水。」蘇軾《寒食雨二首》之二：「空庖煮寒菜，破灶燒濕葦。」

〔一一〕擁鼻：《世説新語・雅量》「方作洛生詠諷」劉孝標注引宋明帝《文章志》：「（謝）安能作洛下書生詠，而少有鼻疾，語音濁。後名流多斅其詠弗能及，手掩鼻而吟焉。」

〔一二〕唐杜甫《自京赴奉先縣詠懷五百字》：「霜嚴衣帶斷，指直不能結。」皸：皮膚凍裂。

〔一三〕「水南」二句：按此謂熱心名利者衆。唐韓愈《寄盧仝》詩：「水北山人得名聲，去年去作幕下士。水南山人又繼往，鞍馬僕從塞閭里。」金馬客：見《送在庭姪領漕歸蜀》注〔八〕。

〔一四〕《論語・子罕》：「衣敝緼袍，與衣狐貉者立，而不恥者，其由也與？」按此反用其典。麻衣：即布衣，唐宋舉子皆著麻衣。狐白：以狐腋之白毛所爲皮衣，爲君卿士大夫所服。《禮記・玉藻》曰：「士不衣狐白。」

〔一五〕録録：《史記・平原君列傳》：「公等録録，所謂因人成事者也。」唐司馬貞《索隱》：「録録，隨從之貌也。」此言吾何不隨「水南水北」之士，求功名於朱門耶？

〔一六〕抱關：見《次韻孫海若見贈》之一注〔二〕。
〔一七〕覬：希冀、希圖。
〔一八〕挾纊：見《送在庭姪領漕歸蜀》注〔二〇〕。
〔一九〕杜甫《茅屋爲秋風所破歌》：「安得廣廈千萬間，大庇天下寒士俱歡顔。」
〔二〇〕南榮：房屋南簷。漢司馬相如《上林賦》：「偓佺之倫，暴於南榮。」唐司馬貞《索隱》引應劭曰：「南榮，屋簷兩頭如翼也。」炙背：見《次韻叔父小雪二首》之二注〔二〕。
〔二一〕《詩·唐風·無衣》：「豈曰無衣七兮？不如子之衣，安且吉兮！豈曰無衣六兮？不如子之衣，安且燠兮！」燠燠：煖和貌。

## 劉晦叔挽詞二首〔一〕

### 一

蚤歲聲名聳搢紳〔二〕，晚途①端合付經綸〔三〕。繡衣曾是先朝舊〔四〕，郎省空驚白髮新〔五〕。不羨得車誇貴仕〔六〕，但令遺愛在斯民〔七〕。德星臨處陰功滿〔八〕，高大門閭畀後人〔九〕。

【校記】

①晚途：祠本作「時逢」。

【箋注】

〔一〕作於政和四年（一一一四）八月。劉晦叔：據宋畢仲游《西臺集·劉公墓誌銘》曰：名昱，葉城人。嘉祐中，以治五經得高第，授真定尉，歷官知縣、知州、知府、吏户兩部員外郎，一生凡二十八仕，五十六年，政無瑕疵。卒於政和四年八月。

〔二〕《劉公墓誌銘》曰：「元豐中，神宗皇帝聞其能，召對，面賜諭甚渥。其後出入内外，與搢紳士大夫游，無不得其心者。」

〔三〕端合：正當。經綸：《易·屯》「君子以經綸」唐孔穎達疏：「經謂經緯，綸謂綱綸。」按此謂經邦濟國之任也。本句言晦叔晚年合當取高位。《墓誌》亦曰：「是宜取大官美禄，以鍾其金玉於家。然官止奉直大夫，任不過發運。」

〔四〕繡衣：《漢書·百官公卿表上》：「侍御史有繡衣直指，出討姦滑，治大獄，武帝所置。不常置。」唐顔師古注：「衣以繡者，尊寵之也。」按：晦叔嘗作大理寺丞，亦管刑獄之事。

〔五〕《文選·張衡〈思玄賦〉》：「尉厖眉而郎潛兮，逮三葉而遘武。」唐李善注引《漢武故事》：「顔駟，不知何許人，漢文帝時爲郎，至武帝時嘗輦過郎署，見駟厖眉皓髮，上問曰：『叟何時爲郎，何其老也？』答曰：『臣文帝時爲郎，文帝好文而臣好武；至景帝好美臣也貌醜；陛下即位，好少而臣已老，是以三歲不遇，故老於郎署。』」

〔六〕《莊子·列禦寇》：「宋人有曹商者，爲宋王使秦。其往也，得車數乘；王説之，益車百乘。反於宋，見莊子曰：『……一悟萬乘之主而從車百乘者，商之所長也。』」

〔七〕遺愛：見《送在庭姪領漕歸蜀》注〔三〕。

〔八〕德星：見《送在庭姪領漕歸蜀》注〔三〕。

〔九〕見《次大人生日》注〔三〕。

## 二

泗濱初獲拜荆州〔一〕，潁水欣從杖屨游〔二〕。華髮歸來慰平昔，邦人共喜見風流。里門尚想諸郎下，韰露俄驚素旐秋〔三〕。清德傳家無所遺，鹿門真爲子孫謀〔四〕。

【箋注】

〔一〕劉晦叔以崇寧中知亳州、應天府，過當於其時識之。拜荆州：指相見。唐李白《與韓荆州書》：「生不用封萬户侯，但願一識韓荆州。」荆州：指韓朝宗。京兆長安人，曾任荆州刺史。其人善識拔人材，樂於引見賢士。《新唐書》有傳。此以荆州指劉晦叔。按李白語出後，人們遂以「識荆」、「拜荆」美稱初次見面、拜見。

〔二〕據《劉公墓誌銘》，崇寧五年，晦叔「居許下，日與許下諸老及賢士大夫以書詩琴弈自娱」。此蓋指其事。杖屨：手杖與鞋子。古禮，五十歲老人可扶杖；又古人入室鞋必脱於户外，爲尊敬長輩，長者可先入室，後脱鞋。《禮記·曲禮上》：「侍坐於君子，君子欠伸，撰杖屨，視日蚤莫，侍坐者請出矣。」漢鄭玄注：「撰猶持也。」唐孔穎達疏：「撰杖屨者，則君子自執杖，在坐著屨。」後遂以「杖屨」尊稱老者，唐杜甫《詠懷》之二：「南爲祝融客，勉强親杖屨，結託老人星，羅浮展衰步。」蘇軾《與劉宜翁書》：「嶠南山水奇絶，多異人神藥，先生不畏嵐瘴，可復談笑一游，則小人當奉杖屨以從矣。」

〔三〕「里門」二句：謂欲執弟子禮而晦叔已逝。薤露：即薤露。崔豹《古今注》「《薤露》，喪歌，言人生如薤上露，易晞滅也。其一章曰：『薤上露，何易晞？露晞明朝還復落，人死一去何時歸。』」（《太平御覽》卷一二）薤，一種植物，又名鴻薈。《後漢書·周舉列傳》：「（梁）商與親暱，酣飲極歡，及酒闌倡罷，繼以《薤露》之歌，坐中聞者，皆爲掩涕。」唐李賢注：「《纂文》曰：《薤露》，今之挽歌也。」旐：引魂幡。秋：《漢書·禮樂志·安世房中歌》之七「飛龍秋，游上天」唐顔師古注引蘇林曰：「秋，飛貌也。」

〔四〕「清德」二句：後漢龐德公隱居不仕，劉表指其妻兒問曰：「先生苦居畎畝而不肯官禄，後世將何以遺子孫乎？」龐公曰：「世人皆遺之以危，今獨遺之以安。雖所遺不同，未爲無所遺也。」遂引妻兒採藥鹿門山而不返。鹿門山：李賢注引《襄陽記》曰：「鹿門山舊名蘇嶺山，襄陽侯習鬱立神祠於山，刻二石鹿，夾神道口，俗因謂之鹿門廟，遂以廟名山也。」地在今湖北襄陽境内。按《劉公墓誌銘》稱其「所居之廬，纔足蔽風雨，而田園卒歲之外，無有餘者」。蓋亦龐公之「遺以安」者也。參見《己卯冬至儋人攜具見飲》注〔二四〕。

## 和任況之詩①〔一〕

簪裳如縲囚，我生三年繫。一落罝網中〔二〕，遂負山林志。憶故晉陽城〔三〕，訪古尋前事。荒涼麋鹿游〔四〕，正坐金湯累〔五〕。西山鬱崢嶸，氣勢翔天際。因知神所託，千歲有其地。綿綿邑姜祠，盛德百世繼〔六〕。汾横地軸壯〔七〕，泉湧山骨碎〔八〕。我時正行役〔九〕，忽此煙雨滯。頗遭谿谷留，便失鄉關異〔一〇〕。是時薰風初〔一一〕，殿閣微涼至。碧井照眼寒，山光濕衣翠。文魴縱弱浪〔一二〕，野鶴下晚吹。平生謝公心，雅在東山醉〔一三〕。端來乞五斗，兹事復且置。恓恓百僚末〔一四〕，舉首觸嗔忌。早知折腰惡，誰敢朱雲吏〔一五〕。願君志吾言，身外皆漚寄〔一六〕。臨淵休羨魚〔一七〕，早決歸來意。榮枯夢已破，何待邯鄲記〔一八〕。

**【校記】**

①此詩見舊本，原題無「之」字。考蘇過在太原累與任況之唱和，當有「之」字，今補。

**【箋注】**

〔一〕作於政和四年（一一一四）十月至五年冬之間。詩曰「我生三年繫」、「憶故晉陽城」，知時在蘇過爲官太原三年後。又曰：「恓恓百僚末，舉首觸嗔忌。蚤知折腰惡，誰敢朱雲吏。」正是其初仕不得志之精神寫照，而與《宋史》本傳所謂初監太原府税，「以法令罷」者合。蘇過以政和二年六月出監太原府稅，四年十月仍在太原（詳前開化寺題詩），又於五年冬奉敕知鄜城縣（見過所作《鄜城縣遷土地祭文》）。然則，蘇過之罷任在四年十月及五年冬之間，此詩亦當作於其時，正與「三年繫」云者相契。

〔二〕罝網：罝爲捕兔之網（見《詩·周南·兔罝》「肅肅兔罝」《毛傳》）。網爲捕鳥之具，此泛指網羅。

〔三〕晉陽：古唐國地，春秋時晉邑。在宋爲太原府治所在地，即今山西太原。

〔四〕《史記·淮南王列傳》伍被曰：「臣聞子胥諫吴王，吴王不用，乃曰：『臣今見麋鹿游姑蘇之臺也。』」

〔五〕金湯：《漢書·蒯通傳》：「必將嬰城固守，皆爲金城湯池，不可攻也。」唐顔師古注：「金以喻堅，湯喻沸熱不可近。」坐：因。

〔六〕「西山」以下六句：西山，此謂太原西南懸甕山，其地有晉祠，始建於北魏，所祠乃周武王次子叔虞，即晉國始封之君。至北宋天聖間，復於祠内修聖母殿以祠叔虞之母邑姜，即詩之所謂邑姜祠者是也。今猶存（參閱嘉靖《太原縣志》卷一）。

〔七〕汾：即汾水，其流横貫太原。地軸：古代傳説中大地的軸。晉張華《博物志》卷一：「地有三千六百軸，犬牙相舉。」唐黄滔《融結爲河嶽賦》：「鼇負龍擎，文籍其陽九陰六；共觸愚移，傾缺其天樞地軸。」

〔八〕泉：謂晉水之源也，在懸甕山下。山骨：山中岩石。蘇軾《棲賢三峽橋》：「清寒入山骨，草木盡堅瘦。」

〔九〕行役：因公在外跋涉。《詩・魏風・陟岵》：「嗟！予子行役，夙夜無已。」

〔一〇〕鄉關：故鄉。《陳書・徐陵傳》：「蕭軒靡御，王舫誰持？瞻望鄉關，何心天地？」

〔一一〕「是時」二句：《唐文宗柳公權夏日聯句》：「人皆苦炎熱，我愛夏日長。薰風自南來，殿閣生微涼。」薰風：《吕氏春秋・有始》曰：「東南曰薰風。」即和風，初夏東南之風也。

〔一二〕文魴：猶言錦鱗。晉陶淵明《游斜川》詩：「弱湍馳文魴，閑谷矯鳴鷗。」三國吴陸璣《毛詩草木鳥獸蟲魚疏》：「魴……廣而薄，肥恬而少力，細鱗，魚之美者。又名鯿。」

〔一三〕「平生」二句：謝公：謂謝安，其志在隱居東山。參見《叔父生日》（重耳飄流十九年）注〔九〕。

〔一四〕恓恓：惶惶不安；凄涼。漢王充《論衡・指瑞》：「聖人恓恓憂世，鳳皇、騏驎亦宜率教。」唐李白《猛虎行》：「賢哲恓恓古如此，今時亦棄青雲士。」宋秦觀《調笑令・樂昌公主》：「金陵往昔帝王州，樂昌主第最風流。一朝隋兵到江上，共抱恓恓去國愁。」

〔一五〕朱雲：漢魯人，字游，博學能文，以直諫著稱。《漢書》本傳有云：雲既劾張禹，不復仕，「薛宣爲丞相，雲往見之。宣備賓主禮，因留雲宿，從容謂雲曰：『在田野亡事，且留我東閣，可以觀四方奇士。』雲曰：『小生乃欲相吏邪？』宣不敢復言。」

〔一六〕漚寄：見《用伯充韻贈孫志舉》注〔八〕。

〔一七〕見《次韻承之乞魚於保德》注〔四〕。

〔一八〕邯鄲記：見《大人生日》（未試陵雲白日仙）注〔五〕。

# 送粹公保德通守還朝〔一〕

與君相見古并門〔二〕，眉目炯炯清而温〔三〕。天涯流落十年事〔四〕，但指白髮俱忘言。當時射策探月窟〔五〕，想騎八駿超崑崙〔六〕。我時蹇步謾追逐〔七〕，一蹶不復驂車輪〔八〕。豈期末路肯相顧，漂母頗亦哀王孫〔九〕。青衫塵土百僚底〔一〇〕，忍飢不解安田園〔一一〕。壯心消盡憂患在，乞憐何異在丘墦〔一二〕。君才雅爲清廟器〔一三〕，未肯碌碌爭乘軒〔一四〕。聊從州縣事下考〔一五〕，要爲慈母時平反〔一六〕。吾庸多矣願自愛〔一七〕，捨魚不取從熊蹯〔一八〕。

**【箋注】**

〔一〕按王粹公還朝，趙承之亦有送詩，是詩當在張幾仲還朝，幕府例罷之前。王粹公：見《次韻趙承之寄保德倅王粹公》注〔一〕。通守：即通判。

〔二〕并門：太原爲古并州所在，其地兩山相並，汾水貫其間，故稱并州（漢應劭説）；以其形似門闕，又謂之並門。

〔三〕蘇軾《衆妙堂》詩：「道人晨起開東軒，趺坐一醉扶桑暾。餘光照我玻璃盆，倒射窗几清而温。」

〔四〕指隨父貶逐事。蘇軾《寓居定惠院之東雜花滿山有海棠一株土人不知貴也》詩：「天涯流落俱可念，爲飲一樽歌此曲。」

〔五〕射策：《漢書·蕭望之傳》：「仲翁至光禄大夫，給事中望之以射策甲科爲郎。」唐顔師古注：「射策者，謂爲難問疑義，書之於策，量其大小署爲甲乙之科，列而置之，不使彰顯。有欲射者，隨其所取得而釋之，以知優劣。射之，言投射也。」此指元祐六年（一〇九一）蘇過與王粹公、趙承之同舉進士科，《宋史·蘇過傳》曰：「過年十九，以詩賦解兩浙路，禮部試下。」而王與趙皆中舉。探月窟：猶云「折桂」。《晉書·郤詵傳》謂詵舉賢良對策列最優，自謂「桂林之一枝，崑山之片玉」。後以「折桂」喻登科。按相傳月中有大桂樹，故此以「探月窟」以代「折桂」。

〔六〕見《次韻趙承之數詩》注〔一〇〕。

〔七〕蹇：跛也。

〔八〕驂車輪：漢賈誼《弔屈原賦》：「騰駕罷牛，驂蹇驢兮。驥垂兩耳，服鹽車兮。」驂：駕車位於兩旁之馬曰驂。按此暗喻進士下第事。

〔九〕《史記·淮陰侯列傳》：「（韓）信釣於城下，諸母漂，有一母見信飢，飯信，竟漂數十日。信喜，謂漂母曰：『吾必有以重報母。』母怒曰：『大丈夫不能自食，吾哀王孫而進食，豈望報乎！』」漂母：南朝宋裴駰《集解》：「以水擊絮爲漂，故曰漂母。」王孫：《集解》引蘇林曰：「如言公子也。」又唐司馬貞《索隱》引劉德曰：「秦末多失國，言王孫公子，尊之也。」按蘇過借用此典言王粹公同情提攜自己。

〔一〇〕杜甫《寄狄明府博濟》：「有才無命百寮底，今者兄弟一百人。」蘇軾《次前韻送程六表弟》：「青衫莫厭百僚底，白首上有千薪積。」青衫：見《送伯達兄赴嘉禾》注〔一二〕。百僚底：見《送張倅彥政赴闕》注〔四〕。

〔一一〕解：能。

〔一二〕《孟子·離婁下》：「齊人有一妻一妾而處室者，其良人出，則必饜酒肉而後反。其妻問所與飲食者，則盡富貴也。……蚤起，施從良人之所之，徧國中無與立談者，卒之東郭墦間，之祭者，乞其餘；不足，又顧而之他。此其爲饜足之道也。」丘墦：墳墓。

〔一三〕見《次韻謝民師》注〔二七〕。

〔一四〕乘軒：乘坐大夫的車子。車有藩者曰軒。《左傳》閔公二年：「衛懿公好鶴，鶴有乘軒者。」晉杜預注：「軒，大夫車。」後用以指做官。漢劉向《説苑·善説》：「前雖有乘軒之賞，未爲之動也。」蘇軾《次韻子由述懷四絶》之三：「兩鶴摧頹病不言，年來相繼亦乘軒。」

〔一五〕下考：見《送伯達兄赴嘉禾》注〔二一〕。

〔一六〕見《愛人堂爲李幾仲賦》注〔二一〕。

〔一七〕見《大人生日》（天爵名高實）注〔一一〕。

〔一八〕見《送在庭姪領漕歸蜀》注〔一八〕。

張幾仲召還朝其幕府趙承之送行至漳水用杜子美詩爲韻作詩十篇既還孫志康亦取其韻追送過方官并門因幾仲之來遂得諸公相遇今幕府例罷不能無離索之意故亦用此韻以見意〔一〕

一

元戎度量大，六二坤直方〔二〕。好士常仄席〔三〕，疾惡如探湯〔四〕。威名在夷虜，功烈紀太常〔五〕。臧孫自有後，何必諫如棠〔六〕。

【箋注】

〔一〕政和四年（一一一四）在太原作。張幾仲：見《次韻承之紫巖長句》注〔九〕。幕府：見同上注〔一〇〕。漳水：漳河之一源，在太原南，即今之濁漳水。杜子美詩：即杜甫《奉贈韋左丞丈二十二韻》「常擬報一飯，況懷辭大臣」，十詩即依次用此十字爲韻。并門：見《送粹公保德通守還朝》注〔二〕。離索：即離群索居。《禮記·檀弓上》：「子夏投其杖而拜，曰：『吾過矣，吾過矣！吾離群而索居，亦已久矣。』」漢鄭玄注：「群謂同門朋友也。索猶散也。」

〔二〕直方：公正端方。《易·坤》六二：「直方大，不習無不利。」按此言幾仲耿直方正也。

〔三〕仄席：仄通「側」。《後漢書·章帝本紀》：「朕思遲直士，側席異聞。」唐李賢注：「側席謂不正坐，所以待賢良也。」

〔四〕探湯：探視沸水。形容戒懼。語出《論語·季氏》：「見善如不及，見不善如探湯。」

〔五〕太常：王旗之畫有日月者。《周禮·夏官·小司馬》：「凡有功者，銘書於王之大（通太）常。」

〔六〕「臧孫」二句：謂幾仲立功邊陲，亦爲不朽，子孫當因而榮焉，其功自不亞「諫如棠」也。諫如棠：《左傳·隱公五年》載：魯隱公「將如棠觀魚」，臧僖伯（臧孫達之父）力諫，公不聽，「僖伯稱疾不從」。參見《用伯充韻贈孫志舉》注〔一六〕。

二

承明用儒將，那知有程李〔一〕。坐制犬羊群，泥封一丸耳〔二〕。平生晉公子，從者皆國士〔三〕。誰爲彀中游〔四〕，狐趙何難擬〔五〕。

【箋注】

〔一〕「承明」二句：承明：謂京師、禁宮。參見《和大人游羅浮山》注〔五〕。程李：程不識、李廣，皆漢時名將。李廣：見前《次韻謝民師》注〔一〇〕。程不識：文帝時爲邊郡太守，與李廣同禦匈奴，廣治軍簡易，不識治軍嚴明，而均未有失。二人又嘗同爲東西宫衛尉。其事跡附見《史記》、《漢書·李廣傳》。用儒將：宋制，爲懲唐五代藩鎮割據之弊，收武將兵權，以文人監軍（見《宋史·職官志七》）。

〔二〕「坐制」二句：皆謂其事易爲，其功易立也。晉庾闡《爲郗鑒作檄李勢文》：「而使二巴之民制於犬羊之群，元元之命懸於豺狼之口。」一丸：《後漢書・隗囂列傳》隗囂將王元説囂曰：「元請以一丸泥爲大王東封函谷關。」

〔三〕「平生」二句：晉公子：春秋時晉國公子重耳。史載：晉重耳出亡，「從者狐偃、趙衰、顛頡、魏武子、司空季子」，過曹，曹僖負羈之妻謂曰：「吾觀晉公子之從者，皆足以相國。」是國士之謂也（見《左傳・僖公二十三年》）。此喻張幾仲及其幕僚。參《叔父生日》之一注〔二〕。

〔四〕《莊子・德充符》：「游於羿之彀中。」晉郭象注：「弓矢所及爲彀中。夫利害相攻，則天下皆羿也。自不遺身忘知與物同波者，皆游於羿之彀中耳。」唐陸德明《釋文》：「游於羿之彀中，觸處皆危機也。」

〔五〕狐趙：狐偃、趙衰。偃，字子犯，重耳舅氏；衰，字子餘。二人從重耳亡十九年，最有功，爲文公心腹，佐文公霸（見《史記・晉世家》）。按：此云若狐趙之建功而爲腹心，非不能也，是不爲也。

三

聞公卜菟裘〔一〕，欲訪有魚稻〔二〕。綵衣歸林下〔三〕，池塘共春草〔四〕。賢者享三樂〔五〕，世俗未易道。但恐東山心〔六〕，上意還不報〔七〕。

【箋注】

〔一〕見《冬夜懷諸兄弟》注〔一一〕。

〔二〕有魚稻：猶言魚米之鄉。

〔三〕謂歸隱侍親。綵衣：謂綵衣娱親。見《蜀人宋衍盚孤……》注〔九〕。

〔四〕謂尋兄弟之樂也。參見《送八弟赴官汝南》注〔一五〕。

〔五〕《孟子·盡心上》：「君子有三樂，而王天下不與存焉。父母俱存，兄弟無故，一樂也；仰不愧於天，俯不怍於人，二樂也；得天下英才而教育之，三樂也。」

〔六〕東山心：即歸隱之志。參見《叔父生日》（重耳飄流十九年）注〔九〕。

〔七〕謂恐皇帝不讓張近歸隱。

## 四

我生良多難，已安縣罄室〔一〕。端來强斂板〔二〕，詭詞學造膝〔三〕。枯荄那復春〔四〕，羸兵敢借一〔五〕。振履獨商歌〔六〕，知音賴師乙〔七〕。

【箋注】

〔一〕見《叔父生日》（圖形未肯上陵煙）注〔四〕。

〔二〕斂板：古代官員朝會時皆執手版，端持近身以示恭敬。唐韓翃《送李司直赴江西使幕》詩：「斂版辭漢廷，進帆歸楚幕。」因代指作官，此指監太原税事。

〔三〕造膝：猶促膝。漢蔡邕《司空臨晉侯楊公碑》：「及其所以匡輔本朝，忠言嘉謀，造膝危辭，當事而行。」陸機《涉江》：「悲黨人之造膝，舒幽情其曷訴。」蘇轍《滕達道龍圖挽詞二首》之二：「簡策何人知造膝，邊防觸處竦先聲。」按「造膝」亦美惡不嫌同辭，此言作幕僚參與機密。

〔四〕枯荄：乾枯的草根。《文選·潘岳〈悼亡詩〉》之三：「落葉委埏側，枯荄帶墳隅。」唐李善注引《方言》：「荄，根也。」唐崔損《霜降賦》：「翻繽紛之槁葉，宿蒼莽之枯荄。」蘇軾《冬至日獨游吉祥寺》詩：「井底微陽回未回，蕭蕭寒雨濕枯荄。」

〔五〕羸兵：疲弱的士兵。《三國志·吴志·周魴傳》：「攻城之日，云欲以羸兵填塹。」宋范仲淹《上吕相公書》：「堅城深池之内，自擁其精甲。救危赴難之際，而授以羸兵。」借一：謂孤注一擲。《左傳》成公二年：「請收合餘燼，背城借一。」晉杜預注：「欲於城下，復借一戰。」

〔六〕商歌：悲涼的歌。商聲淒涼悲切，故稱。《淮南子·道應》：「甯戚飯牛車下，望見桓公而悲，擊牛角而疾商歌。桓公聞之，撫其僕之手曰：『異哉，歌者非常人也。』命後車載之。」後以「商歌」比喻自薦求官。三國魏曹植《七啟》：「此甯子商歌之秋，而吕望所以投綸而逝也。」晉陶潛《辛丑歲七月赴假還江陵夜行塗口》詩：「商歌非吾事，依依在耦耕。」唐劉禹錫《罷郡歸洛陽寄友人》詩：「商歌夜深後，聽者竟爲誰。」蘇軾《次韻鄭介夫》之一：「相與齧氈持漢節，何妨振履出商音。」

〔七〕《禮記·樂記下》：子贛見師乙而問焉，曰：「賜聞聲歌，各有宜也。如賜者，宜何歌也？」師乙曰：「……肆直而慈愛者宜歌商。商者，五帝之遺聲也，商人識之，故謂之商。」鄭玄注：「師，樂官也。乙，名。」知音：見《白水巖湯泉》注〔一一〕。

## 五

君從河朔來〔一〕，言尋子桑飯〔二〕。跰𨇤自忘形〔三〕，請交不敢憚。念君青雲士〔四〕，我是江湖散〔五〕。共爲逍遥游〔六〕，未用相推挽〔七〕。

**【箋注】**

〔一〕河朔：泛指黄河以北地區。此指幾仲從高陽移鎮并門事。

〔二〕《莊子·大宗師》：「子輿與子桑友，而霖雨十日。子輿曰：『子桑殆病矣。』裹飯而往食之。」

〔三〕跰𨇤：《莊子·大宗師》：「其心閒而無事，跰𨇤而鑑於井。」唐成玄英疏：「跰，曳疾貌。言曳疾力行。」忘形：忘卻彼我形跡。

〔四〕青雲：見《送在庭姪領漕歸蜀》注〔一三〕。

〔五〕江湖散：江湖散人，放浪江湖之閑人。唐陸龜蒙《散人歌》：「江湖散人天骨奇，短髮搔來蓬半垂。」

〔六〕逍遥游：《莊子·逍遥游》成玄英疏引穆夜云：「逍遥者，蓋是放狂自得之名也。至德内充，無時不適；忘懷應物，何往不通。以斯而游天下，故曰逍遥游。」

〔七〕推挽：引薦，薦舉。唐韓愈《柳子厚墓誌銘》：「既退，又無相知有氣力得位者推挽，故卒死於窮裔。」宋王禹偁《五哀詩·故太子中允知洛陽縣事潁公贊》：「推挽終不起，壯志將焉收。」

## 六

與君期歲寒〔一〕，窮堅老當壯〔二〕。相從茅茨下，不羨淩煙上〔三〕。仲由志亦陋，傷哉身無養〔四〕。豈知衆所憂，簞瓢有佳況〔五〕。

【箋注】

〔一〕歲寒：見《次韻叔父所居六首》之四注〔一一〕。

〔二〕《後漢書·馬援列傳》：「（援）嘗謂賓客曰：『丈夫爲志，窮當益堅，老當益壯。』」

〔三〕淩煙上：見《叔父生日》（圖形未肯上陵煙）注〔一〕。

〔四〕「仲由」二句：《禮記·檀弓上》：「子路曰：『傷哉貧也。生無以爲養，死無以爲禮也。』」仲由：即子路，春秋卞（治今山東泗水縣東）人，一字季路。孔子弟子，仕衛，爲衛大夫孔悝邑宰，衛亂，被殺。事見《史記·仲尼弟子列傳》。

〔五〕簞瓢：見《贈王子直》注〔一五〕。

## 七

三十從公歸〔一〕，浩然志已諧。嗟余哭窮途〔二〕，命也與時乖〔三〕。落日慘關樹〔四〕，淒風生庭槐〔五〕。杖藜空徙倚〔六〕，抱此難吐懷。

【箋注】

〔一〕三士：謂趙承之、孫志康、梁與可。

〔二〕哭窮途：見《次韻謝民師》注〔一七〕。

〔三〕南朝梁徐陵《勸進梁元帝表》：「但輕生不造，命與時乖。」

〔四〕唐錢起《送張管書記》詩：「日寒關樹外，峰盡塞雲西。」

〔五〕唐張説《戲草樹》詩：「微霜拂宫桂，淒吹掃庭槐。」

〔六〕徙倚：留連徘徊。屈原《遠游》：「步徙倚而遥思兮，怊惝怳而乖懷。」

八

士貴得所託，結根悲兔絲〔一〕。長松在萬仞，豈爲寒暑移〔二〕。道義倘可棄，投歸吾不辭〔三〕。區區寡所合，知我殆非私〔四〕。

【箋注】

〔一〕兔絲：見《和叔寬贈李方叔》注〔七〕。

〔二〕「長松」二句：謂高松紮根於萬仞高山，不爲寒暑而有所改移。此以「長松」喻士之氣節，並以自況。

〔三〕投歸：謂投笏歸隱。
〔四〕「區區」二句：言己耿介不容於人，知我者則明吾亦非偏狹之人。

九

我營溴水居〔一〕，晏子近市隘〔二〕。聞公欲卜鄰，會築于門大〔三〕。暫爲蒼生留，行作歸途戒。從此敢言交，紵衣仍縞帶〔四〕。

【箋注】

〔一〕溴水居：指卜居潁昌事。溴水：見《送仲南兄赴水南倉》注〔一九〕。
〔二〕謂己宅如晏子之居。《左傳・昭公三年》：「（齊）景公欲更晏子之宅，曰：『子之宅近市，湫隘囂塵，不可以居。』」晏子：名嬰，字平仲，春秋齊夷維人，爲齊景公相，以節儉力行，名顯諸侯。《史記》有傳。
〔三〕會：當也。于門大：見《次大人生日》注〔三〕。
〔四〕《左傳・襄公二十九年》：「（吴公子札）聘於鄭，見子產，如舊相識。與之縞帶。子產獻紵衣焉。」晉杜預注：「吴地貴縞，鄭地貴紵，故各獻己所貴。」

十

并門逢惡歲〔一〕，寂寞如在陳〔二〕。況我官獨冷，對客寒無茵〔三〕。謀生求二頃〔四〕，蓽門安賤貧。明時非自棄〔五〕，願作畎畝臣。幾仲方卜居潁昌，約爲閭里相從之好。

【箋注】

〔一〕并門：見《送粹公保德通守還朝》注〔二〕。

〔二〕在陳：見《冬夜懷諸兄弟》注〔一七〕。

〔三〕「況我」二句：唐杜甫《醉時歌》：「諸公衮衮登臺省，廣文先生官獨冷。」參見《地鑪歌寄伯仲》注〔五〕。寒無茵：言其貧苦。《晉書·隱逸傳·楊軻》：「軻視而不言，了無懼色。常臥土牀，覆以布被，裸寢其中，下無茵褥。」

〔四〕《史記·蘇秦列傳》：「且使我有雒陽負郭田二頃，吾豈能佩六國相印乎！」蘇軾《送喬施州》詩：「恨無負郭田二頃，空有載行書五車。」按此反用其典，言自己已無大志，求田問舍而已。

〔五〕「明時」二句：謂無心求仕，願躬耕隴畝。《新唐書·文藝傳·孟浩然傳》：「帝問其詩，浩然再拜，自誦所爲，至『不才明主棄』之句。帝曰：『卿不求仕，而朕未嘗棄卿，奈何誣我。』因放還。」

## 送①趙承之官滿還朝〔一〕

先君昔論交，士爲天下取。同升顧周行〔二〕，歲晚逢吏部〔三〕。俱懷丘明恥〔四〕，共棄夫子惡〔五〕。君方汗血駒〔六〕，早就淩雲賦〔七〕。千里不難到，乃願伯樂顧〔八〕。懷謁來中山〔九〕，自許相如慕〔一〇〕。荆州一得見，意已輕萬户〔一一〕。我時望膺門〔一二〕，通家愧文舉〔一三〕。顧兹豪傑人，驥尾失早附〔一四〕。蹉跎二十年〔一五〕，塵滿并州路〔一六〕。班荆話疇昔〔一七〕，墮淚髮垂素。中郎真有子〔一八〕，盡以功名付。文章蓋餘事〔一九〕，剛茹柔不吐〔二〇〕。聊從兩油幕〔二一〕，謾借將軍筯〔二二〕。笑談出羽檄〔二三〕，横槊縱奇句〔二四〕。吾聞明天子，赫赫長治具〔二五〕。網羅到巖穴〔二六〕，況子籍甚譽〔二七〕。鐫功燕然山〔二八〕，行有千載遇〔二九〕。豈宜山谷中，尚使騏驥騖〔三〇〕。請緩三徑歸〔三一〕，執筆太史柱〔三二〕。

**【校記】**

①送：舊本作「又送」。

**【箋注】**

〔一〕政和四年（一一一四）在太原作。

〔二〕同升：共同升遷。周行：《詩·周南·葛覃》：「嗟我懷人，寘彼周行。」毛傳：「行，列也。思君子官賢人置周之列位。」鄭箋：「周之列位謂朝廷臣也。」

〔三〕此用賈島故事。《新唐書·韓愈傳》附《賈島》：「島字浪仙，范陽人，初爲浮屠，名無本，來東都時，洛陽令禁僧午後不得出，島爲詩自傷。愈憐之，因教其爲文，遂去浮屠舉進士。」按韓愈曾官吏部侍郎，故云。

〔四〕《論語·公冶長》：「子曰：『巧言令色，足恭，左丘明恥之，丘亦恥之。』」丘明即左丘明，春秋魯國人，相傳嘗官魯太史，爲《春秋》作傳，成《春秋左氏傳》，省稱《左傳》。

〔五〕《論語·陽貨》："子曰：『巧言令色，鮮矣仁。』子曰：『惡紫之奪朱也，惡鄭聲之亂雅樂也，惡利口之覆邦家者。』"又："子貢曰：『君子亦有惡乎？』子曰：『有惡：惡稱人之惡者，惡居下流而訕上者，惡勇而無禮者，惡果敢而窒者。』"

〔六〕汗血駒：良馬。《漢書·武帝紀》："四年春，貳師將軍（李）廣利斬大宛王首，獲汗血馬來。"唐顔師古注引應劭曰："大宛舊有天馬種，蹋石汗血。汗從前肩髆出，如血。號一日千里。"

〔七〕見《大人生日》（未試陵雲白日仙）注〔二〕。

〔八〕晉孔衍《春秋後語》："蘇代欲見齊王，王不見，代説淳于髡曰：『人有賣駿馬者，三立於市，人莫與言，及見伯樂，還而視之，去而顧之，一旦價增十倍，足下有意爲臣伯樂乎？』"

〔九〕謂承之自中山來太原。中山：本定州，政和三年升爲府，改賜郡名曰中山（治今河北定州）（見《宋史·地理志二》）。趙承之元符中曾爲定州帥路賢文府幕。見《竹隱畸士集·路賢文送行詩序》。謁：名刺、名帖。

〔一〇〕相如慕：《史記·司馬相如列傳》："少時好讀書，學擊劍，故其親名之曰犬子。相如既學，慕藺相如之爲人，更名相如。"

〔一一〕"荆州"二句：見《劉晦叔挽詞》之二注〔一〕。

〔一二〕膺門：《後漢書·李膺列傳》："是時朝廷日亂，綱紀頽阤，膺獨持風裁，以聲名自高，士有被其容接者，名爲登龍門。"李膺（一一〇—一六九），潁川襄城（治在今河南）人。初舉孝廉，桓帝時累官至司隸校尉，法不避貴，朝野憚之。旋爲宦官誣免。靈帝立，起爲長樂少府，以謀誅宦官不成遇害。《後漢書》有傳。

〔一三〕見《送張倅彦政赴闕》注〔八〕。

〔一四〕《史記·伯夷列傳》：「顔淵雖篤學，附驥尾而行益顯。」唐司馬貞《索隱》：「蒼蠅附驥尾而致千里，以譬顔回因孔子而名彰也。」

〔一五〕過自紹聖元年（一〇九四）隨父南遷，歷盡艱辛，至此已二十年矣。

〔一六〕謂强顔從仕太原，灰塵滿面，辛苦至極。

〔一七〕班荆：《左傳·襄公二十六年》：「伍舉奔鄭，將遂奔晉；聲子將如晉，遇之於鄭郊，班荆相與食，而言復故。」晉杜預注：「班，布也。布荆坐地。」此謂朋友患難而相爲慰藉也。

〔一八〕中郎：謂後漢蔡邕（一三二—一九二）。陳留（在今河南開封）人，字伯喈。靈帝時拜郎中，與楊賜等奏定《六經》文字，立碑太學門外。後以事免官。董卓擅權，强徵邕爲祭酒，累遷中郎將。卓敗，以黨卓死獄中。邕少博學，才藝冠絶當世，時人傷其無子。邕多著述，盡毁兵燹，後賴女琰誦憶而書四百餘篇，故韓退之嘗有詩云「中郎有女能傳業」。《後漢書》有傳。

〔一九〕蘇軾《送歐陽推官赴華州監酒》詩：「文章乃餘事，學道探玄窟。」

〔二〇〕《詩·大雅·烝民》：「維仲山甫，柔亦不茹，剛亦不吐。」唐孔穎達疏：「人之恒性，莫不柔濡者則茹食之，堅剛者則吐出之。喻見前敵寡弱者則侵侮之，彊盛者則避畏之。言凡人之性莫不皆爾，維有仲山甫則不然，雖柔亦不茹，雖剛亦不吐。」按此以仲山甫而比况趙承之。

〔二一〕兩油幕：謂兩爲幕僚。油幕：即帳幕，蓋帳幕須以油塗之，故以「油幕」代幕僚。唐劉禹錫《覽董評事思歸之計因以詩贈》：「幾年油幕佐征東，卻泛滄浪狎釣童。」

〔二二〕《史記·留侯世家》：「臣請藉前箸（同筯）爲大王籌之。」按此言畫策。

〔二三〕羽檄：見《和叔寬田園六首》之五注〔七〕。

〔二四〕《舊唐書·杜甫傳》：「曹氏父子鞍馬間爲文，往往横槊賦詩。」蘇軾《前赤壁賦》：「釃酒臨江，横槊賦詩，固一世之雄也。」

〔二五〕赫赫：顯赫盛大貌。《詩·大雅·常武》：「赫赫明明，王命卿士。」治具：治國的措施。語本《莊子·天道》：「驟而語形名賞罰，此有知治之具，非知治之道。」韓愈《進學解》：「方今聖賢相逢，治具畢張，拔去兇邪，登崇畯良。」

〔二六〕巖穴：謂巖穴之士。《後漢書·章帝紀》五年下詔求直言切諫之士云：「其以巖穴爲先，勿取浮華。」

〔二七〕籍甚譽：即「譽籍甚」，籍甚爲盛大、衆多之意。此言承之享有美譽。

〔二八〕見《和大人游羅浮山》注〔一八〕。

〔二九〕袁宏《三國名臣序贊》：「千載一遇，賢智之嘉會。」

〔三〇〕騏驥：千里馬。《莊子·秋水》：「騏驥驊騮，一日而馳千里。」

〔三一〕三徑：見《和叔寬贈李方叔》注〔八〕。

〔三二〕太史柱：見《謝公定以所藏文與可詩示其孫驥驥有詩次韻》注〔一〇〕。據此，知趙承之還朝，乃直史館也。

## 次韻孫志康書事〔一〕

午枕睡方濃，雷車殷地雄〔二〕。彈丸屋瓦墜〔三〕，雲散馬牛風〔四〕。神物聊相戲，驚心未解空〔五〕。似催詩句急〔六〕，添得錦囊豐〔七〕。

【箋注】

〔一〕在太原作。

〔二〕雷車：舊題晉陶潛《搜神後記》卷五有云：義興人周某路宿一女家，「向一更中，聞外有小兒喚阿香聲，女應諾。尋云：『官喚汝推雷車。』女乃辭行，云：『今有事當去。』遂大雷雨。」殷地雄：《詩·召南·殷其靁》：「殷其靁，在南山之陽。」毛傳：「殷，靁聲也。」靁：同「雷」。

〔三〕彈丸：指雨點之大且猛。

〔四〕馬牛風：《左傳·僖公四年》：「唯是風馬牛不相及也。」唐孔穎達疏引服虔曰：「風，放也，牝牡相誘謂之風。」

〔五〕解空：佛家語。悟解諸法之空相也。

〔六〕唐杜甫《陪諸貴公子丈八溝攜妓納涼晚際遇雨》詩：「片雲頭上黑，應是雨催詩。」

〔七〕見《和吕居仁宿盤溪》注〔一三〕。

## 次韻孫志康喜賈子莊還任〔一〕

君王物物與恩均〔二〕，令尹還須畏吏民〔三〕。投劾賦歸無二頃〔四〕，上書遮闕有千人〔五〕。朝陽升處幽陰破，暖律回時草木春〔六〕。看取子文無喜愠〔七〕，從來冰鑑恃堯仁〔八〕。

**【箋注】**

〔一〕在太原作。賈子莊：見《子莊約況之游西溪》注〔一〕。子莊似爲人劾罷，至此乃得平反還任。過詩戲之。

〔二〕物物：各物。《左傳·昭公二十九年》：「夫物物有其官，官脩其方，朝夕思之，一日失職，則死及之。」

〔三〕令尹：指春秋楚令尹囊瓦。囊瓦字子常，仕平王爲令尹，平王卒，立昭王。其人素貪，嘗索蔡唐二君之物，怒二君。後二君從吴伐楚，囊瓦三戰不克，奔鄭。畏吏民：《左傳》昭公二十八年載，子常信費無極之讒而殺郤宛，「楚郤宛之難，進胙者莫不謗令尹，沈尹戌言於子常曰：『……知者除讒以自安也，今子愛讒以自危也，甚矣其惑也。』子常曰：『是瓦之罪，敢不良圖？』九月己未，子常殺費無極與鄢將師，盡滅其族以説於國，謗言乃止。」此言賈子莊爲屬下所劾也。令尹：見

《子莊約況之游西溪》注〔五〕。

〔四〕投劾：呈遞彈劾自己的狀文。古代棄官的一種方式。《東觀漢記·崔篆傳》：「『吾聞伐國不問仁人，戰陣不訪儒士，此舉奚至哉？』遂投劾歸。」《後漢書·周燮黄憲等傳序》：「（仲叔）遂辭出，投劾而去。」唐李賢注：「自投其劾狀而去也。」蘇軾《自金山放船至焦山》詩：「行當投劾謝簪組，爲我佳處留茅庵。」賦歸：《論語·公冶長》：「子在陳曰：『歸與，歸與！』」後因以「賦歸」表示告歸，辭官歸里。二頃：見《張幾仲召還朝……》其十之〔四〕。

〔五〕唐肅宗時，嚴郢「繫金吾。長安中日數千人遮建福門訟郢冤，帝微知之，削兼御史中丞」。事見《新唐書·嚴郢傳》。

〔六〕「朝陽」二句：謂子莊終得平反。蘇轍《次韻子瞻十一月旦日鎖院賜酒及燭》：「光明坐覺幽陰破，温暖深知覆育長。」暖律：古人以時令合樂律。暖律指温暖之節候。唐羅隱《歲除夜》詩：「嚴寒思暖律，畏老惜殘更。」

〔七〕見《大人生日》（七年野鶴困鷄群）注〔六〕。

〔八〕此句恭維皇帝明察秋毫。冰鑑：以冰爲鑑，喻洞察事理。南朝梁江淹《謝開府辟召表》：「臣謬贊國機，職宜冰鑑。」蘇轍《謝太中大夫門下侍郎表二首》之一：「臣每因雙日獲覿清光，嘗恐病窳不中於規模，固陋難逃於冰鑑。」堯仁：《史記·五帝本紀》：「帝堯者放勳。其仁如天，其知如神。」後以「堯仁」恭維皇帝像堯那樣仁愛。宋楊億《皇帝御樓奏隆安之曲》：「玉帛臻禹會，動植霑堯仁。」

# 送孫志康〔一〕

季孫愛我如美疢，孟孫惡我如藥石〔二〕。平生願得逢若士，庶幾愛我非姑息。先生少抱王佐才，早以聲名馳上國〔三〕。白頭猶著從事衫〔四〕，正坐不爲俗子屈〔五〕。剛風由來有家學〔六〕，不信直前能缺折。世無子期誰賞音，伯牙太息弦應絶〔七〕。晚從南陽客塞上〔八〕，豈爲文章工草檄〔九〕。厭聞可否梁丘據〔一〇〕，磨礪正須煩子革〔一一〕。先生恃此雖暫合，鴻鵠要是雲間翮。夜光明月遭按劍〔一二〕，未肯碌碌同沙礫。翻然賦歸一何速，越吟久自同莊舄〔一三〕。世間軒冕豈不欲，鑿枘兩窮安所得〔一四〕。不如乞身向嵩少〔一五〕，問舍求田乃良策。祖生從此須著鞭〔一六〕，我當繼蠟登山屐〔一七〕。

**【箋注】**

〔一〕政和四年（一一一四）作於太原。蘇過四年冬尚在太原，故得送志康、趙承之、任況之等人。志康秉家傳剛風，懷王佐之才，岐秀士林，名噪宦海。而仕路坎坷，歲月蹉跎。叔黨之戚戚太息，是亦同病相憐也。

〔二〕「季孫」二句：《左傳·襄公二十三年》：「臧孫曰：『季孫之愛我，疾疢也；孟孫之惡我，藥石也。美疢不如惡石，夫石猶生我，疢之美，其毒滋多。』」疢：熱病。

〔三〕「先生」二句：謂志康早年及第，馳名京師。蘇過《孫志康墓銘》曰：「元祐間，先君（軾）知貢舉，志康以薦書來京師，先君得其程文於黜籍中，擢置第六人，廷試復居第六。」王佐才：輔佐帝王創業治國的才能。三國魏曹植《薤露行》：「懷此王佐才，慷慨獨不群。」唐李白《書情贈蔡舍人雄》詩：「夫子王佐才，而今復誰論。」蘇軾《富鄭公神道碑》：「公幼篤學，有大度。范仲淹見而識之曰：『此王佐才也。』懷其文以示王曾、晏殊，殊即以女妻之。」上國：指京師。南朝梁江淹《四時賦》：「憶上國之綺樹，想金陵之蕙枝。」《資治通鑑·唐德宗建中二年》：「今海内無事，自上國來者，皆言天子聰明英武，志欲致太平，深不欲諸侯子孫專地。」胡三省注：「時藩鎮竊據，自比古諸侯，謂京師爲上國。」唐劉長卿《客舍贈别韋九建赴任河南》詩：「頃者游上國，獨能光選曹。」

〔四〕從事：漢制，州刺史之佐吏如别駕、治中、主簿、功曹等，均稱從事史（見《後漢書·百官志四》）。宋以後廢。此指幕職官。

〔五〕坐：因。

〔六〕志康父立節，剛直强勁，蘇軾嘗爲作《剛説》以褒之，云：「孫君介夫諱立節，真可謂剛者也。」又《孫志康墓銘》：「先君嘗作《剛説》一篇，爲介夫而發，歎天下無其人也，介夫流落不遇，至死不悔。志康又不偶於世，抱才無所施，介夫真有子哉！」

〔七〕「世無」二句：見《白水巖湯泉》注〔一一〕。

〔八〕蘇過《孫志康墓銘》：「南陽張公幾仲之帥高陽也，精選幕府士，薦紳間請行者不一，幾仲獨曰：

『……若得斯人，則吾知過。』遂辟與俱往，在高陽八年，賓主無間言，幾仲移并門，又與之同往。」

〔九〕言志康豈僅爲操觚草檄之刀筆文士乎？蓋亦有他焉。

〔一〇〕《左傳·昭公二十年》：「今（梁丘）據不然，君所謂可，據亦曰可；君所謂否，據亦曰否。」梁丘據，春秋齊人，景公嬖大夫。按此與下句均贊志康正直不阿。《孫志康墓銘》云：「過嘗見其端笏以游其庭，軍府之政必可而後有所唯諾，毅然見乎色，幾仲爲改容更張之，所輔益不可勝記。」

〔一一〕《左傳·昭公十二年》：「子革曰：『摩厲（通磨礪）以須，王出，吾刃將斬矣。』」晉杜預注：「以己喻鋒刃，欲自摩厲以斬王之淫慝。」子革：本鄭穆公子，名然，字子革。奔楚爲令尹。

〔一二〕見《次韻謝民師》注〔三一〕。

〔一三〕見《送伯達兄赴嘉禾》注〔一四〕。

〔一四〕「世間」二句：宋玉《九辯》：「圜鑿而方枘兮，吾固知其鉏鋙而難入。」枘：榫頭。鑿：孔。

〔一五〕《孫志康墓銘》曰：「公有田在陳，遂爲終焉計。」向嵩少者，蓋泛言歸隱耳。

〔一六〕《晉書·劉琨傳》：「（琨）與范陽祖逖爲友，聞逖被用，與親故書曰：『吾枕戈待旦，志梟逆虜，常恐祖生先吾著鞭。』」祖生：即祖逖（二六六—三二一），晉范陽遒縣（治今河北淶水縣北）人。字士稚，少孤，輕財好俠，慷慨有節操，累遷太子中舍人，豫章王從事中郎。時晉室大亂，逖率部曲百餘家渡江，中流擊楫而誓曰：「祖逖不能清中原而復濟者，有如大江。」元帝時爲豫州刺史，自募軍，復黄河以南地。後朝廷疑其有異志，稍奪其權，憂憤而死。《晉書》有傳。

〔一七〕見《送仲南兄赴水南倉》注〔一五〕及《予寓洛陽寶壇》注〔一四〕。

## 餞任況之〔一〕

我如支離人〔二〕，自負百鈞趨〔三〕。羊腸路九折〔四〕，傴僂纔半途。道逢任夫子，忽焉巾柴車〔五〕。問君當何之，駕言返舊廬。息肩子有日〔六〕，我愧今不如。嗟哉妻孥累，口腹亦見驅〔七〕。一墮世網中，局促轅下駒〔八〕。秋風送鴻鵠，萬里翔天衢〔九〕。蓬瀛豈難到，定笑山澤癯〔一〇〕。那知羈旅懷，扁舟夢江湖〔一一〕。行當投劾去〔一二〕，暮景收桑榆〔一三〕。願回結駟駕，時過原生居〔一四〕。

**【箋注】**

〔一〕作於政和四年（一一一四）。仕宦下走，豈遂青雲之志？羨友歸去，一吐鬱鬱之懷。

〔二〕《莊子·人間世》：「支離疏者，頤隱於臍，肩高於頂，會撮指天，五管在上，兩髀爲脇。」謂殘缺而不中用。《文選·謝靈運〈永初三年七月六日之郡初發都〉詩》：「良時不見遺，醜狀不成惡；曰余亦支離，依方早有慕。」唐李善注引《七賢音義》：「形體離，不全正也。」蘇軾《題過所畫枯木竹石》詩：「散木支離得自全，交柯蚴蟉欲相纏。」

〔三〕鈞：《漢書·律曆志》：「三十斤爲鈞。」

〔四〕羊腸：山名。《楚辭·大招》：「西薄羊腸，東窮海只。」宋洪興祖補注：「《戰國策》注云：羊腸，趙險塞名，山形屈辟，狀如羊腸。今在太原晉陽之西北。」按以此暗喻世路艱險。白居易《初入太行路》詩：「馬蹄凍且滑，羊腸不可上。若比世路難，猶自平於掌。」

〔五〕巾柴車：陶淵明《歸去來兮辭》：「或巾柴車，或駕孤舟。」巾：修飾。柴車：簡陋無飾之車。《韓詩外傳》卷十：「駑馬柴車，可得而乘也。」

〔六〕息肩：卸去負擔。《左傳・襄公二年》：「鄭成公疾，子駟請息肩於晉。」晉杜預注：「欲辟楚役，以負擔喻。」

〔七〕「嗟哉」二句：晉陶淵明《歸去來兮辭・序》：「嘗從人事，皆口腹自役。」據晁説之《宋故通直郎眉山蘇叔黨墓誌銘》，蘇過有七子四女，所謂「妻孥累」乃實情。

〔八〕見《送在庭姪領漕歸蜀》注〔一四〕。

〔九〕天衢：天路。指京城街道。大道四通八達曰衢（《爾雅・釋宫》）。

〔一〇〕山澤癯：見《地鑪歌寄伯仲》注〔一三〕。

〔一一〕見《題鬱孤臺》注〔一一〕。

〔一二〕投劾：見《次韻孫志康喜賈子莊還任》注〔四〕。

〔一三〕見《和叔寬贈李方叔》注〔一一〕。

〔一四〕「顧回」二句：見《大人生日》（窮寓三年瘴海濱）注〔四〕。

## 和楊良卿〔一〕

客愁何處不相尋〔二〕，節物年年又見侵〔三〕。不爲黄花思故國〔四〕，羞看白髮負初心〔五〕。臨風有句空悲吒〔六〕，獨酌無人訴淺深〔七〕。卻羨楊卿横槊後〔八〕，從嘲落帽吐衣襟〔九〕。

【箋注】

〔一〕在太原作。楊良卿：事跡不詳，據過與楊唱酬諸篇，楊似爲河東路提舉教閱。

〔二〕客愁：行旅懷鄉的愁思。唐李白《夜泊黄山聞殷十四吴吟》：「半酣更發江海聲，客愁頓向杯中失。」蘇轍《次韻子瞻秋雪見寄二首》之一：「秋氣蕭騷仍見雪，客愁繚繞動縈心。」

〔三〕節物：反映季節變化的風光景物。晉陸機《擬明月何皎皎》：「踟躕感節物，我行永已久。」唐錢起《江陵晦日陪諸官泛舟》詩：「節物堪爲樂，江湖有主人。舟行深更好，山趣久彌新。」宋文同《秋興二首》之一：「蕭蕭歲華暮，冉冉節物换。」

〔四〕故國：故鄉。謂並非鄉愁。唐杜甫《秋興八首》之一：「叢菊兩開他日淚，孤舟一繫故園心。」蓋反用杜甫詩意。

〔五〕老來干禄，一反宿志，因而愧焉。

〔六〕悲吒：悲歎；悲憤。《文選·郭璞〈游仙詩〉之五》：「臨川哀年邁，撫心獨悲吒。」唐李善注：「吒，歎聲也。」南朝梁何遜《臨行公車》詩：「念此將如何，撫心獨悲吒。」杜甫《遣興》詩之五：「每望東南雲，令人幾悲吒。」

〔七〕訴淺深：謂無人可訴衷曲。

〔八〕横槊：見《送趙承之官滿還朝》注〔二四〕。

〔九〕從嘲落帽：晉陶淵明《征西大將軍長史孟府君傳》云：晉孟嘉九月九日與桓温等游於龍山，有風吹嘉帽墜於地，嘉不之覺，温令孫盛爲詩以嘲之。嘉不動容，請筆紙作答，了不容思，文辭超卓，四座嗟歎。

## 和良卿病目在告〔一〕

寒月侵窗燭在檠〔二〕，幽人燕坐夢魂清〔三〕。一從拾得空花病〔四〕，十日不聞鼙鼓聲〔五〕。良卿在告，免按教已十日矣〔六〕。

【箋注】

〔一〕在太原作。在告：官吏休假曰「告」，在假日中爲「在告」。

〔二〕檠：燈架。

〔三〕燕坐：閒坐。

〔四〕空花病：眼病。《圓覺經》：「譬彼病目，見空中花及第二月。」佛教又以「空花」指妄念。此語雙關，蓋戲之也。

〔五〕鼙鼓：小鼓和大鼓。古代軍所用，古代樂隊也用。《周禮·春官·鐘師》：「掌鼙鼓縵樂。」

〔六〕按教：提舉教閱，軍事訓練。

## 次韻楊良卿秋雨有感二首〔一〕

### 一

一飽真難得，凶豐特未分。連綿窗外滴，惆悵隴頭耘。雀啅飢謀食〔二〕，鼃鳴夜作群〔三〕。誰能補天漏〔四〕，我欲跨重雲。

【箋注】

〔一〕政和四年（一一一四）作於太原。

〔二〕啅：通「啄」，鳥啄食。

〔三〕鼃：同「蛙」。

〔四〕天漏：極言多雨。唐杜甫《九日寄岑參》詩：「安得誅雲師，疇能補天漏。」

### 二

電驅瓴建屋〔一〕，溪漲浪翻查〔二〕。身作三年客，愁隨萬點鴉〔三〕。家書空繫雁〔四〕，燈信未占花〔五〕。夢裏尋歸計，柴桑似有涯〔六〕。

【箋注】

〔一〕瓴建屋：見《三月十九日同仲豫兄長率崔遐紹趙漢英游朱園放魚》注〔二〕。

〔二〕查：水中浮木、樹杈之類。

〔三〕宋秦觀《滿庭芳》詞：「斜陽外，寒鴉數點，流水繞孤村。」

〔四〕見《送人泛海北歸兼寄諸兄弟》注〔一二〕。

〔五〕言燈火亦未示我以吉兆。古人皆以燈花爲吉。唐杜甫《獨酌成詩》：「燈花何太喜，酒緑正相親。」

〔六〕言歸隱之時可期。柴桑：本縣名，地在今江西九江市西南。陶潛故里在焉。

## 山行次韻楊良卿見寄二首〔一〕

一

山行六日已逃空〔二〕，況入青冥窈窕中〔三〕。欲寫姓名孤絶處，恐君遺恨不吾同〔四〕。

【箋注】

〔一〕在太原作。當與諸和楊良卿篇作於同時。

〔二〕逃空：《莊子·徐無鬼》：「夫逃虚空者，藜藋柱乎鼪鼬之徑，踉位其空，聞人足音跫然而喜矣，又況乎昆弟親戚之謦欬其側者乎！」

〔三〕青冥：形容青蒼幽遠。指青天。《楚辭·九章·悲回風》：「據青冥而攄虹兮，遂儵忽而捫天。」漢王逸《章句》：「上至玄冥，舒光耀也。所至高眇不可逮也。」按此句極言山之高。窈窕：深邃貌。

〔四〕遺恨：遺憾。

二

出谷泉聲已轉雷，忽驚山斷見離堆〔一〕。尋溪便欲挐舟去，留取他時雪夜來〔二〕。

【箋注】

〔一〕離堆：在四川都江堰市。傳爲秦蜀守李冰所鑿，使之與玉壘山斷離以分岷江之水。即今都江堰之寶瓶口。參見《史記·河渠書》「離碓」。此言其山分泉流而似離堆景象。

〔二〕「尋溪」二句：用「訪戴」故事。參見《訪江令德脩置酒泛舟》注〔一六〕。挐：通「拏」，引。

王謹常再和前詩復次其韻〔一〕

一

旅枕何曾睡，恓恓到夜分〔二〕。崎嶇世路走，辛苦夏畦耘〔三〕。老棄林泉樂，來居戎馬

群〔四〕。登高一悲吒〔五〕，杳杳是燕雲。燕山雲中〔六〕

【箋注】

〔一〕政和四年（一一一四）作於太原。王謹常：事跡不詳。

〔二〕恓恓：惶惶不安貌。參《和任況之》注〔一四〕。夜分：夜半。

〔三〕蘇軾《杜介熙熙堂》：「崎嶇世路最先回，窈窕華堂手自開。」夏畦：見《寄題任況之樗翁軒詩》注〔九〕。

〔四〕戎馬：戰馬，太原地當北邊，故云。

〔五〕悲吒：參《和楊良卿》注〔六〕。

〔六〕杳杳：幽遠貌。《楚辭·九章·哀郢》：「堯舜之抗行兮，瞭杳杳而薄天。」宋洪興祖補注：「杳杳，遠貌。」唐柳宗元《早梅》詩：「欲爲萬里贈，杳杳山水隔。」蘇軾《次韻章子厚飛英留題》：「黃公酒肆如重過，杳杳白蘋天盡頭。」燕雲：燕山、雲中。後晉石敬瑭爲做兒皇帝，割燕雲等十六州予契丹（即後之遼國），北宋統一，而燕雲十六州猶未入版圖。其地約當今河北、山西北部地區。參見《宋史·地理志序》。

二

王子可人處〔一〕，壁間留短槎〔二〕。自疑雖刻鵠，初不得黔鴉〔三〕。世味真嚼蠟〔四〕，塵心不染花〔五〕。相逢定相契〔六〕，一笑共生涯。

【箋注】

〔一〕可人：稱人心意。唐韓翃《送客之江陵》詩：「從來此地誇羊酪，自有蓴羹味可人。」蘇軾《劉莘老》詩：「了不見喜愠，子豈真可人。」宋黄庭堅《次韻師厚食蟹》：「趨蹌雖入笑，風味極可人。」

〔二〕短楂：謂所畫枯木楂枒之類。北周庾信《枯樹賦》：「森梢百頃，楂枒千年。」

〔三〕「自雖」二句：《後漢書·馬援傳》：「效伯高不得，猶爲謹敕之士，所謂刻鵠不成尚類鶩者也。」黔鴉：猶言「墨鴉」，古人以「墨鴉」稱書法拙劣，此似借以指畫。按此言謹常自覺畫劣，然其實「可人」。

〔四〕嚼蠟：見《送吕知止》注〔一五〕。

〔五〕塵心：佛家宣揚超脱，謂世俗之心爲塵心。不染花：《維摩詰經·觀衆生品》：時維摩詰室有一天女，見諸大人聞所説法，便現其身，既以天華散諸菩薩大弟子上；華至諸菩薩即皆墮落，至大弟子便著不墮（「華」同「花」）。按此典云以花著身與否驗證諸菩薩向道之心，積習未盡，花即著身。

〔六〕契：投合。

## 田家書事〔一〕

路入銅鞮草木幽〔二〕，不堪隴水斷腸流〔三〕。稍逢煙火人家住，似有桑麻場圃秋〔四〕。生理艱難何所樂，石田辛苦若爲收〔五〕。天公長與豐年好，安得仁人每問牛〔六〕。

**【箋注】**

〔一〕作於太原。

〔二〕銅鞮：指銅鞮山，在今山西沁縣西南四十里。

〔三〕隴水：《樂府詩集·隴頭歌辭》：「隴頭流水，鳴聲幽咽。遥望秦川，心肝斷絶。」李白《秋浦歌十七首》之二：「清溪非隴水，翻作斷腸流。」按：此指銅鞮水，源於銅鞮山，東南流經襄垣縣入濁漳水。

〔四〕唐孟浩然《過故人莊》詩：「開軒面場圃，把酒話桑麻。」

〔五〕石田：《左傳·哀公二十一年》：「得志於齊，猶獲石田也。」晉杜預注：「石田，不可耕。」若爲：猶言如何。

〔六〕此言天大旱，不知長吏之如丙吉之仁否。問牛：《漢書·丙吉傳》載，吉嘗逢人逐牛，牛喘吐舌，吉恐牛爲暑熱所致，遂遣人問之，欲以知陰陽節候。

## 清源大夫吴人到官之數月鑿池引泉植芙蕖大變晉俗遂忘江湖之想作詩寄題芙蓉亭〔一〕

先生腹有五車書〔二〕，宜著天禄與石渠〔三〕。一日不可食無魚，何不置之於江湖。邇來得邑古塞隅〔四〕，飲酪披毳如羌胡。汾水濁惡山童枯〔五〕，不知先生何爲娱。忽然寄詩遺長鬚〔六〕，報我縣圃開榛蕪。昔爲沮洳今可瀦〔七〕，下灌秔稻池之餘。清流映帶紅芙蕖〔八〕，炯然不染先生如〔九〕。簿書擾擾徒喧呼，不妨行吟學三閭〔一〇〕。吏民已化愚溪愚〔一一〕，能和紫芝《于蔿于》〔一二〕。教條自簡俗自紓〔一三〕，三尺不犯鞭與蒲〔一四〕。願君越吟小踟躕〔一五〕，晉楚未覺肝膽殊〔一六〕。長短莫較鶴與鳧〔一七〕，彈鋏且緩歸來乎〔一八〕。

【箋注】

〔一〕作於太原。清源：縣名，宋屬太原府，治今山西省清徐縣。大夫：縣令。唐杜佑《通典·職官》「縣令」：春秋時，「縣邑之長曰宰、曰尹、曰公、曰大夫」。自注：「晉謂之大夫。」芙蕖：荷花。

〔二〕五車書：《莊子·天下》：「惠施多方，其書五車。」

〔三〕天禄：見《次韻承之重九》注〔一三〕。石渠：見《愛人堂爲李幾仲賦》注〔一九〕。

〔四〕得邑：謂作縣令。

〔五〕童枯：《周禮·天官·司書》「以知山林川澤之數」漢鄭玄注：「山林川澤，童枯則不税。」唐賈公彦疏：「山林不茂爲童，川澤無水爲枯。」

〔六〕長鬚：見《自潁昌歸……》注〔七〕。

〔七〕沮洳：《詩·魏風·汾沮洳》唐孔穎達疏：「沮洳，潤澤之處。」即水畔濕地。瀦：積水處，此謂池陂。

〔八〕晉王羲之《蘭亭集序》：「又有清流激湍，映帶左右。」

〔九〕宋周敦頤《愛蓮説》：「予獨愛蓮之出淤泥而不染。」

〔一〇〕言當效屈原澤畔行吟。三閭：即三閭大夫屈原。屈原《漁父》：「屈原既放，游於江潭，行吟澤畔。」參見《松風亭詞》注〔二四〕。

〔一一〕言清源人已受大夫之化。愚溪：本名冉溪，在今湖南零陵西南。柳宗元謫於是，更其名曰愚溪。柳嘗有《愚溪詩序》、《愚溪對》言及之。《愚溪對》略曰：柳子名愚溪而居，五日，溪之神夜見夢曰：「子何辱予，使予爲愚耶？」柳子曰：「汝誠無其實，然以吾之愚而獨好汝，汝惡得避是名耶？」蘇軾《故周茂叔先生濂溪》詩：「應同柳州柳，聊使愚溪愚。」

〔一二〕紫芝：唐元德秀。見《送張倅彦政赴闕》注〔七〕。《于蔿于》：《新唐書·元德秀傳》：「玄宗在東都，酺五鳳樓下，命三百里縣令、刺史各以聲樂集。是時頗言帝且第勝負，加賞黜。河内太守輦優伎數百，被錦繡，或作犀象，瓌譎光麗。德秀惟樂工數十人，聯袂歌《于蔿于》。《于蔿于》者，德秀所爲歌也。帝聞，異之，歎曰：『賢人之言哉！』」此言大夫以簡爲政。

〔一三〕教條：科條。唐韓愈《司徒兼侍中中書令贈太尉許國公神道碑銘》：「公之爲治，嚴不爲煩，止除害本，不多教條。」

〔一四〕謂刑措而不用。三尺：謂法。《史記·杜周列傳》「不循三尺法」南朝宋裴駰《集解》引《漢書音義》曰：「以三尺竹簡書法律也。」鞭與蒲：此言非特皮鞭不用，即蒲鞭亦無所施。參見《次韻趙承之寄保德倅王粹公》注〔九〕。

〔一五〕越吟：謂懷鄉。見《送伯達兄赴嘉禾》注〔一四〕。踟躕：猶豫。

〔一六〕謂當以晉爲家。《莊子·德充符》：「自其異者視之，肝膽楚越也。」此反其意而用之。按吴爲楚所並，故渾言大夫之家吴地爲楚地。

〔一七〕見《和吕居仁宿盤溪》注〔一六〕。

〔一八〕見《北山雜詩》之七注〔五〕。

## 秋思〔一〕

秋入郊墟早〔二〕，霜高宇宙寬〔三〕。頭風思檄手〔四〕，髀肉怯征鞍〔五〕。俯傴非吾事〔六〕，歌呼强覓歡〔七〕。自知毛羽短，松桂不禁寒〔八〕。

【箋注】

〔一〕在太原作。按張幾仲帥太原時，過與之頗相得，是不當有「毛羽短」之歎。其或作於張離任後，姑繫之於此。邊塞棲身，友人星散，秋伴愁來，而發寒吟焉。

〔二〕韓愈《符讀書城南》：「時秋積雨霽，新涼入郊墟。」

〔三〕蘇洵《憶山送人》：「縱目視天下，愛此宇宙寬。」

〔四〕三國魏陳琳初爲袁紹草檄以遺曹操，時操方苦頭風病，卧讀琳所作，翕然而起曰：「此愈我病。」見《三國志·魏書·陳琳傳》及裴注。頭風：頭痛病，多因風濕而致。檄手：草檄之手。

〔五〕見《次韻叔父浴罷》注〔一一〕。

〔六〕俯傴：《左傳·昭公七年》：「一命而僂，再命而傴，三命而俯，循牆而走。」僂、傴、俯，皆恭敬之禮。

〔七〕蘇軾《和柳子玉喜雪次韻仍呈述古》：「詩成就我覓歡處，我窮正與君仿佛。」

〔八〕「自知」二句：謂自知于官場不相諧和。參《和叔寬贈李方叔》注〔一一〕。

## 樗隱堂〔一〕

果爲才名困廣文〔二〕，天涯從仕老仍貧。一廛未有歸耘處〔三〕，五斗聊爲束帶人〔四〕。衆棄已甘棲廣莫〔五〕，先容那復慕輪囷〔六〕。幅巾他日衡茅去〔七〕，紈袴儒冠總誤身〔八〕。

【箋注】

〔一〕在太原作。

〔二〕廣文：指鄭虔。見《地鑪歌寄伯仲》注〔五〕。

〔三〕一廛：見《李方叔治潁川水磨作詩戲之》注〔六〕。

〔四〕《晉書·陶潛傳》：「素簡貴，不私事上官。郡遣督郵至縣，吏白應束帶見之，潛歎曰：『吾不能爲五斗米折腰拳拳事鄉里小人邪！』」按束帶以示恭敬，此蓋反陶之意而用之。參見《贈王子直》注〔一六〕。

〔五〕《莊子·逍遥游》：「今子有大樹，患其無用，何不樹之於無何有之鄉、廣莫之野。」唐陸德明《釋文》：「無何有之鄉、廣莫之野：謂寂絶無爲之地也。」

〔六〕先容：《史記·鄒陽列傳》：「蟠木根柢，輪囷離詭，而爲萬乘器者，何則？以左右先爲之容也。」唐司馬貞《索隱》：謂左右先加雕刻，是爲之容飾也。輪囷：南朝宋裴駰《集解》引張晏曰：「輪囷離詭：委曲槃戾也。」參《寄題任況之槔翁軒詩》注〔五〕。

〔七〕幅巾：隱者頭巾。參見《次韻大人與藤守游東山》注〔一三〕。衡茅：衡門、茅茨。衡門：《詩·陳風·衡門》「衡門之下，可以棲遲」毛傳：「衡門，横木爲門，言箇陋也。」

〔八〕此句爲「紈袴不餓死，儒冠多誤身」之縮略。參《李方叔治穎川水磨》注〔八〕。

## 寄題撫松堂〔一〕

胸中朝市遠，何必擇所居〔二〕。門無結駟客〔三〕，山林入吾廬〔四〕。西洛有君子〔五〕，築室城之隅。種松在庭户，志與淵明俱。朝挹西山爽〔六〕，莫尋南澗娱〔七〕。霜中鶴骨瘦，雨夜龍髯疎〔八〕。主人應相似，節抱陵雲孤〔九〕。不知寒暑遷，肯徇世俗趨？昔稱水南北，去曳侯門裾〔一〇〕。能伴松菊老，固知涇渭殊〔一一〕。我恨營口腹，斂板慚妻孥。三徑未能歸，高卧子不如〔一二〕。青衫滿塵土〔一三〕，何時返樵漁？未用《北山移》〔一四〕，我來只須臾。

【箋注】

〔一〕在太原作。撫松堂：蓋取晉陶淵明《歸去來兮辭》「景翳翳以將入，撫孤松而盤桓」意。

〔二〕「胸中」二句：蓋亦陶淵明「心遠地自偏」之意。見《題岑氏心遠亭》注〔五〕。

〔三〕結駟客：貴而富之客。見《次韻孫海若見贈》之五注〔四〕。

〔四〕謂吾室有林泉之趣。

〔五〕西洛：西京洛陽。

〔六〕西山爽：參《東亭》詩注〔五〕。

〔七〕莫：後來寫作「暮」。

〔八〕「霜中」二句：寫松樹之遒勁。唐皮日休《公齋四詠・小松》：「葉健似虯鬚，枝脆如鶴脛。」

〔九〕謂節操孤高有淩雲之志。《後漢書・馮衍列傳》：「不求苟得，常有陵雲之志。三公之貴，千金之富，不得其願，不槩於懷。」

〔一〇〕「昔稱」二句：見《苦寒行》注〔一三〕及《愛人堂爲李幾仲賦》注〔一二〕。

〔一一〕《詩・邶風・谷風》：「涇以渭濁，湜湜其沚。」毛傳：「涇渭相入而清濁異。」唐陸德明《釋文》：「涇，濁水也；渭，清水也。」此謂「撫松」主人迥别於水南水北之流。

〔一二〕子不如：即不如子。

〔一三〕見《送伯達兄赴嘉禾》注〔一二〕。

〔一四〕「未用」二句：言只暫時入仕。北山移：見《贈詩僧從信》注〔九〕。

## 寄題折嗣益襲慶閣〔一〕

帝有虎臣司北門〔二〕，虚弦坐落天驕魂〔三〕。百年不敢南牧馬〔四〕，草木尚有威名存〔五〕。平生忠義身許國，不以金玉遺子孫〔六〕。承平弓劍空在韣〔七〕，惟有簡編遺後昆。不知所活幾千人〔八〕？一門何止十朱輪〔九〕。滿牀簪笏不足道〔一〇〕，萬石家風今復聞〔一一〕。明窗小閣卧晏温〔一二〕，不讀孫吴看典墳〔一三〕。坐銷殺氣邊風春，記取大馮小馮君〔一四〕。

【箋注】

〔一〕作於太原。折嗣益：據本集《跋折太尉碑陰》，知嗣益爲折克行子，雲中（治今山西大同）人，名可大。爲營州團練使、知府州（見《宋史·折克行傳》）。襲慶：取承襲祖先恩澤意。

〔二〕折氏世守河西，至嗣益時傳五世，中國賴以安。見《宋史》折德扆等傳及本集《跋折太尉碑陰》。

〔三〕虎臣：《詩·魯頌·泮宫》：「矯矯虎臣，在泮獻馘。」唐孔穎達疏：「威武如虎之臣。」

虚弦坐落：《戰國策·楚策》：「雁從東方來，更羸以虚發而下之。」天驕：《漢書·匈奴傳》：「胡者，天之驕子。」

〔四〕漢賈誼《過秦論》：「乃使蒙恬北築長城而守藩籬，卻匈奴七百餘里，胡人不敢南下而牧馬。」百年：本集《跋折太尉碑陰》亦曰：「折氏五世，傳百有餘年。」按《宋史·折德扆傳》曰：「父從阮，自晉漢以來，獨據府州，控扼西北，中國賴之。」按後晉至宋政和中，實七十餘年。

〔五〕《新唐書·張萬福傳》：德宗詔張萬福曰：「朕謂江淮草木亦知爾威名。」

〔六〕《漢書·韋賢傳》：「賢四子，長子方山爲高寢令，早終。次子弘至東海太守。次子舜留魯守墳墓。少子成復以明經歷位至丞相。故鄒魯諺曰：『遺子黄金滿籯，不如一經。』」

〔七〕承平：治平相承；太平。《漢書·食貨志上》：「今累世承平，豪富吏民訾數鉅萬，而貧弱愈困。」唐韓愈《袁州刺史謝上表》：「微臣惟當布陛下惟新之澤，守國家承平之規，勸以耕桑，使無怠惰而已。」韣：《儀禮·覲禮》：「載龍旂，弧韣乃朝。」漢鄭玄注：「弓衣曰韣。」

〔八〕所活幾千人：見《愛人堂爲李幾仲賦》注〔二一〕。

〔九〕朱輪：漢楊惲《報孫會宗書》：「惲家方隆盛時，乘朱輪者十人，位在列卿，爵爲通侯。」古代高官所乘車以朱紅漆輪，故名。按折氏自折德扆始，在宋封高官者不下十人。事見《宋史·折德扆傳》等。

〔一〇〕見《送梁與可赴中山倉》注〔一〇〕。

〔一一〕萬石家風：見《用韋蘇州寄全椒道士韻贈羅浮鄧道士三首》之三注〔三〕及《叔父生日》（平生種德在斯民）注〔三〕。

〔一二〕晏温：《史記·孝武本紀》：「至中山，晏温，有黄雲蓋焉。」南朝宋裴駰《集解》引如淳曰：「三輔謂日出清濟爲晏。晏而温也。」蘇軾《臂痛謁告作三絶句示四君子》之三：「小閣低窗卧晏温，了然非默亦非言。」

〔一三〕孫吴：指兵書。孫，即《孫子》，春秋孫武撰，共十三篇。吴，即《吴子》，戰國吴起著，《漢書·藝文志·兵家》録《吴子》四十八篇。典墳：即《三墳》、《五典》，《左傳·昭公十二年》：「是能讀《三墳》、《五典》、《八索》、《九丘》」。按此以《典》、《墳》代指儒家經典。

〔一四〕見《己卯冬至儋人攜具見飲》注〔二〇〕。

## 政和甲午孟冬中休後一日蘇過叔黨彦明自開化甘泉至明仙時念老禪師復出世矣因題詩壁間〔一〕

暫抛塵土扣雲扉〔二〕，山色空濛翠濕衣〔三〕。澗水松風俱有恨，道人鉼鉢幾時歸〔四〕。

【箋注】

〔一〕政和甲午，即政和四年（一一一四）。中休：古代官吏遇旬則休沐，中休指每月中旬的休沐日。蘇轍《和子瞻沉香山子賦序》：「仲春中休，子由於是始生。」開化：寺名，在今山西太原市西南十七公里蒙山腳下。甘泉、明仙：亦皆太原之寺名。此詩原集不載，此據周在浚《晉稗》補録。

〔二〕塵土：猶言「塵世」、「凡塵」。雲扉：雲中之門，《清一統志·山西通志》卷一百六十八：「明仙寺在縣西南十里龍山。……内有宋元豐八年吕惠卿撰《三聖堂銘碑》，蘇過書詩石碣。」

〔三〕空濛：細雨迷茫貌。蘇軾《飲湖上初晴後雨二首》之二：「水光瀲灧晴方好，山色空濛雨亦奇。」

〔四〕缾鉢：僧人隨身之飲食器。

# 蘇過詩文編年箋注卷五　詩

政和五年（一一一五）再度閒居潁昌至宣和二年（一一二〇）罷知郾城縣期間作

## 卜居城南二首酬兄弟甥姪〔一〕

一

蕭蕭素髮插人頭〔二〕，世上功名得汝求？神馬尻輿安所稅〔三〕？寸田尺宅早歸休〔四〕。結茅但使纔容膝，解劍還須便買牛〔五〕。更慕少游乘下澤〔六〕，不妨閭里自沉浮〔七〕。

【箋注】

〔一〕似作於政和五年（一一一五）罷太原監稅後。

〔二〕蕭蕭：髮稀短貌。

〔三〕《莊子·大宗師》：「浸假而化予之尻以爲輪，以神爲馬，予因以乘之，豈更駕哉？」唐成玄英疏：「尻無識而爲輪，神有知而作馬，因漸漬而變化，乘輪馬以遨游，苟隨任以安排，亦於何而不適者也。」稅：停駕。

〔四〕此言但有薄田寒宅即歸隱。寸田尺宅，皆言其少。蘇軾《游羅浮山一首示兒子過》：「玉堂金馬久流落，寸田尺宅今誰耕。」

〔五〕見《次韻孫海若見贈》之二注〔二〕。

〔六〕見《題鬱孤臺》注〔二〕。

〔七〕見《北山雜詩》之九注〔九〕。

## 二

采椽竹屋亦天真〔一〕，但喜相望北阮鄰〔二〕。等是南柯游此世〔三〕，聊將傳舍誑吾身〔四〕。高門恐負于公志〔五〕，近市空慚晏子仁〔六〕。安枕不聞龙也吠〔七〕，篳門圭竇固應貧〔八〕。

【箋注】

〔一〕采椽：《韓非子·五蠹》：「堯之王天下也，茅茨不翦，采椽不斲。」采：柞木。采椽即以柞木爲椽。天真：《莊子·漁父》：「禮者，世俗之所爲也。真者，所以受於天也，自然不可易也。故聖人法天貴真，不拘於俗。」後因以「天真」指不受禮俗拘束的品性。《晉書·阮籍嵇康等傳論》：「餐和履順，以保天真。」唐王維《偶然作》詩之四：「陶潛任天真，其性頗耽酒。」蘇軾《寶山晝睡》詩：「七尺頑軀走世塵，十圍便腹貯天真。」

〔二〕北阮：富貴者。參見《次韻叔父詠竹二首》之二注〔三〕。

〔三〕唐李公佐《南柯記》云，淳于棼夢入大槐安國，娶公主，官南柯太守，榮華富貴，顯赫一時。而醒來方知大槐安國者，乃舍間大槐樹下一螞蟻穴；南柯郡者，乃槐樹之最南枝。後則以南柯形容夢幻。

〔四〕見《用韋蘇州寄全椒道士韻》之一注〔二〕。

〔五〕見《次大人生日》注〔三〕。

〔六〕《左傳·昭公三年》：「（齊景）公笑曰：『子（晏子）近市，識貴賤乎？』……於是景公繁於刑，有鬻踴者，故對曰：『踴貴屨賤。』」……景公爲是省於刑。君子曰：『仁人之言，其利博哉！晏子一言，而齊侯省刑。』」

〔七〕《詩·召南·野有死麕》：「無使尨也吠。」尨：多毛狗。按此暗喻遠離了人世的紛爭。

〔八〕《左傳·襄公十年》：「篳門閨竇之人而皆陵其上。」晉杜預注：「篳門，柴門。閨竇：小户，穿壁爲户，上鋭下方，狀如圭也。」閨：通圭。按此言貧窘而閑適。

## 湖陰有隱君子作軒曰獨樂鄉人常希古爲賦詩屬予同作寄之〔一〕

吾聞顏氏子，簞瓢歡有餘〔二〕。不知外慕樂〔三〕，服膺在詩書〔四〕。君看軒冕榮，其辱與之俱〔五〕。斯游豈不遂？上蔡曾弗如〔六〕。倚伏無已時〔七〕，循環共一塗。賢愚但相笑，莫知改前車〔八〕。嗟我晚聞道，一官真蘧廬〔九〕。得之不爲喜，失之分所無〔一〇〕。塵垢未忘掃〔一一〕，冰炭久已除〔一二〕。蕭然百憂釋，夢覺兩于于〔一三〕。江南有高士〔一四〕，以樂名其居。嗜不同衆好，德則良不孤〔一五〕。磨鉛事簡策〔一六〕，校讎獨勤劬〔一七〕。持此返退藏〔一八〕，不願拾紫朱〔一九〕。黃卷有晤語〔二〇〕，捨茲無與娛。安得乘扁舟，訪君在五湖〔二一〕。

【箋注】

〔一〕作於政和五年（一一一五）居潁昌時。「嗟我晚聞道，一官真蘧廬」是其證。湖陰：即于湖，晉縣名，在今安徽當塗。據《張右史（耒）文集・于湖曲序》考訂：《晉書・明帝記》，王敦舉兵，明帝「微行至于湖，陰察敦營壘而出」，後誤讀「于湖陰」，並作《湖陰曲》，遂相沿爲稱。隱君子：即韋許，《蕪湖縣志》卷四十九云：「韋許字深道，家世蕪湖，志尚矯潔，赴義若渴，從姑溪李之儀學，讀書務通大義，不事科舉，築堂曰『獨樂』。……自號湖陰居士。」獨樂：《列子・仲尼》：「仲尼閒居，子貢入侍而有憂色。子貢不敢問。出，告顏回。顏回援琴而歌。孔子聞之，果召回入，問曰：『若奚敢獨樂？』回曰：『吾昔聞之夫子曰「樂天知命故不憂」，回所以樂也。』」常希古（一〇四九—一一一八）：名安民，臨邛（治今四川邛崍）人。熙寧六年進士，選成都教授。累遷至御史。紹聖初召對，論章惇蔡京奸惡，尋繫黨籍，流落二十年。政和末卒。《宋史》有傳。

〔二〕「吾聞」二句：顏氏子，即顏淵。見《贈王子直》注〔一五〕。

〔三〕外慕：猶言追求外在（虛名）。典出《後漢書・許劭列傳》：「陶恭祖（謙）外慕聲名，內非真正。」

〔四〕服膺：牢記於心。《禮記・中庸》：「得一善，則拳拳服膺而弗失之矣。」《世説新語・品藻》：「支道林問孫興公：『君何如許掾？』孫曰：『高情遠致，弟子蚤已服膺；一吟一詠，許將北面。』」蘇軾

《孫莘老求墨妙亭詩》：「他年劉郎憶賀監，還道同時須服膺。」

〔五〕「君看」二句：蘇軾《寄傲軒》詩：「定知軒冕中，享榮不償辱。」

〔六〕「斯游」二句：斯：謂李斯（前二八〇—前二〇八），楚上蔡（今河南上蔡西南）人，嘗從荀卿學帝王術，西仕於秦，爲客卿。始皇既定天下，斯爲丞相，定郡縣之制，下禁書令，以小篆統一文字。始皇崩，斯聽趙高計，矯詔廢公子扶蘇。二世立，趙高居中用事，斯爲高所構，「二世二年七月，具斯五刑，論腰斬咸陽市。斯出獄，與其中子俱執，顧謂其中子曰：『吾欲與若復牽黄犬俱出上蔡東門逐狡兔，豈可得乎？』遂父子相哭，而夷三族。」《史記》有傳。游：謂游宦取富貴。

〔七〕「倚伏」二句：《老子》：「禍兮福所倚，福兮禍所伏。」蘇軾《送歐陽辯監澶州酒》詩：「由來付造物，倚伏何窮已。」

〔八〕「賢愚」二句：謂世人但知品評前人，而己不之悟也。《荀子·成相》：「聖知不用愚者謀，前車已覆，後未知更，何覺時？」

〔九〕蘧廬：《莊子·天運》：「仁義，先王之蘧廬也，止可以一宿而不可久處。」唐成玄英疏：「蘧廬，逆旅傳舍也。」此指罷太原監税事。

〔一〇〕「得之」二句：《淮南子·詮言》：「故智不足免患，愚不足以至於失寧。守其分，循其理，失之不憂，得之不喜。故成者非所爲也，得者非所求也。」

〔一一〕塵垢：《莊子·齊物論》：「無謂有謂，有謂無謂，而游乎塵垢之外。」晉郭象注：「凡非真性，皆塵垢也。」按此塵垢謂凡世俗之事物。

〔一二〕冰炭：冰塊和炭火。比喻性質相反，不能相容。或以喻矛盾衝突。《韓非子·用人》：「爭訟止，技長立；則彊弱不觳力，冰炭不合形，天下莫得相傷，治之至也。」漢東方朔《七諫·自悲》：「冰炭不可以相並兮，吾固知乎命之不長。」晉陶淵明《雜詩》之四：「孰若當世士，冰炭滿懷抱。百年歸邱壟，用此空名道。」蘇軾《富鄭公神道碑》：「其好善疾惡，蓋出於天資，常言：君子小人如冰炭決不可以同器。」按此言歸隱之志早決。

〔一三〕于于：《莊子·應帝王》：「泰氏，其卧徐徐，其覺于于。」唐成玄英疏：「徐徐，寬緩之貌；于于，自得之貌。」唐白居易《和朝回與王鍊師游南山下》詩：「興酣頭兀兀，睡覺心于于。」蘇軾《醉鄉記》：「其人甚精，無愛憎喜怒，吸風飲露，不食五穀，其寢于于，其行徐徐。」

〔一四〕韋深道居蕪湖，地在長江之南，故云。

〔一五〕「嗜不」二句：《論語·里仁》：「德不孤，必有鄰。」

〔一六〕磨鉛：鉛以書寫，鈍則磨之使尖。磨鉛，勤於書寫之意。唐駱賓王《詠懷古意上裴侍郎》：「磨鉛不息用，彈鋏欲誰申。天子未驅策，歲月幾沉淪。」蘇軾《眉子石硯歌贈胡誾》：「試教天女爲磨鉛，千偈瀾翻無一語。」

〔一七〕劬：勤勞。

〔一八〕退藏：謂隱居。參見《寄題幾仲所居二詩》之二注〔三〕。

〔一九〕紫朱：謂爵禄。參見《送李文儒赴漢東教授》注〔一二〕。
〔二〇〕見《寄題幾仲所居二詩》之二注〔八〉。
〔二一〕「安得」二句：蓋用范蠡隱逸之故事。參見《題鬱孤臺》注〔一一〕。

## 和王仲弓雪中懷友之什〔一〕

### 一

出門無所之，懷刺名①欲滅〔二〕。要求我輩人，庶緩禮法設〔三〕。城南有勝士〔四〕，塊坐方禪悦〔五〕。不嫌來往頻，相對餐氈雪〔六〕。

【校記】

①懷刺名：舊本作「刺名懷」。

【箋注】

〔一〕似作於政和五年（一一一五）居潁時。王仲弓：趙懷玉曰：「仲弓名實，王文恪樂道之子。」文恪，即王陶。許昌人。王仲弓幼從司馬光學，超然不以仕宦爲意，詩祖陶謝韋杜，靜深婉麗。元祐初，梁燾薦於朝，爲籍田令，後守信陽，謝歸。葉夢得帥潁，與叔黨等酬唱（見《研北雜志》）。靖康南渡，卒。參見清陸心源《宋詩紀事補遺》卷十九。

〔二〕懷刺：懷藏名片。謂準備謁見。語本《後漢書·禰衡列傳》：「建安初，來游許下。始達潁川，乃陰懷一刺，既而無所之適，至於刺字漫滅。」刺：名帖，猶後來之「名片」。

〔三〕「要求」二句：《世説新語·任誕》：「阮籍嫂嘗還家，籍見與別。或譏之。籍曰：『禮豈爲我輩設也。』」

〔四〕勝士：佳士，才識過人者。《晉書·羊祜傳》：「自有宇宙，便有此山。由來賢達勝士，登此遠望，如我與卿者多矣！」宋胡宿《臨海梵才大師真贊》：「天聖中至自台山，館于輦寺，朝之名臣勝士莫不欣挹其風，日至于室，參評雅道，間印禪理。」

〔五〕塊坐：即塊然而坐，安然獨坐貌。《荀子·君道》：「塊然獨坐而天下從之如一體。」宋宋祁《聞蟬三首》之三：「塊坐秋風裏，潘郎鬢颯然。」蘇軾《與楊康公》：「兩日大風，孤舟掀舞雪浪中，但闔户擁衾，瞑目塊坐耳。」禪悦：謂耽好禪理，心神恬悦。《廣弘明集》梁武帝《摩訶般若懺文》：「願諸衆生，雜染著相，迴向法喜，安住禪悦。」唐白居易《送兄弟回雪夜》詩：「迴念入坐忘，轉憂作禪悦。」宋韓琦《虚心堂會陳龍圖》詩：「相從挹天真，共話到禪悦。」

〔六〕此謂窮極乏食，而相礪以節。參《送人泛海北歸兼寄諸兄弟》詩注〔一一〕。

## 二

我非淳于狂，君勿怖燭滅〔一〕。時能啜少醴，誰爲穆生設〔二〕？明窗坐弈棋，聊以寄怡悦。

勝固無所爭，敗亦何足雪〔三〕？

【箋注】

〔一〕「我非」二句：見《地鑪歌寄伯仲》注〔一二〕。

〔二〕「時能」二句：《漢書・楚元王傳》：「元王敬禮申公等，穆生不耆（嗜）酒，元王每置酒，常爲穆生設醴。」唐顏師古注曰：「醴，甘酒也。少麴多米，一宿而孰，不齊之。」穆生：魯人，與劉交、白生、申公俱受《詩》於浮丘伯。後劉交封爲楚王（即元王），穆生等俱爲大夫。及王戊爲楚王，穆生以戊無禮，去之。見《漢書・楚五王傳》。

〔三〕「明窗」四句：蘇軾《觀棋》詩：「不聞人聲，時聞落子。紋枰坐對，誰究此味。空鉤意釣，豈在魴鯉。小兒近道，剥啄信指。勝固欣然，敗亦可喜。」雪：斥責；譏誚。唐李肇《唐國史補》卷上：「初，馬司徒面雪李懷光。德宗正色曰：『唯卿不合雪人。』」宋王讜《唐語林・補遺二》作「馬司徒面斥李懷光」。是知「雪」有斥責譏誚義。

## 次韻王仲弓贈史得之〔一〕

春風回東皋〔二〕，春雨濕田舍。芒鞋問修竹〔三〕，小圃條疏柘〔四〕。史侯得此趣〔五〕，十年官早謝〔六〕。定知猿鶴怨〔七〕，衣繡空行夜〔八〕。世無摩詰手，誰見輞川畫〔九〕，且復浮沉游〔一〇〕，款段聊叱吒〔一一〕。

【箋注】

〔一〕當作於政和五年（一一一五）前後。史得之：事蹟未詳。疑爲蘇轍妻族。又詩云「十年官早謝」，宋後多稱縣宰爲佚，是嘗爲縣令邪？備考。

〔二〕東皋：猶言「田野」。阮籍《詣蔣公》：「方將耕於東皋之陽。」

〔三〕芒鞋：草鞋。

〔四〕條：修剪。《詩·豳風·七月》：「蠶月條桑。」柘：柘樹。桑之一種。

〔五〕佚：宋時習稱縣宰爲佚，或史曾作縣令之類官。

〔六〕謝：辭卻。

〔七〕南齊孔稚珪《北山移文》戲屈節仕宦者曰：「蕙帳空兮夜鶴怨，山人去兮曉猿驚。」

〔八〕衣繡：穿錦繡衣裳。謂顯貴。語本《史記·項羽本紀》：「富貴不歸故鄉，如衣繡夜行，誰知之者。」

〔九〕「世無」二句：摩詰：王維（七〇一—七六一）字。維，唐太原祁（在今山西）人，官至尚書右丞，以詩畫名重天寶間。蘇軾贊其「詩中有畫，畫中有詩」。新、舊《唐書》有傳。維嘗隱居藍田輞川，悠游吟詠。作《輞川圖》，盡其山谷鬱鬱，曲徑盤盤，雲水飛動之狀（見唐朱景玄《唐朝名畫録》）。

〔一〇〕款段：款段馬。《後漢書·馬援列傳》「御款段馬」唐李賢注：「款，猶緩也，言形段遲緩也。」參見《題鬱孤臺》注〔一一〕。

# 和趙朝議追詠其亡友園亭三首〔一〕

## 一

宿草論交舊〔二〕，佳亭榜字新〔三〕。平疇煙漠漠〔四〕，野水碧粼粼。掛劍嗟吾晚〔五〕，懸車歎汝伸〔六〕。西州不忍過〔七〕，朱户鎖埃塵。

**【箋注】**

〔一〕似作於政和五年（一一一五）罷太原監税後居潁時。詩曰「引退元非病，歸田卻患貧」，與初監太原府税「以法令罷」，情形相符。趙朝議：事蹟未詳。

〔二〕宿草：《禮記·檀弓上》：「朋友之墓，有宿草而不哭焉。」漢鄭玄注：「宿草謂陳根也。」唐孔穎達疏：「居喪，朋友相與哭一期（一年），草根陳乃不哭也。」

〔三〕榜：匾額。

〔四〕平疇：猶言「平野」。唐李白《菩薩蠻》：「平林漠漠煙如織。」漠漠：密佈貌。

〔五〕《史記·吴太伯世家》：「季札之初使，北過徐君。徐君好季札劍，口弗敢言。季札心知之，爲使上國，未獻。還至徐，徐君已死，於是乃解其寶劍，繫之徐君塚樹而去。」此謂弔唁。

〔六〕懸車：致仕。古人一般至七十歲辭官家居，廢車不用，故云。漢班固《白虎通·致仕》：「臣年七十懸車致仕者，臣以執事趨走爲職，七十陽道極，耳目不聰明，跂踦之屬，是以退老去避賢者……懸車，示不用也。」唐楊炯《瀘州都督王湛神道碑》：「功成露冕，歲及懸車。歎疏廣之知足，慕祁奚之請老。乾封二年上書乞骸骨。」《舊唐書・李百藥傳》：「及懸車告老，怡然自得。」宋宋庠《因覽鏡照見衰年狀貌有感》詩：「柹檻清晨念老餘，只堪邱壑便懸車。」

〔七〕見《李方叔挽詞二首》之二注〔六〕。

二

軒冕真餘事，林泉獨我親。揚雄雖有宅〔一〕，王翰孰爲鄰〔二〕。披句空遺恨〔三〕，沾衣想自頻〔四〕。睹公憐友作，擬德定其倫〔五〕。

【箋注】

〔一〕《漢書・揚雄傳上》曰：「有田一壥，有宅一區，世世以農桑爲業。」

〔二〕唐杜甫《奉贈韋左丞丈二十二韻》：「李邕求識面，王翰願爲鄰。」王翰：唐晉陽（在今山西太原）人，字子羽，少豪健恃才。登進士第，歷官駕部員外郎、汝州長史、仙州別駕。狂放游畋，坐貶道州司馬卒。其爲人，喜酒，口使頤令，自視王侯。新、舊《唐書》有傳。《唐才子傳・王翰》：「翰工詩，多壯麗之詞。文士祖詠、杜華等嘗與遊從。華母崔氏云：『吾聞孟母三遷，吾今欲卜居，使汝與王翰爲鄰，足矣。』」

〔三〕披句：謂翻檢亡友手跡。

〔四〕謂趙朝議時念亡友，淚頻沾襟。

〔五〕「睹公」二句：謂據趙悼亡作，可知趙與亡友皆有德之人，所謂人以群分也。語本《禮記·曲禮下》：「儗人必於其倫。」漢鄭玄注：「儗，猶比也。倫，猶類也。」

三

引退元非病，歸田卻患貧〔一〕。躬耕聊自給，知命敢言屯〔二〕。好客還師鄭〔三〕，多金不羨秦〔四〕。猶能化鄰里，殆類葛天民〔五〕。

【箋注】

〔一〕蘇軾《贈王仲素寺丞》：「歸耕獨患貧，問子何所齎。」

〔二〕屯：《易》六十四卦之一，震下坎上。「彖曰：『屯，剛柔始交而難生。』」，故以「屯」指艱難。

〔三〕鄭：指漢鄭當時，陳（治今河南淮陽）人，字莊，以任俠聞於梁楚，官至汝南太守。莊好賓客，「每五日洗沐，常置驛馬長安諸郊，存諸故人，請謝賓客，夜以繼日，至其明旦，常恐不徧。」《史記》、《漢書》有傳。

〔四〕秦：指蘇秦。《史記·蘇秦列傳》：「蘇秦爲縱約長，並相六國。」行過故鄉，「蘇秦之昆弟妻嫂側目不敢仰視，俯伏侍取食。蘇秦笑謂其嫂曰：『何前倨而後恭也？』嫂委蛇蒲伏，以面掩地而謝曰：『見季子位高金多也。』」按此言不羨慕蘇秦位高金多。亦淡於名利之意。

〔五〕「猶能」二句：葛天氏爲傳説中之上古帝王，在伏羲氏之前，其治自然純樸，不言而民自信，不化而民自行（參閱宋羅泌《路史·前紀》卷七《禪通紀》第二「葛天氏」條）。晉陶淵明《五柳先生傳》：「黔婁有言，不戚戚於貧賤，不汲汲於富貴，其言兹若人之儔乎！酬觴賦詩，以樂其志，無懷氏之民歟，葛天氏之民歟？」

## 送叔寬弟通判瀘南〔一〕

老人出鄉不得歸〔二〕，西山潁水含清悲〔三〕。脂車獨辦入蜀計〔四〕，欒城季子真男兒。陵雲棧道三千①里〔五〕，屈指渡瀘五月時〔六〕。想歡里門下父老，寒食上塚先螟頤〔七〕。吾弟平生得《詩》《禮》〔八〕，大吾門户惟子期〔九〕。巴川棘道人鄙遠〔一〇〕，誰肯仁義變蠻夷？蜀笻蒟醬亦安用？唐蒙已死仍瘡痍〔一一〕。請君攜泥一丸去，持此塞關安黔黎〔一二〕。

【校記】

①三千：備要本作「三十」。

【箋注】

〔一〕瀘南：即瀘州（在今四川）。政和五年，宋置瀘南緣邊安撫司於瀘州，故稱瀘州曰瀘南。叔寬通判瀘南，當在政和五年後。又考諸蘇轍《欒城集》，殊不見蘇遠通判瀘南事，且詩有云：老人出鄉不得歸，均可證事在蘇轍逝世（政和二年）之後。姑繫於此。叔寬：見《冬夜懷諸兄弟》注〔一三〕。

〔二〕蘇軾、蘇轍於熙寧元年離蜀，未曾再返鄉，死後亦未歸葬眉山祖塋。

〔三〕西山：見《送在庭姪領漕歸蜀》注〔一六〕。

〔四〕脂車：以油脂塗車。《詩·小雅·何人斯》：「爾之亟行，遑脂爾車。」

〔五〕棧道：險絶處依山架木而爲之路。入蜀之棧道歷史悠久，《戰國策·秦策》：「棧道千里，通於蜀漢。」

〔六〕諸葛亮《出師表》：「故五月渡瀘（瀘水，即今之金沙江），深入不毛。」按此只是借用「五月渡瀘」一語，蓋此時氣候炎熱難耐。

〔七〕古有寒食上塚之俗。《通典》卷五二《上陵》：「開元二十四年四月制曰：『寒食上墓，禮經無聞，近代相承，浸以成俗，士庶有不合廟享，何以用展孝思？宜許上墓。』」寒食：節令名，清明前一天（一説兩天）。蟆頤：山名。在四川眉山東，民國《眉山縣志》卷一曰：「蘇洵墓在蟆頤山東老翁泉傍。」又：「蟆頤山，治東八里以濱玻璃江，林巒特秀如蝦蟆，故名。山周約五里，腹有洞深二丈餘，洞有泉自山罅流出，極清洌，潛通玻璃江，名老人泉。」

〔八〕《詩》、《禮》：《詩經》、《禮經》，此泛稱儒家經典。

〔九〕《南史·垣崇祖傳》：「崇祖年十四，有幹略，伯父護之謂門宗曰：『此兒必大吾門。』」

〔一〇〕僰道：古縣名，治在今四川宜賓西南。爲僰族聚居地。漢制，縣有夷狄曰道。

〔一一〕「蜀筇」二句：蜀筇蒟醬：謂邛竹杖與蜀蒟醬也。筇，爲竹名，産於邛崍。《史記・大宛列傳》唐張守節《正義》曰：「節高實中，或寄生。可爲杖。」蒟醬：即枸醬，《史記・西南夷列傳》南朝宋裴駰《集解》引徐廣曰：「枸，一作『蒟』，音窶。」復引《漢書音義》曰：「枸木似穀樹，其葉如桑葉。用其葉作醬美，蜀人以爲珍味。」或曰以其籽爲醬。漢時唐蒙使南越，見蒟醬，因得知入蜀之道。見《史記・西南夷列傳》。

〔一二〕「請君」二句：一丸塞關，見《張幾仲召還朝》之二注〔一一〕。黔黎：黔首、黎民，謂庶民百姓。

## 僕以事至洛言還過龍門少留一宿自藥寮度廣化灊溪入寶應翼日過水東謁白傅祠游皇龕看經兩寺登八節尤愛之復至奉先作此詩以示同行僧超暉〔一〕

崢嶸兩山門，共挹一水秀〔二〕。灘聲千鼓鼙，石壁萬龕竇〔三〕。何人植翠柏，幽徑出塵囿〔四〕。金銀佛寺古〔五〕，夜籟笙竽奏〔六〕。僧稀梵唄少〔七〕，石險松竹瘦。惟當效樂天，早晚棄冠綬〔八〕。

【箋注】

〔一〕作於知郾城任上。按：詩題稱「以事至洛，言還，過龍門」云云，是回歸之方向在南也。詩又曰

「惟當效樂天，早晚棄冠綬」，知在此爲宦。而蘇過之官於南者，唯有郾城之任。故姑繫於此。龍門：即伊闕。見《予寓洛陽寶壇》注〔一〕。藥寮：即藥方寺，開創於北魏，成於唐武則天時，洞口多刻藥方，故名。與廣化、潛溪、寶應，俱爲龍門寺宇，在龍門山，即西山。白傅祠：即白居易祠。白居易曾任太子少傅，後世因稱白傅。晚居洛陽香山（即東山），號香山居士。新、舊《唐書》有傳。香山琵琶峰上有白居易墓，白傅祠即在彼。皇龕：在龍門山。乾隆《河南府志》卷十五曰：「唐龍門三龕：《集古録》：三龕在河南龍門山，山夾伊水，東西可愛。壁間鑿石爲佛像，後魏及唐時所造，惟此三龕像最大，魏王泰爲長孫皇后造也。」皇龕寺名，當以是得。看經：亦東山（香山）寺名。傳爲唐高宗李治修造。八節：即八節灘。白居易《開龍門八節石灘詩序》：「東都（洛陽）龍門潭之南，有八節灘。」奉先：西山（龍門山）寺名。建於唐代咸亨年間，其石窟乃龍門最大之露天大龕。超暉：未詳。

〔二〕「崢嶸」二句：酈道元《水經注·伊水》曰：「兩山相對，望之若闕，伊水歷其間北流，故謂之伊闕矣。」挹：舀，酌取。

〔三〕「灘聲」二句：自北魏宣武帝至晚唐，歷代帝王在龍門山闕口東西兩山斷崖所鑿龕二千一百餘處，造佛像十萬餘尊。

〔四〕囿：局限。

〔五〕金銀佛寺：謂金碧輝煌之佛寺。唐杜甫《龍門》詩：「氣色皇居近，金銀佛寺開。」

〔六〕言夜聲如笙竽之奏也。夜籟：夜晚孔穴所發聲。

〔七〕梵唄：南朝梁釋慧皎《高僧傳》十三《經師論》：「然天竺方俗凡是歌詠法言，皆稱爲唄；至於此土詠經，則稱爲轉讀，歌贊則號爲梵唄。」

〔八〕「惟當」二句：《新唐書·白居易傳》：居易直諫，「爲當路所忌，遂擯斥，所蘊不能施，乃放意文酒。既復用，又皆幼君，偃蹇益不合，居官輒病去，遂無立功名意。」

## 次韻趙承之留別〔一〕

出處事莫並〔二〕，昔諳今則疎。一從畏軒冕，意遂甘泥塗〔三〕。種髮日就白〔四〕，衰顏寧再朱？壯心空萬里〔五〕，老病寄一區。故人來蓬海〔六〕，過門問樵蘇〔七〕。平生詩酒豪，醉倒扶吴姝〔八〕。憶昨試京兆〔九〕，笑談鼠盜無〔一〇〕。鷄牛本同割，刀几無精粗〔一一〕。去去南陽野〔一二〕，何以爲君娱？三年方赤地〔一三〕，政成少踟躕〔一四〕。古來賢守多，方略想可圖〔一五〕。民言或有酭〔一六〕，近數崔大夫〔一七〕。惜哉事大謬，誰爲焚丹書〔一八〕？

【箋注】

〔一〕作於政和五年（一一一五）。乙未之歲（即政和五年），趙承之被命知鄧州，八月二十日發於開封，二十三日次於潁昌，嘗過舊府主張幾仲舊居，題詩曰：「緬懷大觀初（一一〇七年），慕德參下賓。……淒涼十年内，梓樹忽輪囷。」又與韓瑨、蘇過諸人會，臨别，作《發潁昌留别韓次律蘇叔黨》，蘇過即次其韻。參閲《竹隱畸士集》卷二。趙承之：見《次韻承之紫巖長句》注〔一〕。

〔二〕出處：進退。《易·繫辭上》：「君子之道，或出或處，或默或語。」

〔三〕《莊子·秋水》曰：楚王欲官莊子，莊子曰：「吾聞楚有神龜，死已三千歲矣，王巾笥而藏之廟堂之上。此龜者，寧其死爲留骨而貴乎？寧其生而曳尾於塗中乎？」

〔四〕種髪：短少的頭髪。《左傳·昭公二年》：「余髪如此種種，余焉能爲？」晉杜預注：「種種，短也。」

〔五〕言空有破萬里浪之壯心。《宋書·宗慤傳》：「慤年少時，（其叔）炳問其志，慤曰：『願乘長風破萬里浪。』」

〔六〕謂趙承之自京師史館而來。蓬海：即海中蓬萊山。《後漢書·竇章列傳》：「是時學者稱東觀爲老氏守藏（藏）室，道家蓬萊山。」唐李賢注曰：「言東觀經籍多也。蓬萊，海中神山，爲仙府，幽經秘録並皆在焉。」按東觀爲東漢藏書編史之所，後遂稱史館爲蓬萊宫。據本集《送趙承之官滿還朝》「執筆太史柱」，知承之確曾供職史館。故張仲綱之《送趙承之出守鄧州》云：「蓬萊宫中老仙伯，一首詩堪萬人敵。」

〔七〕樵蘇：《漢書音義》曰：「樵，取薪也。蘇，取草也。」（見《史記·淮陰侯列傳》裴駰《集解》引）謂隱居不爲人知，故人相訪難尋而問樵夫。

〔八〕「平生」二句：白居易《對酒吟》：「今夜還先醉，應煩紅袖扶。」蘇軾《次前韻送劉景文》：「豈知入骨愛詩酒，醉倒正欲蛾眉扶。」

〔九〕京兆：漢代京畿行政區劃名，爲三輔之一（見《漢書·地理志上》）。此指開封，按趙承之宣和間官至太府卿，故云。

〔一〇〕鼠盜：蔑稱盜賊。

〔一一〕「鷄牛」二句：言大材小用。參見《愛人堂爲李幾仲賦》注〔一四〕。

〔一二〕去去：決絶之意。舊題蘇武《古詩》之三「參辰皆已没，去去從此辭」。南陽：即鄧州。鄧州，唐時嘗改南陽郡，在宋爲鄧州南陽郡（見《宋史·地理志一》）。

〔一三〕赤地：空無所有的地面。指遭受嚴重旱災、蟲災後顆粒無收的景像。《韓非子·十過》：「晉國大旱，赤地三年。」

〔一三〕政成：謂政通人和。唐岑參《京兆府中甘露》詩：「相國京兆尹，政成人不欺。」按此句謂天雖大旱，賴賢者治之而民無顛仆之苦。

〔一四〕方略：計謀。

〔一五〕酌：斟酌。

〔一六〕酌：選取，擇善而行。《左傳·成公六年》：「子爲大政，將酌於民者也。」晉杜預注：「酌，取民心以爲政。」《禮記·坊記》：「上酌民言，則下天上施。」漢鄭玄注：「酌，猶取也。」蘇軾《郊祀慶成詩》：「民言知有酌，帝謂本無聲。」

〔一七〕崔大夫：未詳。按本集有《代崔憲謝降官表》，恐即其人。

〔一八〕「惜哉」二句：蓋惜崔憲之被黜。參閲《代崔憲謝降官表》。焚丹書：謂赦罪。語見《左傳・襄公二十三年》。古以丹寫罪人名於籍，故謂之丹書。

**【附】**

趙承之《發潁昌留别韓次律蘇叔黨》

行邁日久遠，親舊日已疏。眼中惟牙官，從我走道途。俗狀誰使汝？漸赤由近朱。潁川多名士，古來豪俠區。歷代愧不能，叩門韓與蘇。酌我甕頭春，舞我閨中姝。清言發談笑，嘲戲頗不無。使我面輒闊，自忘官職粗。斐然欲從之，文字相與娱。我行未渠央，欲駕復躊躇。人生如寄耳，聚散安可圖。區區惜别離，此志乃非夫。臨風但相思，有使即寄書。

## 贈遠夫①〔一〕

忠獻活邦國〔二〕，名與崧岱尊。淒涼幾年後，贈印王其門〔三〕。遠夫天下士〔四〕，秀氣鍾璵璠〔五〕。從來萬夫傑〔六〕，不産三家村〔七〕。公其往繼之，要使風流存。

**【校記】**

①原本《斜川集》不載，兹從《三希堂法帖》輯出。

【箋注】

〔一〕遠夫：韓琦曾孫。「淒涼幾年後，贈印王其門」，蓋指徽宗政和五年（一一一五）「追封韓琦魏郡王」事，此詩當作於其後。

〔二〕「忠獻」二句：韓琦，字稚珪，自號贛叟，相州安陽（今河南安陽）人。天聖中進士，與范仲淹在陝西抗擊西夏，名重一時。嘉祐中拜中書門下平章事，請建皇儲，立英宗。英宗即位，拜右僕射，封魏國公。神宗立，拜司徒，兼侍中，判相州，相人依之如父母。換節永興軍。卒謚忠獻。史稱「琦蚤有盛名，識量英偉，臨事喜愠不見于色。論者以重厚比周勃，政事比姚崇」，「與富弼齊名，號稱富韓」。見《宋史》本傳。崧岱：嵩山、泰山。

〔三〕「淒涼」二句：韓琦孫忠彦元祐中爲左僕射兼門下侍郎，後繫元祐黨籍，韓氏遭錮。至徽宗政和五年，始「封韓琦爲魏郡王」。見《宋史·徽宗紀三》及本傳。

〔四〕天下士：猶言「國士」，天下少見的人才。《戰國策·趙策三》辛垣衍謂魯仲連：「始以先生爲庸人，吾乃今而知先生爲天下之士也。」

〔五〕璵璠：魯國美玉名。《三國志·魏書·鍾繇傳》裴注引《魏略》太子與繇書：「夫玉以比德君子，見美詩人。晉之垂棘，魯之璵璠，宋之結緑，楚之和氏，價越萬金，貴重數城，有稱疇昔，流聲將來。」

〔六〕萬夫傑：萬中挑一之俊傑。《易·繫辭下》：「知微知彰，知柔知剛，萬夫之望。」唐李白《上韓荆州書》：「雖長不滿七尺，而心雄萬夫。」

〔七〕不産三家村：謂韓氏世宦，具有典型，非尋常人家可産。《宋史·韓肖胄傳》云肖胄議事簡當，席益歎曰：「援古證今，切於時用，非世官不能也。」正謂此。三家村：偏僻的小鄉村。唐王季友《代賀若令譽贈沈千運》詩：「山上雙松長不改，百年唯有三家村。」蘇軾《用舊韻送魯元翰知洺州》：「永謝十年舊，老死三家村。」

## 小子籥與其友作瀰亭置酒泛舟唱酬之什予亦戲用其韻〔一〕

勝事隨年阿堵中〔二〕，老夫久絶馬牛風〔三〕。消磨藥石一春過，寂寞罇罍萬事空〔四〕。亭下麥秋驚翠浪，山前雨脚卷晴虹。渡頭試驗豐穰意，半是春醪入頰紅〔五〕。

【箋注】

〔一〕在郾城令任内作。詩中所云，乃一派豐稔氣象，是當在政和六、七年間。因後之數年，雨暘不時，無有此景。籥：蘇過長子。瀰亭：嘉靖《許州志》卷八「郾城縣」條曰：「瀰亭，在縣南河之陽，裴晉公平淮西時，築此以爲游息之所，今廢。」

〔二〕阿堵：魏晉時口語，猶言「這個」。《世説新語·文學》：「殷中軍見佛經云：理亦應阿堵上。」此指宴游。

〔三〕馬牛風：見《次韻孫志康書事》注〔四〕。按此戲言久絶游宴之樂也。

〔四〕言唯以酒慰寂寥耳。罇罍：酒器。唐賈至《對酒麴二首》之二：「一酌千憂散，三杯萬事空。」

〔五〕春醪：春酒。陶潛《擬挽歌辭》之二：「春醪生浮蟻，何時更能嘗？」杜甫《喜聞官軍已臨賊寇二十韻》：「家家賣釵釧，只待獻春醪。」入頰紅：謂臉頰泛紅。蘇軾《王頤赴建州錢監求詩及草書》詩：「河車挽水灌腦黑，丹砂伏火入頰紅。」

## 次韻趙伯充雪中見招〔一〕

### 一

華堂玉燭夜沈沈，淡月疎星作雪陰。天爲王孫醒醉眼〔二〕，晚來霧淞入千林〔三〕。

【箋注】

〔一〕晚年居潁作。今傳本集中，過與趙伯充唱酬凡二題，此題外，復有與趙游曲水詩，疑爲同時所作，蓋以此詩叙趙氏相招事，下即記赴招從游事也。又考與趙游曲水詩曰「三春失行樂，風雨與病惱」，似與知郾城時所作《小子簫與其友作濦亭》詩中所謂「消磨藥石一春過」、「山前雨腳卷晴虹」之景況相符，是當作於同時。趙伯充：名叔盎，潁昌人，善畫馬。歷防禦使、團練使職。與蘇軾、黄庭堅、參寥子都有唱酬之作。參《畫繼》卷二。

〔二〕王孫：猶言「公子」。

〔三〕霧淞：寒冷天，霧滴碰到在零度以下的樹枝等物時，再次凝成白色鬆散的冰晶。也稱「霧淞」，俗或稱「樹掛」。宋曾鞏《冬夜即事》「香消一榻氍毹暖，月澹千門霧淞寒」自注曰：「齊寒甚，夜氣如霧，凝於木上，旦起視之如雪。」

二

擁鼻袁生方塊然〔一〕，不知玉色浩無邊。西陂欲與稽山並，賀監風流太白船〔二〕。

【箋注】

〔一〕擁鼻：見《苦寒行》注〔一一〕。袁生：指袁安（？—九二）。安字邵公，東漢汝陽（治今河南商水縣西北）人。爲人嚴謹，州里敬重。舉孝廉，官至三公。外戚竇氏弄權，安守正不屈。《後漢書》有傳。參《苦寒行》注〔八〕。

〔二〕「西陂」二句：謂趙伯充有唐賀知章、李白之風采。西陂：指許昌西湖。見《和毋仲山雨後》之三注〔一〕。稽山：會稽山，在浙江。賀知章家焉。杜甫《飲中八仙歌》寫賀知章、李白之狂放曰：「知章騎馬似乘船，眼花落井水底眠」，「李白一斗詩百篇，長安市上酒家眠。天子呼來不上船，自稱臣是酒中仙」。賀知章，玄宗時由禮部侍郎遷太子賓客，授秘書監，自號「秘書外監」，故世呼之爲「賀監」。天寶三年辭官歸會稽。新、舊《唐書》有傳。

## 同趙伯充游曲水趙氏莊分韻得抱字〔一〕

三春失行樂，風雨與病惱。忽驚節物改，樹密鶯聲老〔二〕。濫陪閒中客，載酒尋芳草。東郊縱所適，蒼莽事幽討〔三〕。誰歟有隱居，谿谷相鬱繚。疎籬映修竹，叩門許徑造〔四〕。主人雖鋤耰，好客自灑掃。結茅□□年，種木今合抱。飄然佳公子，忽弄松風操〔五〕。絲桐豈能爾，妙意超物表〔六〕。歸途踐危橋，月上千林縞〔七〕。兹游非人寰，俗耳不可道。

【箋注】

〔一〕當與前篇爲先後作。曲水：見《次韻曲水泛舟四首》之一注〔一〕。

〔二〕宋晏殊《連理枝》：「緑樹鶯聲老，金井生秋早。」宋釋惠洪《初夏四首》之四：「流鶯聲老緑楊中，欄檻蕭疎墮晚紅。」

〔三〕幽討：即討幽、探幽，謂探訪流連幽雅勝景。唐杜甫《贈李白》詩：「李侯金閨彦，脱身事幽討。」蘇軾《送鄧宗古還鄉》詩：「澗谿有幽討，蘋芷真嘉蔬。」

〔四〕造：造訪。

〔五〕松風操：即松風曲。《琴譜》有《風入松》曲，相傳爲嵇康所制。唐白居易《和順之琴者》：「清泠石泉飲，雅澹松風曲。」

〔六〕物表：即物外。

〔七〕謂月華如霜，林木如縞。

〔八〕唐司馬扎《彈琴》：「所彈非新聲，俗耳安肯聞。」蘇軾《復次前韻謝趙景貺陳履常見和兼簡歐陽叔弼兄弟》：「朱弦寄三歎，未害俗耳聞。」

# 送普融老〔一〕

孤雲去來無常蹤，流水曲折無定容〔二〕。紆餘散漫隨天風，流行坎止忘西東〔三〕。南嶽道人曰普融〔四〕，壁立萬仞疑少通〔五〕。山林市朝能兩空，未覺芥蒂於其胸〔六〕。脱身①塵埃寓高峰，澹然遺世無冥鴻〔七〕。豈知絶物非中庸〔八〕，忍飢學仙噉柏松〔九〕。住山出山偶然中，人不吾捨吾其從。漿饋未足爲汙隆〔一〇〕，要與後學開盲聾。我方處世如鉛舂〔一一〕，自知冠冕久不工。願言香火他日同，二老會當林下逢〔一二〕。

【校記】

①脱身：祠本作「脱衣」。

【箋注】

〔一〕普融：本集三及之，而頗有出入。一爲《天寧寺鐘銘》，稱曰：「有宋宣和辛丑（三年）某月日，潁昌天寧萬壽禪寺住持比丘普融老，憫昔之鐘壞，募人改作增大之，爲銅五千斤，未期年而成。」一爲《普融老真贊》，曰：「孰即色而觀空，即空而觀實，當以是義觀普融之德。」二者皆以普融爲佛徒。唯該詩曰：「南嶽道人曰普融」、「忍飢學仙噉柏松。」是則爲道士矣。案三處普融當爲一人，本潁昌天寧萬壽寺住持。因政和七年林靈素造爲神霄之説蠱惑徽宗，遂使天下天寧萬壽寺俱改爲神霄玉清萬壽宫，佛徒亦强令改籍。疑是時普融老亦難免其厄，改奉道教，並被遣南嶽。

故過詩云：「山林市朝能兩空，未覺芥蔕於其胸。脱身塵埃寓高峰，澹然遺世無冥鴻。」直至宣和元年，林靈素失徽宗意，放歸故里，神霄事亦漸寢，故爾普融能重領天寧寺且鑄鐘焉。是詩當爲政和七年普融被發遣南嶽，過送行之作（又按：六朝時亦習稱佛徒爲道人。叔黨抑沿用舊稱乎？姑志之以俟高明）。

〔二〕「孤雲」二句：謂出家人行蹤不定如行雲流水。定容：常態。

〔三〕流行坎止：漢賈誼《鵩鳥賦》：「乘流則逝，得坎則止；縱軀委命，不私與己。」唐顔師古注引孟康曰：「《易》坎爲險，遇險難而止也。」按此言隨緣自適。

〔四〕南嶽：即衡山，在湖南中部。

〔五〕壁立萬仞：謂德行超凡脱俗。《晉書・王衍傳》：「衍儁秀有令望，希心玄遠，未嘗語利。王敦過江，常稱之曰：『夷甫處衆中，如珠玉在瓦石間。』顧愷之作畫贊，亦稱衍巖巖清峙，壁立千仞。」疑：正立自定貌（見《儀禮・士昏禮》「婦疑立於席西」注）。疑少通：謂普融孤直不群，不與凡俗爲伍。

〔六〕芥蔕：《史記・司馬相如列傳》載《子虚賦》：「吞若雲夢者八九，其於胸中曾不蔕芥。」唐司馬貞《索隱》引張揖曰：蔕芥，「刺鯁也」。又引郭璞曰：「言不覺有也。」

〔七〕言普融不隱遁而能超然脱俗。遺世：超脱世俗。冥鴻：高飛於冥冥太空之鴻雁。揚雄《法言・問明》：「鴻飛冥冥，弋人何篡焉。」後常以冥鴻喻避世隱居者。

〔八〕絶物：謂斷絶人事交往。《孟子・離婁上》：「既不能令，又不受命，是絶物也。」漢趙岐注：「言諸侯既不能令告鄰國，使之進退，又不能事大國往受教命，是所以自絶於物。物，事也；大國不與之通朝聘之事也。」中庸：《論語·雍也》：「中庸之爲德，其至矣乎。」不偏謂之中，不變謂之庸，儒家以爲至德。

〔九〕《太平廣記》卷四十《陶尹二君》記陶太白、尹子虚登芙蓉峰遇毛女，毛髮翠潤，自稱爲秦宫人，服松脂柏子得以不老。因以萬歲松子、千秋柏子相賜。後二人皆得道。啖：同「啖」，食也。

〔一〇〕漿饋：見《送八弟赴官汝南》注〔一四〕。汙隆：高下。晉潘岳《西征賦》：「憑高望之陽子，體川陸之汙隆。」

〔一一〕鉛舂：《漢書·江都王劉建傳》：「或髡鉗以鈆（鉛）杵舂。」唐顔師古注：「鈆者，錫之類也。」此謂作吏之難。

〔一二〕「願言」二句：言他日己亦將拋棄世事，而與普融共信仰，結同盟。香火：指香火社。佛徒盟社。《舊唐書·白居易傳》：「以刑部尚書致仕，與香山僧如滿結香火社。」

## 次韻和韓君表讀淵明詩餽曾存之置酒唱酬之什〔一〕

彈冠初爲米，掛冠不待稔〔二〕。人言學陶生，此舉安能盡？陶生物表人，世網那得窘。邈如孤鳳凰，翱翔天際嶺。聊應寓詩酒，不在朱絃韻〔三〕。曾韓輕軒冕，雅意妙無畛〔四〕。遠尋柴桑游〔五〕，時遺醉帽隕〔六〕。陟世憎儻來〔七〕，歸耕猶有准。糟床得佳友，麴蘖粗可信〔八〕。

攝衣請從之〔九〕，嗟我獨後警。僕不能飲，欲學而未至〔一〇〕。

【箋注】

〔一〕作於重和元年（一一一八）前後，按元陸友《研北雜志》云：葉夢得少蘊鎮許昌日，通判府事韓縉公表，與曾誠存之等結爲詩社，互爲唱和。韓君表（一〇六九—一一二一）：少師韓維之孫，晁説之《宋故韓公墓誌銘》云：「君表初名瑨，字君表，後改名縉，字公表。紹聖元年以詩賦奏名禮部。除簽書寧海軍節度判官廳公事，辟簽書渭州軍事判官廳公事。歷通判保州，宿州，鄧州，潁昌府。」善爲詩，晁説之稱其詩類於謝康樂、韋蘇州。曾存之：名誠，泉州（在今福建）人，元符間官秘書監。其爲人議論英發，貫穿今古。《宋詩紀事》卷三十五有小傳。

〔二〕「彈冠」二句：晉陶淵明《歸去來兮辭》云：陶因家貧，以口腹而爲彭澤令，然「深愧平生之志。猶望一稔，當斂裳宵逝」。彈冠：見《愛人堂爲李幾仲賦》注〔一五〕。稔：此指豐年。

〔三〕見《和母仲山雨後》之四注〔一〕。

〔四〕畛：界限。

〔五〕見《次韻楊良卿秋雨有感二首》之二注〔六〕。

〔六〕見《和楊良卿》注〔九〕。

〔七〕儻來：謂儻來物，意外得來之物。指爵禄諸物。

〔八〕「糟床」二句：謂得知己，可以自在飲酒。信：任；隨意。糟床：榨酒的器具。唐杜甫《羌村》詩之二：「賴知禾黍收，已覺糟床注。」

〔九〕攝衣：整飭衣裝。《管子·弟子職》：「少者之事，夜寐早作。既拚盥漱，執事有恪。攝衣共盥，先生乃作。」漢王粲《七哀詩》之二：「獨夜不能寐，攝衣起撫琴。」

〔一〇〕本集《雨後見月》亦曰「余獨不解飲」，《和王仲弓雪中懷友之什》之二但曰「時能啜少醴」。由此知蘇過不善飲酒。

## 次韻韓文若展江六詠〔一〕

### 一

山河景色本無偏，須信壺中有洞天〔二〕。明月端來臨不夜〔三〕，珠宮玉宇澹娟娟〔四〕。

【箋注】

〔一〕重和年間（一一一八）作。韓文若：名宗，開封人，韓縝子，第進士，辟河間令。徽宗立，爲秘書丞，後除都官員外郎，官至太中大夫。判淮南轉運，坐事貶秩罷歸。《宋史》有傳。重和初，葉夢得鎮許，「文若年八十餘致仕，耆老篤厚」，與叔黨等人多所酬唱（見《研北雜志》）。展江：嘉靖《許州志》卷八：「展江亭，在（許）州西西湖中，宋韓持國（韓維，文若叔父）所作，蓋宋元獻公（祁）『展盡江湖極目天』詩意也。」明時廢，今修復。

〔二〕壺中洞天：見《湖口人李正臣蓄異石》注〔二〕。

〔三〕不夜：《漢書·地理志上》：「東萊郡……不夜。」唐顏師古注：「《齊地紀》云古有日夜出，見於東萊，故萊子立此城，以不夜爲名。」此曰仙境。蘇軾《雪後到乾明寺遂宿》詩：「風花誤入長春苑，雲月長臨不夜城。」

〔四〕珠宮：以珠貝爲宮闕，傳説中水神之宮。屈原《九歌·河伯》：「魚鱗屋兮龍堂，紫貝闕兮朱宮。」蘇軾《海市》詩：「蕩摇浮世生萬象，豈有貝闕藏珠宮。」娟娟：明媚美好貌。

## 二

閑尋短棹問溪源〔一〕，乘興真爲載酒船〔二〕。應學二疏辭漢早〔三〕，勝游兼作地行仙〔四〕。

**【箋注】**

〔一〕見《用韋蘇州寄全椒道士韻》之二注〔一〕。

〔二〕乘興：見《訪江令德脩置酒泛舟》詩注〔一六〕。

〔三〕見《歲暮見懷》詩之二注〔五〕。

〔四〕地行仙：仙人之一種。《楞嚴經》卷八：「有十種仙，阿難，彼諸衆生，堅固服餌，而不休息，食道圓成，名地行仙。」參《和趙承之竹隱軒詩》注〔三四〕。

三

緑暗紅稀禁火時〔一〕，使君軒馭雨仍隨〔二〕。清風吹得江湖句，急遣詩筒挑鼓旗〔三〕。

【箋注】

〔一〕緑暗紅稀：深春氣象。緑，指葉；紅，指花。禁火時：舊俗於寒食日禁止舉火，稱禁火日。南朝梁宗懔《荆楚歲時記》：「去冬節一百五日，即有疾風甚雨，謂之寒食，禁火三日。」

〔二〕使君：當指葉夢得。軒馭：即軒車，有屏障的車。古代大夫以上所乘。後亦泛指車。《莊子・讓王》：「子貢乘大馬，中紺而表素，軒車不容巷，往見原憲。」《後漢書・劉盆子傳》：「俠卿爲制絳單衣，半頭赤幘、直綦履，乘軒車大馬。」唐蘇頲《扈從温泉同紫微黄門群公泛渭川得齊字》詩：「傳舟來是用，軒馭往應迷。」宋韓琦《許公亭席上别鎮帥吕公孺諫議》詩：「元日津亭景物嘉，喜留軒馭弭高牙。」

〔三〕詩筒：《唐語林》卷二：「白居易長慶二年以中書舍人爲杭州刺史……時吴興守錢徽、吴郡守李穰皆文學士，悉生平舊友，日以詩酒寄興。官妓高玲瓏、謝好好巧於應對，善歌舞，從元稹鎮會稽，參其酬唱，每以筒竹盛詩來往。」鼓旗：本爲軍中之物，此借言挑戰鬭詩。

四

欲追急景去如飛〔一〕，剩賦新詩酒百卮〔二〕。倒載接䍦扶酩酊，恰如山簡醉歸時〔三〕。

【箋注】

〔一〕急景：急促之光陰。唐張説《湘州九日城北亭子》詩：「短歌將急景，同使興情催。」蘇軾《出局偶書》詩：「急景歸來早，窮陰晚不開。」

〔二〕剩：頗，多。卮：酒器。蘇軾《至濟南李公擇以詩相迎次其韻二首》之一：「剩作新詩與君和，莫因風雨廢鳴晨。」

〔三〕「倒載」二句：見《次韻任況之》注〔一三〕。

五

新醅潑蟻緑溶溶〔一〕，時爲賢人復一中〔二〕。況有能詩庾開府〔三〕，論文興歎有誰同〔四〕。

【箋注】

〔一〕唐白居易《問劉十九》詩：「緑蟻新醅酒，紅泥小火爐。晚來天欲雪，能飲一杯無？」

〔二〕中：謂「中酒」，飲酣醺然之際。《漢書·樊噲傳》唐顔師古注：「飲酒之中也，不醉不醒，故謂之中。」蘇軾《太守徐君猷通守孟亨之皆不飲酒以詩戲之云》：「公獨未知其趣爾，臣今時復一中之。」

〔三〕此以庾信美稱韓文若善詩。參《謝公定以所藏文與可詩示其孫騭騭有詩次韻》注〔二〕。

〔四〕論文：討論詩文。唐杜甫《春日憶李白》詩：「清新庾開府，俊逸鮑參軍。渭北春天樹，江東日暮雲。何時一尊酒，重與細論文。」

六

睡蛇已死得安眠〔一〕，擾擾塵中學坐禪〔二〕。我欲退休從杖屨〔三〕，春明門外有雲泉〔四〕。

**【箋注】**

〔一〕見《戲贈吳子野》注〔五〕。

〔二〕唐劉禹錫《春日書懷寄東洛白二十二楊八二庶子》：「曾向空門學坐禪，如今萬事盡忘筌。」塵中：塵寰之中。宋蘇舜欽《九月五日夜出盤門泊於湖間偶成密會坐上書呈黃尉》詩：「區區才知自勞役，擾擾塵俗多悲憂。」

〔三〕杖屨：見《劉晦叔挽詞》之二注〔二〕。

〔四〕唐王建《寄廣文張博士》詩：「春明門外作卑官，病友經年不得看。」過反用其意。劉禹錫《和令狐相公別牡丹》：「莫道兩京非遠別，春明門外即天涯。」春明門：唐都長安東面有三門，中曰春明（《太平御覽》卷一八三引韋述《西京新記》）。因以「春明」代稱京都。

## 次韻程秀才求作其先人埋銘〔一〕

欲載揚雄老一區〔二〕，清名不耀力難摹。但知穮蓘勤吾事，要以凶豐畀後圖〔三〕。有子人人壯門户，新詩句句琢瑉瑜〔四〕。夜光明月毋輕付〔五〕，誤認空空叩鄙夫〔六〕。

【箋注】

〔一〕似作於政和七年（一一一七）後。程秀才：疑即程颺，襄城人，程彪之子，政和七年以上舍士貢於京師。蘇過居潁，頗與颺游，政和七年八月，颺父死，過爲作墓誌，見於本集，所謂《襄城程美中墓誌銘》者是也。詩先美程秀才先人之行，次及求銘之意，以遜謝作結。

〔二〕蘇過《襄城程先生美中墓誌銘》：「有襄城布衣之士曰程美中，素以儒術教其鄉人，不汲汲於富貴，不戚戚於貧賤，獨尚氣節，不妄交於人。」是有揚雄之風也。老一區：見《和趙朝議追詠其亡友園亭三首》之二注〔一〕。蘇軾《李伯時畫其弟亮功舊宅圖》詩：「近聞陶令開三徑，應許揚雄借一區。」

〔三〕「但知」二句：見《大人生日》（勿驚髀減帶圍寬）注〔五〕。

〔四〕瑉、瑜：俱美玉名。

〔五〕見《次韻謝民師》注〔三一〕。

〔六〕空空叩鄙夫：《論語·子罕》：「有鄙夫問於我，空空如也。」按此自謙不堪爲銘。

## 次韻少藴二首〔一〕

### 一

畫師安得老龍眠〔二〕，寫此西湖李郭船〔三〕。談麈生風看落屑〔四〕，詩壇餘勇戰空拳〔五〕。拍隄春漲雲空闊，夾岸桃蹊錦接連。到處聚觀千萬口①，要公膏雨作豐年〔六〕。

**【校記】**

①口：知本作「目」，備要本作「日」。

**【箋注】**

〔一〕作於重和初（一一一八）葉夢得初帥潁昌府時。少藴：葉夢得（一〇七七—一一四八）字。吴縣（在今江蘇）人，號石林，紹聖進士。重和初知潁昌府（《四朝名臣言行録》），官至户部尚書。嗜學早成，精熟掌故，詩詞筆力雄邁，有蘇軾之風。《宋史》有傳。叔黨黽勉從仕，心時悲之。得遇少藴帥潁，而何異膏雨之潤旱苗？湖上扁舟，筆底波瀾，物目涉而成趣，詩伴酒以終篇。可謂得其所哉！

〔二〕龍眠：即李公麟，字伯時，舒州（治今安徽潛山）人，元祐進士，嘗官御史檢法。好古博學，長於詩，多識奇字，尤善畫山水佛像。元符末致仕，歸老居龍眠山莊，自號龍眠居士，作《龍眠山莊圖》，爲世所寶藏。

〔三〕西湖：許昌西湖。李郭船：李，李膺：見《送趙承之官滿還朝》注〔一二〕。郭：郭泰。《後漢書·郭太（泰）列傳》云：「郭太字林宗，太原介休人也。……乃游於洛陽，始見河南尹李膺，膺大奇之，遂相友善，於是名震京師。後歸鄉里，衣冠諸儒送至河上，車數千兩。林宗唯與李膺同舟而濟，衆賓望之，以爲神仙焉。」

〔四〕謂談笑風生，麈尾屑屑而落也。參見《次韻孫海若見贈》之五注〔五〕。

〔五〕空拳：《漢書·司馬遷傳》「張空拳，冒白刃」唐顔師古注引李奇曰：「拳，弩弓也。」又注：「故張拳之空弓，非是手拳也。」

〔六〕膏雨：及時雨也。猶霖雨。見《和叔父移居東齋》注〔五〕。三國魏曹植《贈徐幹》：「良田無晚歲，膏澤多豐年。」

二

雲間笑語雜鵷行〔一〕，山意波光兩浩茫。老人讀書真伯業〔二〕，歌呼狎客類平陽〔三〕。丹青遺構風流在〔四〕，尊酒題詩草木芳。湛輩不須悲歲月，羊公名與峴山長〔五〕。

【箋注】

〔一〕謂朝臣與逸民同游樂。鵷行：鵷鷺之行。見《送張倅彦政赴闕》注〔一八〕。

〔二〕曹操嘗言：「人少好學則思專，長則善忘。長大而能勤學者，唯吾與袁伯業耳。」（《册府元龜》卷四〇引）伯業：後漢袁遺字。遺爲紹從兄，爲長安令，張超薦之於太尉儁，稱其「有冠世之懿，幹時之量」。紹後用遺爲揚州刺史，爲袁術所敗。

〔三〕見《次韻孫志康牡丹》之一注〔四〕。

〔四〕唐杜甫《丹青引贈曹將軍霸》：「英雄割據雖已矣，文彩風流今尚存。」

〔五〕「湛輩」二句：見《次韻承之重九》注〔五〕。湛：鄒湛，羊祜長史。羊公：羊祜。晉南城（在江西）人。魏末爲相國從事中郎，與荀勗共掌機密。晉受魏禪，封鉅平侯，都督荆州諸軍事。死後，其部屬於峴山祜平生游息之所建碑立廟。《晉書》有傳。此以「湛輩」自指，「羊公」美葉。

# 葉守奉詔祠神霄二首〔一〕

## 一

帝子閔下土，狩臨千柱宫〔二〕。來如月照夜，去若電掃空。馨香薦明德〔三〕，降嘏初無窮〔四〕。靈光每下燭〔五〕，陋彼齋房中。大道含一氣〔六〕，地天本相通。精誠貫白日〔七〕，閶闔來清風〔八〕。俾爾仁壽域〔九〕，不宰造物功〔一〇〕。眷言蘋藻微〔一一〕，報施良已豐。

【箋注】

〔一〕似作於重和元年（一一一八）。《宋史·徽宗紀》：政和七年，道士林靈素弄神以愚弄徽宗，遂「改天下天寧萬壽觀爲神霄玉清萬壽宫」。本篇當作於此後。葉守：即葉夢得。見《次韻少藴二首》之一注〔一〕。神霄：《宋史·林靈素傳》：「（靈素）大言曰：『天有九霄，而神霄爲最高，其治曰府，神霄玉清王者，上帝之長子，主南方，號長生大帝君，陛下是也。既下降於世，其帝號青華帝君者，主東方，攝領之。己乃府仙卿曰褚慧，亦下降佐帝君之治。』……建上清寶籙宫，密連禁省。天下皆建神霄萬壽宮。」

〔二〕「帝子」二句：《續資治通鑑·宋紀》徽宗政和七年有「靈素因希指造爲青華帝君夜降宣和殿」事。帝子：即上帝之子「長生大帝君」。千柱宫：見《湖口人李正臣……》注〔一〕。

〔三〕《左傳·僖公五年》：「（故《周書》）又曰：『黍稷非馨，明德惟馨。』」

〔四〕降嘏：降福。《詩·魯頌·閟宫》：「天錫公純嘏，眉壽保魯。」鄭箋：「受福曰嘏。」

〔五〕燭：照。靈光：比喻帝王或聖賢的德澤。蘇軾《賀德音表》之一：「靈光下燭，慶新宫之落成；霈澤旁流，洗庶獄之多罪。」

〔六〕一氣：指混沌之氣。古代認爲是構成天地萬物之本原。《莊子·大宗師》：「彼方且與造物者爲人，而游乎天地之一氣。」《晉書·涼武昭王李玄盛傳論》：「王者受圖，咸資世德，猶混成之先大帝，若一氣之生兩儀。」

〔七〕精誠：真誠。《莊子·漁父》：「真者，精誠之至也，不精不誠，不能動人。」《後漢書·廣陵思王荆傳》：「精誠所加，金石爲開。」蘇軾《游徑山》詩：「精誠貫山石爲裂，天女下試顔如蓮。」

〔八〕閶闔：天門。屈原《離騷》：「吾令帝閽開關兮，倚閶闔而望予。」

〔九〕仁壽域：見《大人生日》（七年野鶴困鷄群）注〔八〕。

〔一〇〕《老子》：「生而不有，爲而不恃，是謂玄德。」

〔一一〕「眷言」二句：言祭品雖儉而神賜已豐。眷言：回顧貌。言，動詞後綴，無義。蘋藻微：《左傳》隱公三年：「苟有明信，澗谿沼沚之毛，蘋蘩藴藻之菜……可薦於鬼神。」

二

正直神所予〔一〕，誠存邪自閑〔二〕。齋壇夜寂寞〔三〕，天風吹佩環。想像鸞鶴駕〔四〕，雲霞隘空山。翩躚款帝閽〔五〕，群馭相追攀〔六〕。屏息百慮空，凛然夜氣還〔七〕。心灰塵埃境〔八〕，跡寓沖虚間〔九〕。益守清淨化〔一〇〕，俗情開昧頑。無聲頌文德〔一一〕，庶幾窺一班①〔一二〕。

【校記】

①班：祠本作「斑」。

【箋注】

〔一〕《詩·小雅·小明》：「靖共爾位，好是正直。神之聽之，介爾景福。」

〔二〕《易·乾》：「庸言之信，庸行之謹，閑邪存其誠，善世而不伐，德博而化。」唐孔穎達疏：「閑邪存其誠者，言防閑邪惡當自存其誠實也。」程頤《伊川易傳》卷一：「既處無過之地，則唯在閑邪，邪既閑則誠存矣。」

〔三〕齋壇：祭天之高臺。

〔四〕想像：仿佛。鸞鶴駕：相傳神仙駕鸞乘鶴。《樂府詩集》載南朝宋湯惠休《楚明妃曲》：「驂駕鸞鶴，往來仙靈。」南朝梁江淹《别賦》：「駕鶴上漢，驂鸞騰天。暫游萬里，少别千年。」

〔五〕翩躚：輕盈飛騰貌。款：叩。闉：城門。

〔六〕群馭：謂群仙車駕。

〔七〕夜氣：儒家謂晚上靜思産生的良知善念。語出《孟子·告子上》：「梏之反覆，則其夜氣不足以存；夜氣不足以存，則其違禽獸不遠矣。」蘇軾《和庚戌歲九月中於西田穫早稻》：「晝功不自覺，夜氣乃潛還。」

〔八〕見《送曇秀》注〔四〕。

〔九〕沖虛：升天。常指成仙。三國魏阮籍《詠懷》之四一：「列仙停脩齡，養志在沖虛。飄颻雲日間，邈與世路殊。」唐皎然《奉和崔中丞使君》：「昔化沖虛鶴，今藏護法龍。」按此句言融入神仙境界。

〔一〇〕道家主清靜無爲以治民。清淨化：《老子》所謂「上無爲而民自化，上好靖（即清靜）而民自正」者是也。

〔一一〕文德：禮樂教化之治。《尚書·大禹謨》：「帝乃誕敷文德，舞干羽於兩階。」

〔一二〕一班：見《次韻孫志康牡丹》注〔二〕。

## 次韻岑彦高史强本春日書懷二首〔一〕

### 一

二豪以詩鳴〔二〕，優劣孰敢分？縱横閲萬卷，何憂備三鄰〔三〕。終年發揣摩〔四〕，秀句吐《陽春》〔五〕。誰云不菑畬，安取三百囷〔六〕？汝潁素多奇，世不乏孫陳〔七〕。避家諱故作孫。著書效潛夫〔八〕，奏賦嗤陵雲〔九〕。哀時無祁奚，丹書誰爲焚〔一〇〕。儻令試一割，晉盜當奔秦〔一一〕。德業閟不耀，天欲昌其身。定交乃余求，不貴白髮新〔一二〕。從此杖屨數〔一三〕，爲子掃榻塵〔一四〕。高談看亹亹〔一五〕，揮麈落紛紛〔一六〕。

**【箋注】**

〔一〕宣和二年（一一二〇）在郾城任上作，時蘇過年四十九，故詩曰「百年行中分」，又曰「軒裳歎鷄肋」，亦是從宦之證。岑彦高、史强本，事蹟不詳。岑氏，似爲岑穰彦休兄弟輩，與過有姻親之故。史氏，蘇轍妻史姓，未知强本即其外家否。其一贊岑史二人品格高卓，學業淵深，惜不見用；其二自歎微官鷄肋，不如歸去。

〔二〕二豪：謂岑史二人。詩鳴：韓愈《送孟東野序》：「大凡物不得其平則鳴。……孟郊東野始以其詩鳴。」

〔三〕「縱横」二句：言岑史二人如杜甫讀書萬卷，詩歌無人可敵。備三鄰：《左傳》昭公七年：「君其備禦三鄰，慎守寶矣。」晉杜預注：「言齊晉越將伐魯而取之。」按此借言二人唱和相匹敵。

〔四〕《戰國策·秦策》：「乃夜發書，陳篋數十，得太公陰符之謀伏而誦之，簡練以爲揣摩。讀書欲睡，引錐自刺其股。血流至足，曰：『安有説人主不能出其金玉錦繡，取卿相之尊者乎？』期年揣摩成，曰：『此真可以説當世之君矣。』」

〔五〕謂其詩格高辭雅。陽春：陽春白雪，楚曲，格調高雅。參見《次韻答徐翼之畫木石》之一注〔一〇〕。

〔六〕「誰云」二句：《詩·魏風·伐檀》：「不稼不穡，胡取禾三百囷兮？」菑畬：《爾雅·釋地》：「一歲曰菑……三歲曰畬。」此謂稼穡之勤。

〔七〕「汝潁」二句：《三國志·魏書·郭嘉傳》：「先是時潁川戲志才，籌畫士也，太祖甚器之，早卒。太祖與荀彧書曰：『自志才亡後，莫可與計事者。汝潁固多奇士，誰可以繼之？』」孫陳：即「荀陳」，蓋避其祖父蘇洵嫌名。荀：謂荀淑（八三—一四九），字季和，潁川潁陰人，「少有高行，博學而不好章句」。「安帝時，徵拜郎中，後再遷當塗長。去職還鄉里。當時名賢李固、李膺等皆宗師之」。後「爲大將軍梁冀所忌，出補朗陵侯相。莅事明理，稱爲神君。頃之，棄官歸，閒居養志」。淑有子八人，時人謂之「八龍」。《後漢書》有傳。陳：謂陳寔（一〇四—一八七），字仲弓，潁川許人，桓帝時爲太丘長，旋爲黨錮事，寔就獄請囚，遇赦得免。靈帝時大將軍竇武辟爲掾屬。「寔在鄉閭，平心率物。其有爭訟，輒求判正，曉譬曲直。至乃歎曰：『寧爲刑罰所加，不爲陳君所短。』」後累辟不就，終老於家。子紀、諶並有時名。《後漢書》有傳。

〔八〕《後漢書·王符列傳》：王符字節信，「耿介不同於俗，以此遂不得升進。志意藴憤，乃隱居著書三十餘篇，以譏當時失得，不欲彰顯其名，故號曰《潛夫論》」。

〔九〕陵雲：見《大人生日》（未試陵雲白日仙）注〔一二〕。

〔一〇〕「哀時」二句：祁奚：春秋晉人。晉悼公時爲中軍尉，年老請退；公問可代者，初薦其讎解狐，將任之而解狐死，因薦其子祁奚。故有「外舉不避讎，内舉不避子」之譽。後叔向以弟羊舌虎得罪，范宣子欲誅之，祁奚力救得免。其事見《左傳・襄公二十一年》。丹書誰爲焚：見《次韻趙承之留別》注〔一七〕。

〔一一〕「儻令」二句：謂如能得用，必能建功立業。一割：見《愛人堂爲李幾仲賦》注〔一四〕。晉盜：《左傳・宣公十六年》：「戊申，以黻冕命士會將中軍，且爲太傅，於是晉國之盜，逃奔於秦。」

〔一二〕見《贈王子直》注〔二〕。

〔一三〕杖屨：見《劉晦叔挽詞》之二注〔二〕。數：頻繁。

〔一四〕《南史・虞愿傳》：「褚彦回嘗詣愿，愿不在，見其眠牀上積塵埃，有書數帙。彦回歎曰：『虞君之清至於此。』令人掃地拂牀而去。」

〔一五〕亹亹：勤勉不倦貌。《詩・大雅・文王》：「亹亹文王，令聞不已。」

〔一六〕見《次韻孫海若見贈》之五注〔五〕。

## 二

逝水不可復〔一〕，百年行中分〔二〕。自嗟齒髮故〔三〕，晚境桑榆鄰〔四〕。節物謾消長，枯荄不知春〔五〕。軒裳歎鷄肋〔六〕，雀鼠盜廩囷〔七〕。學藝晚愈拙，彈冠力難陳〔八〕。澹然忘出處，任此無心雲〔九〕。世路羊腸險〔一〇〕，恐遭象齒焚〔一一〕。何如老山澤，憔悴非逃秦〔一二〕。嵩少幸咫尺，雲泉許容身〔一三〕。平生餘嗜好，舍舊當謀新〔一四〕。安心本無法〔一五〕，妙理契析塵〔一六〕。優哉真卒歲〔一七〕，豈復悅華紛〔一八〕。

**【箋注】**

〔一〕唐孟郊《達士》詩：「四時如逝水，百川皆東波。青春去不還，白髮鑷更多。」

〔二〕中分：從中平分，謂將到五十歲。

〔三〕齒髮故：猶言「齒髮老」。

〔四〕桑榆：喻晚年。三國魏曹植《贈白馬王彪》詩：「年在桑榆間，影響不能追。」

〔五〕枯荄：乾枯的草根。見《張幾仲召還朝》之四注〔四〕。

〔六〕見《送仲南兄赴水南倉》注〔一六〕。

〔七〕雀鼠：《詩・召南・行露》曰：「誰謂雀無角，何以穿我屋？」「誰謂鼠無牙，何以穿我墉？」後以雀鼠爲偷盜之動物。韓愈《盧郎中雲夫寄示》詩：「家詩官供不報答，無異雀鼠偷太倉。」

〔八〕彈冠：見《愛人堂爲李幾仲賦》注〔一五〕。力難陳：見《寄題幾仲所居二詩》之一注〔七〕。

〔九〕見《次韻叔父題畫木石屏風》注〔二〕。

〔一〇〕見《餞任況之》注〔四〕。

〔一一〕《左傳・襄公十四年》：「象有齒以焚其身，賄也。」

〔一二〕逃秦：猶言「避秦」。陶淵明《桃花源記》：「村中聞有此人，咸來問訊。自云先世避秦時亂，率妻子邑人來此絶境，不復出焉。」

〔一三〕雲泉：白雲深處之林泉，即隱所。

〔一四〕《左傳·僖公二十八年》：「其歌誦曰：『原田每每，舍其舊而新是謀。』」晉杜預注：「高平曰原，喻晉君美盛若原田之草每每然，可以謀立新功不足念舊惠。」按此言當另有謀劃。

〔一五〕「安心」句：《五燈會元》卷一：「（慧）可曰：『我心未寧，乞師（達磨祖師）與安。』祖曰：『將心來，與汝安。』可良久曰：『覓心了不可得。』祖曰：『我與汝安心竟。』」

〔一六〕析塵：佛家語。分析微塵之實空也。《首楞嚴經》曰：「汝觀地性，粗爲大地，細爲微塵，至鄰虚塵。析彼極微，色邊際相，七分所成，更析鄰虚，即實空相。」蘇軾《十一月九日夜夢與人論神仙道術》詩：「析塵妙質本來空，更續微陽一綫功。」此又謂道之無爲與佛之空觀相契合。

〔一七〕見《次韻叔父黄門己丑歲除》之二注〔一〕。

〔一八〕華紛：指繁華紛紜之世事。

## 陪郡守游西湖泛舟曲水分韻得會字〔一〕

謝公志東山，杖屨未冠蓋〔二〕。興成江湖游，意落軒冕外。陰陰聳夏木，瀏瀏鳴溪瀨〔三〕。挐舟破菰荷〔四〕，尋徑穿蕭艾。新亭水心見，倒影飛虹背。青山忽入坐〔五〕，境與人意會。

公詩如干將〔六〕，游刃天宇大〔七〕。西湖真小鮮〔八〕，殊未供刀鱠。雲煙日相劘〔九〕，媚嫵分晴靄。妙語瀉瓊瑰〔一〇〕，化工應有待〔一一〕。

**【箋注】**

〔一〕作於潁昌。郡守，未明何人，姑繫於此。

〔二〕「謝公」二句：言謝公垂老而未仕。《晉書·謝安傳》：「安始有仕進志，時年已四十餘矣。」杖屨：敬老之辭：見《劉晦叔挽詞》之二注〔一一〕。

〔三〕瀏瀏：水流貌。《楚辭·九辯》：「乘騏驥之瀏瀏兮，馭安用夫强策？」宋朱熹《集注》：「瀏瀏，言如水之流也。」蘇軾《雨中過舒教授》詩：「疎疎簾外竹，瀏瀏竹間雨。」

〔四〕拏舟：引船。菰：植物名，亦名蔣，俗稱茭白，生於河邊、陂澤。

〔五〕唐朱灣《重陽日陪韋卿宴》：「入座青峰近，當軒遠樹齊。」

〔六〕干將：相傳春秋時吴人干將、莫邪夫婦所鑄之利劍（見《吴越春秋·闔閭内傳》）。

〔七〕游刃：運刀。《莊子·養生主》：「彼節者有間，而刀刃者無厚；以無厚入有間，恢恢乎其於游刃必有餘地矣。」

〔八〕小鮮：小魚。《老子》：「治大國若烹小鮮。」

〔九〕劘：磨也。此言雲煙交織。

〔一〇〕瓊瑰：美石、珠玉。《詩·秦風·渭陽》：「何以贈之？瓊瑰玉佩。」蘇軾《送鄭户曹》：「遲君爲坐客，新詩出瓊瑰。」又《有美堂暴雨》：「喚起謫仙泉灑面，倒傾鮫室瀉瓊瑰。」

〔一二〕化工：造化之工。按此與上句合言同游者將寫出力奪造化之詩。

## 次韻少藴移竹於賈文元園二首 時倅車乃文元裔孫〔一〕

### 一

猗歟丞相園〔二〕，中有歲寒根〔三〕。千夫屹冠劍，坐閲雲來孫〔四〕。當年擁節旄〔五〕，雅志在淇園〔六〕。琅玕映城郭〔七〕，琴筑鳴潺湲〔八〕。春筍半出林，横鞭爭觸藩。坐陵霜雪氣，高壓桃李繁〔九〕。年來王子猷，來乘刺史軒〔一〇〕。請分一畝陰〔一一〕，自訪三家村〔一二〕。賦詩屬公考，益遺交情敦。一雨飽生意，莫嫌池水渾。

【箋注】

〔一〕作於宣和元年（一一一九），「年來王子猷，來乘刺史軒」即其證。少藴，即葉夢得，見《次韻少藴二首》之一注〔一〕。下同。賈文元園：即賈昌朝之曲水園。見《次韻曲水泛舟四首》之一注〔一〕。倅車：副車。《周禮·夏官·戎僕》「掌王倅車之政」。此指府通判。據元陸友《研北雜志》，葉夢得守潁昌，韓縉亦貳府事，加之「文元裔孫」，則有二副職。蓋宋制，大州置二通判。

〔二〕猗歟：《詩·周頌·潛》：「猗歟漆沮，潛有多魚。」鄭箋：「猗歟，歎美之言也。」

〔三〕歲寒根：指竹。古人以松、竹、梅爲歲寒三友。

〔四〕雲來孫：《爾雅·釋親》：「玄孫之子爲來孫，來孫之子爲晜孫，晜孫之子爲仍孫，仍孫之子爲雲孫。」

〔五〕指賈昌朝出判許州事。節旄：本指旌節上所綴的犛牛尾飾物。《漢書·蘇武傳》：「杖漢節牧羊，卧起操持，節旄盡落。」因用以代指旌節。唐鄭愔《塞外》詩之二：「子卿猶奉使，恒向節旄看。」

〔六〕指寄詩文潞公事，參見《次韻曲水泛舟四首》之一注〔一〕。淇園：南朝梁任昉《述異記》曰：「衛有淇園，出竹，在淇水之上。《詩·衛風·淇奥》：『瞻彼淇奥，緑竹猗猗。』」按，在今河南淇縣附近。

〔七〕琅玕：見《游英州碧落洞》注〔二〕。

〔八〕謂水聲悦耳，如琴筑之鳴。唐湘驛女子《題玉泉》詩：「碧溪彈夜絃。」筑：「形如琴，十三絃」（見清陳元龍《格致鏡原》卷四十六）。潺湲：水流聲。

〔九〕「春筍」四句：極言園竹之繁茂。

〔一〇〕「年來」二句：謂少藴鎮許。王子猷：名徽之，子猷其字，晉王羲之子，性卓犖不羈，好竹成癖。仕至黄門侍郎，後棄官歸。《晉書》有傳。參見《次韻叔父詠竹二首》之二注〔五〕。

〔一一〕宋釋惠洪《次韻超然竹陰秋夕》：「知誰牆外千竿竹，分我窗西一畝陰。」

〔一三〕三家村：偏僻的小鄉村。唐王季友《代賀若令譽贈沈千運》詩：「山上雙松長不改，百年唯有三家村。」蘇軾《用舊韻送魯元翰知洺州》：「永謝十年舊，老死三家村。」

## 二

我公經綸手〔一〕，胡爲試盤根。忠言與嘉績〔二〕，有後期臧孫〔三〕。胸中五千卷〔四〕，三歲不窺園〔五〕。種德如川增〔六〕，源深自潺湲。遽辭承明廬〔七〕，出備諸侯藩。仁風被草木，已覺棠陰繁〔八〕。此君況手植〔九〕，伴公讀書軒。未須勞越吟〔一〇〕，寓目聊江村。群豪爭吐奇，和詩相勸敦。愧無崢嶸句〔一一〕，往繼「火陸渾」〔一二〕。

**【箋注】**

〔一〕「我公」二句：謂葉少蘊本治國安邦之才，卻外放爲郡守，慨其不得其用。經綸：整理絲縷。引申爲治國。《禮記·中庸》：「唯天下至誠，爲能經綸天下之大經，立天下之大本，知天地之化育。」盤根：又作「槃根」，木之曲屈大根，以喻繁難之事。《後漢書·虞詡列傳》：「後朝歌賊甯季等數千人攻殺長吏，屯聚連年，州郡不能禁，乃以詡爲朝歌長。故舊皆弔詡曰：『得朝歌何衰！』詡笑曰：『志不求易，事不避難，臣之職也。不遇槃根錯節，何以別利器乎？』」

〔二〕大觀初，夢得任起居郎，進言用人以德爲先；二年累遷翰林學士，極論士大夫朋黨之弊。後帥潁昌府，發常平粟賑民，「忠言嘉績」蓋謂此也。詳見《宋史》本傳。

〔三〕見《用伯充韻贈孫志舉》注〔一六〕。

〔四〕《北史·崔儦傳》：「(儦)每以讀書爲務，負恃才地，大署其户曰：『不讀五千卷書者，無得入此室。』」

〔五〕見《次韻叔父上巳二首》之二注〔七〕。

〔六〕種德：見《叔父生日》之三注〔一〕。

〔七〕承明廬：見《和大人游羅浮山》注〔五〕。

〔八〕見《次韻叔父月季再生》注〔六〕。

〔九〕此君：指竹。參見《次韻叔父所居六首》之三注〔三〕。

〔一〇〕越吟：見《送伯達兄赴嘉禾》注〔一四〕。

〔一一〕崢嶸：此指詩句不凡。

〔一二〕火陸渾：唐韓愈《陸渾山火和皇甫湜用其韻》：「皇甫作詩止睡昏，辭誇出真遂上焚。要余和增怪又煩，雖欲悔舌不可捫。」按此二句自謙才不足以唱和。

## 次韻葉守端午西湖曲水〔一〕

### 一

遠釃清潁入溪渠，左繚孤城轉古墟〔二〕。豈止江湖來席上，一蘇窮澤十千①魚〔三〕。

【校記】

①十千：宛本作「十年」。

【箋注】

〔一〕據《四朝名臣言行録》記載，葉少蘊以重和元年知潁昌，宣和二年提舉鴻慶宮。過詩云「擬欲挐舟江海去」、「一葉何時縱櫂歌」，是當在少蘊治下而郾城令上，且繫於宣和元年（一一一九）端陽日。

〔二〕潁水流自許州城西北，一分爲二，一自北遶城而東南，一自西南遶城，於東南二水復匯（據嘉靖《許州志圖》）。古墟：謂曹魏古城，在今許昌古城村。

〔三〕「豈止」二句：二句謂夢得政績斐然，非特延江湖賢士於席上，更有解民倒懸、生死肉骨之恩。末句蓋用《莊子·秋水》「涸轍之鮒」事。參《次韻謝民師》注〔一五〕。《金光明經》卷四：「我爲大王國土人民治種種病，漸漸遊行至彼空澤。見有一池其水枯涸，有十千魚爲日所曝，今日困厄將死不久。惟願大王，借二十大象令得負水濟彼魚命。」

二

暗泉百道草間鳴，已覺圓荷翠蓋傾。擬欲挐舟江海去〔一〕，門前歸路是春明〔二〕。

【箋注】

〔一〕宋劉攽《題館壁》詩：「明日扁舟江海去，卻從雲氣望蓬萊。」

〔三〕「擬欲」二句：謂心欲隱遁，然微職在身，未能如願。春明：見《次韻韓文若展江六詠》之八注〔四〕。

三

一葉何時縱櫂歌〔一〕，空悲急景怨羲和〔二〕。斜風細雨添愁絶，青蒻蒙頭映緑蓑〔三〕。

【箋注】

〔一〕謂不知何時能扁舟歸隱江湖。櫂歌：行船時所唱之歌。

〔二〕謂光陰飛逝。景：日光。羲和：傳爲日之御者。屈原《離騷》：「吾令羲和弭節兮，望崦嵫而勿迫。」漢王逸《章句》：「羲和，日御也。」

〔三〕「斜風」二句：唐張志和《漁歌子》：「青箬笠，緑蓑衣，斜風細雨不須歸。」蒻：當作「箬」，或作「篛」。元李衎《竹譜詳録》卷三：「箬竹又名篛竹，出浙江及閩廣，處處有之。」其葉與篾可編爲笠。

四

兵廚酒色似鵝兒〔一〕，計泛樓船會有期〔二〕。葦折荷枯秋露淨，更看鏡面渺瀰時〔三〕。

【箋注】

〔一〕兵廚：見《送伯達兄赴嘉禾》注〔一五〕。鵝兒：酒名。唐杜甫《舟前小鵝兒》詩：「鵝兒黄似酒，對酒愛新鵝。」清錢謙益注引《方輿勝覽》：「鵝黄乃漢中酒名，蜀中無能及者。」

〔二〕《樂府詩集》漢武帝《秋風辭》：「汎樓船兮濟汾河，横中流兮揚素波。」會：當。此當指葉蘇等人更約秋來泛舟西湖之事。

〔三〕鏡面：謂秋水一平如鏡。渺瀰：曠遠貌。晉木華《海賦》：「沖瀜沆瀁，渺瀰湠漫。」蘇軾《獨酌試藥玉酒盞有懷諸君子明日望夜月庭佳景不可失作詩招之》：「荷心雖淺狹，鏡面良渺瀰。」

## 五

叔度平生撓不渾，注之不滿挹無痕〔一〕。甘棠訟息籃輿晚〔二〕，目送牛羊自下村〔三〕。

【箋注】

〔一〕「叔度」二句：叔度：東漢黄憲（七五—一二二）字。汝南慎陽（今河南正陽）人，家世貧賤，荀淑目之爲顔子。陳蕃周舉常相謂曰：「時月之間不見黄生，則鄙吝之萌復存乎心。」郭泰贊之曰：「叔度汪汪若千頃陂，澄之不清，淆之不濁，不可量也。」不仕而終，天下號曰徵君。《後漢書》有傳。

〔二〕甘棠訟息：見《次韻叔父月季再生》注〔七〕。籃輿：見《次韻叔父詠竹》之二注〔五〕。

〔三〕《詩·王風·君子于役》：「日之夕矣，羊牛下來。」

## 次韻葉守端陽日湖上宴集〔一〕

謬玷英髦齒故鄉〔二〕，西溪雲日曉蒼涼。樽傾北海佳辰至〔三〕，樂入熏風晝漏長〔四〕。未放巾車陶令去〔五〕，且容拓戟少陵狂〔六〕。他時儻與安昌客，還許門生到後堂〔七〕。

【箋注】

〔一〕當與前篇同時作。前云「擬欲挐舟江海去」，此云「未放巾車陶令去」，是其證。

〔二〕此句猶曰：有幸厠身潁昌諸賢之列。玷：點汙，謙詞。髦：《爾雅·釋言》：「髦，俊也。」晉郭璞「士中之俊猶毛中之髦。」宋邢昺疏：「毛中之長毫曰髦，士之俊者借譬爲名焉。」齒：論列。

〔三〕樽傾北海：見《次陶淵明正月五日游斜川韻》注〔一三〕。

〔四〕熏風：東南曰熏風。參見《雨後見月》注〔一一〕。晝漏長：《後漢書·律曆志下》「夏至」唐李賢注引蔡邕《月令章句》：「夏至之爲極有三焉：晝漏極長，去極極近，晷景極短。」漏：漏刻，古之計時器。《説文解字·水部》：「漏，以銅受水，刻節，晝夜百刻。」

〔五〕晉陶淵明《歸去來兮辭》：「或命巾車，或棹孤舟。」參見《餞任況之》注〔五〕。

〔六〕此言歡宴之樂。唐杜甫《醉爲馬墜諸公攜酒相看》詩：「甫也諸侯老賓客，罷酒酣歌拓金戟。騎馬忽憶少年時，散蹄迸落瞿塘石。」拓：舉也。

〔七〕「他時」二句：安昌客：指張禹。張禹「河平四年代王商爲丞相，封安昌侯」。參見《大雪日趙承之》注〔六〕。

## 訟風伯〔一〕

天胡久不雨？我欲訟之天。二麥槁欲死〔二〕，驕陽猶熾然。重陰數布野〔三〕，雨意來無邊。未許一濡地〔四〕，輒遇西風顛。擺摇澗谷響，寧復留雲煙？雨師良已勤〔五〕，風伯殆未悛〔六〕。天公縱此爲，忍使暴我田。默訴若有答，不待巫史傳〔七〕。昨者六七月，屋溜如繩懸〔八〕。淋漓逮十日〔九〕，奔突潰百川〔一〇〕。行旅已斷道，閭閻欲通船〔一一〕。不藉屏翳功，日星幾變遷〔一二〕。我請酌民情〔一三〕，血誠通帝淵〔一四〕。風雨要有時，乃不爲咎愆〔一五〕。赤子仰粒食〔一六〕，云何絶其煙。徒閔負販勞，不憂稼穡先。怨讟滿南畝，懽忻爲市廛〔一七〕。謾説昏墊害〔一八〕，欲誇掃除賢。何曾補日月，空秖①留飢年。區區《訟風伯》，聊賡退之篇〔一九〕。

**【校記】**

①秖：祠本作「祇」。

**【箋注】**

〔一〕作於宣和元年（一一一九）。按蘇過以政和五年冬受知郾城，六年赴任。六、七兩年間「雨暘以時」（見《遷土地祭文》），重和元年因淫雨有禱晴文，次年復亢陽不雨，有禱雨文。風伯：風神，能興疾風。字飛廉。屈原《離騷》「前望舒使先驅兮，後飛廉使奔屬」，漢王逸《章句》曰：「飛廉，風伯也。」或以箕宿爲風伯。漢應劭《風俗通義》卷八曰：「風師者，箕星也，箕主簸揚，能致風氣。」

〔二〕二麥：大麥和小麥。槁：乾枯。蘇軾《和李邦直沂山祈雨有應》：「蛟龍睡足亦解慚，二麥枯時雨如洗。」

〔三〕重陰：濃雲。

〔四〕濡：浸漬，濕潤。

〔五〕雨師：《山海經·海外東經》「雨師妾在其北」晉郭璞注：「雨師謂屏翳也。」或曰畢星、玄冥。俱見《風俗通義》卷八。

〔六〕悛：悔改，停止。

〔七〕以上爲第一層，言狂風肆虐，久旱不雨。

〔八〕屋溜：屋簷滴水處。《左傳·宣公二年》：「三進及溜，而後視之。」唐孔穎達疏：「溜，謂簷下水溜之處。」

〔九〕淋漓：雨水下滴貌。

〔一〇〕謂洪水泛濫。

〔一一〕閭閻：里巷。

〔一二〕「不藉」二句：謂若非雨師收斂，已地覆天翻矣。以上爲第二層，言去歲淫雨爲災。

〔一三〕酌：斟酌。《左傳·成公六年》：「子爲大政，將酌於民者也。」晉杜預注：「酌，取民心以爲政。」《禮記·坊記》：「上酌民言，則下天上施。」漢鄭玄注：「酌，猶取也。」

〔一四〕血誠：猶赤誠。謂極其真誠的心意。《宋書·謝晦傳》：「去年送女遣兒，闔家俱下，血誠如此，未知所愧。」唐白居易《爲宰相讓官表》：「此所以重陳手疏，再瀝血誠，乞迴此官，别授能者。」帝淵：猶言「帝居」，天帝所居。

〔一五〕咎愆：過失。

〔一六〕粒食：以穀物爲食。《禮記·王制》：「北方曰狄，衣羽毛穴居，有不粒食者矣。」清陳澔《集説》：「西北地寒，少五穀，故有不粒食者。」

〔一七〕「徒閔」四句：謂久旱不雨，農夫焦心如焚，唯商賈得利焉。徒閔：猶言「但憐」。讟：怨言。懽忻：同「歡欣」。

〔一八〕《書·益稷》：「禹曰：『洪水滔天，浩浩懷山襄陵，下民昏墊。』」僞孔傳：「言天下民昏瞀墊溺，皆因水災。」

〔一九〕退之篇：韓愈有《訟風伯文》。其末云：「上天孔明兮，有紀有綱。我今上訟兮，其罪誰當？天誅加兮不可悔，風伯雖死兮人誰汝傷？」以上爲第三層，訟風伯之罪。

## 送趙儀之丞汝陰〔一〕

先師詔後人，學優仕有餘〔二〕。治身猶農功，勤惰報亦如。公子生華屋〔三〕，翛然山澤癯〔四〕。胸中一丘壑〔五〕，結髮談詩書〔六〕。間平風流在〔七〕，自與常人殊。清華通帝籍〔八〕，簪紱輝里閭。我獨求試吏，十室聊卷舒〔九〕。未起青雲心〔一〇〕，且與黃卷娛。淮壖久薦饑〔一一〕，待子活焦枯。前賢跡相踵，詠歌載西湖〔一二〕。麥秋未可期〔一三〕，往哺當勤劬。作詩聊祖道〔一四〕，請以書鄰虛〔一五〕。儀之自名其室曰鄰虛。

【箋注】

〔一〕作於宣和元年（一一一九）郾城令任上。其「我獨求試吏，十室聊卷舒」是其證。又云「淮壖久薦饑」，正指重和元年江淮水災、宣和元年淮甸旱饑之事（見《續資治通鑑·宋紀·徽宗紀》）。趙儀之：事跡未詳，據詩意當是宋宗室。丞：作縣丞。秦漢縣無大小皆有丞，以佐令長之治（見《漢書·百官公卿表序》）。宋世廢置不常，大抵崇寧大觀間縣並有丞，其餘時間則視縣之大小、事之繁簡而置廢焉（見《宋史·百官志七》）。汝陰：治今安徽阜陽。

〔二〕「先師」二句：《論語·子張》：「仕而優則學，學而優則仕。」詔：《説文解字·言部》：「詔，告也。」

〔三〕華屋：指富貴人家。三國魏曹植《箜篌引》：「生在華屋處，零落歸山丘。」

〔四〕翛然：《莊子·大宗師》：「翛然而往，翛然而來而已矣。」唐成玄英疏：「翛然，無係貌也。」山澤癰：見《地鑪歌寄伯仲》注〔一三〕。

〔五〕見《題劉均國所藏燕公山水圖》注〔五〕。

〔六〕結髮：見《送仲南兄赴水南倉》注〔二〕。

〔七〕間平：指漢河間獻王劉德、東平獻王劉蒼。劉德：景帝第三子，立爲河間王，修學好古，實事求是，從民間得善書，必好寫與之，留其真，得書多與朝廷等，皆古文先秦舊書；並尊崇儒者，故山東諸儒多從之游。卒謚獻。《漢書》有傳。劉蒼：東漢光武帝第八子，封東平王，少好經書，雅有智思。明帝時拜驃騎將軍，多所建樹。尋上書辭職。卒謚獻。《後漢書》有傳。以二人多賢，故後世以「間平」代指宗室之賢者。《北史·齊文襄諸子傳論》：「文襄諸子，咸有風骨。雖文雅之道，有謝間平；然武藝英姿，多堪禦侮。」

〔八〕謂門第清高華貴，與帝室同宗共籍。

〔九〕十室：見《次韻趙承之數詩》注〔一三〕。卷舒：《淮南子·原道》：「與剛柔卷舒兮，與陰陽俯仰兮。」漢高誘注：「卷舒，猶屈伸也。」

〔一〇〕青雲心：見《送在庭姪領漕歸蜀》注〔一三〕。

〔一一〕壖：緣河地帶。此指沿岸。薦饑：連年災荒；連續災荒。薦，通「洊」。《北史·儒林傳下·黎景熙》：「或恐極陽生陰，秋多雨水，年復不登，人將無顔。如又薦飢，爲慮更甚。」

〔一二〕「前賢」二句：西湖：此指潁州西湖，在阜陽西北三里，晏殊、歐陽修、蘇軾相繼爲守，皆頗有政績且時賞宴於此。

〔一三〕秋：收成。《書·盤庚上》：「若農服田力穡，乃亦有秋。」期：待。

〔一四〕祖道：餞行。參見《歲暮見懷》之二注〔五〕。

〔一五〕鄰虚：近於無，極言其細微。《楞嚴經·如來藏》之三《七大》：「汝觀他性，粗爲大地，細爲微塵。至鄰虚塵，極細極微，更極鄰虚，即實空性。」

## 郡守禱雨獲應〔一〕

秋陽六十日，閔閔歲可懼〔二〕。原田龜坼塊〔三〕，城市塵没屨。誰歟悲若人，活彼於旦暮。精禋發仁惻〔四〕，誠意輒上訴〔五〕。神山閟靈湫〔六〕，水旱天所付。潛虬嬾廢職，暴虎往鬬怒〔七〕。抑無東海寃〔八〕，又豈桑羊蠹〔九〕。天心自響答，民語酌道路〔一〇〕。嗟予生理拙，飢飽共農圃〔一一〕。披衣夜不眠，聽此簷間語。沉痾忽去體〔一二〕，黄壤流膏乳。少寬縣令責，盡復南畝故。呼兒酌我酒，欲寫無佳句。聊同千里謡〔一三〕，非公誰與哺？

【箋注】

〔一〕此二篇與《訟風伯》詩俱作於宣和元年（一一一九）在郾城任上。郡守：似指葉少藴。

〔二〕閔閔：《左傳·昭公三十二年》：「閔閔焉如農夫之望歲。」晉杜預注：「閔閔，憂貌。」

〔三〕龜坼：天久旱，地面坼裂如龜兆之文。

〔四〕精禋：《書·舜典》：「禋於六宗。」僞孔傳：「精意以享謂之禋。」仁惻：見《大人生日》（大士來淮泗）注〔四〕。

〔五〕謂所禱神靈上訴於天。

〔六〕閟：閉。靈湫：靈驗之深潭，有禱必應。晋王度《古鏡記》：「此靈湫耳，村閭每八節祀之，以祈福祐。」

〔七〕「潛虬」二句：韋絢《劉賓客嘉話録》：「南中久旱，即以長繩繫虎頭骨投有龍處，入水即數人牽制不定，俄頃雲起潭中，雨亦隨降，龍虎敵也，雖枯骨猶能激動。」虬：《説文解字·虫部》：「虯（虬），龍無角者。」嬾：同「懶」。

〔八〕東海冤：《漢書·于定國傳》：「東海有孝婦……養姑甚謹……其後姑自經死，姑女告吏『婦殺我母』，孝婦辭不殺姑。吏驗治，孝婦自誣服，具獄上府，于公以爲此婦養姑十餘年，以孝聞，必不殺也。太守不聽，于公爭之，弗能得……太守竟論殺孝婦。郡中枯旱三年。」

〔九〕桑羊：即桑弘羊（前一五二—前八〇）：西漢洛陽人。武帝時爲治粟都尉，領大司農，主張抑商重農，鹽鐵酒類國家專賣。並立平准均輸機構，平抑物價。武帝臨終授御史大夫，與大將軍霍光等受遺詔輔少主（昭帝），後因陰謀廢立，奪霍光權被殺。其事見《漢書·霍光傳》、桓寬《鹽鐵論》。桑羊蠹：《漢書·食貨志》第四下：「是歲小旱，上令百官求雨。卜式言曰：『縣官當食租衣税而已，今弘羊令吏坐市列，販物求利。亨弘羊，天乃雨。』」

〔一〇〕「天心」二句：謂天帝根據道路間民人言語心情，以垂示告誡統治者，即「天聽自我民聽」者也。響：回聲。

〔一一〕農圃：農夫、菜農。

〔一二〕沉疴：積久難治之病。

〔一三〕蘇軾《雨後行菜圃》：「天公真富有，膏乳瀉黄壤。」

〔一四〕千里謡：謂民之謳歌。《晉書·束皙傳》：「太康中，郡界大旱，皙爲人請雨，三日而雨注。衆謂皙誠感，爲作歌曰：『束先生，通神明，請天三日甘雨零。我黍以育，我稷以生。何以疇之？報束長生。』」

## 再和

吾君如湯仁〔一〕，常爲無災懼〔二〕。一夫恐不獲〔三〕，貿貿悲輯屨〔四〕。一斗東南憂〔五〕，詔書走晨暮。陳陳發囷廩〔六〕，粒食不待訴。知公經綸手，故以民社付〔七〕。汪然叔度陂〔八〕，不見偉節怒〔九〕。德星所臨次，民瘼消朽蠹。祝詞往無愧，飛雨來半路。耕犂及二麥，浸灌休老圃〔一〇〕。何人執筆書，爲瑞非虚語。應言潁川鳳〔一一〕，未要貓相乳〔一二〕。益欣獄訟少，三尺略細故〔一三〕。丞掾從歌呼〔一四〕，謳謡入章句〔一五〕。謝公未賦歸，赤子猶待哺〔一六〕。

【箋注】

〔一〕湯：殷之始君，契之後，舉賢任能，廣施仁政，得天下歸心，終滅夏，建殷商王朝。見《史記·殷本紀》。其本紀有云：「湯出，見野張網四面，祝曰：『自天下四方，皆入吾網。』湯曰：『嘻，盡之矣！』乃去其三面，祝曰：『欲左，左；欲右，右。不用命，乃入吾網。』諸侯聞之，曰：『湯德至矣，及禽獸。』」

〔二〕無災懼：《後漢書·明帝紀》：「昔楚莊無災，以致戒懼。」唐李賢注引《説苑》曰：「楚莊王見天下不見妖，而地不出孽，則禱于山川曰：『天其忘余歟？』此能求過于天，必不逆諫矣。」蘇轍《第三表不許不允批答二首》：「昔成湯自省以六事，楚莊常懼於無災。」

〔三〕見《歲暮見懷》之一注〔五〕。

〔四〕《禮記·檀弓下》：「有餓者蒙袂輯屨貿貿然來。」漢鄭玄注：「輯，斂也。力憊不能屨也。貿貿，目不明之貌。」

〔五〕二斗：《三輔黄圖》卷一《漢長安故城》：「城南爲南斗形，北爲北斗形，至今人呼漢京城爲斗城。」按此以「二斗」代指皇帝。

〔六〕謂發糧以賑濟。《史記·平準書》：「太倉之粟，陳陳相因，充溢露積於外，至腐敗不可食。」囷廩：糧倉。

〔七〕民社：民人與社稷。《論語·先進》：「有民人焉，有社稷焉。」蘇軾《送張嘉父長官》詩：「微官有民社，妙割無鷄牛。」以上爲第一層，頌揚皇帝仁厚且知人善任。

〔八〕見《次韻葉守端午西湖曲水》之五注〔一〕。

〔九〕偉節：後漢賈彪字。潁川定陵（治今河南郾城西北）人。「初，彪兄弟三人，並有高名，而彪最優，故天下稱曰：『賈氏三虎，偉節最怒。』」桓帝時，爲新息長，時民間困窮，多不養子，彪嚴爲其制，數年，養子者數千。後黨爭事起，彪入洛陽斡旋，桓帝因赦黨人。《後漢書》有傳。

〔一〇〕老圃：指抱甕汲水以灌圃之老人。參見《送呂知止》注〔一二〕。

〔一一〕潁川鳳：《漢書·黄霸傳》：黄霸爲潁川守，「前後八年，郡中愈治。是時鳳凰神爵數集郡國，潁川尤多」。

〔一二〕貓相乳：唐韓愈《貓相乳》文云：「司徒北平王家貓有生子同日者，其一死焉，有二子飲於死母。母且死，其鳴咿咿。其一方乳其子，若聞之，起而若聽之，走而若救之，銜其一置於其棲，又往如之，反而乳之，若其子然。」

〔一三〕三尺：法律。見《清源大夫吴人》注〔一四〕。細故：小事。

〔一四〕見《次韻孫志康牡丹》之一注〔四〕。

〔一五〕章句：章節與文句。南朝梁劉勰《文心雕龍·章句》：「夫人立言，因字而生句，積句而爲章，積章而成篇。」此謂《許昌唱和詩集》。

〔一六〕謝公：謝安。見《叔父生日》（重耳飄流十九年）之一注〔九〕。以上爲第二層，讚頌郡守治績。

## 范季遠作止①齋求詩以此寄之〔一〕

急流勇退真難事〔二〕，要取榮枯君自味〔三〕。世間軒冕如嚼蠟〔四〕，自覺山川天下貴〔五〕。君如八駿方服軥〔六〕，帝閑正欲求千里〔七〕。刷燕秣越非所願〔八〕，放浪煙霞躡雲水〔九〕。蕭然築室在人境〔一〇〕，身與此心俱欲止。倦飛偶學陶彭澤〔一一〕，示疾還同老居士〔一二〕。政憂功名來未免〔一三〕，吾駕不回誰與柅〔一四〕？古來索價累高人，少室終南應所鄙〔一五〕。

【校記】

①止：舊本作「詞」。

【箋注】

〔一〕作於郾城任上。「政憂功名來未免，吾駕不回誰與柅」即言仕宦事。范季遠：事跡未詳。止齋：取「坎止」之意，見《送普融老》注〔三〕。

〔二〕急流勇退：謂謝官。《邵氏聞見録》卷七：「僧熟視（錢）若水，久之不語，以火箸畫灰作『做不得』三字，徐曰：『急流中勇退人也。』……後若水登科爲樞密副使，年才四十致政。」蘇軾《贈善相程傑》：「火色上騰雖有數，急流勇退豈無人。」

〔三〕榮枯：本指草木茂盛與枯萎。南朝宋顔延之《秋胡》詩：「孰知寒暑積，僶俛見榮枯。」常以喻人世的盛衰、窮達。《後漢書·馮異傳》：「結死生之約，同榮枯之計。」唐錢起《初至京口示諸弟》詩：「兄弟得相見，榮枯何處論。」

〔四〕嚼蠟：比喻無味。《楞嚴經》卷八：「我無欲心，應汝行事，於横陳時，味如嚼蠟。」宋王安石《示董伯懿》詩：「嚼蠟已能忘世味，畫脂那更惜時名。」蘇轍《次韻子瞻和陶淵明飲酒二十首》之十四：

「白首六卿中，嚼蠟那復味。」

〔五〕蘇軾《送張嘉州》詩：「浮雲軒冕何足言，惟有江山難入手。」

〔六〕八駿：見《次韻趙承之數詩》注〔一〇〕。輈：車轅。

〔七〕帝閑：《周禮·夏官·校人》：「天子十有二閑，馬六種。」漢鄭玄注：「每廄爲一閑。」千里：指千里馬。

〔八〕《文選·顔延年〈赭白馬賦〉》：「旦刷幽燕，晝秣荆越。」唐李善注：「《説文》曰：『刷，刮也。』《毛詩》曰：『言秣其馬。』晉杜預注：『以粟飯馬曰秣。』」

〔九〕放浪：放蕩不羈。煙霞：指山水勝境。《北史·徐則傳》：「餐松餌朮，棲息煙霞。」

〔一〇〕人境：塵世。人所居止處。晉陶淵明《飲酒》詩之五：「結廬在人境，而無車馬喧。」

〔一一〕陶淵明《歸去來兮辭》：「雲無心以出岫，鳥倦飛而知還。」

〔一二〕見《大人生日》（窮寓三年瘴海濱）注〔三〕。

〔一三〕政：正。只。

〔一四〕柅：《易·姤》：「繫於金柅。」唐孔穎達疏引馬融曰：「柅者，在車之下，所以止輪令不動也。」

〔一五〕「古來」二句：謂范季遠當鄙棄諸待價而沽之假隱士。唐韓愈《寄盧仝》詩：「少室山人索價高，兩以諫官徵不起。」按《新唐書·李渤傳》曰李渤「與兄涉偕隱廬山」，「久之，更徙少室」。又《新唐書·盧藏用傳》：「（藏用）與兄徵明偕隱終南、少室二山。」時人譏爲「仕宦之捷徑」。終南：山名，秦嶺山峰之一，在今陝西西安市南，又名南山、太一山（見《漢書·地理志》）。

# 次韻晁無斁與葉少藴重開西湖唱酬之詩〔一〕

## 一

鑿開北渚漲痕收〔二〕，倚杖波呑立鷺洲〔三〕。稍覺蒹葭相與永〔四〕，直疑汴泗看交流〔五〕。壽公且吸杯中月〔六〕，清水頻移鏡裏舟〔七〕。雖走蓬萊通帝籍，邦人真欲寇公留〔八〕。

【箋注】

〔一〕當作於宣和二年（一一二〇）。詩曰「鑿開北渚漲痕收，倚杖波呑立鷺洲」，是知題之所謂「重開」，乃爲再鑿也。此必在葉夢得知潁昌府任上。而詩中之「自分鉏耰畢此生，不須窮達問君平」；「空懷老驥心千里，憔悴窮途敢請纓」云云，似爲蘇過「以法令罷」郾城任後之情景。參諸他篇，蘇過宣和元年尚令郾城，而葉夢得離潁又在二年，然則是篇之作，或在宣和元年與二年之交耶？晁無斁：名將之，晁補之弟，進士出身，元祐八年薦爲學官（見范祖禹《范太史集》卷五五《手記》）。

〔二〕北渚：揆之辭意，當是湖之北原有渚，今鑿通之，而湖水北洩，水位因而減低。

〔三〕似是鑿通北渚與西湖之道，因使凸入湖中之山孤立爲洲。立鷺洲：當取意於蘇軾「潁水清淺可立鷺」句。

〔四〕蒹葭：爲《詩·秦風》篇名。其辭曰：「蒹葭蒼蒼，白露爲霜。所謂伊人，在水一方。溯洄從之，道阻且長；遡游從之，宛在水中央。」此但取其「道阻且長」，「宛在水中央」之意，蓋謂立鷺洲之孤立水中。

〔五〕唐韓愈《汴泗交流贈張僕射》詩：「汴泗交流郡城角，築場千步平如削。」按古汴河與泗水合於舊徐州入淮河。此喻北渚與原西湖二水相交通。

〔六〕壽公：謂爲君祝壽。「杯中月」句：謂酣飲盡歡。月下飲酒，月影入杯酒之中，「吸杯中月」即一飲而盡，杯月頓消。蘇軾《月夜與客飲酒杏花下》：「山城薄酒不堪飲，勸君且吸杯中月。」

〔七〕蘇軾《次韻秦少章和錢蒙仲》：「鑑裏移舟天外思，地中鳴角古來聲。」

〔八〕「雖走」二句：謂縱或少蘊欲隱不仕，而百姓亦將戀留。帝籍：猶言「帝鄉」、「仙鄉」。寇公：即寇恂（？—三六）：後漢上谷昌平（今屬北京）人，字子翼。世爲地方著姓，光武帝劉秀拜爲河内太守，翦平緑林軍蘇茂、賈强等部。繼爲潁川汝南太守，封雍奴侯。《後漢書》有傳。其本傳嘗云：「即日車駕南征，恂從至潁川，盜賊悉降，而竟不拜郡。百姓遮道曰：『願從陛下復借寇君一年。』」按此處「通帝籍」、「寇公留」疑有所指，豈其時少蘊已激怒楊戩、李彦，特未降旨罷任乎？

## 二

危構飛空舊奂輪〔一〕，澄光爽氣壓城闉〔二〕。下臨曲水山陰禊〔三〕，不障西風庾亮塵〔四〕。謾擬江南入圖畫，只憑詩匠掃蕪堙〔五〕。少陵有句真堪詠，翠竹江村月色新〔六〕。

【箋注】

〔一〕奐輪：即輪奐。見《叔父生日》（鬱鬱澗底松）注〔四〕。

〔二〕城闉：謂城門。

〔三〕山陰禊：見《正月二十四日侍親游》注〔一八〕。

〔四〕庾亮塵：見《寄題幾仲所居二詩》之二注〔四〕。

〔五〕「謾擬」二句：蓋謂西湖可比江南勝景，是皆詩匠（少藴）所辟。蕪堙：猶言「荒穢」。

〔六〕「少陵」二句：唐杜甫《南鄰》詩：「白沙翠竹江村暮，相對柴門月色新。」

三

自分鉏耰畢此生〔一〕，不須窮達問君平〔二〕。黄粱正與夢俱熟，環堵真無爨欲清〔三〕。晚客彊陪金谷侶〔四〕，小詩聊學候蟲鳴〔五〕。空懷老驥心千里〔六〕，憔悴窮途敢請纓〔七〕。

【箋注】

〔一〕自分：自料，自以爲。《漢書·蘇武傳》：「自分已死久矣！王必欲降武，請畢今日之驩，效死於前。」三國魏曹植《上責躬應詔詩表》：「心離志絶，自分黄耇，無復執珪之望。」

〔二〕君平：即嚴君平，漢蜀郡（治今成都）人，名遵。「卜筮於成都市」，日得千錢，足以自養，即閉肆下簾授《老子》。一生未仕，卒年九十餘。見《漢書·王貢兩鮑龔傳序》。

〔三〕爨欲清：《莊子·養生主》：「吾食也執粗而不臧，爨無欲清之人。」宋林希逸《口義》：「言麤食亦猶美食也。常時多有飲食之事，則厨爨之間竈常不冷，故厨者欲清而不能；今則憂思飲食寡少，則竈常清矣。」按此極言貧窶。

〔四〕《晉書·石崇傳》：「崇有別館在河陽之金谷，一名梓澤，送者傾都，帳飲於此焉。」後以「金谷侶」喻高門貴賓。金谷：在今洛陽市西北。參閱《水經注》卷十六「穀水」。

〔五〕蘇軾《次韻答劉涇》：「吟詩莫作秋蟲聲，天公怪汝鉤物情。」謂聲嘶力竭而無新意。

〔六〕見《聞潮陽吴子野出家》注〔六〕。

〔七〕請纓：見《送八弟赴官汝南》注〔三〕。

## 送葉少蘊歸縉雲〔一〕

昔直承明廬，誰似先生早〔二〕。前無雒陽人〔三〕，後笑馮唐老〔四〕。機雲謾聲價〔五〕，班馬空詞藻〔六〕。豈知淵源來，尚覺河漢小〔七〕。斯文歎未墜〔八〕，妙意付幽討〔九〕。言乘刺史藩〔一〇〕，曾視金鑾草〔一一〕。飄然香案仙〔一二〕，宜著蓬萊島。未忘經濟心〔一三〕，甘爲窮鬼笑〔一四〕。手援溝壑危，自上蠲賦表〔一五〕。不知古襦袴〔一六〕，能活幾枯槁。端如德星臨，民瘼一驅掃。方安龔遂政〔一七〕，遠賦陽城考〔一八〕。越吟念莊舄〔一九〕，贈策嗟秦繞〔二〇〕。江湖計不疏，經史心未了。但收王車歸〔二一〕，三徑不足道〔二二〕。平生林泉志，久矣軒裳藐〔二三〕。遠同謝安石，樂此東山好〔二四〕。蒼生獨未買①，政坐功名擾〔二五〕。漢庭求諸儒，慨想前輩少〔二六〕。不用歎周南〔二七〕，亟聞宣室召〔二八〕。

【校記】

①蒼生獨未買：原校曰：「『蒼生獨未買』，『買』字誤，或是『獨未安』。」

【箋注】

〔一〕作於宣和二年（一一二〇）。詩云「方安龔遂政，遠賦陽城考。越吟念莊舄，贈策嗟秦繞」，知爲葉夢得罷潁昌任時作。按《四朝名臣言行録》云葉重和初知潁昌，宣和二年提舉鴻慶宫。又據《宋史·葉夢得傳》曰：夢得不親楊戩、李彦，「戩、彦交怒，尋提舉南京鴻慶宫」。考諸楊戩傳，其死在宣和三年。然則夢得之貶官，在宣和二年必矣。缙雲：縣名：在今浙江。少藴弱冠及第，風靡文壇，才能經邦，知足安民。在朝則高節凛凛，出牧而黎庶熙熙，是可謂之賢也。惜其官運不昌，功高反黜。叔黨之詩，蓋爲之歎焉。

〔二〕「昔直」二句：少藴紹聖四年登進士第，時年二十一歲。徽宗即位，「自婺州教授召爲議禮武選編修官。用蔡京薦，召對。……上異其言，特遷祠部郎官」；大觀二年，「累遷翰林學士」。是時年亦不過三十二歲。直承明：見《和大人游羅浮山》注〔五〕。

〔三〕雒陽人：指賈誼。見《送八弟赴官汝南》注〔四〕。

〔四〕馮唐老：見《送八弟赴官汝南》注〔一一〕。

〔五〕機雲：指陸機、陸雲，爲西晉吴人。機字士衡，雲字士龍，父祖爲吴將相。吴滅，太康末入洛陽，文名噪一時，人稱「百代文字，一人而已」。後事成都王司馬穎，機官平原内史，雲官清河内史。及穎討長沙王司馬乂，任機爲後將軍，河北大都督，戰敗受譖，弟兄同時遇害。《晉書》有傳。

〔六〕見《北山雜詩》之九注〔二〕。

〔七〕「豈知」二句：《莊子・逍遥游》：「吾聞言於接輿，大而無當，往而不返。吾驚怖其言，猶河漢而無極也。」唐成玄英疏：「猶如上天河漢，迢遞清高，尋其源流，略無窮極也。」此反用《莊子》意，云夢得才高古人，無與倫比。

〔八〕《論語・子張》：「文武之道，未墜於地，在人。賢者識其大者，不賢者識其小者，莫不有文武之道焉。」參見《大人生日》（天爵名高實）注〔四〕。

〔九〕以上爲第一層，讚揚葉少藴才華蓋世。

〔一〇〕《宋史・葉夢得傳》：「大觀三年，以龍圖閣直學士知汝州，尋落職，提舉洞霄宫。政和五年，起知蔡州，復龍圖閣直學士。移帥潁昌府。」

〔一一〕金鑾草：金鑾殿爲唐宫殿名，與翰林院相接。夢得嘗爲翰林學士，故得「視草」（爲皇帝起草詔令等）。

〔一二〕香案仙：見《大人生日》（一封已責被敷天）注〔七〕。

〔一三〕經濟：經邦濟國。

〔一四〕窮鬼：傳説能窮人之鬼。唐韓愈有《送窮文》，内有窮鬼訕笑之辭。

〔一五〕「手援」二句：《宋史·葉夢得傳》：「移帥潁昌府，發常平粟振民，常平使者劉寄惡之。宦官楊戩用事，寄括部内，得常平錢五十萬緡，請糴粳米輸後苑以媚戩。戩委其屬持御筆來，責以米樣如蘇州。夢得上書極論潁昌地力與東南異，願隨品色。不報。時旁郡糾民輸鏹就糴京師，怨聲載道，獨潁昌賴夢得得免。」溝壑危：指災荒。《孟子·梁惠王下》：「凶年饑歲，君之民老弱轉乎溝壑，壯者散之四方者，幾千人矣。」蠲：減免。

〔一六〕古孺袴：此猶言「古之能吏」。參見《大人生日》（天定人勝難）注〔四〕。

〔一七〕龔遂：漢山陽南平陽（治今山東鄒城）人，字少卿，仕於昌邑王劉賀，賀多行不正，遂屢諫争。賀廢，髡爲城旦。宣帝時，爲渤海太守，治績卓越，民賴以安。入辟水衡都尉。《漢書》有傳。參見《次韻孫海若見贈》之二注〔二〕。

〔一八〕陽城考：見《送伯達兄赴嘉禾》注〔二一〕。陽城（七三八—八〇五）：唐北平人。字亢宗，進士及第，隱中條山。德宗召爲諫議大夫，剛直不阿，爲人所敬。改國子司業，出爲道州刺史，在任唯民是重，不爲上司所容，因載妻子棄官去。新、舊《唐書》有傳。

〔一九〕見《送伯達兄赴嘉禾》注〔一四〕。

〔二〇〕春秋晉士會因事奔秦，爲秦所用，晉乃使魏壽餘佯爲叛魏以入秦，勸士會歸晉。士會乃行，秦大夫繞朝覺其謀，贈之以策，曰：「子無謂秦無人，吾謀適不用也。」（事見《左傳·文公十三年》）此愧無先見之明也。以上爲第二層，讚頌少蕴政績。

〔二一〕謂解官離職事。但：只管。王車：天子所賜車。

〔二二〕三徑：見《和叔寬贈李方叔》注〔八〕。

〔二三〕軒裳藐：藐視仕宦。爲押韻而倒置。

〔二四〕「遠同」二句：見《叔父生日》（重耳飄流十九年）注〔九〕。

〔二五〕「蒼生」二句：接上兩句言，本不欲出仕，但思及天下蒼生，於是動功名之念。

〔二六〕「漢庭」二句：孔子没而微言絶，七十子喪而大義乖，更遭秦火，經典幾絶。漢興，詔能治經者，獨有一叔孫通略定禮儀，伏生習《尚書》，《詩》始萌芽；「在朝之儒，唯賈生而已」。「禮崩樂壞，書缺簡脱」，故劉歆深爲慨歎焉。詳見《史記·儒林列傳》、劉歆《移讓太常博士書》。

〔二七〕歎周南：見《謝公定以所藏文與可詩》注〔一一〕。

〔二八〕宣室：《史記·賈誼列傳》：「賈誼徵見，孝文帝方受釐，坐宣室。上因感鬼神事，而問鬼神之本。賈生因具道所以然之狀。至夜半，文帝前席。」南朝宋裴駰《集解》引蘇林注：「宣室，未央前正室。」以上爲第三層，慰勉少蕴，言不日必得大用。

# 蘇過詩文編年箋注卷六　詩

宣和三年（一一二一）築小斜川閒居至宣和五年（一一二三）權通判中山府期間作

## 蜀人宋衍蚤孤母去力學取科第遂獲見母蓋自蜀至許六千餘里聲跡不至逾二十年感歎茲事作此詩以送其歸〔一〕

緑槐染衣蘆作鞭，朝騎駿馬下九天〔二〕。人爲君榮君未喜，我家劍南親萬里〔三〕。四歲兒啼母不知，肺肝欲裂悲語誰。不如讀書期有立，可以藉手榮吾慈〔四〕。白雲悵望天一方〔五〕，潁水之北嵩之陽。君王一日親試策〔六〕，阿蘭不用尚書郎〔七〕。里門下馬人爭看，對泣相持行路歎。版輿歸侍錦江頭〔八〕，戲彩重償齔與丱〔九〕。

【箋注】

〔一〕宣和三年作於潁昌。葉昌熾《邠州石室録》載「宋仲宏（京）題詩」曰：「宣和三年，侄衍登第西歸，因與子炎載游慶壽，歷覽石室云云，蓋十月十有二日也。」宋詩作於宋衍既歸之後，過詩則作於送行之時。宋衍：成都雙流人。宋構孫。幼孤母嫁，養於叔父宋京（字仲宏）。及長力學，登宣和三年（一一二一）進士第，仕左宣教郎、知彭州九隴縣（見榮遠大、劉雨茂《〈斜川集校注〉考古補注》，載《宋代文化研究》第八輯，巴蜀書社，一九九九年）。

〔二〕「緑槐」二句：宋寇宗奭《本草衍義》卷十三「槐花」條曰：「今染家亦用，收時折其未開花……染色更鮮明。」科舉高中者著緑衣，故云。宋周密《武林舊事》卷二：進士「前三名各進謝恩詩一首，皆重戴緑袍絲鞭，駿馬快行。」九天：喻宮禁。唐王維《和賈舍人早朝大明宮之作》：「九天閶闔開宮殿，萬國衣冠拜冕旒。」

〔三〕劍南：唐有劍南道，其轄地主要在四川。見《新唐書・地理志六》。

〔四〕慈：慈母的省稱。多用以自稱其母。宋王安石《寄虔州江陰二妹》詩：「庶雲留汝車，慰我堂上慈。」

〔五〕見《送李植秀才歸盱眙》注〔八〕。

〔六〕漢已有天子策問賢良文學之制，唐代科舉由禮部主持，武則天時，亦嘗親策問進士於東都洛陽，是爲殿試之始；宋承唐制，而太祖時，復行殿試，自是進士之科，禮部一試於前，皇帝殿試定奪於後。「君王親試策」即殿試之謂也。見唐杜佑《通典・選舉・歷代制》。

〔七〕阿蘭：指木蘭。北朝樂府《木蘭詩》云，女子木蘭，男妝而代父從軍，立功疆場，堅辭封賞，歸家以侍雙親。其辭曰：「可汗（君主）問所欲，木蘭不用尚書郎。願馳千里足，送兒還故鄉。」（宋郭茂倩《樂府詩集・梁鼓角横吹曲》）尚書郎：後漢六朝尚書臺屬官。「初上臺稱守尚書郎中，滿歲稱尚書郎，三歲稱侍郎。」（馬端臨《文獻通考・職官考六・歷代郎官》）。

〔八〕版輿：《文選·潘岳〈閒居賦〉》：「太夫人乃御版輿，升輕軒。」唐李善注：「版輿，車名。……版輿一名步輿。」錦江：水名，在今四川成都。晉常璩《華陽國志》卷三《蜀志》：「錦江，織錦濯其中則鮮明，他江則不好。」

〔九〕《藝文類聚·人部四》《孝》引《列女傳》曰：「老萊子孝養二親，行年七十，嬰兒自娱，著五色彩衣，嘗取漿上堂，跌仆，因卧地爲小兒啼，或弄烏鳥於親側。」齔：兒童换牙。丱：兒童束髮成兩角貌。《詩·齊風·甫田》「總角丱兮」毛傳：「丱，幼稚也。」

## 小斜川并引〔一〕

予近卜築城西鴨陂之南，依層城〔二〕，繞流水，結茅而居之。名曰「小斜川」。偶讀淵明詩《辛丑歲正月五日與二三鄰曲同游斜川各賦詩》〔三〕。淵明詩云「開歲倏五十」①，今歲適在辛丑，而予年亦五十。蓋淵明與予同生於壬子歲也〔四〕。畸窮既略相似〔五〕，而晚景所得又同，所乏者高世之名耳。感歎兹事，取其詩和之，以遺行甫、信中、巽夫三友〔六〕。請同賦，庶幾髣髴當時之游，而掩彼二三鄰曲之無聞也。當以榜予堂上。

我老不自愛，幾時真罷休。浮沉閭里間〔七〕，漫效馬少游〔八〕。年來五十化〔九〕，逝水無停流〔一〇〕。胸中粗已了，浩蕩欲没鷗〔一一〕。淵明我同生，共盡當一丘〔一二〕。試築小斜川，佳名偶相儔。亦復辛丑歲，與公更（平）唱酬。當時二三友，得如我友不？賦詩俱不傳，疑有湛輩憂〔一三〕。聊將桃李句，瓊瑰副吾求〔一四〕。

【校記】

①十：陶集本作「日」，蘇過蓋偶讀誤本致有此失。按李公煥《箋注陶淵明集》等即作「五日」，而焦竑刻陶集已校曰「宋本作十」，是宋時有誤「日」爲「十」之證。又按：逯欽立校注陶集，所考證與此異。可參閱。

【箋注】

〔一〕作於宣和三年，序所謂「今歲適在辛丑，而予年亦五十」即其證。陸游《老學庵續筆記》亦曰：「叔黨宣和辛丑（三年）歲，得隙地於許昌之西湖，葺爲園亭，是年叔黨甫五十。嘗曰：『陶淵明以辛丑歲游斜川，而詩云「開歲倏五十」，是吾與淵明同甲子也。今吾得園之歲，與淵明游斜川之歲適同，因以小斜川名之。』」

〔二〕層城：《水經注·河水》崑崙虛條：「崑崙，説曰：崑崙之山三級。下曰樊桐，一名板桐；二曰玄圃，一名閬風；上曰層城，一名天庭，是爲太帝之居。」按此藉以指所依之山。

〔三〕此爲淵明《游斜川》詩序節文。

〔四〕據宋馬永卿《嬾真子》曰：陶淵明實生於晉興寧乙丑三年（三六五），而非生於壬子。

〔五〕畸：通「奇」，不偶。

〔六〕行甫：即李行父。居潁昌，嘗遷居盤溪，過嘗有詩賀之。巽夫：事跡不詳。信中：當即范信中，名寥，華陽（在四川雙流境内）人，本范鎮之族，少客游落魄不羈，嘗留瞿汝文門下，後抵宜州客於黄庭堅。庭堅死，親友皆散去，唯寥爲辦棺斂。後以告發張懷素逆謀有功，授供備庫副使，累遷潁州府兵馬鈐轄，以不爲李彦取竹，被誣除名。遇赦叙復。紹興間嘗知邕州，兼邕管安撫卒。見《宋史翼》卷七、《京口耆舊傳》卷五。

〔七〕浮沉：見《北山雜詩》之九注〔九〕。

〔八〕馬少游：見《題鬱孤臺》注〔二〕。

〔九〕化：《莊子·寓言》：「孔子行年六十而六十化。」晉郭象注：「與時俱也。」唐成玄英疏：「夫運運不停，新新流謝，是以行年六十而與年俱變者也。」

〔一〇〕《論語·子罕》：「子在川上曰：逝者如斯夫，不捨晝夜。」宋邢昺疏曰：「此章記孔子感歎時事既往，不可追懷。」

〔一一〕「胸中」二句：言胸懷坦蕩而無絓礙。唐杜甫《奉贈韋左丞丈二十二韻》：「白鷗没浩蕩，萬里誰能馴？」

〔一二〕一丘：一丘一壑，謂隱士所居。晉陸雲《逸民賦序》：「古之逸民，輕天下，細萬物，而欲專一丘之歡，擅一壑之美。」參見《題劉均國所藏燕公山水圖》注〔五〕。

〔一三〕湛輩：鄒湛輩，指庸者。參見《次韻承之重九》注〔五〕。

〔一四〕「聊將」二句：猶云拋磚引玉也。《詩·衛風·木瓜》：「投我以木桃，報之以瓊瑶。匪報也，永以爲好也。投我以木李，報之以瓊玖，匪報也，永以爲好也。」

## 從范信中覓竹〔一〕

將軍嬾著駿鸃冠〔二〕，買得林丘小洞天。十畝琅玕寒照座〔三〕，一谿羅帶恰通船〔四〕。行當雪夜尋安道〔五〕，先欲松風借玉川〔六〕。雨洗娟娟君會否，乞分半畝慰垂涎。

**【箋注】**

〔一〕此詩及下篇當與前《小斜川》詩爲前後作。《小斜川》曰「我老不自愛，幾時真罷休」，乃指令郾城事；而此次韻詩亦曰「小築强追三徑樂，遠游未遂五湖船」，亦指築小斜川及欲歸隱未遂之情也。蓋前嘗築室，此則乞竹以美化之。故稍後之。

〔二〕將軍：范信中嘗官供備庫副使，於宋之職官屬武散官，宋稱武散官爲將軍。駿鸃冠：《史記·佞幸列傳》：「故孝惠時郎、侍中皆冠駿鸃，貝帶。」南朝宋裴駰《集解》引《漢書音義》曰：「駿鸃，鳥名，以毛羽飾冠，以貝飾帶。」按此謂范信中恬淡儒雅，志趣高潔。

〔三〕唐白居易《池上篇》詩：「十畝之宅，五畝之園。有水一池，有竹千竿。」琅玕，謂竹。見《游英州碧落洞》注〔一一〕。

〔四〕羅帶：唐韓愈《送桂州嚴大夫同用南字》：「江作青羅帶，山如碧玉篸。」

〔五〕安道：戴逵字。晉銍（地在今安徽宿州西南）人，博學、工書畫、多技藝，隱居不仕，後徙居會稽之剡溪。《晉書》有傳。參見《訪江令德脩置酒泛舟》注〔一六〕。

〔六〕玉川：唐詩人盧仝號玉川子，盧仝《走筆謝孟諫議寄新茶》詩有云：「蓬萊山，在何處，玉川子乘此清風欲歸去。」蘇軾《次韻答黄安中兼簡林子中》：「群仙正欲吾歸去。共把清風借玉川。」

## 信中見和復以前韻答之

年來短髮不勝冠〔一〕，終老茅茨敢怨天？小築强追三徑樂〔二〕，遠游未遂五湖船〔三〕。竹林詩友欣同社〔四〕，花鄔春風共一川〔五〕。待我西窗蔭寒碧，妙香與子試龍涎〔六〕。

【箋注】

〔一〕唐杜甫《春望》：「白頭搔更短，渾欲不勝簪。」

〔二〕三徑：見《和叔寬贈李方叔》注〔八〕。

〔三〕五湖船：見《題鬱孤臺》注〔一一〕。

〔四〕竹林：見《和趙承之竹隱軒詩》注〔三二〕。同社：同結詩社。

〔五〕花鄔：花本圍繞之建築。鄔：同「塢」。

〔六〕「待我」二句：謂異日修竹成陰，當與子同享清香之氣。龍涎：香名。抹香鯨病胃之分泌物。以得於海上，因稱龍涎。其香可消暑。唐蘇鶚《杜陽雜編》下嘗記云：「（同昌）公主令取澄水帛，以水醮之，掛於東軒，良久，滿座皆思挾纊。澄水帛長八九尺，似布而細，明薄可鑑，其中有龍涎，故能消暑毒也。」按此以龍涎喻幽竹之清香。

## 信中惠竹以詩謝之〔一〕

篳門圭竇百不宜，大紅黦紫無所施〔二〕。主人愛竹尤成癖，獨欠此物如渴飢。君家十畝等茨束，羅生川谷壞藩籬〔三〕。揀林許我恣所愛，有力夜負竹不知〔四〕。朝來窗影忽散亂，起看簷角風離披〔五〕。總干山立屹不動〔六〕，高節白首貫四時〔七〕。我方病卧呼不醒，一篇忽得陳琳詞〔八〕。頭風去體未足道〔九〕，歲寒非子當誰期？明朝戢戢迸犀玉〔一〇〕，請看籜龍頭角奇〔一一〕。千竿共戰風雨夕，記取苗裔來葛陂〔一二〕。

【箋注】

〔一〕與《從信中覓竹》作於同時。

〔二〕「篳門」二句：謂居處貧陋，奇花異草無所施用。篳門圭竇：見《卜居城南二首……》（采椽竹屋亦天真）注〔八〕。

〔三〕羅生：屈原《九歌・少司命》：「秋蘭兮麋蕪，羅生兮堂下。」漢王逸《章句》：「羅列而生。」

〔四〕《莊子・大宗師》：「夫藏舟於壑，藏山於澤，謂之固矣，然而夜半有力者負之而走，昧者不知也。」蘇軾《黄州寒食詩》：「暗中偷負去，夜半真有力。」

〔五〕離披：摇盪貌，晃動貌。唐李德裕《牡丹賦》：「逮乎的皪含景，離披向風，鉛華春而思蕩，蘭澤晚而光融。」唐賈島《寄劉栖楚》詩：「趨走與偃卧，去就自殊分。當窗一重樹，上有萬里雲。離披不相顧，髣髴類人群。」

〔六〕《禮記·樂記》：「揔干而山立，武王之事也。」唐孔穎達疏：「揔干而山立者，言將舞之時，舞人揔持干盾以正立似山不動摇。」揔：同「總」。

〔七〕言勁竹之高風亮節，四時不減，終身無衰。見《叔父生日》（鬱鬱澗底松）注〔一八〕。

〔八〕陳琳：字孔璋，後漢廣陵射陽（今江蘇揚州）人。初爲何進主簿，後歸袁紹，嘗爲紹作檄以討曹操。紹敗歸操，操愛其才而不咎，以爲記室。《三國志·魏書》有傳。參見《秋思》注〔二〕。

〔九〕頭風：見《秋思》注〔二〕。

〔一〇〕戢戢：整齊貌。犀玉：犀角、玉竹。指笋。

〔一一〕籜龍：竹笋名。唐盧仝《寄男兒抱孫詩》：「丁寧囑託汝，汝活籜龍不？」蘇軾《和文與可洋川園池篔簹谷》：「漢川修竹賤如蓬，斤斧何曾赦籜龍。」

〔一二〕言此竹乃費長房所騎仙竹之後裔。葛陂：《後漢書·費長房列傳》：「長房辭歸，翁與一竹杖，曰：『騎此任所之，則自至矣。既至，可以杖投葛陂中也。』……長房乘杖，須臾來歸，自謂去家適經旬日，而已十餘年矣。即以杖投陂，顧視則龍矣。」唐李賢注：「陂在今豫州新蔡縣西北（即今河南新蔡縣西北）。」苗裔：後代。

## 次韻姚美叔約尋春之什〔一〕

厭看塵土暗春晴，喜見池塘翠浪生。曲水會當追逸少〔二〕，斜川終擬學淵明。歌呼且盡杯中物〔三〕，寂寞何憂身後名〔四〕。況有岑參好奇怪，爲君試草《渼陂行》〔五〕。

【箋注】

〔一〕當作於卜築小斜川之後。「斜川終擬學淵明」是其證。

〔二〕曲水：謂上巳修禊事。見《正月二十四日侍親游羅浮道院棲禪山寺》注〔一八〕。逸少：晉王羲之（三〇三—三六一）字。琅琊臨沂（在今山東）人，司徒王導從子，居會稽山陰。官至右軍將軍，會稽内史，習稱王右軍。善書法，備精各體，自成一家，世稱「書聖」。《晉書》有傳。

〔三〕李白《行路難三首》之三：「且樂生前一杯酒，何須身后千載名。」唐白居易《效陶潛體詩十六首》之十三：「願君且飲酒，勿思身後名。」杯中物：指酒。晉陶淵明《責子》：「天運苟如此，且進杯中物。」

〔四〕《晉書·張翰傳》：「翰任心自適，不求當世。或謂之曰：『卿乃可縱適一時，獨不爲身後名邪？』答曰：『使我有身後名，不如即時一杯酒。』」

〔五〕「況有」二句：唐杜甫《渼陂行》：「岑參兄弟皆好奇，攜我遠來游渼陂。」岑參（七一五—七七〇）：

唐南陽（在今河南）人，天寶三年進士。八年任安西節度使高仙芝幕府掌書記，後又隨封常清至北庭任安西北庭節度判官。至德二載授右補闕。後出任嘉州刺史，卒於成都。參長詩，尤善邊塞詩，其風格近於高適，後人並稱岑高。渼陂：古湖名。在陝西鄠邑西，以魚美得名（詳見宋吴曾《能改齋漫録》卷六「陂」）。

## 次韻王幼安哭韓君表〔一〕

公子雖軒冕，山林契夙心。坐禪新活計〔二〕，脱屣舊冠簪〔三〕。共笑謀生拙，知非涉世深。頌詩留纊息〔四〕，妙意可銷沉？

【箋注】

〔一〕作於宣和三年（一一二一）五月。韓君表卒於宣和三年閏五月甲子。詳見《次韻和韓君表讀淵明詩》注〔一〕。王幼安：名寧，字幼安。京兆萬年（今陝西西安市）人。王陶幼子。初仕宣德郎，與葉夢得、蘇軾、鄒浩等皆有交往。卜居潁昌。晚以上書關元祐得幸，位至樞密。李彦西城事興，幼安以竹園獻。士論鄙之。

〔二〕蘇軾《朝雲詩》：「經卷藥爐新活計，舞衫歌扇舊因緣。」活計：宗教徒修行的功課。

〔三〕謂棄官爵如敝屣。參見《和大人游羅浮山》注〔一一〕。

〔四〕纊息：《禮記·喪大記》：「疾病……屬纊以俟絶氣。」纊：新絲棉，質輕，遇氣則動。人將死，屬纊以察其氣絶否。

## 和范信中雪詩二首〔一〕

### 一

春事已稍稍〔二〕，雪泥阻游觀。壯心本無多，老境嗟易闌。念子功名士，早嫌懷與安〔三〕。棄繻事遠游〔四〕，肯待齒髮殘？世事屬饜耳〔五〕，□□□□餐。急流成一快，勇退人獨難〔六〕。愼守林泉幽，莫辭松桂寒〔七〕。餘齡付空寂〔八〕，粗免非意干〔九〕。願同王翰鄰〔一〇〕，未暇貢禹彈〔一一〕。粃糠身外物，況復子所歎。

**【箋注】**

〔一〕當作於宣和三、四年（一一二一、一一二二）間。按《宋史·楊戩傳》云，宣和三年戩死，李彦繼置局汝州，大括民田，且收花竹。潁昌兵馬鈐轄范寥不爲取竹，被誣刊蘇軾詩文於石爲十惡，遂罷范寥任。此詩當作於范罷任居潁時。

〔二〕稍稍：漸漸。

〔三〕嫌：憎惡。懷與安：《左傳·僖公二十三年》：晉公子重耳出亡，及齊，齊桓公妻以女姜氏，有馬二十乘，公子安之。從者以爲不可，重耳弗聽。姜氏亟説其行，曰：「行也！懷與安，實敗名。」

懷：貪戀享樂。安：安於現狀。

〔四〕《漢書·終軍傳》：「初，軍從濟南當詣博士，步入關，關吏予軍繻。軍問：『以此何爲？』吏曰：『爲復傳，還當以合符。』軍曰：『大丈夫西游終不復傳還。』棄繻而去。軍爲謁者，使行郡國，建節東出關，關吏識之，曰：『此使者乃前棄繻生也。』」繻：張晏曰：「繻音須。繻，符也。書帛裂而分之，若券契矣。」後因以「棄繻」指少年立志。唐王勃《散關晨度》詩：「即今揚策度，非是棄繻回。」宋毛滂《重來》詩：「汾水寧無注書地，秦關已老棄繻心。」

〔五〕屬饜：見《李方叔治潁川水磨作詩戲之》注〔一九〕。

〔六〕「急流」二句：見《范季遠作止齋求詩以此寄之》注〔二〕。

〔七〕松桂寒：見《和叔寬贈李方叔》注〔一一〕

〔八〕空寂：無諸相曰空，無起滅曰寂。《維摩經·佛國品》曰：「不著世間如蓮華，常善入於空寂行。」

〔九〕非意干：無故尋釁。梁任昉《齊竟陵文宣王行狀》：「人有不及，内恕諸己；非意相干，每爲一屈。」

〔一〇〕見《和趙朝議追詠其亡友園亭三首》之二注〔二〕。

〔一一〕貢禹（前一二三—前四四）：漢琅玡（地在今山東諸城）人，字少翁。以明經潔行爲博士，元帝時，累官至御史大夫。每上書論朝政，主張任賢能、斥姦佞。禹與王吉（子陽）相善，世稱「王陽在位，貢禹彈冠」。《漢書》有傳。參見《愛人堂爲李幾仲賦》注〔一五〕。

## 二

君家寓城市，乃有山林觀〔一〕。高高復下下，卜築殊未闌。昨夜三尺雪，閉門學袁安〔二〕。且欣麥隴足，未怕紅梅殘。誰憐屬國蘇，取氈卧自餐〔三〕。欲尋烏道往，反畏屐齒難。凛凛谿邊竹，倚空爭歲寒。儼如十萬夫〔四〕，玉山方總干〔五〕。悲風動騷屑〔六〕，伴我長鋏彈〔七〕。布衾冷如水，敢效無魚歎。

【箋注】

〔一〕「君家」二句：亦暗用陶淵明「結廬在人境，而無車馬喧」意。蘇過《次韻范信中》：「豈料小卜築，一谿城市裏。」

〔二〕見《次韻趙伯充雪中見招》之二注〔一〕。

〔三〕「誰憐」二句：見《送人泛海北歸兼寄諸兄弟》注〔一一〕。

〔四〕唐杜牧《晚晴賦》：「竹林外裹兮十萬丈夫，甲刃摐摐，密陳而環侍。」

〔五〕見《信中惠竹以詩謝之》注〔六〕。

〔六〕騷屑：漢劉向《九歎·思古》：「風騷屑以摇木兮，雲吸吸以湫戾。」漢王逸《章句》：「騷屑，風聲貌。」

〔七〕「伴我」以下三句：見《北山雜詩》之七注〔五〕。

# 次韻范信中〔一〕

將軍山林士〔二〕，本無軒冕意。乘流亦悠悠，得坎便止止〔三〕。平生劇孟徒〔四〕，作詩建安似〔五〕。曹劉或爭先〔六〕，沈謝何足擬〔七〕。人窮語益工〔八〕，天或相夫子。念君緑髮初〔九〕，四海一身耳。要見元魯山〔一〇〕，萬里立自致。許君窺藩籬，竟以身後委。翩然復躡蹻〔一一〕，便非昔隱几〔一二〕。功名頗見迫，終欲老雲水〔一三〕。豈料小卜築，一谿城市裏。從兹儻來物〔一四〕，不足置愠喜。用尋巢許游，無愧汝潁士〔一五〕。我有穲稏田〔一六〕，君多櫻筍美。杖屨日往來〔一七〕，風流豈不偉？

**【箋注】**

〔一〕作於宣和三年（一一二一）范罷任後。「乘流亦悠悠，得坎便止止」是其證。

〔二〕將軍：見《從范信中覓竹》注〔一〕。

〔三〕「乘流」二句：見《送普融老》注〔三〕。

〔四〕宋曾敏行《獨醒雜志》曰：「范信中名寥，爲士時慷慨好俠，故山谷詩《寄校理范寥》有『黄犬蒼鷹伐狐兔』之句。」按見黄庭堅《和范信中寓居崇寧遇雨二首》：「當年游俠成都路，黄犬蒼鷹伐狐兔。二十始肯爲儒生，行尋丈人奉巾屨。」劇孟：見《聞潮陽吴子野出家》注〔三〕。

〔五〕建安：漢獻帝年號。此期間曹操父子及建安七子馳騁文壇，其詩文「志深而筆長」、「梗概而多氣」。世稱「建安風骨」。

〔六〕曹劉：指曹植、劉楨。曹植（一九二—二三二）：字子建，曹操第三子，少善詩文，操嘗欲嗣之，故深爲兄丕所忌。丕稱帝，屢貶抑之。丕死，明帝（丕子叡）立，錮植更甚，抑鬱而終。以封陳王，謚思，世稱陳思王。《三國志·魏書》有傳。劉楨（？—二一七）：漢末東平（今屬山東）人，字公幹，與王粲、陳琳等相友善，共號爲建安七子。初爲操丞相掾，丕宴飲，丕妻甄氏出拜，楨平視，以不敬得罪。丕嘗稱楨文「有逸氣，但未遒耳」。其五言詩尤善。《三國志·魏書》有傳。

〔七〕沈謝：指沈約、謝靈運。沈約（四四一—五一三）：南朝宋武康（今浙江德清）人，字休文，博通群籍，善爲文。歷仕宋、齊、梁三朝。初任記室，仕齊遷太子家令，屢遷南清河太守，入梁拜尚書僕射，封建昌縣侯。官至尚書令，卒謚隱。《梁書》、《南史》有傳。謝靈運：見《次韻承之紫巖長句》注〔一三〕。

〔八〕見《贈詩僧從信》注〔四〕。

〔九〕緑髮：烏亮之髮。謂少年時。

〔一〇〕「要見」四句：元魯山：即元德秀。見《送張倅彦政赴闕》注〔七〕。此代指黄庭堅。據宋費衮《梁谿漫志》載：范信中自南徐（治今江蘇鎮江）「徑往廣西見山谷，相從久之。山谷下世，乃出所攜翟氏器皿盡貨之，爲山谷辦後事」。藩籬：猶言「門户」。「窺（得）藩籬」喻得其精神。宋《蔡寬夫詩話》云：王安石「以爲唐人之學老杜而得其藩籬，惟義山一人而已」。按此言山谷授信中以詩文之法。蘇軾《和寄天選長官》：「藩籬吾未窺，敢議窮閫奥。」

〔一一〕躡蹻：躡蹻擔簦，謂求取功名。參見《送李文儒赴漢東教授》注〔一二〕。蹻：草鞋也。按，宋曾敏行《獨醒雜志》云：「舒州張懷素以幻術游公卿間……信中以其謀不靖也，入京告變。朝廷逮捕懷素等，窮竟其事。大觀元年獄成，坐累者逾百數……信中獲賞甚厚，累遷諸路戎鈐。」

〔一二〕隱几：見《五色雀和大人韻》注〔一五〕。

〔一三〕「功名」二句：蓋謂寥忤李彦免官事。《宋史·楊戩傳》曰：李彦「發物供奉，大抵類朱勔」；「潁昌兵馬鈐轄范寥不爲取竹，誣刊蘇軾詩文於石爲十惡；朝廷察其捃摭，亦令勒停。」

〔一四〕從：縱然。儻來物：偶然獲得之物，謂功名。

〔一五〕「用尋」二句：巢父、許由。古之高士。見《次韻大人與藤守游東山》注〔八〕及《和新葺南園》注〔九〕。

〔一六〕穲稏：見《次韻大人與藤守游東山》注〔一一〕。

〔一七〕杖屨：拄杖漫步。唐杜甫《祠南夕望》詩：「興來猶杖屨，目斷更雲沙。」蘇軾《凌虚臺記》：「方其未築也，太守陳公杖屨逍遥於其下。」

## 次韻信中郎官庵〔一〕

飛流半山來，忽作長劍倚〔二〕。吾知有奇境，何畏虎尾履〔三〕。郎官初得名〔四〕，山川雖信美〔五〕。誰能此巖居〔六〕，暫寓非終止。吾儕世外緣，壯心殊不已。每譏懷與安〔七〕，同是非夫恥〔八〕。忍飢啖藜藿，且博一笑喜。更尋雲外人，安得助薪水〔九〕。伶傳穿鳥道〔一〇〕，窈窕下澗底〔一一〕。路迷煙草合，欲往不得跬〔一二〕。登樓亡其梯〔一三〕，航海失一葦〔一四〕。仰觀二三子，腳下雲埃起。山靈若相戲，危石折屐齒。憂我不再來，遺恨丘壑裏。借君談天口〔一五〕，駭我未聞耳。秋高山更奇〔一六〕，後會志益偉。捫蘿貴先登，噬臍無效此〔一七〕。與君控扶搖〔一八〕，赤腳踏清泚〔一九〕。

【箋注】

〔一〕作於宣和三、四年（一一二一、一一二二）間范罷任後。信中罷官而寄情於山水之樂，過詩慰之。而「暫寓非終止」，「壯心殊未已」，則又勉之以俟來日矣。

〔二〕「飛流」二句：狀飛瀉之瀑布如長劍倚山。

〔三〕《書・君牙》：「心之憂危，若蹈虎尾，涉於春冰。」僞孔傳：「虎尾畏噬，春冰畏陷，危懼之甚。」此偏意於山之高危，又隱指信中敢戾李彦之淫威。

〔四〕信中嘗官供備庫副使，宋稱備庫使爲郎，故稱郎官。此以爲庵名。

〔五〕信美：亦用王粲《登樓賦》「雖信美而非吾土」意。參見《次韻承之紫巖長句》注〔一六〕。

〔六〕巖居：謂隱居生涯。《韓詩外傳》五：「雖巖居穴處，而王侯不能與爭名。」

〔七〕懷與安：見《和范信中雪詩二首》之一注〔三〕。

〔八〕非夫：《左傳·宣公十二年》：「且成師以出，聞敵彊而退，非夫也。」晉杜預注：「非丈夫。」

〔九〕薪水：打柴汲水。指飲食家務瑣事。南朝梁蕭統《陶淵明傳》：「送一力給其子，書曰：『汝旦夕之費，自給爲難，今遣此力，助汝薪水之勞。』」

〔一〇〕伶俜：《文選·潘岳〈寡婦賦〉》：「少伶俜而偏孤兮，痛忉怛以摧心。」唐李善注：「伶俜，單孑貌。」

〔一一〕窈窕：言幽暗之深澗。

〔一二〕跬：半步。此言行進之難。

〔一三〕《三國志·蜀書·諸葛亮傳》：「（劉）琦乃將亮游觀後園，共上高樓，飲宴之間，令人去梯，因謂亮曰：『今日上不至天，下不至地，言出子口，入於吾耳，可以言未？』」按此但取其「上不至天，下不至地」之意。

〔一四〕一葦：見《志康得魚或勸捨之》注〔四〕。按此亦言險阻難行。

〔一五〕談天：見《北山雜詩》之九注〔五〕。

〔一六〕言待秋高氣爽，水色山光更將悦人。

〔一七〕噬臍：《左傳·莊公六年》：「若不早圖，後君噬齊。」杜預注：「若齧腹齊，喻不可及。」按齊通「臍」。此言秋來重登，吾將先行援蘿而上，不如今日之不可追及也。按前云「仰觀二三子，腳下雲埃起」，知此游蘇過落後。

〔一八〕扶摇：見《叔父生日》（溝瀆嗟尋常）注〔一一〕。

〔一九〕清泚：清澈，明靜。南朝齊謝朓《始出尚書省》詩：「邑里向疎蕪，寒流自清泚。」常用以指清澈的水流。唐李白《安州應城玉女湯作》詩：「濯纓掬清泚，晞髮弄潺湲。」蘇軾《南都妙峰亭》詩：「千尋挂雲闕，十頃含風灣。開門弄清泚，照見雙銅鐶。」

## 次信中韻〔一〕

萬古溪流去不回，舂撞澗谷石門開〔二〕。尋源不必武陵客〔三〕，過眼驚看灩滪堆〔四〕。寒碧照人無底竇〔五〕，鏗轟殷地半空雷〔六〕。結茅安得從僧住？自把鋤耰闢草萊。

【箋注】

〔一〕本詩似爲紀游之篇，當與前列諸篇作於同一時期。

〔二〕舂：撞擊。

〔三〕見《游英州碧落洞》注〔八〕。

〔四〕灩滪堆：見《山行》注〔六〕。

〔五〕無底竇：無底深淵。蘇軾《棲賢三峡橋》：「長輸不盡溪，欲滿無底竇。」

〔六〕謂流水入潭，鏗轟之聲動地如半空之雷。

# 賀李行父遷居盤溪〔一〕

揚雄無儋石，而有宅一區〔二〕。陶令官可棄，未免愛吾廬〔三〕。古來賢達士，忘世未忘軀〔四〕。豈知美惡間，共盡同籧篨〔五〕。平生李居士，挈攜四壁無〔六〕。常有好顔色，直緣身世疏。前年家城東，一椽爲有餘〔七〕。今年家城西，隱几猶昔吾〔八〕。此生正如此，夢覺兩徐徐〔九〕。曾何置欣戚〔一〇〕？舍舊新是圖。吾儕真小人，問訊填里閭。聊爲盤溪喜，德鄰良不孤〔一一〕。益知水竹深，中有山澤癯〔一二〕。雖非三宿桑〔一三〕，且學壺公壺〔一四〕。

**【箋注】**

〔一〕似晚年卜築小斜川後作。李行父：即《小斜川》詩《引》之行甫。事跡不詳。

〔二〕「揚雄」二句：《漢書·揚雄傳》言雄「有田一壥，有宅一區」。又曰「家産不過十金，乏無儋石儲，晏如也」。

〔三〕「陶令」二句：晉陶淵明《讀山海經》之一：「衆鳥欣有託，吾亦愛吾廬。」

〔四〕唐白居易《贈内》：「人生未死間，不能忘其身。」

〔五〕「豈知」二句：謂人生殊途同歸，不免一死。籧篨：《方言》五：「簟，其粗者謂之籧篨。」即竹席。按古人死時往往以竹席裹屍，故云。《晉書·皇甫謐傳》：「以籧篨裹尸，麻約二頭，置尸牀上。」

〔六〕《史記·司馬相如列傳》：相如攜文君馳歸成都，「家居徒四壁立」。參見《聞潮陽吴子野出家》

注〔五〕。

〔七〕一椽：一間屋。

〔八〕見《五色雀和大人韻》注〔一五〕。

〔九〕見《湖陰有隱君子》注〔一二〕。

〔一〇〕「曾何」四句：謂李行父超然物外，遷居憂喜不繫於心，而吾輩紛紛往賀，不免世俗之態。

〔一一〕見《湖陰有隱君子》注〔一四〕。

〔一二〕見《地爐歌寄伯仲》注〔一三〕。

〔一三〕三宿桑：《後漢書·襄楷列傳》載楷上桓帝疏：「浮屠不三宿桑下，不欲久生恩愛，精之至也。」

〔一四〕壺公壺：見《湖口人李正臣蓄異石》注〔一二〕。

## 和伯充兄唱酬二首一贈伯充一寄高仲貽〔一〕

### 一

倦客難堪走世塵〔二〕，空嗟林下見何人〔三〕。坐令歲月徂清夜〔三〕，夢想田園趁食新〔四〕。老境已侵無幾髮，垂堂共愛不貲身〔五〕。一官聊爲家山往，要看明年濯錦春〔六〕。伯充時得戎倅，欲歸蜀〔七〕。

【箋注】

〔一〕晚年在潁昌作。伯充：即過從兄蘇遲。高仲貽：名世則（一〇八一—一一四四），宋英宗宣仁后高氏之侄孫。幼以恩補左班殿直，宣和末金泛使至，徽宗命之掌客。靖康初，佐高宗定位，除保靜軍承宣使。卒贈太傅，謚忠節。《宋史》有傳。伯充欲宦蜀，作詩送之，而家山之念彌篤。

〔二〕唐徐夤《鴻門》：「猶勝墮力求飧者，五斗低腰走世塵。」蘇軾《寶山晝睡》：「七尺頑軀走世塵，十圍便腹貯天真。」

〔三〕唐釋靈澈《東林寺酬韋丹刺史》詩：「年老心閑無外事，麻衣草座亦容身。相逢盡道休官好，林下何曾見一人。」

〔四〕《文選·韋孟〈諷諫詩〉》：「歲月其徂，年其逮耇。」唐李善注：「徂，往也。言日月俱逝，年將及老。」漢司馬相如《長門賦》：「懸明月以自照兮，徂清夜於洞房。」

〔五〕食新：吃新收穫的糧食等農產品。《左傳·成公十年》：「公覺，召桑田巫，巫言如夢。公曰：『如何？』曰：『不食新矣。』」晉杜預注：「言公不得及食新麥。」

〔六〕《史記·袁盎列傳》：「盎曰：『臣聞千金之子坐不垂堂，百金之子不騎衡。』」唐司馬貞《索隱》：「案張揖云『恐簷瓦墮中人』。或曰臨堂邊垂，恐墮墜也。」不貲身：見《和趙承之竹隱軒詩》注〔一一〕。

〔七〕濯錦：即錦江。見《蜀人宋衍蚤孤》注〔八〕。

〔八〕戎倅：戎州州副。戎州：治今四川宜賓市東。

二

家風凛凛嗣前塵，元祐庵中老道人。仲貽家庵，自謂老道人。形似子綦獨枯槁〔一〕，詩如開府日清新〔二〕。功名軒冕真餘事，富貴籧篨誤此身〔三〕。不有胸中陂萬頃〔四〕，肯教白髮負青春〔五〕？

【箋注】

〔一〕見《五色雀和大人韻》注〔一五〕。

〔二〕開府：指庾信。參見《謝公定以所藏文與可詩示其孫驥》注〔二〕。唐杜甫《春日懷李白》詩：「清新庾開府，俊逸鮑參軍。」

〔三〕籧篨：《詩·邶風·新台》：「燕婉之求，籧篨不鮮。」毛傳：「籧篨，不能俯者。」鄭箋曰：「籧篨，口柔，常觀人顏色而爲之辭，故不能俯也。」按「籧篨」本爲鐘鼓架上柎之蹲踞獸，又以喻因疾不能俯視之人，再以喻察言觀色俯仰於人者。

〔四〕見《次韻葉守端午西湖曲水》之五注〔一〕。

〔五〕杜甫《聞官軍收河南河北》詩：「白首放歌須縱酒，青春作伴好還鄉。」按杜詩通行本作「白日」。

# 與范箕叟避暑西湖〔一〕

快哉楚王風，庶人安得共〔二〕。西陂浩無價，不計吾儕用〔三〕。永日不可暮〔四〕，窮居厭塵鬨〔五〕。出門有佳詣〔六〕，咫尺窺潭洞。危樓俯木杪〔七〕，大廈森高棟〔八〕。户牖交梧楸〔九〕，蒲荷接蘋葑〔一〇〕。閒持枕簟往，遽起江湖夢〔一一〕。醒然涼肺肝〔一二〕，習習吹衣動。世間賤易得，清風誰與重〔一三〕。勞生不自覺，至樂那容衆〔一四〕？北窗與君享〔一五〕，世網念少縱。肉食固肥甘〔一六〕，輕塵没飛①鞚〔一七〕。

【校記】

①飛：宛本作「風」。

【箋注】

〔一〕晚年居潁作。范箕叟：生平不詳。

〔二〕「快哉」二句：宋玉《風賦》：「楚襄王游於蘭台之宫，宋玉景差侍。有風颯然而至，王乃披襟而當之，曰：『快哉此風！寡人所與庶人共者邪？』宋玉對曰：『此獨大王之風耳，庶人安得而共之？』」

〔三〕「西陂」二句：亦蘇軾《前赤壁賦》所謂「惟江上之清風，與山間之明月……此造物者之無盡藏也，而吾與子之所共適」意。

〔四〕杜甫《夏夜歎》：「永日不可暮，炎蒸毒我腸。」

〔五〕鬨：喧鬧。

〔六〕佳詣：猶言「美妙去處」。

〔七〕木杪：樹梢。

〔八〕森：森列。

〔九〕梧、楸：均樹名。喬木類，直而高。

〔一〇〕蒲：香蒲與荷。《詩・陳風・澤陂》：「彼澤之陂，有蒲與荷。」蘋：即四葉菜、田字草。《詩・召南・采蘋》：「于以采蘋？南澗之濱。」毛傳：「蘋，大萍也。」葑：菜名，即蔓菁。《詩・邶風・谷風》：「采葑采菲，無以下體。」唐孔穎達疏：「蕪菁也。」

〔一一〕「閒持」二句：蘇軾《和子由記園中草木十一首》之七：「我常攜枕簟，來此蔭寒青。」江湖夢：隱遁江湖之夢。宋黄庭堅《題宗室大年畫二首》之一：「年來頻作江湖夢，對此身疑在故山。」

〔一二〕蘇軾《昨見韓丞相言王定國今日玉堂獨坐有懷其人》詩：「似予平生友，苦語涼肺肝。」

〔一三〕「世間」二句：李白《襄陽行》：「清風明月不用一錢買，玉山自倒非人推。」

〔一四〕至樂：最大的快樂。《莊子・至樂》：「至樂無樂，至譽無譽。」

〔一五〕晉陶淵明《與子儼等書》：「五六月中，北窗下卧，遇涼風暫至，自謂是羲皇上人。」

〔一六〕肉食：見《和吴子駿食波稜粥》注〔一三〕。肥甘：肥美之食。《孟子・梁惠王上》：「爲肥甘不足於口與？輕煖不足於體與？」

〔一七〕飛鞚：飛馳的馬。唐杜甫《麗人行》：「黄門飛鞚不動塵，御廚絡繹送八珍。」按此句反用杜詩意。

## 次韻張次應見寄〔一〕

西城夜雨一追攀〔二〕，前輩風流頓覺還〔三〕。窮似少陵無裋褐〔四〕，空懷大廈庇千間〔五〕。

**【箋注】**

〔一〕似爲居潁時作，然不知其確年。張次應：事跡不詳。從晁説之《次韻和張次應龍圖松皮冠子》等詩知張能詩善畫，嘗官龍圖閣學士。

〔二〕西城：似指潁昌城之西。過兄弟依轍居潁，轍宅即在城西。過晚年亦嘗營湖陰水竹數畝，號曰小斜川。追攀：追逐攀援以行樂也。唐杜甫《遣與五首》之四：「昔在洛陽時，親友相追攀。」

〔三〕蘇軾《李公擇過高郵》詩：「爾來誰復見，前輩風流盡。」

〔四〕謂窮勝杜甫。裋褐：即短褐。短而窄之粗陋服裝。《史記·秦始皇本紀》「太史公曰」引賈誼曰：「夫寒者利裋褐而飢者甘糟糠。」南朝宋裴駰《集解》引徐廣曰：「一作『短』，小襦也。音豎。」唐司馬貞《索隱》曰：「謂褐而豎裁，爲勞役之衣，短而且窄，故謂之短褐，亦曰豎褐。」杜甫《北征》詩云：「天吴用紫鳳，顛倒在短褐。」又《醉時歌》云：「杜陵野老人更嗤，被褐短窄鬢如絲。」

〔五〕杜甫《茅屋爲秋風所破歌》：「安得廣廈千萬間，大庇天下寒士俱歡顔。」按此與上句言張次應有仁人之心，雖如杜甫之窮而心繫天下寒士。

## 聞郭太尉出師大捷奚人擒契丹酋領四軍者來獻作長句古調一首〔一〕

遼人猖蹶敗紀綱，鳥獸驚駭自取亡〔二〕。歸我五季舊土疆〔三〕，有如宣宗復河湟〔四〕。彼酋假息不自量〔五〕，網開三面猶跳梁〔六〕。爝火乃欲犯太陽〔七〕，怒臂當車學螳螂〔八〕。支天所壞仍鴟張〔九〕，含沙射影出復藏〔一〇〕。將軍義勇冠三光〔一一〕，願以部曲除螟蝗〔一二〕。户有三丁一我將，遣汝積憤當少償〔一三〕。上馬亟持十日糧，長矛短戟舂其吭〔一四〕。前者披靡後者戕〔一五〕，係累妻子涕泗滂〔一六〕。將軍折北昔未嘗〔一七〕，以巧服人尤所長。勿追窮寇非深防，會遣生致如探囊〔一八〕。匈奴自古夸豪强〔一九〕，三表五餌稱前王〔二〇〕。竟無一日笞中行〔二一〕，昭君遠嫁令人傷〔二二〕。豈知天兵自鷹揚〔二三〕，郅支授首須陳湯〔二四〕。頭顱萬里行朔方〔二五〕，遣示藁街聽徜徉〔二六〕。偃兵息民令有常，昔居鋒鏑今農桑。百年版籍淪要荒〔二七〕，一日冠蓋欣相望〔二八〕。李白長歌「漢道昌」〔二九〕，兩階羽舞垂衣裳〔三〇〕。

**【箋注】**

〔一〕作於宣和五年（一一二三）八月。《續資治通鑑・宋紀・徽宗紀》：宣和五年八月乙未，郭藥師大敗蕭幹於峰山。此前，「燕京既陷，幹就奚王府自立爲神聖皇帝，國號大奚，改元天嗣。時奚人饑，幹出盧龍嶺，攻破景州，又敗常勝軍張令徽、劉舜臣於石門鎮，陷薊州，寇掠燕城，其鋒鋭甚，有涉河犯京師之意。人情洶洶，頗有謀棄燕者。……已而（王）安中命藥師擊破其衆，乘勝窮追，招降奚、渤海五千餘人，生擒阿魯，獲遼太宗尊號寶檢、契丹塗金印等。幹遁去，尋爲其部下巴爾達喀所殺，傳首河間府」。按，是時蘇過當在中山府。蘇過《墓誌銘》及《宋史》本傳俱稱其「晚權通判中山府」，並以宣和五年十二月暴疾卒於鎮陽行道中。兹考本集，宣和五年四月，蘇過尚居潁爲海印塔作銘。而其在中山所作諸詩，俱秋日所爲。是知蘇過之出判中山，在宣和五年秋也。郭氏八月之破敵，蘇過聞之於中山府也固宜。又：郭藥師敗奚在八月，十一月丁卯方拜太尉。此詩徑稱郭太尉，或是十一月後重訂耶？郭藥師：本遼將，宣和四年九月率所部八千人奉涿州來降，封恩州觀察使。宣和五年蕭幹來犯，郭藥師破其衆於峰山，生擒阿魯太師，蕭幹亦爲部下所殺。策勳加檢校太傅，繼拜太尉。後降金，率兵攻宋京城。《宋史》有傳。此捷爲宋聯金抗遼之一役。然聯金抗遼，又速金之覆宋，亦策之失也。而彼時之人臣，未能洞見其危，紛紛然上表、賦詩以賀。惜哉叔黨亦不免短識！較之其祖其父之謀慮，蓋不及遠矣。

〔二〕「遼人」二句：《書·五子之歌》：「今失厥道，亂其紀綱，乃底滅亡。」紀綱：法度。《楚辭·王逸〈九思·怨上〉》：「鳥獸兮驚駭，相從兮宿棲。」

〔三〕宣和五年，宋金聯合攻遼，燕京及涿、易、檀、順、景、薊六州歸宋。「凡燕之金帛、子女、職官、民户，爲金人席捲而東。宋朝捐歲幣數百萬，所得者空城而已」（《大金國志·太祖紀下》）。此數城自唐末以來一直爲遼所據。事見《資治通鑑·後晉紀》天福元年。參見《王譓常再和前詩復次韻》之一注〔六〕。五季：唐宋之間後梁、後唐、後晉、後漢、後周五代。

〔四〕宣宗：唐宣宗李忱，憲宗第十三子，初封光王，武宗疾篤，宦官定策禁中，立爲皇太叔，即帝位；旋克復河湟。宣宗精於聽斷，惟以察爲明，無仁恩之意。在位十三年。河湟：《新唐書·吐蕃傳》：「湟水出蒙谷，抵龍泉與河合。……故世謂西戎地曰河湟。」肅宗時没入西蕃。

〔五〕假息：苟延殘喘。《後漢書·方術傳·謝夷吾》：「竊以占候，知長當死。近三十日，遠不過六十日，游魂假息，非刑所加，故不收之。」唐杜甫《喜聞官軍已臨賊寇二十韻》：「胡虜潛京縣，官軍擁賊濠。鼎魚猶假息，穴蟻欲何逃。」宋韋驤《代潘郎中遺表》：「臣某言：臣竊禄清朝，媿無補報。守符偏壘，將及罷歸。被疾暴深，假息垂盡。」

〔六〕網開三面：《史記·殷本紀》：「湯出，見野張網四面，祝曰：『自天下四方皆入吾網。』湯曰：『嘻，盡之矣！』乃去其三面，祝曰：『欲左，左。欲右，右。不用命，乃入吾網。』諸侯聞之，曰：『湯德至矣，及禽獸。』」跳梁：《莊子·逍遥游》：「子獨不見狸狌乎？卑身而伏，以候敖者；東西跳梁，不避高下。」唐成玄英疏：「跳梁，猶走擲也。」此形容跋扈狀。

〔七〕《莊子·逍遥游》：「日月出矣而爝火不息，其於光也，不亦難乎！」成玄英疏：「爝火，猶炬火也，亦小火也。」

〔八〕《莊子·人間世》：「汝不知乎螳螂乎？怒其臂以當車轍，不知其不勝任也。」

〔九〕支天：支天之柱。傳説天有柱撑之，共工嘗觸折。見《淮南子·天文》。鴟張：囂張、凶暴，如鴟鳥之展翅欲噬。《三國志·吴書·孫堅傳》：「卓不怖罪，而鴟張大語。」

〔一〇〕含沙射影：《詩·小雅·何人斯》：「爲鬼爲蜮，則不可得。」唐陸德明《釋文》：「蜮，狀如鼈，三足，一名射工，俗呼之水弩。在水中含沙射人。一云射人影。」以上爲第一層，謂契丹殘部猖獗寇邊。

〔一一〕三光：日、月、星。《莊子·説劍》：「上法圓天以順三光，下法方地以順四時，中和民意以安四鄉。」班固《白虎通·封公侯》：「天有三光日月星，地有三形高下平。」

〔一二〕部曲：《後漢書》附司馬彪《百官志一》曰：「其領軍皆有部曲。大將軍營五部……部下有曲……曲下有屯。」是則爲古之軍事編制。又六朝時豪門大族私兵家僕亦稱部曲。此處「部曲」蓋兼有二義，下即云「家有三丁一我將」，即指所領農户服兵役之狀。蓋藥師所部，乃「燕王淳募遼東饑民爲兵」，其家屬固得隨軍也。

〔一三〕積憤：《宋史·郭藥師傳》曰：「燕王淳募遼東饑民爲兵，使之報怨於女真，目曰『怨軍』，藥師爲之渠首。」「積憤」當即謂此。

〔一四〕舂其吭：即斫其喉也。《史記·魯周公世家》：「魯敗翟於鹹，獲長翟喬如，富父終甥舂其喉，以戈殺之」。

〔一五〕披靡：《史記·項羽本紀》：「於是項王大呼馳下，漢軍皆披靡。」披靡：潰散。戕：殺。

〔一六〕係累：綑綁，拘囚。《墨子·天志下》：「民之格者勁拔之，不格者係累而歸。」涕泗滂沱：即涕泗滂沱。《詩·陳風·澤陂》：「寤寐無爲，涕泗滂沱。」毛傳：「自目曰涕，自鼻曰泗。」

〔一七〕謂郭藥師戰必勝。折北：《史記·淮陰侯列傳》：「漢王將數十萬之衆，距鞏、雒，阻山河之險，一日數戰，無尺寸之功，折北不救，敗滎陽，傷成皋。」南朝宋裴駰《集解》引張晏曰：「折，衄敗也。北，奔北。」

〔一八〕「勿追」二句：謂兵書所言「窮寇勿追」非長久之計，當生擒以獻方絶後患。生致：即「生擒來獻」。探囊：袋中取物之意，極言其易耳。

〔一九〕匈奴：借指遼。

〔二〇〕三表：見《送八弟赴官汝南》注〔四〕。五餌：《漢書·賈誼傳》顔師古注：「賜之盛服車乘以壞其目；賜之盛食珍味以壞其口；賜之音樂婦人以壞其耳；賜之高堂邃宇府庫奴婢以壞其腹；於來降者，上以召幸之，相娛樂，親酌而手食之，以壞其心。此五餌也。」

〔二一〕漢賈誼《陳政事疏》：「行臣之計，請必係單于之頸而制其命，伏中行説而笞其背。」中行：即中行説。《史記·匈奴列傳》：「老上稽粥單于初立，孝文皇帝復遣宗室女公主爲單于閼氏，使宦者燕人中行説傅公主。説不欲行，漢彊使之。説曰：『必我行也，爲漢患者。』中行説既至，因降單于，單于甚親幸之。」後中行説屢説匈奴單于而興邊事。

〔二二〕王昭君：名嬙，漢南郡秭歸（在今湖北）人。元帝宮人。竟寧元年，匈奴呼韓邪單于入朝，自請與漢和親，漢元帝於後宫選王昭君，封爲公主以入匈奴，號寧胡閼氏。呼韓邪死，子復株絫若鞮單于立，復妻昭君。卒葬匈奴。參閲《漢書·匈奴傳下》。

〔二三〕鷹揚：威武貌。《詩·大雅·大明》：「維師尚父，時維鷹揚。」毛傳：「鷹揚，如鷹之飛揚也。」

〔二四〕郅支（？—前三六）：本名呼屠吾斯，漢宣帝五鳳二年自立爲匈奴單于，怨漢庇護呼韓邪，殺漢使，率部西走，征服呼偈、堅昆、丁零，並與康居結盟，危及漢在西域之統治。元帝建昭三年，西域副校尉陳湯與西域都護甘延壽矯制擊殺匈奴郅支單于於康居。陳湯：漢山陽瑕丘（治今山東兖州西北）人，字子公，「爲人沉勇有大慮，多策謀，喜奇功」。建昭三年從甘延壽出護西域，定計滅郅支，拜射聲校尉、爵關内侯，後免官；成帝時大將軍王鳳奏爲從事中郎，以賄還邊，還長安卒。《漢書》有傳。

〔二五〕《後漢書·袁紹傳》：「〔公孫康〕叱伏兵禽之，坐於凍地。〔袁〕尚謂康曰：『未死之間，寒不可忍，可相與席。』康曰：『卿頭顱方行萬里，何席之爲？』遂斬首送之。」朔方：北方。康居在漢長安西北。

〔二六〕藁街：《漢書·陳湯傳》：延壽、湯上疏曰：「宜縣（郅支）頭槀街蠻夷邸間，以示萬里，明犯强漢者，雖遠必誅。」顔師古注：「槀街，街名，蠻夷邸在此街也。」以上爲第二層，頌郭藥師之功。按：槀：同「藁」。

〔二七〕版籍：版圖、户籍。要荒：即要服、荒服。《書·禹貢》記載：都城外五百里甸服、外五百里侯服、外五百里綏服、外五百里要服、外五百里荒服。故以「要荒」指絶遠地。

〔二八〕謂版圖既歸，朝廷綏安之。《史記·平準書》：「乃徙貧民……充朔方以南新秦中，七十餘萬口，衣食皆仰給縣官數歲，假予産業，使者分部護之，冠蓋相望。」

〔二九〕李白《胡無人》詩：「懸胡青天上，埋胡紫塞旁，胡無人，漢道昌。」

〔三〇〕謂歌舞昇平。羽舞：古舞名。《周禮·地官·舞師》：「教羽舞，帥而舞四方之祭祀。」漢鄭玄注：「羽，析白羽爲之。」垂衣裳：謂無爲而天下太平。《易·繫辭下》：「黄帝堯舜垂衣裳而天下治。」以上爲第三層，謂從此太平。

## 行軍城道中〔一〕

北望青山幾百重，秋來翠色欲摩空。犬戎絶漠今無幾〔二〕，鳥道營糧力已窮。巖谷有田空瑣細，旌旗何日卷殷紅〔三〕。此行豈得功名事，聊欲探奇訪葛洪〔四〕。軍城北葛洪山甚奇，是夜宿葛川驛。

**【箋注】**

〔一〕作於宣和五年（一一二三）秋。軍城：軍成寨，在今河北唐縣西北，宋屬中山府（治今河北定州）管轄。按蘇過墓誌銘及《宋史》本傳俱謂其「晚權通判中山府」，此詩當其時所作。

〔二〕謂藥師破遼，遼兵遠退。犬戎：古戎族之一支，殷周時，游牧西北，常與殷周作戰。按此代指遼人。

〔三〕謂何日能弭兵休戰。卷：收捲。殷紅：深紅，指旌旗之色。

〔四〕葛洪：見《和大人游羅浮山》注〔一九〕。

## 道中買得草屨〔一〕

買得芒鞋拄杖挑，心先向足躡雲霄。山林本是吾歸處，不待移文辱見招〔二〕。

【箋注】

〔一〕詩云「不待移文辱見招」，知作於某任上。疑與前《行軍城道中》爲同時作也。

〔二〕移文：即孔稚圭《北山移文》。見《贈詩僧從信》注〔九〕。

## 陪中山帥登城口號〔一〕

西風卷雨出群山，曉色朦朧未散煙。雉堞橫空雲半隱〔二〕，旌旂改色日爭鮮。承平不在山河險〔三〕，卧護何須鐵石堅〔四〕。賣劍買牛從此始，陪公千騎看秋田〔五〕。

【箋注】

〔一〕作於宣和五年（一一二三）秋。中山帥：即陳遘。遘字亨伯，宋永州（治湖南零陵）人。登進士第，知莘縣。宣和二年冬加龍圖閣直學士，經略七路，治於杭，徙河北都轉運使，進延康殿學士。

歷知中山、真定、河間府。欽宗立，加資政殿學士，積官至光禄大夫。復爲真定，又徙中山，與金人作戰，爲部將所害。《宋史》有傳。此詩當作於遘第一次知中山時。又蘇過所題《天寧寺石刻》記宣和五年九月七日，蘇過等人與陳遘游於天寧寺，即其證（見本集《附録》下）。口號：古體詩題名，意爲隨口吟成，類似口占。梁蕭綱（簡文帝）有《仰和衛尉新渝侯巡城口號》一詩，後相沿以爲詩題。

〔二〕雉堞：城上女牆。即城上端凸凹疊起之牆垛。《文選·鮑照〈蕪城賦〉》：「是以版築雉堞之殷，井幹烽櫓之勤。」唐李善注：「鄭玄《周禮（考工記·匠人）注》曰：『雉，長三丈，高一丈。』杜預《左氏傳》（襄公六年）注曰：『堞，女牆也。』」

〔三〕《孟子·公孫丑下》：「域民不以封疆之界，固國不以山谿之險，威天下不以兵革之利。」

〔四〕卧護：《史記·汲黯列傳》：「黯學黄老之言，治官理民，好清静，擇丞史而任之，其治責大指而已，不苛小。黯多病，卧閨閤内不出，歲餘東海大治稱之。」

〔五〕「賣劍」二句：謂當息烽火以事農桑。雖有鐵騎，但供秋獵而已。田：後來寫作「畋」。賣劍買牛：見《次韻孫海若見贈》之二注〔二〕。

## 再次韻答陳帥和詩〔一〕

電掃天驕到海邊〔二〕，長城千里静無煙〔三〕。虚弦固自落驚羽〔四〕，大手何勞試小鮮〔五〕。收拾風流開幕府〔六〕，從容談笑卧中堅〔七〕。願觀横槊詩千首〔八〕，鋒鏑消磨變力田〔九〕。

【箋注】

〔一〕與前同時作。

〔二〕雹掃：急速驅掃。唐杜甫《送長孫九侍御赴武威判官》詩：「去秋群胡反，不得無雹掃。」天驕：見《寄題折嗣益襲慶閣》注〔三〕。

〔三〕謂戰爭平息，無烽燧之警。晝則舉煙，曰烽；夜則舉火，曰燧。參見《次韻趙承之寄保德倅王粹公》注〔七〕。

〔四〕見《寄題折嗣益襲慶閣》注〔三〕。

〔五〕小鮮：見《陪郡守游西湖泛舟曲水分韻得會字》注〔七〕。

〔六〕開幕府：謂廣納賢才。《後漢書·班彪列傳上》附班固《上東平王奏記》：「竊見幕府新開，廣延群俊。」

〔七〕中堅：指軍隊中最重要最堅强的部分。《後漢書·光武帝紀上》：「光武乃與敢死者三千人，從城西水上衝其中堅。」唐李賢注：「凡軍事，中軍將最尊，居中以堅鋭自輔，故曰中堅也。」

〔八〕見《送趙承之官滿還朝》注〔二四〕。

〔九〕謂休戰勸農。鋒鏑消磨：《史記·秦楚之際月表》：「墮壞名城，銷鋒鏑，鉏豪傑，維萬世之安。」力田：此指努力耕田。參見《愛人堂爲李幾仲賦》注〔一八〕。

## 叢臺〔一〕

百尺危臺高入雲，欲將羅綺炫强秦〔二〕。長平一戰坑俱滿〔三〕，臺上應無豪傑人〔四〕。

【箋注】

〔一〕作年不詳。叢臺：《漢書・鄒陽傳》唐顔師古注：「叢臺，趙王之臺也，在邯鄲。」

〔二〕謂趙王但知游宴之樂，而不知强兵以防禦秦國。鄒陽《上吴王書》曰：「夫全趙之時，武力鼎士袨服叢臺之下者一旦成市。」顔師古注：「袨服，盛服也。」

〔三〕長平戰：見《三月十九日同仲豫兄長》注〔一二〕。

〔四〕《史記・白起列傳》載起詐阬趙之降卒，唯遺其小者二百四十人歸趙。又《史記・燕召公世家》亦云「趙王壯者皆死長平，其孤未壯」。

## 秋蠅篇〔一〕

秋風中人如劍芒〔二〕，飛蠅側翼何處藏？晨憂霜露避暗壁，晚集户牖依斜陽。斜陽寂寂能幾許？股翼未温寒日暮。縱饞不敢近華筵，屏跡何須待揮麈〔三〕。我方六月流汗時，營營聒耳緣目眉〔四〕。盤餐旨潔未下箸，聚嘬弄吻不少遲〔五〕。微物盛衰還有數〔六〕，得意何曾念寒暑？帳中相弔定飢蚊，窗外巧尋惟蝎虎〔七〕。糜身槁死不足憐，耳目所憎欣且去。嗟哉時節那可爭，造物於汝何好惡？

【箋注】

〔一〕作年不詳。寄意秋蠅而幸佞人之終除。

〔二〕中人：傷害人。《楚辭·九辯》：「憯悽增欷兮，薄寒之中人。」晉葛洪《抱朴子·登涉》：「蛇種雖多，唯有蝮蛇及青金蛇，中人爲至急。」蘇軾《九日黃樓作》詩：「薄寒中人老可畏，熱酒澆腸氣先壓。」

〔三〕揮麈：揮動麈尾以驅趕蚊蠅。歐陽修《和聖俞聚蚊詩》：「抱琴不暇撫，揮麈無由停。」此反用其意。

〔四〕營營：《詩·小雅·青蠅》：「營營青蠅，止於樊。」「營」或作「謍」。《説文解字·言部》：「謍，小聲也。《詩》曰：謍謍青蠅。」

〔五〕聚嘬：謂群飛嘬食。《孟子·滕文公上》：「狐狸食之，蠅蚋姑嘬之。」漢趙岐《章句》：「相共食之也。」

〔六〕數：定數、命運。

〔七〕蝎虎：又稱守宮，食蝎，故曰蝎虎，居於宅内或庭園中。今俗稱壁虎。蘇軾《蝎虎》詩云：「黃雞啄蝎如啄黍，窗間守宮稱蝎虎。」

## 次韻徐正夫見贈〔一〕

自信儒冠不誤身〔二〕，從教塵土滿衣巾。安能學稼與學圃〔三〕，已得異書逢異人〔四〕。隻影自隨空四海，歲寒相伴有孤筇〔五〕。揚雄何日一區老，問字應當載酒頻〔六〕。

【箋注】

〔一〕作年不詳。徐正夫：生平不詳。

〔二〕蓋反用杜甫「儒冠多誤身」意。參見《李方叔治潁川水磨作詩戲之》注〔八〕。

〔三〕學稼學圃：見《和叔寬田園六首》之一注〔五〕。

〔四〕《後漢書·王充列傳》唐李賢注引《袁山松書》曰：「充所作《論衡》，中土未有傳者，蔡邕入吴始得之，恒秘玩以爲談助。其後王朗爲會稽太守，又得其書，及還許，時人稱其才進，或曰不見異人，當得異書。」

〔五〕筇：竹皮，此以代竹。

〔六〕「揚雄」二句：《漢書·揚雄傳下》曰：雄家「有田一壥，有宅一區」。又曰「劉棻嘗就雄學奇字」。後「雄以病免，復召爲大夫，家素貧，耆（嗜）酒，人希至其門，時有好事者載酒肴從游學。」

## 次韻歐陽誠發牡丹〔一〕

青春過隙不多時〔二〕，佳會應須日日期。羡子多情勤秉燭〔三〕，尋芳問柳每題詩〔四〕。洛花名字爭新見〔五〕，尤物東君翦刻遲〔六〕。安得韓湘寫奇句，世間鉛粉謾勞施〔七〕。

【箋注】

〔一〕作年不詳。歐陽誠發：陽山（在今廣東）人。能詩善飲，姿容奇偉，多髯，嘗官奉議郎，與蘇軾、黄庭堅多過從。黄庭堅有《戲答歐陽誠發奉議謝予送茶長歌》。

〔二〕見《用韋蘇州寄全椒道士韻》之三注〔四〕。

〔三〕秉燭：見《次韻孫志康牡丹》之一注〔五〕。

〔四〕尋芳問柳：謂豔游賞花也。杜甫《嚴中丞枉駕見過》詩云：「元戎小隊出郊坰，問柳尋花到野亭。」

〔五〕牡丹之名，新出不窮，蓋達百餘，是「爭新見」之謂也。洛花：《群芳譜》云：唐宋時，洛陽之花爲天下冠，故牡丹竟名爲洛陽花。

〔六〕謂牡丹較春花爲遲開。東君：司春之神。翦刻：亦唐賀知章《詠柳》「不知細葉誰裁出，二月春風似剪刀」之意。

〔七〕「安得」二句：贊歐陽誠發詩奇妙如韓湘，不假雕琢而自得風流。韓湘：韓愈族孫。性疏狂，不好讀書，嘗於初冬令牡丹開花數色，且每朵有詩一聯（事見《酉陽雜俎·廣動植》之四、宋劉斧《青溪瑣議·韓湘子記》）。鉛粉：古之化妝品。李白《代美人愁鏡》詩之一：「鉛粉坐相誤，照來空淒然。」唐劉禹錫《終南秋雪》詩：「霧散瓊枝出，日斜鉛粉殘。」

## 寄題北海文舉堂〔一〕

巨君竊漢璽〔二〕，如取鴻毛輕。孟德老且死，不見姦業成〔三〕。乃知朝無人〔四〕，誰憚百公卿？一夫能仗節，介然屹長城〔五〕。忠義國所託，安危與之并。吾於文舉見，坐折姦邪萌〔六〕。誰能搏猛虎，乃用尺箠嬰〔七〕。義氣横宇宙，不煩尺寸兵〔八〕。悲哉天所壞，一木難扶傾〔九〕。梟鸞不兩立，夫子安得生〔一〇〕？中原竟分裂，三姓鼎足爭〔一一〕。當知千載後，高名獨崢嶸〔一二〕。使君定不凡〔一三〕，論友古豪英。作堂追餘烈，豈祇求空名。廢卷屢歎息，孤忠誰發明？玉石痛俱爐〔一四〕，鯨鯢脱誅烹〔一五〕。嗟余志謬懦，怒髮猶衝纓〔一六〕。九原不可作〔一七〕，涕淚徒縱横〔一八〕。

【箋注】

〔一〕作年不詳。北海：東漢爲北海國，治劇縣（今山東昌樂西），在宋爲濰州轄地，治今山東濰坊市。文舉：即孔融，見《次陶淵明正月五日游斜川韻》注〔一三〕。

〔二〕巨君：王莽（前四五—二三）字。莽，漢元城（治今河北大名東）人，元帝皇后姪。莽少孤貧，諸父皆侯，因勤力博學，外交英俊，内事諸父，聲譽日盛。平帝幼沖，以莽爲大司馬，元后臨朝稱制，致委政於莽。平帝夭，孺子嬰立，莽居攝，稱攝皇帝，三年而代漢，改國號曰新。嗣後政事紛更，致起緑林赤眉之事，莽尋見誅。《漢書》有傳。

〔三〕「孟德」二句：謂曹操在生之年未能遂篡逆之願。孟德：曹操（一五一—二二〇）字。操，沛國譙（今安徽亳州）人。年二十舉孝廉，除洛陽北部尉，遷頓丘令，靈帝中平元年，以騎都尉從討黄巾軍，遷濟南相，後起兵討董卓。建安元年迎獻帝都許，先後擊滅袁術、袁紹、劉表，黄河流域漸成一統。位至丞相、大將軍、封魏王。子丕代漢稱帝，追尊操爲太祖武皇帝。詳見《三國志·魏書·武帝紀》。《後漢書·孔融列傳》嘗云：「若夫文舉之高志直情，其足以動義概而忤雄心。故使移鼎之跡，事隔於人存；代終之規，啟機於身後也。」

〔四〕《左傳·襄公四年》：「師慧過宋朝，將私焉。其相曰：『朝也。』慧曰：『無人焉。』相曰：『朝也，何故無人。』慧曰：『必無人焉。若猶有人，豈其以千乘之相易淫樂之矇，必無人焉故也。』」

〔五〕此謂孔融不屈節如長城之能捍衛國家。介然：耿介屹立貌。

〔六〕「忠義」四句：《後漢書·孔融列傳》云：「既見操雄詐漸著，數不能堪，故發辭偏宕，多致乖忤。」操因有所憚之。

〔七〕箠：馬鞭。《説文解字·竹部》：「箠，所以擊馬也。」蘇洵《權書·心術》：「尺箠當猛虎，奮呼而操擊。」嬰：通「攖」，迫擊也。

〔八〕以上爲第一層，謂孔融仗義衛國。

〔九〕「悲哉」二句：隋王通《文中子·事君》：「大廈將傾，非一木所支也。」

〔一〇〕「梟鸞」二句：《梁書・劉峻傳》：「薰蕕不同器，梟鸞不接翼。」梟：惡鳥，俗謂之貓頭鷹。此指曹操。鸞：鳳之屬，是謂孔融。蘇軾《仇池筆記》卷上亦云：「北海以忠義氣節冠天下，其勢足與曹操相軒輊，決非兩立者。」

〔一一〕「中原」二句：謂魏（曹）、蜀（劉）、吳（孫）三國分裂。自公元二二〇年曹丕稱帝始，至二八〇年晉滅吳，歷時六十有一年。

〔一二〕崢嶸：此謂超衆越常。以上爲第二層，謂孔融名垂後世，令人景仰。

〔一三〕使君：指濰州知州某。

〔一四〕《書・胤征》：「火炎崑岡，玉石俱焚。」按此言孔融妻子均被誅。本傳云：「下獄棄市。時年五十六，妻子皆被誅。」

〔一五〕《左傳・宣公十六年》：「古者明王伐不敬，取其鯨鯢而封之，以爲大戮。」晉杜預注：「鯨鯢，大魚名，以喻不義之人。」李白《中丞宋公以吴兵三千赴河南軍次尋陽脱余之囚參謀幕府因贈之》：「戎虜行當翦，鯨鯢立可誅。」按，此反用李白詩意，言奸雄而免於誅戮。

〔一六〕猶言「怒髮衝冠」。《史記・藺相如列傳》：「相如因持璧卻立，倚柱，怒髮上衝冠。」纓：本結冠之帶，此代指冠。

〔一七〕見《松風亭詞》注〔二七〕。

〔一八〕以上爲第三層，言知州某作堂之旨。緬往懷昔，令人感慨萬端。

# 題郭熙平遠〔一〕

## 一

木落沙明秋浦，雲收煙澹瀟湘。曾學扁舟范蠡，五湖深處鳴榔〔二〕。

**【箋注】**

〔一〕作年不詳。按詩曰「曾學扁舟范蠡，五湖深處鳴榔」，似指隨父南遷事；而「不見邯鄲歸路，夢中略到江南」，似指今雖爲官，然猶夢寐以求退隱。又按：三詩查慎行據晚香堂《蘇帖》録爲蘇軾詩，作《失題三首》。按，《御定佩文齋書畫譜》卷七七「宋蘇軾五帖」條云：「後一帖，爲蘇叔黨《題郭熙平遠》三絶，氣度正爾與乃公相綴屬，尤可敬愛。」正謂此三詩。故兹仍作叔黨作品。郭熙：字淳夫，北宋温縣（在今河南）人，工畫山水寒林，師承李成畫法，爲藝畫院藝學士，官翰林待詔。得雲煙出没、峰巒隱顯之態，年老落筆愈壯。見《宣和畫譜》卷十一及宋郭若虚《圖畫見聞志》卷四。《平遠》：即《平遠圖》。《新唐書·王維傳》：「（維）畫思入神，至山水平遠，雲勢石色，繪工以爲天機所到，學者不及也。」山水平遠畫後世遂因之立派。李成即善之。按郭熙所作平遠圖甚多，見於記載的尚有《秋山平遠》（蘇軾《題郭熙畫秋山平遠》、《郭熙秋山平遠二首》）、《窠石平遠圖》（今尚藏於故宫博物院）。張耒、黄庭堅諸人亦嘗有題郭畫之作。

〔二〕「曾學」二句：嗚榔：擊船板而歌。唐李白《送殷淑三首》詩之一：「惜別耐取醉，嗚榔且長謠。」參《題鬱孤臺》注〔一一〕。

## 二

望斷水雲千里，横空一抹晴嵐〔一〕。不見邯鄲歸路，夢中略到江南〔二〕。

【箋注】

〔一〕晴嵐：猶晴雲。嵐，霧氣。國畫多有以晴嵐入畫者，《宣和畫譜》即載有李成《夏景晴嵐圖》。

〔二〕「不見」二句：謂畫中景物，使人馳神江南山水。然鷄肋微官，依然邯鄲夢中。參見《大人生日》（未試陵雲白日仙）注〔五〕。

## 三

諸子只應見畫〔一〕，此中我獨知津。寫到水窮天杪〔二〕，定非塵土中人〔三〕。

【箋注】

〔一〕諸子：猶「諸君」。

〔二〕天杪：即天邊。

〔三〕塵土中人：即塵世中人。

## 題歐陽晦叔竹癖軒〔一〕

海竹纖杉亂葦萑〔二〕，君家千樹獨淇園〔三〕。清陰夏簟常留客〔四〕，疎影秋光共入軒。屐阮孰窺塵外趣〔五〕，鍛嵇聊與世人論〔六〕。可憐此路今無幾，桃李成蹊不待言〔七〕。

【箋注】

〔一〕作年不詳。歐陽晦叔：事跡不詳。

〔二〕海竹：即海篠，竹之一種。晉戴凱之《竹譜》曰：「亦有海篠，生於島岑。節大盈尺，長不滿尋。形枯若筯，色黄如金。」

〔三〕淇園：見《次韻少藴移竹於賈文元園二首》之一注〔六〕。

〔四〕夏簟：夏天用的竹席。唐杜甫《鄭駙馬宅宴洞中》詩：「主家陰洞細煙霧，留客夏簟青琅玕。」

〔五〕屐阮：即阮孚，好屐。見《送仲南兄赴水南倉》注〔一五〕。

〔六〕鍛嵇：嵇康好鍛。見《李方叔治潁川水磨作詩戲之》注〔二〇〕。

〔七〕「可憐」二句：謂世棄狷潔之路而趨名利。桃李成蹊：見《用韋蘇州寄全椒道士韻贈羅浮鄧道士三首》之二注〔四〕。

## 張庭實得石名小括蒼〔一〕

蓬萊異石出珠宮〔二〕，遠澗幽龕定幾重〔三〕。玉井分明太華頂〔四〕，洞天疑是括蒼峰。穿雲細路屏間見，落谷幽泉硯可供〔五〕。誰遣飛來在几案，伴君文史老三冬〔六〕。

**【箋注】**

〔一〕作年不詳。張庭實：不詳。括蒼：在浙江省東南，山多括木，故名。其主峰在仙居縣東南，道書以爲十大洞天福地之一（見《雲笈七籤·十大洞天》）。

〔二〕珠宮：仙人之宮。唐杜甫《太子張舍人遺織成褥段》詩：「今我一賤老，裋褐更無營。煌煌珠宮物，寢處禍所嬰。」蘇軾《海市》詩：「蕩摇浮世生萬象，豈有貝闕藏珠宮。」

〔三〕定：究竟，測度之詞。

〔四〕此言石上似清晰可見華山頂上的玉井。玉井：華山峰頂的水池。池在華山西峰下鎮嶽宫院内。水深丈餘，井水清澈甘洌。韓愈《古意》詩：「太華峰頭玉井蓮，開花十丈藕如船。」錢仲聯集釋引韓醇曰：「《華山記》云：『山頂有池，生千葉蓮花，服之羽化，因曰華山。』」又引方世舉注：「古樂府《捉搦歌》：『華陰山頭百丈井，下有泉水徹骨冷。』」蘇軾《和陶飲酒》之九：「不如玉井蓮，結根天池泥。」清《陝西通志》卷八《山川》：「（玉井）深可十丈，圓徑半之。玉井涓潔異常泉，敞宇覆之，左方爲鎮嶽宫，右上即南峰路。」

〔五〕「穿雲」二句：謂「小括蒼」石之小徑幽泉可供筆硯間。硯可供：見《贈詩僧從信》注〔五〕。

〔六〕謂「小括蒼」可伴讀書。參《借書》注〔一二〕。

## 次韻伯元詠牡丹二首〔一〕

### 一

珍重誰移洛下根〔二〕，玉盤徑尺露花新〔三〕。不勞鉛粉强爲色，自是肌膚淑且真〔四〕。美惡本非春有意，栽培直恐伎凝神〔五〕。空齋獨嗅無人賞，鼻送幽香息息勻〔六〕。

【箋注】

〔一〕作年不詳。伯元：事跡不詳。

〔二〕珍重：猶言「貴重」。洛下根：指牡丹。參見《次韻歐陽誠發牡丹》注〔五〕。

〔三〕玉盤：本指白色的花朵，此指白色牡丹。宋司馬光《和君貺寄河陽侍中牡丹》：「盡日玉盤堆秀色，滿城繡轂走香風。」

〔四〕「不勞」二句：唐張祜《集靈台》詩二首之二：「却嫌脂粉污顔色，淡掃蛾眉朝至尊。」又唐杜甫《麗人行》：「態濃意遠淑且真，肌理細膩骨肉勻。」

〔五〕伎凝神：《莊子·達生》：「用志不分，乃凝於神。」唐成玄英疏：「運心用志，凝靜不離，故……妙凝神鬼。」

〔六〕蘇軾《沐浴啟聖僧舍與趙德麟邂逅》：「酒清不醉休休暖，睡穩如禪息息勻。」

## 二

草木無情解悦人〔一〕，徒因見少得名新〔二〕。翦裁羅綺空爭似，研合丹青太逼真〔三〕。尤物端能耗地力，癡兒意①欲費精神〔四〕。願回春色歸南畝，變作秋成玉粒勻〔五〕。

【校記】

①意：知本作「竟」。

【箋注】

〔一〕解：能。

〔二〕徒：但、只。

〔三〕「翦裁」二句：謂翦畫均不能盡草木（此指畫）自然之妙。丹青：泛指繪畫顏料。

〔四〕癡兒：指韓愈外甥某。《太平廣記·韓愈外甥》曰：「唐吏部侍郎韓愈外甥，忘其名姓，幼而落拓，不讀書，好飲酒。弱冠，往洛下省骨肉，乃慕雲水不歸，僅二十年，杳絶音信。元和中，忽歸長安，知識闒茸，衣服滓弊，行止乖角。……不近詩書，殊若土偶，唯與小臧賭博。」又曰：「云能染花，紅者可使碧，或一朵具五色，皆可致之。是年秋，於吏部後堂前染白牡丹一叢，云『來春必作含稜碧色，内合有金含稜紅間暈者，四面各合有一朵五色者』，自劚其根下置藥，而後栽培之，俟春爲驗。」費精神：蓋指其染花事。

〔五〕「願回」二句：謂願得春入隴畝而得豐年。玉粒：見《次韻張子先喜雪》注〔六〕。

## 題李微叔所藏戴嵩暮雨圖〔一〕

春雲漠漠雨垂垂〔二〕，水滿玉疇秧稻時。青蒻緑蓑晚歸去①〔三〕，爲問市朝儂不知〔四〕。

### 【校記】

①「青蒻」句：原校曰：「一作『青蓑蒻笠卧載歸』。」

### 【箋注】

〔一〕作年不詳。李微叔：疑即漳南李安正子。過有《書漳南李安正防禦碑陰》文，有子李微叔。戴嵩：唐畫家。韓滉鎮浙時，署嵩爲判官。嵩畫以韓滉爲師，尤善畫水牛，窮其野性筋骨之妙。與韓滉畫馬齊名，稱「韓馬戴牛」。所繪田野風景亦有逸致（見唐朱景玄《唐朝名畫録》、張彦遠《歷代名畫記》卷十）。

〔二〕垂垂：下降貌。

〔三〕見《次韻葉守端午西湖曲水》之三注〔三〕。

〔四〕儂：吴人自稱。

## 戲題姚美叔睡軒〔一〕

姚侯不學蘇季子，佩取六印誇閭里〔二〕。又不斬取樓蘭王，立功萬里還故鄉〔三〕。兩俱茫茫空白首，車輪馬跡環四方〔四〕。忽焉投劾賦陶令〔五〕，亦復近市師韓康〔六〕。結髮少來遭物役〔七〕，不在功名在刀筆〔八〕。不如一覺獲安眠，收拾散亡歸此室〔九〕。

【箋注】

〔一〕作年不詳。姚美叔：事跡不詳。

〔二〕「姚侯」二句：見《借書》注〔五〕。

〔三〕「又不」二句：見《次韻承之重九》注〔一一〕。

〔四〕此言姚美叔辛勤奔走於四方。

〔五〕謂若陶令棄官而賦《歸去來兮辭》。

〔六〕韓康：字伯休，一名恬休，京兆霸陵（在今陝西長安東）人，家世著姓。嘗采藥名山，賣於長安市，口不二價三十餘年，長安婦孺皆知之。後逃遁避世，不應徵召，得以壽終。《後漢書》有傳。

〔七〕結髮：見《送仲南兄赴水南倉》注〔一一〕。物役：爲物所使。

〔八〕刀筆：見《送仲南兄赴水南倉》注〔三〕。

〔九〕散亡：散離亡失。屈原《天問》：「勳闔夢生，少離散亡。」按此戲言也，收拾散亡，猶《孟子》之「求其放心」。

## 賦鼠鬚筆〔一〕

太倉失紅陳〔二〕，狡鼠①得餘腐。既興丞相歎〔三〕，又發廷尉怒〔四〕。磔肉餧餓②貓〔五〕，紛髯雜霜兔〔六〕。插架刀稍③健〔七〕，落紙龍蛇騖〔八〕。物理未易詰④，時來即所遇〔九〕。穿墉何卑微〔一〇〕？託此得佳譽。

【校記】

①鼠：《東坡外集》作「穴」。宛本作「兔」。 ②餧餓：《東坡外集》作「飼飢」。 ③稍：原校曰：「一作槊。」 ④詰：原校曰：「一作知。」

【箋注】

〔一〕吴長元案曰：「此篇《永樂大典》缺載，從《宋文鑑》補録。考《東坡外集》第七卷亦載此詩，未知孰是。」按《東坡外集》題云《鼠鬚筆》，長元之所謂「從《宋文鑑》補録」云者，蓋襲查慎行之誤也。查注蘇詩案云：「此詩亦載《宋文鑑》，以爲叔黨作。《斜川集》不傳，今據《外集》第七卷，先生自登州還朝後作，故存之。」此篇唯《苕溪漁隱叢話》以爲叔黨作。而《宋文鑑》不載此詩，前人已指出長元襲誤，馮應榴《蘇詩合注》即曰：「此詩《苕溪漁隱叢話》以爲叔黨作，至《永樂大典》所載《斜川集》，既無此詩，《宋文鑑》中亦不載此篇，查氏所云《宋文鑑》以爲叔黨作，殊不可解。」趙懷玉刻《斜川集》，所云亦踵查氏之誤也。」姑存之以待高明。

〔二〕紅陳：《苕溪漁隱叢話》引此詩作「陳紅」，《宋詩紀事》亦同。紅陳：當作「陳紅」，謂糧食。史有云「太倉之粟，陳陳相因」，「紅腐而不可食」（見《史記・平準書》及《漢書・賈捐之傳》捐之上疏）。

〔三〕丞相歎：《史記・李斯列傳》曰：「斯少時爲郡小吏，見吏舍厠中鼠食不絜（潔），近人犬，數驚恐之。斯入倉，觀倉中鼠，食積粟，居大廡之下，不見人犬之憂。於是李斯乃歎曰：『人之賢不肖譬如鼠矣，在所自處耳。』」

〔四〕廷尉怒：廷尉指張湯，初爲長安吏，屢遷至廷尉，武帝時拜太中大夫。治獄嚴峻，不畏豪强，後爲朱買臣等所陷自殺。參見《次韻趙承之留别》注〔九〕。

〔五〕磔：《史記・李斯列傳》《索隱》曰：「磔謂裂其支體而殺之。」

〔六〕霜兔：指兔毫，兔毫常以制筆。黄庭堅《次韻黄斌老所畫横竹》：「晴窗影落石泓處，松煤淺染飽霜兔。」

〔七〕稍：即槊。矛也（見《廣雅・釋器》）。

〔八〕龍蛇鶩：猶龍蛇走，龍蛇舞也。蘇轍《送柳子玉》：「至今存篇章，醉墨龍蛇舞。」鶩：《説文解字・馬部》：「亂馳也。」

〔九〕時來：時來運轉。

〔一〇〕穿墉：《詩·召南·行露》：「誰謂鼠無牙，何以穿我墉？」毛傳曰：「墉，牆也。」

## 詠三瘦〔一〕

勿輕三士各鳶肩〔二〕，氣吐虹霓詩涌泉。共與扶持加藥餌，要令山澤著臞仙〔三〕。

**【箋注】**

〔一〕三瘦：疑指葛洪、陶淵明、蘇軾。按蘇軾《和陶讀山海經》：「媿此稚川翁，告軾與我俱。畫我與淵明，可作三士圖。」驗以過詩所謂「氣吐虹霓詩涌泉」，庶幾其是乎？王文誥定東坡詩在紹聖二年秋後，過詩不知是否同時。

〔二〕鳶肩：鳶瘦雙肩上聳，故以鳶肩狀人之瘦。《後漢書·梁冀傳》：「冀字伯卓，爲人鳶肩豺目，洞精矘眄。」唐李賢注：「鳶，鴟也，鴟肩上竦也。」

〔三〕見《地鑪歌寄伯仲》注〔一三〕。

# 蘇過詩文編年箋注卷七　文

紹聖二年（一〇九五）隨父貶居惠州至元符三年（一一〇〇）居海南期間作

## 颶風賦〔一〕

仲秋之夕〔二〕，客有叩門指雲物而告予曰〔三〕：「海氛甚惡，非祲非祥〔四〕。斷霓飲海而北指〔五〕，赤雲夾日而南翔〔六〕。此颶之漸也。子盍備之〔七〕？」語未卒，庭户肅然，槁葉蔌蔌〔八〕，驚鳥疾呼，怖獸辟易〔九〕。忽野馬之決驟〔一〇〕，矯退飛之六鷁〔一一〕。襲土囊之①暴怒〔一二〕，持②衆竅之叱吸〔一三〕。予乃入室而坐，斂衽變色〔一四〕。客曰：「未也，此颶之先驅爾。」少焉，排户破牖〔一五〕，隕瓦擗屋〔一六〕。礧擊巨石〔一七〕，揉拔喬木〔一八〕。勢翻渤澥〔一九〕，響振坤軸〔二〇〕。疑屏翳之赫怒〔二一〕，執陽侯而將戮〔二二〕。鼓千尺之濤瀾，襄百仞之陵谷〔二三〕。吞泥沙於一卷，落崩崖於再觸，列萬馬而並騖〔二四〕，潰③千車而爭逐。虎豹讋駭〔二五〕，鯨鯢奔蹙〔二六〕。類鉅鹿之戰，殷聲呼而動地〔二七〕；似昆陽之役，舉百萬於一覆〔二八〕。予亦爲之股慄毛聳〔二九〕，索氣側足〔三〇〕。夜拊榻而九徙〔三一〕，晝命龜而三卜〔三二〕。蓋三日而後息也。

父老來唁〔三三〕，酒漿羅列。勞來僮僕〔三四〕，懼定而説〔三五〕。理草木之既偃，葺軒檻④之已折。補茅屋⑤之罅漏〔三六〕，塞牆垣之頹缺〔三七〕。已而山林寂然，海⑥波不興。動者自止，鳴者自停。湛天宇之蒼蒼〔三八〕，流孤月之熒熒〔三九〕。忽悟且歎，莫知所營〔四〇〕。

嗚呼！小大出⑦於相形〔四一〕，憂喜因於所遇。昔之飄然者〔四二〕，若爲巨邪？吹萬不同〔四三〕，果足怖邪？蟻之緣也，噓則墜；蚋之集也，呵則舉〔四四〕。夫噓呵曾不能⑧以振物〔四五〕，而施之二蟲則甚懼。鵬水擊而三千，搏扶摇而九萬〔四六〕。彼視吾之惴慄，亦爾汝之相莞〔四七〕。均大塊之噫氣〔四八〕，奚巨細之足辨？陋耳目之不廣，爲外物之所變。且夫萬象起滅〔四九〕，衆怪耀炫，求⑨髣髴於過耳⑩，視空中之飛電〔五〇〕。則向之所謂可懼者，實邪？虚邪？惜吾知之晚也。」

【校記】

①之：原校曰：「一作而。」宋玉《風賦》：「夫風生於地，侵淫谿谷，盛怒於土囊之口。」作「之」是。　②持：原校曰：「一作掠。」　③潰：原校曰：「一作會。」　④檻：原校曰：「一作楹。」　⑤屋：原校曰：「一作茨。」　⑥海：知本作「水」。　⑦出：原校曰：「一作生。」　⑧能：原校曰：「一作足。」　⑨求：原校曰：「一作來。」　⑩耳：原校曰：「一作目。」

【箋注】

〔一〕吴長元曰：「此篇《永樂大典》不載，今據本傳（按《宋史·蘇過傳》稱「其《思子臺賦》、《颶風賦》早行於世」）從《東坡文集》（按即《東坡續集》）録補。」此賦紹聖二年（一〇九五）八月在惠州作，蘇軾是年《與程正輔書》亦言及颶風異常事。颶風：婁元禮《田家五行·論風》云：「夏秋之交大風，及有海沙雲起，俗謂之風潮，古人名之曰颶風，言其具四方之風，故名颶風。有此風必有霖淫大雨同作，甚則拔木偃禾，壞房屋，決堤堰。」東坡曠達坦蕩，莫不因遇而安；窮達得失，常能隨緣自適，叔黨侍親彌年，自得其中三昧。處變不驚，臨危不懼，外物於我何有哉？夫天地造化，萬物齊一，吹萬不同，颶風噓呵何異？物象如電，變共不變一理。物理如彼，人情亦然，升沉否泰，生死禍福，而又何須芥蒂於胸中耶？昔人嘗稱爲文之妙云：「狀難寫之境，如在目前；含不盡之意，見於言外」，斯賦可當之矣！暮夜扣門，已堪驚心；颶風之告，令人悚然。寥寥數語，先聲奪人。寫颶風之烈，始則驚鳥怖獸，繼則倒海翻江，其烈其暴，如臨如見。風定寂然，忽焉頓悟：巨細同理，虛實何殊？陶然自解，驚懼了無。前者如萬騎馳於平川，勢撼天地；後者如簫聲漾於靜夜，餘韻悠悠。一張一弛，相映成趣。東坡家法，過得之矣。人譽之爲小坡，良有以也。

〔二〕仲秋：農曆八月。

〔三〕雲物：即下文之「斷霓」、「赤雲」。《周禮・春官・保章氏》：「以五雲之物辨吉凶、水旱降豐荒之祲象。」鄭玄注：「物，色也，視日旁雲氣之色。」

〔四〕祲：不祥之雲氣。《左傳・昭公十五年》：「見赤黑之祲，非祭祥也，喪氛也。」

〔五〕唐李肇《國史補》卷下：「颶風將至，則多虹霓，名曰颶母。然三五十年始一見。」劉恂《嶺表録異》上云：「南海秋夏間，或雲物慘然，則其暈如虹，長六七尺，比候，則颶風必發，故呼爲颶母。」

〔六〕《左傳・哀公六年》：「是歲也，有雲如衆赤鳥，夾日以飛三日。楚子使問諸周大史，周大史曰：

『其當王身乎？』」晉杜預注：「日爲人君，妖氣守之，故以爲當王身。雲在楚上，唯楚見之，故禍不及他國。」按用此典以謂不祥。

〔七〕盍：「何不」的合音。

〔八〕蔌蔌：飄落貌。五代和凝《天仙子》詞之二：「洞口春紅飛蔌蔌，仙子含愁眉黛緑。」蘇軾《浣溪沙·徐門石潭謝雨道上作》：「蔌蔌衣巾落棗花，村南村北響繰車。」

〔九〕辟易：退避。《史記·項羽本紀》：「項王瞋目而叱之，赤泉侯人馬俱驚，辟易數里。」按「辟易」一詞，王力先生《古代漢語》認爲是聯綿詞。學人頗有異議。其中認爲「辟」、「易」同義連文，意爲「退避」之説似可信。參林海權《談「辟易」和「披靡」》，《福建師範大學學報》一九九一年三期；白平《釋「披靡」與「辟易」》，《山西大學學報》一九九四年四期。

〔一〇〕野馬：《莊子·逍遥游》：「野馬也，塵埃也，生物之以息相吹也。」唐成玄英疏：「青春之時，陽氣發動，遥望藪澤之中，猶如奔馬，故謂之野馬也。」參朱慶之《「野馬」義證》，《古漢語研究》一九九〇年二期。按宋沈括《夢溪筆談》卷三有曰：「古人即謂野馬爲塵埃，如吴融云：『動梁間之野馬。』及韓渥云：『窗裏日光飛野馬。』皆以塵爲野馬，恐不然也。野馬乃田野間浮氣耳，遠望如群羊，又如水波，佛書謂如熱時野馬陽焰。即此物也。」其説可從。決驟：迅速奔跑。《莊子·齊物論》：「毛嬙、麗姬，人之所美也，魚見之深入，鳥見之高飛，麋鹿見之決驟。」蘇軾《歸來引》：「紛野馬之決驟兮，幸余首之未羈。」

〔一一〕《左傳・僖公十六年》：「六鷁退飛過宋都，風也。」鷁：水鳥，狀類鷺鷥，能高飛。

〔一二〕襲：入。土囊：《文選・宋玉〈風賦〉》：「夫風生於地，起於青蘋之末，浸淫谿谷，盛怒於土囊之口。」唐李善注：「土囊，大穴也。」暴怒：狀風聲嘯呼。

〔一三〕竅：孔穴。叱、吸：均指風聲。《莊子・齊物論》：「夫大塊噫氣，其名爲風。是唯無作，作則萬竅怒號，而獨不聞之翏翏乎？山林之畏佳，大木百圍之竅穴，似鼻，似口，似耳，似枅，似圈，似臼，似洼者，似汙者，激者，謞者，叱者，吸者，叫者，譹者，宎者，咬者。前者唱于而隨者唱喁，泠風則小和，飄風則大和，厲風濟則衆竅爲虛。」成玄英疏：「叱者，咄聲也。吸者，如呼吸聲也。」

〔一四〕斂衽：本指提起衣襟，表示恭敬，《戰國策・楚策一》：「一國之衆，見君莫不斂衽而拜，撫委而服。」漢桓寬《鹽鐵論・非鞅》：「諸侯斂衽，西面而嚮風。」此言驚慌失措。

〔一五〕排：推開。

〔一六〕擗：分開；裂開；劈。三國魏曹植《送應氏》詩之一：「垣牆皆頓擗，荆棘上參天。」

〔一七〕礧擊巨石：《漢書・司馬相如列傳》載司馬相如《子虛賦》「礧石相擊」唐顔師古注：「礧石，轉石也。」按此言巨石滚動互相擊撞。

〔一八〕揉：使木彎曲或伸直。《易・繫辭下》：「斲木爲耜，揉木爲耒，耒耨之利以教天下。」《漢書・公孫弘傳》：「臣聞揉曲木者不累日。」顔師古注：「揉謂矯而正之也。」按此句言風將大樹吹折或拔起。

〔一九〕渤澥：即渤海，又作「勃澥」。司馬相如《子虛賦》：「浮勃澥，游孟諸。」此泛指海。

〔二〇〕坤軸：古人想象中的地軸。晉張華《博物志·地》：「崑崙山北地轉下三千六百里，有八玄幽都，方二十萬里，地下有四柱，四柱廣十萬里，地有三千六百軸，犬牙相舉。」

〔二一〕屏翳：此指風神。《文選·曹植〈洛神賦〉》：「屏翳收風，川后静波。」唐吕向注：「屏翳，風師也。」

〔二二〕陽侯：古代傳説中的波濤之神。《楚辭·哀郢》：「凌陽侯之氾濫兮，忽翺翔之焉薄。」《戰國策·韓策二》：「塞漏舟而輕陽侯之波，則舟覆矣。」宋鮑彪注：「説陽侯多矣。今按《四八目》，伏羲六佐，一曰『陽侯』，爲江海。蓋因此爲波神歟？」

〔二三〕襄：泛濫至高處。《書·益稷》：「洪水滔天，浩浩懷山襄陵。」

〔二四〕鶩：《説文解字·馬部》：「鶩，亂馳也。」

〔二五〕讋：畏懼。揚雄《羽獵賦》：「角搶題注，蹶竦讋怖。」

〔二六〕蹙：迫促。

〔二七〕「類鉅鹿」二句：前二〇七年，項羽率楚兵救趙，於鉅鹿（今河北平鄉西南）大敗秦軍。《史記·項羽本紀》云：「楚戰士無不一以當十，楚兵呼聲動天，諸侯軍無不人人惴恐。」

〔二八〕「似昆陽」二句：新莽地皇四年（二三年），劉秀率軍於昆陽（今河南葉縣）力殲王莽主力軍。《後漢書·光武紀》云：「城中亦鼓譟而出，中外合埶（勢），震呼動天地，莽兵大潰，走者相騰踐，奔殪百餘里間。會大雷風，屋瓦皆飛，雨下如注，滍川盛溢，虎豹皆股戰。士卒爭赴，溺死者以萬數，水爲不流。」

〔二九〕股栗毛聳：大腿發抖，汗毛豎立。形容恐懼之極。參見《山行》注〔四〕。

〔三〇〕索氣：猶言氣索，意氣頽唐。《漢書·孫寶傳》：「（侯）文怪寶氣索，知其有故。」顔師古注：「索，盡也。」《太平廣記·東城老父傳》：「角觝萬夫，跳劍、尋撞、蹴毬、踏繩、舞于竿顛者索氣沮色，逡巡不敢入。」

〔三一〕九徙：多次移换（寢處）。語出《後漢書·蘇不韋傳》：「暠大驚懼，乃布棘於室，以板籍地，一夕九徙，雖家人莫知其處。」

〔三二〕命龜而三卜：取龜甲而多次占卜。《周禮·春官·大卜》：「大祭祀則眡高命龜。」漢鄭玄注：「命龜，告龜以所卜之事。」

〔三三〕唁：慰問。

〔三四〕勞來：本指慰問、勸勉前來的人。《楚辭·卜居》：「將送往勞來，斯無窮乎？」宋朱熹《集注》：「勞來，來者勞之也。」也作「勞倈」，《漢書·游俠傳·原涉》：「既共飲食，涉獨不飽，乃載棺物，從賓客往至喪家，爲棺斂勞倈畢葬。」顔師古注：「勞倈謂慰勉賓客也。」按這裏指慰問、勸勉因颶風逃散而回歸者。

〔三五〕説：後來寫作「悦」。

〔三六〕罅漏：裂縫、漏洞。韓愈《進學解》：「補苴罅漏，張皇幽渺。」

〔三七〕頽缺：坍毁之處。

〔三八〕湛：澄清。

〔三九〕熒熒：微光閃爍貌。

〔四〇〕此謂悵然自失。

〔四一〕形：比較。《老子》：「長短相形，高下相傾。」

〔四二〕飄然者：指飈風。

〔四三〕《莊子・齊物論》：「夫吹萬不同，而使其自已也。咸其自取，怒者其誰邪？」成玄英疏：「且風唯一體，竅則萬殊，雖復大小不同，而各稱所受。」

〔四四〕「蚋之集」二句：蚋：蚊類昆蟲。集：停落。呵：吹氣。舉：飄舉。

〔四五〕嘘呵：嘘氣，呵氣。

〔四六〕「鵬水」二句見《莊子・逍遥游》，參見《叔父生日》（溝瀆嗟尋常）注〔二〕。

〔四七〕爾汝：古代尊長對卑幼者的稱呼。引申爲輕賤之稱。《孟子・盡心下》：「人能充無受爾汝之實，無所往而不爲義也。」朱熹《集注》：「蓋爾汝，人所輕賤之稱。」焦循《正義》：「爾汝爲尊於卑，上於下之通稱，卑下者自安而受之，所謂實也……蓋假借爾汝爲輕賤，受爾汝之實，即受輕賤之實。」《北史・儒林傳上・陳奇》：「〔游雅〕嘗衆辱奇，或爾汝之，或指爲小人。」蘇軾《墨君堂記》：「凡人相與號呼者，貴之則曰公，賢之則曰君，自其下則爾汝之。」相莞：猶言相笑。相，指代第二人稱。按「爾汝」爲輕賤之稱，并非從古如此，宋洪邁嘗細加辨説，云：「凡人相呼者，貴之則曰公，賢之則曰君，自其下則爾汝之。雖王公之貴，天下貌畏而心不服，則進而君公，退而爾汝者可矣。予謂此論特後世之俗如是爾，古之人心口一致，事從其真，雖君臣父子之間，出口而言不復顧忌，觀《詩》、《書》所載可知矣……」（見《容齋隨筆》卷十五）

〔四八〕大塊之噫氣：《莊子·齊物論》成玄英疏：「大塊者，造物之名，亦自然之稱也。言自然之理通生萬物，不知所以然而然。大塊之中。噫而出氣，仍名此氣而爲風也。」噫氣：氣壅而忽通。言爲身外之物所左右也。

〔四九〕萬象：宇宙間一切事物或景象。謝靈運《從游京口北固應詔》詩：「皇心美陽澤，萬象咸光昭。」杜甫《宿白沙驛》詩：「萬象皆春氣，孤槎自客星。」

〔五〇〕飛電：閃電。潘岳《螢火賦》：「熲若飛電之宵逝，彗似移星之雲流。」劉長卿《宿侯尊師草堂》詩：「一從換仙骨，萬里乘飛電。」

## 思子臺賦〔一〕

客有自蜀游梁〔二〕，傃關而東〔三〕。覽河華之形勝兮〔四〕，訪秦漢之遺宮〔五〕。得巋然之頹基兮〔六〕，並湖城之西墉〔七〕。弔漢武之暴怒兮〔八〕，悼戾園之憫凶〔九〕。聞父老之哀歎兮，猶有歸來望思之遺恫〔一〇〕。吁犬臺之讒頬兮，實咀毒而銜鋒〔一一〕。敗趙國於俛仰兮〔一二〕，又將覆劉氏之宗。聞①漢武之多忌兮，謂左右之皆戎〔一三〕。殺陽石而未厭兮〔一四〕，又瘞禍於宮中〔一五〕。忸君王之好殺兮〔一六〕，視人命猶昆蟲。死者幾何人兮，豈問骨肉與王公〔一七〕？惑狂傅之淺謀兮，不忍忿忿而殺充〔一八〕。上曾不鑒予之無聊兮，實有豕心〔一九〕。負此名而欲亡兮，天下其孰吾容〔二〇〕？苟宜死於泉鳩兮，冀稍久而自理〔二一〕。遘大患於倉猝兮〔二二〕，懷孤憤於永已。念君老而孰圖兮，嗟肉食其多鄙。獨三老與千秋兮〔二三〕，懷愛君之拳拳②〔二四〕。犯雷霆之方怒兮〔二五〕，消積禍於一言〔二六〕。洗③沉冤之無告兮，戮讒人其已晚。幸曾孫之無恙兮〔二七〕，亦足以慰夫九原④〔二八〕。雖築臺其何救兮，固知已往⑤之不諫〔二九〕。魂煢煢乎其歸來兮〔三〇〕，蓋庶幾於復見也〔三一〕。

昔秦之亡也，禍始於扶蘇〔三二〕。眇斯高之贏豕兮，視其君如⑥乳虎〔三三〕。曾纊息之未定兮，乃敢探其穴而啗其雛〔三四〕。在晉四世，有君不惠〔三五〕。孽婦晨雊〔三六〕，彊王定制〔三七〕。惟愍懷之遭罹兮，實追縱於漢戾〔三八〕。顧孱后之何知兮，亦號呼於既逝〔三九〕。寫餘哀於江陵⑦兮，發故臣之幽契〔四〇〕。仍築臺以望思兮，蓋援武以自例〔四一〕。嗚呼噫嘻！可弔而不可哂兮〔四二〕，亦各言其子也。彼茂陵之雄傑兮〔四三〕，係九戎而鞭百蠻。笑堯禹而陋湯武兮〔四四〕，蓋將與黃帝俱仙〔四五〕。及其失道於幾微兮〔四六〕，狐鬼生於左臂〔四七〕。如嬰兒之未孩兮〔四八〕，易耳目而不知〔四九〕。甘泉咫尺而不通兮〔五〇〕，與式乾其何異〔五一〕？既上配於秦皇兮，又下比於晉惠。君子是以知聖狂之本同，而聰明之不可恃也。覽觀古初，孰哲孰愚？皆知指笑乎前人，而莫知後之視予〔五二〕。方漢武之盛也，肯自比於驪山之朽骨〔五三〕，而況於金墉之獨夫乎〔五四〕？自今觀之，三后一律，皆以信讒而殺子，暱姦而敗國。各⑧築臺以寄哀〔五五〕，信同名而齊實。彼昏庸者固不足告也，吾將以爲明主⑨之龜策〔五六〕。

自建元以來〔五七〕，張湯、主父偃之流〔五八〕，與兩丞相〔五九〕、三長史之徒〔六〇〕，皆以無罪而夷滅，一言以就誅。曾無興哀於既往，一洗其無辜。獨於據也，悲歌慷慨、泣涕躊躇。嗚呼哀哉！莫有以楚靈王之言告者曰：「人之愛其子也，亦如予乎〔六一〕？」天道好還，以德爲符〔六二〕。惟孟德之鷙忍兮〔六三〕，亦嗜殺以爲娛。彼楊公之愛修兮〔六四〕，豈減吾之蒼舒〔六五〕。恨元化之不可作兮，然後知鼠輩之果無〔六六〕。同舐犢於晚歲兮，又何怨於老臞〔六七〕。吾將以嗜殺爲戒也，故於末而並書〔六八〕。

**【校記】**

①聞：東坡集作「間」。　②拳拳：東坡集作「眷眷」。　③洗：宛本作「既」。　④「亦足」句：原校曰：「東坡集云『或慰夫九原』。」　⑤往：東坡集作「矣」。　⑥如：東坡集作「猶」。　⑦江陵：當爲「江陸」，謂江統陸機曾爲祭弔之作。　⑧各：東坡集作「吾」，誤。　⑨主：東坡集作「王」。

【箋注】

〔一〕作於紹聖二年（一〇九五）侍父南遷居惠州時（此從王文誥《蘇詩總案》説）。思子臺：思子臺有二，一爲漢武帝哀其太子劉據冤死而建，「上憐太子無辜，乃作思子宫，爲歸來望思之臺於湖（在今河南靈寶境）」。一是晉惠帝爲其愍懷太子所建，「帝感閻纘之言，立思子臺」。《宋史·蘇過傳》稱「其《思子臺賦》、《颶風賦》早行於世」。《東坡七集》亦載此篇。賦前有東坡《序》云：「予先君宫師之友史君，諱經臣，字彦輔，眉山人，與其弟沆子凝皆奇士。博學能文，慕李文饒之爲人，而舉其議論。彦輔舉賢良不中第，子凝以進士得官，止著作佐郎，皆蚤死，且無子。有文數百篇，皆亡之。予少時嘗見彦輔所作《思子臺賦》，上援秦皇，下逮晉惠，反復哀切，有補於世。蓋記其意而亡其辭，乃命過作補亡之篇，庶幾君子猶得見斯人胸懷髣髴也。」東坡之所謂「反復哀切，有補於世」，實可移評此賦，豈徒見史君胸懷髣髴也。彼時東坡遠貶惠州，悽愴憂憤，悵恨難平，命過繼作，蓋借他人酒杯以澆胸中之壘塊也，東坡懷才抱志，夙志致君舜堯，廓清天下。然運交華蓋，命與仇謀。熙寧年間，斥新法而身竄外郡；烏臺詩案，罪莫須而陷擲囹圄。哲宗既立，稍見親幸，旋爲當軸所忌，擠排出朝。至後一蹶不振，屢遭貶斥。竟至投畀嶺表，再逐蠻荒。新黨難容，舊黨不安，是皆佞臣小人所讒，「哲王又不寤」之故。命過繼作，實欲君王遥鑒既往，親賢臣而遠佞人也。叔黨玉樹早慧，偏得過庭，生逢黨爭之世，長伴慈父之謫。於是欣然會意，妙契親心，文張三后之昏聵，事譏孟德之忌才，渾然一氣，不蔓不枝。楚靈王搶地之號，楊文先詆犢之哀，無不恰到好處，摇曳增輝。是非東坡不能授此意，抑非小坡不能爲此文也。

〔二〕梁：指開封，蓋戰國時爲魏都，名大梁。

〔三〕傃：向。關：指潼關。

〔四〕河華：黄河、華山。

〔五〕秦都咸陽，西漢都長安。

〔六〕巋然：高大獨立貌。《莊子·天下》：「人皆取實，己獨取虚，無藏也故有餘，巋然而有餘。」唐成玄英疏：「巋然，獨立之謂也。」

〔七〕湖城：西漢湖縣（治所在今河南靈寶西），漢武帝所築思子臺即在彼。墉：城牆。

〔八〕弔：感傷。漢武：景帝子，名徹（前一五六—前八七），承文景之業，興太學，崇儒術。平南越、東越、朝鮮，下滇及西南夷，斥匈奴，通西南諸國。版圖益廓，堪稱雄主。然好大喜功，篤信神仙，興土木，急征斂，重刑誅，以致海内空耗，盗賊寖多。晚年昏暴，多疑好殺，頗爲史家所譏。詳見《漢書》本紀。

〔九〕戾園：本地名，在今河南靈寶西北。此代指戾太子劉據（前一二八—前九一）。據，武帝子，元狩元年（前一二二）立爲太子。武帝末年，巫蠱之禍起，據爲江充所誣，因舉兵誅江充，兵敗自殺。宣帝時謚爲戾，以「湖閿鄉邪里聚爲戾園」。《漢書》有傳。憫凶：憂傷，不幸。《左傳·宣公三年》：「寡君少遭閔（憫）凶。」杜預注：「閔，憂也。」

〔一〇〕恫：《爾雅·釋言》：「恫，痛也。」

〔一一〕「吁犬臺」二句：犬臺：漢宮名。《三輔黄圖》卷三：「犬臺宫在上林苑中，長安西二十八里。」此以犬臺代指江充，蓋充初於犬臺得幸。江充（前？——前九一）：邯鄲人，字次倩，本名齊，因得罪趙太子，亡入關，更名充。武帝拜爲直指繡衣使者，督捕三輔盜賊，頗用事。因與太子據有隙，恐武帝死後爲太子所誅，會帝卧疾，充遂誣太子以巫蠱厭帝，太子收斬充。犬臺事，見《漢書·江充傳》：「初，充召見犬臺宫，自請願以所常被服冠見上。上許之。充衣紗縠襌衣，曲裾後垂交輸，冠襌纚步摇冠，飛翮之纓。充爲人魁岸，容貌甚壯，帝望見而異之，謂左右曰：『燕趙固多奇士。』既至前，問以當世政事，上説之。」讒頰：猶言「讒口」。咀毒：猶言「含毒」。

〔一二〕《漢書·江充傳》：「（江充）詣闕告（趙）太子丹與同産姊及王後宫姦亂，交通郡國豪猾，攻剽爲姦，吏不能禁。書奏，天子怒，遣使者詔郡發吏卒圍趙王宫，收捕太子丹，移繫魏郡詔獄，與廷尉雜治，法至死。」俛仰：同「俯仰」。極言其速、易。

〔一三〕「聞漢武」二句：《漢書·戾太子傳》：「是時，上春秋高，意多所惡，以爲左右皆爲蠱道祝詛，窮治其事。」戎：戎狄。此言武帝懷疑他人盡皆與自己爲敵。

〔一四〕陽石：陽石公主，武帝衛皇后女。因巫蠱事見殺。《漢書·公孫賀傳》：「（朱）安世遂從獄中上書，告敬聲（賀子）與陽石公主私通，且上甘泉當馳道埋偶人，祝詛有惡言。下有司案驗賀，窮治所犯，遂父子死獄中，家族。」按陽石即死於此獄。

〔一五〕瘞：埋。行巫蠱者皆以偶人埋地中以詛咒仇家。江充亦埋木偶人於太子宫中以誣太子祝詛。

〔一六〕忸：通「狃」。慣習；習於（作某事）。《詩·鄭風·大叔于田》：「將叔無狃，戒其傷女。」毛傳：「狃，習也。」朱熹《集傳》：「國人戒之曰：請叔無習此事，恐其或傷汝也。」

〔一七〕「死者」二句：《漢書·江充傳》曰：「上以充爲使者治巫蠱，充將胡巫掘地得偶人，捕蠱及夜祠，視鬼，染汙令有處，輒收捕驗治，燒鐵鉗灼，强服之。民轉相誣以巫蠱，吏輒劾以大逆無道，坐而死者前後數萬人」；「巫蠱之禍起自朱安世，成於江充，遂及公主皇后、太子，皆敗。」

〔一八〕「惑狂傳」二句：狂傳：指太子少傅石德，是時江充陷害太子，「至太子宫掘蠱得桐木人」，德懼爲師傅並誅，因勸太子發兵誅充。《漢書·戾太子傳》曰：「太子進則不得上見，退則困於亂臣，獨冤結而無告，不忍忿忿之心，起而殺充。」

〔一九〕「上曾」二句：無聊：無可奈何，謂不得已。豕心：豕貪食，因以比喻貪婪之心。《左傳·昭公二十八年》：「實有豕心，貪惏無饜。」孔穎達疏：「豕心，言其心似豬，貪而無恥也。」劉向《列女傳·晉羊叔姬》：「宕有豕心，貪惏毋期。」此言武帝但以戾太子造反而不察。

〔二〇〕「負此名」二句：謂戾太子被反名而出逃，自難容於世。《漢書·劉屈氂傳》：「（武帝）乃賜丞相璽書曰：『捕斬反者，自有賞罰……堅閉城門，毋令反者得出。』」

〔二一〕「苟逭死」二句：言太子劉據避死而藏匿泉鳩，是希望日后有機會申訴冤屈。《漢書·戾太子傳》：「太子之亡也，東至湖，臧（藏）匿泉鳩里，主人家貧，常賣屨以給太子。太子有故人在湖，聞其富贍，使人呼之而發覺。吏圍捕太子，太子自度不能脱，即入室距户自經。」逭：逃避。《書·太甲中》：「天作孽，猶可違；自作孽，不可逭。」孔傳：「孽，災；逭，逃也。言天災可避；自作災不可逃。」唐李復言《續玄怪録·訂婚店》：「此繩一繫，終不可逭。」自理：爲自己申訴。《東觀漢記·和熹鄧后傳》：「杜冷不殺人，自誣。被掠羸困，便輿見，畏吏不敢自理。」《周書·崔彦穆傳》：「頃之，永業家自理得雪，彦穆坐除名。」

〔二二〕遘：遇，遭遇。《書·金縢》：「惟爾元孫某，遘厲虐疾。」陸德明《釋文》：「遘，遇也。」晉潘岳《寡婦賦》：「何遭命之奇薄兮，遘天禍之未悔。」

〔二三〕三老：漢於鄉、縣、郡置「三老」，掌教化（見《漢書·百官公卿表序》）。此指壺關縣三老茂（荀悦《漢紀》作令狐茂）。「太子兵敗，亡，不得。上（武帝）怒甚，群下憂懼，不知所出，壺關三老茂上書」爲太子鳴冤，「書奏，天子感寤。」（《漢書·戾太子劉據傳》）千秋：即田千秋。其先齊諸田，徙長陵。衛太子遇禍時，千秋爲高寢郎，後爲相，封富民侯，謹厚有重德。宣帝時以年老，許入朝乘車，因稱車丞相，子孫遂以車爲姓。《漢書》有傳。「久之，巫蠱事多不信，上知太子惶恐無他意，而車千秋復訟太子冤，上遂擢千秋爲丞相，而族滅江充家，焚蘇文於横橋上」（見《漢書·戾太子傳》）。

〔二四〕拳拳：《漢書·戾太子傳》載茂書云：「臣不勝惓惓，出一旦之命，待罪建章闕下。」顏師古注：「惓讀曰拳。」知「惓惓」爲「拳拳」之假借字。

〔二五〕謂三老茂。

〔二六〕謂田千秋。

〔二七〕曾孫：即「皇曾孫」劉詢。《漢書・宣帝紀》曰：「孝宣皇帝，武帝曾孫，戾太子孫。太子納史良娣，生史皇孫，皇孫納王夫人，生宣帝，號曰皇曾孫，生數月，遭巫蠱事，太子、良娣、皇孫、王夫人皆遇害……曾孫雖在襁褓，猶坐收繫郡邸獄，而邴吉爲廷尉監，治巫蠱於郡邸，憐曾孫之無辜，使女徒復作淮陽趙徵卿、渭城胡組更乳養。」既長，即大位，是爲宣帝。

〔二八〕九原：見《松風亭詞》注〔二七〕。

〔二九〕《論語・微子》：「往者不可諫，來者猶可追。」

〔三〇〕煢煢：孤獨無依貌。

〔三一〕以上爲第一部分，叙戾太子因巫蠱事遇害。

〔三二〕「昔秦之亡」二句：扶蘇（？—前二一〇）：秦始皇長子。始皇坑諸生，扶蘇諫，始皇怒，使之監蒙恬軍於上郡。後始皇崩，趙高矯詔賜死。事見《史記・秦始皇本紀》。按叔黨謂儻不令扶蘇外出監軍，則二世不得立，則秦庶幾不亡也，故曰禍始於伊。

〔三三〕「渺斯高」二句：二句謂始皇時李斯、趙高勢本小弱，畏始皇如乳虎然。李斯：見《湖陰有隱君子》注〔六〕。趙高（前？—前二〇七）：宦者，「嘗教胡亥（二世）書及獄律令法事，胡亥私幸之」。始皇崩，高與李斯謀，立二世。尋殺李斯，自爲丞相，事無巨細皆決之。後殺二世，立子嬰。子嬰既立，族誅趙高。羸豕：《易・姤》初六：「羸豕孚蹢躅。」孔穎達疏：「羸豕謂牝豕也。群豕之中，豭强而牝弱，故謂牝豕爲羸豕。」其君：謂秦始皇帝。乳虎：《漢書・酷吏・義縱傳》：「寧見乳虎，無直寧成之怒。」顏師古注：「猛獸産乳，養護其子，則搏噬過常，故以喻也。」

〔三四〕「曾纘息」二句：謂始皇方死，斯、高即爲逆謀以誅殺扶蘇。纘息：見《次韻王幼安哭韓君表》注〔四〕。探其穴而啗其雛：《後漢書・班超列傳》：「不入虎穴，焉得虎子？」

〔三五〕「在晉」二句：有君不惠：謂惠帝（二五九—三〇七），晉武帝司馬炎次子，名衷，字正度，性愚騃。終其一朝，政綱紊亂，后黨擅政，諸王紛爭，而五胡乘隙入侵，淪陷中原，晉禍遂烈。謂「惠帝」不惠，蓋謔語也。參見《晉書・惠帝紀》。按晉有天下至惠帝，實僅二世（武帝炎、惠帝衷），言「四世」者，包括追尊之宣帝懿、文帝昭。

〔三六〕謂賈后專權。后名南風，權臣賈充女，荒淫放恣，威服内外，專爲姦謀。既廢愍懷太子，又害之以絶衆望。後爲趙王倫所殺。《晉書》有傳。孽：妖孽。晨雊：晨鳴。雉鳴曰雊。舊時貶喻女性掌權爲「牝鷄之晨」，所謂陰陽倒置，將導致家破國亡。語本《書・牧誓》：「牝鷄無晨，牝鷄之晨，惟家之索。」《孔傳》：「喻婦人知外事。雌代雄鳴則家盡，婦奪夫政則國亡。」《新唐書・后妃傳上・太宗長孫皇后》：「與帝言，或及天下事，辭曰：『牝鷄司晨，家之窮也，可乎？』」

〔三七〕謂「八王之亂」。晉初大封宗室，遂使諸王鼎峙。武帝死，惠帝立，汝南王司馬亮爲太宰、專權。其後楚王瑋、趙王倫、齊王冏、河間王顒、成都王穎、長沙王乂、東海王越先後起兵爭權，戰亂達十六年之久，史稱「八王之亂」。事見《晉書・惠帝紀》、《懷帝紀》。

〔三八〕「惟愍懷」二句：謂愍懷太子事有似于漢之戾太子。愍懷：名遹，字熙祖，惠帝長子，謝才人生。少聰穎，武帝甚愛之。長而無行，荒於嬉游。惠帝即位，立爲太子。後賈后以計陷廢，囚金墉，旋爲賈后遣黄門孫慮害之。賈后死，追謚愍懷。《晉書》有傳。罹：遭受。「遭罹」同義連文。

〔三九〕「顧孱后」二句：孱后：指晉惠帝。惠帝愚懦，一依賈后。俟賈氏死，惠帝亦明太子無辜，册復太子，爲太子服長子斬衰，「忉怛悼恨，震動於五内」。孱：懦弱。

〔四〇〕「寫餘哀」二句：《晉書・愍懷太子傳》曰：「（愍懷）既葬於顯平陵，帝感閻纘之言，立思子臺，故臣江統、陸機並作誄頌焉。」江陸：江統與陸機。二人俱嘗爲東宫屬官，故稱「故臣」。江統：字應元，陳留圉人。静默有遠志，嘗爲太子洗馬，在東宫累年，甚被親禮。及太子廢，徙許昌，統違賈氏之禁，送至伊水。太子死，改葬，爲誄以頌，世重之。後官至散騎常侍。《晉書》有傳。陸機：見《送葉少藴歸縉雲》詩注〔五〕。

〔四一〕「仍築臺」二句：謂惠帝效漢武以立思子臺。

〔四二〕哂：譏笑。

〔四三〕茂陵：指漢武帝。武帝葬茂陵，其地在今陝西興平東南。

〔四四〕唐李德裕（文饒）《黄冶賦》：「漢武遭世承平，百蠻以寧，自謂德盛堯禹，功高湯武。」

〔四五〕《史記・今上本紀》：公孫卿曰「黄帝且戰且學仙」，於鼎湖乘龍成仙。武帝聞之，歎曰：「嗟乎！

吾誠得如黄帝，吾視去妻子如脱躧耳。」

〔四六〕幾微：隱微，細微微妙處。《漢書·蕭望之傳》：「願陛下選明經術，温故知新，通於幾微謀慮之士以爲内臣，與參政事。」柳宗元《寄許京兆孟容書》：「年少氣鋭，不識幾微。」

〔四七〕此言巫蠱之禍。武帝晚年疑忌特勝，遂使巫蠱之禍倡，其罹禍者首爲至親，如臂膊之患然。《莊子·至樂》：「支離叔滑介叔觀於冥伯之丘，崑崙之墟，黄帝之所休，俄而柳生其左肘，其意蹶蹶然惡之。」宋林希逸《莊子口義》卷六：「柳，瘍也。今人謂生癤也。」按即今所謂腫瘤。

〔四八〕謂武帝渾噩如嬰兒。《老子》：「我獨泊兮其未兆，如嬰兒之未孩。」孩：《説文解字·口部》：「咳（孩），小兒笑也。」

〔四九〕易耳目：指偏聽譖言。《後漢書·陳元列傳》載元上疏曰：「夫明者獨見，不惑於朱紫；聽者獨聞，不謬於清濁。故離朱不爲巧眩移目，師曠不爲新聲易耳。」

〔五〇〕太子事發，武帝卧疾甘泉，太子不得通聞。《漢書武五子傳·戾太子》：「且上疾在甘泉宫，皇后及家吏請問皆不報。」

〔五一〕式乾：晉惠帝殿名。賈后計陷太子，惠帝莫辨，於式乾詔「遹書如此，今賜死」，因大臣異議，廢太子爲庶人。

〔五二〕「覽觀」四句：《漢書·京房傳》載京房曰：「夫前世之君亦皆然矣，臣恐後之視今，猶今之視前也。」

〔五三〕驪山：秦始皇葬驪山（在今陝西臨潼東南），因以代指秦始皇。

〔五四〕金墉：晉惠帝嘗被囚金墉（見《晉書·惠帝紀》）。地在今河南洛陽北。獨夫：謂衆叛親離之君，猶言「一夫」。《書·泰誓下》：「獨夫受（紂名），洪惟作威。」《孟子·梁惠王下》：「賊仁者謂之賊，賊義者謂之殘，殘賊之人謂之一夫，聞誅一夫紂矣，未聞弒君也。」

〔五五〕秦始皇無築臺事，此連類而及。

〔五六〕龜策：古卜筮之具。此言龜策者，猶言「龜鑑」。以上爲第二層，言秦皇、漢武、晉惠皆信讒殺子，匿姦敗國。

〔五七〕建元：武帝年號。當前一四〇——前一三五年。

〔五八〕張湯：見《賦鼠鬚筆》注〔四〕。主父偃（？——前一二六）：漢臨淄（今山東淄博東北）人，初學縱横家言，後乃學《易》、《春秋》百家之説。武帝元光初上書言事，任郎中，一年内四遷至中大夫。主張推恩以弱諸侯、鑄錢、鹽鐵專賣以利國，抑豪强兼并，置朔方郡以禦匈奴。元朔二年初任齊王相，發齊王罪，齊王自殺。武帝以偃脅齊王，族誅偃。《史記》、《漢書》有傳。

〔五九〕兩丞相：謂李蔡、莊青翟。李蔡（？——前一一八）：成紀（今甘肅秦安縣北）人，事孝文帝、景帝、武帝，「以輕車將軍從大將軍衛青有功，封爲樂安侯」，爲丞相。元狩五年坐侵陵壖地死。《史記》有傳。莊青翟（？——前一一五）：元狩五年爲相，元鼎二年因張湯一案下獄死。

〔六〇〕三長史：謂朱買臣、王朝、邊通。朱買臣（？——前一一五）：字翁子，會稽吴（今蘇州）人，家貧好學，因嚴（莊）助薦，拜會稽守，後爲丞相長史，告張湯陰事，湯自殺，武帝亦誅買臣。《史記》、《漢書》有傳。王朝，「齊人，以術至右内史。」邊通學短長，剛暴人也，官至濟南相。故皆居湯右，已而失官，守長史，詘禮於湯。二人皆以陷湯被殺。按終武帝之世，大臣被戮甚衆，凡殺五相（李蔡、莊青翟、趙周、公孫賀、劉屈氂）。

〔六一〕「莫有」二句：《左傳・昭公十三年》載，楚公子棄疾與公子比率陳蔡之師入楚，殺楚靈王太子禄及公子罷敵。「（靈）王聞群公子之死也，自投於車下曰：『人之愛其子也，亦如余乎？』侍者曰：『小人老而無子，知擠於溝壑矣。』王曰：『余殺人子多矣，能無及此乎？』」楚靈王：春秋楚共王次子。名圍，共王孫麕立，是爲郟敖，時圍爲令尹，主兵事。使鄭，聞郟敖疾而還，弑郟敖而立，改名熊虔，會諸侯於申，遂以諸侯兵伐吴，克朱方，囚慶封，滅其族。王立十一年，伐徐以恐吴，次於乾溪，弟棄疾作亂，王自縊，謚曰靈。見《史記・楚世家》。

〔六二〕「天道」二句：謂報應必然。《老子》：「以道佐人主者，不以兵强天下，其事好還，師之所處，荆棘生焉。」

〔六三〕鷙忍：如鷙之殘忍。鷙：《説文解字・鳥部》：「鷙，擊殺鳥也。」按鷙即鷂鷹。

〔六四〕楊公：謂楊彪（？——二二五），漢末華陰（今屬陝西）人，字文先。博習舊聞，熹平中徵授議郎。獻帝時拜太尉，後忤董卓，卓奏免其官。卓死，起爲太尉。建安初，爲曹操所忌，劾以大逆，賴孔融力救得免。四年，拜太常，後稱病辭。曹丕禪漢，欲拜彪太尉，堅辭。《後漢書》有傳。修（？——

二一二五）：彪子，字德祖，好學，才幹過人，爲曹操主簿。操忌其才，以事收殺。參見《三國志·陳思王傳》裴松之注及《後漢書》本傳。

〔六五〕蒼舒：曹操幼子曹沖字。沖「少聰察岐嶷，生五六歲，智意所及，有若成人之志。……太祖數對群臣稱述，有欲傳後意。年十三，建安十三年疾病，太祖親爲請命，及亡，哀甚。文帝（丕）寬喻太祖，太祖曰：『此我之不幸，而汝曹之幸也。』言則流涕。」《三國志·魏書》有傳。

〔六六〕「恨元化」二句：元化：華佗（一四一——一九二）字。沛國譙（今安徽亳州）人。游學徐土，兼通數經，徵辟不就。曉養性之術，精方藥、針灸。曹操聞而召佗，常在左右，操「苦頭風，每發，心亂目眩，佗針鬲，隨手而差」。後忤操意，操收付獄，荀彧請曰：「佗術實工，人命所縣（懸），宜含宥之。」操曰：「不憂，天下當無此鼠輩耶？」遂殺佗。嗣後蒼舒病困，操歎曰：「吾悔殺華佗，令此兒强死也。」參見《後漢書》本傳。作：起。借指死而復活。《國語·晉語八》：「趙文子與叔向游於九原，曰：『死者若可作也，吾誰與歸？』」三國吴韋昭注：「作，起也。」

〔六七〕《後漢書·楊彪列傳》：「後子修爲曹操所殺，操見彪問曰：『公何瘦之甚？』對曰：『愧無日磾先見之明，猶懷老牛舐犢之愛。』」按，金日磾嘗以子弄兒不肖而殺之。事見《史記》、《漢書》之《金日磾傳》。臞：瘦。

〔六八〕以上爲第三層，言君王當以嗜殺爲戒。

# 伏波將軍廟碑〔一〕

功名與五福均〔二〕，意其爲造物者所吝也。富貴之視貧賤，壽考之方疾夭，固懸絶矣。若夫建不朽之功名，銘之鼎彝，垂之竹帛〔三〕，使百世之後，想見其遺風餘烈〔四〕，則與夫没世無聞者，蓋不可同年而語矣，得不爲造物者所吝乎？雖然，聖人罕言命〔五〕，以爲言命則人事廢矣，然有不得不疑於造物者。

漢武帝之喜功，而李廣卒不封侯〔六〕；光武之好士〔七〕，而伏波竟以讒死〔八〕。嗚呼！伏波亦長於慮患而智於出師矣〔九〕，而壺頭一衄〔一〇〕，讒人遂入其説，人主一信而不回，豈非命也夫。始其策公孫述、隗囂之必敗〔一一〕，南征百粤，指揮而定〔一二〕。豈其智於昔而愚於今耶？武陵之役〔一三〕，壺頭路近而水險；若道於充〔一四〕，則路夷而運遠。夫費日運糧，敵必有備，孰若提必死之士，搤其咽喉，所謂疾雷不及掩耳〔一五〕，此鄧艾用以破蜀〔一六〕，李靖所以平江陵也〔一七〕。使伏波士卒不病，則戰有餘矣，而耿舒乃謂不從其言致敗〔一八〕。夫事固有幸不幸耳。田千秋一言取丞相〔一九〕，衛青平匈奴而致位大將軍〔二〇〕。其智安在？故豪傑之士①，則庸夫得以藉口而自信其説，豈不悲哉？且從光武定天下，功臣莫不有封，而伏波獨以讒奪；至永平圖形雲臺②，而伏波乃以椒房之故不與〔二一〕，是命也夫。

僕侍親南遷，踰五嶺〔二二〕，將涉大海，過將軍祠下，哀將軍之身，見誣於千載之上；而歎將軍之澤，不斬於百世之後〔二三〕。豈彼造物者能困其人，而不能困其功名也耶？謹拜手稽首〔二四〕，獻其詞曰：

維百粤之險阻兮，右渤海而左五嶺〔二五〕。洞庭居其肘腋兮，九疑跨其襟領〔二六〕。日翳翳其無光兮〔二七〕，谷幽幽其如井。烝毒霧之四塞兮〔二八〕，雖六師其安騁〔二九〕？故尉佗之陸梁兮，建黄屋而外屏〔三〇〕。薄蒼梧之舜野兮〔三一〕，内嘯聚夫不逞〔三二〕。屬孝武之明靈兮，赫王怒之誰梗〔三三〕？問將軍之安在兮，敢有愛其遺境？嗟粤人之喜亂兮，每覘吾之不警〔三四〕。彼徵氏之狂狡兮〔三五〕，民欲殞於陷井〔三六〕。雖不足以辱王師兮，非仁者其誰靖？下陵波之樓船兮〔三七〕，驚絶俗之氣禀〔三八〕。勢破竹之無幾兮，倏迎刃而自定〔三九〕。殲渠魁以懲慝兮〔四〇〕，釋俘囚而伸儆〔四一〕。布天子之德澤兮，舍盟書而胥命〔四二〕。誓馬革以裹屍兮〔四三〕，敢鳶飛而告病〔四四〕？何薏苡以興讒兮〔四五〕，抱孤忠而不見省。昔樂毅之去燕兮，遭孱主之聽熒〔四六〕。悲將軍之誰咎兮？死青蠅於主聖〔四七〕。眷朱勃之何人兮，蹈欒布之前鼎〔四八〕。雖不能已雷霆之怒兮，亦少慰夫未瞑。仰嘉名於千載兮，傷吾道之不競〔四九〕。功未録而罪及兮，掩大德於一眚〔五〇〕。維鳩舌之何知兮，獨忠義之所③敬〔五一〕。走千里之粢盛兮，恃德刑於邪正〔五二〕。使斯民畏罪而不欺兮，猶將軍之威令。

【校記】

①「故豪傑」句：原校曰：「此處有脱文。」宛本不言脱，按趙説是。　②雲臺：原本及各本俱作「靈臺」，此據《後漢書·馬援列傳》改。　③所：宛本作「斯」。

【箋注】

〔一〕蘇軾謫惠之四年（紹聖四年，即一〇九七），朝廷以「罪重責輕」，四月復貶蘇軾瓊州別駕、昌化軍安置，不得簽書公事。蘇過侍行，六月至雷之徐聞縣，謁伏波將軍廟，作此碑銘。伏波將軍廟：又名威武廟。宋王象之《輿地紀勝·雷州》：「兩漢二伏波將軍：路博德，武帝時討南越，遂開九郡；後漢伏波將軍馬援，光武時討交趾二女子（徵）側（徵）貳之叛，遂平其地。東坡先生作廟記，則以爲兩伏波。教授夏侯安雅作廟記，又以爲馬伏波，至和中始別立路伏波廟。」按蘇過所記伏波，乃馬援也。援佐光武中興，竭盡血誠。志靖宇内，誓馬革以裹屍；力安社稷，目鳶墮而泰然。何其壯哉！方其屢操勝券，光武嘉之、勗之，而倚爲柱石之重。然壺頭之役，將士病於瘴癘，蠻酋扼以巉巖，王師小挫，而姦言隙進。以光武之聖明，頓發雷霆之怒，馳使往責，罷其兵權。會援捐軀，一無惻隱之心，竟降罪奪爵，遷怒於地下。嗚呼，何人主之薄情如是耶！援於有漢，雖爵位不襲，雲臺不寫，然名震遐邇，節伏黎庶，千載之後，香火不絶，是亦勝於榮耀於當時而身死名没者遠矣。叔黨奉親遠徙，有感於斯，撫今思昔，因藉以寓意焉。

〔二〕五福：《書·洪範》：「五福：一曰壽，二曰富，三曰康寧，四曰攸好德，五曰考終命。」

〔三〕「銘之」二句：曹植《求自試表》：「身雖屠裂，而功名著於鼎鐘，名稱垂於竹帛。」

〔四〕餘烈：遺留下來的功績、功業。賈誼《過秦論上》：「及至始皇，奮六世之餘烈，振長策而御宇内，吞二周而亡諸侯。」江淹《爲建平王聘隱逸教》：「是以遺風獨扇百代，餘烈激厲後生。斯乃王教之助，古人之意焉。」唐羅隱《寄易定公乘億侍郎》詩：「昭王有餘烈，試爲禱迷邦。」

〔五〕《論語·子罕》：「子罕言利與命與仁。」

〔六〕李廣：《史記·李廣列傳》：「諸廣之軍吏及士卒或取封侯。」「然廣不得爵邑，官不過九卿。」參見《次韻謝民師》注〔一〇〕。

〔七〕光武：即後漢光武帝劉秀（前六—五七），高祖九世孫。王莽地皇三年，從其兄縯起兵舂陵，更始三年即帝位，都洛陽，是爲後漢。先後蕩平宇内，統一全國。在位期間，舉賢任能，加强中央集權，興水利，輕徭薄賦，釋放官私奴婢，是以經濟漸趨恢復，史稱中興。參見《後漢書》本紀。

〔八〕《後漢書·馬援列傳》曰：建武二十四年，光武遣援率中郎將馬武、耿舒等征五溪。「初，軍次下雋，有兩道可入，從壺頭則路近而水嶮，從充則塗夷而運遠，帝初以爲疑。及軍至，耿舒欲從充道，援以爲棄日費糧，不如進壺頭，搤其喉咽，充賊自破。以事上之，帝從援策。三月，進營壺頭。賊乘高守隘，水疾，船不得上。會暑甚，士卒多疫死，援亦中病，遂困」。耿舒致書兄弇，歸咎馬援不從其計。弇以書奏光武，光武遣梁松往責馬援；會援卒，松復因事陷之，光武大怒，「追收援新息侯印綬」。

〔九〕《後漢書·馬援列傳》論曰：「然其戒人之禍，智矣，而不能自免於讒隙。」按，馬援在交阯時，嘗以書誡兄子嚴、敦，極言謹言慎行之道。此書即《誡兄子嚴敦書》。

〔一〇〕壺頭：即壺頭山，在今湖南沅陵縣東百里，沅江南岸。衄：挫折；失敗。《文選·曹植〈求自試表〉》：「流聞東軍失備，師徒小衄。」唐李善注：「衄，折傷也。」

〔一一〕《後漢書·馬援列傳》：「是時公孫述稱帝於蜀，囂使援觀之……（述）欲授援以封侯、大將軍位。賓客皆樂留，援曉之曰：『天下雌雄未定，公孫不吐哺走迎國士，與圖成敗，反修飾邊幅，如偶人形。此子何足久稽天下士乎？』因辭歸，謂囂曰：『子陽（公孫述）井底蛙耳，而妄自尊大，不如專意東方。』」又曰，援既歸光武，「八年，帝自征（隗）囂，至漆，諸將多以王師之重，不宜遠入險阻，計冘豫未決。會召援夜至，帝大喜，引入，具以群議質之。援因説隗囂將帥有土崩之勢，兵進有必破之狀；又於帝前聚米爲山谷，指畫形埶，開示衆軍所從道徑往來。分析曲折，昭然可曉。帝曰：『虜在吾目中矣。』明旦，遂進軍至第一，囂衆大潰」。策：猶言預料。公孫述：漢扶風茂陵（今陝西興平東北）人，字子陽。王莽時，起兵據益州，自立爲蜀王，繼而稱帝。建武十二年爲漢軍攻殺。《後漢書》有傳。隗囂：成紀（今甘肅秦安縣北）人，字季孟。王莽末，據隴西起兵，初附劉玄，任御史大夫，旋屬光武，封西州大將軍，後又稱臣於公孫述，爲寧朔王。光武西征，囂敗亡西城，恚憤而死。《後漢書》有傳。

〔一二〕百粵：又作百越。今之江浙閩粵之地，率皆古越族散居之所，故泛稱其地爲百越。此指交趾。

《後漢書》本傳云：建武十七年，交趾女子徵側、徵貳反，於是璽書拜援伏波將軍往討之。援「遂緣海而進，隨山刊道千餘里。十八年春，軍至浪泊上，與賊戰，破之，斬首數千級，降者萬餘人。……明年正月，斬徵側、徵貳，傳首洛陽」。

〔一三〕武陵：郡名，治今湖南常德市西。

〔一四〕充：漢縣名，屬武陵郡。治今湖南桑植。

〔一五〕《六韜·軍勢》：「疾雷不及掩耳，迅電不及瞑目。」

〔一六〕鄧艾（一九七—二六四）：三國魏棘陽（今河南南陽）人，字士載。仕魏至城陽太守，鎮西將軍、都督隴右諸軍事，進封鄧侯。魏伐蜀，艾督軍自陰平道入，鑿山刊道，攀木緣崖而進，破綿竹蜀軍，至成都，劉禪降。進太尉。後鍾會誣以謀反，艾爲監軍衛瓘所殺。《三國志·魏書》有傳。

〔一七〕李靖（五七一—六四九）：唐京兆三原（在今陝西省）人，本名藥師，精熟兵法。大業末，爲馬邑丞。唐初，從李世民征王世充，授開府。武德四年（六二一年），隨李孝恭討蕭銑，銑擁兵四十萬，都江陵。「時秋潦，濤瀨漲惡，銑以靖未能下，不設備。諸將亦請江平乃進，靖曰：『兵，機事，以速爲神。今士始集，銑不及知，若乘水傅壘，是震霆不足塞耳；有能倉卒召兵，無以禦我，此必擒也。』」卒如其言，銑遂敗降。後兵破突厥、吐谷渾，以功封衛國公。新、舊《唐書》有傳。

〔一八〕耿舒：後漢扶風茂陵（治今陝西興平東北）人。耿弇弟，光武初爲覆胡將軍，從擊彭寵有功，封牟平侯。事跡雜見《後漢書·耿弇列傳》。

〔一九〕《史記·車(田)千秋列傳》:「千秋無他材能術學,又無伐閲功勞,特以一言寤意,旬月取宰相封侯,世未嘗有也。」參見《思子臺賦》注〔一三〕。

〔二〇〕衛青(?—前一〇六):漢河東平陽(今山西臨汾西南)人,字仲卿。本姓鄭,爲家奴,以同母姊衛子夫得幸武帝而冒姓衛。七擊匈奴,屢立戰功,收河南地,置朔方郡,以功封長平侯。《史記》、《漢書》有傳。

〔二一〕「至永平」二句:《後漢書·馬援列傳》曰:「永平初,援女立爲皇后,顯宗圖畫建武中名臣、列將於雲臺,以椒房故,獨不及援。」唐李賢注曰:「雲臺在南宫也。」在今洛陽。椒房:《漢書·車千秋傳》「轉至未央椒房」顔師古注:「椒房,殿名,皇后所居也。以椒和泥塗壁,取其温而芳也。」後以「椒房」指后妃。

〔二二〕五嶺:《漢書·張蒼傳》唐顔師古注引裴淵《廣州記》曰:「大庾、始安、臨賀、桂陽、揭陽,是爲五嶺。」地在今湘贛粤桂諸省區交界地帶。

〔二三〕斬:斷絶。《孟子·離婁下》:「君子之澤,五世而斬。」此言馬援雖當時含冤負屈,而英名長留後世。

〔二四〕拜手稽首:謂跪拜行禮。《書·益稷》:「皋陶拜手稽首。」稽手,頭不至地;拜首,頭至地而稍留。

〔二五〕渤海:此指東海。又作渤澥。《初學記·海》:「按東海之别有渤澥,故東海共稱渤海,又通謂之滄海。」

〔二六〕九疑：見《次韻大人與藤守游東山》注〔一四〕。

〔二七〕日翳翳：日光暗弱。

〔二八〕烝：《説文解字·火部》：「火氣上行也。」

〔二九〕《禮記·夏官·司馬》：「凡制軍，萬有二千五百人爲軍。王六軍，大國三軍，次國二軍，小國一軍。」後以「六軍」或「六師」代指軍隊。

〔三〇〕「故尉佗」二句：謂秦漢時南越王尉佗雄據百越事。尉佗（？—前一三七）：真定（治今河北正定）人，秦時爲南海龍川令，本名趙佗，南海尉任囂死，佗行南海尉事，故亦稱尉佗。「秦破滅，佗即擊並桂林、象郡，自立爲南越武王」。漢定天下，因立尉佗爲南越王。高后時，佗乃自尊號南越武帝，發兵犯南邊，高后擊未果，佗益囂張，以兵威邊，財賂遺閩越、西甌、駱，役屬焉，東西萬餘里。乃乘黄屋左纛，稱制，與中國侔」。文帝時，陸賈使南越，曉以利害，尉佗去帝制内附。建元四年卒。見《史記·南越列傳》。陸梁：本義爲跳躍狂奔貌。《文選·揚雄〈甘泉賦〉》：「飛蒙茸而走陸梁。」唐李善注引晉灼曰：「飛者蒙茸而亂，走者陸梁而跳，謂猛士之輩。」唐吕延濟注：「陸梁，亂走貌。」此指囂張、猖獗。黄屋：古代帝王所乘車以黄繒爲裏，故曰黄屋。

〔三一〕薄：迫近，進逼。蒼梧：《禮記·檀弓上》：「舜葬蒼梧之野。」《史記·五帝本紀》曰「（舜）葬於江南九疑」。是蒼梧爲九疑别名，在今湖南寧遠縣南。舜野：即舜所葬蒼梧之野。按《史記·南越列傳》曰：「於是佗乃自尊號爲南越武帝，發兵攻長沙邊邑，敗數縣而去焉。」按漢之長沙國即轄今寧遠之地。

〔三二〕内：後來寫作「納」。嘯聚：互相招呼聯絡而聚集起來。《後漢書·西羌傳論》：「永初之間，群種蜂起……轉相嘯聚，揭木爲兵，負柴爲械。」按此指聚衆造反。

〔三三〕「屬孝武」二句：謂漢武帝滅南越事。據《史記·南越列傳》載：尉佗傳之五世王興，興與其母舉國内屬，其相吕嘉爲亂，攻滅王、太后及漢使者。武帝以衛尉路博德爲伏波將軍，與樓船將軍楊僕等將兵滅南越，以爲九郡。赫：盛貌。梗：阻。明靈：聖明神靈。《文選·揚雄〈趙充國頌〉》：「明靈惟宣，戎有先零。」唐李周翰注：「聖明神靈，惟我宣帝。」

〔三四〕覘：窺視。

〔三五〕徵氏：指徵側、徵貳。《後漢書·馬援列傳》：「又交阯女子徵側及女弟徵貳反，攻没其郡，九真、日南、合浦蠻夷皆應之，寇略嶺外六十餘城，側自立爲王。於是璽書拜援伏波將軍，以扶樂侯劉隆爲副，督樓船將軍段志等南擊交阯。」李賢注：「徵則者，麊泠縣雒將之女也，嫁爲朱䳒人詩索妻。索甚雄勇，交阯太守蘇定以法繩之，側忿怒，故反。」

〔三六〕陷井：即「陷阱」。爲捕捉野獸或爲擒敵而所挖的坑穴，上浮蓋僞裝物，踩則掉落坑内。常比喻陷害人的羅網、圈套。《禮記·中庸》：「人皆曰予知，驅而納諸罟擭陷阱之中，而莫之知辟也。」唐孔穎達疏：「陷阱，謂坑也。穿地爲坎，豎鋒刃於中以陷獸也。」

〔三七〕陵波：渡越波濤。

〔三八〕謂稟氣絶俗。

〔三九〕「破竹」二句：謂馬援軍勢强盛。破竹：劈竹子。喻循勢而下，順利無阻。《晉書·杜預傳》：「昔樂毅藉濟西一戰以並强齊，今兵威已振，譬如破竹，數節之後，皆迎刃而解，無復著手處也。」唐柳宗元《賀誅淄青逆賊李師道狀》：「破竹寧比其發機，走丸未喻於乘勝。」

〔四〇〕懲慝：懲罰邪惡。

〔四一〕仲儆：仲張正義。

〔四二〕胥命：《左傳·昭公三年》：「夏，齊侯、衛侯胥命於蒲。」杜預注：「申約言以相命而不歃血也。」

〔四三〕《後漢書·馬援列傳》：「援曰：方今匈奴、烏桓尚擾北邊，欲自請擊之。男兒要當死於邊野，以馬革裹屍還葬耳。何能卧牀上在兒女子手中邪！」

〔四四〕鳶飛：見《題鬱孤臺》注〔二〕。

〔四五〕《後漢書·馬援列傳》：「初，援在交阯，常餌薏苡實，用能輕身省慾，以勝瘴氣。南方薏苡實大，援欲以爲種，軍還，載之一車。時人以爲南土珍怪，權貴皆望之。援時方有寵，故莫以聞。及卒後，有上書譖之者，以爲前所載，皆明珠文犀。……帝益怒。」李賢注引《神農本草經》曰：「薏苡味甘，微寒，主風濕痹、下氣，除筋骨邪氣。久服輕身益氣。」

〔四六〕「昔樂毅」二句：樂毅：戰國魏人，自魏使燕，燕昭王拜爲上將，率燕趙楚韓魏五國兵伐齊，下齊七十餘城，唯莒、即墨未下。以功封昌國，號昌國君。昭王死，惠王立，齊行反間，惠王使騎劫代毅，毅亡奔趙。齊因計破騎劫，盡復失地。趙封樂毅於觀津，號望諸君。《史記》有傳。熒：通「營」，猶言「營營」。指讒言。參見《秋蠅篇》詩注〔四〕。

〔四七〕「悲將軍」二句：謂馬援被讒死於「聖主」之時。

〔四八〕「眷朱勃」二句：贊朱勃有欒布之節。朱勃：字叔陽，與馬援同郡。年十二能誦詩書，親於援兄況。未二十，試守渭城宰，稍遷至雲陽令。後援讒死，唯朱勃感欒布哭彭越之義，詣闕上書爲援鳴冤，書奏，解職。明帝立，追賜勃子穀二千斛。其事跡見《馬援列傳》。欒布：西漢梁人，出身微賤，後爲梁王彭越大夫。漢高祖殺彭越，令不許收視，而布獨往哭祭，吏收捕，高祖義之而官都尉。吴楚七國之亂，布以軍功封鄃侯。《史記》、《漢書》有傳。蹈欒布之前鼎，謂重冒欒布烹殺之危。《史記·欒布列傳》記高祖曰「趣烹之」。唐司馬貞《索隱》：「謂疾令赴鑊也。」按：鼎鑊俱爲烹刑之器，鑊形似大鼎而無足。

〔四九〕不競：不强；不振。《左傳·襄公十八年》：「吾驟歌北風，又歌南風。南風不競，多死聲。楚必無功。」

〔五〇〕一眚：《左傳·僖公三十三年》：「且吾不以一眚掩大德。」眚：《説文解字·目部》：「眚，目病生翳也。」按此引申爲過失。

〔五一〕「維鴂舌」二句：謂蠻夷仰慕英風，立廟以祀。鴂舌：見《贈王子直》注〔八〕。

〔五二〕「走千里」二句：謂伏波將軍廟食千里之外，乃憑其伐叛柔服之功也。粢盛：見《和叔寬田園六首》之二注〔五〕。德刑：《左傳·宣公十二年》：「叛而伐之，服而捨之，德刑成矣。伐叛，刑也；柔服，德也。」

## 元符改元奉敕告祭文〔一〕

主上欽崇天道〔二〕，敷佑下民〔三〕。躬薦徽稱〔四〕，以嚴上帝〔五〕。霈鴻恩於率土〔六〕，稱元祀於百神〔七〕。乃眷明靈〔八〕，實參化育〔九〕。名紀載籍，功冒黎元〔一〇〕。冀昭鑒於德音〔一一〕，益道迎於和氣〔一二〕。均播厥福，永孚於休。

**【箋注】**

〔一〕作於元符元年（一〇九八）六七月間。鮑廷博曰：「元符元年叔黨尚隨侍東坡於儋州，未嘗筮仕，此二首似亦代人作。」鮑説是。改元：紹聖五年七月，改元元符。

〔二〕欽崇：崇敬。《書·仲虺之誥》：「欽崇天道，永保天命。」《世説新語·雅量》：「郗嘉賓欽崇釋道安德問，餉米千斛。」唐王維《賀神兵助取石堡城表》：「元后欽崇之福，遠至邇安。」

〔三〕敷佑：謂敷布德澤以佑助百姓。《書·金縢》：「乃命於帝庭，敷佑四方。」孔傳：「汝元孫受命于天庭爲天子，布其德教，以佑助四方。」宋徐鉉《封保寧王策》：「昔我文考，對越上帝，敷佑下民，克儉于家，無縱于逸。再造之業，與世無窮。」

〔四〕謂改元事。徽稱：猶徽號、尊號。古代對帝王或后妃褒揚讚美的稱號。南朝宋傅亮《進宋公爲宋王詔》：「乘馬之制，有陋舊章，徽稱之美，未窮上爵，豈足以顯報懋功。」《舊唐書·韋温傳》：「群臣上尊號，温上疏曰：『……今歲三川水災，江淮旱歉，恐非崇飾徽稱之時。』帝深嘉之，乃止。」

〔五〕嚴：敬。

〔六〕霈鴻恩：猶言大降恩澤。霈：雨盛貌。此以喻恩澤。鴻恩：大恩。率土：《詩·小雅·北山》：「率土之濱，莫非王臣。」猶言四海之内。

〔七〕元祀：大祀，此指大祭天地之禮。《書·洛誥》：「記功，宗以功，作元祀。」孔傳：「有大功則列大祀。」《文選·張衡〈東京賦〉》：「元祀惟稱，群望咸秩。」唐李善注：「元，大也；祀，祭也；稱，舉也。謂大祭天地之禮既舉，群嶽衆神，望以祭祀之，皆有秩次。」

〔八〕明靈：指聖明的神靈。唐李白《爲竇氏小師祭璿和尚文》：「手撰茗藥，精誠嚴思，冀神道之昭格，庶明靈而饗之。」《新唐書·長孫無忌傳》：「朕憑明靈之祐，賢佐之力，克翦多難。」

〔九〕化育：《禮記·中庸》：「能盡物之性，則可以贊天地之化育，可以贊天地之化育，則可以與天地參矣。」《孔子家語·本命解》：「群生閉藏乎陰而爲化育始，故聖人因時以合偶。」蘇軾《御試重巽申命論》：「天地之化育，有可以指而言者，有不可以求而得之者。」

〔一〇〕冒：蒙，被。黎元：黎民百姓。

〔一一〕昭鑒：體察明白。《晉書·東海王越傳》：「史臣曰：昔高辛撫運，釁起參商。宗周嗣歷，禍纏管蔡。詳觀曩册，逖聽前古。亂臣賊子，昭鑒在焉。」唐張説《祭城隍文》：「庶降福四甿，登我百穀。猛獸不搏，毒蟲不噬。精誠或通，昭鑒非遠。」

〔一三〕道迎和氣：招致祥和之氣。道：後來寫作「導」。和氣：古人認爲天地間陰氣與陽氣交合而成之氣。萬物由此「和氣」而生。《老子》：「萬物負陰而抱陽，沖氣以爲和。」《韓非子·解老》：「孔竅虚，則和氣日入。」

# 元符改元奉敕告祭文

恭惟國家，享自天之佑，元日受定命之符〔一〕，眷卜世於萬年〔二〕，霈鴻恩於九有〔三〕。遵依詔旨，並走群祠〔四〕。凡有功於斯民，咸稱秩於元祀。神其昭鑒，永孚於休。

【箋注】

〔一〕謂得天命。元日：舊曆正月初一。定命：天定之命。符：符瑞。

〔二〕卜世：占卜傳國世數。《左傳·宣公三年》：「成王定鼎於郟鄏，卜世三十，卜年七百，天所命也。」

〔三〕九有：九州。《詩·商頌·玄鳥》：「方命厥后，奄有九有。」毛傳：「九有，九州也。」《三國志·蜀書·郤正傳》：「今三方鼎跱，九有未乂，悠悠四海，嬰丁禍敗。」

〔四〕言祭告衆祠。

## 志隱〔一〕

蘇子居島夷之二年〔二〕，客有自許來唁〔三〕，問其安否而勉之進取曰：「天之生物，類聚群分〔四〕。蠢動飛走，不相奪倫〔五〕，魚宅於淵，獸伏於榛〔六〕。蠶之于冰〔七〕，鼠之於焚〔八〕。失其所則病，因其性則存。且非獨蟲魚然也，楚之橘柚不植於燕代〔九〕，晉之棗栗不繁於閩越〔一〇〕。非天地之所私，繫物性之南北〔一一〕，況於人乎？余蜀人也，少游三晉之間矣〔一二〕。秋冬之交，朔風蕭條。山童澤枯〔一三〕，墮指折膠〔一四〕。陰山之雪〔一五〕，三歲不消。故其生實瘠而不窳〔一六〕，畜駟强而不乾〔一七〕。人亦剛而多勇，壽而碩堅〔一八〕。膚拆面皴，足胝手胼〔一九〕。爲霜雪之所凝，凜其質之歲寒。而五嶺之南〔二〇〕，夷獠雜居。天卑地濕〔二一〕，山盤水紆。惡溪肆流，毒霧蒸噓。晝避蝮虺〔二二〕，夜號鼪鼯〔二三〕。草木冬花，霖潦長濡。星隱於氣，日見於晡〔二四〕。故其①民多重膇之病〔二五〕，寒熱中膚。非耋而傴，非躄而扶〔二六〕。而儋耳者，又在二廣之南〔二七〕，南溟之中。其民卉服鼻飲〔二八〕，語言不通。狀若禽獸，既嚚且聾〔二九〕。海氣鬱雺〔三〇〕，瘴煙溟濛〔三一〕。而子安之，豈亦有道乎？且夫君子之修身也，病没世而無聞〔三二〕。故其蹻屩而取卿相〔三三〕，脱輓輅而□②封君〔三四〕。季子從成而得印〔三五〕，范叔計行而專秦〔三六〕。相如進缶而趙重〔三七〕，毛遂奉③盤而楚親〔三八〕。或刀筆以自奮，或干戈以策勳。脱穎者富貴〔三九〕，陸沉者賤貧〔四〇〕。希揄揚於鼎彝〔四一〕，恥湮没於埃塵。古人有言：歲云暮矣，時不我與〔四二〕。如子之年，鳴鐘鼎食者多矣〔四三〕，曷亦有意於世乎？」

蘇子曰：「噫！若客殆未達者耶？大塊之間，有生同之。喜怒哀樂，鉅細不遺。蟻蠭之君臣，蠻觸之雄雌〔四四〕。以我觀之，物何足疑？彭聃以寒暑爲朝暮，蟪蛄以春秋爲期頤〔四五〕。孰壽孰夭？孰欣孰悲？況吾與子，好惡性習，一致同歸〔四六〕。寓此世間，美惡幾希〔四七〕。乃欲夸三晉而陋百粤，棄遠俗而鄙島夷，竊爲子不取也。子知魚之安於水也，而魚何擇夫河漢之與江湖？知獸之安於藪也〔四八〕，而獸何擇於雲夢之與孟諸〔四九〕。松柏之後彫，萑葦之易枯。乃物性之自然，豈土地之能殊？子乃以晉楚之産疑之，過矣。雖然，瘴厲之地〔五〇〕，子不得其詳也。僕亦擇其可道者以釋子之惑。天地之氣，冬夏一律〔五一〕。物不凋瘁，生意靡息。冬絺夏葛〔五二〕，稻歲再熟〔五三〕。富者寡求，貧者易足。績蘂爲衣〔五四〕，蓺根爲糧。鑄山煮海〔五五〕，國以富强。犀象珠玉，走于四方。士獨免於戰爭，民獨免於農桑〔五六〕。其山川則清遠而秀絶，陵谷則縹緲而茀鬱〔五七〕。雖龍蛇之委藏，亦神仙之所宅。吾蓋樂游而忘返，豈特暖席之與黔突也哉〔五八〕！若夫紆朱懷金〔五九〕，肥馬輕車〔六〇〕，固人情之所欲得也；而況金石之傳〔六一〕，不朽之榮〔六二〕，爲主上布德澤於斯民，拊四夷而賓不庭〔六三〕。固非獨善其身〔六四〕，老死丘壑者所得擬也。然功高則身危，名重則謗生。枉尋者見容〔六五〕，方枘者必憎[六六]。而自古豪傑之士，有不能閭閻之窮，慨然有澄清之志[六七]，探虎穴，索驪珠[六八]，而得全者蓋無一二也。彼大人者，窅然觀之[六九]，翾蹷遠引，況以榮爲樂耶？世非不知得士者昌，失士者危[七〇]。然患難或可以共④處，安逸或可以長辭[七一]。子胥不免於屬鏤[七二]，范蠡得計於鴟夷[七三]。蕭何縲囚於患失[七四]，留侯脱屣於先知[七五]。敵國亡而信烹[七六]，劉氏安而勃疑[七七]。故介推避禄於綿田[七八]，魯連辭賞於燕師[七九]。接輿長歌於鳳鳥[八〇]，莊叟感慨於郊犧[八一]。僕無過人之才，固不足以自媒也[八二]。然馬之羈靮[八三]，鷹之鞲紲[八四]，寒心久矣。方長鳴於冀北[八五]，睹皁棧而知懼[八六]。擊鮮肥於秋風[八七]，又何臠割之足顧哉[八八]？

「蓋嘗聞養生之粗也，今置身於遐荒，殆有物之初[八九]。余逃空谷之寂寥[九〇]，眷此世而愈疏。追赤松於渺茫[九一]，想神仙於有無，此天下之至樂也。而子期我以世人，汙我於泥涂[九二]。貪千仞之轂⑤[九三]，輕隋侯之珠。子以爲巧，我知其愚。」客愧且歎曰：「吾淺之爲丈夫也！」

【校記】

①其：宛本作「斯」。　②□：原本不闕，其餘各本皆空一字，疑爲「號」字，《史記·婁（劉）敬列傳》云「號爲奉春君」。　③奉：祠本作「捧」。　④共：祠本作「其」。　⑤轂：祠本作「鵠」。

【箋注】

〔一〕元符元年（一〇九八）作於儋耳。按蘇氏父子以紹聖四年（一〇九七）七月二日至儋耳，居之二年，乃元符元年也。志隱者，記隱者之趣也。蘇過嘗自跋《志隱》曰：「昔余侍先君居儋耳，丁年而往，二毛而歸。蓋嘗築室，有終焉之志，遂賦《志隱》一篇，效昔人《解嘲》、《賓戲》之類。將以混得喪，忘羈旅，非特以自廣，且以爲老人之娱。先君子覽之，欣然嘉焉。」考《志隱》之作，上援莊周之齊物，下衍東坡之曠達，滔滔汩汩，博辯無礙。夫天地之間，物各有數，小不企大，夭不羨壽，勝固欣然，敗亦何妨。君子之處世也，進則致君舜堯，兼利天下；退則閉門卻掃，獨善其身。至若逃空谷，追赤松，則又進退失據者之所樂也；焉知處遐荒，安島夷，而非遷客逐臣之所幸乎？叔黨之論，庶幾可謂達矣！再其爲文也，行止得宜，跌宕有致，廣徵故實而無「書袋」之累，深寓妙理而不涉玄虛之跡，宜其先人覽而嘉之也。晁説之志其墓云：「先生（蘇軾）覽之，曰：『吾可以安於島夷矣。』」信然。

〔二〕島夷：《書·禹貢》「島夷皮服」孔傳：「海曲謂之島。居島之夷還服其皮，明水害除。」按此指儋耳，即今海南。

〔三〕唁：慰問。

〔四〕《易·繫辭上》：「方以類聚，物以群分，吉凶生焉。」

〔五〕「蠢動」二句：言飛禽走獸都各安其分，各施其能。蠢動：同義連文。指蟲類蠕動。奪倫：失其倫次，淆亂次第。《書・舜典》：「八音克諧，無相奪倫。」孔傳：「倫，理也。八音能諧，理不錯奪。」南朝梁劉勰《文心雕龍・哀悼》：「固宜正義以繩理，昭德而塞違，割析褒貶，哀而有正，則無奪倫矣。」

〔六〕榛：《廣雅・釋木》：「木叢生曰榛。」

〔七〕冰蠶：傳説中的異蠶。晉王嘉《拾遺記・員嶠山》：「有冰蠶，長七寸，黑色，有角有鱗，以霜雪覆之，然後作繭，長一尺，其色五彩，織爲文錦，入水不濡，以之投火，經宿不燎。」

〔八〕火鼠：傳説中的異鼠。其毛可織火浣布。《太平御覽》卷八二〇引晉張勃《吴録》：「日南比景縣有火鼠，取毛爲布，燒之而精，名火浣布。」蘇軾《徐大正閑軒》詩：「冰蠶不知寒，火鼠不知暑。」

〔九〕「楚之橘柚」二句：橘柚：《書・禹貢》叙揚州之貢曰：「厥包橘柚錫貢。」孔傳曰：「小曰橘，大曰柚。」其性喜温，主産於江南。代：古國名，戰國時爲趙襄子所滅，地當今河北蔚縣（見《史記・趙世家》）。燕代地寒，橘柚之所不生。《周禮・考工記》序目曰：「橘踰淮而北爲枳（苦澀不可食）。」

〔一〇〕「晉之棗栗」二句：晉地盛産棗栗。《漢書・地理志下》云：「上谷自遼東，地廣民稀……俗與趙代相類，有魚鹽棗栗之饒。」閩越：本古越族之一支，秦漢間分布福建浙江間。秦併天下，以其地爲閩中郡。

〔一一〕緊：語氣詞。

〔一二〕三晉：戰國時趙、韓、魏三國的合稱。趙氏、韓氏、魏氏原爲晉國大夫，戰國初，分晉各立爲國，故稱。其地約當今之山西省及河南省中部、北部，河北省南部、中部。

〔一三〕山童：山上光秃秃的。漢劉熙《釋名·釋長幼》：「山無草木曰童。」

〔一四〕墮指折膠：謂大寒。《史記·高祖本紀》：「會大寒，士卒墮指者什二。」蘇軾《玉石偈》：「寒至折膠熱流金，是我法身一呼吸。」

〔一五〕陰山：在今河套以北，大漠以南。

〔一六〕窳：病也。《史記·貨殖列傳》述楚越之地：「地埶饒食，無饑饉之患，以故呰窳（怠惰貌）偷生，無積聚而多貧。」三晉則反是。

〔一七〕《左傳·僖公十五年》「外彊中乾」杜預注：「外雖有彊形，内實乾竭。」此亦反用其意。

〔一八〕《史記·貨殖列傳》言三晉民俗曰：「人民矜懻（彊直）忮，好氣，任俠爲姦，不事農商。……其民羯羠不均，自全晉之時固已患其慓悍。」碩堅：身材魁梧，體魄健壯。

〔一九〕足胝手胼：手掌腳底因長期勞動摩擦而長滿繭子。

〔二〇〕五嶺：見《伏波將軍廟碑》注〔一一〕。

〔二一〕溽：濕。

〔二二〕蝮虺：宋玉《招魂》：「蝮蛇蓁蓁，封狐千里；雄虺九首，往來儵忽。」王逸《章句》曰：「蝮，大蛇也。」《史記·田儋列傳》：「蝮螫手則斬手，螫足則斬足。何者，爲害於身也。」南朝宋裴駰《集解》

引應劭曰：「蝮一名虺，螫人手足則割去其肉，不然則致死。」張守節《正義》：「按蝮毒蛇長二三丈，嶺南北有之；虺長一二尺，頭腹皆一。」

〔二三〕鼪：即鼬。《爾雅・釋獸》「鼬鼠」晉郭璞注曰：「今鼬似貂，赤黄色，大尾，啖鼠。江東呼爲鼪。」鼯：見《冬夜懷諸兄弟》詩注〔一八〕。

〔二四〕晡：即申時，下午三至五時。

〔二五〕膇：重膇：《左傳・成公六年》：「於是乎有沈溺重膇之疾。」晉杜預注：「沈溺，濕疾；重膇，足腫。」海南地卑濕，故多是疾。蘇軾《夜卧濯足》詩云：「天低瘴雲重，地薄海氣浮。土無重膇藥，獨以薪水瘳。」

〔二六〕「非耄」二句：謂五嶺外的人未老而傴僂，不跛而扶杖。《詩・秦風・車鄰》「逝者其耋」毛傳：「耋，老也，八十曰耋。」

〔二七〕二廣：即宋之廣南東、西路，其地約當今之兩廣。

〔二八〕卉服：即草服。見《冬夜懷諸兄弟》詩注〔三〇〕。鼻飲：《漢書・賈捐之傳》奏對論海南風俗曰：「駱越之人父子同川而浴，相習以鼻飲，與禽獸無異。」其俗至宋亦然，又有器焉，曰鼻飲杯。宋范成大《桂海虞衡志・志器》：「鼻飲杯：南人習鼻飲，有陶器如杯椀，旁植一小管若瓶嘴，以鼻就管吸酒漿。暑月以飲水，云：『水自鼻咽，快不可言。』」

〔二九〕嚚：暴虐；愚頑。《書・堯典》：「父頑，母嚚。」賈誼《新書・道術》：「親愛利子謂之慈，反慈爲嚚。」聾：愚昧，不明事理。《左傳·僖公二十四年》：「即聾、從昧、與頑、用嚚，姦之大者也。」《左傳·宣公十四年》：「鄭昭、宋聾，晉使不害。」杜預注：「聾，闇也。」楊伯峻注：「昭謂眼明，聾則耳不聰。此猶言鄭解事，宋不解事。」

〔三〇〕雺：同「霧」。

〔三一〕蘇軾海南與程秀才書曰：「（海南）大率皆無耳。唯有一幸，無甚瘴也。」借「客言」極言海南之多瘴，極言其環境之劣，爲下文張本。

〔三二〕見《借書》詩注〔一四〕。

〔三三〕謂虞卿。見《送李文儒赴漢東教授》詩注〔二〕。

〔三四〕謂婁敬。《史記·婁（劉）敬列傳》曰：劉敬者，齊人也，漢五年（前二〇二），戍隴西，過洛陽，高祖在焉。婁敬脱輓輅，衣其羊裘以見高帝。時帝欲都洛，議未決，敬説以都關中之便，留侯贊焉，遂都長安。於是拜劉敬爲郎中，號爲奉春君。輓輅：唐司馬貞《索隱》曰：「輓，牽也，音晚。輅，鹿車前横木，二人前輓，一人後推之。」

〔三五〕謂蘇秦。見《借書》注〔五〕。

〔三六〕謂范雎。見《山居苦寒》之一注〔三〕。

〔三七〕謂藺相如。藺相如：戰國趙卿。秦王與趙王會於澠池，相如從。酒酣，秦王命趙王鼓瑟爲樂，既罷，相如進缶而脅持秦王擊之，「秦王竟酒，終不能加勝於趙」。見《史記》本傳。

〔三八〕毛遂：戰國趙人，爲平原君門客。秦圍邯鄲，趙使平原君求合縱於楚，毛遂自薦而從。比至楚，平原君與楚王議縱久不決，遂按劍而上，「奉銅槃而跪進之楚王曰：『王當歃血而定從，次者吾君，次者遂。』遂定從（縱）於殿上」。楚王乃遣黄歇將兵以救趙。事見《史記·平原君列傳》。

〔三九〕脱穎：猶嶄露頭角。《史記·平原君列傳》載：毛遂自薦。平原君以爲士之處世如錐處囊中，其末立見，毛遂之無聞是無能也。遂曰：「臣乃今日請處囊中耳。使遂早得處囊中，乃穎脱而出，非特其末見而已。」司馬貞《索隱》引鄭玄曰：「穎，環也。」

〔四〇〕陸沉：《莊子·則陽》：「方且與世違，而心不屑與之俱，是陸沉者也。」晉郭象注：「人中隱者，譬無水而沉也。」

〔四一〕揄揚：宣揚。

〔四二〕「歲云」二句：《論語·陽貨》：「（陽貨）謂孔子曰：『來，予與爾言。』曰：『懷其寶而迷其邦，可謂仁乎？』曰：『不可。』『好從事而亟失時，可謂知乎？』曰：『不可。』『日月逝矣，歲不我與！』孔子曰：『諾，吾將仕矣。』」三國魏何晏《集解》引馬融注云：「年老歲月已往，當急仕。」

〔四三〕鳴鐘鼎食：謂富貴也。《史記·貨殖列傳》：「洒削，薄技也，而郅氏鼎食；胃脯，簡微耳，濁氏連騎；馬醫，淺方，張里擊鐘。」又張衡《西京賦》曰：「若夫翁伯濁質張里之家，擊鐘鼎食，連騎相過，東京公侯，壯何能加。」

〔四四〕「蟻蠡」二句：見《三月十九日同仲豫兄長》注〔一〇〕、〔一一〕。彭聃：彭祖、老聃。見《和大人游羅浮山》注〔九〕。

〔四五〕蟪蛄：《莊子·逍遥游》：「蟪蛄不知春秋。」亦作「惠蛄」，唐陸德明《釋文》引司馬彪曰：「惠蛄，寒蟬也，一名蝭蟧，春生夏死，夏生秋死。」期頤：《禮記·曲禮上》曰：「百年曰期，頤。」本謂百年是人生的大限，至此則應頤養天年。後誤合「期」、「頤」爲一詞如「弱冠」然。

〔四六〕《易·繫辭下》：「天下同歸而殊塗，一致而百慮。」

〔四七〕幾希：相差甚微；極少。《孟子·離婁下》：「人之所以異於禽獸者幾希。」漢趙岐《章句》：「幾希，無幾也。」蘇軾《擬進士對御試策》：「則是未能察脈而欲試華佗之方，其異於操刀而殺人者幾希矣。」

〔四八〕藪：水淺草茂之澤。

〔四九〕孟諸：《書·禹貢》：「導荷澤，被孟豬。」僞孔傳：「荷澤在胡陵（今山東魚臺縣）。孟豬，澤名，在荷澤東北。」

〔五〇〕厲：後後來寫作「癘」。

〔五一〕「天地」二句：謂海南氣候冬夏無甚變化。

〔五二〕絺：《詩·周南·葛覃》：「爲絺爲綌，服之無斁。」毛傳：「精曰絺，麤曰綌。」葛：藤葛，其纖維可織而爲衣。《詩·周南·葛覃》：「葛之覃兮，施於中谷。」毛傳：「葛，所以爲絺綌。」

〔五三〕再熟：兩次成熟，謂一年兩種。海南氣候炎熱，故稻得兩熟。

〔五四〕績蘂：謂以吉貝爲衣。《梁書·林邑國傳》：「吉貝，樹名也，其華（花）成時如鵝毳，抽其緒紡之，以作布，潔白與紵布不殊。」

〔五五〕謂發山之銅而鑄錢，煮海之水以爲鹽。蓋用漢劉濞故事。《史記·吴王濞列傳》：「吴有豫章郡銅山，濞則招致天下亡命盜鑄錢，煮海水爲鹽，以故無賦，國用富饒。」

〔五六〕海南之民不耕織，頗見於蘇軾、蘇轍之詩文。蘇轍有《和子瞻次陶淵明勸農詩·引》曰：「子瞻和淵明勸農詩六章，哀儋耳之不耕。予居海康，農亦甚惰，其耕者多閩人也。然其民甘於魚鰍蟹蝦，故蔬果不毓；冬温不雪，衣被吉貝，故蓺麻而不績，生蠶而不織。羅紈布帛仰於四方之負販。」

〔五七〕岪鬱：山高險貌。司馬相如《子虚賦》：「其山則盤紆岪鬱，隆崇嵂崒。」

〔五八〕謂將長住。《淮南子·脩務》：「孔子無黔突，墨子無暖席。」漢高誘注：「黔言其突竈不至於黑，坐席不至於温，歷行諸國，汲汲於行道也。」

〔五九〕《後漢書·宦者列傳》：「高冠長劍，紆朱懷金者布滿宫闈。」唐李賢注引李軌曰：「朱，朱紱也。金，金印也。」

〔六〇〕肥馬輕車：蓋「肥馬輕裘」一語演變而來。見《次韻叔父上巳二首》之二注〔六〕。

〔六一〕謂刻勳業於金石以傳永遠。

〔六二〕《左傳·襄公二十四年》：「范宣子問不朽於叔孫豹，豹曰：『豹聞之：太上立德，其次立功，其次立言，雖久不廢，此之謂不朽。』」

〔六三〕拊四夷：《孟子·梁惠王上》：「欲辟土地，朝秦楚，莅中國而撫四夷。」趙岐《章句》：「撫即安也（拊，通「撫」）。」賓不庭：使不臣之邦賓服。《左傳·成公十二年》：「謀其不協而討不庭。」杜預注：「討背叛不來在王庭者。」

〔六四〕《孟子·盡心上》：「古之人，得志澤加於民，不得志脩身見於世。窮則獨善其身，達則兼善天下。」

〔六五〕杠尋：即杠尋直尺。見《次韻答徐翼之畫木石》之一注〔五〕。

〔六六〕方枘：即圓鑿方枘。見《送孫志康》注〔一四〕。

〔六七〕見《送在庭姪領漕歸蜀》注〔四〕。

〔六八〕「探虎穴」二句：探虎穴：見《思子臺賦》注〔三四〕。索驪珠：《莊子·列禦寇》：「河上有家貧恃緯蕭而食者，其子没於淵，得千金之珠。其父謂其子曰：『取石來鍛之，夫千金之珠，必在九重之淵而驪龍頷下，子能得珠者，必遭其睡也。使驪龍而寤，子尚奚微之有哉？』」

〔六九〕窅然：遠望貌。《文選·謝朓〈敬亭山〉》詩：「歸徑窅如迷。」唐李善注引《聲類》曰：「窅，遠望也。」

〔七〇〕《吴越春秋·句踐陰謀外傳》：「得士者昌，失士者亡。」

〔七一〕「然患難」二句：《史記·越王句踐世家》載范蠡自齊遺大夫種書曰：「蜚鳥盡，良弓藏；狡兔死，走狗烹。越王爲人長頸鳥喙，可與共患難，不可與共樂。子何不去？」

〔七二〕子胥（？—前四八四）：姓伍，名員，父奢兄尚均爲楚平王所殺，子胥奔吴，與孫武佐吴以伐楚，五戰而入郢，鞭平王尸。後吴敗越，越王勾踐請和，員諫不納，太宰嚭讒之，夫差使使以屬鏤之劍賜伍員死。《史記》有傳。屬鏤：《史記·吴太伯世家》裴駰《集解》引服虔曰：「屬鏤，劍名。」

〔七三〕鴟夷：見《李方叔治潁川水磨》注〔一八〕。

〔七四〕謂蕭何患失貪位而遭械繫也。蕭何（前？—前一九三）：沛人，秦末隨劉邦起兵。楚漢相爭，何常守關中，轉輸給餉，軍中無乏。天下定，以功第一封酇侯，爲開國名相。其縲囚事，見《史記》世家，云：「（蕭）相國因爲民請曰：『長安地狹，上林中多空地，棄，願令民得入田，毋收稾爲禽獸食。』上大怒曰：『相國多受賈人財物，乃爲請吾苑！』乃下相國廷尉，械繫之。」

〔七五〕留侯：即張良。見《松風亭詞》注〔二五〕、〔二六〕。脱屣：見《和大人游羅浮山》詩注〔一一〕。

〔七六〕信：謂韓信（前？—前一九六），西漢淮陰（在今江蘇）人。初從項羽起事，後歸劉邦，伐魏、舉趙、降燕，力克强楚，功勳卓著。漢定天下，封爲楚王。漢六年，人有告信反者，高祖執之，信呼屈曰：「狡兔死，走狗亨；飛鳥盡，良弓藏；敵國破，謀臣亡。」遂降爲淮陰侯。十一年爲吕后所殺。《史記》、《漢書》有傳。

〔七七〕勃：謂周勃（前？—前一六九），沛人。從漢高祖起兵。爲人木彊敦厚，高祖以爲可屬大事。佐劉邦定天下，封絳侯。邦死，諸吕欲代劉氏，勃與陳平謀，卒誅諸吕而立文帝，劉氏賴以安。文帝即位，以勃爲右丞相。後歸封國，被誣繫獄，賴公主以免。詳見《史記·絳侯周勃世家》。

〔七八〕介推：又稱介子推。見《己卯冬至儋人攜具見飲》注〔一二三〕。綿田：即綿上。《左傳·僖公二十四年》：「晉侯求之（介推）不獲，以綿上爲之田（祭田）。」杜預注：「西河界休縣南，有地名綿上。」即今之山西介休東南。

〔七九〕謂魯仲連辭破燕師之賞。魯仲連：戰國齊人，好奇偉俶儻之畫策，持高節而不肯仕宦。燕人大舉攻齊，田單擊破之，燕將退守聊城，歲餘不下，單士卒多死。魯連乃爲書遺燕將，燕將自殺，聊城亂，田單遂下之。歸而欲爵魯連，魯連逃隱於海上，《史記》有傳。

〔八〇〕《論語·微子》：「楚狂接輿歌而過孔子曰：『鳳兮鳳兮，何德之衰！』」何晏《集解》引孔安國曰：「接輿，楚人，佯狂而來歌，欲以感切孔子」，「比孔子於鳳鳥，鳳鳥待聖君乃見，非孔子周行求知，故曰衰。」

〔八一〕《莊子·列禦寇》：「或聘於莊子，莊子應其使曰：『子見夫犧牛乎？衣以文繡，食以芻菽，及其牽而入於太廟，雖欲爲孤犢，其可得乎？』」郊犧：郊祭之犧牛。《史記·莊子列傳》正作：「子獨不見郊祭之犧牛乎？」成玄英疏：「犧，養也。君王預前三月養牛祭宗廟曰犧也。」

〔八二〕《文選·曹植〈求自試表〉》曰：「夫自衒自媒者，士女之醜行也。」唐劉良注：「衒，露也。媒，達也。」

〔八三〕羈：《說文解字·网部》：「羈（作羇），馬絡頭也。」靮：《埤蒼》曰：「靮，馬韁鞚也，控制之義也。」

（見《初學記》卷二三）

〔八四〕韝：《周禮・夏官・繕人》鄭玄注曰：「韝，扞著左臂，裏以韋爲之。」本佩以射箭，又打獵時用以停立獵鷹。元稹《酬翰林白學士代書一百韻》：「逸驥初翻步，韝鷹暫脱羈。」紲：繩索。

〔八五〕冀：《禹貢》九州之一，地約當今山西省、河北西北、河南北、遼寧西地區。按冀北多産良馬。《齊書・王融傳》：「秦西冀北，實多駿驥。」

〔八六〕皁棧：《莊子・馬蹄》：「及至伯樂，曰『我善治馬』。燒之、剔之、刻之、雒之，連之以羈馽，編之以皁棧，馬之死者十二三矣。」成玄英疏：「皁，謂槽櫪也。棧，編木爲椗，安馬腳下，以去其濕，所謂馬牀也。」

〔八七〕擊鮮肥：謂畋獵之樂也。蘇軾《司竹監燒葦園因召都巡檢柴貽勗左藏以其徒會獵園下》詩：「擊鮮走馬殊未厭，但恐落日催棲鴉。」

〔八八〕司馬相如《子虚賦》：「不若大王終日馳騁而不下輿，脟（臠）割輪淬，自以爲娱。」按蘇過「何臠割之足顧」者，亦不戀富貴之謂也。

〔八九〕「今置身」二句：謂身處遠遐，而心游物初，寂然心静。《莊子・田子方》：「老聃曰：『吾游心於物之初。』」成玄英疏：「初，本也，夫道，通行萬物，故名道爲物之初也。游心物初，則是凝神妙本，所以形同槁木，心若死灰也。」蘇軾《客俎經旬無肉又子由勸不讀書蕭然清坐乃無一事》詩：「老去獨收人所棄，悠哉時到物之初。」

〔九〇〕逃空：見《山行次韻楊良卿見寄二首》之一注〔二〕。

〔九一〕赤松：見《叔父生日》（圖形未肯上陵煙）注〔三〕。

〔九二〕「而子期我」二句：謂説其入仕從宦。唐白居易《感秋懷微之》詩：「昔爲煙霄侶，今爲泥塗吏。」

〔九三〕「貪千仞」二句：見《次韻孫海若見贈》之三注〔一〕。鷇：鷇乃生而待哺之鳥。《爾雅·釋鳥》曰：「生哺，鷇。」此泛指鳥。

## 論海南黎事書〔一〕

嗚呼！天下之利害，縣官未始得十四五也〔二〕。天子不過得之左右大臣，左右大臣不過得之方伯、部使者〔三〕，方伯部使者不過得之守令，守令能得之於民者，特得利害之似耳〔四〕。今天下之號稱能吏者，直以簿書期會〔五〕，潔身奉己而已；尤異者使民尊之如鬼神，畏之如雷霆，可謂能矣！然上之情不可知，下之情不能達，所謂利害之實，從何而得之哉？昔然明欲毁鄉校，子産弗許，以爲鄭人朝夕游焉，以議執政之善否〔六〕。夫民至愚而神者也。國家之善惡，法令之得失，官吏之賢不肖，未嘗不竊議於下也，而況其一方之利害，耳目所見，父兄所傳，日夜講之，可謂熟矣。古之君子建一事、出一令，未嘗不參之於民言。而執事者不求之於斯人，而斯人者未嘗以實告，豈上下之情有間而然耶？

某竊見海南黎人一事，議者紛然，利害未決。此雖朝廷瘡疥之病、不足以置齒牙，然一夫不獲，亦君子之所恥也〔七〕。異時論者，或欲覆其巢穴而夷其地，或欲羈役其人而改其俗，或欲絶其通市以困其力。然皆不得其要，徒使震讋驚擾〔八〕，戕我官吏，虜吾民人，而執事者又熟視而不敢誰何。上下相蒙，使死者無所告，生者無所芘，甚可哀也。豈議者未得利害之本末，而斯人未有實告者耶？僕侍親海南，實編於民，所與游者，田父野老、閭閻之民耳，道不足以相休戚，而言之者又忘其忌諱，故所得爲最詳。若默而不言，孰爲執事者論之？

議者曰：「黎人之居，非有重門擊柝之固〔九〕，甲盾劍戟之利，特若鳥獸聚散於山林谿谷之間耳。若以鋭師出其不意，焚其聚落，一舉可滅也。」執事者以爲信然。何則？按圖觀之，方寸之地耳，不過選士數千，一將可辦也。僕以爲不然，聞之父老曰：「黎人之居，山林重複，鳥道上下，騎不能騁也，而健者常伏於其閒以阻行旅。」吾乃陳以待之〔一〇〕，鼓而攻之，彼不吾角也〔一一〕，然必狼狽而走山林〔一二〕，以邀吾歸〔一三〕。一夫鴟張〔一四〕，雖賁育無所施其勇〔一五〕，六師無所用其衆〔一六〕。是豈一將可睥睨也哉〔一七〕？議者又曰：「不克，且濟師。」〔一八〕此又非策也。賊聞吾之大舉也，必盡族而來，獸窮則搏〔一九〕，無慮精兵萬人。吾乃曳甲冑之士，踐不測之域，以所短校所長，非三萬人不可勝也，且不可以一舉得之也，期以三歲取之。夫瀕海瘠鹵之地，屯三萬人，且三歲糧，民何①以堪之乎？且既得地，必郡縣之也〔二〇〕。而深山窮谷之中，豺狼魑魅之所憑〔二一〕，水土疾疫之爲厲〔二二〕，豈華人之所能安也哉〔二三〕？不然，既得之而且復失之矣。議者又曰：「黎人所以慢邊吏而侮吾民者，法不懲耳。今殺人者止於輸牛羊，是何足創哉？若屯師於境而許以自新，易之衣冠，使之内屬，法令徭賦一均吾民，則易治矣。」執事者以爲信然。何則？以其怖死而必從，吾又不血刃而得方千里之地，自是無疆埸之患，省屯師之費矣。僕以爲不然。夷狄之性如犬豕然，其服可變而性不可改也。其紓死聽命〔二四〕，願爲吾民者，未知異日之患也。法令之煩苛，調斂之無時，官吏之貪求，能保其無乎？聞之父老曰：「往者罷庸而取直〔二五〕，吾民皆欲棄冠服而椎髻〔二六〕，捨墳墓而逃山林。」此豈有他哉？趨所樂也。而欲使黎人棄彼取此，不亦難乎？譬之養虎狼於陷穽，置蝮虺於几筵，謂其馴擾不螫〔二七〕，亦誤矣。議者又曰：「黎人處不毛之地，鹽酪、穀帛、斤斧、器用悉資之華人，特以沉香古貝易之耳〔二八〕。吾焉用此藉寇兵而資盜糧哉〔二九〕？宜飭邊吏，謹②視商賈之出入，彼自困矣。」執事必以爲信然。何則？以爲真能困彼而不能困我也。僕以爲不然。瀕海郡縣所以能鳩民置吏〔三〇〕，養兵聚財者，恃商人耳。商人輕風濤之虞，涉不測萬里之險，而歲歲必集者，貪倍蓰之息爾〔三一〕。若絶黎人之懽，商人不來，我自困矣。關市之征，歲入不足，一困也；兵吏廩賜無所從出，二困也；衣食不足，饑寒從之，三困也。而黎人必將劙草木，飲血茹毛以求生生之理〔三二〕，又焉能困彼哉？醫之治疾也，攻其所病之體，未有攻其未病者也。疽之生於首，則治其首；生於足，則治其足，未有疾在首而砭其背、在足而穴其胸也。今黎人特小小邊盜耳，議者乃欲起爭桑毀瓶之隙〔三三〕，忘一炬燎原之戒〔三四〕。豈非攻其所未病者哉？父老曰：「黎人雖衆，不能入寇也。」何則？非有君長酋豪爲之謀，賞罰號令以一其衆也。今聚百人之徒，具十日之糧，始可與邊吏遇也。而彼府庫發斂之資，十日之糧豈易辦哉？富者不過椎牛饗士〔三五〕，一飽而奮，旦出而夕返也。我特清野以避其鋒，使來無所獲，得不償費，彼何自苦以取憎於我乎？獨有質劫之患耳〔三六〕。

然考其本則我曲而彼直。父老曰：「黎人之性，敦愿朴訥〔三七〕，無文書符契之用，刻木結繩而已〔三八〕。故華人欺其愚而奪其財，彼不敢訴之於吏。」何則？吏不通其語言，而胥吏責其賄賂，忿而無告，惟有質人而取償耳〔三九〕。吏足以直其忿〔四〇〕，法足以禁其欺，彼若赤子之愛父母也，何憚一訴而質人也哉？爲執事計者，上策莫如自治。當飭有司嚴約束，市黎人物而不與其直者〔四一〕，歲倍償之，且籍其家而刑其人〔四二〕；吏敢取賂者，不以常制論；而守令不舉者，部使者按之以聞。又爲之賞典以待能吏。如此則能者勸，慢者懲，貪胥猾商不敢肆其姦，邊自寧矣。父老又曰：「異時走朱崖者〔四三〕，東西二道，羈旅無虞，今七八百里悉爲賊區，官吏文書、商賈往來皆道於海。此不可不治也。」僕以爲以力勝者，兵罷而復塞；以利噉者，賊貪而不叛也。朝廷若捐數官以使人，則賢於用師矣。今黎人盜邊民之畜，巨室不過從十餘隸，徑入其族數其罪，取之不敢拒命者，信異其人也。僕以爲此可許以官而用矣。使齎金帛〔四四〕，入喻諸黎，曉以利害，懼以禍福，若能開復故道，使行旅無壅，則籍其衆所畏服者〔四五〕，請諸朝，假以一命而歲與其禄。不過總十餘人，歲捐千緡耳〔四六〕。今朱崖屯師千人，歲不下萬緡，若取十一以爲黎人之禄，可以罷千師之屯矣。且夫兵之所在，耗於國而又以啟邊釁也。蓋扞掫之吏〔四七〕，皆用武夫；而卒伍之籍，多出無賴。所過聚落，雞犬一空。來則搥暴其家，人去則壞棄其器具。昔日之道，未必不緣是而塞也。僕以爲戍卒可省，民兵可用。何則？編户之家〔四八〕，家有武備，親戚墳墓所在，人自爲戰；而又習其山川險阻，耐其風土瘴癘。吏若拊循其民，歲有以賞之，則吾藩籬不可窺矣。今西北二虜，藉此以制其侵軼〔四九〕；況此小醜，何足道哉？然議者本以圖功名、邀爵賞，不恤長久之計，苟目前之利也。若僕所陳，何功之有哉？然執事當先國計而後身計，則遠人受賜也。

【校記】

①何：宛本作「可」。　②謹：宛本作「脱」。

【箋注】

〔一〕作於元符年間（一〇九八——一一〇〇）侍親海南時。海南黎民，時有揭竿之舉，吏議紛紛，各執己見。叔黨獨標卓識，以爲當以黎治黎，黎民自安，邊釁自消。文章縱横馳騁，談鋒雄健，有戰國策論之風，叔黨祖洵父軾叔轍均喜言兵，是亦其家風使然。

〔二〕縣官：朝廷；官府。《史記·孝景本紀》：「令内史郡不得食馬粟，没入縣官。」《漢書·食貨志上》：「貴粟之道，在於使民以粟爲賞罰。今募天下入粟縣官，得以拜爵，得以除罪。」

〔三〕方伯：一方諸侯之長。《禮記·王制》：「千里之外設方伯。」後世以方伯稱地方長官。部使者：朝廷所遣分部巡察之官。漢制，地方設郡（國）縣兩級，漢武帝分爲十三部，各部設部刺史，掌奉詔條察所部郡國行事。宋制，府州之上有路，朝廷派員按行，諸如經略安撫司、發運、轉運、提刑之類，皆類於漢之部使者也。

〔四〕似：彷彿。此言得其表象，未諳實情。

〔五〕期會：指定期限，此泛指政令之施行。《漢書·王吉傳》載吉上疏云：「其務在於期會簿書，斷獄聽訟而已。」

〔六〕「昔然明」四句：《左傳·襄公三十一年》：「鄭人游於鄉校，以論執政，然明謂子産曰：『毁鄉校，何如？』子産曰：『何爲？夫人朝夕退而游焉，以議執政之善否。其所善者，吾則行之；其所惡者，吾則改之，是吾師也。若之何毁之？』」鄉校：古代地方學校。周代特指六鄉州黨的學校。

「鄭人游於鄉校」晉杜預注：「鄉校，鄉之學校。……鄭國謂學爲校。」然明：春秋鄭大夫，姓鬷，名蔑，字然明。子產：鄭大夫：姓公孫，名僑，執政二十餘年，鄭雖弱而賴以安，鄭人敬愛之，列國欽仰之。

〔七〕「一夫不獲」二句：《書·説命下》：「一夫不獲，則曰時予之辜。」孔傳：「伊尹見一夫不得其所，則以爲己罪。」

〔八〕讋：驚懼。

〔九〕重門擊柝：《易·繫辭下》：「重門擊柝以待暴客，蓋取諸豫。」此言海南黎民無防範設施。

〔一〇〕陣：後來寫作「陣」。此指列陣。

〔一一〕不吾角：不與我對抗。

〔一二〕狼狽：連綿詞，窘迫失據貌。

〔一三〕邀：阻攔，截擊。《孫子·軍爭》：「無邀正正之旗，勿擊堂堂之陳，此治變者也。」《東觀漢記·光武帝紀》：「帝邀之於陽關，尋邑兵盛，漢兵反走。」

〔一四〕鴟張：見《聞郭太尉出師》注〔九〕。

〔一五〕賁育：戰國時勇士孟賁和夏育的並稱。《韓非子·守道》：「戰士出死，而願爲賁育。」《漢書·司馬相如傳下》：「臣聞物有同類而殊能者，故力稱烏獲，捷言慶忌，勇期賁育。」唐顏師古注：「孟賁，古之勇士也，水行不避蛟龍，陸行不避豺狼，發怒吐氣，聲響動天。夏育，亦猛士也。」

〔一六〕六師：猶「六軍」。見《伏波將軍廟碑》注〔二九〕。
〔一七〕睥睨：斜視貌。引申之有輕視意。蘇轍《代毛筠州祭王觀文韶文》詩之二：「從軍西方，睥睨隣境，手探虎穴，足踐荒梗。」
〔一八〕濟師：增援軍隊。《左傳・桓公十一年》：「盍請濟師於王？」杜預注：「濟，益也。」《新唐書・李愬傳》：「居半歲，知士可用，乃請濟師。詔益河中鄜坊二千騎。」
〔一九〕《左傳・定公四年》：「困獸猶鬬，況人乎？」
〔二〇〕郡縣之：在占領地設置郡縣。
〔二一〕魑魅：《左傳・文公十八年》：「投諸四裔，以禦魑魅。」杜預注：「魑魅，山林異氣所生，爲人害者。」
〔二二〕爲厲：指山林間濕熱蒸發而致病。厲：後來寫作「癘」，即通常所謂瘴癘。
〔二三〕華人：古稱漢族人。謝靈運《辨宗論・問答附》：「良由華人悟理無漸而誣道無學，夷人悟理有學而誣道有漸，是故權實雖同，其用各異。」許渾《破北虜太和公主歸宮闕》詩：「恩霑殘類從歸去，莫使華人雜犬戎。」
〔二四〕紓死：延緩、逃避死期。
〔二五〕庸：徵發勞力。直：後來寫作「值」。此指錢。此言不徵發勞力而折錢上繳。
〔二六〕椎髻：亦作椎結，一撮之髻，其狀如椎。少數民族多此髮式。劉向《説苑・善説》：「西戎左衽而椎結，由余亦出焉。」按此言即當地漢人亦寧作蠻夷。

〔二七〕螫：本義爲毒虫或蛇咬刺。《史記·淮陰侯列傳》：「猛虎之猶豫，不若蜂蠆之致螫。」引申而指傷害。

〔二八〕沉香：又作「沉木香」。《梁書·林邑國傳》：「沉木者，土人斫斷之，積以歲年，朽爛而心節獨在，置水中則沉，故名曰沉香，次其不沉不浮者，曰竹篯香也。」古貝：即吉貝。見《志隱》注〔五四〕。

〔二九〕李斯《諫逐客書》：「此所謂藉寇兵而齎盜糧者也。」

〔三〇〕鳩：聚集。

〔三一〕倍蓰：《孟子·滕文公上》「或相倍蓰」漢趙岐《章句》：「倍，一倍；蓰，五倍。」

〔三二〕飲血茹毛：《禮記·禮運》：「未有火化，食草木之實、鳥獸之肉，飲其血，茹其毛。」謂遠古時不知熟食，連毛帶血地生食鳥獸。嵇康《難自然好學論》附張叔遼《自然好學論》：「腥臊未化，飲血茹毛，以充其虚；食之始也。」南朝宋謝鎮之《重與顧道士書》：「羲皇之前民多專愚，專愚則巢居穴處，飲血茹毛。」

〔三三〕爭桑：《史記·楚世家》：「初，吴之邊邑卑梁與楚邊邑鍾離小童爭桑，兩家交怒相攻，滅卑梁人。卑梁大夫怒，發邑兵攻鍾離。楚王聞之怒，發國兵滅卑梁。吴王聞之大怒，亦發兵，使公子光因建母家攻楚，遂滅鍾離、居巢。」毀瓶：《左傳·襄公十七年》：「衛孫蒯田於曹隧，飲馬於重丘，毀其瓶，重丘人閉門而詢之，曰：『親逐其君，爾父爲厲，是之不憂，而何以田爲？』夏，衛石買、孫蒯伐曹，取重丘。」按此言因小隙常至大亂。

〔三四〕一炬：一把火。燎原：《書·盤庚上》：「恐沈於衆，若火之燎於原，不可嚮邇。」

〔三五〕椎牛饗士：殺牛犒勞士卒。《史記·馮唐列傳》：「五日一椎牛，饗賓客軍吏舍人。」司馬貞《索隱》：「（椎）擊也。」

〔三六〕質劫：猶劫持。蘇軾《論河北京東盜賊狀》：「或多聚徒衆，或廣置兵仗，或標異服飾，或質劫變主。」

〔三七〕敦愿：敦厚恭謹。《史記·貨殖列傳》：「潁川、南陽，夏人之居也。夏人政尚忠樸，猶有先王之遺風。潁川敦愿。」朴訥：質樸而不善言詞。通常作「樸訥」。《三國志·魏書·崔琰傳》：「（崔琰）少樸訥，好擊劍，尚武事。」蘇轍《謝除中書舍人表》之一：「如臣樸訥少文，迂拙自用，在仁祖時始以直言見收下第。」

〔三八〕刻木：刻木記事。結繩：《易·繫辭下》：「上古結繩而治，後世聖人易之以書契。」唐李鼎祚《集解》：「古者無文字，其有約誓之事，事大大其繩，事小小其繩，結之多少，隨物衆寡，各執以相考，亦足以相治也。」

〔三九〕質人：以人爲質。今俗謂之綁票。

〔四〇〕直其忿：秉公處置以平息其忿怨。

〔四一〕直：後來寫作「值」。這里指實物之價值。

〔四二〕籍：謂登記家財，予以没收。北齊顔之推《顔氏家訓·治家》：「鄴下有一領軍，貪積已甚。家童八百，誓滿一千。朝夕肴膳，以十五錢爲率。遇有客旅，更無以兼。後坐事伏法，籍其家産，麻鞋一屋，弊衣數庫，其餘財寶不可勝言。」

〔四三〕朱崖：漢於海南島置朱崖郡，治所在今海南瓊山東南三十里。

〔四四〕齎：攜帶。

〔四五〕籍：按簿籍登記選拔而任用。

〔四六〕緡：本爲穿錢之繩，引申而指錢串，率千文爲一緡。

〔四七〕扞掫之吏：謂守備小吏。扞掫守備。扞：保護，保衛。《書·文侯之命》：「汝多修，扞我於艱。」宋蔡沈《集傳》：「扞衛我於艱難。」《左傳·文公六年》：「親帥扞之，送致諸竟。」杜預注：「扞，衛也。」掫：巡夜打更。《左傳·昭公二十年》：「賓將掫，主人辭。」杜預注：「掫，行夜。」

〔四八〕編户：編入户籍的普通人家。《漢書·梅福傳》：「今仲尼之廟不出闕里，孔氏子孫不免編户。」《北齊書·文宣帝紀》：「周曰成康，漢稱文景，編户之多，古今爲最。」編入户籍之平民，泛指當地居民。

〔四九〕西北二虜：遼與西夏。宋歲以金帛以紓二寇之侵。

## 書田布傳後〔一〕

魏人德田宏正而愛布〔二〕。宏正遇害於鎮也，穆宗授布魏博〔三〕，使討賊〔四〕，而度支餉不繼〔五〕。牙將史憲誠者〔六〕，因是以怒衆。衆不肯戰，曰：「公能行河朔舊事〔七〕，則生死從公。不然，不可以戰。」布歎曰：「功不成矣！」即爲書謝帝曰：「臣觀衆意，終且負國。」引刀刺心於几筵曰：「上以謝君父，下以示三軍。」〔八〕

余讀至此，流涕太息曰：「嗚呼！哀哉！布能不愛死〔九〕，而不知死所也。」烏喙能殺人，亦能起死者也〔一〇〕。今有人寢疾將死，食烏喙而得生者，十人而一，不食而死者皆是也。夫畏烏喙而待盡，豈若庶幾於十一者耶？余爲兒童時，見長老先生言：淳化中①，成都戍卒王鈞叛殺尹據城，將剽諸郡，而蜀之戍卒將與之合〔一一〕。蜀守楊懷忠者知之〔一二〕，大會將校，出其二息〔一三〕，辭於衆曰：「賊有成都，必窺諸郡，蜀小而近，必首被兵，吾當死之。兩稚子不可以污賊，請乘其未至，假手於君等殺之，然後持吾首歸賊，則室家完而身且富貴〔一四〕。」衆泣曰：「吾屬獨無父母妻子乎〔一五〕？主亡而吾存，赤吾族矣〔一六〕！公獨欲爲忠臣，使他人爲反虜耶？」懷忠曰：「若然，奈何？」皆曰：「生死從公。」於是散府庫，發民財，得兵千人，出城一舍伏之〔一七〕。是暮，賊憩伏所，期以旦攻城。士方食，伏起，殲之，遂遠引兵壁成都。賊氣懾，不敢出累月。王師至而賊平，懷忠之力也。嗚呼，惜布不知出此也，此豈非食烏喙而生者耶！何則？先人有奪人之心，而反側者易以義使也〔一八〕。且布之貴也，本以宏正有恩於魏，使世其官可以成功耳。魏人以河朔舊事逼之，豈遽有害之之意哉？

布若能請於軍曰：「先將軍以六州歸天子，使汝一方不陷於叛逆。宣慰之言在耳〔一九〕，今幾日而忘之？布不能從諸君爲亂，上負君父，下懼禍②不旋踵〔二〇〕，以取笑天下。願諸君殺布而後反。」則魏人素德其父，未忍殺其子也。豈不忠義之兩全哉？昔宏正遣布以兵助討蔡，帝議使人代之，而士卒愛布願留，乃止〔二一〕。則布亦素有德於魏人也。其時③布部曲必有在者〔二二〕，此輩豈肯從亂哉？郭子儀恩結回紇〔二三〕，而保其不以刃相向，夷狄猶能爾，而況父子有恩於魏乎？若以忠義激之，禍福動之，戮一憲誠，軍自定矣。然後舉兵討鎮，雪宏正之冤，刷朝廷之恥，克融勢孤〔二四〕，不戮而擒矣，豈非再造河朔之功乎〔二五〕？萬有一死憲誠之手，使朝廷以殺帥之罪討於魏人，衆所嫉惡而棄之也，豈不賢於自經溝瀆之爲諒哉〔二六〕？惜乎，不能已河北之再亂者，布之死也〔二七〕！

**【校記】**

①中：原校曰：「一作時。」　②「禍」下：趙本、舊本有「福」字，趙懷玉云衍。　③時：趙本、舊本脱，趙懷玉以爲「其」字似衍，蓋以脱「時」字而致疑也。

**【箋注】**

〔一〕元符元年（一〇九八）蘇軾在海南《與程全父推官》書曰：「兒子到此鈔得《唐書》一部，又借得《前漢》欲鈔。若了此二書，便是窮兒暴富也。」據此，蘇過之論漢唐人物篇什，其或作於海南。本文惜田布之死非其宜，贊揚懷忠之節義得兼；輕匹夫匹婦之小節，寓以屈求伸之大義。比之東坡《賈誼論》，其旨一也。田布（七八四—八二一）：唐平州盧龍（在今河北省）人，字敦禮，朝廷討蔡，布以戰功授御史中丞。蔡平，爲河陽節度使。布愛士卒，將士老者兄事之，俸禄不入私門，發家財以頒部屬。長慶元年，布奉詔討鎮州叛將王廷湊。度支糧餉不繼，中人促戰，布以六州租賦給軍；兵亂，遂自殺。新舊《唐書》有傳。

〔二〕魏：即魏博，唐方鎮名，治魏州（今河北大名東北）。德：感其德。田宏正（七六四—八二一）：新、舊《唐書》皆作弘正。田承嗣從子，本名興，字安道。幼通兵法，善騎射。元和七年，承嗣孫季安死，弘正繼爲魏博節度使，以魏、博、相、衛、貝、澶之地從王命，憲宗美其忠，詔賜名弘正。後出兵討吴元濟，逼王承宗歸唐。元和十五年，移鎮成德軍，治鎮州。次年七月，弘正及家屬、將吏三百餘人盡爲亂兵所殺。新、舊《唐書》有傳。

〔三〕穆宗：憲宗第三子，名恒。愛游幸，狎昵群小，奏樂擊毬，朝政廢弛。在位四年卒。其事跡見新、舊《唐書》。

〔四〕賊：指王廷湊。史載：「田弘正至鎮州，詔以度支緡錢百萬勞軍，不時至，廷湊暴其稽以觀衆心，衆果怨。由是害弘正，自稱留後，脅監軍表請節。又取冀州，殺刺史王進岌。穆宗怒，以弘正子布爲魏博節度使，率軍進討。」事見新、舊《唐書》本傳。

〔五〕度支：官署名。魏晉始置。掌管全國的財政收支。長官爲度支尚書。南北朝以度支尚書領度支、金部、倉部、起部四曹。隋開皇初改度支尚書爲民部尚書。唐因避太宗李世民諱，改民部爲户部，旋復舊稱。參閲《通典·職官五》、《文獻通考·職官六》、《唐會要·尚書省諸司下》。

〔六〕牙將：低級將領。史憲誠：唐建康人，其先奚也，後内徙，三世爲魏博將。田布之討王廷湊也，「而憲誠蓄異志，陰欲乘釁；又魏軍驕，憚格戰，會大雪，師寒糧乏，軍中謗曰：『它日用兵，團粒米盡仰朝廷，今州刮肉與鎮、冀角死生，雖尚書瘠己肥國，魏人何罪？』憲誠得間，陰以摇亂」。布師以潰。布既死，憲誠以中軍兵馬使擅總軍務，朝廷陰以節度授之。憲誠狡獪，常首鼠朝廷與叛鎮之間。後爲其部下所殺。新、舊《唐書》有傳。

〔七〕河朔舊事：指如前擁兵自重，不受朝廷節制。安史之亂後，河北爲强藩所據，節度使各自爲政，自署官吏、擅征伐，財賦自足，儼然與朝廷無異。

〔八〕其事見《新唐書》本傳。以上爲第一段，叙田布死事。

〔九〕愛：捨不得；吝惜。《論語·八佾》：「子貢欲去告朔之餼羊。子曰：『賜也，爾愛其羊，我愛其禮。』」《孟子·梁惠王上》：「百姓皆以王爲愛也，臣固知王之不忍也。」漢趙岐《章句》：「愛，嗇也。」

〔一〇〕「烏喙」二句：《淮南子·繆稱》：「天雄烏喙，藥之凶毒也，良醫以活人。」烏喙：中藥附子的别稱。

〔一一〕「淳化中」三句：此説與史載稍異。《宋史·真宗紀》云：咸平三年，「益州（治成都）軍變，害鈐轄符昭壽，逐知州牛冕等，推都虞候王均爲首作亂。」又《宋史·符昭壽傳》云：「劍南自李順平後，人心洶洶。知州牛冕緩弛無政，昭壽又不能御軍，人皆怨憤。神衛卒趙延順等八人謀欲害昭壽，未敢發。三年正旦，中使自峨眉山還京，昭壽戒馭吏具鞍馬將送之，延順等悉解廄中馬轡，奔逸庭下，陽逐誼呼，登廳執昭壽殺之」，「都監王澤聞之，急召中軍都虞候王均率軍擒捕。延順左執昭壽首，右操劍，彷徨無所適，卒見軍至，即與衆推均爲帥，合驍猛、威武兵爲亂。」淳化：宋太宗年號。按此事在宋真宗咸平年間，叔黨誤記。王鈞：《宋史》、《續通鑑》、《崇慶縣志》均作「王均」。蜀：州名，治所在今四川崇州。

〔一二〕楊懷忠：宋真宗時，知蜀州，定王均之亂，懷忠功最卓。《宋史·雷有終傳》云：「閤門祗候楊懷忠聞變，即調鄉丁會十一路巡檢兵，刻期進討。」初戰不利，蓋「懷忠部下多李順舊黨」。繼而「懷忠移文嘉、眉七州，調軍士丁男來會。二月，再攻益州，時均方遣逆黨趙延順攻邛、蜀，懷忠逆與之戰，賊稍退」。是月，大軍至，王均棄成都出逃，「有終遣懷忠領虎翼軍追之」，敗之於富順，「均窮蹙縊死」。有關史書與方志所載略同。此與叔黨記「長老先生言」有異，或亦其父「人道是三國周郎赤壁」之「狡獪」耶？

〔一三〕息：子息。此指兒子。

〔一四〕完：保全。

〔一五〕獨：豈，難道。

〔一六〕赤：誅滅。《文選·揚雄〈解嘲〉》：「客徒朱丹吾轂，不知一跌將赤吾之族也。」唐李善注：「赤，謂誅滅也。」唐柳宗元《與韓愈論史官書》：「范曄悖亂，雖不爲史，其宗族亦赤。」

〔一七〕一舍：古以三十里爲一舍。《左傳·僖公二十八年》「退三舍辟之」晉杜預注：「一舍三十里。」

〔一八〕反側者：造反謀逆之人。反側：不安分，不順服。《荀子·王制》：「故姦言、姦説、姦事、姦能、遁逃反側之民，職而教之，須而待之。」清王先謙集解：「反側，不安之民也。」

〔一九〕宣慰：安撫。魏人擁立弘正，弘正具事上聞，憲宗乃命中書舍人裴度使魏州宣慰。

〔二〇〕旋踵：轉足，極言其速。

〔二一〕「昔宏正遣布」四句：《新唐書·田布傳》云弘正「使布總新兵。王師誅蔡……帝以布大臣子，或有罪，且撓法，弘正請以董畹代，而士卒愛布願留，帝乃止」。蔡：蔡州（治今河南汝南）。討蔡：指元和十年討蔡州吴元濟事。

〔二二〕部曲：古軍隊編制單位。《續漢書·百官志》：「將軍領軍皆有部曲，大將軍營五部，部校尉一人，部下有曲，曲有軍候一人。」按此處指私兵、親信。

〔二三〕郭子儀（六九七—七八一）：唐華州鄭（今陝西華州）人。玄宗時爲朔方節度使，平安史之亂，功第一。永泰元年，僕固懷恩叛，誘説吐蕃、回紇、党項等三十萬人入寇。京師大震，代宗急遣郭子儀屯涇陽禦之，「軍纔萬人。比到，虜騎圍已合」。子儀使諭回紇：「昔回紇涉萬里，戡大憝，助復二京，我與若等休戚共之。今乃棄舊好，助叛臣，一何愚！彼背主棄親，於回紇何有？」回紇曰：「本謂公云亡，不然，何以至此？今誠存，我得見乎？」子儀免胄見其大酋，「回紇捨兵下馬拜曰：『果吾父也。』子儀即召與飲，遺錦綵結歡，誓好如初。」遂與共破吐蕃。子儀一身繫國之安危二十年，累官至太尉，中書令，封汾陽郡王，號「尚父」。新、舊《唐書》有傳。

〔二四〕克融：朱克融，朱滔孫，初爲張弘靖偏校。長慶初幽州亂，囚弘靖，推克融領軍務，「詔以劉悟爲節度使馳往，俄而瀛、冀皆附克融，悟不得入」，因以克融代之，克融與鎮州王廷湊犄角以抗朝廷。後軍亂被殺。新、舊《唐書》有傳。

〔二五〕再造：重建。

〔二六〕《論語・憲問》：「子貢曰：『管仲非仁者與？桓公殺公子糾，不能死，又相之。』子曰：『管仲相桓公，霸諸侯，一匡天下，民到於今受其賜。微管仲，吾其被髮左衽矣。豈若匹夫匹婦之爲諒也，自經於溝瀆而莫之知也！』」自經：自縊。諒：信用。按此亦言布不得死所。

〔二七〕以上爲第二段。謂田布之死，於國於己皆無可取。

## 書①周亞夫傳後〔一〕

曾子曰：「可以託六尺之孤，可以寄百里之命，臨大節而不奪〔二〕。」君子之學亦志於斯而已矣。閲古今而不知成敗，見小節而闇於大道〔三〕，雖學足以通天人〔四〕，智足以周事物〔五〕，吾不知其人也〔六〕。禍福莫大於死生，利害莫大於安危；人能輕千金之軀，以任天下之重，禍福不懼，死生不易，雖曰未學，吾必謂之學矣〔七〕。天下無事，雖腐儒小生〔八〕，弄刀筆有餘〔九〕，事出意外，又能究其本心而不失其素志者寡矣。晁錯號稱智囊〔一〇〕，本造六國之謀〔一一〕，知吴必反者〔一二〕，宜其遭變而不動，慨然以身任之，乃反以危事委人主，而自處以萬全，此其智已亂矣〔一三〕。錯猶若此，而况其下者乎？

吾觀周亞夫之將也〔一四〕，可謂安静有守而不動者矣，梁孝王日夜請救，而亞夫卒堅壁不出；軍夜驚相攻至帳下，而亞夫卒堅卧不起〔一五〕。夫不救梁不過梁亡而誅耳，而漢無可幾之道〔一六〕；軍夜驚不起，不過匕首竊發，而軍無可乘之隙。以死生而易安危，亦可謂任重而道遠矣〔一七〕。至於諫臨江之廢〔一八〕，拒王信之封〔一九〕，所謂嚴嫡庶之分，守高祖之約，可謂真宰相矣。而太史公獨稱其用兵，而不取其守節，曰：「足智而不學，守節而不遜，卒以窮困〔二〇〕。」嗚呼！此爲景帝諱也〔二一〕。景帝不道，至於殺無罪元勳之臣，太史公不能直書其惡，乃譏亞夫之短，以爲自取者，可爲流涕太息也！亞夫之不學，豈其似絳侯厚重少文耶〔二二〕？劉氏微其父子幾亡矣，何不學之有哉？亞夫之不遜，豈其以面折廷爭而爲庸主所不堪耶〔二三〕？鬻拳懼君以兵，君子猶能與之〔二四〕，而守節者安得以不遜罪之哉？孔子曰：「仁者必有勇〔二五〕。」勇蓋仁者之餘事也。亞夫獨以兵見稱，豈不遺其大而録其細耶？

【校記】

①書：舊本作「題」。

【箋注】

〔一〕作於侍父南遷後。參見《書〈田布傳〉後》注〔一〕。周亞夫（前?—前一四三）：絳侯周勃子，封條侯。嘗屯兵細柳，軍容嚴整，文帝譽其「真將軍矣」。景帝時，爲太尉，平定吴楚七國之亂，以功遷丞相。因諫景帝廢栗太子致嫌，謝病免歸。後因其子私買御物下獄，被誣謀反，不食，嘔血而死。詳見《史記·絳侯世家》、《漢書·周勃傳》。

〔二〕「曾子曰」四句：見《論語·泰伯》。曾子（前五〇五—前四三五）：春秋魯武城（今山東費縣）人，名參，字子輿，孔子弟子，事親至孝，述《大學》、作《孝經》，以其學傳子思，子思以傳孟子，後世稱爲宗聖。其生平事跡散見《論語》及《史記·仲尼弟子列傳》。

〔三〕闇：暗。

〔四〕天人：天道與人事。

〔五〕周：遍；遍及。《易·繫辭上》：「知周乎萬物而道濟天下，故不過。」

〔六〕知：贊賞。

〔七〕「雖曰」二句：出《論語·學而》。

〔八〕腐儒：迂腐無用之儒。《荀子·非相》：「故《易》曰『括囊，無咎無譽』，腐儒之謂也。」《史記·黥布傳》：「上置酒，上折隨何之功，謂何爲腐儒，爲天下安用腐儒。」唐杜甫《有客》詩：「竟日淹留佳客坐，百年粗糲腐儒飡。」

〔九〕刀筆：見《送仲南兄赴水南倉》注〔三〕。

〔一〇〕晁錯（前二〇〇—前一五四）：漢潁川（今河南禹州）人。治申商刑名之學。文帝時，從伏生受《尚書》。後爲太子家令，稱爲「智囊」。屢上書言事，景帝即位，貴幸用事，遷爲御史大夫，請削諸藩。吴楚七國以誅錯之名反，帝用袁盎計，斬錯於東市。《史記》、《漢書》有傳。

〔一一〕六國之謀：謂削六國之地以弱其勢。六國，楚、趙、濟南、菑川、膠東、膠西。

〔一二〕《史記·吴王濞列傳》云：錯爲御史大夫，説上曰：「今吴王前有太子之郄，詐稱病不朝，於古法當誅，文帝弗忍，因賜几杖。德至厚，當改過自新。乃益驕溢，即山鑄錢，煮海水爲鹽，誘天下亡人，謀作亂。今削之亦反，不削之亦反。削之，其反亟，禍小；不削，反遲，禍大。」

〔一三〕《漢書·鼂（晁）錯傳》云：吴楚七國俱反，「上與錯議出軍事，錯欲令上自將兵，而身居守」。

〔一四〕謂將平吴楚軍。

〔一五〕「可謂」五句：見《次韻孫海若見贈》之九注〔四〕。梁孝王：即劉武，文帝次子，立爲代王，徙淮陽，又徙梁。性奢豪，「築東苑方三百餘里，廣睢陽城七十里」，大治宫室，招延四方豪傑，栗太子廢，竇太后欲以武爲嗣，以大臣及袁盎等議格，武使人刺殺盎。後入朝欲留，勿許，歸國卒。謚孝。參見《史記》、《漢書》本傳。

〔一六〕可幾之道：猶言可乘之機。幾：《爾雅·釋詁下》：「幾，危也。」

〔一七〕《論語·泰伯》：「士不可以不弘毅，任重而道遠。仁以爲己任，不亦重乎？死而後已，不亦遠乎？」

〔一八〕謂反對廢栗太子。《史記·絳侯世家》云：「景帝廢栗太子，丞相（周亞夫）固爭之，不得。」臨江：謂栗太子劉榮，「榮以孝景前四年爲皇太子，四歲廢爲臨江王。三歲，坐侵廟壖地爲宫，上徵榮。……王恐，自殺，葬藍田」。《史記》、《漢書》有傳。

〔一九〕王信：景帝王皇后兄。史載竇太后諷景帝侯王信，亞夫曰：「高皇帝約：非劉氏不得王，非有功不得侯；不如約，天下共擊之。今信雖皇后兄，無功，侯之，非約也。」議遂寢。亞夫死，信封蓋侯（見《史記·絳侯世家》）。

〔二〇〕「太史公」五句：《史記·絳侯世家》太史公曰：「亞夫之用兵，持威重，執堅刃，穰苴曷有加焉？足己而不學，守節不遜，終以窮困，悲乎！」

〔二一〕景帝（前一八八—前一四一）：劉啟，漢文帝子。用晁錯議，削藩以固國。吴楚反，以周亞夫爲校尉討平六國。國勢日强。繼文帝重農抑末，整頓吏治，國賴以富强。史稱「文景之治」。見《史記》、《漢書》本紀。

〔二二〕絳侯：周勃。參《志隱》注〔七七〕。《史記·高祖本紀》載劉邦云：「周勃重厚少文，然安劉氏者必勃也。」

〔二三〕面折廷爭：當面指責，在朝廷上爭辯。《史記·吕后本紀》：「王陵讓陳平、絳侯曰：『始與高帝啑血盟，諸君不在邪？今高帝崩，太后女主，欲王吕氏，諸君縱欲阿意背約，何面目見高帝地下？』

陳平、絳侯曰：『於今面折廷爭。臣不如君。夫全社稷定劉氏之後，君亦不如臣。』」

〔二四〕「鬻拳」二句：《左傳·莊公十九年》：「初，鬻拳强諫楚子，楚子弗從，臨之以兵，懼而從之，鬻拳曰：『吾懼君以兵，罪莫大焉。』遂自刖也。……君子曰：『鬻拳可謂愛君矣，諫以自納於刑，刑猶不忘納君於善。』」

〔二五〕見《用伯充韻贈孫志舉》注〔一三〕。

## 蕭何論〔一〕

論曰：「蕭何請上林苑以與民，高祖大怒而械繫之廷尉〔二〕。高祖疑其受賈人之金乎？」曰：「非也。使真受賈人之金，亦不責也。陳平請金四萬斤①以間疏楚君臣，未嘗問其出入〔三〕，乃疑相國以私乎？蕭何强賤買關中田宅以自污，上心乃安〔四〕，又何責其受金也哉？」「然則何怒之遽也？」曰：「久矣，高祖之欲爲此繫也！其爲子孫謀也深矣。盧綰與之同里閈，生亦同時，少長相狎，群臣莫與爲比〔五〕，然一旦之燕，則以反聞〔六〕。是群臣舉不可信矣〔七〕。而蕭何居可疑之地，有可疑之勢，特未反耳。其鎮撫關中十有餘年，恩德洽于百姓〔八〕，而高祖連歲在外〔九〕，關中之民，知有何而已。縛淮陰如嬰兒〔一〇〕，脱吕后、孝惠於危死〔一一〕，其智力豈小小哉！帝百歲後，母老子少，得安枕而卧乎？高祖蓋以是卜也〔一二〕。」曰：「卜何之反乎？」「何安敢反也？卜之於是民耳。請苑而不許，又械繫之，民德何而怒我也必也。若匈匈有動摇之情〔一三〕，是劉氏之澤不逮也〔一四〕，得不爲子孫之謀哉？故曰：『欲令百姓聞吾過〔一五〕。』是以此卜也。不然，豈不知職事有便於民而請之，真宰相之事也歟〔一六〕？」

嗚呼！功臣之難，自古而然乎？何之必不反，蓋自今觀之矣。當是時，變起無虚歲，非特君疑臣，臣亦自疑而欲反。蕭何處於其間，蓋亦自危哉！賈生有言：「韓信最强最先反〔一七〕。」愚以謂不然，信之英傑，不能爲人下②者也。雖居關中，猶欲以囚徒反，豈國大兵彊使然哉？蕭何、留侯、韓信皆稱人傑〔一八〕，高祖所畏也。然何以素謹畏得全，雖老得釋，猶徒跣入謝〔一九〕。此豈韓信所能效哉！然致是紛紛者，有愧留侯矣〔二〇〕。」

【校記】

①斤：祠本作「觔」。　②爲人下：清鈔本於「下」字下注曰：「缺一字。」

【箋注】

〔一一〕似亦作於海南。蕭何：見《志隱》注〔七四〕。蕭何與高祖相知於微時，佐高祖定天下，功爲第一。然請苑而觸怒，幾至殺身之禍。叔黨論之曰：蕭何之繫，高祖疑忌使然，非爲苑也，爲子孫謀也。功高身危，亘古而然，蕭何戀棧，不免縲絏之辱。方之留侯，蕭何陋矣。斯與《志隱》同旨。

〔二〕「論曰」三句：上林苑：秦時舊苑。苑中養畜禽獸以備皇帝狩獵。其地在今陝西長安、盩厔、鄠縣界。高祖：漢高祖劉邦（前二五六—前一九五）：字季，沛縣（今屬江蘇）人。二世時，邦起兵於沛，入咸陽，降秦王子嬰，除秦苛政，約法三章。爲漢王後，以蕭何爲相，韓信爲大將，擊滅項羽，即帝位。國號漢，建都關中。見《史記》、《漢書》本紀。

〔三〕「陳平」三句：事見《漢書·陳平傳》。

〔四〕「蕭何强賤買」二句：《漢書·蕭何傳》：漢高祖五年秋黥布反，高祖「自將擊之，數使使問相國何爲」。客説何曰：「上所謂數問君，畏君傾動關中。今君胡不多買田地，賤貰貸以自汙，上心必安。」於是何從其計，高祖大説。

〔五〕「盧綰」六句：盧綰（前二四七—前一九三），《漢書》本傳云：「盧綰，豐（今屬江蘇）人也，與高祖同里。綰親與高祖太上皇相愛，及生男，高祖、綰同日生，里中持羊酒賀兩家。及高祖、綰壯，學書，又相愛也。……高祖爲布衣時，有吏事避宅，綰常隨上下。及高祖初起沛，綰以客從，入漢爲將軍，常侍中。從東擊項籍，以太尉常從。出入卧内，衣被食飲賞賜，群臣莫敢望。雖蕭、曹等，特以事見禮，至其親幸，莫及綰者。封長安侯。」里閈：里門。此指鄉里。

〔六〕高祖定天下，立綰爲燕王。漢十年秋，高祖平陳豨亂，「其裨將降，言燕王綰使范齊通計謀豨所。上使使召綰，綰稱病。又使辟陽侯審食其、御史大夫趙堯往迎綰，因驗問其左右。綰愈恐，閟匿。……迺稱病不行。其左右皆亡匿。語頗泄。辟陽侯聞之，歸具報，上益怒。又得匈奴降者言張勝亡在匈奴，爲燕使。於是上曰：『綰果反矣。』使樊噲擊綰」。會高祖崩，綰亡入匈奴，後死胡中。見《漢書》本傳。

〔七〕《左傳・哀公六年》：「君舉不信群臣乎？」晉杜預注：「舉，皆也。」

〔八〕洽：遍及。

〔九〕據《史記・高祖本紀》載：漢二年（前二〇五），漢王與諸侯擊楚，何守關中。五年，高祖始滅項羽，定天下。十月，燕王臧荼反，下代地。高祖自將擊之。其秋，利幾反，高祖自將兵擊之。六年，僞游雲夢擒楚王韓信。七年，匈奴攻韓王信馬邑，信因與謀反太原。曼丘臣、王黄立故趙王後趙利爲王以反，高祖自往擊之。八年，高祖東擊韓王信餘黨於東垣。十年八月，趙相國陳豨反代地。九月，高祖自東往擊之。十一年秋七月，淮南王黥布反，高祖自往擊之。

〔一〇〕淮陰：謂淮陰侯韓信。見《志隱》注〔七六〕。其本傳云：「漢十年，陳豨果反。上自將而往，信病不從。陰使人至豨所，曰：『弟舉兵，吾從此助公。』信乃謀與家臣夜詐詔赦諸官徒奴，欲發以襲吕后、太子。」事泄，「吕后欲召，恐其黨不就，乃與蕭相國謀，詐令人從上所來，言豨已得死，列侯群臣皆賀。相國紿信曰：『雖疾，彊入賀。』信入，吕后使武士縛信，斬之長樂鐘室」。

〔一一〕吕后（前二四一—前一八〇）：名雉，單父（今山東單縣南）人。漢高祖皇后，惠帝母。高祖死，實掌朝政，惠帝歿，臨朝稱制。其事跡見《史記》本紀及《漢書》本傳。孝惠（前二〇七—前一八八）：漢惠帝劉盈，高祖長子，性怯懦，劉邦死，即位，權移吕后。其事跡見《史記・吕太后本紀》

及《漢書》本紀。

〔一二〕卜：猶言「測試」。

〔一三〕訩訩：喧嚣貌。

〔一四〕逮：及。

〔一五〕《漢書·蕭何傳》曰：何既赦，徒跣入謝。高祖曰：「相國爲賢相，吾故繫相國，欲令百姓聞吾過。」

〔一六〕「豈不」二句：《漢書·蕭何傳》：蕭何囚，王衛尉諫於高祖，曰：「夫職事苟有便於民而請之，真宰相事也。陛下奈何乃疑相國受賈人錢乎？」以上爲第一段，謂蕭何之繫，非因請苑，實疑忌所致。

〔一七〕賈誼《治安策》：「大抵彊者先反，淮陰王楚最彊，則最先反。」

〔一八〕《史記·高祖本紀》高祖曰：「夫運籌策帷帳之中，決勝於千里之外，吾不如子房。鎮國家，撫百姓，給餽饟，不絶糧道，吾不如蕭何。連百萬之軍，戰必勝，攻必取，吾不如韓信。此三者，皆人傑也。」

〔一九〕徒跣：赤足。《禮記·問喪》：「親始死，鷄斯徒跣。」陳澔集説：「徒跣，無屨而空跣也。」《戰國策·魏策四》：「布衣之怒，亦免冠徒跣，以頭搶地爾。」

〔二〇〕「然致是」二句：謂蕭何狼狽謝罪不如張良功成身退爲妙。參見《松風亭詞》注〔二五〕、〔二六〕。

以上爲第二段，謂功高身危，自古而然，識時務者功成身退爲安。

## 題東漢宦者傳①〔一〕

先王之有天下，貴無事而賤有功，以爲功非盛德之事也〔二〕。雨之爲功也以旱，食之爲功也以飢，藥之爲功也以疾。夫不旱、不飢、不疾，物何自而爲功哉！雖然，君子之功，則庶幾焉。小人之功，禍亂之道也。雨止於濟旱，食止於已飢，藥止於已疾，君子之功也。雨至於淫，食至於饜，藥至於過，其傷人多，豈非禍亂之道也〔三〕？《師》之「上六」曰：「大君有命，開國承家，小人勿用。」《象》曰：「『大君有命』，以正功也；『小人勿用』，必亂邦也。〔四〕」嗚呼！小人有功，亡無日矣。何以言之？止功而賞不足則怨，怨則亂；賞稱其功則驕，驕則專。君將不堪，則圖之矣。然吾又與小人謀去之，其禍則又甚矣。勝則權移於人，敗則身任其禍，卒之於亡也。吾觀東漢之季，始喪於宦官，終喪於權臣，何也？小人有功之患也〔五〕。鄭衆以竇憲之功顯〔六〕，孫程以立順之功奮〔七〕，五侯以梁冀之功偪〔八〕；而中常侍矯殺陳蕃、竇武〔九〕，遂擅國命，非大剪戮之無以謝天下也。而袁紹之懲小人之功，使董卓除之，宦官少衰而卓熾矣〔一〇〕。流及傕、汜之亂，曹操卒以勤王之功代漢，豈非小人有功之過歟〔一一〕？夫唐亦然。自肅、代以來，宦人典兵，雖無四夷之功，而有立儲之私。至謂天子爲門生，天子亦自德之曰：「朕不忌，爾援立我也。」其敢忤之哉〔一二〕？故劉季述之變，韓全誨之迫，有自來矣〔一三〕。而崔胤乃以朱全忠除之，全誨死而唐亦亡矣。天下之權一耳，不在此則在彼。吾既失之矣。不假手於他人，何自得之哉？然其人能曰：取之而復以歸我者，蓋鮮矣。故權之移人，自亡形成哉！蓋漢、唐亡於宦官，非曹操、朱全忠也。夫以刃決癰，愛生之至，然得不死於癰，而死於刃，其與幾何？陽虎欲去季孫，不克而出，魯之福也。使陽虎有去季孫之功，魯之國政，欲安歸哉？其僭於季孫也，必有甚焉〔一四〕。晉趙王倫以滅賈氏而至於篡，齊王冏以謀孫秀而至於專，其餘諸王，更相屠戮，以盜威福，卒貽天下之亂，晉由東徙，小人有功之禍也如此〔一五〕。可不畏哉！

**【校記】**

①本篇不見于原《斜川集》。輯自《新刊國朝二百家名賢文粹》卷一九一。

**【箋注】**

〔一〕「東漢宦者傳」即《後漢書·宦者列傳》。

〔二〕「先王」三句：謂宋太祖以爲治國之道，有功不如無事。

〔三〕「雨之」數句：以雨、食、藥對應旱、飢、疾，以物理明事理，論證有功之事多因禍而成，故有功不如無事。

〔四〕「師之」數句：見《易·師》，三國魏王弼注：「處師之極，師之終也。大君之命，不失功也。開國承家，以寧邦也。小人勿用，非其道也。」唐孔穎達疏：「『大君有命』者，上六處師之極，是師之終竟也。『大君』謂天子也，言天子爵命此上六，若其功大，使之開國爲諸侯；若其功小，使之承家爲卿大夫。『小人勿用』者言開國承家，須用君子，勿用小人也。」又「若用小人，必亂邦國，故不得用小人也。」

〔五〕「吾觀」數句：謂東漢之禍即在小人有功。

〔六〕鄭衆：字季產，南陽犨縣（今河南魯山東南）人。爲人謹敏有心機。章帝朝爲中常侍。和帝初加位鉤盾令。大將軍竇憲等謀不軌，衆首謀誅之。以功遷大長秋，封鄛鄉侯。由是常與議事。漢末中官用權，實自衆始。竇憲：（？—九二），字伯度，扶風平陵（今陝西咸陽西北）人，大司空竇融曾孫。以女弟立爲后，拜爲郎。稍遷侍中，虎賁中郎將。寵貴日盛。和帝即位，太后臨朝。憲以侍中內幹機密，外宣誥命，懼都鄉侯暢分權，遣刺客殺之。事覺，太后閉憲於內宫。憲自求擊匈奴贖死，乃拜車騎將軍。大破北單于於稽落山，出塞三千餘里。遂登燕然山，刻石勒功，紀漢威德而還，拜大將軍，威震朝廷。復出鎮涼州，遂滅北單于。是時竇氏父子兄弟充滿朝廷，多驕縱不法。帝內與中常侍鄭衆定議，收憲印綬，更封冠軍侯。遣就國，迫令自殺。《後漢書》有傳。

〔七〕孫程：字稚卿，涿郡新城（治在今河北徐水西南）人。安帝時爲中黄門，以迎立順帝功，封淳陽侯，尋拜騎都尉。爲司隸校尉虞翊訟罪，懷表上殿，呵叱左右，坐免官。遣就國，再逾年徵還京，復官，拜奉車都尉，卒。謚剛。順：指漢順帝（一一五—一四四）。名保，安帝長子。永寧初立爲皇太子，延光初廢爲濟陽王。安帝崩，中黄門孫程等迎帝即位。封孫程等十九人爲列侯，封乳母宋娥爲山陽君。在位十九年崩。謚順。《後漢書》有紀。

〔八〕五侯：東漢大將軍梁冀擅權，其子梁胤、叔父梁讓及親屬梁淑、梁忠、梁戟皆封侯。《後漢書·陳蕃傳》：「前梁氏五侯，毒偏海内。」唐李賢注：「五侯謂胤、讓、淑、忠、戟五人。」梁冀（？—一五九）：字伯卓。爲人鳶肩豺目，洞精矘眄，口吟舌言，裁能書計。少爲貴戚，逸游自恣。初爲黄門侍郎，永和初拜河南尹。居職暴恣多非法。順帝拜爲大將軍。及沖帝崩，冀立質帝。帝少聰慧，知冀驕横。嘗朝群臣，目冀曰：「此跋扈將軍也。」冀聞之，遂酖帝而立桓帝。冀一門三后六貴人七侯二大將軍。尚公主者三人。其餘卿尹將校五十七人。在位二十餘年，窮極滿盛，威行内外，百僚側目，後帝與中常侍單超等謀誅冀。諸梁及妻孫氏中外宗親無少長皆棄市。免黜者三百餘人。朝廷爲空，籍其財貨合三十餘萬萬。《後漢書》有傳。

〔九〕陳蕃（？—一六八），蕃字仲舉，後漢平輿（今河南平輿）人。少有大志，郡舉孝廉，再遷爲樂安太守。累拜太尉。竇太后臨朝，以蕃爲太傅，封高陽侯。與后父大將軍竇武同心戮力，共參朝政。徵用名賢，高潔之士爭歸之，漢末士大夫因之而崇尚氣節。與武謀誅宦官曹節、王甫等，事泄爲宦官矯詔殺害。竇武（？—一六八）：字游平，扶風平陵（今陝西咸陽西北）人。東漢大司空竇融玄孫。少以經行著名關西。延熹中以長女立爲桓帝后，封槐里侯，拜城門校尉。在位多辟名士。清身疾惡，禮賂不通。李膺、杜密等坐黨時瀕死，武獨抗書出之。靈帝立，拜大將軍，論定策功，更封聞喜侯，與太傅陳蕃同心輔政。天下想望太平，謀誅宦官，爲曹節等所害。《後漢書》有傳。

〔一〇〕「而袁紹」三句：袁紹：（？—二〇二）字本初，漢末汝南汝陽（今河南商水西北）人。有姿貌威容，能折節下士，士多附之，稍遷中軍校尉，至司隸。靈帝末，與大將軍何進謀，召董卓入京誅除宦官，繼而京師大亂，董卓專恣。紹出奔冀州，以渤海起兵討董卓。董卓既敗，紹兼并河北諸郡，天子以紹爲太尉轉大將軍，封鄴侯。擊破公孫瓚，使諸子各據一州。與曹操征戰連年，兵勢日挫，憂死。《三國志》《後漢書》有傳。

〔一一〕「流及」三句：傕：汜：即李傕與郭汜。李傕（？—一九八）：字稚然，北地郡泥陽縣（今陝西耀州）人。官校尉，董卓分遣傕及郭汜、張濟略陳留、潁川。卓死，傕等遂合兵圍長安，放兵劫略，傕爲車騎將軍、池陽侯。領司隸校尉，與汜相疑。戰鬥長安中，傕質獻帝於營，燒宫殿城門，略官寺，盡收乘輿服物置其家。以濟和解，帝乃得出。建安初爲曹操所族誅。郭汜：（？—一九七年），涼州張掖（今甘肅張掖西北）人，獻帝時權臣。原爲董卓部下。董卓被殺，涼州衆將無所歸依，故採用賈詡之謀，聯兵攻長安，擊敗吕布，殺死王允，佔領長安。後被部將伍習所殺。曹操：見《寄題北海文舉堂》注〔三〕。

〔一二〕肅代：指唐肅宗和唐代宗。唐肅宗（七一一—七六二）：名亨，玄宗第三子，初名嗣升。封忠王。後被立爲太子，改名李亨。安史之亂。玄宗西逃，與玄宗分道，北上至靈武。在靈武稱帝，命郭子儀收復兩京。在位七年崩。廟號肅宗。新、舊《唐書》有紀。唐代宗（七二六—七七九）：名豫，肅宗長子，初名俶，封廣平郡王。聰明寬厚，喜愠不形於色，而好學強記，通《易》象。七五八三月改封成王，四月被立爲太子。肅宗崩，即位，改名豫，是爲代宗。終平安史之亂。新、舊《唐書》有紀。

〔一三〕劉季述：乾寧中與王仲先爲左右中尉，時昭宗嗜酒，怒責左右不常，季述自危，謀廢帝。因與仲先等矯皇后令。立皇太子以主社稷。因帝少陽院。欲盡誅百官，乃弒帝。挾天子令天下。都將孫德昭等伏士安福門。斬仲先，馳入左軍。執季述，杖殺之，迎帝復位。韓全誨：唐昭宗時宦者，爲内樞密使。昭宗既反正，誅劉季述，以全誨爲左神策中尉。拜驃騎大將軍。憑勢恣暴。時崔胤欲盡誅宦官，因召朱全忠兵入朝討全誨，全誨等懼。逼帝西幸鳳翔。圍城日急，乃斬全誨以謝全忠。全忠攜帝東還。

〔一四〕「陽虎」數句：陽虎：字貨，爲季氏家臣。事季平子，平子卒。虎遂專政。欲去三桓，劫定公與叔孫州仇以伐孟氏。虎敗，脱甲入公宫。取寶玉大弓，入讙、陽關以叛。魯師伐之，出奔齊。復奔晉。季孫：指春秋時魯國大夫。魯桓公的後代，與孟孫（仲孫）、叔孫、并稱「三桓」。

〔一五〕「晉趙」數句：趙王倫：即司馬倫。司馬懿第九子，字子彝。武帝禪位，封瑯邪郡王。咸寧中改封于趙。初鎮關中，刑賞失宜，致氐羌反叛。徵還京師，與孫秀謀害太子，矯詔廢賈后爲庶人，殺張華、裴頠等。幽惠帝于京墉，僭即帝位。齊王冏等起兵討倫，斬孫秀。惠帝復位，賜倫死。《晉書》有傳。賈氏：謂賈后。見《思子臺賦》注〔三六〕。齊王冏：即司馬冏（？—三〇二）。冏字景治，晉齊獻王司馬攸之子。少聰惠，謙約好施，有父風。元康中拜散騎常侍，趙王倫密與相結，廢賈后。倫篡，遷鎮東大將軍、開府儀同三司。冏猶不滿，起兵誅倫。惠帝反正，以功拜大司馬，加九錫之命，於是輔政。後驕恣日甚，親用羣小，不復朝覲，終爲長沙王乂所誅。永嘉中懷帝下詔重述冏之功勳，還贈大司馬加侍中、假節，追謚「武閔」。《晉書》有傳。孫秀（？—三〇一）：字俊忠。晉琅邪（今山東臨沂北）人。司馬倫初封琅邪王，秀以文才見賞；及改封趙王，以秀爲侍郎。惠帝永寧元年（三〇一）正月，司馬倫篡帝位，以秀爲中書令，遂專斷朝政。同年四月，爲齊王冏、成都王穎、河間王顒所誅。

## 跋魏世家①〔一〕

藥不能生死，病未劇而得之，則無死之道；士不能止土崩與瓦解也，國未殆而用之，則無亡之理〔二〕。不幸其死而曰命也，非藥之所能救；聽其亡而曰天也，非士之所能支，可謂謬矣。太史公曰：「説者以魏不用信陵君，故國削弱而至於亡。余以謂不然。天方授秦平海內，雖得阿衡之佐，曷益〔三〕？」則天下無亂國，無絶世。苟棄人事而不脩，則天下亦無治國、無長久之社稷矣。太史公非知天也，特見秦取六國之易，而不考六國之所以亡。愚請藉韓論之。韓小國耳，固秦之所易也。秦圍邯鄲，使告諸侯曰：「敢救者，已拔趙，必移兵先擊〔四〕。」而信陵君以百騎入晉鄙軍而奪之師，解趙圍而卻秦師，秦不敢怒之，何也〔五〕？畏公子也。及聞公子在趙，則日夜攻魏，魏之休戚，固可知也〔六〕。公子歸而蒙驁走，反間行，魏遂亡〔七〕。則秦之去取，又可知矣。夫魏豈天亡而秦豈天授者哉！且信陵君非三公子之比也，其用兵似穰苴〔八〕，其好士似重耳〔九〕，救晉鄙而軍不敢動；歸老反幼，而士樂爲之死。是豈特剉秦師也哉〔一〇〕，將以魏霸可也。昔諸侯合從以攻秦，秦人開關延敵，而九國之師遁逃莫敢進〔一一〕。夫以十倍之衆而無成功，何哉？謀不審而師不一也〔一二〕。不然，秦有城下之盟矣，何遁逃之有哉〔一三〕？而公子以五諸侯兵敗秦河外，抑函關而秦不敢出，當是時，魏公子實專其謀耳。故九國雖衆而敗，五諸侯雖寡而勝，吾是以知公子似穰苴也。且能以富貴下貧賤〔一四〕，禮抱關鼓刀之賢〔一五〕，從博徒賣漿者游〔一六〕，非有道，孰能是乎？吾又以知公子似重耳也。有穰苴之才，重耳之賢，豈秦之敵哉！而言無益於未殆之魏，未能支幸勝之秦，誣矣。

【校記】

①本篇不見于原《斜川集》。輯自《新刊二百家名賢文粹》卷一九二。

【箋注】

〔一〕此因《史記·魏世家》而發抒議論。司馬遷以爲魏亡實乃天意，蘇過則以爲，如魏能盡信陵君之才用，則魏必不亡。

〔二〕「藥不能」數句：以藥理喻國家興衰之道。謂治病、治國當把握好時機。

〔三〕「太史公」數句：見《史記·魏世家》。唐司馬貞索隱引三國蜀譙周曰「以予所聞，所謂天之亡者，有賢而不用也，如用之，何有亡哉？使紂用三仁，周不能王，況秦虎狼乎？」

〔四〕《史記·魏公子列傳》：「秦王使使者告魏王曰：『吾攻趙旦暮且下，而諸侯敢救者，已拔趙，必移兵先擊之。』魏王恐，使人止晉鄙，留軍壁鄴，名爲救趙，實持兩端以觀望。」

〔五〕《史記·魏公子列傳》：「至鄴，矯魏王令代晉鄙。晉鄙合符，疑之，……朱亥袖四十斤鐵椎，椎殺晉鄙，公子遂將晉鄙軍。……得選兵八萬人，進兵擊秦軍。秦軍解去，遂救邯鄲，存趙。」

〔六〕《史記·魏公子列傳》：「公子留趙十年不歸。秦聞公子在趙，日夜出兵東伐魏。」

〔七〕《史記·魏公子列傳》：「公子率五國之兵破秦軍於河外，走蒙驁。遂乘勝逐秦軍至函谷關，抑秦兵，秦兵不敢出。……秦數使反間，僞賀公子得立爲魏王未也。魏王日聞其毀，不能不信，後果使人代公子將。公子自知再以毀廢，乃謝病不朝，與賓客爲長夜飲，飲醇酒，多近婦女。日夜爲樂飲者四歲，竟病酒而卒。……秦聞公子死，使蒙驁攻魏，拔二十城，初置東郡。其後秦稍蠶食魏，十八歲而虜魏王，屠大梁。」

〔八〕穰苴：司馬穰苴，春秋齊景公時將軍。其兵法閎廓深遠，雖三代征伐，未能竟其義。事見《史記·司馬穰苴列傳》。

〔九〕重耳（前六九七—前六二八）：即晉文公。晉獻公次子。獻公嬖寵驪姬，殺太子申生。重耳奔狄。在外流亡十九年，假秦穆公之力以歸晉，時年六十二。用狐偃、趙衰、賈佗、先軫諸賢，誅王子帶，納周襄王，救宋破楚，遂繼齊桓公而稱霸諸侯。在位九年，卒謚文。參《史記·晉世家》。

〔一〇〕剉（cuò）：折傷；挫折。

〔一一〕「昔諸侯」三句：《史記·陳涉世家》：「嘗以什倍之地，百萬之師，仰關而攻秦。秦人開關而延敵，九國之師，遁逃而不敢進。秦無亡矢遺鏃之費，而天下固已困矣。」

〔一二〕「夫以」三句：謂九國之敗因其謀略不精且各國心不專一。

〔一三〕「不然」三句：謂如各國齊心，則知秦必敗。《左傳·桓公十二年》：「大敗之，爲城下之盟而還。」晉杜預注：「城下盟，諸侯所深恥。」

〔一四〕下：對貧賤之士態度謙恭。

〔一五〕禮：禮遇。抱關：監門。借指小吏的職務。亦借指職位卑微。《史記·魏公子列傳》：「嬴乃夷門抱關者也，而公子親枉車騎，自迎嬴於衆人廣坐之中。」鼓刀：謂擺弄刀子發出響聲。宰殺牲畜時敲擊其刀，使之發聲，故曰鼓刀。《楚辭·屈原〈離騷〉》：「吕望之鼓刀兮，遭周文而得舉。」漢王逸注：「鼓，鳴也。或言吕望太公，姜姓也，未遇之時，鼓刀屠於朝歌也。」此抱關、鼓刀皆謂身份低賤者。

〔一六〕博徒：賭徒。《史記·魏公子列傳》：「今吾聞之，乃妄從博徒賣漿者游，公子妄人耳。」

## 記交趾進異獸〔一〕

麒麟鳳凰〔二〕，天所生也；虎豹蛇蝎，亦天所生也。生麟鳳矣，必復生虎豹蛇蝎，蒼蒼者或自有説〔三〕。然天之生麟鳳也不數〔四〕，而虎豹蛇蝎害人之物往往蕃衍深山大澤間。耽耽焉，逐逐焉〔五〕，肆其爪牙之利〔六〕，以逞其口腹之欲。宜乎麒麟鳳凰高飛遠引〔七〕，不一游於世也。

【箋注】

〔一〕當作於隨父貶官南遷期間。吴長元曰：「此篇《永樂大典》不載，今從《古文小品咀華》補録。」交趾：又作「交阯」，古國名，在今越南境内。《宋史·五行志》：「嘉祐三年，交阯貢異獸二。初，本國稱貢麒麟。既至，樞密使田況辨其非麟，詔止稱異獸。」《宋史·交阯傳》亦載此事。清王符曾曰：蘇過「借異獸攄寫憤懣，玉斗可撞，唾壺欲碎」（書目文獻出版社影印清鈔乙種本王符曾評《古文小品咀華》）。

〔二〕麒麟：傳説中仁獸名。《禮記·禮運》：「鳳凰麒麟，皆在郊棷。」《史記·司馬相如列傳·上林賦》唐司馬貞《索隱》引張揖曰：「雄曰麒，雌曰麟；其狀麇身，牛尾，狼蹄，一角。」鳳凰：《爾雅·

釋鳥》：「鸓，鳳，其雌皇（凰）。」晉郭璞注：「瑞應鳥。 鷄頭、蛇頸、燕頷、龜背、魚尾，五彩色，高六尺許。」

〔三〕蒼蒼：指天。《莊子·逍遥游》：「天之蒼蒼，其正色邪？」有説：有道理，有奥妙。

〔四〕不數：猶言「不常」。

〔五〕眈眈：同「眈眈」。《易·頤》：「虎視眈眈，其欲逐逐。」眈眈：注視貌。 逐逐：貪欲貌。

〔六〕肆：縱恣，放肆。

〔七〕漢賈誼《弔屈原賦》：「鳳縹縹其高逝兮，夫固自引而遠去。」引：退避。

## 書二李傳後〔一〕

昔袁盎論絳侯「功臣，非社稷臣」〔二〕，此固有爲而言也。 然功臣、社稷臣之辨，不可不察也。 淮南王安反〔三〕，謂大將軍可刺、説丞相如發蒙耳〔四〕，而獨憚一汲黯仗節死義，其與①社稷存亡也〔五〕，審矣〔六〕！ 愚嘗謂社稷臣如腹心，功臣如手足，人有②斷一肢、折一足，未及死也，心腹之病則爲膏肓〔七〕，不可救已。 李靖、李勣可謂功臣始終，唐之元勳也；而太宗付屬委託，亦已重矣，然止將帥之材耳。 疆埸③之事，任之則有餘；社稷之寄，安危之機，則兩人者，有折足渥形之敗矣〔八〕。 太宗欲伐高麗，諫者十六七；靖已老矣，而自請將兵〔九〕，遂堅太宗黷武之志〔一〇〕，幾爲不戢自焚之禍〔一一〕。 高宗欲立武后，舉朝爲之寒心；而勣以爲陛下家事，無問外人〔一二〕。武氏之禍，戮及襁褓〔一三〕，唐室不絶如綫〔一四〕。夫二人者，爲腹心之病亦大矣〔一五〕。張釋之諫嗇夫之拜〔一六〕，使文帝終身爲長者，魏玄成折封倫之論，使太宗不失行仁義〔一七〕。語曰：一言而興邦，一言而喪邦〔一八〕，亶其然乎〔一九〕！

【校記】

①與：舊本作「共」。②有：宛本無。③埸：原本作「場」，餘皆作「埸」，據改。

【箋注】

〔一〕似作於海南。二李傳：謂唐李靖、李勣傳。二李於新、舊《唐書》皆合傳。李勣（五九四—六六九）：唐曹州離狐（今山東東明）人。本姓徐，名士勣，字懋功。先從瓦岡軍，後降唐，賜姓李，因避李世民諱單名勣。從太宗破王世充、竇建德、劉黑闥，佐李靖破東突厥，封英國公。治并州十六年，突厥不敢南侵。高宗時官尚書左僕射，進位司空。李靖：見《伏波將軍廟碑》注〔一七〕。李靖、李勣爲太宗股肱爪牙，李勣運籌帷幄，算無遺策；李靖則摧鋒折鋭，所向披靡。太宗之剪滅群雄，一統天下，以二人功勳爲最。享譽當時，流芳後世，俗以爲當然。而小坡則以爲，李靖堅太宗黷武之心，致國力空耗；李勣阿高宗而立武后，幾亡唐室。二人之罪不可恕，非社稷之臣。高論卓絶，擲地有聲。方之坡公史論，庶幾青藍之間。

〔二〕「昔袁盎」二句：《史記·袁盎列傳》：袁盎曰：「絳侯所謂功臣，非社稷臣。社稷臣主在與在，主亡與亡。方吕后時，諸吕用事，擅相王，劉氏不絶如帶。是時絳侯爲太尉，主兵柄，弗能正。吕后崩，大臣相與共畔諸呂，太尉主兵，適會其成功。所謂功臣，非社稷臣。」袁盎（？—前一四八）：漢安陵（今陝西咸陽東）人。文帝遷淮南王於蜀，盎諫不聽；後王病死，盎請立淮南王三子爲王，因名重朝廷。後爲吴相，坐貶庶人。吴楚七國反，盎説景帝誅晁錯。吴楚平，爲楚王禮相，旋病免家居。因力諫不可以梁王爲嗣，爲梁王刺客所殺。《史記》、《漢書》有傳。

〔三〕淮南王：謂劉安（前一七九—前一二二）。文帝弟淮南厲王長子，襲爲淮南王。好文學，喜撰述，嘗聚文士著書。元狩元年，以謀反罪下獄，自殺。《史記》、《漢書》有傳。

〔四〕「謂大將軍」二句：《史記·淮南王安列傳》：「使人僞得罪而西事大將軍、丞相。一日發兵，使人即刺殺大將軍（衛）青，而説丞相下之，如發蒙耳。」發蒙：南朝宋裴駰《集解》引韋昭曰：「如蒙巾，發之甚易。」發：揭開；揭去。

〔五〕「而獨憚」三句：《史記·汲黯列傳》：「淮南王謀反，憚黯，曰：『好直諫，守節死義，難惑以非。至如説丞相弘，如發蒙振落耳。』」汲黯（前？—前一一二）：西漢濮陽（今河南濮陽西南）人，字長孺。武帝時，爲東海太守，繼爲主爵都尉。好黄老之術，常切言直諫。後出爲淮陽太守，政治清明，吏民歡悦。武帝嘗歎之曰：「古有社稷之臣，至如黯，近之矣。」《史記》、《漢書》有傳。

〔六〕審：明白；明了。

〔七〕膏肓：古代醫學以心尖脂肪爲膏，心臟與膈膜之間爲肓。《左傳·成公十年》：「疾不可爲也，在肓之上，膏之下，攻之不可，達之不及，藥不至焉，不可爲也。」晉杜預注：「肓，鬲也。心下爲膏。」

後遂用以稱病之難治者。

〔八〕「社稷」四句：謂二李難以任社稷安危大事。《易·鼎》：「鼎折足，覆公餗，其形渥，凶。」唐孔穎達疏：「鼎足既折，則覆公餗（餗，糝也，八珍之膳）也。渥，沾濡之貌也。既覆公餗，體則渥霑也。施之於人，知小而謀大，力薄而任重，如此必受其至辱，災及其身也。」

〔九〕「太宗欲伐」四句：《新唐書·李靖傳》：「帝將伐遼，召靖入，謂曰：『公南平吴，北破突厥，西定吐谷渾，惟高麗未服，亦有意乎？』對曰：『往憑天威，得效尺寸功。今疾雖衰，陛下誠不棄，病且立瘳矣。』帝憫其老，不許。」高麗：唐時地當今遼東及朝鮮半島。

〔一〇〕黷武：濫用武力；好戰。《後漢書·劉虞傳》：「瓚既累爲紹所敗，而猶攻之不已，虞患其黷武，且慮得志不可復制，固不許行，而稍節其稟假。」

〔一一〕不戢自焚：《左傳·隱公四年》：「夫兵，猶火也，弗戢，將自焚也。」戢：止息；撲滅。按唐太宗伐高麗，雖攻略其地，然兵疲民困，得不償失，史多譏之。《新唐書·太宗本紀》贊曰：「好大喜功，勤兵以遠，此中材庸主之所常爲然，春秋之法常責備於賢者，是以後世君子之欲成人之美者莫不歎息於斯焉。」

〔一二〕「高宗」四句：《新唐書·李勣傳》：「帝欲立武昭儀爲皇后，畏大臣異議，未決。……帝後密訪勣，曰：『將立昭儀，而顧命之臣皆以爲不可，今止矣！』答曰：『此陛下家事，無須問外人。』帝意遂定，而王后廢。詔勣、志寧奉册立武氏。」

〔一三〕「武氏」二句：《舊唐書·則天皇后紀》：「自是宗室諸王相繼誅死者殆將盡矣。其子孫年幼者咸配流嶺外，誅其親黨數百餘家。」又史臣曰：「夫昔掩鼻之讒，故稱其毒；人彘之酷，世以爲冤。武后奪嫡之謀也，振喉絶襁褓之兒，葅醢碎椒塗之骨，其不道也甚矣。」襁褓：或作「繦褓」。背負嬰兒用的寬帶和包裹嬰兒的被子。後亦泛指嬰兒包。《列子·天瑞》：「人生有不見日月，不免繦緥者，吾既已行年九十矣。」《漢書·宣帝紀》：「曾孫雖在繦緥，猶坐收繫郡邸獄。」唐顔師古注引孟康曰：「緥，小兒被也。」按此處代指嬰兒。

〔一四〕不絶如綫：極言其危。《公羊傳·僖公四年》：「南夷與北夷交，中國不絶如綫。」按，武后誅戮唐室子孫及唐之忠臣殆盡，改國號，封置武氏子孫，故云。參新、舊《唐書》本紀。

〔一六〕以上爲第一部分，謂二李非社稷之臣。

〔一七〕張釋之：漢堵陽（今河南方城縣東）人，字季。文帝時拜謁者僕射。從帝登虎圈，帝問上林尉禽獸簿，尉不能對，虎圈嗇夫從旁代對。詔拜嗇夫爲上林令。釋之曰：「陛下以嗇夫口辯而超遷之，臣恐天下隨風靡靡，爭爲口辯而無其實。」文帝乃止。拜釋之公車令，歷中大夫、廷尉。持議平允，多美政。景帝時爲淮南王相，病卒。《史記》、《漢書》有傳。

〔一八〕「魏玄成」二句：謂魏徵斥封德彝事。《新唐書·魏徵傳》：「德彝曰：『不然，三代之後，澆詭日滋，秦任法律，漢雜霸道，皆欲治不能，非能治不欲。徵書生，好虚論，徒亂國家，不可聽。』徵曰：『五帝三王不易民以教，行帝道而帝，行王道而王，顧所行何如爾。黄帝逐蚩尤，七十戰而勝其亂，因致無爲。九黎害德，顓頊征之，已克而治。桀爲亂，湯放之；紂無道，武王伐之。湯武身及太平。若人漸澆詭不復返朴，今當爲鬼爲魅，尚安得而化哉。』德彝不能對，然心以爲不可。帝納之不疑。至是天下大治，蠻夷君長襲衣冠，帶刀宿衛，東薄海，南踰嶺，户闔不閉，行旅不齎糧，取給於道。帝謂群臣曰：『此徵勸我行仁義，既效矣。惜不令封德彝見之。』魏玄成：魏徵（五八〇—六四三），字玄成，唐館陶（今屬河北）人。少嘗出家爲道士，歸唐，先爲太子建成洗馬。秦王世民殺建成，歸世民，官至諫議大夫、秘書監。剛直敢諫，前後陳諫二百餘事，爲太宗所敬畏。新、舊《唐書》有傳。封倫：字德彝，以字行，唐渤海（地在今山東陽信縣南）人。初事隋，爲楊素賞識，擢内史舍人，隋亂，附宇文化及，化及死，降唐，累官至尚書僕射。「倫資險佞内挾，數刺人主意，陰導而陽合之」。新、舊《唐書》有傳。

〔一九〕「語曰」三句：《論語·子路》：「定公問：『一言而可以興邦，有諸？』孔子對曰：『言不可以若是其幾也。人之言曰：「爲君難，爲臣不易。」如知爲君之難也，不幾乎一言而興邦乎？』曰：『一言而喪邦，有諸？』孔子對曰：『言不可以若是其幾也。人之言曰：「予無樂乎爲君，唯其言而莫予違也。」如其善而莫之違也，不亦善乎？如不善而莫之違也，不幾乎一言而喪邦乎？』」

〔二〇〕亶：信然。《詩·小雅·常棣》：「是究是圖，亶其然乎。」毛傳：「亶，信也。」以上爲第二部分，謂骨鯁敢諫之臣方爲社稷之臣。

# 讀楚語〔一〕

屈到嗜芰〔二〕，有疾，召其宗老而屬之〔三〕，曰：「祭我必以芰。」及祥〔四〕，宗老將薦芰，屈建命去之〔五〕。君子曰：「違而道①〔六〕。」唐柳宗元非之曰〔七〕：「屈子以禮之末，忍絶其父將死之言。且《禮》有『齊之日，思其所樂，思其所嗜』。子木去芰，安得爲道〔八〕？」甚矣！柳子之陋也。子木，楚卿之賢者也，夫豈不知爲人子之道事死如事生〔九〕，況於將死丁寧之言〔一〇〕？棄而不用，人情之所忍乎？是必有大不忍於此者而奪其情也。

夫死生之際，聖人嚴之：薨於路寢，不死於婦人之手〔一一〕。至於結纓冠〔一二〕、啟手足之末〔一三〕，不敢不勉。其於死生之變亦重矣。父子平日之言，可以恩掩義，至於死生至嚴之際，豈容以私害公乎？曾子有疾，稱君子所貴乎道者三〔一四〕；孟僖子卒，使其子學禮於仲尼〔一五〕；管仲病，勸桓公去三豎〔一六〕。夫數君子之言，或主社稷，或勸②於道德，或訓其子孫。雖所趣不同〔一七〕，然皆篤於大義〔一八〕，不私其躬也如是。今赫赫楚國，若敖氏之賢聞於諸侯〔一九〕，身爲正卿〔二〇〕，死不在民而口腹是憂，其爲陋亦甚矣！使子木行之，國人誦之，太史書之，天下後世不知夫子之賢而唯陋是聞，子木其忍爲此乎？故曰：是必有大不忍者而奪其情也〔二一〕。

陋乎？

然《禮》之所謂「思其所樂，思其所嗜」，此言人子追思之道也。曾皙嗜羊棗而曾子不忍食〔二二〕，父没而不能讀父之書，母没而不能執母之器〔二三〕，皆人子之情自然也，豈待父母之命耶？今薦芰之事，若出於子則可，自其父命則爲陋耳。豈可以飲食之故而成父莫大之陋乎？

曾子寢疾〔二四〕，曾元難於③易簀〔二五〕。曾子曰：「君子之愛人也以德，細人之愛人也以姑息〔二六〕。」若以柳子之言爲然，是曾元爲孝子；而童子④顧禮之末，易簀於病革之中〔二七〕，爲不仁之甚也。中行偃死〔二八〕，視不可含〔二九〕。范宣子盥而撫之〔三〇〕，曰：「事吳敢不如事主〔三一〕。」猶視；欒懷子曰〔三二〕：「主苟終，所不嗣事於齊者〔三三〕，有如河〔三四〕。」乃瞑。嗚呼！范宣子知事吳爲忠於主，而不知報齊以成夫子憂國之美，其爲忠則大矣。古人以愛惡比之美疢藥石〔三五〕，曰：「石猶生我；疢之美者，其毒滋多。」由是觀之，柳子之愛屈到，是疢之美；子木之違父命，藥石也哉〔三六〕。

【校記】

①違而道：趙本、清鈔本、舊本、祠本作「不違而道」。按：「不」字衍。②勸：祠本作「勸」。③難於：祠本作「起而」。按《禮記·檀弓上》經義，作「難於」是。④童子：原校曰：「坡集作『曾子』。」

【箋注】

〔一〕似作於隨父南遷時。是篇亦見東坡集，題曰「屈到嗜芰論」。《楚語》：即《國語·楚語》。屈到嗜芰，命祭之以芰，屈建違父命而去之。柳子以爲非，叔黨以爲是。蓋柳子以私情爲據，叔黨以社稷爲先。較短量長，孰是孰非自見矣。重違父命而輕社稷，豈柳子爲然哉？哲宗之紹述新政，「論軾掌内外制日所作詞命，爲譏斥先朝」而貶之。苟其譏也利於社稷，則譏之可也，奈何斤斤以「先朝」爲辭耶？

〔二〕屈到嗜芰：見於《國語·楚語上》。韋昭注：「屈到，楚卿，屈蕩之子子夕。」楚康王時爲莫敖（楚官名，位次於令尹）。芰：韋昭注：「芰，蔆也。」按即菱角。

〔三〕宗老：三國吴韋昭注：「家臣曰老。宗老，謂宗人也。」按宗老爲主禮樂之家臣。屬：後來寫作「囑」。

〔四〕祥：韋昭注：「祭也。」爲喪祭名，有大祥小祥之分。

〔五〕屈建：韋昭注：「建，屈到之子子木。」爲楚令尹。

〔六〕違而道：《國語·楚語上》曰：左史倚相曰：「子夕嗜芰，子木有羊饋而無芰薦。君子曰：違而道。」韋昭注：「違命合道。」按，此言雖違命但合乎道義。而：轉折連詞。

〔七〕柳宗元（七七三—八一九）：唐河東解（治今山西運城解州鎮）人，字子厚，貞元九年進士，中博學宏辭科。順宗永貞元年爲禮部員外郎，參與王叔文集團改革。改革失敗，貶永州司馬，元和十年改柳州刺史，卒於任。世稱柳柳州，亦稱柳河東。其詩文皆工，有盛名於當時后世。與韓愈合稱韓柳，爲唐宋八大家之一。新舊《唐書》有傳。

〔八〕「屈子以禮」五句：見柳宗元《非國語·嗜芰》；「且禮有」云云，見《禮記·祭義》。

〔九〕《禮記·中庸》：「事死如事生，事亡如事存，孝之至也。」

〔一〇〕丁寧：聯綿詞。囑咐，告誡。

〔一一〕「薨於」二句：《禮記·大喪記》：「男子不死於婦人之手，婦人不死於男子之手。君、夫人卒於路寢，大夫、世婦卒於寢，内子未命，則死於下室。」路寢：《公羊傳·莊公三十二年》：「路寢者何？正寢也。」漢何休注：「公之正居也。天子、諸侯皆有三寢：一曰高寢，二曰路寢，三曰小寢。」

〔一二〕結纓冠：子路爲衛大夫孔悝邑宰，公子蒯聵作亂，「下石乞、孟黶敵子路，以戈擊之，斷纓，子路曰：『君子死，冠不免。』結纓而死」。事見《左傳·哀公十五年》。

〔一三〕啟手足：《論語·泰伯》：「曾子有疾，召門弟子曰：『啟予足，啟予手。』」漢鄭玄注：「啟，開也。曾子以爲受身體於父母，不敢毁傷，故有疾恐死，召其門弟子使開衾而視之，以明無毁傷也。」

〔一四〕「曾子有疾」二句：《論語·泰伯》：曾子有疾，孟敬子問之。曾子言曰：「君子所貴乎道者三：動容貌，斯遠暴慢矣；正顔色，斯近信矣；出辭氣，斯遠鄙倍矣。」

〔一五〕「孟僖子」二句：《左傳·昭公七年》：孟僖子「及其將死也，召其大夫曰：『禮，人之幹也，無禮無以立。吾聞將有達者曰孔丘，聖人之後也，而滅於宋。……我若獲没，必屬説與何忌於夫子，使事之而學禮焉。以定其位。』」孟僖子，春秋魯國大夫。

〔一六〕「管仲病」二句：三豎：易牙、開方、豎刁。《史記·齊太公世家》：「管仲病，桓公問曰：『群臣誰可相者？』管仲曰：『知臣莫如君。』公曰：『易牙如何？』對曰：『殺子以適君，非人情，不可。』公曰：『開方如何？』對曰：『倍親以適君，非人情，難近。』公曰：『豎刁如何？』對曰：『自宫以適君，非人情，難親。』」

〔一七〕趣：趨，趨向。

〔一八〕篤：厚也。此謂恪守於大義。

〔一九〕若敖：複姓。春秋楚祖先熊䵣乃出芈姓，其後楚子熊鄂生熊儀，命名爲若敖，其子孫以若敖爲氏，常執楚政，屈到即爲若敖氏之後。

〔二〇〕卿：官名。周制，宗周及諸侯皆有卿，分上中下三級。

〔二一〕以上爲第一段，謂屈建去芰是「有大不忍而奪其情」。

〔二二〕「曾晳」二句：《孟子·盡心下》：「曾晳嗜羊棗，而曾子不忍食羊棗。」漢趙岐《章句》：「羊棗，棗名，父嗜羊棗，父没之後，唯念其親，不復食羊棗，故身不忍食也。」曾晳：春秋魯國南武城（今山東費縣西南）人，名蒧（或作「點」），曾子之父，孔子弟子。事見《史記·仲尼弟子列傳》。

〔二三〕「父没」二句：《禮記·玉藻》：「父没而不能讀父之書，手澤存焉；母没而杯圈不能飲焉，口澤之氣存焉爾。」

〔二四〕「曾子寢疾」事，見《禮記·檀弓上》。

〔二五〕易簀：更换寢席。簀，華美的竹席。《禮記·檀弓上》：童子曰：「大夫之簀與？」曾子曰：「然，斯季孫之賜也，我未之能易也。元，起易簀。」曾元曰：「夫子之病革矣，不可以變，幸而至於旦，請敬易之。」簀：鄭玄注：「簀，牀笫也。」

〔二六〕「曾子曰」二句：見《禮記·檀弓上》。以德：鄭玄注：「成己之德。」姑息：鄭玄注：「息猶安也。言苟容取安也。」

〔二七〕病革：病危將死。語出《禮記·檀弓上》：「夫子之病革矣。」鄭玄注：「革，急也。」

〔二八〕中行偃死：事見《左傳·襄公十九年》。中行偃：即荀偃，字伯游。晉厲公時佐上軍，與欒書弑公，悼公立，代荀罃將中軍，伐齊，齊師遁。偃歸而卒。謚獻，亦稱中行獻子。

〔二九〕視：謂目不瞑。含：含玉。古代貴族喪禮，死而含玉於口。《春秋·文公五年》「王使榮叔歸含且賵」杜預注：「珠玉曰含。含，口實。車馬曰賵。」

〔三〇〕范宣子：即士匄，晉卿。宣子其謚也。

〔三一〕吴：荀吴，荀偃子，平公時爲大夫。

〔三二〕欒懷子：即欒盈，平公時爲下卿。

〔三三〕嗣事於齊：謂繼續討齊。嗣：續也。按中行偃討齊未果而卒，故云。見《左傳·襄公十九年》。

〔三四〕有如河：猶言「黄河爲證」。按「有如」爲設誓之辭，《左傳·襄公九年》「有如此盟」，十八、二十三年「有如日」，二十五年「有如上帝」，《詩·王風·大車》之「有如皦日」，皆此類也。

〔三五〕見《送孫志康》詩注〔二〕。

〔三六〕以上爲第二段，謂柳子識淺，子木之違父命，正是愛其父也。

中國古典文學基本叢書

# 蘇過詩文編年箋注

（增訂本）

下册

舒大剛 蔣宗許 注
舒 星 校補

中華書局

# 蘇過詩文編年箋注卷八　文

建中靖國元年（一一〇一）侍父北還途中至政和五年（一一一五）罷太原監稅任後閒居潁昌期間作

## 江天上梁文〔一〕

鄀川澤國〔二〕，楚地名邦〔三〕。民物阜藩〔四〕，有山水禽魚之樂；人情朴愿〔五〕，無陂池臺榭之娱。誰知隱莽之丘〔六〕，乃得寬閑之野。天憐此老，日逐斯游。野處老人〔七〕，年過七旬，仕嘗三黜〔八〕。黄粱入夢〔九〕，每慚四禁之清〔一〇〕；碧瓦照城，坐占兩園之勝。睠兹東圃〔一一〕，實傍北門。經營不輟於歷年，指顧盡諧於佳趣〔一二〕。呀然成谷〔一三〕，宛一壑之神剜〔一四〕；幽處生雲，歎三峰之匠巧〔一五〕。北升高阜〔一六〕，復刱新亭〔一七〕。闍山蟠踞以南臨〔一八〕，芝嶺翬翔而後鎮〔一九〕。萬家井邑，近列目前；百丈桅檣，遠從煙際。結廬在人境，豈嫌車馬之喧〔二〇〕；恣意買江天〔二一〕，寧復藩籬之限〔二二〕。戲裁長句，以侑修梁〔二三〕：

東，買斷江天景不窮〔二四〕。萬樹碧桃開未遍〔二五〕，神仙應在此山中。西，旋鑿方塘著淤泥〔二六〕。種得芳蓮千葉盛，他年擬作釣璜溪〔二七〕。南，春著人間醉欲酣。天際歸舟誰認得〔二八〕？滿城煙柳正毵毵〔二九〕。北，處處亭臺共燕息〔三〇〕。士女如雲任意來〔三一〕，芝山自此無顏色。上，落絮游絲春駘蕩〔三二〕。寒食清明十日晴〔三三〕，危欄倚遍成高唱〔三四〕。下，勝事清時無論價〔三五〕。只有丹青可作圖，范寬老去誰能畫〔三六〕。伏願上梁之後，優游卒歲，安樂延年。釀酒千鍾，不怕臨川之客〔三七〕；種花萬本，或招鼇洞之仙〔三八〕。凡我往來，共茲慶快。

【箋注】

〔一〕本文作年不詳。按文中所示，地望當在鄱陽，而蘇過行蹤無至其地者，未知是否爲侍父北歸途中所作。姑繫於此。又，從文中「野處老人，仕嘗三黜」等語，知此文當是爲曾供職中書的一退休官僚新建江天園囿而作。上梁文：明徐師曾《文體明辨》云：「按上梁文者，工師上梁之致語也。世俗營宮室，必擇吉上梁，親賓裹麵，雜他物稱慶，而因以犒匠人。於是匠人之長，以麵拋梁而誦此文以祝之。其文首尾皆用儷語，而中陳六詩，詩各三句，以按四方上下，蓋俗禮也。」

〔二〕鄱川：即鄱江，在江西鄱陽縣，入鄱陽湖。

〔三〕其地戰國屬楚，故云。名邦：名城。

〔四〕人口衆多，物産豐富。藩：通「蕃」。

〔五〕朴愿：淳朴老實。宋王禹偁《送戚維戚綸之閬州亳州》詩：「朴愿有父風，學業張皇謨。」

〔六〕隱莽：草木叢生，人跡罕至。

〔七〕野處：指在鄉野居住。《國語·齊語》：「是故農之子恒爲農，野處而不暱。」唐韓愈《答李翊書》：「窮居而野處，升高而遠望，坐茂樹以終日，濯清泉以自潔。」宋黄庭堅《釣臺》：「林居野處而貫萬事，花落鳥啼而成四時。」

〔八〕三黜：見《李方叔挽詞二首》之一注〔六〕。

〔九〕見《大人生日》（未試陵雲白日仙）注〔五〕。

〔一〇〕四禁之清：禁省清要之職。四禁：四種戒止之事。唐代中書舍人有四禁。《新唐書·百官志二》：「其禁有四：一曰漏洩，二曰稽緩，三曰違失，四曰忘誤。」按據此知江天主人曾供職中書省。

〔一一〕睠：同「眷」，念也。

〔一二〕指顧：手指目視，指點顧盼。《漢書·律曆志上》：「指顧取象，然後陰陽萬物靡不條鬯該成。」劉禹錫《上杜司徒書》：「伏惟降意詳察，擇可行者處之，乞恩於指顧之間，爲惠有生成之重。雖百穀之仰膏雨，豈喻其急焉。」

〔一三〕呀然：空曠貌。杜甫《南池》詩：「呀然閬城南，枕帶巴江腹。」蘇轍《賦園中所有十首》之一：「萱草朝始開，呀然黄鵠觜。仰吸日出光，口中爛如綺。」

〔一四〕謂鑿谷有如神人挖成。神剜：韓愈《假山》詩：「有洞若神剜，有岩類天劃。」

〔一五〕匠巧：匠心巧造。韓琦《答陳舜俞推官惠詩求全瓦古硯》詩：「吾邦匠巧世其業，能辨瑰奇幼而老。」

〔一六〕阜：土山。

〔一七〕刱：同「創」。

〔一八〕閣山：《江西通志》卷十一：「閣山在府城南十里，上有白子高遺跡。又名仙閣山。」有閣之山。蟠踞：如龍蟠虎踞。

〔一九〕芝嶺：即芝山。《江西通志》卷十：「芝山在府城北一里，爲饒城主山。高三十仞，周迴十餘里。」翬翔：如翬之翔。翬：山雉，俗稱野鷄。

〔二〇〕「結廬」二句：語本陶潛《飲酒》之五「結廬在人境，而無車馬喧」。

〔二一〕恣意：縱情。買江天：買此天光水色之趣。杜甫《春日江村五首》之二：「藩籬無限景，恣意買江天。」

〔二二〕藩籬：籬笆，此喻世網。

〔二三〕「戲裁」二句：謂造作此文以助上梁之興。裁：制。侑：助。

〔二四〕買斷：獨占；占盡。唐盧延讓《樊川寒食二首》之二：「五陵年少麤於事，栲栳量金買斷春。」

〔二五〕碧桃：即千葉桃，花重瓣，不結實，供觀賞和藥用。一名千葉桃（《廣群芳譜》二五《桃花》）。唐郎士元《聽鄰家吹笙》詩：「重門深鎖無尋處，疑有碧桃千樹花。」

〔二六〕旋：又；即。著：置也。

〔二七〕謂日後退隱當於此垂釣。《尚書大傳》卷一：「周文王至磻溪，見吕望，文王拜之。尚父曰：『望釣得玉璜，刻曰：周受命，吕佐檢，德合於今昌來提。』」璜：半圓之璧。

〔二八〕南朝齊謝朓《之宣城郡出新林浦向板橋》詩：「天際識歸舟，雲中辨江樹。」

〔二九〕毰毸：垂拂紛披貌。《詩·陳風·宛丘》「值其鷺羽」三國吴陸璣疏：「白鷺，大小如鴟，青脚高尺七八寸，尾如鷹尾，喙長三寸許，頭上有毛十數枚，長尺餘，毰毸然與衆毛異。」

〔三〇〕燕息：宴飲休息。

〔三一〕《詩·鄭風·東門》：「出其東門，有女如雲。」毛傳：「如雲，衆多也。」

〔三二〕游絲：飄動之蛛絲。晏殊《珠玉詞·蝶戀花》：「滿眼游絲兼落絮，紅杏開時，一霎清明雨。」駘蕩：舒緩蕩漾。

〔三三〕寒食：在清明前一二日。梁宗懔《荆楚歲時記》：「去冬節一百五日，即有疾風甚雨，謂之寒食，禁火三日。」後世相沿成俗。

〔三四〕高唱：指格調高絶的詩歌。陸機《演連珠》之二三：「絶節高唱，非凡耳所悲；肆義芳訊，非庸聽所善。」沈約《〈梁武帝集〉序》：「興絶節於高唱，振清辭於蘭畹。」

〔三五〕勝事：美事，賞心樂事。美好之事。《南齊書·竟陵文宣王子良傳》：「子良少有清尚，禮才好士……善立勝事，夏月客至，爲設瓜飲及甘果，著之文教。」唐劉長卿《送孫逸歸廬山》詩：「常愛此中多勝事，新詩他日佇開緘。」清時：清平之時；太平盛世。《文選·李陵〈答蘇武書〉》：「勤宣令德，策名清時。」唐張銑注：「清時，謂清平之時。」唐岑參《虢中酬陝西甄判官贈》：「微才棄散地，拙宦慚清時。」

〔三六〕范寬：宋華原（今屬陝西）人。一名中正，字仲立。性緩，世人謂之范寬。善繪畫，常危坐終日，縱目四顧，以求其趣。爲人風儀峭古，舉止疏野，嗜酒落魄，不拘於世（見《宣和畫譜》卷十一）。

〔三七〕臨川之客：謂飲酒之豪者，若就川而吸。杜甫《飲中八仙歌》：「左相日興費萬錢，飲如長鯨吸百川。」

〔三八〕鼇：《一切經音義》引《字林》曰：「鼇，海中大龜也，力負蓬、瀛、壺三山在海中」。洞：即洞天，仙家勝境。鼇洞之仙：謂鼇山之仙人。

## 送參寥道人南歸叙〔一〕

物有是病，必有是德也。藥之苦口，必藥之良者也〔二〕；馬之蹏齧〔三〕，必馬之善走者也。君子之病曰剛與厲〔四〕，隘與不遜〔五〕。嗚呼！此世俗之所謂病耳，何損夫君子？嘗①以謂士之立身，寧有是病而惡夫所謂鄉原者〔六〕。孔子曰：「吾與狂狷。狂者進取，狷者有所不爲〔七〕。」是猶可以入於君子之塗。而鄙夫其未得之也，患不得之；既得之，患失之〔八〕。脅肩諂笑，勞於夏畦〔九〕，吁可哀也。甚矣，剛之難能也，如登高山，如挽强〔一〇〕，如激水〔一一〕，不勉則不至。而自貶苟求之道〔一二〕，如走坂〔一三〕，如捨矢〔一四〕，如覆水之易也。故剛寧過，不失爲君子；少柔韋汨没〔一五〕，必流爲鄙夫也。蓋嘗讀柳子厚《佩韋賦》〔一六〕，陋其爲人。曰：非君子之言也，士惟恐不剛耳。以側媚佂、文求富貴〔一七〕，以敗而不復，夫豈剛之罪也哉？使子厚蚤知所佩，則不至此也。傳曰：美者必很，惡者必婉〔一八〕。余於交游之間信然。凡平日務爲可喜之論，揣所樂聞，惟恐色忤人者〔一九〕，此必臨利害相棄如路人；面折人，攻其所短若可憎者，此必與人同休戚，誓死而不去〔二〇〕。

浮屠中有參寥子者，年六十，性剛狷不能容物，又善觸忌諱，取憎於世〔二一〕，然亦未嘗以一毫自挫也。余始見之於黃〔二二〕，今二十年，髮白形瘦而志不少變。其徒語參寥子者，必曰：「是難於處。」士大夫語參寥子者，必曰：「是難與游。」然參寥子之名益高，豈非所謂有君子之病者夫？使參寥子善俯仰〔二三〕，與世浮沉，雖人人譽之，余安用哉！壬午歲秋八月〔二四〕，來自香山，見余上瑞曰：「吾將南歸，何以贈我？且吾前日得奇禍，幾死〔二五〕。今未知所捌〔二六〕，匄子一言〔二七〕。」余曰：「子知屠牛坦之刀乎？十九年若新發於硎，措刃於可游之地，而以嬰不折之所也。此爲善用剛矣〔二八〕。子行游天下，批大郤、導大窾〔二九〕，願俟知者不汝疵也〔三〇〕。不然，則善刀而藏之。若又能灰心槁形〔三一〕，澹然遺世，以從東郭順子之游〔三二〕，則余他日察之，必曰：「此非昔之參寥子也〔三三〕。」

**【校記】**

①嘗：祠本作「常」。

【箋注】

〔一〕作於崇寧元年（一一〇二）八月。與《送參寥師歸錢塘》詩同時。參見該詩。叙：同「序」，文體之一種，就其内容而言，則有書序與贈序之别。贈序濫觴于六朝，蓋親友遠别，于是聚會飲宴餞行，賦詩贈别，而後由與會之名望高者叙其緣起，如《蘭亭集序》、《金谷詩序》皆然。至唐成爲一種贈别的獨立文體，送别親友，寫一篇文章寄寓情思，韓愈尤擅。參見明吴訥《文章辨體序説》。東坡平生剛直不阿，了不俯仰於人，參寥子知遇於東坡，蓋亦嗅味同氣。叔黨之叙，美參寥之剛直，陋柳子之側媚。其文恣而不蕩，其説曲而不隱。是昌黎贈叙之屬也。

〔二〕《史記·留侯世家》：「且忠言逆耳利於行，毒藥苦口利於病。」

〔三〕《論語·泰伯》：「子曰：『狂而不直，侗而不願，悾悾而不信，吾不知之矣。』」朱熹集注：「蘇氏曰：『天之生物，氣質不齊，其中材以下有是德，則有是病，有是病必有是德。故馬之蹄齧者必善走，其不善者必馴。有是病而無是德，則天下之棄才也。』」蹏：同「蹄」。齧：咬也。

〔四〕剛：剛直不阿。厲：嚴厲。

〔五〕隘：執拗。不遜：傲慢無禮。《荀子·子道》：「孔子曰：『意者身不敬與，辭不遜與，色不順與？』」

〔六〕鄉原：又作「鄉愿」。鄉愿者，猶俗言「好好先生」。《論語·陽貨》：「子曰：『鄉原，德之賊也。』」《孟子·盡心下》：「言不顧行，行不顧言……閹然媚於世也者，是鄉原也。」又曰：「非之無舉也，刺之無刺也，同乎流俗，合乎污世，居之似忠信，行之似廉潔，衆皆悦之，自以爲是，而不可與入堯舜之道，故曰『德之賊也』。」

〔七〕「孔子曰」四句：《論語·子路》：「子曰：『必也狂狷乎，狂者進取，狷者有所不爲也。』」三國魏何晏《集解》引包咸曰：「狂者進取於善道，狷者守節無爲。」

〔八〕「而鄙夫」四句：《論語·陽貨》：「子曰：鄙夫可與事君也與哉？其未得之也，患得之；既得之，患失之。苟患失之，無所不至矣。」何晏《集解》曰：「患得之者，患不能得之，楚俗言。」

〔九〕見《寄題任況之樗翁軒詩》注〔九〕。

〔一〇〕挽强：挽强弓。挽，拉。强，本字作「彊」，《説文解字·弓部》：「彊，弓有力也。」杜甫《前出塞》詩：「挽弓當挽强，用箭當用長。」黄庭堅《詠伯時象龍圖》：「上黨良家子，挽强如屈肘。三十學春秋，豈爲莎車首。」

〔一一〕激水：猶言逆流而上。

〔一二〕自貶：自我寬容。苟求：任意求得；無原則地求取。《後漢書·朱浮傳》：「有司或因睚眦以騁私怨，苟求長短，求媚上意。」杜甫《毒熱寄簡崔評事十六弟》詩：「蘊藉異時輩，檢身非苟求。」

〔一三〕走坂：即「走丸」，猶言「奔坡」。語出《漢書·蒯通傳》：「爲君計者，莫若以黄屋朱輪迎范陽令，使馳騖於燕趙之郊，則邊城皆將相告曰『范陽令先下而身富貴』，必相率而降，猶如阪上走丸也。」唐顔師古注：「言乘勢便易。」後因以「走丸」、「走坂」比喻事勢發展順利而快速。阪：斜坡。

〔一四〕捨矢：謂如射出之箭。語出《詩·小雅·采杞》：「不失其馳，舍矢如破。」其本意言射技精良，發矢必中，如錐破物，後以「舍矢」極言其易。

〔一五〕少：稍。柔韋：柔軟懦弱。《楚辭·卜居》：「寧廉絜正直以自清乎，將突梯滑稽如脂如韋以絜楹乎。」韋：熟革。汩没：沉溺。杜甫《贈陳二補闕》詩：「世儒多汩没，夫子獨聲名。」

〔一六〕《佩韋賦》：見《唐柳先生集》卷二，其旨力主中庸，剛柔相濟。其序云：「柳子讀古書，睹直道守節者則壯之，蓋有激也，恒懼過而失中庸之義，慕西門氏佩韋以戒，故作是賦。」其辭有云：「純柔純弱兮，必削必薄。純剛純强兮，必喪必亡。韜義於中，服和於躬。和以義宣，剛以柔通。守而不遷兮，變而無窮。交得其宜兮，乃獲其中。」

〔一七〕側媚：以邪僻手段討好。《書·冏命》：「無以巧言令色，便辟側媚，其惟吉士。」伾文：謂王伾與王叔文，柳宗元深與二人交結。王伾：唐杭州人，「始以書待詔翰林，入太子宫侍書。順宗立，遷左散騎常侍，待詔」，始諷宦者而拔擢王叔文，而後更相倚仗。「當其黨盛，門皆若沸羹，而伾尤通天下賕謝，日月不闕。爲巨匱，裁竅以受珍，使不可出，則寢其上」。憲宗立，貶開州司馬，死其所。新、舊《唐書》有傳。王叔文（七五三—八〇六）：唐越州山陰（今浙江紹興）人。初以棋待詔，順宗立，任翰林學士兼充度支、鹽鐵副使，掌握財權，重用王伾、韓泰、柳宗元、劉禹錫等，罷宫市，免進奉，懲貪污，反對宦官專權，藩鎮割據，力行改革。會順宗病，憲宗立，尋貶叔文渝州司户，次年被殺。新、舊《唐書》有傳。

〔一八〕「傳曰」二句：《左傳·襄公二十六年》：平公妾棄「生佐，惡而婉。太子痤美而狠」。晉杜預注：「佐貌惡而心順。」「（痤）貌美而心很（狠）戾。」

〔一九〕色忤人：謂臉色引人不快。忤：違也。

〔二〇〕以上爲第一段，謂士之耿介剛直最爲可取。

〔二一〕《東坡志林》卷二《付僧惠誠游吴中代書》云參寥子「獨好面折人過失」。宋僧惠洪《冷齋夜話》稱參寥子「性褊，憎凡子如讐」。

〔二二〕黄：黄州，今湖北黄岡。蘇軾《參寥泉銘》：「余謫居黄，參寥子不遠數千里從余於東城，留期年。」按蘇軾謫黄，叔黨隨侍，故得見。其時蓋在神宗元豐六年。

〔二三〕俯仰：謂周旋應酬。《左傳·定公十五年》：「夫禮，死生存亡之體也。將左右周旋，進退俯仰，於是乎取之。」

〔二四〕壬午歲：即徽宗崇寧元年（一一〇二）。

〔二五〕參見《送參寥師歸錢塘》注〔一二〕。

〔二六〕未知所刱：謂不知當何所懲創以合時世。

〔二七〕匄：同「丐」，求。

〔二八〕「子知」五句：屠牛坦：唐陸德明《釋文》以爲即《莊子·養生主》之庖丁。庖丁曾曰：「今臣之刀十九年矣，所解數千牛矣，而刀刃若新發於硎。彼節者有間，而刀刃者無厚，以無厚入有間，恢恢乎其游刃必有餘地矣。」硎：晉郭象注曰：「硎，砥石也。」嬰：觸。

〔二九〕「批大郤，導大窾」二句：見《莊子・養生主》，俱寫庖丁解牛之法。郭象注曰：「批大郤」謂「有際之處，因而批之令離」。「導大窾」謂「節解窾空，就導令殊」。

〔三〇〕疵：毛病。此處意爲指責。

〔三一〕見《送曇秀》注〔四〕。

〔三二〕東郭順子：戰國時魏國賢人，田子方師。田子方稱「其爲人也真，人貌而天，虚緣而葆真，清而容物。物無道，正容以悟之，使人之意也消」。參見《莊子・田子方》。

〔三三〕以上爲第二段，贈參寥以言，欲參寥子持大剛而去小忿。

## 題唐馬①〔一〕

先子賦《申王馬圖》〔二〕，有「肉駿汗血盡龍種〔三〕，紫袍玉帶真天人」之句〔四〕，見得當時不獨曹緯輩畫骨而不畫肉〔五〕，諸王留意摹寫亦然。故後世纔見畫馬，便指爲曹緯輩作，定知諸王肆意馳騁，所見既多，下筆益高，其間造入微妙處，曹緯所不□到，其可概以畫目之耶〔六〕？崇寧作噩歲仲夏呂知止家避暑，因觀唐馬〔七〕，遂書卷末。眉陽蘇叔黨題〔八〕。

【校記】

①本篇輯自《鐵琴銅劍樓藏書題跋集録》卷二。篇題爲編者所加。

【箋注】

〔一〕作於崇寧四年（一一〇五）。

〔二〕先子：指蘇軾。《申王馬圖》：即《申王畫馬圖》詩。見《分類東坡詩》卷一二。申王：唐玄宗兄李撝，睿宗宮人柳氏所生，封於申，新、舊《唐書》有傳。

〔三〕肉騣：駿馬名。項如牛，有垂肉一片，上長鬃，倒披一旁。「嘶不類馬，日行三百里」（《新唐書·五行志下》）。《東坡志林》卷一：「余在岐下見秦州進一馬，騣如牛，頷下垂胡側立倒項，毛生肉端。番人云：『此肉騣馬也。』」汗血：見《送趙承之官滿還朝》注〔六〕。龍種：良馬。《周禮·廋人》：「馬八尺以上爲龍，七尺以上爲騋，六尺以上爲馬。」

〔四〕此句寫畫中之人。天人：天上之人，猶言「神仙」。

〔五〕曹緯（韋）輩：查史乘，唐代善畫馬者無曹緯其人，懷疑「緯」或「韋」之訛。曹韋即曹霸、韋偃。曹霸：唐沛國譙（今安徽亳州市）人。三國魏曹操後裔。以畫馬最擅名。天寶中每詔畫御馬及功臣像，宛然如生。其弟子韓幹亦以畫馬名世。韋偃：唐京兆長安（今陝西西安市）人。唐畫家，善畫馬，傳自其父鑒而成就過之。韋偃畫馬與曹霸、韓幹齊名。其畫馬善用跳躍筆法點簇成馬群。嘗爲杜甫畫馬壁上，杜甫有《題壁上韋偃畫馬歌》。

〔六〕謂不能以馬圖一概論之。

〔七〕作噩：太歲在酉曰作噩，此指崇寧乙酉（四）年。吕知止：見《送吕知止》注〔一〕。

〔八〕眉陽：山南水北謂之陽，眉山以其在峨眉山之南，故又謂之眉陽。

## 書張騫傳後〔一〕

酒色之害人，甚於毒藥；博弈之害財〔二〕，甚於盜賊。然人知畏毒藥而甘心於酒色，知惡盜賊而不厭博弈者，何哉？適於己而忘於害耳。千金之子破家於聲色狗馬、萬乘之主失德於玩好嗜欲者多矣，豈不信哉〔三〕！昔明皇引鏡不樂〔四〕，左右曰：「自韓休相〔五〕，陛下無一日懽，何不逐去之？」帝曰：「吾雖瘠，天下肥矣。」而秦二世曰：「賢人之有天下也，適己而已〔六〕。」故不及三年而有望夷之禍〔七〕。楚靈王、吴夫差皆如是敗〔八〕。此適己之效也。漢武帝襲文景之業，内外晏然〔九〕，家給人足，可謂盛矣。然以一馬之故窮師萬里，天下騷動〔一〇〕，幾及勝廣之亂〔一一〕，此誰發其端歟？蓋自張騫一使，睹筇竹蜀布、大宛身毒之饒，遂倡通西南夷之説〔一二〕；又語以蠻夷貪漢弊而多奇物，天子由是欣然，發使治兵，必得所欲〔一三〕。騫既封侯賜金，貪人自是爭言外國利害，以嘗天子之意，邀取富貴矣〔一四〕。其後得烏孫宛馬〔一五〕，天子益甘心焉〔一六〕，此貳師之役所以作也〔一七〕。是時李廣利喪師郁成〔一八〕，欲歸。天子大怒，使遮玉門關〔一九〕，曰：「軍有敢入者斬！」益發甲卒十八萬，僅能克宛〔二〇〕，取貳師善馬而歸。嗚呼！徇一夫之私欲，竭生民之膏髓，雖係虜其人而郡縣其地，何補瘡痍之萬一哉？

昔隋之亡也，盜起征遼[二一]；而征遼之師，實倡於裴矩[二二]。裴矩之在張掖，得西域諸胡山川國俗之詳，還爲煬帝言之曰：「胡多瓌怪名寶。」帝由是甘心四夷[二三]。高麗不來，故征遼自此始矣[二四]。嗟乎！小人之得君也，必因其所嗜而獻其說，非獨用兵也。德宗喜財[二五]，故裴延齡以裒刻進[二六]；憲宗既平淮西[二七]，稍欲縱意宮室游幸之樂，則皇甫鎛以貢羨餘取卿相[二八]。君臣之間，寧復有志於民也哉？

且夫土地非不廣也，府庫非不實也，宮室臺榭非不美也[二九]，子女玉帛、羽毛齒革非不備也[三〇]，食租衣税非不厚也[三一]，而皇皇焉外求之不已，何哉？貪人之心，如飢渴然，必欲有其所未有者爲富，見其所未見者爲寶耳。夫豈有窮哉？昔虞公以寶劍而亡[三二]，蒯聵亦死於呂姜之髢[三三]，夫豈有國者少此糞土耶？然二君以此亡國殞身，世皆知非笑之矣，而不知彼數君之所甘心者，獨非糞土乎？

**【箋注】**

[一]似作於徽宗朝。宋徽宗崇寧大觀間花石綱之役，置局東南，流禍全國，民怨沸騰，終致方臘之變。此其「萬乘之主，失德於玩好嗜欲」者之所謂乎？唯此篇所論，似爲懲戒之意，或作於「花石綱」方起之時歟？張騫（？—前一一四）：漢漢中城固（在今陝西）人，建元二年（前一三九）以郎應募出

使月氏，經匈奴，爲匈奴所拘，十餘年始逃歸；後以校尉從大將軍衛青擊匈奴，因功封博望侯。元鼎二年（前一一五）又以中郎將出使烏孫，分遣副使使大宛、康居、月支、大夏等國，西北諸國始通於漢。《漢書》有傳。

〔二〕博弈：六博與圍棋。《論語·陽貨》：「不有博弈者乎？」清劉寶楠《正義》曰：「簙（博），局戲也；弈，圍棋也。弈但行棋，博以擲采而後行棋。後人不行棋而專擲采，遂稱采爲博。」

〔三〕信：的確。

〔四〕明皇：即唐玄宗李隆基（六八五—七六二）。其即位之初，任姚崇、宋璟、韓休等賢俊爲相，國用富强，史稱開元之治。晚年好聲色，權移李林甫、楊國忠，朝綱紊亂，藩鎮日强，遂致安史之亂。其「引鏡」事見《新唐書·韓休傳》。

〔五〕韓休（六七三—七四〇）：唐京兆長安（今西安）人。工文辭。開元中累官至同中書門下平章事。性耿直，屢犯顔切諫，宋璟嘗歎其爲仁者之勇。後以工部尚書罷。新、舊《唐書》有傳。

〔六〕「秦二世」三句：《史記·秦始皇本紀》記秦二世云：「凡所爲貴有天下者，肆意極欲。」秦二世：始皇少子，名胡亥，始皇崩，李斯、趙高矯詔殺公子扶蘇而立胡亥，稱二世。後爲趙高所弑。其事跡附見《史記·秦始皇本紀》。

〔七〕二世立三年，趙高殺二世於望夷宮。望夷：《史記·秦始皇本紀》「二世乃齋於望夷宮」南朝宋裴駰《集解》引張晏曰：「宫在長陵西北長平觀道東故亭處是也。臨涇水作之，以望北夷。」唐張守節《正義》引《括地志》云：「秦望夷宫在雍州咸陽縣東南八里。張晏曰：『臨渭水作之，以望北夷，故名。』在今陝西涇陽東南。」

〔八〕楚靈王：見《思子臺賦》注〔六一〕。《史記·楚世家》曰：楚靈王伐徐以恐吴，次於乾谿，「楚靈王樂乾谿，不能去也。國人苦役」。棄疾遂爲亂殺靈王太子禄，立子比爲王，而困死靈王焉。吴夫差：春秋吴王闔廬子。闔廬與越王戰，敗死。夫差立，敗越國，越使大夫種行成，獻美姬玩好，夫差悦之。後會諸侯黄池，欲霸中國。勾踐乘虚伐之，夫差引兵歸，厚幣與越平，勾踐復伐之，遂滅吴，夫差自殺。參見《史記·吴泰伯世家》。

〔九〕晏然：安靜貌。

〔一〇〕「然以一馬」三句：武帝好大宛良馬，太初元年，遣李廣利率軍數萬往取，「當道小國各堅城守，不肯給食，攻之不能下」。「比至郁成，士財有數千，皆飢罷」。往來二年，欲旋師，武帝遣使遮玉門關，曰：「軍有敢入，斬之。」復益師伐宛，「天下騷動」，敗宛兵，「漢軍取其善馬數十匹，中馬以下牝牡三千餘匹」而歸。事見《史記·大宛列傳》及《漢書·李廣利傳》。

〔一一〕勝廣之亂：謂陳勝吴廣起義。陳勝，字涉，秦陽城（今河南省方城縣東）人。廣，字叔，陽夏（在今河南太康）人。二世元年七月，二人遣戍漁陽，至大澤鄉，遇雨失期；失期，法當斬，於是勝廣率戍卒起義，六月而敗。見《史記·陳涉世家》。

〔一二〕「蓋自張騫」三句：事見《史記·大宛列傳》、《漢書·張騫傳》。笻竹：見《送叔寬弟通判瀘南》

注〔一一〕。大宛：古西域三十六城國之一。北通康居，西南鄰大月氏。地在哈薩克斯坦費爾干納盆地。盛産名馬。參見《史記·大宛列傳》、《漢書·西域傳》。身毒：西漢古國名，古印度之別譯。

〔一三〕「又語以蠻夷」三句：《張騫傳》曰：「天子既聞大宛及大夏、安息之屬皆大國，多奇物，土著，頗與中國同俗，而兵弱，貴漢財物……誠得而以義屬之，則廣地萬里，重九譯，致殊俗，威德遍於四海。天子欣欣以騫言爲然。」

〔一四〕「騫既封侯」四句：《漢書·張騫傳》：「自騫開外國道以尊貴，其吏士爭上書言外國奇怪利害，求使。天子爲其絶遠，非人所樂，聽其言，予節，募吏民無問所從來，爲備衆遣之，以廣其道。」

〔一五〕烏孫：漢西域國名。在今新疆伊犂河與伊塞克湖一帶。

〔一六〕《漢書·張騫傳》：「天子既好宛馬，聞之甘心。」顔師古注：「志懷美悦，專事求之。」按猶醉心於此。

〔一七〕《史記·大宛列傳》：漢使者歸謂天子：「宛有善馬在貳師城，匿不肯與漢使。」武帝遂「拜李廣利爲貳師將軍，發屬國六千騎，及郡國惡少年數萬人，以往伐宛。期至貳師城取善馬，故號『貳師將軍』」。貳師城：在吉爾吉斯斯坦西南馬爾哈馬特。

〔一八〕李廣利（？——前八八）：西漢中山（治今河北定州）人，武帝李夫人之兄。嘗爲貳師將軍，攻破大宛。擊匈奴，兵敗降。後爲匈奴所殺。《漢書》有傳。郁成：大宛（治貴山城，在今哈薩克斯坦卡散賽）東面城堡。

〔一九〕玉門關：見《次韻謝民師》注〔八〕。

〔二〇〕《漢書・李廣利傳》曰：貳師既留屯敦煌，朝廷復「赦囚徒扞寇盜，發惡少及邊騎，歲餘而出敦煌六萬人，負私從者不與」。又曰：「益發戍甲卒十八萬酒泉、張掖北，置居延、休屠以衛酒泉。」據此則第二次出師大宛，乃六萬人。蘇過誤以「衛酒泉」之師爲征大宛之軍。

〔二一〕「昔隋」二句：大業年間，煬帝三次興師伐遼，竭盡民力，百姓不堪。於是義旗四舉，天下騷動。遼：即遼東。隋時遼東廣大地區皆高麗佔有。

〔二二〕裴矩（五四七—六二七）：隋河東聞喜（今屬山西）人，字弘大，有文藻智數。煬帝時，西域諸蕃至張掖與隋互市，矩主其事，還朝拜吏部侍郎，遷黄門侍郎，參朝政。在唐，官至檢校侍中，民部尚書。新、舊《唐書》有傳。

〔二三〕「裴矩」五句：《新唐書・裴矩傳》曰：「隋煬帝時，西域諸國悉至張掖交市，帝令矩護視。矩知帝勤遠略，乃訪諸商胡國俗、山川險易，撰《西域圖記》三篇」，「既還，奏之。帝引内矩，問西方事，矩盛言：『胡多環怪名寶，俗土著，易並吞。』帝由是甘心四夷，委矩經略。」張掖：即張掖郡，漢武帝時初置，隋開皇初廢，「（煬）帝改甘州爲張掖郡」。治在今甘肅張掖（見《資治通鑑・隋紀四》隋煬帝大業三年胡三省注）。煬帝（五八九—六一八）：即楊廣，仁壽四年即位。在位十四年，窮兵黷武，恣意游樂。大興土木，修運河，築長城，賦重役繁，民不堪命，遂致天下大亂。爲禁軍將領宇文化及縊殺。《隋書》、《北史》有紀。

〔二四〕「高麗」二句：裴矩奏煬帝曰：「高麗本孤竹國，周以封箕子，漢分三郡，今乃不臣，先帝疾之，欲討久矣。方陛下時，安得不事？」於是肇征遼之役。

〔二五〕德宗（七四二—八〇五）：唐德宗李适。初即位，政治清明。而性猜忌，以彊明自任，重用佞臣盧杞之流，姑息强藩，方鎮日恣。喜斂財，京師嘗設瓊林、大盈二庫爲皇帝私庫。見新、舊《唐書》本紀。

〔二六〕裴延齡（七二七—七九六）：唐河東（今山西永濟）人，德宗時爲司農少卿，假領度支，史稱曰：「延齡資苛刻，又劫於利，專剥下附上，肆騁譎怪。」陸贄極論其誕妄不可用，反爲所構，貶外。延齡死，吏民相賀，「唯帝悼不已」。新、舊《唐書》有傳。裒刻：掊刻。謂苛斂民財。《宋書·晉平剌王休祐傳》：「在荆州，裒刻所在，多營財貨。」

〔二七〕憲宗（七七八—八二〇）：唐憲宗李純。順宗長子，剛明果斷，志平叛藩，任李絳、裴度等，得平淮西。朝政幾於復興。晚年信用皇甫鎛、程異等，漸疏賢臣，終爲内侍陳弘志等所弑。見新、舊《唐書》本紀。淮西：唐方鎮名，全稱淮南西道，治今河南汝南。淮西至吴元濟時凡五十年，傳三姓四將，朝廷屢用兵而卒無功。元和十一年，憲宗委裴度節制諸將進討。十二年冬，李愬雪夜輕襲，擒吴元濟，淮西平。事見《新唐書·李愬傳》。

〔二八〕皇甫鎛：唐涇州臨涇（今甘肅鎮原）人。貞元初爲監察御史，以善聚斂而爲宰相，兼領度支。淮西既平，憲宗「以天下略平，亦欲崇臺沼宮觀自娛樂；鎛與程異知帝意，故數貢羨財，陰佐所欲」。穆宗立，鎛貶死。新、舊《唐書》有傳。

〔二九〕榭：臺上之樓閣房。

〔三〇〕《左傳》僖公二十三年：「子女玉帛，則君有之；羽毛齒革，則君地生焉。」

〔三一〕食租衣稅：靠收取賦稅而生活。《漢書・食貨志下》：「是歲小旱，上令百官求雨。卜式言曰：『縣官當食租衣稅而已，今弘羊令吏坐市列，販物求利。亨弘羊，天乃雨。』」唐于邵《送李員外入朝序》：「食租衣稅，王者之常賦。」

〔三二〕虞公：春秋虞國（在今山西境）之君，姬姓，爲太王之子虞仲之後。初，晉「以屈産之乘與垂棘之璧假道於虞以伐虢」；後晉復假道，還而滅虞。事見《左傳》僖公二年、五年。按虞公無愛劍之事。《公羊傳》曰「虞公貪而好寶」，而過文爲「虞公以寶劍而亡」，「劍」字疑衍。

〔三三〕蒯聵：春秋衛靈公子。失靈公歡，奔晉，後歸國即位，是爲莊公。旋背晉，晉伐之，莊公「入於戎州己氏。初，公自城上見己氏之妻髮美，使髡之以爲吕姜髢。既入焉而示之璧曰：『活我，吾與女璧。』己氏曰：『殺女，璧其焉往。』遂殺之」。吕姜：莊公夫人。髢：假髮。

## 東交門箴〔一〕

漢武帝爲竇太主置酒宣室〔二〕，使謁者引納董偃〔三〕。東方朔以爲偃有斬罪三〔四〕，安得入宣室？上爲更置酒北宮〔五〕，而引偃從東司馬門入〔六〕，更其門曰東交門①〔七〕，而前史無譏焉，作《東交門箴》。

上所好惡，民實趨之。風俗厚薄，君實驅之。道之以正〔八〕，民俗罔中②。倡之以淫，實煩有徒〔九〕。帝於館陶，在齊文姜〔一〇〕。矧董外人〔一一〕，干國亂常。既不能戮，反以爲好〔一二〕。予飲予燕〔一三〕，宣室是傲〔一四〕。偉彼臣朔，辟戟趨陛〔一五〕。鬻拳是效〔一六〕，剛而有禮。改館徹饌〔一七〕，北宮東門。雖曰從諫，東交實存。維藩維戚〔一八〕，禮法遂恣〔一九〕。延及齊民〔二〇〕，惟上所使〔二一〕。昔在季孫，賞盜以邑。魯遂多盜，而罔敢詰〔二二〕。矧茲王宮，姦人是納。昭示來世，有慚斯闔〔二三〕。蕢也揚觶，杜舉得名〔二四〕。殿檻勿輯，直臣是旌〔二五〕。人孰無過〔二六〕，過而勿貳〔二七〕。宣室東交，實同而名異耳〔二八〕。

【校記】

①曰東交門：東坡集無。　②民俗罔中：祠本作「民罔不中」。按「罔」有「莫不」義，祠本失察，遂省「俗」而增「不」字。

【箋注】

〔一〕作於徽宗朝。此篇又見於東坡集。箴：明吴訥《文章辨體序説》云：「蓋箴者，規誡之辭，若鍼之療疾，故以爲名。」竇太主自恃帝姑，肆行淫慾，狎昵小人，醜聲騰沸。武帝聽之、任之，至寵榮之，竟稱董偃以「主人翁」，宴於宣室。東方朔仗義執言，欲杜淫靡之風，惜乎武帝之不省，僅改館易路而已。於是淫風大昌，禮法廢弛，是皆武帝之失也。上行下效，自然之理，王天下者得無慎行乎？叔黨之箴，義正辭嚴，深得規諫之旨，或亦爲徽宗之窮奢極欲而發耶？

〔二〕序文所叙之事見於《漢書·東方朔傳》。竇太主：漢武帝之姑館陶公主。唐顔師古注引如淳曰：「竇太后之女也，故曰竇太主。」宣室：見《送葉少藴歸縉雲》詩注〔一八〕。

〔三〕謁者：官名。始置於春秋、戰國時，秦漢因之。掌賓贊受事，即爲天子傳達。南朝梁置謁者臺，掌朝覲賓饗及奉詔出使。陳及隋皆因之。唐改爲通事舍人。董偃：竇太主面首。「始偃與母以賣珠爲事，偃年十三，隨母入主（竇太主）家，左右言其姣好，主召見，曰：『吾爲母養之。』因留第中，教書記相馬御射，頗讀傳記。至年十八而冠，出則執轡，入則侍内。爲人温柔愛人，以主故，諸公接之，名稱城中，號曰董君。」武帝亦稱之爲「主人翁」。參見《漢書·東方朔傳》。

〔四〕東方朔：見《北山雜詩》之九注〔四〕。史稱其數董偃斬罪曰：「偃以人臣私侍公主，其罪一也；敗男女之化而亂婚姻之禮，傷王制，其罪二也；陛下富於春秋，方積思於六經，留神於王事，馳騖於唐虞，折節於三代，偃不遵經勸學，反以靡麗爲右，奢侈爲務，盡狗馬之樂，極耳目之欲，行邪枉之道，徑淫辟之路，是乃國家之大賊，人主之大蜮也。偃爲淫首，其罪三也。」

〔五〕北宫：顧炎武《歷代帝王宅京記》卷四曰：「北宫，在長安城中，未央宫北，近桂宫，周回十里，高帝時制度草創，孝武增修之。」按，顧説乃綜合顔師古注「北宫」多處語而成。

〔六〕司馬門：《漢書·項籍傳》「章邯恐，使長史欣請事，至咸陽留司馬門三日」顏師古注：「凡言司馬門者，宫垣之内兵衛所在，四面皆有司馬，司馬主武事，故總謂宫之外門爲司馬門。」

〔七〕東交門：顏師古注引蘇林曰：「以偃從此門入，交會於内，故以名焉。」（見《漢書·東方朔傳》）

〔八〕道：後來寫作「導」。

〔九〕實煩有徒：猶「寔繁有徒」。《書·仲虺之誥》：「簡賢附勢，寔繁有徒。」煩：多。從：尾隨者。

〔一〇〕「帝於館陶」二句：謂竇太主無恥似文姜。文姜：春秋齊莊公女，魯桓公夫人。桓公十八年，「會齊侯（釐公，文姜兄）於濼，遂及文姜如齊，齊侯通焉。公謫之，以告。夏四月，丙子，享公。使公子彭生乘公，公薨於車」。桓公死，文姜懼而留齊，後歸魯，仍時通釐公。

〔一一〕矧：況且。董：謂偃。外人：婦人有外遇，其人曰「外」或「外人」。見今人蔣禮鴻《義府續貂》。

〔一二〕爲好：交好。《詩·衛風·木瓜》：「非報也，永以爲好也。」

〔一三〕燕：通「宴」。

〔一四〕傲：通「遨」，游也。

〔一五〕「偉彼」二句：《漢書·東方朔傳》曰：「於是上爲竇太主置酒宣室，使謁者引内董君，時朔陛戟殿下，辟戟而前曰：『董偃有斬罪三，安得入乎？』」辟戟：排開衆戟。陛：殿階。

〔一六〕謂效謇拳諫君。參見《書周亞夫傳後》注〔一四〕。

〔一七〕徹：通「撤」。饌：飲食。

〔一八〕藩：諸侯。戚：外戚。

〔一九〕《漢書·東方朔傳》：「是後，公主貴人多踰制，自董偃始。」恣：放縱。

〔二〇〕齊民：猶平民。《莊子·漁父》：「上以忠於世主，下以化於齊民。」《漢書·食貨志下》顔師古注引如淳曰：「齊，等也。無有貴賤，謂之齊民，若今言平民矣。」

〔二一〕謂風俗之靡，上使之然。

〔二二〕「昔在季孫」四句：《左傳·襄公二十一年》：「邾庶其以漆閭丘奔，季武子以公姑姊妻之，皆有賜於其從者。於是魯多盜。季孫謂臧武仲曰：『子盍詰盜？』……武仲曰：『子召外盜而大禮焉，何以止吾盜？子爲正卿而來外盜，使紇去之，將何以能？』」

〔二三〕斯闥：猶言此門（東交門）。闥：門扇，此指門。

〔二四〕「蕢也」二句：《禮記·檀弓下》：「知悼子（荀盈）卒，未葬；平公飲酒，師曠李調侍，鼓鐘。」宰夫杜蕢責以非禮，「平公曰：『寡人亦有過焉，酌而飲寡人。』杜蕢洗而揚觶。公謂侍者曰：『如我死，則必毋廢斯爵也。』至於今，既畢獻，斯揚觶，謂之杜舉。」觶：酒器。圓腹侈口，圓足。揚觶猶言「舉杯」。按此言「杜舉」，即因杜蕢直諫而得名。

〔二五〕「殿檻」二句：漢朱雲廷辱帝師安昌侯張禹，成帝大怒，制其死罪，「御史將雲下，雲攀殿檻，檻折。雲呼曰：『臣得下從龍逄比干游於地下，足矣。未知聖朝何如耳。』」以左將軍辛慶忌死爭得免。「及後當治檻，上曰：『勿易！因而輯之，以旌直臣。』」（事見《漢書·朱雲傳》）顔師古注曰：「檻，軒前欄也。」「輯與集同，謂補合之也。旌，表也。」

〔二六〕《左傳·宣公二年》：「人誰無過，過而能改，善莫大焉。」

〔二七〕過而勿貳：《論語·雍也》：「有顏回者好學，不遷怒，不貳過。」

〔二八〕「宣室」二句：謂武帝但易處耳，并非納諫。

## 題陽關圖後〔一〕

山林之人能忘富貴易，軒冕之士能處枯槁難〔二〕。謝安雅志東山〔三〕，故於富貴如脱屣；山王未能忘軒冕〔四〕，不敢數於嵇阮間〔五〕。大抵能脱略世故〔六〕，不戚戚於貧賤者〔七〕，必英偉奇特人也。

余雖不敢執鞭從浮休公游〔八〕，然先子與有一日之雅〔九〕。薰蕕臭味〔一〇〕，可以不言而喻。公之立朝，毅然有不可犯之色。退藏於家，一丘一壑〔一一〕，有終焉之計。此其中豈無所得而然哉〔一二〕？

公之外孫高君〔一三〕，嘗得浮休手書《陽關圖歌》一篇，乃使人臨畫李龍眠《陽關圖》置其首〔一四〕。又得長安王正叔畫浮休像〔一五〕，幅巾野服，坐山林間，掃棄塵累〔一六〕，超然物表，置之卷末。二人真知浮休公者。世人徒見其功名之心慨然未忘〔一七〕，而不知今之隱几非昔之隱几者也〔一八〕。余略爲之一辨〔一九〕。

【箋注】

〔一〕似作於崇寧、大觀間。按崇寧五年（一一〇六）叙復元祐黨人官職，張舜民在其數，文中叙其「功名之心，慨然未忘」，正解禁後之情事。陽關圖：按清王昶《金石萃編》卷一三八記有《李伯時陽關圖歸去來圖並浮休居士詩》一條。録曰「李伯時陽關圖。京兆安汾叟赴辟臨兆幕府，南舒李伯時自畫陽關並詩以送行。浮丘居士爲繼其後」云。過所記，「乃使人臨畫李龍眠《陽關圖》」，而非原圖。叔黨詩文屢唱隱退之志，然仕宦幾度，折腰有年。辨張舜民之戀於功名，是亦自明心跡也乎。

〔二〕枯槁：見《送曇秀》詩注〔四〕。

〔三〕謝安：見《叔父生日》詩（重耳飄流十九年）注〔九〕。

〔四〕山王：謂山濤與王戎。山濤（二〇五—二八三）：晉河内懷縣（今河南武陟城南）人。字巨源，好《老》、《莊》，與嵇康、阮籍等作竹林之游，時稱竹林七賢。後入仕，於曹魏時累官至尚書吏部郎，入晉爲吏部尚書。甄拔人物，各爲品題，人稱山公啟事。《晉書》有傳。王戎（二三四—三〇五）：晉琅邪臨沂（今屬山東）人，字濬沖，幼穎悟，神采秀徹。爲竹林七賢之一。惠帝時爲賈后所用，官至司徒。《晉書》有傳。

〔五〕嵇阮：謂嵇康、阮籍，二人皆不樂仕進。參見《李方叔治潁川水磨作詩戲之》注〔一〇〕及《送伯達兄赴嘉禾》詩注〔一五〕。

〔六〕脱略：輕慢不拘；不在意。《文選·江淹〈恨賦〉》：「脱略公卿，跌宕文史。」唐張銑注：「脱略，輕易。」《晉書·謝尚傳》：「脱略細行，不爲流俗之事。」

〔七〕《漢書·揚雄傳上》：「少嗜欲，不汲汲於富貴，不戚戚於貧賤。」戚戚：憂懼貌。

〔八〕執鞭：謂作僕役趕馬駕車。《史記·晏子列傳》：「假令晏子而在，余雖爲之執鞭，所忻慕焉。」浮休：即張舜民，字芸叟，邠州（今陝西彬州）人。中進士第，司馬光薦爲監察御史，直言敢諫。徽宗擢之右諫議大夫，言多剴峭，徙吏部侍郎。因坐元祐黨，謫楚州團練副使、商州安置。復集賢殿修撰，卒。舜民慷慨喜論事，善爲文，自號浮休居士。《宋史》有傳。

〔九〕蘇軾與張舜民頗多唱和。先子：猶言「先父」。一日之雅：猶言一面之交。《漢書·谷永傳》：「永斗筲之才，質薄學朽，無一日之雅，左右之介。」顔師古注：「雅，素也。言非宿素之交。」

〔一〇〕見《送參寥師歸錢塘》詩注〔五〕。

〔一一〕一丘一壑：見《小斜川》詩注〔一二〕。

〔一二〕以上爲第一段，謂張舜民胸懷坦蕩，進退不以爲意。

〔一三〕高君：即高世則仲貽。見《和伯充兄唱酬二首一贈伯充一寄高仲貽》注〔一〕。

〔一四〕李龍眠：見《次韻少藴二首》之一注〔二〕。

〔一五〕王正叔：名持，號沖隱，長安人，畫禽鳥竹棘，師崔白（見元夏文彦《圖繪寶鑑》卷三）。

〔一六〕塵累：世俗之累。

〔一七〕《墨莊漫録》卷一：「浮休居士張芸叟久經遷責，既還，怏怏不平，嘗内集分題賦詩，其女得蠟燭，有云：『莫訝淚頻滴，都緣心未灰。』浮休有慚色，自是無復躁進意。」按蘇過語當是因此而發。

〔一八〕見《五色雀和大人韻》注〔一五〕。

〔一九〕以上爲第二段，叙爲文之由。

## 書①先公字後〔一〕

吾先君子豈以書自名哉〔二〕！特以其至大至剛之氣〔三〕，發於胸中而應之於手②，故不見其有刻畫嫵媚之工③，而端④章甫〔四〕，若有不可犯之色，知此然後可以知其書。然其少年喜二王書〔五〕，晚乃喜顔平原〔六〕，故時有二家風氣。俗子初不知⑤，妄謂學徐浩〔七〕，陋矣！

公之書如有道之士，隱顯不足以議其榮辱〔八〕。昔之人有欲擠之於淵，則此書隱；今之人以此書爲進取資，則風俗靡然，爭以多藏爲誇。而逐利之夫，臨摹白出，朱紫相亂十七八矣〔九〕。嗚呼！此皆書之不幸也。陽春白雪之歌出，豈容閭巷小人皆好哉〔一〇〕？雖然，無知者役於名〔一一〕，以僞爲真，不足責；至搢紳士大夫家爲世所欺，可爲太息。而又有妄庸者居其間〔一二〕，自謂能是正其非〔一三〕，倔强大言，反以真爲僞，其無知則一也。而使此書或至與玉石俱焚〔一四〕，是重不幸也。

過侍先君居夷七年〔一五〕，所得遺編斷簡皆老年字，落其華而成其實。如太羹玄酒〔一六〕、朱弦疏越〔一七〕。將取悦於婦人女子，難矣哉！世方一律〔一八〕，殆未可言，且非獨書也，斯文亦然。公昔爲《藏經記》〔一九〕，初傳於世，或以爲非公作，其後知之者以爲神奇；在惠州作《梅花詩》〔二〇〕，有以爲非，至有以爲笑。此皆士大夫間以文鳴者〔二一〕，其説能使人必信，其謬妄如此。乃知識《古戰場文》者鮮矣〔二二〕。可爲流俗痛哭。過謹書藏於家。

**【校記】**

①書：舊本作「題」。　②於手：《韻語陽秋》引作「以手」。　③工：《韻語陽秋》作「態」。

④端：《韻語陽秋》作「端乎」。　⑤俗子初不知：《韻語陽秋》作「俗手不知」。

**【箋注】**

〔一〕當在崇寧黨禁之後作，按《欒城集》庚寅歲（一一一〇）有《題東坡遺墨卷後》詩，過此文或作於同時。坡公書法爲有宋之冠，其書時人「只字片紙，皆藏收」，以至賈人僞贋以逐利，官宦寶藏而炫珍。然徒追世好，空仰盛名而已。於其書，於其詩，於其文，於其人，誠識者又幾人也耶！叔黨之哀而慟哭，其可愍矣！

〔二〕自名：因自己在某一方面有所成就而聞名。《南史・文學傳・吴均》：「先是，均將著史以自名，欲撰《齊書》，求借齊起居注及群臣行狀。」韓愈《張中丞傳後序》：「翰以文章自名，爲此傳頗詳。」

〔三〕見《叔父生日》（物居覆載間）注〔一〇〕。

〔四〕端章甫：身穿禮服，頭戴禮帽。《論語・先進》：「宗廟之事，如會同，端章甫。」按借此以喻軾書之凛然莊肅。

〔五〕二王：謂王羲之、王獻之父子。均爲晉朝著名書法家。王羲之：見《次韻姚美叔約尋春之什》注〔一二〕。王獻之（三四四—三八六）：羲之第七子，少有盛名，高邁不羈，其書逼似其父，以《洛神賦十三行》最著名。累官至中書令，與父並稱「二王」。《晉書》有傳。

〔六〕顏平原：即唐顏真卿，嘗爲平原（在今山東）太守，其書端莊雄渾，氣魄弘大，後人多效之，稱之爲「顏體」。參見《和吴子駿食波稜粥》注〔六〕。

〔七〕徐浩（七〇三—七八二）：唐越州（今浙江紹興）人，字季海，唐肅宗時爲中書舍人。四方詔令，多出其手，遣詞贍速，而書法尤精。世狀其書曰「怒猊抉石，渴驥奔泉」。晚節頗嗜財，惑於所嬖，卒以名敗。新、舊《唐書》有傳。

〔八〕隱顯：隱没與顯現。《荀子・天論》：「故道無不明，外内異表，隱顯有常，民陷乃去。」《京氏易傳》卷下：「仰觀俯察在乎人，隱顯災祥在乎天。」

〔九〕朱紫相亂：見《五色雀和大人韻》注〔三〕。

〔一〇〕「陽春」二句：見《次韻答徐翼之畫木石》注〔一〇〕。

〔一一〕役於名：爲名氣所囿。蘇軾《和子由聞子瞻將入太平宫溪堂讀書》詩：「役名則已勤，殉身則已媮。」

〔一二〕妄庸者：狂妄無知之人。《史記・齊悼惠王世家》：「人謂魏勃勇，妄庸人耳。」

〔一三〕是正：猶言正之。

〔一四〕玉石俱焚：見《寄題北海文舉堂》詩注〔一四〕。

〔一五〕蘇過以紹聖元年（一〇九四）隨父南遷，至建中靖國元年（一一〇一）北歸，凡歷七年。

〔一六〕太羹：不和五味的肉汁。《禮記・樂記》：「大饗之禮，尚玄酒而俎腥魚，大羹不和，有遺味者矣。」鄭玄注：「大羹，肉湆，不調以鹽菜。」玄酒：《禮記・禮運》：「故玄酒在室。」孔穎達疏：「玄酒謂水也。太古無酒，此水當酒所用，故謂之玄酒。」

〔一七〕朱弦疏越：《禮記・樂記》：「清廟之瑟，朱弦而疏越，壹倡而三歎，有遺音者矣。」孔穎達疏：「越謂瑟底孔也，疏通之，使聲遲，故云疏越。」按此言父軾之字質樸如太羹玄酒，高雅如清廟之樂，非常人所能品味。

〔一八〕言世人好以同一尺度方之。

〔一九〕《藏經記》：當即《勝相院經藏記》，蘇軾元豐三年作。參陸游《渭南文集》卷二十七，《蜀中廣記》

卷二。

〔二〇〕梅花詩：蘇軾在惠州有《十一月二十六日松風亭下梅花盛開》詩二首。

〔二一〕以文鳴：因善爲文而有名。參見《次韻岑彦高史强本春日書懷二首》之一注〔二一〕。

〔二二〕《古戰場文》：《新唐書·李華傳》：「(李)華文辭綿麗，少宏傑氣；(蕭)穎士健爽自肆，時謂不及穎士，而華自疑過之，因作《弔古戰場文》，極思研推，已成，汙爲故書，雜置梵書之庋。它日，與穎士讀之，稱工，華問：『今誰可及？』穎士曰：『君加精思，便能至矣。』華愕然而服。」

## 送仲豫兄赴官武昌叙〔一〕

某生最後，不及見先君少時行事也。比成人〔二〕，能區別，則先君歷清華、典方面〔三〕，既貴矣。然竊觀其退居於家，藐然陋巷〔四〕，布衣糲食〔五〕，寒士有所不能堪〔六〕，而先君安焉。故能糠粃富貴，而不少貶於流落〔七〕。所謂季文子相三君，家無衣帛之妾，廄無食粟之馬〔八〕，殆類是矣。

子孫雖不能髣髴其萬一〔九〕，然清介廉苦之風〔一〇〕，抑有類焉〔一一〕。故吾長兄年五十有三，不能俯仰於人，猶爲州縣吏〔一二〕；仲兄少不樂仕進，親戚强之，今四十有二①，始爲筦庫官，又飄然遠游江湖千里之外。此其中必有遺世故而輕外物者矣。且平居里巷間，士大夫以門閥相高，炫服車馬相誇〔一三〕；則吾兄敝衣緼袍〔一四〕，刓去圭角〔一五〕，乘款段馬〔一六〕，衣野人服，與方外之士雜居而無辨。此得於先君子清介廉苦之風爲多，余不及也。夫約於奉己〔一七〕，則求於人也薄；故雖小官，恬然而往。進不希當世之用，退不謀三徑之資〔一八〕。則出處之間〔一九〕，無累於物〔二〇〕，豈不超然自得於方寸乎〔二一〕？武昌與黄岡對壘〔二二〕，特限一大江耳〔二三〕。頃侍先君杖屨②，往來於樊口甚數〔二四〕。今三十年〔二五〕，江山宛然，而吾曹齒髮如此，得不爲之太息乎？昔人感髀肉生而有功名未遂之歎〔二六〕，吾曹則不然。白首折腰，當念蚤爲求田問舍之策。及瓜而歸〔二七〕，徜徉嵩少之下，以畢吾兄弟晚歲之樂，又奚恤元龍所笑哉〔二八〕！

【校記】

①二：祠本作「三」。蘇迨生於熙寧三年，至此爲四十二歲，祠本誤。②杖屨：原校曰：「一作履。」

【箋注】

〔一〕作於政和元年（一一一一）。叙曰：「長兄五十有三」，「仲兄……今四十有二。」按長兄邁爲蘇軾前妻王弗所生，時地爲嘉祐四年（一〇五九）、眉山；仲兄迨爲蘇軾後妻王閏之所生，時地爲熙寧三年（一〇七〇）、開封。按古時年齡以虚歲計，二人至政和元年（一一一一）正合此數。又按蘇過政和二年出監太原府税，蘇迨赴武昌在元年，故得爲叙而送之。

〔二〕比：及，至。

〔三〕蘇軾於元豐八年（一〇八五）被召還朝，歷起居舍人、翰林學士，皆清貴之職。元祐四年以龍圖閣學士出知杭州，是後凡典八郡，皆方面之任。

〔四〕藐然：輕視貌。晉葛洪《抱朴子·暢玄》：「藐然不喜流俗之譽，怛爾不懼雷同之毁。」宋劉敞《與審官待制啟》：「右某託于踈冗之官，藐然僻陋之國。聲塵不接，牋記實稽，惟曠度之多容，豈雅素之遂絶。」按此言蘇軾自視甚輕。

〔五〕糲食：粗米飯。

〔六〕寒士：猶言「貧士」。堪：能。

〔七〕謂不因流放貶落而微墮高節。

〔八〕「所謂」三句：季文子：春秋時魯國大夫季孫行父，歷仕四君，相宣公、成公、襄公。《左傳·襄公五年》云：「季文子卒。大夫入斂，公在位。宰庀家器爲葬備，無衣帛之妾，無食粟之馬，無藏金玉，無重器備。君子是以知季文子之忠於公室也：相三君矣，而無私積，可不謂忠乎。」

〔九〕萬一：萬分之一。

〔一〇〕清介：清正耿直。三國魏劉劭《人物志·體别》：「清介廉潔，節在儉固，失在拘扃。」唐元結《自箴》：「處世清介，人不汝害。」

〔一一〕以上爲第一段，贊父軾有清介廉苦之風。

〔一二〕蘇邁時爲嘉禾令。參見《送伯達兄赴嘉禾》注〔一〕。蘇轍《欒城集》一一一二年春有《喜姪邁還家》詩有云「一别匆匆五載餘」，是知邁時亦在任。

〔一三〕炫服：華豔之服。梁宗懍《荆楚歲時記》：「後中國女子學之，乃以綵繩懸木立架，士女炫服坐立其上推引之，名曰鞦韆。」唐張讀《宣室志》卷六：「王氏性儉約，所費未嘗過分。家有妓樂，端麗者至多外之，炫服冶容，造次莫回其意。」

〔一四〕緼袍：以亂麻爲絮的袍子。古爲貧者所服。《論語・子罕》：「衣敝緼袍，與衣狐貉者立而不恥者，其由也與？」朱熹《集注》：「緼，枲著也；袍，衣有著者也。蓋衣之賤者。」

〔一五〕刓：削方成圓。圭角：《禮記・儒行》漢鄭玄注：「去己之大圭角，下與衆人小合也。」唐孔穎達疏：「圭角謂圭之鋒鋩有楞角。言儒者身恒方正，若物有圭角。」

〔一六〕款段馬：行動遲緩之馬。參見《題鬱孤臺》注〔一一〕。

〔一七〕約：儉。奉己：奉養自身。

〔一八〕三徑之資：退隱之資。參見《和叔寬贈李方叔》注〔八〕。

〔一九〕出處：見《次韻趙承之留别》注〔一〕。

〔二〇〕無累於物：猶言「不爲物役」。

〔二一〕方寸：見《叔父生日》（物居覆載間）注〔六〕。

〔二二〕黄岡：今湖北黄岡，地處長江北岸，與武昌隔江相望。

〔二三〕特：只。

〔二四〕頃：先前。樊口：在湖北鄂城西北樊港入江處。

〔二五〕三十年：按蘇軾以元豐二年（一〇七九）貶居黄州，次年蘇過母子隨至，於此已三十年。

〔二六〕「昔人」二句：見《次韻叔父浴罷》注〔一一〕。

〔二七〕及瓜：《左傳・莊公八年》：「齊侯使連稱、管至父戍葵丘，瓜時而往。曰：『及瓜而代。』」後因以「及瓜」指任滿。宋華鎮《送道守董朝散》詩：「嗚阪方晞驥，言時已及瓜。」

〔二八〕見《送八弟赴官汝南》詩注〔一〇〕。以上爲第二段，謂弟兄均淡於功名，囑仲豫早作歸計，以享田園之樂。

## 祭常子然文〔一〕

嗚呼，詩禮道喪，僅不控頤〔二〕。以得爲榮，以失爲悲。陋矣稽古〔三〕，射利乘時〔四〕。若商賈然，壟斷物宜〔五〕。彼君子者，以心爲師〔六〕。譬猶農夫，載耘載耔〔七〕。雖有饑饉，吾志不移。猗歟子然，信道自持。抱其家學，衡吾氣機〔八〕。如資章甫，越人何爲〔九〕？身則不偶，論無少卑〔一〇〕。白首爲郎〔一一〕，理復何疑〔一二〕？嗟我先君，昔遷南夷。萬里致書，公時布衣。同臭使然，忘其禍危。先君即世〔一三〕，義不敢遺〔一四〕。請婚後人，不謀於龜〔一五〕。嗟我①兄弟，坎壈無依〔一六〕。方鑿圓枘〔一七〕，公獨見私〔一八〕。倒其廩囷，決其藩籬。我倡子和〔一九〕，終日不違〔二〇〕。曰我有財，汝其宰之〔二一〕。豈其一别〔二二〕，訃音遽隨！委蜕而行〔二三〕，藥不待醫。爲②仁必壽〔二四〕，天不吾欺。云何抱璞〔二五〕，竟不少施〔二六〕。易簀之言〔二七〕，我不獲知。兩楹之奠，莫薦其歸〔二八〕。惟以鄙詞，致兹涕洟〔二九〕。想其音聲，欻然在帷〔三〇〕。庶幾英靈，舉此一卮〔三一〕。

**【校記】**

①我：清鈔本作「予」。　②爲：祠本作「惟」。

**【箋注】**

〔一〕似在太原作。據文意，知蘇過與子然同居潁，過從唱酬甚密，且結姻親。過出監太原府税，子然病故，過爲此文而遥祭之。常子然：事跡未詳。按過集中有常安民希古者，亦與居許下，安民爲蜀之臨邛人，子然其族邪？

〔二〕「詩禮」二句：謂禮義淪喪，僅未發塚擊頤取珠而已。《莊子·外物》：「儒以詩禮發塚。大儒臚傳曰：『東方作矣，事之何若？』小儒曰：『未解裙襦，口中有珠。《詩》固有之曰：「青青之麥，生於陵陂。生不布施，死何含珠爲？」』『接其鬢，壓其顪，儒以金椎控其頤，徐别其頰，無傷口中珠。』」唐成玄英疏：「控，打也。」

〔三〕稽古：稽考古道（見《書·堯典》「曰若稽古」僞孔傳）。此謂世之人「以得爲榮，以失爲辱」，方之古道，其陋也明矣。

〔四〕射利乘時：乘機逐利。射：追逐，謀取。乘：憑借。蘇軾《相度準備賑濟第三狀》：「訪聞諸郡富民皆知來年必是米貴，各欲廣行收糴，以規厚利。若官估稍優，則農民米貨盡歸於官。此等無由乘時射利，吞併貧弱，故造作言語以摇官吏。」

〔五〕壟斷：岡壟之斷而高者。亦作「龍斷」。《孟子·公孫丑下》：「有賤丈夫焉，必求龍（壟）斷而登之，以左右望，而罔市利。」謂登高探望，操縱集市，謀取高利。引申爲把持或獨占。物宜：有利可圖之物。

〔六〕以心爲師：即「師心」。謂執著於正道，不爲外物左右。《莊子·人間世》：「夫胡可以及化，猶師心者也。」

〔七〕見《次大人生日》注〔九〕。

〔八〕《莊子·大宗師》：「吾鄉示之以大冲莫勝，是殆見吾衡氣機也。」衡：平也。氣機：謂天地有規律運行的自然機能。蘇軾《偶與客飲孔常父見訪方設席延請忽上馬馳去已而有詩戲用其韻答之》：「主人有酒君獨辭，蟹螯何不左手持，豈復見吾衡氣機。」王守仁《傳習録》卷上：「天地氣機，元無一息之停。」明王廷相《慎言·乾運》：「天乘夫氣機，故運而有常。」按此謂常子然繼承家學，一切順應自然。

〔九〕「如資章甫」二句：見《和叔寬田園六首》之六注〔一〕。

〔一〇〕「身則不偶」二句：謂子然雖不合流俗，然高論不爲之屈。不偶：不合。

〔一一〕見《劉晦叔挽詞二首》之一注〔五〕。

〔一二〕理：法也，分也。

〔一三〕即世：去世。《左傳·成公十三年》：「無禄，獻公即世。」杜甫《哭王彭州掄》詩：「夫人先即世，令子各清標。」柳宗元《韋道安》詩：「君侯既即世，麾下相欷傾。立孤抗王命，鐘鼓四野鳴。」

〔一四〕遺：遺忘。

〔一五〕謂不計利害。謀於龜：指占卜吉凶。

〔一六〕坎壈：見《用伯充韻贈孫志舉》注〔一五〕。

〔一七〕見《送孫志康》注〔一四〕。

〔一八〕見私：猶言「偏愛我輩」。見：指代第一人稱。

〔一九〕《詩·鄭風·蘀兮》：「叔兮伯兮，倡予和女（汝）。」倡：唱也。

〔二〇〕《論語·爲政》：「子曰：『吾與回言終日，不違如愚。』」三國魏何晏《集解》：「不違者，無所怪問。」

〔二一〕宰：主宰，管理。

〔二二〕一别：似指過政和二年出監太原府税事。

〔二三〕委蜕：蟲類蛹化所解之皮。《莊子·知北游》：「孫子非汝有，是天地之委蜕也。」引申而爲死亡。蘇軾《和陶詠二疏》：「是身如委蜕，未蜕何所顧。已蜕則兩亡，身後誰毀譽。」

〔二四〕爲仁必壽：見《大人生日》（七年野鶴困鷄群）注〔八〕。
〔二五〕抱璞：見《次韻叔父題畫木石屏風》注〔六〕。
〔二六〕少施：略有施行。此慨言常子然懷才而不得用于時。
〔二七〕易簀：指將死。參見《讀〈楚語〉》注〔二一七〕。
〔二八〕「兩楹」二句：謂未能奠子然之死。兩楹之奠：謂死也。《禮記·檀弓上》記孔子曰：「殷人殯於兩楹之間，則與賓主夾之也。」歸：死。
〔二九〕涕洟：《禮記·檀弓上》鄭玄注：「自目曰涕，自鼻曰洟。」
〔三〇〕欸然：出聲貌。
〔三一〕謂祭子然以酒一卮。

## 祭叔父黄門文〔一〕

嗚呼！天無意於世乎〔二〕？曷爲畀之以人〔三〕？夫既畀之，而又奪之，理何疑於大鈞〔四〕？昔者仲尼、孟軻周流天下〔五〕，皇皇乎求君〔六〕。蓋欲拯生民於塗炭〔七〕，救將喪之斯文〔八〕。然身卒困於逆旅，志壹鬱而莫信〔九〕。豈道大不容於世也〔一〇〕，抑天未欲平治於斯民〔一一〕？烏乎①哀哉！維我王父皇考〔一二〕，以及叔父，天祚有宋〔一三〕，篤生良臣〔一四〕。祖堯禹而陋秦漢，談王道於一門〔一五〕。公之在廟堂也，則壬人廢而蠻夷服〔一六〕，禮樂正而朝廷尊；排申商之充塞，非仁義而莫陳〔一七〕。庶幾乎虞夏之風〔一八〕，反樸而還淳矣。屬世故之迫隘〔一九〕，乃一蕕而一薰〔二〇〕。横江潭之鱣鮪，豈溝瀆之容身〔二一〕？竟中道而出走，罹此郵之紛紛〔二二〕。然公之脱身南荒而歸也〔二三〕，則澹然箕山之下，瀷水②之濱。友巢由於千載，追松喬於白雲〔二四〕。蓋與世而相忘，默淵潛而自珍〔二五〕。託《春秋》以見志〔二六〕，戮姦宄於灰塵〔二七〕。公雖不用也〔二八〕，而天下愈尊之如泰山，歸之如鳳麟〔二九〕。意造物之有待，使巋然而獨存〔三〇〕。忽山頹而梁壞〔三一〕，何蒼蒼之不仁？豈吾宗之不祐，天實禍於搢紳。過也昔孤，而歸公於許，奉杖屨者十春〔三二〕。維二父之篤愛，推其餘於子孫。痛里門之一訣〔三三〕，哭來訃於并汾〔三四〕。恨易簀之不見〔三五〕，猶及拜其冠巾。怳高堂其如在，疑謦咳之或聞〔三六〕。誓不辱於教誨，期可見於九原〔三七〕。傾一奠而永已〔三八〕，不得執紼〔三九〕，挽公之歸葬於西岷也〔四〇〕。

【校記】

①烏乎：祠本作「嗚呼」。　②瀷水：原本、宛本作「渭水」，據知本改。

【箋注】

〔一〕作於政和二年（一一一二）十月。是年十月初三，蘇轍病逝於潁昌，時蘇過方出監太原稅，即奔喪歸潁，爲是文以祭。

〔二〕無意：不在意，不關心。

〔三〕此句美言天欲蘇轍平治天下。畀：給予；交付。

〔四〕指天或自然。《文選·賈誼〈鵩鳥賦〉》：「雲蒸雨降兮，糾錯相紛。大鈞播物兮，坱圠無垠。」唐李善注：「如淳曰：『陶者作器於鈞上，此以造化爲大鈞。』應劭曰：『陰陽造化，如鈞之造器也。』」

〔五〕周流：周行各地。屈原《離騷》：「覽相觀於四極兮，周流乎天余乃下。」

〔六〕《孟子·滕文公下》：「孔子三月無君，則皇皇如也。」皇皇：同「惶惶」，心不安貌。

〔七〕塗炭：爛泥與炭火。喻災難困苦。《書·仲虺之誥》：「有夏昏德，民墜塗炭。」

〔八〕見《大人生日》（天爵名高實）注〔四〕。

〔九〕壹鬱：同「鬱悒」，憂憤鬱結。信：通「伸」，舒展。

〔一〇〕見《叔父生日》（溝瀆嗟尋常）注〔四〕。

〔一一〕《孟子·公孫丑下》：「如欲平治天下，當今之世，舍我其誰也？」平治：治國平天下。

〔一二〕王父：指過祖父蘇洵。《禮記·曲禮下》唐孔穎達疏：「王父，祖父也。」皇考：《禮記·曲禮下》：「父曰皇考，母曰皇妣。」

〔一三〕祚：賜福。

〔一四〕篤生：謂生而不凡，猶得天獨厚。語本《詩·大雅·大明》「篤生武王」。

〔一五〕王道：儒家提出的一種以仁義治天下的政治主張。與霸道相對。《書·洪範》：「無偏無黨，王道蕩蕩。」

〔一六〕壬人：《漢書・元帝紀》永光二年詔：「是故壬人在位，而吉士雍（壅）蔽。」唐顔師古注引服虔曰：「壬人，佞人也。」蠻夷服：亦「端委四夷憚」之謂。

〔一七〕「排申商」二句：見《和吕居仁宿盤溪》注〔五〕。

〔一八〕庶幾乎：差不多。虞夏之風，謂純樸之風，蓋「夏尚忠」也。

〔一九〕屬：適值也。迫隘：亦作「迫阸」，逼迫阸止。屈原《遠游》：「悲時俗之迫阸兮，願輕舉而遠游。」

〔二〇〕薰蕕：見《送参寥師歸錢塘》注〔五〕。

〔二一〕鱣鮪：鱣魚和鮪魚。鱣：《爾雅・釋魚》晉郭璞注：「鱣，大魚，似鱏而短鼻，口在頷下，體内有邪行甲，無鱗，肉黄。大者長二三丈，今江東呼爲黄魚。」鮪：《詩・周頌・潛》「有鱣有鮪」晉陸璣疏：「鮪魚，形似鱣而色青黑，頭小而尖，似鐵兜鍪。口在頷下，其甲可以磨薑，大者不過七八尺，益州人謂之鱣鮪。」漢賈誼《弔屈原賦》：「彼尋常之汙瀆兮，豈容吞舟之魚。横江湖之鱣鯨兮，固將制於螻螘。」

〔二二〕「竟中道」二句：按蘇轍於紹聖元年三月上書，反對盡詆元祐之政，又具札責問哲宗因策問進士宣露密旨；哲宗怒，詔轍以本官出知汝州，再貶袁州、雷州、循州。郵：通「尤」，咎。

〔二三〕元符三年十一月，轍北歸還居潁昌。南荒：指南方荒凉遥遠的地方。唐陳子昂《爲義興公求拜掃表》：「然臣之負譴，實陷無辜。吏議不明，以投魑魅。自泣血去國，寄命南荒，歷年被病，再罹生死。」蘇軾《薏苡》詩：「草木各有宜，珍産騈南荒。絳囊懸荔支，雪粉剖桄榔。」

〔二四〕松喬：赤松子、王子喬。皆傳説古仙人名。赤松子：相傳爲上古時神仙，各家所載，其事互有異同。《史記·留侯世家》：「願棄人間事，欲從赤松子游耳。」唐司馬貞《索隱》引《列仙傳》：「神農時雨師也，能入火自燒，崑崙山上隨風雨上下也。」《淮南子·齊俗》：「今夫王喬、赤誦子吹嘔呼吸，吐故納新。」漢高誘注：「赤誦子，上谷人也，病癘入山，導引輕舉。」《漢書·古今人表》：「赤松子，帝嚳師。」宋羅泌《路史·餘論二·赤松石室》：「赤松子者，炎帝之諸侯也，既耄，移老襄城，家于石室……《神仙傳》云：『赤松子者，服水玉，神農時爲雨師，教神農入火……而《列仙傳》有赤松子輿者，在黄帝時啖百草華，不穀，至堯時爲木工，故傳謂帝佶師之。又云堯師之。而道亦有黄帝問赤松子《中戒》等經，此張良所以願從之游，非末代之數矣。』」王子喬：傳説中的仙人名。漢劉向《列仙傳·王子喬》：「王子喬者，周靈王太子晉也。好吹笙作鳳凰鳴。游伊洛間，道士浮丘公接上嵩高山。三十餘年後，求之於山上，見桓良曰：『告我家：七月七日待我於緱氏山巔。』至時，果乘白鶴駐山頭，望之不可到。舉手謝時人，數日而去。」又謂，王子喬曾至鍾山，獲《九化十變經》，以隱遁日月，游行星辰，後以疾終。其墓在景陵，戰國時有發其墓者，見一劍，方取視，其劍忽然上飛去。事見《太平御覽》卷六六五。

〔二五〕潛：猶言「深潛」。漢賈誼《弔屈原賦》：「襲九淵之神龍兮，沕深潛以自珍。」

〔二六〕《孟子·滕文公下》：「孔子成《春秋》而亂臣賊子懼。」轍晚年撰成《春秋集解》十二卷。

〔二七〕戮：責也。姦宄：指違法作亂的人。《史記·吴王濞列傳》：「絶先帝功臣，進任姦宄，詿亂天下，欲危社稷。」

〔二八〕謂不爲朝廷所用。

〔二九〕言天下士歸心蘇轍，如鳥之於鳳、獸之於麟。

〔三〇〕「意造物」二句：宋葉夢得《石林燕語》卷十：「蓋元祐人至子由，存者無幾矣。」巋然：高大獨立貌。《莊子·天下》：「人皆取實，己獨取虚，無藏也故有餘，巋然而有餘。」唐成玄英疏：「巋然，獨立之謂也。」

〔三一〕《禮記·檀弓上》云：「孔子蚤作，負手曳杖，消摇於門，歌曰：『泰山其頹乎？梁木其壞乎？哲人其萎乎？』」後七日而孔子没。按此借言轍病逝。

〔三二〕蘇軾建中靖國元年（一一〇一）卒，次年葬於郟城，過居喪焉。於崇寧二年（一一〇三）服闋來潁依轍，至此已十年。

〔三三〕訣：訣别。指赴太原監税之别。

〔三四〕謂報喪於太原。

〔三五〕易簀：謂病危。參見《讀〈楚語〉》注〔二五〕。

〔三六〕謦咳：同「謦欬」。喻談笑。見《山行次韻楊良卿見寄二首》之一注〔二〕。

〔三七〕九原：見《松風亭詞》注〔二七〕。

〔三八〕永已：猶言永別。

〔三九〕執紼：謂送葬時手執牽引靈柩的大繩以助行進。《禮記·曲禮上》：「助葬必執紼。」漢鄭玄注：「葬，喪之大事。紼，引車索。」《後漢書·獨行傳·范式》：「式因執紼而引，柩於是乃前。」古之送葬者必引靈車之繩以助其進，後因稱送葬爲執紼。

〔四〇〕西岷：指岷山，此以代故鄉眉山。

## 送孫海若赴官河朔敘〔一〕

孟公綽爲趙魏老則優，不可爲滕薛大夫〔二〕；黄霸自二千石入爲丞相，聲名減於治郡〔三〕，僕以謂此才有所短，不足以病賢者。子文治兵於睽，終朝而畢，不戮一人；子玉治兵於蔿，終日而畢，鞭七人，貫三人耳〔四〕，才則美矣，抑子文君子也。至於立威以舉事，務殺以爲能，儒者又所不爲，子玉真不學無術哉〔五〕！世之士大夫，少誦古人之書，蓋將終身以之也〔六〕。大略出於孔孟者〔七〕，雖無能，世必指爲長者；出於申商，雖奇才，世必指爲薄夫〔八〕。學之移人，有甚於齊楚之咻〔九〕。漸摩習熟〔一〇〕，不自知其爲巫匠也〔一一〕。秦人任刀筆吏〔一二〕，其敝無惻隱之實。故虎圈嗇夫以利口見用，則仁人君子慨然爭之〔一三〕，此風安可唱①哉〔一四〕？

今國家專用儒術，政尚寬簡，風俗日趨於厚。刑名之學〔一五〕，搢紳先生絶口不論，以經術潤飾吏事，彬彬然稍出矣〔一六〕。衛人孫君海若則其人也。以儒術佐忠武軍幕府〔一七〕，官滿，改中山安喜令，欣然而往。或笑其抱王佐之材〔一八〕，不能干時取富貴，反自苦於簿書期會之間〔一九〕，將爲鄉遂、里正分别曲直〔二〇〕，不亦勞乎？君曰：「不然，吾讀書學爲政也。有民有社〔二一〕，斯足以發吾平日之藏矣，何勞之有？」君之大略，温文深厚，不見喜愠，貫穿六藝，而尤長於《春秋》，蓋少時非孔氏、孟軻之文章，則他書不觀也。如清廟之樂，鐘磬琴瑟，鏘然間作〔二二〕，鄭衛桑濮淫哇之聲〔二三〕，何自作焉？持此而游朔方，將使獷悍木强之俗〔二四〕，變爲禮義廉恥之風。僕又何言哉？

然中山府，昔吾先大夫之甘棠也〔二五〕。山川平易，控制北虜，獨無關防之阻。先君嘗論南北守盟〔二六〕，朝廷之德甚厚也，而邊臣翫習無事，武備少弛，則非以稱吾君委寄之意。邊民有善騎射、耐辛苦、上下山谷，得虜之長技者，所在千百，自爲屯聚，以衛親戚墳墓，其來遠矣。儻能聞諸朝，少有以鎮拊勞來之，並塞精兵，坐獲數萬。不煩縣官一粒之費，凛然有長城千里之固，則虜不敢動矣。昔李抱真守澤潞〔二七〕，教民爲射，官給弓矢而蠲其徭賦，山東有警，昭義步兵冠天下。古人思患，預防有如此者，先君不果成而去〔二八〕。願吾友志此言，訪諸邑人之耆老，而以告夫元帥有志於經遠者。此太平之長策也。君爲縣令，出入阡陌，當得其詳，僕是以爲獻〔二九〕。

【校記】

①唱：祠本作「倡」。

【箋注】

〔一〕作於政和二年（一一一二）。本集另有《次韻孫海若見贈》十首。詩曰「君有中山行，嚴風彫塞草」，知詩與叙作於同時；詩又曰「折腰爲五斗，强言筦庫職」，「仕宦才百日，邴公有餘懽」，按蘇過以政和二年六月出監太原府税，「百日」後即在九、十月之間。河朔：黄河以北地區古稱河朔。孫海若遷爲中山府安喜縣令，正河北之地。

〔二〕「孟公綽」二句：文見《論語·憲問》。三國魏何晏《集解》引孔安國曰：「公綽，魯大夫，趙、魏皆晉卿。家臣稱老，公綽性寡欲，趙、魏貪，賢家老無職，故優；滕、薛小國，大夫職煩，故不可爲。」按滕薛故城均在今山東滕州西南。

〔三〕「黄霸」三句：黄霸（？—前五一）：漢淮陽陽夏（今河南太康）人，字次公。少學律令，武帝末補侍郎謁者，歷河南太守丞，爲政寬和清静，後官潁川太守、揚州刺史，得吏民心。因入朝爲御史大夫。「代丙吉爲丞相，封建成侯。……霸材長於治民，及爲丞相，總綱紀號令，風采不及丙、魏、于定國，功名損於治郡」。《漢書》有傳。二千石：漢代内自九卿郎將，外至郡守尉之俸禄等級均爲二千石，後因稱郎將、郡守、知府爲二千石。霸嘗爲郡守，故云。

〔四〕「子文」六句：事見《左傳》僖公二十七年。子文：見《大人生日》（七年野鶴困鷄群）注〔六〕。睽：楚邑名。終朝：《詩·小雅·采緑》毛傳：「自旦及食時爲終朝。」子玉：春秋楚卿成得臣字。成王時伐陳有功，子文薦之代己爲令尹，委以國政。後與晉君戰於城濮，敗。楚王賜死。蔿：楚邑名。貫三人耳：謂以箭穿三人耳。「貫耳」乃軍中刑法。

〔五〕「至於」四句：所不爲，不屑作的事。不學無術：謂無學問故無治國之術。《漢書·霍光傳·贊》曰：「然光不學亡（無）術，闇於大理。」

〔六〕以：用。

〔七〕大略：大凡。

〔八〕薄夫：刻薄的人。《孟子·盡心下》：「孟子曰：『聖人，百世之師也。伯夷、柳下惠是也。故聞伯夷之風者，頑夫廉，懦夫有立志；聞柳下惠之風者，薄夫敦，鄙夫寬。』」蘇軾《司馬温公神道碑》：「上即位之三年，朝廷清明，百揆時叙，民安其生，風俗一變異時。薄夫鄙人，皆洗心易德，務爲忠厚，人人自重，恥言人過。」

〔九〕《孟子·滕文公下》：「一齊人傅之，衆楚人咻之，雖日撻而求其齊（言）也，不可得矣。引而置之莊岳（齊街里名）之間數年，雖日撻而求其楚（言），亦不可得矣。」漢趙岐《章句》：「咻之者，嚾也。」

〔一〇〕漸摩：《漢書·董仲舒傳》：「漸民以仁，摩民以誼（義）。」唐顔師古注：「漸謂浸潤之，摩謂砥礪之也。」

〔一二〕謂人以所學施之於行而不知其是非。《孟子·公孫丑上》：「函人惟恐傷人，巫匠亦然。」趙岐《章句》：「巫欲祝活人，梓匠作棺，欲其蚤售，利在於人死也。故治術當慎，修其善者也。」

〔一三〕刀筆吏：見《送仲南兄赴水南倉》注〔三〕。

〔一三〕「故虎圈」二句：見《書二李傳後》注〔一七〕。

〔一四〕以上爲第一段，謂爲治當以儒術爲本。

〔一五〕刑名之學：即申商之學。參見《和吕居仁宿盤溪》注〔五〕。

〔一六〕彬彬：文質兼備貌。《論語·雍也》：「文質彬彬，然後君子。」

〔一七〕忠武軍：唐始置。治許（今河南許昌），領陳、許、蔡等州。地當今河南開封南部，汝南北部之地。

〔一八〕王佐之才：輔佐帝王之才。《漢書·董仲舒傳贊》：「劉向稱董仲舒有王佐之材，雖伊、吕無以加，筦、晏之屬，伯者之佐，殆不及也。」

〔一九〕期會：見《論海南黎事書》注〔五〕。

〔二〇〕鄉遂：《周禮·大司馬》：「鄉遂載物。」唐賈公彦疏：「鄉遂，鄉大夫也。」里正：古時鄉官。里長。春秋時，以里中能治事者爲里正。北齊以來多置之，明代改名里長；後來的地保，也叫里正。《公羊傳》宣公十五年「什一行而頌聲作矣」漢何休注：「在田曰廬，在邑曰里，一里八十户，八家共一巷，中里爲校，室選其耆老有高德者名曰父老，其有辯護伉健者爲里正。」

〔二一〕有民有社：有人民，有村社，概指編户齊民。語出《論語·先進》：「子路使子羔爲費宰，子曰：

『賊夫人之子。』子路曰：『有民人焉，有社稷焉，何必讀書，然後爲學？』」

〔二二〕鏘然：形容聲音清脆悦耳。蘇軾《石芝》詩：「忽驚石上堆龍蛇，玉芝紫筍生無數。鏘然敲折青珊瑚，味如蜜藕和鷄蘇。」

〔二三〕謂春秋時鄭國、衛國之民間俗樂，其風格與儒家之所謂雅樂異趣，故被斥爲淫蕩亂世之音。鄭衛：《禮記·樂記》云：「鄭衛之音，亂世之音也。」又云：「桑間濮上（濮：濮水；桑間：衛地名）之音，亡國之音也，其政散，其民流。」淫哇：淫邪之聲（多指樂曲詩歌）。《文選·嵇康〈養生論〉》：「目惑玄黄，耳務淫哇。」唐李善注：「《法言》曰『哇則鄭』；李軌曰：『哇，邪也。』」

〔二四〕獷悍：粗獷强悍。木强：質直剛强。《漢書·張周趙任等傳贊》：「周昌，木强人也。」顔師古注：「言其强質如木石然。」

〔二五〕蘇軾嘗於哲宗元祐八年四月至紹聖元年四月知定州（時過隨侍）。甘棠，謂蘇軾甚有惠於定州之民。事見《東坡奏議》卷十四《乞減糶常平米賑濟狀》、《乞將損弱米貸與上户令賑濟佃客狀》。參見《次韻叔父月季再生》注〔七〕。

〔二六〕先君嘗論：事見蘇軾《乞增修弓箭社條約狀》。

〔二七〕李抱真：字太玄，唐河西（在今山西境内）人，沉慮而斷。僕固懷恩敗，累官至懷澤潞觀察留後。其「教民爲射」事見新、舊《唐書》本傳。澤潞：唐方鎮名，又名昭義，唐大曆元年號昭義軍。治所在潞州（今山西長治市）。

〔二八〕蘇軾紹聖元年閏四月以譏刺先朝罪罷定州任，南遷。

〔二九〕以上爲第二段，歷道河朔形勢，勉孫海若立功邊陲。

## 代滿憲謝换官表〔一〕

伏奉告命，换授臣武功大夫者〔二〕。官稱非古，必欲正名〔三〕。詔命自天，遂頒新渥〔四〕。寵以訓詞之温厚，允爲臣子之光華。撫己若驚，受恩知愧。恭惟先帝，追三代之典，建百官之名〔五〕。粲然虞夏之文，革去漢唐之陋。況大明之繼照〔六〕，述先志之未遑〔七〕。亟詔有司，一刊右列〔八〕。致兹異數，亦及微臣。爲官擇人，愧何以從士夫之後？循名責實〔九〕，又不能奮尺寸之功。徒竊寵榮，益慚尸素〔一〇〕。此蓋伏遇皇帝陛下，堯仁天縱〔一一〕，湯德日新〔一二〕。躋大有爲之心〔一三〕，行若稽古之政〔一四〕。經文緯武，俾無曠職之臣；修廢舉材，下逮干城之賤〔一五〕。臣敢不服勤夙夜，祗畏簡書〔一六〕。以徇義捐軀爲事君〔一七〕，以養兵訓戎爲報國〔一八〕。誓益殫于犬馬〔一九〕，庶少答於生成〔二〇〕。

【箋注】

〔一〕作於政和二年（一一一二）。文藻按：「此似元豐以階易官時所作，疑非叔黨文。」元豐以階易官，在元豐三年。《宋史·職官一》：「元豐三年八月，下詔肇新官制，省、臺、寺、監領空名者一切罷去，而易之以階。」其時蘇過年僅九齡，不可能代「滿憲」作表。但宋志，「武功大夫」非元豐三年所定，乃政和二年所改，「使爲大夫，副使爲郎」，武功大夫即自皇城使轉换而來。元豐三年改制，即表文中所謂「恭惟先帝，追三代之典，建百官之名」之事，與此次易官並非一事。此表當作于政和二年，其時過在太原作監税。文藻所疑，不足爲據。

〔二〕武功大夫：武官階名。政和二年由皇城使改稱，爲武官階第二十六階。

〔三〕正名：《論語·子路》：「名不正，則言不順；言不順，則事不成。」宋制，「其官人授受之别，則有官，有職，有差遣」。官即寄禄官，確定位次和俸禄，如光禄大夫等；職爲加官，常用以待文學之士，如館職等，而别爲差遣以治内外之事。元豐以前，宋朝中央機構臺、省、寺、監所授官，多爲寄禄，不治本司事務，以至「中書令、侍中、尚書令不預朝政，侍郎、給事不領省職，諫議無言責，起居不記注」等有其官無其責，名不符實。「故自真宗、仁宗以來，議者多以正名爲請」。至元豐乃定官階，將前此寄禄官，改稱階官，「而省、臺、寺、監之官，各還所職矣」（《宋史·職官一》）。有其官，必治其事，是即名與實符。

〔四〕新渥：新的恩澤。唐杜甫《覽柏中丞兼子侄數人除官制詞因述父子兄弟四美載歌絲綸》：「高名入竹帛，新渥照乾坤。」蘇軾《謝宣召入院表》：「玉堂賜篆，仰淳化之彌文；寶帶重金，佩元豐之新渥。」

〔五〕「恭惟先帝」三句：指元豐三年神宗以階易官。《宋史·職官一》：「神宗即位，慨然欲更其制。……元豐三年……八月，下詔肇新官制，省、臺、寺、監領空名者一切罷去，而易之以階。」

〔六〕大明之繼照：大明，《詩·大雅·大明序》：「文王有明德，故天復命武王也。」毛傳：「二聖相承，其明德日以廣大，故曰大明。」大明繼照，謂神宗、徽宗相繼君臨天下。

〔七〕述先志之未遑：紹述神宗改制未及之事。

〔八〕謂徽宗更新官制。《宋史·職官九》：「國朝武選……元豐未及更。政和二年，乃詔易以新名：正使爲大夫，副使爲郎。橫班十二階使、副亦然。」武功大夫即從舊皇城使轉換而來。

〔九〕循名責實：按其名位，責以事功。《韓非子·定法》：「因任而授官，循名而責實。」

〔一〇〕尸素：猶尸位素餐。語出《詩·衛風·伐檀》「彼君子兮，不素飡兮」。後以「尸位素餐」謂居位食禄而不盡職。《漢書·朱雲傳》：「今朝廷大臣，上不能匡主，下亡以益民，皆尸位素餐，孔子所謂『鄙夫不可與事君』，『苟患失之，亡所不至』者也。」唐顔師古注：「尸位者，不舉其事，但主其位而已。素餐者，德不稱官，空當食禄。」

〔一一〕堯仁天縱：天生就堯一般的仁德。《史記·五帝本紀》：「帝堯者，放勳。其仁如天，其知（智）如神。」

〔一二〕湯德日新：《禮記·大學》：「湯之盤銘曰：『苟日新，日日新，又日新。』」

〔一三〕躋大有爲之心：《孟子·公孫丑下》：「故將大有爲之君，必有所不召之臣。」

〔一四〕行若稽古之政：謂能若堯稽考古制而行之。《書·堯典》：「曰若稽古帝堯。」僞孔傳：「若，順也；稽，考也。能順考古道而行之者帝堯。」

〔一五〕干城：《詩·周南·兔罝》：「糾糾武夫，公侯干城。」毛傳：「干，扞也。」干城，即捍衛國都。干城之賤：謙稱武將。

〔一六〕祇畏簡書：見《自潁昌歸任況之有詩》注〔四〕。

〔一七〕循義捐軀：猶言「捨身取義」。

〔一八〕養兵訓戎：撫循戰士，訓練軍事。

〔一九〕誓益殫於犬馬：決心更盡犬馬之勞。犬馬：臣子對君王的謙稱。

〔二〇〕生成：養育；成就。《晉書·應詹傳》：「（韋泓）既受詹生成之惠，詹卒，遂製朋友之服，哭止宿草。」唐姚鵠《將歸蜀留獻恩地僕射》詩：「蒿萊詎報生成德，犬馬空懷感戀心。」

## 河東提刑徙治太原題名記①〔一〕

古者製鍾鼎、造宮室，猶書其人、名其地。蓋將使後世或有所考爾。而況設官置吏，遷徙府寺，獨無所誌，不其闕歟〔二〕！河東揔郡二十有四，縣八十有一，民物之繁夥，吏兵之衆多，獄訟之紛紜，朝廷專委一司，號提點刑獄。所以昭示德意甚重〔三〕。而曩者或治上黨，或治平陽，莫有定處〔四〕。元豐七年歲在甲子，十一月始詔有司，遷之太原。環視諸州岌然居中，使之觀風俗、問疾苦、省囚繫、平反刺舉，各便於事〔五〕。此堊人子惠遠民欽恤惟刑之意也〔六〕。又因其請以鈐戎之故寺稍增其舊〔七〕，官不加費，民不知勞，即而居之。逮今二十有九年矣。某承乏於茲〔八〕，惜其廢置之不録，歲月之不載，恐無以表見於後。乃訪求其事，案牘具在，獨上黨題名，不可得矣。祇取平陽所記刻之於前，又得元豐徙治已來奉使者若干人別書于左。前賢往哲，粲然在目。庶幾來者，想見風采。有以見朝廷得人之盛，豈不偉歟〔九〕？

**【校記】**

①本篇不見于原《斜川集》。輯自《新刊國朝二百家名賢文粹》卷一二八。

**【箋注】**

〔一〕作于政和三年（一一一三）蘇過爲太原監税期間。其文曰「元豐七年歲在甲子，十一月始詔有司，遷之太原。」後又曰「逮今二十有九年矣。」故可知當在政和三年。河東：路名，轄境約當今山西全境，治太原。提刑：全稱提點刑獄公事，宋代各路均設此官，掌「察所部之獄訟而平其曲直」，兼管農桑。徙治：此謂遷移地方官署所在地。

〔二〕「古者」數句：謂官吏、府寺的變遷，當如營造宮室、製作器物有所題記。

〔三〕「河東」數句：謂河東路所轄廣大、事務繁雜而由提點刑獄專管獄訟之事。揔：同「總」。總共。德意：佈施恩德的心意。《周禮·秋官·掌交》：「道王之德意志慮，使咸知王之好惡。」

〔四〕「而曩者」三句：上黨：古縣名，故治在今山西長治市。平陽：古縣名，故治在今山西省臨汾市。

〔五〕「元豐」數句：謂因太原之地理居河東路之中，遷治後更便於處理政務。

〔六〕欽恤：謂理獄量刑要慎重不濫，心存矜恤。語本《書·堯典》：「欽哉欽哉，惟刑之恤哉！」

〔七〕故寺：舊官署。

〔八〕承乏：承繼空缺的職位。後多用作任官的謙詞。《左傳·成公二年》：「敢告不敏，攝官承乏。」晉杜預注：「言欲以己不敏，攝承空乏。」

〔九〕「乃訪求」數句：謂搜集原河東提刑舊物，以使其傳世讓後人見之。

## 代人賀啟

### 其一〔一〕

光奉綸恩〔二〕，寵移使節〔三〕；輟從漕計〔四〕，榮領憲司〔五〕，伏惟歡慰。恭以天子訪治道於股肱，外臺寄朝廷之耳目〔六〕。蓋欲周知四方之利害，又俾黜陟一路之賢愚〔七〕。故攬轡登車，舉有澄清之志〔八〕；衣繡持斧，豈專逐捕之能〔九〕。上分宵旰之憂，旁助風行之化〔一〇〕。凡被選用，莫分俊良。謂宜推廣好生之心〔一一〕，是以圖任舊人共政。某官圭璋重器〔一二〕，杞梓良材。雅望足以鎮浮〔一三〕，高才何止治劇〔一四〕。緩刑平獄，昔已著張廷尉之風〔一五〕；積穀屯田，今復收趙充國之效〔一六〕。恩還舊物〔一七〕，事類甘棠〔一八〕。遺愛重臨〔一九〕，平反有待〔二〇〕。某繆膺使指，遂忝交承〔一一〕。既忻易地之榮〔一二〕，又獲告新之幸〔一三〕。

**【箋注】**

〔一〕文曰「輟從漕計，榮領憲司」，則所賀乃從轉運官遷任提點刑獄公事。考諸本集《河東提刑崔公行狀》，崔鈞嘗「請改轉運副使」，「久之，復除本路提刑」，事跡頗類。其或政和初年事乎？又所擬云：「某繆膺使指，遂忝交承，既忻易地之榮，又獲告新之幸。」事又頗與河東路轄下太原府帥張近幾仲政和二年從高陽移鎮太原相似。若然，「寵移使節」即謂張，蘇過乃代張近爲此啟賀崔鈞重任提刑。

〔二〕綸恩：綸誥之恩。綸，綱也。《禮記・緇衣》有「王言如絲，其出如綸」，故謂綸爲王者之音。

〔三〕移使節：古者使者擁節以行，故謂地方長吏移任爲「移使節」。

〔四〕漕官掌財貨，形同掌計簿之官，故云。

〔五〕憲司：宋官名，即諸路提點刑獄公事（見《文獻通考・職官一五》）。

〔六〕「恭以」二句：《書・益稷》：「帝曰：『臣作朕股肱耳目。』」股：大腿。肱：手臂。「股肱」以喻輔佐君主的大臣。外臺：後漢刺史下置別駕、治中、諸曹掾屬，號爲「外臺」。此指州府以上長官。

〔七〕提刑有「舉刺官吏之事」，代王室考核官吏，朝廷藉以升降其職。

〔八〕「故攬轡」二句：見《大人生日》（七年野鶴困鷄群）注〔四〕。

〔九〕「衣繡」二句：《漢書・武帝紀》：「遣直指使者暴勝之等衣繡杖斧分部逐捕，刺史郡守以下皆伏誅。」提刑略當漢之刺史，故云。

〔一〇〕《晉書·樂志》：「化若風行，澤猶雨散。」化：教化。

〔一一〕見《三月十九日同仲豫兄》注〔八〕。

〔一二〕圭璋：見《次韻叔父題畫木石屏風》注〔七〕。

〔一三〕鎮浮：抑制輕浮。語出《國語·楚語上》：「教之樂，以疏其穢而鎮其浮。」三國吴韋昭注：「浮，輕也。」蘇軾《賀鄰帥及監司正旦啟》：「恭惟某官，厚德鎮浮，高名華國，非獨疇咨之用。」

〔一四〕治劇：謂處理繁重難辦的事務。《漢書·酷吏傳·尹賞》：「左馮翊薛宣奏賞能治劇，徙爲頻陽令。」

〔一五〕「緩刑平獄」二句：平獄：公平治獄。張廷尉：指張釋之。漢南陽堵陽人，字季，漢景帝時爲廷尉，治獄以平恕著稱。事跡見《漢書》本傳。

〔一六〕「積穀」二句：趙充國（前一三一—前五三）：漢隴西上邽（甘肅天水西南）人，字翁孫，善騎射，通兵法，爲人沉勇有方略。武帝時，以破匈奴功封中郎將。宣帝時，平叛西羌。其治軍貴緩，常屯田積穀爲長久之計，而時時獲勝。《漢書》有傳。

〔一七〕謂再授提刑印綬。按據本集《河東提刑崔公行狀》，崔鈞大觀初自提點梓州刑獄公事移河東平叛，叛平，「請改轉運副使」，今又「復除本路提刑」。

〔一八〕見《次韻叔父月季再生》注〔七〕。

〔一九〕謂再次布德惠於河東之民。遺愛：見《送在庭姪領漕歸蜀》注〔三〕。

〔二〇〕平反：見《愛人堂爲李幾仲賦》注〔二一〕。

〔二一〕忝：謙詞。交承：謂前任官吏卸職移交，後任接替。按此言升職上任。

〔二二〕易地：謂由高陽移鎮太原。

〔二三〕告新：告知朝廷新命。

## 其二〔一〕

顯被明綸〔二〕，陞華延閣〔三〕。恩還舊秩〔四〕，寵冠外臺〔五〕。凡在庇庥〔六〕，舉增歡慰。

伏以任重者責愈大，有功者賞必隨。此搢紳所以勤勞王家而不敢辭〔七〕，聖人有以鼓舞天下而用此道。某官學窮閫奥〔八〕，言中謀猷〔九〕。聲名早達於宸旒〔一〇〕，才刃屢更於盤錯〔一一〕。司刑一路，民自以爲不冤；掌計逾年〔一二〕，賦不加而用足。田野既闢，而湟中穀滿〔一三〕；山澤盡利，而地上錢流〔一四〕。遂寬宵旰之憂勤，自契聖神之知遇〔一五〕。宸奎寶翰，下雲漢之除書〔一六〕；東觀石渠〔一七〕，協儒林之公論。某掃門有素〔一八〕，賀廈宜先〔一九〕。屬疆守之有拘〔二〇〕，預賓階之莫及〔二一〕。空慚尸禄〔二二〕，行且及瓜〔二三〕。疲駑久玷於使令〔二四〕，罪戾獲全於終始。齒牙借譽〔二五〕，昔已濫於登龍〔二六〕；羽翼生成，今益期於附驥〔二七〕。

【箋注】

〔一〕蘇過代人作，似爲賀崔鈞復河東提刑事，文中「司刑一路」、「掌計逾年」、「恩還舊秩」即其證。參見本集《河東提刑崔公行狀》。

〔二〕明綸：猶「明詔」。見本題之一注〔一一〕。

〔三〕陞華：猶言「榮陞」。延閣：本爲漢代禁中藏書之府（見《漢書·藝文志》如淳注引《七略》）。此指内閣。

〔四〕舊秩：先前的俸禄。《宋書·百官志上》：「光禄大夫，銀章青綬，其重者加金章紫綬，則謂之金紫光禄大夫，舊秩比二千石。」秩：俸禄。《周禮·天官·宫伯》：「行其秩叙。」漢鄭玄注：「秩，禄廩也。」《左傳·莊公十九年》：「王奪子禽、祝跪與詹父田，而收膳夫之秩。」晉杜預注：「秩，禄也。」

〔五〕謂其恩寵爲地方官吏之最。外臺：見本題之一注〔六〕。

〔六〕庇庥：《爾雅·釋言》：「庇庥，廕也。」意近「庇護」。

〔七〕王家：猶王室，王朝，朝廷。《書·武成》：「至於大王，肇基王跡，王季其勤王家。」唐孔穎達疏：「王季修古公之道，諸侯順之，是能纘統大王之業，勤立王家之基本也。」唐吕温《道州律令要録序》：「太尉侍中勤勞王家，惠於生人。」

〔八〕閫奥：内室深隱之處，喻學問精深之極至。《三國志·魏書·管寧傳》：「娱心黄老，游志六藝；

升堂入室，究其閫奥。」

〔九〕猷：謀也。

〔一〇〕扆旒：扆：帝座後之屏風；旒：帝冕。因以「扆旒」代指皇帝。

〔一一〕盤錯：盤根錯節之縮語。參見《次韻少藴移竹於賈文元園二首》之二注〔一〕。才刃：猶言才華；才幹。宋人常語，語本《莊子·養生主》：「彼節者有間，而刀刃者無厚，以無厚入有間，恢恢乎其於游刃必有餘地矣，是以十九年而刀刃若新發於硎。」池鎮《和歐陽修永叔送龍學赴陝府酌飲贈别》：「賴有聲詩傳不朽，擇之才刃如新硎。」

〔一二〕掌計：即前篇所謂「漕計」。

〔一三〕此用漢趙充國湟中屯田事。湟中：在今青海省東北部，湟水流經其中。參《漢書·趙充國傳》。

〔一四〕用唐劉晏事。參見《李方叔治潁川水磨作詩戲之》注〔一四〕。

〔一五〕契：合也。

〔一六〕「宸奎」二句：謂皇帝詔書除官。宸奎：宸，代指帝王。奎：星宿名。古人以奎星主文章，故稱帝王手書爲「宸奎」。寶翰：敬稱他人書信。此指皇帝之書。除書：授官之狀。

〔一七〕東觀：後漢國家藏書處，在洛陽南宫。石渠：見《愛人堂爲李幾仲賦》注〔一九〕。

〔一八〕掃門：《史記·齊悼惠王世家》有云：魏勃少時，欲見齊相曹參，家貧無以自通，乃早夜掃齊相舍人門外，於是舍人爲之通，得爲舍人。有素：謂多有交往。

〔一九〕賀厦：《淮南子·説林》：「湯沐具而蟣蝨相弔，大厦成而燕雀相賀，憂樂别也。」後用爲祝賀慶賀的套語。宋祁《房陵舊第》詩：「當時賀厦翩翻者，今日張羅不過門。」蘇軾《用前韻再和孫志舉》：「驚飛賀厦燕，走散入幕賓。」

〔二〇〕屬：值。疆守：疆域之職守。有拘：有所限制。

〔二一〕預賓階：謂參入賀賓之列。

〔二二〕尸禄：即空享禄廪。劉向《説苑·尊賢》：「尸禄之臣，不能存君也。」

〔二三〕及瓜：謂即將任滿告歸。見《送仲豫兄赴官武昌叙》注〔二七〕。

〔二四〕疲駑：衰老的劣等馬。常用以自謙，言愚鈍無能。《漢書·石奮傳》：「臣幸得待罪丞相，疲駑無以輔治。」《舊五代史·周瓌傳》：「願陛下哀其疲駑，優以散秩，臣之幸也。」

〔二五〕齒牙：「齒牙餘論」之省語。《南史·謝朓傳》：「士子聲名未立，應共獎成，無惜齒牙餘論。」

〔二六〕登龍：「登龍門」之省語。龍門，在陝西韓城黄河上。《三秦記》：「河津一名龍門，大魚積龍門下數千不得上，上者爲龍，不上者魚。故云曝鰓龍門。」（《藝文類聚》卷九六）參《送趙承之官滿還朝》注〔一一〕。

〔二七〕附驥：見《送趙承之官滿還朝》注〔一四〕。

## 其三〔一〕

拜恩中禁〔二〕，易地雄藩〔三〕；進陞書殿之嚴〔四〕，寵寄元戎之重〔五〕。豈獨爲儒者逢時之盛，蓋將寬朝廷北顧之憂。表裏山河〔六〕，地實控於强虜；折衝樽俎〔七〕，國有待於元臣〔八〕。制命播傳〔九〕，士夫交慶〔一〇〕。某官生並堯舜〔一一〕，德合皋夔〔一二〕。學足以潤色皇猷〔一三〕，道足以躋民壽域〔一四〕。早游廊廟〔一五〕，聖主有得賢之稱；蹔屈江湖〔一六〕，天下起濟川之歎〔一七〕。果遂眷求於一德〔一八〕，莫先圖任於舊人〔一九〕。寵以細書之十行〔二〇〕，俾作長城之千里〔二一〕。況此全晉奥壤〔二二〕，代北勁兵〔二三〕。號令實制於中權〔二四〕，事體固嚴於分閫〔二五〕。敦《詩》説《禮》，孰知卻縠之良〔二六〕；賣劍買牛，行安龔遂之政〔二七〕。某舊託鈞陶之化〔二八〕，備員金穀之司〔二九〕。誤蒙甄録於寸長〔三〇〕，偶被使令於一路。嘉同部吏〔三一〕，欣望履之有期〔三二〕；預想屬城，恐賜環之將至〔三三〕。

**【箋注】**

〔一〕爲某賀上官陞遷之作。似爲賀張近從高陽移鎮太原，或作於太原。

〔二〕中禁：即禁中，皇帝居處地，此指近臣。宋制：「（元豐）階官未行之先，州縣守令，多帶中朝職事官外補；階官既行之後，或帶或否，視是爲優劣。」（《宋史·職官志·序》）此帶中職，故以爲榮。

〔三〕易地：謂改守。雄藩：地位重要、實力雄厚的藩鎮。陳子昂《上西蕃邊州安危事》：「涼府雖曰雄藩，其實已甚虚竭。」《舊唐書·嚴綬傳》：「前後統臨三鎮，皆號雄藩。」宋文同《石左藏挽詩二首》之一：「世澤傳清範，戎韜演秘謀。雄藩未賜節，大璽忽移舟。」

〔四〕書殿之嚴：唐設諸殿以寵諸儒，主圖籍寶章，故稱書殿，宋因之。

〔五〕元戎：主帥。

〔六〕表裏山河：謂有山河爲屏障，自守無憂。《左傳・僖公二十八年》，子犯曰：「戰而捷，必得諸侯；若其不捷，表裏山河，必無害也。」

〔七〕《晏子春秋・雜上》：「夫不出尊（樽）俎之間，而折衝於千里之外，晏子之謂也。」喻不以武力而取勝於宴會談判之間。樽俎：酒杯與盛肉之器，皆宴會用品。折衝：擊退敵軍。衝：戰車。

〔八〕元臣：大臣。

〔九〕謂任命之詔傳播。

〔一〇〕士夫：即士大夫。

〔一一〕某官：指受賀者。並：同。謂此人與明君同時。

〔一二〕皋：皋陶，傳説爲舜之賢臣，掌刑獄，執法寬惠公平。夔：人名，傳説爲舜之樂官。

〔一三〕皇猷：帝王之謀畫。

〔一四〕見《大人生日》（七年野鶴困鷄群）注〔八〕。

〔一五〕廊廟：指朝廷。

〔一六〕蹔：同「暫」。

〔一七〕濟川：見《叔父生日》（圖形未肯上陵煙）〔五〕。

〔一八〕一德：一種美德。《管子・法法》：「天下之賢人也，猶尚精一德。」

〔一九〕圖任：謀求任用。見下《代人謝啟》(觀風全晉)注〔八〕。

〔二〇〕細書之十行：指皇帝詔書。《後漢書・循吏列傳》：「其(光武)以手跡賜方國者，皆一札十行，細書成文。」

〔二一〕供防禦用的綿亘不絶的城牆。春秋時即已有之，至秦時爲最。後以長城比喻禦敵之屏障。《宋書・檀道濟傳》：「道濟見收，脱幘投地曰：『乃復壞汝萬里之長城。』」

〔二二〕奥壤：謂腹地。《晉書・孝武帝紀》：「三吴奥壤，股肱望郡，而水旱併臻，百姓失業。」《文選・沈約〈齊故安陸昭王碑文〉》：「姑蘇奥壤，任切關河。」唐李善注：「奥壤，猶奥區也。」蘇轍《西掖告詞・祖母吴氏越國》：「兹因總章之祀，推廣隆祐之孝。裂會稽之奥壤，增湯沐之舊封。」

〔二三〕代北：古地域名，指代地以北。宋置代州，治所在雁門(今山西代縣)。其地爲抗禦遼夏之前綫。

〔二四〕中權：指中軍。《左傳・宣公十二年》：「前茅慮無，中權後勁。」晉杜預注：「中軍制謀，後以精兵爲殿。」按春秋時中軍爲主帥所統。

〔二五〕分閫：分以閫外之任，即授以閫職。《史記・馮唐列傳》：「閫以内者，寡人制之；閫以外者，將軍制之。」閫：郭門，國門。「分閫」借指外任之帥。

〔二六〕「敦《詩》」二句：郤縠：春秋晉人，晉文公時爲中軍元帥。《左傳・僖公二十七年》：「於是乎蒐于被廬，作三軍，謀元帥。趙衰曰：『郤縠可。臣亟聞其言矣，説《禮》、《樂》而敦《詩》、《書》。』」唐孔穎達疏：「説，愛樂之也；敦，厚重之也。」

〔二七〕「賣劍」二句：見《次韻孫海若見贈》之二注〔二二〕。

〔二八〕謂昔爲某之屬吏。鈞陶：用鈞製造陶器。比喻造就。蘇軾《謝韓舍人啟》：「將天下實被其鈞陶，豈一夫獨遂其私願。」

〔二九〕金穀之司：主管錢糧機構。《新唐書·戴叔倫傳》：「屯難未靖，安之者莫先於兵，兵所籍者食，故金穀之司不輕易人。」

〔三〇〕甄録：甄别録用；選擇任用。《陳書·袁憲傳》：「高宗曰：『卿處事已多，可謂清白。别相甄録，且勿致辭。』」蘇洵《上皇帝書》：「臣所著《權書》、《衡論》、《機策》二十篇，乞賜甄録。」寸長：猶微才。

〔三一〕嘉：慶也。部吏：屬下之吏。

〔三二〕望履：求見的謙詞。語本《莊子·盜蹠》：「孔子復通曰：『丘得幸於季，願望履幕下。』」唐陸德明《釋文》：「云言視不敢望蹠面，望履結而還也。」

〔三三〕「預想」二句：謂某之惠政將施。賜環：《荀子·大略》：「絶人以玦，反絶以環。」唐楊倞注：「玦如環而缺，肉好若一謂之環。古者臣有罪，待放於境，三年不敢去，與之環則還，與之玦則絶，皆所以見意也。」後以赦免放逐之臣名之賜環。

其四〔一〕

伏審遠揚大旆〔二〕，已届提封〔三〕。爰擇剛辰〔四〕，已諧禮上。坐受百城之版籍，控臨全晉之山河。號令蕃夷〔五〕，屹長城之千里；拊循將士，爭挾纊於三軍〔六〕。某官柱石元臣，股肱重望〔七〕；才兼文武，學造天人〔八〕。入則論道於三公之間〔九〕，出則爲連於十國之帥〔一〇〕。故膺方面之寄，允踐元戎之尊。豈惟輟頗牧於禁中〔一一〕，蓋欲試望之於馮翊〔一二〕。初開幕府，宣布上恩。邊吏畏威，諸羌受職。買臣歸郡，陋印綬之私懷〔一三〕；光弼入軍，歎旌旗之改色〔一四〕。某繆持使節〔一五〕，攝領州符〔一六〕。雖行將拜弩矢之前驅〔一七〕，而不得奉櫜鞬於道左〔一八〕。實同僚吏，喜被風聲。

**【箋注】**

〔一〕在太原代人作。

〔二〕大旆：大旗。旆：本爲旗之垂旒，因代指旗。

〔三〕届：至也。提封：猶版圖，疆域。隋薛道衡《老氏碑》：「牂牁、夜郎之所，靡漠、桑乾之地，咸被聲教，並入提封。」《舊唐書・東夷傳・高麗》：「遼東之地，周爲箕子之國，漢家玄菟郡耳。魏晉已前，近在提封之内，不可許以不臣。」

〔四〕爰：於是。剛辰：猶言「剛日」。《禮記・曲禮上》：「外事以剛日，内事以柔日。」孔穎達疏：「剛，奇日也。十日有五奇五偶。甲、丙、戊、庚、壬五奇爲剛也」，「乙、丁、己、辛、癸五偶爲柔也。」

〔五〕蕃夷：泛指異族。

〔六〕挾纊：見《送在庭姪領漕歸蜀》注〔二〇〕。

〔七〕股肱：見本題之一注〔六〕。

〔八〕謂學識貫通天人之際。

〔九〕《書·周官》：「立太師、太傅、太保，兹惟三公，論道經邦，燮理陰陽。」按三公歷代稱謂不同，此借言朝廷要員。

〔一〇〕古十國諸侯之長名連帥。《禮記·王制》：「十國以爲連，連有帥。」後以連帥泛指地方長官。

〔一一〕頗牧：廉頗、李牧。廉頗：戰國趙將。趙惠文王時，頗率師破齊，取晉陽，拜爲上卿。長平之役，堅壁禦秦，秦師不得進。趙孝成王十五年，頗破燕於鄗，封信平君，爲相國。悼惠王時，獲罪奔燕。《史記》有傳。李牧：戰國趙人。守趙北境，習騎射，謹烽火，匈奴不敢犯邊。趙王遷三年，敗秦軍，封武安君，其後秦行反間，被殺。《史記》有傳。

〔一二〕望之：即蕭望之（前一〇六—前四一）。字長倩，漢東海蘭陵（今山東棗莊東南）人，射策爲郎，宣帝時累官至御史大夫，遷太子太傅。元帝立，以師傅見重。後爲宦官弘恭、石顯等所陷，飲鴆自殺。《漢書》有傳。其本傳云：「宣帝察望之經明持重，論議有餘，材任宰相，欲詳試其政事，復以爲左馮翊。」馮翊：郡名，漢爲左馮翊，後爲馮翊郡。唐以後爲同州，州治臨晉，即今陝西大荔縣。

〔一三〕「買臣」二句：《漢書·朱買臣傳》載：先買臣坐事免官，後武帝拜買臣爲會稽太守，「買臣衣故衣，懷其印綬，步歸郡邸」。此言買臣之行爲不足取，故云「陋」。

〔一四〕「光弼」二句：光弼：即李光弼（七〇八—七六四），唐營州柳城（今遼寧朝陽南）人，契丹族。天寶末，任河東節度使，善用兵，與郭子儀齊名，世稱「李郭」，而戰功推爲中興第一。「其代郭子儀朔方也，營壘、士卒、麾幟無所更，而光弼一號令之，氣色乃益精明云」。以平安史之亂，封臨淮郡王。新、舊《唐書》皆有傳。

〔一五〕繆：通「謬」。

〔一六〕州符：漢制：郡國守相均受竹使符。

〔一七〕前驅：猶言「先引」、「先導」。

〔一八〕奉櫜鞬於道左：古武人迎謁上司之禮。櫜鞬：盛弓矢之器。

其五〔一〕

光膺帝制〔二〕，易鎮侯藩〔三〕。綸命傳播〔四〕，士夫交慶。某官性資純粹〔五〕，世濟忠嘉〔六〕。才全而德不形〔七〕，任重而道愈遠〔八〕。河間久試〔九〕，草木無不知名〔一〇〕；晉國薦臨〔一一〕，旌旗爲之改色〔一二〕。暫屈中臺之命〔一三〕，以寬北顧之憂。豈特均勞〔一四〕，實資卧護〔一五〕。敦《詩》説《禮》，孰居卻縠之先〔一六〕；緩帶輕裘，復繼羊公之後〔一七〕。某濫居使指，託庇輝光。聞按節之將臨〔一八〕，喜瞻風之甚邇〔一九〕。

【箋注】

〔一〕作於太原。此啟所賀似爲張近幾仲。張氏帥太原在政和二年秋，此啟亦當作於同時。

〔二〕帝制：皇帝之制書。《文章辨體序説》云：「迨乎唐世，王言之體曰『制』者，大賞罰、大除授用之。……宋承唐制，其曰『制』者，以拜三公三省等職。」此蓋褒稱也。

〔三〕侯藩：猶言方鎮。

〔四〕綸命：見本題其一注〔二〕。

〔五〕資：天賦、資質。純粹：純一不雜，精美無瑕。

〔六〕世濟：世代繼承。語出《左傳·文公十八年》：「世濟其美，不隕其名。」唐孔穎達疏：「世濟其美，後世承前世之美。」

〔七〕《莊子·德充符》：「未言而信，無功而親，使人授己國惟恐其不受也。是必才全而德不形者也。」形：顯現。

〔八〕見《書周亞夫傳後》注〔一七〕。

〔九〕河間：指河間府，治河間（今河北河間）。張近鎮高陽八年而後移太原。

〔一〇〕見《寄題折嗣益襲慶閣》詩注〔五〕。

〔一一〕太原古屬晉國，故云。薦臨：猶「再涖」。

〔一二〕見本題其四注〔一四〕。

〔一三〕中臺：即尚書臺。《通典·職官四》：「總謂之尚書臺，亦謂之中臺。」按此借言某官本當任要職於朝。

〔一四〕均勞：均分勞苦。

〔一五〕卧護：見《陪中山帥登城口號》注〔四〕。

〔一六〕「敦詩」二句：見本題之三注〔二六〕。

〔一七〕「緩帶」二句：《晉書·羊祜傳》：「（祜）在軍中常輕裘緩帶，身不被甲，鈴閤之下，侍衛者不過十數人。」

〔一八〕按節：猶言持節。停揮馬鞭。表示徐行或停留。《漢書·五行志下之下》：「南逝度犯大角、攝提，至天市而按節徐行。」唐顏師古注引服虔曰：「謂行遲。」唐崔湜《襄陽作》詩：「按節巡河右，鳴騶入漢陽。」

〔一九〕瞻風：瞻仰風貌。温庭筠《開成五年秋以抱疾郊野……兼呈袁郊苗紳李逸三友人一百韻》：「贈遠聊攀折，裁書欲截蒲。瞻風無限淚，回首更踟躕。」宋祁《隴西都尉禪會圖》詩：「法身寧滯相，世眼願瞻風。廚鑰方傳寶，非專巖壑中。」

## 代人謝啟

### 其一〔一〕

觀風全晉，繆膺刺舉之司〔二〕；聽誦輿人〔三〕，敢厠薦論之列〔四〕。豈①謂囊封之纔上〔五〕，遽煩華衮之見褒〔六〕。有靦面顔，增光蔀屋〔七〕。竊以聖朝圖任〔八〕，莫先舊人；漢法考功，必更治郡。故望之試吏於馮翊，輟自九卿〔九〕；黄霸治最於潁川，入爲丞相〔一〇〕。況此右文之世〔一一〕，益思共理之臣〔一二〕。眷求黄髮於公卿之間〔一三〕，用保赤子於覆載之内〔一四〕。果聞報政，不待期年。某官學造淵源，才兼果藝〔一五〕。以經術潤吏事，以仁義陳王前。久參書殿之嚴〔一六〕，屢典侯藩之寄。淮陽臥治，已多長孺之風〔一七〕；渤海政成，將被水衡之拜〔一八〕。某掃門有舊〔一九〕，推轂何功〔二〇〕？昔蒙一鶚之稱〔二一〕，敢忘知遇；聊採二天之譽〔二二〕，莫報私恩。

【校記】

①豈：清鈔本作「不」。

【箋注】

〔一〕在太原作。按：文曰「觀風全晉」，係河東轉運使或提點刑獄之職掌。本集中尚有《河東提刑崔公（鈞）行狀》，謂其大觀初（一一〇七年左右）自梓州路提點刑獄遷河東路提點刑獄，繼爲河東路轉運副使，其時，「（蘇）過昔從仕太原，（崔）公爲部使者，數得以事相見」。此文所代，疑是崔鈞。據行狀崔鈞卒於「政和五年七月十四日」。本啟當作於政和二年（一一一二）蘇過出仕太原到政和五年之間。

〔二〕繆：通「謬」。膺：任。刺舉之司：主管偵伺揭發之官。正爲提點刑獄或轉運使職掌之一。

〔三〕《左傳·僖公二十八年》：「晉侯患之，聽輿人之誦曰：『原田每每，舍其舊而新是謀。』」輿人：衆人。

〔四〕厠：置身。

〔五〕囊封：即封事。密封的奏章。古時臣下上書奏事，防有洩漏，用皂囊封緘，故稱。《漢書·宣帝紀》：「上始親政事，又思報大將軍功德，乃復使樂平侯山領尚書事，而令群臣得奏封事，以知下情。」南朝梁劉勰《文心雕龍·奏啟》：「自漢置八儀，密奏陰陽，皂囊封板，故曰封事。」

〔六〕謂褒獎過甚。晉范寧《春秋穀梁傳集解序》：「一字之褒，寵逾華袞之贈。」華袞：古代王公貴族之禮服。

〔七〕猶蓬蓽生輝。蔀屋：草席蓋頂之屋。

〔八〕圖任：謀求任用。《書·盤庚上》：「亦惟圖任舊人共政。」孔傳：「先王謀任久老成人，共治其政。」

〔九〕「漢法」四句：見《代人賀啟》（伏審遠揚大旆）注〔一二〕。考功：按一定標準考核官吏的政績。《漢書·谷永傳》：「治天下者尊賢考功則治，簡賢違功則亂。」更：經歷。九卿：古時中央三公以下之高級官職。其名各代有所不同，漢以太常、光禄勳、大鴻臚、衛尉、太僕、廷尉、宗正、大司農、少府爲九卿。按蕭望之以少府出爲左馮翊，故曰「輟（停職）自九卿」。

〔一〇〕「黄霸」二句：《漢書·黄霸傳》：霸爲潁川太守，「以外寬内明得吏民心，户口歲增，治爲天下第一」。參見《送孫海若赴官河朔叙》注〔三〕。

〔一一〕右文：崇尚文治。歐陽修《謝賜〈漢書〉表》：「竊以右文興化，乃致治之所先。」蘇轍《潁濱遺老傳下》：「及我本朝真宗皇帝，右文偃革，號稱太平。」

〔一二〕唐玄宗《賜諸州刺史以題座右》詩：「眷言思共理，鑑夢想維良。」唐避高宗諱，改「治」爲「理」。共理之臣，即皇帝股肱之臣。

〔一三〕《書·秦誓》：「尚猷詢茲黄髮，則罔所愆。」僞孔傳：「黄髮，賢老。」

〔一四〕覆載：覆蓋與承載。謂覆育包容。語出《禮記·中庸》：「天之所覆，地之所載，日月所照，霜露所隊，凡有血氣者，莫不尊親。」《莊子·天地》：「夫道覆載萬物者也，洋洋乎大哉。」

〔一五〕果藝：果敢而多才藝。語出《論語·雍也》：「季康子問：『仲由可使從政也與？』子曰：『由也果，於從政乎何有！』曰：『賜也可使從政也與？』曰：『賜也達，於從政乎何有！』曰：『求也可使從政也與？』曰：『求也藝，於從政乎何有！』」三國魏何晏《集解》引包咸曰：「果謂果敢決斷。」引孔安國曰：「藝謂多才藝。」蘇軾《祭蔡景繁文》：「子之從政，果藝清慎。緩民急吏，不肅而震。」

〔一六〕書殿：唐設諸殿以寵儒雅，主圖籍章書，故稱書殿。宋亦置殿閣以尊榮之。

〔一七〕「淮陽」二句：長孺：汲黯（？—一一二）字。漢濮陽（地在河南境）人，「學黄老之言，治官理民，好清靜」。嘗坐法免官，武帝時再起爲淮陽太守，黯力辭，武帝告之曰：「顧淮陽吏民不相得，吾徒得君之重，卧而治之。」淮陽：國名，「高帝十一年置」，都陳（今河南淮陽）。

〔一八〕「渤海」二句：謂龔遂治平渤海郡，入拜水衡都尉事。見《送葉少藴歸緡雲》注〔一七〕。水衡：《漢書・百官公卿表上》「水衡都尉」唐顔師古注引應劭曰：「古山林之官曰衡，掌諸池苑，故稱水衡。」

〔一九〕掃門：見《代人賀啟》（顯被明綸，陞華延閣）注〔一八〕。按此句言己爲某官之屬吏。

〔二〇〕言己有何功，承蒙推薦。推轂：《史記・魏其武安侯列傳》：「魏其武安俱好儒術，推轂趙綰爲御史大夫，王臧爲郎中令。」唐司馬貞《索隱》：「推轂謂自卑下之，如爲之推車轂也。」

〔二一〕謂昔嘗蒙某官擢拔。一鶚：《漢書・鄒陽傳》：「鷙鳥累百，不如一鶚。」鶚：顔師古注引孟康曰：「大雕也。」

〔二二〕見《次韻曲水泛舟四首》之三注〔七〕。

## 其二〔一〕

將漕逾年〔二〕，已愧無功於飛輓〔三〕；司刑一道〔四〕，蔑聞有補於澄清〔五〕。方懷沙汰之虞〔六〕，復冒轉輸之寄〔七〕。自慚尸禄〔八〕，空祇汗顔〔九〕。竊惟爵禄者待天下之有勞，食貨者乃生民之先務〔一〇〕。故重選多才多藝之士，用成足食足兵之功。豈惟遷有無而懋化居〔一一〕，蓋使實倉廩而知禮節〔一二〕。矧此冀州舊壤，全晉奥區，地介兩河〔一三〕，寇臨二虜〔一四〕。仰給於官者〔一五〕，環①數千里；取賦於民者，逾二十州。責當任於羸虛〔一六〕，材必資於果藝〔一七〕。盡山川之曲折，虜在目中；權貨殖之重輕，錢流地上〔一八〕。如某者僅能寡過〔一九〕，初乏治稱〔二〇〕，才不足以分廟堂之憂，寵已驚於②逾螻蟻之分〔二一〕。靜思忝冒，實自吹噓〔二二〕；録其歲月之勞，借以齒牙之論〔二三〕。此蓋③某官弼亮元聖〔二四〕，師表萬民〔二五〕。才全而德不形，任重而道逾遠〔二六〕。以求賢取士爲報國，以豐財裕民付有司。致此恩榮，下逮疎遠，謂其已試於折獄〔二七〕，盜賊偶寧；庶幾有益於理財，公私俱濟。某敢不激昂志節，盡瘁國家〔二八〕。上酬天地生成之恩，捐軀未已；次荅卵翼始終之惠〔二九〕，没齒難忘〔三〇〕。

【校記】

①環：《四庫全書》本《五百家播芳大全文粹》（下簡稱《播芳大全》）録此文作「越」。②驚於：《播芳大全》無。③「蓋」下：《播芳大全》有「伏遇」二字。

【箋注】

〔一〕在太原代人作。據本集《河東提刑崔公行狀》，崔鈞既領利州路轉運判官，又提點梓州路刑獄。大觀初，太行有李免之亂，「乃自梓州路提點刑獄移公（崔鈞）河東，專董其事……太行以寧，請改轉運副使」。按之本啟所述，事跡相近，是則所代乃崔鈞耶？

〔二〕將漕：主管漕運。漕：水運爲漕。參見《送在庭姪領漕歸蜀》注〔一〕。

〔三〕輓：陸運爲輓。《史記·留侯世家》：「諸侯安定，河渭漕輓天下，西給京師。」

〔四〕司刑：謂提刑之任。道：行政區劃，唐分十道，相當宋代之路。此處「一道」指梓州路、河東路。

〔五〕謂無補於治道。蔑：無。

〔六〕沙汰：淘汰。《三國志·蜀書·許靖傳》：「靈帝崩，董卓秉政，以漢陽周毖爲吏部尚書，與靖共謀議，進退天下之士，沙汰穢濁，顯拔幽滯。」杜甫《上韋左相二十韻》：「沙汰江河濁，調和鼎鼐新。」唐張讀《宣室志》卷三：「太子賓客盧尚書貞猶子爲僧，會昌中沙汰僧徒，斥歸家，以蔭補光王府參軍。」虞：慮。

〔七〕冒：謙詞，猶言「忝」。

〔八〕尸禄：見《代人賀啟》（顯被明綸，陞華延閣）注〔一二〕。

〔九〕汗顏：見《叔父生日》（鬱鬱澗底松）注〔一三〕。

〔一〇〕食貨：古代用以稱國家財政經濟。語出《書·洪範》：「八政：一曰食，二曰貨。」清孫星衍疏：「《漢書·食貨志》云：『《洪範》八政，一曰食，二曰貨。食謂農殖嘉穀可食之物；貨謂布帛可衣，及金刀龜貝所以分財布利通有無者也。』二者，生民之本。」《漢書·叙傳下》：「厥初生民，食貨惟先。」

〔一一〕《書·益稷》：「懋遷有無化居。」僞孔傳：「化，易也；居謂所宜居積者。勉勸天下，徙有之無。」

〔一二〕《管子·牧民》：「倉廩實而知禮節，衣食足而知榮辱。」

〔一三〕兩河：宋代稱河北河東地區爲兩河。

〔一四〕二虜：西夏與遼。

〔一五〕仰給：依賴。《史記・平準書》：「七十餘萬口，衣食皆仰給縣官。」宋王溥《唐會要・度支使》：「長慶二年三月，以鴻臚卿判度支張平叔爲户部侍郎，依前判度支。時幽鎮行營諸軍已出境，仰給度支者十五餘萬人。」

〔一六〕責：督責。贏虚：有餘與不足。按此言當酌情施政。

〔一七〕果藝：見本題之一注〔一五〕。

〔一八〕「權貨殖」二句：見《李方叔治潁川水磨作詩戲之》注〔一四〕。

〔一九〕寡過：少犯錯誤。《論語・公冶長》「季文子三思而後行」三國魏何晏《集解》引漢鄭玄注：「文子忠而有賢行，其舉事寡過，不必及三思也。」蘇軾《擬進士對御試策》：「苟無知人之明，則循規矩蹈繩墨，以求寡過。」

〔二〇〕治稱：治理才能被稱道。韓愈《故江南西道觀察使贈左散騎常侍太原王公墓誌銘》：「其在蘇州，治稱第一。」蘇頌《鄰郡賀冬》：「伏惟某官，躬富才美，治稱循良。」

〔二一〕螻蟻：自謙卑微。《後漢書・班固列傳》：「私以螻蟻，竊觀國政。」唐李賢注：「螻蟻，謂細微也。」

〔二二〕吹噓：見《送參寥師歸錢塘》注〔三〕。

〔二三〕齒牙之論：見《代人賀啟》（顯被明綸，陞華延閣）注〔二五〕。

〔二四〕弼亮：輔佐。元聖：大聖。《書・湯誥》：「聿求元聖，與之戮力。」

〔二五〕師表：表率，榜樣。《史記·太史公自序》：「國有賢相良將，民之師表也。」北齊顔之推《顔氏家訓·勉學》：「爰及農商工賈、厮役奴隸、釣魚屠肉、飯牛牧羊皆有先達，可爲師表。博學求之，無不利於事也。」

〔二六〕「才全」二句：見《代人賀啟》（光膺帝制）注〔七〕。

〔二七〕折獄：判決訴訟案件。《易·豐》：「君子以折獄致刑。」唐孔穎達疏：「斷決獄訟。」《論語·顔淵》：「子曰：片言可以折獄者，其由也與？」三國魏何晏《集解》：「孔曰片，猶偏也。聽訟必須兩辭以定是非，偏信一言以折獄者，唯子路可。」南朝齊孔稚珪《北山移文》：「常綢繆於結課，每紛綸於折獄。」

〔二八〕盡瘁：竭盡心力。《詩·小雅·北山》：「或燕燕居息，或盡瘁事國。」

〔二九〕卵翼：鳥用翼護卵，孵出小鳥，比喻養育或庇護。現常含貶義。《左傳·哀公十六年》：「子西曰：『勝如卵，余翼而長之。』」晉杜預注：「以鳥爲喻。」《陳書·周迪傳》：「裁解豚佩，仍剖虎符。卵翼之恩，方斯莫喻。」

〔三〇〕没齒：終身。參見《次韻謝民師》注〔三〕。

## 跋南安巖主頌〔一〕

佛以廣大智慧不可思議力〔二〕，能於世間現種種功德，隨應以求〔三〕，皆使充滿。何也？佛無他緣〔四〕，惟有一慈；人無他術，惟有一信。慈信二法，相須而行，故能成就無量大願〔五〕。

昔沙門以鈍根故，不能誦經〔六〕。其師授此南安定光巖主四句偈，誦不歲餘①，日記萬言。南徐庾氏有子病足〔七〕，不能履地，金山佛鑒授以此偈〔八〕，誦之數歲，兩躄復伸〔九〕。又有居士劉，素事南安像〔一〇〕。忽得重病，禱於像前，香槃中現小青蛇〔一一〕，舌相純白，舉頭如語。後二日，有人教以此偈，晝夜誦持〔一二〕，三日疾愈。此皆近歲神異如此。豈非佛子厭苦蒙昧〔一三〕，抱纏病惱，思脱塵勞〔一四〕，過於桎梏；求哀也力，起信也堅〔一五〕，則佛之慈悲相應如響，有是理哉？

王君師文官并門〔一六〕，備聞其事，讚歎希有，曰：「此偈不可不傳。」屬某書之，將鏤板施人〔一七〕。某以爲師文此心不忍獨善其身，將使自一傳二，至於千萬，以信悟人〔一八〕，除世間苦。夫豈細事哉！又使學道者於此觀心〔一九〕，得究竟法〔二〇〕，出諸生死〔二一〕，則何止發蒙蔽而愈膏肓乎〔二二〕？

【校記】

①誦不歲餘：宛本作「誦不及歲餘」。

【箋注】

〔一〕作於任太原監稅時。跋文云「王君師文官并門(太原)」,「屬某書之」,是其證。

〔二〕佛教有廣大智與廣慧力之術語。廣大智謂佛之智慧廣大不可識量。廣慧力謂如來深廣之智慧力,即廣攝化衆生之光明力也。佛藏有經曰「不可思議品」。

〔三〕應:謂隨時的感應。

〔四〕緣:佛教語。對「因」而言,佛教謂事物生起或壞滅的主要條件爲因,輔助條件爲緣。唐湛然《止觀輔行傳弘決》卷一之三:「親生爲因,疎助爲緣。」

〔五〕無量:不可計算,佛教常用語。

〔六〕沙門:梵語的譯音。或譯爲「娑門」、「桑門」、「喪門」等。一説,「沙門」等非直接譯自梵語,而是吐火羅語的音譯。原爲古印度反婆羅門教思潮各個派别出家者的通稱,佛教盛行後專指佛教僧侣。晉袁宏《後漢紀·明帝紀下》:「浮屠者,佛也……其精者,號爲沙門。沙門者,漢言息心,蓋息意去欲而歸於無爲也。」鈍根:佛教語。謂根機愚鈍,不能領悟佛法。《法華經·藥草喻品》:「正見邪見,利根鈍根。」蘇軾《以玉帶施元長老元以衲裙相報次韻》之一:「病骨難堪玉帶圍,鈍根仍落箭鋒機。」

〔七〕南徐:州名。東晉僑置徐州於南京,後曰南徐。南朝宋因之,隋廢。即今江蘇丹徒治。北宋屬鎮江府。

〔八〕金山：在江蘇鎮江市區西北七里，山上有寺，始建於東晉，原名澤心寺，唐時因人於江邊得金，遂稱金山寺（見《讀史方輿紀要·鎮江府·丹徒縣》）。

〔九〕躄：瘸腿。

〔一〇〕事：此謂供奉。

〔一一〕槃：同「盤」。

〔一二〕誦持：誦讀持戒。

〔一三〕佛子：佛教稱受佛戒者。《梵網經》下曰：「衆生受佛戒，即入諸佛位，位同大覺已，真是諸佛子。」

〔一四〕塵勞：佛教稱世俗事務之煩惱。《無量壽經》上：「散諸塵勞，壞諸欲塹。」桎梏：刑具，腳鐐手銬。《易·蒙》：「利用刑人，用説桎梏。」唐孔穎達疏：「在足曰桎，在手曰梏。」

〔一五〕信：誠心。

〔一六〕王師文：未詳。

〔一七〕鏤板：雕板印刷。施人：推行於人。

〔一八〕悟：參悟禪理。

〔一九〕觀心：觀察心性。佛教以心爲萬法的主體，無一事在心外，故觀心即能究明一切事（現象）理（本體）。《十不二門指要鈔》上：「蓋一切教行，皆以觀心爲要。」蘇轍《諸子將築室以畫圖相示》詩之三：「久爾觀心終未悟，偶然見道了無疑。」

〔二〇〕究竟法：佛教語。猶言至極，即佛典裏所指的最高境界。《大智度論》卷七二：「究竟者，所謂諸法實相。」唐王維《西方變畫贊》序：「究竟達於無生，因地從於有相。」

〔二一〕謂超脱於生死之表。生死：佛家語。一切衆生惑業所招，生者死，死者生也。《楞嚴經》三曰：「生死死生，生生死死，如旋火輪。」按此即輪迴之説。

〔二二〕膏肓：謂膏肓之疾。見《書二李傳後》注〔七〕。

## 跋折太尉碑陰〔一〕

折氏世守河西〔二〕，歷五季之亂〔三〕，能以區區壤地，保完其民人〔四〕，封府庫、籍甲兵以歸真主〔五〕，抑可謂不愧竇融矣〔六〕。然竇氏子弟不及融没，頗以恣縱取敗於世，弗克顯有茅土〔七〕；而折氏五世傳百有餘年〔八〕，忠孝自翼〔九〕，禮義自度〔一〇〕，若出於一，則賢於竇氏遠矣。

余於并門始得太尉武安公之墓碑於其子嗣益〔一一〕，讀之竦然〔一二〕，見其制勝料敵〔一三〕，得士死力①，有古名將之風，非特能世其家者也〔一四〕。公守河西逾三十年，虜在其目中如几上物。所使偏裨部曲〔一五〕，如臂之使指，安得不爲虜所憚？昔趙以李牧守雁門〔一六〕、備匈奴，以便宜置吏，市租皆輸幕府爲士卒費。椎牛養士〔一七〕，士卒思奮；而纔有寇，急入保聚。虜以爲怯，遂舉衆大入。牧選士出奇，破殺十餘萬，匈奴卒不敢進塞。蓋牧居邊十餘歲，得虜之情狀虛實詳且嚴。以静觀動，以逸待勞，則强弱固自不敵耶！頗牧不世出〔一八〕，豈可以常理論？故余於折公亦云。

【校記】

①得士死力：祠本作「得死士力」。

【箋注】

〔一〕在太原作。折太尉：指折克行，北宋功臣折德扆曾孫，在北宋對西夏戰爭中屢立戰功。《宋史》本傳云：「克行在邊三十年，善拊士卒，戰功最多，羌人呼爲『折家父』。官至秦州觀察使。卒贈武安軍節度使。」碑陰：《文體明辨序説》曰：「凡碑面曰陽，背曰陰。碑陰文者，爲文而刻之碑背面也，亦謂之記。古無此體，至唐始有之。或他人爲碑文而題其後，或自爲碑文而發其未盡之意，皆是也。」

〔二〕《宋史·折德扆傳》云：「折德扆，世居雲中，爲大族。父從阮，自晉漢以來，獨據府州，控扼西北，中國賴之，仕周至静難軍節度使。」河西：宋時指甘肅、青海兩省黄河以西地區。

〔三〕五季之亂：謂唐後五代十國動亂時期。

〔四〕保完：保全無損。《三國志·魏書·傅嘏傳》：「今權以死，託孤於諸葛恪。若矯權苛暴，蠲其虐政，民免酷烈，偷安新惠……雖不能終自保完，猶足以延期挺命於深江之外矣。」

〔五〕宋太祖開寶二年（九六九），折德扆之子折御勳於太原謁見太祖趙匡胤，後歸宋，官泰寧軍節度使，留京師。參見《宋史》本傳。籍甲兵：謂將兵額及武備具册（上呈）。

〔六〕竇融（前一六—六二）：東漢扶風平陵（今陝西咸陽西北）人，字周公。累世爲河西官吏。新莽末，爲波水將軍。繼降劉玄，玄敗，割據河西。後歸劉秀，有功，封安豐侯，任大司空。《後漢書》有傳。

〔七〕「然竇氏」三句：《後漢書·竇融列傳》云：「融在宿衛十餘年，年老，子孫縱誕多不法，穆（融子）等遂交通輕薄，屬託郡縣，干亂政事」，「帝大怒，乃盡免穆等官，諸竇爲郎吏者皆將家屬歸故郡，獨留融京師。」顯：顯貴。茅土：指王、侯的封爵。古天子分封王、侯時，用代表方位的五色土築壇，按封地所在方向取一色土，包以白茅而授之，作爲受封者得以有國建社的表徵。《文選·李陵〈答蘇武書〉》：「陵謂足下當享茅土之薦，受千乘之賞。」唐李善注：「《尚書緯》曰：『天子社，東方青，南方赤，西方白，北方黑，上冒以黄土，將封諸侯，各取方土，苴以白茅，以爲社。』」漢蔡邕《獨斷》卷下：「天下大社以五色土爲壇，皇子封爲王者受天子之社土，以所封之方色，東方受青，南方受赤，他如其方色，歸國以立社，故謂之受茅土。」

〔八〕指折從阮、折德扆、折御勳、折克行、折嗣益五代。按宋初至此已一百五十餘年。

〔九〕自翼：自輔，自己保護自己。

〔一〇〕自度：自我限制約束。

〔一一〕折嗣益：見《寄題折嗣益襲慶閣》詩注〔一〕。

〔一二〕竦然：肅敬貌。

〔一三〕制勝料敵：把握敵情，制而勝之。《漢書·趙充國傳》：「天子命我，從之鮮陽。營平守節，婁奏封章。料敵制勝，威謀靡亢。」蘇轍《進御集表》：「至于發姦擿伏，料敵制勝，明見萬里之外，皆發於文詞。」

〔一四〕世其家：《漢書·賈誼傳》「世其家」唐顏師古注：「言繼其家世。」

〔一五〕部曲：見《書〈田布傳〉後》注〔二二〕。

〔一六〕事見《史記·廉頗藺相如列傳》附《李牧傳》。參見《代人賀啟》（伏審遠揚大旆）注〔一一〕。雁門：郡名，趙武靈王置。轄地當今山西北境。

〔一七〕椎：擊殺。

〔一八〕頗：廉頗。參見《代人賀啟》（伏審遠揚大旆）注〔一一〕。不世出：非世所常有。

## 孫團練墓誌〔一〕

古者天子置衛曰虎賁〔二〕，《書》云：「有熊羆之士，不二心之臣〔三〕」，其來尚矣。有宋選擇天下奇才勇士，以隸親軍，號曰諸班〔四〕，居則以壯國容，出則以威疆場。故功名之士多由此塗出，大者賜旄鉞〔五〕，其次皆得稱名將，故太原府路兵馬都鈐轄孫公其人也〔六〕。公諱貴，字和叔，其先趙州贊皇人〔七〕，自大父始遷河東平定軍〔八〕，因家焉〔九〕，世爲農。公生而異於群兒，不好戲弄〔一〇〕；既長，狀貌頎然〔一一〕，智慮倜儻，里人皆異之。公亦稍以功名自期，志不在畎畝間也〔一二〕。會國家招置新軍，公即自詣太守，請補其缺。太守馮公憚奇其狀，以爲「他日必富貴，吾所不逮」，乃留爲鈐下吏〔一三〕，給其衣服，俾習弓弩射藝。不逾年，能挽强超乘〔一四〕，絶於等輩。是時，朝廷詔下諸路選才武以實班衛〔一五〕，太守即以公應詔。遣之日，祝曰：「富貴無相忘〔一六〕。」其愛重之如此。

至京師，充御龍直人員〔一七〕，每較藝，常居第一。入衛十年，天子親御殿閲試諸班，以公絶倫，遂授東頭供奉①〔一八〕，官河東都總管司準備差使〔一九〕，是歲熙寧八年也〔二〇〕。丞相韓康公帥太原〔二一〕，夏雨不止，汾河暴溢，欲壞堤敗廬舍，亟遣公護築之〔二二〕。公晝夜廬於堤上〔二三〕，自執朴以巡役〔二四〕，人爲危之，而公卒不動，堤以完安。韓公喜曰：「全吾民者，君之力也。」未幾，除麟州横陽堡兵馬監押〔二五〕。議者請麟府封三州巡寨官不宜用内郡人且無邊勞者〔二六〕，恐緩急不足倚辦，委將臣沙汰之，而用土人之有功者，公獨以驍果勇健爲軍馬使張公世矩所惜〔二七〕，留而不遣，議者不能奪。元祐六年〔二八〕，爲河東第▫路副將，駐横陽堡。時夏賊梁乙逋犯麟府〔二九〕，衆十五萬，諸寨閉壁，公獨毅然不顧，數出奇兵撓擊之，殺傷甚多；且開門示閒暇，賊疑不敢進。又遣偏裨領騎捕得賊生口〔三〇〕，盡知其虛實，歸有日矣，乃出家貲募死士從間道約麟府諸將〔三一〕，告以賊退期，使設伏邀擊其怠。諸將議不合，賊鼓行而西，莫有誰何者〔三二〕。士氣憤沮，於是始服公忠勇，而惜其謀之不用也。公自授官，往來河西幾三十年，熟知夷虜②之情狀、山川之險易、部落之多寡，故機不妄發。及其慮勝而動，忠義所激，則常爲士卒先。凡與賊遇，大小十九戰，未嘗敗北，捕獲首虜以千計。積功累官至昭州團練使〔三三〕，爵開國伯，食邑七百户。崇寧之初〔三四〕，左右有言公姓名於上前者，有旨詔詣闕，陛對稱旨〔三五〕，即除太原府路兵馬鈐轄。大觀中〔三六〕，陞都鈐轄。

公老矣，邊鄙無事，乃學方士養生服餌之説，無何，瘍生於首〔三七〕，公曰：「是命也，醫何爲哉？」疾遂革〔三八〕，以政和二年六月十九日終於太原官舍，享年七十有三。政和四年七月十二日卜葬於真定府元氏縣某村之新塋〔三九〕。

公性沉毅有謀，馭士寬簡，絶甘分少，能得人死力〔四〇〕；又好賙鄉人之急，平生所得廩賜，施與略盡。屬纊之日〔四一〕，家無餘貲，人爲嗟歎。然本起田家子，初不知兵，猝然見奇於馮公〔四二〕，竟有立於世。昔唐李勣臨事遣將，必觀其人奇龐福艾者付之。或問其故，答曰：「薄命者不足與成功〔四三〕。」抑亦用人之一端也歟？

公之曾祖諱同，祖諱通，皆不仕。考諱誠，以公貴至太子左衛率府率〔四四〕，贈官至左千牛衛大將軍〔四五〕；妣李氏贈和義郡太君〔四六〕。公娶鮑氏，封仁壽縣君。子二人，長曰翊，以戰功至武節郎〔四七〕；次曰靖，忠翊郎〔四八〕。孫男四人，昂、昺皆承節郎，暠承信郎③〔四九〕，季未名。孫女五人，尚幼。

過始官於太原之歲也，公已病，不及見。既没④，其子翊狀公行事以來請銘〔五〇〕，過推孝子仁人思欲揚其親之美，其可辭焉〔五一〕？銘曰：

雖甚盛德，誰能去兵？赳赳桓桓〔五二〕，天實之生。公在内朝，王之爪牙〔五三〕。出衛社稷，能執干戈〔五四〕。以征則克，以守則固。惟忠與孝，用訓其旅。既顯其親，亦令其名〔五五〕。畢萬七戰，死猶有榮〔五六〕。不貪天功〔五七〕，邊邑以寧。子孫綿綿，吾是以銘。

**【校記】**

①奉：祠本作「俸」。　②夷虜：原本作「敵人」，據知本改。　③郎：原本脱，據知本補。

④既没：原校曰：「一作其没也。」

**【箋注】**

〔一〕政和四年（一一一四）在太原作。墓誌銘：《文體明辨序説》云：「按志者，記也；銘者，名也。古之人有德善功烈可名於世，殁則後人爲之鑄器以銘，而俾傳於無窮。……至漢，杜子夏始勒文埋墓側，遂有墓誌，後人因之。蓋於葬時述其人世系、名字、爵里、行治、壽年、卒葬年月，與其子孫之大略，勒石加蓋，埋於壙前三尺之地，以爲異時陵谷變遷之防，而謂之誌銘。」

〔二〕虎賁：官名。掌侍衛國君及保衛王宫、王門之官。《周禮·夏官·虎賁氏》：「虎賁氏掌先後王而趨以卒伍。軍旅、會同，亦如之。舍，則守王閑。王在國，則守王宫。國有大故，則守王門。大喪，亦如之。」漢武帝時置期門。平帝時改爲虎賁中郎將，領虎賁郎，主宿衛。歷代因之，至唐始廢。

〔三〕《書·康王之誥》謂文王武王「則亦有熊羆之士，不二心之臣，保乂王家」。僞孔傳曰：「勇猛如熊羆之士，忠一不二心之臣。」

〔四〕「有宋」三句：親軍：皇帝親率之部隊。此制始於漢武帝（見《遼史·兵衛志》）。宋制檢天下精壯充禁軍，直接由皇帝指揮，負責内戍外屯，「其最親近扈從者，號諸班直」。

〔五〕旄鉞：旄與鉞。《書·牧誓》：「王左杖黄鉞，右秉白旄以麾。」鉞：斧。旄：旄牛尾裝飾之旗。後借指統軍之權。

〔六〕鈐轄：武官名，主管地方所駐禁軍，「掌總治軍旅屯戍、營防守禦之政令」。又據《文獻通考·職官》十三鈐轄「亦有無都字者」自注引《續會要》載兩朝國史云：「官高資深稱都鈐轄，官卑資淺者稱鈐轄。」按宋制，「有禁兵駐泊其地者，冠以駐泊之名」，故稱太原府路兵馬都鈐轄。

〔七〕趙州贊皇：趙州：州名，故地在今河北趙縣。贊皇：縣名，在今河北省。

〔八〕大父：祖父。平定軍：宋置，屬河東。治地當今山西平定縣。

〔九〕因家焉：於是居於彼。

〔一〇〕戲弄：嬉戲玩耍。《後漢書·公沙穆傳》：「自爲兒童，不好戲弄。」

〔一一〕傾然：高大雄壯貌。

〔一二〕畎畝：田間，農畝。

〔一三〕鈐下吏：屬下吏員。

〔一四〕挽强：强：通「彊」，《説文解字·弓部》：「弓有力也。」即强弓勁弩。超乘：《左傳》僖公三十三年：「左右免胄而下，超乘者三百乘。」楊伯峻注：「超乘者，畢沅《吕氏春秋新校正》云：『蓋既下而即躍以上車，示其有勇。』超，《説文》云：『跳也。』畢説可信。」

〔一五〕班衛：宮廷近衛隊，即「諸班直」。

〔一六〕語出《史記·陳涉世家》：「陳涉少時，嘗與人傭耕，輟耕之壟上，悵恨久之，曰：『苟富貴，無相忘。』」

〔一七〕御龍直：爲諸班直之一，隸殿前司。宋初稱簇御馬直，太平興國二年改爲簇御龍直。後又改御龍直，爲皇帝布兵近衛、儀衛（見《宋史·兵志一》）。

〔一八〕東頭供奉：内侍省武官名，在皇帝左右供職（見《宋史·職官六》）。

〔一九〕都總管司準備差使：總管掌同鈐轄，準備差使爲其屬吏（見《宋史·職官六》）。

〔二〇〕熙寧八年：公元一〇七五年。

〔二一〕韓康公：即韓絳（一〇一二—一〇八八），字子華，開封府雍上人，慶曆二年進士，神宗朝拜相，哲宗朝封康國公。卒謚獻肅。其人素不知兵，帥軍時措置乖方，爲相後又時與呂惠卿相爭，事多稽留。《宋史》有傳。帥：即爲經略安撫使，詳後《謝張帥啟》注〔一〕。

〔二二〕亟：急。

〔二三〕廬於堤上：在河堤上搭建房屋住下來。

〔二四〕朴：木杖，鞭扑之物。

〔二五〕麟州：州名，唐置，治所在新秦，故地在今陝西神木一帶。堡：當時軍事防禦機構。兵馬監押：武官名。禁軍在地方屯戍，有都監掌之，「州府以下都監，皆掌其本城屯駐、兵甲、差使之事，資淺者爲監押」。

〔二六〕府州：州名，治府谷縣（在今陝西）。封州：當爲豐州，與麟州、府州俱河東路所轄地，治今内蒙古五原縣西南。

〔二七〕車馬使：宋有路將副，略當唐之兵馬大使，此或即兵馬使之訛。

〔二八〕元祐六年：公元一〇九一年。

〔二九〕《宋史紀事本末·西夏用兵》：「（元祐）六年九月，夏人寇麟州，又寇府州。」

〔三〇〕生口：指俘虜。《漢書·西域傳上·鄯善》：「時漢軍正任文將兵屯玉門關，爲貳師後距，捕得生口，知狀以聞。」

〔三一〕貲：通資。財物、資産。

〔三二〕誰何：《史記·賈誼列傳》載誼《過秦論》：「信臣精卒，陳利兵而誰何。」南朝宋裴駰《集解》引如淳曰：「何猶問也。」按此言無人能遏制敵鋒。

〔三三〕昭州：州名，治今廣西平樂。團練使：唐置，掌本區各州軍事，宋爲武將兼銜，官階高於刺史（《宋史·職官六》）。開國伯：爵位名。

〔三四〕崇寧：徽宗年號（一一〇二—一一〇六）。

〔三五〕陛對：應皇帝召見、詢問。宋强至《依韻和張文通中舍寄韓師元判官》：「從容須陛對，蕭灑待家居。近閣從戎筆，閑裁寄舊書。」

〔三六〕大觀：徽宗年號（一一〇七—一一一〇）。

〔三七〕瘍：毒瘡。

〔三八〕革：急。疾革謂病危。

〔三九〕真定府：府治在今河北正定。元氏縣：宋時隸真定府，地在今山西高平一帶。

〔四〇〕「絶甘」二句：《漢書·司馬遷傳》載遷《報任安書》：「以爲李陵素與士大夫絶甘分少，能得人死力，雖古名將不過也。」唐顔師古注：「自絶旨甘，而與衆人分之，共同其少多也。」

〔四一〕屬纊：謂臨死。見《次韻王幼安哭韓君表》注〔四〕。

〔四二〕猝然：突然，出乎意外。

〔四三〕「昔唐李勣」四句：事見《唐書》本傳。李勣：見《書二李傳後》注〔一〕。

〔四四〕考：父謂考。太子左衛率府率：東宫官，屬諸率府率之一，從七品（《宋史·職官八》）。

〔四五〕贈（官）：《宋史·職官一〇》：「建隆已來，凡有恩例，文武朝官、諸司使副、禁軍及藩方馬步都指揮使以上，父亡皆贈官。」左千牛衛大將軍：爲諸衛大將軍之一，正四品（《宋史·職官八》）。

〔四六〕宋叙封之制，視本官階爵。團練使，母贈郡太君，妻郡君，與此（一贈郡太君、一贈縣君）不同。

〔四七〕武節郎：武階從七品。

〔四八〕忠翊郎：武階正九品。

〔四九〕承節郎、承信郎：俱武階官名，從九品。

〔五〇〕狀公行事：寫孫貴行狀。

〔五一〕「過推」二句：《禮記·祭統》：「銘者自名也。自名以稱揚其先祖之美而明著之後世者也。……此孝子孝孫之心也。」

〔五二〕赳赳：威武貌。《詩·周南·兔罝》：「赳赳武夫，公侯干城。」桓桓：威武貌。《書·牧誓》：「勗哉夫子，尚桓桓。」

〔五三〕爪牙：侍衛官。《漢書·辛慶忌傳》何武上封事：「慶忌宜在爪牙官以備不虞。」《三國志·魏書·張遼傳》：「合肥之役，遼、典以步卒八百破賊十萬，自古用兵，未之有也，使賊至今奪氣，可謂國之爪牙矣。」按，中古而後「爪牙」多含貶義。

〔五四〕「出衛」二句：《禮記·檀弓下》：「能執干戈，以衛社稷。」

〔五五〕令：美也。

〔五六〕「畢萬」二句：《左傳·哀公二年》：「簡子巡列，曰：『畢萬匹夫也，七戰皆獲，有馬百乘，死於牖下。』」畢萬：春秋晉畢公高後，事獻公。晉滅霍、耿、魏，以魏封畢萬，其後裔與韓、趙二家分晉。

〔五七〕貪天功：《左傳·僖公二十四年》：「竊人之財，猶謂之盜，況貪天之功以爲己力乎？」按此言孫貴不貪功冒險。

## 謝薦舉狀〔一〕

蜩鳩小技，寧有意於雲霄〔二〕；樗櫟散材，固難欺於匠石〔三〕。偶竊簪裳之餘胄〔四〕，得齒搢紳之後塵〔五〕，蓋將餬口於四方，敢憚折腰於五斗〔六〕。抱關擊柝〔七〕，已絶望於清流〔八〕；毁瓦畫墁，尚庶幾於食志〔九〕。然自念征商至賤〔一〇〕，種髮可羞〔一一〕。不過效米鹽刀筆之勤〔一二〕，僅稍①免簿書期會之責〔一三〕。分甘下走〔一四〕，才不逾人。錐處囊中，雖未忘於穎脱〔一五〕；菌蒸枯朽〔一六〕，實倍費於吹噓〔一七〕。豈謂薦書，忽光蔀屋〔一八〕；顧慚名姓，辱借齒牙〔一九〕。某官德並珪璋〔二〇〕，量包山藪；言足以綺藻當代〔二一〕，學足以羽儀清朝〔二二〕。嘉善而矜不能，出於天性；舉賢而赦小過，欲廣人材〔二三〕。遂令一介之微，亦預四科之選〔二四〕。自量無用，初乏先容〔二五〕。儻非藏垢而匿瑕〔二六〕，孰肯左提而右挈〔二七〕？昔晏嬰取士，尚贖過於縲囚〔二八〕；而趙武好賢，常求人於莞庫〔二九〕。某敢不激昂駑鈍〔三〇〕，祇畏簡書〔三一〕。進不負於所知，退無慚於素守〔三二〕。寸有長而尺有短，盡荷包荒〔三三〕；日不足而歲有餘〔三四〕，益圖報稱〔三五〕。

【校記】

①稍：原校曰：「一作於。」

【箋注】

〔一〕作於太原。在太原時，過承上司兩次舉薦，一爲張近幾仲，有謝啟；一爲崔鈞，見爲崔所作行狀（「過嘗辱公之知，論薦於朝」）。狀：文體之一種，向上司陳述事實之文書。

〔二〕「蜩鳩」二句：《莊子·逍遥游》：「蜩與學鳩笑之（指大鵬）曰：『我決起而飛，搶榆枋，時則不至而控於地而已矣，奚以之九萬里而南爲？』」唐成玄英疏：「蜩，蟬也。學鳩，鶻鷄也，即今之斑鳩是也。」

〔三〕「樗櫟」二句：見《叔父生日》（溝瀆嗟尋常）注〔一四〕。

〔四〕謂身爲官家子弟。簪裳：冠簪和章服。古代仕宦者所服，因以借指仕宦。五代王仁裕《開元天寶遺事·雪刺滿頭》：「宋璟《求致仕表》云：『臣竊禄簪裳，備員廊廟，霜毫生領，雪刺滿頭。』」蘇轍《代齊州李肅之諫議謝表》：「臣幼蒙基業，早與簪裳，遭遇先朝，薦更煩使。」

〔五〕齒：並列。後塵：行進時後面揚起的塵土。《文選·鮑照〈舞鶴賦〉》：「逸翮後塵，翱翥先路。」唐李善注：「言飛之疾，塵起居鶴之後。」後用以比喻在他人之後。唐杜甫《戲爲六絶句》之五：「竊攀屈宋宜方駕，恐與齊梁作後塵。」

〔六〕反用陶潛恥爲五斗米折腰之典。參見《贈王子直》注〔一六〕。

〔七〕見《次韻孫海若見贈》之一注〔二〕。

〔八〕清流：喻指德行高潔負有名望的士大夫。《三國志·魏書·桓階陳群等傳評》：「陳群動仗名義，有清流雅望。」歐陽修《朋黨論》：「唐之晚年，漸起朋黨之論，及昭宗時，盡殺朝之名士，或投之黄河，曰：『此輩清流，可投濁流。』而唐遂亡矣。」

〔九〕「毁瓦」二句：《孟子·滕文公下》：「（孟子）曰：『有人於此，毁瓦畫墁，其志將以求食也，則子食之乎？』彭更曰：『否。』曰：『然則子非食志也，食功也。』」朱熹《集注》：「墁，牆壁之節也。毁瓦畫墁，言無功而害也。」食（sì）：受禄。食志，謂志在求食。

〔一〇〕征商：徵收商業税。《孟子·公孫丑下》：「古之爲市也，以其所有易其所無者，有司者治之耳。有賤丈夫焉，必求龍斷而登之，以左右望，而罔市利。人皆以爲賤，故從而征之。征商自此賤丈夫始矣。」

〔一一〕種髮：見《次韻趙承之留别》注〔四〕。

〔一二〕米鹽：謂税收。刀筆：見《送仲南兄赴水南倉》注〔三〕。

〔一三〕期會：見《論海南黎事書》注〔五〕。

〔一四〕下走：《漢書·蕭望之傳》唐顔師古注：「下走者，自謙言趨走之役也。」

〔一五〕「錐處」二句：見《志隱》注〔三九〕。

〔一六〕菌：蘑菇類植物。蒸：小柴。枯朽：枯木朽株。按數者皆以喻無用。

〔一七〕吹噓：比喻獎掖，汲引。《宋書·沈攸之傳》：「卵翼吹噓，得升官秩。」杜甫《贈獻納使起居田舍人澄》詩：「揚雄更有河東賦，唯待吹噓送上天。」

〔一八〕蔀屋：見《代人謝啟》（觀風全晉）注〔七〕。

〔一九〕齒牙：見《代人賀啟》（顯被明綸，陞華延閣）注〔二五〕。

〔二〇〕珪璋：珪璋皆爲朝會時所執玉器，因借喻美德。

〔二一〕綺藻：詞藻綺麗。

〔二二〕羽儀：此指表率。《新唐書·張薦傳》上疏：「（顔）真卿逮事四朝，爲國元老，忠直孝友，羽儀王室。」清朝：清明之朝廷。

〔二三〕「嘉善」四句：《論語·子張》：「君子尊賢而容衆，嘉善而矜不能。」

〔二四〕四科：漢武帝元狩六年以四科舉士。一德行高妙，志節清白；二學通行修，經中博士；三明達法令，足以決疑；四剛毅多略，遭事不惑。元帝永光元年詔丞相舉質樸、敦厚、遜讓、節儉者爲四科。見《漢官儀》、《漢書·元帝紀》。按此四科之選蓋指參加制科考試，即非進士及第者。

〔二五〕謂事先無人推薦。先容：見《樗隱堂》注〔六〕。
〔二六〕藏垢匿瑕：喻掩蓋缺點。《左傳·宣公十五年》：「川澤納污，山藪藏疾，瑾瑜匿瑕，國君含垢。」
〔二七〕提挈：同義連文。舉薦、提攜。
〔二八〕「昔晏嬰」二句：《史記·管晏列傳》：「越石父賢，在縲紲中。晏子出，遭之塗，解左驂贖之，載歸。」後晏子以越石父爲上客。
〔二九〕趙武：《禮記·檀弓下》：「晉人謂文子知人。……所舉於晉國，管庫之士七十有餘家。」參見《次韻承之紫巖長句》注〔一四〕。
〔三〇〕駑鈍：駑馬鈍刀，喻才短力弱。
〔三一〕見《自潁昌歸任況之有詩次其韻》注〔四〕。
〔三二〕素守：平素的操守。宋司馬光《乞罷條例司常平使疏》：「誠恐上累陛下之至公，下喪微臣之素守。」
〔三三〕包荒：包含荒穢。謂度量寬大。《易·泰》：「包荒，用馮河，不遐遺。」三國魏王弼注：「能包含荒穢，受納馮河者也。」唐陸德明《釋文》：「荒，本亦作『巟』。」一説包容廣大。《説文·川部》「巟，水廣也」引《易》作「包巟」。
〔三四〕《莊子·庚桑楚》：「今吾日計之而不足，歲計之而有餘。」按此言時日稍長方見事功。
〔三五〕報稱：猶報答。《漢書·孔光傳》：「誠恐一旦顛仆，無以報稱。」按「報稱」本義指回報與受惠相稱，泛指報答。劉禹錫《獻權舍人書》：「禹錫在兒童時已蒙見器，終荷薦寵，始見知名，衆之指目。忝閣下門客，懼無以報稱，故厚自淬琢，靡遺分陰。」蘇軾《謝除兵部尚書賜對衣金帶馬狀二首》之一：「臣敢不上體眷懷，勉思報稱。」

## 代崔憲謝降官表〔一〕

繆於刺舉〔二〕，以干越職之誅〔三〕；尚賴寬仁，止就削官之罰。恩深責薄，感激涕零。伏念臣賦性顓愚〔四〕，逢時休盛〔五〕。雖屢膺於指使，終無補於涓埃〔六〕。惟恐有聞〔七〕，欲效鷹鸇之志〔八〕；自貽伊戚〔九〕，不虞尸祝之譏〔一〇〕。果蒙定罪以原情〔一一〕，聊示小懲而大戒。仰天知惠，撫己懷慚。此蓋伏遇皇帝陛下，躬若稽古之明〔一二〕，行不忍人之政〔一三〕。祖成湯之三面〔一四〕，達虞舜之四聰〔一五〕。吏議難逃〔一六〕，蓋自不安於分守〔一七〕；天心灼見〔一八〕，猶許改過於將來。臣敢不奉以周旋〔一九〕，永知教戒。服勤官政〔二〇〕，期收薄效於桑榆〔二一〕；銘刻肌膚，莫報大恩於天地。

**【箋注】**

〔一〕政和四年（一一一四）在太原代崔鈞作。崔鈞：字元播。其事跡見《河東提刑崔公行狀》。憲：憲司之簡稱，宋代官名，即諸路提點刑獄公事。崔鈞嘗任提點梓州、河東刑獄，故稱之爲崔憲。

降官：指崔鈞於徽宗政和四年降官事。表：漢蔡邕《獨斷》卷上：「凡群臣上書於天子者有四名，一曰章，二曰奏，三曰表，四曰駁議……表者不需頭，上言『臣某言』，下言『臣某誠惶誠恐，頓首頓首，死罪死罪』，左方下附曰『某官臣甲上』。文多用編兩行，文少以五行。」按後世形式已多有變化，參明徐師曾《文章辨體序説·表》。

〔二〕繆：通「謬」。刺舉：刺探舉發人之過失。蓋漢時州刺史之職，而宋提刑當之。

〔三〕干：犯。誅：《説文解字·言部》：「責也。」

〔四〕顓愚：愚昧。晉葛洪《抱朴子·崇教》：「若使素士則晝躬耕以餬口，夜薪火以修業，在位則以酣宴之餘暇，時游觀於勸誡，則世無顓愚，游夏不乏矣。」

〔五〕休盛：美好興盛。《漢書·燕刺王旦傳》載旦上書：「封泰山，禪梁父，巡狩天下，遠方珍物陳於太廟，德甚休盛，請立廟郡國。」宋王珪《謝賜生日表》：「伏念臣本繇孤羈，進值休盛。得並畯賢之軌，偶塵要近之班。」

〔六〕涓埃：細流與微塵。比喻微小。《周書·蕭撝傳》：「臣披款歸朝，十有六載，恩深海嶽，報淺涓埃。」唐杜甫《野望》詩：「惟將遲暮供多病，未有涓埃答聖朝。」

〔七〕有聞：有聲聞，有聲望。

〔八〕鷹鸇之志：謂爲君王效力。《左傳·文公十八年》：「見無禮於其君者誅之，如鷹鸇之逐鳥雀也。」鸇：猛禽。

〔九〕自貽伊戚：《詩·小雅·小明》：「心之憂矣，自詒（貽）伊戚。」鄭箋：「我冒亂世而仕，自遺此憂，悔仕之辭。」

〔一〇〕尸祝之譏：謂越職之責。《莊子·逍遥游》：「庖人雖不治庖，尸祝不越樽俎而代之矣。」尸：代鬼神受祭者。祝：傳告鬼神言辭者。

〔一一〕原情：推究本情。《後漢書·郅彤傳論》：「斯固原情比跡，所宜推察者也。」《唐律·名例二》：「議者原情議罪，稱定刑之律。」

〔一二〕《書·堯典》：「曰若稽古帝堯。」僞孔傳：「若，順；稽，考也。能順考古道而行之者帝堯。」

〔一三〕謂仁政。《孟子·公孫丑上》：「先王有不忍人之心，斯有不忍人之政矣。」

〔一四〕祖：效法。成湯之三面：見《聞郭太尉出師》注〔六〕。

〔一五〕《書·舜典》：「明四目，達四聰。」僞孔傳：「廣視聽於四方，使天下無壅（壅）塞。」

〔一六〕吏議：指司法官吏關於處分定罪的擬議。《文選·司馬遷〈報任少卿書〉》：「拳拳之忠，終不能自列，因爲誣上，卒從吏議。」唐李周翰注：「有司以遷爲誣罔，天子終從獄吏之議。」

〔一七〕分守：職分；職守。《莊子·天道》：「道德已明而仁義次之，仁義已明而分守次之，分守已明而形名次之。」曾鞏《制誥擬詞·相制三》：「鼎足居中，各遵其職，分守則異，合謀惟一。」

〔一八〕灼見：猶洞察，看清楚。《書·立政》：「灼見三有俊心。」孔傳：「（文武）灼然見三有賢俊之心。」蘇軾《賜范純仁辭免恩命不允斷來章批答》：「卿篤於憂國，明於知人，灼見朕心，宜在此位。」

〔一九〕《左傳·文公十八年》：「先大父臧文仲教行父事君之禮，行父奉之以周旋，弗敢失隊（墜）。」

〔二〇〕服勤：《禮記·檀弓上》：「服勤至死。」唐孔穎達疏：「服勤者，謂服持勤苦勞辱之事。」《三國志·魏書·蔣濟傳》：「詔曰：夫骨鯁之臣，人主之所仗也。濟才兼文武，服勤盡節。每軍國大事輒有奏議，忠誠奮發，吾甚壯之，就遷爲護軍將軍，加散騎常侍。」柳宗元《送嚴公貺下第歸興元覲省詩序》：「而子之伯仲皆脱略貴美，服勤儒素，退託於布衣韋帶之任如少習然。」

〔二一〕桑榆：見《次韻岑彦高史强本春日書懷二首》之二注〔四〕。

## 謝張帥啟〔一〕

服勞關市①，愧無異於稠人〔二〕；忽玷品題〔三〕，寵實逾於華衮〔四〕。竊以士不自重，則廉恥之風息；公不滅私，則請謁之路行〔五〕。夫惟自重而不妄登門，然後至公樂爲之推轂〔六〕。豈獨求人者惟恐後，蓋念知己者良亦②難。所取一言，故叔向以得鬷明爲喜〔七〕；不願萬户，而李白以見荆州爲榮〔八〕。乃知分義之相投，方爲取與之兩得〔九〕。如某簪裳衰胄〔一〇〕，樗櫟棄材〔一一〕。效官米鹽刀筆之間〔一二〕，救過簿書期會之役〔一三〕。折腰五斗〔一四〕，羸安燕幕之危〔一五〕；餬口四方，僅免牛衣之泣〔一六〕。故平居不敢以竿犢自致〔一七〕，而左右亦莫借齒牙先容〔一八〕。夫何薦鶚之書〔一九〕，下取抱關之吏〔二〇〕。增光蔀屋〔二一〕，改觀同僚〔二二〕。重惭枯朽之餘，實費吹噓之力。此蓋某官量包山藪，言重蓍龜〔二三〕，羽儀當世之公卿〔二四〕，綺藻一代之人物〔二五〕。兼收並用，將嘉善而矜不能〔二六〕；捨短取長，抑與人而不求備③〔二七〕。遂令無用，濫厠甄收〔二八〕。若非藏垢而匿瑕，孰肯左提而右挈〔二九〕。昔晏嬰取士，尚贖過於縲囚〔三〇〕，而趙武好賢，嘗求人於筦庫〔三一〕。某敢不激昂衰鈍，祇畏簡書〔三二〕。進不負於所知，退無慚於素守〔三三〕。以此圖報，豈其敢忘？

【校記】

①闠市：祠本作「獄市」。②良亦：祠本作「爲尤」。③「抑與」句：原校曰：「一曰『抑與不求其備』。」

【箋注】

〔一〕在太原作。張帥：即張近幾仲。見《次韻承之紫巖長句》注〔九〕。帥：宋置帥司，長官稱經略安撫使，並兼駐泊兵馬都部置（總管），亦習稱「帥」。

〔二〕《晉書·嵇紹傳》：「昨於稠人中始見嵇紹，昂昂然如野鶴之在鷄群。」稠人：衆人。此反用其意。

〔三〕品題：品評，評論，定其高下。《後漢書·許劭傳》：「初劭與靖俱有高名，好共覈論鄉黨人物，每月輒更其品題，故汝南俗有月旦評焉。」唐暢當《蒲中道中二首》之二：「古刹棲柿林，緑陰覆蒼瓦。歲晏來品題，拾葉總堪寫。」蘇軾《答彭賀州啟》：「但慙衰朽，虚辱品題。敬佩至言，永以爲好。」

〔四〕華衮：見《代人謝啟》（觀風全晉）注〔六〕。

〔五〕請謁：請託求見。《管子・立教》：「請謁任舉之説勝，則繩墨不正。」

〔六〕「夫惟」二句：科舉時代對主考官的敬稱。謂其大公無私。唐劉虚白《獻主文》詩：「不知歲月能多少，猶著麻衣待至公。」歐陽修《與吴正獻公書》：「某向以孤危之跡，當群論洶湧之時，獨賴至公遏以清議，保全至此，恩德可量。」推轂：見《代人謝啟》（觀風全晉）注〔二〇〕。

〔七〕「所取」二句：《左傳・昭公二十八年》：「昔叔向適鄭，鬷蔑（即鬷明）惡，欲觀叔向，從使之收器者，而往立於堂下，一言而善。叔向將飲酒，聞之曰：『必鬷明也！』下，執其手以上。曰：『……子若無言，吾幾失子矣。』」叔向：春秋晉大夫，羊舌氏，名肸。叔向，字也。博議多聞，能以禮讓爲國，聞名諸侯間。鬷明：即然明。見《論海南黎事書》注〔六〕。

〔八〕見《劉晦叔挽詞二首》之二注〔一〕。

〔九〕謂各得其所。

〔一〇〕簪裳：見《謝薦舉狀》注〔四〕。

〔一一〕樗櫟：見《叔父生日》（溝瀆嗟尋常）注〔一四〕。

〔一二〕刀筆：見《送仲南兄赴水南倉》注〔三〕。

〔一三〕期會：見《論海南黎事書》注〔五〕。

〔一四〕見《贈王子直》注〔一六〕。

〔一五〕燕幕之危：《左傳·襄公二十九年》：「夫子之在此也，猶燕之巢於幕上。」晉杜預注：「言至危。」

麤：同「粗」。

〔一六〕牛衣之泣：《漢書·王章傳》：「章疾病，無被，卧牛衣中。與妻決，涕泣。」按此借以言生活艱辛。

〔一七〕竿櫝：《莊子·列禦寇》唐成玄英疏：「竿櫝，竹簡也。」按此言不曾投書求薦。

〔一八〕齒牙：見《代人賀啟》（顯被明綸，陞華延閣）注〔二五〕。先容：見《樗隱堂》注〔六〕。

〔一九〕薦鶚：見《代人謝啟》（觀風全晉）注〔一一〕。

〔二〇〕抱關：見《次韻孫海若見贈》之一注〔二〕。

〔二一〕蔀屋：見《代人謝啟》（觀風全晉）注〔七〕。

〔二二〕改觀：改變本來的看法、觀感。《後漢書·王暢傳》：「以明府上智之才，日月之曜，敷仕惠之政，則海内改觀，實有折枝之易，而無挾山之難。」《世説新語·容止》：「庾風姿神貌，陶一見便改觀。談宴竟日，愛重頓至。」

〔二三〕蓍龜：蓍草，龜甲，古用以占卜。

〔二四〕見《謝薦舉狀》注〔一二〕。

〔二五〕綺藻：繪飾。

〔二六〕見《謝薦舉狀》注〔一三〕。

〔二七〕《書·伊訓》：「居上克明，爲下能忠，與人不求備，檢身若不及。」與：贊許。備：完備。

〔二八〕甄：選拔。按此句自謙不才而謬承張公之薦。

〔二九〕提：提拔；挈：提攜。

〔三〇〕「昔晏嬰」二句：見《謝薦舉狀》注〔二八〕。

〔三一〕「而趙武」二句：見《謝薦舉狀》注〔二九〕。

〔三二〕見《自潁昌歸任況之有詩次其韻》注〔四〕。

〔三三〕素守：見《謝薦舉狀》注〔三二〕。

## 河東提刑崔公行狀〔一〕

曾祖諱裔，故贈工部侍郎〔二〕；祖諱嶧，故任刑部侍郎，贈特進〔三〕；考諱度，故任朝散大夫，累贈宣奉大夫〔四〕；公諱鈞，字元播，姓崔氏。系出於魏相琰〔五〕，至唐，世有顯人，爲天下望族。其先占籍光州〔六〕，徙居開封，不知所從來；自特進公帥慶陽〔七〕，乃家於雍〔八〕。公以特進公蔭〔九〕，授將仕郎〔一〇〕，守將作監主簿〔一一〕。初任涇州酒稅〔一二〕，積官至朝散大夫。自涇州酒稅，歷遷知鳳翔之扶風〔一三〕，瀛州之河間〔一四〕，磁州之武安縣〔一五〕，簽書遼州判官〔一六〕，通判岢嵐軍〔一七〕，知南渠、均、遂三州〔一八〕，領利州路轉運判官〔一九〕，提點梓州、河東刑獄〔二〇〕，河東路轉運副使。初知①扶風，以母憂去官〔二一〕，河間復丁父憂，皆不能終仕。知南渠州，被旨改提點大遼〔二二〕，頓事不赴〔二三〕。凡出仕②四十有四年，終始一節。公爲人溫厚靖深〔二四〕，喜慍不見於色〔二五〕。少讀書，以功名自任，不苟於吏事。初宰武安州〔二六〕，既以整辦稱矣〔二七〕。時深、冀水潦〔二八〕，民流移於武安者以千數。誘説豪右，出粟平其直〔二九〕，籍貧民〔三〇〕，使得市，而公自臨視之。至秋大熟，迄無殍殕〔三一〕。黄髮垂髫〔三二〕，扶攜而歸，皆曰：「活我者崔公也。」武安之民，紀公善政聞於朝，願再留三年，詣闕下者五百餘人。時驚異之。

其後出守，專以清淨不擾爲政，務在舉大綱，略細故，與吏民立教，期於無犯。推轂士類〔三三〕，率先寒素〔三四〕。掾屬有故人子，詭以其父書求薦章，置金函中。公舉之有物，笑謝而卻之，然卒加薦引。人以此多公篤於故舊〔三五〕，而能掩人之私也。

崇寧中，有詔天下建置佛祠，榜曰「天寧萬壽」〔三六〕。公時爲遂寧守，奉詔矍然曰：「此地，上始封之國〔三七〕，可使不先他郡乎？然民不可勞也。」乃因城南廢寺，庀材治具〔三八〕，躬自督視，鼓舞吏民，不逾月而告成。民視輪奐之鼎新〔三九〕，初不知追胥之擾也〔四〇〕。

大觀初，太行有黠盜曰李免者〔四一〕，聚徒山谷，時出寇掠，驚擾郡邑。朝廷遣將兵捕虜，久無功。乃自梓州路提點刑獄移公河東，專董其事。公入境，以方略授諸將，按劾其逗撓疲懦素無狀者數人〔四二〕。由是人人自力，皆倍其勇。未幾，披其黨聚〔四三〕，賊窮請命，詔釋之。太行以寧〔四四〕。請改轉運副使。河東地瘠民貧，漕挽歲常不足〔四五〕。公曰：「民不可取也。」乃盡索諸郡貢賦山澤之籍〔四六〕，與廩吏養兵儲邊之費〔四七〕，計入以爲出〔四八〕；罷不急之務，講在官之利〔四九〕，寬恤民力，明年，儲廥皆盈〔五〇〕。初行均糴法〔五一〕，河東俗少種麥，民無以輸，吏恐不能塞責。公獨抗疏於朝，論其不可敷辦之狀，有旨遂罷夏糴，公私便之。詔天下言便民事，公在職，以八事應詔：一曰議升貢，二曰重守令，三曰經漕運，四曰慎舉官，五曰罷榷酤〔五二〕，六曰議財貨，七曰罷時估〔五三〕，八曰重農事。其言皆切於世務，可以見公行己之大略矣。

久之，復除本路提刑，發伏擿姦〔五四〕，郡吏震悚。先是，有浮屠氏者爲獄詞逮引，目以妖賊餘黨，久未就捕；一日，獲於晉州〔五五〕，詔公案治。衆謂必誅死，公獨辨其非黨與，讞於朝〔五六〕，貸之〔五七〕，復爲浮屠如初。人方知公嫉惡出於天資，而其詳刑法，民自以不冤，實長者也。

公在河東凡十餘年，既倦游，慨然有歸志，乃買田陽翟〔五八〕，將老焉。方築室，會以事罷〔五九〕。乃竟請歸，闔門不治外事，絕賓客，專以道家養生煉氣之術爲意。無何，無甚疾而終。享年六十有六，時政和五年七月十四日。

公兄弟二人，季曰龠〔六〇〕，字元量，布衣，從公南北，友愛未嘗相捨。大禮恩當任子〔六一〕，捨其息以先倫〔六二〕，朝廷不從。歎謂倫曰：「吾弟未禄仕，吾無以見先君。」既得歸，乃謝事〔六三〕，以恩授倫〔六四〕。命下兩月而公卒。嗚呼！可謂君子哉若人也。

公娶周氏，朝請大夫宗問之女〔六五〕，累封宜人〔六六〕，先公五年卒。子男三人，曰琥、曰颯，皆早世；曰嵩，將仕郎。孫男二人，曰孝彦、孝純③，尚幼。以是年八月十七日，合葬於陽翟縣某原周宜人之塋。

公平生無他嗜好，唯喜藏書，蓄古器，傾家貲以求之不憚。善作詩，傳於士大夫之間，編集於家二十卷。又自取唐史，撰次其人物之美者，各爲詩以紀之，名曰《易覽》，亦藏於家。

過昔從仕太原，公爲部使者〔六七〕，數得以事見。公風姿秀整，氣温而色莊，口不論臧否，言不及世故，獨好問長生之術與方士内外丹之訣〔六八〕。熊經鳥伸、吐故納新之説〔六九〕，靡不造其精微。蓋自弱齡從事於兹，晚歲亦專心致志焉，曰：「黄金可必成〔七〇〕，飛仙可必學。」故年高而齒髮不衰，顔如嬰兒，殆有得於出世間法者。夫重於内者必輕於外，故公所至，能以身徇義〔七一〕，愛民利物，不求赫赫之名，去而人輒思之。

過嘗辱公之知，論薦於朝〔七二〕，又與其弟元量游，復同閭里，講公生平爲詳。乃狀其行事，以告當世君子，庶幾採摭以志其墓隧云爾〔七三〕。

【校記】

①知：原本脱，據祠本補。　②出仕：祠本作「出任」。　③純：祠本作「繩」。

【箋注】

〔一〕作於政和五年（一一一五）。河東：路名，轄境約當今山西全境，治太原。提刑：全稱提點刑獄公事，宋代各路均設此官，掌「察所部之獄訟而平其曲直」，兼管農桑。行狀：《文體明辨序説》云：「按劉勰云：『狀者，貌也，體貌本原，取其事實。先賢表謚，並有行狀，狀之大者也。』……蓋具死者世系、名字、爵里、行治、壽年之詳，或牒考功太常使議謚，或牒史館請編録，或上作者乞墓誌碑表之類皆用之。」

〔二〕「曾祖」二句：裔，史書無傳，生平不詳。贈：見《孫團練墓誌銘》注〔四五〕。工部侍郎：《宋史·職官三》：「工部，掌天下營造，其正尚書，副貳爲侍郎。」

〔三〕「祖諱嶧」二句：嶧，字之才，京兆長安（今陝西長安）人，以刑部侍郎致仕，《宋史》有傳。刑部侍郎：《宋史·職官三》：「刑部掌刑法、獄訟、奏讞、赦宥、叙復之事。」其正曰尚書，副貳曰侍郎。特進：散官名，宋爲正二品文官階（見《宋史·職官九》）。

〔四〕「考諱度」三句：度，史書無傳，生平不詳。朝散大夫、宣奉大夫：皆散官名。前者爲從五品上文官階，後者爲四品文官階（見《宋史·職官九》）。累贈：屢次追贈而後之最高爵位。

〔五〕魏相琰：琰字季珪，漢末清河東武城（在今山東武城西）人，仕曹操，魏初，拜尚書。《三國志·魏書》有傳。望族：有聲勢之世家貴族。

〔六〕占籍：遷居新地而入籍。光州：州名，宋屬淮南西路，治定城（今河南潢川）。

〔七〕據《宋史》本傳，崔嶧嘗知慶州。慶州：宋屬永興軍路，後改爲慶陽府，治安化（在今甘肅）。

〔八〕雍：宋天興縣（今陝西鳳翔南），其地蓋古之雍縣，漢置。

〔九〕蔭：庇蔭，古時指子孫因先人功績勳勞而受封賞。

〔一〇〕將仕郎：散官名，從九品文官階。

〔一一〕守將作監主簿：守，宋代官制，有散官階與實際任職之分，二者常不相符，官階高而任職低者稱「行某官」，官階低而任職高者稱「守某官」。將作監主簿：將作監之屬官，將作監掌宫室、城郭、橋梁、舟車等土木工程。

〔一二〕涇州：宋屬秦鳳路，州治保定（今甘肅涇川）。

〔一三〕遷：升遷。知：宋時「分命朝臣出守列郡，號權知軍州事」（《宋史·職官七》）；縣亦如之。鳳翔：府名，宋屬秦鳳路，治扶風（今陝西扶風），轄扶風等九縣。

〔一四〕瀛州：州名，宋屬河北東路，後改爲河間府（治今河北河間），轄河間等三縣。

〔一五〕磁州：宋屬河北西路，轄武安（治河北武安）等三縣。

〔一六〕簽書判官：州府幕職，全稱簽書判官廳公事，選派京官充任，「總理諸案文移」（《宋史·職官七》）。遼州：州名，宋屬河東路，治遼山（今山西左權）。

〔一七〕通判：官名。宋代爲抑制地方勢力，於各州府或軍置通判，以京官儒臣充任，「知府公事並須長吏、通判簽議連書，方許行下」（《宋史·職官七》）。岢嵐軍：宋屬河東路，治今山西岢嵐。軍，宋代行政區劃名，與州府監同隸於路。

〔一八〕南渠：疑南渠即渠州，宋屬潼川府路，治今四川渠縣。均：宋屬京西南路，治武當（今湖北均縣北）。遂：宋屬梓州路，後改爲遂寧府，屬潼川府路，治小溪（今四川遂寧）。

〔一九〕利州路：路，宋代地方第一級行政區劃，下設州、府、軍、監、縣。利州路轄境約今四川省營山、南部以北，通江、平昌以西，平武、梓潼以東地區以及陝西省秦嶺以南，子午河、星子山以西地區。治興元府（今陝西漢中）。轉運判官：轉運使「掌經度一路財賦」，其屬吏有副使、判官（《宋史·職官七》）。

〔二〇〕梓州：路名，轄境約當今四川中江、鹽亭、西充、渠縣以南，金堂、資中、榮縣、屏山、筠連以東及大竹、鄰水、合川、永川、合江以西地區。治梓州（今四川三臺）。重和元年，改爲潼川府路。

〔二一〕憂：特指父母之喪，亦稱丁憂。

〔二二〕提點：提舉、檢點，爲專司官長。大遼：契丹國號。

〔二三〕頓事：爲事所礙。

〔二四〕靖深：安詳深沉。宋蔡襄《入内都知張惟吉制敕》：「具官某識慮靖深，才資敏邵。久處近密，號爲修節。總涖禁省，動循典憲。」蘇軾《興國寺浴室院六祖畫贊》：「而西壁三師皆神宇靖深，中空外夷，意非知是道者不能爲此。」

〔二五〕見：現。

〔二六〕武安州：磁州治武安。

〔二七〕整辦：整治，辦理。《後漢書·左雄傳》：「謂殺害不辜爲威風，聚斂整辦爲賢能，以理己安民爲劣弱，以奉法循理爲不化。」按此言善于治理。

〔二八〕深、冀：皆州名。深州宋屬河北西路，治静安（今河北深州南）。冀州宋屬河北東路，治信陽（今河北冀州）。

〔二九〕直：後來寫作「值」。平其值謂公平其價。

〔三〇〕籍：登記，按此謂據人配售。

〔三一〕殍：餓死者。殕：《集韻》：「踣，《説文》『僵也』，亦作殕。」按殍殕指饑餓而斃者。

〔三二〕此猶言老小。黄髮：指老人。垂髫：指幼童。

〔三三〕推轂：見《代人謝啟》（觀風全晉）注〔二一〇〕。

〔三四〕寒素：指家世寒素之人。《初學記》卷十一引晉王隱《晉書》：「王戎爲左僕射，領吏部尚書。自戎居選，未嘗進一寒素，退一虚名。」宋曾鞏《祭歐陽少師文》：「愛養人材，獎成誘掖，甄拔寒素，振興滯屈，以爲己任，無有廢咈。」

〔三五〕多：稱贊。

〔三六〕「崇寧」三句：崇寧：徽宗年號（一一〇二—一一〇六）。崇寧二年，令天下郡皆建崇寧寺。天寧：徽宗生辰節。《宋史·徽宗紀》：「元符三年夏四月丁未，以帝生日爲天寧節。」

〔三七〕上：指徽宗。《宋史·徽宗紀》：「哲宗即位，封（徽宗）遂寧郡王。」

〔三八〕庀：具備，整治。

〔三九〕輪奐：高大華美貌。鼎新：更新。

〔四〇〕追胥：追促之吏。

〔四一〕「大觀」二句：《宋史·徽宗紀》：「大觀二年（一一〇八），河東、北盜起。」疑即李免之事。大觀：徽宗年號（一一〇七—一一一〇）。

〔四二〕逗撓：徘徊觀望。或作「逗橈」。《史記·韓長孺列傳》：「廷尉當（王）恢逗橈，當斬。」南朝宋裴駰《集解》引《漢書音義》：「逗，曲行避敵也；橈，顧望。軍法語也。」疲懦：拖沓怯懦。狀：功績。

〔四三〕披：此謂擊潰。

〔四四〕以：因而。

〔四五〕漕挽：亦作「漕輓」。水運曰漕，陸運曰挽。

〔四六〕籍：税收。

〔四七〕廩吏：官家供給禄米之官吏。

〔四八〕據收入以計劃支出。

〔四九〕講：謀劃。

〔五〇〕儲廥：泛指存放糧草之倉庫。廥：《説文解字》曰：「芻稿之臧（藏）也」。

〔五一〕均糴法：政和元年，童貫宣撫陝西，以人户家業、田地數量分等，攤派徵糧，名曰均糴，後推廣各地（《宋史·食貨志》）。

〔五二〕榷酤：漢以後歷代政府所實行的酒專賣制度；也泛指一切管制酒業取得酒利的措施。天漢三年（前九八年），始榷酒酤，壟斷酒的産銷。後歷代沿之，或由政府設店專賣；或對酤户及酤肆加征酒税；或將榷酒錢匀配，按畝徵收，等等，用以增加政府財政收入。宋周煇《清波雜志》卷六：「榷酤創始於漢，至今賴以佐國用。」

〔五三〕時估：相時抬高物價。

〔五四〕舉發姦邪隱惡。擿：揭發。

〔五五〕晉州：宋屬河東路，治臨汾（在今山西）。

〔五六〕讞：議罪。

〔五七〕貸：寬赦。

〔五八〕陽翟：縣名，宋屬京西北路潁昌府，即今河南禹州。

〔五九〕事：本集《代崔憲謝降官表》曰：「繆於刺舉，以干越職之誅；尚賴寬仁，止就削官之罰。恩深責薄，感激涕零。」未詳的係何事。

〔六〇〕崔龠：處士，晚居潁昌，與過相友善。

〔六一〕大禮：朝廷禮制。宋代補蔭之制，凡朝廷行郊祀之類大典，官吏則可保其戚屬爲官；可保奏之親疏以官爵高低爲别，如「諸路轉運，始許奏及諸親，提點刑獄，惟許奏男」（《宋史·選舉志五》）。崔鈞時爲提刑，故惟「恩當任子」。

〔六二〕息：子。

〔六三〕謝事：致仕，辭官告退。《魏書·穆紹傳》：「遂謝事還家，詔喻久乃起。」蘇轍《贈致仕王景純寺丞》詩：「潛山隱君七十四，紺瞳緑髮方謝事。」

〔六四〕《宋史·選舉志五》：「凡乞致仕而不願轉官者，中大夫至朝奉郎及諸司使，許奏補本宗有服親一人。」崔鈞官至朝散大夫，爵在朝奉郎上，故其致仕，龠得依例補官。

〔六五〕朝請大夫：散官名，爲從五品文官階。

〔六六〕宜人：封建社會婦人因子孫或丈夫而得之封號名。

〔六七〕部使者：即刺史。漢武帝分全國爲十三州部，遣使巡之，謂部使者，宋之轉運、提刑略當之。

〔六八〕内外丹：道士稱以自身精氣煉成之丹爲内丹，以燒煉金石成藥者爲外丹。

〔六九〕「熊經」二句：乃道士養生延年之術。《莊子·刻意》：「吹呴呼吸，吐故納新，熊經鳥申，爲壽而已矣。」成玄英疏：「吹冷呼而吐故，呴暖吸而納新，如熊攀樹而自經，類鳥飛空而伸脚，斯皆導引神氣以養形魂，延年之道，駐形之術。」

〔七〇〕黄金：術士聲稱以銅錫之類可冶制爲金。

〔七一〕徇：從。

〔七二〕見《謝薦舉狀》注〔一〕。

〔七三〕墜：同「隧」。

## 孟縣新遷獄舍記①〔一〕

孟之爲邑褊小，介在山谷中，爲令者至，官多寡弱，其民不事事。至於舍館圮壞〔二〕，恬然安之，習爲故常，莫肯改作。劉君祖因爲是邑〔三〕，其明年民既宜之。則請於州，量功立事，自門堦户廟，粲然一新。既又徙置其獄於廳事之西〔四〕，爲屋二十楹〔五〕，閈閎垣墉〔六〕，峻峙完絜〔七〕，下至桁楊〔八〕，擴摺莫不中度〔九〕。以書抵余，願記其事。

余惟鄭子産鑄刑書而叔向譏之〔一〇〕，今孟作新獄舍俾余夸示，後人不幾於使民有爭心乎？雖然，古之仁人若子，於是物也，敢過亦不敢不及，蓋將盡心焉耳。夫禁暴詰姦，在易有之曰利，用獄而哀矜無幸〔一一〕，使人自以爲不冤，必於是乎在。此吾之意也歟！如坐視其墊隘〔一二〕，不可一日居。暑雨祁寒適至〔一三〕，人有傻死，誰執其咎？且黄霸從夏侯勝受經〔一四〕，吴祐縱毋丘長生子〔一五〕，皆坐繫踰冬，死而不悔。吏若不少隱其無辜，人舉爲濕燥寒暑，所病呻吟疾痛之不暇，又安能受經養子於其間哉？子非直然也，抑又有旨哉？昔雋不疑爲青州刺史，每行縣録囚徒還，其母聞有所平反，輒喜笑爲飲食，言語異他日〔一六〕。子千里奉母而來，顧無以爲親，所謂養志，殆將出此乎！君曰然，遂並其語書之。

【校記】

①本篇不見于原《斜川集》。輯自《新刊國朝二百家名賢文粹》卷一二九。

【箋注】

〔一〕當作於太原。其孟縣疑爲「盂縣」。開篇云：「孟之爲邑褊小，介在山谷中」正與今盂縣地形類似，且在宋時屬太原府。盂縣最早記載在《左傳·昭公二十八年》：「魏獻子爲政，分祁氏之田以爲七縣，盂丙爲盂大夫。」獄舍：監獄。

〔二〕圮壞：坍塌毁敗。

〔三〕劉君祖因：未詳。

〔四〕廳事：官署視事問案的廳堂。《三國志·吴書·諸葛恪傳》：「出行之後，所坐廳事屋棟中折。」

〔五〕楹：量詞。房屋計量單位。屋一列或一間爲一楹。《新唐書·隱逸傳·陸龜蒙》：「(陸龜蒙)有田數百畝，屋三十楹。」

〔六〕閈閎：大門。宋邵博《聞見後録》卷十二：「以爲高其閈閎，固其扃鐍，不如開門發篋而示之無有也。」垣墉：牆。《書·梓材》：「若作室家，既勤垣墉，惟其塗塈茨。」

〔七〕峻峙：指聳立。唐玄奘《大唐西域記·故宫北石柱》：「周垣峻峙，隅樓特起。」整潔。完絜：亦作「完潔」宋張耒《雙槐堂記》：「以其餘力作燕居之堂，灑掃完潔，足以燕賓客，閲圖書。」

〔八〕桁楊：加在腳上或頸上的刑具。亦泛指刑具。《莊子·在宥》：「今世殊死者相枕也，桁楊者相推也，刑戮者相望也。」唐成玄英疏：「桁楊者，械也。夾腳及頸，皆名桁楊。」

〔九〕擴摺（lā）：亦爲刑具。《史記·范雎蔡澤列傳》：「魏齊大怒，使舍人笞擊雎，折脅摺齒。」唐司馬貞索隱：「謂打折其脅而又拉折其齒也。」中度：合乎標準、法度。《禮記·王制》：「用器不中度，不粥於市。」

〔一〇〕鄭子産：見《論海南黎事書》注〔六〕。叔向：見《謝張帥啓》注〔七〕。《左傳·昭公六年》：「昔先王議事以制，不爲刑辟，懼民之有爭心也。」

〔一一〕哀矜：哀憐；憐憫。《書·吕刑》：「皇帝哀矜庶戮之不辜。」晉傅玄《傅子·法刑》：「司寇行刑，君爲之不舉樂，哀矜之心至也。」

〔一二〕墊隘：羸弱困苦。《左傳·成公六年》：「郇、瑕氏土薄水淺，其惡易覯。易覯則民愁，民愁則墊隘，於是乎有沉溺重腿之疾。」晉杜預注：「墊隘，羸困也。」唐孔穎達疏引《方言》：「地之下濕狹隘，猶人之羸瘦困苦。」

〔一三〕祁寒：嚴寒。《書·君牙》：「冬祁寒，小民亦惟曰怨咨。」宋蔡沈集傳：「祁，大也。」

〔一四〕黄霸：見《送孫海若赴官河朔叙》注〔六〕。夏侯勝：字長公，寧陽侯國人（今山東寧陽縣）。少孤好學。從始昌受尚書及洪範五行傳。又從歐陽氏學。善説禮，徵爲博士、光禄大夫。宣帝時以議武帝謚，問黄霸下獄，霸從勝受經，赦出。累遷太子太傅。受詔撰尚書論語説。年九十卒。《漢書·夏侯勝傳》：「御史大夫廣明劾奏勝非議詔書，毁先帝，不道，及丞相長史黄霸阿縱勝，不舉劾，俱下獄。……勝、霸既久繫，霸欲從勝受經，勝辭以罪死。霸曰：『朝聞道，夕死可矣』。勝賢其言，遂授之。」

〔一五〕《後漢書·吴祐》：「又安丘男子毋丘長與母俱行市，道遇醉客辱其母，長殺之而亡，安丘追蹤於膠東得之。祐呼長謂曰：『子母見辱，人情所恥。然孝子忿必慮難，動不累親。今若背親逞怒，白日殺人，赦若非義，刑若不忍，將如之何？』長以械自繫，曰：『國家制法，囚身犯之。明府雖加哀矜，恩無所施。』祐問長有妻、子乎？對曰：『有妻未有子也。』即移安丘逮長妻，妻到，解到桎梏，使同宿獄中，妻遂懷孕。至冬盡行刑，長泣謂母曰：『負母應死，當何以報吴君乎？』乃齧指而吞之，含血言曰：『妻若生子，名之「吴生」，言我臨死吞指爲誓，屬兒以報吴君。』因投繯而死。」吴祐：字季英，恢子。年二十喪父，家無儋石而不受贍遺，牧豚長垣澤中，舉孝廉，仕至齊相。梁冀表爲長史，及冀誣奏李固。馬融爲具章草，祐謂融曰：「卿何面目見天下人乎？」冀怒，出祐爲河間相，因自免歸家不復仕。

〔一六〕「昔雋不疑」數句：雋不疑：字曼倩，勃海（治在今河北南皮縣北）。治春秋爲郡文學，進退必以禮。武帝末徵拜青州刺史，昭帝初擢京兆尹，吏民敬其威信，有男子詣北闕，自謂衛太子。詔公卿雜識視，莫敢發言，不疑後至，叱從吏收縛曰：「昔蒯聵違命出奔，輒拒不納，《春秋》是之。衛太子得罪先帝，此罪人也。」遂送詔獄，帝與霍光聞而嘉之曰：「公卿大臣，當用經術，明于大誼。」由是名重于朝廷，後以病免。《漢書》有傳。參《愛人堂爲李幾仲賦》注〔二一〕。

# 蘇過詩文編年箋注卷九　文

政和六年（一一一六）出知郾城縣至宣和五年（一一二三）權通判中山府期間作

## 志隱跋〔一〕

昔余侍先君子居儋耳，丁年而往〔二〕，二毛而歸〔三〕。蓋嘗築室有終焉之志〔四〕，遂賦《志隱》一篇，效昔人《解嘲》、《賓戲》之類〔五〕，將以混得喪〔六〕、忘羈旅，非特以自廣，且以爲老人之娱。先君子覽之，欣然嘉焉〔七〕。

逮今二十年矣〔八〕，政和丙申來㶏①水〔九〕，偶發書篋，得舊稿，悵然感歎。小兒籥在總角時〔一〇〕，逮事先君子者，惜此篇久亡而今存，請書其事而藏之，庶幾不忘在莒云耳〔一一〕。

【校記】

①㶏：原本作「隱」，諸本作「潁」，郾城縣有㶏水，當作「㶏」。

【箋注】

〔一〕作於政和六年（一一一六）。在郾城。《志隱》文見前。

〔二〕丁年：《文選·李陵〈答蘇武書〉》：「丁年奉使，皓首而歸。」唐李善注：「丁年，謂丁壯之年也。」按蘇過於紹聖四年侍父遷儋耳，時年二十有六。居四年，以元符三年離儋。唐温庭筠《蘇武廟》詩：「回日樓臺非甲帳，去時冠劍是丁年。」

〔三〕二毛：《左傳·僖公二十二年》：「君子不重傷，不禽（擒）二毛。」晉杜預注：「二毛，頭白有二色。」

〔四〕《宋史·蘇軾傳》：蘇軾父子到海南，「初僦官屋以居，有司猶謂不可，軾遂買地築室，儋人運甓畚土以助之。獨與幼子過處，著書以爲樂，時時從其父老游，若將終身」。

〔五〕《解嘲》：漢揚雄作。《漢書·揚雄傳下》：「哀帝時丁、傅、董賢用事，諸附離之者或起家至二千石。時雄方草《太玄》，有以自守，泊如也。或潮（嘲）雄以玄尚白，而雄解之，號曰《解嘲》。」《賓戲》：班固作。《漢書·叙傳》：「（班固）永平中爲郎，典校秘書，專篤志於博學，以著述爲業。或譏以無功，又感東方朔、揚雄自諭以不遭蘇、張、范、蔡之時，曾不折之以正道，明君子之所守，故聊復應焉（而作《賓戲》）。」按《後漢書》本傳作《賓戲》，《文選》作《答賓戲》。

〔六〕得喪：猶得失。指名利的得到與失去。《莊子·田子方》：「而况得喪禍福之所介乎！」《東坡易傳》卷七：「方是之時，易存乎其中而人莫見，故謂之道而不謂之易。有生有物，物轉相生，而吉凶得喪之變備矣。」

〔七〕「先君」二句：晁以道《宋故通直郎蘇叔黨墓誌銘》曰：「其初至海上，爲文一篇曰《志隱》，效於先生（蘇軾）前，先生攬之曰：『吾可以安於島夷矣。』先生因欲自爲《廣志隱》，以極窮通得喪之理焉。」

〔八〕《志隱》曰，「蘇子居島夷之二年（一〇九八）」作《志隱》，至政和丙申（一一一六），蓋十有九年也，二十云者，取其成數。

〔九〕謂政和六年自潁昌出知鄢城縣。

〔一〇〕總角：謂童年。《詩·衛風·氓》「總角之宴」毛傳：「總角，結髮也。」唐孔穎達疏：「男子總角，未冠；女子總角，未笄。」又云：「直結其髮聚之爲兩角。」

〔一一〕在莒：劉向《新序》卷四《雜事》：「鮑叔奉酒而起曰：『祝吾君無忘其出而在莒也。』」按《左傳·莊公八年》載，齊國内亂，鮑叔牙奉公子小白（即後之齊桓公）奔於莒。後因用「在莒」指流亡他鄉。蘇軾《王晉卿作烟江疊嶂圖僕賦詩》云：「願君終不忘在莒，樂時更賦《囚山篇》。」

## 襄城程先生美中墓誌銘〔一〕

古者仕而未有禄者，君有餽焉，曰「獻」，使焉曰「寡君」①〔二〕；雖王公不敢以其位②加於匹夫〔三〕，而士亦有不見公侯、恥於鼎肉亟餽亟拜之義〔四〕。秦漢以下，風俗不競；降志辱身，惟利是趨。故揚子雲曰：「周之士也貴，秦之士也賤〔五〕。」有以也夫〔六〕！

有襄城布衣之士曰程美中，素以儒術教其鄉人。不汲汲於富貴，不戚戚於貧賤〔七〕，獨尚氣節，不妄交於人。鄉閭皆嚴憚之〔八〕，尊之曰「先生」。蓋嘗有侍從貴臣出守潁昌〔九〕，乃先生之友人也，或勸之俾修謁焉〔一〇〕，顧笑曰〔一一〕：「我賤彼貴。招而往，吾猶病之〔一二〕，若栖栖其門户〔一三〕，人其以我徼口腹而來〔一四〕，祇自取辱焉。」衆大慚服。邑有富人，遣其子受經於先生。既中甲乙科〔一五〕，鄉人榮之，而先生澹然無德色〔一六〕。其後貧甚，或强使謁之以病告，陽許諾而卒不往〔一七〕，汝潁之士爲之□□。過與其子鼒游〔一八〕，鼒又稱其處兄弟之間有難能者，曰：「吾祖昔以財雄鄉里〔一九〕，有子五人，先生其季也。伯仲皆豪放，不事生産，田園悉爲嬉游費殆盡；而先生敝衣蔬食，杜門讀書，不問有無，全兄弟之懽。」夫孝悌稱於其家，阨窮守道稱於朋友，抑亦無愧於古之士矣。今其亡也，可不識乎〔二〇〕？

先生諱彪，美中其字也，世爲開封長垣人〔二一〕，後徙居襄城。曾大父悦不仕，大父永贈太子中允〔二二〕，皆隱居自晦〔二三〕，財豪而善施〔二四〕。父諱初，蚤中九經第〔二五〕，仕屯田員外郎〔二六〕，性剛直，好譏刺大臣，以故仕不甚顯。母李，故丞相沆之孫〔二七〕，侍郎師錫之女〔二八〕，邑封長壽〔二九〕。先生幼而警敏，好觀史書，不特事科舉學〔三〇〕。年甫弱冠〔三一〕，矯矯自立〔三二〕。推重於先生長者，皆自以爲莫及。襄城舊儒曰楊泌〔三三〕，未嘗妄與文許人；一見之，斂衽心服〔三四〕，遂以女妻之，由是爲襄城人。先生善誨人，至誠遇物，期於長育成就，學者從之如歸〔三五〕，相踵登進士第，多有顯者，然終其身，僅能取薦書而已〔三六〕。一命不霑〔三七〕，交游稱屈〔三八〕，是命也夫！

政和七年，鼒以上舍士貢於京師〔三九〕，而先生亦以免解③恩將同試於春官〔四〇〕。未行，而以疾終於其家。享年五十有九。歲在丁酉八月二十五日也。子四人，曰鼒、□④、闓、開；女一人，適孫娛〔四一〕，故資政殿學士康公猶子也〔四二〕。以某年某月日葬於某地，從祔其先〔四三〕。鼒來請銘。銘曰：

源遠⑤而流長，立善必有自也〔四四〕；安時而處順，秉德必有似⑥也。介然乎不群於物〔四五〕，此其性之於己也；不報其人而報其德，天殆將以昌其子也〔四六〕。

**【校記】**

①「古者」至「曰獻」：趙本作：「古者仕而未禄於君者，餽焉曰獻。」原校曰：「無『君有』二字。」②位：原校曰：「一作貴。」③解：原本作「舉」，據知本改。④□：祠本作「日」。⑤遠：原校曰：「一作深。」⑥似：原校曰：「一作以。」

**【箋注】**

〔一〕當作於政和七年（一一一七）。美中卒於「丁酉」之年，即政和七年，是銘亦當作於同時或稍後。

〔二〕語出《禮記・檀弓下》。唐孔穎達疏云：「饋，餉也。君有饋，謂臣有物饋獻於君，既奉餉君上故曰獻。使焉曰寡君者：謂爲君使往他國，此臣若出使則自稱己君爲寡君也，言臣雖仕未得禄而有物饋君，及出使他國，所稱則並與得禄者同也。」

〔三〕加：侵凌、凌辱。《論語・公冶長》：「我不欲人加諸我也，吾亦欲無加諸人。」

〔四〕「而士」二句：《孟子・萬章下》：「繆公之於子思也，亟問亟餽鼎肉，子思不悅。」亟：頻也。按此謂有賢不能舉用之，但饋之以食，故子思不悦。

〔五〕語見揚雄《法言》。

〔六〕有以：猶言「有因」。以上爲第一段，謂世風日下，趨炎附勢者衆。

〔七〕「不汲汲」二句：見《題陽關圖後》注〔七〕。

〔八〕嚴憚：畏懼；害怕。《史記·汲鄭列傳》：「然衛人仕者皆嚴憚汲黯，出其下。」《新唐書·吕元膺傳》：「時方鎮多姑息，獨元膺秉正自將，監軍及中人往來者無不嚴憚。」蘇軾《陳公弼傳》：「爲人清勁寡欲，長不逾中人，面瘦黑，目光如冰。平生不假人以色，自王公貴人皆嚴憚之。」

〔九〕侍從：宋稱翰林學士、給事中、六尚書、侍郎爲侍從。出守潁昌：由京城出知潁昌府。

〔一〇〕修謁：進見（地位或輩分高的人）。《三國志·吴書·陳武傳》：「陳武字子烈，廬江松滋人。孫策在壽春，武往修謁。」庾信《周大將軍聞嘉公柳遐墓誌》：「君時年十二，以民禮脩謁。進止端詳，神情雅正，侯目送之不輟。」

〔一一〕顧：副詞，但，只。

〔一二〕病：難堪。

〔一三〕棲棲：《詩·小雅·六月》：「六月棲棲，戎車既飭。」朱熹《集傳》：「棲棲，猶皇皇不安之貌。」

〔一四〕徼：求也。

〔一五〕甲乙科：唐宋進士考試分甲乙二科。「經策全通爲甲第，策通四、帖過四以上爲乙第」（《新唐書・選舉志上》)。此泛稱進士科。

〔一六〕德色：自以有恩於人而形諸顔色。《漢書・賈誼傳》：「故秦人家富子壯則出分，家貧子壯則出贅。借父耰鉏，慮有德色。」唐顔師古注：「言以耰及鉏借與其父，而容色自矜爲恩德也。」

〔一七〕卒：結果。

〔一八〕蘇過有《次韻程秀才求作其先人埋銘》詩。

〔一九〕雄：稱雄；爲鄉里之冠。

〔二〇〕識：記。以上爲第二段，贊程美中行高身廉，無愧先賢。

〔二一〕長垣：縣名，今屬河南。

〔二二〕贈：卒後贈官，追任。太子中允：太子屬官。

〔二三〕自晦：自隱才能，不使聲名彰著。《宋書・隱逸傳》：「夫隱之爲言，跡不外見，道不可知之謂也。若夫千載寂寥，聖人不出，則大賢自晦，降夷凡品，止於全身遠害，非必穴處巖栖。」

〔二四〕財豪：多財；財物富贍。

〔二五〕九經科：宋代考試科目名。九經分别爲《周易》、《尚書》、《毛詩》、《禮記》、《周禮》、《儀禮》、《春秋》、《公羊傳》、《穀梁傳》。

〔二六〕屯田員外郎：工部屬官。《宋史・職官三》：「其屬三：曰屯田，曰虞部，曰水部。設官十：尚書、侍郎各一人，工部、屯田、虞部、水部，郎中、員外郎各一人。」

〔二七〕李沆（九一九—九六九）：宋洺州（今屬河北）人，字太初。太平興國五年舉進士。太宗時爲右補闕知制誥，禮部侍郎，真宗時爲相。《宋史》有傳。

〔二八〕師錫：沆弟李維子。《宋史·李維傳》云：「子師錫，虞部員外郎。」侍郎：六部各有尚書，其副曰侍郎。按李維傳只稱師錫爲虞部員外郎，屬工部，據過此文，則其後遷工部侍郎。

〔二九〕謂其母李氏因其父爲官故封贈爲長壽縣君。

〔三〇〕特：只。

〔三一〕甫：始。

〔三二〕矯矯：出衆貌。《漢書·叙傳下》：「賈生矯矯，弱冠登朝。」

〔三三〕楊泌：其事不詳。

〔三四〕斂衽：提起衣襟，以示敬意。斂：提起；衽：衣襟。

〔三五〕猶言「歸市」，形容踴躍。《孟子·梁惠王下》：「從之者如歸市。」

〔三六〕取薦書：謂曾經得到别人舉薦。

〔三七〕謂未嘗小仕。一命，指微官。《周禮·春官·典命》漢鄭玄注：「王之下士，一命。」

〔三八〕交游：友人。《莊子·山木》：「辭其交游，去其弟子，逃於大澤。」

〔三九〕上舍士：即上舍生。宋制，太學三舍，初學補外舍；每年一公試，升補内舍；隔年一舍試，補上舍生（見《文獻通考·學校三》）。美中子一調爲上舍，是殊遇也。

〔四〇〕解：發送。唐制預進士考試者，皆由地方發運入試，稱爲解。宋因之。免解恩：指仁宗景佑初年（一〇三四）詔令年老及屢試不中者，可直接參加禮部進士考試（《宋史·選舉志·科目上》）。春官：本《周禮》六官之一，掌禮樂教化。唐武則天曾一度改禮部爲春官（見《舊唐書·職官二》「禮部」注），後因以春官稱禮部。

〔四一〕適：出嫁。《儀禮·喪服》「子嫁」漢鄭玄注：「凡女行於大夫以上曰嫁，行於士庶人曰適。」此泛稱出嫁。

〔四二〕康公：即孫永，字曼叔，死謚康簡。《宋史》有傳。資政殿學士：《宋史·職官二》曰：「資政殿在龍圖閣之東序。景德二年，王欽若罷參政，真宗特置資政殿學士以寵之，在翰林學士下。」後遂爲定制。

〔四三〕祔：《禮記·檀弓上》「周公蓋祔」鄭玄注：「祔謂合葬。」

〔四四〕晉陶淵明《影答形》：「立善有遺愛，胡爲不自竭。」自：所自，指根源。

〔四五〕介然：耿介貌。

〔四六〕以上爲第三段：述美中之家世生平，嘉其才德。銘以贊其德。

## 鄆城縣遷土地祭文〔一〕

謹以羊一、豕一、清酌之奠〔二〕，昭告於縣治土地之神：

某以乙未歲之冬奉敕宰是邑[三]。既至，環視公宇[四]，埶隘圮壞十七八[五]而外。有樓以藏敕書，欹傾將壓[六]，不可枝梧[七]。吏舍半房①，户外如列塗肆[八]。政令之出入，不可譏禁[九]；案牘之在亡，不可考求[一〇]；帛幣之委積[一一]，或至暴露[一二]。因徒之居處，上漏下濕。某竊憂之，乃請於府，量功畫材[一三]，得錢八萬。會部使者按漕過邑[一四]，又以繕完告[一五]，得錢十萬。因農之隙，徙敕書樓稍南；盡收吏舍官帑[一六]，列於兩廡[一七]，别爲庫以儲民兵之器械[一八]。又新獄之三牢，通爲屋五十有五楹[一九]。開門而事畢睹，闔門而人知禁；財不費於公，力不匱於民。始於丙申之秋[二〇]，成於丁酉之冬[二一]。獨令廳不改作[二二]，不敢先於奉己。東西夾舍未暇者[二三]，以其苟完而止也。

始卒兩歲，雨暘以時[二四]。疾疫不作，吏亦安堵。意土木之興，必有陰相之者。乃鳩餘材[二五]，作新斯廟，非獨以答神之貺[二六]。舊廟在庖舍之後，煬竈之所熏燎[二七]，腥穢之所污黷[二八]。神儻不安其居，人亦何安焉？謹卜良日，奉遷神像。惟神福善懲惡，保佑兹土。若吏若民，永有依怙。顧兹威靈，其報敢忘？

**【校記】**

①房：舊本作「居」。

【箋注】

〔一〕作於政和七年（一一一七）冬，時過爲郾城令。郾城縣：宋屬潁昌府，在今河南。土地：神名。古稱土地之神爲社神，後世稱爲土地。

〔二〕清酌：清酌素羞，祭祀所用。《禮記·曲禮上》：「凡祭宗廟之禮……酒曰清酌。」

〔三〕按本集《志隱跋》又曰「政和丙申（一一一六）來潁水」，知過赴任郾城在政和六年，而得任命卻在五年乙未。乙未：徽宗政和五年（一一一五）。宰：即知縣。《禮記·禮器》「子路爲季氏宰」鄭玄注：「宰，治邑吏也。」

〔四〕公宇：指縣衙房舍。

〔五〕墊隘：《左傳·成公六年》：「民愁則墊隘。」晉杜預注：「墊隘，羸困也。」按此以喻房舍破敗貌。圮壞：坍塌毁壞。

〔六〕欹傾：傾斜。壓：倒塌。

〔七〕枝梧：支撐，支持。《史記·項羽本紀》「是時諸將皆慴服，莫敢枝梧」南朝宋裴駰《集解》引如淳曰：「梧音悟，枝梧猶枝捍也。」引臣瓚曰：「小柱爲枝，斜柱爲梧，今屋枝斜柱是也。」北魏酈道元《水經注·漯水》：「其廟階三成，四周欄檻上階之上，以木爲圓基，令互相枝梧，以版砌其上。」

〔八〕塗肆：形容亂七八糟如路旁的雜貨市場一般。塗：路。肆：店鋪；市集。

〔九〕譏禁：稽察查禁。語出《禮記·王制》：「關執禁以譏，禁異服，識異言。」北魏酈道元《水經注·

滍水》：「滍水自縣南流入峽，謂之隘門，設隘於峽，以譏禁行旅。」

〔一〇〕考求：考察搜尋。唐李華《質文論》：「其餘百家之説，讖緯之書，存而不用。至於喪制之縟，祭禮之繁，不可備舉者宜省之，考求簡易，中於人心者以行之。」宋吕陶《鹿鳴燕詩序》：「自三代之衰，法制散亡，禮文殘闕，後世考求於策牘之間，倣而用焉，其幸存而僅似者蓋無幾也。」

〔一一〕幣：《説文解字》曰：「幣，帛也。」清段玉裁注：「謂束帛也。」「帛幣」泛指財物。委積：聚積，堆積。《楚辭・九章・懷沙》：「材樸委積兮，莫知余之所有。」

〔一二〕暴露：露在外面，無所遮蔽。《荀子・王制》：「兵革器械者，彼將日日暴露毁折之中原，我今將脩飾之，拊循之，掩蓋之於府庫。」

〔一三〕估量事功，謀劃材用。

〔一四〕謂轉運使巡視鄜城縣。按漕：考察巡行漕運。

〔一五〕繕完：本指修繕牆垣。完，通「院」，垣。《左傳・襄公三十一年》：「以敝邑之爲盟主，繕完葺牆，以待賓客。」楊伯峻注：「完借爲院……《廣雅・釋宫》云：『院，垣也。』」泛指修繕。元稹《代諭淮西書》：「蓄聚糗糧，繕完城壘。」蘇洵《上韓樞密書》：「往年詔天下繕完城池。」

〔一六〕官帑：官府的倉庫。

〔一七〕廡：堂下走廊。

〔一八〕民兵：宋時鄉兵。《宋史・兵志四》：「鄉兵者，選自户籍，或土民應募，在所團結訓練，以爲防守之兵也。」

〔一九〕楹：屋一間爲一楹。

〔二〇〕丙申：政和六年（一一一六）。

〔二一〕丁酉：政和七年。

〔二二〕令廳：縣府大堂。

〔二三〕夾舍：兩側房屋。未暇：不及（修繕）。

〔二四〕雨暘以時：猶言晴雨適度。暘：晴。

〔二五〕鳩：集也。

〔二六〕貺：《詩・小雅・彤弓》毛傳：「貺，賜也。」

〔二七〕煬竈：猶言「竈火」。

〔二八〕污黷：猶言「玷污」。

## 祭岑彥休文〔一〕

嗚呼！去古道遠，士惟利趨；芥拾青紫〔二〕，粃糠詩書；如商賈然，資舟與車〔三〕。得於古人，特其腐餘〔四〕。惟彥休父〔五〕，世業於儒。自誠而明〔六〕，六經自娛。掇其英華，恥前弗如〔七〕。譬彼農父，以菑以畬〔八〕。既耕且種，且穫且儲。雖有水旱，孰知羸虛？蚤陟巍科〔九〕，馳聲天衢〔一〇〕。金馬玉堂〔一一〕，指日可須。乃請試吏〔一二〕，邅迴闊迂〔一三〕。弦歌兩邑〔一四〕，古良大夫〔一五〕。推其肝肺，拊嫗煢孤〔一六〕。毋或傷之，同吾體膚。去惡勿疑〔一七〕，利吾耰耝〔一八〕。上黨之治〔一九〕，益隆於初。剛亦不吐，弱焉必扶〔二〇〕。期月而歸〔二一〕，遂與士疏。幅巾深衣〔二二〕，築室端居。左墳右典〔二三〕，東觀石渠〔二四〕。鄉里化之，訓其稚雛〔二五〕。嗟余通家〔二六〕，三世鄉閭。臭味既同，婚姻與俱。逾年不見，凛然清臞；隱几而坐〔二七〕，骨見衣隅。豈期斯人，千里半途。望哭其堂，若見巾裾〔二八〕。搢紳涕洟〔二九〕，塗巷欷歔。聊陳一奠，往致生芻〔三〇〕。

【箋注】

〔一〕作於宣和初（一一一九年左右）。岑彥休：名穰，爲過之姻親。《續資治通鑑長編》卷五一八提及之。元陸友《研北雜志》卷上：「葉少藴鎮許昌日……岑穰彥休已病，羸然不勝衣，窮今考古，意氣不衰。」葉知許昌在重和元年（一一一八年），是時岑「已病」，則其卒當在宣和初。

〔二〕芥拾青紫：見《愛人堂爲李幾仲賦》注〔四〕。

〔三〕如商賈然：謂世人視詩書如商賈之舟車，但作射利之具耳。

〔四〕「得於古人」二句：猶言但得糟粕而已。

〔五〕父：男子敬稱。

〔六〕謂由誠意而達於明德。《禮記·大學》：「古之欲明明德於天下者，先治其國；欲治其國者，先齊其家；欲齊其家者，先修其身；欲修其身者，先正其心；欲正其心者，先誠其意。」

〔七〕以不如前賢爲恥。

〔八〕菑、畬：《爾雅·釋地》：「田一歲曰菑」，「三歲曰畬。」此指開墾。《易·無妄》：「不耕穫，不菑畬，則利有攸往。」

〔九〕巍科：猶高第。古代稱科舉考試名次在前者。宋黄庭堅《回漢州知郡啟》：「某官託姿粹茂，賦量淹宏，以儒學踐巍科，以吏事陞峻秩。」

〔一〇〕謂聲名震於京師。天衢：指京都的大路。《漢書敘傳》：「舞陽鼓刀，滕公廄騶。潁陰商販，曲周庸夫。攀龍附鳳，並乘天衢。」衢：《爾雅·釋宫》：「（道路）四達謂之衢。」

〔一一〕金馬玉堂：揚雄《解嘲》：「今子幸得遭明盛之世，處不諱之朝，與群賢同行，歷金門、上玉堂有日矣。」金門即金馬門。見《送在庭姪領漕歸蜀》注〔八〕。玉堂：本漢殿名，在未央宫。唐宋後，稱翰林院爲玉堂。

〔一二〕試吏：出任官吏。《漢書·高帝紀上》：「及壯，試吏，爲泗上亭長，廷中吏無所不狎侮。」唐顔師古注引應劭曰：「試用補吏。」

〔一三〕邅迴：困頓，不順利。《楚辭·哀時命》：「車既弊而馬罷兮，蹇邅徊而不能行。」《南史·張充傳》：「獨師懷抱，不見許於俗人；孤修神崖，每邅回於在世。」劉禹錫《洛中謝福建陳判官見贈》詩：「潦倒聲名擁腫材，一生多故苦邅迴。」蘇軾《次前韻寄子由》：「我少即多難，邅回一生中。」

闊迂：謂拘泥而不切實際。秦觀《代中書舍人謝上表》：「自亦笑其闊迂，人或憐其狂直。」按「闊迂」通常作「迂闊」，《漢書・王吉傳》：「上以其言迂闊，不甚寵異也。」

〔一四〕謂曾兩爲縣令。參見《次韻謝民師》注〔六〕。

〔一五〕大夫：春秋晉國謂縣長爲大夫。如趙衰爲原大夫，狐溱爲温大夫。

〔一六〕拊嫗：愛撫、養育。通常作「撫傴」：王安石《酬淮南提刑邵不疑學士》詩：「似我薄材思拊傴，賴君餘教得因循。」

〔一七〕《書・大禹謨》：「任賢勿貳，去邪勿疑。疑謀勿成，百志惟熙。」

〔一八〕耰耝：猶耡耰。此代指農事。王安石《耰耡》詩：「君勿易耰耡，耰耡勝鋒鏑。」

〔一九〕上黨：古縣名，在今山西長治市。

〔二〇〕「剛亦」二句：《詩・大雅・烝民》：「維仲山甫，柔亦不茹，剛亦不吐。不侮矜寡，不畏强禦。」

〔二一〕期月：猶「期年」，一周年。《論語・子路》：「苟有用我者，期月而已可也。」

〔二二〕幅巾：隱者頭帕。參見《次韻大人與藤守游東山》注〔一三〕。深衣：古代士大夫閒居所服之衣。《禮記・玉藻》：「朝玄端，夕深衣。深衣三袪。」漢鄭玄注：「袪，尺二寸，圍之爲二尺四寸，三之七尺二寸。」

〔二三〕墳典：三墳五典。即三皇五帝之書，此泛指典籍。

〔二四〕東觀：見《代人賀啟》（顯被明綸，陞華延閣）注〔一七〕。石渠：即石渠閣。見《愛人堂爲李幾仲賦》注〔一九〕。

〔二五〕稚雛：謂兒童、晚輩。

〔二六〕通家：世交。見《送張倅彦政赴闕》注〔八〕。

〔二七〕隱几：見《與王子敏相别十年》注〔五〕。

〔二八〕裙：上衣前襟。此代指衣物。

〔二九〕「涕洟」二句：互文，謂哀哭歎息。涕，淚；洟，鼻液。欷歔：歎息、抽泣聲。

〔三〇〕生芻：新割之青草。《後漢書·徐穉列傳》：「及（郭）林宗有母憂，穉往弔之，置生芻一束於廬前而去。衆怪，不知其故。林宗曰：『此必南州高士徐孺子也。《詩》不云乎：「生芻一束，其人如玉。」吾無德以堪之。』」後世因稱弔祭禮物爲生芻。唐張説《故滎陽君蘇氏挽歌詞三首》之二：「竟罷生蒭贈，空留畫扇悲。客車候曉發，何歲是歸期。」蘇軾《王中父哀詞》：「生芻不獨比前人，束藁端能廢謝鯤。子達想無身後念，吾衰不復夢中論。」

## 祈禱祝文五首〔一〕

### 一

吏依民而立，民恃食以生〔二〕。歲之不登〔三〕，民將告病。水潦艱食〔四〕，吏責安逃？是用窮呼神天〔五〕，並祠群望〔六〕。救災恤患，神則優爲〔七〕。散沴氣之滯淫〔八〕，拯秋成於旦暮〔九〕。吏民拜貺〔一〇〕，其或敢忘？

【箋注】

〔一〕作於重和元年（一一一八）。按蘇過政和七年所作《郾城縣還土地祭文》，曰：「始卒兩歲，雨暘以時，疾疫不作，吏亦安堵。」知政和六、七兩年風調雨順。又《訟風伯》詩曰：「天胡久不雨，我欲訟之天」，「昨者六七月，屋溜如繩懸」，知雨災在前，旱災在後。是則諸禱晴文在重和元年六、七月作，而諸禱雨文則在宣和元年（一一一九）作也。

〔二〕「吏依民」二句：《漢書・酈食其傳》：「王者以民爲天，民以食爲天。」

〔三〕登：穀物成熟爲登。

〔四〕水潦：因雨水過多而積在田地裏的水或流于地面的水。《荀子・王制》：「修隄梁，通溝澮，行水潦，安水藏。」《淮南子・天文》：「天受日月星辰，地受水潦塵埃。」唐高適《苦雨寄四房昆季》詩：「泥塗擁城郭，水潦盤丘墟。」艱食：糧食匱乏。《書・益稷》：「暨稷播，奏庶艱食鮮食。」孔傳：「艱，難也。衆難得食處，則與稷教民播種之。」

〔五〕是用：是以。窮呼神天：《史記・屈原賈生列傳》：「人窮則反本，故勞苦倦極，未嘗不呼天也。」

〔六〕群望：見《和叔寬田園六首》之三注〔三〕。

〔七〕優爲：樂於爲之。

〔八〕沴氣：災害不祥之氣。滯淫：謂久雨不停。杜甫《風疾舟中伏枕書懷三十六韻奏呈湖南親友》之二：「鬱鬱冬炎瘴，濛濛雨滯淫。」

〔九〕秋成：秋季成熟。南朝梁王僧孺《吏部郎表》：「寧爲天覆地長，復與雨露相滋，秋成春發，必如暄寒無爽。」

〔一〇〕拜貺：拜受賜與。《國語·魯語下》：「今伶簫詠歌及《鹿鳴》之三，君之所以貺使臣，臣敢不拜貺。」三國吴韋昭注：「貺，賜也。」《禮記·聘義》：「北面拜貺。」唐孔穎達疏：「貺，謂惠賜也。」

## 二

淫雨爲災，欲害垂成之稼〔一〕；下民告病，冀回從欲之仁〔二〕。非神惠養於黎元〔三〕，爲吏難逃於憂責。轉陰晴於反手〔四〕，變饑饉爲豐年。眷兹默宰之功〔五〕，敢怠其報；惟有事神之禮，益戒無忘。

【箋注】

〔一〕垂成：接近完成或成功。《三國志·吴書·薛綜傳》：「實欲使卒垂成之功，編於前史之末。」也用以指莊稼將近成熟。蘇軾《祈晴吴山祝文》：「歲既大熟，惟神之賜；害於垂成，匪神之意。」

〔二〕從欲：《左傳·僖公二十二年》：「以欲從人則可，以人從欲鮮濟。」晉杜預注：「屈己之欲，從衆之善。」

〔三〕惠養：加恩撫養。《漢書·疏廣傳》：「又此金者，聖主所以惠養老臣也，故樂與鄉黨宗族共饗其賜，以盡吾餘日。」《舊唐書·南詔蠻傳》：「自昔南詔嘗款附中國，中國尚禮義，以惠養爲務，無所求取。」蘇軾《再論積欠六事四事札子》：「臣竊度此三州之民，朝廷加意惠養，仍須官吏得人，十年之後，庶可完復。」

〔四〕反手：翻轉手掌。比喻事情極容易辦。《孟子·公孫丑上》：「以齊王，由反手也。」漢趙岐《章句》：「孟子言以齊國之大而行王道，其易若反手耳。」蘇軾《與朱鄂州書》：「專以收養棄兒，月給六斗……此等事在公如反手耳。」

〔五〕默宰：無言而主宰。

## 三

鄖之爲邑，地卑水聚。秋稼在野，甚畏霪雨。茲以病告，冀獲開霽〔一〕，曰暘而暘〔二〕，神則聽許。拯其溝瀆〔三〕，實之倉庾。神賜則豐，我報良寶①〔四〕。薦以明誠，神其焉吐〔五〕？

**【校記】**

①寶：原本、宛本、趙本作□，據知本補。

【箋注】

〔一〕開霽：猶言「放晴」。《後漢書・質帝紀》：「比日陰雲，還復開霽。」蘇洵《老翁井銘》：「山空月明，天地開霽。」

〔二〕暘：晴。

〔三〕謂拯民於餓死溝壑之厄。《孟子・梁惠王下》：「凶年饑歲，君之民老弱轉乎溝壑。」

〔四〕寠：猶言「微薄」。

〔五〕「薦以」二句：《左傳・僖公五年》：「若晉取虞，而明德以薦馨香，神其吐之乎？」明誠：光明虔誠。

## 四

水潦之餘，秋成無幾。牟麥未種〔一〕，嗣歲可憂〔二〕。商賈告病於泥塗，穡人未終於場圃〔三〕。而連雨不止，積潦尚多。民亦何辜？吏實不德。惟神宰制造化，開闔陰陽；願與從欲之仁〔四〕，下憫窮呼之急〔五〕。事神之禮，祗戒不忘〔六〕。

【箋注】

〔一〕牟：通「麰」。大麥。

〔二〕嗣歲：來年。

〔三〕穡人：農夫。《左傳·襄公四年》：「邊鄙不聳，民狎其野，穡人成功。」柳宗元《終南山祠堂碑》：「貞元十二年，夏洎秋不雨，穡人焦勞，嘉穀用虞。」

〔四〕見本題其二注〔二〕。

〔五〕窮呼：猶本篇之一注〔五〕。

〔六〕祇戒：敬慎。《漢書·兒寬傳》：「合祛於天地神祇，祇戒精專以接神明。」《晉書·江逌傳》：「陛下祇戒之誠達於天人。」

## 五

涉冬不雪，常暘爲災〔一〕。方興嗣歲之憂，輒有望霓之請〔二〕。威靈如在〔三〕，民欲必從。瑞雪應祈，南畝霑足。蘇麥芽於既槁〔四〕，消癘氣於未萌〔五〕。神實有功於人，吏當何以報德？敢①伸薄奠，以薦嘉誠。

【校記】

①敢：舊本無。

【箋注】

〔一〕冬旱禱雨之作。原在五首之最，今據内容移殿於後。常暘：即「常陽」。指長期乾旱不雨。《書大傳》卷三：「厥罰常陽。」《漢書·五行志中之上》：「刑罰妄加，群陰不附，則陽氣勝，故其罰常陽。」蘇軾《五嶽四瀆等處謝雨祝文》：「乃者常暘爲災，歷時愈熾。」

〔二〕「方興」二句：謂先時正憂淫雨艱於來年，今又有祈雨之請。望霓：《孟子·梁惠王下》：「民望之，若大旱之望雲霓也。」後則以「望霓」指天旱求雨。宋韋驤《讒龍》詩：「田間槁穗有生意，虢子屬纊盧醫逢。望霓萬口動一喜，往往備賽求豜豵。」

〔三〕威靈：指神靈的威力。劉禹錫《君山懷古》詩：「千載威靈盡，赭山寒水中。」宋曾鞏《薤山謝雨文》：「維神之威靈，大顯於此土，澤施大及於斯民。」

〔四〕既槁：已枯。

〔五〕癘氣：能致疫病的惡氣。《三國志·魏書·文帝紀》「癸卯，月犯心中央大星」南朝宋裴松之注引晉王沈《魏書》：「而賊中癘氣疾病，夾江塗地，恐相染汙。」

## 禱雨孚濟龍潭祝文〔一〕

竊以人窮則呼〔二〕，莫急於死生之際；旱既太甚，蓋將有溝壑之憂〔三〕。爰自去歲之冬，迄此季春之月〔四〕，時雨未降，常暘爲災〔五〕。念禱祠山川之勤，本州縣守令之職。恐精誠之未格〔六〕，致德意之或違。眷言畎畝之人，何負神天之譴？麥禾告病，農末俱憂〔七〕。餱糧將絶於嗷喉〔八〕，飢饉繼之以盜賊〔九〕。賦斂有常而無損，死亡必至而何逃？此豈上天好生之仁〔一〇〕，亦非龍神廟食之福〔一一〕。恭惟孚濟之號，祀典所尊〔一二〕，合于天心，實司霈澤〔一三〕。棲神靈於潭洞，凛號令爲風雷，變化出於須臾，豐凶在其可否。儻遂一夫之私請，敢勤十日之來臨〔一四〕。分涓滴於瓶罌〔一五〕，遍膏澤於田野。救此流離之厄，盡歸肉骨之恩〔一六〕。當以佛乘，仰答靈貺〔一七〕。

【箋注】

〔一〕宣和元年（一一一九）三月在郾城令上祈雨之作。孚濟：獻與龍神之名號。龍潭：舊時各地均有所謂龍神棲息之潭。民俗，久旱則禱雨，先往傳説有龍之潭取水，謂之「請水」或「請聖水」。元致和元年之《白龍潭廟碑》嘗細叙其儀軌，云：「徒步而詣所謂白龍潭者，即事之始先以絳帕羃二瓶置香案，謂之請聖水。得請則水滿其瓶，不得請則瓶空如故。亦可以卜雨之有無。於是祝奠如儀，肅拜無算，水幾瓶中水滿絳帕不濡，斯爲靈也。已既而舉水以歸，崇奉惟謹。」（見清武億《安陽縣金石録》卷十）

〔二〕見《祈禱祝文》之一注〔五〕。

〔三〕溝壑之憂：《孟子·梁惠王下》：「凶年饑歲，君之民老弱轉乎溝壑。」謂死而棄尸谿谷。

〔四〕季春：農曆三月。

〔五〕常暘：見《祈禱祝文》之五注〔一〕。

〔六〕格：至。

〔七〕農末：古代指農業和商業。末，謂逐末利，指商業。《史記·貨殖列傳》：「夫糶，二十病農，九十病末……上不過八十，下不減三十，則農末俱利。」蘇軾《范景仁墓誌銘》：「常平之法，始於漢之盛時，視穀貴賤發斂以便農末，最爲近古，不可改。」

〔八〕餱糧：食糧；乾糧。《詩·大雅·公劉》：「迺積迺倉，迺裹餱糧。」嗌：同「咽」。

〔九〕饑饉：災荒。莊稼收成很差或顆粒無收。《詩·小雅·雲漢》：「天降喪亂，饑饉薦臻。」《墨子·七患》：「一穀不收謂之饉」，「五穀不收謂之饑。」

〔一〇〕好生：愛惜生靈。見《三月十九日同仲豫兄長》注〔八〕。

〔一一〕廟食：於廟中享受祭祀。

〔一二〕祀典：記載祭祀儀禮的典籍。《國語·魯語上》：「凡禘、郊、祖、宗、報，此五者國之典祀也。」蘇軾《奏乞封太白山神狀》：「伏見當府郿縣太白山，雄鎮一方，載在祀典。」

〔一三〕霈澤：猶膏雨。杜甫《雨過蘇端》詩：「況蒙霈澤垂，糧粒或自保。」蘇軾《祭常山神文》：「若時賜霈澤，驅攘蟲災，以完我西成之資。」

〔一四〕謂不敢以十日之禱爲勤苦。

〔一五〕瓶罍：二者均爲盛水容器。古以爲乃龍神施雨之具，故云。

〔一六〕肉骨之恩：見《大人生日》（天定人勝難）注〔五〕。

〔一七〕「當以」二句：謂當以佛教禮儀敬報龍神。靈貺：神靈賜福。《文選·范曄〈後漢書·光武紀贊〉》：「世祖誕命，靈貺自甄。」唐李周翰注：「言光武大受寶命，神靈賜福祚而自成也。」蘇軾《杭州祝文・祈晴祝文》：「願掃重雲，以昭靈貺。」

## 送聖水還孚濟龍潭祝文〔一〕

伏以千里之災，抑有徵於度數〔二〕；再三之瀆〔三〕，敢失信於神明。眷言歲旱之哀號，輒勤風馭之至止〔四〕。微衷莫達〔五〕，德意未敷〔六〕。殆一方罪戾之所招〔七〕，雖十日窮呼而靡獲〔八〕。謹遵首志〔九〕，躬餞歸途。罄佛事以酬初心〔一〇〕，瀝丹誠以祈後效〔一一〕。伏願神蹤反旆〔一二〕，靈液回川。尚憐涸轍之氓〔一三〕，無廢爲霖之志〔一四〕。請命上帝，速敕雷師〔一五〕。轉凶禍爲豐年，域斯民於仁壽〔一六〕。當懇求於爵號〔一七〕，庶少答於生成〔一八〕。尚饗〔一九〕。

**【箋注】**

〔一〕聖水：請水至祈雨壇場舉行儀式畢，而後將聖水送歸。參前《禱雨孚濟龍潭祝文》注〔一〕。

〔二〕徵：兆。度數：《周禮・天官・小宰》漢鄭玄注：「六官之屬三百六十，象天地、四時、日月星辰之度數。」此指曆象。

〔三〕瀆：通「黷」，輕慢，褻瀆。《易・蒙》：「初筮告，再三瀆，瀆則不告。」

〔四〕祈風神車駕止此不行，以免吹雨而去。按過《訟風伯》詩云：「重陰數布野，雨意來無邊。未許一濡地，輒遇西風顛。搖擺澗谷響，寧復留雲煙。雨師良已勤，風伯殆未悛。」

〔五〕微衷：猶微誠。謙詞。唐俞簡《行不由徑》詩：「一示遵途意，微衷益自精。」

〔六〕敷：布。

〔七〕罪戾：罪過。

〔八〕謂禱雨十日無驗。靡：没。

〔九〕首志：初願。

〔一〇〕佛事：指佛教徒誦經、祈禱等活動。

〔一一〕瀝丹誠：竭盡赤誠之心。丹誠：赤誠的心。《三國志·魏書·陳思王植傳》：「承答聖問，拾遺左右，乃臣丹誠之至願，不離於夢想者也。」唐元稹《鶯鶯傳》：「則當骨化形銷，丹誠不泯。」

〔一二〕反旆：回軍；掉轉旗幟。《左傳·宣公十二年》：「令尹南轅反旆。」晉杜預注：「回車南鄉。旆，軍前大旗。」《魏書·李孝伯傳》：「大軍未至而河冰向合，元謨量宜反旆，未爲失算。但因夜回歸，致戎馬驚亂耳。」唐白居易《梁希逸除蔚州刺史制》：「敕某官梁希逸頃爲蔡將，陷在賊庭，知有君臣，不顧妻子，率其所屬，當戰陣前反旆倒戈，翻然歸我。忘家之士，希逸有之。」

〔一三〕涸轍：見《次韻謝民師》注〔一五〕。

〔一四〕爲霖：見《和叔父移居東齋》注〔五〕。

〔一五〕雷師：神話中主管打雷的神。《楚辭·離騷》：「鸞皇爲余先戒兮，雷師告余以未具。」宋洪興祖補注：「《春秋合誠圖》云：軒轅主雷雨之神。一曰，雷師，豐隆也。」

〔一六〕即濟民壽域。參《大人生日》（七年野鶴困鷄群）注〔八〕。

〔一七〕爵號：即孚濟。望龍神孚濟，即誠信而濟。

〔一八〕生成：謂神靈生長、成就下民。

〔一九〕尚饗：祭文作結語，意謂其神來享。

## 禱雨懺文〔一〕

今爲亢陽不雨〔二〕，害於麥禾；迎請龍王，未獲感應〔三〕。輒自思惟，誰執其咎？此皆閻浮衆生〔四〕，造罪深重，身、口、意業〔五〕，及貪、嗔、癡〔六〕，包藏禍心〔七〕，損人利己；不忠不孝，欺天欺神；昧其本心，造成重罪。降鑒不遠〔八〕，何以召和氣之祥？積惡所薰〔九〕，自然致天災之報。膏澤未降，農末俱憂〔一〇〕；飢饉將興，死亡必至。謹發誠心，恭請法師寅公〔一一〕，誦戒懺悔〔一二〕；又請長老演公爲作證明〔一三〕。投誠佛前，求哀作禮。重念人有自新之路〔一四〕，佛開懺悔之文。儻能易德而洗心〔一五〕，尚可赦過而宥罪〔一六〕。一意悔過，更無他辭。已造未來〔一七〕，今悉自懺。願垂兹愍，副此禱祈〔一八〕。變罪垢爲福田〔一九〕，施法水爲甘雨〔二〇〕。救此焦枯之厄，庶免流離之災。

**【箋注】**

〔一〕作於宣和元年（一一一九）三月，在郾城令任上。懺文：亦屬祭文之類，内容爲禱神且自陳悔過。

此文蓋數禱雨而不應，而請僧侣禱告懺悔之。

〔二〕亢陽：指旱灾。三國魏曹植《誥咎文》：「亢陽害苗。」《周書・于翼傳》：「舊俗，每逢亢陽，禱白兆山祈雨。」司馬光《苦雨》詩：「今春憂亢陽，引領望雲族。」

〔三〕「迎請」二句：指「送聖水還孚濟龍潭」事。

〔四〕閻浮：即閻浮提。梵語即南贍部州。佛經以其專指印度，俗謂中華及東方諸國（參見唐釋玄應《一切經音義》十八）。衆生：佛教名詞。意指有生命之人或物。

〔五〕身、口、意業：即佛教所謂「三業」。業：梵語「羯磨」之意譯。佛教以身、口、意三者之活動將引起善惡報應。業有善有惡，一般偏指惡業。引申之爲罪孽。

〔六〕貪、嗔、癡：佛教將意中之貪、嗔、癡謂之「三毒」，亦稱「三業」。

〔七〕包藏禍心：暗藏著不可告人的壞心。《左傳・昭公元年》：「小國無罪，恃實其罪。將恃大國之安靖己，而無乃包藏禍心以圖之。」駱賓王《爲徐敬業討武曌檄》：「猶復包藏禍心，窺竊神器。」

〔八〕降鑒：猶俯察。《詩・王風・黍離》「悠悠蒼天」毛傳：「自上降鑒，則稱上天；據遠視之蒼蒼然，則稱蒼天。」南朝梁任昉《爲齊明帝讓宣城郡公第一表》：「殞越爲期，不敢聞命。亦願曲留降鑒，即垂順許。」

〔九〕薰：薰習。佛教術語，謂薰陶漬染。《法苑珠林・五通部》：「善惡宿薰習，感報各殊方。」

〔一〇〕農末：古代指農業和商業。末，謂逐末利，指商業。參《禱雨孚濟龍潭祝文》注〔七〕。

〔一一〕法師：佛教語。精通佛經並能講解佛法的高僧。《正法華經·法師品》：「稱詠法師，發心悦豫，其人獲福，不可限量。」南朝齊王屮《頭陀寺碑文》：「宗法師行絜珪璧，擁錫來游。」

〔一二〕誦戒：誦讀佛教戒律。

〔一三〕長老：僧之年德俱高者。《景德傳燈録》六《禪門規式》：「於是創意别立禪居，凡具道眼有可尊之德者，號曰長老。」

〔一四〕自新：自己改正錯誤，重新做人。《史記·孝文本紀》：「妾願没入爲官婢，贖父刑罪，使得自新。」《三國志·魏書·劉劭傳》：「古者要荒未服，脩德而不徵，重勞民也。宜加寬貸，使有以自新。後淵果斬送權使張彌等首。」蘇軾《黄州安國寺記》：「元豐二年十二月，余自吴興守得罪，上不忍誅，以爲黄州團練副使，使思過而自新焉。」

〔一五〕洗心：洗滌心胸。比喻除去惡念或雜念。《易·繫辭上》：「聖人以此洗心。」《藝文類聚》卷三十引漢董仲舒《士不遇賦》：「退洗心而内訟，固亦未知其所從。」李白《送裴十八圖南歸嵩山二首》之二：「歸時莫洗耳，爲我洗其心。洗心得真情，洗耳徒買名。謝公終一起，相與濟蒼生。」蘇軾《和蔡景繁海州石室》：「前年開閤放柳枝，今年洗心參佛祖。」

〔一六〕《易·解》：「君子以赦過宥罪。」宥：寬免。

〔一七〕已造：指已造之業。未來：佛家語，謂事物之作用，衆生之果報之當來未來者。

〔一八〕副：符。

〔一九〕罪垢：謂罪孽之污身如垢。《涅槃經》一曰：「衆生遇斯光者，罪垢煩惱，一切消除。」福田：佛家語。謂於應供養者供養之，則能受諸福報，如農夫播種於田畝，有秋收之利，故曰福田。

〔二〇〕法水：《無量義經·洗法品二》：「法譬如水，能洗垢穢……其法水者，亦復如是，能洗衆生諸煩惱垢。」《智度論》五：「諸菩薩如雲，能雨法水。」按此句猶言作法行雨。

## 送范元禮序〔一〕

高平范元禮〔二〕，始仕筦庫〔三〕，三遷爲州佐〔四〕，皆治潁昌。余以占籍閭里〔五〕，得從之游將十年，每見使人忘其鄙吝〔六〕。雖更僕而語不厭〔七〕，愈扣而德愈豐〔八〕。歲在己亥〔九〕，京師以協律召〔一〇〕，將行語余：「古有贈言〔一一〕，子曷賦之？」余惟朋友之義，子於我求其所謂益者歟？抑損者歟？多聞直諒，則余豈敢？善柔便佞，子又飫聞而不取也〔一二〕。使余何言哉？且求子之失而不可得，將箴而無所從〔一三〕，則余何言哉？古人韋絃之佩〔一四〕，蓋扶所長而救所短也；和羹之喻〔一五〕，獻其可而替其否也。如醫者焉，豈有攻其所未病者哉？然子以好詞來余，安所拒之？

吾聞魯臧孫有言：「季孫之愛我，疾疢也；孟孫之惡我，藥石也。美疢不如惡石①。石猶生我，疢之美者，其毒滋多。」〔一六〕誠哉是言也。余於臨患難共禍福之際，則見其人。吾鄉有史夫子〔一七〕，讀書不仕，閉門養親，不妄與人交，人亦寡與之合；面折人之短，而爲人謀則忠〔一八〕。蓋鄉人之不善者惡之云爾〔一九〕。元禮獨與之厚善，久而彌信，以是知子畏美疢而喜藥石也。余可終無言哉？

天下之患生於豫怠而狃於宴安〔二〇〕；貴之②移人，有所不期而疾於影響〔二一〕。子以妙齡而取貴仕，捨參佐而游朝廷。論思獻納〔二二〕，行有日矣〔二三〕。然富而能貧，貴而能賤，從古所難，以其安于習俗也〔二四〕。自此而往，當與天下豪傑者處，翱翔翰墨，馳騖功名。爲之乏少，而布衣窮閻之士，有不可得而致者矣；日聞所不聞，一唱而百和，稱於前而述於後，適於心而悦於耳。爲之乏少，而朋友剴切之言〔二五〕，有不可得而聞者矣。則好惡習俗，或與俱遷，余竊私憂而過計之也〔二六〕。故於其行，敢以是告。

【校記】

①惡石：諸本皆作「樂石」。　②貴之：祠本作「富貴之」。

【箋注】

〔一〕作於己亥年，即宣和元年（一一一九）。范元禮：高平人，初爲許州户曹參軍，繼爲許州通判，後朝廷以協律郎召入京。過此叙即作於范入京時。按「序」，蘇過曾祖名序，蘇軾、蘇轍爲文皆避作「叙」或「引」；蘇過亦然，如《送參寥道人南歸叙》、《送仲豫兄赴官武昌叙》、《送孫海若赴官河朔敍》，一例作「敍」。獨此文犯家諱，似爲後世傳鈔之誤。

〔二〕高平：州名，北宋屬澤州府（地在今山西）。

〔三〕筦庫：即户曹參軍，「掌户籍賦税，倉庫受納」（《宋史·職官七》）。

〔四〕州佐：知州之佐官。如通判之屬。

〔五〕占籍：見《河東提刑崔君行狀》注〔六〕。梅堯臣《送韓欽聖學士京西提刑》詩：「昔在漢家時，近親多占籍。」按此謂定居潁昌事。

〔六〕謂與范之交游可增進美德。《後漢書·黄憲列傳》：「時月之間不見黄生，則鄙吝之萌復存乎心。」其：自指。

〔七〕更僕：更换僕役。謂相語之久也。見《禮記·儒行》：「更僕未可終也。」唐孔穎達疏：「言若委細悉説之則大久，僕侍疲倦，宜更代之，未可終也。若不代僕，則事未可盡也。」杜甫《行官張望補稻畦水歸》詩：「更僕往方塘，決渠當斷岸。」清仇兆鼇注：「以番次更代使之也。」

〔八〕謂范元禮問之不窮，學深德厚。《禮記·學記》：「善待問者如撞鐘，叩之以小者則小鳴，叩之以大者則大鳴。」扣：通「叩」。豐：厚也。

〔九〕己亥：徽宗宣和元年（一一一九）。

〔一〇〕協律：協律郎。太常寺屬官，掌管音樂（《宋史·職官四》）。

〔一一〕《史記·孔子世家》：「（孔子）辭去，而老子送之曰：『吾聞富貴者送人以財，仁人者送人以言。』」

〔一二〕「余惟」五句：見《次韻孫海若見贈》之九注〔一一〕。飫：飽也。引申爲厭。

〔一三〕箴：勸誡。

〔一四〕韋絃之佩：見《次韻趙承之數詩》注〔一四〕。

〔一五〕「和羹」二句：《書·説命下》：「若作和羹，爾爲鹽梅。」

〔一六〕「吾聞」八句：「魯臧孫」事見《左傳·襄公二十三年》。參見《送孫志康》詩注〔二〕。

〔一七〕史夫子：未知何人。按眉山史氏，爲地方大姓，蘇轍妻即史氏，疑此「史夫子」即轍之妻族；抑或爲蘇軾跋《思子臺賦》中之史經臣。

〔一八〕語本《論語·學而》：「曾子曰：『吾日三省吾身：爲人謀而不忠乎？』」

〔一九〕《論語·子路》：「子貢問曰：『鄉人皆好之，何如？』子曰：『未可也。』『鄉人皆惡之，何如？』子曰：『未可，不如鄉人之善者好之，其不善者惡之。』」按謂其愛憎分明，不苟同乎流俗。

〔二〇〕豫怠：安嬉、娱樂。《書·太甲》：「視乃厥祖，無時豫怠。」宴安：貪圖安逸。《左傳·閔公元年》：「宴安酖毒，不可懷也。」

〔二一〕影響：喻感應。《書·大禹謨》：「惠迪吉，從逆凶，惟影響。」僞《孔傳》：「吉凶之報，若影之隨形，響之應聲，言不虛。」

〔二二〕論思獻納：漢班固《兩都賦·序》：「故言語侍從之臣，若司馬相如……之屬，朝夕論思，日月獻納。」論思：議論思考；獻納：建言以供采納。後多以「論思獻納」指謀劃國事。

〔二三〕行有日：猶言將不久。

〔二四〕《荀子・儒效》：「習俗稱志，安久移質。」

〔二五〕剴切：切實，懇切；切中事理。《新唐書・魏徵傳》：「徵亦自以不世遇，乃展盡底蘊無所隱，凡二百餘奏，無不剴切當帝心者。」

〔二六〕過計：猶言「過慮」，過多的考慮。《荀子・富國》：「墨子之言，昭昭然爲大下憂不足。夫不足，非天下之公患也，特墨子之私憂過計也。」宋陳舜禹《上神宗皇帝論天變書》：「臣誠私憂過計，輒凜凜於此，不知忌諱，觸冒萬死，惟陛下察焉。」

## 代席帥謝除徽猷閣待制知成都表〔一〕

起於琳館〔二〕，付以名邦〔三〕；復玷除書〔四〕，洊膺謀帥〔五〕。寵以禁嚴之職〔六〕，昇增方面之崇〔七〕。誤恩曲加〔八〕，撫躬知愧。伏以陳力就列〔九〕，臣子所以委質而事君〔一〇〕；爲官擇人，朝廷蓋將礪世而磨鈍〔一一〕。自昔祖宗之故事〔一二〕，必由侍從而進身〔一三〕，況內閣之華資〔一四〕，待天下之名士；掌星躔之寶訓，近日月之清光〔一五〕。豈特搢紳之榮，實高儒學之選。而臣賦財鄙野〔一六〕，備問空虛〔一七〕。福盈每懼於災生〔一八〕，器小不堪於大用。弟兄持橐〔一九〕，愧先後於一門；銅竹請符〔二〇〕，蓋屢窮於五技〔二一〕。獨荷淵衷之眷〔二二〕，辱收閒廢之餘。雨露所加〔二三〕，乾坤莫報〔二四〕。此蓋伏遇皇帝陛下，聖神廣運〔二五〕，睿知有臨〔二六〕，法天地之自然，一道德而同俗。長轡遠馭〔二七〕，輕爵禄以興事功；左戚右賢〔二八〕，惜名器而彰淑慝〔二九〕。察臣乏先容於左右〔三〇〕，謂臣嘗盡瘁於使令，致此恩榮，下及孱陋〔三一〕。策其駑鈍，誓永堅於一心；志在糜軀，庶用酬於千載〔三二〕。

【箋注】

〔一〕作於宣和元年（一一一九）。吴長元曰：「此篇《永樂大典》不載。從《播芳大全》補録。」文曰：「兄弟持橐，愧先後於一門；銅竹請符，蓋屢窮於五技。」按席旦、席貢先後知成都。許景衡《横塘集·席貢母趙氏特贈燕國夫人制》：「克訓諸子，爲時聞人，持橐禁塗，分閫帥路。」與此正同。又《宋史新編·席旦傳》記旦爲官經歷甚詳，亦兩鎮成都，卻無除徽猷閣待制之事。唯席貢嘗「除徽猷閣學士知遂寧府」（見《北海集》卷四），並於宣和元年帥成都，是則此篇代作，蓋爲席貢作也。又宋置帥司，即經略安撫司，長官例以當路知州知府充任，成都府爲成都府路所在地，故席貢得以知府兼帥事。席帥：即席貢，河南人。徽猷閣待制：徽猷閣，殿閣名。《宋史·徽宗紀》：大觀二年，「甲午，詔建徽猷閣，藏哲宗御集，置學士、直學士、待制官」。待制：謂等候皇帝詔令。宋於各殿閣皆置待制之官，以備皇帝訪問。成都：宋於今四川成都置成都府。

〔二〕琳館：仙宫。宫殿、道院的美稱。歐陽修《景靈朝謁從駕還宫》詩：「琳館清晨藹瑞氛，玉旒朝罷奏韶鈞。」按席貢似從提舉宫觀起用。

〔三〕謂命知成都府事。

〔四〕除書：拜官授職的文書。唐韋應物《始治尚書郎别善福精舍》詩：「除書忽到門，冠帶便拘束。」

〔五〕洊：再次。

〔六〕謂任待制。禁嚴：參見《代人賀啟》（拜恩中禁）注〔四〕。

〔七〕謂知成都領帥司。崇：指高位。

〔八〕自謙誤受恩榮。

〔九〕陳力就列：見《寄題幾仲所居二詩》之一注〔七〕。

〔一〇〕委質：《史記·仲尼弟子列傳》「子路後儒服委質」唐司馬貞《索隱》引服虔説：「古者始事，必先書其名於策，委死之質於君，然後爲臣，示必死節於其君也。」

〔一一〕「爲官」二句：《漢書·梅福傳》：「故爵禄束帛者，天下之底石，高祖所以厲（通作礪）世摩（通作磨）鈍也。」

〔一二〕猶言「先朝之制度」。

〔一三〕《宋史·職官七》：「經略安撫使一人，以直秘閣以上充。」侍從：宋代稱大學士至待制爲侍從官，以其常在君主左右備顧問也。

〔一四〕内閣：皇宫殿閣。宋於内閣設諸學士，或備顧問，或主文書批答，或示殊榮。此指徽猷閣。華資：顯貴之職。

〔一五〕「掌星躔」二句：謂厠身皇帝左右，掌訓示誥命。星躔：本指星宿之位次，此與日月同借指皇帝。

寶訓：皇帝之訓。歐陽修《賜宴詩》：「論道皇典奥，貽謀寶訓明。」

〔一六〕賦財：天賦的資質。

〔一七〕備問：時備皇帝徵問。空虚：謙詞。

〔一八〕盈：《易・謙卦》：「天道虧盈而益謙，地道變盈而流謙。鬼神害盈而福謙，人道惡盈而好謙。」

〔一九〕持橐：持橐簪筆之略語。古代書史小吏，手持囊橐，插筆於頭頸，侍立於帝王大臣左右，以備記事。《漢書・趙充國傳》：「持橐簪筆，事孝武皇帝數十年。」唐顔師古注：「橐，所以盛書也。」又引張晏曰：「近臣負橐簪筆，從備顧問，或有所紀也。」按此爲侍臣之婉語。據《宋史・席旦傳》，「旦徽宗朝擢右正言，遷右司諫，顯謨閣直學士」等職。

〔二〇〕謂賜以一方軍政之任。參見《題王進之緑蔭軒》注〔七〕。

〔二一〕謙言能力薄弱。五技：五種技能。《荀子・勸學》：「螣蛇無足而飛，梧鼠五技而窮。」唐楊倞注：「謂能飛不能上屋，能緣不能窮木，能游不能渡谷，能穴不能掩身，能走不能先人。」

〔二二〕淵衷之眷：此指皇帝關懷。淵衷：淵深的胸懷。多用來稱頌皇帝。宋蘇舜欽《京兆求罷表》：「雖淵衷廣納，未欲加罪於瞽言；而卑論弗臧，安可尚居於厚位。」

〔二三〕雨露：比喻皇帝的恩澤。唐高適《送李少府貶峽中王少府貶長沙》詩：「聖代即今多雨露，暫時分手莫躊躇。」

〔二四〕莫報如天地化育之恩。

〔二五〕《書·大禹謨》：「帝德廣運，乃聖乃神」。僞孔傳：「廣，謂所覆者大；運，謂所及者遠；聖，無所不通，神妙無方。」

〔二六〕睿：聰敏。知：後寫作「智」。臨：見。

〔二七〕謂駕馭遠方。轡：馬韁繩。

〔二八〕此謂任人唯賢。戚：親戚。古人以右爲尊，故云右賢。

〔二九〕名器：《左傳·成公二年》：「是以爲君慎器與名，不可以假人。」晉杜預注：「器，車服。名，爵號。」淑：美、善。慝：邪惡。

〔三〇〕先容：見《樗隱堂》注〔六〕。

〔三一〕孱陋：低劣鄙陋。李商隱《爲河東公謝相國京兆公啟二首》之二：「雖石苞獨異石崇，而山濤不知山簡。亦豈敢保其孱陋，遽遺退藏。」歐陽修《謝襄州燕龍圖惠詩啟》：「豈伊孱陋，敢辱褒稱。」

〔三二〕「志在」二句：謂鞠躬盡瘁以報知遇之恩。糜軀：猶言「粉身碎骨」。

## 代成都帥到任謝上表〔一〕

西南都會，古稱巴蜀之雄〔二〕；表裏山川〔三〕，國本蠶叢之舊〔四〕。士風厚善，民訟簡稀。宣布詔條〔五〕，告諭父老。咸悉朝廷之意〔六〕，曾不鄙夷其民。故擇宗臣以安遠俗〔七〕。中謝〔八〕。伏念臣斗筲小器〔九〕，樸樕凡材〔一〇〕，生逢日月之明，得遂箕裘之志〔一一〕。夤緣一仕〔一二〕，寖被使令。蓋嘗試之以邊陲，又復寵之以延閣〔一三〕；略無毫髮之補報，徒竊天地之恩私〔一四〕。眷此坤維〔一五〕，號稱錦里〔一六〕；其民務本而力穡〔一七〕，其士好學而有文。組繡被於中原〔一八〕，富饒甲於天下。歷觀祖宗之遺帥，率皆廊廟之偉人。顧委任之非輕，知拊循之有自〔一九〕。三刀見夢，著史策以爲榮〔二〇〕；兩使占星，候天文而協應〔二一〕。如臣才能無取，聞望素輕，叨冒寵光，有靦面目。

兹蓋伏遇皇帝陛下，則堯之大〔二二〕，法禹之勤〔二三〕；建六官而代天工，操八柄以馭臣下①〔二四〕。坐念五十州之遠〔二五〕，特軫淵衷〔二六〕；必求二千石之良〔二七〕，主宣德意。知臣忠孝麤守，筋力未衰，使之察吏而督姦，豈貴邀功而生事？邊鄙不聳，庶幾魏絳之能〔二八〕；獄市兼容，遠師曹參之治〔二九〕。臣敢不益堅素節，圖報睿知；上寬宵旰之憂〔三〇〕，次答生成之造〔三一〕。奉天威之咫尺〔三二〕，若臨淵冰〔三三〕；承王命於春秋，敢忘夙夜。

【校記】

①臣下：宛本作「群下」。

【箋注】

〔一〕吴長元曰：「此篇《永樂大典》不載，從《播芳大全》補録。」與上文同時作。以情度之，蓋席貢將赴成都，過既代作得職謝書，又爲預擬到任謝表。

〔二〕雄：雄都，猶大都會。

〔三〕見《代人賀赦》（拜恩中禁）注〔六〕。

〔四〕蠶叢：相傳爲蜀王的先祖，教人蠶桑。《農政全書·蠶桑》：「蠶叢都蜀，衣青衣，教民蠶桑。」《藝文類聚》卷六引漢揚雄《蜀本紀》：「蜀始王曰蠶叢，次曰伯雍，次曰魚鳧。」李白《蜀道難》詩：「蠶叢及魚鳧，開國何茫然。」

〔五〕詔條：皇帝頒發的考察官吏的條令。《漢書·百官公卿表上》：「武帝元封五年初置部刺史，掌奉詔條察州。」柳宗元《代裴行立謝移鎮表》：「唯當遵守詔條，貶棄奸慝，平勻徭賦，示以義方。」

〔六〕咸：副詞，盡，皆。表總括。

〔七〕宗臣：爲人敬仰的名臣。《南史·袁昂傳》：「昂在朝謇諤，世號宗臣。」蘇軾《富鄭公神道碑》：「惟神宗日月之明，知公愈深。公雖請老，有大政事，必手詔訪問，又追論定策之勳，以告天下，寵及其子孫，然後小人不敢復議，雍容進退，卒爲宗臣。」

〔八〕中謝：臣僚上表中之套語。宋周密《齊東野語·中謝中賀》：「今臣僚上表，所稱誠惶誠恐，及誠歡誠喜，頓首稽首者，謂之中謝中賀。自唐以來其體如此，蓋臣某以下亦略叙數語，便入此句，然後敷陳其詳。」

〔九〕斗筲：《論語·子路》：「斗筲之人，何足算也。」宋邢昺疏：「斗筲之斗，量名，容十升。筲，竹器，容斗二升。算，數也。孔子見時從政者皆無士行，唯小器耳，故心不平之而曰：『噫。今斗筲小器之人何足數也。』」

〔一〇〕樸樕：小木。常寫作樸樕。《詩·召南·野有死麕》：「林有樸樕，野有死鹿。」毛傳：「樸樕，小木也。」後來常用作謙詞。杜牧《賀平党項表》：「臣僻左小郡，樸樕散材，空過流年，徒生聖代。」

〔一一〕謂繼承父輩之業。《禮記·學記》：「良冶之子，必學爲裘；良弓之子，必學爲箕。」

〔一二〕龕緣：攀附。左思《吴都賦》：「龕緣山嶽之岊，冪歷江海之流。」按此謙言求仕也。

〔一三〕延閣：見《代人賀啟》（顯被明綸，陞華延閣）注〔三〕。

〔一四〕恩私：猶恩惠，恩寵。杜甫《北征》：「顧慚恩私被，詔許歸蓬蓽。」蘇軾《揚州謝到任表二首》之一：「命至蹇而禄已盈，每懷憂懼；志雖大而才不副，莫報恩私。」

〔一五〕坤維：西南之地。因《易·坤卦》爲西南之卦，故以坤維指西南。

〔一六〕錦里：晉常璩《華陽國志·蜀志》：「州奪郡文學爲州學，郡更於夷里橋南岸道東邊起文學，有女牆，其道西城，故錦宫也。錦工織錦，濯其中則鮮明，他江則不好，故命曰錦里也。」後即以錦里爲成都之代稱。杜甫《追酬故高蜀州人日見寄》：「錦里春光空爛漫，瑶墀侍臣已冥寞。」

〔一七〕力穡：努力耕作。《書·盤庚上》：「若農服田力穡，乃亦有秋。」蘇軾《次韻段縫見贈》：「季子東周負郭田，須知力穡是家傳。」

〔一八〕組繡：華麗的絲繡服飾。唐司空圖《容成侯傳》：「至或被以組繡，蓋便其俯仰取容，雖穿鼻服役，亦無恥耳。按成都唐宋時以錦繡名世。

〔一九〕有自：有所憑藉。

〔二〇〕「三刀」二句：《晉書·王濬傳》：「濬夜夢懸三刀於卧屋梁上，須臾又益一刀，濬驚覺，意甚惡之。主簿李毅再拜賀曰：『三刀爲州字，又益一者，明府其臨益州乎？』及賊張弘殺益州刺史皇甫晏，果遷爲益州刺史。」

〔二一〕「兩使」二句：《後漢書·李郃列傳》：「和帝即位，分遣使者，皆微服單行，各至州縣，觀採風謡。使者二人當到益部，投郃候舍。時夏夕露坐，郃因仰觀，問曰：『二君發京師時，寧知朝廷遣二使邪？』二人默然，驚相視曰：『不聞也。』問何以知之。郃指星示云：『有二使星向益州分野，故知之耳。』」協應：謂應時，應運而生。蘇軾《坤成節集英殿宴教坊詞·勾合曲》：「秋風協應，生殿閤之微涼。」

〔二二〕則堯：謂效法堯而推行教化。《論語·泰伯》：「唯天爲大，唯堯則之。」

〔二三〕法禹：效法大禹。《孟子·滕文公上》：「禹疏九河，瀹濟漯而注諸海，決汝漢排淮泗而注之江，然後中國可得而食也。當是時也，禹八年於外，三過其門而不入。」

〔二四〕八柄：古代帝王統馭臣下的八種手段。《周禮·天官·大宰》：「以八柄詔王馭群臣：一曰爵，以馭其貴；二曰禄，以馭其富；三曰予，以馭其幸；四曰置，以馭其行；五曰生，以馭其福；六曰奪，以馭其貧；七曰廢，以馭其罪；八曰誅，以馭其過。」《三國志·吴書·張紘傳》：「（人君）操八柄之威，甘易同之歡，無假取於人。」

〔二五〕五十州：李賀《南園》詩：「男兒何不帶吴鉤，收取關山五十州。」按此以五十州代指邊關。

〔二六〕軫：思念。淵衷：見《代席帥謝除徽猷閣待制知成都表》注〔二三〕。

〔二七〕二千石之良：《漢書・循吏傳序》：「與我共此者，其爲良二千石乎？」按漢之州郡一級長官俸禄爲二千石，後遂以二千石代指州郡之長。

〔二八〕「邊鄙」二句：謂當與地方邊境講和修睦以求安。《左傳・襄公四年》記，魏絳隨晉侯田獵，説以和戎五利，「公悦，使魏絳盟諸戎，修民事，田以時」。魏絳：春秋時晉國大夫。悼公時，勸晉侯和戎。晉無戎患，國勢日振，八年之中，九合諸侯，復興霸業。卒謚莊子。

〔二九〕「獄市」二句：謂師曹參無爲而治。《史記・曹相國世家》記參曰：「夫獄市者，所以並容也，今君擾之，姦人安所容也？」南朝宋裴駰《集解》引《漢書音義》曰：「夫獄市兼受善惡，若窮極，姦人無所容竄，久且爲亂。」

〔三〇〕宵旰之憂：見《叔父生日》（鬱鬱澗底松）注〔一二〕。

〔三一〕造：造就。此指天地生養之恩。

〔三二〕《左傳・僖公九年》：「天威不違顔咫尺。」晉杜預注：「言天鑒察不遠，威嚴常在顔面之前。」

〔三三〕謂謹慎於政事。《詩・小雅・小旻》：「戰戰兢兢，如臨深淵，如履薄冰。」

## 孫志康墓銘〔一〕

熙寧初，先君通守錢塘〔二〕，孫君介夫使其子志康贄所業以見〔三〕，願留授經於門下，時年未弱冠也〔四〕。先君嘉之，使與余長兄游〔五〕。既卒業歸，自是走四方，爲文章士。元祐間，先君知禮部貢舉〔六〕，志康以薦書來京師，先君得其程文於黜籍中〔七〕，擢寘第六人，廷試復居第六〔八〕。天下然後知取之者嚴，而得之者固自可必也。志康居官不碌碌，議論勁正有不可犯之色〔九〕，終身不敢畔所學〔一〇〕。以宣和二年九月十二日卒於淮寧之私第〔一一〕。其子虬泣血以告曰〔一二〕：「虬先人寡所合，仕纔至尚書郎〔一三〕，自少至老，受國士知者莫如東坡公；不得公銘其墓，得公子銘之，亦庶幾矣！敢以外祖黄才叔所狀行事來請〔一四〕。」過惟志康父子於余家爲世契〔一五〕，自齠齔辱與之游〔一六〕，曩又同宦①於并門〔一七〕，知之最詳，其敢以辭力不能爲解？乃爲泣而書之〔一八〕。

公諱勰，志康其字也，世爲虔州感化人〔一九〕。曾大父長孺，故任太子中舍，知潯州〔二〇〕；大父師房〔二一〕，故不仕；父立節即介夫也，終於桂州節度判官〔二二〕，贈朝散郎〔二三〕。公賜進士第，授奉寧軍節度推官〔二四〕，歷冀州幕〔二五〕、鄆州州學教授〔二六〕，用薦者改宣德郎〔二七〕，知舒州太和縣〔二八〕；八寶恩及〔二九〕，累遷至朝散郎，賜五品服〔三〇〕。自湖外官滿，從辟高陽〔三一〕、太原兩路安撫司機宜文字〔三二〕，除知岳州〔三三〕，請宫祠〔三四〕，除提點崇福宫〔三五〕，歸於陳。公有田在陳，遂爲終焉計。明年請老，又明年乃以疾不起。享年七十一。

公弱不戲弄，巍然有父風，讀書無所不貫穿，尤長於《左氏春秋》；文詞典嚴，有西漢風，援古證今而折衷之以己。居官守正不撓，以仁厚爲急，故所至輒有去思〔三六〕。南陽張公幾仲之帥高陽也〔三七〕，精選幕府士，薦紳間請行者不一〔三八〕，幾仲獨曰：「吾嘗見師是黃公之婿曰孫郎者，不好面諛，師是有所議論，孫郎從旁輒可否之，未嘗依違也〔三九〕。吾今守邊，賓客中不患吾倡而無和也，特安用之？若得斯人，則吾知過。」遂辟與俱。在高陽八年，賓主無間言。幾仲移并門，又與之同往。過嘗見其端笏以游其庭，軍府之政，必可而後有所唯諾，毅然見乎色；幾仲爲改容更張之，所輔益不可勝紀。公以文章名世，而循循然如不出諸口〔四〇〕，未嘗恃己以陵物。賢愚少長，待之如一，稱其善而掩其過。在邊之久，雖武夫悍卒，皆心服其誠而爲之盡最。後守岳陽，政亦可觀。是時湖北開新邊，調發他郡，文檄旁午於道〔四一〕，公私惴恐。公呼豪右百姓與計議於庭，曰：「君父之命不可違，吾與汝曹皆任其責。」出檄於懷〔四二〕，賦之曰：「吾不以付吏，不汝追逮〔四三〕，特寬爲期；期而不至者，罰皆倍之。」千里之間，民不知勞而軍需告辦。岳陽嘗經火災，譙門兩觀鞠爲灰燼〔四四〕。公至之數月，登城歎曰：「昔岳陽樓觀以偉麗聞天下，今乃没於丘墟草棘間，不能復前人之跡，守臣罪也。」父老聞之，欣然有請曰：「岳人懷此久矣，非我賢守，誰當任之？有無惟所命。」公得朝廷所賜度牒〔四五〕，與虞人所獻山林巨植〔四六〕，鳩工庀徒而鼎新之〔四七〕，不踰年，壯峙如昔。州人扶老攜幼來觀，有自數百里至者，皆歎曰：「孫公不擾吾民，不鞭一人而所立如斯，召父之甘棠不在是耶〔四八〕？」故去郡之日，人挽留之不得出郊，又維其舟，使不得去者累日。公治郡，專用教化，視民如家人。有爭訟者，公爲辨析其理，俾自屈服而去。古之循吏不是過也。平生無嗜好，老不廢書，如飢渴然。善作古篆〔四九〕，秦漢而下不取也。娶黄氏。初，東坡公奇其才，以語師是，乃以其子妻之。公晚得痹疾〔五〇〕，黄夫人躬治藥石，相其飲食卧起，經紀家事〔五一〕，不以毫髮累其胸中者二年。公没，窀穸之事〔五二〕，皆夫人自任之，有古烈婦之風。公文集若干卷傳於世〔五三〕。嗚呼，風俗之不振也久矣！自義不勝利，天下之士以容悦爲工〔五四〕、端方爲拙。有終身爲縣吏，妻子至於寒餓，而天下指以爲歎、又私相以爲戒，風②俗安得不婾乎？而士氣安得不卑也？此賢人君子所甚懼者。先君嘗作《剛説》一篇，爲介夫而發，歎天下無其人也〔五五〕。介夫流落不遇，至死不悔；志康又不偶於世，抱才無所施，介夫真有子哉！

以某年月日葬於某地，子一人，曰虬，事親有立，能克其家〔五六〕。銘曰：

崆峒之山，章貢之水〔五七〕，山川秀奇，鍾於孫氏〔五八〕。孫氏世儒，一經教子。至於志康，命世之士〔五九〕。師以道授，父以剛遺〔六〇〕。處其有聞，出則或柅〔六一〕。晚游諸侯，遇其所知。翔而後集〔六二〕，夫誰敢羈。抱其經術，卒不少施。世無王良〔六三〕，驥將安之？周士也貴，秦士也賤〔六四〕。義利之分〔六五〕，賢愚斯判。斯人云亡，後生不見，我銘其藏，惟以永歎〔六六〕。

【校記】

①宦：祠本作「官」。　②風：宛本作「則風」。

【箋注】

〔一〕作於宣和二年（一一二〇）九月後，應志康子虬之請而撰。

〔二〕指蘇軾熙寧二年（一〇七一）通判錢塘事。

〔三〕孫介夫：號立節，皇祐五年進士，爲官剛正，蘇軾《剛説》云：「王荆公謂君曰：『吾條例司當得開敏如子者。』君笑曰：『公過矣，當求勝我者，若我輩人則亦不肯爲條例司矣。』公不笑，徑起入户，君亦趨出。」累官至桂州節度判官。嘉靖《贛州府志·賢達》稱介夫如青天白日，其立朝也，如千仞之壁，可望不可及。贄：古人初見尊長所獻禮物。此謂攜其學業以見。

〔四〕按志康生於皇祐二年，時已二十有二。過誤記。

〔五〕長兄：謂蘇邁。見《次韻伯達仲豫二兄和參寥子》注〔一〕。

〔六〕蘇軾元祐三年以翰林學士知制誥權知禮部貢舉。禮部：六部之一，宋制「掌國之禮樂、祭祀、朝會、宴饗、學校、貢舉之政令」。長官爲禮部尚書。貢舉：尚書下五案之一，掌試舉子（《宋史·職官三》）。

〔七〕程文：本指考試時用作示範之文，因應試者需依此作文，故亦稱應試者之文曰程文。黜籍：淘汰之文卷。

〔八〕廷試：科舉制度會試中式後，由皇帝親自策問，在殿廷上舉行的考試。通常稱殿試。《宋史·選舉志一》：「凡廷試，帝親閲卷累日，宰相屢請宜歸有司，始詔歲命官知舉。」

〔九〕勁正：剛正。《禮記·樂記》：「廉直勁正莊誠之音作，而民肅敬。」柳宗元《亡姊前京兆尹參軍裴君夫人墓誌》：「以至于侍御史府君諱某，用貞信勁正達于邦家。」蘇轍《御試制策》：「故夫寛柔敦厚者，大雅之風也；慷慨勁正者，小雅之文也。」

〔一〇〕畔：通「叛」。

〔一一〕淮寧：府名。治所在今河南淮陽境。

〔一二〕泣血：無聲痛哭，淚如血湧。一説，淚盡血出。形容極度悲傷。《易·屯》：「乘馬班如，泣血漣如。」《漢書·鄒陽傳》：「今爰盎事即窮竟，梁王恐誅，如此則太后怫鬱泣血，無所發怒。」《後漢書·陳元傳》：「至音不合衆聽，則伯牙絶弦；至寶不同衆好，故卞和泣血。」

〔一三〕尚書郎：東漢之制，初入尚書爲郎者稱尚書郎中，二年爲尚書郎，三年爲侍郎，後泛指六部尚書屬官爲尚書郎。又概稱凡爲郎者。志康嘗爲宣德郎、朝散郎，皆文散官。

〔一四〕黄才叔：名寔，字師是，志康岳父。宋陳州人，舉進士，哲宗時累遷寶文閣待制，知定州卒。《宋史》有傳。

〔一五〕世契：猶世交。宋蘇舜欽《薦王景仁啟》：「某資雖顓庸，心輒喜善。豈緣世契，上布公言。」

〔一六〕齠齔：垂髫换齒之時。指童年。齠，通「髫」。漢蔡邕《薦邊文禮》：「天授逸才，聰明賢知。纂成伐柯，不遠之則。韶齔夙孤，不墜家訓。」

〔一七〕政和年間，過官太原監税，而志康爲太原帥張幾仲幕僚。

〔一八〕以上爲第一段，叙與孫志康交誼及爲銘之由。

〔一九〕虔州：隋唐名虔州，南宋改爲贛州。治今江西贛州。感化：當作感義，疑爲避宋太宗趙光義諱改。感義地在今江西寧都縣。

〔二〇〕「曾大父」三句：長孺：志康之曾祖父，字思齊。嘉靖《贛州府志》卷十載：長孺祥符八年賜五經出身，知廣西潯州，政尚仁恕，累官太子中舍。太子中舍：皇太子屬官，從七品。潯州：州名。宋屬廣南西路。在今廣西桂平境。

〔二一〕大父：祖父。《韓非子·五蠹》：「今人有五子不爲多，子又有五子，大父未死而有二十五孫。」

〔二二〕桂州：宋州名，治所在今廣西桂林市境。節度判官：節度使幕僚，職位略低於副使。

〔二三〕朝散郎：宋制屬文散官，從七品。

〔二四〕奉寧軍：治所在鄭州。節度推官：節度使下掌刑獄之官。

〔二五〕冀州：宋州名。屬河北東路，轄縣六，治所在信都，即今河北冀州。

〔二六〕鄆州：宣和後改東平府，治所在須城（今山東東平西北）。教授：慶曆四年令諸州軍監各立學，置教授，「以經術行義訓導諸生，掌其課試之事」（《宋史·職官七》）。

〔二七〕宣德郎：屬文散官，正七品。

〔二八〕舒州：治所在懷寧縣（今安徽潛山治）。太和縣：屬吉州。在今江西。此處疑有誤文。

〔二九〕八寶：皇帝璽印。《燕翼貽謀録》云：「徽宗大觀元年，詔求美玉製八寶以易六璽。」又《宋史・職官一》：「門下省主乘輿八寶。」此謂鈐有八寶之璽書。

〔三〇〕五品服：宋制官分九品階，文武三品以上服紫，五品以上服緋，九品以上服緑。朝散郎爲從七品文散官，服緑；此特賜五品服，服緋。

〔三一〕辟：公府徵召爲辟。高陽：縣名。時爲順安軍治所，故以之稱軍。

〔三二〕安撫司：全稱爲經略安撫使司，「掌一路兵民之事」。機宜文字：全稱「主管機宜文字」，「典領要密文書，奏達機事」，爲經略安撫使之屬官（《宋史・職官七》）。

〔三三〕岳州：治所在巴陵（今湖北岳陽治）。

〔三四〕宮祠：宋代設祠禄之官，以佚老優賢，對老而廢職者，委以宮觀之職，領食俸禄而已。

〔三五〕崇福宮：在嵩山。

〔三六〕去思：謂地方士民對離職官吏的懷念。語出《漢書・何武傳》：「欲除吏，先爲科例以防請託，其所居亦無赫赫名，去後常見思。」南朝梁沈約《齊故安陸昭王碑文》：「去思一借之情，愈久彌結。」劉長卿《奉餞鄭中丞罷浙西節度還京》詩：「千里懷去思，百憂變華髮。頌聲滿江海，今古流不竭。」

〔三七〕張幾仲：見《次韻承之紫巖長句》注〔九〕。

〔三八〕薦紳：即搢紳。

〔三九〕依違：謂模棱兩可。《公羊傳·襄公二年》：「齊姜與繆姜，則未知其爲宣夫人與？成夫人與？」漢何休注：「齊姜者，宣公夫人；九年繆姜者，成公夫人也。傳家依違者，襄公服繆姜喪未踰年，親自伐鄭，有惡，故傳從内義，不正言也。」

〔四〇〕循循然：遵循規矩貌。韓愈《通解》：「自桀之前千萬年，天下之人循循然不知忠易其死也。」

〔四一〕旁午：《漢書·霍光傳》：「受璽以來二十七日，使者旁午。」唐顔師古注：「一縱一横爲旁午，猶言交横也。」按此言使者頻繁往來。

〔四二〕檄：告諭之文。

〔四三〕不汝追逮：謂不因欠税而拘汝。

〔四四〕譙門：亦名譙樓。古時建於城門之頂以瞭望敵陣之樓。觀：《爾雅·釋宫》：「觀謂之闕。」晉郭璞注：「宫門雙闕。」宋邢昺疏：「雉門之旁曰觀，又曰闕。」鞠：盡。

〔四五〕度牒：僧尼出家，由官府發予憑證，唐宋時官府出售度牒以供軍政費用。此謂出售朝廷所發度牒以修復岳陽樓觀。

〔四六〕虞人：見《夜獵行》注〔八〕。巨植：猶言「大木」。

〔四七〕庀：具備。謂聚集工匠。鼎新：更新。《易·雜卦》：「革，去故也；鼎，取新也」。

〔四八〕召父：即召公，姬姓，名奭，輔佐周武王滅紂。成王時爲三公，多有惠政，百姓仰之。見《次韻叔父月季再生》注〔七〕。

〔四九〕古篆：春秋戰國時各國所用文字，或曰大篆。

〔五〇〕痹疾：麻痹之病。

〔五一〕經紀：指對産業的經營管理。《宋書·謝弘微傳》：「弘微經紀生業，事若在公，一錢尺帛出入，皆有文簿。」蘇軾《乞禁商旅過外國狀》：「仍是客人李球於去年六月内，請杭州市舶司公憑，往高麗國經紀。」

〔五二〕窀穸：墓穴。此言安葬之事。

〔五三〕據嘉靖《贛州府志》卷十《人材賢達》載：孫志康有文集四十卷。

〔五四〕容悦：逢迎取媚。

〔五五〕「先君」三句：蘇軾赴惠州時，孫介夫卒，軾爲《剛説》以褒介夫。朱熹跋云：「蘇文忠公爲孫君介夫作《剛説》，其所以發明孫君之爲人者至矣。」常：通「嘗」。

〔五六〕以上爲第二段，細叙志康生平，美其政績德行。

〔五七〕章貢之水：章水、貢水經贛州相合爲贛江。

〔五八〕鍾：凝聚。

〔五九〕命世：即名世，稱名於世。

〔六〇〕謂蘇軾授之以學，父介夫遺之以剛風。

〔六一〕柅：止。

〔六二〕翔而後集：猶言「見機而作」。《論語·鄉黨》：「色斯舉矣，翔而後集。」朱熹《集注》：「言鳥見人之顔色不善，則飛去，四翔審視而後下止。人之見機而作，審擇所處，亦當如此。」

〔六三〕王良：古之善御者。《淮南子·覽冥》：「昔者王良、造父之御也，上車攝轡，馬爲整齊而斂諧，投足調均，勞逸若一。」漢高誘注：「王良，晉大夫郵無恤子良也，所謂御良也。」

〔六四〕「周士」二句：見《襄城程先生美中墓誌銘》注〔五〕。

〔六五〕《論語·里仁》：「子曰：君子喻於義，小人喻於利。」

〔六六〕以上爲第三段，銘文。

## 王元直墓碑〔一〕

西蜀有隱君子王元直者，吾母同安君之弟也〔二〕。過生二十年，不識外家〔三〕。侍二親錢塘，舅氏自蜀來見〔四〕，吾先君子相與論契闊〔五〕、談仁義。先君所與游，皆天下士，於舅氏有布衣交，竦然見於色〔六〕。留卒歲而歸。時四方門人爭挾所能以進，匄一言爲終身榮，或因之以顯於世。而舅氏家無甔石，口未嘗言貧；窮居十年，口未嘗言仕，往返萬里，無一毫屈於人者。既不可得而親，亦不可得而疏〔七〕，於是門下士皆悵然自失。過於是時，始得見舅氏眉目，聆其音聲，真有德君子也。嗚呼！豈可以世俗議哉？舅氏之歸，先君作六言詩餞之〔八〕，而使諸甥皆賦其後，名公卿和者甚衆，蜀人爭傳之。舅氏閉門不出，陳義益高，世故卒不能累其心。先君之遷於南也，平昔親舊屏跡不敢問安否者七年，舅氏慨然奮不顧身曰：「公盛時在朝廷、典方面，則往見之；今厄窮瘴癘之地，吾等乃畏避形跡，非夫也〔九〕。」率同往者無①一人。遂獨浮江而下，將自洞庭桂嶺而南〔一〇〕。會先君有詔北還，而舅氏遇疾於塗而卒。嗚呼！過謂吾舅氏能行古人之事而志不達，犯患難、違衆説，而竟爲俗子所快，是重不幸也！苟不書，將何以伸於後而善風俗耶〔一一〕？

公諱箴，元直字也，眉之眉山人〔一二〕，祖徙居青神〔一三〕。諱惟德者，其曾大父也；諱文化者，其大父也；諱介者，父也。皆隱居不仕。母某氏。公九歲通經，曉解句義；父好賑施而患貧無以繼〔一四〕，乃使治息錢，取其贏以周所乏，公從容其旁曰：「放於利而行多怨，恐所及者鮮而取怨者多，曷若師孟子所謂『仁義而已』乎〔一五〕？」父大驚，取券焚之。弱冠以所屬文見先君子，愛之，稱於賢良〔一六〕。侯元叔時爲成都學官〔一七〕，見而奇之；每與論古人，退即書數百言，如《史》、《漢》贊論者〔一八〕，元叔歎其有史筆〔一九〕。居喪以哀毁見稱〔二〇〕，免喪〔二一〕，元叔復召置門下。舉進士不調〔二二〕，元叔閲其程文曰：「尺度同於人而中否異，是命也！」以詩勉之。公遂不復事科舉，專心讀書，學古文。里中諸父耆儒皆降意與之游〔二三〕，爲忘年交〔二四〕。自錢塘歸，得先君詩文滿篋，以付其子曰：「吾家不貧矣。」由是士大夫接跡於門。

又以詫里人曰〔二五〕：「海内士，吾得交於黄魯直〔二六〕、秦少游〔二七〕、王定國〔二八〕、劉景文之流〔二九〕，足矣！」元祐間，詔舉「經明行修」〔三〇〕，或以公名聞於部使者，薦書將上矣，力辭而免，蜀人尤稱之。建中靖國元年春二月二十有八日以病卒於夔州之傳舍〔三一〕，享年五十三。喪歸，蜀人哀之。宣和二年十月二十有八日，葬於青神縣玉臺鄉仁慎里鑪頭山之塢〔三二〕。公娶某氏，子男三人，遇早卒，次曰先、曰光，皆舉進士；女二人，長適楊元龜，次適楊顗□②。孫男四人，伯遠、仲适、叔達、季逢。公天資仁孝，遇物以誠，與人子言必以孝，與兄弟言必以睦。縉紳間嘗有不能於季孟間者〔三三〕，公作詩感悟之，遂相歡如初。季父慶源官於洪雅〔三四〕，以論事不合取長官怒，憂以罪去〔三五〕，謀於公。公笑曰：「古人不肯束帶見督郵〔三六〕，彼何人哉？」慶源服其語，即謝病去，爲兩蜀高人，公實相之。其聞人之善若己出；有不善者如將浼焉〔三七〕。人由此多改過徙義，不敢使公知。此其行己大略也。

嗚呼！吾母與公同氣也〔三八〕，離蜀之年，公尚幼，先君官於南北，不得歸；吾母同安君每念外家，涕零如雨曰：「是子有立，吾門户無憂矣。然白首無相見期，奈何？」公方來錢塘也，先妣方食，驚喜失匕筯，起從諸甥逆公餘杭門外，相持而泣，感傷行路〔三九〕，悲其孤而喜其至也。後四年，先妣即世〔四〇〕，而公之没相去無十年。渭陽之悲傷，無以報罔極〔四一〕。又二十年，先與光以書來告曰：「先君隱德，未有以表而出之者，子其毋辭〔四二〕。」過矍然有感於心，泣而書之。先、光皆修身有立，能爲詩文。公有子哉！銘曰：

古人有言：惟仁則榮〔四三〕。豈皆軒冕，貴爲公卿。禮義以載，詩書以耕。藏於其家，瓊弁玉纓〔四四〕。人孰無死，死而不朽〔四五〕。五福有一〔四六〕，可傳於後。曰攸好德〔四七〕，百行稱首。富與貴者，泯没何有？我觀舅氏，古之逸民〔四八〕。躬耕樂道，以全吾真〔四九〕。化其鄉閭，訓敕子孫，蓽門圭竇〔五〇〕，吾不曰貧。惟士也貴，無慚於古。視其與游，户外之屨〔五一〕。青神之原，有墳其墓〔五二〕。讀我銘詞，以考其素〔五三〕。

【校記】

①無：祠本脱。　②楊顒□：舊鈔本作「楊顒縣」。

【箋注】

〔一〕宣和二年（一一二〇）在潁昌作。王元直：名箴，蘇過母舅。墓碑：立於墓前或後之碑，上刻死者姓名、事跡。有文有銘，期以傳之久遠。又稱神道碑（見《文體明辨序説》）。

〔二〕同安君：過母王閏之（一〇四八—一〇九三），字季章，眉山人，蘇軾前妻王弗堂妹，性嫻淑，視王弗所生邁與己出之迨、過「三子如一，愛出於天」。封同安郡君（蘇軾《祭亡妻同安郡君文》）。按據蘇軾《書贈王元直三首》知王箴之來杭在元祐四年，時蘇過年方十八。言二十者，蓋舉其成數。

〔三〕外家：泛指母親和妻子的娘家。《東觀漢記·吴漢傳》：「嘗出征，妻子在後買田業。漢還，讓之曰：『軍師在外，吏士不足，何多買田宅乎！』遂盡以分與昆弟外家。」

〔四〕舅氏：即舅父。語出《詩·秦風·渭陽》：「我送舅氏，曰至渭陽。」

〔五〕契闊：闊别離散。《詩·邶風·擊鼓》：「死生契闊，與子成説。」

〔六〕竦然：肅敬貌。

〔七〕「既不」二句：《老子》：「知者不言，言者不知。塞其兑，閉其門，挫其鋭，解其紛，和其光，同其塵，是謂玄同。不可得而親，不可得而疏。」

〔八〕指蘇軾詩《仲天貺王元直自眉山來見余錢塘留半歲既行作絶句五首送之》。

〔九〕非夫也：見《次韻信中郎官庵》注〔八〕。

〔一〇〕桂嶺：山名。在賀州桂嶺。《隋書·地理志》注曰：「舊曰興安。開皇八年改名桂嶺。」《元和郡縣圖志》曰：「因界内桂嶺爲名。」在今廣西興安縣境，爲自洞庭溯江而南之必經。

〔一一〕以上爲第一段，稱舅氏王元直有古賢人之風，不可不書而彰之。

〔一二〕眉之眉山：眉州眉山。

〔一三〕青神：縣名。宋屬眉州，在今四川。

〔一四〕賑施：救濟佈施。南朝梁慧皎《高僧傳·義解四·道猛》：「猛隨有所獲，皆賑施貧乏，營造寺廟。」蘇軾《范景仁墓誌銘》：「久之歸蜀，與親舊樂飲，賑施貧者，期年而後還。」

〔一五〕謂志存仁義即可矣。語出《孟子·盡心上》：「王子墊問曰：『士何事？』孟子曰：『尚志。』曰：

『何謂尚志？』曰：『仁義而已矣……居仁由義，大人之事備矣。』」

〔一六〕賢良：此指有德行才藝者。

〔一七〕侯元叔：事跡未詳。學官：宋時提學、學正、教諭等統稱學官。

〔一八〕《史》、《漢》贊論：《史記》篇後有「太史公曰」，《漢書》篇後有「贊」，《後漢書》篇後有「論」有「贊」，率皆史論之辭。

〔一九〕史筆：史家持論平穩之風格。

〔二〇〕居喪：猶守孝。處在直系尊親的喪期中。《左傳・襄公三十一年》：「居喪而不哀，在慼而有嘉容，是謂不度。」《禮記・曲禮下》：「居喪未葬，讀喪禮；既葬，讀祭禮；喪復常，讀樂章。」哀毀：因親喪而悲哀以致身體瘦損。見稱：被稱道。

〔二一〕免喪：謂守孝期滿，除去喪服。《左傳・昭公十二年》：「晉侯享諸侯，子産相鄭伯，辭於享，請免喪而後聽命。」晉杜預注：「簡公未葬。」《禮記・雜記下》：「免喪之外，行於道路，見似目瞿，聞名心瞿。」

〔二二〕不調：未得升遷。《漢書・張安世傳》：「有郎功高不調。」唐顏師古注：「調，選也。」

〔二三〕諸父：泛指長輩。耆儒：泛指年老而有學問者。降意：屈己以從。

〔二四〕忘年交：以才德相契，不拘年齡、行輩而結成的知交。語出《梁書・袁粲傳》：「時潁川庾仲容、吴郡張率前輩知名，與粲同府，並忘年交好。」後節略而成「忘年交」。《南史・何遜傳》：「弱冠州舉秀才，南鄉范雲見其對策，大相稱賞，因結忘年交。」

〔二五〕詫：告知；告訴。《莊子・達生》：「有孫休者，踵門而詫子扁慶子。」唐成玄英疏：「詫，告也。」

〔二六〕黄魯直：黄庭堅（一〇四五—一一〇五）字魯直，號山谷道人、涪翁，分寧（今江西修水）人，幼警悟，舉治平四年進士，元祐中爲校書郎，修神宗實録，擢起居舍人。紹聖間貶涪州别駕，徽宗時平反，知太平州，後以黨籍貶宜州，死焉。工詩文書畫，尤長於詩，時號「蘇黄」，與秦觀、張耒、晁補之同游蘇軾門下，稱四學士。有《山谷集》。《宋史》有傳。

〔二七〕秦少游：秦觀（一〇四九—一一〇〇）字少游，又字太虚，號淮海居士。高郵（今屬江蘇）人，少才華出衆，慷慨豪雋，蘇軾以爲有屈宋才，元祐間薦之爲太學博士，校勘秘書省圖籍。後以名列元祐黨籍遭貶斥而死。觀詩文詞賦均長，有《淮海集》傳世。《宋史》有傳。

〔二八〕王定國：見《寄題幾仲所居二詩次定國王父舊韻》之一注〔一〕。

〔二九〕劉景文：劉季孫字景文。開封祥符人，工詩文，官監饒州酒務、浙西兵馬都監，至文思院副使。《東都事略》有傳。

〔三〇〕經明行修：宋選舉科目之一。漢武帝辟四科取士，其一爲「學通行修，經中博士」；唐置五科，其一爲「明經」；宋名爲「經明行修」科。

〔三一〕夔州：治今四川奉節。傳舍：猶旅舍。

〔三二〕塢：周高中低之地。

〔三三〕季孟：兄弟。不能於季孟，指兄弟不團結。不能：「不相能」的縮略語，不相容，不和睦。《左傳·襄公二十一年》：「范鞅以其亡也怨欒氏，故與欒盈爲公族大夫而不相能。」楊伯峻注：「不相能，猶言不相得。」按不相得即不投合，不融洽。

〔三四〕季父：父親最小的弟弟。慶源：初名群，字子衆，後改名淮奇，易字慶源（見黄庭堅《題子瞻與宣義書後》）。蘇軾又有與王慶源詩，題曰：「慶源宣義王丈，以累舉得官，爲洪雅主簿、雅州户掾。遇吏民如家人，人安樂之。既謝事，居眉之青神瑞草橋，放懷自得。」洪雅：縣名，宋屬眉州，在今四川。

〔三五〕謂恐降罪撤職。

〔三六〕見《贈王子直》注〔一六〕。

〔三七〕浼：通「勉」，自勵。

〔三八〕同氣：語出《易·乾》：「同聲相應，同氣相求。」指氣質相同，氣類相同。引申而指有血統關係的親屬，指兄弟姊妹。《後漢書·東平憲王蒼傳》：「凡匹夫一介，尚不忘簞食之惠，況臣居宰相之位，同氣之親哉！」曹植《求自試表》：「而臣敢陳聞於陛下者，誠與國分形同氣，憂患共之者也。」

〔三九〕行路：路人。《後漢書·黨錮列傳·范滂》：「行路聞之，莫不流涕。」蘇軾《乞賻贈劉季孫狀》：「近蒙朝廷擢知隰州，今年五月卒於官所。家無甔石，妻子寒餓，行路傷嗟。」

〔四〇〕「悲其孤」三句：蘇軾《書金光明經後》：「同安郡君王氏諱閏之，字季章，享年四十有六，以元祐八年（一〇九三）八月一日卒於京師。」

〔四一〕「渭陽」二句：謂舅氏及母親之恩難報。渭陽：《詩·秦風·渭陽》：「我送舅氏，曰至渭陽。」後遂以「渭陽」代指舅父。罔極：《詩·小雅·蓼莪》：「欲報之德，昊天罔極。」後常稱父母之恩爲「罔極」。

〔四二〕以上爲第二段，敘元直生平。

〔四三〕《孟子·公孫丑上》：「仁則榮，不仁則辱。」

〔四四〕瓊弁玉纓：語出《左傳·僖公二十八年》：「初，楚（令尹）子玉自爲瓊弁玉纓。」瓊玉所飾帽，美玉所飾纓。瓊，玉之美者。弁：皮帽。纓：帽之帶也。按此極言其貴重。

〔四五〕不朽：《左傳·襄公二十四年》：「大上有立德，其次有立功，其次有立言。雖久不廢，是謂不朽。」

〔四六〕五福：見《伏波將軍廟碑》注〔二〕。

〔四七〕《書·洪範》：「曰予攸好德，汝則錫之福。」僞孔傳：「人曰『我所好者德』，汝則與之爵禄。」

〔四八〕逸民：隱逸之士。

〔四九〕全真：保持本性。《莊子·盜蹠》：「子之道狂狂汲汲，詐巧虛僞事也，非可以全真也，奚足論哉？」

〔五〇〕蓽門圭竇：見《小雪》詩注〔九〕。

〔五一〕户外之屨：謂人皆爭趨而與游也。《莊子·列禦寇》：「無幾何而往，則户外之屨滿矣。」成玄英疏：「適見脱屨户外，跣足升堂，請益者多矣。」

〔五二〕《禮記·檀弓上》：「古者墓而不墳。」漢鄭玄注：「土之高者曰墳。」

〔五三〕素：生平。以上爲銘詞，謂元直死而不朽。

## 跋李防禦遺文〔一〕

防禦公以儒者尉南海〔二〕，設方略破劇賊〔三〕，進①秩至蒼梧太守〔四〕，知名南服〔五〕。受代還漳江〔六〕，過羅浮〔七〕，爲先君留十日；飲酒論道，商略古今，自恨相見之晚。過方侍行，具見其事。不踰年，公還朝，宰相薦，换右列〔八〕，付方面，蓋將以功名誘焉〔九〕。而公循然退避〔一〇〕，終老於鄉里，雖欲挽留而不可得。非養於胸中有素〔一一〕，而出處進退在我，安能以清節照世乎〔一二〕？讀其遺文，觀其字畫，雍容渾厚而不迫切〔一三〕，君子哉！宣和辛丑三月②二十日，得之於其子大忠〔一四〕，跋其後而歸之。

**【校記】**

①進：備要本作「通」。

②三月：原校曰：「三，一作二。」

**【箋注】**

〔一〕宣和三年（一一二一）三月在潁昌作。李防禦：即李安正，事跡見後文《書漳南李安正防禦碑陰》。防禦：防禦使，時爲虛銜，級同諸州刺史。

〔二〕尉：縣尉，「掌閲習弓手，戢姦禁暴」（《宋史·職官七》）。南海：宋屬南海郡，治地在今廣州。

〔三〕劇賊：大盜，强悍的賊寇。亦用以貶稱勢力大的反叛者。《漢書·朱博傳》：「縣有劇賊及它非常，博輒移書以詭責之。」《三國志·魏書·劉放傳》「權懼亮自疑，深自解説」南朝宋裴松之注引《孫資别傳》：「是時，孫權、諸葛亮號稱劇賊，無歲不有軍征。」宋張方平《請選湖南安撫職司長吏等事》：「夫以唐室之盛，其成敗之跡可得而言，自河以北即爲寇境，皆死命劇賊，藪穴深固僅二百年，然而終不敢窺覬河南尺寸之地。」

〔四〕蒼梧：州名，治今廣西梧州市。

〔五〕南服：周代地分五服，此用以稱南方。《晉書·劉弘傳》：「弘專督江漢，威行南服。」

〔六〕漳江：福建江名，源於大庾嶺。此以代漳州，宋屬福建路，治在今福建漳州市。

〔七〕羅浮：見《和大人游羅浮山》注〔一〕。

〔八〕换右列：改任武職。古代武官居於朝班之右，故稱由文職任武官爲换右列。《宋史·忠義傳·李邈》：「擢提轄環慶路糧草，通判河間府，以忤蔡京童貫换右列，由承議郎换莊宅副使，知信安軍。」宋葉適《上孝宗皇帝札子》：「右列未能登進勇爵，而儒生或以見薄爲愧。」

〔九〕諉：託付。

〔一〇〕循然：安適貌。

〔一一〕有素：久熟於胸。蘇軾《越州張中舍壽樂堂》詩：「高人自與山有素，不待招邀滿庭户。」

〔一二〕清節：清操。高潔的節操。《漢書·王貢兩龔鮑傳贊》：「春秋列國卿大夫及至漢興將相名臣，懷禄耽寵以失其世者多矣。是故清節之士於是爲貴。」陶潛《詠貧士》之五：「至德冠邦閭，清節映西關。」

〔一三〕謂其字畫意境閒遠。

〔一四〕大忠：疑即李幾仲。過有《愛人堂爲李幾仲賦》、《寄題幾仲所居二詩次定國王父舊韻》。

## 書漳南李安正防禦碑陰〔一〕

紹聖初，先君子謫羅浮〔二〕，是時法令峻急，州縣望風指〔三〕，不敢與遷客游〔四〕。一夕，蒼梧守李公安正引車騎扣門，請交於衡門之下〔五〕，先君子初不識面也。慨然論世間事，商略古今人物〔六〕，下至醫卜技藝，皆出人意表。先君驚喜，以相見爲晚。而公冒犯簡書之畏〔七〕，卒留十日而後行。嗚呼，真天下奇男子也！公還朝，果爲天子所知。擢帥邕管〔八〕，蠻遁去，不敢飲馬於江〔九〕。公嘗言：少時官南海，有劇賊三十餘人出没海道，人不敢近。乃以計變姓名，易衣服，挾二童以往，盡縛之。由是顯名。其臨義勇決〔一〇〕，蹈水火，人有不可學者；況於脱屣軒冕，得不優爲之乎？某於是時拜公，且與公之二子幾仲微仲游；今皆有立，公爲有子哉！

【箋注】

〔一〕當與前文作於同時。碑陰：見《跋折太尉碑陰》注〔一〕。

〔二〕蘇軾紹聖元年（一〇九四）南遷惠州。

〔三〕望風指：即望風希指。謂見機迎合他人意旨。語出《三國志·魏書·杜恕傳》：「近司隸校尉辟大將軍狂悖之弟，而有司嘿爾，望風希指，甚於受屬。」

〔四〕遷客：遷謫之人，指軾。

〔五〕衡門：《詩·陳風·衡門》：「衡門之下，可以棲遲。」毛傳：「横木爲門，言淺陋也。」

〔六〕商略：品評，評論。《世説新語·品藻》：「劉丹陽、王長史在瓦官寺集，桓護軍亦在坐，共商略西朝及江左人物。」宋黄庭堅《蘇李畫枯木道士賦》：「東坡先生佩玉而心若槁木，立朝而意在東山。其商略終古，蓋流俗不得而言。」

〔七〕簡書之畏：見《自潁昌歸任況之有詩次其韻》注〔四〕。

〔八〕邕管：即邕州，唐曾爲邕管經略治所，故稱邕管，在今廣西南寧市南。

〔九〕飲馬於江：此指左江，在廣西境。參見《宋史·蠻夷三》。

〔一〇〕勇決：勇敢而有決斷。

## 跋山谷道人家書①〔一〕

山谷道人能枯槁萬緣，糠秕富貴，故遷謫窮荒，至死而氣不屈〔二〕。齊死生而遺得喪，余未見其亞也〔三〕。此一軸寄其家書，無戚戚語〔四〕，父子之間，不用其情，而烏乎用其情？古人觀之，必在於此。然余疑其磊落之人，不應諄諄然及此蟲魚細故，豈非一念未除者，骨肉子孫之愛乎〔五〕？相濡以沫，相噓以濕，抑死生之相哀乎〔六〕？范侯信中是時以布衣徒步萬里，謁公於宜州，相與對榻於譙門上者半年，襄其後事而歸〔七〕。信中初未爲人知，自是學日益，今有聞於時。蓋嘗親見寫此書。後二十年，信中得之。異哉！宣和辛丑閏五月二十三日，眉山蘇過題。

【校記】

① 本篇不見于《斜川集》。輯自《新刊國朝二百家名賢文粹》卷一九三。

【箋注】

〔一〕作于宣和三年（一一二一）閏五月。文後曰：「宣和辛丑閏五月二十三日」可知。山谷道人：即黄庭堅。見《王元直墓碑》注〔一一六〕。

〔二〕「山谷道人」數句：謂黄庭堅安貧樂道而有氣節。枯槁：斷絶。萬緣：指一切因緣。唐白居易

《端居咏懷》：「從此萬緣都擺落，欲攜妻子買山居。」糠秕：視作糠秕。南朝梁沈約《與陶弘景書》：「先生糠秕俗流，超然獨遠。」《宋史·黄庭堅傳》：「貶涪州别駕、黔州安置，言者猶以處善地爲法。以親嫌，遂移戎州。庭堅泊然，不以遷謫介意。蜀士慕從之遊，講學不倦，凡經指授，下筆皆可觀。」

〔三〕「齊死」二句：《莊子·田子方》：「夫天下也者，萬物之所一也。得其所一而同焉，則四支百體將爲塵垢，而死生終始將爲晝夜而莫之能滑，而況得喪禍福之所介乎！」

〔四〕戚戚：憂懼貌；憂傷貌。《論語·述而》：「君子坦蕩蕩，小人長戚戚。」三國魏何晏集解引漢鄭玄曰：「長戚戚，多憂懼。」

〔五〕「然余」數句：諄諄：反復告誡、再三丁寧貌。《詩·大雅·抑》：「誨爾諄諄，聽我藐藐。」宋朱熹《集傳》：「諄諄，詳熟也。」蟲魚：泛指微小的動物。《詩·小雅·鴛鴦序》「思古明王，交於萬物有道」唐孔穎達疏：「思古明王交接於天下之萬物，鳥獸蟲魚皆有道，不暴夭也。」按，此引申爲細微之事。

〔六〕《莊子·田子方》：「泉涸，魚相與處於陸，相呴以濕，相濡以沫。」

〔七〕信中：即范信中。見《小斜川》注〔六〕。其《乙酉家乘序》曰：「崇寧甲申秋，余客建康，聞山谷先生謫居嶺表，恨不識之，遂泝大江，歷湓浦，舍舟於洞庭，取道荆湘以趨八桂，至乙酉三月十四日始達宜州，寓宿崇寧寺，翌日謁先生于僦舍。望之，真謫仙人也。於是忘其道塗之勞，亦不知瘴癘之可畏耳。自此日奉杖屨，至五月七日同徙居於南樓，圍棋誦書，對榻夜語，舉酒浩歌，跬步不相捨。」

## 天寧寺鐘銘〔一〕

有宋宣和辛丑某月日〔二〕，潁昌府天寧萬壽禪寺住持比丘普融老〔三〕，憫昔之鐘壞，募人改作，增大之；爲銅五千斤，未期年而成。蜀人蘇某觀茲勝事，讚歎希有，而説偈言〔四〕：

智哉大士〔五〕，假幻説法〔六〕。以大願力〔七〕，破愚癡鑛〔八〕。熾勇猛火，出智慧銅〔九〕；戒定爲模〔一〇〕，般若爲工〔一一〕。是皆普融，成就法器〔一二〕。置高廣坐，發大音聲。雨風晦明，嘗作佛事〔一三〕。警昧悟聾，覺迷歸正。以慈悲體〔一四〕，有扣即應〔一五〕；隨彼扣者，不入思惟〔一六〕。一切衆生，煩惱滅盡；天宫地獄，等無高下。有性無性，齊成佛道〔一七〕。

**【箋注】**

〔一〕作於宣和三年（一一二一），在潁昌。天寧寺：見《河東提刑崔公行狀》注〔三六〕。鐘銘：刻銘文於鐘。

〔二〕宣和辛丑：即宣和三年（一一二一）。

〔三〕住持：僧寺之主。意謂居住寺中，總持事務。比丘：梵語，佛教稱出家修行之男僧。普融：見《送普融老》詩注〔一〕。

〔四〕偈：即偈頌。唐劉知幾《史通·論贊》：「釋氏演法，義盡而宣之偈言。」

〔五〕大士：菩薩之通稱。《法華文句記》二：「大士者，《大論》稱菩薩爲大士，亦曰開士。」

〔六〕假：佛教語，借也。諸法各無實體，借他而有，故名假。幻：佛家語。空法十喻之一，如幻術師於無實體者能變化而見是也。《智度論》五十五：「衆生如幻，聽法者亦如幻。」

〔七〕大願：佛教語「大誓願」的省文。指普度一切衆生的廣大願心。《千光眼觀自在菩薩秘密法經》：「先發大誓願，欲度一切衆。」

〔八〕愚癡：佛教語。三毒之一。謂無通達事理之智明。《瑜伽師地論》卷八六：「癡異名者……亦名愚癡，亦名無明，亦名黑闇。」《法華經·譬喻品》：「愚癡暗蔽，三毒之火。」

〔九〕智慧：梵語「般若」的意譯。佛教謂超越世俗虚幻的認識，達到把握真理的能力。《大智度論》卷四三：「般若者，一切諸智慧中最爲第一，無上無比無等，更無勝者，窮盡到邊。」北齊顔之推《顔氏家訓·歸心》：「萬行歸空，千門入善，辯才智惠，豈徒七經、百氏之博哉？」

〔一〇〕戒定：佛家語，持戒與禪定。佛教語。制身爲戒，慎心爲定。唐道宣《淨心誡觀法》二：「一切苦因果，財色爲本；一切樂因果，戒定爲本。」王維《同崔興宗送衡岳瑗公南歸》詩：「一施傳心法，唯將戒定還。」模：鐘之模型。

〔一一〕般若：佛教語。梵語的譯音。或譯爲「波若」，意譯「智慧」。佛教用以指如實理解一切事物的智慧，爲表示有别於一般所指的智慧，故用音譯。大乘佛教稱之爲「諸佛之母」。《世説新語·文學》：「殷中軍被廢東陽，始看佛經，初視《維摩詰》，疑般若波羅密太多，後見《小品》，恨此語少。」南朝梁劉孝標注：「波羅密，此言到彼岸也。經云到者有六焉……六曰般若，般若者，智慧也。」王勃《益州德陽縣善寂寺碑》：「涅槃甘露，承眷而宵流；般若靈音，雜祥以晝引。」蘇軾《小篆〈般若心經〉贊》：「稽首《般若多心經》，請觀何處非般若。」工：化工。

〔一二〕法器：僧、道舉行宗教儀式所用的鐘、鼓、鐃、鈸、引磬、木魚等樂器及瓶、缽、杖、麈等器物。按此指寺鐘。

〔一三〕佛事：大凡佛教徒誦經、祈禱及供養佛像之類皆稱佛事。

〔一四〕見《大人生日》（大士來淮泗）注〔五〕。

〔一五〕謂鐘聲嘹亮，求佛必應。

〔一六〕「隨彼」二句：扣者：指鐘。不：此指佛教所謂「八不」。八不者，不生不滅，不斷不常，不一不異，不來不出之四句八對。佛教以爲此八不該攝一切，爲衆生之得源，亦爲群生之失本。《大乘玄論》二八《不義》曰：「八不者，蓋是諸佛之中心，諸聖之行處也。……豎貫衆經，横通諸論也。」

〔一七〕有性無性：佛家語。有出離解脱之性，謂之有性；無佛性謂之無性，即無覺悟之性。《圓覺經》

曰：「地獄天宫皆爲淨土，有性無性齊成佛道。」佛道：佛家語。道者，通也。佛智圓通無壅，故名之爲道。

## 普融老真贊〔一〕

衡氣以見機〔二〕，正容以悟物〔三〕。雖不形諸言，猶有待乎色〔四〕。孰即色而觀空，即空而觀實〔五〕。當以是義觀普融之德。

【箋注】

〔一〕此文當與《天寧寺鐘銘》作於同時。普融：見《送普融老》注〔一〕。真贊：即畫像寫真之贊。贊：《文體明辨序説》云：「按字書云：贊，稱美也。其體有三：一曰雜贊，意專褒美，若諸集所載人物、文章、書畫諸贊是也。二曰哀贊，哀人之没而述德以贊之者是也。三曰史贊，詞兼褒貶，若《史記·索隱》、《東漢》、《晉書》諸贊是也。」按此當爲雜贊。

〔二〕衡氣：猶言「平氣」，平定心氣。見機：謂參透自然之妙。參《祭常子然文》注〔八〕。

〔三〕正容：使表情端莊嚴肅。指僧侶修行持戒。悟：佛家語，覺。對迷而言，即自迷夢醒覺。

〔四〕「雖不」二句：謂見機悟物雖不能通過語言而實現，然有待於對外物之識知。色：佛家語。凡諸事物如五根（眼耳鼻舌身）、五境（色聲香味觸）等足以引起變礙者，皆稱色。

〔五〕「孰即」二句：謂不如從具體表象而見空相，又從空相而悟真理。孰：猶孰若。即：佛家語。和融，不二、不離之意。佛教謂「色即是空」，色者總謂有形之萬物，此等萬物爲因緣所生，非本來實有，故是空。是謂色即是空。觀空：佛家語。觀明諸法之空相。實：佛教謂諸法體實，爲德業所依。

## 請平老開堂疏①〔一〕

白雲在天，舒卷自我〔二〕。明鏡無垢〔三〕，妍醜現前〔四〕。所以去來千變，卒之無心〔五〕；酬酢萬狀〔六〕，本來無物〔七〕。今天寧長老平公〔八〕，嗣真如法〔九〕，傳達摩衣〔一〇〕。學道爲衆宗師，出衆隨緣利益〔一一〕。聲名藉甚〔一二〕，未許逃於空虛〔一三〕；悲智兼脩〔一四〕，正可行之願力〔一五〕。重提祖令，大振宗風。作江海之慈航〔一六〕，施山川之法雨〔一七〕。妙高峰上〔一八〕，本爲一大因緣〔一九〕；毗耶城中〔二〇〕，蓋自兩無言默。鼓鐘一時改觀，瓦礫莫爲非人〔二一〕。

【校記】

①本篇輯自《五百家播芳大全文粹》卷七八。

【箋注】

〔一〕原集中有《天寧寺鐘銘》，作於宣和三年（一一二一），其中記住持普融老，殊未及平老。而此篇又係請平老新住持開講之疏，疑該平老係繼普融後之天寧寺住持，故繫之於《天寧寺鐘銘》後。開堂：佛教儀式。佛徒每年必譯經，於聖壽節進上以祝聖壽，前兩月諸官集觀新經謂之開堂。後演爲新任住持，初講法事，謂之開堂（見《祖庭事苑》卷八）。

〔二〕自我：猶在我。二句喻「萬法唯識」之意。

〔三〕見《次韻叔父浴罷》注〔一三〕。

〔四〕妍醜：美醜。

〔五〕「所以」二句：任其千變萬化，終以無心遇之。無心：無妄念。《宗鏡録》卷四五：「一念妄心僅動，即具世間諸苦。如人在荆棘林，不動則刺不傷，妄心不起，恒處寂滅之樂；一念妄心纔動，即被諸有刺傷。故經云：『有心皆苦，無心即樂。』」

〔六〕酬酢：猶言應對往來。參《次大人生日》注〔二〕。

〔七〕無物：佛謂四大皆空，諸色皆妄。

〔八〕天寧寺：見《河東提刑崔公行狀》注〔三六〕。

〔九〕謂平公傳承真道。嗣：繼承。真如：猶言真理。《唯識論》卷二：「真謂真實，顯非虚妄；如謂如常，表無變易。謂此真實於一切法，常如其性，故曰真如。」

〔一〇〕謂傳禪宗正法。達摩：天竺人，梁普通中入華，梁武帝禮焉。後止嵩山少林寺，傳慧可，禪宗奉爲天竺禪宗二十八祖，中國禪宗初祖（《景德傳燈録》卷三）。傳衣：唐僧慧能師事禪宗五祖弘忍，以一語受知，弘忍將法衣與鉢傳彼，遂宏揚佛法，開創南宗。後世遂以「傳衣鉢」代指師傳真傳。

〔一一〕言因隨衆生而造福之。隨緣：外物感於體謂之緣，體應之謂之隨。又謂隨其機緣，不加勉强。《最勝王經》卷五：「隨緣所在覺衆迷。」

〔一二〕藉甚：盛大。藉：縱横交錯貌。

〔一三〕逃空虚：即逃空谷。見《山行次韻楊良卿見寄二首》之一注〔一一〕。

〔一四〕猶儒所謂立己而又立人，達己而又達人。悲智：慈悲與智慧。爲佛菩薩所具之雙德。求佛以自利謂之智，化衆以同陞謂之悲。猶人之兩手，不可偏廢，故曰「兼脩」。《法事讃》上：「釋迦諸佛，皆乘弘誓，悲智雙具，不舍含情。」

〔一五〕謂施行佛救衆生之本意。願力：又稱本願力，誓願之力，由之助人超度。《智度論》卷七：「莊嚴佛界事大，獨行功德，不能成，故要須願力。」

〔一六〕謂作普度衆生之船。

〔一七〕法雨：妙法滋潤衆生，故謂之爲雨。《無量壽經》上：「澍法雨演法施。」

〔一八〕妙高峰：即須彌山。一小世界之中心。《注維摩經》卷一：「肇曰：『須彌山，天帝釋所住金剛山也，秦言（華語）妙高，處大海之中，水上方高三百三十六萬里。』」參見《湖口人李正臣蓄異石》注〔五〕。

〔一九〕因緣：《翻譯名義集·釋十二支》引僧肇曰：「前緣相生，因也；現相助成，緣也。」

〔二〇〕毗耶城：見《湖口人李正臣蓄異石》注〔三〕。

〔二一〕瓦礫：謂平老慈航普度。「瓦礫」語出《莊子·達生》：「東郭子問於莊子曰：『所謂道惡乎在？』

莊子曰：『無所不在。』東郭子曰：『期而後可。』莊子曰：『在螻蟻。』曰：『何其下耶？』曰：『在稊稗。』曰：『何其愈下耶？』曰：『在瓦甓。』」非人：道家語，指游心物外，形神寂靜，有如槁木的異人。《莊子·田子方》：「孔子見老聃，老聃新沐，方將披髮而乾，慹然似非人。」晉郭象注：「寂泊之至。」唐成玄英疏：「慹然不動，揺若槁木，故似非人。」

## 㬥灩亭上梁文〔一〕

門外有湖，獨跨一城之風景〔二〕；岸邊無屋，難包四面之煙光〔三〕。雖撥棹以可航，奈泮泂之靡定〔四〕。用涓嘉臘〔五〕，載舉修梁〔六〕。野處老人，學道無成，讀書粗遣〔七〕。遭遇四朝之明主〔八〕，周旋三紀之從官〔九〕。人生七十古來稀〔一〇〕，況鄰耄齒〔一一〕；水擊三千摶而上，寧復壯心〔一二〕。幸足跡未倦于驅馳，而眼力尚堪於登眺。乃眷寬閑之野，本爲莽眇之區〔一三〕。久嗟領略之太遲，敢惜經營之小費〔一四〕？

先成畫舫，戛然浮漾於中流〔一五〕；兹創笠亭①，正爾鋪張於佳觀〔一六〕。值慶橋之改作〔一七〕，參枉渚以函通〔一八〕。輪蹄因是以娱嬉〔一九〕，士女相招而和會。東阡北陌〔二〇〕，窮賦詩把酒之歡；南浦西山，挹捲雨飛雲之勝〔二一〕。朝游暮反，于以舒憂〔二二〕；寒往暑來，不妨養性。瓊圃起前魚之歎〔二三〕，雲莊興退鷁之譏〔二四〕。姑取足於鷦巢，顧何嫌于鶴怨〔二五〕。棋坊在左，酒肆直南。坐隱手談〔二六〕，或留連而竟夜；清明寒食，想歌舞之酣春〔二七〕。爰代工師，戲呈韻語〔二八〕：

東，慶善橋虹自在通〔二九〕。吞卻玉湖成一派〔三〇〕，細尋山色有無中〔三一〕。西，筳桂高樓望卻低〔三二〕。示病維摩元不出〔三三〕，秋風花月使人迷。南，亭影參差照碧潭。旋插柳枝三百本〔三四〕，他年煙雨正毿毿〔三五〕。北，此去吾廬纔咫尺。良宵正可百回來，借月留雲邀夜色。上，縹緲丹霞千萬丈。但知天上是神仙，不羨人間真將相。下，采鶴飛翔如繪畫。誰能拚得一生閑，來結山翁香火社〔三六〕。

伏願上梁之後，棹聲不斷，楫唱相聞〔三七〕。留客烹茶，兼盡弈棋之興；呼童益酒，更成墮幘之歡〔三八〕。凡我同盟〔三九〕，共茲勝賞。

**【校記】**

① 笠亭：原本作「立亭」，據知本改。

**【箋注】**

〔一〕似作於宣和三、四年（一一二一、一一二二）居潁時。梟瀠亭：當在潁昌西湖濱。亭主人歷仕四朝，從宦三十年，未知的爲何人。「野處老人」辟草萊、興土木，修橋亭之勝，布園圃之奇。棋坊酒肆，畫舫危亭，巧思精構，技奪天工。人之老矣，而爲善若是，孰能不了然於心而暢然於口耶？叔黨代庖，深諳老人覃思，詞彩飛揚，其樂陶陶，直欲飄飄仙去矣。

〔二〕跨：據有。

〔三〕煙光：雲靄霧氣。南朝梁江淹《回故園》詩：「紅草涵電色，緑樹鑠煙光。」黄庭堅《題宗室大年畫》詩之一：「水色煙光上下寒，忘機鷗鳥恣飛還。」

〔四〕牂牁：亦作牂柯。《漢書·地理志》「牂柯郡」唐顔師古注：「牂柯，係船杙（杙，木橛）也。」按此指泊船之處。

〔五〕用：因。涓：擇；選擇。《文選·左思〈魏都賦〉》：「涓吉日，陟中壇。」唐張銑注：「涓，擇也。」臘：臘日，臘月初八日。

〔六〕修梁：美木之梁。

〔七〕粗遣：略能遣詞。

〔八〕時爲徽宗宣和年間，則四朝當是英宗、神宗、哲宗、徽宗四朝。

〔九〕三紀：古以十二年爲一紀。從官：部下僚屬。

〔一〇〕見《次韻趙承之數詩》注〔九〕。

〔一一〕耄齒：耄老之年。《禮記·曲禮上》：「八十九十曰耄。」

〔一二〕「水擊」二句：見《叔父生日》（溝瀆嗟尋常）注〔二一〕。搏：環繞、盤旋。

〔一三〕莽眇：深遠；高遠。《莊子·應帝王》：「厭則又乘夫莽眇之鳥。」唐成玄英疏：「莽眇，深遠之謂。」

〔一四〕小費：小小破費，謂費財不多。

〔一五〕戛：象聲詞，船行水聲。

〔一六〕正爾：猶言「如此」。佳觀：壯美的景象；優美的景致。北魏酈道元《水經注·汝水》：「平南王肅起高臺於小城，建層樓於隅阿，下際水湄，降眺粟渚，左右列樹，四周參差競跱，奇爲佳觀也。」唐韓愈《南溪始泛》詩之三：「羸形可輿致，佳觀安可擲。」

〔一七〕慶橋：即後文之慶善橋。

〔一八〕參：交接。枉渚：迂迴之洲渚。函通：含而相通。謂新橋溝通洲渚。

〔一九〕輪蹄：車輪、馬蹄。韓愈《南内朝賀歸呈同官》詩：「綠槐十二街，涣散馳輪蹄。」

〔二〇〕東阡北陌：代指鄉里之隱者。韓愈《孔戣墓誌》：「親戚之不仕與倦而歸者，不在東阡在西陌，可杖屨來往也。」

〔二一〕「南浦」二句：王勃《滕王閣》詩：「畫棟朝飛南浦雲，珠簾暮捲西山雨。」南浦：地名，在江西南昌西南；西山：在南昌西北。按是謂此地有如滕王閣風光之勝。

〔二二〕於以：因此。

〔二三〕前魚之歎：《戰國策·魏四》：「魏王與龍陽君共船而釣，龍陽君得十餘魚而涕下曰：『臣之始得魚也，臣甚喜。後得又益大，臣直欲棄臣前之所得矣。四海之内，美人亦甚多矣，聞臣之得幸於王也，必褰裳而趨大王。臣亦猶曩臣之前所得魚也，臣亦將棄矣。』」按此借言閒談仕途之失意。

〔二四〕退鷁之譏：《左傳·僖公十六年》：「春，六鷁退飛過宋都，風也。周内史叔興聘於宋，宋襄公問焉：『是何祥也？吉凶焉在？』對曰：『今兹魯多大喪，明年齊有亂，君將得諸侯而不終。』退而告人曰：『君失問，是陰陽之事，非吉凶所生也，吉凶由人，吾不敢逆君故也。』」晉杜預注：「言石隕鷁退，陰陽錯逆所爲，非人所生。襄公不知陰陽而問人事，故曰君失問。叔興自以對非其實，恐爲有識所譏，退而告人。」按此借言説古道今，亦仕途維艱之慨。

〔二五〕「姑取足」二句：謂自得其樂，不以隱者爲榮，亦不以仕者爲恥。取足於鷦巢：見《送仲南兄赴水南倉》注〔二一〕。鶴怨：見《次韻王仲弓贈史得之》注〔七〕。

〔二六〕坐隱手談：均指下圍棋。《世説新語·巧藝》：「王中郎以圍棋是坐隱，支公以圍棋爲手談。」

〔二七〕酣春：謂春意正濃。唐李賀《河南府試十二月樂詞·二月》：「勞勞胡燕怨酣春，薇帳逗煙生緑塵。」

〔二八〕「爰代」二句：祝賀之語當由工匠吟頌，故云。

〔二九〕橋虹：言橋如虹跨蜺飛。

〔三〇〕一派：一片。

〔三一〕唐王維《漢江遠眺》詩：「江流天地外，山色有無中。」

〔三二〕筵桂：樓閣名。取意於筵於月下，因月中相傳有桂樹，故云。

〔三三〕示病維摩：見《大人生日》（窮寓三年瘴海濱）注〔三〕。
〔三四〕三百本：極言其多。本：株。
〔三五〕毵毵：形容柳葉細長貌。
〔三六〕香火社：見《送普融老》注〔一二〕。
〔三七〕楫唱：船歌。
〔三八〕墮幘之歡：謂醉飲。《晉書·庾敳傳》：「而敳乃頽然已醉，幘墮几上，以頭就穿取。」
〔三九〕同盟：志同道和者。

## 夷門蔡氏藏書目叙〔一〕

自書契三代以來〔二〕，禮樂文章，播在方册〔三〕，皆藏於王府〔四〕。老聃爲柱下史，實主其藏〔五〕，雖列國諸侯，莫得而與〔六〕。當世學士大夫，蓋得觀其書者鮮矣。故韓宣子適魯，見《易象》與《魯春秋》，曰：「周禮盡在魯矣〔七〕。」楚左史倚相，能讀三墳、五典、八索、九丘〔八〕，則國人皆尊之。孔子，聖人也，然猶問禮於老聃〔九〕，學官於郯子〔一〇〕；季札，蠻夷也，聘於齊魯，然後獲觀先王之樂而聞大國之風〔一一〕。嗚呼！讀其書、論其事、想見其人，凛然於千載之上，修身立言，可以垂訓百世之後。豈有不因載籍之有考乎？是以有國有家者，嘗刻意於此，而孝悌忠信必由是而出。古之人躬行不逮者多矣，余不復論。

比游京師〔一二〕，有爲余言：「吾里有蔡致君，隱居以求志〔一三〕，好古而博雅。閉門讀書，不交當世之公卿，類有道者也。」余矍然異之。一日，造其門，見其子，從容請交焉〔一四〕。其子爲余言：「吾世大梁人，業爲儒。吾祖吾父皆不事科舉，不樂仕宦，獨喜收古今之書。空四壁、捐千金以購之，常若飢渴然。盡求善工良紙，手校而積藏之，凡五十年。經史百家，《離騷》、《風》、《雅》、儒、墨〔一五〕、道德〔一六〕、陰陽〔一七〕、卜筮、技術之書〔一八〕，莫不兼收而並取，今二萬卷矣。且吾父有德不耀，常畏人知，棄冠冕而遺世故久矣，必不能從子游。」余悵然自失，悠然而返。

予惟古之逸民，未嘗以一藝自名於世，雖不求人知而人自知之，以其所踐履者絶乎流俗故也〔一九〕。龐德公隱於鹿門〔二〇〕，妻子躬耕。或疑其不仕，以爲何以遺子孫也？龐公曰：「我遺子孫以安，不爲無所遺也。」今居士口不談世之爵禄，身不問家之有無，所付子孫者獨書耳。龐公之意，殆無以過此。

居士之子敏而文，學日富，人不知其所以然者，抑所謂不見異人，必得異書〔二一〕，中郎爲有子矣〔二二〕！余將負笈而請觀焉〔二三〕。乃持其總目三卷，爲叙而歸之。庶幾附託於斯，與藏書者終始。

## 【箋注】

〔一〕當作於北歸後。按蘇過政和六年（一一一六）、宣和中（一一二〇—一一二五）曾屢游京師，未知確係何時所作。夷門：《史記·魏公子列傳》：「太史公曰：『夷門者，大梁城之東門也。』」其旁有夷門山（又名夷山），故名。後世又以夷門稱開封。蔡氏：即蔡寶臣，字致君，陳留人。家藏金石書畫甚富。據黄庭堅《題蔡致君家廟堂碑》與《墨莊漫録》卷七「宣和間，蔡寶臣致君收南唐後主書數軸來京師以獻蔡絛約之」，知蔡氏約略長與蘇過，而卒於蘇過之後。而蔡氏堅拒蘇過，不與之交，反又交接蔡絛，似忌蘇過爲元祐黨人之後，而以「畏人知」云云搪塞而已。

〔二〕書契：即文字。《周易·繫辭下》：「上古結繩而治，後世聖人易之以書契。」

〔三〕方册：《禮記·中庸》：「文武之政，布在方册。」漢鄭玄注：「方，版也；册，簡也。」方册以謂典籍。

〔四〕王府：國家藏書處。《漢書·郊祀志》：「史書而臧（藏）之府。」唐顔師古注：「府，臧（藏）書之處。」

〔五〕「老聃」二句：《史記·老子列傳》：老子爲「周守藏室之史也」。唐司馬貞《索隱》：「藏室史，周藏書之史也。」又《列仙傳》：「（老子）爲周柱下史。」柱下史：見《謝公定以所藏文與可詩示其孫》注〔一〇〕。

〔六〕雖：縱然。與：介入，參與其事。也就是諸侯也看不到王朝典籍。

〔七〕「故韓宣子」三句：韓宣子：即韓起，春秋時晉大夫韓厥子。晉悼公時爲卿，晉平公時代趙武爲政。起嘗於魯昭公二年聘於魯。《左傳》曰：「（韓起）觀書於太史氏，見《易象》與《魯春秋》，曰：『周禮盡在魯矣。』」《易象》：杜預注：「上下經之象辭。」《魯春秋》：南朝宋裴駰《集解》：「史記之策書。」

〔八〕「楚左史」二句：《左傳·昭公十二年》云：楚靈王與右尹子革語，「左史倚相趨過，王曰：『是良史也，子善視之，是能讀三墳、五典、八索、九丘。』」左史：相傳周代史官有左史、右史之分。《禮記·玉藻》：「動則左史書之，言則右史書之。」而《漢書·藝文志》云：「左史記言，右史記事。」三墳五典：泛指儒家經典。八索九丘：僞孔《書序》：「八卦之説，謂之八索，求其義也；九州之志，謂之九丘。」

〔九〕問禮：事見《史記·孔子世家》，曰：「魯南宫敬叔言魯君曰：『請與孔子適周。』魯君與之一乘車兩馬，適周問禮，蓋見老子云。」

〔一〇〕郯子：春秋時郯國國君。《左傳·昭公十七年》：「秋，郯子來朝，公與之宴。昭子問焉，曰：『少皞氏以鳥名官，何故也？』郯子曰：『吾祖也，我知之。』」「仲尼聞之，見於郯子而學之」。

〔一一〕「季札」四句：季札：見《叔父生日》（山澤癯仙事渺茫）注〔四〕。《左傳·襄公二十九年》曰：吴公子季札來聘於魯，請觀於周樂，魯爲之遍歌《詩經》諸風、雅、頌。且爲舞《象箾》、《南籥》、《大武》、《韶濩》、《韶箾》諸舞，致使季札歎爲「觀止」。

〔一二〕比：近。京師：北宋都開封，稱東京。

〔一三〕《論語·季氏》:「隱居以求其志,行義以達其道。吾聞其語矣,未見其人也。」《梁書·處士傳·劉歊》:「及長,博學有文才,不娶不仕,與族弟訏並隱居求志,遨游林澤,以山水書籍相娱而已。」蘇軾《薄薄酒二首》之二:「醜妻惡妾壽乃公,隱居求志義之從。本不計較東華塵土北窗風,百年雖長要有終。」

〔一四〕從容:盤桓逗留。《楚辭·九章·悲回風》:「寤從容以周流兮,聊逍遥以自恃。」

〔一五〕墨:即墨家。戰國時以墨子(翟)爲首之學派。其學以貴儉、兼愛、上賢、右鬼、上同爲要。《漢書·藝文志》:「墨家者流,蓋出於清廟之守(官)。」

〔一六〕道德:謂道家,以老子爲始祖,因其有《道德經》,故名。《漢書·藝文志》:「道家者流,蓋出於史官,歷紀成敗存亡禍福古今之道,然後知秉要執本,清虚以自守,卑弱以自持,此君人南面之術。」

〔一七〕陰陽:指陰陽家。《漢書·藝文志》:「陰陽家者流,蓋出於羲和之官,敬順昊天,暦象日月星辰,敬受(授)民時。」

〔一八〕技術:即方技。《漢書·藝文志》「方技略」包括醫經、經方、房中、神仙諸類。

〔一九〕踐履:本義爲踐踏,語出《詩·大雅·行葦》:「敦彼行葦,牛羊勿踐履。」引申指行爲;行動。李賀《申胡子觱篥歌》序:「朔宫李氏亦世家子,當年踐履失序,遂奉官北部。」

〔二〇〕見《己卯冬至儋人攜具見飲》注〔二一四〕

〔二一〕「抑所謂」二句：見《次韻徐正夫見贈》注〔四〕。

〔二二〕見《送趙承之官滿還朝》注〔一八〕。

〔二三〕負笈：謂求師也。《後漢書·李杜列傳》唐李賢注引《謝承書》曰：「負笈追師三輔。」笈：書箱。

## 賀王憲拜水衡啟〔一〕

伏審光膺帝制〔二〕，入掌水衡。澄清千里之畿〔三〕，民無冤濫〔四〕；渙汗十行之詔〔五〕，帝自疇咨〔六〕。伏惟使者修撰〔七〕，道義儲身，忠誠許國。談經術以佐吏事，懷仁義以陳王前。故出則俾觀民風，入則緝熙庶績〔八〕。顧大河中國之經瀆〔九〕，表治亂而見於書〔一〇〕；而水官三代之虞衡〔一一〕，歷古今而難其選〔一二〕。將欲行其所無事，必使謀之於未然〔一三〕；寬九重宵旰之憂〔一四〕，慰兩河生齒之望〔一五〕。循名責實，爲官擇人。果見除書〔一六〕，允諧舊德〔一七〕。消盜賊以安渤海，既旌報政之良〔一八〕；臨河洛而歎禹功〔一九〕，將繼前人之美。

某久忝屬吏，夙被仁風。欣太平之得賢，睹嘉猷之入告〔二〇〕。願同燕雀，遠伸賀廈之誠〔二一〕；尚冀桑榆，晚借餘光之末〔二二〕。

**【箋注】**

〔一〕作於宣和四、五年（一一二二、一一二三）之交。王憲，即王復。宋劉昌詩《蘆浦筆記》卷八王復家傳：方臘平，遷都轉運使，歲餘知潁昌。按方臘以宣和二年起義，三年失敗被殺。王復知潁昌，當在四年。其時蘇過令郾城，故文曰「某久忝屬吏」。又《宋史·河渠六》記宣和五年三月詔使王復領兩浙河梁事，知其時王氏已爲都水使者。則此啟之作在四、五年之交。水衡：本漢官名，掌上林苑，唐改掌水利，設都水監。宋承唐制。因都水監名源於水衡，故蘇過以水衡稱之。

〔二〕帝制：皇帝制書。

〔三〕千里之畿：《詩·商頌·玄鳥》：「邦畿千里，維民所止。」畿：王都千里之地。

〔四〕濫：越軌。《論語·衛靈公》：「君子固窮，小人窮斯濫矣。」

〔五〕涣汗：《易經·涣》：「九五，涣汗其大號。」《漢書·劉向傳》引此語，唐顏師古注：「言王者涣然大發號令，如汗之出也。」十行之詔：見《代人賀啟》（拜恩中禁）注〔一〇〕。

〔六〕疇咨：《尚書·堯典》：「帝曰：疇咨若時登庸。」僞孔傳：「疇，誰；庸，用也。誰能咸熙庶績，順是事者，將登用之。」後用爲訪求之意。

〔七〕使者：即都水使者，初名制監事，元豐改曰使者，爲都水監長官。修撰：官名。宋代貢職翰林院，掌修國史。按宋都水使者，「以員外郎以上充」，王復似以翰林修撰之職領都水監之差遣。

〔八〕緝熙：《詩·周頌·敬之》：「日就月將，學有緝熙於光明。」猶言積漸至於光明。後因以緝熙指光明。庶績：衆績，各種事功。

〔九〕大河：黄河。經瀆：主幹河流。《漢書·溝洫志》：「河，中國之經瀆。」

〔一〇〕表：標志。《易・繫辭上》：「河出圖，洛出書，聖人則之。」後則以河圖洛書爲太平之徵候。《論語・子罕》：「子曰：『鳳鳥不至，河不出圖，吾已矣夫。』」三國魏何晏《集解》：「孔曰聖人受命則鳳鳥至，河出圖，今天無此瑞。吾已矣夫者，傷不得見也，河圖八卦是也。」

〔一一〕虞衡：《漢書・百官公卿表上》「水衡都尉」顔師古注引應劭曰：「古山林之官曰衡，掌諸池苑，故稱水衡。」

〔一二〕難其選：難擇其人。

〔一三〕「將欲」二句：《漢書・劉向傳》：「明者起福於無形，消患於未然。」

〔一四〕九重：極言宫禁之深遠。宋玉《九辯》：「豈不鬱陶而思君兮，君之門以九重。」宵旰：見《叔父生日》（鬱鬱澗底松）注〔一二〕。

〔一五〕生齒：古人以生男八月而生齒，女七月而生齒，官府登記其數，載入户籍。《周禮・秋官・小司寇》：「及大比，登民數，自生齒以上，登於天府。」後因謂人民爲生齒。

〔一六〕除書：拜官授職的文書。韋應物《始治尚書郎别善福精舍》：「除書忽到門，冠帶便拘束。」

〔一七〕允諧：和諧一致。《書・益稷》：「庶尹允諧。」唐孔穎達疏：「信皆和諧，言職事修理也。」

〔一八〕「消盜賊」二句：謂王復如龔遂之政而入拜水衡。參見《送葉少藴歸縉雲》注〔一七〕。旌：表彰。報政：陳報政績。

〔一九〕「臨河洛」二句：《左傳・昭公元年》：「天王使劉定公勞趙孟於潁，館於雒（洛）汭，劉子曰：『美哉禹功，明德遠矣，微禹吾其魚乎？吾與子弁冕端委，以治民臨諸侯，禹之力也。子盍亦遠績禹功，而大庇民乎？』」

〔二○〕嘉猷：治國的好規劃。《書・君陳》：「爾有嘉謀嘉猷，則入告爾後於内，爾乃順之於外。」孔傳：「汝有善謀善道則入告汝君於内。」宋蔡沈《集傳》：「言切於事謂之謀，言合於道謂之猷。」《文選・王融〈永明九年策秀才文〉一》：「寤寐嘉猷，延佇忠實。」唐李周翰注：「嘉，善；猷，道也。」唐釋皎然《五言哭吴縣房聳明府》：「恨以榮級淺，嘉猷未及宣。」

〔二一〕「願同」二句：《淮南子・説林》：「湯沐具而蟻蝨相弔，大廈成而燕雀相賀。」

〔二二〕「尚冀」二句：冀晚年得托餘蔭。桑榆：見《次韻岑彦高史强本春日書懷》之二注〔四〕。餘光之末：《史記・甘茂列傳》：「臣聞貧人女與富人女會績，貧人女曰：『我無以買燭，而子燭光幸有餘，子可分我餘光，無損子明而得一斯便焉。』」

## 安邑縣壽聖寺第一代住持海印塔銘〔一〕

我先大夫卜塋於郟敖〔二〕，求浮屠師使居其旁。義光者自解梁來〔三〕，能誦戒〔四〕，講説經論〔五〕。請止留作佛事、薦冥福〔六〕，衆不捨去，遂建①道場〔七〕。鐘梵之音〔八〕，晨夕無廢。光爲人强力敏給〔九〕，喜於事功〔一○〕，問其師承〔一一〕，曰：「解之安邑住持壽聖寺第一代，海印其名也。印寂矣〔一二〕，其道行有足書而未有發明之者。義光死有責，敢以是請。」某唯先塋有託於光，其何以辭〔一三〕？

師姓張氏，邑之王范村民家子也。生時有光燭室，人以爲非常。十五即出家，禮僧交青爲師。至政和二年乾元節〔一四〕，以誦經應格爲沙彌〔一五〕，一十受戒具〔一六〕。邑始建壽聖寺，師爲道俗所推〔一七〕，使住持。初未有屋一椽，不數歲，佛宇、僧舍、鐘樓、經閣、山門、廚廩皆具備，而從學者翔集矣〔一八〕。師持律甚嚴，誦經精專，自云於日星間能睹見諸天人相〔一九〕，豈所謂獲常清淨眼之報者耶〔二〇〕？以政和五年十一月二十一日示寂〔二一〕，壽八十有四，僧臘六十有五〔二二〕。臨終之日，有異香滿室，遠近來觀，歎未曾有。其徒奉其骨，塔而藏之。法嗣法孫凡三十一人〔二三〕，列於碑之陰〔二四〕。

蘇子曰：南宗北律〔二五〕，其自相詆訾，所從來遠矣。使吾言信然，由戒生定〔二六〕，定生慧〔二七〕，其成佛得道，豈有二哉〔二八〕？宣和五年四月初十日記。

【校記】

①建：祠本作「薦」。

【箋注】

〔一〕宣和五年（一一二三）四月十日在潁昌作。安邑縣：宋屬解州府，地在今山西運城東北。

〔二〕卜塋：卜擇葬地。郟敖：郟城。蘇軾墓在其北之小峨眉山。

〔三〕解梁：古地名，春秋晉地，宋屬永興軍路解州府，在今山西臨猗縣。

〔四〕戒：即戒律，據云釋迦牟尼時已定戒律，後發展而爲三藏中之律藏。

〔五〕經論：佛教三藏之經藏、論藏。

〔六〕薦冥福：進獻祭品而祈死後之福。

〔七〕道場：指佛寺。宋釋贊寧《僧史略》上《創造伽藍》：「後魏太武帝始光三年創立伽藍，爲昭提之號。隋煬帝大業中改天下寺爲道場，至唐復爲寺也。」

〔八〕鐘梵：即鐘。蓋佛經原用梵語寫成，故凡與佛有關事皆稱梵。

〔九〕强力：壯健有力。敏給：猶敏捷。《莊子·徐無鬼》：「王射之，敏給搏捷矢。」

〔一〇〕事功：此指有事業心，勇于做事。

〔一一〕師承：謂一脈相承之師法。

〔一二〕寂：梵語「涅槃」的意譯，又云「滅」，謂僧人逝世。蘇轍《天竺海月法師塔碑》：「海月之將寂也，使人邀子瞻入山，以事不時往，師遺言：『須其至，乃闔棺。』」

〔一三〕以上爲第一段，叙爲塔銘之由。

〔一四〕乾元節：即天寧節。見《河東提刑崔公行狀》注〔三六〕。

〔一五〕應格：符合標准。沙彌：佛教稱男子出家受十戒者爲沙彌。

〔一六〕受戒具：受戒、受具。受戒：佛家語。佛教徒按儀式接受師傅所授戒條。受具：謂僧尼受具足戒。具足戒爲僧尼當受之戒，僧爲二百五十戒，尼爲五百戒。

〔一七〕道俗：佛家語。出家之人曰道，在家之人曰俗。

〔一八〕翔集：本指衆鳥飛翔而後群集於一處。語出《論語·鄉黨》：「色斯舉矣，翔而後集。」引申指從各地彙聚而來。

〔一九〕天人：佛家語。天上之人，天界生類之總稱。

〔二〇〕常清淨眼：佛家語，即清淨法眼。法眼爲五眼之一。佛教有五眼説。慧眼與法眼均能洞見實相，僅次於佛眼。

〔二一〕示寂：爲示現涅槃之義。言佛菩薩及高德之死。參上注〔一二〕。

〔二二〕僧臘：猶言「僧齡」，僧受戒後一年一度爲一臘。唐韓翃《題薦福寺衡岳暕師房》：「僧臘階前樹，禪心江上山。」《宋高僧傳·唐洛京聖善寺善無畏》：「二十三年乙亥十月七日，右脅累足，奄然而化，享齡九十九，僧臘八十。」黄庭堅《圓明大師塔銘》：「是歲四月甲辰憩渝州覺林禪院，不疾而示化，僧臘五十有七。」

〔二三〕法嗣：佛教語。禪宗指繼承祖師衣鉢而主持一方叢林的僧人。蘇軾《器之好談禪戲語器之可同參玉板長老》：「叢林真百丈，法嗣有横枝。」法孫：佛教指再傳弟子。

〔二四〕以上爲第二段，叙海印生平。

〔二五〕謂佛教南北宗派之分。

〔二六〕定：佛家語，謂心志專注於一之精神狀態。

〔二七〕慧：佛家語。分別事理、決斷疑妄之作用。

〔二八〕以上爲銘文。

## 士變論〔一〕

料敵勢之①强弱，而知師之勝負，此將帥之能也。不求一時之功，愛君以德，而全其宗嗣〔二〕，此社稷之臣也〔三〕。鄢陵之役〔四〕，楚晨壓晉軍②而陳，諸將請從之，范文子獨不欲戰。晉卒敗楚，楚子傷目〔五〕，子反殞命〔六〕。范文子疑若懦而無謀者矣。然不及一年，三郤誅，厲公弑，胥童死，欒書、中行偃幾不免於禍〔七〕，晉國大亂，鄢陵之功，實使之然也〔八〕。

有非常之人，然後有非常之功〔九〕。非常之功，雖聖人③所甚懼也。夜光之珠，明月之璧，無因而至前，匹夫猶或按劍〔一〇〕，而況非常之功乎！故聖人必自反〔一一〕，曰：「此天之所以厚於我乎？抑天之禍予也？」故雖有大功，而不忘戒懼〔一二〕。中常之主，鋭於立功〔一三〕，忽於天戒〔一四〕，日尋干戈〔一五〕，而殘民以逞〔一六〕。天欲全之，則必折其萌芽，挫其鋒芒，使知其所悔。不然④，則啗之以美利，誘之以得志；使之有功以驕士，玩於寇讎而侮其民人〔一七〕。至於⑤亡國殺身，終⑥不悟者，天絶之也〔一八〕。

今夫⑦小民之家，一朝而獲千金，非有大福，必有大咎，何則？彼之所營，終日勤勞，而得之者數金耳⑧。所得者微，故所用者⑨狹。無故而得千金，豈不驕其志而喪其所守哉〔一九〕？一動不能自反，至於家破身困，欲復治其故業，豈可得耶⑩？由是言之，則失之亦然。

漢高帝起於布衣⑪，親冒矢石，與秦楚爭，轉戰五年，未嘗得志。比⑫定天下，復有平城之圍〔二〇〕，故終其身不事四夷，民亦休息⑬。繼之文景，不言兵而天下富⑭。唐太宗舉晉陽之師〔二一〕，破竇建德、虜王世充〔二二〕，所過者下，易於破竹〔二三〕。嘗自矜曰：「吾十八舉義兵，二十四平天下，未三十即大位⑮。」故瘡痍未瘳⑯〔二四〕，伐高昌〔二五〕、破突厥〔二六〕，終其身師旅不解，幾至於亂者，以其親見取天下之易也。故兵之勝敗，不足以爲國之休戚，而足以啟治亂之兆。戰勝而亡、敗而興者有矣⑰。會稽之棲，而勾踐以霸〔二七〕；黄池之會，而夫差以亡〔二八〕。有以使之也夫！昔虢公敗戎於桑田，晉卜偃知其必亡〔二九〕，曰：「是天奪之鑑而益其疾也。」晉果滅虢。此范文子所以⑱不得不諫，諫而不納，而又有功，敢逃其死哉〔三〇〕？使其⑲不死，則厲公逞志，必先⑳於范氏若趙盾矣㉑〔三一〕。趙盾雖免於死，而不免於惡名〔三二〕，則范文子之智過趙宣子也遠也〔三三〕。

【校記】

①之：原校曰：「坡集無『之』字。」　②晉軍：原校曰：「坡集『師』。」　③雖聖人：原校曰：「坡集無『雖』字。」　④不然：原校曰：「坡集無『不然』二字，有『天欲亡之』句。」　⑤於：原本作「則」，據知本改。　⑥終：原校曰：「坡集『而』。」　⑦今夫：原校曰：「坡集『今夫』作『嗚呼』。」　⑧「彼之」至「數金耳」：原校曰：「坡集云『彼之所獲者，終日勤勞，不過數金耳』。」　⑨所用者：原校曰：「坡集無『者』字。」　⑩「一動」至「可得耶」：原校曰：「坡集無『一動不能自反』至此二十二字。」　⑪漢高帝起於布衣：原校曰：「坡集作『漢高皇之得天下』。」　⑫比：原校曰：「坡集『既』。」　⑬不事四夷，民亦休息：原校曰：「坡集云『不事遠略，民亦不勞』。」　⑭不言兵而天下富：原校曰：「坡集無『天下富』三字。」　⑮「嘗自矜」至「即大位」：原校曰：「坡集無『嘗自矜』至『即大位』二十二字。」　⑯故瘡痍未瘳：原校曰：「坡集云『然天下始定，外攘四夷』，無『故瘡痍未瘳』句。」　⑰「故兵」至「有矣」：原校曰：「坡集云『故兵之勝負不足以爲國之强弱，而足以爲治亂之兆，蓋有戰勝而亡，有敗而興者矣』。」　⑱所以：原校曰：「『所以』二字從坡集補。」　⑲使其：原校曰：「『使其』二字從坡集補。」　⑳「必先」下，原校曰：「坡集有『圖』字。」　㉑若趙盾矣：原校曰：「坡集云『趙盾之事可見矣』。」

【箋注】

〔一〕清舊鈔本朱批曰：「此爲宣和取燕發也。嗚呼，斜川其忠哉！」是則在宣和五年也。又見於東坡集中。士燮：即范文子，春秋晉國大夫。以其父士會（范武子）食邑范（今山東梁山西北），因以爲氏，故又稱范燮，文子其謚也。

〔二〕宗嗣：宗族繼承人，子孫後代。

〔三〕社稷之臣：見《書二李傳後》注〔二〕。

〔四〕鄢陵之役：見《左傳·成公十六年》。其事略云：晉楚之師遇鄢陵，范文子堅不欲戰，以爲晉之憂在内而非外，人無外患，必速内憂，欲「釋楚以爲外懼」，以期「群臣輯睦以事君」。而郤至輩不從，因戰，卒敗楚軍，傷共王，損楚將。鄢陵：在今河南鄢陵縣。

〔五〕楚子：即共王熊審。

〔六〕子反：即公子側，楚將，鄢陵之戰任軍司馬，將中軍，醉酒貽誤軍機，自殺（《史記》以爲楚王射殺之）。

〔七〕「然不及」五句：事見《左傳·成公十七年》。三郤：晉大夫郤犨、郤至、郤錡，諸人率皆「富半公室，家半三軍」（《國語·晉語》），而專權恣睢，公室惡之，終被厲公所殺而陳屍於朝。厲公：景公子，名壽曼，暴厲毒虐，魯成公十七年爲欒書、中行偃所遣程滑弑之。胥童：晉大夫，奉命而殺三郤，後爲欒書、中行偃所殺。欒書、中行偃：欒書即欒武子，與中行偃同爲晉大夫，胥童既殺三郤，又「以甲劫欒書、中行偃於朝」，將殺之，厲公止乃免。後合謀殺厲公，立悼公。

〔八〕以上爲第一段，論鄢陵之捷實晉禍之源。

〔九〕「有非常之人」二句：司馬相如《難蜀父老文》：「蓋世必有非常之人，然後有非常之事；有非常之事，然後有非常之功。」

〔一〇〕「夜光」四句：見《次韻謝民師》注〔三一〕。

〔一一〕自反：反躬自問；自己反省。《禮記·學記》：「知不足，然後能自反也；知困，然後能自强也。」

〔一二〕戒懼：警戒恐懼。《左傳·桓公二年》：「文物以紀之，聲明以發之，以臨照百官，百官於是乎戒懼，而不敢易紀律。」

〔一三〕中常：普通、平常。誤。鋭：急。

〔一四〕天戒：上天之戒。《書·胤征》：「先王克謹天戒，臣人克有常憲。」

〔一五〕日尋干戈：時時尋釁生事發動戰爭。語出《左傳·昭公元年》：「昔高辛氏有二子，伯曰閼伯，季曰實沈，不相能也，日尋干戈以相征討。」

〔一六〕殘民以逞：殘害人民而滿足私欲。語出《左傳·宣公二年》：「《詩》所謂人之無良者，其羊斟之謂乎？殘民以逞。」

〔一七〕玩：疏忽。寇讎：仇敵。《左傳·僖公五年》：「晉不可啟，寇不可玩。」

〔一八〕以上爲第二段，謂爲政之道，當常思戒懼而慎於事功。

〔一九〕守：操守。

〔二〇〕平城之圍：《史記·高祖本紀》：「七年，匈奴攻韓王信馬邑，……高祖自往擊之。會天寒，士卒墮指者什二三，遂至平城，匈奴圍我平城，七日而後罷去。」平城：舊縣名，其地在今山西大同東。

〔二一〕晉陽：古縣名，秦置。秦、漢爲太原郡治所。隋末李淵爲太原留守，李世民偕父起兵於此。故曰「舉晉陽之師」。

〔二二〕竇建德（五七三—六二一）：隋漳南（今山東武城東北）人，隋末聚衆起兵，據河北諸郡，稱夏王，後稱夏帝。唐武德四年，爲李世民擒斬於長安。新、舊《唐書》有傳。王世充（？—六二一）：隋西域人，徙居新豐，字行滿。本姓支，父爲王氏養子，遂冒姓王。好學喜兵，仕隋爲江都通守，煬帝死，於洛陽擁立越王侗，後廢侗稱帝，國號鄭。武德三年，敗降唐。至長安，爲舊仇所殺。《北史》，新、舊《唐書》有傳。

〔二三〕昜如破竹：參《伏波將軍廟碑》注〔三九〕。

〔二四〕瘡痍：瘡傷。瘳：愈。

〔二五〕高昌：古國名，其地在今吐魯番盆地。太宗貞觀十四年滅之，以其地爲西州。

〔二六〕突厥：古族名，隋末分爲東、西突厥。貞觀三年（六二九），李勣、李靖等六路出擊，大破突厥。

〔二七〕「會稽」二句：勾踐（？—前四六五）：春秋末越國君，先爲吴所敗，棲於會稽山之上，屈辱請和。後卧薪嘗膽，任用范蠡、文種治國，十年生聚，十年教養，國因富强，卒滅吴。繼會諸侯，稱霸。會稽：山名，在浙江東紹興一帶。參《國語·越語》、《史記·越王勾踐世家》。

〔二八〕「黄池」二句：周敬王三十六年，吴王夫差伐齊，敗齊兵於艾陵。三十八年會諸侯，與晉爭霸於黄池；越乘虛入侵，大敗吴兵。周元王三年，越滅吴，夫差自殺。黄池：在今河南封丘縣南。

〔二九〕「昔虢公」三句：事見《左傳·僖公二年》。虢公：虢公醜，姬姓。春秋時北虢國君，其地當今河南三門峽市及山西平陸一帶。前六五五年，「冬十二月丙子朔，晉滅虢，虢公醜奔京師」。偃：人名。春秋晉國大夫，掌卜。

〔三〇〕敢逃其死：謂祈死。《左傳·成公十七年》：「晉范文子反自鄢陵，使其祝宗祈死，曰：『君驕侈而克敵，是天益其疾也，難將作矣，愛我者唯祝我，使我速死，無及於難，范氏之福也。』六月戊辰，士燮卒。」

〔三一〕此謂厲公將殺文子如趙盾然。趙盾：春秋時晉正卿，晉襄公七年任中軍元帥，掌國政。靈公立，侈淫無度，趙盾諫，靈公欲殺盾數矣，盾遂出走。未出境，其族人趙穿殺靈公。盾擁立成公，仍執政。死謚宣子。參《國語·晉語》、《戰國策·趙策》、《史記·晉世家》。

〔三二〕「趙盾」二句：《左傳·宣公二年》：靈公既弑，「太史書曰：『趙盾弑其君。』以示於朝。」

〔三三〕以上爲第三段，歷舉史實，力論慎兵之要，而盛贊士燮之明。

## 回單靖州啟〔一〕

狐狸未盡〔二〕，宜鵰鶚之横飛〔三〕；騏驥先驅，甘駑駘之在後〔四〕。顧蹉跎之無用，雖矍鑠以奚爲〔五〕。過辱緘題〔六〕，曲垂存藉〔七〕。仰君子之有道，識仁人之用心。感極成悲，驚定而愧。恭惟某官，才推人傑，名擅國楨〔八〕。相有擲筆之虎頭，終封定遠〔九〕；忠並伏波之馬革，不畏蠻溪〔一〇〕。閭里觀楊僕之懷黄〔一一〕，道路聳買臣之衣繡〔一二〕。某忝兹別乘〔一三〕，預切依仁〔一四〕。方殘暑之秋風，多生寒之夜雨。更祈善攝〔一五〕，以永壽祺〔一六〕。

**【箋注】**

〔一〕吳長元案：「此篇《永樂大典》不載，從《播芳大全》補録。」作於宣和五年初秋，在權通判中山府任上。「某忝兹別乘」、「方殘暑之秋風」即其證。單靖州：其名其事不詳。靖州今屬湖南。

〔二〕狐狸：喻姦佞之臣。《後漢書·張綱列傳》：「漢安元年，選遣八使徇行風俗，皆耆儒知名，多歷顯位，唯綱年少，官次最微。餘人受命之部，而綱獨埋其車輪於洛陽都亭曰：『豺狼當路，安問狐狸！』」

〔三〕雕鶚：《文選·張衡〈思玄賦〉》：「鵰鶚競於貪婪兮，我脩絜以益榮。」唐李善注：「鵰鶚，惡鳥，喻小人也。」

〔四〕「騏驥」二句：謂自甘附驥。騏驥：駿馬；駘：駑馬。

〔五〕矍鑠：老而勇健。《後漢書·馬援列傳》：援時年六十，尚能披甲上馬，帝贊曰：「矍鑠哉，是翁也！」

〔六〕緘題：信函的封題。因代指書信。唐段成式《酉陽雜俎續集·支諾皋下》：「嘗以五彩紙爲緘題，其侈縱自奉，皆此類也。」唐白居易《令狐相公與夢得交情素深眷予分亦不淺一聞薨逝相顧泫然》詩：「緘題重疊語殷勤，存殁交親自此分。」

〔七〕存藉：問候撫慰。

〔八〕國楨：《詩·大雅·文王》：「王國克生，維周之楨。」毛傳：「楨，榦也。」按此猶言國家棟梁。

〔九〕「相有」二句：謂有班超之骨相。參《送王晉之還朝》注〔一六〕。

〔一〇〕「忠並」二句：謂有馬援馬革裹屍之忠誠。見《伏波將軍廟碑》注〔八〕、〔四三〕。

〔一一〕楊僕：漢宜陽（治今河南宜陽西）人，爲御史，使督捕盜賊關東，有功遷主爵都尉。武帝以爲能。南越反，拜樓船將軍，以功封將梁侯。後與荀彘擊朝鮮，坐罪免爲庶人。《史記》、《漢書》有傳。懷黄：《漢書》本傳稱武帝敕書謂僕「懷銀黄，垂三組，誇鄉里」。唐顔師古注：「銀，銀印也；黄，金印也。」

〔一二〕買臣：朱買臣，吴人。《漢書·朱買臣傳》載方拜買臣會稽太守，武帝謂買臣曰：「富貴不歸故鄉，如衣繡夜行，今子何如？」買臣謝。參見《代人賀啟》（伏審遠揚大旆）注〔一三〕。

〔一三〕别乘：又謂之别駕。漢爲州刺史佐官，蓋隨長官出行時另乘傳車。宋稱州通判爲别駕（《文獻通考·職官一六》）。

〔一四〕預切依仁：參預切要（機要），依仗仁德。

〔一五〕善攝：「善攝生」之簡語，精於養生。《老子》：「蓋聞善攝生者，陸行不遇兕虎，入軍不被甲兵。」夏竦《故金紫光禄大夫朱公行狀》：「況卿自樂高年，素知善攝。宜加頤養，以就痊平。」歐陽修

《皇帝賀契丹太皇太后正旦書》：「載惟慈懿之和，方集壽康之祉，更希善攝，用副遐悰。」

〔一六〕壽祺：祝福語，猶言長壽吉祥。宋庠《送將作監丞張唐卿通理陝州》詩：「漢郵給傳蕃恩告，蜀醑浮觴薦壽祺。」强至《代元給事河陽判府相公賀冬書》：「陽德初升，天和參嚮。永保貴福，益康壽祺。」

## 代人謝啟〔一〕

飛芻輓粟〔二〕，慚無補於事功；説《禮》敦《詩》〔三〕，輒濫居於謀帥。況此鮮虞之舊壤〔四〕，蔚爲朔野之雄都〔五〕。素稱足食而足兵〔六〕，何止有民而有社〔七〕。控臨胡虜①，雖無表裏之山河〔八〕；拊循士夫〔九〕，必賴折衝於樽俎〔一〇〕。而某學不足以經遠，才未能以過人。久玷朝廷之誤恩，尚處承明之秘職〔一一〕。兼收並用，録其薄效於東南；捨短取長，姑又責成於燕趙〔一二〕。此蓋某官弼亮元聖〔一三〕，師保萬民〔一四〕，才全而德不形〔一五〕，任重而道愈遠〔一六〕。以求賢取士爲報國，以養兵息民考治功。矧燕雲撫順之初〔一七〕，實廟堂宵旰之際〔一八〕。招攜懷遠〔一九〕，卧鼓滅烽〔二〇〕。既書衛霍之功〔二一〕，行責龔黄之政〔二二〕。遂因人乏，得冒恩私。某謹當益竭空疏，務酬知遇。輕裘緩帶，敢希羊叔子之風〔二三〕；積穀屯田，庶收趙充國之效〔二四〕。過此以往，未知所裁〔二五〕。

【校記】

①胡虜：原本作「蠻貊」，據知本改。

【箋注】

〔一〕文藻案：「此似判中山時作。」今按過以宣和五年（一一二三）秋出仕中山府通判，啟文似代中山帥陳遘謝委職而作。

〔二〕飛芻輓粟：即飛輓芻粟。陸運曰輓，水運曰漕。芻粟：糧草。

〔三〕説《禮》敦《詩》：見《代人賀啟》（拜恩中禁）注〔二六〕。

〔四〕鮮虞：春秋時國名。戰國時爲中山國，都於顧（今河北定州），即宋之中山府地。

〔五〕蔚：盛貌。

〔六〕《論語·顔淵》：「子貢問政，子曰：足食，足兵，民信之矣。」

〔七〕《論語·先進》：「子路使子羔爲費宰，子曰：『賊夫人之子。』子路曰：『有民人焉，有社稷焉，何必讀書，然後爲學。』」

〔八〕表裏之山河：見《代人賀啟》（拜恩中禁）注〔六〕。

〔九〕拊循士夫：《史記·淮陰侯列傳》：「諸將效首虜休，畢賀，因問信曰：『兵法右倍山陵，前左水澤。今者將軍令臣等反背水陣，曰破趙會食，臣等不服，然竟以勝。此何術也？』信曰：『此在兵法，顧諸君不察耳。兵法不曰，陷之死地而後生，置之亡地而後存？且信非得素拊循士大夫也，此所謂驅市人而戰之，其勢非置之死地，使人人自爲戰。今予之生地皆走，寧尚可得而用之乎？』」按此反用其典，謂事主一向得人心。

〔一〇〕折衝於樽俎：見《代人賀啟》（拜恩中禁）注〔七〕。

〔一一〕承明：見《和大人游羅浮山》注〔五〕。祕職：機要之職，謂「郎」官之類。

〔一二〕謂仕宦中山。

〔一三〕見《代人謝啟》（將漕逾年）注〔二四〕。

〔一四〕言安定天下之人。語出《書·君陳》。

〔一五〕才全而德不形：見《代人賀啟》（光膺帝制）注〔七〕。

〔一六〕《論語·泰伯》：「曾子曰：士不可以不弘毅，任重而道遠，仁以爲己任，不亦重乎？死而後已，不亦遠乎？」

〔一七〕矧：況且。燕雲：見《王謹常再和前詩》之一注〔六〕。按燕雲諸州重歸北宋在宣和四年。宣和二年，宋金海上之盟，定計夾擊遼人，事成之後燕雲諸州歸宋；然宋軍作戰失利，金人則乘勝取燕雲諸州。後屢經周折方歸還宋朝。

〔一八〕宵旰：見《叔父生日》詩（鬱鬱澗底松）注〔一一〕。

〔一九〕招攜懷遠：招撫背離者，安撫邊遠者。《左傳·僖公六年》：「招攜以禮，懷遠以德。」宋王溥《唐會要·講武》：「俾夫少長有禮，疾徐有節。將以招攜懷遠，將以保大定功。」

〔二〇〕臥鼓滅烽：謂消弭戰爭。烽：烽火，用以報警。此用祭彤事。《後漢書·祭彤列傳》：「臥鼓邊亭，滅烽幽障者將三十年。」唐張説《請東北將吏刊石紀功德狀》：「而兩蕃遺噍，莫不稽顙。緣邊戍卒，咸以返耕。臥鼓滅烽，誠自此始。」宋楊億《景德三年九月試賢良方正能直言極諫科策一道》：「蓋已臥鼓滅烽，賣劍買犢。下勸農之詔，勖游惰以反耕；置常平之倉，謹豐凶而平糴。」

〔二一〕霍：霍去病（前一四〇—前一一七），漢河東平陽（今山西臨汾西南）人。衛青姊子。爲人寡言語，果敢任氣。年十八爲侍中，善騎射，嘗六擊匈奴，以功封冠軍侯，爲驃騎將軍，與衛青齊名。《史記》、《漢書》有傳。衛青：見《伏波將軍廟碑》注〔二〇〕。

〔二二〕龔黄：龔遂、黄霸。見《送葉少蘊歸緡雲》注〔一六〕，《送孫海若赴官河朔叙》注〔三〕，《代人謝啟》（觀風全晉）注〔一〇〕。

〔二三〕「輕裘」二句：見《送王晉之還朝》注〔九〕。

〔二四〕「積穀」二句：見《代人賀啟》（光奉綸恩）注〔一六〕。

〔二五〕「過此」二句：謂已別無他能。裁：裁處、定奪。

# 蘇過詩文編年箋注卷一〇

## 文不繫年文章

### 代人上北京留守書〔一〕

某嘗讀史，見趙平原君時〔二〕，有客毛遂〔三〕，素不聞名於衆人。一日秦圍邯鄲，平原君患之，爲求哀於楚，選門下士二十人與之俱，得十九人，而毛遂請行，平原君强聽之。十九人者略無所施，而毛遂捧盤歷堦，定從於跬步之内〔四〕，使趙重於九鼎〔五〕。唐封常清〔六〕，高仙芝之傔也〔七〕。初，仙芝以其貌陋且跛，常清屢自陳，不得已置名傔中。軍破達奚〔八〕，常清於幕下潛作捷布〔九〕，且記井泉、次舍、克賊形勢，仙芝大驚，由此顯名，爲時良將。某以爲二人方陸沉自晦〔一〇〕，辱在泥塗〔一一〕，不遇豪傑之士引而出之，付以事功，則不過一匹夫耳，餓死於溝瀆，與草木同腐必矣；又何以表見於後世哉〔一二〕？

某竊不自量，結髪讀書〔一三〕，有志於古人，不肯碌碌俯仰於士大夫之間，思得豪傑之士，爲之執鞭〔一四〕。念如毛遂、封常清之流，不爲人知則已，倘得知己不以衆人遇我〔一五〕，則赴水火、蹈鋒鏑不在古人後。今罪戾之餘，不足道也，齒髪如此，可以甘貧賤、安閭閻，不復議此，然區區之心，不能自默，求伸於左右者〔一六〕，何哉？昔嘗侍座，側聞餘論，不以某爲不肖，憐其無辜，若曰：尚可教育，使不終廢於世。心非木石，懷斯言而不敢忘。今又窮困益甚，捨左右而安所訴哉〔一七〕？

某一身飄零，死不足惜。有親未葬，朝夕不敢自保〔一八〕。妻子飢餓，不能出門户；婚姻失時〔一九〕，言之寒心，可謂天之窮民也〔二〇〕。前者所犯，本非犯清議、污搢紳，不可湔洗收録之人〔二一〕。意謂屢更赦宥〔二二〕，當得復有舊物〔二三〕。無何，有司拘於文法，止叙散官〔二四〕。徒有被大恩之名，而卒無needs寸禄之實，豈能默而不言，就死地哉〔二五〕？

方今之世，左右當方伯之任，荷天下之重名。四方之士，掃舍人之門〔二六〕，求爲李膺之御〔二七〕，拾青紫、紆組綬〔二八〕，不知幾何人矣。懷才抱藝，不乏於使令；文章翰墨，奔輳於幕府〔二九〕。如不肖者，豈足繫門下得失哉！然左右一言，可使貧者富、窮者泰〔三〇〕，噓枯吹生〔三一〕，易如反掌〔三二〕，某困窮如此，安得不往告？而左右安得不終憐之乎？使某得在奔走之列，感生成之遇〔三三〕，如毛遂、封常清，區區事業，當不辱於門下。非空言也，惟執事者察之〔三四〕。

【箋注】

〔一〕北歸後作，或在初居潁昌時，所代之人，所上之守皆不詳。北京：大名府，在今河北大名東北。留守：隋唐以來，「天子巡守、親征，則命親王或大臣總留守事」，得便宜行事，宋制「其西、南、北京留守各一人，以知府兼之」（《宋史・職官七》）。

〔二〕平原君：即趙勝（前？—前二五一）。戰國時趙公子，封於東武城，號平原君。三任趙相，賢而好士，據傳有食客三千人。與齊孟嘗君（田文）、魏信陵君（魏無忌）、楚春申君（黄歇）合稱戰國四公子。《史記》有傳。

〔三〕有客毛遂：事見《史記・平原君列傳》。

〔四〕跬步：跬，半步；步，一步。亟言距離、範圍之小。

〔五〕《史記・平原君列傳》：平原君已定從而歸，歎曰：「毛先生一至楚，而使趙重於九鼎大吕。」九鼎：古代象徵國家政權之傳國寶。《史記・武帝紀》：「禹收九牧之金，鑄九鼎，象九州。」

〔六〕封常清（？—七五五）：唐蒲州（在今山西永濟）人，少孤貧，貌陋而腳跛，讀書多所該究。年三十未有名，乃投牒爲高仙芝傔從。得高仙芝獎拔，積功官至范陽節度副大使。後敗於安禄山，退守潼關，爲宦官邊令誠所搆，與高仙芝並斬於軍。新、舊《唐書》有傳。

〔七〕高仙芝（？—七五五）：唐高麗族人，善騎射，開元末任安西副都護、四鎮都知兵馬使，天寶中以軍功拜右羽林大將軍，封密雲郡公。安禄山反，仙芝爲副元帥禦之，兵敗，爲邊令誠譖殺。新、舊《唐書》有傳。傔：侍從。

〔八〕達奚：鮮卑族部落之一。

〔九〕潛：暗自。捷布：即捷報。按事見新、舊《唐書》本傳。

〔一〇〕陸沉：見《志隱》注〔四〇〕。自晦：自隱。

〔一一〕見《次韻趙承之留别》注〔三〕。

〔一二〕表見：顯耀。以上爲第一段，論提攜之不可少。

〔一三〕結髮：見《送仲南兄赴水南倉》注〔二〕。

〔一四〕執鞭：執鞭駕車，謂扈從也。《史記·管晏列傳·贊》：「假令晏子而在，余雖爲之執鞭，所忻慕焉。」

〔一五〕衆人遇我：待我以常人。語出《史記·刺客列傳·豫讓》：「臣事范中行氏，范中行氏皆衆人遇我，我故衆人報之。至於智伯，國士遇我，我故國士報之。」

〔一六〕左右：古人與尊長書牘，不直稱其人，稱「左右」以示尊敬，謙言本人不配面論，僅可與對方左右言之。

〔一七〕以上爲第二段，具道所以上書。

〔一八〕晉李密《陳情表》：「人命危淺，朝不慮夕。」

〔一九〕謂因貧窮，兒女耽誤婚嫁。

〔二〇〕見《五色雀和大人韻》注〔一一〕。

〔二一〕湔洗：洗滌。《後漢書·方術傳下·華佗》：「若在腸胃，則斷截湔洗，除去疾穢，既而縫合，傅以神膏。」蘇轍《登南城有感示文務光王遹秀才》詩：「清風皎冰玉，滄浪自湔洗。」

〔二二〕赦宥：赦過宥罪。見《禱雨懺文》注〔一六〕。

〔二三〕舊物：此指原有的職位及俸禄等。

〔二四〕《宋史·職官序》：「其官人受授之别，有官、有職、有差遣。」官即散官，又名階官，廩禄之官階。職與差遣爲職事官。時人「以差遣要劇爲貴途，而不以階、勳、爵邑有無爲輕重」。

〔二五〕以上爲第三段，痛言艱難情狀。

〔二六〕見《代人賀啟》（顯被明綸，陞華延閣）注〔一八〕。

〔二七〕《後漢書·李膺列傳》：「荀爽嘗就謁膺，因爲其御，既還，喜曰：『今日乃得御李君矣。』其見慕如此。」

〔二八〕紆組綬：繫佩組綬，謂得富貴。組綬爲佩印之帶。

〔二九〕奔輳：聚集，趨附。

〔三〇〕泰：通達。

〔三一〕嘘枯吹生：《後漢書·鄭太列傳》：「孔公緒，清談高論，嘘枯吹生。」參《送參寥師歸錢塘》詩注〔三〕。

〔三二〕易如反掌：《漢書·枚乘傳》：「必若所欲爲，危於累卵，難於上天。變所欲爲，易於反掌，安於泰山。」按此語源自《孟子·公孫丑上》：「以齊王，由反手也。」

〔三三〕生成：猶言提攜、培養。

〔三四〕以上爲第四段。祈望北京留守薦舉録用。

## 宋景輝二子字説〔一〕

古人之名其子者，亦多説矣〔二〕。有獲長狄僑如，以喜而名其子〔三〕；有文在其手曰「友」，以異瑞而名其子〔四〕。人之愛其子，莫不欲其賢且貴也。元憲宋公之曾孫曰肱〔五〕、曰膰，余問其所以名之説，其父景輝語余：「肱生而甚似其祖，必能世吾家，元憲以道德文章名天下，股肱元聖致太平〔六〕，吾所以期之如此。曰膰者，吾通守潁昌，釋奠宣聖爲亞獻〔七〕，膰於是日也生。吾惟仲尼以膰肉不至而行〔八〕，夫豈爲肉哉？蓋爲禮也。士大夫生於今日，親睹禮樂之盛，籩豆具舉〔九〕，此豈小小節文哉〔一〇〕？吾是以名之。」予矍然不敢以童子戲〔一一〕，遂字肱曰元弼，膰曰元禋；且著其説以授二子，勉使有立，以無廢父命。

**【箋注】**

〔一〕宋景輝：宋庠孫，本安陸人，祖父庠徙居雍丘。嘗爲潁昌通判。此文之作當在叔黨居潁時。

〔二〕多説：多種説法，謂各有其理由。

〔三〕「有獲」二句：《左傳・襄公三十年》：「叔孫莊叔於是乎敗狄於鹹，獲長狄僑如及虺也、豹也，而皆以名其子。」按獲長狄事在《左傳・文公十一年》。長狄：春秋時狄族之一支。身體高大，故曰長狄。僑如：人名。爲北狄鄋瞞君長。蘇軾《喜雨亭記》：「叔孫勝敵，以名其子，其喜之大小不齊，其示不忘一也。」

〔四〕「有文」二句：謂魯桓公命子成季曰「友」事。《左傳・閔公二年》：「及（成季）生，有文在其手曰『友』，遂以命之。」

〔五〕元憲宋公：即宋庠，天聖二年進士第一，歷官檢校太尉平章事、樞密使，封鄭國公，以司空致仕，謚文獻。《宋史》有傳。

〔六〕股肱：左右大臣。見《代人賀啟》（光奉綸恩）注〔六〕。

〔七〕釋奠：置爵於神前而祭。《禮記・文王世子》：「凡始立學者，必釋奠於先聖先師。」宣聖：即孔子。漢平帝元始元年追謚孔子爲「褒成宣尼公」，後世因稱孔子爲「宣聖」。亞獻：古代祭祀時獻酒三次，第二次獻酒稱「亞獻」。《儀禮・士虞禮》：「主婦洗足爵于房中，酌亞獻尸。」《後漢書・百官志一》：「（太尉）凡郊祀之事，掌亞獻。」

〔八〕《史記・孔子世家》：「（季）桓子卒受齊女樂，三日不聽政；郊，又不致膰俎於大夫，孔子遂行。」膰：祭祀用之熟肉。行：謂孔子辭職出走。

〔九〕籩豆：二者均爲祭祀之禮器。因以籩豆代指祭祀。《論語・季氏》：「籩豆之事，則有司存。」

〔一〇〕節文：節制、修飾。

〔一一〕矍然：驚懼貌；驚視貌。《晏子春秋・諫上二五》：「景公使圉人養所愛馬暴死，公怒，令人操刀解養馬者。是時晏子侍前，左右執刀而進，晏子止而問於公曰：『堯舜支解人，從何軀始？』公矍然曰：『從寡人始。』遂不支解。」《文選·班固〈東都賦〉》：「主人之辭未終，西都賓矍然失容。」唐李善注引《説文》：「矍，驚視貌也。」

## 芝堂記〔一〕

芝之爲祥草尚矣〔二〕，以其兆和氣而生〔三〕，非封植而成〔四〕，陰陽不得宰其功〔五〕，雨露無所施其力，不蘖不芽，乃莖乃葉〔六〕，異夫群草木，此其可貴也。古之君子蓋嘗有感於斯，曰：「采三秀於山間〔七〕。」非有道之士，孰可以況此？神仙服餌〔八〕，以五芝爲長年不死之藥〔九〕；漢以《齊房》九莖薦於郊廟〔一〇〕，是以瑞名之也哉！

吾蜀有布衣楊公亮，家世好善，聞於鄉里。爲藥肆以自給〔一一〕，不敢贏餘，貧者賴之以生，不可勝計。有子曰會，亦以孝謹稱，葬親之三年，事死如生。朝夕必臨，時物必薦〔一二〕，家事必告。芝生其墓，或採以獻，鄉人驚異之，曰：「此楊氏父子爲善之報。彼愚夫不知其爲祥也而暴之。」亟往觀其處，祝之使復生，已而果然。未幾，僮僕又取以獻，衆大嗟惜，意其不復出矣。不逾月，芝生如故。鄉人然後知楊氏父子行必有稽於神明〔一三〕，何其響應弗渝〔一四〕，而申告者三也。

或曰：「爲善者必有報，造物者既知之矣，胡不大其門而昌其身〔一五〕，而獨錫之以芝也？寒不可以衣，飢不可以食。」余曰：「不然，天人之際必諄諄然。表楊氏之德，出於一鄉；一鄉之人，有懲惡勸善者〔一六〕。自鄉黨以及州閭〔一七〕，推而至於四方，相勉爲楊氏子，而恥其不及，其爲瑞也豐矣。故子臯爲成宰，而成人篤其兄〔一八〕；潁谷封人食舍肉，而莊公施其母〔一九〕。《詩》所謂「孝子不匱，永錫爾類」〔二〇〕，豈不諄諄然命之乎？楊氏築堂以旌之，且屬里人蘇某記其事，將刻石以告來者，故樂爲書之。

【箋注】

〔一〕作年不詳。芝：菌類植物之一種，古人以爲瑞草。本文語芝生之由，頗涉神怪，似有「子所不語」之嫌。然而因勢利導，激揚善風，叔黨之用心于是乎見。

〔二〕《孝經援神契》：「善養老則芝茂。」（《藝文類聚・祥瑞部》引）尚：久遠。

〔三〕《史記・孝武本紀》：「甘泉防生芝九莖。」南朝宋裴駰《集解》引漢應劭曰：「芝，芝草也，其葉相連。」引如淳曰：「《瑞應圖》云：王者敬事耆老，不失舊故，則芝草生。」兆：預兆。此指象徵和諧吉慶之氣。

〔四〕封植：即「封殖」。壅土培育。《左傳・昭公二年》：「宿敢不封殖此樹，以無忘《角弓》」，遂賦《甘棠》。」晉杜預注：「封，厚也；殖，長也。」柳宗元《寄許京兆孟容書》：「城西南有數頃田，樹果數百株，多先人手自封植。」蘇軾《表忠觀碑》：「籍其地之所入，以時修其祠宇，封殖其草木。」

〔五〕陰陽：此指陰陽寒暖之變。

〔六〕「不蘖」二句：謂芝草異於衆草木，不恃舊根而長，而鍾和氣陡然自爲莖葉。蘖：斬而復生之枝。乃：助詞。

〔七〕屈原《九歌·山鬼》：「采三秀兮於山間，石磊磊兮葛蔓蔓。」王逸注：「三秀，秀材之士，隱處者也。」三秀即芝，以喻隱者。蓋芝一年三開花。《爾雅·釋草》晉郭璞注：「芝，一歲三華，瑞草。」

〔八〕服餌：服食丹藥。道家養生延年術。《魏書·文苑傳·裴伯茂》：「余攝養舛和，服餌寡術，自春徂夏，三嬰湊疾。」柳宗元《與崔饒州論石鐘乳書》：「若以服餌不必利己，姑務勝人而誇辯博，素不望此，於子敬其不然明矣。」

〔九〕五芝：五種靈芝。《後漢書·馮衍傳下》：「飲六醴之清液兮，食五芝之茂英。」唐李賢注引《茅君內傳》：「句曲山上有神芝五種：一曰龍仙芝，似交龍之相負，服之爲太極仙卿。第二名參成芝，赤色有光，其枝葉如金石之音，折而續之即復如故，服之爲太極大夫。第三名燕胎芝，其色紫，形如葵，葉上有燕象，光明洞澈，服一株拜爲太清龍虎仙君。第四名夜光芝，其色青，其實正白如李，夜視其實如月，光照洞一室，服一株爲太清仙官。第五名曰玉芝，剖食，拜三官正員御史。」《文選·孫綽〈游天台山賦〉》：「八桂森梃以淩霜，五芝含秀而晨敷。」李善注引《神農本草經》：「赤芝一名丹芝，黄芝一名金芝，白芝一名玉芝，黑芝一名玄芝，紫芝一名木芝。」

〔一〇〕《齊房》：漢《郊禮歌》名。《漢書·禮樂志》《齊（齋）房》解題曰：「元封二年芝生甘泉齊（齋）房作。」詞曰：「齊（齋）房産草，九莖連葉。」

〔一一〕藥肆：藥鋪；藥店。白居易《城鹽州》詩：「鄜州驛路好馬來，長安藥肆黄蓍賤。」自給：自足衣食。

〔一二〕時物：猶言「時食」。指時新食物。《禮記・中庸》：「設其裳衣，薦其時食。」

〔一三〕稽於神明：謂爲神明察鑒。

〔一四〕弗渝：不違（人之祈求）。渝：違。

〔一五〕大其門：謂顯貴其家。昌其身：謂其身昌達。

〔一六〕懲惡勸善：貶斥壞人，獎勵好人。語出《左傳・成公十四年》：「春秋之稱，微而顯，志而晦，婉而成章，盡而不汙，懲惡而勸善，非聖人誰能脩之。」

〔一七〕鄉黨、州閭：《禮記・曲禮上》：「故州閭鄉黨稱其孝。」漢鄭玄注：「周禮，二十五家爲閭，四閭爲族，五族爲黨，五黨爲州，五州爲鄉。」

〔一八〕「故子皋」二句：《禮記・檀弓下》：「成人有其兄死而不爲衰者，聞子皋將爲成宰，遂爲衰。」子皋：孔子弟子，其性至孝。成：春秋時魯邑，在今山東寧陽縣東北。

〔一九〕「潁谷」二句：事見《左傳・隱公元年》：其略云，鄭莊公母姜氏愛少子段，助之而謀傾莊公，莊公逐段而放姜氏；「潁考叔爲潁谷封人，聞之，有獻於公，公賜之食。食舍肉，公問之，對曰：『小人有母，皆嘗小人之食矣，未嘗君之羹，請以遺之。』」莊公感悔，「遂爲母子如初」。潁谷：地名，春秋時鄭邊邑，在今河南登封西南。封人：管理疆界之官。封：疆界。舍：後來寫作「捨」。莊公：指鄭莊公。春秋時鄭國國君，姬姓，名寤生。施：延及。

〔二〇〕見《詩・大雅・既醉》。

## 謝提舉玉龍萬壽宮表①〔一〕

備②東國諸侯之長〔二〕，積玷藩宣〔三〕；贅西山散吏之員〔四〕，尚縻奉稍③〔五〕。恩波浹骨〔六〕，感涕交頤。伏念臣才不逮人，學非見道。雕蟲篆刻〔七〕，但攻無用之詞章；潦倒麤疎，殊乏有行之事業〔八〕。當睿主粲惟新之化〔九〕，爲稽陰興和市之恩〔一〇〕。猥以妄庸，誤承臨遣。萃彼八城之賦，揆於一己之平。雖公爾④忘私，敢效肥秦之視越〔一一〕；然犯而聚怨，不勝衆楚之咻⑤齊〔一二〕。竟獲全歸，允爲幸會〔一三〕。茲蓋伏遇皇帝陛下，仁參高厚〔一四〕，聖協勛華〔一五〕。明庶以功〔一六〕，方厲精於政治〔一七〕；退人以禮〔一八〕，每加惠於臣鄰。豈伊朽腐之資〔一九〕，曲累記存之數〔二〇〕。臣杜門老矣〔二一〕，戀闕淒其〔二二〕。身在江湖，悵頹齡之有幾〔二三〕；心非木石，念報德以何時。

**【校記】**

① 表：清鈔本作「啟」。

② 備：祠本作「作」。

③ 奉稍：祠本作「薪俸」。

④ 公爾：清鈔

本作「公耳」。　　⑤咻：清鈔本作「讙」。

**【箋注】**

〔一〕本表據文藻曰：「此似代人作。」今考文中「備東國諸侯之長」，「萃彼八城之賦，揆於一己」，疑爲宣和初年宦者李彦繼楊戩主西城括田所事（參見《宋史·楊戩傳》）。時李彦在京東括民田爲公田，怨聲載道，嘗有地方官訴於徽宗之前，宦者梁師成呵止之曰：「王人雖微，序於諸侯之上。」即稱欽差宦者爲「諸侯之上」（見《宋史·梁師成傳》）。提舉玉龍萬壽宮，官名。詳見前《孫志康墓誌銘》注〔三四〕。

〔二〕備：爲官之謙稱。

〔三〕積玷：長期玷辱。玷，猶「忝」。辱，自謙詞。藩宣：指王室藩國。《詩·大雅·崧高》：「四國於蕃，四方於宣。」鄭箋：「四國有難，則往扞禦之，爲之蕃屏四方。恩澤不至，則往宣暢之。」蕃：通「藩」。

〔四〕贅：贅名。爲官之謙詞。散吏：提舉宮祠爲領禄無職之官，故云。參見《代人上北京留守書》注〔二四〕。

〔五〕縻：通「靡」。浪費。奉：後來寫作「俸」。稍：廩食。

〔六〕浹：透。《淮南子·原道》：「不浸於肌膚，不浹於骨髓，不留於心志，不滯於五藏。」

〔七〕雕蟲篆刻：漢揚雄《法言·吾子》：「或問：『吾子少而好賦？』曰：『然，童子雕蟲篆刻。』俄而曰：『壯夫不爲也。』」後因以指詞章之學。蟲：蟲書。

〔八〕有行：有所作爲。

〔九〕粲：鮮明。惟新：惟通維。《詩·大雅·文王》：「周雖舊邦，其命維新。」後以「惟新」指革新舊政。《後漢書·應劭傳》：「今大駕東邁，巡省許都，拔出險難，其命惟新。」蘇軾《謝館職啟》：「而況大明繼照，百度惟新。理財訓兵，有鞭笞戎狄之志。信賞必罰，有追述祖宗之風。」

〔一〇〕稽陰：指會稽山陰。和市：與少數民族交易。《舊唐書·回紇傳》：「自乾元之後，屢遣使以馬和市繒帛，仍歲來市，以馬一匹易絹四十匹，動至數萬馬。」蘇轍《潁濱遺老傳下》：「夏人竟大入河東，朝廷乃議絶歲賜，禁和市。」按此指文中事主曾負責與少數民族交易。

〔一一〕謂無所希求也。韓愈《爭臣論》：「視政之得失，若越人視秦人之肥瘠，忽焉不加喜戚於其心。」

〔一二〕「然犯」二句：見《送孫海若赴官河朔叙》注〔九〕。

〔一三〕允：確也。

〔一四〕參：入。高厚：語出《詩·小雅·正月》：「謂天蓋高，不敢不局。謂地蓋厚，不敢不蹐。」後縮略爲「高厚」指天地。宋人始習用。楊億《請加尊號第四表》：「若夫聖神之冲粹，高厚之儀刑，非可管窺，寧容臆度。」韓琦《喜雪》詩：「始駭經冬雪，時飛但斂塵。誰知高厚意，頓與發生春。」

〔一五〕協：和。勛華：《書·堯典》稱堯爲放勳、舜爲重華。後因合稱堯舜爲勳華。勛：同「勳」。

〔一六〕明庶以功：《書·益稷》：「敷納以言，明庶以功，車服以庸。」僞孔傳：「明之皆以其功大小爲差。」

〔一七〕厲精：振奮精神（從政）。

〔一八〕《禮記·檀弓下》：「古之君子，進人以禮，退人以禮。」退：罷用。

〔一九〕豈：豈料。伊：此。資：資質。

〔二〇〕謂未被天子忘卻。

〔二一〕謂無意世事。

〔二二〕戀闕：留戀宫闕。舊時用以比喻心不忘君。杜甫《散愁》詩之二：「戀闕丹心破，霑衣皓首啼。」李商隱《爲中丞滎陽公謝借飛龍馬送至府界狀》：「長亭欲別，未期東道而來；雙闕尚嘶，願附北風之思。無任感恩戀闕，雪涕屏營之至。」淒其：猶言「悽愴」。其：形容詞后綴。《詩·邶風·緑衣》：「絺兮綌兮，淒其以風。」陶淵明《自祭文》：「故人悽其相悲，同祖行於今夕。」白居易《和寄樂天》：「病魂黯然銷，老淚淒其出。」

〔二三〕頹齡：衰老之年。陶淵明《九日閑居》詩：「酒能祛百慮，菊爲制頹齡。」唐温庭筠《過孔北海墓二十韻》：「激揚思壯志，流落歎頹齡。」蘇轍《還潁川》詩：「故廬已荆榛，遺壠但松檟。頹齡迫衰暮，舊物一已捨。」

## 代人賀啟

一〔一〕

伏審拜命宸嚴〔二〕，分符外閫〔三〕；輟從朝著〔四〕，作鎮全齊〔五〕，恭惟歡慶〔六〕。竊以歷下名城〔七〕，古稱十萬户之富〔八〕；漢庭多士，尤重二千石之良〔九〕。將使子惠一方之黎元，豈獨謹守三尺之條教〔一〇〕。山川廣衺，鷄犬相聞；民淳而寡求，士美而好學〔一一〕。既欲阜安其俗〔一二〕，必資果藝之材；用分宵旰之憂，乃荷承宣之寄〔一三〕。恭惟某官，智兼經術，識達古今，夙膺黻座之知〔一四〕，屢試盤根之用〔一五〕。德星所次〔一六〕，民瘼一消〔一七〕。攬轡登車〔一八〕，已獲二天之譽〔一九〕；期年報政，即聞五袴之謡〔二〇〕。某久去鄉關〔二一〕，繆持使節〔二二〕，未能躬桑梓之禮〔二三〕，姑欲致蘋藻之誠〔二四〕。

**【箋注】**

〔一〕作年不詳。所賀人事，似爲某之同鄉獲知濟南府。

〔二〕宸嚴：猶「宸居」、「中禁」。宸：北辰所居，以喻天子之宫。嚴：即殿嚴。見前《代人賀啟》（拜恩中禁）注〔四〕。

〔三〕分符：即剖符。外閫：見《代人賀啟》（拜恩中禁）注〔一五〕。

〔四〕朝著：《漢書·五行志》：「朝有著定，會有表。」唐顔師古注：「朝内列位有定處，所謂表著者也。」因謂朝官。

〔五〕作鎮：鎮守一方。潘岳《爲賈謐作贈陸機》詩：「藩嶽作鎮，輔我京室。」劉禹錫《代謝平章事表》：「處論道具瞻之地，當總戎作鎮之權。」

〔六〕下爲賀語。

〔七〕歷下：古城名，春秋戰國齊邑，蓋城在歷山下而名。故址在今山東濟南市附近歷城西。

〔八〕《漢書·地理志上》：「濟南郡，户十四萬七百六十一。」

〔九〕二千石之良：二千石官吏中的傑出者。見《代成都帥到任謝上表》注〔二七〕。

〔一〇〕三尺條教：指法令。古以三尺竹簡寫律令，以示威重。指法律。《史記·酷吏列傳》：「周曰：『三尺安出哉？』」南朝宋裴駰《集解》引《漢書音義》：「以三尺竹簡書法律也。」前蜀韋莊《和鄭拾遺秋日感事》：「儉德遵三尺，清朝俟一匡。」蘇軾《杭州謝放罪表二首》之一：「職在承宣，當遵三尺之約束；事關利害，輒從一切之便宜。」

〔一一〕美：才德好。

〔一二〕阜安：富足安寧。《周禮·地官·大司徒》：「然則百物阜安，乃建王國焉。」白居易《奉敕試邊鎮節度使加僕射制》：「禁暴而三軍輯睦，除害而百姓阜安。」

〔一三〕承宣：繼承發揚。《漢書·匡衡傳》：「繼體之君，心存於承宣先王之德而褒大其功。」宋韋驤《送勝之宰仁和》詩：「恰幸主人真愷悌，承宣相與慰斯民。」

〔一四〕黻座：帝座。其後設黻扆，故名。此代指皇帝。

〔一五〕盤根：見《次韻少藴移竹於賈文元園二首》之二注〔一〕。

〔一六〕德星：古以景星、歲星等爲德星，認爲國有道有福或有賢人出現，則德星現。南朝宋劉敬叔《異苑》卷四：「陳仲弓從諸子姪造荀季和父子，於時德星聚。太史奏：五百里内有賢人聚。」後多喻指賢士。杜甫《行次鹽亭縣聊題四韻奉簡嚴遂州》：「全蜀多名士，嚴家聚德星。」蘇軾《二鮮于君以詩文見寄作詩爲謝》：「斯人乃德星，遺出虛危間。」

〔一七〕民瘼：民間疾苦。參《愛人堂爲李幾仲賦》詩注〔九〕。

〔一八〕見《大人生日》（七年野鶴困鷄群）注〔四〕。

〔一九〕見《次韻曲水泛舟四首》之三注〔七〕。

〔二〇〕見《大人生日》（天定人勝難）注〔四〕。

〔二一〕鄉關：故鄉。徐陵《爲貞陽侯與陳司空書》：「前望鄉關，惟增號哭。」

〔二二〕持使節：指出任地方官。

〔二三〕桑梓之禮：同鄉間的禮節。躬：親自。桑梓：因古人住宅區多植桑梓，故後以代故鄉。《詩·小雅·小弁》：「惟桑與梓，必恭敬止。」《詩·小雅·小弁》：「維桑與梓，必恭敬止。」朱熹《集傳》：「桑、梓二木。古者五畝之宅，樹之牆下，以遺子孫給蠶食、具器用者也……桑梓父母所植。」東漢而後通常以「桑梓」借指故鄉或鄉親父老。張衡《南都賦》：「永世克孝，懷桑梓焉；真人南巡，睹舊里焉。」

〔二四〕蘋藻之誠：謂禮簡意誠。參見《葉守奉詔祠神霄二首》之一注〔一一〕。

## 二〔一〕

顯被明綸〔二〕，陞華內閣〔三〕。持槖從班之貴〔四〕，致身儒者之榮。恭以瑞石效珍〔五〕，克協唐虞之盛〔六〕；玄圭來錫〔七〕，允符天地之平〔八〕。既受無疆之休〔九〕，必舉非常之典〔一〇〕。焕然異數〔一一〕，遂逮老成〔一二〕。將以慰稽古之勤〔一三〕，又欲旌爲臣之美。昔潁川鳳集，猶疏列爵之封〔一四〕；合浦珠還，尚紀承流之效〔一五〕。矧此圖書之異，實同河洛之祥〔一六〕，除目一傳〔一七〕，公議僉允〔一八〕。某官學窮閫奥〔一九〕，名重搢紳，素專國士之稱〔二〇〕，久預巖廊之選〔二一〕。龔黄治狀〔二二〕，每先報政之期；王謝風流〔二三〕，今睹傳家之慶〔二四〕。行拜十行之詔，入參兩禁之嚴。豈獨遺愛於甘棠〔二五〕，將遂受知於宣室。

【箋注】

〔一〕揆文中「瑞石效珍」，「玄圭來錫」，以及「圖書之異，實同河洛之祥」，當是地方官某以治平得圖讖瑞石之祥瑞，獻諸朝廷，而陞任内閣之官。

〔二〕明綸：猶明詔。見《代人賀啟》（光奉綸恩）注〔一一〕。

〔三〕見《代席帥謝除徽猷閣待制知成都表》注〔一四〕。

〔四〕持橐：見《代席帥謝除徽猷閣待制知成都表》注〔一九〕。從班：參入班列。班：朝廷官吏之位次。

〔五〕瑞石：象徵太平祥瑞之玉石。效：獻。

〔六〕克：能。協：合。此言能比並唐虞之盛世。

〔七〕玄圭：大圭玉。《書·禹貢》：「禹錫玄圭，告厥成功。」一種黑色的玉器，上尖下方，古代用以賞賜建立特殊功績的人。《書・禹貢》：「禹錫玄圭，告厥成功。」孔傳：「玄，天色，禹功盡加于四海，故堯賜玄圭以彰顯之，言天功成。」南朝陳徐陵《勸進元帝表》：「玄珪既賜，蒼玉無陳，乃棫樸之愆期，非苞茅之不貢。」

〔八〕允：誠，確實。符：符合。平：升平。

〔九〕無疆之休：《書・太甲中》：「實萬世無疆之休。」孔傳：「是商家萬世無窮之美。」

〔一〇〕典：典制。

〔一一〕異數：特殊禮遇。唐錢珝《代史館王相公謝加食邑實封表》：「無補艱難，方懷慚懼。詎謂聖慈，忽被異數。」

〔一二〕老成：年高有德者。《詩・大雅・蕩》：「雖無老成人，尚有典刑。」

〔一三〕稽古：研習古事。見《祭常子然文》注〔三〕。

〔一四〕「昔潁川」二句：見《再和》（吾君如湯仁）注〔一一〕。疏：分。列爵：猶言列侯之爵位。

〔一五〕「合浦」二句：《後漢書・孟嘗列傳》：孟嘗遷合浦太守，合浦郡「海出珍寶」。「先時宰守並多貪穢，詭人採求，不知紀極，珠遂漸徙於交阯郡界。於是行旅不至，人物無資，貧者餓死於道。嘗到官，革易前敝，求民病利。曾未踰歲，去珠復還，百姓皆返其業，商貨流通，稱爲神明」。合浦：地名。漢代爲合浦郡，郡治在徐聞，今廣東雷州。紀：通記。承流：謂接受和繼承良好的風尚傳統。《史記・三王世家》：「百蠻之君，靡不鄉風，承流稱意。」《漢書・董仲舒傳》：「今之郡守、縣令，民之師帥，所使承流而宣化也。」蘇軾《客省副使劉琯知恩州敕》：「軍國異容，兵民異道。治戎整旅，以鷙勇爲上；承流宣化，以忠厚爲先。」

〔一六〕「矧此」二句：見《賀王憲拜水衡啟》注〔一〇〕。

〔一七〕除目：除授官吏的文書。唐姚合《武功縣中作》詩：「一日看除目，終年損道心。」蘇軾《答彭舍人啟》：「伏審顯膺宸命，進直掖垣。除目播騰，輿情欣屬。」

〔一八〕僉：皆、全。允：（以爲）公允。

〔一九〕閫奧：指學問隱微深奧之境界。《三國志・魏書・管寧傳》：「娛心黄老，遊志六藝，升堂入室，究其閫奧。」蘇軾《和寄天選長官》：「藩籬吾未窺，敢議窮閫奧。」

〔二〇〕國士：一國之中才能最優秀的人物。《左傳・成公十六年》：「皆曰：國士在，且厚，不可當也。」《戰國策・趙策一》：「知伯以國士遇臣，臣故國士報之。」

〔二一〕巖廊：喻廟堂朝廷。桓寬《鹽鐵論・憂邊》：「陛下優游巖廊，覽群臣極言。」唐玄宗《春中興慶宮酺宴》：「是故外無金革之虞，朝有縉紳之盛。所以巖廊多暇，垂拱無爲。不言而海外知歸，不教而寰中自肅。」蘇轍《安厚卿樞密母夫人挽詞二首》之二：「遺芳在子舍，它日望巖廊。」

〔二二〕龔黄：治政之狀同龔遂、黄霸。參見《送葉少蘊歸縉雲》注〔一七〕、《送孫海若赴官河朔叙》注〔二二〕，及《代人謝啟》（觀風全晉）注〔一〇〕。

〔二三〕王謝：指王導、謝安。見《送吕知止》注〔一二〕。

〔二四〕傳家之慶：謂世享俸禄之喜。

〔二五〕謂不僅如召公之甘棠留惠後世。參見《次韻叔父月季再生》注〔六〕、《送在庭姪領漕歸蜀》注〔一九〕。

## 代人賀啟①〔一〕

伏審光膺帝制〔二〕，寵易侯藩；進長殿嚴〔三〕，薦分符節〔四〕。輟自北門之寄〔五〕，暫稽黄閫之榮〔六〕。承平百年，已絶羽書之警〔七〕；元戎十乘〔八〕，蔚爲儒者之榮。凡在庇庥，舉增欣慰。某官德並河嶽〔九〕，學參天人；才足以潤色皇猷〔一〇〕，道足以躋民壽域〔一一〕。徘徊趙魏，虜畏之如敵國長城；出入巖廊，人仰之如泰山北斗。君臣合德，終始一心。頃居宥密之司〔一二〕，夙見倚毗之重〔一三〕。方佇登庸於元老〔一四〕，遂懷補外之高風〔一五〕。盜已試於奔秦〔一六〕，民舉思於借寇〔一七〕。敦《詩》説《禮》，果膺謀帥之求〔一八〕；卧鼓息烽，行見安邊之效〔一九〕。某舊掃門屏〔二〇〕，久睽星躔〔二一〕。豈圖樗散之餘生〔二二〕，復託監書之末吏〔二三〕。溝中之斷，雖絶意於青黄〔二四〕；轍下之鱗，猶有冀於升斗〔二五〕。丘山之惠〔二六〕，没齒何忘？燕雀之情，賀厦敢後〔二七〕？

【校記】

①本條各本失載，見《永樂大典》一五四〇卷「啟」字韻下，《大典》原引八條，七條見於本集，唯軼此

條。今補録。

【箋注】

〔一〕友人從近衛出任地方官，因以爲賀。

〔二〕帝制：皇帝的制書。

〔三〕殿嚴：指皇宫。見《代人賀啟》（拜恩中禁）注〔四〕。

〔四〕薦：再。

〔五〕北門：指羽林諸將。因唐代禁軍在皇宫北面，故名。

〔六〕稽：停留。黄闥：謂宫庭禁門。《宋書·百官志下》：「董巴《漢書》曰：『禁門曰黄闥。』」

〔七〕羽書：軍事文書。見《和叔寬田園六首》之五注〔七〕。

〔八〕元戎十乘：言軍事首領儀衛之衆。蓋春秋時甲車一乘，配甲士三人，步卒七十二人。語出《詩·小雅·六月》：「元戎十乘，以先啟行。」

〔九〕河嶽：黄河與五嶽。

〔一〇〕皇猷：帝王的謀略或教化。陸雲《答孫顯世》詩之六：「焕矣金虎，襲我皇猷。」韓愈《赴江陵途中寄贈王二十補闕李十一拾遺李二十六員外三學士》詩：「高議參造化，清文焕皇猷。同心輔齊聖，致理同毛輶。」蘇轍《謝除中書舍人表二首》之一：「宜得博達詳練之人，疎通敏捷之士，考覈邦典，潤飾皇猷。」

〔一一〕見《大人生日》（七年野鶴困鷄群）注〔八〕。

〔一二〕宥密：本謂存心仁厚寧靜。《詩·周頌·昊天有成命》：「昊天有成命，二后受之。成王不敢康，夙夜基命宥密。」毛傳：「宥，寬；密，寧也。」後多指深密；機密。元稹《追封宋若華制》：「故宋若華，我德宗孝文皇帝躬勤庶務，寤寐以之，乃命女子之知書可付信者，省奏中宮。而若華等伯姊季妹，三英粲兮，皆在選中，參掌宥密。」蘇軾《同知樞密院事范純仁敕》：「矧兹宥密之地，可無勳邑之加。往服寵章，益敬毋怠。」

〔一三〕倚毗：倚重親近。宋柳開《上郭太傅書》：「開本儒官，于兵家事苦不深會。幸逢聖主，擢爲近臣。承倚毗于邊方，令扞禦其醜虜。」宋范純仁《論富弼入相久謝病不出》：「上以副陛下倚毗，下以副士民屬望。」

〔一四〕佇：久立。此處有「待」意。登庸：選拔任用。《書·堯典》：「帝曰：疇咨若時登庸。」孔傳：「疇，誰。庸，用也。誰能咸熙庶績，順是事者，將登用之。」晉應貞《晉武帝華林園集詩》：「登庸以德，明試以功。」元老：官吏中年輩資望俱高者。

〔一五〕補外：謂京官調外地就職。曾鞏《又祭亡妻晁氏文》：「今蒙恩補外，道出東南，敢啟茛官，進登舟御，間關回阻，將致鄉園。」蘇軾《潁州到任謝表》之二：「意其忠義許國，故暫召還。察其老病畏人，復許補外。置之安地，養此散材。更少勉於桑榆，誓不忘於畎畝。」

〔一六〕見《次韻岑彦高史强本春日書懷二首》之一注〔一一〕。

〔一七〕見《次韻晁無斁與葉少藴重開西湖唱酬之詩》之一注〔八〕。
〔一八〕「敦詩」二句：見《代人賀啟》（拜恩中禁）注〔二六〕。
〔一九〕「臥鼓」二句：見《代人謝啟》（飛芻輓粟）注〔二〇〕。
〔二〇〕掃門屏：見《代人賀啟》（顯被明綸，陞華延閣）注〔一八〕。
〔二一〕久睽：猶言「久違」。睽：違背、乖離。星躔：本指星宿之位置次序，古代常以大臣與天上星宿對應，故以之喻朝臣。杜甫《秋日夔州詠懷寄鄭監李賓客一百韻》：「聲華夾宸極，早晚到星躔。」
〔二二〕樗散：見《寄題任況之樗翁軒詩》注〔一〕。
〔二三〕監書：主管文書。
〔二四〕「溝中」二句：謂不奢望通達。劉禹錫《謝僕射李相公啟》：「溝中之木與犧象同體，追琢不至，坐成枯薪。朱而藍青，猶足爲器。」青黄：謂彩繪犧牛大象形狀之酒器。
〔二五〕「轍下」二句：見《次韻謝民師》注〔一五〕。
〔二六〕丘山之惠：恩惠如山。宋韋驤《代楊侍郎謝授寶文閣待制知廬州表》：「此蓋伏遇皇帝陛下幹聖神之妙，廓天地之仁，憐其犬馬之勞，假以丘山之惠。臣敢不深銘悃愊，虔奉龍光，夙夕兢兢，方守循牆之戒；始終曒曒，彌堅報國之心。」
〔二七〕「燕雀」二句：見《代人賀啟》（顯被明綸，陞華延閣）注〔一九〕。

# 代人謝啟

## 一〔一〕

繆膺使指，方愧無功；寵畀漕權〔二〕，復叨重寄〔三〕。自顧才能之謭薄〔四〕，猥當金穀之轉輸。遷徙有無，乏桑羊之心計〔五〕；重輕殖貨，愧劉晏之錢流〔六〕。偶緣歲月之勞，遂玷雲天之澤〔七〕。跡其忝冒，實自吹噓〔八〕。

某官名重搢紳，望隆朝野〔九〕。器藏清廟之瑚璉〔一〇〕，材並豫章之楩楠〔一一〕；治行已著於龔黄〔一二〕，人物獨高於許郭〔一三〕。借其餘論〔一四〕，得被甄收。愧馳謝之未遑〔一五〕，辱賜書之先及〔一六〕。莫報瓊瑶之贈〔一七〕，但爲篋笥之珍〔一八〕。

【箋注】

〔一〕此文主人授掌漕運，爲謝上官。

〔二〕畀：予。漕權：漕運之權。

〔三〕叨：辱承。謙詞。

〔四〕謭薄：淺薄。宋葉清臣《上仁宗論日食》：「臣幸以謭薄，親逢盛旦。職在詞掖，官居諫省。闕管有得，敢不罄竭。」宋范仲淹《謝除龍圖閣學士知陝州表》：「伏念臣受材譾薄，逢世休明，學不足以造微，文莫能於行遠。」

〔五〕「遷徙有無」二句：桑弘羊爲治粟都尉領大農丞，在各地置均輸之官，令糧物寬裕處輸緊缺之處；又於京師置平準官，平抑物價。於是「大農盡籠天下之貨物，貴則賣之，賤則買之；民不益賦而天下用饒」（《漢書·食貨志》）。參見《郡守禱雨獲應》注〔九〕。

〔六〕「重輕」二句：言愧無劉晏具知生殖貨財輕重緩急之才。劉晏：字士安，唐南華（今山東東明縣）人。晏多機智，當安史之亂，户口什亡八九，州縣多爲藩鎮所據，朝廷府庫耗竭，皆倚辨於晏。其用人，必擇通敏精强廉勤之士。出納錢穀，必委之士類。其理財以愛民爲先。新、舊《唐書》有傳。《新唐書》本傳云：「是能權萬貨重輕，使天下無甚貴賤而物常平，自言如見錢流地上。」參見《李方叔治潁川水磨作詩戲之》注〔一四〕。

〔七〕「偶緣」二句：謂幸因從宦年限辱承朝廷重用。

〔八〕「跡其」二句：謂己之得任賴於舉薦。吹噓：見《送參寥師歸錢塘》詩注〔二〕。

〔九〕望隆：猶言「名盛」。

〔一〇〕瑚璉：見《次韻謝民師》注〔二七〕。

〔一一〕豫章：木名。枕木與樟木的並稱。《史記·司馬相如列傳》唐張守節《正義》：「豫，今之枕木也。章，今之樟也。二木生至七年，枕樟乃可分別。」楩楠：黄楩木與楠木。皆大木。《淮南子·齊俗》：「伐梗枏（按「枏」同「楠」）豫章而剖梨之，或爲棺槨，或爲柱梁。」《戰國策・宋衛策》：「荆有長松、文梓、梗、柟、豫章，宋無長木，此猶錦繡之與短褐也。」

〔一二〕治行：治績。龔黄：龔遂、黄霸。見《送葉少藴歸縉雲》注〔一七〕、《送孫海若赴官河朔叙》注〔二〕及《代人謝啟》（觀風全晉）注〔一〇〕。

〔一三〕人物：謂人之品貌風采。許郭：指後漢許劭、郭泰，皆爲當世高士。《後漢書・郭太（泰）列傳》云：郭太字林宗，太原界休（在今山西介休）人，「性明知人，好獎訓士類」。又《許劭列傳》云：「許劭字子將，汝南平輿（在今河南）人也。少峻名節，好人倫，多所賞識。……故天下言拔士者，咸稱許郭。」

〔一四〕餘論：齒牙餘論之略語，見《代人賀啟》（顯被明綸，陞華延閣）注〔二五〕。

〔一五〕馳謝：奔走致謝。未遑：未及。

〔一六〕賜書：指此文受謝者與此文主人之信函。

〔一七〕瓊瑶之贈：《詩・衛風・木瓜》：「投我以木桃，報之以瓊瑶。」後以瓊瑶之贈美稱他人贈與之物。宋李之儀《回謝涇州教授》：「誦風雨之詩，恨未識面；辱瓊瑶之贈，曠若披雲。」

〔一八〕謂珍視其人手札。《晉書・温嶠傳》：「（嶠）臨卒之際，與臣書别，臣藏之篋笥，時時省視。」

二〔一〕

奉使十年，愧無功於毫髮；轉輸一路，復冒寵於雲天〔二〕。自慚燕雀之微，輒厠鵷鴻之列〔三〕；省躬無有〔四〕，撫己若驚。惟國家留意於遠人，而廟堂責成於使者〔五〕；委以觀風於千里，考其治行於三年〔六〕。内則與主計者任羸虚〔七〕，外則與牧民者同休戚。眷兹重寄〔八〕，宜屬異能。而某才不逮人，學專爲己〔九〕。遠慚齊相，素無獄市之容〔一〇〕；近類絳侯，不知錢穀之對〔一一〕。夫何忝冒，下逮庸虚①。此蓋某官杞梓良材，圭璋重器。以經術潤吏事，以仁義陳王前。嘘枯吹生，得育才之三樂〔一二〕；絶長補短〔一三〕，無求備於一夫〔一四〕。致此恩榮，盡荷吹借〔一四〕。

**【校記】**

① 庸虚：祠本作「庸愚」。

**【箋注】**

〔一〕此謝啟蓋代一新任轉運使作。

〔二〕冒寵：得到非分恩寵。陳子昂《爲將軍程處弼謝放流表》：「自陛下踐極，謬荷恩私，冒寵叨榮，超絶時輩。」《舊唐書·崔昭緯傳》：「貪榮冒寵，僭濫無厭，敗俗傷風，賢愚共鄙。」蘇軾《辭免起居舍人第二狀》：「使之識分以安身，孰與包羞而冒寵。再伸微懇，伏俟重誅。所有告身，臣不敢祗受。」

〔三〕鵷鴻：見《送張倅彦政赴闕》注〔一八〕。

〔四〕省躬：自我反省。

〔五〕使者：謂部使者。漢分部遣使者巡視地方，宋提刑、轉運與之相當。

〔六〕古者三年考績。

〔七〕主計者：主管簿計之人。羸虛：指財貨之多寡。

〔八〕重寄：重大的託付。《史記・龜策列傳》：「盛德不報，重寄不歸。」《陳書・高祖上》：「我與王公，俱受重寄。語未絶音，聲猶在耳，豈期一旦，便有異圖。」蘇軾《北嶽乞雨祝文》：「軾以短才，謬膺重寄。儻有罪以致旱，寧降罰于微躬。」

〔九〕謂學識但能守身，謙言其淺陋。

〔一〇〕「遠慚」二句：見《代成都帥到任謝上表》注〔二九〕。

〔一一〕「絳侯」二句：絳侯：即周勃。見《志隱》注〔七七〕。《史記・陳丞相世家》：「（孝文帝）問：『天下一歲錢穀出入幾何？』勃又謝不知。汗出沾背，愧不能對。」

〔一二〕三樂：《論語・季氏》：「益者三樂，損者三樂。樂節禮樂，樂道人之善，樂多賢友，益矣。」

〔一三〕絶長補短：本指長短互補，《史記・楚世家》：「西周之地，絶長補短，不過百里。名爲天下共主，裂其地不足以肥國，得其衆不足以勁兵。」後用以比喻用長處彌補短處。黄庭堅《題歐陽佃夫所收東坡大字卷尾》：「東坡先生常自比於顔魯公，以余考之，絶長補短，兩公皆一代偉人也。」

〔一四〕求備：要求完美。《書・君陳》：「無求備於一夫。」唐孔穎達疏：「無求備於一人，當取其所能。」

〔一五〕吹借：吹嘘依仗。按此言任轉運使全賴某官獎掖提攜。

三〔一〕

擢從冗散，未書歲月之勞；寵被使令，蓋録涓埃之效〔二〕。伏念某箕裘末學①〔三〕，偶玷科名②。樗櫟棄材，寖階膴仕〔四〕。服勤州縣之役，麤謹簿書之嚴。屬此繕營，與於奔走。競收梓杞，慚無匠石之能〔五〕；徑啟山林，遂掌虞人之職〔六〕。量材何有？拜寵若驚。顧非借助於游談，又乏先容於左右〔七〕。夫何異選，亦及庸愚。某官以道事君，用人惟己〔八〕。得育才之三樂〔九〕，無求備於一夫。尺有短而寸有長，將收薄用；歲有餘而日不足〔一〇〕，責以後圖。某敢不盡瘁捐勞〔一一〕，量功庀事〔一二〕？期益殫於夙夜，庶少答於生成。

【校記】

①末學：清鈔本、祠本作「未學」。　②科名：宛本作「名科」。

【箋注】

〔一〕此文主人被委以營造職守，因以陳謝上司。

〔二〕涓埃：滴水與輕塵。喻微小。細流與微塵。比喻微小。《周書·蕭撝傳》：「臣披款歸朝，十有六載，恩深海嶽，報淺涓埃。」杜甫《野望》詩：「惟將遲暮供多病，未有涓埃答聖朝。」蘇軾《笏記二首》之二：「文章小技，縱有效於涓埃。草木微生，終難酬於雨露。」

〔三〕謂承續家學餘緒。箕裘：見《代成都帥到任謝上表》注〔一一〕。

〔四〕寖：逐漸。階：此處指升進。膴仕：高官厚禄。《詩·小雅·節南山》：「瑣瑣姻亞，則無膴仕。」毛傳：「膴，厚也。」張説《大周故宣威將軍楊君碑》：「帝懿乃勳，將圖膴仕。仇仇執憲，不我力以。」宋庠《回張資政謝授職啟》：「恭以資政材資挺傑，器藴淹華。茂對亨期，踐揚膴仕。」

〔五〕「競收」二句：謙言自非營繕之才。匠石：傳説中善識材木之工匠。參見《叔父生日》（溝瀆嗟尋常）注〔一四〕。

〔六〕虞人：古代掌管山澤苑囿、田獵之官。宋代工部虞部員外郎當此。

〔七〕先容：見《櫄隱堂》注〔六〕。

〔八〕思己以用人：猶言「推誠待人」。

〔九〕見本題下之二注〔一二〕。

〔一〇〕見《謝薦舉狀》注〔三四〕。

〔一一〕捐勞：獻納勞役。供職之婉語。

〔一二〕量功：估量事功。庀事：猶言完善於事。

## 文登帖①

過再啟：竊承文登信至〔一〕，丈丈尊侯萬福〔二〕。欣慰何已。並惠海魚、芝藻〔三〕、石研〔四〕、棋子多品。遠物未易到此，乃蒙輟貺〔五〕，何感如之！區區非面謝不盡〔六〕。過再拜〔七〕。

【校記】

①本篇輯自《寶真齋法書贊》卷一二。原與蘇遲《趨闕》帖同編爲《二蘇文登趨闕二帖》。作年不詳。

【箋注】

〔一〕文登：即登州，今山東蓬萊。蘇軾曾於元豐八年（一〇八五）知登州。

〔二〕丈丈：對尊長的敬稱。尊侯：敬稱人之父。《顏氏家訓·風操》：「嘗有甲設讌集，請乙爲賓，而旦於公庭見乙之子，問之曰：『尊侯早晚顧宅？』」萬福：多福。《詩·小雅·蓼蕭》：「和鸞雝雝，萬福攸同。」後世以爲祝福之語。

〔三〕芝：香草名。又菌類，古以爲瑞。藻：海藻，如紫菜、昆布、石蓴等。

〔四〕研：即硯。

〔五〕輟：通掇，選取。貺：贈。

〔六〕區區：自謙之辭。

〔七〕再拜：一拜又拜，以示恭敬。多用於書信結尾。

## 上貽孫尉①〔一〕

過叩頭：稍疏奉言論〔二〕，傾仰增劇〔三〕，晚來起居何如〔四〕？適有人惠廬山茶，輒分兩器，不知可啜否？並建茗二品〔五〕，漫納去〔六〕。不罪浼瀆〔七〕，不一一〔八〕。過叩頭上貽孫尉閣下。十七日。

告借白直句木匠嚴九者，欲令作少生活〔九〕。明早至，幸甚。

【校記】

①兹篇《斜川集》原本不載，輯自《三希堂法帖》「蘇過帖」。

【箋注】

〔一〕孫尉：不詳何人。據本帖内容，當作於居潁昌時。

〔二〕謂久疏於奉書。

〔三〕傾仰：傾盡想望。對人崇敬和思念的敬辭。增劇：加深。

〔四〕晚來：猶近來。來，名詞後綴。起居：日常生活。書信中用爲問候語。《世説新語·言語》：「不審尊體起居何如？」猶言「近來身體好嗎」。

〔五〕建茗二品：建安茶。福建建寧府建溪兩岸，盛産茶葉，號稱「建茶」、「建安茶」、「建溪茶」。其中以「片茶」最爲著名，爲宋代貢茶之極品。《宋史·食貨下五》：「茶有二類，曰片茶，曰散茶。片茶蒸造，實棬模中串之，唯建、劍則既蒸而研，編竹爲格，置焙室中，最爲精潔，他處不能造。有龍、鳳、石乳、白乳之類十二等，以充歲貢及邦國之用。」過所謂「二品」，即所謂「十二等」中之兩種。

〔六〕漫：隨意。

〔七〕浼瀆：玷污、褻瀆。謙詞。蘇軾《與郭功甫五首》之四：「……御筆一雙，賜墨一圭，新茶兩餅，皆得之大臣家，真物也。不罪浼瀆。」

〔八〕不一一：謂不一一細道内心之懇。

〔九〕生活：此指生活用品、器物等。宋吴曾《能改齋漫録·記事一》：「（童貫）奉旨差往江南等路，計置景靈宮材料，續差往杭州，製造御前生活。」

# 附録

## 一、蘇過年表

蘇軾有四子：長子蘇邁，字伯達，前妻王弗嘉祐四年（一〇五九）生於眉山；次子蘇迨，字仲豫，後妻王閏之熙寧三年（一〇七〇）生於京城開封；三子蘇過，字叔黨，王閏之所生，晚號斜川居士，時稱小坡，著有《斜川集》；第四子蘇遯，小名幹兒，侍妾王朝雲生，早殤。

**熙寧五年壬子（一〇七二）　一歲　過生於杭州**

蘇軾因與王安石政見不合，出任杭州通判，熙寧四年（一〇七一）十一月到任。五年四月四日，蘇過生，小名「似叔」。

蘇過《斜川集·小斜川》引曰：「淵明詩曰『開歲倏五十』，今歲適在辛丑，而予年亦五十，蓋淵明與予同生於壬子歲也。」按，淵明不生於壬子而生於乙丑。淵明詩「五十」當作「五日」，過讀乃誤本。但蘇過生於壬子則確然無疑。《西樓帖》蘇軾杭州《與堂兄》（七）：「軾房下四月四日添一男，頗易養，名似叔。」

生母王閏之，字季章，封同安郡夫人。

蘇軾《書金光明經後》：「軾之幼子過，其母同安郡君王氏諱閏之，字季章。」

**熙寧六年癸丑（一〇七三）　二歲　隨父在杭州**

仲兄蘇迨四歲不能行，辯才法師爲摩頂，遂行。

**熙寧七年甲寅至九年丙辰（一〇七四—一〇七六）　三至五歲　隨父在杭州、密州**

熙寧七年五月蘇軾奉命知密州（治今山東諸城），九月離杭州，十一月到任。熙寧九年十一月移知河中府，十二月離密州。蘇過隨行。軾熙寧八年有《小兒》詩：「小兒不識愁，起坐牽我衣。我欲嗔小兒，老妻勸兒癡。兒癡君更甚，不樂愁何爲？還坐愧此言，洗盞當我前。大勝劉伶婦，區區爲酒錢。」（《蘇軾詩集》卷一三，中華書局本，下引此本簡稱「詩集」）所詠「牽衣」小兒，當即蘇過。

**熙寧十年丁巳（一〇七七）　六歲　隨父在徐州**

蘇軾赴河中府，蘇轍自京師來迎，抵陳橋驛，告下徙知徐州，不得入國門，寓郊外范鎮東園，蘇過隨行。

長兄蘇邁年十九，娶石昌言孫女爲婦。

仲兄蘇迨病，求醫於都下。四月，蘇軾兄弟謁張方平於南都（今河南商邱），同月二十一日到徐州任所。蘇過隨至。

**元豐元年戊午（一〇七八）　七歲　隨父在徐州**

過兄弟幼年，厭棄軒華，崇尚隱逸。過《北山雜詩》：「余幼好奇服，簪組鴻毛輕。羽人儻招我，攜手雲間行。」又《和叔寬贈李方叔》：「早歲厭華屋，曲肱慕飲水。躬耕二畝田，僅可畢祭祀。」

**元豐二年己未（一〇七九）　八歲　在徐州、湖州**

三月，蘇軾改知湖州，四月二十九日到任。蘇過隨行。

七月二十八日，蘇軾因烏臺詩案被逮入都，蘇邁隨行。王適、王遹兄弟送蘇過母子於南京（商丘）蘇轍處。蘇軾《黄州上文潞公書》：「軾始就逮赴獄，有一子稍長，徒步相隨。其餘守舍皆幼稚。」又《王子立（適）墓誌銘》：「余得罪於吴興，親戚故人皆驚散，獨兩王子不去。送余出郊，曰：『死生禍福，天也，公其如天何？』返取余家，致之南都。」（《全宋文》，巴蜀書社本，第四五册卷一九九八）

十二月二十九日案結，蘇軾謫黄州（治今湖北黄岡）。蘇轍坐貶筠州（治今江西高安）。

**元豐三年庚申（一〇八〇）　九歲　隨父貶黄州**

二月一日，蘇邁侍父到達黄州。五月二十日，蘇轍赴筠州貶所，繞道送蘇過母子至黄州。蘇軾《與章子厚》（二）：「舍弟自南都來，挈賤累繚繞江淮，百日至此，相聚旬日，即赴任到筠。」（《全宋文》卷一九〇七）。

**元豐六年癸亥（一〇八三）　十二歲　隨父在黄州**

正月，巢谷自蜀來，遂留，蘇迨、蘇過從谷學於雪堂。蘇軾《與子安兄》書：「巢三見在東坡安下，依舊似虎，風節愈堅。師授某兩小兒極嚴。」（《全宋文》第四三册卷一九二〇）巢三即谷，初名谷，字元修，眉山人。

九月二十七日，過幼弟蘇遯生。蘇軾《去年九月二十七日在黄州生子遯小名幹兒頎然穎異至今年七月二十八日病亡於金陵作二詩哭之》（《詩集》卷二三）。

## 元豐七年甲子（一〇八四）　十三歲　在黄州，繼赴汝州

三月，蘇軾奉命遷汝州，四月離黄州，過等隨行。蘇軾《滿庭芳·歸去來兮》：「坐見黄州再閏，兒童盡楚語吴歌。」

五月，蘇氏父子繞道筠州看望蘇轍。蘇轍爲詩盛贊蘇過兄弟。蘇轍《次韻子瞻來高安相别先寄遲适遠卻寄邁迨過遯》：「聞兄盡室皆舊人，見面未嘗惟遯耳。邁（原作遲，從王文誥説改）年最長二十六，已能幹父窮愁裏。豫兒揚眉稍剛勁，黨子温純無慍喜。」又《次韻子瞻留别三首》之三：「東西南北無住身，羯末封胡四男子。彫鎪不遺治章句，爛漫先令飽文字。」（俱載《欒城集》卷一三，上海古籍出版社，曾棗莊、馬德富校點本，下同）

六月，蘇邁赴德興（在今江西）尉，蘇軾送之湖口，夜游石鐘山。蘇軾以硯與邁，作銘以勉之。

七月，舟行至當塗，蘇軾以天石硯付迨、過。蘇軾《天石硯銘跋》：「元豐二年秋七月，予得罪下獄，家屬流離，書籍散亂。明年至黄州，求（天石）硯不復得，以爲失之矣。七年七月，舟行至當塗，發書笥，忽復見之，甚喜，以付迨、過。」（《全宋文》第四四册卷一九八四）

七月二十八日幼弟蘇遯夭折於金陵。詳前六年九月條。

十月至揚州，蘇軾上表求常州居住。十二月抵泗州。蘇過隨行。　蘇軾《與滕達道》（四四）（《全宋文》第四三册卷一八九七）。

**元豐八年乙丑（一〇八五）　十四歲　在常州、登州**

二月，蘇過一家至南都（商丘），告下，許常州居住。三月，神宗去世。四月發南都。五月二十二日，至常州。六月蘇軾起知登州。九月抵楚州，至淮口遇大風，蘇迨作《淮口遇風》詩，蘇軾覽之，喜和其韻。

十月十五日，隨父抵登州，旋蘇軾被召還朝。十一月二日，蘇過游登州延洪院，捨銅鏡。　蘇軾《佛心鑑偈》叙曰：「軾第三子過蓄烏銅鑑，圜徑數寸，光明洞澈。元豐八年十一月二日游登州延洪禪院，院僧文泰方造釋迦文佛像，乃捨爲佛心鑑。」（《全宋文》第四五册卷一九九〇）

**元祐元年丙寅（一〇八六）　十五歲　隨父在京師開封**

閏二月六日，蘇軾書蘇轍夢中詩付蘇過。　《東坡志林》卷一《記子由夢》。

九月丁卯，蘇軾自試中書舍人爲翰林學士、知制誥。　見《宋史·哲宗紀一》。

蘇過兄弟齊聚，同享天倫之樂。　蘇過《冬夜懷諸兄弟》：「憶昔居大梁（開封），共結慈明侶。晨窗惟六人，夜榻到三鼓。」六人，即叔父三子遲、适、遠，及二兄邁、迨與己。

**元祐二年丁卯（一〇八七）　十六歲　隨父在京師**

蘇過卧聽父軾夜讀。　《拊掌録》：「東坡在玉堂（翰林院），一日，讀杜牧之《阿房宫賦》（略）有二老兵皆陝人，給事左右，（略）連作冤苦聲。（略）叔黨卧而聞之，明日以告，東坡大笑曰：『這漢子也有識鑒。』」

## 元祐三年戊辰（一〇八八）　十七歲　隨父在京師

孫勰（志康）擢第。　蘇過《孫志康墓誌銘》。

七月，蘇軾館伴北使於都亭驛，蘇迨、蘇過、蘇遠往省，令同作詩。

十二月六日，蘇軾作《評詩人寫物》付蘇過。　蘇軾《評詩人寫物》（《全宋文》第四四册卷一九三七）。

## 元祐四年己巳（一〇八九）　十八歲　自京師入杭州

三月，蘇軾被命知杭州，四月末離京，七月三日到杭州。蘇過隨父自京至杭。

舅父王箴（元直）自蜀來杭，蘇過始識之。　蘇過《王元直墓碑》：「過生二十年，不識外家，侍二親錢塘，舅氏自蜀來見先君子，相與論契闊，談仁義。」按：王元直來杭，實在四年，蘇軾有《書贈王元直》三首，俱題「元祐四年」（《全宋文》第四五册卷一九七五），其時過僅十八歲，《墓碑》説「生二十年不識外家」，蓋語其整數。

過與秦觀游，常爲父檢書摘典。　何薳《春渚紀聞》「秦少章言」。

## 元祐五年庚午（一〇九〇）　十九歲　隨父在杭州

春，王箴歸蜀，蘇軾作詩送之，蘇過兄弟皆次其韻。　過《王元直墓碑》：「留卒歲而歸。舅氏之歸，先君作六言詩餞之，而使諸甥皆賦其後，名公卿和者甚衆。」

十月，蘇迨、蘇過赴禮部試，參寥子以詩送之。

晁説之《蘇叔黨墓誌銘》（下稱「墓誌銘」）：「元祐五年，先生知杭州，叔黨年十有九，以詩賦解兩浙路，禮部試下。」《宋史·蘇軾傳》附蘇過傳同。《參寥子詩集·送仲豫叔黨二承務赴試春闈》：「炯炯雙黄鵠，雍容振羽儀。」「明年翱集處，九萬是君期。」

## 元祐六年辛未（一〇九一）　二十歲　自杭州至京師、潁州

春，迨、過應禮部試，下第。

二月二十八日，蘇軾被召還朝，三月離杭，五月到京，任翰林學士。八月，蘇軾出知潁州，迨、過皆隨行。

過娶妻范氏，乃范鎮（蜀忠文公）之孫、范百嘉之女。

蘇軾《與過求婚啟》：「敢議婚姻，蓋恃鄉閭之末；遂忘門閥，亦緣聲氣之同。」（《全宋文》第四三册卷一八八九）《墓誌銘》：「娶范氏，蜀忠文公之孫，承事郎百嘉之女。」忠文公，即范鎮，成都華陽人，故軾曰「恃鄉閭之末」。

蘇邁自德興罷，復以雄州防禦推官知河間縣，蘇轍在政府，作詩送之。

## 元祐七年壬申（一〇九二）　二十一歲　在潁州、揚州、京師

二月，蘇軾罷潁州任，改知揚州。三月三日赴揚州途中，蘇迨、蘇過與父軾同游塗山、荆山（在今安徽省）。

蘇軾《上巳日與二子迨過游塗山荆山記所見》：「小兒强好古，侍史笑流汗。」

三月十六日，抵揚州。八月，蘇軾復以兵部尚書召還朝，九月至京。蘇過恩授右承務郎。

見《墓誌銘》、《宋史》本傳。

**元祐八年癸酉（一〇九三）　二十二歲　在京師、定州**

八月一日，母王閏之病逝於京師。　蘇軾《書金光明經後》：「軾之幼子過，其母同安郡君王氏諱閏之，字季章，享年四十有六，以元祐八年八月一日卒於京師，殯於城西惠濟院。」（《全宋文》第四四册卷一九三四）

同月，蘇軾被命知定州（治今河北定州）。　九月三日，高太后卒，哲宗親政。　蘇軾九月二十七日離京，十月二十三日到達定州。　蘇迨、蘇過隨行。

**紹聖元年甲戌（一〇九四）　二十三歲　隨父自定州貶嶺南**

四月三日，蘇軾以前掌制命，有譏訕神宗之嫌，落職知英州（治所在今廣東英德），蘇邁、蘇迨、蘇過同行。　過臨城，蘇軾作詩付蘇邁。

過湯陰，食豌豆大麥粥，蘇軾作詩付邁、迨、過。　蘇軾《過湯陰市得豌豆大麥粥示三兒子》（《詩集》卷三七）。

十四日，抵滑州（河南滑縣），決定讓蘇邁往近地就食。

蘇軾挈家過汝州，轍分俸七千，使蘇邁就食宜興。

六月，至金陵，蘇邁與父分別，率家人趕赴宜興。

六月二十五日，抵當塗，告下，蘇軾以詆斥神宗罪，詔謫惠州。　蘇軾令蘇迨亦歸宜興，獨與侍妾朝雲、幼子過赴貶所，蘇過妻小亦隨迨歸陽羨。　蘇軾《與書所作六賦付之。

王庠書》（一）：「初欲獨赴貶所，兒女輩涕泣求行，故與幼子過一人來，餘分寓許下、浙中，散就衣食。既不在目前，便與之相忘，如本無有也。」（《全宋文》第四三册卷一九二〇）又《與陳季常》（一六）：「自當塗聞命，便遣骨肉還陽羨，獨與幼子過及老雲（朝雲）並二老婢共吾過嶺到惠。」（同前引第四三册卷一九〇二）

七月，至湖口，觀湖口人李正臣所蓄異石，蘇軾作《壺中九華詩》，命過同作。　蘇軾詩見《詩集》卷三八，引曰：「湖口人李正臣蓄異石九峰，予欲以百金買之，與仇池石爲偶。方南遷未暇也。名之曰壺中九華，且以詩紀之。」蘇過《湖口人李正臣蓄異石廣袤尺餘而九峰玲瓏老人名之曰壺中九華且以詩紀之命過繼作》。

八月，過虔州（今江西贛州），與父游鬱孤臺，蘇軾作詩，過亦有《題鬱孤臺》一篇。　蘇軾《鬱孤臺》詩，見《詩集》卷三八，過《題鬱孤臺》。

九月十二日，蘇過隨父游壽聖寺。　蘇軾《題壽聖寺》（《全宋文》第四五册卷一九七六）。

過英州，蘇氏父子游碧落洞，有詩。　蘇軾《碧落洞》詩，見《詩集》卷三八。蘇過《游英州碧落洞》：「未到朱明真洞府，先看峽口小昆侖。」

十三日，至廣州清遠峽，蘇過侍父游峽山寺。　蘇軾《題峽山寺》（《全宋文》第四五册卷一九七六）。

至清遠縣，見顧秀才，極談惠州風物之美（《詩集》卷三八），游城西天慶觀。侍父游白雲山蒲澗寺、滴水巖諸勝，訪安期生舊跡；與蒲澗信長老別，發扶胥口，游南海神廟，登浴日亭。　參王文誥《蘇文忠公詩編注集成總案》（下稱「總案」）卷三八。

二十七日，至羅浮山，蘇過侍父游羅浮，父子均有詩。　蘇軾《游羅浮山一首示兒子過》：「小兒少年有奇志，中宵起坐存黄庭。近者戲作淩雲賦，筆勢仿佛《離騷經》。」（《詩集》卷三八）蘇過《和大人游羅浮山》：「我公陰德誰與京，學道豈厭遲蜚鳴。」「謫官羅浮定天意，不涉憂患那長生。」蘇軾《題羅浮》：「紹聖元年九月二十六日，東坡公遷於惠州，艤舟泊頭鎮。明日肩輿十五里至羅浮山，（略）從游者兒子過。」（《全宋文》第四五册卷一九七六）

十月二日，至惠州，初寓居合江樓，繼遷嘉祐寺。　蘇軾《遷居》詩引：「吾紹聖元年十月二日至惠州，寓居合江樓。是月十八日遷於嘉祐寺。二年三月十九日復遷於合江樓。三年四月二十日復歸於嘉祐寺。」

凡蘇軾生理所需，過一身任之。　《墓誌銘》：「或曰先生南居而樂焉，非也。先生憂國憂君之心，日加循省而鬱結，則何敢樂？惟是叔黨，於先生飲食服用，凡生理晝夜寒暑之所須者，一身百爲，而不知其難。」

嘉祐寺旁有松風亭，爲蘇氏父子寓居游觀之所，過作有《松風亭詞》。

十二月十二日，隨父游白水佛跡巖，浴於湯泉，父子均有詩。　蘇軾《白水山佛跡巖》、《詠湯泉》，見《詩集》卷三八。又有《白水巖游記》：「紹聖元年十二月與幼子過游白水山佛跡院，浴於湯泉（略），書以付過。」（《全宋文》第四五册卷一九七六）蘇過《白水巖湯泉》。

十九日，蘇軾生日，過有《大人生日》詩。　《大人生日》：「一封已責被敷天，十萬飢民粥與饘。不待丹砂錫難老，自憑陰德享長年。」

冬，惠州人教作地爐取暖，蘇過作詩寄許昌諸兄弟。蘇過《地鑪歌寄伯仲》：「野人勸我鑿地鑪，才能容膝便有餘。」「坐想潁川十日雨，尺薪如桂求里閭。此時無人知我樂，惜哉不與二仲俱。」詩曰「遥想潁川」云云，知所寄之伯仲爲潁川兄弟，即蘇轍二子蘇遲、蘇适。

是年，蒼梧太守李安正受代還漳江，枉道訪蘇軾於惠州。蘇過《書漳南李安正防禦碑陰》、《跋李防禦遺文》。

除夜守歲，蘇軾書潤州道上詩付蘇過。蘇軾《書潤州道士詩》（《全宋文》第四四册卷一九三七）。

## 紹聖二年乙亥（一〇九五）　二十四歲　侍父在惠州

正月二日，蘇氏父子作詩寄羅浮道士鄧守安。蘇軾《寄鄧道士》（《詩集》卷三九）。蘇過詩《用韋蘇州寄全椒道士韻贈羅浮鄧道士三首》。

二十四日，蘇過侍父與王原（子直）等游惠州羅浮道院、棲禪山寺，作詩；蘇軾次其韻，寄陽羨蘇邁、蘇迨。蘇過《正月二十四日侍親游羅浮道院棲禪山寺》，蘇軾《正月二十四日與兒子過賴仙芝王原秀才僧曇潁行全道士何宗一同游羅浮道院及棲禪精舍過作詩和其韻寄邁迨一首》：「寄書陽羨兒，並語長頭弟。門户各努力，先期畢租税。」（《詩集》卷三九）陽羨兒，即邁，時在宜興；長頭弟即迨，亦居宜興。

二月十一日，蘇軾書陶淵明詩付蘇過。蘇軾《書淵明東方有一士詩後》（《全宋文》第四四册卷一九三五）。

四日，蘇過誦陶淵明《歸園田居》詩，蘇軾聞而和之。蘇軾《和陶淵明園田居詩》引曰：「三月四日，游白水山佛跡巖，沐浴於湯泉。晞髮於懸瀑之下，浩歌而歸。（略）歸卧既覺，聞兒子過誦淵明《歸園田居》詩六首，乃悉次其韻。」

七日，程之才（正輔）巡按廣州，是日至惠州，迎之者即蘇過。　蘇軾《與程正輔》（六）（《全宋文》第四三册卷一九〇四）。

十九日，遷居合江樓。　蘇軾《遷居》詩引：「二年三月十九日復遷於合江樓。」（《詩集》卷三八）

三月末，王原（子直）歸，蘇氏父子均有詩贈之。　蘇軾《贈王子直秀才》、過《贈王子直》。

初夏，淫雨江漲，蘇過作《江漲》詩，父軾、叔轍皆和。　按過《江漲》詩已佚。

蘇軾致書徐得之，贊蘇過。　蘇軾《與徐得之》（一三）：「某到惠已半年，凡百粗遣，既習其水土風氣，絶欲息念之外，浩然無疑，殊覺安健也。兒子過頗了事。寢食之餘，百不知管。亦頗力學長進也。子由頻得書，甚安。一家今作四處住：惠、筠、許、常也，然皆無恙。」（《全宋文》第四三册卷一九一二）

五月，蘇軾寄書王鞏，贊蘇過超然物外。　蘇軾《與王定國》（四〇）：「某到此八月，獨與幼子（過）、三庖者來，凡百不失所。某既緣此棄絶世故，身心俱安，而小兒亦遂超然物外，非此父不生此子也。」（《全宋文》第四三册卷一八九九）

八月一日，蘇過書《金光明經》成，蘇軾作跋。

廣州、惠州颶風，毁樹拔屋，過作《颶風賦》，一時馳名。　《墓誌銘》及《宋史》本傳俱載「其《思子臺賦》、《颶風賦》早行於世」。二賦俱載《東坡文集》。

重九漸近，蘇軾作和陶詩，令過同作，寄許昌、高安、宜興諸兄弟。　蘇軾《和陶貧士》引曰：「余遷惠州一年，衣食漸窘，重九伊邇，樽俎蕭然，乃和淵明《貧士》七篇，以寄許下、高安、宜興諸子姪。並令過同作。」詩之七曰：「我家六兒子，流落三四州。辛苦見不識，今與農圃儔。」

九月既望，蘇軾與客夜游州西湖諸勝，賞月，逮曉乃歸，作《江月五首》，蘇過次韻。　蘇軾《江月五首》引：「今歲九月，殘暑方退，既望之後，月出愈遲。予嘗夜起登合江樓，或與客游豐湖，入棲禪寺，叩羅浮道院，登逍遥堂，逮曉乃歸。杜子美云：『四更山吐月，殘夜水明樓。』此語殆千古絶唱也。因其句作五首，仍以『殘夜水明樓』爲韻。」過《次韻大人五更山吐月》：「行樂不可遲，及此桂未殘。」蘇軾作《小圃五詠》，過亦作詩，今存二首。　蘇軾《小圃五詠》共《人參》、《地黄》、《枸杞》、《甘菊》、《薏苡》五首。蘇過和五首，佚《地黄》、《甘菊》、《薏苡》三首。

十二月十九日，蘇軾生日作詩，過次其韻。　蘇軾此《生日》詩已佚。蘇過《次大人生日》：「直言便觸天子嗔，萬里遠謫海南濱。」

過畫偃松屏風，蘇軾作贊。　蘇軾《偃松屏贊並叙》：「幼子過從我南來，畫寒松偃蓋，爲護首小屏。爲之贊曰：『孺子介剛，從我炎荒。霜中之英，以洗我瘴。』」

蘇軾命蘇過作《思子臺賦》，並爲作叙。　蘇軾叙曰：「予少時嘗見彦輔所作《思子臺賦》，上援秦皇，下逮晉惠，反復哀切，有補於世。蓋記其意而忘其辭，乃命過作補亡之篇。庶幾後之君子，猶得見斯人胸懷之仿佛也。」（《全宋文》第四四册卷一九三二）

## 紹聖三年丙子（一〇九六）　二十五歲　侍父在惠州

正月五日，父子出游，俱作和陶詩。　蘇軾《和陶游斜川》詩，引曰：「正月五日，與兒子過出游作。」過詩題曰《次陶淵明正月五日游斜川韻》。

三月，蘇氏父子在白鶴峰買地築室，營造之勞，過一人當之。　蘇軾《與曹子方》(四)：「長子未得的耗。小兒數日前暫往河源，獨幹築室，極爲勞冗。」(《全宋文》第四三册卷一九一六)《墓誌銘》：「翁板則兒築之，翁樵則兒薪之。」

四月二十日，遷居嘉祐寺。　蘇軾《遷居》詩引：「三年四月二十日復歸於嘉祐寺。」

夏，蘇邁授仁化縣令，將搬蘇過一房來惠。　蘇軾《與南華辯老》(五)曰：「至此二年，再涉寒暑，粗免甚病。但行館僧舍，皆非久居之地，已置圃築室，爲苟完之計。方斫木陶瓦，其成當在冬中也。九月中，兒子般挈南來，當一禮祖師。」又書(六)：「兒子(邁)被仁化令，想與南華相近也。」(《全宋文》第四四册卷一九二三)

蘇過父子自種蔬菜，終年飽飫。　蘇軾《擷菜》(《詩集》卷四〇)。

八月九日，蘇過隨父游棲禪寺，觀巨人跡。　蘇軾《題棲禪院》(《全宋文》第四五册卷一九七六)。

叔轍作《寓居六韻》，過父子皆有詩。　轍《寓居六韻》見《後集》卷二，分詠秋菊、山丹、新竹、榴花、鷄冠、甘井六物，乃紹聖三年貶居在筠州作。蘇軾《次韻子由寓居六詠》，見《詩集》卷四〇。刻本《斜川集》有《次韻叔父所居六首》，實存四首；又另卷有《和叔父所居六首之一》，乃與前同題逸出者。共存五首，依轍詩順序，即《秋菊》、《山丹》、《新竹》、《榴花》、《鷄冠》，而佚《甘井》一篇。

重九，蘇氏父子均有詩。　蘇軾《丙子重九二首》其一：「三年瘴海上，越嶠真我家。登山作重九，蠻菊秋未花。」蘇過《九日》詩：「火雲收初旦，淒露淨中夕。」「我有環堵居，危臺俯清絕。」(國家圖書館藏「清舊鈔本」《斜川

集》）

吴子野絶粒辟穀，過作詩戲之，芝上人、陸道士皆和，蘇軾亦次其韻。　過《戲贈吴子野》（自注：子野絶粒不睡），蘇軾《吴子野絶粒不睡過作詩戲之芝上人陸道士皆和予亦次其韻》，見《詩集》卷四〇。

夜雨之後，月色皎然，過作詩詠之。　過《雨後見月》：「隔籬唤西家，倒榼共餘瀝。西家長苦貧，而有好顔色。終年飯半菽，愛酒無從得。嗟余不解飲，看爾時舉白。」西家即白鶴居西鄰翟逢亨秀才。

李安正子李幾仲爲縣令，作愛人堂，蘇過爲賦《愛人堂爲李幾仲賦》、《寄題幾仲所居二詩次定國王父舊韻》（「清舊鈔本」《斜川集》）。

十二月十九日，蘇軾生日，過有詩爲壽。　過《大人生日》：「窮寓三年瘴海濱，簞瓢陋巷與誰鄰？」

居嘉祐寺期間，蘇過作有《不睡》詩。　詩曰：「四鄰悄悄鬭殷床，惟有客夢不得長。」

冬，蘇過作詩懷諸兄弟，以狀海南貶居之苦。　過《冬夜懷諸兄弟》：「念我手足愛，相望若秦楚；兩兄寄陽羡，耕稼事農圃；簞瓢有餘樂，菽水未爲窶；兩兄客潁川，耿耿懷去魯。近聞營菟裘，稍亦葺環堵。有弟雖咫尺，相逢猶齟齬」；「惟我二兄弟，頗亦嘗險阻」。

## 紹聖四年丁丑（一〇九七）　二十六歲　侍父在惠州、再遷儋州

正月，曇秀歸，蘇過作詩送之。　蘇軾《書過送曇秀詩》：「『三年避地少經過，十日論詩喜琢磨。』（略）僕在廣陵作詩《送曇秀》云：『老芝如雲月，炯炯時一出。』今曇秀復來惠州見余，余病，已絶不作詩。兒子過粗能搜句，時有可觀，此篇殆咄咄逼老人矣。特爲書之，以滿行橐。丁丑正月二十一日。」（《全宋文》第四四册卷一九三

八）

二月十四日，白鶴新居成，過父子自嘉祐寺遷入。 蘇軾《和陶時運四首》引：「丁丑二月十四日，白鶴峰新居成，自嘉祐寺遷入。」（《詩集》卷四〇）

蘇邁授仁化令，搬挈蘇過一房南來，過迎於循州。 蘇軾《與蕭朝奉》：「兒子邁般挈數房賤累，自虔易小舟，由龍南江至方口，出陸至循州，下水到惠。」（《全宋文》第四四册卷一九一六）又《與王敏仲》（四）：「新屋旦夕畢工，即遷入。長子邁自浙中般挈，由循州徑路來，閏月可至此。」（同前引卷一九一〇）

蘇過爲子籥、女德造佛像，蘇軾作贊。 軾《藥師琉璃光佛贊》（《全宋文》第四五册卷一九八八）。

章惇以韶州與惠州地近，蘇邁不當爲仁化令，邁不得赴任。

閏二月，元祐黨人再申貶斥，蘇轍爲化州别駕，安置於雷州（今廣西海康）；蘇軾責授瓊州别駕，移昌化軍安置。

四月十七日，責授文告傳至惠州，十九日蘇軾離惠州，蘇過隨行；蘇邁留處惠州。

蘇軾《到昌化軍謝表》：「今年四月十七日，奉被告命，責授臣瓊州别駕、昌化軍安置。臣尋於當月十九日起離惠州。」（《全宋文》第四二册卷一八六五）過《將至五羊先寄伯達仲豫二兄》：「伯兄陽羨來，萬里逾煙嶠。未温白鶴席，已餞羅浮曉。江邊空忍淚，我亦肝腸繞。」

五月十一日，軾、轍相遇於藤州（廣西藤縣），六月五日同至雷。 蘇軾《吾謫海南子由雷州被命即行了不相知至梧乃聞其尚在藤也旦夕當追及作此詩示之》（《詩集》卷四一）又《和陶止酒》引：「丁丑歲，予謫海南，子由貶雷州。五月十一日，相遇於藤，同行至雷。」

九日至徐聞渡，謁伏波祠，蘇過作《伏波將軍廟碑》。《欒城後集》（下稱「後集」）卷二有《過

十一日，與叔父相別，渡海到海南。

九月，過以椰子冠寄贈叔父轍，並作詩，父、叔皆有和。姪寄椰子冠》詩，《詩集》卷四一有《椰子冠》詩，並和過韻。

叔父作《寓居二首》，詠《東亭》、《東樓》，過父子俱和。蘇軾《次韻子由三首》，有《東亭》、《東樓》、《椰子冠》，其前二篇即和轍《寓居二首》，後一篇則和《過姪寄椰子冠》韻。今本《斜川集》唯存《東亭》，佚《東樓》一首。

叔父轍雷州居所月季，伐而復生，與蘇遠作詩，過父子皆有次韻。轍《所寓堂後月季再生與遠同賦》（《後集》卷二）；蘇軾《次韻子由月季再生》（《詩集》卷四一）；蘇過《次韻叔父月季再生》。

十二月十九日，過作詩祝父生日。過《大人生日》：「匆驚髀減帶圍寬，壽骨巉然正隱顴」；「偃松再蔚千齡葉，眢井新飛百尺泉。」

## 元符元年戊寅（一〇九八）　二十七歲　侍父在儋州

正月十五日，蘇過赴儋守張中宴。蘇軾《上元夜過赴儋守召獨坐有感（自注：戊寅歲）》。

張中常與蘇過對弈，軾旁觀不以爲疲。蘇軾《觀棋》引：「予素不解棋，（略）兒子過乃粗能者。儋守張中日從之戲，予亦隅坐，竟日不以爲厭。」詩曰：「小兒近道，剥啄信指。勝故欣然，敗亦可喜。優哉游哉，聊復

爾耳。」(《詩集》卷四二)

叔父轍浴罷，作詩，過父子皆和。　轍《浴罷》，見《後集》卷二；蘇軾《次韻子由浴罷》，見《詩集》卷四三；蘇過《次韻叔父浴罷》：「黄門昔萬機，下士勤握沐。今已與世疏，雅志追沂浴。」

杭僧參寥子作詩懷蘇邁、蘇迨，邁迨和之，過亦次韻。　《參寥子集·重居夜坐懷蘇伯達昆仲》；邁、迨和詩已佚。過《次韻伯達仲豫二兄和參寥子》：「道人航海曾何勞，久將身世輕鴻毛。」當作於元符元年。

蘇過於海泊得長兄寄書，作詩，父軾、叔轍皆和。　蘇軾《過於海泊得邁寄書酒作詩遠和之皆粲然可觀子由有書相慶也因用其韻賦一篇並寄諸子姪》；蘇轍《和子瞻次過遠重字韻》。

二月二十三日，蘇軾書陶淵明《形》《影》《神》詩付過，仍和其韻。　見於《詩集》卷四二。

四月，蘇氏父子被廣西察訪使遣小使逐出官房，遂卜居城南桄榔林下。　《宋史·蘇軾傳》：「又貶瓊州別駕，居昌化。昌化，故儋耳地，非人所居，藥餌皆無有。初僦官屋以居，有司猶謂不可，軾遂買地築室，儋人運甓畚土以助之。」蘇軾《與程秀才(天侔)》(一)：「僕離惠州後，大兒房下亦失一男孫，亦悲愴久之，今則已矣。此間食無肉，病無藥，居無室，出無友，冬無炭，夏無寒泉，然亦未易數，大率皆無耳。惟有一幸：無甚瘴也。近與兒子結茅數椽居之，僅庇風雨。然勞費已不貲矣。賴十數學生助工作，躬泥水之役，愧不可言也。」(《全宋文》第四三册卷一九〇六)又《與程全父》(九)：「某與兒子粗無病。但黎蜑雜居，無復人理。資養所給，求輒無有。初至，僦官屋數椽，近復遭迫逐，不免買地結茅，僅免露處。而囊爲一空。」又書(二)：「新居在軍城南，極湫隘，粗有竹樹，煙雨濛晦，真蜑塢獠洞也。」(同前)又《與鄭靖老》(一)：「某與過亦幸如昨。初賃官屋數間居之，既不可住，又不欲與官員相交涉。近買地起屋五間，一龜頭在南汙池之側、茂木之下。亦蕭然可以杜門面壁少休也。但勞費貧窘爾。此中枯寂，殆非人世，然居之甚安。」（同前卷一九〇九）

有客自潁川來，勉過進取，過作《志隱》，蘇軾覽而嘉之。　過《志隱》：「蘇子居島夷之二年，客有自許來唁，問其安否，而勉之進取。（略）蘇子曰：『若客，殆未達者耶？』」《墓誌銘》：「其初至海上也，爲文一篇曰《志隱》，效於先生（軾）前，先生覽之曰：『吾可安於島夷矣。』先生因欲自爲《廣志隱》，以極窮通得喪之理焉。」《宋史》本傳同。

六月，改元元符，蘇過代人作《元符改元奉敕告祭文》兩通。

過父子既居城南，海南土人夜獵，以肉饋之，過作詩記其事。　過《夜獵行》曰：「海南多鹿豨，土人捕取，率以夜分月出，度其要寢，則合圍而周阹之，獸無軼者。余寓城南，户外即山林，夜聞獵聲，旦有饋肉者，作《夜獵行》以紀之。」

九月十五日，蘇軾父子因久不得蘇轍消息，以《周易》筮之。　蘇軾《書筮》（《全宋文》第四五册卷一九七六）。

十二月十九日，蘇軾生日，過作詩爲慶。　過《大人生日》三首，其一：「天爵名高實，□□□自分。云何困積毁，抑未泯斯文。欲救微言絶，先懲百氏紛。」

過與父在海南，常向人借書，著述爲樂，過有《借書》詩。　蘇過《借書》：「海南寡書籍，蠹簡僅編綴。《詩》亡不見《雅》，《易》絶空餘《繫》。借書如假田，主以歲月計。」

過手鈔《唐書》和《前漢書》。　蘇軾《與程秀才》（三）：「兒子到此，鈔得《唐書》一部，又借得《前漢》欲鈔。若了此二書，便是窮兒暴富也。」（《全宋文》第四三册卷一九〇六）過有《書田布傳後》、《書周亞夫傳後》、《蕭何論》、《記交趾進異獸狀》、《書二李傳後》、《讀楚語》、《書張騫傳後》、《東交門箴》等篇。縱論漢唐，寓諷時事，借古喻今，感慨繫之。當與海南研讀《漢書》、《唐書》有關。

過讀《南史》，東坡論物以人貴。朱弁《曲洧舊聞》：「東坡因子過讀《南史》，卧而聽之，語過曰：『王僧虔居建康禁中里馬糞巷，子孫賢實謙和，時人稱馬糞諸王爲長者。東漢贊論李固云：視胡廣趙戒如糞土。糞之穢也，一經僧虔便爲佳號，而以比胡趙，則糞有時而不幸，汝可不知乎？』」當爲海南讀史時事。

蘇軾曾命過作《孔子弟子别傳》，未成。《墓誌銘》：「（蘇軾）嘗命叔黨作《孔子弟子别傳》，則固有以處其子矣。」又銘曰：「《孔子弟子傳》之不成，尚何懟也？」《宋史》本傳：「因命作《孔子弟子别傳》。」

海南乏食，蘇過取土芋細作，爲「玉糝羹」，蘇軾譽爲天上人間絶味。蘇軾《過子忽出新意以山芋作玉糝羹色香味奇絶天上酥陀不可知人間決無此味也》（《詩集》卷四二）。

佳墨將盡，蘇軾書其事以付過。蘇軾《付過》（二）（《全宋文》第四三册卷一九二一）。

歲末，蘇邁、蘇迨作詩懷蘇過。過復作詩抒懷。過《歲暮見懷》二首：「爾來萬里别，南北如囚拘」。

## 元符二年己卯（一〇九九）　二十八歲　侍父在儋州

正月，五色雀見，蘇軾作詩並記，過亦次韻。蘇軾《五色雀》引：「海南有五色雀，常以兩絳者爲長，進止必隨焉。俗謂之鳳凰云。久旱而見輒雨，潦反是。吾卜居儋耳城南，嘗一至庭下。今日又見之進士黎子雲及其弟威家。既去，吾舉酒祝曰：『若爲吾來者，當再集也。』已而果然，乃爲賦詩。」（《詩集》卷四三）又參《書羅浮五色雀》。蘇過《五色雀和大人韻》曰：「與公作新年，襘襶陋桃符；南遷不見鵬，屢集昇平鳥」，「年來翟公門，寂寞誰與娱。」知在卜居城南一年後。

**上元夜，蘇軾與海南書生出游，歸，與過論人生得失。** 蘇軾《書上元夜游》：「己卯上元，予在儋州，有老書生數人來過，曰：『良月嘉夜，先生能一出乎？』予欣然從之。步城西，入僧舍，歷小巷，民夷雜揉，屠沽紛然。歸舍已三鼓矣。舍中掩關熟睡，已再鼾矣。放杖而笑：『孰爲得失？』過問：『先生何笑？』蓋自笑也。然亦笑韓退之釣魚無得，更欲遠去，不知走海者未必得大魚也。」（《全宋文》第四五册卷一九七六）

**四月十五日，蘇軾得《十八大阿羅漢圖》，命過易其裝軸。** 蘇軾《十八大阿羅漢頌》（《全宋文》第四五册卷一九八六）。

**十九日，海南乏糧，蘇軾書龜息法付過。** 蘇軾《書龜息法》：「元符二年儋耳米貴，吾方有絶糧之憂。欲與過子共行此法，故書以授之。四月十九日記。」（《全宋文》第四五册卷一九八〇）

**蘇軾與姪孫蘇元老**（在庭、子廷）**書，誇贊蘇過文章峻壯。** 蘇軾《與姪孫元老》（二）：「姪孫近來爲學如何？想不免趨時。然亦須多讀史，務令文字華實相副，期於適用乃佳，勿令但得一第後，所學便爲棄物也。海外亦粗有書籍，六郎（過）不廢學，雖不解對義，然作文極峻壯，有家法。二郎（邁）、五郎（迨）見説亦長進，曾見他文字否？姪孫宜熟看前後漢史及韓柳文。有便，寄近文一兩首來，慰海外老人意也。」（《全宋文》第四三册卷一九二一）元老，字子廷，蘇軾伯父蘇涣曾孫。軾轍南遷，數以書往還，軾喜其學有功底，轍亦愛獎之。傳附《宋史·蘇轍傳》後。

冬至日，儋人攜具邀過父子飲，過作詩懷惠許兄弟，極言海島異況。坡次其韻。 蘇過《己卯冬至儋人攜具見飲既罷有懷惠許兄弟》：「寂寞三冬至，飄然瘴海中。不嫌羈寓遠，屢感歲華窮。」

十二月十九日，蘇軾生日，蘇過作詩。 蘇過《大人生日》（其一）：「未試陵雲白日仙，此聲固已速郵傳（自注：公在海南，四方傳有白日上昇事）。」

在海南，過有《論海南黎事書》。

## 元符三年庚辰（一一〇〇） 二十九歲 侍父在儋州，繼遷廉州、永州

正月初一，蘇過取薤蜜作粥以啖其父。 蘇軾《記養黃中》：「元符三年歲庚辰，正月朔戊辰，是日辰時，則丙辰也。三辰一戊，四土會焉，而加丙與庚。丙土母，而庚其子也。土之富，未有過於斯時者。吾當以斯時肇養黃中氣。過子又欲以此時取薤薑蜜，作粥以啖。吾終日默坐以守黃中，非謫於海外，安得此慶耶？東坡居士記。」（《全宋文》第四五册卷一九八〇）

十月十五日，蘇軾作詩，盛贊蘇過夫婦篤孝。 軾《追和戊寅歲上元》王十朋注，引軾《自跋》云：「戊寅上元在儋耳，過子夜出，余獨守舍，作《違字韻》詩。今庚辰上元，已再期矣。家在惠州白鶴峰下。過子不眷婦子從余來此。其婦亦篤孝，悵然感之，故和前篇。」（《詩集》卷四三）

過畫木石，蘇軾爲題詠，贊其能爲竹傳神。 軾《題過所畫枯木竹石三首》，其一曰：「老可能爲竹寫真，小坡今與石傳神。」（《詩集》卷四三）黄庭堅亦有次韻，謂「眼入毫端寫竹真，枝掀葉舉是精神」。

三月清明，過誦書朗然，軾聞而有感，和淵明詩。 蘇軾《和陶郭主簿二首》，引曰：「清明日聞過

誦書，聲節閑美。感念少時，悵焉，追懷先君宮師之遺意，且念淮、德二幼孫。無以自遣，乃和淵明二篇。」其一：「孺子卷書坐，誦詩如鼓琴。卻去四十年，玉顏如汝今。」「淮、德入我夢，角羈未勝簪。孺子笑問我，君何念之深。」

**軾致書劉沔，贊蘇過文奇，在海外爲文以娛父。** 軾《答劉沔都曹書》：「軾窮困，本坐文字，蓋願刳形去智，而不可得者。然幼子過文益奇，在海外孤寂無聊，過時出一篇見娛，則爲數日喜，寢食有味。以此知文章如金玉珠貝，未易鄙棄也。」（《全宋文》第四三册卷一八九二）《墓誌銘》：「惟是叔黨（略），翁賦詩著書，則兒更端起拜之，爲能須臾樂乎先生者也。」魏了翁《跋斜川帖》：「斜川侍坡翁至儋耳，父子相對如霜松雪竹，堅勁不摇。而作詩結字乃爾潤麗，其襮順裹方者乎？」（《鶴山先生大全文集》卷六二）

**與父論秦觀、張耒才學。** 朱弁《曲洧舊聞》卷五：「東坡嘗語子過曰：『秦少游、張文潛才識學問爲當世第一，無能優劣。二人者，少游下筆精悍，心所默識而口不能傳者，能以筆傳之；而氣韻雄拔，疏通秀朗，當推文潛。二人皆辱與予游，同升而並黜。有自雷州來者，遞少游所惠書詩累幅，近居蠻夷，得此，如在齊聞韶也。歸可記之，勿忘吾言。』」元符元年秦觀徙雷，據《總案》，過父子至三年四月始得秦觀書，此論當在四月後。

**蘇軾告過，決不爲海外人。** 朱弁《曲洧舊聞》卷五：「東坡在儋耳，謂子過曰：『吾嘗告汝，我決不爲海外人，近日頗覺有還中州氣象。』乃滌硯索紙筆焚香曰：『果如吾言，寫吾平生所作八賦，當不脱誤一字。』既寫畢讀之，大喜曰：『吾歸無疑矣！』後數日而廉州之命至。」

**四月二十一日，朝廷命蘇軾等徙内郡居住。告下，蘇軾遷廉州（治廣西合浦）。蘇過整裝，還書待發。蘇軾托人捎書與蘇邁。** 蘇軾《與姜唐佐秀才》（六）：「某已得合浦文字，見治裝，不過六月初離此。（略）有一書到兒子邁處，從者往五羊時，幸爲帶去，轉託何崇道附達爲幸。兒子治裝冗甚，不及

奉啟。所借《煙蘿子》兩卷、《吳志》四冊、《會要》兩冊，並馳納。」(《全宋文》第四三冊卷一九一四)

蘇過父子初欲從惠州搬家來，作終老廉州計。　蘇軾《答秦太虛》(七)：「廉州若得安居，取小子(過)一房來，終焉可也。」(《全宋文》第四三冊卷一九〇〇)

六月，過隨父登舟啟航，渡海離儋，儋人相送於海邊。　蘇過《用伯充韻贈孫志舉》：「送車反自厓，異獠紛來賓。蛙蟓與蚳醢，敬我如族姻(自注：南夷風俗，非姻家不得與蛙蛤蟻醬之會)。海風吹余舟，夜渡徐聞垠。」

月底，過父子至海康適合浦，水漲遇險。　蘇軾《合浦舟行記》：「予自海康適合浦，遭連日大雨，橋梁盡壞，水無津涯。(略)是日六月晦，無月，碇宿大海中。天水相接，疏星滿天。起坐四顧，太息：『吾何數乘此險也，已濟徐聞，復厄於此乎？』過子在旁鼾睡，呼不應。所撰《易》、《書》、《論語》皆以自隨，世未有別本。撫之而歎曰：『天未喪斯文，吾輩必濟。』已而果然。七月四日合浦記，時元符三年也。」(《全宋文》第四五冊卷一九七六)

七月四日抵廉州，八月告下，軾再遷舒州(治安徽潛山)團練副使，永州(今湖南零陵)居住。

過父子擬欲過中秋後離廉。　蘇迨已到惠州。　軾令邁挈家至梧州會合。　軾《與鄭靖老》(三)：「別來百罹，不可勝言，置之不足道也。《志林》竟未成，但草得《書傳》十三卷，甚賴公兩借書籍檢閱也。向不知公所存，又不敢帶行，封作一籠寄邁處，令訪尋歸納。如未有便，且寄廣州何道士處。已深囑之，必不敢墜。某留此過中秋，或至月末乃行。至北流作竹筏，下水歷容、藤至梧，與邁約，令般家至梧相會。中子迨亦至惠矣。卻顧舟溯賀江而上，水陸數節，方至永。」(《全宋文》第四三冊卷一九〇九)

九月中旬至藤州(今廣西藤縣)，藤守徐疇(元用)與其子陪游東山，父子皆賦詩。　蘇軾《徐元用使君與其子端常邀僕與小兒過同游東山浮金堂戲作此詩》：「使君有令子，真是石麒麟。我子乃散材，有如木輪囷。」（《詩集》卷四四）過《次韻大人與藤守游東山》：「爾來乘桴翁，歸路物色新。高情寓箕潁，絶意登麒麟。三吴有負郭，穲稏秋盈囷。瘴茅喜欲脱，下澤還當巾。」

**至梧州，而邁、迨未到，遂順西江赴廣州，與之會合。九月二十四日過康州**（今廣西德慶）**，游三洲巖，父子同游，題名。** 《總案》卷四四注：「石刻云：『東坡居士自海南還，來游。武陵弓允明夫、東坡幼子叔黨同至。元符三年九月二十四日也。』」

**將至廣州，過作詩寄邁、迨伯仲二兄，軾次其韻。** 過《將至五羊先寄伯達仲豫二兄》：「憶昔與仲別，秦淮匯秋潦」；「伯兄陽羨來，萬里踰煙嶠。未温白鶴席，已餞羅浮曉。江邊空忍淚，我亦肝腸繞。崎嶇七年中，雲海同浩渺。」軾《將至廣州用過韻寄邁迨二子》：「北歸爲兒子，破戒堪一笑。」「大兒牧衆稚，四歲守孤嶠。次子病學醫，三折乃粗曉。小兒耕且養，得暇爲書繞。我亦困詩酒，去道愈茫渺。」（《詩集》卷四四）

**在廣州，盤桓月餘，邁、迨、過等陪父遍游羊城名勝。** 《總案》卷四五：「元符三年，軾自儋海内渡，迨往迎嶺外，與邁、過侍於羊城，從游粤秀、靈洲、峽山、曹溪、韶石諸勝。」

**謝民師來訪，贈詩蘇過，過次其韻。** 過《次韻謝民師》：「老鶴過海仍將雛，澹然若將没齒疏。人生如寄何足道，富貴貧賤隙白駒。」蘇軾《與謝民師書》（二）：「此去，不住許下，則歸陽羨。（略）兒子輩並沐寵問，及覽所賜過詩，何以克當？然句法有以啟發小子矣。」（《全宋文》第四三册卷一九〇九）

**十一月離廣州，十二月至韶州，十九日蘇軾生日，蘇過有詩相慶。** 蘇過《大人生日》：「七年野鶴困鷄群，匪虎真同子在陳。四海澄清待今日，五朝光輔屬何人。」

蘇軾讀程天侔（全父）詩，題其後付蘇過。　蘇軾《書程全父詩後》（《全宋文》第四四册卷一九三八）。

## 建中靖國元年（一一〇一）　三十歲　侍父北返

正月渡大庾嶺，抵虔州。得孫志舉寄書，見蘇遲《贈孫志舉詩》，蘇過與父皆和。　蘇軾《和猶子遲贈孫志舉》：「我從海外歸，喜及崆峒春。」「我家六男子，樸學非時新。詩詞各璀璨，老語徒周淳。」「六子豈可忘，從我屢厄陳。」（《詩集》卷四四）過《用伯充韻贈孫志舉》：「朱顏染黃茅，自意嶺表人。」「重尋江南游，再款空同闉。」

過有《江天上梁文》，當作於虔。　過《江天上梁文》：「鄱川澤國，楚地名邦。」「天憐此老，日愛斯游。野處老人，年過七旬，仕嘗三黜。」

過舅父王元直將訪蘇軾於海南，二月卒於途。　見過《王元直墓碑》。

三月下旬，離虔州。四月至南康軍（今江西星子），十二日，蘇過侍父爲劉義仲題寫墓表。　蘇軾《與劉壯輿》（二）（《全宋文》第四三册卷一九〇三）。

五月抵金陵。過父子本欲歸宜興，因蘇轍乞歸許，蘇軾命邁、迨往宜興收拾變賣家產，以備北遷。　蘇軾《與李端叔》（一〇）（《全宋文》第四三册卷一九〇〇）；又《與程德孺》（三）（同前引卷一九一〇）。

蘇軾作書李廌（方叔），贊蘇迨、蘇過不廢學。　軾《與李方叔》（一六）：「迨、過皆不廢學，可令參侍几硯。」（《全宋文》第四三册卷一九〇三）

五月下旬，至儀真，與程之元（德孺）等會於金山，聞政局有變，蘇軾決計歸常州。並計劃遣蘇邁注官，自己與迨、過閉門終老。蘇軾《與子由弟》（八）：「適值程德孺過金山，往會之，並一二親故皆在坐。頗聞北方事，有決不可往潁昌近地居者（略）。今已決計居常州。借得一孫家宅，極佳。浙人相喜，決不失所也。（略）候到，定疊一兩月，方遣邁去注官，迨去般家，過則不離左右也。（略）兄萬一有稍起之命，便具所苦疾狀力辭之，與迨、過閉户治田，養性而已。千萬勿相念。」（《全宋文》第四三册卷一九二一）

舟中熱不可勝，蘇軾飲冷過度，中夜暴下，過曉夜扶持。過誦米芾（元章）《寶月觀賦》，軾悦而致書米芾。軾《與米元章》（二一、二六）（《全宋文》第四三册卷一九一七）。

蘇頌（子容）卒，蘇軾遣過往弔。宋邵博《聞見後録》卷一五：「東坡歸自儋耳，舟次京口，子容初薨，東坡已病，遣叔黨來弔，自作《飯僧文》。」

蘇過代父作《薦蘇子容功德疏》。《總案》卷四五：「此疏未竟，公但述其所欲言耳，後截似命過續之。」

六月十四日，章惇（子厚）之子章援（致平）奉書蘇軾，軾向過稱其文采。宋趙彦衛《雲麓漫鈔》卷九：「東坡先生既得自便，以建中靖國元年六月次京口，時章子厚丞相有海康之行，其子援尚留京口，以書抵先生（略），先生得書大喜，顧謂其子叔黨曰：『斯文司馬子長之流也。』命從者伸楮和墨，書以答之。（略）六月十四日。』」

十五日，發舟赴毗陵，至，寓於孫館。七月立秋，蘇過代父爲書與米芾。米芾《蘇東坡輓詩》，其四「古書跋贊許猶新」自注：「公立秋日於其子過書中批云：『某一病幾不相見，今始覺有絲毫之減，然未能作書也。跋尾在下懷。』」（參《全宋文》第四三册卷一九一七《與米元章》二八）

蘇軾病卒，蘇邁、蘇迨、蘇過侍側。

## 崇寧元年壬午（一一〇二）　三十一歲　居父喪在郟城縣

春，蘇過兄弟扶蘇軾靈柩自淮入汴，至陳留登陸西行。四月，蘇邁往京城遷王閏之及迨亡妻歐陽氏靈柩，至郟縣待葬。

閏六月，蘇過兄弟葬其亡父亡母於河南郟城小峨眉山。　轍《再祭亡兄文》：「地雖郟鄏，山曰峨眉。」「兄來自西，於是盤桓。卜告孟秋，歸於其阡。潁川有蘇，肇自兄先。」《墓誌銘》：「先生還，至永州，稍遷仕版；居陽羨，不幸疾不起。叔黨兄弟得吉地於汝州郟城縣之小峨眉山以襄事。」

蘇邁、蘇迨隨叔父歸許，生事蕭然，蘇轍鬻別業以助之。　蘇籀《欒城遺言》：「東坡病殁於晉陵，伯達、叔仲（仲豫）歸許昌，生事蕭然。公篤愛天倫，曩歲別業在浚都，鬻之九千數百錢，悉以助焉。」

蘇過與姪蘇符居郟城小峨眉山守喪。

秋八月，參寥子訪蘇過於郟城上瑞里，將歸，過作詩及叙送之。　過《送參寥師歸錢塘》：「我昨南來自炎州，師亦方解鍾儀囚。握手流涕古汴溝，生死骨肉我未瘳。」又《送參寥道人南歸叙》：「壬午歲秋八月來自香山。見余上瑞。」

李廌曾來郟城卜兆葬蘇軾，過居喪期間有詩多篇贈之。　過《北山雜詩》：「默李吾所畏，文字班馬流。」「不如談天李，高論隘九洲。能爲齊諧語，自許監河侯。浮沉閭里間，與世真無求。」按，《宋史·李廌傳》：「(軾)亡，廌哭之慟，曰：『吾愧不能死知己，至於事師之勤，渠敢以生死爲閒。』即走許、汝間，相地卜兆授其子，(略)中年絶進取意，謂潁爲人物淵藪，始定居長社，縣令李佐及里人買宅處之。」「默李」，當即長社縣令李佐；「談天李」，當即李廌。

蘇過、蘇符於北山結茆爲廬，鑿牆爲牖，掘地穴作爐，掘井以分甘鄰里。 過有《北山雜詩》十首及《山居苦寒》詩，其中有「西南望平原，汝水稻千頃」，「歸來逢歲惡，半臂换湯餅」，及「陰風怪穴步步高」，自注：「汝有風穴，故常多大風。」知作於居喪郟城之時。詩曰：「牆東新鑿牖，朝陽催我起」；「午枕不能寐，床頭井百尺。」「分甘遍鄰社，甚旱猶湍碧。」又《山居苦寒》：「牆東鑿牖納朝光，掘地爲爐作土床。快焰生薪聊禦臘，茅茨未必愧華堂。」

秋淫雨，歲不登，蘇過、蘇符生計潦倒。 過《北山雜詩》：「慟哭悲素秋，言登北山腳。昏埃迷滬嶺，疲馬戰犖确。」「歸來逢歲惡，半臂换湯餅。」

冬，蘇過以紙被禦寒。有樵叟求售，因貧，無以賑之。 過《山居苦寒》：「吾儕貧亦巧，紙被陋紈綺。」又曰：「空山寂無聞，獨擁寒爐火。時時黄犬吠，知有行人過。叩門但樵叟，束薪求售我。辛勤易一飯，空腹安能果。我困亦無幾，僮僕行憂餓。明朝且食粥，彈鋏悲楚些。」

東鄰有梁媪，年八十餘，缺衣少食，過與符製紙被施之。 過《北山雜詩》：「東鄰有病媪，髮白垂鸛鵠。擁灶坐無衣，何曾飽脱粟。」又《山居苦寒》：「傍舍孤嫠八十餘，背無完絮況裙襦。分衣愧無莊公惠，紙被聊將慰老臞(自注：草堂之東南有梁姬，八十餘歲，形貌瘠傴，耳目皆廢。余偶見而哀之，默謂猶子符：『天寒甚，是且凍死，當製紙被與之。』既而忘之。一日，忽遣其子來索紙被，其子亦不知嫗安授此意。余卒與之）。」

冬雪，作《小雪》詩，寫貧富憂樂之狀，寄窮達超脱之旨。　《小雪》：「小雪不盈寸，陰風何凜冽。那堪平地尺，奈此衣百結。天公固念民，已兆豐年悦。不知貧與富，苦樂相懸絶。」

## 崇寧二年癸未（一一〇三）　三十二歲　居父喪在郟城縣，秋除服歸潁昌

春夏皆居喪於郟城，聞李廌（方叔）於潁川長社縣治水磨，以詩戲之。　過《李方叔治潁川水磨作詩戲之》：「李侯平生無一廛，只有便便五經笥。儒冠半世已誤身，老欲歸耕無耒耜。近聞潁川有瀑布，碓磨能窮谿谷利。」

蘇遠（叔寬）作田園詩，蘇過次韻，以寄隱逸情致。　蘇過《和叔寬田園六首》其六：「十年資章甫，人棄我亦閑。得從長沮游，時把嚴陵竿。本非厭作吏，未忍違故山。朝來行西疇，果腹惟三餐。信哉負郭美，五斗何足干。長爲田舍翁，所樂非所歡。」「近聞河湟復，羽書獲萬姓。」童貫收復河湟，在崇寧二年六月。

蘇遠作詩贈李廌，過亦次韻。

過與王適（子敏）相別十年，王以書召過，欲往，作詩寄之。　過《與王子敏相別十年今在汝見招以書將往從之聞其齋素卧病以詩勸之肉食》：「已矣君休問十年，相逢定怪兩華顛。」「隙駒安用徒勞苦，爲我西來數擊鮮。」

七月，服除。過與姪符歸於潁昌。　過《祭叔父黄門文》：「過也昔喪，而歸於許。奉杖屨者十春。」轍卒於政和二年（一一一二），逆數至此，正好十年。

崇寧三年甲申(一一〇四)　三十三歲　閑居許昌

三月上巳,過與諸昆仲子姪游於許昌西湖,曲水泛舟,以修禊事。蘇轍卧病未行,作詩示兒姪,過次其韻。　蘇轍《上巳日久病不出示兒姪二首》其一:「牛鳴頗覺西湖近,鳳去長憐北榭荒。欲出老人無伴侣,退歸諸子解農桑。」(《後集》卷三)過《次韻叔父上巳二首》其一:「日晏幽人未下床,春風暗度百花香。掩關頗得禪家味,卻掃從教世路荒。」

十八日,蘇轍葺東齋居之,作詩,過次其韻。　轍《葺東齋》(自注:三月十八日),見《後集》卷三),過《和叔父移居東齋》:「去鄉三十年,夢寐猶西土。」「結廬箕潁間,絕意爲霖雨。」過詩「去國三十年」,自熙寧元年(一〇六八)最後一次離川,至此已逾三十年。

蘇轍作《詠竹二首》,過次韻。　轍《詠竹二首》(《後集》卷三),過《次韻叔父詠竹二首》。

蘇過兄弟與母仲山唱酬,叔父轍亦次韻。　過《和母仲山雨後》五首;蘇轍《後集》卷三有《兒姪唱酬次韻五首》,即用過韻。

蘇轍初得南園,作詩,過次其韻。　轍《初得南園一首》:「千里故園魂夢裏,百年生事寂寞中。」(《後集》卷三)過《和新葺南園》:「道眼年來等色空,塊蘇不羨化人宫。」

崇寧四年乙酉(一一〇五)　三十四歲　閑居潁昌

仲夏,觀吕知止(名欽問)所藏唐人畫馬圖,作跋語。　《鐵琴銅劍樓藏書題跋集録》卷二,末署「崇寧作噩歲仲夏,吕知止家避暑,因觀唐馬,遂書卷末。眉陽蘇叔黨題」。

泗州士人李稙（元秀）從過問學，歲歲往來，遂爲至交。王明清《揮麈後録》卷九：「蘇叔黨以黨禁，屏處潁昌，極無憀。有泗州招信士人李稹元秀（稹，當作稙）者，鄉風慕義，歲一過之，必遲回以師資焉，且致饋甚腆。叔黨懷之。」

范正平於潁昌西湖築園，題名「大隱」，過題詩。過《大隱堂爲范氏西田題》：「范侯作園湖之隅，繚以修竹千芙蕖」；「人懷忠宣及其子，遺愛何止屋上烏。」

李稙歸，過作詩送之。過《送李稙秀才歸盱眙》：「濁流盡處見淮山，水作清羅擁髻鬟」；「妙年肯作小坡客，瓢飲來同陋巷顔。」

## 崇寧五年丙戌（一一〇六）　三十五歲　閑居許昌

張耒自黄州還，居陳州，過與吕知止（名欽問）造訪，作詩戲之。過詩已佚。張耒《蘇叔黨吕知止許下見訪叔黨有詩戲贈以此奉答》：「三年齊安有江山，可當中原故人面。北來塵埃逢故人，眼前卻做江山見」；「蘇郎下筆妙無敵，吕郎與談驚未識。雛鳳驥子未宜輕，囊香各有千金璧。」（《柯山集卷一〇》）

同居陳州者有常安民（希古），過與之有唱和。趙令畤《侯鯖録》卷二：「余崇寧中坐章疏入籍，爲元祐黨人。後四年牽復，過陳，張文潛、常希古皆在陳居，相見慰勞之。」過詩曰：《湖陰有隱君子作亭曰獨樂鄉人常希古爲賦詩屬予同作寄之》。

二月二十日，蘇轍生日，過有詩相慶。過《叔父生日》，詩云「歸潁」、「卜築」，俱蘇轍四年自汝南歸潁川，葺南園事。當作於五年春二月。

過族姪蘇元老領漕歸蜀，蘇轍、蘇遲、蘇過等人皆有詩送之。　轍《次遲韻示陳天倪秀才姪孫元老主簿》：「吾孫成鈞來，左右皆良朋。」又《再次前韻示元老》（《後集》卷四）；過《送在庭姪領漕歸蜀》：「伯祖昔爲郎，出乘使者轓」；「迢迢六十年，乃復見曾孫」。元老即蘇渙曾孫。

## 大觀元年丁亥（一一〇七）　三十六歲　閑居許昌

長兄蘇邁出任嘉禾令，過作詩送之。　過《送伯達兄赴嘉禾》。

堂弟蘇遠將監汝南酒税，將之任，蘇轍、蘇過皆有詩送之。　過《送八弟官汝南》。

## 大觀二年戊子（一一〇八）　三十七歲　閑居許昌

春，過有《次韻伯充詠牡丹二首》。

過出示當年張方平詩草，轍次其韻。　蘇轍《追和張公安道贈別絶句》引曰：「及自龍川還潁川，姪過出子瞻遺墨，中有公所贈章，覽之泣下不能止，乃追和之。」（《欒城三集》卷一，下稱《三集》）

初秋，吕本中（居仁）歸潁昌，夜宿范氏盤溪，作詩，過次韻。　過《和吕居仁宿盤溪》：「窮通有定分，凫脛悲所續。一醉盤溪堂，自取君詩讀。」吕本中《東萊集》有《夜宿潁昌范氏水閣》：「賢哉五年別，有此一室獨。」

過與吕本中、韓華國、劉知命等相與約游嵩山少室，因雨未果。　過《和吕居仁宿盤溪》：「我懷嵩少游，已辦巾一幅。」又《次韻韓華國相約游嵩少》：「春糧已辦登山計，積淖車輪四角生。」又《贈知命劉居士》：「言乘下澤車，來赴嵩高約。」

十天之後，雨止，遂行，至大成崗，初見嵩少，登峻極頂，俱有詩。過有《後旬日雨止遂行至大成崗初見嵩少》、《登峻極頂》。

與劉知命相約卜居。過《贈知命劉居士》：「言乘下澤車，來赴嵩高約。」「箕山宛在目，潁水清帶郭。何年定卜居，伴我採薇藿。」（清舊鈔本《斜川集》）

游十日歸，途中呂本中作詩，過次韻。過《歸途次韻呂居仁》，呂本中《東萊集》有游嵩山詩多篇，如《登太室絶頂》，而無此韻。

過嘗與李方叔言蒲宗孟（傳正）家事。李廌《師友談記》。

## 大觀三年己丑（一一〇九）　三十八歲　閑居潁昌

李廌（方叔）卒，過作挽詞。過《李方叔挽詞二首》。按，方叔卒年，史無明文。《永樂大典》卷二二一五三七「集」字韻，李之儀《濟南月巖集序》云：「方叔没後八年，其子潁秀川，集其文若干卷，號月巖，以書抵余，曰：『願有以序之。』」（略）政和六年八月十一日。」由政和六年（一一一六）逆推八年，即本年。

呂欽問（知止）初仕爲筦庫官，過作詩送之。過《送呂知止》：「胡爲從事筦庫役，無乃漢陰工抱甕。嗟余飄零同閭里，一味窮愁惟子共。」

除夕，叔父轍作詩，贊其詩追蘇軾，晝稱奇絶。過次其韻。轍《己丑歲除二首》，過《次韻叔父黄門己丑歲除二首》。

## 大觀四年庚寅（一一一〇）　三十九歲　閑居許昌

過善畫，嘗作西軒枯木怪石，叔父轍題詩，過次其韻。轍《西軒畫枯木怪石》：「東坡妙思傳子孫，作詩仿佛追前人。筆墨墮地稱奇珍，閉藏不聽落泥塵。」（《三集》卷三）蘇籀《欒城遺言》：「公曰：六郎作詩仿佛追前人，畫墨竹過李康年遠矣。」六郎，即蘇過。

洛陽倉曹參軍岑彦明作猗蘭軒，求詩，過寄題。過《寄題岑彦明猗蘭軒》：「岑子少絶俗，厭貧聊試吏。」（自注：彦明爲洛司倉，代者乃吾兄仲南是也）。」仲南，即蘇适。過又有《送仲南兄赴官水南倉》，作於政和元年，此詩當在岑受代前。

## 政和元年辛卯（一一一一）　四十歲　閑居許昌

三月十九日，過與仲兄蘇迨，與客游園放生，作詩。過《三月十九日同仲豫兄長率崔遐紹趙漢英游朱園放魚》。

過從兄蘇适赴官洛陽，以詩送之。過《送仲南兄赴官水南倉》：「十年不知簪組味，萬里能舒陳蔡厄。」蘇遲《蘇仲南墓誌銘》：「起監西京河南倉。」河南倉，即洛倉。崇寧元年适罷太常祝，至此已十年。

蘇迨赴官武昌，過作文送之。過《送仲豫兄赴官武昌叙》。

十月二十九日，雨雪，蘇轍作詩詠雪，過次韻。轍《十月二十九日雪四首》（《三集》卷三）；過《次韻叔父小雪二首》。

蘇邁、蘇迨、蘇過編蘇軾遺墨，成《先公手澤》。過有《書先公字後》，當作於前後。

過編定《東坡後集》。考定東坡詩集誤字。錢求赤《書東坡後集》（繆荃孫《東坡全集跋》引）：

「《後集》，其子過編。」宋張邦基《墨莊漫録》卷一：「東坡作《儋耳山》詩云：『突兀隘空虚，他山總不如。君看道旁石，盡是補天餘。』叔黨曰：『石，當是者，傳寫之誤。一字不工，遂使全篇俱病。』」

## 政和二年壬辰（一一一二） 四十一歲 閑居潁昌，繼仕於太原

二月二十日，蘇轍生日，過作詩爲慶。 過《叔父生日四首》：「老人卧箕潁，初非厭簪紱。時哉莫吾容，道大俗隘迫。」《欒城三集》卷三有《壬辰生日兒姪諸孫有詩所言皆過記胸中所懷亦自作》。

過初居潁昌期間，過尚有《顔樂堂》、《謝公定以所藏文與可詩示其孫驥驥有詩次韻》。

又嘗適宜興求食，行於横山，有詩。 過《横山道中》，横山，在宜興縣。乾隆《重刊宜興縣志》卷一：「横山，一名大蘆山，在薔薇塢南，君山之西麓。」又：「少子過後亦來居，曾孫峴，乾道中爲大府寺丞，尚居宜興。」

王進之作緑陰軒，過題詩。 過《題王進之緑陰軒》，又有《送王晉之還朝》：「我卜潁水居，里社得所依。」晉、進相通，王進之即王晉之。二詩一作於王在任，一作於王離任。

嘗游許昌賈氏曲水園，作詩四首。 過《次韻曲水泛舟四首》（自注：曲水，賈文元公園）。

劉鈞國收藏燕肅《山水圖》，過題詩。 過《題劉鈞國所藏燕公山水圖》：「江湖半此生，老去徒見畫。」

蜀僧世鵬經許游嵩少，過作詩贈行。 過《送鄉僧世鵬游嵩少》：「吾蜀士尚氣，憑陵以相高。」

蜀人楊氏芝生其墓，過爲作記。 過《芝堂記》。

李文儒赴漢東教授，作詩爲送。 過《送李文儒赴漢東教授》。

岑氏築心遠亭，過題詩。 過《題岑氏心遠亭》。

杭僧從信自浙經潁入都，訪叔黨，過作詩贈之，且招老友杭僧思聰。過《贈詩僧從信》：「我久客塵土，雖窮詩未工。」「上人三吴來，句法乃有從（自注：信學詩於參寥）。老潛已黄壤，弟子傳清雄。」「試草《北山移》，爲我招琴聰（自注：錢塘琴僧思聰亦妙於詩文，久游京師不歸）。」陸游《老學庵筆記》：「杭僧思聰，東坡爲作字説者。大觀政和間，挾琴游梁，日登中貴人之門，久之遂還俗，爲御前使臣。方其將冠巾也，蘇叔黨因浙僧入都，送之詩曰：『試誦《北山移》，爲我招琴僧。』詩至已無及矣。」老潛，即道潛，參寥子。陸游《筆記》又謂「政和中老矣，亦還俗而死」，知此詩必作於政和中。

六月下旬，過出監太原府税。《墓誌銘》：「初監太原府税。」過《予寓洛陽竇壇（略）作此詩别之》：「此心本洞然，六月遭怵迫。」六月始入世網。又《孫團練墓誌銘》：「政和二年六月十九日，終於太原官舍。」又曰：「過始發於太原之歲也，公已病，不及見。」

途經太行山，有《山行》詩。過《山行》：「肩輿歷盡黄茅崗，青山壁立聳太行。」又《次韻承之紫巖長句》：「我昔千里上太行，身世飄零悲逆旅。」又《送張倅彦政赴闕》：「信馬來并州，并州在何許？太行如登天，憔悴欲誰語？」

過潞州紫巖，行銅鞮山中，俱有詩。過《次韻承之紫巖長句》：「莫投紫巖稍自慰，欲扣僧房無可侣。」又《田家書事》：「路入銅鞮草木幽，不堪隴水斷腸流。稍逢煙火人家住，似有桑麻場圃秋。」

既至，張近（幾仲）亦帥幕府到太原，趙鼎臣（承之）、孫勰（志康）、梁與可、孫海若俱爲幕中客。張近，字幾仲，《宋史》有傳，「出鎮高陽八年，累加顯謨閣待制、直學士，徙知太原府」。

過代人作賀張幾仲啟。過《代人賀啟》：「輟自北門之寄，蹔稽黄閣之榮。」

趙鼎臣以紫巖詩相示，過次其韻。

太原府户曹參軍任況之以詩相贈，過次韻。

趙承之乞孫志康篆題「竹隱軒」，作詩，過亦次韻述志。

趙承之《竹隱畸士集》本年有《余少年嘗種竹於所居之南號竹隱今二十年矣而隱之志蓋未遂也孫志康善篆嘗欲得竹隱二字題其上因叙所以爲詩以乞之且呈好事諸君子各乞一詩以爲歸隱光華》；過《和趙承之竹隱軒詩》。

九月，孫海若改官中山安喜縣令，以詩贈過，過次韻。

過《次韻孫海若見贈》其三：「折腰爲五斗，强言筦庫職。」其六：「仕宦才百日，邴公有餘歡。君今吏一邑，蕭然懷抱安。」

孫海若赴任，過作送叙，以招撫勞來民兵爲囑。

過《送孫海若赴官河朔叙》：「衛人孫君海若（略）以儒術佐忠武軍幕。官滿，改中山安喜令，欣然而往。（略）中山府，昔吾先大夫之甘棠也。（略）儻能聞諸朝，少有以鎮拊勞來之，並塞精兵，坐獲數萬，不煩縣官一粒之費，凛然有長城千里之固，則虜不敢動矣。」

過親家常子然卒，作文遥祭之。

過《祭常子然文》：「嗟我先君，昔遷南夷。萬里致書，公時布衣。」「先君即世，義不敢遺。請婚後人，不謀於龜。」「豈其一别，訃音遽隨。」《墓誌銘》謂過有「女四人，長適將仕郎常任俠」，常子然即常任俠之父。

重九前數日，趙鼎臣作詩呈孫志康、蘇過，過次其韻。

過《次韻承之重九》。《竹隱畸士集》卷三有《重陽前數日夜坐不寐偶思江南塞北舊游作詩呈志康諸友》。

蘇邁罷嘉禾令還潁昌，叔父轍喜而作詩。

十月，叔父蘇轍卒，過奔喪於許，作祭文。 過《祭叔父黃門文》：「過也昔孤，而歸公於許，奉杖屨者十春。」南宋孫汝聽《蘇潁濱年表》政和二年壬辰：「十月三日轍卒，年七十四。」

自太原歸潁，途經洛陽，寓寶壇，與僧悟超游龍門，作詩別之。 過《予寓洛陽寶壇有僧悟超類有道者與語論事能援古證今蓋未祝髮時讀孔氏之書涉獵大義爲浮屠不廢今老矣不復讀也形骸枯槁真能遺世故而玩死生者送予至龍門陪予游東西兩山作詩別之》。

## 政和三年癸巳（一一一三） 四十二歲 太原監税

初春，蘇過歸自潁昌，任況之有詩相勞，過次其韻。 過《自潁昌歸任況之有詩次其韻》：「暫抛彭澤故園歸，趁見春山筍蕨齊」；又《次韻任況之》：「我作汝潁行，蹉跎春事老。」

孫志康等作牡丹花會，志康賦牡丹詩，歸示蘇過，過次其韻。 過《次韻孫志康牡丹》，其一：「春事依稀見一班，山花灼灼强施丹。能容丞掾歌呼處，信是平陽肚量寬。」

過與任況之、賈子莊相約游西溪，子莊不至，任有詩怨之，過次韻。 過《次韻任況之》：「故人知我歸，尺書遠見勞。似尋西溪約，故遣一介報。」又《子莊約況之游西溪不至任有詩次其韻》：「邊城無一娱，孰云從軍樂。惟有退食間，柴門可羅雀。」

任況之建樗隱軒，過題詩寄意。 過《寄題任況之樗翁軒詩》：「我願處不材，一官隱闤市。」又《樗隱堂》詩，曰「一廛未有歸耘處，五斗聊爲束帶人」。疑爲同時作。

雨中與孫志康、趙承之游柳溪，捕魚，有詩紀之。 過《雨中游柳溪呈志康諸公》：「青山緑水苦相唤，細雨斜風不忍歸。」又《志康得魚或勸捨之諸公有詩議未判吾誰適從亦賦一篇》：「溪魚有如緣木求，縱有瑣細不受鉤。」

秋，太原府通判張仲綱（彦政）任滿歸京師，趙鼎臣、蘇過皆作詩送别。鼎臣《送張彦政歸京師（仲綱）》：「欲歸未得住也難，客子秋來頗蕭瑟。并州人情薄於紙，覆雨翻飛雲而已。」過《送張倅彦政赴闕》：「青衫百僚底，屏氣不敢吐。」「念我丘壑人，老矣事簪組。端如赴縲囚，坐受獄吏侮。」「相從僅滿歲，公已歌《杕杜》。」

趙鼎臣作數詩，過次韻。《次韻趙承之數詩》：「一生拙自謀，老去復誰諫。二年此流落，汝豈宜仕宦。」

趙鼎臣乞魚於保德王粹公，作詩，過次韻。過《次韻承之乞魚於保德》，又有《次韻趙承之寄保德倅王粹公》。

王粹公離任還朝，過以詩送，自言壯心銷盡。過《送粹公保德通守還朝》：「青衫塵土百僚底，忍飢不解安田園。壯心銷盡憂患在，乞憐何異從丘墦。」

賈子莊還任，孫勰有詩爲慶，過次韻。過《次韻孫志康喜賈子莊還任》。

十一月十九日，大雪，趙鼎臣、梁與可訪賈子莊，孫志康不得與，有詩怨之，過亦次韻。過《大雪日趙承之梁與可訪賈子莊飲爽亭孫志康不得預故有詩怨之亦次其韻和一首》；趙《竹隱畸士集》同韻詩即《十一月十七日大雪晝夜不止平地盈數尺十九日雪中與（梁）與可載酒相率出謁（賈）子莊因坐爽亭臨軒縱酒四望浩然澒洞一色真奇勝也孫志康畏寒不出已而有詩因次其韻》。

陳觀性、張子先俱有《喜雪》詩，過次韻。過《和清源陳觀性喜雪》：「爽入西山千仞色，潤添南畝一犂工。先生休道催科拙，趁著河東歲屢豐。」清源，縣名，屬太原府。又有《次韻張子先喜雪》：「南畝麥秋先作瑞，西山玉粒未教融。」二詩作於太原，或即三年冬。

## 政和四年甲午（一一一四）　四十三歲　太原監税

初春苦寒，過有詩呻吟。過《苦寒行》：「問余何爲不録録，反老抱關守甑石。」

清源縣令鑿池建亭，過作詩寄之。過《清源大夫吴人到官之數月鑿池引泉植芙蓉大變晉俗遂忘江湖之想作詩寄題芙蓉亭》。

太原府帥張近曾薦蘇過於朝，過作啟謝之。過《謝張帥啟》：「如某簪裳衰胄，樗櫟棄材。效官米鹽刀筆之間，救過簿書期會之役。」「重慚枯朽之餘，實費吹噓之力。」

河東提刑崔鈞（元播）薦過，過有謝啟。過《河東提刑崔公行狀》：「過昔從仕太原，公爲部使者，數得以事見公。風姿秀整（略），過嘗辱公之知，論薦於朝。」又《謝薦舉狀》：「偶竊簪裳之餘胄，得齒搢紳之後塵。蓋將糊口於四方，敢憚折腰於五斗。」「豈謂薦書，忽光蔀屋。」

七月，過作太原兵馬鈐轄孫貴（和叔）墓誌銘。過《孫團練墓誌銘》：「政和二年六月十七日卒於太原官舍，享年七十有三。政和四年七月十二日，卜葬於真定府元氏縣某村之新塋。」

張近奉招還朝，其幕僚孫勰、趙鼎臣等作詩送，過亦次韻。過《張幾仲召還朝其幕府趙承之送至漳水用杜子美詩爲韻作詩十篇既還孫志康亦取其韻追送過方官并門因幾仲之來遂得諸公相遇今幕府例罷不能無離索之意故亦用此韻以見意》。

孫勰有《書事》詩，過次韻。　過《次韻孫志康書事》：「似催詩句急，添得錦囊豐。」作年不詳，大概在太原時。

孫勰、趙鼎臣、任況之離任，過俱有詩送別。　過《送趙承之官滿還朝》：「蹉跎二十年，塵滿并州路。」過紹聖元年隨父南遷，至此正二十年。又《送孫志康》：「晚從南陽客塞上，豈爲文章工草檄」；「翻然賦歸一何速，越吟久自同莊舄。」過《孫志康墓誌銘》：「幾仲移并門，又與之同往。」又《餞任況之》：「息肩子有日，我愧今不如。」

梁與可赴中山爲倉曹參軍，過作詩送行。　過《送梁與可赴中山倉》：「嗟余南畝人，投老坐闤市」；「翻然若鴻鵠，飛去今無幾。我行抽手板，亦復還耒耜。」

八月七日，劉昱（晦叔）卒，過作挽詞。　過《劉晦叔挽詞二首》，其一：「蚤歲聲名聳搢紳，晚途端合付經綸。繡衣曾是先朝舊，郎省空驚白髮新。」畢仲游《西臺集・吏部郎中劉公墓誌銘》，晦叔，名昱，葉城人，崇寧五年，「居許下，日與許下諸老及賢士大夫，以書詩琴弈自娱」。政和四年八月七日卒。

秋雨連綿，過與楊良卿、王謹常作詩唱酬。　過《次韻楊良卿秋雨有感二首》其二：「身作三年客，愁隨萬點鴉。家書空繫雁，燈信未占花。夢里尋歸計，柴桑似有涯。」自政和二年至此，即三年。又《王謹常再和前韻復次其韻》：「登高一悲吒，杳杳是燕雲（自注：燕山、雲中）。」過尚有《和楊良卿》、《山行次韻楊良卿見寄二首》、《和楊良卿病目在告》諸詩。俱政和四年作於太原。

過作《秋思》述懷。　過《秋思》：「俯傴非吾事，歌呼强覓歡。自知毛羽短，松桂不禁寒。」與志謂其太原任「以法令罷」合。

冬，過與吴坰（子駿）之河外，大水道阻，食波菜粥，吴作詩，過和其韻。　過《和吴子駿食波稜粥》：「波稜登俎稱八珍，公子未應譏世禄」；「肉食紛紛固多鄙，吾寧且啜小人羹」。吴坰《五總志》：「余昔在晉，與蘇叔黨自太原之河外，避暴水於□廣道，行李隔絶，而腹中枵然，詢諸驛吏，唯有波稜與米耳，即取以爲糜。余有詩戲叔黨曰：『誰知吾子波稜粥，壓倒東坡玉糝羹。』叔黨和云：『肉食紛紛固多鄙，吾寧且食小人羹。』」吴子駿，即吴坰，興國永興人。

**十一月中旬，過與岑彦明游太原開化、明仙諸寺，有詩。** 清周在浚《晉乘》載：「明仙寺有蘇斜川詩碣，（略）後題：『政和甲午孟冬中休後一日，蘇過叔黨、彦明自開化寺至明仙，時念老禪師復出世矣，因題壁間：『暫抛塵土扣雲扉，山色空濛翠濕衣。澗水松風俱有恨，道人缾鉢幾時歸。』」甲午即政和四年，時蘇過尚爲官太原。彦明，疑即岑彦明，曾爲洛陽司倉，過從兄蘇适前任，過有《寄題岑彦明猗蘭軒詩》。

**洛陽人作撫松堂，過寄詩題詠。** 過《寄題撫松堂》：「西洛有君子，築室城之隅」；「我恨營口腹，斂板慚妻孥。三徑未及歸，高卧子不如。青衫百僚底，何時返樵漁。未用《北山移》，我來只須臾。」

**過尚有《跋折太尉碑陰》、《寄題折嗣益襲慶閣》。** 碑陰文：「余於并門始得太尉武安公之墓碑於其子嗣益，讀之竦然。」詩曰：「帝有虎臣司北門，虚弦坐落天驕魂。百年不敢南牧馬，草木尚有威名存。」折太尉，即折克行，雲中人，《宋史》有傳；其子折嗣益，名可大，營州團練使，知府州，傳附《折克行傳》。

**又有《跋南安巖主頌》、《代人賀啟》**（拜恩中禁）**、《代人謝啟》**（觀風全晉）**、《代人謝啟》**（將漕逾年）**諸篇，俱作於太原，但不知確年。**

**政和五年乙未（一一一五）　四十四歲　自太原監税罷任居潁**

罷太原府監税任。《墓誌銘》：「初監太原府税」，「以法令罷。」

歸潁，卜築於城南，兄弟甥姪有詩爲慶，作詩酬答。過《卜居城南二首酬兄弟甥姪》，其一：「蕭蕭素髮插人頭，世上功名得汝求。神馬尻輿安所税，寸田尺宅早歸休。」

與趙朝議游其亡友遺亭，作詩三首弔之。過《和趙朝議追詠其亡友園亭三首》，其一：「掛劍嗟吾晚，懸車歎汝伸。西州不忍過，朱户鎖埃塵。」

過居城南，與王仲弓、史得之諸人唱酬。過《次韻王仲弓贈史得之》、《和王仲弓雪中懷友之什》。元陸友《研北雜志》曰：政和中，「王文恪公樂道之子實仲弓，浮沉久不仕，超然不嬰世故，慕嵇叔夜、陶淵明之爲人。」

蕪湖人韋許築室曰獨樂，常安民賦詩，屬過同賦寄之。過《湖陰有隱君子作軒曰獨樂鄉人常希古爲賦詩屬予同作寄之》：「嗟我晚聞道，一官真蘧廬。」隱君子，即韋許，《蕪湖縣志》卷四九：「韋許字深道，家世蕪湖，志尚矯潔，赴義若渴。從姑溪李之儀學，讀書務通大義，不事科舉，築堂曰『獨樂』（略），自號湖陰居士。」常希古，名安民，邛州（臨邛）人。

七月十四日，崔鈞卒。八月十七日葬，過作行狀。過《河東提刑崔公行狀》：「享年六十有六，時政和五年七月十四日。（略）是年八月十七日，合葬於陽翟縣某原周宜人之塋。」

八月，趙鼎臣自京師出守鄧州，過潁相訪，作詩留别，過次韻。趙鼎臣《竹隱畸士集》卷二《發潁昌留别韓次律（瑨）蘇叔黨（過）》：「潁川多名士，古來豪俠區。歷代愧不能，叩門韓與蘇。酌我甕頭酒，舞我閨中姝。」過《次韻趙承之留别》：「出處事莫並，昔諳今則疏。一從畏軒冕，意遂甘泥塗。」按，考趙集，乙未之歲，趙鼎臣被知鄧州，八月二十日發於開封，二十三日次於潁昌，過舊府帥張近宅，題詩。

從弟蘇遠（叔寬）赴瀘南通判任，過作詩送行。

冬，蘇過得敕知河南郾城縣。過《郾城縣遷土地文》：「某以乙未歲之冬奉敕宰是邑。」

## 政和六年丙申（一一一六） 四十五歲 知郾城縣

過出知郾城縣，作《志隱跋》。過《志隱跋》：「政和丙申來㶏水，偶發書篋，得舊稿，悵然感歎。小兒籥在總角時，逮事先君子者，惜此篇久亡而今存，請書其事而藏之。」

故人任況之有詩見寄，過和其韻。過《和任況（之）詩》：「簪裳如縲囚，我生三年縶。」「憶故晉陽城，訪古尋前事。」「平生謝公心，雅在東山醉。端來乞五斗，兹事復且置。」罷任太原後，已再度出仕。

蘇過至東都，歎一切變古；以醉寄慨，超然世外。《墓誌銘》：「泯泯浮沉里巷，或時一至京師，自得於醉醒，而徜徉一世之外。所遇者與談，靡不傾盡。造次大笑，謔浪閒節概存焉。唯有知之者知之也。」陸游《老學庵筆記》卷六：「叔黨政和中至東都，見妓稱『録事』，太息，與廉宣仲曰：『今世一切變古，唐以來舊語盡廢。此猶存唐舊，爲可喜。』」

在京師，題蔡致君藏書目。過《夷門蔡氏藏書叙》：「比游京師，有爲余言：吾里有蔡致君，（略）余將負笈而請觀焉，乃持其總目三卷，爲叙而歸之。」

過曾客高俅館，趙鼎臣有詩相戲。趙鼎臣《竹隱畸士集》卷六《聞蘇叔黨至京客於高殿帥之館而未嘗相聞以詩戲之》：「小坡不見二年餘，聞到都城信有諸。雪裏便回非興盡，魚中不寄是情疏。朱門但識將軍第，陋巷難逢長者車。別後欲知安否在，試憑青鳥問何如。」高殿帥，即高俅。

## 政和七年丁酉（一一一七）　四十六歲　知郾城縣

過臥病，兒子籥與友人置酒泛舟於郾城灃亭，作詩唱酬，過次韻。 過《小子籥與其友作灃亭置酒泛舟唱酬之什予亦戲用其韻》。

襄城程彪（美中）卒，其子鼒求銘，過撰銘，並賦詩。 過《襄城程先生美中墓誌銘》：「先生諱彪，美中其字也。（略）政和七年，鼒以上舍士貢於京師，而先生以免解將同試於春官，未行而以疾終於其家。（略）鼒來請銘。」又《次韻程秀才求作其先人埋銘》：「有子人人壯門户，新詩句句琢瑤瑜。夜光明月毋輕付，誤認空空叩鄙夫。」

冬，建敕書樓成，又修土地廟，爲文祭之。 過《郾城縣遷土地祭文》：「始於丙申之秋，成於丁酉之冬。（略）始卒兩歲，雨暘以時，疾疫不作，吏亦安堵。 意土木之興，必有陰相之者，乃鳩餘財，作新斯廟。」

過以事至洛陽，歸游龍門，作詩別同行僧超暉。 過《僕以事至洛言還過龍門少留一宿自藥寮度廣化潛溪入寶應翼日過水東謁白傅祠游皇龕看經兩寺登八節尤愛之復至奉先作此詩以示同行僧超暉》：「惟當效樂天，早晚棄冠綬。」據詩題「以事至洛，言還，過龍門」，其方向爲南行。 當在郾城任。

潁昌原天寧寺僧普融發遣南岳，過作詩送之。 過《送普融老》：「南岳道人曰普融，壁立萬仞疑少通。」「我方處世如鉛春，自知冠冕久不工。 願言香火他日同，二老會當林下逢。」政和七年林靈素造作神霄，令天下天寧萬壽宮俱改爲神霄玉清萬壽宮，佛徒亦改爲道士。 疑普融亦改籍道門，被發遣南岳。

## 重和元年戊戌（一一一八）　四十七歲　知郾城縣

葉夢得知潁昌府，過與仲兄迨及潁昌諸公卿後裔與之唱酬，集爲《許昌唱和集》，風流儒雅極一時之盛。宋韓元吉《書許昌唱和集後》：「葉公爲許昌時，先大父（韓君表）貳府事，相得歡甚。（略）紹興甲子歲，某見葉公於福唐，首問《詩集》在亡，抵掌慨歎，且曰：『昔與許昌諸公唱酬甚多，許人類以成編，他日當授子。』其後見公石林，得之以歸。又三十餘年矣。今年某叨守建安，蘇峴叔子（過孫）爲市舶使者，會於郡齋，相與道鄉間人物之偉，因出此集披玩，始議刻之。蓋叔子父（蘇籥）祖（蘇過）諸詩亦多在也。」元陸友《研北雜志》卷上：「葉夢得鎮許昌日，（略）蘇翰林二子迨仲豫、過叔黨，文彩皆有家法，過爲屬邑郾城令。（略）時相從於西湖之上，輒終日忘歸，酒酣賦詩，唱酬迭作，至屢返不已。一時冠蓋人物之盛如此。有《許昌唱和集》。」

春，與葉游西湖。《次韻少蘊二首》其一：「到處聚觀千萬口，要公膏雨作豐年。」據詩意，當是葉夢得初至潁時。

葉夢得奉詔祠神霄，過作詩。過《葉守奉詔祠神霄二首》。

五月端陽，與葉夢得集於西湖，有詩唱酬。過《次韻葉守端陽日湖上宴集》：「未放巾車陶令去，且容拓戟少陵狂。」過集中有兩端陽詩，今分繫於重和元年和宣和元年。

與韓縉（公表）、曾誠（存之）和陶唱酬。過《次韻韓君表讀淵明詩餽曾存之酒唱酬之什》：「曾韓輕軒冕，雅意妙無畛」；「攝衣請從之，嗟我獨後警。」

與韓宗（文若）游展江亭，過有《次韓文若展江五詠》。

秋，淫雨爲災，過作《祈禱祝文》。過七年作《郾城縣遷土地祭文》曰：「始卒兩歲，雨暘以時」，知政和六、七年風調雨順。又《訟風伯》：「天胡久不雨，我欲訟之天」；「昨者六七月，屋溜如繩懸」，知雨災在前，旱災在後。禱晴祝文當作於重和元年六、七月間，而禱雨文則在宣和元年。

冬又不雪，過作文祈雪。過《祈禱祝文》（一）：「涉冬不雪，常暘爲災。方興嗣歲之憂，輒有望霓之請。」

## 宣和元年己亥（一一一九）　四十八歲　知郾城縣

春夏皆旱，過禱雨龍潭。過《禱雨孚濟龍潭祝文》：「爰自去歲之冬，迄此季春之月，時雨未降，常暘爲災。」又有《送聖水還孚濟龍潭祝文》；又《禱雨懺文》：「今爲亢陽不雨，害於麥禾，迎請龍王，未獲感應。」

潁昌州佐范元禮將官太常協律郎，過作《送范元禮序》。

友人趙儀之赴官汝陰，過作《送趙儀之丞汝陰》。

禱祈不應，過作文訟之。過《訟風伯》：「天胡久不雨，我欲訟之天！二麥槁欲死，驕陽猶熾然。」

端午與葉夢得游西湖，過有《次韻葉守端午西湖曲水五首》。

秋，禱雨獲應，過作《郡守禱雨獲應》詩爲慶。

席貢以徽猷閣待制知成都，過作《代席帥謝除徽猷閣待制知成都表》及《到任謝表》。

冬，葉夢得移竹於賈文元園，過有《次韻少蘊移竹於賈文元園二首》。

范季遠作止齋，過有《范季遠作止齋求詩以此寄之》（「政憂功名來未免，吾駕不回誰與柅。」）過嘗與葉夢得論東坡海南作墨事。《墨史》：「葉少蘊云：宣和初，有潘衡者，賣墨江西，自言嘗爲東坡造墨海上，得其秘法，故人爭趨之。予因問東坡之子過，求其法。過大笑曰：『先人安得有法？在儋耳，衡適來見，因使之別室爲煤，夜遺火，幾焚廬。翼日煨燼中得煤數兩，而無膠，以意和之，不能爲挺，壘塊僅如指者數十。公亦絶倒。衡因謝去。』」

過謂葉夢得，東坡作《志林》未遂。　邵博《聞見後録》卷一四：「蘇叔黨爲葉少藴言：東坡先生初欲作《志林》百篇，才就十三篇，而先生病。惜哉，先生胸中，尚有偉於武王非聖人之論者乎？」按，東坡離海南《與鄭靖老》（三）：「《志林》竟未成，但草得《書傳》十三卷。」

曾題郭熙《平遠圖》，以詩寄意。　《題郭熙平遠圖》：「望斷水雲千里，横空一抹晴嵐。不見邯鄲歸路，夢中略到江南。」詩作於潁昌。

## 宣和二年庚子（一一二〇）　四十九歲　罷郾城任，閑居潁昌

過罷郾城任。　《墓誌銘》：「次知潁昌郾城縣，皆以法令罷免。」

春，與岑彦高、史强本諸友，吟誦抒懷。　過《次韻岑彦高史强本春日書懷二首》：「逝水不可復，百年行中分。自嗟齒髮故，晚境桑榆鄰。」。

葉夢得重浚西湖，過有《次韻晁無斁與葉少藴重西湖唱酬之詩》。

時，佞倖楊戩、李彦大索民田，收花木，葉夢得以忤旨罷任。過作《送葉少藴歸縉雲》。　山東濰州守修文舉堂，以祀孔融，過有《寄題北海文舉堂》詩。

故人從登州寄書、棋、研，過答書。　過《文登帖》：「過再啟。竊承文登信至，丈丈尊侯萬福。欣慰何已！並惠海魚、芝藻、石研、棋子多品。遠物未易到此，乃蒙輟貺，何感如之！區區非面謝不盡。過再拜。」本篇輯自《寶真齋法書贊》卷一二。

九月十二日，孫勰（志康）卒，過作墓誌銘。過《孫志康墓誌銘》：「以宣和二年九月十二日，卒於淮寧之私第。其子虬泣血以告，曰：『虬之先人寡所合，仕才至尚書郎。自少至老，受國士知者，莫如東坡公。不得公銘其墓，得公子銘之，亦庶幾矣。』」

過舅父王元直葬，表弟王先、王光來書求碑文，過作《王元直墓碑》。

梁師成自河東節度使爲太尉。師成自稱蘇軾出子，廣收蘇軾翰墨。《宋史・梁師成傳》：「師成實不能文，而高自標榜，自言蘇軾出子。是時，天下禁誦軾文，其尺牘在人間者皆毀去，師成訴於帝曰：『先臣何罪？』自是，軾之文乃稍出。以翰墨爲己任，四方儁秀名士必招致門下，往往遭點污。」陸游《家世舊聞》卷下：「師成自幼警敏知書，敢爲大言，始自言母本文潞公侍兒，生己於外□者，或告以師成貌美類韓魏公，因又稱韓公子。久之，有老女醫言蘇内翰有妾出外舍，生子，爲中書梁氏所乞。師成於是又盡變其説，自謂蘇氏子。每侍上言及公，輒曰『先臣』，聞者莫不笑之。」見師成自稱軾子，爲假託。

是時盛傳蘇過依附梁師成。朱熹《朱子語録》：「蘇東坡子過，范淳夫子温，皆出梁師成門下，以父事之。（略）師成自謂東坡出遺腹子，待叔黨如親兄弟，諭宅庫云：『蘇學十使一萬貫以下，不須復。』」按朱熹此言，殊不可信，王明清《揮麈後録》以爲，蓋蘇軾昔嘗與二程相忤，故朱熹心存芥蒂，未能免俗，造作言語而謗之。其説可信。

范寥以刊蘇軾詩集獲罪，罷潁昌兵馬鈐轄，居潁，與過唱酬。過有《次韻范信中》、《次韻信中郎官庵》、《和范信中雪詩二首》。

過有《代人上北京留守書》，似代范信中作。

岑穰（彦休）卒，過作《祭岑彦休文》

## 宣和三年辛丑（一一二一）　五十歲　閑居潁昌

蜀人宋衍成科名，萬里尋親至潁昌，過作詩贊之。

過《蜀人宋衍蚤孤母去力學取科第遂獲見母蓋自蜀至許六千餘里聲跡不至逾二十年感念茲事作此詩以送其歸》。

蘇過卜築城西，營水竹可賞者數畝，慕陶淵明之爲人，名小斜川，自號斜川居士。作詩以遺李行夫、范信中諸人。

《墓誌銘》：「遂家於潁昌，叔黨偶從湖陰營水竹可賞者數畝，則名之曰小斜川，自號斜川居士，以視終焉之志。」《宋史》本傳：「遂家潁昌，營湖陰水竹數畝，名曰小斜川，自號斜川居士。」蘇過《小斜川》詩引：「予近卜築城西鴨陂之南，依層城，繞流水，結茅而居之，名曰『小斜川』。偶讀陶淵明詩小斜川詩《辛丑歲正月五日與二三鄰曲同游斜川各賦詩》，淵明詩云『開歲倏五十』，今歲適在辛丑，而予年亦五十，蓋淵明與予同生於壬子歲也。畸窮既略相似，而晚景所得又同，所乏者高世之名耳。感歎茲事，取其詩和之，以遺行甫、信中、巽夫三友。請同賦，庶幾髣髴當時之游，而掩彼二三鄰曲之無聞也。當以榜予堂上。」詩曰：「浮沉閭里間，漫效馬少游。年來五十化，逝水無停留。」「淵明我同生，共盡當一丘。試築小斜川，佳名偶相儔。亦復辛丑歲，與公更唱酬。」陸游《老學庵筆記》卷七：「陶淵明《游斜川》詩，自叙辛丑歲，年五十。蘇叔黨宣和辛丑亦年五十，蓋與淵明同甲子也。是歲得園於許昌西湖上，故名之曰小斜川云。」又《續筆記》：「叔黨宣和辛丑歲，得隙地許昌之西湖，葺爲園亭，是年叔黨甫五十，嘗曰：『陶淵明以辛丑歲游斜川，而詩云『開歲倏五十』，是吾與淵明同甲子也。今吾得園之歲，與淵明游斜川之歲適相同，因以小斜川名之（略），或者謂叔黨家本川人，而在元祐邪籍，故名斜川，恐不然也。」按，淵明詩「五十」爲「五日」之誤。

李行父遷居盤溪，過作《賀李行父遷居盤溪》。

三月二十日，過作《跋李安正防禦遺文》。文有「宣和辛丑三月二十日得之於其子大忠，跋其後而歸之」句。又有《書漳南李安正碑陰》，未標年月，當與此跋爲前後作。又有《題李微叔所藏戴嵩暮雨圖》，李微叔，應即李安正之子。過《碑陰》文有「與公之子幾仲、微仲游」。微仲，當即微叔。

閏五月甲子，韓縉（公表）卒，過與王幼安作詩哭之，有《次韻王幼安哭韓君表》。

過嘗從范寥覓竹，有《從范信中覓竹》、《信中見和復以前韻答之》、《信中惠竹以詩謝之》。此外，過與信中唱酬，尚有《次信中韻》。

潁昌天寧寺住持普融鑄鐘，過作《天寧寺鐘銘》。銘曰：「有宋宣和辛丑某月日，潁昌府天寧寺萬壽禪寺住持比丘普融老，憫昔之鐘壞，募人改作增大之。爲銅五千金，未期年而成。」

## 宣和四年壬寅（一一二二）　五十一歲　閑居潁昌

姚美叔約游春，過有《次韻姚美叔約尋春之什》。詩有「曲水會當追逸少，斜川終擬學淵明」。似作於卜築小斜川後。

夏，與范箕叟避暑西湖，有《與范箕叟避暑西湖》。

潁昌知府王復入掌都水監，過有《賀王憲拜水衡啟》。

過嘗至京都，爲徽宗畫壁。王明清《揮麈三録》：「宣和中，蘇叔黨游京師，居景德寺僧房，忽見快行家者，同一小轎至，傳旨宣召，亟令登車。（略）起居畢，上喻云：『聞卿是蘇軾之子，善畫窠石。適有素壁，欲煩一掃，非有他也。』叔黨再拜承命，然後落筆，須臾而成。上起身縱觀，歎賞再三，命宫人捧賜醽酒一鍾，錫賚極渥。拜謝而下。復循舊廊間，登小輿而出。亦不知經從所歷何地。但歸來如夢復如癡也。」

在京師與趙夔游，趙訪以東坡詩事。宋趙夔《東坡詩注序》：「崇寧年間，僕年志於學，逮今三十年，一句一字，推究來歷，必欲見其用事之處。（略）頃者赴調京師，繼復守官，累與小坡叔黨游從至熟，叩其所未知者，叔黨亦能爲僕言之。」

九月八日，從兄蘇适卒於官。蘇遲《蘇仲南墓誌銘》（河南出土，載《文物》一九七三年七期）：「宣和四年九月八日卒於官舍，享年五十五，官至承議郎。」

過居潁還作有《次韻張次應見寄》、《次韻徐正夫見贈》、《題歐陽晦叔竹癖軒》、《㚖灢亭上梁文》、《次韻韓文若展江五詠》、《宋景輝二子字説》等。

冬，趙伯充招游西湖，過有《次韻趙伯充雪中見招》。

## 宣和五年癸卯（一一二三）　五十二歲　閑居潁昌，繼權通判中山府

季春，方踐趙伯充之約，游曲水，過有《同趙伯充游曲水趙氏莊分韻得抱字》。

四月十日，過作《安邑縣壽聖寺第一代住持海印塔銘》。

天寧寺平老陞任住持，過作《請平老開堂疏》。

過薦李稙於向子湮（伯恭）。《揮麈後録》：「宣和末，向伯恭出爲淮漕，自京師枉道以訪叔黨，留連清宴。叔黨道李（稙）之義風，而屬其左顧之。伯恭入境，首令訪問，加禮以待。」

按：過尚有不知創作時間、地點之詩文，如《張庭實得石名小括蒼》、《戲題姚美叔睡軒》、《賦鼠鬚筆》、《謝提舉玉龍萬壽宫表》。

夏，過爲通直郎，權通判中山府。《墓誌銘》：「晚權通判中山府。」《宋史》本傳「晚權通判中山府」，俱未詳具體時代。考之過集，宣和五年四月，尚居潁爲海印塔作銘；其在中山所作諸詩，節令俱在秋天。故知過權通判中山府，在夏秋之間。而本年十月題蘇适志蓋，題款「通直郎權通判定武軍府事蘇過」，知其時已陞通直郎。

行經邯鄲，賦《叢臺》詩弔古。

友人單某以書相慶，過作《回單靖州啟》謝之。

行於軍城，有《行軍城道中》。

與中山帥陳遘登城觀獵，有《陪中山帥登城口號》。

八月，遼蕭幹稱大奚王，引兵攻破景薊二州，遂攻燕。郭藥師與戰，破之，過作詩相慶。《聞郭太尉出師大捷奚人擒契丹酋領四軍來獻作長句古調一首》：「遼人猖獗敗綱紀，鳥獸驚駭自取亡。」「歸我五季舊土疆，有如宣宗復河湟。」郭破奚人在是年八月，而郭封太尉在十一月。

九月七日，過與陳遘等飯於定州天寧寺，過題名。見趙懷玉校刻本《斜川集》附録、王士禛《秦蜀驛程後記》、《中國歷代石刻拓片彙編》第四二册。

十月，從兄蘇适下葬，蘇遲撰志，蘇過爲蘇适及其夫人黄氏題寫志蓋。見《文物》一九七三年七期。

**從兄蘇遲得戎州通判，欲歸蜀，與朋友唱和，過次韻。**

**十二月，蘇過因事入鎮陽**（河北真定）**，暴疾卒於行道中，年五十二。** 《墓誌銘》：「晚權通判中山府，無幾何，以事入鎮陽焉」，「而暴疾以卒於鎮陽行道中。年五十有二，時宣和五年十二月乙未。」鎮陽即真定。按，王明清《揮麈後録》卷八：「叔黨靖康中得倅真定，赴官次河北，道遇緑林，脅使相從。叔黨曰：『若曹知世有蘇内翰乎？吾即其子，肯從爾輩求活草間耶？』通夕痛飲，翌日視之，卒矣。惜乎，世不知其節也。」元袁桷《清容居士集》卷四七《跋小坡竹石牧牛圖》、清朱彝尊《書晁以道撰蘇叔黨墓誌銘後》、《眉山縣志》俱信之，不確。

**宣和七年四月，葬於河南郟城縣小峨眉山蘇墳，晁説之爲撰墓誌銘。** 晁《蘇叔黨墓誌銘》：「其葬以七年四月辛酉。墓在先生兆之東南。籥等以説之有奕世之好，辱在先生薦賢中，求銘，不敢辭。」

**蘇過著有《斜川集》二十卷，其《思子臺賦》、《颶風賦》早行於世。** 《墓誌銘》、《東都事略·蘇軾列傳》、《宋史》本傳等並載：有《斜川集》二十卷。其《思子臺賦》、《颶風賦》早行於世。陸游有「焚香細讀斜川集」之句。

**娶妻范氏，有子七人，女四人，孫男二人。** 《墓誌銘》：「娶范氏，蜀忠文公之孫、承事郎百嘉之女。男七人：籥、籍、節、笈、簞、籧、笁。女四人，長適將仕郎常任俠。孫男二人：嶠、峴。」《宋史》本傳：「七子：籥、籍、節、笈、簞、篴、箾。」字稍異。

**蘇籥。** 過長子。紹聖四年，至惠州探望蘇軾和蘇過，蘇過與夫人范氏造觀音像爲籥及其妹德乞福，見於蘇軾題記。建中靖國元年北歸，隨行。過居潁昌，籥亦在側。過知郾城縣，籥曾與其友唱酬，見於蘇過詩歌。宣和五年，堂叔父适及其夫人黄氏下葬，籥手書《黄氏墓誌銘》，此後事跡不詳。有子二人：峴、嶠。

**蘇籍。**　字季文，官博士，與程揆、范元功以文字往來。紹興中累官右承事郎，十年爲太常主簿，十二年正月，以議禮不附秦檜，與蘇符同日罷。二十五年以右朝散郎，爲荆湖南路提點刑獄。事跡具《建炎以來繫年要録》卷一三七、一四四、一六八及《宋史翼》卷四。

**蘇嶠。**　字季真，蘇過之孫，蘇籥之子，過繼爲蘇迨子蘇簣爲後。曾爲江東從事，湖北憲漕司屬官（見韓元吉《送蘇季真赴湖北憲司屬官》），右朝奉郎、尚書吏部員外郎（韓元吉《舉蘇嶠自代狀》），歷諫省，給事黄門，待制顯謨閣（韓元吉《蘇峴墓誌銘》）。《宋代蜀文輯存》卷七三録其文二篇：《論廖顒進羨餘狀》（輯自《宋會要輯稿》崇儒七之五一）、《蘇後湖（庠）詩翰跋》（輯自《式古堂書畫彙考》卷一三）。

**蘇峴。**　字叔子，蘇過之孫，蘇籥之子，蘇嶠弟，爲蘇簣後。生於政和七年，因蘇迨無後，以諸叔父之命，過繼爲迨子蘇簣爲子。初爲海陵縣丞，以參知政事錢端禮薦，賜對垂拱殿，爲太常寺主簿。遷太府寺丞，易將作監丞，知邠州，掌市舶司於閩。以樞密使趙雄薦，再召對，除吏部郎，太府卿，由福建轉運移江西。孝宗念「東坡之孫，唯峴有家法在，宜與職名」，詔充秘閣修撰。淳熙十年（一一八三）十二月七日卒，年六十六。《咸淳臨安府志》卷八録其乾道五年三月八日《將作監題名》。韓元吉爲作墓誌銘。

**過一房，自金至明清，代有傳人。**　清乾隆《重修許州志》卷八：「蘇過（略）後與叔子由同居許下，代有傳人。金之蘇宗之，明之蘇太常，興朝之明經進士蘇羽宸、蘇濟世，皆其後裔。」按，蘇太常，即蘇平仲（伯衡），乃蘇轍後裔。

**過長兄邁仕宦不顯，仲兄迨靖康初爲駕部員外郎。**　《東都事略·蘇軾列傳》：「子邁、迨、過，俱善爲文。邁，仕不顯；迨，靖康初爲駕部員外郎。」

過文彩風致，不減乃父，惜其遭黨禁，未獲大用於時。　《墓誌銘》：「且若世未嘗有小人也，孰非君子也哉？使叔黨以其屋峋嶁、桴溟渤之純孝，而一旦忠藎於儿德俊乂之朝，則先生之立言者，叔黨之功業也。惜乎不及使有見於此，而暴疾以卒。」劉克莊《跋小米畫》：「叔黨之才，百倍元暉。元暉至侍從，叔黨小官，命也夫。」張問陶《欒城眉山書院》（《船山詩草》卷九）：「入蜀何年事，三峨賴此行。弟兄名父子，忠孝古人情。健筆過先世，斜川喜後生。一門無俗物，真是舉家清。」

其書畫亦不遜，咄咄有逼老翁之勢。有「蘇氏三虎，叔黨最怒」之稱。　《墓誌銘》：「而書畫之勝，亦克效似先生，人稱之曰小坡。」金元好問《遺山集·跋蘇氏父子墨帖》：「次公字畫，端厚而靖深，類其爲人。小坡筆意稍縱放，然終不能改家法。」又《題蘇氏寶章詩注》：「長公忠義似顏平原，次公沖澹似林西湖，故字畫有不期合而合者。最後數帖，所謂蘇氏三虎，叔黨最怒耳。」另見《寶真齋法書贊》卷一二、宋覺範《石門文字禪》卷二七《跋叔黨字》、《跋本上人所蓄小坡字後》、元戴表元《剡源文集》卷一九《題蘇氏三帖》、《定州志略》（見《佩文齋書畫譜》卷三二「蘇過」節引）。虔州崇慶禪院藏蘇過所書《金光明經》四卷、《三希堂法帖》載其《贈遠夫詩》、《上貽孫尉》二帖（另有《試後詩》數篇，非蘇過書）、一九七三年河南出土《蘇适墓誌銘》題蓋，爲蘇過書法真跡。

前人論其畫，頗多新意，技法亦奇。　宋鄧椿《畫繼》（卷三）：「蘇過字叔黨，（略）善作怪石叢篠，咄咄逼翁。坡有《觀過所作木石竹三絶》，以爲『老可能爲竹寫真，小坡解與竹傳神』者是也。晁以道志其墓亦云：『書畫之勝，亦克肖似其先人。』又時出新意，作山水，遠水多紋，依巖多屋木，皆人跡絶處。並以焦墨爲之，此出奇也。」又見元袁桷《題小坡竹石牧牛圖》、《圖繪寶鑒》卷三、明朱謀垔《畫史會要》、文徵明《跋東坡五帖叔黨一帖》

（《甫田集》卷二一）、清王毓賢《繪事備考》卷五下載其「畫之傳者」有「太湖石蘩竹圖一、雪竹圖一、寒梢拂雲圖二、石筍圖二、春泉玉溜圖一、茂林圖一、梅花書屋圖一、秋林圖一、折枝竹圖二。」日本君臺觀藏有蘇過所作畫。（曾棗莊初稿，舒大剛訂補）

# 二、蘇過傳記

## （一）碑傳類

### 《宋史・蘇軾傳》附《蘇過傳》

（蘇）過字叔黨。軾知杭州，過年十九，以詩賦解兩浙路，禮部試下。及軾爲兵部尚書，任右承務郎。軾帥定武，謫知英州，貶惠州，遷儋耳，漸徙廉、永，獨過侍之。凡生理晝夜寒暑所須者，一身百爲，不知其難。初至海上，爲文曰《志隱》，軾覽之曰：「吾可以安於島夷矣。」因命作《孔子弟子别傳》。軾卒於常州，過葬軾汝州郟城小峨眉山，遂家潁昌。營湖陰水竹數畝，名曰小斜川，自號斜川居士。卒，年五十二。初監太原府稅，次知潁昌府郾城縣，皆以法令罷。晚權通判中山府。有《斜川集》二十卷，其《思子臺賦》、《颶風賦》早行於世。時稱爲「小坡」，蓋以軾爲「大坡」也。其叔轍每稱過孝，以訓宗族。且言：「吾兄遠居海上，惟成就此兒能文也。」七子：籥、籍、節、笈、笙（《墓誌銘》作篔）、箋、箾（《墓誌銘》作籧、竺）。

王稱《東都事略·蘇軾列傳》 子邁、迨、過，俱善爲文。邁仕不顯。迨靖康初爲駕部員外郎。過終於通判定州，有《颶風賦》、《思子臺賦》行於世。

晁説之《宋故通直郎眉山蘇叔黨墓誌銘》 宋通直郎蘇過叔黨，東坡先生之季子也。母同安郡夫人王氏。元祐五年，先生知杭州，叔黨年十有九，以詩賦解兩浙路，禮部試下。七年，先生爲兵部尚書，任右承務郎。明年，先生出帥定武，即謫知英州，繼貶惠州安置，三年，遷儋耳安置。既四年，漸徙廉州、永州居住。邈乎萬死不測之險也，獨叔黨侍先生以往來。其初爲嶺外之役，時叔黨方居母喪，有以動塗人涕泣者。或曰：先生南居而樂焉，非也。先生憂國愛君之心日加，循省而鬱結，則何敢樂？惟是叔黨，於先生飲食服用，凡生理晝夜寒暑之所須者，一身百爲，而不知其難。翁板則兒築之，翁樵則兒薪之，翁賦詩著書則兒更端起拜之，爲能須臾樂乎先生者也。其初至海上也，爲文一篇曰《志隱》，效於先生前，先生覽之曰：「吾可以安於島夷矣。」先生因欲自爲《廣志隱》，以極窮通得喪之理焉。嘗命叔黨作《孔子弟子別傳》，則固有以處其子矣。當是時，叔黨之風，使蠻蜑夷獠若可以語禮義，而中癘噬毒莫爲之疾病，雖有欲殺吾親者，亦無以措其斧斤。其傳而北也，霈然起天下父子之性，則叔黨之自處者如何哉？先生還，至永州，稍還仕版，居陽羨，不幸疾不起。叔黨兄弟得吉地於汝州郟城縣之小峨眉山以襄事，遂家於潁昌。叔黨偶從湖陰營水竹可賞者數畝，則名之曰小斜川，自號斜川居士，以視終焉之志。曰：「吾未即從先大夫於地下，則生也何事爲？」泯泯浮沉里巷。或一時至京師，自得於醉醒，而爲倘佯一世之外。所遇與談，靡不傾盡。造次大笑，譃浪間節概存焉，唯有知之者知之也。且若世未嘗有小人也，孰非士君子也哉？使叔黨以其屋嶇嶁，桴溟渤之純孝，而一旦忠藎於九德俊乂之朝，則先生之立言者，叔黨之功業也。惜乎不及使人有見於此，而暴疾卒於鎮陽行道中。年五十有二。時宣和五年十二月乙未。悲夫。諸葛孔明初不得申其所志，而躬耕南陽，卒亦崎嶇巴蜀也。幸而有子曰瞻，可以肆所志，而無邦家以容，瞻則赴魏軍以死耳。若嵇叔夜之志氣尤異，而曾不得一席以全其軀，而子紹身血亦何益於邦家？古之父子有如此忠孝兩全而可恨者，天乎不壽吾叔黨於盛世一振發之耶？叔父欒城公每稱其孝以訓宗族，且言：「吾兄遠居海上，無他，惟成就（《景迂生集》原缺下文，兹從《永樂大典》補録）此兒能文也。」有《斜川集》二十卷，其《思子臺賦》、《颶風賦》則早行於世。而書畫之勝，亦克效似先生。人稱之曰小坡。仕宦之日少，於閑居時且多艱。初監太原府税，次知潁昌郾城縣，皆以法令罷免。晚權通判中山府，無幾何，以事如鎮陽焉。娶范氏，蜀忠文公之孫，承事郎百嘉之女。男七人：籥、籍、節、笈、簞、籧、竺，女四人，長適將仕郎常任俠。孫男二人：嶠、峴。其葬以七年四月辛酉，墓在先生兆之東南。籥等以説之有奕世之好，辱在先生薦賢中，求銘。不敢辭。銘曰：

文安先生之知人，難乎其爲子也；東坡先生之事君，其爲之子者乂亦不易也。《孔子弟子傳》之不成，尚何懟也。先生稱：「吾此兒若不娶，必得道。」嗚呼，有貴乎得道者，得此道滋世也。後之人觀蘇氏世世不失令名，業然文墨之外也。

## （二）方志類

**嘉靖《惠州府志》卷一二**　（蘇軾）子過，字叔黨。軾知杭州，過年十九，以詩賦解兩浙路。及軾謫惠州，遷儋耳，過侍之，凡生理晝夜寒暑所須者，一身百爲，不知其難。蘇轍每稱過孝以訓宗族，且言：「吾兄遠居海上，惟成就此兒能文也。」（《本傳》、《一統志》、《惠大記》）

**嘉靖《許州志》卷五**　蘇過，字叔黨，東坡次子也。穎悟博洽，尤善爲文，人以小坡目之。隨侍東坡，凡晝夜寒暑所須，一身百爲不知其難。嘗爲文曰《志隱》。歷官郾城令，通判中山府，皆有政績。所著有《孔門弟子別傳》、《斜川集》七篇行於世。

**乾隆《重修許州志》卷八**　蘇過，子瞻季子。葬父於汝州郟縣小蛾眉山，遂家潁昌府。營湖陰水竹數畝，名小斜川，號斜川居士。時人以其文幾父東坡，故稱小東坡。後與叔子由同居許下，代有傳人。金之蘇宗之，明之蘇太常，興朝之明經進士蘇羽宸、蘇濟世，皆其後裔。

《重刊宜興縣志》卷八　蘇軾，字子瞻，眉州眉山人。嘉祐二年與蔣之奇同第，宴瓊林時，坐相接，遂約卜居陽羨。又甥女妻同年進士單錫，屬以問田。元豐七年三月自黄州量移汝州，九月間抵宜興，館通真觀側郭知訓提舉宅。十月二日，書《橘頌帖》。八年正月行至泗州道中，上表乞居常州云：「先有薄田在宜興，粗給饘粥。」被旨從所請。回次揚州，有《歸宜興留題竹西寺》詩。後謫居嶺南時，命子邁、迨將家居宜興。紹聖二年於惠州寄以詩云：「寄語陽羨兒，並語長頭弟。門户各努力，先期畢租税。」「陽羨兒」謂邁，「長頭弟」謂迨也。少子過後亦來居，過孫峴，乾道中爲大府寺丞，尚居宜興（參蘇長公《全集》、周必大《橘頌帖跋》）。

**乾隆《郾城縣志》卷一〇**　蘇過，軾季子，號斜川居士，年五十二。初監太原府税，次知潁昌府郾城縣，晚權通判中山府。時以其文幾父東坡，故稱小坡。

**《嘉慶眉州屬志》卷一九**　宋人議蘇過叔黨附梁師成，妻死爲服緦麻云云，顧略其大節。袁柏長《清容集》有《跋叔黨竹石牧牛圖》云：「小坡竹石綽有父風。後倅定武，罵賊不屈死之，其氣節不墜於前人矣。」（事詳《揮麈録》）劉後村跋小米畫云：「叔黨之才，百倍元暉，元暉至侍從，叔黨死小官，命也夫！」《揮麈録》又載叔黨政和中畫窠石，而終不遇。

**道光《瓊州府志》卷三二**　蘇過，字叔黨，眉山人，蘇軾子。軾謫儋耳，漸徙廉、永，獨過侍之，凡生理晝夜寒暑所須者，一身百爲不知其難。初至海上，爲文曰《志隱》，軾覽之曰：「吾可以安於島夷矣。」因命作《孔子弟子别傳》。乙卯上元，東坡在儋耳，有老書生數人來，曰：「良辰佳景，先生能一出乎？」公欣然從之。步城西，入僧舍，歷小巷，民夷雜糅，屠酤紛然，歸舍已三鼓矣。放杖而笑：「孰爲得矣？」過問：「先生何笑？」蓋笑韓退之釣魚無得，更欲遠去，不知走海者未必得大魚也。軾卒於常州，過葬軾汝州郟城小峨眉山，遂家潁昌，自號斜川居士，時稱爲小坡。其叔轍每稱過孝以訓宗族。且言：「吾兄遠居海上，惟成就此兒能文也。」

**光緒《惠州府志》卷三一**　蘇軾……居惠凡四年，泊然無所芥蒂，人無賢愚皆得其歡心。嘗率衆爲東新西新二橋，餘所以賙濟邦人者，常不令人知，人皆樂而忘之。再貶瓊州别駕，居儋耳數年，移廉州，乃北歸。皆幼子過隨侍，凡生理晝夜寒暑所需者，一身百爲不知其難。弟轍每稱過孝以訓宗族，且言：「吾兄遠居海上，惟成就此兒能文也。」

**宋廣業《羅浮山志彙編》卷六**　紹聖元年，（蘇軾）安置惠州，聞命即行，以幼子過自隨。至九月游羅浮山，明年復游。四年以瓊州别駕安置昌化，留家羅浮山之下。元符初北歸。過，字叔黨。亦有文名，時稱爲小東坡云。

**民國《眉山縣志》卷一四**　《斜川集》六卷，蘇過著。清乾隆丁未趙懷玉纂修《四庫全書》，由《永樂大典》搜輯，並参吴長元别得稿本，寄鮑以文雠校成刻。又嘉慶十五年以法式善奉詔修《唐文》，充總纂，復檢《永樂大典》，增得遺詩五十三首，文十五篇，别爲補遺二卷。

## 三、蘇過軼事

**王明清《揮麈後録》卷八**　蘇過字叔黨，東坡先生季子也。翰墨文章能世其家，士大夫以「小坡」目之。靖康中得倅真定，赴官次河北，道遇緑林，脅使相從，叔黨曰：「若曹知世有蘇内翰乎？我即其子。肯從爾輩求活草間耶！」通夕痛飲，翌日視之，卒矣。惜乎世不知其節也。（趙表之云）

**卷九**　蘇叔黨以黨禁屏處潁昌，極無憀。有泗州招信士人李植元秀者。鄉風慕義，歲一過之，必遲徊以師資焉，且致餽饟甚腆，叔黨懷之。宣和末，向伯恭出爲淮漕，自京師枉道以訪叔黨，留連清宴，叔黨道李之義風，而屬其左顧之。伯恭入境，首令訪問，加禮以待。未幾，金虜南寇，高宗以元帥在河北，伯恭即命李賫金帛，往訪問行府犒師，并上表勸

進，行數程而與前驅遇。已而飛龍御天，補承務郎，由是遂被眷知。後來官職俱至列卿。（王獻臣云）

《揮麈三録》卷二　宣和中，蘇叔黨游京師，寓居景德寺僧房，忽見快行家者，同一小轎至，傳旨宣召，亟令登車。叔黨不知所以，然不敢拒。才入，則以物障其前，惟不設頂，上以一小涼傘蔽之。二人肩之，其疾如飛。約行十餘里，抵一修廊，披黄背子，頂青玉冠，宫女環侍，莫知其數，弗敢仰窺，始知爲崇高莫大之居。時當六月，積冰如山，噴香若煙霧，寒不可忍，俯仰之間，不可名狀。起居畢，上喻云：「聞卿是蘇軾之子，善畫窠石。適有素壁，欲煩一掃，非有他也。」叔黨再拜承命，然後落筆，須臾而成。上起身縱觀，歎賞再三，命宫人捧釅酹酒一鍾，錫賚極渥，拜謝而下。後循廊間，登小輿而出。亦不知經從所歷何地，但歸來如夢復如癡也。（胡元功云）

陸游《老學庵筆記》卷六　蘇叔黨政和中至東都，見妓稱「録事」，太息與廉宣仲曰：「今世一切變古，唐以來舊語盡廢。此猶存唐舊，爲可喜。」前輩謂妓曰「酒糾」，蓋謂録事也。相藍之東有録事巷，傳以爲朱梁時名妓崔小紅所居。

卷七　杭僧思聰，東坡爲作字説者。大觀政和間，挾琴游梁，日登中貴人之門，久之，遂還俗，爲御前使臣。方其將冠巾也，蘇叔黨因浙僧（從信）入都，送之詩曰：「試誦北山移，爲我招琴聰。」詩至，已無及矣。參寥，政和中老矣，亦還俗而死，然不知其故。

**又**　陶淵明游斜川詩，自叙辛丑歲，年五十。蘇叔黨，宣和辛丑亦年五十。蓋與淵明同甲子也。是歲得園於許昌西湖上，故名之曰小斜川云。

**《老學庵續筆記》**　叔黨宣和辛丑歲，得隙地於許昌之西湖，葺爲園亭。是年叔黨甫五十，嘗曰：「陶淵明以辛丑歲游斜川，而詩云『開歲忽五十』，是吾與淵明同甲子也。今吾得園之歲與淵明游斜川之歲同」。因以「小斜川」名之。或者謂叔黨家本川人，而在元祐邪籍中，故自名「斜川」，恐不然也。

**范成大《吴郡志》卷二十五**　龔況，字濬之，崇寧五年進士，入館，以學術文章與蘇過在朝俱知名，時號「龔蘇」。用宗元中隱故事，自號「起隱子」，終祠部員外郎，有《起隱集》三十卷。

**朱弁《曲洧舊聞》卷五**　東坡因子過讀《南史》，卧而聽之，語過曰：「王僧虔居建康禁中里馬糞巷，子孫凝實謙和，時人稱爲『馬糞諸王爲長者』。東漢贊（案：即《後漢書·李固傳》）論李固云：『視胡廣、趙戒如糞土。』糞之穢也一，經僧虔便爲佳號，而以比胡趙則糞有時而不幸。汝可不知乎？」

**又**　東坡在儋耳，謂子過曰：「吾嘗告汝，我決不爲海外人，近日頗覺有還中州氣象。」

乃滌研索紙筆，焚香曰：「果如吾言，寫吾平生所作八賦，當不脱誤一字。」既寫畢，讀之，大喜曰：「吾歸無疑矣！」後數日而廉州之命至。八賦墨跡，始在梁師成家，或云入禁中矣。

**吴可《藏海詩話》** 蘇叔黨云：東坡嘗語後輩：「作古詩當以老杜《北征》爲法。」老杜詩云：『一夜水高二尺强，數日不可更禁當。南市津頭有船賣，無錢即買繫籬傍。』與《竹枝詞》相似。蓋即俗爲雅。」

**張邦基《墨莊漫録》卷一** 東坡作《儋耳山》詩云：「突兀隘空虚，他山總不如。君看道傍石，盡是補天餘。」叔黨云：「『石』當作『者』，傳寫之誤。一字不工，遂使全篇俱病。」

**邵博《邵氏聞見後録》卷一五** 李仲文季常，蘇子容丞相外孫，爲予言：東坡歸自儋耳，舟次京口。子容初薨，東坡已病，遣叔黨來弔，自作飯僧文。所謂「在熙寧初，陪公文德殿下，已爲三舍人之冠；及元祐際，綴公邇英閣前，又爲五學士之首。雖淩厲高躅，不敢言同，而出處大概，無甚相愧」者。明日季常與子容諸孫往謝之，東坡側卧，泣下不能起。

**周必大《周省齋集·乾道丁亥泛舟游山録》** 乾道丁亥五月辛酉，抵宜興。七月己亥，早赴縣廳，爲大行皇后夏氏上仙常服哭臨。辛丑晚，臨訖，釋服。解後新大府寺丞蘇峴叔子，東坡曾孫而過之孫，居潁昌陷金，尚書符奉使時挈以歸。今爲駕部迨之後。昔東坡買田陽羨，凡九百斛，三子之裔共享之，故峴居此。嘗與武義兄弟同班，改官，以錢端禮薦，除太常主簿。今代大府闕。

**鄧椿《畫繼》卷三** 蘇過字叔黨，坡公之季子也。元祐中公知杭州，叔黨年十九，預計偕。七年，公爲兵部尚書，任承務郎。後公謫英州，貶儋州，移廉永二州，叔黨皆侍行。叔父欒城公每稱其孝。平生禁錮僅三十年，晚除中山倅而卒。善作怪石叢篠，咄咄逼翁。坡有《觀過所作枯木石竹三絶》，以爲「老可能爲竹寫真，小坡解與竹傳神」者是也。晁以道志其墓亦云：「書畫之勝，亦克肖似其先人。」又時出新意，作山水，遠水多紋，依巖多屋木，皆人跡絶處，並以焦墨爲之，此出奇也。

**朱熹《朱子語録》卷一三〇** 蘇東坡子過，范淳夫子温，皆出梁師成門下，以父事之。又有某人亦然，師成妻死，温與過欲喪以母禮，方疑忌某人，不能已，衰絰而往，則某人先衰絰在帷下矣。師成自謂東坡遺腹子，待叔黨如親兄弟，諭宅庫云：「蘇學士使一萬貫以下，不須復。」

**羅浚《寶慶四明志・風俗》** 瀕海多颶風。《南越志》云：「颶者，具四方之風也。常以五六月發，未至時，鷄犬爲之不鳴。」《嶺表録》云：「秋夏間，有暈如虹者，謂之颶母，必有颶風。」小坡蘇過叔黨賦云：「斷霓飲海而北指，赤雲夾日而南翔，此颶之漸也。發則排户破牖，殞瓦擗屋，礧擊巨石，揉拔喬木，勢翻渤澥，響振坤軸。鼓千尺之清瀾，翻百仞之陵谷。」濟之以雨，尤爲可畏。禾已花實，而值之則闔境絶穗，俗之所當備也。

**陸友《墨史》卷中**　葉少藴云：「宣和初，有潘衡者，賣墨江西，自言嘗爲東坡造墨海上，得其秘法，故人爭趨之。余因問東坡之子過，求其法。過大笑曰：『先人安得有法！在儋耳，衡適來見，因使之别室爲煤，夜遺火，幾焚廬。翌日煨燼中，得煤數兩，而無膠法。取牛皮膠以意和之，不能爲挺，磊磈僅如指者數十。公亦絶倒，衡因謝去。』蓋自别得法，借東坡以行也。」天下事名實相蒙，類如此。

**《研北雜志》卷上**　葉夢得少藴鎮許昌日，通判府事韓縉公表，少師持國之孫也，與其季父宗質彬叔，皆清脩簡遠，持國之風烈猶在。其伯父丞相莊敏公玉汝之子宗武文若，年八十餘致仕，耆老篤厚，歷歷能論前朝事。王文恪公樂道之子實仲弓，浮沉久不仕，超然不嬰世故，慕嵇叔夜陶淵明爲人。曾魯公之孫誠存之，議論英發，貫穿古今。蘇翰林二子：迨仲豫、過叔黨，文采皆有家法，過爲屬邑郾城令。岑穰彦休已病，羸然不勝衣，窮今考古，意氣不衰。許亢宗幹譽，沖澹靖深，無交當世之志。皆會一府。其舅氏晁將之無斁，自金鄉來過。説之以道居新鄭，杜門不出，遥請入社。時相從於西湖之上，輒終日忘歸，酒酣賦詩，唱酬迭作，至屢返不已。一時冠蓋人物之盛如此！有《許昌唱和集》。風月勝日，時一展玩。於嵁巖之間，雖絶伯牙之弦，而山陽之笛猶足慰其懷之思云。

**宋濂《跋蘇叔黨書黄山谷慈氏閣詩後》**　右涪翁《慈氏閣詩》，斜川居士蘇過叔黨書，而翁又自題其後。初，翁作《承天院塔記》，朝廷謂其幸災謗國，以崇寧二年癸未自鄂謫宜州。十二月十九日發鄂渚，三年甲申二月二十一日，過洞庭，經潭、衡，至永州，三月游太平寺，登閣而賦是詩。已而寓家於永，獨赴貶所，五六月間至宜。四年乙酉九月三十日，而翁竟卒。至若斜川，隨父文忠公謫海上，則元符三年庚辰，五月量移廉州，七月又移永州，八月自廉啟行，十一月至英州；既更赦，度嶺南還。明年爲建中靖國元年辛巳，五月至毗陵，七月而文忠公殁，遂營葬於汝州之郟城，因家潁昌。竊考斜川發濂州日，翁尚在戎州。五月始復官，十二月自戎過江安，明年三月方出峽，則斜川已將至毗陵。及翁謫宜，過永賦詩，乃後斜川南還之四年。僅踰一十八月，而翁又没矣！不知何地相傳爲翁書此，而翁又自題之邪？聞見不廣，兼之老病多忘，無以索知其故，可愧也。然濂見斜川書頗多，此紙尤精采焕發，卻決爲真蹟無疑。翁詩自注，晚與曾公衮同登。公衮，南豐人，名紆，曾魯公布之子，時編置永州亦三年矣。（《文憲集》卷一四）

**朱彝尊《曝書亭集·書晁以道撰蘇叔黨墓誌後》**　靖康中，蘇叔黨以真定倅赴官，次河北，爲賊所脅。叔黨語賊曰：「若知世有蘇内翰乎？吾即其子。肯隨若求活草間乎？」通夕痛飲，翌日視之，卒矣。王明清《揮麈後録》載之。而晁以道志其墓，稱以暴疾卒於鎮陽。繹其文可云孝子，合而觀之不媿其父矣。考東坡先生以徽宗建中靖國元年辛巳卒於常州，先生既卒，而蔡京由尚書左丞進左右僕射，蔡卞旋知樞院事，自崇寧元年迄於四年，籍黨人榜朝堂。定上書人上中下六邪等，責逐責降而又編管，子弟不許到闕。一刻石於端禮門，再刻石於諸州，三刻石於文德殿門。帝既親書之，京復自書頒之天下。是時叔黨潛身救過之不給，寧有富貴利達之念萌於中哉？惟因梁師成自言爲東坡出子，嘗愬於裕陵（祐陵）曰：「先臣何罪？」禁誦其文章，滅其尺牘。」於是先生遺文手蹟始稍稍復出。叔黨之不忍顯絶師成者，此也。然黨禁初弛，後雖得入京師，借詼諧以玩世，未嘗薰染。以道所云「嘻笑謔浪，節概存焉」是已。乃毁之者，謂叔黨諂事師成，自居乾兒。夫師成既以東坡爲父，稱曰「先臣」，則必以昆弟遇叔黨。豈有業爲兄弟，而又降稱乾兒之理？此助洛攻蜀者謗之，貝錦南箕，尚論者不可不白其冤也。（朱彝尊《經義考》卷二二一「論語一一」略同）

**王士禛《香祖筆記》卷一二**　乙酉，有書賈來益都之顔神鎮，攜蘇過叔黨《斜川集》，僅二册，價至二百金有奇。惜未得見之。

**《秦蜀驛程後記》**　十三日抵定州，謁韓忠獻蘇文忠二公祠。祠爲衆春園舊址。叔黨嘗通判中山，今配享蘇祠。

**趙懷玉校刊《斜川集》附録《定州天寧寺題名》**　大帥延康陳公，邀廉訪梁公飯素天寧。仍率其屬游。企盛侖、蘇過、王執中、趙奇、韓楫同來，孫仲舉、王昭明、劉用之皆與。癸卯九月七日，過題。（趙懷玉案：「題名，六行正書，其文左行。今在本寺大殿前壁。嘉定錢少詹見而録寄。與王阮亭《秦蜀驛程後記》參校，多『延康』、『仍』三字。『飯素』誤『飯於』，今更補録原文於後。」）

**周在浚《晉稗》**　明仙寺有蘇斜川詩碣。前題云：「路轉花谿不踏塵，仰頭人語半天聞。到門莫記山重數，但覺衣襟有白雲。彦齡己丑三月晦題。」彦齡，不知爲何人。其字類黄涪翁。後題：「政和甲午孟冬中休後一日，蘇過叔黨彦明，自開化甘泉至明仙，時念老禪師復出世矣，因題詩壁間：暫抛塵土叩雲扉，山色空濛翠濕衣。澗水松風俱有恨，道人缾鉢幾時歸？」

**《雲橋詩話》**　蘇文忠、文定窆其東山之麓，中奉明允衣冠爲虚塚，迨、過六子咸東西祔。

**王文誥《蘇文忠公詩編注集成總案》卷四五**　《蘇過傳》過字叔黨，軾季子也，與迨同母生。性至孝，母卒未免喪，從軾遷嶺海，以遠去母殯爲恨，手書經藏申罔極之痛，軾記其事。及赴儋耳，市無肉或至累日，軾惟食芋飲水，杜門送日。過無以爲養，乃變煮芋法爲玉糝羹，軾甘之而喜爲賦詩，其能養老類如此。又嘗歎過夫婦孝，亦見於詩也。後知郾城令，以法令罷。起爲中山倅，從其帥陳公游天寧寺，題名寺壁，作《登城口號》詩。時宣和五年九月七日也。邁、迨爲詩，文字皆有家法。過於畫亦續一燈。及卒，鼂説之志其墓。過有傳，此乃補史所不備云。

## 四、評論資料

**蘇軾《與過求婚啟》** 敢議婚姻，蓋恃鄉閭之末；遂忘門閥，亦緣聲氣之同。龜筮既從，祖考咸喜。伏承令子第二小娘子慶閫擢秀，豈獨衛公之五長，而某第三子某駑質少文，庶幾南容之三復。恭馳不腆之幣，永結無窮之歡。忭悚於懷，敷述罔既。

**又《書金光明經後》** 軾之幼子過，其母同安郡君王氏，諱閏之，字季璋，享年四十有六，以元祐八年八月一日，卒於京師，殯於城西惠濟院。過未免喪而從軾遷於惠州，日以遠去其母之殯爲恨也。念將祥除，無以申罔極之痛，故親書《金光明經》四卷，手自裝治，送虔州崇慶禪院新經藏中，欲以資其母之往生也。

**又《偃松屏贊並引》** 予爲中山守，始食北嶽松膏，爲天下冠。其木理堅密，瘦而不瘁，信植物之英烈也。謫居羅浮山下，地暖多松，而不識霜雪。如高才勝人生綺紈家，與孤臣孽子有間矣。士踐憂患，安知非福？幼子過從我南來，畫寒松偃蓋爲護首小屏。爲之贊曰：

燕南趙北，大茂之麓。天僵雪峰，地裂冰谷。凜然孤清，不能無生。生此偉奇，北方之清。蒼皮玉骨，磽磽齾齾。方春不如，沍寒秀發。孺子介剛，從我炎荒。霜中之英，以洗我瘴。

**又《上巳日與二子迨過游塗山荊山記所見》** 此生終安歸？還軫天下半。朅來乘樏廟，復作微禹歎。從祀及彼呱，像設偶此粲。秦祖當侑坐，夏郊亦薦祼。可憐淮海人，尚記弧矢旦。荊山碧相照，楚水清可亂。刖人有餘坑，美石肖温瓚。龜泉木杪出，牛乳石池漫。小兒强好古，侍史笑流汗。歸時蝙蝠飛，炬火記遠岸。

**又《游羅浮山一首示兒子過》** 人間有此白玉京，羅浮見日鷄一鳴。南樓未必齊日觀，鬱儀自欲朝朱明。東坡之師抱樸老，真契久已交前生。玉堂金馬久流落，寸田尺宅今誰耕？道華亦嘗啖一棗，契虚正欲仇三彭。鐵橋石柱連空横，杖藜欲趨飛猱輕。雲溪夜逢瘖虎伏，斗壇晝出銅龍獰。小兒少年有奇志，中宵起坐存黄庭。近者戲作淩雲賦，筆勢仿佛離騷經。負書從我盍歸去？群仙正草《新宫銘》。汝應奴隸蔡少霞，我亦季孟山玄卿。還須略報老同叔，贏糧萬里尋初平。

**又《正月二十四日與兒子過賴仙芝王原秀才僧曇穎行全道士何宗一同游羅浮道院及**

**棲禪精舍過作詩和其韻寄邁迨一首》** 斷橋隔勝踐，脱屨欣小揭。瘴花已繁紅，官柳猶疏細。斜川二三子，悼歎吾年逝。淒涼羅浮館，風壁頹雨砌。黄冠常苦飢，迎客羞破袂。仙山在何許？歸鶴時墮毳。崎嶇拾松黄，欲救齒髮弊。坐令禪客笑，一夢等千歲。棲禪晚置酒，蠻果粲蕉荔。齋廚釜無羹，野餉籃有蕙。嬉游趨時節，俯仰了此世。猶當洗業障，更作臨水禊。寄書陽羨兒，並語長頭弟。門户各努力，先期畢租税。

**又《和陶貧士七首並引》** 余遷惠州一年，衣食漸窘，重九伊邇，樽俎蕭然。乃和淵明貧士七篇，以寄許下、高安、宜興諸子侄，並令過同作。

我家六兒子，流落三四州。辛苦見不識，今與農圃儔。買田帶修竹，築室依清流。未能遺一力，分汝薪水憂。坐念北歸日，此勞未易酬。我獨遺此安，鹿門有前修。

**又《題過所畫枯木竹石三首》**

**其一** 老可能爲竹寫真，小坡今與石傳神。山僧自覺菩提長，心境都將付卧輪。

**其二** 散木支離得自全，交柯蚴蟉欲相纏。不須更説能鳴雁，要以空中得盡年。

**其三** 倦看澀勒暗蠻村，亂棘孤藤束瘴根。惟有長身六君子，猗猗猶得似淇園。

**又《和陶郭主簿二首》並引** 清明日聞過誦書，聲節閑美。感念少時，悵焉追懷先君宫師之遺意，且念淮、德二幼孫。無以自遣，乃和淵明二篇。隨意所寓，無復倫次也。

**其一**　今日復何日，高槐布初陰。良辰非虚名，清和盈我襟。孺子卷書坐，誦詩如鼓琴。卻去四十年，玉顔如汝今。閉户未嘗出，出爲鄰里欽。家世事酌古，百史手自斟。當年二老人，喜我作此音。淮德入我夢，角羈未勝簪。孺子笑問我，君何念之深？

**又《上元夜過赴儋守召獨坐有感》**　使君置酒莫相違，守舍何妨獨掩扉。静看月窗盤蜥蜴，卧聞風幔落伊威。燈花結盡吾猶夢，香篆消時汝欲歸。搔首淒涼十年事，傳柑歸遺滿朝衣。

**又《過於海舶得邁寄書酒作詩遠和之皆粲然可觀子由有書相慶也因用其韻賦一篇並寄諸子姪》**　我似老牛鞭不動，雨滑泥深四蹏重。汝如黄犢走卻來，海闊山高百程送。庶幾門户有八慈，不恨居鄰無二仲。他年汝曹笏滿牀，中夜起舞踏破甕。會當洗眼看騰躍，莫指癡腹笑空洞。譽兒雖是兩翁癖，積德已自三世種。豈惟萬一許生還，尚恐九十煩珍從。六子晨耕簞瓢出，衆婦夜績燈火共。春秋、古史乃家法，詩筆離騷亦時用。但令文字還照世，糞土腐餘安足夢。

**又《觀棋並引》**　予素不解棋，嘗獨游廬山白鶴觀。觀中人皆闔户晝寢，獨聞棋聲於古松流水之間，意欣然喜之。自爾欲學，然終不解也。兒子過乃粗能者，儋守張中日從戲，予亦隅坐，竟日不以爲厭也。

五老峰前，白鶴遺址。長松蔭庭，風日清美。我時獨游，不逢一士。誰歟棋者，户外屨二。不聞人聲，時聞落子。紋枰坐對，誰究此味。空鈎意釣，豈在魴鯉。小兒近道，剥啄信指。勝固欣然，敗亦可喜。優哉游哉，聊復爾耳。

**又《和陶游斜川並引》** 正月五日，與兒子過出游作。

謫居澹無事，何異老且休。雖過靖節年，未失斜川游。春江渌未波，人卧船自流。我本無所適，泛泛隨鳴鷗。中流遇洑洄，捨舟步層丘。有口可與飲，何必逢我儔。過子詩似翁，我唱而輒酬。未知陶彭澤，頗有此樂不？問點爾何如，不與聖同憂。問翁何所笑，不爲由與求。

**又《將至廣州用過韻寄邁迨二子》** 皇天遣出家，臨老乃學道。北歸爲兒子，破戒堪一笑。披雲見天眼，回首失海潦。鑾唱與黎歌，餘音猶杳杳。大兒牧衆稚，四歲守孤嶠。次子病學醫，三折乃粗曉。小兒耕且養，得暇爲書繞。我亦困詩酒，去道愈茫渺。紛紛何時定，所至皆可老。莫爲柳儀曹，詩書教氓獠。亦莫事登陟，溪山有何好。安居與我游，閉户淨灑掃。

**又《徐元用使君與其子端常邀僕與小兒過同游東山浮金堂戲作此詩》** 昔與徐使臣，共賞錢塘春。愛此小天竺，時來中聖人。松如遷客老，酒似使君醇。繫舟藤城下，弄月鐔江濱。江月夜夜好，雲山朝朝新。使君有令子，真是石麒麟。我子乃散材，有如木輪囷。二老白接䍦，兩郎烏角巾。醉卧松下石，扶歸江上津。浮橋半没水，揭此碧鱗鱗。

**又《和猶子遲贈孫志舉》**　我家六男子，樸學非時新。詩詞各璀璨，老語徒周諄。願言敦宿好，永與竹林均。六子豈可忘？從我屢厄陳。

**又《與陳季常》**　長子邁作吏，頗有父風；二子（迨、過）作詩騷，殊甚咄咄，皆有跨灶之興。想季常讀此捧腹絶倒也。

**又《與張文潛》**　過甚有幹蠱之才，舉業少進，侍其父亦然。

**又《與姪孫元老》**　海外亦粗有書籍，六郎（過）亦不廢學，雖不解對義，然作文極峻壯有家法。

**又《與劉沔都漕》**　然幼子過文益奇，在海外孤寂無聊，過時出一篇見娱，則爲數日喜，寢食有味。以此知文章如金玉珠貝，未易鄙棄也。

**又《與李方叔》**　迨、過皆不廢學，可合參几硯。

**蘇轍《次韻子瞻特來高安相别先寄遲适遠卻寄邁迨過遯》**　老兄騎騾日百里，據鞍作詩若翻水。忽吟「春草」思惠連，因之亦夢添丁子。群兒盡長堪一笑，老馬卧餐何日起？聞兒盡室皆舊人，見面未曾惟遯耳。邁年最長二十六，已能幹父窮愁裏。豫兒揚眉稍剛勁，黨子温純無愠喜。我兄憔悴我亦窮，門户久長真待爾。但令戢戢見頭角，甑倒囊空定何恥？家藏萬卷須盡讀，此外一簪無所恃。船中未用廢詩書，閉窗莫看江山美。

**又《同子瞻次過遠重字韻》** 孟子自誇心不動，未試永嘉鐵輪重。弟兄六十老病餘，萬里同遭海隅送。長披羊裘類嚴子，罷食豬肝同閔仲。大男留處事田畝，幼子隨行躬釜甕。低眉語笑接鄰父，彈子籲嗟到蠻洞。茅茨一日敢忘葺，桑柘十年須勉種。來時邂逅得相攜，歸去逡巡應復從。莫驚憂思爾來同，久知出處平生共。雖令子孫治家學，休炫文章供世用。潁川築室久未成，夜來忽作西湖夢。

**張耒《張右史集》卷一二《蘇叔黨吕知止許下見訪叔黨有詩戲贈以此奉答》** 三年齊安舊江山，可當中原故人面。北來塵埃逢故人，眼前卻做江山見。君似江山定不疏，能出吾言世亦無。蘇郎下筆妙無敵，吕郎與談驚未識。鳳雛驥子未宜輕，囊香各有千金璧。贈君錦繡與瓊瑶，報我琅玕金錯刀。溪毛潢汙未相棄，歲暮與君甘緼袍。

**趙鼎臣《竹隱畸士集·聞蘇叔黨至京客於高殿帥之館而未嘗相聞以詩戲之》** 小坡不見二年餘，聞到都城信有諸？雪裏便回非興盡，魚中不寄是情疎。朱門但識將軍第，陋巷難逢長者車。别後欲知安否在？試憑青鳥問何如？

**又《發潁昌留别韓次律蘇叔黨》** 行邁日久遠，親舊日已疏。眼中惟牙官，從我走道途。俗狀誰使汝？漸赤由近朱。潁川多名士，古來豪俠區。歷代愧不能，叩門韓與蘇。酌我甕頭春，舞我閨中姝。清言發談笑，嘲戲頗不無。使我面輒闊，自忘官職粗。斐然欲從之，文字相與娛。我行未渠央，欲駕復躊躇。人生如寄耳，聚散安可圖。區區惜别離，此志乃非夫。臨風但相思，有使即寄書。

**岳珂《寶真齋法書贊》卷十二撰「宋名人真蹟」**　二蘇《文登》、《趨闕》二帖，並行書，第一帖六行，第二帖八行云云。右東坡、潁濱二蘇先生之子，過字叔黨，遲字伯充。《文登》、《趨闕》二帖真蹟各一卷。蘇氏文章、翰墨，在本朝自爲一家，如喬崧大河，崒嵂澎湃，極天宗海，有識者皆知之。至于芝蘭流馨，肖才濟媺，各真源派，自《颶風》、《思子》之外，世固未之睹也。豈名以制義，所以示日益日損之戒，得之于趨庭者，固猶有不同耶？先君生平喜藏蘇帖，而于斜川而下無傳焉。寶慶乙酉春正月，容自眉山來，有出是帖者，得之京江，合而褾之，以繫其本。贊曰：「文字之祥，厥有原委。父師昆弟，以及諸子。文兮斜川，道兮潁水。以文貴道，一家濟美。施及翰林，特游戲耳。于風味中，亦復是似。以坡爲骨，以潁爲體，蘇門之英，來者視此。」

**元好問《元遺山集・跋蘇叔黨帖》**　叔黨文筆雄贍，殊爲鳳毛。坡嘗云：「海外無以自娱，過子每作文一篇，輒喜數日。」蘇氏父子昆仲，文派若不相遠，俗子乃疑《黃樓賦》，坡亦嘗辯之。《颶風賦》亦謂非坡不能作，不然，亦當增入點竄之也。風俗薄惡如此。文賦且不論，至如叔黨此帖，其得意處豈坡代書耶？可以發一笑也。

**又《跋蘇氏父子墨帖》** 次公字畫，端厚而靖深，類其爲人；小坡筆意稍縱放，然終不能改家法。

**又《題蘇氏寶章》詩《注》** 長公忠義似顔平原，次公沖澹似林西湖，故字畫有不期合而合者。最後數帖，所謂蘇氏三虎，叔黨最怒耳。

**釋覺範《跋叔黨字》** 王子敬童稚時作字，行草已超故，方引紙著腕，右軍從後掣其筆，不獲，乃歎曰：「是兒他日名當大成。」予觀叔黨行草，皆蟬蜕塵之類筆法，通亞乃翁矣。惜其早世不秋，庸詎不以此郎媲子敬邪？邵陽儉上人雨歇，攜此帖見過，翛然如見父子角巾竹杖，行小港榕林之下，不勝清絶。建炎二年三月十八日。（《石門文字禪》卷二七）

**袁桷《題小坡竹石牧牛圖》** 小坡竹石，綽有父風。後倅定武，駡賊不屈以死。其風節不墜，光於前人矣。坡翁流落困苦，有「悔不長作多失翁」之語，將買田終老於陽羨，而志迄不遂。此圖之作，無乃聆庭訓以寓初意，與江南穲稏，千里一色。久客於京塵，莊舃故鄉之思，無言而色已動（《清容居士集》卷四七）。

**清康熙《御定佩文齋書畫譜》卷三十三「書家傳十二·宋二」** 東坡云：「軾幼子過親書《金光明經》四卷，手自裝治，送虔州崇慶禪院。」又《示兒子過詩》云：「汝應奴隸蔡少霞，我亦季孟山玄卿。」叔黨行草筆法亞乃翁。蘇過楷書石刻在定州天寧寺壁，書法古勁有父風。（《東坡集》、《石門文字禪》、《韓上桂定州志略》）

**吴長元《校録斜川集寄鮑以文》** 蜓煙蠻雨獨相從，筆下波瀾嗣乃公。人誦高名瓊海外，天留遺稿玉函中（鈔自《永樂大典》）。清游乍識匡廬面（舊時行世皆贋本），晚景還傾靖節風（叔黨晚景以淵明自況）。寄語隱湖毛處士，蘇門會策汗青功。

**鮑廷博《吴麗煌寄示斜川集志喜》** 湖陰水竹繼高蹤，海上文章喜亢宗。蘇氏昔元推怒虎（「蘇氏三虎，季虎大怒」，當時語也），葉公今始識真龍。《颶風》一賦猶堪補（《颶風賦》從《宋文鑑》補録），《小圃》三詩那更逢（惠州《小圃五詠》，僅存二首）。欣賞不忘知己共，遠煩千里手題封。

**趙懷玉《刻斜川集成詩寄麗煌》** 奇文一卷抵璠瑜，寄遠曾勞使載驅。汗簡空期毛子晉，布金端藉趙凡夫。幾聞藝苑名三世，曾見書林牓四蘇。再拜焚香還細讀，賞音千載未應殊（放翁詩「焚香細讀《斜川集》」）。

## 五、目録序跋

**《宋史·藝文志七》** 蘇過《斜川集》十卷

**陳振孫《直齋書録解題》卷一七** 《斜川集》十卷：通直郎蘇過叔黨撰。坐黨家不得仕進，終於通判中山府，晁以道志其墓，稱其純孝。給事中嶠，其孫也。

**馬端臨《文獻通考·經籍考》** 《斜川集》十卷。陳氏曰：（略）

**焦竑《國史經籍志》卷五** 蘇過《斜川集》十卷。

**曹學佺《蜀中廣記》卷九二** 蘇過《孔子弟子别傳》。過字叔黨，東坡子也。年十九，以詩賦解兩浙路，隨父謫英、惠、儋耳，以至廉、永，凡生理晝夜所須，一身百爲不知其難，初至海上，爲文曰《志隱》，軾覽之曰：「吾可以安於島夷矣。」因命作《孔子弟子别傳》。

**朱彝尊《經義考》卷二二一** 蘇氏過《孔子弟子别傳》（佚）。晁説之志墓曰：（略）。

**王士禛《分甘餘話》卷四** 門人殷彦來（譽慶）書至，云「劉原父貢父《公是》、《公非》集，吴下藏書家有之，許借鈔録。又新安族人攜一書目，有《漢上題襟集》、蘇叔黨《斜川集》。客臘轉售吴興賈人，今績溪胡氏、寧國許氏尚有藏本。當多方購覓傳寫。余夢寐以之。」

**《四庫全書總目》集部別集存目一《斜川集提要》** 《斜川集》十卷，舊題宋蘇過撰。過，軾之季子，字叔黨，斜川其自號也。事蹟附載《宋史・蘇軾傳》。其集《文獻通考》作十卷，世無傳本。王士禛《香祖筆記》稱：「康熙乙酉，有書賈來益都之顔神鎮，攜蘇過叔黨《斜川集》僅二册，價至二百金有奇。惜未得見之，其存佚今不可知。」然士禛所記，多傳聞之詞，未必確也。此集乃近時坊間所刊。其本但有邊闌，而不界每行之烏絲。此本染紙作古色，每頁補畫烏絲，而僞鐫「虞山汲古閣毛晉圖書」一印印於卷末。蓋欲以宋版炫俗。然考晁説之所作《蘇過墓誌》，過卒於宣和五年。此集中所稱乃嘉泰開禧諸年號，以及周必大、姜堯章、韓侂胄諸人，過何從見之？其中所指時事，亦皆在南渡以後，尤爲乖剌。案劉過《龍洲集》中所載之詩，與此盡同。蓋作僞者因二人同名爲過，而鈔出冒題爲《斜川集》，刊以漁利耳。《龍洲集》已別著録，此本亦不足存。以世傳刊本鈔本不一而足，且卷數與《文獻通考》所載相合，恐其熒聽。故存其目，而辨之焉。

**邵晉涵《書坊本僞斜川集後》** 蘇叔黨《斜川集》十卷，《絳雲樓書目》有之，徐巨源所謂「千里致書，求觀至寶」也。絳雲樓燬，此書存没無考。張朴村云「《斜川集》世或失傳」，以樸村久客玉峰徐氏，而爲是言，則傳是樓當未有《斜川集》也。己丑客燕中，聞藏書家有《斜川集》刻本，假而觀之，則取劉龍洲詩而冒以叔黨姓氏者，按叔黨卒於靖康，晁以道墓誌可證，若龍洲往來詩出辛稼軒、陸放翁、孫燭湖，皆南渡聞人，後先年代不符，舉其目即可辨其真僞。而書賈乃敢互易姓名，勇於欺人若此，然則書賈所爲毋乃近於滑稽玩世乎！自弘治諸子妄言「不讀唐以後書」，宋元人别集遏而不行者幾及百載。倦圃曹氏、櫟下周氏收宋元文集於消沉漏奪之中，以廣爲富，以多相尚，一時從風而靡，其間作僞相欺者容或有之。予獨惜叔黨以名父之子終身禁錮，晚得一官，卒以身殉國事，而遺集不克顯著於世。至使書賈作爲僞本以欺人，而或以此反致真本之失傳。此可爲掩卷而太息者也。天壤甚大，有心人相繼而起，安知不有《斜川集》真本而收而寶之者？况叔黨忠孝之言，風雨鬼神猶將呵護而不忍其淹没。見聞固陋如予，終不敢以世有僞本而遂疑真本之亡也。好古之士其愛龍洲也，未必不好斜川，書賈特震於大小坡之名，而易劉以蘇，所謂無識小人耳。世之以僞相尚也久矣，王逢年之《外史》，徐□之《金鳳傳》，至今疑信相半。此書幸以襲用龍洲之語，故其辨易明，設有妄男子撰一編以託諸斜川，則幾於不可容詰。雖然，蘇門弟子詩集師授淵源，莫不秩然有矩矱，《斜川集》而果亡也，《斜川集》而不亡也，又何難辨其真僞哉！（《南江詩文鈔》卷八）

**孫原湘《書斜川集贋本後》** 此世所傳抄之《斜川集》也。嘉慶戊辰歲，太倉馮立方以之見遺。按其題中所游歷，所贈答，與夫詩中子劉子云云，疑與叔黨不合。因憶《上吴居父》二絶見《劉龍洲集》，厲太鴻《宋詩紀事》亦誤作叔黨。不知「江淮老病」及「槐花舉子」之語與叔黨平生踪蹟殊不類也，既閲王弇州《題跋》，乃知以《劉集》充《斜川》自元季已然，蓋因其名與叔黨混耳。湖賈往往以贋本鉤致厚價，好事者家置一編，而蘭亭真本，人寰絶響久矣。嘉慶辛未八月于役毗陵，趙味辛司馬以所刻《斜川集》見贈，開卷即《侍親游羅浮道院詩》、《和叔父浴罷》詩，其事其文按之《坡集》，歷歷可考。方乾隆癸巳甲午間朝廷詔開四庫館，時山左周編修永年從《永樂大典》中録出，味辛曾於翁覃溪學士蘇齋見之，未及録稿爲恨。會仁和吴君長元得之於孫中翰溶寓齋，以寄其鄉鮑君以文，味辛適在浙，見而喜極欲狂，爲之校正付梓。其後法悟門庶子充《唐文》館總纂，復從《大典》録得詩文若干首，定爲補遺二卷，合前刻共得八卷。於是廬山面目始識其真。而此本之爲《龍洲集》，數年蒿疑至此頓釋。不特叔黨之文章爭先快睹，而此集亦得雄長藝林，不致桃僵李代之混矣（《天真閣集》卷四三）。

**吴長元《校刊斜川集原序》**　宋蘇叔黨先生《斜川集》，著録於《直齋書録解題》者凡十卷，《宋史》本傳稱二十卷，久佚其傳，無從考定。以世豔稱之，鶏林黠賈，時以贋本鉤致厚價，今好事家往往有錦題緗帙，列之文房玩好間以供清賞者，皆龍洲道人劉過詩也。昔嘗懸金購求，冀獲真本，以與《三蘇文集》並存。行久不可得，既閲王弇州《題跋》，乃知以《劉集》充《斜川》，自元季已然，不自近始。因歎《廣陵散》久絶人寰矣。歲在癸巳，朝廷開館纂修《四庫全書》，特詔儒臣從《永樂大典》中搜羅遺籍，時山左周編修永年於各韻下得先生詩文散片，共若干首，緣《全書提要》將外省所進《斜川集》贋本駁去，乃留笥不辨。繼予妹壻余編修集於孫中翰溶齋偶見稿本，亟以告予，予驚喜過望，借歸録副。從《宋文鑑》、《東坡全集》、《播芳大全》諸書考訂訛舛，增補闕遺，釐爲六卷。又採他書所載遺聞軼事（下原有脱文）輒附焉。計其卷帙祗原集十之二三，然數十年夢寐之書，忽於無意中得睹。吉光片羽，手鈔心誦，未匝月而畢事。語云：物聚於所好，不信然歟？友人鮑以文氏嗜奇好古，先世所藏兩宋遺集多至三百餘家，亦以未見先生詩文爲憾。會有南鴻之便，即以録本寄之。以文每得異書，不自珍錮，枕函帳秘，往往播在藝林，公諸同好，更能捐貲壽梓以續六百餘年一綫之緒。俾汲古之士得家置一編，以供絃誦，嚮之誤收贋本者亦得悉行刊正，頓還劉集舊觀，俾龍洲仍以詩豪雄於奕世，則又不獨爲蘇氏之功臣矣。乾隆壬寅二月二十九日仁和吴長元書於南城張少蓬寓廬。

**趙懷玉《校刻斜川集序》**　蘇氏《斜川集》，南宋以後流傳已寡。康熙間有詔索之，未得，故四朝詩中祗録一首，以存其真。自餘贋本，大率因謝幼槃劉改之二人名與叔黨相類，竄其集以欺世，東南士大夫家置一編而不覺。近日蜀中有新刊《斜川集》，亦龍洲道人作也。乾隆辛丑冬，集大興翁學士蘇齋，脩東坡先生生日之祀，學士手編示余曰：「此叔黨《斜川集》，從《永樂大典》録出，可以證諸贋本之非。」乃取集中《大人生日》詩，邀同人和焉。會請急南下，未及假鈔，以爲耿耿。越六年丙午，客授桐鄉，偶語鮑君以文，則以文已先屬其友人仁和吴君麗煌録寄。喜極欲狂，亟索校閲，有可據引者，條疏於下。雖未能復宋本舊觀，廬山面目庶幾可睹矣。夫人情於不易見之書，則尤思慕弗釋，必力購得之而後快。矧祖考名德，奕世稟承，其文爲史傳所稱，其行爲家庭所誦。光靈未泯，簡册亦神，宜爲世如何珍重哉！今觀其詩文，具有家法，東坡好和陶而叔黨有《小斜川》之作；東坡善言兵而叔黨有《論黎事》之書。出處進退，未忘家國。使天假以年，名或不在其父下。惜乎，身處末流，仕又再黜，轗軻道死，不獲措其藴於天下。是則才人之不幸夫！然四庫之積，浩如煙海，君文於其間，直一稊粟耳。沉晦伏匿，至六百數十年而卒顯於右文之世，不可謂非幸矣。是集著録於《宋史·藝文志》爲十卷，陳氏《書録解題》、馬氏《通考》卷數皆同。兹從《永樂大典》所録，殘佚之餘，釐釐六卷。乾隆丁未四月付梓，中間作輟，涉冬而後蕆事。商榷讎勘，以文一人而已。乾隆五十三年，歲在戊申，春正月。

**阮元《斜川集六卷提要》**　宋蘇過撰。案《宋史》本傳，過有《斜川集》二十卷，《藝文志》則云十卷。《書録解題》、《文獻通考》卷數與《藝文志》同。其書久已失傳，世間行本，大率因謝幼槃、劉改之二人之名與叔黨同，竄改集名，聊以欺世。據明王世貞《弇州題跋》，則知以劉集充叔黨之書，自元季已然。真本散佚，蓋已甚久。王士禛《香祖筆記》記康熙乙酉，書賈以此集兩册求售，索直二百金，惜未之見。不知士禛所述者果屬真本否也。乾隆朝仁和吴長元得舊鈔殘本，復從各書纂輯詩文若干，其《思子臺賦》、《颶風賦》二篇見於本傳者，從《東坡集》校補。又益以《宋文鑑》、《播芳大全》所選者，合之猶可成卷。然竟未及鈔入《四庫全書》，深可惋惜。兹從舊鈔本重加繕録，釐定詩文六卷，雖未能盡復舊觀，亦庶幾可慰藝林之跂想矣（《四庫未收書目提要》）。

**法式善《斜川集補遺序》** 乾隆四十七年，仁和吴君長元鈔得《斜川集》零篇於孫中翰寓齋，武進趙味辛先六年冬集大興翁學士齋，亦見此書。請急南下，未及録稿。蓋兩家本皆採自《永樂大典》中者。吴君寄其鄉人鮑氏，屬刻行於知不足齋。是時味辛適在杭，篤愛斯集，喜其沉晦六百數十年之久，一旦創獲，尉藉愉快，遂獨任剞劂役，商權體例，訂證訛誤，釐成六卷。鮑氏與有力焉。《斜川集》乃克流播藝林，而謝幼槃之《竹友集》、劉改之之《龍洲集》皆還舊觀，世稱快事。越廿年太歲在戊辰，詔修《唐文》。（善）充總纂，檢《永樂大典》，偶睹《志隱篇》、《叔父所居六首》，昔吴君作跋致憾缺略者，屬草録歸。較趙刻，復得遺詩五十三首，文十五篇。遺珠之憾，或尚弗免。就兹勒爲二卷，已自裒然，且於《直齋》十卷原數不甚懸絶。此實叔黨先生英靈有以默相之，亦趙君、吴君、鮑君之有以啟其先也。世有趙君其人者，吾願續而行之，以饜飫趙君之志，以饜飫天下人嗜古之志。嘉慶十五年六月十四日，柏山法式善病中述。

**弓翊清《斜川集序》** 刻蓮花之炬，賞心者愛讀鴻文；揚錦水之波，嗜古者爭傳軼事。而況貽謀忠孝，必有達人；名世子孫，豈無鉅製？零章賸句，等諸笠屐之遺；鏤雪裁風，猶是蛾眉之秀。寓公遠徙，早滯他鄉，而嶺表歸來，眷懷故國。一堂星聚，綿井里之馨香；三代雲聯，成詩歌之盛舉。此淵源以續，宜附斜川，浩翰無涯，益欽蘇海也。想其趨庭學步，辟弭横經。捧研時多，人誇親炙；拓牋日久，我羨專家。拾珠玉之餘輝，揚華絶俗；聽塤篪之疊奏，奮藻驚天。極海窮邊，望遠而馳驅；煙墨清笳，曉角以思鄉。而號召宫商，固已聲葉三雍，名齊兩賦矣。而畫又寂寞，苦緒難申，蓬葆飄蕭，深情誰告？手鈔《前、後漢》，惜片紙之俱湮；胸貯中、晚唐，恨奚囊之遭妬。在彼堂皇史册，空傳賢嗣芳徽；憐兹板蕩家園，莫睹長君遺集。豈雙丸遞擅，隨劫火以長焚；一帙無多，與黨碑而芒滅歟？正至影響存疑，緇朱辨僞，謂郵亭侣（倡）和，韻以劉過；錦帙莊嚴，情同李代。遂致吉光終掩，窺豹無全。縱教信稿常留，雕龍鮮據；闡幽何日，考左徒殷。則有漱石名流，吟香逸士，牙籤高列，識窮瀛海三千；蠹粉旁搜，穿盡尼珠八百。過長堤而寄慨，仰止仙風；歎羈客之淹留，傾心嗣響。於是訪求故紙，匯入叢書，世係周詳，絶少豕魚之謬；詞場獨擅，遥存弓冶之思。長言則字字華星，開卷則行行寶唾。匪特公才公望，譽滿人間；幾疑古節古音，風行天外。此又丹鉛在手，染豪素以流傳；梨棗甘心，載靈光而勿墜者也。翊清家近潁川，宦游岷嶺。次公以往，曾進水竹芳蹤；大姓幾保，試詢蠶叢父志。摩挲古碣，中多兩宋科名；遷徙遺民，時話三蘇譜系。立功立言之後，餘事堪師；難兄難弟之家，極盛誰繼？睠懷往昔，侈談元祐之中興；回望鄉關，每憶象賢之令子。乃三生石畔，結束文字之緣；一尺冰衡，常露書生習氣。桂湖秋曉，欣購異書；眉嶺春濃，親瞻遺象。宗工哲匠，應知玉出藍田；木本水源，競使珠還合浦。爰將舊刻，重付新刊。合祖孫父子爲一編，駕漢魏齊梁而直上。珍藏物□，從此俎豆全川；嘉惠儒林，佇見蒸嘗薄海矣。翊清因人成事，慚無胝手之勞；挹彼泣兹，幸免校讎之誤。數萬言幽光迸發，願世家大族爲人後者，皆能讀父書；二十載夙願終諧，看經濟文章，牧斯民者當善承公志。

道光六年嘉平月上浣中州弓翊清書

**傅以禮《嘉慶刻本跋》** 宋蘇過叔黨《斜川集》，原書久佚，元已來行世者，皆竄改謝薖《竹友集》、劉過《龍洲集》爲之，以二人與叔黨名同故也。此與抄撮朱松《韋齋集》中之作假託洪邁《野處類稿》者，同出鷄林黠賈作僞。第《類稿》之爲贋鼎，知者尚尠，是集則《四庫總目》已詳辨之。近人《持静齋續增書目》，有元刊《斜川集》十卷，未審果屬真本否也。乾隆中，歷城周永年搜集《永樂大典》所載叔黨詩文，裒然成帙，於是真本復顯于世。仁和吴長元更剌取他書以增益之，勒爲六卷，附以《遺事》、《訂誤》，武進趙懷玉序而刻之。嘉慶中，蒙古法式善復從《大典》掇拾，得《補遺》二卷、《續鈔》一卷，屬長沙唐仲冕刊附於後，即此本也。向爲歙鮑廷博所藏，卷中增詩三首、《晉稗》一則，又别紙録張耒答詩，皆其手筆。後遂重加排比，以《補遺》、《續鈔》各篇散入六卷中，衹存附録一卷，刻入《知不足齋叢書》二十六集。惟較少《東亭》一詩暨像圖，並别紙所録張詩亦仍遺之，殆授梓時偶漏脱耳。嘗檢鮑刻互校，凡編次異同處，一一標識眉端，鮑刻新增釋道潛贈詩，亦補次張詩之後。其書雖攟摭成編，然經前賢一再鑒定，故一時推爲精審。惜其中尚有誤收者，如《補遺》中《紹熙改元賀表》（鮑刻編入卷四），不知出誰氏手。紹熙爲光宗年號，叔黨卒於宣和五年，見晁説之所撰墓誌，下距光宗已六十八載，其非叔黨之作明甚。阮文達《揅經室外集》有是集提要，亦未著其誤，故爲拈出，俾後來重刊者得據以删削焉。戊辰長至節前一日，長恩閣記。（《續修四庫全書》影印上海圖書館藏本）

# 六、斜川詩文真僞考

《斜川集》久已失傳，中經書賈造僞，於是有真僞問題，前人於題跋中，已將僞本《斜川集》駁去。至於散見諸篇之僞，清人吴長元曾撰有《斜川集訂誤》，附刻於《斜川集》之後，已解決一些辨僞問題。但因輯本《斜川集》流傳不廣，其辨僞成果未引起人們足夠重視；而且，在吴氏視野之外，尚有誤題現象，也涉及蘇過詩文真僞問題，故有必要再作一番辨證。

## （一）輯本詩文正誤辨

輯刻本《斜川集》，已經吴長元、趙懷玉、鮑廷博等人校訂，但仍然難免白璧之瑕，存在誤收、重收等現象，兹訂於下：

渡泉嶠出諸山之頂

岑崟蔽日月，左右信艱哉。萬壑共馳騖，百谷爭往來。鷹隼既厲異，蛟龍亦曝腮。崩壁迭枕卧，嶄石婁磐迴。伏波未能鑿，樓船不敢開。百年積流水，千歲生青苔。行行詎半景，余馬以長懷。南方大炎火，魂兮可歸來。

本篇見於《江文通集》卷三，乃江淹作品，館臣誤輯。

赦後祭告諸廟文

恭惟主上欽崇天道，敷祐下民。躬薦徽珍，以嚴上帝。沛鴻恩於率土，秩元祀於百神。乃眷明靈，實參化育。名紀載籍，功冒黎元。冀昭鑒於德音，益導迎於和氣。均播厥福，永孚於休。

本文與《元符改元奉敕告祭文》之一相同，乃蘇過侍父在海南代人所作。當是改元告祭用此文，改元後赦天下，告祭又用此文，故兹重複。本《箋注》已以改元告祭文收録正編，而以此題附録於此。

祈雨祝文

其一

恭惟主上欽崇天道，敷祐下民。躬薦徽珍，以嚴上帝。沛鴻恩於率土，秩元祀於百神。乃眷明靈，實參化育。名紀載籍，功冒黎元。冀昭鑒於德音，益導迎於和氣。均播厥福，永孚於休。

其二

恭惟國家享自天之祐，元日受定命之符。眷卜世於萬年，霈鴻恩於九有。遵依詔旨，並走群祠。凡有功於斯民，咸稱秩於元祀。神其昭鑒，永孚於休。

《斜川集》有祈雨祝文數篇，兹二篇内容殊與祈雨無涉，趙懷玉已曾指出。今按，二文與《元符改元奉敕告祭文》二篇全同。本《箋注》作爲改元告祭文收録二篇，將此祈雨題下二篇附録於此。

代人謝啟（竊以三省之興）

竊以三省之興，實先朝之盛典；四禁之任，尤當代之要津。上則潤色於典、謨、訓、誥、誓、命之文，下則稽參於吏、户、禮、兵、刑、工之事。自非詞章妙絶，吏術精通，何以特被選揚，預從班於仗内；遂叨任使，專外制於筆端。如某者，少也鈍頑，長而屯賤。請鄰祭灶，聊爲寄食之資；賣劍買牛，行作歸耕之計。豈意千齡之會，誤蒙二聖之知。猥從冗員，屬居言責。雖奮身不顧，頗摧當世之豪强；而燭理未明，莫正本朝之缺失。日來罷退，聊被謗譏。忽叨左史之除，俄擢西垣之選。曾非踴躍，冶金偶就于莫邪；惟是青黄，溝木遂成於儀象。此蓋伏遇某官，道師古始，識造幾微。成就人才，爲今天下之計；主張善類，有古名臣之風。肆矜衰病之餘，獲預禁嚴之列。某敢不温尋舊學，激厲晚途。作漢文章，何敢望相如之輩；正唐鹽法，庶幾爲處厚之徒。過此以還，未知所措。

按此篇見於鮑廷博本《斜川集》卷四《代人謝啟》七首之七，吴長元加案語曰：「此篇

《永樂大典》不載，從《播芳大全》補録。」查文淵閣本《四庫全書》，《播芳大全》卷二一八，有《代謝中書舍人啟》，除篇首多出「一時承乏，方慚越俎以代庖；數月爲真，更愧操刀而製錦。才微任過，恩重報艱」幾句，下「竊」作「切」外，以下全文無别。署名則爲「秦少游」。似此，不可不辨。

通過檢索，我們發現《淮海集》中，與「中書舍人」相關表凡四，分别是《代中書舍人謝表》（下有小注「孫君孚」三字同，意爲孫而作），《代中書舍人謝上表》（二篇，三篇皆見於卷二七），《除中書舍人謝執政啟》（卷二九）。

有趣的是，上篇與《代中書舍人謝表》中的若干句子竟然全同，「三省之興，實先朝之盛典。四禁之任，尤當代之要津」。而下邊幾句，也與上篇大同小異，「上潤色於訓詞，下稽參於政理。自非文章妙絶，可先諸子之鳴；吏術精通，能最群工之課。則何以當文士之極任，備宰相之屬官。如臣者，地胄素寒，資材尤戇」。再考察四篇關於「中書舍人」的，其用語、遣詞、文章基調、行文脈絡、「中書舍人」的「本事」皆如出一轍，由此可以肯定，四篇都是同一作者，都是代孫君孚而作。也就是説，以上四篇謝表要麽是秦觀作，要麽全是蘇過作，雖然，後者的可能性極小，但要使人們信服確爲秦觀所作，則還需要進一步做些考證。

要弄清這一問題，首先得明瞭孫君孚其人，孫君孚，名升，君孚字也，《宋史》本傳云：「孫升字君孚，高郵人，第進士，簽書泰州判官。哲宗立，爲監察御史……踰年提點京西刑獄，召爲金部員外郎，尋拜殿中侍御史，進侍御史……由起居郎擢中書舍人，直學士院，以天章閣待制知應天府。董敦逸、黄廷基摭升過，改集賢院學士，紹聖初翟思、張商英又劾之，削職知房州、歸州，貶水部員外郎分司，又貶果州團練副使汀州安置。卒年六十二。」查考《續資治通鑑長編》，孫君孚爲中書舍人時爲元祐六年。蘇軾與孫君孚多有過從，其《過高郵寄孫君孚》詩可證：

過淮風氣清，一洗塵埃容。水木漸幽茂，菰蒲雜游龍。可憐夜合花，青枝散紅茸。美人游不歸，一笑誰當供。故園在何處，已偃手種松。我行忽失路，歸夢山千重。聞君有負郭，二頃收横縱。卷野畢秋獲，殷床聞夜春。樂哉何所憂，社酒粥面醲。宦游豈不好，毋令到千鍾。

清查慎行《蘇詩補注》引劉延世《孫公談圃·序》云：「紹聖改元，凡仕於元祐而貴顯者例皆竄貶湖南嶺表，獨孫公一人遷於臨汀。公元祐時歷三院，遷左史，爲中書舍人，忤時宰，以集賢修撰留守南都，後遷天章閣待制。其謫官也，自南都爲歸州，遂以散秩謫臨汀。在汀二年以疾終。」並加按語云：「劉述之與孫同時，孫謫汀州，劉時官長汀縣，故其所述視史加詳。東坡南行過高郵，正君孚謫歸州時也。」

蘇軾南遷經過高郵，觸地思人，因懷念遠貶臨汀的朋友孫君孚。其中「美人游不歸」這當然是傳統的美人君子的比況，而故園云云則同病相憐，「聞君有負郭」可見二人互相稔熟。

再考蘇過履歷，是年二十歲，隨父軾三月離杭州，五月到京都，任翰林學士。八月除知潁州。無論是資歷、時間、地位，蘇過都不可能代父輩的孫君孚作表。

我們再看秦觀，其本傳云：「見蘇軾于徐，爲賦《黄樓》，軾以爲有屈宋才，又介紹其詩于王安石，安石亦謂清新似鮑謝。軾勉以應舉，爲親養，始登第，調定海主簿，蔡州教授。元祐初，軾以賢良方正薦於朝，除太學博士，校正秘書省書籍，遷正字，而復爲兼國史院編修官。」從秦觀仕履看，元祐初入朝，一直爲文職官，與孫君孚同爲高郵人，而秦觀爲蘇門弟子，孫君孚如上所引與蘇軾亦較近密。後來紹聖初貶斥所謂元祐黨人，蘇軾、秦觀、孫君孚皆在黨籍。緣此，秦觀爲孫作表自在情理之中。

爲了使結論更具有説服力，除上邊舉到的兩篇謝表語言雷同外，我們再從語言的角度更廣泛地作一些比較。因爲任何作家在語言的運用上都具有自己的特色，或者習慣於某種程式，或者喜歡運用某些典故，乃至於如上所舉的兩篇公文中一些自以爲得意的相同或近似的句子，宋代的大詩人陸游「六十年間萬首詩」其中不乏重複的句子，平生作詩「和陸游一樣多」（紀昀語）的乾隆同樣如此。因而，通過語言的比較也可對作者做出比較準確的判斷。

從《淮海集》的閱讀中，我們發現秦觀非常喜歡用「鑿枘」一典，我們試羅列於下：

背自然以司鑿兮，固神禹之所惡。（《浮山堰賦》）

觀也本諸生，早與世參商。方枘不量鑿，交親指爲狂。（《送劉貢父舍人二首》之二）

臣縉紳末冑，淮海孤生，弓必爲箕，嘗奉父兄之教；枘不量鑿，莫爲姻黨之容。（《代中書舍人謝上表》）

懲於羹者吹虀，自知其妄；不量鑿而正枘，人指爲狂。豈意力田而逢年，亦稱長袖而善舞。（《謝及第啟》）

伏念某少也妄庸，長而屯賤。枘方乖鑿，人指爲狂；鉤直失魚，自知其拙。（《謝程公辟啟》）

俄鑿枘之相投，遽囊錐之穎出。擢丞御史，人無間言。進轄文昌，朝有故事。（《代賀胡右丞啟》）

某鄙陋不能脂韋婉孌，乖世俗之所好。比迫于衣食，强勉萬一之遇。而寸長尺短，各

有所施；鑿圓枘方，卒以不合。（《與蘇先生簡》）

枉尋竟何補，方枘誠獨難。（《春日雜興》之三）

不難看出，以上的用典方式幾乎無別，乃至於一些語句或詞藻全同。這也應是肯定上啟爲秦觀作的力證。

如上文所論，五篇關於「中書舍人」的謝啟都是爲孫君孚而作，而我們通過秦觀《淮海集》「鑿枘」一典的考察，更爲我們證明《代人謝啟》是秦觀而不是蘇過作提供了力證。

紹熙改元賀表

重明麗正，方光揖遜之權；改定吉元，併法興淳之懿。置郵所布，驩喜惟均。竊惟上聖之相承，必建始基之大號。厥功偉鑠，盡掩前聞。永命紹開，偉文謨之丕顯；重熙累洽，章舜德之誕敷。百世可知，兩言而決。恭惟皇帝陛下，聰明稽古，曆數在躬。祈來年於天宗，載昭國是；卜正月之朔旦，大聳民瞻。將永永以無窮，視巍巍而有曜。臣屬叨郡印，獲拜恩書。清蹕而朝，雖莫陪於萬旅；始和之吉，原啟佑於千春。

此表之僞，一望而知，卻無人指出。紹熙爲南宋光宗年號，當公元一一九〇——一一九四。蘇叔黨卒於宣和五年（一一二三），自然無法爲紹熙改元草表。

此外，過集中《聞朝陽吴子野出家》（載《東坡續集》，文字與《斜川集》頗多出入。元李仁卿《敬齋古今注》亦引作蘇軾詩）、《鼠鬚筆》（見《東坡外集》）、《題郭熙平遠圖》三首（查慎行據晚香堂《蘇帖》録爲蘇軾詩，題作《失題三首》，但「蘇帖」亦有出蘇軾諸子者），今分見於《東坡詩集》卷四七、四八中，當係蘇過詩混入坡集者。

## （二）集外詩詞真僞辨

在輯刻本《斜川集》外，尚存一些題名蘇過的詩詞，有的已經吴長元指出，但因僞題詩篇所在典籍反復重印，仍然有引起混亂、真僞不分之虞。今特補充證據，重加辨定。

金陵上吴開府兩絶句

時平無事清吟好，衛霍貪功未是奇。争似一篇人膾炙，四方傳誦卧龍詩（自注：開府帥襄陽時，嘗游隆中，爲諸葛孔明賦詩，有「翻復看俱好」之句，爲世所稱誦。故云）。廟堂陶鑄人材盡，流落江淮老病身。又踏槐花隨舉子，思量鄧禹是何人。

再游儀真呈張使君

江淮冠蓋鬧如林，求一已知何處尋？見月欲談嫌許事，山川不險似人心。使君德量如天遠，舉子科名自陸沉。秋氣未悲先淚下，黄花雖好不曾簪。

寄如皋葉尉

借馬石莊去，天寒曉出門。亂岡行兔窟，數點入鴉村。欲醉酒力薄，如迷海氣昏。客游無限事，端的向誰言？

以上四詩，見清卞永譽《式古堂書畫彙考》卷一〇《蘇氏一門真跡》卷中，題《蘇叔黨試後四詩帖》（又見《三希堂法帖》「蘇過帖」）。第一首題爲《過録呈金陵上吴開府兩絶句》，餘二首同上題。厲鶚《宋詩紀事》卷三四將「金陵詩」作爲蘇過詩著録。翁方綱《石洲詩話》卷四：「小斜川詩自注：吴開府游隆中爲諸葛孔明賦詩，有『翻覆看俱好』之句，爲世稱誦。此句可抵一篇孔明傳論，而簡質婉妙。」所謂「小斜川詩」即指「金陵」詩，也將這組詩視爲蘇過作品。吴長元《斜川集訂誤》已指出其誤：「右詩四首，見《式古堂書畫彙考》，蓋龍洲道人劉過詩。」本《箋注》不再收録四詩。作爲書法保存下來的作品，一般没有真僞問題，但本問題就出在「真跡」的來源和鑒定上。《式古堂書畫彙考》所收《蘇氏一門真跡》共五人若干首，作者分別是老蘇、東坡、潁濱及蘇邁、蘇過。書後附有數則跋語，最早一跋爲王安中作，有「叔黨字畫方求類於舊門，顧小坡之不在，龍駒已逝，駿骨萬金，亦可爲歎息也。中山王安中題。」王安中字履道，中山陽曲人。仕於宋徽宗時，曾任尚書左右丞，卒於紹興初。《宋史》有傳。王跋稱，《蘇氏真跡》中已不見小坡蘇過的作品，引爲憾事。末後是編者卞永譽的跋語：「右蘇氏一門真跡（略），但原版止老泉、東坡、潁濱三人，而無叔黨，故王左丞履道有『龍駒已逝，駿骨萬金』之歎。茲余既得叔黨詩牋，且得伯達手簡，亟命重裝，合成一册。」蘇邁、蘇過二家書帖係卞氏新補，並非原有。蘇邁帖共二首，《台眷帖》：「邁拜問台眷一一萬福，別紙所悉，尚容細處之。他委勿鄙。邁拜問。」《辱書愈勤帖》：「邁頓首主管學士坐下，辱書愈勤，感不勝道。即日庚暑，伏候萬福，茲承叙遷崇秩，想惟慶慰。未即瞻近，即切幾半，走立保理以前異渥，不宣。頓首頓首，再拜主管學士坐下。」邁二帖口口聲聲稱「邁」，應爲真跡。過之四詩，如吳長元所説：「元跡衹書名而不著其姓，後人遂誤裝入《蘇氏一門》卷中」。可見，卞氏所得「叔黨詩牋」是靠不住的，不是蘇過真跡。吳氏又舉出二證，一是「《金陵上吳開府二首》，見改之本集」，二是「『江淮老病』及『槐花舉子』之語，與叔黨平生蹤跡均有未合」。改之，即劉過，宋張世南《游宦紀聞》卷一：「劉過字改之，能詩詞，流落江湖，酒酣耳熱，出語豪縱，自謂晉宋間人。」有《龍洲集》。「金陵」詩，《龍洲集》作《上吳居父》，僞本《斜川詩集》亦同，唯文字小異。吳居父即吳琚，《宋史》有傳，南宋孝宗、光宗、寧宗時人，蘇過自然不可能與之唱酬。其他兩詩，事跡與蘇過不合，而與劉過「流落江湖」事跡相類，雖不見於《龍洲集》，但同書於一紙，無疑是劉過作品。

點絳唇

其一

新月娟娟，夜寒江靜山銜斗。起來搔首，梅影横窗瘦。好箇霜天，閒卻傳杯手。君知否，亂鴉啼後，歸夢濃如酒。

其二

高柳蟬嘶，採菱歌斷秋風起。晚雲如髻，湖上山横翠。簾捲西樓，過雨凉生袂。天如水，畫樓十二，有箇人同倚。

第一詞，吴曾《能改齋漫録》卷一六、王明清《玉照新志》卷四作汪藻詞；黄昇《花庵詞選》、《唐宋諸賢絶妙詞選》、楊慎《詞品》、清徐釚《詞苑談叢》卷三等都作蘇過詞。《全宋詞》據《唐宋諸賢絶妙詞選》録爲蘇過詞，同時又作汪藻詞著録；李誼《全蜀詞》作蘇過詞。後一詞，《詞品》、《古今詞話》、張詠川《詞林紀事》作蘇過詞，《全宋詞》録爲汪藻作，又注「此首别作蘇過詞」。吴、王、黄三氏俱南宋人，當各有所據。吴長元《訂誤》只考訂前一首，主汪詞説：

右詞《花庵詞選》以爲叔黨作，注云：「此時方禁蘇文，故隱其名以傳於世。或以爲汪彦章作，非也。」考黄公度《知稼翁集》，有《送汪内翰移鎮宣城》詞，正用此韻。又《玉照新志》云：「汪彦章在京師，嘗作小闋云云。紹興中，彦章知徽州，仍令席間聲之。坐客有挾怨者，亟以納檜（秦檜）相，指爲新製以譏檜。檜怒諷言者，遷之於永。」據二説，則此闋爲汪作無疑。《花庵》之語，殊未確也。

《古今詞話》卷上將二詞都斷爲蘇過作：

《詞品》曰：蘇叔黨，東坡少子，《草堂》所録「新月娟娟」、「高柳蟬嘶」兩首是也。時禁蘇文，故隱其名。若以汪彦章作，則謬矣。汪自有「永夜懨懨，畫簾低月山銜斗」，見於《浮溪文集》。其一爲《點絳唇》「新月娟娟（略）」；其二爲《點絳唇》「高柳蟬嘶（略）」。

肯定蘇過作品的理由有二：其一，因元祐黨禁，過詞隱姓埋名，故有人誤作汪藻；其二，汪自有一《點絳唇》詞，爲「永夜懨懨，畫簾低月山銜斗」。否定的理由有二，一即黄公度和汪詞與此同韻，二即《玉照新志》所記故事。以理而論，蘇過乃一代詞宗蘇軾之子，作有詞曲，應是情理中之事。《詞話》所舉理由，也屬平實，不過不能否定反對者的證據。王明清筆記載蘇過行實雖多訛誤（如説蘇過被强賊所劫，不屈罵賊而死），但所記汪藻《點絳唇》事，卻爲屬實。汪藻，字彦章，歷官徽宗、欽宗、高宗三朝。《宋史》有傳。藻曾兩官宣州，初在北宋徽宗朝，次在南宋高宗紹興八九年間。史稱：紹興八年，上所編徽宗朝詔旨書，「藻升顯謨閣學士，遣使賜茶藥。尋知徽州，逾年徙宣州。言者論其嘗爲蔡京、王黼之客，奪職居永州。累赦不宥。二十四年卒。秦檜死，復職，官其二子」。與《新志》知徽州、忤秦檜、徙永州經歷相合。黄公度，紹興八年進士，其《送汪内翰移鎮宣城》詞已和汪韻，知徽州歌詞在前，宣城移鎮在後；詞題稱「汪内翰」，必在汪紹興間官翰林學士之後。這些事實，史傳和筆記皆左右吻合。至於《詞話》説汪别有一首《點絳唇》詞，與此同韻同調，但不能排除同一作者同題多作。《四庫全書總目·知稼翁詞一卷提要》：「較他家詞集特爲詳備。至汪藻《點絳唇》詞『亂鴉啼後，歸思濃於酒』句，吴曾《能改齋漫録》改竄作『曉鴉啼後，歸夢濃於酒』，兼虚撰一事實，殊乖本義。（黄）沃因其父有和詞，辨正其訛，自屬確鑿可據。」「亂鴉啼後，歸思濃於酒」，即上揭第一詞末兩句。可見黄公度之子黄沃，已明確將該詞歸屬汪藻。至於後一首（「高柳蟬嘶」），材料缺乏，無從定其真僞，仍作存疑處理。

# 參考書目

## 總集類

蘇門六君子文粹　明刻本
聖宋名賢五百家播芳大全文粹　宋刊本、文淵閣《四庫全書》本（下稱庫本）
唐宋諸賢絶妙詞選　宋黄昇　《四部叢刊》本（下稱叢刊本）
分門纂類唐宋時賢千家詩選　宋劉克莊　楝亭十二種本
古今歲時雜詠　宋蒲積中　庫本
三蘇全書　語文出版社二〇〇五年排印本
宋文選　宋佚名　庫本
補續全蜀藝文志　明杜應芳　明刊本
宋六十名家詞　明毛晉　《四部備要》本（下稱備要本）
宋代蜀文輯存　傅增湘　鉛印本
全唐詩　中華書局排印本，一九六〇年第一版

全宋詞　中華書局排印本，一九八〇年第二版
全宋文　巴蜀書社排印五十册本，上海辭書出版社、安徽教育出版社排印三百六十册本
四庫輯本别集拾遺　欒貴明　中華書局一九八三年排印本

別集類

歐陽文忠公集　宋歐陽修　萬有文庫本
歐陽修全集　中華書局點校本
温國文正司馬公文集　宋司馬光　叢刊本
安陽集　宋韓琦　庫本
祠部集　宋强至　《叢書集成》本（下稱集成本）
范忠宣公文集　宋范純仁　清康熙刊本
景文集　宋宋祁　庫本
丹淵集　宋文同　叢刊本
蘇魏公文集　宋蘇頌　清刊本
彭城集　宋劉攽　集成本

王臨川集　宋王安石　世界書局排印本
梅堯臣集編年校注　上海古籍出版社一九八〇年排印本
樂全集　宋張方平　庫本
公是集　宋劉敞　集成本
范文正公集　宋范仲淹　叢刊本
蘇舜欽集　上海古籍出版社一九八一年點校本
嘉祐集　宋蘇洵　叢刊本
嘉祐集箋注　曾棗莊、金成禮箋注本
蘇洵集　三蘇全書本
蘇軾詩集　中華書局點校本，一九九二年第三次印刷本
蘇軾文集　中華書局點校本，一九九二年第三次印刷本
東坡先生全集　明末刊本
東坡集　宋刊十行本
經進東坡文集事略　叢刊本
東坡樂府　上海古籍出版社一九七九年排印本

東坡雜著五種　明萬曆刊本
蘇文忠公海外集　清樊清　清嘉慶刊本
補注東坡編年詩　清查慎行　清刊本
東坡先生和陶淵明詩　宋刊本
欒城集　宋蘇轍　上海古籍出版社一九八七年點校本
蘇轍集　中華書局點校本
淮海集　宋秦觀　叢刊本
淮海居士長短句　上海古籍出版社一九八五年校注本
豫章黄先生文集　宋黄庭堅　叢刊本
山谷全書　宋黄庭堅　清刻本
山谷詩集注　備要本
山谷外集詩注　備要本
山谷别集詩注　備要本
山谷琴趣外編　影宋本
元豐類稿　宋曾鞏　叢刊本

曾鞏集　中華書局一九八四年點校本
范太史集　宋范祖禹　庫本
後山集　宋陳師道　備要本
忠肅集　宋劉摯　集成本
眉山唐先生文集　宋唐庚　叢刊本
參寥子詩集　宋釋道潛　叢刊本
石門文字禪　宋釋惠洪　叢刊本
慶湖遺老詩集　宋賀鑄　宋人集本
太倉稊米集　宋周紫芝　清鈔本
嵩山文集　宋晁説之　叢刊本
斜川集　宋蘇過　集成本
斜川集　清鈔本、清舊鈔本
東堂集　宋毛滂　庫本
竹隱畸士集　宋趙鼎臣　庫本
青山集　宋郭祥正　宋刊本

鴻慶居士集　宋孫覿　常州先哲遺書本
東萊詩集　宋吕本中　叢刊本
北海集　宋綦崇禮　庫本
陸游集（包括劍南詩稿、渭南文集、入蜀記）　中華書局一九七六年排印本
周益國文忠公集（包括省齋文稿、平園續稿、二老堂雜志、泛舟游山録、南歸録、奏事録）
　宋周必大　清咸豐刊本
南軒先生文集　宋張栻　清康熙刊本
攻媿集　宋樓鑰　集成本
石湖居士詩集　宋范成大　叢刊本
誠齋集　宋楊萬里　叢刊本
雙溪集　宋蘇籀　集成本
後村先生大全文集　宋劉克莊　叢刊本
鶴山先生大全文集　宋魏了翁　叢刊本
晦庵先生大全文集　宋朱熹　備要本
豫章文集　宋羅從彦　庫本

遺山先生文集　金元好問　叢刊本
滹南遺老集　金王若虚　國學基本叢書本

## 史書、年譜、傳記

續資治通鑑長編　上海古籍出版社影清刊本
續資治通鑑長編拾補　上海古籍出版社影清刊本
續資治通鑑　中華書局點校本
靖康要録　宋佚名　集成本
東都事略　宋王稱　清乾隆刊本
三朝名臣言行録　宋朱熹　叢刊本
益州名畫録　宋黄休復　王氏書畫苑本
圖繪寶鑑　元夏文彦　國學基本叢書本
宣和畫譜　津逮秘書本
左傳　十三經注疏本
國語　上海古籍出版社點校本

史記　中華書局點校本
漢書　中華書局點校本
後漢書　中華書局點校本
三國志　中華書局點校本
宋書　中華書局點校本
魏書　中華書局點校本
舊唐書　中華書局點校本
新唐書　中華書局點校本
宋史　中華書局點校本
名臣碑傳琬琰集　宋杜大珪　庫本
羅湖野録　宋釋曉瑩　庫本
禪林僧寶傳　宋釋惠洪　庫本
景德傳燈録　叢刊本
續燈録　清刻本
五燈會元　宋釋普濟　中華書局點校本

宋大詔令集　中華書局排印本
宋名臣奏議　宋趙汝愚　庫本
歷代名臣奏議　明楊士奇　明刊本
宋會要輯稿　中華書局影縮印本
玉海　宋王應麟　清刊本
建炎以來繫年要録　國學基本叢書本
宋史紀事本末　中華書局點校本
文獻通考　商務印書館影印本
宋人所撰三蘇年譜彙刊　王水照輯　上海古籍出版社本
東坡先生年譜　宋王宗稷　萬有文庫本蘇東坡集附録
東坡先生年譜　宋施宿　王水照蘇軾選集附録
東坡紀年録　宋傅藻　增刊校正王狀元集注分類東坡先生詩附録
蘇文忠公詩編注集成總案　清王文誥　清道光刊本
蘇潁濱年表　宋孫汝聽　點校本欒城集附録
淮海先生年譜　清秦瀛　清嘉慶刊本

東坡烏臺詩案　宋朋九萬　集成本
元祐黨人傳　清陸心源　清光緒刊本
宋元學案補遺　清王梓才　四明叢書五集本
北宋制撫年表　清吴廷燮　中華書局點校本
宋宰輔編年録　宋徐自明　中華書局校補本
古史　宋蘇轍　庫本
三蘇墳資料彙編　河北大學出版社本
宋人軼事彙編　丁傳靖　商務印書館鉛印本
蘇洵評傳　曾棗莊　四川人民出版社本

筆記

江鄰幾雜志　宋江休復　紛欣閣叢書本
湘山野録　宋釋文瑩　中華書局點校本
玉壺清話　宋釋文瑩　中華書局點校本
夢溪筆談　宋沈括　中華書局點校本

涑水紀聞　宋司馬光　集成本
龍川略志　宋蘇轍　中華書局點校本
龍川别志　宋蘇轍　中華書局點校本
邵氏聞見録　宋邵伯温　中華書局點校本
鐵圍山叢談　宋蔡絛　中華書局點校本
石林燕語　宋葉夢得　中華書局點校本
泊宅編　宋方勺　中華書局點校本
春渚紀聞　宋何薳　中華書局點校本
默記　宋王銍　中華書局點校本
東軒筆録　宋魏泰　中華書局點校本
元城先生語録　宋馬永卿　小萬卷樓叢書本
畫墁録　宋張舜民　影宋百川學海本
道山清話　宋王暐　影宋百川學海本
避暑録話　宋葉夢得　掃葉山房石印本
曲洧舊聞　宋朱弁　集成本

能改齋漫録　宋吴曾　上海古籍出版社標點本
侯鯖録　宋趙令畤　知不足齋叢書本
甲申雜記　宋王鞏　知不足齋叢書本
聞見近録　宋王鞏　知不足齋叢書本
隨手雜録　宋王鞏　知不足齋叢書本
吕氏雜記　宋吕希哲　指海本
東京夢華録　宋孟元老　古典文學出版社標點本
野老紀聞　宋王大成　中華書局點校本野客叢書附録
過庭録　宋范公偁　集成本
澠水燕談録　宋王闢之　集成本
孫公談圃　宋孫升　影宋百川學海本
墨莊漫録　宋張邦基　叢刊本
墨客揮犀　題宋彭乘　稗海本
續墨客揮犀　題宋彭乘　影宛委别藏本
西溪叢語　宋姚寬　中華書局點校本

家世舊聞　宋陸游　中華書局點校本
老學庵筆記　宋陸游　中華書局點校本
欒城遺言　宋蘇籀　集成本（雙溪集附）
欒城先生遺言　影宋百川學海本
揮麈録　宋王明清　叢刊本
容齋隨筆　宋洪邁　中華書局點校本
獨醒雜志　宋曾敏行　知不足齋叢書本
梁溪漫志　宋費衮　上海古籍出版社點校本
鶴林玉露　宋羅大經　中華書局點校本
吹劍録全編　宋俞文豹　古典文學出版社校訂本
吴船録　宋范成大　知不足齋叢書本
卻掃編　宋徐度　學津討原本
齊東野語　宋周密　中華書局點校本
愛日齋叢鈔　宋葉寘　集成本
捫蝨新話　宋陳善　津逮秘書本

賓退録　宋趙與時　上海古籍出版社點校本
桯史　宋岳珂　中華書局點校本
愧郯録　宋岳珂　集成本
云麓漫鈔　宋趙彦衛　中華書局點校本
困學紀聞　宋王應麟　中華書局點校本
癸辛雜識　宋周密　中華書局點校本
寓簡　宋沈作喆　集成本
晁氏客語　宋晁説之　學海類編本
武林舊事　宋周密　古典文學出版社標點本
游宦紀聞　宋張世南　中華書局點校本
嬾真子　宋馬永卿　庫本
四朝聞見録　宋葉紹翁　中華書局點校本
朱子語類　宋朱熹　中華書局排印本
甕牖閒評　宋袁文　上海古籍出版社標點本
吴中紀聞　宋龔明之　集成本

朝野遺記　宋佚名　學海類編本
塵史　宋王得臣　上海古籍出版社標點本
鷄肋編　宋莊綽　中華書局標點本
蘆浦筆記　宋劉昌時　中華書局標點本
研北雜志　元陸友　庫本
宋稗類鈔　清潘永因　清刻本

## 詩文評

石林詩話　宋葉夢得　中華書局歷代詩話標點本
彦周詩話　宋許顗　中華書局歷代詩話標點本
紫薇詩話　宋吕本中　中華書局歷代詩話標點本
竹坡老人詩話　宋周紫芝　影宋百川學海本
冷齋夜話　宋釋惠洪　掃葉山房石印本
韻語陽秋　宋葛立方　中華書局歷代詩話標點本
二老堂詩話　宋周必大　中華書局歷代詩話標點本

四六談塵　宋謝伋　影宋百川學海本
詩人玉屑　宋魏慶之　古典文學出版社排印本
碧鷄漫志　宋王灼　古典文學出版社排印本
滹南詩話　金王若虚　人民文學出版社排印本
東坡詩話録　元陳秀明　學海類編本
宋詩紀事　清厲鶚　上海古籍出版社標點本
宋詩紀事補遺　清陸心源　清刊本

## 志書

元和郡縣志　庫本
元豐九域志　宋王存　中華書局點校本
輿地紀勝　宋王象之　清咸豐刊本
方輿勝覽　宋祝穆　影宋刊本
讀史方輿紀要　清顧祖禹　中華書局排印本
淳祐臨安志　武林掌故叢編本

西湖游覽志　明田汝成　上海古籍出版社排印本
西湖游覽志餘　明田汝成　上海古籍出版社排印本
蜀中廣記　明曹學佺　庫本
蜀中名勝記　明曹學佺　國學基本叢書本
羅浮志　明陳槤　嶺南遺書本
康熙高安縣志
康熙雷州府志
康熙贛縣志
康熙儋縣志
嘉慶峨眉縣志
嘉慶雷州縣志
嘉慶高郵州志
咸豐郟縣志
同治贛縣志
光緒惠州府志

民國儋縣志
民國眉山縣志
中國歷史地圖集　譚其驤主編本

## 金石、題跋書目

佩文齋書畫譜　中國書店影印本
三希堂法帖　北海公園閱古樓石刻
晚香堂蘇帖　影印本
眉山蘇氏三世書翰　影印本
遂初堂書目　宋尤袤　集成本
直齋書録解題　宋陳振孫　國學基本叢書本
四庫全書總目提要　清紀昀　中華書局影印本
四庫提要辯證　余嘉錫　中華書局排印本

## 類書及其他

宋代事實類苑　宋江少虞　上海古籍出版社排印本
説郛　宛委山堂本
蘇軾著作版本論叢　劉尚榮　巴蜀書社

# 後記

《蘇過詩文編年箋注》是對蘇過全部詩文的繫年、校勘和注釋。面對這部《箋注》新稿，我們不得不提及原巴蜀書社出版的「少作」《斜川集校注》（一九九六年）。關於《斜川集校注》的緣起和分工，我們當年在該書的「後記」中有詳盡交代。因此書係在「少作」基礎上修改加工而成，這裏又不能不對二書之間的淵源、因革關係作些説明。

一九八三年至一九八四年，四川大學中文系接受教育部委託，舉辦「古籍整理研修班」，楊明照（兼班主任）、成善楷、趙振鐸、向熹、張永言、經本植、項楚、曾棗莊、李崇智等一大批名師爲本班開設了系統的古文獻校讀基礎課程。結業前，楊明照先生委託曾棗莊先生代他組織學員的古籍整理實習，以北宋蜀人蘇過《斜川集》爲對象，每人選其一篇進行校注（共完成十五篇）。在此過程中，舒大剛、蔣宗許、李家生、李良生四位學友則將餘下三百八十餘篇全部校注完成，還前往全國各大圖書館校對當時所能找到的各種版本，並補充了三十餘篇佚文佚詩。當時的具體分工是：舒大剛負責全部詩文繫年、訂僞、背景材料搜集，承擔卷六、卷十部分詩文注釋，編制附録，並負責統一體例和統稿定稿工作；還到北京、上海、南京等地查閱和校對版本。我負責卷一、卷二、卷三和卷四部分詩的注釋，承擔第一次統稿和全書鈔録工作。李家生初注卷七、卷八、卷九文，又曾到北京、瀋陽等地校對版本，輯録出蘇過佚詩十二篇。李良生初注卷四部分及卷五、卷六詩，並完成附録的鈔録。這項工作歷時近十年，最後由舒大剛和我克成其事。我們要特別提到的是，當我們將注釋全書的想法提出來後，曾得到楊明照先生和曾棗莊先生的大力支持。楊先生爲《校注》題簽，曾先生將當時剛剛屬草的《蘇過年譜》提供給我們參考；當時四川大學研究生部主任、歷史系教授胡昭曦先生，則將他所收藏的當時四川大學僅有的一部《宋人傳記資料索引》（王德毅等編）提供給我們使用。成善楷、張永言、趙振鐸、項楚、李崇智等先生隨時給予解難答疑，這些都爲校注工作的順利進行提供了極大方便。

從初稿的草就到一九九六年《斜川集》的出版，前後凡五易其稿，其間甘苦不便覼縷。雖然，出版時與初稿已面目不一，但爲了記録古籍班這段難得的緣分，我們在同學們曾初注的各篇後均括號標出姓名，以志紀念。

由於我們當時都是初始問學，《校注》留下的問題可謂多多。不時翻檢，愧怍日增，我和舒大剛都隨手在各自的底本上作記。年去月來，天頭地腳的批注已充盈其間，都覺得有進行重新校注的必要。

這次《蘇過詩文編年箋注》工作，本當由我與舒大剛合力完成，由於舒大剛目前正在主持《儒藏》、《巴蜀全書》兩個大型項目的編纂工作，分身乏術，他原來所承擔的任務只有由舒星碩士來繼續完成。舒星此次的具體任務，一是對蘇過詩文版本再作校勘，根據「趙校本」和「唐校本」，改寫了部分校記。二是根據各類資料，對每篇詩文的繫年逐一進行審察或補充。三是再檢諸書，輯補資料，於是輯得蘇過《題賢良硯詩》二首，補充蘇過佚事、評論和序跋十數則。四是比對原文及注釋，對各條注文進行審讀、增删和潤色。

我的工作重點則是對全書文本再次深入解讀，而後修訂和補注。因爲這些年反復閱讀校注，發現校注無論是對詩文本身的理解還是一些具體語詞的解釋，距離當今古籍整理的要求都還相距甚遠。于是，我根據不同情況，勉力對存在的問題或補苴罅漏，或張皇幽眇，力求《箋注》更能貼近作者原意。還有，爲了給讀者進一步認知瞭解蘇過詩文提供方便，結合在重新箋注中的體會，我草擬了新的《前言》。《前言》的重點是對蘇過的文學成就進行研尋，但願能對蘇過詩文的進一步探討及三蘇的研究起一點拋磚引玉和璧補的作用。

就本書的淵源關係來説，大剛先生的貢獻自是不小，大凡從事古籍整理的同仁都知道，詩文的繫年是古籍整理中最最重要的一環，要在紛亂雜碎的材料中理出頭緒，這是最難而又最上乘的功夫。但因爲《箋注》是由我主持立項，大剛則固讓後署，實有謙尊之光。

好在大剛是《巴蜀全書》總纂，我也就愧領這份情誼了。還有，這次依然在同學們當初的作業篇目後署上他們的名字。雖然，其間大多同學天各一方，早已失去聯繫；雖然，有的同學已憾歸道山，但爲了紀念當年古籍班的那段緣分，我們認爲有必要作上述處理。

《蘇過詩文編年箋注》比較原《校注》，非唯字數增加近倍，質量也大概因爲多年的研索而多所改觀。當然，質量云云只是我們的主觀看法，至於是否如此，還須得同行與讀者的檢驗。

《箋注》的出版，首先要感謝俞國林先生，俞先生審閱電子稿後，當即決定將《箋注》納入《中國古典文學基本叢書》之中，并很快簽約，不收取出版補貼且付稿酬。以中華書局之地位，而優遇如此，我們是心感無似的。後來，《箋注》獲得二〇一二年國家古籍整理出版補貼，當然令我們更覺欣慰。

如果説，《箋注》還有一些質量可言的話，責任編輯李天飛先生則功莫大焉。天飛先生雖富于春秋，而治學之嚴謹，學識之淵通已卓然出群。審稿中，一絲不苟，洞幽發微，次第提出了近二十頁的修改意見。其間大者如原稿的疏忽，行文風格不一以及因爲我們學力未逮，視野逼仄等導致的謬失；小者如個别文字的商榷，還有一些標點符號的正誤等。我們按照天飛先生提出的問題一一删潤匡補，先前惶恐的心情也因之而踏實了許多。也許，正是如天飛先生這樣的一代代學人薪火相傳，中華書局的品牌才會有永遠不衰的朝宗入海的地位。

蔣宗許　二〇一二年七月二十一日

# 再版後記

校書如掃落葉，這是從事古籍整理者無人不知的格言。其實，非唯校書，注書又何嘗不是如此。當《蘇過詩文編年箋注》修訂完成之時，既覺這話的深沉精辟，同時也更多了人生滄桑的感慨。

一九八三年至一九八四年，四川大學中文系接受教育部委託，舉辦「古籍整理研修班」，楊明照（兼班主任）、成善楷、趙振鐸、向熹、張永言、經本植、項楚、曾棗莊、李崇智等一大批名師爲本班開設了系統的古文獻校讀基礎課程。結業前，楊明照先生委託曾棗莊先生代他組織學員的古籍整理實習，以北宋蜀人蘇過《斜川集》爲對象，每人選文一篇進行校注（共完成十六篇，除大剛、我和李家生、李良生兄四人外，其他十二位同學分别是：趙立勳《颶風賦》，牟範《伏波將軍廟碑》，唐本《書張鶱傳後》，錢光《送孫海若赴官河朔敘》，慶振軒《志隱》，廖廷章《論海南黎氏書》，郭全芝《書田布傳後》，陳湘《書周亞夫傳後》，郭瓏《河東提刑崔公行狀》，程在福《孫志康墓銘》，陳明詩《王元直墓碑》），李坤棟《送范元禮序》）。兹後，我們在楊明照、曾棗莊先生的鼓勵和支持下，開始了艱辛的校注全書的旅程。此中辛苦，已在《蘇過詩文編年箋注》後記中縷及。這里，想補充一個細節，既是重温辛酸中的甘甜，也是更珍惜今天的不易。此書初稿主要由舒大剛先生統攝，而我效命馬前。當時大剛在南充師院供職，我則寄食綿陽師專。研究書中的問題，只能是書信往來，而今我還保存著大剛的幾十通書柬。大概是在九零年冬吧，六十萬字的書稿我已抄完（連抄了三個月），要交給大剛最後審定。郵寄心中忐忑，唯恐遺失，於是攜稿乘車前往南充，時正寒冬，頭一天買好票，第二天早晨六點上車，客車是一輛破舊的黄河牌大客車，當時的路況不難想象顛簸之狀。走走停停，大概是過了遂寧不久，突然覺得車身顛簸更爲厲害，同時聽見趕集的農民大喊：「滾滾（車輪的俗稱）掉了！」那師傅小伙子將車停下來，已距離掉輪（掉了半個，後輪每個是兩輪）的地方五百米左右，回頭跑去，原來是右後輪掉了一個滾至冬水田中已飄至中央。小伙子懸賞五元請農民撈取，農民不幹，小伙子一氣之下吼道：「五元我自己掙！」於是挽起褲腿，在淹及大腿的水中一步步挪至水田中央，將車輪撈起來，安上又走。誰知螺母已滑絲，每走幾公里就要緊一下，後來實在没辦法了就在一個鎮上停了下來，旅客要等到第二天運輸公司另派車來前往南充。我爲了趕時間，同時也免得大剛兄等待，向經過此鎮的車輛説了不少好話，終於搭上一輛拉木料的貨車。木料高出車箱兩米許，站坐皆不可能，只好睡在木料頂上，任其摇擺，可謂險象環生。於是心中默禱，自我安慰：有蘇過集在身，當會平安到達。晚上十二點，總算到了南充大剛處。回想此事，後怕依然。比較今天的條件，還有什么不能釋懷！

一九九六年，《斜川集校注》在巴蜀書社出版，由於我們當時都是初始問學，且那時的資料條件有限，其間留下的問題可謂多多。不時翻檢，愧怍日增，我和大剛都隨手在各自的底本上作記。年去月來，天頭地腳的批註已然不少，都覺得有重新校注的必要。

二〇一二年，《蘇過詩文編年箋注》在中華書局出版，曾獲得當年國家古籍整理出版專項經費資助，其過程已交代在前。

此書問世後社會反響還算不錯，這既要歸功於大剛父女的種種辛勞，同時更要感謝責編李天飛先生的點化心血。關於李先生的付出，我曾在《書品》上發文致謝。李先生才高而沖謙，而今著述等身，名聲之大，近乎天涯何人不識了。

近些年來，我們一直在做蘇轍全集的整理工作，在這個過程中，也時時發現《蘇過詩文編年箋注》的缺失和疏誤。這次的修訂，就是在這個基礎上進行的。

修訂工作主要由陳默完成。

修訂的内容主要是以下幾項：

一、糾正原注的失誤，包括理解上的原誤以及未能引出典故或出處者。

如《用伯充韻贈孫志舉》「送車返自崖」原漏注《莊子·山木》：「君其涉於江而浮於海，望之而不見其崖，愈往而不知其所窮，君者皆自崖而反，君自此遠矣。」《子莊約況之遊西溪不至任有詩次其韻》「裹飯從子來」漏注《莊子・大宗師》：「子輿與子桑友，而霖雨十日。子輿曰：『子桑殆病矣！』裹飯而往食之。」《予寓洛陽寶壇》「卑之毋高論」補《漢書・張釋之傳》：「釋之既朝畢，因前言便宜事。文帝曰：『卑之，毋甚高論，令今可行也。』」

二、增補了蘇過詩文中援用或化用其父、叔以及他人的詩句。

如：《贈王子直》：「怪君一事無，訪我此窮髮。」用其父蘇軾《次前韻送劉景文》：「怪君西行八百里，清坐十日一事無。」《次韻孫志康喜賈子莊還任》：「朝陽升處幽陰破，暖律回時草木春。」乃用叔父子由《次韻子瞻十一月旦日鎖院賜酒及燭》：「光明坐覺幽陰破，温暖方知覆育長。」《送仲南兄赴水南倉》：「此外所憂非我力」乃用韓愈《夜歌》：「樂哉何所憂，所憂非我力。」《志康得魚或勸捨之諸公有詩議未判吾誰適從亦賦一篇》：「我居恨不如江頭，長江巨浪一葦游。」用韓愈《感春四首》之四：「我恨不如江頭人，長網横江遮紫鱗。」《大人生日》「四海澄清待今日」補唐朱慶餘《中秋月》：「一宵當皎潔，四海盡澄清。」《顔樂堂》「儉陋鬼不瞰」補黄庭堅《次韻吉老十小詩》之九：「蕭條鬼不瞰，聊可與同歸。」

三、增補了原遺漏的按體例應該附録的唱和詩。

如：《次韻大人五更山吐月》漏附蘇軾《江月》五首；《次陶淵明正月五日遊斜川韻》漏附蘇軾《和陶遊斜川》詩；《次韻叔父所居六詠》漏附蘇軾《次韻子由所居六韻》，且原附蘇轍詩第六首亦漏，一并補上；《椰子冠詩》補蘇轍《過侄寄椰冠》；《用伯充韻贈孫志舉》補蘇軾《和猶子遲贈孫志舉》等。

四、增補了從《新刊國朝二百家名賢文粹》中輯佚的五篇文章。分别爲：《河東提刑徙治太原題名記》、《孟縣新遷獄舍記》、《題東漢宦者傳》、《跋山谷道人家書》、《跋〈魏世家〉》。

八四年迄今，倏爾已四十載矣，當日古籍班同學除我和大剛教授經常聯繫外，其他皆雲鶴杳然，傳聞近半已歸道山（當時班上我們相對小一點，年齡大者如彭國鈞先生是五十年代的研究生，趙立勳、唐本先生則是「文革」前的本科生）。世事如此，能不愴然！

從《斜川集校注》、《蘇過詩文編年箋注》再到《蘇過詩文編年箋注》增訂本，前後克成三書。如果本版還有幸能入讀者法眼，那當歸功于大剛兄和李家生、李良生兄當年爲此書奠定了較好的基礎，此次陳默細致的匡補，中華書局編輯老師最後的臻于完善。至于其間還存在的問題，那責任自然在我。

再有，蘇過集始成于大剛領率，繼版于大剛的謙謙，增訂本的最後克成，大剛教授付出多多，因此本版署名由大剛居前，而我附驥。

蔣宗許　二〇二五年一月二十三日